Rouge ou Mort

Du même auteur
chez le même éditeur

1974
1977
1980
1983
GB 1984
44 jours
Tokyo année zéro
Tokyo ville occupée

David Peace

Rouge ou Mort

Traduit de l'anglais
par Jean-Paul Gratias

Collection dirigée
par François Guérif

Rivages/noir

Retrouvez l'ensemble des parutions
des Éditions Payot & Rivages sur

payot-rivages.fr

Titre original : *Red or Dead*
(Faber and Faber, London)

À la mémoire de Gordon Burn,
avec mon affection et mes remerciements.

Voici, je me tiens à la porte, et je frappe. Si quelqu'un entend ma voix et ouvre la porte, j'entrerai chez lui, je souperai avec lui, et lui avec moi.

Apocalypse 3, 20

L'Argument III

Répétition. Répétition. Répétition. Après la moisson, la moisson infructueuse.
Avant la moisson, la prochaine moisson. L'homme frappa à la porte.

Entrez, dit une voix derrière la porte.

L'homme ouvrit la porte. L'homme entra dans la pièce. L'homme resta debout dans la pièce. Devant la table longue, les ombres longues.

Asseyez-vous, dit une voix dans l'ombre.

L'homme s'assit dans un fauteuil au bout de la table longue.

Oui, demanda la voix.

L'homme cligna des paupières. L'homme tenta de refouler les larmes qui lui montaient aux yeux. L'homme déglutit. L'homme tâcha d'empêcher sa voix de se briser. Et l'homme dit, Vous avez raison. La pression s'est révélée bien trop forte.
Je suis fatigué. Et je ne peux pas continuer. J'ai eu mon compte.

Fermez la porte en sortant.

L'homme tenta de se lever. L'homme tenta de tenir debout.
Mais l'homme ne pouvait plus se lever. L'homme ne pouvait plus tenir debout.

ROUGE OU MORT

William Shankly, en deux mi-temps

PREMIÈRE MI-TEMPS

C'EST TOUS LES JOURS SAMEDI

Shankly chez les gars de Liverpool

1

Pour nous voir comme les autres nous voient

Pendant l'hiver, pendant la nuit, ils se sont souvenus de lui. Et puis ils sont venus le voir. Pendant l'hiver, pendant la nuit. Pas la casquette à la main, pas en mettant un genou à terre. Pas de cette façon-là. Mais ils sont venus quand même. Jusqu'ici, au stade de Leeds Road, à Huddersfield. Ici, le 17 octobre 1959. Ils sont venus –

Pendant l'hiver, pendant la nuit.

Tom Williams en avait vu assez. Le Liverpool Football Club était en deuxième division. Le club n'avait rien gagné depuis le championnat national en 1947. Et il n'avait jamais remporté la Coupe d'Angleterre. Tom Williams téléphona à Geoff Twentyman. Geoff Twentyman donna à Tom Williams le nom de l'homme qu'il fallait au Liverpool Football Club. Tom Williams téléphona à Matt Busby. Matt Busby donna à Tom Williams le nom de l'homme qu'il fallait au Liverpool Football Club. Tom Williams téléphona à Walter Winterbottom. Walter Winterbottom donna à Tom Williams le nom de l'homme qu'il fallait au Liverpool Football Club. Tom Williams en avait entendu assez. Tom Williams téléphona à Harry Latham –

Pendant l'hiver, pendant la nuit.

En voiture, Tom Williams et Harry Latham traversèrent les Pennines pour se rendre au stade de Leeds Road, à Huddersfield. Ils n'avaient pas prévenu de leur venue les dirigeants du club de Huddersfield Town. Ils n'avaient pas demandé de billets gratuits aux dirigeants de Huddersfield Town. Ils n'assistèrent pas à la rencontre avec les dirigeants de Huddersfield Town. Au stade de Leeds Road, à Huddersfield, Tom Williams et Harry Latham s'installèrent le plus près possible de la pelouse et du banc de touche de l'équipe qui jouait à domicile.

Huddersfield Town recevait Cardiff City. Mais Tom Williams et Harry Latham ne regardèrent pas Huddersfield Town. Ils ne regardèrent pas Cardiff City. Ils observèrent l'homme du banc de touche. Du banc de touche de l'équipe qui jouait à domicile. Les paupières plissées, la bouche ouverte. La mâchoire en avant, le cou tendu. Ses bras qui s'agitaient, les poings fermés. Son pied droit, son pied gauche. Tom Williams et Harry Latham regardèrent cet homme faire les montées qu'effectuait chaque joueur présent sur le terrain. Ils regardèrent cet homme frapper chaque ballon que frappait chaque joueur sur le terrain. Ils regardèrent cet homme tirer chaque coup franc. Chaque corner. Et faire chaque remise en jeu. Ils regardèrent cet homme faire chaque passe. Et chaque tacle. Et Tom Williams et Harry Latham écoutèrent l'homme du banc de touche. Ils écoutèrent cet homme cajoler ses joueurs. Ils écoutèrent cet homme encourager ses joueurs. Et Tom Williams et Harry Latham virent la façon dont les joueurs de Huddersfield Town écoutaient l'homme. La façon dont ils écoutaient cet homme et dont ils obéissaient à cet homme. À chacun de ses ordres et à chacune de ses instructions. À chacune de ses paroles, la voix de Dieu. Et après le coup de sifflet, le coup de sifflet final, Tom Williams et Harry Latham en avaient vu assez et ils en avaient entendu assez. Ils savaient que cet homme s'était mieux battu et avait mieux joué qu'aucun homme présent sur la pelouse. Et Tom Williams et Harry Latham savaient que cet homme était celui dont ils avaient besoin pour le Liverpool Football Club. C'était l'homme qu'ils voulaient pour le Liverpool Football Club. Le seul homme pour le Liverpool Football Club –

Pendant l'hiver, pendant la nuit. Le seul homme.

Dans l'ombre des collines, dans l'ombre des usines. Sous les tribunes et dans la descente des vestiaires. Tom Williams et Harry Latham virent l'homme dont ils avaient besoin, l'homme qu'ils voulaient. Sous les tribunes et dans la descente. Tom Williams et Harry Latham se dirigèrent vers l'homme. Et Tom Williams dit, Bonsoir, monsieur. Je ne sais pas si vous vous souvenez de moi, mais je m'appelle Tom Williams, et je suis le président du Liverpool Football Club et je vous présente Harry Latham, un de nos administrateurs. Je me demandais si nous pourrions vous parler un moment, monsieur Shankly ?

Je me souviens de vous, dit Bill Shankly. Et ils ne sont pas à vendre.

Tom Williams sourit. Tom Williams secoua la tête. Et Tom Williams dit, Nous ne sommes pas venus pour Law ou Wilson. Nous sommes ici pour vous parler, monsieur Shankly. Nous sommes venus vous poser une question.

Alors posez-la-moi, dit Bill Shankly.

Tom Williams dit, Est-ce que ça vous plairait d'entraîner la meilleure équipe de football du pays, monsieur Shankly ?

Pourquoi, demanda Bill Shankly. Matt Busby laisse tomber Manchester, c'est ça ?

Tom Williams sourit de nouveau. Et Tom Williams dit, Très drôle, monsieur Shankly. Mais vous savez de quoi je parle. Je parle du Liverpool Football Club. Est-ce que ça vous plairait d'entraîner le Liverpool Football Club, monsieur Shankly ?

Je pensais que vous ne vouliez pas de moi pour votre club, dit Bill Shankly. Je pensais que vous ne me trouviez pas assez bon pour Liverpool ?

Tom Williams secoua de nouveau la tête. Et Tom Williams répliqua, Je n'ai jamais dit ça, monsieur Shankly. Je n'ai jamais dit ça.

Vous n'aviez pas besoin de le dire.

Je n'étais pas le président du club, à ce moment-là, monsieur Shankly. Mais aujourd'hui, je le suis. Et aujourd'hui je vous demande si vous aimeriez entraîner le Liverpool Football Club.

Je croyais que vous aviez déjà un manager ? M. Taylor ? Phil Taylor ?

Cela n'a pas encore été rendu public. Rien n'a été annoncé, jusqu'à présent. Mais M. Taylor n'est pas en bonne santé. Il m'a demandé de le relever de ses obligations. Comme je vous le disais, rien n'a encore été annoncé, rien n'a encore été rendu public. Mais nous aimerions trouver une solution avant que cela ne le soit.

Sous les tribunes, dans la descente. On entendait des plaisanteries, des rires provenant des vestiaires de Huddersfield Town.

On a peut-être perdu aujourd'hui, dit Bill Shankly. Mais on ne s'en sort pas trop mal ici, vous savez, monsieur Williams ?

Tom Williams dit, Nous le savons. Nous le voyons bien. Et c'est pour ça que nous vous voulons, monsieur Shankly.

Ma foi, dit Bill Shankly. Je n'ai pas envie d'être bousculé. Mais je vais y réfléchir.

Pendant l'hiver, pendant la nuit. Tom Williams tendit la main. Et Tom Williams dit, Merci, monsieur Shankly. C'est tout ce que je vous demande. Bonsoir, monsieur Shankly. Bonsoir.

2

Les nuits où tout est possible, les jours où les occasions se présentent

Dans leur maison à Huddersfield. À table dans leur cuisine. Bill mange et Bill parle. Il parle à toute vitesse, engloutit son repas. Bill mange et Bill parle. Mais Ness ne dit rien, Ness ne mange rien. Ness pose son couteau et sa fourchette dans son assiette. Et Ness se lève de table.

Bill hausse les sourcils. Et Bill dit, Tu n'as pas fini ton dîner, chérie.

Ness prend son assiette et s'approche de la poubelle. Ness fait glisser la viande et les légumes de l'assiette dans la poubelle.

Bill secoue la tête. Et Bill dit, Quel gâchis.

Ness va jusqu'à l'évier. Ness bouche la bonde. Ness ouvre les robinets. Ness pose son assiette, son couteau et sa fourchette sur les casseroles que contient l'évier. Ness envoie une giclée de liquide vaisselle dans l'évier. Ness ferme les robinets. Ness prend la brosse à récurer. Ness commence à laver l'assiette et les casseroles. Le couteau et la fourchette.

C'est où, Liverpool, Papa ? demande l'une de leurs filles.

Bill sourit. Et Bill répond, C'est au bord de la mer, chérie.

Ness arrête de laver l'assiette et les casseroles. Le couteau et la fourchette. Ness lève les yeux de l'évier. Ness regarde à travers la fenêtre le jardin envahi par la nuit. Et Ness dit, Nous sommes bien, ici. Nous avons une belle maison. Nous avons de bons amis. Les filles aiment leurs écoles. Elles sont heureuses, ici. Je suis heureuse, ici. Je n'ai pas envie de partir, chéri.

Bill dit, Je sais, chérie. Je sais.

…

Dans sa voiture, au volant. Bill descend une rue, il en remonte une autre. Bill voit une cabine téléphonique au prochain carrefour. Et Bill freine. Tout à coup. Bill se gare. Bill sort de sa voiture. Et Bill entre dans la cabine. Bill sort un bout de papier de sa poche de veste. Bill compose le numéro inscrit sur le papier. Bill écoute le téléphone sonner. Bill entend une voix répondre. Bill glisse deux piécettes dans la fente. Et Bill dit, Monsieur Williams ? Bill Shankly à l'appareil.

Bonsoir, monsieur Shankly. Que puis-je pour vous ?

Bill dit, J'ai réfléchi à votre proposition.

Je suis très content de l'apprendre, dit Tom Williams. Alors, qu'en pensez-vous, monsieur Shankly ?

Bill dit, Elle m'intéresse. Mais j'y mets quelques conditions.

Je vous écoute, monsieur Shankly.

Eh bien, il faudra qu'on me laisse contrôler totalement l'ensemble des joueurs et mon groupe d'entraîneurs adjoints. Il faudra qu'on me laisse décider seul des méthodes d'entraînement et du style de jeu. Je tiens à décider seul du choix des joueurs sans intervention de votre part ni des administrateurs. Et si je pense que nous avons besoin de nouveaux joueurs, alors vous-même et les administrateurs devrez mettre à ma disposition l'argent nécessaire pour que je puisse les acheter. Et je veux aussi un salaire de 2 500 livres. Et si vous ne pouvez pas remplir toutes ces conditions, alors je crains que votre proposition ne m'intéresse pas.

Puis-je vous demander combien Huddersfield vous paye, monsieur Shankly ?

Bill dit, 2 000 livres par an.

Alors, je pense que nous pouvons satisfaire toutes vos exigences, dit Tom Williams. Je suis sûr que c'est possible, monsieur Shankly.

Bill dit, Alors j'accepte votre offre.

Merci, dit Tom Williams. Nous en reparlerons bientôt. Bonsoir, monsieur Shankly. Bonsoir.

…

Dans leur maison à Huddersfield, leur foyer à Huddersfield. Dans la nuit et dans le silence. Assis dans son fauteuil. Bill Shankly repose son journal. Et dans la nuit et dans le silence. Bill ferme les yeux. Le Liverpool Football Club était venu jusqu'à Leeds Road, à Huddersfield. À la vingtième minute, Les Massie avait marqué. Et Huddersfield Town avait gagné. Le Liverpool Football Club avait perdu. Huddersfield Town était classé sixième en deuxième division. Le Liverpool Football Club était classé dixième en deuxième division. Mais personne n'était satisfait. Dix jours plus tôt, Phil Taylor, le manager du Liverpool Football Club, avait annoncé sa démission. Bill se rappelle encore ses paroles. Celles qu'il a lues dans le journal. Bill ne peut pas les oublier. Phil Taylor avait dit, De mon point de vue, le club a obtenu des résultats honnêtes. Mes trois années se sont soldées par une troisième place et deux quatrièmes places. Cependant, la pression que tout cela a provoquée s'est révélée trop forte pour moi. C'est pourquoi, malgré tout l'amour que m'inspire le Liverpool Football Club, j'ai décidé de démissionner. Le but que je m'étais fixé, c'était le passage en première division. J'y tenais à tout prix. Pour l'atteindre, j'ai fait appel à toute mon énergie. Mais mes efforts n'ont pas suffi. Pour moi, à présent, le moment est venu de passer la main à quelqu'un d'autre.

Dans la nuit et dans le silence. Assis dans son fauteuil. Bill rouvre les yeux. Les rumeurs abondent dans le monde du football. Des rumeurs selon lesquelles le Liverpool Football Club veut que Bill Shankly devienne son nouveau manager. Des rumeurs démenties par le Liverpool Football Club. Dans son fauteuil. Bill reprend son journal. M. Lawson Martindale, l'un des responsables du Liverpool Football Club, a déclaré, Tous les noms, quels qu'ils soient, que l'on a cités à propos de ce poste à pourvoir, ne relèvent que de la conjecture. Il n'y a aucune certitude à ce sujet. Il ne pourra d'ailleurs pas y en avoir tant que nous n'aurons pas examiné toutes les candidatures. Nous désirons tout particulièrement maintenir le secret sur cette nomination. Et nous avons bon espoir que ce poste attirera de nombreuses personnalités de tout premier plan. Mais nous ne souhaitons pas être une source d'embarras pour ces hommes ni pour leurs clubs.

…

Au stade de Leeds Road, devant la porte de la salle de conférences du club de Huddersfield Town. Bill tripote sa cravate, Bill redresse sa cravate. Et puis Bill frappe à la porte de la salle de conférences.

Entrez, dit une voix à travers la porte.

Bill ouvre la porte. Lentement. Bill entre dans la salle de conférences.

Asseyez-vous, dit Stephen Lister, le président de Huddersfield Town.

Bill se dirige vers un siège, à l'extrémité de la longue table. Bill s'assied. Bill regarde au bout de la longue table Stephen Lister et les administrateurs de l'Huddersfield Town Football Club. Bill tousse. Et puis Bill dit, Ceci sera mon dernier compte rendu hebdomadaire. J'ai reçu une offre du Liverpool Football Club. Et j'ai décidé de l'accepter.

Stephen Lister et les autres administrateurs ne disent rien.

Bill tousse de nouveau. Et puis Bill dit, Je me rends compte que cette nouvelle peut vous causer à tous une surprise désagréable. Mais j'ai décidé de partir parce que j'aimerais relever le défi d'entraîner une grande équipe dans une grande ville. Et le Liverpool Football Club est une grande équipe dans une grande ville.

Le président et les administrateurs ne disent toujours rien.

Bill tousse. Et puis Bill dit, Mais je tiens à vous dire que j'ai pris cette décision avec beaucoup de réticence. J'ai beaucoup apprécié mes années à Huddersfield. Et le club a toujours été bon envers moi.

Stephen Lister et les administrateurs échangent des regards. Ils se tapotent le ventre, ils se grattent le menton. Ils se mettent à marmonner, ils commencent à chuchoter. Tel nom et tel autre nom.

Je me demande si ça intéresserait Harry Catterick de venir chez nous, dit Hayden Battye. Un type bien, paraît-il…

Bill rit. Bill secoue la tête. Et Bill dit, Harry Catterick ? Mais Sheffield Wednesday est un club bien plus important que celui-ci.

Il me semble que le moins que vous puissiez faire, dit Stephen Lister, c'est nous donner un préavis d'un mois, Shankly. Vous assurerez vos fonctions jusqu'à la fin du mois, jusqu'à la fin décembre.

Bill dit, Très bien. Si c'est ce que vous voulez.

Fermez la porte en sortant.

…

Dans le couloir, celui menant à son bureau de Leeds Road. Bill voit Eddie Brennan, le secrétaire adjoint du club de Huddersfield Town. Et Bill annonce, J'ai quelque chose à te dire, Eddie. Quelque chose à te dire. Je m'en vais, Eddie. On m'a proposé le poste à Liverpool et je l'ai accepté. Alors, je m'en vais, Eddie. Je pars, je pars. Et j'ai hâte, Eddie. J'ai hâte. Un grand club, Eddie. Un club énorme. Avec un tel potentiel, Eddie. Un tel potentiel. Tu es allé là-bas, Eddie. Tu connais. Cette foule, Eddie. Cette ville. Une sacrée foule, Eddie ! Une sacrée ville ! Et ils sont prêts à me soutenir, Eddie. Le conseil d'administration. Ils vont me soutenir à fond, Eddie. Me donner tout l'argent dont j'ai besoin. Pas comme ici, Eddie. Pas comme ce club. Qui n'arrivera jamais à rien, Eddie. Ce club. Pas de potentiel, Eddie, pas d'ambition. Pas d'argent, Eddie. Rien. La même chose avec Carlisle, la même chose avec Grimsby. La même chose avec Worthington, la même chose qu'ici. Pas comme Liverpool, Eddie. Un sacré club ! Une sacrée ville, Eddie ! Tout ce potentiel, toute cette ambition. Tu peux me croire, Eddie. J'attends ça depuis toujours. Depuis toujours, Eddie. Une occasion comme celle-ci. L'occasion unique d'une vie entière, Eddie. C'est la chance de ma vie, bon sang. Et j'ai hâte d'y aller, Eddie. J'ai vraiment hâte. Alors, qu'est-ce que tu en penses, Eddie ?

Tu vas nous manquer, répond Eddie Brennan. J'en suis sûr, Bill.

Bill dit, Et tu me manqueras, Eddie. Tu me manqueras. Mais il faut bien aller là où le boulot t'attend, Eddie. Là où on a besoin de toi. Là où tu seras apprécié, Eddie. Apprécié et soutenu.

Je t'ai soutenu, dit Eddie Brennan. Et je t'ai apprécié.

Bill hoche la tête. Et Bill dit, Je le sais bien, Eddie. Je le sais. Et je t'ai apprécié, Eddie. C'est vrai. Et je t'apprécie toujours. Tu peux me croire.

Et je t'ai cru, aussi, dit Eddie Brennan.

...

Dans la salle de conférences de Leeds Road, à la longue table. Bill et Stephen Lister reçoivent la presse locale –

N'est-il pas vrai que vous en aviez tout simplement par-dessus la tête ? demande le journaliste du *Huddersfield Examiner*. Par-dessus la tête d'être sur la corde raide du point de vue financier, Bill ? De viser la première division sans dépasser le budget ? N'est-ce pas la raison de votre départ à Liverpool, Bill ? Parce que vous en avez par-dessus la tête de Huddersfield Town ?

Bill secoue la tête. Et Bill dit, Non. Cela va me fendre le cœur de quitter le club. Ma femme et ma famille se sont fait plus d'amis à Huddersfield que dans toutes les autres villes où nous avons habité auparavant.

Cette nouvelle a été pour nous une surprise totale, ajoute Stephen Lister. Nous nous attendions à tout sauf à ça. Mais M. Shankly a présenté sa démission au conseil d'administration, et après avoir exprimé nos regrets à l'idée de devoir nous passer de ses services, nous avons accepté qu'il rejoigne le Liverpool Football Club. M. Shankly n'a pas signé de contrat avec Huddersfield Town, mais il considère qu'il doit bien au club de rester à Leeds Road encore un mois, afin de nous permettre de lui trouver un remplaçant avant qu'il ne nous quitte. Liverpool hérite d'un bon entraîneur. Merci.

…

Dans la salle de conférences de Leeds Road, devant le président. Bill touche sa cravate. Et Bill dit, Vous vouliez me voir, monsieur Lister ?

Ça ne sert à rien que vous traîniez ici comme une roue de secours, dit Stephen Lister. Plus maintenant, alors que tout le monde sait que vous partez. Si vous souhaitez rejoindre Liverpool tout de suite, alors, allez-y. Nous n'allons pas vous barrer la route, Shankly. Nous n'exigerons pas de vous que vous finissiez votre préavis d'un mois.

Bill tend la main. Et Bill dit, Merci, monsieur Lister.

Fermez la porte en sortant, Shankly.

…

Dans une autre salle de conférences, à une autre longue table. Bill et Tom Williams reçoivent la presse locale. Et Horace Yates, du *Liverpool Daily Post*, et Leslie Edwards, du *Liverpool Echo*, ouvrent leur calepin, sortent leur stylo et attendent –

Messieurs, dit Tom Williams. Le conseil d'administration du Liverpool Football Club souhaite faire savoir que toutes les candidatures au poste de manager ont été examinées. Après un premier tri se limitant à celles qui remplissaient les critères requis, le conseil a décidé de s'assurer les services de M. William Shankly, du club de Huddersfield Town, et c'est à lui qu'il a offert le poste.

Bill hoche la tête. Bill sourit. Et puis Bill dit, Je suis très heureux et très fier d'avoir été choisi pour diriger l'équipe du Liverpool Football Club. Liverpool est un club qui possède un gros potentiel. Je connais M. Williams depuis longtemps, et je l'ai toujours considéré comme l'un des vrais gentlemen du football. Il fait partie du Liverpool Football Club depuis les débuts de celui-ci. Il se consacre entièrement au Liverpool Football Club. Et je suis sûr que nous pourrons faire du bon travail ensemble. À mon avis, les supporters de Liverpool comptent parmi les plus fervents de notre sport. Ils méritent que leur équipe connaisse le succès, et j'espère être capable, dans la mesure de mes modestes moyens, de faire en sorte qu'elle y parvienne. Mais je ne promets rien, sinon que, dès le moment où je prendrai mes fonctions, je consacrerai tous mes efforts à cette tâche que j'entreprends de si bon cœur. Cette nomination représente un défi pour moi. Je le considère du même ordre que celui qui attendait Joe Mercer quand il a quitté Sheffield United pour Aston Villa. Ou quand Alan Brown a quitté Burnley pour rejoindre Sunderland. Ces clubs, comme Liverpool, figurent parmi les toutes meilleures équipes de football. Alors, quand on m'a proposé ce défi, il m'a été tout simplement impossible de le refuser. Il y a un travail à faire. Un énorme travail, peut-être. Mais avec la coopération de M. Williams, des dirigeants et du personnel, je suis certain que tous ensemble nous en viendrons à bout. Je ne suis pas paresseux. J'aime m'atteler à une tâche et donner l'exemple que je veux voir suivre par tous les membres du club, depuis le haut jusqu'au bas de l'échelle. Je ne fais pas beaucoup de promesses. Mais l'une d'elles est celle-ci : dans tout ce que je ferai, j'espère qu'il y aura une grande part de bon sens. Du bon sens et un travail acharné. Quand on les associe, le bon sens et un travail acharné apportent le succès. C'est ce que je crois. Dans le football et dans la vie.

Et comment M. Shankly voit-il les années pendant lesquelles il a dirigé l'équipe de Huddersfield Town ? demande Horace Yates du *Liverpool Daily Post*. Considère-t-il que son travail à Huddersfield a été couronné de succès ?

Bill hoche de nouveau la tête. Et Bill répond, Oui, je le pense. Quand j'ai repris le club il y a trois ans, je n'avais qu'une équipe de gamins à ma disposition. D'ailleurs, ce sont encore des gamins, pour la plupart. Ce serait inhumain de ma part de ne pas être satisfait de la façon dont des joueurs comme Law, McHale, Massie et Wilson ont progressé sous ma direction. Je les ai formés, depuis leurs débuts chez les juniors jusqu'à leur participation aux matchs de championnat. Les joueurs que j'ai engagés dans l'équipe, ce sont Ray Wood de Manchester United, que je considère comme le meilleur gardien de but de la deuxième division, et Derek Hawksworth. Je considère que ni l'un ni l'autre ne m'ont déçu. Je crois que je laisse Huddersfield Town dans une situation plus favorable, plus solide que celle dans laquelle j'ai trouvé l'équipe il y a trois ans, et je considère cela comme une réussite. Donc, je pense que mon travail à Huddersfield a été couronné de succès. Et j'espère que les joueurs sont de cet avis.

Mais l'ambition dévorante de tout supporter de Liverpool, dit Leslie Edwards du *Liverpool Echo*, est de voir son club de football retrouver la première division. Que pensez-vous de cet objectif ?

Bill hoche la tête. Et Bill répond, Personne n'a conscience plus que moi de l'ampleur de la tâche qui risque de nous attendre. Mais j'ai acquis une grande expérience du football de deuxième division, et je connais donc les difficultés qui nous attendent. Et je pense que nous pouvons y arriver. En fait, je sais que nous pouvons y arriver.

…

Dans leur maison à Huddersfield, dans la chambre. Bill attend l'aube, Bill attend la lumière du jour. Et Bill se lève. Bill se rase, Bill se lave. Bill met son costume,

Bill met sa cravate. Et Bill descend au rez-de-chaussée. Bill prend son petit déjeuner avec Ness et leurs filles. Bill les embrasse avant de partir. Bill sort de la maison, Bill monte dans sa voiture. Et Bill franchit les Pennines. Il dépasse Manchester –

Pour entrer dans Liverpool. Pour se rendre au stade d'Anfield.

Dans le stade. Dans le bureau. Bill serre la main de Jimmy McInnes, le secrétaire du club. Bill connaît Jimmy McInnes. Bill sait que Jimmy vient de la ville d'Ayr, dans le même comté d'Écosse que sa propre ville natale. Bill sait que Jimmy a joué à Glasgow pour Third Lanark et aussi pour le Liverpool Football Club. Jimmy présente Bill à la réceptionniste, aux responsables de la billetterie, aux personnes de ménage et au jardinier qui entretient la pelouse, Arthur Riley. Bill connaît Arthur Riley. Bill sait qu'Arthur Riley a été gardien de but pour le Liverpool Football Club. Bill sait qu'Arthur Riley est au club depuis bientôt quarante ans. Arthur emmène Bill faire connaissance avec l'équipe des entraîneurs adjoints. Sous les tribunes, au bout d'un couloir. Au milieu des chaussures de foot, des chaussures sales.

Voici Bob Paisley, dit Arthur Riley. Bob est l'entraîneur de l'équipe première. Et Joe Fagan. Joe est en charge de l'équipe réserve. Voici Reuben Bennett. Reuben assure la majeure partie de l'entraînement. Et Albert Shelley. Albert a été l'entraîneur de l'équipe première. Il est censé avoir pris sa retraite. Mais Albert continue à venir tous les jours. Albert se charge de tout ce qui a besoin d'être fait. Albert sait tout faire et on peut tout lui demander.

Bill hoche la tête. Et Bill dit, Je connais Bob. Bob et moi, on a joué l'un contre l'autre en de nombreuses occasions. On a eu pas mal de belles bagarres, tous les deux. Et je connais Joe. J'ai essayé d'engager Joe quand j'étais à Grimsby et qu'il jouait à Manchester City. Je connais Reuben. Reuben a travaillé avec mon frère Bob à Dundee. Et je connais Albert. Je sais qu'il ne vit et qu'il ne respire que pour le Liverpool Football Club.

Comme vous tous, je le sais bien. Et c'est pourquoi je sais que vous êtes tous d'excellents éléments. De vrais passionnés de football. Mais je sais aussi que vous êtes tous ici depuis longtemps. Et donc que ça vous inquiète de me voir arriver parmi vous. Un nouveau avec de nouvelles façons de faire. Des façons différentes. Et qui a peut-être envie de s'entourer de nouveaux entraîneurs adjoints. Des copains à lui. Eh bien, non, ce n'est pas ce que j'ai l'intention de faire. Mais c'est vrai que j'ai mes façons de faire. Mes méthodes et mes systèmes. Et elles seront différentes, mes façons de faire. Mais je suis ici pour travailler avec vous. Pas contre vous. Je suis ici pour travailler en coopération avec vous. En équipe. Et ainsi, peu à peu, je vais mettre en place mes projets, et puis, peu à peu, on se retrouvera tous sur la même longueur d'onde. Et, en retour, je ne demande qu'une seule chose. Votre loyauté. Je veux de la loyauté. Donc, je veux que personne ne colporte d'histoires sur qui que ce soit. Celui qui viendra me raconter des histoires, c'est lui que je flanquerai à la porte. Peu importe qu'il soit ici depuis cinquante ans. C'est lui qui devra partir. Parce que je veux que chacun de vous soit loyal envers tous les autres. Envers l'équipe. Et envers le club. Donc, tout ce que nous ferons, ce sera pour le Liverpool Football Club. Par pour nous-mêmes. Pas en tant qu'individus. Mais pour l'équipe. Pour le Liverpool Football Club. Une loyauté totale. C'est tout ce que je demande. Parce que c'est cette loyauté qui fera notre force. Et cette force nous amènera le succès. Je vous le promets.

…

Dans leur maison à Huddersfield, dans leur cuisine. Bill et Ness débarrassent la table. Bill et Ness font la vaisselle. Et puis Ness fait du thé pour eux deux. Bill et Ness emportent leurs tasses de thé dans la pièce voisine. Bill et Ness s'assoient avec leurs tasses de thé. Devant la télévision. Et Bill demande, Comment s'est passée ta journée, chérie ?

La mienne, très bien, dit Ness. Mais comment s'est passée la tienne ?

Bill hoche la tête. Et Bill dit, Elle s'est bien passée, chérie. Elle s'est bien passée. Merci, chérie. Ce sont tous des types bien.

C'est parfait, alors, dit Ness.

Bill dit, Oui.

Mais la route est longue, dit Ness. Tu dois être fatigué, chéri.

Bill hoche la tête de nouveau. Et Bill dit, Oui, c'est loin, chérie. Et je me sens un peu fatigué. Mais c'est une belle ville, chérie. Plutôt comme une ville écossaise. Des gens bien, chérie. Plutôt comme des Écossais. Je m'en rends bien compte, chérie. Comme Glasgow. Alors je crois que tu t'y plairais, chérie. Et les filles s'y plairaient aussi.

Alors, oui, dit Ness. J'aimerais bien y aller, chéri. Pour me rendre compte. Et peut-être même regarder des maisons, chéri. Si tu as le temps ?

Bill sourit. Et Bill dit, Oui. Dimanche prochain, alors.

…

À Liverpool, au stade d'Anfield. Bill fait le tour de la pelouse avec Arthur Riley. Bill regarde les portillons et Bill regarde les gradins. Bill regarde les sièges et Bill regarde les toilettes. Bill regarde les vestiaires et Bill regarde le tunnel. Et puis Bill s'avance sur la pelouse. La pelouse d'Anfield. Bill s'arrête sur la pelouse, Bill tape du pied. Une fois, deux fois. Bill secoue la tête. Une fois, deux fois. Et Bill dit, Comment faites-vous pour l'arroser, Arthur ? Où rangez-vous votre matériel d'arrosage ?

Il n'y en a pas, répond Arthur Riley. Il n'y a pas de point d'eau.

Bill dit, Pas de point d'eau ? Alors, comment faites-vous ?

Il y a un robinet dans le vestiaire des visiteurs, dit Arthur Riley. On déroule un tuyau du robinet jusqu'ici.

Bill examine la pelouse. La pelouse d'Anfield, l'herbe d'Anfield. Rase et gelée, dure et aride. Bill secoue la tête de nouveau. Et Bill dit, Vous déroulez un tuyau ? Ça ne sert vraiment à rien, non ?

Je sais, dit Arthur Riley. Mais qu'est-ce qu'on peut faire ?

Bill dit, On peut arranger ça. Ce sacré matériel, on peut l'acheter. Voilà ce qu'on peut faire, Arthur.

Ça fait des années que je le demande, dit Arthur Riley. Mais il n'y a pas d'argent. Pas d'argent pour ça.

Bill sourit. Et Bill dit, Laissez-moi faire. Je vais vous le trouver, l'argent. Faites-moi confiance.

Je vous fais confiance, dit Arthur Riley. C'est vous le patron.

Bill sourit de nouveau. Et Bill dit, Oui, c'est moi le patron. Maintenant, vous et moi, on va aller voir le terrain d'entraînement. En route pour Melwood.

Ça ne va pas vous plaire, dit Arthur Riley. Vous n'allez pas être content, patron. Laissez-moi vous le dire.

Bill hausse les épaules. Et Bill dit, C'est vraiment minable, Arthur ? Ça ne peut pas être pire qu'ici, quand même ?

...

À Liverpool, dans la voiture. Bill et Ness se rendent d'une maison à vendre à une autre. De cette maison-ci à cette maison-là. Celle-ci trop grande, celle-là trop petite. Devant la dernière maison, de nouveau dans la voiture. Bill secoue la tête. Et Bill dit, Je suis navré, chérie. Ça n'a été qu'une perte de temps.

Mais non, dit Ness. Rien ne presse, chéri. Il vaut mieux trouver la maison qui nous convient que d'acheter n'importe laquelle. C'est mieux de prendre son temps, c'est mieux d'attendre, chéri. Et au moins, nous pourrons passer Noël à Huddersfield.

Bill hoche la tête. Et Bill dit, Oui. Avec nos amis.

Sur le chemin du retour, de leur retour à Huddersfield. Bill arrête la voiture à Melwood, dans West Derby, une banlieue de Liverpool. Bill et Ness sortent de la voiture. Il fait froid et il fait nuit. Il y a des arbres et des buissons. Il y a des collines et il y a des cuvettes. Il y a un abri antiaérien et un terrain de cricket. Il y a un vieux pavillon en bois. Dans le froid et dans la nuit. Bill et Ness s'arrêtent au milieu de la pelouse d'entraînement. Ils sentent sous leurs pieds le sol inégal et l'herbe haute. Bill secoue la tête de nouveau. Et Bill dit, Qu'est-ce que tu en penses, chérie ? Est-ce que j'ai fait une erreur en venant ici ? Une grave erreur, chérie ?

Non, tu ne t'es pas trompé, dit Ness. Tu veux monter en première division. Tu veux gagner le championnat. Tu veux gagner la Coupe. Alors, la voilà, ta chance d'y parvenir. La chance que tu attendais. Celle pour laquelle tu as travaillé. Toute ta vie. Tu n'es pas un lâche. Et tu n'as rien d'un tire-au-flanc. Alors, tu y arriveras, chéri. Je sais que tu y arriveras.

3

Ce qu'il va falloir faire

Pendant l'hiver, le matin. Les joueurs du Liverpool Football Club s'entassent dans le vieux pavillon de bois au terrain d'entraînement de Melwood, à West Derby. Ils sont tous venus, tous les quarante. Ils sont là pour faire la connaissance de leur nouveau manager. Et ils sont nerveux. Ils sont inquiets. Tous les quarante. Ils ont tous entendu des histoires sur Bill Shankly. L'un d'eux chuchote, Ce type est un vrai fana. Un fou furieux. Il va débouler ici comme un raz de marée. On va tous se faire virer, les gars, vous pouvez me croire.

Certains hochent la tête. Et un autre dit, Ouais, j'ai entendu une histoire sur lui à Carlisle, quand il était manager à Carlisle. Et ils étaient menés deux à zéro à la mi-temps. Et ils rentrent au vestiaire. Et la première chose que fait Shankly, c'est de sauter sur leur capitaine. Il lui serre la gorge et il dit, Pourquoi tu as donné le coup d'envoi de cette façon ? Et le capitaine répond, Parce que j'ai perdu le tirage au sort, patron. Alors Shankly lui demande, Bon, qu'est-ce que tu avais choisi ? Et le capitaine répond, Face. Et alors Shankly le traite de tous les noms. De tous les noms imaginables. Devant tous les gars présents dans le vestiaire. Et Shankly ajoute, On ne choisit jamais face. Tout le monde le sait. On ne choisit jamais face.

Dans le pavillon, dans un coin. Bob Paisley lève les yeux de son *Sporting Life*. Bob Paisley rit. Et Bob Paisley dit, Mais il avait raison, non ? Le patron avait raison.

Et maintenant les joueurs du Liverpool Football Club entendent des pas, dehors, sur les marches en bois. Des pas vifs, des pas pesants. Et voici que Bill Shankly entre dans le pavillon. Le regard de Bill Shankly fait le tour de la pièce. Il se pose sur chaque joueur. Du premier au quarantième –

Nous allons tout recommencer depuis le début, dit Bill Shankly. Nous allons tout reprendre à zéro. Comme ça, chacun d'entre vous aura l'occasion de faire ses preuves. De démontrer qu'il est suffisamment bon pour jouer dans l'équipe du Liverpool Football Club. Suffisamment bon pour aider le Liverpool Football Club à remonter en première division. À retrouver notre vraie place. Parce que c'est la seule chose qui m'intéresse –

La promotion, les gars !

…

Le samedi 19 décembre 1959, Cardiff City vient jouer un match au stade d'Anfield, à Liverpool. Cet après-midi-là, 27 291 spectateurs se déplacent aussi. À la 12e minute, Tapscott marque. À la 34e minute, Watkins marque. À la 57e minute, Tapscott marque encore. Et à la 67e minute, Bonson marque. Et le Liverpool Football Club perd 4-0 contre Cardiff City. À domicile, à Anfield. C'est le premier match de Bill Shankly en tant que manager du Liverpool Football Club. Mais aujourd'hui, ce n'est pas Bill Shankly qui a sélectionné les joueurs. Bill Shankly a refusé de le faire. Bill Shankly a dit, Je n'en ai pas vu assez. Je ne connais pas encore assez bien les joueurs. Donc, je ne peux pas choisir ceux qui vont former l'équipe.

C'est donc les dirigeants et les entraîneurs adjoints qui ont sélectionné les joueurs du Liverpool Football Club pour cette rencontre.

Après le coup de sifflet, le coup de sifflet final. Au milieu des cris et des vociférations. Devant les tribunes, devant le Kop. Des cris dans les tribunes et des vociférations dans le Kop. Bill Shankly ne se défile pas. Face aux tribunes, face au Kop. Au milieu des insultes et des quolibets. Bill Shankly longe la ligne de touche. La ligne de touche d'Anfield. Bill Shankly s'engouffre dans le tunnel. Le tunnel d'Anfield. Bill Shankly monte l'escalier. L'escalier d'Anfield. Bill Shankly ouvre la porte du vestiaire. Du vestiaire de l'équipe qui joue à domicile. Bill Shankly se place au milieu du vestiaire. Le vestiaire de Liverpool. Devant les joueurs de Liverpool. Le regard de Bill Shankly passe d'un joueur à l'autre. D'un joueur de Liverpool à un autre joueur de Liverpool. De Slater à Jones, de Jones à Moran, de Moran à Wheeler, de Wheeler à White, de White à Campbell, de Campbell à Morris, de Morris à Hunt, de Hunt à Hickson, de Hickson à Melia et de Melia à A'Court. Et Bill Shankly sourit –

Il y aura toujours des moments où on se fera battre, dit Bill Shankly. Il y aura toujours des moments où on perdra. Mais l'important, c'est ce qu'on retire de cette défaite, ce qu'on apprend quand on perd. Parce qu'on apprendra toujours plus d'une défaite que d'une victoire. Alors, retenez bien ça, les gars, et apprenez-le. Et je vous reverrai tous lundi.

…

Le lundi suivant, le matin. Les joueurs du Liverpool Football Club courent autour du terrain d'entraînement, à Melwood. La totalité des quarante joueurs. Et les joueurs du Liverpool Football Club regardent Bill Shankly, Bob Paisley, Joe Fagan, Reuben Bennett, Albert Shelley, Arthur Riley, Tom Bush et Eli Wass –

Bill Shankly, Bob Paisley, Joe Fagan, Reuben Bennett, Albert Shelley, Arthur Riley, Tom Bush et Eli Wass alignés au bord de la pelouse, à une extrémité du terrain de Melwood. Et chacun de ces hommes tient un sac dans une main et un transplantoir dans l'autre. Et Bill Shankly sourit –

Bon, dit Bill Shankly. On y va.

Et Bill Shankly, Bob Paisley, Joe Fagan, Reuben Bennett, Albert Shelley, Arthur Riley, Tom Bush et Eli Wass commencent à traverser le terrain d'entraînement. Lentement. La tête penchée en avant, le regard braqué vers le bas. Sur le sol, sur la pelouse. Lentement. Bill Shankly, Bob Paisley, Joe Fagan, Reuben Bennett, Albert Shelley, Arthur Riley, Tom Bush et Eli Wass ramassent tous les cailloux qu'ils repèrent. Tous les morceaux de brique, tous les tessons de bouteille. Toutes les pierres et tous les galets. Ils arrachent toutes les mauvaises herbes qu'ils trouvent. Tous les pissenlits et tous les chardons. Ils mettent les pierres dans leur sac, ils mettent les mauvaises herbes dans leur sac. Ils se servent du talon de leurs chaussures de foot pour aplanir le sol. Pour écraser chaque motte de gazon, pour combler chaque trou. D'un bord du terrain d'entraînement jusqu'au bord opposé. Et quand ils atteignent le bord opposé, ils font demi-tour et ils reviennent. Lentement. En ramassant les pierres qu'ils n'ont pas vues auparavant. Les morceaux de brique, les tessons de bouteille. En arrachant les mauvaises herbes qui leur ont échappé. Les pissenlits et les chardons. En aplanissant le sol. En écrasant chaque motte de terre et en comblant chaque trou. Et quand ils reviennent à leur point de départ, ils font demi-tour encore une fois. Et ils repartent vers l'autre bout du terrain. Lentement. En ramassant les pierres, en arrachant les mauvaises herbes.

Et les joueurs du Liverpool Football Club continuent de courir autour du terrain d'entraînement. Tous les quarante. Les joueurs du Liverpool Football Club observant les huit hommes. Les huit hommes ramassant les pierres, les huit hommes arrachant les mauvaises herbes. Avec leurs sacs et leurs transplantoirs. Et les joueurs du Liverpool Football Club échangent des regards. Ils secouent la tête, ils roulent les yeux. Et les joueurs du Liverpool Football Club ralentissent l'allure.

Reuben Bennett lève les yeux du sol. Des cailloux et des mauvaises herbes. Et Reuben Bennett lance, On se bouge les pieds, les gars. Ce n'est pas le moment de traîner ! On accélère, les gars, bon sang !

Bill Shankly, Bob Paisley, Joe Fagan, Reuben Bennett, Albert Shelley, Arthur Riley, Tom Bush et Eli Wass atteignent pour la douzième fois l'autre bout du terrain d'entraînement. Ils ont huit sacs de pierres et de mauvaises herbes. Huit sacs remplis de pierres et de mauvaises herbes –

Bon, dit Bill Shankly. Ce n'est pas un terrain de boules. Pas encore. Mais ça ira pour aujourd'hui. C'est un début. Pour le moment.

Reuben Bennett donne un coup de sifflet. Reuben Bennett crie, Dernier tour, les gars. Et c'est une course ! Allez !

Et les joueurs du Liverpool Football Club sprintent autour du terrain d'entraînement. Tous les quarante. Et Bob Paisley rassemble les vingt joueurs les plus rapides sur une moitié de terrain. Et Joe Fagan rassemble les vingt joueurs les plus lents sur l'autre moitié. Bill Shankly entre dans le pavillon. Bill Shankly en ressort chargé d'un grand sac de ballons. Bill Shankly se place au centre du terrain d'entraînement. Et Bill Shankly sourit –

Bien, dit Bill Shankly. Vous avez assez couru en rond. On va jouer un peu au football, les gars…

Les joueurs du Liverpool Football Club se frottent les mains. Les joueurs du Liverpool Football Club sourient. Et Bill Shankly sourit de nouveau –

On va faire des matchs à cinq contre cinq, annonce Bill Shankly. On va se faire notre toute petite Coupe d'Angleterre, les gars…

Les joueurs du Liverpool Football Club sautent d'un pied sur l'autre. Les joueurs du Liverpool Football Club sourient jusqu'aux oreilles.

Bill Shankly aussi sourit jusqu'aux oreilles. Bill Shankly regarde les joueurs rassemblés autour de Joe Fagan. Les vingt joueurs qui ont été les plus lents à courir autour du terrain d'entraînement. Bill Shankly ôte son pull. Bill Shankly ôte son maillot de foot. Bill Shankly ôte son maillot de corps. Et Bill Shankly rit. Et

Bill Shankly dit, Joyeux Noël, les gars. C'est les maillots contre les torses nus. Joyeux Noël, les gars !

…

L'après-midi, après leur déjeuner. Les dirigeants du Liverpool Football Club sont assis dans la salle de conférences, à Anfield. Les dirigeants du Liverpool Football Club attendent Bill Shankly. Les dirigeants du Liverpool Football Club entendent des pas dans le couloir. Des pas vifs, des pas pesants. Et puis on frappe à la porte de la salle de conférences. Vivement et avec force. Et Tom Williams dit, Entrez.

Bill Shankly ouvre la porte. Bill Shankly entre dans la salle. Le regard de Bill Shankly fait le tour de la salle. D'un dirigeant à l'autre. Et Bill Shankly attend.

Tom Williams dit, Asseyez-vous.

Bill Shankly s'assied à la longue table. Le regard de Bill Shankly parcourt la longue table pour voir tous les dirigeants du Liverpool Football Club.

Tom Williams sourit à Bill Shankly. Et Tom Williams demande, Alors, monsieur Shankly. Comment cela se passe-t-il ? Comment vous en sortez-vous ?

Voilà une semaine, maintenant, que je suis ici, dit Bill Shankly. Et pendant cette semaine, j'ai tenu ma langue mais j'ai gardé les yeux ouverts. Et franchement, messieurs, ce que j'ai vu ne m'a pas plu. Il y a beaucoup de choses qui ont besoin d'être changées, beaucoup de choses qui ont besoin d'être faites. Pour commencer par le plus important, ce terrain est dans un état lamentable. Il fait peine à voir. Il faut le nettoyer et le rénover. Tout d'abord, pour la pelouse, il faut un matériel d'arrosage digne de ce nom. Et puis il y a les toilettes. Les toilettes sont une véritable honte. Dans la plupart d'entre elles, la chasse d'eau ne fonctionne même pas. Et c'est pourquoi elles empestent !

Les dirigeants du Liverpool Football Club échangent des regards. Et l'un d'eux demande, De quelles toilettes parlez-vous ?

De toutes, répond Bill Shankly. Toutes celles des tribunes.

Celles qu'utilisent les spectateurs ?

Oui, dit Bill Shankly. Celles des tribunes. Celles que doivent utiliser les gens qui payent pour voir le Liverpool Football Club. Les gens qui payent mon salaire. Ces gens-là, leurs toilettes.

Tom Williams dit, Eh bien, nous n'allons pas manquer de réfléchir à vos suggestions. Y avait-il autre chose, monsieur Shankly ?

Oui, dit Bill Shankly. Il y a autre chose, assurément. Il y a Melwood. Ce terrain-là, c'est encore pire qu'ici. Des gamins n'en voudraient même pas pour taper dans un ballon le dimanche, et je ne parle pas de l'entraînement de footballeurs professionnels. La pelouse est un véritable piège. C'est un miracle que personne ne s'y soit encore cassé une jambe. Et le pavillon ne vaut pas mieux. Il suffirait d'une bonne bourrasque pour qu'il s'écroule sur place. Et les tenues que mettent les joueurs pour s'entraîner. Elles sont en lambeaux. Ce ne sont que des loques. Un clochard n'en voudrait pas. Ce n'est pas digne du Liverpool Football Club.

De nouveau, les dirigeants du Liverpool Football Club échangent des regards. Et un autre d'entre eux demande, Alors, que suggérez-vous, Shankly ?

Je suggère que vous fournissiez aux joueurs de nouvelles tenues d'entraînement, répond Bill Shankly. Et je suggère que vous me procuriez quelques pots de peinture. Je ne vous demande pas de faire venir les peintres et les décorateurs. Donnez simplement leurs tenues aux joueurs et donnez-moi de la peinture. Et je ferai le reste.

Tom Williams réplique, Eh bien, je pense que nous serons tous d'accord pour dire que vous avez très énergiquement plaidé votre cause, monsieur Shankly. Et, je le répète, nous n'allons pas manquer de réfléchir à vos suggestions. Merci, monsieur Shankly.

Bien, dit Bill Shankly. Parce que je suis ici pour faire mon travail. Et je le ferai. Alors, je m'attends à ce que vous fassiez tous le vôtre aussi.

…

Le lendemain de Noël 1959, le Liverpool Football Club se rend en déplacement au stade The Valley, à Londres. À la 34e minute, Fryatt marque. À la 74e minute, Fryatt marque encore. Et à la 90e minute, Lawrie marque. Et le Liverpool Football Club perd 3-0 contre le Charlton Athletic. À l'extérieur, ailleurs qu'à Anfield –

Après le coup de sifflet, le coup de sifflet final. Dans le vestiaire, le vestiaire des visiteurs. Les joueurs du Liverpool Football Club regardent Bill Shankly. Et Bill Shankly regarde les joueurs. L'un après l'autre, chaque joueur du Liverpool Football Club. Il passe de Slater à Molyneux, de Molyneux à Moran, de Moran à Wheeler, de Wheeler à White, de White à Campbell, de Campbell à Melia, de Melia à Hunt, de Hunt à Hickson, de Hickson à Harrower, de Harrower à Melia et de Melia à A'Court. D'un joueur déconfit à un autre joueur déconfit. Et Bill Shankly sourit –

On n'en a concédé que trois, cette fois, dit Bill Shankly. Alors, c'est mieux que le match précédent. Mais ça reste une défaite. Donc, nous avons encore beaucoup à apprendre. Et c'est pourquoi je veux vous voir tous demain matin. À la première heure !

…

Le lendemain matin, très tôt, alors qu'il fait encore nuit. Une fois encore. Les joueurs du Liverpool Football Club courent autour du terrain d'entraînement de Melwood. Tous les quarante. Et encore une fois, Bill Shankly, Bob Paisley, Joe Fagan, Reuben Bennett, Albert Shelley, Arthur Riley, Tom Bush et Eli Wass sont alignés à un bout du terrain d'entraînement de Melwood. Encore, chaque homme tient un sac dans une main, un transplantoir dans l'autre. Et encore, Bill Shankly sourit –

Bon, dit Bill Shankly. On recommence.

Encore une fois, Bill Shankly, Bob Paisley, Joe Fagan, Reuben Bennett, Albert Shelley, Arthur Riley, Tom Bush et Eli Wass commencent à traverser le terrain d'entraînement. Encore. La tête penchée en avant, le regard braqué vers le bas. Sur le sol, sur la pelouse. Encore, ils ramassent tous les cailloux qu'ils repèrent. Tous les morceaux de brique, tous les tessons de bouteille. Encore, ils arrachent toutes les mauvaises herbes qu'ils trouvent. Tous les pissenlits et tous les chardons. Encore, ils mettent les pierres dans leur sac, ils mettent les mauvaises herbes dans leur sac. Encore, ils se servent du talon de leurs chaussures de foot pour aplanir le sol. Pour écraser chaque motte de gazon, pour combler chaque trou. Encore. D'un bord du terrain d'entraînement jusqu'au bord opposé. Encore, ils atteignent le bord opposé, font demi-tour et reviennent. Encore, ils ramassent les pierres qu'ils n'ont pas vues auparavant. Les morceaux de brique, les tessons de bouteille. Encore, ils arrachent les mauvaises herbes qui leur ont échappé. Les pissenlits et les chardons. Encore, ils aplanissent le sol. En écrasant chaque motte de terre et en comblant chaque trou. Et encore, quand ils reviennent à leur point de départ, ils font demi-tour de nouveau et repartent vers l'autre bout du terrain. Encore une fois. En ramassant les pierres, en arrachant les mauvaises herbes.

Et ils recommencent. Les joueurs du Liverpool Football Club continuent de courir autour du terrain d'entraînement. Tous les quarante. Mais aujourd'hui les joueurs du Liverpool Football Club ne regardent pas les huit hommes qui travaillent. Les huit hommes qui ramassent les pierres, les huit hommes qui arrachent les mauvaises herbes. Avec leurs sacs et leurs transplantoirs. Aujourd'hui les joueurs du Liverpool Football Club ne ralentissent pas l'allure. Aucun des quarante joueurs ne ralentit. Aujourd'hui les joueurs du Liverpool Football Club ne traînent pas en route.

Et on recommence. Bill Shankly, Bob Paisley, Joe Fagan, Reuben Bennett, Albert Shelley, Arthur Riley, Tom Bush et Eli Wass atteignent l'autre bout du terrain d'entraînement pour la douzième fois. Encore. Ils ont huit sacs de pierres et de mauvaises herbes. Mais aujourd'hui les huit sacs de pierres et de mauvaises herbes ne sont pas aussi remplis. Encore, Bill Shankly sourit –

Ce n'est pas encore un terrain de boules, dit Bill Shankly. Pas tout à fait. Mais ça s'améliore. Donc, on s'en approche, messieurs.

Et de nouveau, Reuben Bennett donne un coup de sifflet. Et encore, Reuben Bennett crie, Dernier tour, les gars !

Et aujourd'hui les joueurs du Liverpool Football Club savent qu'il s'agit d'une course. Une course pour sauver sa peau. Les joueurs du Liverpool Football Club foncent autour du terrain d'entraînement. Tous les quarante. Et cette fois encore, Bill Shankly entre dans le pavillon. De nouveau, il en ressort en portant un grand sac rempli de ballons. Et encore, Bill Shankly se place au milieu du terrain d'entraînement. De nouveau, Bill Shankly ôte son pull. Bill Shankly ôte son maillot de foot. Bill Shankly ôte son maillot de corps. De nouveau. Bill Shankly sourit –

Bon, les gars, on va encore jouer à cinq contre cinq !

Bob Paisley, Joe Fagan et Reuben Bennett répartissent les joueurs du Liverpool Football Club en huit équipes de cinq. Et Bob Paisley, Joe Fagan et Reuben Bennett divisent le terrain d'entraînement en quatre terrains plus petits. Bob Paisley, Joe Fagan et Reuben Bennett serviront d'arbitres. Et Albert Shelley sera le quatrième arbitre. Bill Shankly ne fera pas fonction d'arbitre. Bill Shankly ne restera pas sur la ligne de touche en spectateur. S'il y a une partie de football à jouer,

alors Bill Shankly joue. Bill Shankly joue –

Il joue et il court. Foulant chaque pouce de terrain. Foulant chaque brin d'herbe. Bill Shankly court. Il court et il crie. Il appelle. Il appelle constamment le ballon. Chaque ballon. Il exige le ballon. Chaque ballon. Il obtient le ballon. Chaque ballon. Il reçoit le ballon et il le passe. Et il court de nouveau. Foulant chaque pouce de terrain. Chaque brin d'herbe. Il court et il crie. Il appelle. Il exige. Il reçoit et il passe. Continuellement. Encore et encore. Une partie après l'autre.

Il court et il crie. Il appelle et il exige. Il reçoit et il passe. Jusqu'à ce que son équipe ait battu chacune des sept autres, battu toutes les autres à plate couture. Et Bill Shankly se dresse. De toute sa hauteur. Torse nu, en sueur. Hors d'haleine, le dos fumant. En plein hiver, au petit matin. Bill Shankly dressé, de toute sa hauteur –

Un pied sur le ballon. Les bras levés,
les poings serrés. Victorieux.

…

Le dimanche 28 décembre 1959, le Charlton Athletic vient jouer au stade d'Anfield, à Liverpool. Ce jour-là, 25 658 spectateurs se déplacent aussi. Deux mois plus tôt, quand Dave Hickson avait fait ses débuts devant Aston Villa, quand Dave Hickson avait marqué deux buts contre Aston Villa, lorsque le Liverpool Football Club avait battu Aston Villa 2-1, près de 50 000 spectateurs étaient venus au stade d'Anfield, à Liverpool. Mais pas aujourd'hui. Aujourd'hui il y a des sièges vides dans les tribunes, aujourd'hui il y a des sièges vides dans le Kop. Et il y a le silence, aussi. Mais à la 58e minute, Jimmy Harrower glisse le ballon à Tommy Leishman qui fait une passe en hauteur qu'Alan A'Court reprend de la tête pour l'envoyer dans les filets de Charlton. Cinq minutes plus tard, Jimmy Harrower lance Roger Hunt qui tire et marque le second but. Et le Liverpool Football Club bat Charlton Athletic 2-0. À domicile, à Anfield. Et le silence se prolonge. Pas d'insultes, pas de vociférations. Rien que le silence –

Mais plus après le coup de sifflet, le coup de sifflet final. Plus dans le vestiaire, le vestiaire de l'équipe qui joue à domicile. Bill Shankly danse, il passe d'un joueur à l'autre en faisant des claquettes. Il passe de Slater à Molyneux, de Molyneux à Moran, de Moran à Wheeler, de Wheeler à White, de White à Leishman, de Leishman à Melia, de Melia à Hunt, de Hunt à Hickson, de Hickson à Harrower et de Harrower à A'Court. Bill Shankly leur tape dans le dos, Bill Shankly leur serre la main. Il tape dans tous les dos et il serre toutes les mains. Il fait des claquettes et il chante, il chante leurs louanges, leurs louanges à tous –

Bravo, les gars. Bien joué. Vous avez été très bons, les gars. Vous avez été très bons. Tous autant les uns que les autres, les gars. Je n'aurais pas pu vous en demander davantage. Et ce n'est que le commencement, les gars. Ce n'est qu'un début. Alors, je veux vous voir tous demain matin à la première heure, les gars.

…

Le samedi 2 janvier 1960, le Liverpool Football Club se rend au stade de Boothferry Park, à Hull. À la 31e minute, Jimmy Melia marque. Et le Liverpool Football Club bat Hull City 1-0. À l'extérieur, ailleurs qu'à Anfield.

Une semaine plus tard, Leyton Orient vient jouer à Anfield, à Liverpool. Cet après-midi-là, 40 343 spectateurs se déplacent également. Pendant la 1re minute, Roger Hunt marque. À la 62e, Foster marque pour Leyton Orient. Mais à la dernière minute, Roger Hunt marque de nouveau. Et le Liverpool Football Club bat Leyton Orient 2-1 au 3e tour de la Coupe d'Angleterre. À domicile, à Anfield –

Après le coup de sifflet, le coup de sifflet final. Dans le bureau de Bill Shankly, devant sa table de travail. Horace Yates, du *Liverpool Daily Post*, voit Bill Shankly bondir de derrière la table. Horace Yates regarde Bill Shankly arpenter le bureau. Il le regarde faire les cent pas et il l'écoute parler. Parler à toute vitesse, à cent à l'heure –

Il parle et il déambule, il déambule et il parle,
il parle de l'avenir,
de l'avenir qui commence maintenant –

Les portes d'Anfield, les portes de Melwood, sont grandes ouvertes. Grandes ouvertes, Horace. À tous les élèves et tous les jeunes du Merseyside. Les portes sont ouvertes, Horace. Il faut qu'ils viennent sans hésiter. Sans aucune timidité, Horace. Qu'ils viennent pour qu'on leur apprenne à pratiquer ce sport et à s'entraîner. Tous sans exception. Tous les gamins à cent cinquante kilomètres à la ronde qui ont un jour tapé dans un ballon. Ils sont tous les bienvenus. Tous les bienvenus, Horace. Et nous les observerons tous. Chaque gamin, chaque jeune qui montrera un certain potentiel, nous l'aiderons à développer celui-ci, Horace. Telle est ma promesse. De donner une chance à chaque gamin, à chaque jeune qui franchira nos portes. La chance, Horace. Parce que c'est à cela que je crois. Donner une chance aux gens, quels qu'ils soient, d'où qu'ils viennent, leur donner cette chance. Cette chance, Horace. Parce que si on ne leur donne pas cette chance, il n'y a aucun espoir qu'on puisse découvrir des talents. Et si un gamin, si un jeune a en lui une once de talent, nous ferons de notre mieux pour qu'il puisse l'exprimer. De notre mieux, Horace. Car c'est à cela que je crois. Découvrir ce talent. Puis donner à ce talent une chance de s'épanouir. Le faire s'exprimer. Puis le développer. C'est pourquoi ils sont tous les bienvenus. Ils sont tous les bienvenus, Horace –

Plus ils seront nombreux, mieux cela vaudra. Plus on est de fous, plus on rit...

Bill Shankly se rassoit derrière la table. Bill Shankly regarde Horace Yates par-dessus la table –

Vous savez, à l'heure actuelle, passer de l'école au football professionnel ne représente plus un pas de géant. La différence n'est plus si grande, Horace. De nos jours. Et quand on sait à quel point il est difficile de trouver des joueurs expérimentés. Et à quel point il est coûteux de se les procurer. Il est beaucoup plus logique d'en chercher tout près de chez soi, non ? Et je ne peux vraiment pas croire, je me refuse tout simplement à croire, dans une ville aussi concernée par le football, aussi dingue de football que Liverpool, que nous ne puissions pas découvrir les talents dont nous avons besoin. Les garçons qu'il nous faut. Et si nous en trouvons un nombre suffisant...

Bill Shankly saute de nouveau sur ses pieds, Horace Yates fait un bond dans son fauteuil. Bill Shankly arpente la pièce de nouveau, Horace Yates tourne de nouveau la tête pour le suivre du regard. Horace Yates écrivant aussi vite que possible, Bill Shankly parlant le plus vite possible –

S'il en vient un nombre suffisant, alors nous sommes sûrs de recruter un certain pourcentage de champions. J'en suis certain, Horace. Je le sais. Je sais que dans les trois ans suivant la fin de leur scolarité, ces garçons pourraient intégrer l'équipe première. J'en suis sûr. Et je suis sûr que cela ne prendra même pas aussi longtemps. Pas aussi longtemps que ne le prétendraient les cyniques. Pas aussi longtemps, Horace. Pas aussi longtemps que s'il était impossible de se procurer le matériau prêt à l'emploi. Ou que si c'était vraiment trop difficile. Ou que si c'était pour les gamins un choix déchirant. Regardez Roger Hunt. Combien d'autres Roger Hunt y a-t-il à Liverpool en ce moment même, qui jouent pour leur école, qui jouent dans leur rue ? Regardez combien nous en avons trouvé à Leeds Road. À Huddersfield, Horace. Dans une ville de cette dimension-là. Une ville aussi petite que ça, Horace. Ici, cela devrait être bien plus facile, dans cette ville-ci, d'une telle dimension, avec toute sa population, toute son histoire, toute sa passion. Sa passion pour le football, Horace. Je refuse de croire qu'il n'y ait pas de gamins, qu'il n'y ait pas de jeunes, ici, qui pensent, qui mangent, qui dorment football. Qui ne rêvent que de faire carrière dans le foot, et qui n'attendent qu'une chose : qu'on leur en donne l'occasion. Qu'on leur donne une chance. Une chance, Horace. Alors, tout ce que je demande, c'est que ces gamins, ces jeunes, me donnent l'occasion, me donnent une chance de les aider à atteindre leur but, à réaliser leur rêve. S'ils m'en donnent l'occasion, Horace, je leur donnerai leur chance...

Bill Shankly parle et déambule, il déambule et il parle,

plantant son index dans la poitrine d'Horace Yates, regardant Horace Yates dans les yeux, en lui disant –

Le football, c'est ma vie. Ma vie, Horace. Alors, peu importe le temps que cela prendra, le temps que je passerai à former ces gamins, ces jeunes. Parce que j'ai de grands espoirs. De grands espoirs, Horace. Et je connais les gamins, les jeunes de Liverpool, je sais qu'ils ne me décevront pas. Ils ne me décevront pas. Alors, pour moi, tout est possible. Tout est possible, Horace. Alors, les portes sont ouvertes. Les portes sont ouvertes, Horace. Et elles le resteront. Aussi longtemps que je serai au Liverpool Football Club, les portes resteront ouvertes. Toujours ouvertes, Horace. Toujours.

…

Le samedi 16 janvier 1960, Sheffield United vient jouer au stade d'Anfield, à Liverpool. Cet après-midi-là, 33 297 spectateurs se déplacent aussi. À la 9e minute, Jimmy Melia marque. À la 15e minute, Roger Hunt marque. Et à la 68e minute, Roger Hunt marque de nouveau. Quinze minutes plus tard, Dave Hickson est expulsé. Mais le Liverpool Football Club bat quand même Sheffield United 3-0. À domicile, à Anfield –

Chaque matin, tous les jours de la semaine. Au stade, dans le vestiaire. Les joueurs et les entraîneurs du Liverpool Football Club ôtent leur costume et leur cravate. Et leurs chaussures. Chaque matin. Les joueurs et les entraîneurs du Liverpool Football Club enfilent leur pantalon de survêtement et leur pull. Et leurs chaussures de foot. Chaque matin. Les joueurs et les entraîneurs du Liverpool Football Club sortent du vestiaire et suivent le couloir. Les joueurs et les entraîneurs du Liverpool Football Club sortent du stade et entrent dans le parking d'Anfield. Chaque matin. Les joueurs et les entraîneurs du Liverpool Football Club montent dans le bus pour Melwood. Chaque matin. Les joueurs et les entraîneurs du Liverpool Football Club se rendent à Melwood en bus pour s'entraîner.

Et chaque matin, après l'entraînement et une bonne tasse de thé. Les joueurs et les entraîneurs du Liverpool Football Club remontent dans le bus. Et chaque matin. Les joueurs et les entraîneurs du Liverpool Football Club retournent à Anfield. Chaque matin. Les joueurs et les entraîneurs descendent du bus dans le parking d'Anfield et entrent dans le stade. Chaque matin. Les joueurs et les entraîneurs du Liverpool Football Club reprennent les couloirs et regagnent le vestiaire. Chaque matin. Les joueurs et les entraîneurs ôtent leurs chaussures de foot. Leur pull et leur pantalon de survêtement. Et chaque matin. Les joueurs et les entraîneurs du Liverpool Football Club entrent dans les douches et les salles de bains. Chaque matin. Les joueurs et les entraîneurs du Liverpool Football Club se lavent et se rhabillent, passant de nouveau leur costume et leur cravate. Et leurs chaussures. Et puis, chaque matin. Les joueurs et les entraîneurs du Liverpool Football Club se disent, Au revoir. À demain. Prends bien soin de toi. À bientôt. Tel était le code de conduite à Liverpool. Chaque matin –

Le code de conduite à Anfield –

Et chaque matin. Un jeune gars tenant un balai est planté près du bus dans le parking d'Anfield. Chaque matin. Le jeune gars tenant un balai regarde les joueurs et les entraîneurs du Liverpool Football Club monter dans le bus pour Melwood. Et chaque matin. Le jeune gars rêve du jour où il n'aura plus de balai entre les mains. Du jour où il aura aux pieds des chaussures de foot. Du jour où il montera dans le bus pour Melwood –

Comment tu t'appelles, petit ? demande Bill Shankly.

Le jeune gars sursaute. Arraché à son rêve, il se retrouve dans le parking. Et le jeune gars répond, Christopher Lawler, monsieur.

Qu'est-ce que tu fais planté là, petit ? demande Bill Shankly. Pourquoi tu ne t'es pas déjà changé ? Pourquoi tu n'es pas encore dans le bus, petit ? Dépêche-toi.

Le jeune gars répond, Mais j'ai mon travail à faire, monsieur. Mon travail. Et en quoi il consiste, ton travail, petit ? demande Bill Shankly.

Le jeune gars dit, Pendant la journée, il faut que je m'occupe du nettoyage, monsieur. C'est mon boulot. C'est ça, mon travail, monsieur.

Mais alors, quand est-ce que tu t'entraînes, petit ? demande Bill Shankly. Quand est-ce que tu joues au football, mon gars ?

On s'entraîne le soir, monsieur.

Vous attendez jusqu'au soir pour faire votre foutu entraînement ?

Oui, monsieur. Le soir. Tous les jeunes s'entraînent le soir.

Plus maintenant, c'est fini, petit, dit Bill Shankly. Alors tu vas rassembler tous les autres, tous les gars de l'équipe de nettoyage. Et tu leur dis de se changer et de monter dans ce bus. Parce que vous êtes ici pour jouer au football d'abord et pour nettoyer ensuite. Alors vous jouerez au foot dans la journée et vous ferez le nettoyage le soir. Est-ce que c'est bien clair, petit ? C'est compris ?

Oui, monsieur.

Alors, ne reste pas planté là, mon gars. Fais ce que je te dis. Dépêche-toi, petit. On n'a pas toute la sainte journée. On a notre football qui nous attend !

…

Après leur déjeuner, pendant l'après-midi. Les dirigeants du Liverpool Football Club sont installés dans la salle de conférences, à Anfield. Les dirigeants du Liverpool Football Club attendent Bill Shankly. Une fois de plus. Les dirigeants du Liverpool Football Club entendent des pas dans le couloir. Une fois de plus. Des pas vifs, des pas pesants. Et on frappe à la porte.

Et Tom Williams dit, Entrez.

Bill Shankly ouvre la porte. Bill Shankly entre dans la salle. Une fois de plus. Le regard de Bill Shankly fait le tour de la salle –

Vous vouliez me voir ? demande Bill Shankly.

Tom Williams répond, Oui. Asseyez-vous, je vous prie, monsieur Shankly.

Bill Shankly s'assied à la longue table. Le regard de Bill Shankly parcourt la longue table pour voir tous les dirigeants du Liverpool Football Club.

Tom Williams dit, Je crains que vous n'ayez semé la pagaille dans l'organisation de notre club, monsieur Shankly. Nous avons besoin de nos jeunes pour aider le personnel à nettoyer le stade. C'est leur travail, monsieur Shankly.

Je le sais, répond Bill Shankly. Je sais que cela fait partie de leur travail. Mais avant toute chose, ils sont ici pour jouer au football. Ça ne les empêche pas de faire du nettoyage, d'aider le personnel d'entretien, mais ils peuvent le faire le soir. Pendant la journée, ils devraient jouer au football. Ils devraient être en train de s'entraîner. De se perfectionner. Au lieu de nettoyer les toilettes.

Tom Williams sourit. Et Tom Williams dit, Nous savons tous avec quel dévouement vous tenez à former les jeunes joueurs, monsieur Shankly. C'est l'une des raisons pour lesquelles nous tenions à vous engager comme manager du Liverpool Football Club. À cause de votre réussite avec les jeunes joueurs de Huddersfield Town. Mais nous avons nos habitudes, nos façons de faire. Et si ces habitudes, ces façons de faire, ne vous conviennent pas, alors vous devriez nous en parler d'abord, monsieur Shankly.

Ma foi, si vous ne tenez pas à ce que je forme ces gamins, ces jeunes…

Nous n'avons jamais dit cela, monsieur Shankly. Ce n'est pas ce que nous voulons dire.

Alors, il faut que vous me laissiez acheter des joueurs. Des joueurs valables. Parce que, franchement, les joueurs que vous avez ici ne sont pas assez bons pour le Liverpool Football Club.

Tom Williams se carre dans son fauteuil. Et Tom Williams dit, Et à qui pensiez-vous, monsieur Shankly ? Quels joueurs devrions-nous acheter ? Nous vous écoutons, monsieur Shankly. Veuillez nous indiquer leurs noms.

Eh bien, répond Bill Shankly, je peux vous donner deux noms.

Tom Williams répète, Nous vous écoutons…

Denis Law de Huddersfield Town, dit Bill Shankly. Et Jack Charlton de Leeds United. Pour commencer, en fait. Juste pour commencer.

Les dirigeants du Liverpool Football Club sourient. Les dirigeants du Liverpool Football Club ricanent. Et l'un d'eux dit, Denis Law ? Monsieur Shankly, vous devriez savoir mieux que quiconque ce que coûterait Denis Law. Huddersfield demande déjà plus de 50 000 livres pour ce garçon. C'est un joueur pour un club comme Arsenal ou Tottenham. Pour Manchester United ou Manchester City. Pas pour le Liverpool Football Club.

Et c'est bien là que se trouve votre problème, dit Bill Shankly. Exactement là. Et pas ailleurs. C'est votre façon de penser qui pose problème. Vous devriez vous dire que Denis Law est un joueur pour le Liverpool Football Club. Que seuls des joueurs aussi bons que Denis Law peuvent jouer pour le Liverpool Football Club…

Mais nous n'avons pas les fonds, monsieur Shankly.

Vous n'avez pas l'ambition !

Tom Williams s'avance dans son fauteuil. Tom Williams pose les mains devant lui sur la table. Et Tom Williams dit, Monsieur Shankly, monsieur Shankly, je vous en prie. Nous voulons tous ce qu'il y a de mieux pour le Liverpool Football Club. Le meilleur du meilleur. Mais nous n'avons tout simplement pas les fonds nécessaires pour acheter Denis Law. J'aimerais bien que nous les ayons. Sincèrement. Mais nous ne les avons pas. Cela dit, qu'en est-il de Jack Charlton ? Croyez-vous franchement que Leeds United soit prêt à le vendre ? Ils sont au bord du gouffre, en première division. Il est peu probable qu'ils se séparent d'un de leurs meilleurs joueurs, vous ne croyez pas, monsieur Shankly ? Leur demi-centre ?

Je crois qu'ils le vendraient peut-être. Il me semble qu'au moins cela vaut la peine de leur demander.

Eh bien, alors, posez-leur la question, monsieur Shankly. Demandez-leur.

…

Après leur déjeuner tardif, en fin d'après-midi. Les dirigeants du Leeds United Association Football Club sont installés dans leur salle de conférences, au stade d'Elland Road, à Leeds. Les dirigeants du Leeds United Association Football Club entendent résonner des pas dans le couloir. Des pas vifs, des pas pesants. On frappe à la porte. Vivement et avec force.

Le président de Leeds United dit, Entrez !

Bill Shankly ouvre la porte. Bill Shankly entre dans la salle de conférences d'Elland Road. Le regard de Bill Shankly fait le tour de la salle. D'un dirigeant à l'autre. Et Bill Shankly sourit –

Je m'appelle Bill Shankly. J'entraîne le Liverpool Football Club. Et je suis venu acheter Jack Charlton.

Les dirigeants du Leeds United Association Football Club regardent Bill Shankly, assis au bout de la longue table. Et puis leur président demande, Et quel prix seriez-vous prêt à payer pour Charlton ?

Nous vous proposons 15 000 livres, répond Bill Shankly.

Les dirigeants du Leeds United Association Football Club secouent la tête. Et leur président dit, Charlton vous en coûtera 20 000, Shankly, 20 000 livres. Et pas un penny de moins.

Et que diriez-vous de 18 000 livres ? demande Bill Shankly.

J'ai dit 20 000 livres, Shankly.

Bien, dit Bill Shankly. Ce sera donc 20 000 livres. Mais j'ai besoin de passer un coup de téléphone.

Les dirigeants du Leeds United Association Football Club sourient. Et leur président dit, Allez passer votre coup de téléphone, Shankly.

Après un dîner pris de bonne heure, en début de soirée, Tom Williams décroche son téléphone dans l'entrée de son appartement. Et Tom Williams dit, Oui ?

Monsieur Williams ? Bill Shankly à l'appareil.

Tom Williams répond, Bonsoir, monsieur Shankly. Que puis-je –

Je suis à Elland Road. À Leeds. Et j'ai une nouvelle fabuleuse à vous annoncer. Une nouvelle incroyable ! Leeds United veut bien nous vendre Jack Charlton. Ils sont prêts à le vendre. C'est incroyable. C'est fabuleux !

Tom Williams dit, Je suis très content de l'apprendre, monsieur Shankly. Alors, combien demandent-ils pour Charlton ?

Ils veulent 20 000 livres. Seulement 20 000 livres, monsieur.

Tom Williams soupire. Et Tom Williams dit, Mais nous avons approuvé un montant de 18 000 livres, monsieur Shankly.

Je le sais. Je le sais bien, monsieur. Mais pour 2 000 livres de plus, seulement 2 000 livres de plus, ils acceptent de le vendre. Et après Jack Charlton sera un joueur de Liverpool.

Tom Williams soupire de nouveau. Et Tom Williams dit, Monsieur Shankly, comme vous le savez, j'ai parlé aux autres dirigeants, et je crains que nous ne puissions pas débourser plus de 18 000 livres. C'est notre dernier mot : 18 000 livres.

Mais je sais qu'ils ne le vendront pas pour 18 000 livres, monsieur Williams. Ils en demandent 20 000. Seulement 2 000 de plus, monsieur Williams…

Tom Williams dit, Mais notre offre est de 18 000 livres.

Monsieur Williams, je suis Jack Charlton depuis son adolescence. Je l'ai vu jouer bien des fois. Il joue avec autorité. Il joue avec courage. Il sera bel et bien la colonne vertébrale du Liverpool Football Club. La colonne vertébrale, monsieur Williams. Et tout ce qu'ils veulent, c'est 2 000 de plus ; 2 000 de plus et il est à nous. À nous…

Tom Williams réplique, Je regrette, monsieur Shankly. C'est 18 000 livres. C'est notre dernière offre. Au revoir, monsieur Shankly.

Après leur cognac, avec leur cigare. Les dirigeants du Leeds United Association Football Club sont assis dans la salle à manger, à Elland Road. Les dirigeants du Leeds United Association Football Club entendent frapper à la porte. Moins vivement et avec moins de force.

Le président de Leeds United dit, Entrez !

Bill Shankly ouvre la porte. Bill Shankly entre dans la salle à manger. Le regard de Bill Shankly fait le tour de la table. D'un dirigeant à l'autre. Et Bill Shankly attend.

Le président de Leeds United dit, Alors, Shankly ? Qu'avez-vous à nous annoncer ?

Notre offre est de 18 000 livres, répond Bill Shankly.

Fermez la porte en sortant, Shankly.

…

Le samedi 30 janvier 1960, Manchester United vient jouer au stade d'Anfield, à Liverpool. Cet après-midi-là, 56 736 spectateurs se déplacent aussi. Sous la pluie et en plein vent, 56 736 personnes viennent voir la rencontre entre le Liverpool Football Club et Manchester United comptant pour le quatrième tour de la Coupe d'Angleterre. À domicile, à Anfield. Dans le vestiaire, le vestiaire de l'équipe qui reçoit. Les joueurs du Liverpool Football Club lèvent les yeux depuis leurs bancs. Les joueurs du Liverpool Football Club regardent Bill Shankly. Bill Shankly vêtu de son plus beau pardessus, Bill Shankly coiffé de son plus beau chapeau. Le regard de Bill Shankly fait le tour du vestiaire. Passant d'un joueur à l'autre. De Slater à Molyneux, de Molyneux à Moran, de Moran à Wheeler, de Wheeler à White, de White à Leishman, de Leishman à Melia, de Melia à Hunt, de Hunt à Hickson, de Hickson à Harrower et de Harrower à A'Court. Bill Shankly se frotte les mains. Et Bill Shankly sourit –

Quelle journée nous allons vivre, les gars ! Un grand jour, c'est sûr ! Les spectateurs sont venus en masse, la foule est là. Il doit bien y en avoir 60 000. Bon sang, 60 000 ! Et l'équipe qui est là, le manager qui est là. De l'autre côté du couloir, dans ce vestiaire. Je veux dire, Matt, je le connais bien. Je le connais très bien. Il a été un joueur que j'admirais et c'est un manager que j'admire. Un homme que j'admire. Quand je pense à ce qu'a fait Matt à United. Aux équipes qu'il a montées, au club qu'il a créé. À la façon dont United joue, dont United fonctionne. C'est une source d'inspiration, les gars. Une source d'inspiration pour nous tous. Je veux dire, je n'ai pas besoin d'expliquer, à aucun d'entre vous, ce que Matt a subi, ce que cette équipe a subi. Ce fameux jour. Que je n'oublierai jamais. J'étais dans mon bureau, à Leeds Road, quand le téléphone a sonné pour m'annoncer la nouvelle. La nouvelle en provenance de Munich. Et je suis rentré directement chez moi. J'ai allumé la télévision et j'ai attendu d'autres informations. J'ai attendu et j'ai prié. Mais alors j'ai entendu Harold Hardmann, le président de Manchester United. Je l'ai entendu annoncer que Matt avait péri. Que Matt était mort. Et je n'arrivais pas à y croire, les gars. J'ai refusé d'y croire. Et je n'ai pas peur de le dire, je me suis mis à genoux et j'ai prié. J'ai prié comme je n'avais jamais prié pour quoi que ce soit auparavant. Et mes prières ont été entendues. Dieu merci. Matt a survécu. Mais Tommy Curry était parmi les victimes. L'un des vingt-trois morts. Et je connaissais bien Tommy, du temps où j'étais à Carlisle. Et Tommy était mort. Et huit joueurs de l'équipe. Des hommes que nous connaissions. Des hommes qui sont morts. Mais Matt a survécu. Contre toute attente. Il a refusé de céder, refusé de se rendre. Et il est retourné travailler, il est retourné à United. Il a recommencé. Il a reconstruit l'équipe. Il l'a ressuscitée. Et la voici. Une nouvelle équipe, un nouvel United. Et c'est pourquoi Matt est une source d'inspiration pour moi, les gars. Une source d'inspiration. Alors, laissez cette équipe être une source d'inspiration pour vous, les gars. Une source d'inspiration. Mais n'oubliez pas de les battre, les gars. Et si vous n'arrivez pas à les battre, alors n'oubliez pas de prendre des leçons auprès d'eux. Et ces leçons, savourez-en chaque miette…

À la 13e minute, Charlton marque. À la 36e, Wheeler égalise. À la 44e minute, Charlton marque de nouveau. À la 69e, Bradley marque. Et le Liverpool Football Club est battu 3-1 par Manchester United au quatrième tour de la Coupe d'Angleterre. À domicile, à Anfield –

Après le match, après le coup de sifflet final. Sous la pluie et en plein vent. Matt Busby longe la ligne de touche. La ligne de touche d'Anfield. Matt Busby sourit à Bill Shankly. Matt Busby pose une main sur l'épaule de Bill Shankly. Matt Busby serre la main de Bill Shankly. Et Matt Busby dit, Tes gars ont fait preuve de beaucoup de combativité, aujourd'hui, Bill. Et de beaucoup de courage, aussi. Alors, vous réussirez, Bill. Vous réussirez.

4

Après la saison, avant la saison

Dans leur maison vide, leur maison jumelle de Bellefield Avenue, à West Derby, banlieue de Liverpool. Bill et Ness parcourent les pièces. Bill et Ness montent l'escalier. Bill et Ness entrent dans l'une des chambres. Bill et Ness s'approchent de la fenêtre. À travers la vitre, à travers les arbres. Bill et Ness voient sur une pelouse des hommes taper dans des ballons.

Quelle équipe est-ce là ? demande Ness.

Bill répond, Everton, l'autre équipe de Liverpool.

C'est là qu'Everton s'entraîne, alors ? dit Ness.

Bill hoche la tête. Et Bill dit, Oui. C'est Bellefield, chérie.

C'est pratique, alors, dit Ness. Tu pourras donc garder un œil sur eux, chéri, n'est-ce pas ?

Bill sourit. Et Bill dit, Oui, je n'y manquerai pas. Tu peux me faire confiance, chérie.

Alors, elle te plaît, cette maison ? demande Ness.

Bill répond, Si elle te convient aussi.

Oui, je l'aime bien, chéri.

…

Dans son bureau, assis à sa table. Bill ouvre le journal. De nouveau. Bill parcourt le tableau final des championnats pour la saison 1959-1960. Aston Villa est sacré champion de la deuxième division avec 59 points. Cardiff City finit à la seconde place avec 58 points. Cardiff

City est promu en première division avec Aston Villa. Le Liverpool Football Club est troisième avec 50 points. Le Liverpool Football Club n'est pas promu. Huddersfield Town non plus. Huddersfield Town termine sixième avec 47 points. Depuis que Bill a quitté Leeds Road, depuis que Bill est venu à Anfield, le Liverpool Football Club a gagné onze rencontres, en a perdu cinq, et a fait cinq matchs nuls. Dans son bureau, à sa table de travail. Bill ouvre un tiroir. Bill en sort une paire de ciseaux et un pot de colle. Bill découpe dans le journal l'ultime tableau de la saison 1959-1960 du championnat. Bill ouvre son carnet. Son carnet rempli de noms, son carnet rempli de notes manuscrites. Bill colle l'ultime tableau de championnat dans son carnet. Son recueil de noms, son recueil de notes. Dans le bureau, à sa table de travail. Bill tourne les pages de son carnet. Les pages remplies de noms, les pages remplies de notes. Les noms des joueurs, les remarques sur les joueurs. Bill s'était débarrassé de Doug Rudham, Fred Morris, Reg Blore et Barry Wilkinson. Bill avait fait venir Kevin Lewis de Sheffield United. Bill avait fait venir Alf Arrowsmith d'Ashton United. Alf Arrowsmith avait dix-sept ans. Bill avait voulu faire venir d'autres joueurs. Des joueurs plus expérimentés. De meilleurs joueurs. Bill avait toujours envie de faire venir d'autres joueurs. Dans son bureau, à sa table de travail. Bill referme son carnet. Son carnet rempli de noms, son carnet rempli de notes. De nouveau.

…

Dans le parking à Anfield. En pull et pantalon de survêtement, Bill est seul dans le parking d'Anfield. Bill guette l'arrivée du bus pour Melwood. Le bus n'est pas là. Les joueurs du Liverpool Football Club sortent du stade. En pull et pantalon de survêtement. Bill salue chacun des joueurs du Liverpool Football Club. Bill leur serre la main, Bill leur tape dans le dos. Bill leur demande des nouvelles de leur famille, Bill leur pose des questions sur leurs vacances. Bob, Joe, Reuben, Arthur et Albert sortent du stade. Et Bill regarde sa montre. Bill regarde Bob, Joe, Reuben, Arthur et

Albert. Et Bill demande, Où est-il, ce sacré bus ? C'est le premier jour d'entraînement avant le début de la saison. Et le bus n'est pas là, le bus est en retard. Que se passe-t-il ?

On ne se sert pas du bus en été, dit Albert. On ne l'a jamais fait, patron. Pas durant la première semaine. La première semaine, on va toujours à Melwood en courant, patron. Et puis on revient ici en courant…

Bill répète, Vous allez à Melwood en courant ?

Oui, dit Albert. On court jusqu'à Melwood. C'est l'entraînement sur route. Pour améliorer leur forme physique, leur résistance…

Bill secoue la tête. Bill prend à part Bob, Joe, Reuben, Arthur et Albert. Et Bill dit, Je n'y crois pas, à l'entraînement sur route. Je n'y ai jamais cru. Les footballeurs jouent sur herbe. Donc, c'est sur herbe qu'ils doivent s'entraîner à courir. Pas sur des routes. Pas sur du béton. Il n'y a pas plus sûr moyen pour un joueur de se déchirer un muscle ou de se blesser que de courir sur une route. C'est sur herbe qu'ils doivent améliorer leur forme physique, accroître leur résistance. C'est ma méthode à moi. Sur herbe. Et avec un ballon. Un fichu ballon de foot !

Bob, Joe, Reuben, Arthur et Albert échangent des regards. Bob, Joe, Reuben, Arthur et Albert hochent la tête. Et puis Bob dit, Je vais appeler le chauffeur du bus, patron. Je vais lui passer un coup de fil…

Bill regarde sa montre de nouveau. Et Bill dit, Merci, Bob. Mais on perd du temps. On ne peut pas se le permettre. Alors, on va aller à Melwood à pied, aujourd'hui. Sans se presser. Mais demain, on prendra le bus.

…

Dans leur nouvelle maison à Liverpool, dans leur nouvelle chambre et leur ancien lit. Bill attend l'aube, Bill attend la lumière. L'aube nouvelle et la lumière nouvelle. Et puis Bill saute du lit. Bill se rase et Bill se lave. Vite. Bill met son costume et Bill met sa cravate. Vite. Bill descend l'escalier et Bill prend le petit déjeuner avec Ness et leurs filles. Vite. Bill les embrasse et Bill sort de la maison. Vite. Bill monte dans sa voiture et Bill se rend à Anfield.

Au stade, dans son bureau. Bill regarde sa montre. Et Bill fait les cent pas et Bill fait les cent pas. Et Bill entend les gens arriver, arriver à Anfield. Ils franchissent les tourniquets, ils montent dans les tribunes. Alors Bill cesse d'arpenter son bureau. Bill regarde sa montre de nouveau. Et maintenant Bill sourit.

Dans le vestiaire, le vestiaire de l'équipe qui reçoit. Le regard de Bill passe d'un joueur à l'autre. De Slater à Byrne, de Byrne à Moran. De Moran à Wheeler. De Wheeler à White. De White à Leishman. De Leishman à Lewis. De Lewis à Hunt. De Hunt à Hickson. De Hickson à Melia. De Melia à A'Court. Et Bill frappe dans ses mains. Bill sourit. Et Bill dit, C'est pour aujourd'hui, les gars. Le départ. Le vrai départ, les gars. Le commencement de tout. Le premier match de la nouvelle saison, les gars. À domicile contre Leeds United. Une occasion en or de faire connaître nos intentions, les gars. Une chance idéale de montrer au monde entier quels objectifs on s'est fixés.

Et il y aura plus de 40 000 spectateurs pour nous regarder, les gars. Pour voir ce qu'on a dans le ventre. Alors, pour nous, c'est l'occasion ou jamais, les gars. L'occasion de montrer qu'on n'est pas là pour rigoler, mais pour passer en première division. Parce que c'est le seul objectif qui compte, les gars. La seule chose qui compte. Alors, vous allez vous retrouver sur la pelouse, les gars. Et vous allez montrer aux gens qui sont venus aujourd'hui, qui ont payé leur billet aujourd'hui. Vous allez montrer à ces spectateurs qu'ils ont eu raison de venir, qu'ils ont eu raison de payer pour nous voir jouer aujourd'hui, les gars. Parce que cette saison, il faudra nous prendre au sérieux. Cette saison, nous allons gagner le championnat, les gars. Et nous passerons en première division.

Depuis le banc de touche, le banc de touche d'Anfield. Bill observe les joueurs du Liverpool Football Club sur la pelouse. La pelouse d'Anfield. En plein soleil, les joueurs du Liverpool Football Club éblouissent. En plein soleil, dans leur tenue. Leurs maillots rouges, leurs shorts blancs. Et leurs bas blancs. Et depuis le banc de touche. Le banc de touche d'Anfield. Bill entend le coup de sifflet, Bill entend la foule rugir. La foule d'Anfield. Et sur le banc de touche. Bill s'avance sur le banc. Jusqu'au bord du banc. Son regard vole, ses mains s'agitent. Et ses jambes tressautent. Avec chaque ballon, avec chaque coup de pied. Et avec chaque passe. Avec chaque tacle et chaque tir. Son regard vole, ses mains s'agitent. Ses jambes tressautent. Avec chaque ballon. Chaque coup de pied et chaque passe, chaque tacle et chaque tir. Et à la 28e minute, Kevin Lewis marque son premier but pour le Liverpool Football Club. Sept minutes plus tard, Dave Hickson en marque un second. Et depuis le banc de touche, Bill entend le coup de sifflet final. Et Bill entend les acclamations de la foule. La foule d'Anfield. Et sur le banc de touche. Le banc de touche d'Anfield. Bill sourit. Bill se lève. Et Bill longe la ligne de touche. La ligne de touche d'Anfield.

Dans le vestiaire, le vestiaire de l'équipe qui reçoit. Bill passe en dansant d'un joueur au suivant. De Bert à Gerry. De Gerry à Ronnie. De Ronnie à Johnny. De Johnny à Dick. De Dick à Tommy. De Tommy à Kevin. De Kevin à Roger. De Roger à Dave. De Dave à Jimmy. Et de Jimmy à Alan. Bill danse et Bill chante. Bill chante les louanges de chaque joueur, de chaque homme. Il leur tape dans le dos et il leur serre la main. Il tape dans le dos de Bob et de Reuben, il serre la main de Bob et celle de Reuben. Et Bill dit, Bien joué, les gars. Bravo. Vous avez été magnifiques, les gars. Magnifiques. Tous autant les uns que les autres, les gars. Je n'aurais pas pu vous en demander davantage. Mais ce n'est que le début, les gars. Que le début. Vous le savez bien, les gars. Nous le savons tous. Mais si vous jouez comme ça, les gars. Si vous jouez comme ça à chaque rencontre. Chaque match, les gars. Alors, cette année, ce sera notre grande saison. Notre grande saison, les gars.

…

Dans le vestiaire, le vestiaire dc l'équipe qui reçoit. Sur le banc, dans le silence. Bill secoue la tête et Bill soupire. Bill secoue la tête de nouveau et Bill ferme les yeux. Quatre jours après avoir battu Leeds United, le Liverpool Football Club avait perdu 4-1 à Southampton. Trois jours plus tard, le Liverpool Football Club avait concédé le match nul, 1-1, à Middlesborough. Et puis aujourd'hui, le Liverpool Football Club venait de perdre 1-0 contre Southampton. À domicile, à Anfield. À la date d'aujourd'hui, le Liverpool Football Club n'avait engrangé que trois points après ses quatre premiers matchs. Dans le vestiaire, le vestiaire de l'équipe qui reçoit. Sur le banc, dans le silence. Bill rouvre les yeux, Bill secoue la tête de nouveau. Bill lâche un juron. Et Bill dit, C'est insuffisant. Insuffisant pour moi et insuffisant pour le Liverpool Football Club. Pour les supporters du Liverpool Football Club. C'est insuffisant, bon sang !

…

Dans la salle de conférences, la salle de conférences d'Anfield. Dans le fauteuil, au bout de la longue table. Bill dit, Alors, quoi ?

Alors, qu'avez-vous à dire sur le départ que nous avons pris pour cette nouvelle saison ? demandent les dirigeants du Liverpool Football Club.

Il est insuffisant, je le sais.

En ce cas, qu'avez-vous l'intention de faire pour y remédier, monsieur Shankly ?

Bill sourit. Et Bill dit, J'allais vous poser la même question. Exactement la même.

Que voulez-vous dire par là, monsieur Shankly ? C'est vous, le manager. C'est donc à *vous* que nous demandons ce que *vous* avez l'intention de faire pour améliorer nos résultats. C'est à *vous* que nous posons la question, monsieur Shankly.

Bill sourit de nouveau. Et Bill répond, Mais je vous ai demandé Brian Clough. Et vous n'avez pas voulu me donner Brian Clough. Je vous ai demandé Dave Mackay. Mais vous n'avez pas voulu me donner Dave

Mackay. Je vous ai demandé Jack Charlton, mais vous n'avez pas voulu me donner Jack Charlton.

Mais vous nous avez aussi demandé Kevin Lewis, disent les dirigeants du Liverpool Football Club. Et nous vous avons donné l'argent pour Kevin Lewis. Nous vous avons donné 13 000 livres pour Kevin Lewis. Un record, pour le club. Et pas plus tard que la semaine dernière, vous nous avez demandé Gordon Milne. Et nous vous avons donné l'argent pour Gordon Milne. Nous vous avons donné 16 000 livres pour Gordon Milne. Un nouveau record. Et vous nous avez demandé ce joueur nommé Arrowsmith. Et nous vous avons donné l'argent. Et n'oublions pas que nous vous avons donné aussi de quoi acheter Sammy Reid, 8 000 livres pour un homme qui n'a jamais joué en équipe première – 8 000 livres pour un joueur que nous avons à présent vendu à Falkirk. Donc, nous vous avons donné de l'argent, monsieur Shankly. Nous vous avons donné pas loin de 40 000 livres. Donc, nous vous avons donné de l'argent, monsieur Shankly.

Bill secoue la tête. Et Bill dit, Mais on m'a promis 60 000 livres. Quand j'ai accepté le poste de manager du Liverpool Football Club, on m'a promis 60 000 livres à dépenser pour l'achat de nouveaux joueurs, 60 000 livres pour reconstruire l'équipe.

Ce n'est pas tout à fait vrai, dit Tom Williams. Nous vous avons dit que cette somme serait disponible si les joueurs adéquats devenaient disponibles. Et nous vous avons donné cet argent. Nous vous avons donné 40 000 livres, monsieur Shankly. Mais notre budget n'est pas un puits sans fond. Nous avons bel et bien nos limites.

Bill regarde à l'autre bout de la longue table le président du Liverpool Football Club. Et Bill réplique, Donc vous êtes en train de me dire qu'il n'y a plus d'argent ? C'est bien ce que vous venez de me dire, monsieur Williams ?

Non, répond Tom Williams. Ce n'est pas ce que nous sommes en train de vous dire. Ce que nous sommes en train de dire, c'est que vous avez eu de l'argent. Mais cet argent a des limites, monsieur Shankly. Il doit avoir des limites.

Bill secoue la tête de nouveau. Et Bill dit, Alors, que voulez-vous que je fasse ? Vous voudriez bien que je me contente de ce que j'ai, c'est ça ? Que je me débrouille avec les joueurs dont nous disposons ? Alors que je vous ai expliqué que certains de ces joueurs ne sont pas assez bons. Pas assez bons pour nous permettre de passer en première division.

Mais en êtes-vous vraiment sûr, monsieur Shankly ? demande l'un des dirigeants du Liverpool Football Club. D'où tirez-vous une telle certitude ? Les joueurs ne deviennent pas de mauvais joueurs du jour au lendemain.

Bill rit. Et Bill dit, De qui parlez-vous, au juste ? Quels joueurs avez-vous en tête ?

Liddell.

Bill rit de nouveau. Et Bill réplique, Liddell a trente-huit ans. Trente-huit ans !

Mais il a servi ce club d'une façon fantastique, dit un autre des dirigeants du Liverpool Football Club. C'est un grand joueur.

Bill dit, Je sais que Billy Liddell *a été* un grand joueur. Il avait une grande puissance de tir du pied droit comme du pied gauche. Il pouvait propulser le ballon comme un boulet de canon. Il était dur comme du granit. Et il était rapide. Mais il ne l'est plus. Plus maintenant. Pas en ce moment. Pas aujourd'hui !

Il a peut-être simplement besoin de jouer davantage de matchs, dit un autre dirigeant.

Bill secoue la tête. Et Bill dit, Davantage de matchs ? Billy Liddell a joué plus de cinq cents matchs pour le Liverpool Football Club. Ce qu'il lui faut, c'est qu'on organise son jubilé. Pas qu'on lui fasse jouer d'autres foutues rencontres de championnat.

Monsieur Shankly, dit Tom Williams. Monsieur Shankly, s'il vous plaît. Nous disons simplement ceci : les joueurs dont nous avons besoin, peut-être les avons-nous déjà. Peut-être devriez-vous revoir les joueurs que nous avons.

Revoir Billy Liddell ? Revoir ce satané Billy Liddell et ses trente-huit ans ?

Peut-être pas Billy Liddell, dit Tom Williams. Mais pourquoi pas Harrower ou Morrissey ? Ils n'ont pas joué cette saison…

Bill regarde à l'autre bout de la longue table le président et les dirigeants du Liverpool Football Club. Et Bill dit, Alors, maintenant, c'est vous qui me dites qui je dois sélectionner ? Qui je dois choisir ? C'est bien ça ?

Non, dit Tom Williams. Nous ne vous disons pas qui choisir, qui sélectionner. Nous vous demandons simplement de revoir les joueurs que nous avons, de réfléchir à nouveau…

Bill se lève de son fauteuil, au bout de la longue table. Le regard de Bill passe d'un dirigeant à l'autre. Et Bill dit, Bon, très bien. Je vais réfléchir, je vais réfléchir à nouveau. C'est ce que je vous promets, messieurs.

…

Dans sa voiture. Bill jure. Ça s'était passé de la même façon à Carlisle. Sur la route de Manchester. Bill jure de nouveau. De la même façon à Grimsby, de la même façon à Workington. Dans le parking d'Old Trafford. Bill jure encore. De la même façon à Huddersfield. Et dans le bureau à Old Trafford. Bill jure et Bill dit, C'est toujours pareil. Je me bats et je discute. Je ne fais jamais rien d'autre. C'est toujours pareil. Et j'en ai assez, Matt. Je vais jeter l'éponge, je vais donner ma démission. Je te le jure, Matt.

Matt Busby cesse de remuer son thé. Il repose la cuiller dans la soucoupe. Il lève les yeux de sa tasse. Et Matt Busby sourit –

Tu n'es pas du genre à te défiler, Bill. Tu ne vas pas démissionner…

Mais si, Matt. Je vais le faire. J'en ai assez, Matt. Assez.

Matt Busby prend sa tasse. Il avale une gorgée de thé. Il repose la tasse dans la soucoupe. Et Matt Busby regarde Bill –

Tu as un autre boulot qui t'attend, alors, Bill ? Tu as quelque chose en vue, c'est ça ? Et qui n'attend plus que toi, Bill ?

Non, Matt. Non. Mais ça m'est égal, Matt. Ça m'est égal, à présent.

Matt Busby boit une autre gorgée de thé. Il repose sa tasse de nouveau. Il regarde Bill encore une fois. Et Matt Busby soupire –

Mais as-tu pensé à Nessie et aux filles, Bill ? Tu ne peux pas démissionner comme ça, tu ne peux pas partir en claquant la porte. N'oublie pas ta famille, Bill…

Mais ça m'est égal, Matt. Ça m'est vraiment égal.

Matt Busby secoue la tête –

Si tu avais un autre boulot qui t'attend, si tu avais une offre plus intéressante, ça changerait tout, ce ne serait pas la même chose. Mais ce n'est pas le cas, Bill. Tu n'as rien d'autre. Tu n'as rien, Bill. Rien. Et franchement, je ne pense pas que tu pourrais trouver mieux ailleurs, un meilleur poste que celui que tu as en ce moment, Bill. Je ne le pense vraiment pas. Vraiment pas, Bill. Et je ne crois pas non plus que tu aies envie de rester chez toi toute la journée, pas vrai, Bill ? Dans les jambes de Nessie toute la journée, Bill. Ce n'est pas pour toi, ça, hein ? Ce n'est pas du tout ton genre, Bill.

Ça m'est égal, Matt. Ça m'est vraiment égal.

Mais non, Bill, ça ne t'est pas égal. Je sais que c'est important pour toi. Je le sais bien, Bill.

Bill secoue la tête. Et Bill dit, Mais tu ne sais pas comment ça se passe, Matt. Tu ne sais pas comment c'est. C'est déjà assez dur de gagner la bataille sur la pelouse, Matt. Tu le sais bien. Mais après je dois mener constamment toutes ces autres batailles hors du terrain, Matt. Simplement pour essayer de leur faire comprendre en quoi consiste le but qu'on veut atteindre…

Mais je le sais bien, Bill. Je le sais bien. Et tu sais que je le sais. Et tu sais aussi que c'est toujours difficile. Tu le savais quand tu as accepté ce poste, Bill. Que ce serait difficile. Que c'est toujours un métier difficile. Toujours. Il en a été de même pour moi. Et il en est *encore* de même pour moi. Cela reste un travail difficile. C'est toujours un travail difficile.

Je sais tout ça, Matt. Bien sûr que je sais tout ça. Mais à Grimsby, à Huddersfield, je connaissais les limites. Je savais donc que je les avais emmenés aussi loin que possible. Je savais que j'avais atteint les limites de leurs ambitions. Par conséquent, je savais qu'il était inutile que je reste. Mais je croyais que ce serait différent à Liverpool. Je croyais y trouver davantage d'ambition. Plus d'ambition et plus de potentiel. L'ambition et le potentiel pour réussir.

Et l'ambition, le potentiel sont là, Bill. Ils sont bien là. Tu ne te trompais pas.

Bill secoue la tête de nouveau. Et Bill ajoute, Mais je leur dis qu'il nous faut un gardien de but. Et ils me répondent que celui qu'on a est bien assez bon. Mais ce qu'ils veulent dire, en fait, c'est qu'il est suffisamment bon pour leur permettre de rester dans la première moitié de la deuxième division. Dans la première moitié de la deuxième division, avec une affluence qui dépasse à peine les 20 000 entrées. Ça leur suffit. La première moitié de la deuxième division. Avec une affluence qui franchit tout juste la barre des 20 000 entrées. Ça leur suffit, Matt. Ils n'en demandent pas plus.

Mais ce n'est pas suffisant pour toi, dit Matt Busby. Ce n'est pas ton but, Bill. Je le sais, je le sais. Et c'est aussi pourquoi je sais que tu ne dois pas démissionner, Bill. Pourquoi tu ne dois pas claquer la porte maintenant. Parce que Liverpool a vraiment le potentiel. Et aucun autre club n'a le même potentiel. Mais il n'y a que toi qui aies l'ambition. Aucun autre manager n'a cette même ambition. Alors, si tu t'accroches, la chance va forcément tourner en ta faveur, Bill. Forcément. Je te le promets, Bill. Mais pas si tu démissionnes. Pas si tu claques la porte maintenant, Bill. Alors que tu as à peine commencé, alors que tu n'as même pas encore pris ton vrai départ.

5

Le marteau et les clous

Le samedi 3 septembre 1960, le Liverpool Football Club bat Brighton & Hove Albion grâce à deux buts de Jimmy Harrower. Quatre jours plus tard, le Liverpool Football Club fait match nul 2-2 contre Luton Town. Puis le Liverpool Football Club perd 1-0 à Ipswich Town et 2-1 à Luton Town. Le Liverpool Football Club a joué huit matchs cette saison. Mais le Liverpool Football Club n'a gagné que deux fois cette saison. Le Liverpool Football Club n'a marqué que 6 points sur les 16 possibles. Le Liverpool Football Club est classé 17ᵉ en deuxième division. Le Liverpool Football Club régresse, le Liverpool Football Club est en chute libre. Et le nombre d'entrées est en chute libre aussi. Pour le premier match de la saison, 43 041 spectateurs étaient venus à Anfield. Pour le match suivant à domicile, ils étaient 37 604, et le Liverpool Football Club avait perdu 1-0 contre Southampton. Seulement 27 339 personnes étaient venues à Anfield pour la rencontre avec Luton Town. Dans les pubs et les clubs de Liverpool, les gens commencent à remettre Bill Shankly en question. Les gens commencent à se demander si Bill Shankly est bien l'homme qu'il faut pour entraîner le Liverpool Football Club. Les gens commencent à se demander quelles sont au juste les compétences de Bill Shankly pour tenir un tel poste. Qu'a-t-il fait dans sa vie, ce Bill Shankly ? A-t-il déjà gagné quelque chose ?

…

Après le match à Kenilworth Road, la défaite contre Luton Town. Après le retour au bercail du Liverpool Football Club, le retour à Anfield. Bob Paisley est entré dans le stade, Bob Paisley est passé sous les gradins. Au milieu des monceaux de vieilles chaussures de foot, assis sur une caisse de bière retournée. Bob Paisley sort son exemplaire de *Sporting Life*, Bob Paisley regarde son exemplaire de *Sporting Life*. Puis Bob Paisley entend des pas dans le couloir. Des pas vifs, des pas pesants. Bob Paisley lève les yeux de son exemplaire de *Sporting Life*. Bob Paisley voit Bill Shankly. Sur le seuil de la remise à chaussures. Et Bob Paisley dit, Salut, patron.

Salut, Bob, dit Bill Shankly. Tu es occupé, Bob ? Ou as-tu un moment ? Le temps de discuter un peu, Bob ?

Bob Paisley sourit. Et Bob Paisley dit, J'ai toujours le temps, patron. Entrez. Asseyez-vous, patron.

Merci, Bob, dit Bill Shankly. Et Bill Shankly entre dans la remise. Bill Shankly s'assoit sur une caisse de bière retournée.

Bob Paisley sourit de nouveau. Et Bob Paisley dit, Alors, qu'est-ce qui vous préoccupe, patron ? Qu'est-ce qui vous chagrine ?

Sans doute la même chose que ce qui te chagrine aussi, répond Bill Shankly.

Bob Paisley hoche la tête. Et Bob Paisley dit, Sûrement, patron. Sûrement. On a pris un mauvais départ, patron. Un très mauvais départ.

Je n'arrête pas de ressasser des choses dans ma tête, dit Bill Shankly. Les choses que j'ai faites, Bob. Toutes les choses que j'ai faites. Encore et encore, encore et toujours, Bob. Dans ma tête. Encore et encore, encore et toujours, Bob. En me demandant à quel moment j'ai commis une erreur, Bob. À quel endroit je me trompe, Bob. Et comment rectifier le tir. Comment réparer tout ça, bon sang, Bob.

Bob Paisley hoche la tête de nouveau. Et Bob Paisley dit, Oui, patron. Je suis comme vous. C'est la même chose pour moi, patron.

Mais je sais que c'est moi, Bob. C'est forcément moi. C'est ma faute, Bob.

Bob Paisley secoue la tête. Et Bob Paisley dit, Non, patron. Non. Ce n'est pas vous, patron. Ce n'est pas vous. Ce n'est jamais la faute d'un seul homme, patron. C'est nous tous. C'est chacun de nous, patron.

Merci, dit Bill Shankly. Merci, Bob. Mais Albert avait raison. Vous aviez tous raison, Bob. Les joueurs n'étaient pas assez en forme. Les joueurs ne sont pas assez en forme. Ils avaient l'habitude de l'entraînement sur route. Ils avaient l'habitude de courir sur du béton. J'aurais dû vous écouter, vous écouter tous.

Bob Paisley secoue la tête de nouveau. Et Bob Paisley dit, Non, patron. Non. Vous aviez raison, patron. Vous aviez raison. Les joueurs jouent sur herbe. Alors, c'est sur herbe qu'ils devraient s'entraîner à la course. Vous aviez raison, patron. Et vous avez encore raison. Encore raison, patron.

Mais les joueurs ne sont tout simplement pas assez en forme, dit Bill Shankly. Je le sais et tu le sais, Bob. On le voit bien.

Bob Paisley hoche la tête. Et Bob Paisley dit, Vous vous rappelez nous avoir raconté comment vous passiez vos vacances d'été ? Quand vous étiez joueur vous-même, patron ? Et que vous alliez à Glenbuck chaque année ? Et que vous passiez vos journées à courir à travers champs et jusqu'en haut des collines. Tous les jours. Et que vous passiez vos soirées à jouer au football avec les hommes du village. Tous les soirs.

Oui, dit Bill Shankly. Ce n'était pas du repos. Pas des vacances d'été. Mais ma mère n'a jamais cru aux vacances. Elle disait souvent, Chaque jour, quand tu te réveilles, si tu es capable de te lever et de faire ton travail, c'est un jour de vacances. Voilà ce à quoi elle croyait. Voilà comment elle nous a élevés.

Bob Paisley sourit. Et Bob Paisley dit, Ils ne sont pas nombreux, ceux qui croient à ça aujourd'hui, patron. Ils ne sont pas nombreux, ceux qui ont été élevés de cette façon. Pas de nos jours, patron. Pas dans notre équipe. Pas ces gars-là. Ils ont dû tous passer leurs vacances dans une chaise longue. Sur le front de mer. Ou assis sur le canapé. Devant la télé. À manger des frites, en buvant de la bière. À s'engraisser, à devenir flemmards. Voilà comment ces gars-là ont dû passer leurs foutues vacances d'été.

Oui, répète Bill Shankly. Oui. Je suis d'accord avec toi, Bob.

Bob Paisley hoche la tête. Et Bob Paisley dit, Mais vous aviez raison aussi, patron. Vous aviez raison de les faire reprendre en douceur. Pas la peine de leur faire avoir une foutue crise cardiaque le premier jour d'entraînement. À éviter absolument.

Oui, dit Bill Shankly. Mais on doit accélérer la cadence, maintenant.

Bob Paisley hoche la tête de nouveau. Et Bob Paisley dit, Oui, patron. On doit accélérer la cadence. On doit les faire transpirer.

Bill Shankly bondit de sa caisse de bière. Bill sort un objet de sa poche de veste. Un carnet. Bill Shankly en fait tourner les pages. Les pages couvertes de notes. Puis Bill Shankly stoppe net. Bill Shankly tend à Bob Paisley le carnet ouvert –

Regarde ça, dit Bill Shankly. Regarde ça, Bob ! Ça pourrait bien être exactement la solution. Ça pourrait bien être exactement ce qu'il nous faut, Bob.

Bob Paisley prend le carnet des mains de Bill Shankly. Bob Paisley regarde les lignes tracées sur la page. Les lignes d'un croquis, les lignes d'un schéma. Et Bob Paisley demande, Qu'est-ce que c'est, patron ? Qu'est-ce que c'est ?

C'est un cube, répond Bill Shankly. C'est un cube, Bob !

Quel genre de cube, patron ?

Un cube pour les faire transpirer, Bob. Un cube pour les faire transpirer.

Bob Paisley examine de nouveau les lignes tracées sur la page. Les lignes d'un croquis, les lignes d'un schéma. Les contours d'un cube. Bob Paisley hoche la tête. Et Bob Paisley dit, Alors, qu'est-ce qu'on attend ?

Il va nous falloir des planches, dit Bill Shankly. Plein de planches, Bob.

Bob Paisley dit, Je peux nous trouver des planches, patron. Plein de planches.

Et il nous faudra des marteaux, Bob. Et des clous.

J'ai des marteaux, patron. Et j'ai des clous.

Et en pleine nuit, de retour à Melwood. Bill Shankly et Bob Paisley construisent le cube. Avec des planches, avec des marteaux. Et avec des clous. Ils montent quatre grandes cloisons, hautes de 2,44 mètres. Distantes de 9,15 mètres. C'est le cube, le cube pour les joueurs. Le cube pour faire transpirer les joueurs. Le cube pour faire travailler les joueurs. Deux joueurs dans le cube. Et un ballon lancé dans le cube par le dessus. Le premier joueur shoote contre une paroi. Du premier coup. L'autre joueur frappe le même ballon sur le rebond. Du premier coup. Un ballon après l'autre. À chaque seconde, un nouveau ballon. Dans le cube. À chaque seconde pendant une minute. Un ballon après l'autre. Dans le cube. Puis pendant deux minutes. Un ballon après l'autre. Dans le cube. Puis pendant trois minutes. Un ballon après l'autre. Dans le cube. Encore et encore. Un ballon après l'autre. Dans le cube. À chaque seconde. Un tir après l'autre. À chaque seconde. À l'intérieur du cube. Chaque joueur. Un joueur après l'autre. Dans le cube, à l'intérieur du cube. Les joueurs travaillent dans le cube, le cube fait travailler les joueurs. Parce que le cube fonctionne –

Ce foutu cube fonctionne.

…

En septembre 1960, le Liverpool Football Club bat Scunthorpe United et il bat Leyton Orient. En octobre 1960, le Liverpool Football Club bat Derby County et il bat Lincoln City. Et il obtient le match nul contre le Portsmouth Football Club. Il bat Huddersfield Town et il fait match nul contre le Sunderland Football Club. Mais en novembre 1960, le Liverpool Football Club bat Plymouth Argyle. Il bat Norwich City et il bat Charlton Athletic.

Le samedi 26 novembre 1960, Sheffield United vient à Anfield, Liverpool. Cet après-midi-là, 39 999 spectateurs se déplacent aussi. Sheffield United est en tête de la deuxième division. À la 30e minute, Jimmy Harrower marque. À la 55e minute, Dave Hickson marque. À la 63e minute, Harrower marque de nouveau. Et à la 77e minute, Harrower marque son troisième but. Et le Liverpool Football Club bat Sheffield United 4-2. Ce même soir, le Liverpool Football Club possède

26 points. Et le Liverpool Football Club est second de la deuxième division.

En décembre 1960, le Liverpool Football Club bat Swansea Town et fait match nul contre Leeds United. Le lendemain de Noël 1960, le Liverpool Football Club bat Rotherham United. Ce soir-là, le Liverpool Football Club est invaincu depuis quatorze rencontres. Et le Liverpool Football Club est toujours second en deuxième division.

Le mardi 27 décembre 1960, deux jours après Noël, le Liverpool Football Club se déplace à Millmoor pour affronter de nouveau Rotherham United. Et le Liverpool Football Club perd 1-0. Quatre jours plus tard, à la Saint-Sylvestre 1960, le Middlesborough Football Club vient à Anfield, Liverpool. En ce jour de Saint-Sylvestre, 34 654 spectateurs se déplacent aussi. À la 21e minute, Alan A'Court marque. À la 35e minute, Kevin Lewis marque. À la 56e minute, Lewis marque encore. Mais le Liverpool Football Club perd 4-3 contre le Middlesborough Football Club. À domicile, à Anfield –

Après le coup de sifflet, le coup de sifflet final. Dans le vestiaire, le vestiaire de l'équipe qui reçoit. Les joueurs du Liverpool Football Club regardent Bill Shankly. Bill Shankly debout au milieu du vestiaire, Bill Shankly qui dévisage les joueurs. L'un après l'autre. Son regard passe de Slater à Molyneux. De Molyneux à Byrne. De Byrne à Campbell. De Campbell à White. De White à Leishman. De Leishman à Lewis. De Lewis à Hunt. De Hunt à Hickson. De Hickson à Harrower. De Harrower à A'Court. Et Bill Shankly dit, Vous avez fait de votre mieux, les gars. Vous avez tout donné. Chacun de vous a fait tout ce qu'il a pu, les gars. Chacun de vous a fait le maximum. Alors, je ne pouvais pas en demander plus, les gars. Vraiment rien de plus. Mais je sais que nous venons de perdre deux matchs d'affilée. Et ça ne fait plaisir à personne. À aucun de nous, les gars. Pas à un seul d'entre nous. Mais on a aligné quatorze matchs sans défaite, les gars. Alors, je sais qu'on peut en jouer quatorze autres d'affilée sans en perdre un seul. Quarante de plus, les gars ! Je sais qu'on peut le faire, je sais qu'on peut le faire. Alors, rien n'est fini, les gars. Rien n'est fini. Cette saison, elle peut encore être la nôtre, les gars. C'est faisable, je le sais. Notre saison pour être promus, les gars !

…

Le samedi 7 janvier 1961, Coventry City vient à Anfield, Liverpool. Cet après-midi-là, 50 909 spectateurs se déplacent aussi, 50 909 personnes pour voir le Liverpool Football Club jouer contre Coventry City au troisième tour de la Coupe d'Angleterre. À la 37e minute, Roger Hunt marque. À la 40e minute, Kevin Lewis marque. À la 61e minute, Jimmy Harrower marque. Et le Liverpool Football Club bat Coventry City 3-2 au troisième tour de la Coupe d'Angleterre. À domicile, à Anfield. Une semaine plus tard, le Liverpool Football Club perd en championnat contre Brighton & Hove Albion. Une semaine après cela, le Sunderland Football Club vient à Anfield, Liverpool. Cet après-midi-là, 46 185 spectateurs se rendent également au stade, 46 185 personnes viennent voir le Liverpool Football Club jouer contre le Sunderland Football Club au quatrième tour de la Coupe d'Angleterre. À la 3e minute, Hooper marque. À la 14e minute, Lawther marque. Et le Liverpool Football Club perd 2-0 contre le Sunderland Football Club au quatrième tour de la Coupe d'Angleterre. À domicile, à Anfield. Le Liverpool Football Club est éliminé de la Coupe d'Angleterre. Encore une fois.

…

En février 1961, le Liverpool Football Club bat Scunthorpe United. Il bat Leyton Orient. Il bat Derby County. Et il bat Lincoln City. En mars 1961, le Liverpool Football Club fait match nul contre le Portsmouth Football Club. Il bat Huddersfield Town. Il perd contre Swansea Town et obtient le nul contre Plymouth Argyle. Le dernier jour de mars 1961, le Liverpool Football Club bat les Bristol Rovers 3-0. À domicile, à Anfield. Ce soir-là, le Liverpool Football Club est troisième de la deuxième division. Sheffield United est deuxième et Ipswich Town premier. Mais un seul point sépare le Liverpool Football Club et Sheffield United. Juste un point. Un seul point –

Le mardi 4 avril 1961, le Liverpool Football Club se rend au stade de Bramall Lane, à Sheffield. À la 71e minute, Johnny Morrissey marque pour le Liverpool Football Club. Mais le Liverpool Football Club n'obtient que le nul face à Sheffield United. Ce soir-là, le Liverpool Football Club possède 47 points. Sheffield United en a 48 et Ipswich Town 52. Trois jours plus tard, le Liverpool Football Club se rend à l'Eastville Stadium de Bristol. Les Bristol Rovers luttent pour éviter la relégation, le Liverpool Football Club lutte pour obtenir sa promotion. Et les Bristol Rovers battent le Liverpool Football Club 4-3. Le même jour, Sheffield United gagne. Quatre jours après cela, le Liverpool Football Club bat Charlton Athletic 2-1. Ce même jour, Sheffield United gagne de nouveau. Le samedi 15 avril 1961, le Liverpool Football Club se rend au stade de Carrow Road, à Norwich. Et Norwich City bat le Liverpool Football Club 2-1. Le même jour, Sheffield United gagne encore. Ce soir-là, le Liverpool Football Club a 49 points. Sheffield United en a 54 et Ipswich Town 55. Quatre jours plus tard, Sheffield United bat Derby County. À présent, Sheffield United possède 56 points. Ce soir-là, Sheffield United, deuxième du championnat, accède à la première division avec Ipswich Town, le nouveau champion de deuxième division. Le Liverpool Football Club n'est pas promu. Le Liverpool Football Club termine troisième de la deuxième division. Troisième, encore une fois.

6

P.S. Trouvez des joueurs qui soient plus tenaces

Dans la salle de conférences, dans le fauteuil au bout de la longue table. Bill regarde les dirigeants du Liverpool Football Club. Et Bill attend.

Cela a été une bonne saison, dit Tom Williams. Plutôt une bonne saison, monsieur Shankly. Oui, nous avons fini troisième de nouveau. Oui, nous avons manqué le passage en première division encore cette fois. Mais nous avons deux points de plus qu'à la fin de la saison dernière. Et c'est donc un progrès, monsieur Shankly. Un progrès notable. Malheureusement, au stade, le chiffre des entrées est un peu en baisse par rapport à l'an passé. Mais pas de beaucoup, de vraiment pas beaucoup. Et nous savons tous que Rome ne s'est pas bâtie en un jour, nous savons tous cela. Alors, poursuivez votre excellent travail, monsieur Shankly. Et nous vous souhaitons davantage de chance pour la saison prochaine.

...

Dans son bureau, à sa table de travail. Bill ouvre le journal. De nouveau. Bill parcourt le tableau final des championnats pour la saison 1960-1961. Les joueurs du Liverpool Football Club ont disputé 42 matchs de deuxième division au cours de la saison 1960-1961. À domicile, à Anfield, ils en ont remporté 14. Ils en ont perdu 5 et obtenu 2 nuls. À l'extérieur, ailleurs qu'à Anfield, ils ont gagné 7 fois, obtenu 5 nuls et perdu 9 fois. Le Liverpool Football Club a marqué 49 buts à domicile et 38 à l'extérieur. Il a concédé 21 buts à domicile et 37 à l'extérieur. Dans son bureau, à sa table de travail. Bill ouvre un tiroir. Bill en sort une paire de ciseaux et un pot de colle. Et Bill commence à découper dans le journal l'ultime tableau de la saison 1960-1961 du championnat. Bill ne croit pas à la chance. Ni à la malchance. Bill sait qu'il ne s'agit jamais d'une question de chance. Bill sait que la chance n'est qu'une excuse en cas d'échec. Bill sait que la chance est ce dont parlent des hommes comme les dirigeants du Liverpool Football Club à des hommes comme lui quand les choses ne marchent pas, quand les choses ne vont pas de la façon dont les hommes comme lui voudraient qu'elles aillent. Bill pense que le mot chance devrait être supprimé du dictionnaire, chassé du vocabulaire. Banni et oublié. Dans son bureau, à sa table de travail. Bill entend des pas dans le couloir. Puis on frappe à la porte. Lentement, avec précaution. Bill repose ses ciseaux. Bill lève les yeux de sa table. Et Bill dit, Oui ?

La porte s'ouvre. Lentement et avec précaution. Un homme au visage rond, vêtu d'un costume mal coupé, se tient sur le seuil.

Bill dit, Je peux vous être utile ?

Monsieur Shankly, dit l'homme. Je ne pense pas que nous ayons été présentés dans les règles, mais je m'appelle Eric Sawyer. Je viens d'être admis au conseil d'administration. Je me demandais si vous auriez un moment à me consacrer ?

Dans le bureau, derrière la table. Bill sourit. Bill se lève. Et Bill dit, J'ai toujours un moment. Veuillez entrer, asseyez-vous. Puis-je vous proposer une tasse de thé, monsieur Sawyer ?

Ce serait très gentil à vous, monsieur Shankly, dit Eric Sawyer. Si vous avez le temps. Merci beaucoup, monsieur Shankly.

Bill sort du bureau. Bill longe le couloir. Et Bill demande à l'une des secrétaires de lui faire du thé. Puis Bill reprend le couloir. Bill rentre dans le bureau. Bill se rassied derrière la table. Bill sourit à Eric Sawyer. Et Bill dit, Le thé arrive dans une minute. Bon, que puis-je pour vous, monsieur Sawyer ?

Voilà, dit Eric Sawyer. Comme la plupart des dirigeants, je crains de ne pas savoir grand-chose sur le football, monsieur Shankly. Presque rien, en fait.

Bill rit. Et Bill dit, C'est un aveu qui a le mérite de la franchise, monsieur Sawyer. En fait, de toute ma vie, c'est la déclaration la plus honnête que j'aie entendue de la part d'un dirigeant. C'est peut-être la seule !

Mais je sais que vous êtes compétent en matière de football, dit Eric Sawyer. Je sais que vos connaissances sont immenses, monsieur Shankly. Peut-être même savez-vous tout ce qu'il y a à savoir sur le football. Et c'est pourquoi je sais que vous devez être amèrement déçu que nous n'ayons pas été promus cette saison.

Je le suis, monsieur Sawyer. Je le suis.

Eh bien, je tiens à vous faire savoir, monsieur Shankly, que je suis ici pour vous aider. Je suis ici pour vous aider à être promu. Pour vous aider à faire remonter le Liverpool Football Club en première division. C'est dans ce but que l'on m'a admis au conseil d'administration du Liverpool Football Club.

De nouveau des pas résonnent dans le couloir, et on frappe à la porte, à présent. Et l'une des secrétaires apporte le thé. Une théière, deux tasses et deux soucoupes. La secrétaire pose le plateau sur la table.

Bill dit, Merci. Merci beaucoup.

Comme vous le savez, dit Eric Sawyer, M. Moores est le président de l'Everton Football Club. Mais il possède aussi un grand nombre de parts dans ce club-ci. Dans le Liverpool Football Club. Et donc M. Moores aimerait voir le Liverpool Football Club réussir, aussi. Pas seulement Everton, mais le Liverpool Football Club également. M. Moores estime que cette ville mérite deux clubs de football qui connaissent le succès. Et pas seulement un.

Bill verse le thé dans les tasses. Bill tend une tasse à Eric Sawyer. Et Bill dit, Je vous écoute, monsieur Sawyer. Continuez, je vous prie.

Eric Sawyer prend la tasse des mains de Bill. Et Eric Sawyer dit, Merci, monsieur Shankly. Bon, M. Moores ne peut pas siéger dans les deux conseils d'administration. Pas en tant que président de l'Everton Football Club. Alors, M. Moores m'a nommé à sa place. Pour siéger au conseil du Liverpool Football Club. Je suis comptable de profession. Et je travaille pour M. Moores depuis de nombreuses années à Littlewoods. Je suis le dirigeant en charge des finances, à Littlewoods. C'est mon métier.

Bill sourit. Et Bill dit, Alors, vous êtes un spécialiste des questions d'argent, monsieur Sawyer. Vous faites partie des argentiers ?

Oui, répond Eric Sawyer. Je suis un argentier, si vous voulez. Alors, oui, j'ai des compétences dans le domaine des finances. C'est pourquoi je sais que celles du Liverpool Football Club sont dans un triste état. Je sais qu'il va falloir y mettre de l'ordre. Et vite.

Bill soupire. Bill pose sa tasse. Et Bill dit, Alors, je suppose que vous êtes venu me dire qu'il n'y a plus d'argent, monsieur Sawyer ? Plus d'argent pour de nouveaux joueurs ? C'est pour cela que vous êtes venu, monsieur Sawyer ?

Au contraire, monsieur Shankly. C'est l'inverse. Ainsi que je vous l'ai dit, je ne connais pas grand-chose au football. Mais je sais bien, par contre, que les joueurs que nous avons au Liverpool Football Club ne sont pas assez bons pour nous propulser en première division. Donc, j'ai compris qu'il nous faut acheter de nouveaux joueurs. Et que si nous achetons de nouveaux joueurs. Les bons joueurs. Alors le Liverpool Football Club remontera en première division. Et si le Liverpool Football Club remonte en première division, alors le nombre des entrées remontera aussi. Il n'y aura plus d'entrées qui stagnent en moyenne autour des 20 000. Pas si le Liverpool Football Club est en première division. Si le Liverpool Football Club est en première division, alors nous aurons un potentiel de 50 000 entrées ou plus. Je le sais, et M. Moores le sait aussi. Mais d'abord, il faut qu'on soit promus. Et pour être promus, nous aurons besoin de dépenser de l'argent pour acquérir de nouveaux joueurs. Donc, je suis venu vous dire que si vous trouvez les joueurs qu'il nous faut, les bons joueurs, alors je vous fournirai l'argent, monsieur Shankly. Je vous fournirai l'argent.

…

Dans la maison, dans leur cuisine. Bill et Ness débarrassent la table. Bill et Ness lavent la vaisselle du dimanche. Et puis Ness prépare une tasse de thé pour elle et pour Bill. Bill et Ness emportent leurs tasses dans la pièce voisine. Dans la pièce voisine, dans leurs fauteuils. Bill et Ness s'installent avec leurs tasses de thé et les journaux du dimanche. Bill avec les pages sportives et Ness avec les mots croisés. Bill et Ness entendent les filles à l'étage, qui écoutent leurs disques. Qui dansent et qui chantent. Et qui font les folles…

Bill bondit de son fauteuil. Et Bill s'écrie, Nom de Dieu !

Ness sursaute aussi. Ness lève les yeux de ses mots croisés. Et Ness voit Bill. Bill qui danse autour de la pièce, Bill qui agite le *Sunday Post*, les pages qui tombent sur le tapis, Bill qui serre entre ses doigts une feuille du journal et Bill qui demande, Où est le téléphone, chérie ? Où est-il ? Où est le téléphone, chérie ?

Le téléphone est dans le vestibule, répond Ness. Où il a toujours été, chéri.

Bill hoche la tête. Bill rafle son carnet d'adresses sur le bras de son fauteuil. Bill sort en trombe de la pièce, Bill fonce jusqu'au vestibule. Bill fait tourner en vitesse les pages de son carnet d'adresses. Bill décroche le téléphone. Bill vérifie le numéro inscrit dans son carnet. Bill compose le numéro. Et Bill attend. Et Bill attend. Et puis Bill dit, Monsieur Sawyer ? Monsieur Sawyer, c'est Bill Shankly. Vous ne croirez jamais ce que je viens de lire dans le journal. Dans le *Sunday Post*. Ce garçon veut partir, ce garçon veut quitter son club. Il n'y a pas une minute à perdre…

Dans la pièce voisine, dans son fauteuil. Ness lâche ses mots croisés. Ness se lève. Ness rejoint le vestibule. Ness ouvre la porte de la penderie. Ness en sort le pardessus de Bill, Ness en sort le chapeau de Bill. Ness ouvre la porte d'entrée. Et Bill dit, Merci, chérie. Merci.

Devant leur maison de Bellefield Avenue, au portail. Bill regarde de nouveau sa montre, Bill regarde de nouveau le bout de la rue. Bill regarde de nouveau sa montre et Bill regarde de nouveau le bout de la rue. Bill voit une Rolls-Royce s'engager dans la rue. Et Bill court dans la rue à la rencontre de la Rolls, en agitant son chapeau au bout de son bras. La Rolls s'arrête. Bill ouvre la portière. Et Bill dit, Bonsoir, monsieur Williams. Bonsoir, monsieur Reakes. Elle peut rouler à combien, cette voiture ?

À quelle heure doit-on être là-bas ? demande Tom Williams.

Bill répond, Nous sommes déjà en retard, nous sommes déjà en retard.

Une fois, déjà, Bill avait tenté d'engager Ian St John. Pour Huddersfield. Bill et Eddie Boot avaient fait toute la route en voiture de Huddersfield jusqu'à Falkirk. L'équipe nationale d'Écosse rencontrait une sélection de joueurs de la deuxième division écossaise. Bill et Eddie Boot étaient venus observer un joueur nommé Ron Yeats. Ron Yeats jouait pour Dundee United en deuxième division écossaise. Ron Yeats méritait le voyage. Ron était un colosse, mais Ron était rapide. Mais ce soir-là, Bill et Eddie Boot ont vu jouer Ian St John. Ian St John jouait pour Motherwell en première division écossaise. Ce soir-là, Ian St John jouait pour l'équipe nationale d'Écosse. Il avait du punch et il était robuste. Il savait tout faire. Et il en a fait voir de toutes les couleurs à Ron Yeats. Quelle bagarre entre ces deux-là, St John et Yeats ! Bill en avait vu assez, Bill en avait vu plus qu'il ne lui en fallait. Bill et Eddie Boot avaient repris la route pour Huddersfield. Et Bill avait demandé aux dirigeants du Huddersfield Town Association Football Club l'argent nécessaire pour engager Ron Yeats et Ian St John. Mais les dirigeants du Huddersfield Town Association Football Club avaient dit, Non. Nous ne pouvons pas nous permettre d'acheter Yeats et St John, Shankly…

Et Bill avait répliqué, Bon sang ! Vous ne pouvez pas vous permettre de ne *pas* les acheter.

En route vers l'Écosse, dans la Rolls-Royce. De nouveau, Bill dit, Nous ne pouvons pas nous permettre de ne *pas* acheter St John, monsieur Williams. Nous ne pouvons pas rater ça. Nous n'avons pas eu Clough. C'est Sunderland qui a eu Clough. Nous ne pouvons pas laisser pareille chose se reproduire, monsieur Williams. Il faut que nous obtenions St John. Et c'est possible. C'est possible. Je sais que c'est possible. Parce qu'il a envie de quitter son club. Il a envie de partir. Et il veut venir en Angleterre. Ce garçon veut jouer son football en Angleterre. Mais les dirigeants de Motherwell ne sont pas des imbéciles. Ils savent ce qu'ils ont. Ils savent ce qu'il vaut. Alors, ils ont dû prévenir d'autres clubs. D'autres dirigeants. Qui doivent être aussi dans leurs voitures. En route pour l'Écosse. Donc, nous devons nous dépêcher. Nous devons faire vite. Parce que nous voulons avoir Ian

St John. Nous devons acheter ce garçon. Nous ne pouvons pas nous permettre de ne *pas* l'acheter !

M. Williams hoche la tête. Et M. Reakes appuie sur l'accélérateur.

Sur la route du retour, du retour en Angleterre, dans la Rolls-Royce. Bill est assis entre Ian St John et sa femme. Sur la banquette arrière. Bill sourit et Bill parle. À toute vitesse. À cent à l'heure. Bill dit, Pensez un peu à tous les buts que vous allez marquer, Ian. On va remonter en première division à toute vitesse. En un rien de temps, Ian. Avec les buts que vous allez marquer. On sera champions de la deuxième division, Ian. Champions de la première division. On va gagner la Coupe d'Angleterre. On jouera en Europe. On gagnera la Coupe d'Europe, Ian. On va rafler tous les trophées. Avec les buts que vous allez marquer. On sera la meilleure équipe d'Angleterre. La meilleure équipe d'Europe. Avec les buts que vous allez marquer. Je vous le promets, Ian. Parce que je sais qu'on va le faire, bon sang !

...

Dans la maison, dans leur salon. Dans la nuit et dans le silence. Dans son fauteuil. Bill ferme son carnet. Son carnet rempli de noms, son carnet rempli de notes. Et Bill ferme les yeux. Le Liverpool Football Club a déboursé 37 500 livres pour avoir Ian St John. Un record pour le club. Plus un dessous de table de 1 000 livres en liquide, pour Ian St John. Une semaine plus tard, le Liverpool Football Club s'était rendu à Goodison Park pour affronter l'autre club de Liverpool, l'Everton Football Club, dans le cadre de la Liverpool Senior Cup. Le Liverpool Football Club avait perdu 4-3. Mais Ian St John avait marqué les trois buts de Liverpool. Pour ses débuts dans l'équipe, le coup du chapeau. Trois buts consécutifs. Dans la nuit et le silence. Dans son fauteuil. Bill rouvre les yeux, Bill rouvre son carnet. Son carnet rempli de noms, son carnet rempli de notes. Bill tourne les pages. Les pages couvertes de noms, les pages couvertes de notes. De croix et de coches. Bill avait obtenu Ian St John. Et Bill avait laissé partir Bobby Campbell, Alan Arnell et James Harrower. Ensuite, Bill s'était séparé d'Alan Banks, de John Nicholson et de Dave Hickson. Et Billy Liddell avait eu son jubilé. Dans la nuit et le silence. Dans son fauteuil. Bill scrute les pages. Les pages couvertes de noms, les pages couvertes de notes. Toutes les croix et toutes les coches. Mais dans la nuit et dans le silence. Dans son fauteuil. Bill n'est pas satisfait. Trop de croix et pas assez de coches. Et aucun sentiment de satisfaction. Il n'était jamais satisfait, il ne pourrait jamais l'être. Bill ne croyait pas à la satisfaction. C'était encore un mot dont Bill pensait qu'il devrait être supprimé du dictionnaire. Satisfaction. Encore un mot qui devrait être chassé du vocabulaire. Banni et oublié. Dans la nuit et dans le silence. Dans son fauteuil. Bill ne parvient pas à oublier Yeats. Ron Yeats et Ian St John. Dans l'esprit de Bill, leurs deux noms sont soudés. Soudés l'un à l'autre depuis ce soir où Bill et Eddie Boot avaient vu l'équipe nationale d'Écosse jouer contre une sélection de la deuxième division écossaise. Dans la nuit et dans le silence. Dans son fauteuil. Bill avait beau avoir obtenu Ian St John, il voulait encore avoir Ron Yeats. Quel joueur c'était ! Quel homme ! Il mesure 1 mètre 90. Un géant. Un colosse. Pas un homme qu'on oublie. Dans la nuit et dans le silence. Dans son fauteuil. Bill referme son carnet. Son carnet rempli de noms, son carnet rempli de notes. Bill prend son carnet d'adresses sur le bras du fauteuil. Et Bill se lève de son fauteuil. Bill se rend dans le vestibule. Bill décroche le téléphone. Bill compose un numéro. Et Bill dit, Allô, Jerry ? C'est Bill Shankly. Comment vas-tu, Jerry ? Comment se porte Dundee United ?

Je vais bien, répond Jerry Kerr. Enfin, *j'allais* bien. Comment vas-tu, Bill ?

Bill répond, Je vais bien aussi, Jerry. Très bien. Merci beaucoup.

Bon, dit Jerry Kerr. C'est une excellente nouvelle, une merveilleuse nouvelle. Nous sommes tous les deux en bonne santé. Merci d'avoir appelé, Bill. Et maintenant, bonne nuit…

Bill rit. Et Bill dit, Pas si vite, Jerry. Pas si vite.

Mais il n'est pas à vendre, Bill. Ainsi que je te le dis à chaque fois. Ce garçon n'est pas à vendre. Il nous a aidés à passer en première division. Il nous a aidés à y rester. Et nous n'y serions pas arrivés sans lui. Nous le savons, et il le sait. C'est pourquoi il est heureux ici. Nous sommes tous heureux.

Bill rit de nouveau. Et Bill dit, Félicitations, Jerry. Félicitations. Je suis ravi pour toi, Jerry. Tout à fait ravi. Je ne pourrais pas être plus heureux pour toi, Jerry. Mais je sais aussi à quel point il faut se battre pour rester dans cette division. À quel point il faut se battre, Jerry. Alors, je sais que tu dois avoir l'œil sur deux ou trois nouveaux joueurs. Deux ou trois nouveaux joueurs, Jerry. Pour rafraîchir un peu l'équipe, pour redonner de l'élan à tout ça, tu vois ?

Ma foi, dit Jerry Kerr. Deux ou trois nouveaux joueurs, ce serait une bonne chose. Oui. Je ne pourrais pas dire le contraire, Bill. Je ne pourrais pas dire le contraire. Mais il y a ceux qu'on voudrait avoir et puis ceux qu'on a les moyens de s'offrir. Tu le sais bien, Bill. Tu sais comment ça se passe. C'est toujours une question d'argent, Bill…

Oui, Jerry. Bien sûr. Tu ne m'apprends rien, Jerry.

Je sais, dit Jerry Kerr. Je sais que je ne t'apprends rien, Bill.

Oui, c'est toujours une question d'argent, Jerry.

Oui, c'est toujours l'argent, dit Jerry Kerr. Eh bien, merci Bill. Merci de m'avoir appelé. Et prends bien soin de toi, Bill. Et transmets mon meilleur souvenir à ta charmante épouse. À Nessie et aux filles, Bill…

Dans la maison, dans leur vestibule. Bill raccroche le téléphone. Dans la nuit, dans le silence. Bill sourit. Et Bill reprend le téléphone. Et Bill compose un autre numéro.

…

À la gare, sur le quai de Dundee. Bill serre la main de Duncan Hutchinson, l'un des dirigeants du Dundee United Football Club. Et Bill dit, Eh bien, merci de nous avoir ramenés à la gare en voiture, monsieur Hutchinson. C'est bien dommage que les choses aient tourné de cette façon. Je veux dire, pas de la façon que j'espérais, de la façon que je souhaitais. Mais c'est d'autant plus gentil de votre part de nous avoir quand même ramenés à la gare. Et de nous avoir fait économiser le prix d'un taxi.

Oui, dit Duncan Hutchinson. C'est vraiment dommage, monsieur Shankly.

Bill hoche la tête. Et Bill dit, Oui. C'est vraiment dommage. Mais si un club déclare qu'un joueur n'est pas à vendre, alors il n'y a pas grand-chose à ajouter…

À la gare, sur le quai. Duncan Hutchinson se penche en avant. Et Duncan Hutchinson chuchote à l'oreille de Bill, Non, c'est vraiment dommage parce que j'ai parié 30 000 livres que Yeats serait à vous.

Bill regarde Duncan Hutchinson. Et Bill dit, Sérieusement ?

Duncan Hutchinson hoche la tête, Duncan Hutchinson lui adresse un clin d'œil.

Dans le train, dans leur voiture. À leur table, dans son siège. Bill regarde par la fenêtre alors que le train quitte la gare de Dundee. Et Bill sourit. Bill se tourne pour regarder en face de lui Sidney Reakes et Eric Sawyer. Dans leurs sièges, à leur table. Et Bill dit, Vous vous rappelez m'avoir dit que si je trouvais les joueurs, vous pourriez me procurer l'argent ?

Oui, répond Eric Sawyer. Bien sûr, je m'en souviens.

Bill rit. Et Bill dit, Parfait. Je suis ravi que vous n'ayez pas oublié. Parce que nous allons descendre à la gare de Waverley, à Édimbourg.

Édimbourg ? demande Sidney Reakes. Pourquoi descendons-nous à Édimbourg, monsieur Shankly ?

Bill rit de nouveau. Et Bill répond, Pour que vous puissiez passer quelques appels téléphoniques. Pour que M. Sawyer puisse me procurer l'argent. L'argent dont j'ai besoin.

…

Dans le hall du North British Hotel à Édimbourg. À une table, dans un fauteuil. Bill lève les yeux et voit

Ron Yeats. Ron Yeats qui pénètre à grands pas dans le hall, Ron Yeats qui scrute la salle du regard. Et Bill jaillit de son fauteuil. Bill traverse le hall en courant. Bill s'empare de la main de Ron Yeats. Et Bill dit, Bon sang ! Quel sacré joueur vous êtes ! Et quel homme ! Vous êtes le défenseur le plus gigantesque que j'aie jamais vu, Ron. Vous devez bien atteindre les 2 mètres 10, ma parole. Deux mètres dix, Ron !

En fait, je mesure 1 mètre 91, répond Ron Yeats.

Bill sourit. Et Bill dit, Mais vous semblez faire 20 centimètres de plus, Ron. On vous donnerait bien 2 mètres 11. Mais vous êtes rapide, en plus, Ron. Vous êtes le défenseur le plus rapide que j'aie jamais vu. Le plus rapide, absolument, Ron.

Merci beaucoup, dit Ron Yeats. À propos, où se trouve Liverpool, exactement, monsieur Shankly ?

Bill répond, En première division, Ron. En première division.

Je veux dire, où exactement en Angleterre, monsieur Shankly. Dans quel endroit d'Angleterre se trouve Liverpool. Mais ce n'est pas vrai, monsieur Shankly. Le club est en deuxième division. Je sais au moins ça, monsieur Shankly.

Bill rit. Et Bill dit, Pas avec vous dans l'équipe, Ron. Pas avec vous dans l'équipe. Avec vous dans l'équipe, nous passerons en première division, Ron. Chez les Grands.

7

Pour tout recommencer, tout reprendre à zéro

Pendant la dernière semaine de juin 1961. Bob Paisley, Joe Fagan, Reuben Bennett, Arthur Riley et Albert Shelley montent l'escalier menant à la salle de conférences du Liverpool Football Club. Les dirigeants du Liverpool Football Club sont encore en vacances. Mais Bill Shankly n'a pas pris de vacances. Bill Shankly est assis dans un fauteuil de la salle de conférences du Liverpool Football Club, dont il a laissé la porte ouverte. Bill Shankly attend Bob, Joe, Reuben, Arthur et Albert. Et il sourit –

Entrez, dit Bill Shankly. Et asseyez-vous, asseyez-vous…

Bob, Joe, Reuben, Arthur et Albert prennent place dans la salle de conférences, autour de la longue table. Ils regardent les carnets étalés sur la longue table. Les carnets remplis de noms, les carnets remplis de notes. Ils regardent les feuilles de papier empilées sur la table. Et ils regardent Bill Shankly.

Bill Shankly prend l'une des piles de feuilles de papier. Bill Shankly tend à Bob, Joe, Reuben et Albert une feuille chacun. Une feuille couverte de noms, une feuille couverte de dates. Et Bill Shankly sourit une fois de plus –

Messieurs, dit Bill Shankly. Voici la liste de toutes les rencontres programmées pour la saison. La saison prochaine, la nouvelle saison…

Bob, Joe, Reuben, Arthur et Albert regardent chacun leur feuille dactylographiée. La feuille couverte de noms, la feuille couverte de dates. Les noms des clubs, les dates des matchs. Et puis Bob, Joe, Reuben, Arthur et Albert se tournent tous vers Bill Shankly de nouveau, en souriant –

Messieurs, répète Bill Shankly. Cette saison, nous n'allons prendre aucun risque. Nous n'allons rien laisser au hasard. Nous allons remuer ciel et terre. Les passer au peigne fin. Et découvrir tout ce qu'il faut savoir. Tout ce qu'il faut savoir. Tout ce qu'il faut savoir sur chacune des équipes figurant sur cette feuille. Absolument tout ce qu'il faut savoir sur absolument toutes ces équipes. Toutes les choses à savoir, sans en oublier une seule…

De nouveau, Bob, Joe, Reuben, Arthur et Albert regardent tous la feuille dactylographiée qu'ils ont sous les yeux. La liste des noms, la liste des dates. Les noms des clubs, les dates des matchs. Et Bob, Joe, Reuben, Arthur et Albert hochent tous la tête.

Bill Shankly prend une seconde pile de documents. Une imposante pile de documents. Des pages agrafées en cinq liasses identiques. Bill Shankly donne à Bob, Joe, Reuben, Arthur et Albert une liasse chacun –

Et ceci est la liste des matchs que doit disputer chaque équipe de notre division. Tous les matchs que vont jouer cette saison toutes les équipes de notre division. Chacun des matchs que va jouer chaque équipe. Ils sont tous répertoriés ici…

Bob, Joe, Reuben, Arthur et Albert regardent tous la liasse qu'ils tiennent entre leurs mains. Et Bob, Joe, Reuben, Arthur et Albert en tournent les pages. Les pages couvertes de noms, les pages couvertes de dates. Les noms de tous les clubs de la division, les dates de chacun de leurs matchs. Soit 41 noms, 1 722 dates –

Messieurs, dit Bill Shankly. Cette saison, nous allons observer toutes les équipes de notre division. Chacune d'elles sans exception. Avant qu'elles ne viennent chez nous, avant que nous n'allions chez elles. Parce que nous avons besoin de savoir tout ce qu'il y a à savoir sur chaque équipe. Jusqu'au moindre détail concernant chacune d'elles. Leurs forces et leurs faiblesses. C'est pourquoi nous avons besoin de les observer toutes. Avant qu'elles ne viennent chez nous, avant que nous n'allions chez elles. Et ensuite nous reviendrons ici et nous parlerons d'elles. Nous en discuterons et nous les analyserons. Leurs forces et leurs faiblesses. Voilà comment nous saurons tout ce qu'il y a à savoir sur chacune d'elles. Et alors nous serons prêts. Avant qu'elles ne viennent chez nous, avant que nous n'allions chez elles. Nous serons prêts.

Bob, Joe, Reuben, Arthur et Albert relèvent tous les yeux des liasses qu'ils tiennent entre leurs mains. Et de nouveau Bob, Joe, Reuben, Arthur et Albert hochent tous la tête.

Alors, il faut qu'on examine ces listes de matchs, dit Bill Shankly. Et puis qu'on décide lequel d'entre nous ira voir lequel de ces matchs. Si nous ne jouons pas ce jour-là, j'irai volontiers. Bien volontiers. Et si l'un de vous veut m'accompagner, il est le bienvenu. Surtout si ça ne le dérange pas de conduire. Mais si nous jouons nous-mêmes, alors l'un de vous devra y aller…

De nouveau Bob, Joe, Reuben, Arthur et Albert hochent tous la tête.

Bill Shankly prend la dernière pile de feuilles. Une autre liste de noms, une autre liste de dates. Et Bill Shankly donne à Bob, Joe, Reuben, Arthur et Albert ces derniers documents –

Mais assez parlé d'eux, dit Bill Shankly. Assez parlé de nos adversaires. Voici les noms de tous les joueurs que nous avons au Liverpool Football Club. Et voici les dates de toutes les séances d'entraînement que nous avons planifiées au Liverpool Football Club. Alors, ce que je veux que nous fassions maintenant, ce que je veux que nous fassions aujourd'hui, c'est que nous passions en revue tous les joueurs et toutes les dates pour planifier toutes les séances d'entraînement de tous les joueurs du Liverpool Football Club. Chacune des séances pour chacun des joueurs du Liverpool Football Club. Parce que, cette saison, nous n'allons prendre aucun risque. Nous n'allons rien laisser au hasard. Parce que cette saison, le Liverpool Football Club obtiendra sa promotion. Cette saison, le Liverpool Football Club sera champion. Ensemble, messieurs. Nous serons champions !

Bob, Joe, Reuben, Arthur et Albert lèvent tous les yeux des documents qu'ils tiennent entre leurs mains. Bob, Joe, Reuben, Arthur et Albert hochent tous la tête de nouveau. Et Bob, Joe, Reuben, Arthur et Albert sourient tous.

…

Et pendant la première semaine de juillet 1961. Le premier jour de leur entraînement avant la reprise. Les joueurs du Liverpool Football Club se rassemblent dans le parking à Anfield. Dans leur nouvelle tenue, leur tenue d'entraînement flambant neuve. Sous le soleil, le soleil de juillet. Bill Shankly sort du stade. Il accueille chaque joueur. Il lui serre la main, il lui tape dans le dos. Il lui demande des nouvelles de sa famille, il lui demande comment se sont passées ses vacances. Et puis Bob, Joe, Reuben, Arthur et Albert rejoignent Bill Shankly et les joueurs du Liverpool Football Club dans le parking, à Anfield. Et sous le soleil, le soleil de juillet. Il se rendent à Melwood à pied. Et les joueurs font le tour du stade d'entraînement au petit trot. Puis les joueurs se passent le ballon, de l'un à l'autre, deux par deux, de l'un à l'autre pendant vingt minutes. Puis les joueurs font une deuxième fois le tour du stade d'entraînement au petit trot. Et puis sous le soleil, le soleil de juillet. Les joueurs et les entraîneurs du Liverpool Football Club retournent à Anfield à pied.

Le deuxième jour de leur entraînement avant la reprise. Les joueurs et les entraîneurs du Liverpool Football Club se rassemblent tous dans le parking à Anfield. Puis les joueurs et les entraîneurs du Liverpool Football Club se rendent tous à Melwood au petit trot. Et les joueurs font le tour du terrain d'entraînement en courant. Puis les joueurs se passent le ballon de l'un à l'autre, par groupes de trois, de l'un à l'autre, pendant trente minutes. Puis les joueurs font une deuxième fois le tour du terrain en courant. Puis les joueurs et les entraîneurs du Liverpool Football Club retournent tous à Anfield au petit trot. Et le troisième jour de leur entraînement avant la reprise. Les joueurs et les entraîneurs du Liverpool Football Club se rassemblent tous dans le parking, à Anfield. Puis les joueurs et les entraîneurs du Liverpool Football Club se rendent tous à Melwood en courant. Et les joueurs font deux fois le tour du terrain en courant. Ensuite, les joueurs se passent le ballon, de l'un à l'autre, par groupes de quatre, de l'un à l'autre pendant quarante minutes. Puis Reuben donne un coup de sifflet. Et Bill Shankly rassemble les joueurs au milieu du terrain. Bill, Bob, Joe,

Reuben, Arthur et Albert divisent les trente joueurs en six groupes de cinq.

Et Bill Shankly sourit –

Très bien, les gars, dit Bill Shankly. Assez couru comme ça. On va jouer un peu au football ! Des parties à cinq contre cinq, les gars…

La deuxième semaine de leur entraînement avant la reprise. Les joueurs du Liverpool Football Club se rassemblent dans le parking à Anfield. Bill Shankly sort du stade. Il accueille chaque joueur. Il lui serre la main, il lui tape dans le dos. Il lui demande des nouvelles de sa famille, il lui demande comment s'est passé son week-end. Et puis Bob, Joe, Reuben, Arthur et Albert rejoignent Bill Shankly et les joueurs du Liverpool Football Club dans le parking, à Anfield. Et ils montent tous dans le bus pour Melwood. Et quand les joueurs du Liverpool Football Club arrivent à Melwood, et quand les joueurs du Liverpool Football Club descendent du bus à Melwood, les joueurs du Liverpool Football Club voient le cube sur le terrain d'entraînement de Melwood. Le cube qui les attend. Et les joueurs grognent. Et les joueurs rient. Et les joueurs du Liverpool Football Club font deux fois le tour du terrain d'entraînement en courant. Puis les joueurs se passent le ballon, de l'un à l'autre, par deux, pendant vingt minutes. Après quoi les joueurs entrent dans le cube. Deux par deux. Et un ballon entre dans le cube par le haut. Et le premier joueur envoie le ballon contre l'une des parois. Du premier coup. Puis l'autre joueur frappe le même ballon sur le rebond. Du premier coup. Un ballon après l'autre. À chaque seconde, un nouveau ballon. Dans le cube. À chaque seconde pendant une minute. Un ballon après l'autre. Dans le cube. Puis pendant deux minutes. Un ballon après l'autre, dans le cube. Puis pendant trois minutes. Un ballon après l'autre, dans le cube. Encore et encore. Un ballon après l'autre, dans le cube. À chaque seconde. Un tir après l'autre. À chaque seconde. À l'intérieur du cube. Chaque joueur. À l'intérieur du cube. Un joueur après l'autre. Les joueurs deux par deux. Les joueurs travaillent dans le cube, le cube fait travailler les joueurs. Puis Reuben donne un coup de sifflet. Et Bill Shankly rassemble les joueurs au milieu du terrain d'entraînement. Et Bill Shankly sourit –

Très bien, les gars. Ça suffit comme ça, ces foutus exercices. Maintenant on va jouer un peu au football ! Des parties à cinq contre cinq, les gars…

Et c'est ainsi que se passe leur deuxième semaine d'entraînement avant la reprise. Et leur troisième semaine. Et la quatrième. Et la cinquième. Les joueurs du Liverpool Football Club ne travaillent pas les combinaisons. Ils ne travaillent pas les corners et ils ne travaillent pas les coups francs. Les joueurs du Liverpool Football Club travaillent les passes. Toujours vers l'avant, toujours plus vite. De plus en plus vite, toujours vers l'avant. Toujours vers l'avant –

Et toujours vers un maillot rouge,
toujours un maillot rouge,
un maillot rouge.

Le samedi 19 août 1961, le premier samedi de la nouvelle saison, le Liverpool Football Club se déplace à l'Eastville Stadium, à Bristol. Et avant le coup de sifflet, le premier coup de sifflet de la nouvelle saison. Dans le vestiaire, le vestiaire de l'équipe qui joue à l'extérieur. Les joueurs du Liverpool Football Club lèvent les yeux vers Bill Shankly. Bill Shankly debout au centre du vestiaire, le vestiaire de l'équipe qui joue à l'extérieur. Bill Shankly dont le regard fait le tour du vestiaire, le vestiaire de l'équipe qui joue à l'extérieur. Passant d'un joueur au suivant, d'un joueur du Liverpool Football Club à un autre joueur du Liverpool Football Club. De Slater à White, de White à Byrne, de Byrne à Milne, de Milne à Yeats, de Yeats à Leishman, de Leishman à Lewis, de Lewis à Hunt, de Hunt à St John, de St John à Melia, de Melia à A'Court. Et Bill Shankly se frotte les mains –

Nous y voici, dit Bill Shankly. C'est le grand jour, les gars ! Tout ce que nous avons fait. Tout ce pour quoi nous avons travaillé, les gars. Tout ça, c'était pour ce moment, tout était pour ce match. Ce premier match de la saison, les gars. Cette saison qui sera notre saison. Notre saison, les gars…

À la 7e minute de ce premier match de cette nouvelle saison, Kevin Lewis marque. Et à la 55e minute, Hills marque contre son camp. Et le Liverpool Football Club bat les Bristol Rovers 2-0. À l'extérieur, ailleurs qu'à Anfield. Dans le premier match de la nouvelle saison.

Le mercredi 23 août 1961, le Sunderland Football Club vient à Anfield, Liverpool. Ce soir-là, 48 900 spectateurs viennent aussi. Un mercredi soir, pour le premier match à domicile de la saison. À la 48e minute du premier match à domicile de la saison, Roger Hunt marque. À la 78e minute, Kevin Lewis marque. Et à la 83e minute, Hunt marque de nouveau. Et le Liverpool Football Club bat le Sunderland Football Club 3-0. À domicile, à Anfield. Dans le premier match à domicile de la saison.

Après le coup de sifflet, le coup de sifflet final. Dans le vestiaire, le vestiaire de l'équipe qui joue à domicile. Bill Shankly s'assied à côté de Ron Yeats. Et Bill Shankly sourit. Bill Shankly s'esclaffe –

Ce Brian Clough, c'est un sacré joueur, dit Bill Shankly. Et j'ai essayé de l'acheter. Mais ce soir, il n'en a pas touché une, Ron. Il n'a rien pu faire. Parce que tu l'as si bien marqué qu'il n'a pas existé, Ron. Tu en as fait un joueur ordinaire. Et c'est pour ça que je t'ai engagé, Ron. Et c'est pourquoi je t'ai nommé capitaine du Liverpool Football Club. Bravo, Ron.

Trois jours plus tard, Leeds United se déplace à Anfield, Liverpool. Cet après-midi-là, 42 950 spectateurs se déplacent aussi. À la 6e minute, Roger Hunt marque. À la 48e minute, Hunt marque de nouveau. À la 53e minute, Kevin Lewis marque un penalty. À la 68e minute, Jimmy Melia marque. Et à la 74e minute, Hunt marque son troisième but. Et le Liverpool Football Club bat Leeds United 5-0. À domicile, à Anfield.

Et après le coup de sifflet, le coup de sifflet final. Dans le vestiaire, le vestiaire de l'équipe qui reçoit. Bill

Shankly s'assied à côté de Roger Hunt. Et Bill Shankly sourit. Bill Shankly s'esclaffe –

Ce Charlton, c'est un sacré joueur, dit Bill Shankly. Et j'ai essayé de l'acheter. Mais aujourd'hui, il ne t'arrivait pas à la cheville, mon gars. Aujourd'hui, tu l'as fait passer pour un joueur quelconque. Bien joué, mon gars.

Le mercredi 30 août 1961, le Liverpool Football Club se rend au stade de Roker Park, à Sunderland. À la 26e minute, Roger Hunt marque. À la 39e minute, Ian St John marque. À la 69e minute, Hunt marque de nouveau. Et à la 90e minute, la toute dernière minute, St John marque encore. Et le Liverpool Football Club bat le Sunderland Football Club 4-1. À l'extérieur, ailleurs qu'à Anfield. Ce soir-là, cette saison-là, le Liverpool Football Club avait joué 4 matchs et gagné 4 matchs. Il avait marqué 14 buts et n'en avait concédé qu'un. C'était un bon début. Un très bon début. Mais ce n'était qu'un début,

que le début.

...

En septembre 1961, le Liverpool Football Club bat Norwich City et il bat Scunthorpe United. Et il fait match nul contre Brighton & Hove Albion. Mais ensuite le Liverpool Football Club bat Newcastle United. Il bat le Bury Football Club. Et il bat Charlton Athletic.

Le mercredi 4 octobre 1961, Newcastle United vient à Anfield, Liverpool. La saison précédente, la moyenne du nombre d'entrées à Anfield était précisément de 29 603 spectateurs. Cette saison, la moyenne dépasse les 46 000. Ce soir, 52 419 spectateurs sont venus à Anfield. Un mercredi soir. À la 38e minute, Kevin Lewis marque. Et à la 75e minute, Roger Hunt marque. Et le Liverpool Football Club bat Newcastle United 2-0. À domicile, à Anfield. Ce soir-là, cette saison-là, le Liverpool Football Club avait joué onze matchs. Il avait marqué trente et un buts et n'en avait encaissé que quatre. Il avait gagné dix de ces matchs et n'avait concédé qu'un nul. Le Liverpool Football Club était invaincu. Le Liverpool Football Club possédait 21 points. Le Liverpool Football Club était en tête de la deuxième division.

Après le coup de sifflet, le coup de sifflet final. Dans le vestiaire, le vestiaire de l'équipe qui reçoit. Les joueurs du Liverpool Football Club lèvent les yeux vers Bill Shankly. Bill Shankly qui passe en dansant d'un joueur au joueur suivant. De Bert Slater à Dick White, de Dick à Gerry Byrne, de Gerry à Gordon Milne, de Gordon à Ron Yeats, de Ron à Tommy Leishman, de Tommy à Kevin Lewis, de Kevin à Roger Hunt, de Roger à Ian St John, de Ian à Jimmy Melia et de Jimmy à Alan A'Court. Bill Shankly leur tape dans le dos, Bill Shankly leur serre la main. Il chante leurs louanges. Et puis Bill Shankly se place au centre du vestiaire. Dans le vestiaire de l'équipe qui reçoit. Bill Shankly porte son index à son oreille –

Vous avez entendu ça, les gars ? demande Bill Shankly. Vous avez entendu ce son, les gars ? C'était celui de plus de 60 000 spectateurs. Les 60 000 spectateurs qui sont venus ici ce soir pour vous voir, les gars. Pour vous voir jouer. Après avoir travaillé toute la journée, après avoir travaillé toute la semaine. Ils sont venus vous voir jouer, les gars. Et ils vous ont vus jouer. Et ils ont apprécié le spectacle, ils ont adoré le spectacle. Alors, ils ne se sont pas contentés de vous applaudir, les gars. Ils ne se sont pas contentés de vous acclamer. Ces 60 000 spectateurs, ils chantaient, les gars. Ils chantaient. Ils chantaient vos noms, vos noms à tous. Et ils chantaient notre nom, celui du Liverpool Football Club. Le Liverpool Football Club…

Et vous entendez ça, les gars ? Vous entendez toujours ? Parce qu'ils n'ont pas fini de chanter, ils chantent encore le nom du Liverpool Football Club. Grâce à vous, les gars. Grâce à vous. Ils n'ont pas envie de rentrer chez eux, les gars. Ils n'ont plus envie de partir… Grâce à vous, grâce à vous… Le Kop chante encore…

8

Le chant du plan b

À l'étage dans leur maison, dans leur chambre. Bill est derrière la fenêtre. Bill regarde les arbres à travers la vitre. Au rez-de-chaussée, dans leur cuisine. Ness et les filles débarrassent la table du dîner. Elles lavent les casseroles, elles rangent les assiettes. Elles bavardent et elles rient. Mais à l'étage dans sa chambre, à la fenêtre. Bill n'entend que le Kop. Dans ses oreilles, dans sa tête. Bill entend encore le Kop applaudir, Bill entend encore le Kop acclamer l'équipe. Et chanter, chanter encore. Dans ses oreilles, dans sa tête. Le Kop chante encore. Mais à présent il est à la fenêtre, il regarde à travers la vitre. À présent Bill voit les branches des arbres. Les branches des arbres qui bougent, les feuilles qui tombent. Les premières gouttes de pluie qui s'écrasent contre la vitre. Et dans leur chambre, à la fenêtre. Bill regarde le ciel par-dessus les arbres. Et Bill voit les nuages dans le ciel. Les nuages sombres qui traversent le ciel sombre. La nuit qui tombe. Bill lève le bras. Bill ferme la petite fenêtre. Et Bill tire les rideaux.

Dans la maison, dans leur salon. Bill se lève de son fauteuil. Bill embrasse Ness sur la joue. Et Bill dit, Bonne nuit, chérie. Bonne nuit. Je n'en ai pas pour longtemps, chérie. Je n'en ai pas pour longtemps…

Dans la maison, dans leur salon. Dans la nuit et dans le silence. Dans son fauteuil. Bill scrute son carnet. Son carnet rempli de noms, son carnet rempli de notes. Les pages couvertes de noms, les pages couvertes de notes. Et Bill lâche un juron. Ian St John n'a pas joué aujourd'hui et Ron Yeats n'a pas joué aujourd'hui. Ian St John et Ron Yeats étaient sélectionnés pour jouer contre l'Irlande du Nord dans l'équipe nationale écossaise. Ian St John et Ron Yeats se sont rendus à Belfast. Ron Yeats n'a même pas joué pour l'Écosse. Ron Yeats est resté assis dans les foutues tribunes à Belfast. Et le

Liverpool Football Club a perdu 2-0 contre le Middlesborough Football Club. Pour la première fois cette saison, le Liverpool Football Club a bel et bien perdu. Pour la première fois cette saison, le Liverpool Football Club a régressé. Il a remonté le temps. Dans la nuit et dans le silence. Dans son fauteuil. Bill soupire. Et Bill referme son carnet. Son carnet rempli de noms, son carnet rempli de notes. Et Bill ferme les yeux. Dans la nuit et dans le silence. Dans son fauteuil. Bill entend la pluie tomber sur leur maison. Bill entend le vent souffler tout autour de leur maison. Et Bill comprend que les mois remplis de dangers sont arrivés. Les mois de tous les dangers, les mois d'hiver. Les mois des journées courtes, les mois des longues nuits. Les nuits de pluie et les jours de boue, les jours de blessures et les nuits de douleur. Pendant ces mois d'hiver, ces mois dangereux. Bill sait qu'il faut s'être préparé. Préparé aux blessures, préparé à la douleur. À la douleur et à la souffrance. Il faut toujours être préparé. À la souffrance et à la douleur.

Dans la maison, dans leur salon. Dans la nuit et dans le silence. Dans son fauteuil. Bill rouvre les yeux. Bill regarde sa montre. Bill pose son carnet. Son carnet rempli de noms, son carnet rempli de notes. Et Bill se lève de son fauteuil. Bill sort du salon. Bill entre dans la cuisine. Et Bill allume la lumière. Le Liverpool Football Club a battu le Walsall Football Club 6-1. À domicile, à Anfield. Lewis a marqué. Melia a marqué. Hunt a marqué. Puis Hunt a marqué de nouveau. St John a marqué. Et puis Hunt a marqué de nouveau, son troisième but. Son second coup du chapeau de la saison. À présent Roger Hunt a marqué seize buts cette saison. Dans la nuit, dans la cuisine. Bill s'approche des placards. Et Bill ouvre l'un des tiroirs. Le Liverpool Football Club a perdu 2-0 contre Derby County. À l'extérieur, ailleurs qu'à Anfield. Le Liverpool Football Club reste en tête de la deuxième division. Mais le Liverpool Football Club a désormais perdu deux fois au cours de ses trois dernières rencontres. Dans la nuit, dans la cuisine. Bill prend la nappe dans le tiroir. Et Bill referme le tiroir. Le Liverpool Football Club a fait match nul 3-3 avec Leyton Orient. À domicile, à Anfield. Bill avait gardé sa confiance à l'équipe qui avait perdu contre Derby County. Bill avait gardé les même onze joueurs pour le match contre Leyton Orient. Et à domicile, à Anfield. Le Liverpool Football Club avait fait match nul. Le premier point que le Liverpool Football Club avait laissé filer. À domicile, à Anfield. Dans la nuit, dans la cuisine. Bill s'approche de la table. Et Bill étale la nappe sur la table. Le Liverpool Football Club a battu Preston North End. Pour ce match-là, Bill s'est passé de Kevin Lewis et Bill a fait venir Ian Callaghan de l'équipe réserve. Et Ian Callaghan a marqué. C'était le premier but de Ian Callaghan pour le Liverpool Football Club. Dans la nuit, dans la cuisine. Bill repart vers les placards. Et Bill ouvre un autre tiroir. Le Liverpool Football Club a fait match nul 1-1 avec Luton Town. Bill avait renouvelé sa confiance à Ian Callaghan. Mais Roger Hunt n'était pas disponible, Roger Hunt était blessé. Alors Bill a fait revenir Kevin Lewis. Et Kevin Lewis a marqué. Kevin Lewis a marqué un point. Mais c'était tout ce que le Liverpool Football Club avait récolté. Un point. Dans la nuit, dans la cuisine. Bill sort les couverts. Et Bill referme le tiroir. Le Liverpool Football Club a battu Huddersfield Town. Roger Hunt était en forme de nouveau, Roger Hunt pouvait jouer de nouveau. Mais Bill a gardé sa confiance à Ian Callaghan. Bill s'est de nouveau passé de Kevin Lewis. Dans la nuit, dans la cuisine. Bill retourne vers la table. Et Bill dispose quatre couverts sur la table. Le Liverpool Football Club a battu Swansea Town 5-0. Bill avait conservé la même équipe. Et le Liverpool Football Club possède désormais 31 points. Le Liverpool Football Club reste en tête de la deuxième division. Leyton Orient est deuxième, Leyton Orient avec 23 points. Le Liverpool Football Club a 8 points d'avance sur Leyton Orient. Dans la nuit, dans la cuisine. Bill retourne vers les placards. Et Bill en ouvre un. Les gens commencent à dire que la promotion est assurée, les gens commencent à penser que la promotion est jouée d'avance. Dans la nuit, dans la cuisine. Bill sort la vaisselle. Et Bill referme le placard. Bill sait que les gens disent souvent n'importe quoi, Bill sait que les gens se trompent souvent. Dans la nuit, dans la cuisine. Bill retourne vers la table. Et Bill pose un bol et une assiette à chacune des quatre places à la table. Bill sait que rien n'est jamais assuré, Bill sait que rien n'est jamais joué d'avance. Dans la nuit, dans la cuisine. Bill se dirige vers le cellier. Et Bill ouvre la porte du cellier. Pas dans la vie. Et pas dans le football. Dans la nuit, dans la cuisine. Bill sort la salière et le poivrier. Le pot de miel et le pot de confiture. Et Bill referme la porte du cellier. Le Liverpool Football Club a perdu 2-0 contre Southampton Football Club. À l'extérieur, ailleurs qu'à Anfield. Dans la nuit, dans la cuisine. Bill retourne à la table. Bill pose la salière et le poivrier sur la table. Et Bill pose le pot de miel et le pot de confiture sur la table. En arrière et en avant. Un pas en avant, deux pas en arrière. En arrière et en avant. Dans la nuit, dans la cuisine. Bill baisse les yeux et regarde les couverts et la vaisselle. La salière et le poivrier. Le pot de miel et le pot de confiture. En arrière et en avant. Bill remue des pensées dans sa tête, Bill passe en revue tous ses sujets de réflexion. Encore et encore. Dans la nuit, dans la cuisine. Bill s'assied à la table. Et Bill regarde sur la table les couverts et la vaisselle. La salière et le poivrier. Le pot de miel et le pot de confiture.

Dans la maison, dans leur cuisine. Dans la nuit et dans le silence. À la table, sur sa chaise. Bill se lève. Bill ressort de la cuisine. Bill retourne dans le salon. Bill retourne à son fauteuil. Bill reprend son carnet sur le bras du fauteuil. Son carnet rempli de noms, son carnet rempli de notes. Bill ressort du salon. Bill retourne dans la cuisine. Bill se rassied. Dans la nuit, dans la cuisine. À la table, sur sa chaise. Bill rouvre son carnet. Son carnet rempli de noms, son carnet rempli de notes. Et Bill scrute de nouveau les pages de son carnet.

Les pages remplies de noms, les pages remplies de notes. Et Bill tourne de nouveau les pages. Encore et encore. Ces pages couvertes de noms, ces pages couvertes de notes. En arrière et en avant, encore et encore. Il passe en revue tous ces noms, il passe en revue toutes ces notes. Tous les joueurs et tous les matchs. Les matchs à venir et les matchs déjà joués. Encore et encore, en avant et en arrière. Dans la nuit, dans la cuisine. Bill cesse de tourner les pages. Les pages couvertes de noms, les pages couvertes de notes. Bill referme le carnet. Le carnet rempli de noms, le carnet rempli de notes. Et à la table, sur sa chaise. Bill ferme les yeux de nouveau –

C'est la mi-temps, la mi-temps du match contre Plymouth Argyle, la mi-temps du 21e match de la saison, la mi-temps de la saison 1961-62. C'est la mi-temps et le Liverpool Football Club est à égalité 1-1 avec Plymouth Argyle. À domicile, à Anfield. Bill entre dans le vestiaire, le vestiaire de l'équipe qui reçoit. Et Bill s'assied sur le banc à côté de Johnny Wheeler. Johnny Wheeler a pris le poste de Tommy Leishman. Tommy Leishman est blessé, Tommy Leishman ne peut pas jouer. Alors Bill le remplace par Johnny Wheeler. Bill n'a pas le choix. Dans le vestiaire, sur le banc. Bill pose la main sur la cuisse de Johnny Wheeler. Bill l'agrippe fermement. Et Bill dit, Bon sang, tu joues bien aujourd'hui, John. Tu joues bien. Je ne t'ai jamais vu jouer mieux qu'aujourd'hui, John. Et, bon sang, je t'ai pourtant vu jouer de sacrés matchs. Des grands matchs, John. Mais aujourd'hui, tu retournes la situation. Tu remontes le cours du temps, John. Mais je sais que toutes ces années doivent te peser, John, à l'heure actuelle. Que chacune d'elles doit se rappeler à ton bon souvenir, John. Mais quarante-cinq minutes de plus. Quarante-cinq minutes de plus, John. C'est tout ce que je demande. C'est tout ce que je te demande, John. Donne-moi seulement quarante-cinq minutes de plus comme celles que tu viens de jouer. Tu peux faire ça pour moi, John ?

Johnny Wheeler hoche la tête.

Bill tapote la cuisse de Johnny Wheeler. En douceur. Et Bill dit, Merci, John. Merci.

De retour sur le banc de touche, le banc de touche de l'équipe qui reçoit. Bill observe et Bill attend. Bill attend et Bill observe. Et à la 80e minute, Ian St John marque. Et le Liverpool Football Club bat Plymouth Argyle 2-1. À domicile, à Anfield. Et après le coup de sifflet, le coup de sifflet final. Sur le banc de touche, le banc de touche de l'équipe qui reçoit. Bill se relève. Bill longe la ligne de touche, la ligne de touche d'Anfield de nouveau. Le Liverpool Football Club a désormais disputé 21 matchs. Le Liverpool Football Club possède maintenant 33 points. Le Liverpool Football Club reste en tête de la deuxième division. Mais c'est encore la mi-temps, ce n'est encore que la mi-temps. Le Liverpool Football Club a encore l'autre moitié de la saison devant lui. Le Liverpool Football Club a encore 21 matchs à jouer. Mais Johnny Wheeler ne jouera plus jamais pour Liverpool.

Dans la maison, dans leur cuisine. Dans la nuit et le silence. À la table, sur sa chaise. Bill rouvre les yeux. Et Bill se lève de sa chaise de nouveau, il quitte la table de nouveau. Bill se dirige vers le mur. Bill éteint la lumière. Bill monte l'escalier. Le Liverpool Football Club a battu les Bristol Rovers 2-0. À domicile, à Anfield. Le Liverpool Football Club a 35 points. Le Liverpool Football Club reste en tête de la deuxième division. Leyton Orient reste deuxième, Leyton Orient avec 27 points. Bill entre dans la salle de bains. Bill allume la lumière. Bill se lave le visage, Bill se brosse les dents. Et puis Bill se regarde dans le miroir. Le Liverpool Football Club a perdu contre Leeds United. À l'extérieur, ailleurs qu'à Anfield. Dans la salle de bains, dans le miroir. Bill entend le vent souffler autour de la maison. Dans la tempête, une tempête d'hiver. Le Liverpool Football Club a perdu contre Rotherham United. À l'extérieur, ailleurs qu'à Anfield. Une fois de plus. Le Liverpool Football Club a toujours 35 points. Le Liverpool Football Club toujours en tête de la deuxième division. Leyton Orient toujours deuxième, Leyton Orient avec 31 points à présent. Et avec un match de retard à jouer, maintenant. Dans la salle de bains, dans le miroir. Bill tourne la tête. Bill éteint la lumière. Et Bill entre dans la chambre. Dans la chambre, dans le noir. Bill se déshabille. Dans le noir et dans le froid. Rotherham United aurait dû venir à Anfield, Liverpool. Et le Liverpool Football Club aurait eu l'occasion de remettre les pendules à l'heure. De se racheter, de prendre sa revanche. Mais dans le noir et dans le froid. Le temps est contre le Liverpool Football Club. Et le match est reporté. Celui de Leyton Orient n'est pas reporté. Leyton Orient rencontre Swansea Town. Et Leyton Orient bat Swansea Town 3-1. Leyton Orient possède maintenant 33 points. Dans le noir et dans le froid. Bill met son pyjama. Le Liverpool Football Club a encore 35 points. Le Liverpool Football Club est encore en tête de la deuxième division. De justesse. Dans le noir et dans le froid. Bill se couche. Mais Bill ne ferme pas les yeux. Bill ne s'endort pas. Dans le noir, dans leur lit. Bill fixe le plafond. Dans le noir, dans leur lit. Bill continue de remuer des pensées dans sa tête, Bill passe encore en revue tous ses sujets de réflexion. Encore et encore. Dans le noir, dans son esprit. Les matchs déjà joués et les matchs à venir, les joueurs qu'il a choisis et les joueurs qu'il pourrait choisir. Il réfléchit à ceux qui devraient quitter l'équipe et à ceux qui devraient l'intégrer, à ceux qui sont prêts et à ceux qui ne le sont pas. Prêts à intégrer l'équipe, qu'ils soient préparés ou pas. Dans le noir, dans sa tête. Bill se demande qui mérite sa confiance et qui ne la mérite pas. Il se pose des questions, il se pose toujours des questions. Bill se pose toujours des questions. Dans le noir, dans leur lit. Bill n'arrive pas à fermer les yeux. Bill n'arrive pas à dormir, Bill n'arrive tout simplement pas à dormir.

À l'étage dans leur chambre, à la fenêtre. Bill ouvre les rideaux. À travers la vitre Bill regarde les arbres, à travers les arbres Bill regarde le ciel. Le ciel et l'aube.

Et Bill sourit. Au rez-de-chaussée de la maison, dans leur cuisine. Ness et les filles débarrassent la table du petit déjeuner. Elles font la vaisselle, elles rangent les assiettes. Elles bavardent et elles rient. À l'étage dans leur chambre, à la fenêtre. Bill sourit de nouveau. Et Bill se détourne de la fenêtre. Bill s'approche du lit. Bill prend sa chemise et Bill enfile sa chemise. Sa chemise rouge toute neuve. Bill s'approche de la commode. Bill en ouvre le tiroir supérieur. Bill en sort ses boutons de manchettes. Ses boutons de manchettes en or. Bill referme le tiroir. Bill ferme à l'aide de ses boutons de manchettes les poignets de sa chemise. Sa chemise rouge toute neuve. Bill va à la penderie. Bill en ouvre les portes. Bill sort son costume. Son costume gris à fines rayures blanches qui revient de chez le teinturier. Bill laisse les portes de la penderie ouvertes. Bill retourne vers le lit. Bill pose le costume sur le dessus de lit. Bill prend son pantalon sur le cintre. Bill enfile le pantalon de son costume. Son costume gris à fines rayures blanches qui sort de chez le teinturier. Bill retourne à la commode. Bill ouvre le deuxième tiroir de la commode. Bill en sort une cravate rouge. La cravate rouge que ses filles lui ont offerte à Noël. La cravate rouge que Bill n'a encore jamais mise. Bill referme le tiroir. Bill retourne vers la penderie. Dont les portes sont restées ouvertes. Bill se plante devant le miroir fixé derrière l'une des portes. Bill noue sa cravate. Sa cravate rouge. Bill retourne vers le lit. Bill prend sa veste sur le lit. Bill ôte le cintre qui soutenait la veste. Bill enfile la veste de son costume. Son costume gris à fines rayures blanches qui sort de chez le teinturier. Bill retourne à la commode. Bill ouvre de nouveau le tiroir supérieur de la commode. Bill en sort un mouchoir blanc et une pochette rouge. Bill referme le tiroir. Bill glisse le mouchoir blanc dans la poche gauche de son pantalon. Bill pose la pochette rouge sur la commode. Elle ressemble à un losange rouge. Bill replie la pointe inférieure de la pochette rouge pour la superposer à la pointe supérieure. Elle ressemble à présent à un triangle rouge. Bill ramène la pointe gauche du triangle sur la pointe droite, puis la pointe droite vers le coin gauche. La pochette ressemble maintenant à un long rectangle doté d'une pointe au sommet. Bill replie le bas de la pochette presque jusqu'au sommet. Bill retourne devant le miroir fixé derrière la porte de la penderie. Bill se poste devant le miroir. Bill glisse la pochette rouge dans la poche de poitrine de sa veste grise. Bill se regarde dans le miroir. Bill fignole la position de la pochette jusqu'à laisser dépasser juste ce qu'il faut de la pointe rouge. La pointe rouge qui dépasse de la poche grise. Bill s'éloigne un peu du miroir. Dans la maison, leur maison jumelle de Bellefield Avenue, à West Derby. Dans la chambre, dans le miroir. Bill se regarde, Bill se voit. Et Bill sourit. Aujourd'hui, le Chelsea Football Club vient jouer à Anfield, Liverpool. Aujourd'hui, le monde entier va venir à Anfield, aussi. Aujourd'hui, Bill sait que le monde entier va regarder jouer le Liverpool Football Club. Et Bill a hâte, Bill a vraiment hâte.

9

La longue marche jusqu'en avril

Le samedi 6 janvier 1962, le monde entier et 48 455 spectateurs se rendent à Anfield, Liverpool. *Oh, when the saints (Oh, quand les saints).* Le monde entier et 48 455 spectateurs pour voir le Liverpool Football Club affronter le Chelsea Football Club au troisième tour de la Coupe d'Angleterre. *Go marching in (Défileront).* Le monde entier et le Kop. *Oh, when the saints go marching in.* Le Kop qui applaudit, le Kop qui acclame les joueurs. *Lord, how I want to be in that number (Seigneur, je voudrais tant être parmi eux).* Le Kop qui hurle et le Kop qui chante. *When the saints go marching in.* Une muraille de son, un océan de bruit. *We are travelling in the footsteps (Nous marchons dans les pas).* Un son si puissant que les joueurs de Chelsea tremblent sur la pelouse. *Of those who've gone before (De ceux qui nous ont précédés).* Un bruit si intense que les joueurs de Chelsea n'entendent pas l'arbitre donner son coup de sifflet. *And we'll all be reunited (Et nous serons tous réunis).* Dans le vacarme, dans le vacarme. *On a new and sunlit shore (Sur un nouveau rivage inondé de soleil).* Un vacarme si assourdissant, un vacarme si intimidant. *Oh, when the saints, go marching in.* Qui jamais ne faiblit et jamais ne s'estompe, qui pousse les joueurs de Chelsea à envoyer le ballon n'importe où. *Oh, when the saints go marching in.* N'importe où pour un instant de paix, pour un moment de répit. *Lord, how I want to be in that number.* Mais il n'y a pas de paix, il n'y a pas de répit. *When the saints go marching in.* Pas de répit à attendre du vacarme, et pas de répit à attendre de l'équipe. *And when the sun, refuse to shine (Et quand le soleil refusera de luire).* L'équipe en maillot rouge, short blanc et bas blancs. *Oh, when the sun, refuse to shine.* L'équipe qui attaque encore et encore les joueurs de Chelsea. *Lord, how I want to be in that number.* Encore et encore, une vague après l'autre, une offensive après l'autre. *When the sun refuse to shine.* Le son derrière l'équipe en maillot rouge, short blanc et bas blancs. *And when the moon, turns red with blood (Et quand la lune sera rouge sang).* Le bruit de 48 455 spectateurs qui applaudissent et qui acclament les joueurs, qui hurlent et qui chantent. *Oh, when the moon turns red with blood.* Le vacarme et puis le rugissement. *Lord, how I want to be in that number.* Le rugissement à la 16e minute lorsque Ian St John marque. *When the moon turns red with blood.* Le rugissement provoqué par un but. *Oh, when the trumpet, sounds its call (Oh, quand la trompette lancera son appel).* Un but de Liverpool. *Oh, when the trumpet sounds its call.* Le rugissement et puis, et puis un silence soudain. Un silence soudain lorsque Tambling égalise pour Chelsea. Un partout. Un partout et Bill Shankly se lève. Il est debout, bras écartés. Il cajole ses joueurs, il les rassemble. Il orchestre, il dirige. Pas seulement l'équipe. Il orchestre et il dirige la foule. *Lord, how I want to be in that number*. Les 48 455 spectateurs dans l'enceinte d'Anfield, Liverpool. *When the trumpet sounds its call*. La foule et le Kop. *Some say this world of trouble (Certains disent que ce monde agité)*. Le Kop applaudit de nouveau, le Kop acclame les joueurs de nouveau. *Is the only one we need (Est le seul dont nous ayons besoin)*. Il hurle de nouveau et il chante de nouveau. *But I'm waiting for that morning (Mais j'attends ce matin)*. Il rugit. *When the new world is revealed (Où le monde nouveau sera révélé)*. Il rugit de nouveau à la 28e minute lorsque Roger Hunt marque. *Oh, when the new world is revealed* – 2-1. *Oh, when the new world is revealed*. Il rugit de nouveau à la 41e minute quand Ian St John marque son deuxième but. *Lord, how I want to be in that number* – 3-1. *When the new world is revealed*. Le Kop rugit encore quand la frappe de Jimmy Melia heurte un poteau. *Oh, when the saints*. Il rugit encore quand celle de Ian Callaghan heurte l'autre poteau. *Go marching in*. Il rugit encore et encore quand Bonetti, le gardien, fait arrêt sur arrêt. *Oh, when the saints go marching in*. Nouveau rugissement, plus fort que jamais, à la 44e minute quand Alan A'Court marque. *Lord, how I want to be in that number* – 4-1…

When the saints go marching in…

À la mi-temps, dans le vestiaire, le vestiaire de l'équipe qui joue à domicile. Avec une tasse de thé ou un quartier d'orange. Les joueurs du Liverpool Football Club sont assis sur les bancs et les joueurs du Liverpool Football Club reprennent leur souffle. Et Bill Shankly, Bob Paisley et Reuben Bennett passent d'un joueur à l'autre. De Slater à Molyneux, de Molyneux à Byrne, de Byrne à Milne, de Milne à Yeats, de Yeats à Leishman, de Leishman à Callaghan, de Callaghan à Hunt, de Hunt à St John, de St John à Melia et de Melia à A'Court. Ils les félicitent et ils les mettent en garde. Ils les félicitent pour le travail qu'ils ont accompli, ils les mettent en garde contre celui qui reste à accomplir. Le travail reste à moitié fait,

il reste une mi-temps à jouer –

L'arbitre donne un autre coup de sifflet et les 48 455 spectateurs commencent à applaudir de nouveau, commencent à acclamer les joueurs de nouveau. Mais ils n'applaudissent pas aussi souvent, ils n'acclament pas les joueurs aussi souvent. Ils continuent de hurler et ils continuent de chanter. Mais ils ne hurlent plus aussi fort, ils ne chantent plus aussi longtemps. Les 48 455 spectateurs assis dans l'enceinte d'Anfield, Liverpool, commencent à penser que le travail est fait, ils commencent à croire que le match est fini. Mais à la 67e minute, Tambling marque de nouveau – 4-2. Neuf minutes plus tard, Bridges marque – 4-3. Et maintenant les 48 455 spectateurs n'applaudissent plus du tout, ils n'acclament plus du tout les joueurs. Ils ne hurlent plus et ils ne chantent plus. Les 48 455 spectateurs assis dans l'enceinte d'Anfield, Liverpool, retiennent leur souffle. En silence. Minute par minute. En silence. Une longue minute avant une minute plus longue encore. Ils retiennent leur souffle. En silence. Interminable minute par interminable minute. Ils retiennent leur souffle –

En silence. Silence

jusqu'à, jusqu'à,

jusqu'à ce que –

L'arbitre lève la main. Lentement. L'arbitre écarte les bras. Et puis, pour la dernière fois, pour l'ultime fois, l'arbitre donne un coup de sifflet, son coup de sifflet qui devient un rugissement, le rugissement de 48 455 spectateurs, 48 455 habitants de Liverpool qui applaudissent et qui acclament les joueurs, qui hurlent et qui chantent, et le rugissement devient un cri, un immense et joyeux cri de victoire, de victoire et d'euphorie, de victoire collective,

d'euphorie collective –

Oh, when the reds (Oh, quand les rouges). Le Liverpool Football Club a battu le Chelsea Football Club 4-3. *Go marching in.* Le Liverpool Football Club a gagné.

Oh, when the reds go marching in. Et le monde entier a vu le match. *Lord, how I want to be in that number.* Le monde entier a regardé jouer le Liverpool Football Club. *When the reds go marching in...*

Et le monde a entendu –

Go marching in ! In ! In...

Il a entendu le Kop –

The Reds ! Reds ! Reds !

Le Spion Kop –

Go marching in, go marching on...

...

Une semaine après la victoire du Liverpool Football Club sur le Chelsea Football Club en Coupe d'Angleterre, Norwich City vient jouer à Anfield, Liverpool. Et le Liverpool Football Club bat Norwich City en championnat. De justesse. Le Liverpool Football Club reste en tête de la deuxième division. De justesse. Le Liverpool Football Club possède alors 37 points. Mais Leyton Orient en a désormais 35. Il a gagné huit matchs de suite et est invaincu depuis douze. Une semaine plus tard, Leyton Orient gagne encore. Leyton Orient a maintenant 37 points. Mais le Liverpool Football Club n'en a que 38. Le Liverpool Football Club a fait match nul 1-1 contre Scunthorpe United. À l'extérieur, ailleurs qu'à Anfield. Le samedi 27 janvier 1962, le Liverpool Football Club se rend au stade de Boundary Park, à Oldham. Et le Liverpool Football Club bat Oldham Athletic 2-1 au quatrième tour de la Coupe d'Angleterre. Une semaine après cela, Brighton & Hove Albion vient à Anfield, Liverpool. Et le Liverpool Football Club bat Brighton & Hove Albion 3-1. Une semaine plus tard, le Liverpool Football Club bat le Bury Football Club 3-0. C'est Roger Hunt qui a marqué les trois buts. Son quatrième coup du chapeau de la saison. Roger Hunt a désormais marqué 29 buts en 28 matchs. Et le Liverpool Football Club possède maintenant 42 points. Le Liverpool Football Club est toujours en tête de la deuxième division.

Le samedi 17 février 1962, Preston North End vient à Anfield, Liverpool. Cet après-midi-là, 54 967 spectateurs se déplacent aussi. Ces 54 967 spectateurs viennent voir le Liverpool Football Club affronter Preston North End au cinquième tour de la Coupe d'Angleterre. Ces 54 967 spectateurs voient le Liverpool Football Club faire match nul 0-0 avec Preston North End. Trois jours après, le Liverpool Football Club se déplace au stade de Deepdale, à Preston. Et le Liverpool Football Club arrive avec vingt-cinq minutes de retard. À cause des embouteillages autour du stade. À cause de la foule autour du stade. Les portes du stade ont dû être fermées une demi-heure avant le coup d'envoi. Et sur la pelouse, le Liverpool Football Club fait de nouveau match nul 0-0 avec Preston. De nouveau 0-0, après prolongations. Il n'y a rien pour départager les deux équipes. Quatre jours plus tard, le Middlesbrough Football Club vient à Anfield. Ian St John marque deux buts. Et Roger Hunt en marque trois. Son cinquième coup du chapeau de la saison. Et le Liverpool Football Club bat le Middlesbrough Football Club 5-1. Deux jours après, juste deux jours plus tard, le lundi 26 février 1962, le Liverpool Football Club se rend au stade d'Old Trafford, à Manchester. S'y rendent aussi 43 944 spectateurs. Ces 43 944 spectateurs viennent voir le Liverpool Football Club rejouer pour la deuxième fois contre Preston North End la cinquième manche de la Coupe d'Angleterre. Sur une pelouse gelée, couverte de neige. Où les joueurs glissent, où les joueurs tombent. Dans la neige, sur la pelouse. Ils glissent et ils tombent. Tous, sauf Peter Thompson. Et à la 266e minute de cette rencontre à épisodes, cette rencontre pour laquelle plus de 136 000 personnes ont payé leur place, Peter Thompson garde l'équilibre. Il ne glisse pas, il ne tombe pas. Et Peter Thompson marque –

Le seul but.

Après le coup de sifflet, le coup de sifflet final. Dans le vestiaire, leur vestiaire à Old Trafford. Les joueurs et les entraîneurs de Preston North End fêtent la victoire. Et les joueurs et les entraîneurs de Preston North End entendent que l'on frappe à la porte du vestiaire. Et les joueurs et les entraîneurs de Preston North End voient Bill Shankly entrer dans leur vestiaire, le vestiaire de Preston. Et Bill Shankly passe d'un joueur à l'autre. Il leur tape dans le dos, il leur serre la main. Bill Shankly les félicite tous. Puis Bill Shankly s'assied sur le banc à côté de Peter Thompson. Bill Shankly lui tape dans le dos, Bill Shankly lui serre la main – Bon sang, vous avez vraiment bien joué, dit Bill Shankly. Dans les trois matchs, Peter. Vous étiez le meilleur joueur sur le terrain. Le meilleur joueur, et de loin, Peter. C'est pourquoi je ne vous oublierai pas. Je ne vous oublierai pas, Peter. Alors, ne m'oubliez pas non plus. Ne m'oubliez pas, Peter…

…

Le matin qui suit la soirée de la veille, le matin froid après la soirée de Coupe de la veille. Les dirigeants du Liverpool Football Club sont assis dans la salle de conférences, à Anfield. De nouveau. Les dirigeants du Liverpool Football Club. Et de nouveau. Les dirigeants du Liverpool Football Club entendent des pas dans le couloir. De nouveau. Les pas vifs, les pas pesants. De nouveau. On frappe à la porte de la salle de conférences. De nouveau. Vivement et avec force, très vivement et avec beaucoup de force.

Et Tom Williams dit, Entrez, je vous prie.

Bill Shankly ouvre la porte. De nouveau. Bill Shankly entre dans la salle. De nouveau. Le regard de Bill Shankly fait le tour de la salle. De nouveau. D'un dirigeant à l'autre. Et de nouveau. Bill Shankly attend.

Tom Williams dit, Asseyez-vous, je vous prie.

Bill Shankly se dirige vers l'extrémité de la longue table. De nouveau. Bill Shankly s'assied dans le fauteuil vide au bout de la table. Et de nouveau. Bill Shankly regarde l'autre extrémité de la table. Les dirigeants du Liverpool Football Club regardent Bill Shankly au bout de la longue table. Les dirigeants du Liverpool Football Club sourient à Bill Shankly assis au bout de la table. Et Tom Williams dit, Vous n'avez pas eu de chance en Coupe d'Angleterre, monsieur Shankly. Une sacrée déveine. Mais cela reste une bonne saison, monsieur Shankly. Une très bonne saison. Et nous restons tous derrière vous, monsieur Shankly. Nous restons persuadés que nous pouvons remonter en première division. Et nous restons persuadés que vous êtes l'homme qui peut nous assurer cette remontée.

Je suis ravi de l'apprendre, répond Bill Shankly. Mais si nous voulons être promus, si nous voulons être champions. Si nous voulons être sûrs d'accéder à la première division, si nous voulons être sûrs de gagner le championnat. Alors, il nous faut un nouveau gardien de but. Nous avons besoin d'acheter un nouveau gardien de but.

Les dirigeants du Liverpool Football Club échangent des regards. Les dirigeants du Liverpool Football Club secouent la tête. Et Tom Williams dit, Mais nous avons un bon gardien de but, monsieur Shankly. Un très bon gardien de but qui nous a aidés à monter en tête du classement. Nous restons premiers de la deuxième division. Nous sommes encore en tête, monsieur Shankly. À la première place…

Je connais très bien notre classement, dit Bill Shankly. Je sais très bien où nous sommes en ce moment. Mais nous ne sommes encore qu'en février. Si nous voulons être en tête du classement à la fin de la saison, si nous voulons être premiers au moment important. Alors il nous faut un nouveau gardien de but. Il nous faut un nouveau foutu goal.

Les dirigeants du Liverpool Football Club échangent des regards. De nouveau. Les dirigeants du Liverpool Football Club secouent la tête. Et Tom Williams dit, Mais que reprochez-vous au gardien que nous avons, monsieur Shankly ? Quel problème pose donc le gardien que nous avons ?

Il est trop petit, répond Bill Shankly. Et il a encaissé 27 buts en championnat. Et 5 en Coupe d'Angleterre. Parce qu'il est trop petit.

Tom Williams dit, Le hasard s'est tout simplement acharné sur lui en Coupe, monsieur Shankly. Il a été très malchanceux contre Preston…

Il n'a pas été victime du hasard, répond Bill Shankly. Il n'a pas été victime de la malchance. Il a été victime de sa taille. Et c'est l'une des raisons pour lesquelles nous avons perdu. Parce qu'il était trop petit. Parce qu'il *est* trop petit. Cela n'a rien à voir avec le hasard. Ni avec la malchance. Mais tout à voir avec sa taille. Tout à voir avec sa taille. Cet homme est tout simplement trop petit.

Eric Sawyer dit, Alors, qui voulez-vous, monsieur Shankly ? À qui pensez-vous pour le remplacer ?

À Jim Furnell, dit Bill Shankly. De Burnley.

Eric Sawyer demande, Mais Burnley serait-il vraiment prêt à le vendre ?

Oui, répond Bill Shankly. Burnley est prêt à le vendre.

Et combien demanderait-il pour le laisser partir ?

Il veut 18 000 livres.

Les dirigeants du Liverpool Football Club échangent des regards. De nouveau. Les dirigeants du Liverpool Football Club regardent Bill Shankly au bout de la longue table. Et Tom Williams dit, Mais comment pouvez-vous en être aussi certain, monsieur Shankly ? Comment pouvez-vous être aussi sûr que Burnley nous vendra ce Furnell pour 18 000 livres ?

Parce que je leur ai déjà posé la question, répond Bill Shankly. Je leur ai déjà demandé et ils ont déjà accepté. Voilà pourquoi j'en suis aussi certain.

…

Le samedi 3 mars 1962, le Liverpool Football Club se rend au stade de Fellows Park, à Walsall. Mais Bert Slater n'est pas du voyage à Fellows Park. Bill Shankly s'est séparé de Bert Slater. Bert Slater a joué 96 matchs de suite pour le Liverpool Football Club. Mais Bert Slater ne jouera plus un seul match pour le Liverpool Football Club. Le samedi 3 mars 1962, Jim Furnell se rend à Fellows Park. C'est le premier match de Jim Furnell pour le Liverpool Football Club. Pour ses débuts dans l'équipe, Jim Furnell concède un but. Et le Liverpool Football Club fait match nul 1-1 avec le Walsall Football Club. Une semaine plus tard, Derby County vient à Anfield, Liverpool. Et le Liverpool Football Club bat Derby County 4-1. le Liverpool Football Club reste en tête de la deuxième division. Et Leyton Orient est toujours deuxième.

Le samedi 17 mars 1962, le Liverpool Football Club se déplace à Londres, au stade de Brisbane Road, le stade du club Leyton Orient. Dix minutes avant le coup d'envoi, Bill Shankly fait irruption dans le vestiaire réservé aux visiteurs. Bill Shankly sort une photo de sa poche. Bill Shankly montre la photo à chaque joueur, à Furnell, Byrne, Moran, Milne, Yeats, Leishman, Callaghan, Hunt, St John, Melia et A'Court –

Vous savez qui c'est, ce type, les gars ? Vous le connaissez ? Il s'appelle Dave Dunmore. Il a joué pour Tottenham Hotspur, il a joué pour West Ham United. Mais maintenant il joue pour Leyton Orient. C'est leur meilleur joueur. Leur seul bon joueur. À chaque fois qu'il joue, l'équipe gagne. Mais je viens de voir leur feuille de match, les gars. Et devinez ce que j'ai vu ? Aujourd'hui, pas de Dave Dunmore pour Leyton Orient. Aujourd'hui, Dave Dunmore est blessé. Et cette équipe ne peut pas gagner sans Dave Dunmore. Et ils n'ont pas gagné à domicile depuis le 13 janvier de cette année. Alors, je sais qu'ils ne peuvent pas gagner à domicile aujourd'hui non plus. Pas à domicile. Pas aujourd'hui. Pas sans Dave Dunmore. Ils ne peuvent pas gagner. Je sais qu'ils ne peuvent pas gagner…

D'abord, c'est Leyton Orient qui marque. Dans la boue et dans le vent. Puis à la 80e minute, Alan A'Court égalise. Dans la boue et dans le vent. Puis Leyton Orient marque de nouveau. Mais dans la boue et dans le vent. À la 89e minute, A'Court marque de nouveau. Et dans la boue de Londres, dans le vent du sud. Le Liverpool Football Club possède désormais 48 points et Leyton Orient en a maintenant 43. Mais le Liverpool Football Club a deux matchs en retard sur Leyton Orient. Et le Liverpool Football Club reste en tête de la deuxième division. À la toute première place du classement.

…

Le samedi 24 mars 1962, Preston North End vient jouer à Anfield. Cet après-midi-là, 39 701 spectateurs viennent aussi. Jimmy Melia marque un but. Ian St John en marque un. Et Roger Hunt en marque deux. Et le Liverpool Football Club bat Preston North End 4-1. Quatre jours plus tard, Rotherham United vient à Anfield. Ce soir-là, 32 827 spectateurs se déplacent également. Roger Hunt marque un but et Ian St John réussit le coup du chapeau. Et le Liverpool Football Club bat Rotherham United 4-1. Trois jours après, le Liverpool Football Club se déplace au stade de Kenilworth Road, à Luton. Et le Liverpool Football Club perd 1-0. Une semaine plus tard, Huddersfield Town vient à Anfield. Cet après-midi-là, 38 022 spectateurs viennent aussi. Et le Liverpool Football Club obtient le match nul 1-1. À domicile, à Anfield. Ce soir-là, le Liverpool Football Club a 53 points. Le Liverpool Football Club reste en tête de la deuxième division. Mais ce même jour, Leyton Orient a gagné. Leyton Orient possède alors 48 points. Et il reste six rencontres à disputer, encore six matchs à jouer. Encore des matchs à gagner,

encore des matchs à perdre –

Le samedi 14 avril 1962, le Liverpool Football Club devait se rendre au stade de Vetch Field, à Swansea. Et le Liverpool Football Club devait affronter Swansea Town. Mais il y a une épidémie de variole dans le sud du Pays de Galles. Et le match du Liverpool Football Club contre Swansea Town est reporté. Le match de Leyton Orient n'est pas reporté. Mais Leyton Orient perd.

Si le Liverpool Football Club gagne son prochain match, alors le Liverpool Football Club sera promu. Il accédera à la première division. Si le Liverpool Football Club gagne son prochain match. Son prochain match à domicile contre le Southampton Football Club. Si le Liverpool Football Club bat le Southampton Football Club, alors le Liverpool Football Club sera promu.

Si le Liverpool Football Club gagne. S'il gagne, s'il gagne. Si, si –

Toujours si, si –

Toujours –

Si, si –

Le jour est arrivé, l'heure est arrivée. Sous la pluie et en plein vent. Arthur Riley et Jimmy McInnes sont sur la pelouse d'Anfield avec Bill Shankly. Sous la pluie et en plein vent. Ils regardent M. Holland sortir du tunnel d'Anfield et traverser la pelouse d'Anfield. M. Holland est l'arbitre. Sous la pluie et en plein vent. M. Holland examine la pelouse d'Anfield. M. Holland enfonce sa chaussure dans la pelouse d'Anfield. De la boue et de l'eau sortent de la pelouse d'Anfield. De la boue et de l'eau recouvrent sa chaussure. De la boue et de l'eau éclaboussent son bas, de la boue et de l'eau infiltrent sa chaussure. Sous la pluie et en plein vent. M. Holland regarde le ciel. Le ciel et les nuages, les nuages sombres dans le ciel sombre. M. Holland baisse de nouveau les yeux et regarde Arthur Riley, Jimmy McInnes et Bill Shankly. Et M. Holland secoue la tête.

Allons, allons, dit Bill Shankly. Un petit peu de pluie n'a jamais fait de mal à personne, monsieur Holland. Jamais fait de mal à personne…

Sous la pluie et en plein vent. M. Holland regarde de nouveau sa chaussure. Dans l'eau et dans la boue. M. Holland regarde de nouveau le ciel. Le ciel sombre et les nuages sombres. Et M. Holland regarde de nouveau sa montre. Sa montre qui égrène les secondes. Les secondes. Les secondes.

Et les prévisions nous annoncent du ciel bleu, dit Bill Shankly. Du ciel bleu, monsieur Holland. Du ciel bleu et du soleil. Un beau soleil d'avril !

M. Holland regarde Bill Shankly. M. Holland secoue la tête de nouveau. Et M. Holland dit, Quelles prévisions, monsieur Shankly ?

Les miennes, répond Bill Shankly. Mais je me trompe rarement.

Arthur Riley et Jimmy McInnes secouent tous les deux la tête. Et ils disent tous les deux, M. Shankly a raison, monsieur Holland. Il se trompe rarement. Vous verrez qu'en général il voit juste sur la plupart des sujets.

Sous la pluie et en plein vent. M. Holland sourit. Et M. Holland dit, Eh bien, espérons-le, alors. Espérons qu'il aura vu juste aujourd'hui.

Le samedi 21 avril 1962, 40 410 spectateurs sont venus à Anfield, Liverpool. Sous la pluie et en plein vent. Ces 40 410 spectateurs espèrent voir le Liverpool Football Club accéder à la première division. Sous la pluie et en plein vent. Ces 40 410 spectateurs prient pour que le Liverpool Football Club soit promu. Sous la pluie et en plein vent. Si le Liverpool Football Club gagne. Sous la pluie et en plein vent. Si, si.

Avant le match, dans le vestiaire. Le vestiaire de l'équipe qui joue à domicile. Kevin Lewis est assis sur le banc. Sur le banc du vestiaire. Kevin Lewis regarde ses chaussures. Et puis Kevin Lewis sent un bras lui entourer les épaules. Et Kevin Lewis relève les yeux –

Aujourd'hui, c'est ton jour, dit Bill Shankly. Aujourd'hui, c'est ton jour, Kevin. Ton jour pour me prouver que j'ai eu tort. Pour me prouver que je me suis comporté comme un imbécile. En ne te faisant pas jouer davantage de matchs, en ne te donnant pas plus souvent ta chance. Mais aujourd'hui, tu l'as, ta chance. Aujourd'hui, c'est ta chance, aujourd'hui c'est ton jour. Alors, tu es prêt, Kevin ? Tu es prêt ? À me prouver que j'ai eu tort, à saisir ta chance. Et à faire tes preuves aujourd'hui, Kevin ?

Kevin Lewis hoche la tête.

C'est bien, dit Bill Shankly. Et Bill Shankly se lève. Bill Shankly se plante au milieu du vestiaire. Le vestiaire de l'équipe qui reçoit. Et le regard de Bill Shankly fait le tour du vestiaire. Le vestiaire de Liverpool. Passant d'un joueur au suivant. De Furnell à Byrne, de Byrne à Moran, de Moran à Milne, de Milne à Yeats, de Yeats à Leishman, de Leishman à Callaghan, de Callaghan à

Hunt, de Hunt à Lewis, de Lewis à Melia, de Melia à A'Court. Et Bill Shankly sourit. Au milieu du vestiaire. Bill Shankly se frotte les mains –

Je sais qu'après aujourd'hui, il y a encore cinq matchs à venir, les gars. Encore cinq matchs à jouer. Et je ne sais pas pour vous, les gars. Je ne sais pas pour vous. Mais moi, je n'aime pas attendre, les gars. Je déteste attendre. Je n'ai pas envie d'attendre, les gars. Nous avons tous attendu assez longtemps. Et le Liverpool Football Club a attendu assez longtemps. Trop longtemps, les gars. Nous avons tous attendu trop longtemps. Alors, je veux gagner aujourd'hui. Aujourd'hui ! Parce que je veux qu'on soit promus aujourd'hui. Aujourd'hui ! Pas demain, pas la semaine prochaine. Aujourd'hui ! Parce que le jour est arrivé, l'heure est arrivée. Nous pouvons gagner aujourd'hui et nous pouvons être promus aujourd'hui. Fini, les lendemains. Fini, les *si*. Fini, les *peut-être*. Nous pouvons gagner aujourd'hui et nous pouvons être promus aujourd'hui. Parce que le jour est arrivé, les gars. L'heure est arrivée. Nous allons gagner et nous serons promus. Aujourd'hui ! Le Liverpool Football Club sera promu. Aujourd'hui !

À la 19e minute, Kevin Lewis fait ses preuves. Dix minutes plus tard, Kevin Lewis récidive. Et le Liverpool Football Club bat le Southampton Football Club 2-0. Il a gagné. Le Liverpool Football Club a gagné le match et le Liverpool Football Club a gagné son passage en première division –

Après le coup de sifflet, le coup de sifflet final, les joueurs du Southampton Football Club forment une haie d'honneur. Sous la pluie et en plein vent. Les joueurs du Southampton Football Club applaudissent les joueurs du Liverpool Football Club pendant qu'ils quittent la pelouse. Mais sous la pluie et en plein vent, personne n'entend leurs applaudissements. Personne n'entend la pluie ni le vent. Les 40 410 spectateurs du stade d'Anfield, Liverpool, n'ont pas envie de rentrer chez eux. Sous la pluie et en plein vent. Les 40 410 spectateurs du stade d'Anfield, Liverpool, refusent de partir. Ils applaudissent les joueurs et ils les acclament. Ils hurlent et ils chantent. Et ils crient et ils scandent. Sous la pluie et en plein vent. Ils réclament les joueurs du Liverpool Football Club, ils scandent leur appel aux joueurs du Liverpool Football Club. ON VEUT LES ROUGES ! ON VEUT LES ROUGES ! ON VEUT LES ROUGES ! Encore et toujours, encore et encore. Sous la pluie et en plein vent. Ils crient et ils scandent. ON VEUT LES ROUGES ! ON VEUT LES ROUGES ! ON VEUT LES ROUGES ! Encore et encore, encore et toujours. Sous la pluie et en plein vent. ON VEUT LES ROUGES ! ON VEUT LES ROUGES –

ON VEUT LES ROUGES !

Longtemps après le coup de sifflet, le coup de sifflet final. Toujours sous la pluie, toujours en plein vent. Personne ne veut partir, personne ne veut quitter le stade. Et dans la loge des dirigeants, Tom Williams tente de s'adresser à la foule. De remercier la foule et de remercier les joueurs. Mais personne n'entend, personne n'écoute. Personne ne part, personne ne bouge. Alors, dans la loge des dirigeants, Tom Williams prie Bill Shankly de s'adresser à la foule –

L'une des choses les plus difficiles en football, dit Bill Shankly. C'est de gagner la deuxième division. Et d'être promu. Et voilà pourquoi c'est le plus beau jour de ma carrière dans le football. Ma carrière dans le football jusqu'à aujourd'hui…

Mais sous la pluie et en plein vent. La sonorisation n'est pas assez forte. Pas assez forte pour réduire la foule au silence. La foule et le Kop. Sous la pluie et en plein vent. Pour étouffer leurs cris et leurs appels. Sous la pluie et en plein vent. Le Kop qui hurle et le Kop qui scande, ON VEUT LES ROUGES ! ON VEUT LES ROUGES !

OH, ON VEUT LES ROUGES !
LES ROUGES ! LES ROUGES !
LES ROUGES !

Personne ne part, personne ne bouge. Sous la pluie et en plein vent. Tom Williams dit à Bill Shankly qu'il ferait mieux de retourner au vestiaire. Et vite. Bill Shankly redescend au vestiaire. Vite. Bill Shankly fait irruption dans le vestiaire. Le vestiaire de l'équipe qui reçoit –

Il va falloir que vous ressortiez, dit Bill Shankly. Vous allez tous devoir ressortir, les gars. Les spectateurs vous réclament. Ils vous réclament encore. Alors, faites un tour d'honneur pour eux. Donnez-leur ce qu'ils veulent, les gars. Ce qu'ils méritent. Et ce que vous méritez…

Et en short et en bas, les joueurs du Liverpool Football Club remontent le tunnel en courant. Le tunnel d'Anfield. Et les joueurs du Liverpool Football Club retournent sur la pelouse. La pelouse d'Anfield. Et les supporters du Liverpool Football Club rugissent, les supporters du Liverpool Football Club hurlent, ROUGES ! ROUGES ! ROUGES !

Mais les joueurs du Liverpool Football Club ne peuvent offrir un tour d'honneur aux spectateurs. Les joueurs du Liverpool Football Club ne peuvent courir plus de vingt mètres. Sur la pelouse, la pelouse d'Anfield. La foule avale les joueurs, les spectateurs s'emparent des joueurs. Dans leurs bras et dans leurs cœurs. Et sur la pelouse, la pelouse d'Anfield. La police doit se porter au secours des joueurs. La police est obligée d'aider les joueurs. À regagner le tunnel, à regagner le vestiaire. Pour les ramener à leurs chopes remplies de champagne, à leur fête. Dans le vestiaire, le vestiaire de l'équipe qui reçoit. Bill Shankly frappe dans ses mains –

Maintenant, vous savez ce que ça représente, exulte Bill Shankly. Ce que ça représente de jouer pour ce club, les gars. De jouer pour le Liverpool Football Club !

…

Après le champagne, après les réjouissances. Les dirigeants du Liverpool Football Club regardent Bill Shankly au bout de la longue table. Les dirigeants du Liverpool Football Club sourient à Bill Shankly. Et les dirigeants du Liverpool Football Club disent, Bravo, monsieur Shankly. Bravo, vraiment ! Quelle saison cela a été, monsieur Shankly ! Quelle grande saison ! La meilleure saison depuis des années, monsieur Shankly. La meilleure saison depuis des années ! Et pour vous témoigner notre gratitude, monsieur Shankly. En guise de remerciement, nous souhaiterions vous offrir ce coffret à cigarettes. Ce coffret en argent gravé à votre nom. Il y a un coffret pour vous, monsieur Shankly. Et il y en a un pour tous vos adjoints. Et un pour chaque joueur. En témoignage de notre gratitude. En guise de remerciement, monsieur Shankly.

Merci, dit Bill Shankly. Merci beaucoup, messieurs. Mais j'espère simplement qu'aucun de vous, qu'aucun des présents à cette table, n'estime que cela est satisfaisant. Que cela est suffisant ?

Les dirigeants du Liverpool Football Club cessent de sourire. Les dirigeants du Liverpool Football Club regardent de nouveau Bill Shankly au bout de la longue table. Et les dirigeants du Liverpool Football Club demandent, Que voulez-vous dire, monsieur Shankly ? Que voulez-vous dire ? Vous espériez davantage, monsieur Shankly ? Ce coffret ne vous suffit pas ?

Je ne parle pas du coffret, répond Bill Shankly. Je pense à la promotion du club. Je veux dire : j'espère qu'aucun de vous, qu'aucun des présents à cette table, n'estime que cette promotion est suffisante. Que cette promotion est satisfaisante. Oui, le Liverpool Football Club est de retour en première division. De retour dans la ligue des Grands. Mais ce n'est que la place qui lui revient. Ce n'est que la place qu'il n'aurait jamais dû quitter. En première division, dans la ligue des Grands. Alors, la prochaine fois que vous viendrez avec des cadeaux, les bras chargés de présents, ce sera parce que nous aurons remporté le championnat de la ligue des Grands. Parce que le Liverpool Football Club sera champion de la première division. Et qu'il aura gagné la Coupe d'Angleterre. Et la Coupe d'Europe. Et toutes les coupes qu'il y a à gagner. Parce que seul ce résultat-là sera satisfaisant, messieurs. Quand le Liverpool Football Club aura gagné tout ce qu'il y a à gagner, quand le Liverpool Football Club aura conquis le monde entier. Rien d'autre ne sera suffisant.

10

Ceux qui privent la table de viande

À Blackpool, sur la côte. Dans sa chaise longue, au soleil. Au-delà de la plage, au-delà du sable, Bill regarde l'eau, Bill regarde la mer. Au soleil. Ness est installée dans la chaise longue voisine. Ness a un journal sur les genoux. Ses mots croisés terminés, elle ferme les yeux à présent. Au soleil. Les filles sont parties se promener sur le front de mer. Voir les salles de jeux et les attractions. Au soleil. Bill ferme les yeux, maintenant. Bill écoute les vagues, Bill écoute les mouettes. Et Bill entend les voix des enfants. Des enfants qui jouent, des enfants qui rient. Au soleil. Bill rouvre les yeux. Bill regarde la plage de nouveau, le sable de nouveau. Et Bill voit les seaux et les pelles. Les ballons et les matchs de football. Au soleil. Les ballons sur la plage, les matchs de football sur le sable. Au soleil. Bill se lève de sa chaise longue. Bill ôte sa chemise et Bill ôte son maillot de corps. Bill s'avance sur la plage, sur le sable. Il y a toujours un match de football, toujours un match de plus.

Dans la salle de conférences, la salle de conférences d'Anfield. Il n'y a pas un seul dirigeant. Les dirigeants du Liverpool Football Club sont encore en vacances. Mais Bill n'est pas en vacances. Plus maintenant. Et Bob, Joe, Reuben, Arthur et Albert ne sont pas en vacances. Plus maintenant. Dans la salle de conférences, la salle de conférences d'Anfield. Bill, Bob, Joe, Reuben, Arthur et Albert sont de nouveau au travail. Leurs carnets étalés sur la longue table. Leurs carnets remplis de noms, leurs carnets remplis de notes. Leurs documents empilés sur la table. Leurs documents couverts de noms, leurs documents couverts de dates.

Et Bill dit, Nous savons tous que c'est au cours du premier mois de la saison que nous avons gagné le championnat. Nous savons tous qu'au cours de ce premier mois, nous étions en meilleure forme, nous étions plus forts et plus compétitifs que n'importe quelle autre équipe de la ligue, que n'importe quelle autre équipe de la deuxième division. Nous savons tous que c'est ainsi que nous avons obtenu notre promotion, que nous sommes devenus champions. Mais nous savons tous que c'était en deuxième division. Dans une autre ligue. À présent, vous sommes en première division. Maintenant nous sommes dans la ligue des Grands. Maintenant, nous allons devoir être encore plus en forme, encore plus forts et encore plus compétitifs. Et nous savons tous que cela, en soi-même, ne sera pas suffisant. Pas suffisant pour la première division. Pour la ligue des Grands. Il nous faudra davantage de talent, il nous faudra davantage de vision. En bref, il nous faudra davantage de savoir-faire. Il nous faudra *beaucoup plus* de savoir-faire…

Joe, Reuben, Arthur et Albert hochent la tête. Et Bob dit, Et il nous faudra davantage de ruse, patron. Et il nous faudra davantage de confiance. Davantage de ruse et davantage de confiance, patron.

Bill hoche la tête. Et Bill dit, Tu as raison, Bob. Tu as absolument raison. Nous allons devoir rendre les joueurs plus rusés et leur donner davantage confiance en eux. C'est exactement ça, Bob…

Tous hochent la tête, tous sont d'accord.

Bill ramasse ses piles de documents. Les listes de noms, les listes de dates. Bill distribue les documents. Les noms des clubs, les noms des joueurs. Les dates des matchs, les dates d'entraînement. Bob, Joe, Reuben, Arthur et Albert feuillettent leurs liasses. Leurs listes de noms, leurs listes de dates. Et Bill, Bob, Joe, Reuben, Arthur et Albert étudient chaque page. Chaque page de noms, chaque page de notes. Et Bill, Bob, Joe, Reuben, Arthur et Albert discutent de chaque page. De chaque club et de chaque joueur. Ils prévoient tous les détails pour chaque date. Les détails et les dates de chaque match, les détails et les dates de chaque séance d'entraînement. Qui, quand et où. Qui fera quoi, quand il le fera, et où il le fera. Page après page, heure après heure, jour après jour. Ils étudient et ils discutent. Ils discutent et ils prévoient. Chaque date et chaque détail. La moindre date, le moindre détail. Heure après heure, jour après jour –

De nouveau. Il y aura les trajets à pied jusqu'à Melwood. Sans se presser, puis au petit trot. De nouveau. Il y aura les premiers tours de pelouse au petit trot. Au petit trot puis en courant le plus vite possible. Un tour, puis deux. De nouveau. Il y aura six groupes. De nouveau. Au début de la saison, les joueurs seront répartis dans l'un des groupes : A, B, C, D, E ou F. De nouveau. Les noms des joueurs, le groupe auquel ils appartiennent, seront inscrits au tableau d'affichage. De nouveau. À chaque groupe, on donnera un exercice à faire, un exercice physique. A fera de la musculation. B, du saut à la corde. C, des sauts. D, des flexions de jambes. E, des abdominaux. Et F, des sprints. De nouveau. Reuben donnera alors un coup de sifflet. De nouveau. Et les groupes passeront à l'exercice suivant. Encore et encore, coup de sifflet après coup de sifflet. Jusqu'à ce que chaque groupe ait terminé chaque exercice. Puis le coup de sifflet. De nouveau. À chaque groupe, on donnera un exercice à faire, un exercice footballistique. A fera des passes. B, des dribbles. C, des têtes. D, des balles piquées. E, des amortis. F, des tacles. De nouveau. Puis Reuben donnera un coup de sifflet. De nouveau. Les groupes passeront alors à l'exercice suivant. Encore et encore, coup de sifflet après coup de sifflet. Jusqu'à ce que chaque groupe ait terminé chaque exercice. Puis le coup de sifflet. De nouveau. Et on sortira les cloisons en bois. Disposées face à face à quatorze mètres de distance. Pour que le ballon reste en mouvement, pour que les joueurs restent en mouvement. Les joueurs bougent, le ballon bouge. On envoie le ballon contre une cloison, on récupère le ballon et on le contrôle, on se retourne avec le ballon et on dribble avec le ballon. Jusqu'à la cloison opposée, en touchant le ballon dix fois seulement. Pour envoyer le ballon contre l'autre cloison, le récupérer et se retourner. De nouveau. On se retourne encore une fois et on dribble encore une fois. On rejoint la première cloison, en touchant le ballon dix fois seulement. Puis le coup de sifflet. De nouveau. Alors on sort les cubes à faire transpirer. De nouveau. Un ballon après l'autre. Dans le cube. À chaque seconde, un nouveau ballon. Pendant une minute, puis deux minutes, puis trois minutes. Encore et encore, coup de sifflet après coup de sifflet. Jusqu'à ce que chaque joueur de chaque groupe ait travaillé entre les cloisons, jusqu'à ce que chaque joueur de chaque groupe ait travaillé dans le cube. Puis le sifflet. De nouveau. Et on jouera à trois contre trois. Trois contre trois et puis cinq contre cinq. Cinq contre cinq et puis sept contre sept. Sept contre sept et puis onze contre onze. Encore et encore. Heure après heure. Jour après jour. Semaine après semaine. Jusqu'à ce que les joueurs soient préparés, jusqu'à ce qu'ils soient prêts. Préparés pour la nouvelle saison, prêts pour la nouvelle saison. Préparés pour la première division, prêts pour la ligue des Grands. Que tout soit prévu. Jusqu'au moindre détail. Que tout soit prêt. Jusqu'au moindre détail. Jusqu'à ce que le Liverpool Football Club soit préparé, jusqu'à ce que le Liverpool Football Club soit prêt. Pour qu'il n'y ait pas de chocs, pour qu'il n'y ait pas de surprises. Seulement des plans, seulement des préparations. Ni chocs ni surprises.

...

Dans son bureau, à sa table de travail. Bill bondit sur ses pieds. Le téléphone encore en main, Horace Yates encore au bout du fil. La pièce tourne autour de lui, le monde vacille. Et Bill demande une deuxième fois, Ils ont fait *quoi* ?

Ils ont vendu Johnny Morrissey à Everton, répète Horace.

Bill dit, C'est bien simple, je n'y crois pas, Horace. Je refuse d'y croire.

Mais c'est vrai, dit Horace. Je croyais que vous le saviez, Bill.

Bill dit, Les salauds. Les salauds.

Je suis navré, Bill. Je regrette que vous ayez dû l'apprendre de ma bouche…

Mais Bill a lâché le téléphone et Bill est déjà parti. Il franchit la porte, se rue dans le couloir, il entre dans le bureau du secrétaire du club. Dressé devant lui, les bras écartés. Jimmy McInnes secoue la tête –

Je vous jure que je n'en savais rien, patron. Je viens juste de l'apprendre moi-même…

Bill dit, Il n'est pas question que je laisse faire ça, Jimmy. Je n'accepte pas qu'on fasse des choses pareilles. Pas derrière mon dos, pas derrière mon dos. Je monte les voir tout de suite, Jimmy, je vais leur en parler tout de suite. Je vais régler ça avec eux sans attendre une minute…

Mais il n'y a personne là-haut, dit Jimmy McInnes. Il n'y a plus personne, patron. Ils sont déjà partis. Ils sont tous rentrés chez eux…

Alors, il faut leur téléphoner. Demandez-leur de revenir ici. Vous allez leur dire ça, Jimmy. Dites-leur que Bill Shankly veut les voir. Et les voir tout de suite, Jimmy. Et que s'il ne les voit pas, alors, c'est eux qui ne reverront jamais Bill Shankly. Plus jamais !

Jimmy McInnes hoche la tête. Il décroche son téléphone. Puis il lève les yeux. Mais Bill est déjà reparti –

Reparti dans le couloir, dans son bureau. De retour à sa table de travail, dans son fauteuil. Bill sort une feuille de papier. Bill glisse la feuille dans sa machine à écrire. Et Bill commence à taper une lettre. À frapper les touches, à marteler les touches. Le bruit des touches, le cliquetis des touches, se répercute dans le couloir. Il fait le tour du stade. Puis Bill cesse de taper. Et Bill arrache la feuille de la machine. Il la plaque sur la table d'une grande claque. Bill sort son stylo. Il en dévisse le capuchon. Et Bill griffonne son nom, Bill griffonne sa signature. Au bas de la feuille, au bas de la lettre. Puis Bill repose son stylo. Et Bill plie sa lettre. Bill fourre sa lettre dans une enveloppe. Bill enfonce l'enveloppe dans sa poche de veste. Bill rafle ses clés de voiture sur la table. Et Bill se lève. Bill prend son chapeau au crochet derrière la porte. Et Bill sort en trombe de son bureau. Bill claque la porte. Bill longe le couloir. Bill sort du stade. Bill traverse le parking. Bill monte dans sa voiture. Bill tourne la clé de contact. Et Bill démarre. Et Bill jure. Les salopards. Les sales traîtres –

Les salopards de traîtres.

Dans son bureau, à sa table de travail. Matt Busby repose sa petite cuiller dans sa soucoupe. Et Matt lève les yeux de sa tasse –

Quand je venais juste d'être nommé manager ici, Bill. Quand j'étais encore un vrai bleu dans le métier. On m'a donné une place dans la loge des dirigeants. Et l'un d'eux était assis juste derrière moi. Et pendant le match, ce type, il s'est penché en avant, et il m'a dit, il m'a dit de façon que tout le monde l'entende, Pourquoi vous n'avez pas fait telle et telle chose, Busby, pourquoi vous n'avez pas fait ceci et pourquoi vous n'avez pas fait cela ? Et moi, sur mon siège, je me suis demandé, Est-ce que je me retourne tout de suite pour lui flanquer un gnon ? Parce que ça me dérangeait, Bill. J'en avais vraiment envie. Mais j'ai réfléchi et j'ai tenu ma langue et j'ai patienté. Et puis, au bon moment, au moment qui me convenait le mieux, qui s'est trouvé être celui où on était tous les deux dans les toilettes, c'est bien pratique, je me suis approché de ce type, ce dirigeant, et je lui ai dit, Ne vous permettez jamais plus de me dire ce genre de chose quand d'autres personnes peuvent vous entendre. Et ce dirigeant, ce type, il est devenu pâle et il n'a plus jamais rien dit. Plus jamais. Mais à la réunion suivante, la réunion du conseil d'administration, j'ai mis le sujet à l'ordre du jour. À la toute première ligne. *Pas d'ingérence de la part des dirigeants*. Voilà ce que j'ai écrit…

Mais, Matt, ils ont vendu Morrissey ! Ce bon dieu de Morrissey.

Laisse-moi finir, Bill, dit Matt Busby. Laisse-moi finir. Parce que ça ne s'est pas arrêté là. Ça, c'est seulement la légende. L'histoire que je raconte toujours. Mais il y a une suite. D'autres batailles que tu ne connais pas. Et celle-ci, elle va te faire sourire, Bill. Même aujourd'hui. Malgré la rage qui est la tienne. Elle te fera sourire. Vois-tu, pendant la saison 1947-48, le club a eu un passage à vide. Comme tout le monde, comme toutes les équipes. Et Jimmy Gibson était encore président, à ce moment-là. Et tu sais comment il était, Jimmy. Toujours anxieux, toujours inquiet. Et il pensait que la réponse à nos problèmes, c'était d'engager quelqu'un. N'importe qui. Et il avait raison, on avait besoin de quelqu'un. Vraiment. Mais pas de n'importe qui. Seulement, à chaque fois qu'il lisait quelque chose dans le journal, un article sur un joueur à vendre, il venait me demander si j'allais l'acheter, ce joueur. Et à chaque fois, je lui disais non. Parce que ce n'était pas le joueur dont nous avions besoin, ce n'était pas l'homme qu'il me fallait. Et puis finalement, un jour, il vient me voir à propos d'un joueur de Newcastle. Je ne me rappelle plus qui, mais ce type était sur la liste des transferts, il était disponible. Alors Jimmy vient me voir et me demande si je vais l'engager. Et je lui dis, Non. Il ne nous servira à rien. Et Jimmy prend la mouche. Il me dit, Eh bien, je ne vous demande pas de l'engager. Je vous *ordonne* de l'engager. De l'engager et de le faire jouer. Mais je lui réponds, Non, monsieur Gibson. Je ne l'engagerai pas. Et je vais vous rappeler deux choses. D'abord, que je suis ici pour gérer le club, et une partie de mon travail consiste à vous donner des conseils. Ensuite, que j'ai vécu de longues années avant de faire votre connaissance. Donc, ma réponse est non, et restons-en là. Ma foi, Bill, sans mentir, j'ai cru qu'il allait avoir une attaque. Il a commencé par brandir sa canne dans tous les sens. Tu te rappelles cette canne qu'il avait ? J'ai cru qu'il allait s'en servir pour me frapper.

Mais il a quitté la pièce en tapant du pied. Et je vais être franc avec toi, Bill. Je me suis dit que j'en avais peut-être fait un peu trop. J'ai pensé que j'étais peut-être allé trop loin, cette fois. Mais, en tout cas, un quart d'heure plus tard, j'entends frapper à ma porte. Et il entre. Et il me dit, Monsieur Busby, vous avez une forte personnalité. Vous savez ce que vous voulez. Et ça me plaît. C'est un trait de caractère que je respecte. C'est pourquoi je suis revenu vous dire que je regrette ce qui vient de se passer. Mais cela ne se reproduira plus. Nous allons continuer comme avant. Et de ce jour, il n'a plus jamais contredit mes décisions ni fait jouer l'influence de qui que ce soit. Et même quand il est tombé malade, même quand il était mourant, Jimmy Gibson m'envoyait chercher pour me demander, Y a-t-il quelqu'un qui conteste vos décisions, monsieur Busby ? Si c'est le cas, cet homme devra partir. Il devra partir…

Bill sourit. Bill hoche la tête. Et Bill lève sa tasse.

Mais ça n'est pas arrivé du jour au lendemain, continue Matt Busby. Pas du jour au lendemain, Bill. Il y a eu beaucoup d'autres batailles à mener. Et il y encore beaucoup de batailles. Toujours des batailles. Mais je n'ai jamais démissionné, Bill. Je n'ai jamais démissionné. Parce que je n'ai jamais voulu les laisser me forcer la main. Je n'ai jamais voulu les laisser me dicter leurs conditions. Alors, je n'ai jamais démissionné, Bill. Je n'ai jamais démissionné. Parce que je n'ai jamais voulu leur donner cette satisfaction, Bill. Je n'ai jamais voulu leur donner cette satisfaction. Alors, suis mon conseil, Bill. Ne leur donne jamais cette satisfaction.

…

Dans la salle de conférences, la salle de conférences d'Anfield. Dans son fauteuil, le fauteuil au bout de la longue table. Bill regarde les dirigeants du Liverpool Football Club à l'autre extrémité. Et Bill attend.

Mais Morrissey n'a pas joué un seul match la saison dernière, disent les dirigeants du Liverpool Football Club. Pas un seul match pendant la saison où nous avons été promus, celle où nous avons gagné le championnat. C'est A'Court qui a joué à son poste. À chaque match. Alors, nous avons pensé que Morrissey n'était pas utile. Qu'il était en surnombre par rapport à nos besoins. Nous avons pensé que vous n'y verriez pas d'inconvénient, monsieur Shankly. Que vous n'y verriez pas d'objection.

Bill dit, Eh bien, vous vous trompiez. Vous vous trompiez salement, tous autant que vous êtes. Parce que j'y vois un inconvénient. Et j'y vois une objection. Parce que Morrissey était tout sauf superflu. Il était nécessaire. Il n'a que vingt-deux ans. Il a un bel avenir. Et de toute évidence Harry Catterick est de mon avis. De toute évidence. Et c'est pourquoi l'Everton Football Club l'a acheté. Pourquoi il a déboursé 10 000 livres pour l'acquérir. Et cela devrait tout vous expliquer. Vous faire comprendre l'erreur que vous avez commise. Contre mon gré. Et derrière mon dos.

Nous ne nous doutions pas que vous prendriez cette affaire tellement à cœur, disent les dirigeants du Liverpool Football Club. Mais à présent l'affaire est conclue.

Bill hoche la tête. Et Bill dit, Oui. L'affaire est conclue. Mais ça ne m'empêche pas d'avoir de fortes, de très fortes convictions à son sujet. La forte, la très forte conviction que vous avez commis une erreur. Une grave, une très grave erreur. Et permettez-moi de vous confier une autre de mes fortes, de mes très fortes convictions. Laissez-moi vous dire ceci : si jamais vous prenez une seconde fois une décision contraire à mes souhaits, si jamais vous agissez derrière mon dos une seconde fois. Alors, cette seconde fois sera la dernière. La toute dernière. Parce que c'est moi, le manager du Liverpool Football Club. Et c'est donc moi qui décide qui reste et qui part, qui joue et qui ne joue pas. Et si un seul d'entre vous qui êtes présents dans cette salle, si un seul d'entre vous qui êtes assis autour de cette table, n'accepte pas le fait que c'est moi le manager du Liverpool Football Club, n'accepte pas le fait que c'est moi qui décide qui reste et qui part, qui joue et qui ne joue pas, alors qu'il le dise tout de suite, qu'il s'exprime maintenant. Et puis je partirai. Je prendrai congé de vous. Alors, exprimez-vous maintenant. Dites-le tout de suite…

Dans la salle de conférences, la salle de conférences d'Anfield. Le silence s'installe.

Et dans la salle de conférences, la salle de conférences d'Anfield. Au bout de la table, de la longue table. Bill se lève. Et Bill sort de la salle de conférences, la salle de conférences d'Anfield. Bill redescend l'escalier. Bill retourne à son bureau. Bill ferme la porte. Bill se rassied. À sa table de travail, dans son fauteuil. Bill sort l'enveloppe de sa poche de veste. Bill ouvre le tiroir inférieur de sa table. Et Bill met l'enveloppe dans le tiroir. Et Bill referme le tiroir. Pour le moment.

11

Dans la cour des grands

Le samedi 18 août 1962, le premier jour de la saison 1962-63, le Blackpool Football Club vient à Anfield, Liverpool. Cet après-midi-là, 51 207 spectateurs se déplacent aussi. Ces 51 207 personnes viennent voir le Liverpool Football Club jouer son premier match en première division depuis huit saisons –

Avant le coup de sifflet, celui du coup d'envoi du premier match en première division du Liverpool Football Club. Dans le vestiaire, le vestiaire de l'équipe qui reçoit. Jim Furnell, Gerry Byrne, Ronnie Moran, Gordon Milne, Ron Yeats, Tommy Leishman, Kevin Lewis, Roger Hunt, Ian St John, Jimmy Melia et Alan A'Court sont assis sur les bancs. En tenue, chaussures aux pieds. Jim Furnell, Gerry Byrne, Ronnie Moran, Gordon Milne, Ron Yeats, Tommy Leishman, Kevin Lewis, Roger Hunt, Ian St John, Jimmy Melia et Alan A'Court attendent Bill Shankly. En tenue, chaussures aux pieds. Jim Furnell, Gerry Byrne, Ronnie Moran, Gordon Milne, Ron Yeats, Tommy Leishman, Kevin Lewis, Roger Hunt, Ian St John, Jimmy Melia et Alan A'Court entendent ses pas dans le couloir qui mène au vestiaire. Ses pas vifs, ses pas pesants. Et Jim Furnell, Gerry Byrne, Ronnie Moran, Gordon Milne, Ron Yeats, Tommy Leishman, Kevin Lewis, Roger Hunt, Ian St John, Jimmy Melia et Alan A'Court lèvent les yeux depuis leurs bancs. Et maintenant Jim Furnell, Gerry Byrne, Ronnie Moran, Gordon Milne, Ron Yeats, Tommy Leishman, Kevin Lewis, Roger Hunt, Ian St John, Jimmy Melia et Alan A'Court voient Bill Shankly. Bill Shankly en pardessus, coiffé de son chapeau. Bill Shankly sur des charbons ardents.

Quelle journée, dit Bill Shankly. C'est une sacrée journée qui commence, les gars ! Vous entendez les spectateurs ? Vous les entendez ? Ils ont hâte que le match commence, et moi aussi, j'ai hâte. Parce que c'est le moment qu'on attendait tous, les gars. Celui pour lequel on a travaillé. La ligue des Grands, les gars ! Voilà ce dont on rêvait et dont les supporters rêvaient. Jouer dans la ligue des Grands, les gars. Il n'y a que ça qui compte. Et donc c'est maintenant que tout commence, les gars ! Aujourd'hui…

À la 80e minute, Kevin Lewis marque. Mais le Liverpool Football Club perd 2-1 contre le Blackpool Football Club. Pour leur premier match en première division et pour la première fois depuis le 31 décembre 1960. À domicile, à Anfield. Le Liverpool Football Club a perdu.

Le mercredi 22 août 1962, le Liverpool Football Club se rend au stade de Maine Road, à Manchester. Et le Liverpool Football Club obtient le nul 2-2 contre Manchester City. Le samedi 25 août 1962, le Liverpool Football Club se déplace au stade d'Ewood Park, Blackburn. Et le Liverpool Football Club perd 1-0 contre les Blackburn Rovers. Ce soir-là, le Liverpool Football Club n'a obtenu qu'un point en trois matchs. Ce soir-là, dans le premier classement du championnat publié depuis le début de la saison, l'Everton Football Club partage la première place du classement de la première division avec les Wolverhampton Wanderers. Et ce soir-là, le Liverpool Football Club partage la dernière place du classement de la première division avec Leyton Orient.

Le mercredi 29 août 1962, Manchester City vient à Anfield, Liverpool. Ce soir-là, 46 073 spectateurs se déplacent aussi. À la 3e minute, Ian St John marque. À la 55e minute, Roger Hunt marque. À la 66e minute, Alan A'Court marque. Et quatre minutes plus tard, Hunt marque de nouveau. Et le Liverpool Football Club bat Manchester City 4-1. À domicile, à Anfield. Le Liverpool Football Club a gagné son premier match en première division. Dans la ligue des Grands –

En septembre 1962, le Liverpool Football Club bat Sheffield United. Puis il perd à West Ham United, et il perd à Nottingham Forest. Ensuite, il bat West Ham à domicile, et il obtient le nul à domicile contre Ipswich Town. Le Liverpool Football Club est à présent onzième au classement de la première division. L'Everton Football Club reste second au classement de la première division.

…

Pendant la nuit, ils sont venus. Avec des pots de peinture, en traversant le parc. En passant entre les maisons et par-dessus les murs. Pendant la nuit, ils sont venus. Ils sont entrés dans Goodison Park, avec des pots de peinture. Pour peindre les buts et les peindre en rouge. Les buts d'Everton, ils les ont peints en rouge –

Les buts d'Everton, à Goodison Park.

Le samedi 22 septembre 1962, 72 488 spectateurs viennent à Goodison Park, Liverpool. Ces 72 488 spectateurs veulent assister à la première rencontre en première division depuis onze ans entre l'Everton Football Club et le Liverpool Football Club. Depuis 1951, ces deux clubs n'ont plus disputé de match de championnat l'un contre l'autre. Aujourd'hui, les commerces de Liverpool sont vides, aujourd'hui les rues de Liverpool sont désertes. Mais le calme ne règne pas, le silence n'existe pas. Le sol tremble, l'air rugit. À l'autre bout de la ville, de l'autre côté du fleuve. Le sol tremble et l'air rugit. Le sol tremble et dans l'air rugissent les voix de 72 488 personnes entassées dans Goodison Park, Liverpool –

Avant le coup de sifflet, celui du coup d'envoi. Dans le vestiaire, celui des visiteurs. En tenue et chaussures aux pieds. Jim Furnell, Gerry Byrne, Ronnie Moran, Gordon Milne, Ron Yeats, Tommy Leishman, Ian Callaghan, Roger Hunt, Kevin Lewis, Jimmy Melia et Alan A'Court sont secoués, eux aussi. Pas par une crise de nerfs, mais par une crise de rire –

Et ça leur a pris toute la matinée pour repeindre ces satanés buts, dit Bill Shankly. Alors, il ne faut pas s'étonner, les gars, si Harry Catterick a l'air encore plus lugubre que d'habitude. Bon sang, il n'est vraiment pas heureux, ce pauvre Harry. Et je viens de le voir, les gars. Dans le couloir. Et il paraît encore plus sinistre aujourd'hui, les gars. Encore plus malheureux que d'habitude. Et je sais pourquoi, les gars. Je sais pourquoi. Parce que j'ai dit à Harry, je lui ai dit, Avec tout le fric que vous avez, le seul joueur que vous trouvez le moyen d'acheter, c'est celui dont on ne veut plus. Un joueur dont on n'a pas besoin. Ce Johnny Morrissey. J'ai dit à Harry, Tu sais pourquoi on ne veut plus de lui, pourquoi on vous l'a laissé ? Parce qu'il n'a qu'une jambe, Morrissey. Sa jambe droite. Et il en a besoin pour tenir debout. Alors il ne nous servait à rien. Cet unijambiste. Donc, Everton nous a rendu service, Harry. En prenant Morrissey, ce pauvre Johnny Morrissey. Alors, merci, Harry, je lui ai dit, merci beaucoup, Harry. C'était bien gentil de votre part, Harry. Très généreux de votre part…

Mais en tenue et chaussures aux pieds. Jim Furnell, Gerry Byrne, Ronnie Moran, Gordon Milne, Ron Yeats, Tommy Leishman, Ian Callaghan, Roger Hunt, Kevin Lewis, Jimmy Melia et Alan A'Court n'écoutent plus Bill Shankly. Maintenant qu'ils sont en tenue et chaussures aux pieds. Jim Furnell, Gerry Byrne, Ronnie

Moran, Gordon Milne, Ron Yeats, Tommy Leishman, Ian Callaghan, Roger Hunt, Kevin Lewis, Jimmy Melia et Alan A'Court écoutent les voix des 72 488 spectateurs de Goodison Park. En tenue et chaussures aux pieds. Ils écoutent et ils tremblent. Ils ne sont plus secoués par le rire, à présent, mais par la peur. Le visage exsangue, les jambes flageolantes. À peine capables de tenir debout, à peine capables de marcher. Pour sortir du vestiaire des visiteurs, pour suivre le couloir de Goodison Park. Pour entrer sur la pelouse et dans l'arène. Dans l'arène. L'arène qui attend,

qui attend et qui veut du sang,

leur sang, leur sang rouge –

Pendant la première minute, la toute première minute, Jim Furnell ramasse le ballon, le dos tourné aux supporters d'Everton Park, dont les cris sont assourdissants, et Furnell tremble encore quand il fait rebondir le ballon une fois, pour tenter de se calmer, de se calmer pour expédier le ballon vers l'autre bout de la pelouse, l'arbitre courant déjà vers le but opposé, tournant le dos à Furnell, Furnell qui fait rebondir le ballon, qui laisse échapper le ballon, le ballon qui roule et s'éloigne, et Roy Vernon le subtilise en disant, Merci beaucoup, Jim. Merci beaucoup, et il fait rouler le ballon vers le fond des filets, au fond des filets alors que la foule hurle de rire, hurle de joie tandis que Furnell tient sa tête dans ses mains, sa tête dans ses mains. Et le ballon au fond des filets –

Mais voilà que l'arbitre se retourne. L'arbitre donne un coup de sifflet. Et l'arbitre secoue la tête. L'arbitre refuse le but. L'arbitre accorde un coup franc au Liverpool Football Club. Un coup franc pour faute de Vernon sur Furnell. Et à présent la foule vocifère, elle hurle son indignation, elle hurle à l'injustice, elle crie à la tricherie et à l'arnaque, au vol et à l'escroquerie, elle réclame l'équité, l'équité et le sang de l'arbitre, son sang rouge, rouge –

Et les joueurs du Liverpool Football Club baissent la tête, ils regardent le terrain, ils regardent la pelouse. Les joueurs du Liverpool Football Club ne veulent pas relever les yeux. Relever les yeux du sol, du terrain et de la pelouse. Les joueurs du Liverpool Football Club ne peuvent pas relever les yeux. Et sept minutes plus tard, le ballon est de nouveau au fond de leurs filets. Mais de nouveau l'arbitre siffle. De nouveau l'arbitre secoue la tête. De nouveau l'arbitre refuse le but. De nouveau l'arbitre accorde un coup franc au Liverpool Football Club. Un coup franc parce que Stevens était hors-jeu. Et de nouveau la foule hurle son indignation, hurle à l'injustice, elle crie à la tricherie et à l'arnaque, au vol et à l'escroquerie, elle réclame l'équité, l'équité et le sang de l'arbitre, son sang rouge, rouge. Et les joueurs du Liverpool Football Club continuent de regarder le sol, le terrain, et la pelouse. Les joueurs du Liverpool Football Club ne veulent toujours pas relever les yeux. Du sol, du terrain et de la pelouse. Les joueurs du Liverpool Football Club ne peuvent toujours pas relever les yeux. Et à présent Everton repart à l'attaque. Encore et encore. Un ballon après l'autre. Dans la surface de réparation de Liverpool. Encore et encore. Un ballon après l'autre jusqu'au moment où l'un d'eux, où un ballon rebondit contre la main de Gerry Byrne, la main de Gerry Byrne dans la surface de réparation de Liverpool. Et de nouveau l'arbitre donne un coup de sifflet. Mais maintenant l'arbitre hoche la tête. Et maintenant l'arbitre indique le point de penalty. Et Vernon pose le ballon sur le point de penalty. Et Vernon envoie le ballon au fond des filets de Liverpool. Et la foule hurle de rire, hurle de joie pour saluer le retour de la justice, la justice rendue à son équipe –

Mais maintenant, au milieu de ces rires, de cette explosion de joie, maintenant d'autres voix commencent à s'élever, commencent à se répondre, discrètement et lentement, puis de plus en plus fort et de plus en plus vite. *LI-VER-POOL, LI-VER-POOL, LI-VER-POOL...*

Et maintenant les joueurs du Liverpool Football Club ne regardent plus le sol, le terrain ni la pelouse. À présent les joueurs du Liverpool Football Club se cherchent du regard. Et sur le terrain et sur la pelouse. Ils se trouvent. Et maintenant les joueurs du Liverpool Football Club cherchent le ballon. Et ils trouvent le ballon. Et maintenant ils avancent avec le ballon, ils avancent les uns avec les autres, dans la moitié de terrain d'Everton, vers le but d'Everton, et Callaghan, d'une frappe enroulée, envoie le ballon dans la surface de réparation d'Everton, où Lewis frappe ce ballon à la volée, et à la volée l'expédie au fond des filets d'Everton, le ballon est au fond des buts d'Everton. Et à présent le score est de 1-1 –

À la mi-temps dans le vestiaire. Le vestiaire des visiteurs à Goodison Park. Bill Shankly, Bob Paisley, Joe Fagan et Reuben Bennett passent d'un joueur à l'autre. Ils félicitent chaque joueur, ils encouragent chaque joueur. Bill Shankly, Bob Paisley, Joe Fagan et Reuben Bennett insufflent à chaque joueur la confiance et la foi. Confiance en eux-mêmes, foi en eux-mêmes. Confiance en les autres, foi en les autres. En eux-mêmes et en les autres. Et maintenant les joueurs écoutent Bill Shankly, Bob Paisley, Joe Fagan et Reuben Bennett. Maintenant les joueurs n'écoutent plus les voix des 72 488 spectateurs de Goodison Park. Alors, ils se relèvent, et ils ressortent. Ils ressortent du vestiaire, ils reprennent le couloir. Ils rentrent sur le terrain, ils rentrent dans l'arène. Ils ont encore dans l'oreille les paroles de Bill Shankly, Bob Paisley, Joe Fagan et Reuben Bennett, ils entendent encore les supporters qui scandent *LI-VER-POOL, LI-VER-POOL, LI-VER-POOL...*

En deuxième mi-temps, les gars du Liverpool Football Club jouent avec enthousiasme, ils jouent avec énergie. Mais les joueurs de l'Everton Football Club ont la ruse, ils ont le savoir-faire. À la 63e minute, un tir de Vernon est arrêté par le gardien, le ballon est arrêté mais il lui échappe pour être repris par Johnny Morrissey. Morrissey tire mais Ronnie Moran intercepte le ballon. Juste sur la ligne. Et Moran dégage le ballon loin de la ligne. Mais l'arbitre siffle. L'arbitre hoche la tête. Et l'arbitre dit que le ballon a franchi la ligne. Qu'il est entré dans la cage. Et l'arbitre accorde le but. Un but à Everton. Un but à Johnny Morrissey. Son premier but pour l'Everton Football Club. Et les joueurs du Liverpool Football Club regardent le banc de touche, le banc de touche de Liverpool. Et les joueurs du Liverpool Football Club voient Bill Shankly. Debout, l'index brandi. Brandi dans les airs, vers les voix. Et dans les airs, les voix de Liverpool. *LI-VER-POOL, LI-VER-POOL, LI-VER-POOL.* Bill Shankly les bras écartés à présent, Bill Shankly les paumes ouvertes à présent. Exigeant de ses joueurs qu'ils cessent de regarder la pelouse, exigeant de ses joueurs qu'ils gardent la tête levée. Qu'ils continuent de se suivre du regard, de suivre le ballon du regard. Qu'ils continuent d'aller de l'avant, d'avancer vers les buts. Bill Shankly qui ne regarde jamais l'horloge, Bill Shankly qui ne regarde jamais sa montre. Bill Shankly qui sait que le moment, le bon moment va venir. De l'aile gauche, d'une descente à l'aile gauche. À la 89e minute, Alan A'Court envoie le ballon en chandelle au centre de la surface de réparation d'Everton. Kevin Lewis le propulse vers l'avant. Et Roger Hunt lui fait franchir la ligne. Le ballon traverse la ligne et finit au fond des filets. Les filets du but qui a été repeint en rouge pendant la nuit, le but que les gardiens du stade ont passé toute la matinée à décaper et à repeindre, ce but d'Everton qui à présent est rouge de nouveau, rouge de nouveau à la 89e minute –

Rouge de nouveau.

…

Une semaine après avoir obtenu le nul 2-2 face à Everton, le Liverpool Football Club se rend au stade Molineux, à Wolverhampton. Et le Liverpool Football Club perd 3-2 contre les Wolverhampton Wanderers. Une semaine plus tard, les Bolton Wanderers viennent à Anfield, Liverpool. Cet après-midi-là, 41 155 spectateurs viennent aussi. Et à la 37e minute, Roger Hunt marque. Et le Liverpool Football Club bat les Bolton

Wanderers 1-0. La semaine suivante, le Liverpool Football Club perd 3-0 contre Leicester City. Ce soir-là, le Liverpool Football Club est treizième en première division. Après treize matchs, il est treizième. Dans la ligue des Grands. L'Everton Football Club est premier. En première division. L'Everton Football Club est en tête –

Dans la ligue des Grands –

Après le match au stade de Filbert Street, après le retour de l'équipe à Anfield depuis Leicester. Bob Paisley longe le couloir. Bob Paisley frappe à la porte du bureau de Bill Shankly. Bob Paisley ouvre la porte. Et Bob Paisley voit Bill Shankly assis à sa table de travail. Bill Shankly qui tourne les pages d'un carnet, Bill Shankly qui scrute les pages de ce carnet. Et Bob Paisley dit, J'ai bien peur de vous apporter une mauvaise nouvelle, patron. Une très mauvaise nouvelle…

Est-ce qu'on reçoit un autre genre de nouvelles ces temps-ci, Bob ? Je t'écoute, Bob. Qu'est-ce qu'il y a encore ?

Bob dit, Eh bien, ce qui nous arrive, c'est que Jim Furnell s'est fracturé un doigt.

Il s'est fracturé un doigt, répète Bill Shankly. Un seul ?

Bob hoche la tête. Et Bob dit, Oui. Un seul, patron. Mais il est bel et bien fracturé. Alors, il ne peut pas jouer, patron. Pas avant un certain temps…

Continue, dit Bill Shankly. Alors, qu'est-ce que c'est, la mauvaise nouvelle, Bob ?

Bob répond, Eh bien, c'est ça, la mauvaise nouvelle, patron.

Une mauvaise nouvelle, ricane Bill Shankly. Ce n'est pas une mauvaise nouvelle, Bob. C'est une excellente nouvelle ! La meilleure nouvelle qu'on ait eue de toute la saison, Bob.

En quoi est-ce une excellente nouvelle, patron ? Notre gardien de but est indisponible.

Parce que ça me dispense de lui briser tous les autres doigts. Ça m'évite de lui dire qu'il est viré. Ça m'évite de lui dire que Tommy Lawrence hérite de son maillot.

Que Tommy portera son maillot et ne le lui rendra jamais. Ça me dispense de dire à Jim Furnell qu'il ne jouera plus jamais pour le Liverpool Football Club. Voilà pourquoi c'est une excellente nouvelle, Bob. Une excellente nouvelle !

Et le samedi 27 octobre 1962, le Liverpool Football Club se rend au stade The Hawthorns, à Birmingham. Mais le Liverpool Football Club perd 1-0 contre West Bromwich Albion. C'est le premier match de Tommy Lawrence dans les buts du Liverpool Football Club.

…

Dans la nuit, la longue nuit. Sidney Reakes, Eric Sawyer et Bill Shankly se rendent en voiture à Glasgow. Ils se garent devant le Central Hotel, dans Gordon Street. Ils entrent dans le bar du Central Hotel. Et ils voient Willie Stevenson assis au comptoir. Willie fume un cigare Padron série 1926, Willie sirote un cognac Courvoisier.

Bonsoir, dit Bill Shankly. C'est un bien beau costume que tu portes là, Willie. Tu l'as acheté en Australie ?

Willie Stevenson lève les yeux de son cognac. Willie sourit. Et Willie répond, Non, je l'ai acheté dans Savile Row, monsieur Shankly.

Oui, dit Bill Shankly. C'est plus logique. Je ne pensais pas qu'on faisait des costumes de cette qualité aux antipodes. Et ça doit être difficile d'y trouver des cigares comme celui-là, aussi. Et un cognac correct. Ils ne sont pas renommés pour leurs cigares et leur cognac, n'est-ce pas ? Les Australiens ?

Willie Stevenson sourit de nouveau. Et Willie répond, Non, ce n'est pas le cas. Vous avez raison, monsieur Shankly. Mais je ne suis pas allé là-bas pour leur cognac ou leurs cigares. Je suis allé en Australie pour le climat. Et j'y suis allé pour jouer au football. Pour jouer au football…

Ah, oui, dit Bill Shankly. Le football. Mais est-ce qu'on joue au football, là-bas ? Au football comme nous, comme on y joue ? On m'a dit qu'ils avaient d'autres règles en Australie, Billy ?

Willie Stevenson secoue la tête. Et Willie répond, Ils ont leur football australien. Mais ils jouent aussi au même football que nous. Au soccer. Avec les mêmes règles.

Eh bien, je suis content de l'apprendre, dit Bill Shankly. J'en suis ravi. Mais alors, qu'est-ce qui t'a fait revenir, Billy ? Revenir ici à Glasgow, revenir chez les Rangers. Pourquoi n'es-tu pas resté là-bas, Billy ? Au soleil ?

Willie Stevenson avale une gorgée de cognac. Willie soupire, Willie secoue la tête. Et Willie répond, Eh bien, je n'ai pas pu obtenir l'autorisation qu'il me fallait pour jouer, monsieur Shankly. Mon permis de travail.

Ah, je suis navré de l'entendre, dit Bill Shankly. Vraiment désolé. Donc, c'est pour ça que tu as dû revenir, Billy ? Revenir à Glasgow, chez les Rangers. Et réintégrer l'équipe réserve ?

Willie Stevenson hoche la tête. Et Willie dit, Oui. Mais, bien sûr, j'espère ne pas rester dans l'équipe réserve. J'espère bien aller en équipe première. Pour jouer du vrai football…

Vraiment ? demande Bill Shankly. Eh bien, alors, j'espère que cela va se concrétiser pour toi, Willie. Je le souhaite sincèrement. Mais je dois dire que j'ai des doutes…

Willie Stevenson prend une autre gorgée de cognac. Puis Willie dit, Et pourquoi avez-vous des doutes, monsieur Shankly ?

Eh bien, parce qu'en général je ne suis pas quelqu'un qui croit beaucoup à la chance, répond Bill Shankly. À la chance ni à la malchance, Billy. Je crois que sa chance, un homme la fabrique tout seul. Grâce à sa détermination et grâce à son talent. Sa détermination à utiliser le talent qu'il possède, sa détermination à faire en sorte que ce talent lui serve à quelque chose. En travaillant dur, pas en comptant sur la chance. Mais je dois dire, Billy, qu'à mon avis tu es très malchanceux…

Willie Stevenson contemple le bout de son cigare. Et Willie dit, Oh, vraiment ? C'est votre avis ? Et pourquoi donc, monsieur Shankly ? Pourquoi pensez-vous que je suis malchanceux ?

Eh bien, je peux te dire pourquoi, répond Bill Shankly. Je peux te le dire simplement, en deux mots : Jim Baxter. Jim Baxter est un grand joueur. Un grand joueur pour les Rangers. Mais toi aussi, tu es un grand joueur. Un joueur au grand savoir-faire, un joueur qui voit loin. Et le fait de te retrouver dans le même club qu'un joueur comme Jim Baxter, un joueur qui occupe précisément le même poste que toi, alors ça, c'est de la malchance. Voilà pourquoi tu es malchanceux, Billy. Mais cela arrive. Cela arrive dans le football.

Willie Stevenson boit une autre gorgée de son cognac. Et puis Willie hoche la tête. Et Willie dit, Et c'est ce qui m'arrive, à moi…

Oui, dit Bill Shankly. C'est ce qui t'arrive. Mais tu n'es pas le premier et tu ne seras pas le dernier. J'ai déjà vu ça, de nombreuses fois. Mais ce n'est jamais agréable, Billy. Jamais plaisant. Parce que cela diminue un homme. Cela le réduit à souhaiter le pire à un autre homme, à son coéquipier. Cela le réduit à traîner dans les bars, à boire et à ruminer, à espérer que l'autre se blesse, ou qu'il perde sa forme physique. Et ce n'est pas une façon de vivre, Billy. Pour aucun homme. De souhaiter le pire à un autre homme, à un semblable, à son coéquipier. De boire et de ruminer, de souhaiter le pire à un autre homme, d'espérer qu'il se casse une jambe, ou qu'un foutu piano tombé du ciel lui arrive sur le crâne. Ce n'est pas une façon de vivre, hein, Billy ? Pas pour un homme qui a ton savoir-faire, un homme qui a ton talent.

Willie Stevenson hoche la tête. Et Willie demande, Mais alors, qu'est-ce que vous me conseillez de faire, monsieur Shankly ?

Eh bien, je te conseille de changer de chance, dit Bill Shankly. Et je te conseille de changer de vie, Billy. Ça n'a peut-être pas marché pour toi en Australie. Mais ça peut marcher pour toi à Liverpool. Alors, je te conseille de venir chez nous, Billy. Je te suggère d'intégrer l'équipe du Liverpool Football Club. Où tu pourras jouer au football. En équipe première. En première division, dans la ligue des Grands. À ta vraie place, Billy. Un joueur avec un tel talent, un joueur avec une telle vision. Au Liverpool Football Club, Billy. En première division, dans la ligue des Grands. À ta vraie place, bon sang !

Willie Stevenson répond, Il va falloir que j'y réfléchisse.

Bon, voilà ce que je te propose, dit Bill Shankly. Et si tu venais faire un petit tour en voiture avec nous, Billy ? On t'emmène faire un petit tour pour te donner le temps de réfléchir ? Ça te tente, Billy ?

Willie Stevenson regarde la Rolls-Royce. Willie a un sifflement admiratif. Willy regarde Bill Shankly. Et Willie dit, C'est une très belle voiture, monsieur Shankly. Je ne suis jamais monté dans une Rolls-Royce…

Vraiment ? dit Bill Shankly. C'est la première fois que tu montes dans une Rolls-Royce ? Eh bien, voilà qui m'étonne, Billy. Je dois dire que ça me surprend beaucoup. Un homme qui a autant de style, autant de goût que toi. Mais je suppose qu'on devient un peu blasés, nous autres, à Liverpool. Je veux dire, à rouler toute la journée dans nos Rolls-Royce. Peut-être qu'on devient un petit peu blasés, Billy.

Vous voulez dire que vous en avez d'autres ? Pas qu'une seule ?

Oh, oui, dit Bill Shankly. J'ai dix Rolls-Royce, à Liverpool, Billy. Et j'ai bien envie d'en acheter une de plus. Je suis toujours à l'affût d'une nouvelle Rolls-Royce, Billy.

…

Le samedi 3 novembre 1962, le Burnley Football Club vient à Anfield, Liverpool. Cet après-midi-là, 43 870 spectateurs viennent aussi. Et à la 50e minute, Ian St John marque. Mais le Liverpool Football Club perd 2-1 contre le Burnley Football Club. C'est le premier match de Willie Stevenson pour le Liverpool Football Club. À domicile, à Anfield. Ce soir-là, le Liverpool

Football Club est dix-neuvième au classement de la première division. Cette saison, le Liverpool Football Club a joué quinze rencontres en première division. Il en a perdu huit et a obtenu trois nuls. En première division, dans la ligue des Grands. Le Liverpool Football Club n'a gagné que quatre matchs. Dans les pubs et dans les clubs de Liverpool, les gens commencent à parler de la différence de classe, du gouffre qui sépare la seconde division de la première, le gouffre entre les petites ligues et la ligue des Grands. Entre les petits garçons et les Hommes Forts. Entre vos Liverpool et vos Leyton Orient d'une part et vos Everton et vos Manchester United d'autre part –

Le samedi 10 novembre 1962, le Liverpool Football Club se rend au stade d'Old Trafford, à Manchester. Cet après-midi-là, 43 810 spectateurs viennent au stade aussi. Ces 43 810 personnes viennent voir les Hommes Forts jouer contre les petits garçons –

Avant le coup de sifflet, celui du coup d'envoi. Dans le vestiaire, le vestiaire des visiteurs. Tommy Lawrence, Gerry Byrne, Ronnie Moran, Gordon Milne, Ron Yeats, Willie Stevenson, Ian Callaghan, Roger Hunt, Ian St John, Jimmy Melia et Alan A'Court observent Bill Shankly. Dans le vestiaire, le vestiaire des visiteurs. Bill Shankly en pardessus, Bill Shankly le chapeau sur la tête. Dans le miroir, le miroir du vestiaire. Qui rectifie la position des revers de son pardessus, la courbure du rebord de son chapeau. Dans le miroir, le miroir du vestiaire. Bill Shankly sourit –

Vous savez tous ce que je pense de Matt, les gars. Le respect que j'ai pour Matt. Pour tout ce qu'il a fait, pour tout ce qu'il a accompli. Et nous savons tous que de notre côté nous n'avons pas pris le meilleur des départs, nous savons tous dans quelle position nous sommes. Mais cela me fend le cœur de voir la saison que fait Matt, les résultats qu'a obtenus United. Et de voir, aujourd'hui, l'équipe que Matt est obligé d'aligner. Cela me fend le cœur, vraiment. Cette équipe n'est plus que l'ombre de ce qu'elle a été, c'est sûr. Ça ne m'étonne pas que Matt me téléphone sans cesse, pour me demander si l'un de vous est à vendre, disponible pour un transfert. Je suis certain qu'il engagerait n'importe lequel d'entre vous, n'importe lequel, les gars. Parce que cette équipe-là, aujourd'hui, c'est une équipe de bric et de broc. Un Manchester United de bric et de broc. Et c'est pourquoi ça me fend le cœur, les gars, je le dis comme je le pense. Parce que aujourd'hui, nous allons prendre un virage, les gars. Nous allons inverser le cours de notre saison. Et ça me fend le cœur parce que nous allons le faire ici, ici et aujourd'hui. Mais d'autre part, ils connaissent la gloire depuis assez longtemps comme ça, les gars. Depuis assez longtemps comme ça. Et maintenant, c'est notre tour, les gars…

En première mi-temps, Herd marque pour United. En seconde mi-temps, Ian St John égalise. À la moitié de la seconde mi-temps, Quixall marque un penalty. Puis, à cinq minutes de la fin, Jimmy Melia égalise. Et dans la dernière minute, le Liverpool Football Club bénéficie d'un coup franc à 22 mètres des buts d'United. Ronnie Moran s'avance. Moran tire. Des 22 mètres. Moran marque. Puis, à la toute dernière seconde de la rencontre, avec le tout dernier tir du match, Giles égalise. Et le Liverpool Football Club fait match nul 3-3 avec Manchester United –

Après le coup de sifflet, le coup de sifflet final. Matt Busby longe la ligne de touche à Old Trafford. Matt Busby serre la main de Bill Shankly. Matt Busby sourit. Et Matt Busby dit, J'aurais mieux fait de me taire, Bill. J'aurais dû te laisser démissionner, ce fameux jour !

Je prends ça comme un compliment, Matt.

Matt Busby sourit de nouveau. Et Matt Busby dit, Et tu as raison, Bill. Tu as bien raison. C'est une bonne équipe que tu as là, Bill. Une très bonne équipe, la meilleure que nous ayons affrontée jusqu'à maintenant.

Merci, dit Bill Shankly. Merci beaucoup, Matt. Mais je sais qu'on vient seulement de commencer. Aujourd'hui, ce n'était que le début.

…

Chaque matin, le Liverpool Football Club s'entraîne en plein vent. Le Liverpool Football Club joue en plein vent. Et le Liverpool Football Club bat l'Arsenal Football Club par grand vent. Chaque matin, le Liverpool Football Club s'entraîne sous la pluie. Le Liverpool Football Club joue sous la pluie. Et le Liverpool Football Club bat Leyton Orient sous la pluie. Chaque matin, le Liverpool Football Club s'entraîne dans la boue. Le Liverpool Football Club joue dans la boue. Et le Liverpool Football Club bat Birmingham City dans la boue. Chaque matin, le Liverpool Football Club s'entraîne dans le brouillard. Le Liverpool Football Club joue dans le brouillard. Et le Liverpool Football Club bat le Fulham Football Club dans le brouillard. Chaque matin, le Liverpool Football Club s'entraîne sous la neige fondue. Le Liverpool Football Club joue sous la neige fondue. Et le Liverpool Football Club bat Sheffield Wednesday sous la neige fondue. Chaque matin, le Liverpool Football Club s'entraîne dans les bourrasques. Le Liverpool Football Club joue dans les bourrasques. Et le Liverpool Football Club bat le Blackpool Football Club dans les bourrasques. Chaque matin, le Liverpool Football Club s'entraîne en plein vent et sous la pluie, dans la boue et dans le brouillard, sous la neige fondue et dans les bourrasques. Et le Liverpool Football Club bat les Blackburn Rovers en plein vent et sous la pluie, dans la boue et dans le brouillard, sous la neige fondue et dans les bourrasques. Et en plein vent et sous la pluie, dans la boue et dans le brouillard, sous la neige fondue et dans les bourrasques, le Liverpool Football Club gagne sept matchs d'affilée. Et à présent le Liverpool Football Club est cinquième au classement de la première division. Mais c'est alors qu'arrive la neige. Et puis vient la glace. Alors, la neige reste,

et la glace reste –

C'est le Grand Gel –

Tout est gelé, tout est arrêté. Matchs reportés, matchs interrompus. Le pays est balayé par les tempêtes de neige. La campagne est recouverte d'un manteau blanc. La hauteur des congères dépasse les six mètres, les bourrasques atteignent 190 km/h. Des nappes de glace de plus d'un kilomètre flottent sur la mer. C'est l'hiver le plus froid depuis 1740. Et entre le 22 décembre 1962 et le 12 février 1963, le Liverpool Football Club ne peut pas disputer un seul match de championnat. Mais le mercredi 9 janvier 1963, après deux reports, le Liverpool Football Club se rend au Racecourse Ground de Wrexham. Et à la 19e minute, Roger Hunt marque. À la 72e minute, Kevin Lewis marque. Et à la 89e minute, Jimmy Melia marque. Et le Liverpool Football Club bat le Wrexham Football Club 3-0 au troisième tour de la Coupe d'Angleterre.

Le samedi 26 janvier 1963, le Liverpool Football Club se rend au stade de Turf Moor, à Burnley, pour jouer un match qui a bien failli être annulé au dernier moment. Et à la 25e minute, Kevin Lewis marque. Mais le Liverpool Football Club n'obtient que le nul 1-1 contre le Burnley Football Club au quatrième tour de la Coupe d'Angleterre. Cette égalité implique que le match doit être rejoué le mercredi de la semaine suivante. Mais le lundi, le tirage au sort pour le prochain tour de la Coupe est reporté. Ce même lundi, la décision est prise de prolonger la saison de championnat jusqu'au 19 mai. Et le mercredi, le match à rejouer entre Liverpool et Burnley est reporté –

Indéfiniment.

Mais le Liverpool Football Club emprunte des salles. Des salles de sport dans des lycées. Et le Liverpool Football Club s'entraîne dans ces salles. Ces salles de sport scolaire. Le Liverpool Football Club organise des matchs amicaux. Des matchs amicaux au-delà des mers. Le Liverpool Football Club affronte les vagues. Celles des mers d'Irlande. Et le Liverpool Football Club se rend en Irlande. Le Liverpool Football Club s'entraîne à Dublin. Le Liverpool Football Club joue à Dublin. Et le Liverpool Football Club bat le Drumcondra Football Club 5-1 à Tolka Park, Dublin. Et puis le Liverpool Football Club fait le voyage en sens inverse. Pour rentrer dans le Merseyside, pour retourner à l'école. De nouveau. Dans des salles qu'on lui prête. Le Liverpool Football Club s'entraîne et le Liverpool Football Club se prépare. Se prépare à jouer, pour être prêt à jouer –

Prêt et bien préparé.

Et chaque jour, Arthur Riley et ses aides déblaient le terrain de la neige qui l'envahit, de la neige qui couvre la pelouse. Chaque jour, parcelle après parcelle, lopin après lopin. Arthur Riley et ses aides disposent des braseros sur le terrain, sur la pelouse. Ils allument les braseros pour réchauffer le sol, pour dégeler la pelouse. Ils déplacent les braseros d'un bord à l'autre du terrain, d'un bord à l'autre de la pelouse. Chaque jour, parcelle après parcelle, lopin après lopin. Arthur Riley et ses aides déposent du sable sur le terrain, du sable sur la pelouse. Pour protéger le terrain, pour protéger la pelouse. Jusqu'à ce que le terrain soit prêt,

jusqu'à ce que la pelouse soit en état –

Prête et opérationnelle.

Le mercredi 13 février 1963, Aston Villa vient à Anfield, Liverpool. Sous la neige et dans la glace. Ce soir-là, 46 374 spectateurs viennent à Anfield aussi. Sous la neige et dans la glace. À la 18e minute, Roger Hunt marque. À la 25e minute, Ian St John marque. À la 29e minute, St John marque de nouveau. Et à la 66e minute, Roger Hunt marque de nouveau. Et le Liverpool Football Club bat Aston Villa 4-0. À domicile, à Anfield. Sous la neige et dans la glace. Trois jours plus tard, les Wolverhampton Wanderers viennent à Anfield, Liverpool. De nouveau sous la neige, de nouveau dans la glace. Cet après-midi-là, 53 517 spectateurs viennent à Anfield aussi. Sous la neige et dans la glace. À la 7e minute, Kevin Lewis marque. À la 47e minute, Ian St John marque. À la 52e minute, Lewis marque de nouveau. Et à la 87e minute, St John marque de nouveau. Et le Liverpool Football Club bat les Wolverhampton Wanderers 4-1. À domicile, à Anfield. Sous la neige et dans la glace. Ce soir-là, le Liverpool Football Club est invaincu depuis douze rencontres. Le Liverpool Football Club a gagné ses neuf derniers matchs de championnat. Le Liverpool Football Club reste cinquième au classement de la première division. Le Liverpool Football Club est toujours aussi bien préparé. Le Liverpool Football Club reste prêt. Prêt à rencontrer Burnley, prêt à rejouer le match de Coupe –

Le mercredi 20 février 1963, Burnley Football Club vient à Anfield, Liverpool. Ce soir-là, 57 906 spectateurs viennent à Anfield aussi. Ces 57 906 spectateurs veulent voir le match que le Liverpool Football Club doit rejouer contre le Burnley Football Club au quatrième tour de la Coupe d'Angleterre. À la 45e minute, Ian St John marque. Mais à la mi-temps, le score est de 1-1. Et à la fin du temps réglementaire, le score est toujours de 1-1. Et après 29 minutes de prolongation, le score est encore de 1-1. Mais dans les buts de Burnley, le gardien Blacklaw s'apprête à dégager pour la toute dernière action du match. Mais au moment de frapper le ballon, Blacklaw retarde son action. Et quand il dégage, le ballon touche Ian St John. St John s'empare du ballon et fonce pour dépasser Blacklaw. Blacklaw retient St John par le maillot, Blacklaw stoppe St John. Et l'arbitre siffle. L'arbitre désigne le point de penalty. Moran pose le ballon sur le point de penalty. Et Moran envoie un boulet de canon au fond des filets de Burnley. Au tout dernier coup de pied, à la toute dernière seconde. Anfield explose. À la toute dernière seconde, au tout dernier coup de pied, le Liverpool Football Club se qualifie pour le cinquième tour de la Coupe d'Angleterre –

Le Liverpool Football Club s'était bien préparé. Le Liverpool Football Club était prêt. Prêt à jouer, prêt à gagner –

Toujours préparé, toujours prêt.

Mais c'est alors que la neige revient. Puis la glace revient aussi. Donc la neige reste de nouveau, et la glace reste

de nouveau. C'est le Grand Gel encore une fois,
toujours le Grand Gel –

Le samedi 23 février 1963, le Liverpool Football Club devait se rendre à Burnden Park, à Bolton. Le

Liverpool Football Club devait affronter les Bolton Wanderers. Mais le match est reporté. Deux semaines plus tard, il y a encore des braseros sur le terrain d'Anfield, il y a encore du sable sur la pelouse d'Anfield. Mais Leicester City vient quand même à Anfield, Liverpool. Et cet après-midi-là, 54 842 spectateurs viennent quand même. Et ces 54 842 spectateurs déferlent dans le stade, ces 54 842 spectateurs scandent *LI-VER-POOL, LI-VER-POOL, LI-VER-POOL. LI-VER-POOL, LI-VER-POOL, LI-VER-POOL. LI-VER-POOL, LI-VER-POOL, LI-VER-POOL…*

Le Liverpool Football Club est cinquième en première division. Leicester City est deuxième en première division. Leicester City a gagné ses huit derniers matchs de championnat. Le Liverpool Football Club a gagné ses neuf derniers matchs de championnat. Mais Leicester City bat le Liverpool Football Club 2-0. À domicile, à Anfield. Leicester City fait taire les 54 842 spectateurs massés dans le stade d'Anfield. Plus d'effervescence, plus de chants –

Rien que le silence, à présent,
rien que le silence.

12

Répétition générale

Dans la maison, dans leur cuisine. Dans la nuit et le silence. À la table, sur sa chaise. Dans la nuit et le silence. Bill regarde les bols et les assiettes, la salière et le poivrier, les pots de miel et de confiture. Bill ramasse les bols et les assiettes, la salière et le poivrier, les pots de miel et de confiture. Bill déplace les bols et les assiettes, la salière et le poivrier, les pots de miel et de confiture pour les disposer sur les bords de la nappe, sur le pourtour de la table. Bill prend les quatre fourchettes et les quatre couteaux et les quatre cuillers. Bill tient les quatre fourchettes et les quatre couteaux et les quatre cuillers dans sa main. Bill contemple la nappe. Bill pose une cuiller sur la nappe. *Banks*. Bill place deux autres cuillers devant la première. *Sjöberg, Norman*. Bill pose trois fourchettes devant les cuillers. *McLintock, King, Appleton*. Bill place les quatre couteaux devant les trois fourchettes. *Riley, Cross, Gibson, Stringfellow*. Bill pose la dernière fourchette devant les quatre couteaux. *Keyworth*. À la table, sur sa chaise. Dans la nuit et le silence. Bill regarde les trois cuillers, les quatre fourchettes et les quatre couteaux. Et les trois cuillers, les quatre fourchettes et les quatre couteaux commencent à bouger. Ils commencent à tourner. Et les trois cuillers, les quatre fourchettes et les quatre couteaux ne veulent pas s'arrêter de bouger. Ils ne veulent pas s'arrêter de tourner. Les trois cuillers, les quatre fourchettes et les quatre couteaux tournoient devant ses yeux. Comme des engrenages. Ils bougent et tournent, ils tournoient et tourbillonnent sous les yeux de Bill. Comme des pignons. Ils bougent et tournent, ils tournoient et tourbillonnent. Sans jamais s'arrêter, sans jamais marquer de pause. Comme des roues dentées. À la table, sur sa chaise. Dans la nuit et le silence. Bill est pris de nausée, Bill a le cœur qui se soulève. Bill laisse tomber la dernière cuiller sur le carrelage de la cuisine. Bill se frotte les yeux. À la table, sur sa chaise. Dans la nuit et le silence. Bill se lève. Bill ressort de la cuisine. Bill retourne dans la pièce voisine. Bill regagne son autre siège. Bill prend son carnet sur le bras du fauteuil. Son carnet rempli de noms, son carnet rempli de notes. Bill ressort de la pièce. Bill retourne dans la cuisine. Bill se rassied. À la table, sur sa chaise. Dans la nuit et le silence. Bill regarde de nouveau les trois cuillers, les quatre fourchettes et les quatre couteaux. Bill sort son stylo. Son stylo rouge. Bill ouvre son carnet. Son carnet rempli de noms, son carnet rempli de notes. Et à la table, assis sur sa chaise. Dans la nuit et dans le silence. Bill commence à écrire. À noter des noms, à rédiger des notes. À dessiner des carrés, à tracer des flèches. À faire des diagrammes, à faire des plans. À la table, sur sa chaise. Dans la nuit et dans le silence. Devant les cuillers, devant les fourchettes. Et devant les couteaux –

C'est déjà le jour, de nouveau,
déjà le matin
de nouveau.
…

Dans le vestiaire, le vestiaire des visiteurs à Highbury. Bill prend son chapeau derrière la porte du vestiaire. Et Bill met son chapeau. Bill en baisse le rebord devant ses yeux. Bill ouvre la porte du vestiaire. Bill sort dans le couloir du stade de Highbury. Et Bill voit ces messieurs de la presse sportive londonienne. Le menton en avant, Bill brandit son index. Et Bill dit, Quelle bataille cela a été ! Un match d'une dimension épique ! Furieusement rapide et instinctivement habile. C'était une bataille à ravir même le plus exigeant d'entre vous. Et une récompense plus que généreuse pour ceux qui pour y assister ont subi un temps effroyable. Une récompense plus que généreuse ! D'être témoins d'un enthousiasme collectif comme celui-ci. D'un courage aussi rare ! Une telle détermination à attaquer. Et ce fut une rude bataille, n'est-ce pas, entre deux milieux de terrain de même puissance et de même talent. Leur George Eastham et notre Jimmy Melia. Quelle bataille, quel match ! L'un comme l'autre ne cessant de foncer vers l'avant, de se ruer en territoire ennemi. Même dans des conditions aussi épouvantables, même dans une boue aussi traître. Rien n'arrêtait ces deux hommes, rien ne pouvait les retenir. Vous avez vu de quelle façon Melia bondissait sur chaque ballon. Comment il se débarrassait de chaque tacle. Ses changements subits de direction, ses feintes instantanées d'un côté ou de l'autre. Et puis les ballons, les passes qu'il distribuait. Quels ballons ! Quelles passes ! La façon dont il lançait St John, dont il faisait percer Hunt. Encore et encore. En dépit des conditions, malgré la boue. Et puis il y a eu Yeats. Quel joueur c'est, et quel homme ! Il dominait le milieu du terrain comme un colosse. Un colosse de chair et un colosse de sang. Sans jamais se lasser, il écartait calmement d'un geste les petites piques des passes adverses comme on repousse une mouche qui vous agace. Ce joueur est inflexible, il est impérieux. Un colosse de chair, un colosse de sang ! Alors que la bataille faisait rage autour de lui. Mais quelle bataille, quelle rencontre ! Et vous, messieurs, vous devez sûrement vous considérer comme les plus heureux des hommes d'avoir vu un tel match, d'avoir assisté à une telle rencontre. Et d'être payés pour avoir ce plaisir, d'être payés pour avoir ce privilège, par-dessus le marché. Car vous êtes payés, bon sang, pour voir de tels matchs, et vous êtes payés pour en écrire des comptes rendus ! Je vous le dis, messieurs, je vous envie. Vous pouvez me croire, je vous envie vraiment, messieurs !

Mais comment cela se passera-t-il la semaine prochaine ? demandent ces messieurs de la presse sportive londonienne. Qui gagnera la semaine prochaine, Bill ? En match de Coupe ?

Bill sourit, Bill s'esclaffe. Et Bill dit, Vous ne m'avez pas bien écouté ? Vous n'avez pas entendu un seul mot de ce que je vous ai dit ? La semaine prochaine, il peut n'y avoir qu'un vainqueur. La semaine prochaine, il peut n'y avoir qu'un gagnant. Le Liverpool Football Club. Retenez bien ce que je vous dis. Alors, vous reviendrez et vous verrez. Parce que je ne me trompe jamais. Je ne me trompe jamais.

...

Dans le train, le train du retour à Liverpool. Dans le wagon, à sa place. Bill ferme son carnet. Son carnet rempli de noms, son carnet rempli de notes. Et dans le wagon, à sa place. Bill ferme les yeux. Et à présent Bill sent sous lui les roues du train. Qui tournent, qui tournent. Leur mouvement et leur rythme. Vers l'avant, toujours vers l'avant. *LI-VER-POOL.* Pour écarter Arsenal du ballon, pour dérégler leurs passes et fausser leurs tirs. *LI-VER-POOL.* Encore et encore, alors que Liverpool progresse. *LI-VER-POOL.* Vers l'avant, toujours vers l'avant. *LI-VER-POOL.* Toujours cinq devant. *LI-VER-POOL.* Callaghan, Hunt, St John, Melia et Lewis. *LI-VER-POOL.* Toujours soutenus, toujours renforcés par Milne et Stevenson. *LI-VER-POOL.* Vers l'avant, toujours vers l'avant. *LI-VER-POOL.* Mais un mouvement construit sur de la pierre, construit sur du roc. *LI-VER-POOL.* Yeats de nouveau inflexible, de nouveau impérieux. *LI-VER-POOL.* À l'arrière entre Byrne et Moran. *LI-VER-POOL.* Yeats, Byrne et Moran protégeant Lawrence, préservant Lawrence. *LI-VER-POOL.* Construisant le jeu depuis l'arrière, mais le construisant toujours vers l'avant. *LI-VER-POOL.* À la moindre occasion, à la moindre ouverture. *LI-VER-POOL.* Une remise en jeu sur la gauche. Une feinte de Hunt. *LI-VER-POOL.* Hunt fait glisser le ballon vers Melia. *LI-VER-POOL.* Melia tire. *LI-VER-POOL.* Melia marque. *LI-VER-POOL* – 1-0. *LI-VER-POOL. LI-VER-POOL. LI-VER-POOL.* Et puis un corner. *LI-VER-POOL.* Un autre corner. *LI-VER-POOL.* Un corner tiré par Lewis. *LI-VER-POOL.* Le ballon tournoie. *LI-VER-POOL.* Et puis leur John Barnwell, sans pression particulière à cet instant, mais harcelé depuis une heure, Barnwell touche le ballon de la main, et cette main est due à la pression, la pression qu'il imagine, c'est une main due à la peur, une peur très réelle. *LI-VER-POOL.* Et puis le penalty. *LI-VER-POOL.* Tiré depuis le point de penalty. *LI-VER-POOL.* Par Moran. *LI-VER-POOL* – 2-0. *ON EN VEUT TROIS !* Les cris des supporters de Liverpool. *ON EN VEUT TROIS !* Les supporters de Liverpool entassés dans la tribune nord. *ON EN VEUT TROIS !* Propulsant le Liverpool Football Club vers l'avant. *LI-VER-POOL.* En rythme. *LI-VER-POOL.* Encore et encore. *LI-VER-POOL.* Vers l'avant, toujours vers l'avant. *LI-VER-POOL.* Le mouvement et le rythme. *LI-VER-POOL.* En boucle et en boucle. *LI-VER-POOL.* Leur mouvement et leur rythme. *LI-VER-POOL.* Qui tourne et qui tourne. *LI-VER-POOL.* Comme les roues d'un train. Et dans la voiture, à sa place. Bill rouvre les yeux. Et Bill regarde vers l'autre bout du wagon. Bob, Joe et Reuben sont assis plus loin, avec les joueurs. Ce soir, les joueurs ne font pas de parties de cartes et ils ne lisent pas de livres. Ce soir les joueurs rient et chantent. *ON VA GAGNER LA COUPE*. Ce soir, les joueurs boivent. *ON VA GAGNER LA COUPE*. Ce soir, les joueurs fêtent leur victoire. *HÉ-HO-ADDIO, ON VA GAGNER LA COUPE*. Aujourd'hui, le Liverpool Football Club a battu Arsenal 2-1 au cinquième tour de la Coupe d'Angleterre. Et dans le wagon, à sa place. Bill sourit. Il ne s'était pas trompé, il ne s'était pas trompé.

…

Sur le banc de touche, le banc de touche d'Anfield. Bill est nerveux. Et sur la pelouse, la pelouse d'Anfield. Les joueurs du Liverpool Football Club sont nerveux. Et dans les tribunes, les tribunes d'Anfield. Les 49 036 supporters du Liverpool Football Club sont nerveux aussi. À deux reprises, déjà, Byrne a dû dégager depuis la ligne de but de Liverpool. Plusieurs fois, les tacles de Byrne, les interceptions de Byrne, ont permis au Liverpool Football Club de rester en Coupe d'Angleterre. Et à présent, alors qu'il reste neuf minutes à jouer, que le silence règne dans le stade, le stade d'Anfield, c'est encore Byrne, encore Gerry Byrne qui intercepte un nouveau ballon de West Ham, encore Byrne qui passe à Gordon Milne, pour que Milne puisse lancer Willie Stevenson de l'autre côté de la ligne médiane, où il passe le ballon à Jimmy Melia qui passe à Roger Hunt, Hunt qui se trouve trop à gauche des buts de West Ham. Mais cette fois, et c'est la seule fois, il n'y a pas de défenseurs, pas de défenseurs de West Ham. Et au moment où leur gardien s'avance, où Standen s'avance, Hunt expédie d'une frappe enroulée, sous un angle impossible, le ballon derrière Standen et au fond des filets. *On va gagner la Coupe*. Enfin, enfin. Le ballon au fond des filets de West Ham et le Liverpool Football Club dans le chapeau. *On va gagner la Coupe*. Enfin, enfin. Dans le chapeau pour le tirage au sort des demi-finales de la Coupe d'Angleterre –

Hé-ho-addio, on va gagner la Coupe !

…

Sur le banc de touche, le banc de touche d'Anfield. Bill est furieux. Les joueurs du Liverpool Football Club sont dominés, les joueurs du Liverpool Football Club sont surclassés. Et les 54 463 supporters du Liverpool Football Club sont réduits au silence. Le Liverpool Football Club est mené 2-0 par Tottenham Hotspur. À domicile, à Anfield. Sur le banc de touche. Bill se lève. Bill longe la ligne de touche. Bill pénètre dans le tunnel. Bill entre dans le vestiaire. Bill laisse la porte du vestiaire ouverte. Le regard de Bill fait le tour du vestiaire. Bill montre du doigt la porte laissée ouverte. Bill désigne le couloir. Et Bill dit, Vous entendez ça ? Ce que vous entendez, ce sont des rires. Les rires qui viennent du vestiaire de Tottenham. Parce qu'ils se moquent de vous, ils se moquent du Liverpool Football Club. Ils pensent que le travail est terminé, ils pensent qu'ils ont battu le Liverpool Football Club. Que vous avez renoncé, que le Liverpool Football Club s'est soumis. Que vous avez renoncé, bon sang, et que vous vous êtes soumis –

Bill se tourne de nouveau vers la porte du vestiaire. Bill claque la porte du vestiaire. Le regard de Bill fait de nouveau le tour du vestiaire. Bill braque son index sur chaque joueur du Liverpool Football Club. Et Bill ajoute, Eh bien, laissez-moi vous dire quelque chose. À chacun de vous, tous autant que vous êtes. Je déteste le mot soumission, je hais le mot soumission. Il devrait être supprimé du dictionnaire. Il devrait disparaître de la langue. Il faudrait le bannir. Il faudrait l'oublier. Parce que je n'en veux pas. Je n'admets pas qu'il ait cours ! Pas ici, à Anfield. Pas au Liverpool Football Club !

Sur le banc de touche. Bill ne regarde pas sa montre. Bill se contente d'attendre que le moment arrive. Le moment dont Bill est sûr qu'il va arriver. Le moment où Stevenson va marquer, le moment où Melia égalisera, le moment où St John marquera, le moment où Lewis marquera et le moment où Melia marquera de nouveau. Et le Liverpool Football Club, mené 2-0 à la mi-temps, aura battu Tottenham Hotspur 5-2 au coup de sifflet final.

…

Sur le banc de touche, le banc de touche au stade de White Hart Lane. Trois jours plus tard, juste trois jours plus tard. De nouveau. Bill ne regarde pas sa montre. De nouveau. Bill attend que le moment vienne. Mais cette fois le moment ne vient pas. De nouveau. Tottenham Hotspur marque le premier. De nouveau. Le Liverpool Football Club égalise. Mais ensuite Tottenham marque. De nouveau. Tottenham marque. De nouveau. Tottenham marque. Et puis Liverpool marque. Mais de nouveau. Tottenham marque. Et encore. Et encore. Et Tottenham Hotspur bat le Liverpool Football Club 7-2.

...

Dans la maison, dans leur salon. Dans la nuit et le silence. Dans son fauteuil. Bill regarde son carnet. Son carnet rempli de noms, son carnet rempli de notes. Bill tourne les pages du carnet. Les pages couvertes de noms, les pages couvertes de notes. Tottenham Hotspur a donné une leçon au Liverpool Football Club. Dans la nuit et le silence. Dans son fauteuil. Bill continue de tourner les pages. Les pages couvertes de noms, les pages couvertes de notes. Trois jours plus tard, Nottingham Forest lui a donné une autre leçon. Nottingham Forest l'a battu 2-0. À domicile, à Anfield. Byrne était blessé, Byrne n'a pas joué. Moran était blessé, Moran n'a pas joué. En arrière et en avant, en avant et en arrière. Deux jours après cette leçon, le Liverpool Football Club a fait match nul 0-0 avec le Fulham Football Club. À l'extérieur, ailleurs qu'à Anfield. Byrne était blessé, Byrne n'a pas joué. Moran était blessé, Moran n'a pas joué. Yeats était blessé, Yeats n'a pas joué. Callaghan était blessé, Callaghan n'a pas joué. Dans la nuit et le silence. Dans son fauteuil. Bill cesse de tourner les pages. Les pages couvertes de noms, les pages couvertes de notes. Bill se frotte les yeux. Et Bill ferme son carnet. Son carnet rempli de noms, son carnet rempli de notes. Dans la nuit et dans le silence. Dans son fauteuil. Bill se lève. Bill retourne dans la cuisine. Dans la nuit et dans le silence. Bill se rassied à la table, sur sa chaise.

Les bols et les assiettes, la salière et le poivrier, les pots de miel et de confiture sont disposés sur les bords de la nappe, sur le pourtour de la table. Dans la nuit et dans le silence. À la table, sur sa chaise. Bill regarde de nouveau les trois cuillers sur la nappe. *Banks, Norman, Sjöberg*. Bill regarde les trois fourchettes. *McLintock, King, Appleton*. Bill regarde les quatre couteaux. *Riley, Cross, Gibson, Stringfellow*. Et Bill regarde la dernière fourchette. *Keyworth*. Et de nouveau les trois cuillers, les quatre fourchettes et les quatre couteaux commencent à bouger. Ils commencent à tourner. De nouveau les trois cuillers, les quatre fourchettes et les quatre couteaux ne veulent pas cesser de bouger. Ils ne veulent pas cesser de tourner. Ils bougent et tournent, ils tournoient et tourbillonnent. Ils tournoient et tourbillonnent, tourbillonnent et tourbillonnent. Sans jamais s'arrêter, sans jamais marquer de pause. Ils tourbillonnent et tourbillonnent. Dans la nuit et dans le silence. À la table, sur la chaise. Bill se frotte les yeux. Ça tourbillonne et ça tourbillonne. Dans la nuit et dans le silence. À la table, sur la chaise. Bill ferme les yeux. Ça tourbillonne et ça tourbillonne. Et dans la nuit et dans le silence. À la table, sur la chaise. Bill dit ses prières. Cinq prières pour cinq joueurs. Une pour Gerry Byrne. Une pour Ronnie Moran. Une pour Ron Yeats. Une pour Ian Callaghan et une pour Jimmy Melia. Et puis dans la nuit et dans le silence. À la table, sur la chaise. Bill dit une dernière prière –

Une prière contre une malédiction.

À quatre reprises, déjà, le Liverpool Football Club a atteint les demi-finales de la Coupe d'Angleterre. Par deux fois le Liverpool Football Club a gagné son match en demi-finale. Par deux fois le Liverpool Football Club a atteint la finale de la Coupe d'Angleterre. Par deux fois le Liverpool Football Club a atteint le stade de Wembley. Mais le Liverpool Football Club n'a jamais gagné la Coupe d'Angleterre.

Les gens disaient que le Liverpool Football Club ne gagnerait pas la Coupe d'Angleterre tant que les Liver

Birds, les oiseaux géants en cuivre ornant les tours du Liver Building, n'auraient pas quitté leur perchoir pour traverser le fleuve à tire d'aile. Les gens disaient que le Liverpool Football Club était maudit en Coupe d'Angleterre. Les gens disaient que le Liverpool Football Club ne gagnerait jamais la Coupe. Ne gagnerait jamais la Coupe. Que la Coupe était maudite pour le Liverpool Football Club. Mais Bill ne croyait pas aux malédictions –

Bill croyait aux prières.

…

Sur le Liver Building, en haut de leurs tours. Sous la pluie et en plein vent. Le samedi 27 avril 1963, l'un des Liver Birds regarde toujours vers la mer, l'autre regarde toujours la ville. Leurs ailes sont déployées, mais leurs ailes restent figées. Sous la pluie et en plein vent. Les Liver Birds n'ont pas quitté leur perchoir. Mais le samedi 27 avril 1963, le Liverpool Football Club quitte la ville. Pour se rendre à Sheffield, au stade de Hillsborough. Sous la pluie et en plein vent. Ce voyage à Sheffield, 65 000 spectateurs le font aussi. Des gens de Liverpool et des gens de Leicester. Sous la pluie et en plein vent. Ces 65 000 spectateurs se rendent au stade de Hillsborough pour voir le Liverpool Football Club affronter Leicester City en demi-finale de la Coupe d'Angleterre. Mais dans le bus, le bus de Liverpool. Il n'y a pas Jimmy Melia. Jimmy Melia est blessé, Jimmy Melia ne jouera pas. Dans le bus, le bus de Liverpool. Il y a Chris Lawler. Chris n'a encore que dix-neuf ans. Et Chris est arrière droit. Mais Chris aime aller vers l'avant, Chris aime attaquer. Et Bill sait que le Liverpool Football Club doit aller vers l'avant, que le Liverpool Football Club doit attaquer. Alors Bill a dit à Chris Lawler de monter dans le bus, le bus de Liverpool. Parce que Chris va jouer la demi-finale de la Coupe. Mais pas comme ailier droit, et pas comme arrière droit. Pour que Chris puisse aller vers l'avant, pour que Chris puisse attaquer. Mais dans le bus, le bus de Liverpool. Bill sait que c'est un pari. Sous la pluie et en plein vent –

Un pari et une prière.

Sur la pelouse, la pelouse de Hillsborough. Sous la pluie et en plein vent. De la première à la dernière minute, les joueurs du Liverpool Football Club attaquent. Ils attaquent et ils attaquent, encore et encore. Ils attaquent et ils attaquent, encore et toujours. Provoquant corner après corner. Arrêt après arrêt de la part de Gordon Banks. Encore et encore, Banks plonge. Encore et encore, Banks dégage. Encore et encore, Banks bloque le ballon. Encore et encore, Banks sauve le but. Il le sauve et le sauve encore. Attaque après attaque. Occasion après occasion. Tir après tir. Trente fois Liverpool tire et trente fois Banks sauve le but. Trois fois les joueurs de Leicester City attaquent. *Les trois cuillers, les quatre fourchettes et les quatre couteaux*. Trois fois. *Ils bougent et ils tournent*. Trois fois seulement pendant tout le match. Et ces trois attaques ont lieu au cours des dix-huit premières minutes de la rencontre. *Ils tournoient et ils tourbillonnent*. À la 16e minute, Dave Gibson passe le ballon à Howard Riley. *Un couteau à un autre couteau*. Ronnie Moran tente une interception. Moran touche le ballon de la main. Et l'arbitre siffle. L'arbitre accorde un coup franc à Leicester City. *Les trois cuillers, les quatre fourchettes et les quatre couteaux*. D'une distance de 32 mètres, Riley fait retomber le ballon près du poteau le plus éloigné des buts de Liverpool, et Ken Keyworth fonce dessus. *D'un couteau à une fourchette*. Mais le Liverpool Football Club se laisse berner par Keyworth. *Feinté par une fourchette*. Et voici qu'arrive Stringfellow, le corps émacié, squelettique de Stringfellow, qui se rabat depuis l'aile pour dépasser, distancer nettement les hommes du Liverpool Football Club et diriger le ballon plus loin, au fond des filets. *D'un couteau à un couteau* – 1-0. *Un couteau planté dans leurs cœurs à tous…*

Leurs cœurs qui saignent, leurs cœurs de vaincus.

Dans le vestiaire, le vestiaire de Hillsborough. Le regard de Bill passe de Tommy à Gerry, de Gerry à Ronnie, de Ronnie à Gordon, de Gordon à Big Ron, de Big Ron à Willie, de Willie à Cally, de Cally à Roger, de

Roger au Saint, du Saint à Chris et de Chris à Kevin. Et Bill dit, Ça suffit comme ça, les gars. Séchez vos larmes et relevez la tête. Parce que ce sera pas la seule fois, les gars. Pas notre unique chance. Ça, je vous le promets, les gars. Nous aurons d'autres occasions et nous aurons d'autres possibilités. Beaucoup d'autres occasions et beaucoup d'autres possibilités, les gars. Alors, séchez vos larmes et relevez la tête. Parce que nous sommes une équipe qui monte, les gars. Parce que nous sommes en pleine ascension. Nous sommes en pleine ascension !

Et dans le vestiaire, le vestiaire de Hillsborough. Les joueurs du Liverpool Football Club hochent la tête.

Mais dans le vestiaire, le vestiaire de Hillsborough. Bill sait que les joueurs du Liverpool Football Club ne l'écoutent qu'à moitié. Et dans le vestiaire, le vestiaire de Hillsborough. Bill regarde les joueurs ôter leurs chaussures et leur tenue. En silence. Bill regarde les joueurs entrer dans les douches. En silence. Bill regarde les joueurs remettre leur costume et nouer leur cravate. En silence. Bill regarde les joueurs remonter dans le bus, le bus de Liverpool.

Et sur un banc du vestiaire, le vestiaire vide de Hillsborough. Bill s'assied. Et sur le banc, dans le vestiaire vide de Hillsborough. Bill entend des voix. *On va gagner la Coupe*. Des voix et des rires. *On va gagner la Coupe*. Des rires et des chants. *Hé-ho-addio*. Des chants et des réjouissances. *On va gagner la Coupe !* En provenance de l'autre vestiaire, du vestiaire des vainqueurs. Et sur le banc, dans le vestiaire des vaincus. Au stade de Hillsborough, à Sheffield. À présent Bill tente de se relever, à présent Bill tente de se tenir sur ses jambes. De quitter cette pièce, de quitter ce stade. De rentrer chez lui, de rentrer chez lui. Mais sur le banc, dans le vestiaire des vaincus. Bill est incapable de se lever. Bill est incapable de se tenir sur ses jambes. Sa veste colle à sa chemise. Sa chemise colle à son maillot de corps. Son maillot de corps lui colle à la peau. Sa peau le tire, ses muscles sont douloureux. Ils sont douloureux et ils hurlent. Sous sa peau, dans sa chair. À travers ses os et à travers son sang. Son sang rouge, rouge. Et sur le banc, dans le vestiaire des vaincus. Bill ferme les yeux, Bill ferme les yeux. Mais sur le banc, dans le vestiaire des vaincus. À présent Bill entend d'autres voix. Doucement, lentement. Elles commencent à s'élever, elles commencent à se répondre. *Quand tu marches dans la tempête.* D'autres voix. *Garde la tête haute.* Commencent à s'élever. *Et n'aie pas peur du noir.* Commencent à se répondre. *Après la tempête.* Doucement et lentement. *Tu trouveras un ciel teinté d'or.* D'autres voix, une autre chanson. *Et le chant doux et pur de l'alouette.* Qui s'élèvent. *Poursuis ta route, dans le vent.* Qui se répondent. *Poursuis ta route, sous la pluie.* Doucement et lentement. *Même si tes rêves sont malmenés et balayés.* Tout autour du stade. *Poursuis ta route, poursuis ta route, l'espoir au cœur.* S'engouffrant dans le tunnel. *Et tu ne marcheras jamais seul.* Parvenant jusqu'au vestiaire. *Tu ne marcheras jamais seul.* Le vestiaire des vaincus. *Poursuis ta route, poursuis ta route, l'espoir au cœur.* Au stade de Hillsborough, à Sheffield. *Et tu ne marcheras jamais seul.* Les voix de Liverpool, une chanson de Liverpool. *Tu ne marcheras jamais seul.* Et sur le banc, dans le vestiaire des vaincus. À présent Bill entend ces voix, Bill écoute cette chanson. Ces voix de Liverpool, cette chanson de Liverpool. Leurs voix et leurs chansons. Et Bill rouvre les yeux. Bill tente de se lever de nouveau, Bill tente de tenir sur ses jambes de nouveau. Et maintenant Bill est debout. Maintenant Bill tient de nouveau sur ses jambes.

13

Un homme du peuple

Après la saison, avant leurs vacances d'été. Dans la salle de conférences, la salle de conférences d'Anfield.

Les dirigeants du Liverpool Football Club regardent Bill Shankly à l'autre bout de la longue table. Les dirigeants du Liverpool Football Club sourient à Bill Shankly. Et les dirigeants du Liverpool Football Club disent, Cela a été une bonne saison, monsieur Shankly. Une très bonne saison. Nous avons atteint la demi-finale de la Coupe et nous finissons huitièmes du championnat. Et avec une moyenne du nombre d'entrées qui frise les 43 000. Cela a donc été une bonne saison, monsieur Shankly. Une très bonne saison. Alors, bravo, monsieur Shankly. Nous vous félicitons, sincèrement.

Après la saison, avant la prochaine saison. Dans la salle de conférences, la salle de conférences d'Anfield. Bill Shankly regarde les dirigeants du Liverpool Football Club à l'autre bout de la longue table. Bill Shankly écoute le tic-tac de l'horloge. Et Bill Shankly ne dit rien.

Tom Williams pose un document sur la longue table. Et Tom Williams dit, Eh bien, monsieur Shankly, et si nous parlions de ce contrat ?

Je n'ai jamais eu de contrat, répond Bill Shankly. Et je ne vous en ai jamais demandé, monsieur Williams. Je n'ai jamais désiré en avoir un.

Tom Williams hoche la tête. Et Tom Williams dit, Je sais cela, monsieur Shankly. Je sais cela. Mais nous aimerions vous proposer un contrat. Nous souhaiterions que vous ayiez un contrat. Et ce contrat est de trois ans. Et nous pensons que les conditions de ce contrat sont très satisfaisantes. Pour nous et pour vous, monsieur Shankly. Pour nous et pour vous…

Si je déplais aux dirigeants du Liverpool Football Club, dit Bill Shankly, alors ils peuvent me mettre à la porte. Et si je ne m'entends plus avec les dirigeants du Liverpool Football Club, je peux m'en aller. Voilà le genre de conditions que je trouve satisfaisantes, monsieur Williams. Pour moi et pour vous…

Après leurs vacances d'été, avant leurs prochaines vacances. Dans la salle de conférences, la salle de conférences d'Anfield. Les dirigeants du Liverpool

Football Club regardent Bill Shankly à l'autre bout de la longue table. De nouveau. Les dirigeants du Liverpool Football Club sourient à Bill Shankly.

Tom Williams pose un document sur la longue table. De nouveau. Et Tom Williams dit, Nous savons que d'autres clubs de football sont intéressés par vos services, monsieur Shankly. Nous avons écouté les bruits qui courent, nous avons entendu les rumeurs. Donc, nous savons que d'autres clubs ont fait des offres pour s'assurer vos services, monsieur Shankly. Mais nous tenons à vous dire à quel point nous apprécions vos services au Liverpool Football Club. Les choses que vous avez faites, les résultats que vous avez obtenus. Et en quelle estime nous tenons ces résultats. Et quelle estime nous avons pour vous, monsieur Shankly. C'est pourquoi nous ne voulons pas vous perdre, monsieur Shankly…

Merci, dit Bill Shankly.

Tom Williams regarde de nouveau le document posé sur la table. Et Tom Williams dit, Mais pour parler franchement, monsieur Shankly. Nous sommes inquiets au sujet de ces rumeurs, très inquiets de ces offres provenant d'autres clubs. Nous sommes très inquiets à l'idée de vous perdre, monsieur Shankly. Parce que nous voulons vous garder ici au Liverpool Football Club. Nous voulons que vous restiez ici au Liverpool Football Club, monsieur Shankly. Parce que nous voulons que vous restiez pour tirer parti de tout ce que vous avez déjà fait. Tout ce que vous avez déjà accompli, monsieur Shankly. Car nous savons que vous désirez aller de l'avant. Nous savons que vous voulez atteindre des objectifs bien plus ambitieux, monsieur Shankly. Et nous tenons à vous faire savoir que nous partageons votre désir. Nous partageons votre soif de réussite. Votre désir de progresser, votre soif d'atteindre des objectifs plus ambitieux. Comme vous le savez, l'ancienne tribune de Kemlyn Road est en cours de démolition. Une nouvelle tribune, une structure en porte-à-faux, la remplacera. Nous allons dépenser 350 000 livres pour construire cette tribune. Nous investissons 350 000 livres parce que nous croyons en votre ambition, monsieur Shankly. Nous partageons votre soif de réussite. Votre foi dans le Liverpool Football Club, monsieur Shankly. Votre vision pour le Liverpool Football Club, monsieur Shankly. Alors, bien sûr, nous ne voulons pas vous perdre, monsieur Shankly. Nous ne voulons pas perdre votre désir, votre soif. Ni perdre votre foi, votre vision. C'est pourquoi nous souhaitons que vous ayez un contrat. Un contrat qui témoigne de notre confiance en votre foi. Un contrat qui montre notre détermination à soutenir votre vision. Donc, nous voulons que vous signiez un contrat, monsieur Shankly. Que vous signiez ce contrat, ce contrat pour cinq années supplémentaires…

Merci, répète Bill Shankly. Merci beaucoup, monsieur Williams. J'apprécie votre franchise, je comprends vos inquiétudes. Et j'apprécie également votre détermination, monsieur Williams. Je vais donc emporter ce contrat chez moi aujourd'hui. Et je ne manquerai pas de l'examiner. Je l'examinerai avec le plus grand soin, monsieur Williams. Et puis je vous appellerai.

Tom Williams sourit. Et Tom Williams dit, Merci, monsieur Shankly. J'attendrai votre appel avec impatience. À part cela, y a-t-il autre chose ? Autre chose que nous puissions faire pour vous aujourd'hui, monsieur Shankly ?

Oui, répond Bill Shankly. Oui, il y a autre chose. Je veux engager Peter Thompson, de Preston North End. Il me faut donc 37 000 livres, s'il vous plaît, monsieur Williams.

Tom Williams regarde Bill Shankly à l'autre bout de la longue table. Tom Williams prend le document sur la table. Tom Williams fait passer le document à Bill Shankly à l'autre bout de la longue table. Et Tom Williams dit, Eh bien, nous allons certainement y réfléchir, monsieur Shankly. Nous allons y réfléchir très sérieusement. Et j'aurai une réponse à vous donner, monsieur Shankly. Lorsque vous aurez une réponse à me donner, monsieur Shankly, j'en aurai une pour vous.

…

Avant la date de remise de son article, la date limite qui s'approche dangereusement. Dans le bureau de Bill Shankly, devant la table de travail de Bill Shankly. Horace Yates écrit, il écrit aussi vite que possible. Aussi vite que Bill Shankly dit ceci –

Ma foi, je suppose que c'est la tendance actuelle de conclure des arrangements comme celui-ci, Horace. Donc, je suppose que je me suis simplement conformé à la norme. La norme qu'impose la tendance actuelle, Horace. La norme qu'impose notre époque. Parce qu'on ne peut pas ignorer les tendances, Horace. On ne peut pas ignorer l'époque…

Horace Yates cesse d'écrire. Horace Yates lève le nez de ses notes pour regarder Bill Shankly. Bill Shankly s'était levé de nouveau, Bill Shankly était lancé de nouveau –

Et de toute façon, Horace. Ça ne me gêne pas que tout le monde apprenne mon intention de rester au Liverpool Football Club. Parce que le Liverpool Football Club est devenu mon second chez-moi. Mon second chez-moi, Horace. Et ça ne me gêne pas que tout le monde le sache. En fait, je tiens à ce que tout le monde le sache. Alors, prenez-en note. Écrivez ça dans votre article, Horace ! Parce qu'au fond de moi. Au plus profond de moi, Horace. Je n'ai jamais eu envie de quitter le Liverpool Football Club. Parce que j'ai été totalement captivé par le Liverpool Football Club. Mon cœur est totalement captivé par l'atmosphère qui règne ici à Anfield. Parce qu'elle n'a pas d'équivalent, Horace. Elle n'a d'équivalent nulle part dans le pays. Parce que nous avons les meilleurs supporters du pays. Les tout meilleurs supporters, Horace. Et au fond de moi. Au plus profond de moi, Horace. Je me considère tout simplement comme l'un d'entre eux. Rien de plus que l'un d'entre eux, Horace. Parce que je partage leurs sentiments. Je partage leurs sentiments et leurs espoirs, Horace. Leurs espoirs et leurs rêves. Je partage leurs rêves, Horace…

De nouveau Horace Yates cesse d'écrire. Horace Yates lève de nouveau les yeux de ses notes. Bill Shankly est retourné derrière sa table de travail, Bill Shankly a regagné son fauteuil. De nouveau. Bill Shankly qui poursuit –

Et l'atmosphère n'aurait pas pu être plus cordiale, Horace. L'atmosphère n'aurait pas pu être plus joyeuse. Lorsque M. Williams et moi nous sommes serré la main pour entériner ce contrat, Horace. Quand la signature de ce contrat s'est conclue par une poignée de main.

Horace Yates dit, Oui. Mais cela ne s'est pas toujours passé de façon aussi cordiale. Cela ne s'est pas toujours passé de façon aussi joyeuse, Bill. Vous me l'avez dit vous-même. Vous me l'avez déjà dit à de nombreuses reprises, Bill…

C'est exact, confirme Bill Shankly. Vous avez raison, Horace. Et il serait vain de prétendre qu'il n'y a pas eu des moments difficiles. Il serait faux d'affirmer le contraire…

Horace Yates cesse d'écrire. Horace Yates lève les yeux de ses notes. Et Horace Yates attend. Il attend que Bill Shankly bondisse de nouveau sur ses pieds. Il attend que Bill Shankly reparte de plus belle –

Mais tous ces moments, c'est du passé, maintenant. Du passé, Horace. À présent, nous pouvons aller de l'avant. Pour entrer dans une ère nouvelle, Horace. Ensemble. Ensemble, Horace. Parce que le Liverpool Football Club avance à pas de géant dans la bonne direction. À pas de géant, Horace. Et une grande partie des travaux préliminaires est déjà accomplie. Une grande partie, Horace. Et nous avons établi une fondation très solide sur laquelle nous pouvons construire. Une fondation très solide, Horace. Oui, il reste beaucoup à faire. Beaucoup de travail, Horace. Mais je crois que nous deviendrons véritablement l'un des grands clubs de notre époque. Je suis convaincu que le Liverpool Football Club sera vraiment l'un des grands clubs de notre époque et tant qu'il existera. Par conséquent, je ne serai jamais vraiment satisfait tant que nous ne serons pas les champions incontestés du pays. Je ne prendrai jamais vraiment de repos tant que le Liverpool Football

Club ne sera pas le champion incontesté du pays. Donc, je vais me battre pour que nous devenions les champions du pays. De toutes mes forces. Avec tous les muscles de mon corps, Horace. Je travaillerai jusqu'au jour où le Liverpool Football Club deviendra champion. Le champion incontesté, Horace ! Et j'ajouterai ceci. J'ajouterai ceci, Horace. Ce jour n'est pas si loin.

…

En été, avant la nouvelle saison. Peter Thompson engage sa voiture dans le parking d'Anfield Road, à Liverpool. Et Peter Thompson voit des centaines de personnes rassemblées autour de la porte principale d'Anfield, Liverpool. Peter Thompson gare sa voiture. Et Peter Thompson voit des caméras de télévision, des journalistes de la radio et de la presse massés devant la porte du stade. Peter Thompson traverse le parking et la foule pour atteindre la porte. Et Peter Thompson voit Bill Shankly qui l'attend à la porte. Et Peter Thompson dit, Bonjour monsieur Shankly. Vous attendez une célébrité ?

Oui, répond Bill Shankly.

Peter Thompson regarde autour de lui. Les caméras de télévision. Les reporters de la radio et de la presse. Et Peter Thompson demande, Qui ? Qui attendez-vous, monsieur Shankly ?

Vous, dit Bill Shankly.

Peter Thompson dit, Moi ? Je ne suis pas célèbre, monsieur Shankly.

Vous ne tarderez pas à le devenir, dit Bill Shankly. Comme vous avez signé au Liverpool Football Club, je vais faire de vous le plus grand joueur de tous les temps, Peter. Plus grand que Stanley Matthews. Plus grand même que Tom Finney. Parce que vous êtes déjà plus rapide qu'eux. Et je vais vous rendre plus rapide encore, Peter. Je vais vous rendre si rapide que vous serez capable d'attraper des pigeons. Vous serez le joueur le plus rapide d'Angleterre, Peter.

Peter Thompson dit, Non, monsieur Shankly. Pas moi…

Si, Peter, vous, dit Bill Shankly. Vous, Peter.

…

Après l'entraînement, avant l'entraînement. Sous les tribunes, au milieu des chaussures de foot. Bill Shankly, Bob Paisley, Joe Fagan, Reuben Bennett et Albert Shelley parlent des joueurs. De tel joueur et de tel autre. De tel joueur d'équipe première et de tel autre joueur d'équipe réserve, de tel joueur âgé et de tel autre joueur plus jeune. De qui devrait rétrograder et de qui pourrait monter en grade. De qui est prêt et de qui ne l'est pas. Ils parlent d'Alf Arrowsmith, de Phil Ferns, d'Alan Jones, de Chris Lawler, de Tommy Smith, de Bobby Thomson et de Gordon Wallace. De qui devrait rester et de qui pourrait partir. Le Liverpool Football Club a vendu Tommy Leishman à l'Hibernian Football Club pour 10 000 livres. Le Liverpool Football Club a vendu Kevin Lewis à Huddersfield Town pour 18 000 livres. Sous les tribunes, au milieu des chaussures de foot. Bill Shankly, Bob Paisley, Joe Fagan, Reuben Bennett et Albert Shelley parlent de chaque joueur. De chaque joueur d'équipe première et de chaque joueur d'équipe réserve. De qui doit jouer et de qui ne doit pas jouer. Lors du premier match de la saison, le premier match de la nouvelle saison –

Le samedi 24 août 1963, le Liverpool Football Club se rend au stade d'Ewood Park, à Blackburn. Cet après-midi-là, Lawrence, Byrne, Moran, Milne, Yeats, Stevenson, Callaghan, Hunt, St John, Melia et Thompson jouent pour le Liverpool Football Club. Et à la 65e minute du premier match de la nouvelle saison, Ronnie Moran marque. Et dix minutes plus tard, Ian Callaghan marque. Et le Liverpool Football Club bat les Blackburn Rovers 2-1 dans le premier match de la nouvelle saison. Quatre jours plus tard, Nottingham Forest vient à Anfield, Liverpool. Ce soir-là, 49 829 spectateurs viennent aussi. Et à la 54e minute, McKinlay marque contre son camp. Mais ce soir-là, le Liverpool Football Club perd quand même 2-1 contre Nottingham Forest. À domicile, à Anfield.

Le samedi 31 août 1963, le Blackpool Football Club vient à Anfield, Liverpool. Cet après-midi-là, 42 767 spectateurs viennent aussi. À la 63e minute, le Liverpool Football Club se voit accorder un penalty. Ronnie Moran le tire. Mais Tony Waiters l'arrête. À la 83e minute, Jimmy Melia marque. Mais cet après-midi-là, le Liverpool Football Club perd malgré tout 2-1 contre le Blackpool Football Club. De nouveau à domicile, de nouveau à Anfield. Et ce soir-là, dans le premier classement publié du championnat 1963-64, le Liverpool Football Club est quinzième en première division. Et Leicester City est en tête du championnat.

Le lendemain du cinquantième anniversaire de Bill Shankly, le Liverpool Football Club se rend au stade municipal de Nottingham. Et le Liverpool Football Club obtient le match nul 0-0 face à Nottingham Forest. Quatre jours plus tard, le Liverpool Football Club se déplace au stade de Stamford Bridge, à Londres. À la 9e minute, Ian St John marque. À la 72e minute, Roger Hunt marque. Et pendant la dernière minute, la toute dernière minute, St John marque de nouveau. Et le Liverpool Football Club bat Chelsea 3-1. Deux jours après, le Liverpool Football Club se rend à Molineux, Wolverhampton. Dès la première minute, la toute première minute, Roger Hunt marque. À la 55e minute, Jimmy Melia marque. Et à la 69e minute, Hunt marque de nouveau. Et le Liverpool Football Club bat les Wolverhampton Wanderers 3-1.

Cinq jours plus tard, West Ham United vient à Anfield. Cet après-midi-là, 45 497 spectateurs viennent aussi. Et à la 65e minute, Roger Hunt marque. Mais cet après-midi-là, le Liverpool Football Club perd malgré tout 2-1 contre West Ham United. À domicile, à Anfield. Le Liverpool Football Club a joué trois matchs. Et le Liverpool Football Club a perdu ces trois matchs. À domicile,

à Anfield. Deux jours plus tard, dans le vestiaire. Le vestiaire de l'équipe qui reçoit. Il n'y a pas Tommy

Lawrence. Tommy Lawrence est blessé. Il n'y a pas Ian St John. Ian St John est blessé. Dans le vestiaire. Le vestiaire de l'équipe qui reçoit. Bill Shankly ferme la porte. Et Bill Shankly passe d'un joueur à l'autre. De Furnell à Byrne, de Byrne à Moran, de Moran à Milne, de Milne à Yeats, de Yeats à Ferns, de Ferns à Stevenson, de Stevenson à Callaghan, de Callaghan à Hunt, de Hunt à Arrowsmith, de Arrowsmith à Melia et de Melia à Thompson. Et Bill Shankly parle à chaque joueur –

Je sais que tu veux bien faire, dit Bill Shankly. Je sais que tu veux bien jouer, mon gars. Pour le Liverpool Football Club, pour la foule qui est là ce soir. Mais je sais aussi quelle pression cela provoque. Ce désir de bien faire. Ce désir de bien jouer. La pression de ce désir. Le désir de contenter cette foule. Le désir de contenter ces gens. Et je sais quel poids cela te met sur les épaules. Le poids de toutes ces espérances. C'est lourd. Je le sais. Cette pression. Je le sais. Ce poids. Mais rappelle-toi ceci. Si je n'avais la conviction que tu es capable de bien jouer. Si je n'avais la conviction que tu es capable de supporter ce poids. Alors, je ne t'aurais pas acheté, mon gars. Et je ne t'aurais pas sélectionné. Je t'ai acheté, mon gars. Et je t'ai sélectionné. Parce que je sais que tu es capable de supporter ce poids, mon gars. Parce que je sais que tu es le meilleur…

Dès la première minute, la toute première minute, Alf Arrowsmith marque son premier but, son tout premier but pour le Liverpool Football Club. À la 33e minute, Peter Thompson marque son premier but, son tout premier but pour le Liverpool Football Club. À la 57e minute, Ian Callaghan marque. À la 67e minute, Roger Hunt marque. À la 79e minute, Gordon Milne marque. Et à la 87e minute, Hunt marque encore. Et le Liverpool Football Club bat les Wolverhampton Wanderers 6-0. Six-zéro. À domicile, à Anfield.

Cinq jours après, le Liverpool Football Club se rend à Bramall Lane, Sheffield. Et personne ne marque pour le Liverpool Football Club. Et le Liverpool Football Club perd 3-0 contre Sheffield United.

Le samedi 28 septembre 1963, l'Everton Football Club vient à Anfield, Liverpool. Cet après-midi-là, 51 973 spectateurs viennent aussi. Tous les billets sont vendus depuis plusieurs semaines, les grilles sont fermées depuis des heures. Avant le coup d'envoi. Bill Shankly longe le couloir. Bill Shankly ouvre la porte du vestiaire. Bill Shankly entre dans le vestiaire. Le vestiaire de l'équipe qui reçoit. Bill Shankly ferme la porte du vestiaire. Bill Shankly ôte son chapeau. Bill Shankly suspend son chapeau derrière la porte. Et le regard de Bill Shankly fait le tour du vestiaire. Il passe d'un joueur à l'autre. De Lawrence à Byrne, de Byrne à Ferns, de Ferns à Milne, de Milne à Yeats, de Yeats à Stevenson, de Stevenson à Callaghan, de Callaghan à Hunt, de Hunt à St John, de St John à Melia et de Melia à Thompson. Et Bill Shankly sourit. Bill Shankly sort un bout de papier de sa poche de veste. Bill Shankly punaise le bout de papier au mur du vestiaire. Du vestiaire de l'équipe qui reçoit –

Je viens de voir Harry, dit-il. Ce bon vieux Harry Catterick, les gars. Dans le couloir. Bon sang, il est vraiment malheureux, ce pauvre Harry. Il est toujours malheureux, Harry. Mais aujourd'hui, il n'est pas seulement malheureux. Aujourd'hui, il est fatigué, en plus. Épuisé. Vidé. Éreinté. Et il n'est pas le seul. Ils sont tous fatigués. Tous épuisés, tous vidés. L'équipe entière est éreintée. Et vous savez pourquoi, les gars ? Vous savez pourquoi ils sont tous aussi fatigués ? Aussi épuisés, vidés, éreintés ?

Dans le vestiaire, sur les bancs. En tenue et chaussures aux pieds. Les joueurs du Liverpool Football Club regardent Bill Shankly. Et les joueurs du Liverpool Football Club secouent la tête.

Bill Shankly sourit de nouveau. Et Bill Shankly tapote le bout de papier qu'il a punaisé au mur du vestiaire –

À cause de ça, dit Bill Shankly. De ça, les gars…

Dans le vestiaire, sur les bancs. En tenue et chaussures aux pieds. Les joueurs du Liverpool Football Club regardent le bout de papier punaisé au mur du vestiaire. Le morceau de papier, une carte d'Europe. Une carte d'Europe marquée d'un gros trait rouge. Un gros trait rouge qui relie Liverpool à Milan.

Bill Shankly pose le doigt sur le bout de papier. Sur la carte d'Europe. Le doigt de Bill Shankly suit le trait rouge de Liverpool à Milan. Puis il repart de Milan jusqu'à Liverpool –

Vous connaissez la distance ? demande Bill Shankly. La distance qui sépare Liverpool de Milan, les gars ?

Dans le vestiaire, sur les bancs. En tenue et chaussures aux pieds. Les joueurs du Liverpool Football Club regardent le bout de papier punaisé au mur du vestiaire. De nouveau. Les joueurs du Liverpool Football Club secouent la tête.

Eh bien, je vais vous le dire, ajoute Bill Shankly. Je vais vous le dire, les gars. C'est 1 300 kilomètres. À vol d'oiseau. De Liverpool à Milan. Et autant pour revenir. À vol d'oiseau. Ce qui fait 2 600 kilomètres en tout, les gars. Voilà la distance parcourue par Everton au cours de la semaine passée : 2 600 kilomètres ! Et je vais vous dire une chose, les gars. Je vais vous dire une chose. Quand on a perdu un match. Quand on s'est fait éliminer de la Coupe d'Europe. Ces 2 600 kilomètres, ils vous pèsent autant que si vous en aviez fait 16 000 les gars. Un million de kilomètres ! Et vous savez quoi, les gars ? Vous savez ce que ce vieux Harry leur a fait faire ? À la minute même où ils sont rentrés de Milan. Après leur défaite. Après leur élimination de la Coupe d'Europe. Alors qu'ils venaient de parcourir 2 600 kilomètres. Vous savez ce que ce vieux Harry leur a fait faire ? Dès le lendemain ? Le jour après leur retour de Milan en Italie ?

Dans le vestiaire, sur les bancs. En tenue et chaussures aux pieds. Les joueurs du Liverpool Football Club lèvent les yeux vers Bill Shankly. Et les joueurs du Liverpool Football Club secouent la tête. Eh bien, je vais vous le dire, répète Bill Shankly. Je vais vous le dire, les gars. Parce que je le sais. Parce que je les ai vus. De chez moi, de ma fenêtre. J'ai vu ce que Harry leur a fait faire. Et vous n'allez pas le croire, les gars. Vous n'allez tout simplement pas le croire. Le lendemain de leur retour. Le lendemain de leur défaite contre l'Inter Milan. Le lendemain de leur élimination de la Coupe d'Europe. Alors qu'ils venaient de faire 2 600 kilomètres. Un parcours du combattant, les gars ! À Bellefield. Il les a fait cavaler à leur scier les jambes. Mais je sais pourquoi, les gars. Je sais pourquoi Harry a fait ça. Parce qu'il sait que vous êtes *tous* en forme. Il sait que vous vous entraînez dur. Alors, il est inquiet, Harry. Et donc il tente de garder le même rythme que nous à l'entraînement. Mais il n'y arrive pas, les gars. Ses joueurs n'en sont pas capables. Et Harry se fait des illusions s'il croit le contraire. Ce gars-là se fait tout simplement des illusions. Même quand ses joueurs sont dans un bon jour. Et ce n'était pas un bon jour. C'était le jour où ils revenaient de Milan. Le lendemain de leur défaite face à l'Inter Milan. Le lendemain de leur élimination de la Coupe d'Europe. Le lendemain d'un voyage de 2 600 kilomètres. Un très mauvais jour. Mais je les ai vus, les gars. De chez moi, de ma fenêtre. Je les ai vus. Et vous pouvez me croire, les gars. Vous pouvez me croire. Ils étaient épuisés. Ils étaient vidés. Et ils étaient éreintés. Ils ne tenaient pas le coup. Ils tombaient comme des mouches. De tous les côtés. Ils tombaient comme des mouches, les gars. Tous sans exception. Donc, ils sont déjà finis, les gars. Ils sont déjà battus. Avant même le coup d'envoi, avant même d'avoir tapé dans le ballon. Alors, tout ce qu'il vous reste à faire, les gars. Tout ce qu'il vous reste à faire aujourd'hui, c'est achever le travail. Finissez le travail, les gars. Et donnez-leur le coup de grâce. Bon sang, vous leur rendrez service. Alors, pour l'amour du ciel, les gars. Je vous en prie, achevez-les. Qu'ils reposent enfin en paix…

Deux minutes avant la mi-temps, Ian Callaghan marque. Trois minutes après la mi-temps, Callaghan marque encore. Roy Vernon marque pour Everton.

Mais ça ne compte pas, ça n'a pas d'importance. Le Liverpool Football Club bat Everton 2-1. À domicile, à Anfield. Bill Shankly surgit dans le vestiaire. Le vestiaire de l'équipe qui reçoit. Et Bill passe en dansant d'un joueur au suivant. Bill Shankly leur tape dans le dos, Bill Shankly leur serre la main. À tous. Puis Bill Shankly se place au milieu du vestiaire. Et Bill Shankly sourit jusqu'aux oreilles –

Vous savez ce que vous avez accompli aujourd'hui, les gars ? Ce que vous avez fait aujourd'hui ? Vous n'avez pas seulement battu Everton. Vous avez battu les champions. Vous avez battu les champions d'Angleterre, les gars. Alors, maintenant, vous n'avez rien à craindre. Rien à craindre pour le reste de la saison, les gars. Parce que vous avez battu les champions d'Angleterre. La meilleure équipe du pays. Et si vous pouvez les battre, les gars. Si vous pouvez battre les champions d'Angleterre. Alors vous pouvez battre n'importe quelle équipe. N'importe quelle équipe du pays, les gars. Et toutes les équipes ! Vous pouvez battre toutes les équipes du pays. Je sais que vous en êtes capables. Parce que aujourd'hui vous m'avez montré que vous en étiez capables. Alors, aujourd'hui, je sais que vous pouvez devenir champions. Je sais que nous pouvons devenir les champions d'Angleterre, les gars !

14

Après la passion, avant la passion

Dans son bureau, à sa table de travail. Le dernier lundi d'octobre 1963. Bill ouvre le journal de nouveau. Et Bill regarde une fois de plus le classement de la première division. Le classement établi le lundi 28 octobre 1963. Ce mois-ci, le Liverpool Football Club a joué trois matchs à domicile, à Anfield. Et le Liverpool Football Club a battu Aston Villa, Sheffield

Wednesday et West Bromwich Albion. Le Liverpool Football Club a joué un match à l'extérieur, ailleurs qu'à Anfield. Et le Liverpool Football Club a battu Ipswich Town. Cette saison, le Liverpool Football Club a joué quatorze matchs. Ce lundi-ci, le Liverpool Football Club a 19 points. Ce lundi-ci, le Liverpool Football Club est troisième au classement de la première division. À la différence de buts, avec 19 points. Arsenal, Everton, Tottenham Hotspur et Manchester United ont tous 19 points, également. Sheffield United possède 21 points. Sheffield United est en tête de la première division. Sheffield United est la sixième équipe à occuper la tête de la première division cette saison. Dans son bureau, à sa table de travail. Bill ouvre l'un des tiroirs. Bill en sort la paire de ciseaux et le pot de colle. Bill découpe dans le journal le tableau du championnat. Bill colle le classement du championnat au 28 octobre 1963 dans son carnet. Son carnet rempli de noms, son carnet rempli de notes. Et dans son bureau, à sa table de travail. À présent Bill sort son agenda. Son agenda rempli de dates, les dates de matchs. Bill tourne les pages de son agenda. Les pages des dates à venir, les pages des matchs à venir. Les vingt-huit matchs à venir, les vingt-huit occasions à venir. Les vingt-huit occasions de gagner, les vingt-huit occasions de devenir les champions –

Les champions d'Angleterre.

Et dans son bureau, à sa table de travail. Maintenant Bill tourne dans l'autre sens les pages de son agenda. Les pages de dates, les pages des matchs. Jusqu'au prochain match, le samedi suivant. Et Bill s'attarde sur ce prochain match, sur le samedi à venir. Ce samedi-là, le Leicester City Football Club vient jouer à Anfield, Liverpool. Dans son bureau, à sa table de travail. Bill referme son agenda. Son agenda rempli de dates, son agenda rempli de matchs. Et dans son bureau, à sa table de travail. Bill regarde la paire de ciseaux. Il en regarde les lames.

…

À l'étage, dans leur maison. Dans la nuit et dans le silence. Ness et les filles dorment. Au rez-de-chaussée, dans leur maison. Dans la nuit et dans le silence. À la table de la cuisine, sur une chaise. Bill contemple les trois cuillers, les quatre fourchettes et les quatre couteaux. De nouveau. Les trois cuillers, les quatre fourchettes et les quatre couteaux qui bougent. De nouveau. Les trois cuillers, les quatre fourchettes et les quatre couteaux qui tournent. Qui bougent et qui tournent. Encore et encore et encore et encore. Qui tournoient et tourbillonnent. Encore et encore et encore et encore. Dans la nuit et dans le silence. À la table, sur la chaise. Bill ferme les yeux. Les trois cuillers, les quatre fourchettes et les quatre couteaux tournoient sans cesse. Encore et encore et encore et encore. Les trois cuillers, les quatre fourchettes et les quatre couteaux tourbillonnent sans cesse. Encore et encore et encore et encore. Dans la nuit et dans le silence. À la table, sur la chaise. Bill rouvre les yeux. Bill ramasse les trois cuillers, les quatre fourchettes et les quatre couteaux. Et Bill jette les trois cuillers, les quatre fourchettes et les quatre couteaux à l'autre bout de la cuisine. Les trois cuillers, les quatre fourchettes et les quatre couteaux rebondissent bruyamment sur le carrelage de la cuisine. Dans la nuit et dans le silence. À la table, sur la chaise. Bill se lève. Bill sort de la cuisine. Bill passe dans la pièce voisine. Dans la nuit et dans le silence. Bill prend son agenda sur le bras du fauteuil. Son agenda rempli de dates, les dates de matchs. Bill tourne les pages de son agenda. Les pages des dates à venir, les pages des matchs à venir. À la recherche d'une date, à la recherche d'un match. Jusqu'à ce qu'il trouve la date, jusqu'à ce qu'il trouve le match. Et dans la nuit et dans le silence. Bill à présent regarde cette date. Le samedi 28 mars 1964. Le samedi de Pâques. Bill regarde quelle équipe ils vont rencontrer. Leicester City. À l'extérieur, au stade de Filbert Street. Et dans leur maison. Dans la nuit et dans le silence. Bill ferme les yeux. Et Bill se fait une promesse. Bill fait un vœu. Sa promesse, son vœu. Jamais plus Leicester City ne battra le Liverpool Football Club. Jamais,

jamais plus.

…

Dans le pavillon de Melwood, le pavillon repeint et remis à neuf de Melwood. Devant les joueurs du Liverpool Football Club, l'effectif complet du Liverpool Football Club. Bill brandit le journal. Bill montre à tous la dernière page du journal. Le classement du championnat en dernière page du journal. Le dernier classement du mois de novembre 1963. Et Bill dit, Nous avons gagné à Bolton. Nous avons battu Fulham. Nous avons gagné contre United. Et nous avons battu Burnley. Et regardez où nous sommes aujourd'hui, les gars. Regardez où nous sommes. On est en tête, les gars. En tête de la première division. Pour la première fois depuis 1947, les gars. Le Liverpool Football Club est en tête du classement de première division. Alors, bravo, les gars. Bravo ! Mais il faut que je vous dise quelque chose, les gars. Quelque chose qui ne va pas vous faire plaisir. Ça ne compte pas, les gars. Ça n'a aucune importance, la tête du classement de la première division en novembre. Personne n'y attache d'importance, les gars. La seule chose qui compte, c'est qui est en tête de la première division en avril. Le dernier jour de la saison, les gars. Il n'y a que ça qui importe. Il n'y a que ça qui intéresse les gens, les gars. Alors, oui, on peut occuper la première place aujourd'hui, en novembre. Mais maintenant il faut qu'on y reste, les gars. Pendant tout le mois de décembre et jusqu'en janvier. En janvier et jusqu'en février. En février et jusqu'en mars. Et jusqu'à la fin avril, les gars. Il faut qu'on y reste. Il faut qu'on reste en tête, les gars. Et c'est pourquoi j'ai autre chose à ajouter. Autre chose qui ne va pas vous faire plaisir, les gars. Ce sera rude et ce sera dur. Un travail de forçats, les gars. Mais laissez-moi vous dire une dernière chose. Après tout ce travail de forçats, les gars. Ça en vaudra la peine. Largement la peine, les gars. Parce que nous serons champions. Les champions d'Angleterre, les gars ! Si on travaille dur. Si on travaille dur tous ensemble, les gars…

Dehors sur le terrain d'entraînement, dehors sous la pluie. Les joueurs courent autour de la pelouse de Melwood. Et Bill court autour de la pelouse de Melwood. Bill rit, Bill plaisante. Sous la pluie, les joueurs entendent le sifflet. Et sous la pluie, les joueurs se séparent pour former leurs groupes. Et les joueurs font de la musculation. Les joueurs sautent à la corde. Les joueurs font des sauts. Les joueurs font des flexions de jambes. Les joueurs font des abdominaux. Les joueurs font des sprints. Et sous la pluie, Bill fait de la musculation. Bill saute à la corde. Bill fait des sauts. Bill fait des flexions de jambes. Bill fait des abdominaux. Bill fait des sprints. Bill rit, Bill plaisante. Puis sous la pluie, les joueurs entendent le sifflet de nouveau. Et sous la pluie, les joueurs se passent le ballon. Les joueurs dribblent avec le ballon. Les joueurs font des têtes avec le ballon. Les joueurs font des balles piquées. Les joueurs font des amortis. Les joueurs font des tacles. Et sous la pluie, Bill passe le ballon. Bill dribble avec le ballon. Bill fait des têtes avec le ballon. Bill fait des balles piquées. Bill fait des amortis. Bill fait des tacles. Bill rit, Bill plaisante. Sous la pluie, les joueurs entendent le sifflet de nouveau. Sous la pluie, les joueurs passent entre les cloisons en bois. Les joueurs en mouvement, le ballon en mouvement. Ils envoient le ballon contre une cloison. Puis ils récupèrent le ballon, ils contrôlent le ballon. Ils se retournent avec le ballon et ils dribblent avec le ballon. Jusqu'à la cloison opposée. En touchant le ballon dix fois seulement. Ils envoient le ballon contre l'autre cloison. Puis ils le récupèrent, ils se retournent de nouveau et ils dribblent de nouveau. Ils retournent vers la première cloison. En touchant le ballon dix fois seulement. Et sous la pluie, Bill passe entre les deux cloisons. Bill en mouvement, le ballon en mouvement. Bill envoie le ballon contre une cloison. Puis il récupère le ballon, il contrôle le ballon. Bill se retourne avec le ballon et il dribble avec le ballon. Jusqu'à la cloison opposée. En touchant le ballon dix fois seulement. Bill envoie le ballon contre l'autre cloison. Puis il le récupère, il se retourne de nouveau et il dribble de nouveau. Il retourne vers la première cloison. En touchant le ballon dix fois seulement. Bill rit, Bill plaisante. Et sous la pluie, les joueurs entendent le sifflet encore une fois. Et sous la pluie, les joueurs entrent dans le cube à transpirer. Un ballon après l'autre, dans le cube. À chaque seconde, un nouveau ballon. Pendant une minute, puis deux minutes, puis trois minutes. Un ballon après l'autre, dans le cube. Et sous la pluie, Bill entre dans le cube à transpirer. Un ballon après l'autre, dans le cube. À chaque seconde, un nouveau ballon. Pendant une minute, puis deux minutes, puis trois minutes. Bill rit, Bill plaisante. Sous la pluie, les joueurs entendent le sifflet. Sous la pluie, ils jouent à trois contre trois. Trois contre trois et puis cinq contre cinq. Cinq contre cinq et puis sept contre sept. Sept contre sept et puis onze contre onze. Et sous la pluie, Bill joue dans les équipes de trois. De trois, puis de cinq. De cinq, puis de sept. De sept, puis de onze. Bill rit, Bill plaisante. Et puis sous la pluie les joueurs font une dernière fois le tour du terrain en courant. Et sous la pluie Bill fait une dernière fois le tour du terrain en courant. Bill rit, Bill plaisante. Et sous la pluie, les joueurs remontent dans le bus. Sous la pluie, Bob, Joe, Reuben et Albert remontent dans le bus. Et sous la pluie, Bill remonte dans le bus. Bill rit, Bill plaisante. Sous la pluie, ils retournent tous à Anfield. Tout le monde rit, tout le monde plaisante. Sous la pluie, ils descendent tous du bus. En riant et en plaisantant. Sous la pluie, les joueurs rentrent dans le stade. Sous la pluie, Bill rentre dans le stade. Bill rit, Bill plaisante. Dans les vestiaires, les joueurs ôtent leur chaussures, les joueurs ôtent leur bas de survêtement. Dans les vestiaires, Bill ôte ses chaussures, Bill ôte son pull et son bas de survêtement. Bill rit, Bill plaisante. Les joueurs entrent dans les douches. Et Bill entre dans les douches. Bill rit, Bill plaisante. Les joueurs se lavent et se changent. Et Bill se lave et se change. Bill rit, Bill plaisante. Les joueurs se disent au revoir. Et Bill dit au revoir. Bill rit encore, Bill plaisante encore. Et les joueurs regagnent leurs voitures. Les joueurs rentrent chez eux. En riant et en plaisantant. Mais Bill ne regagne pas sa voiture. Bill ne rentre pas chez lui. Bill ne rit plus, à présent, Bill ne plaisante plus. Bill continue de regarder, Bill continue d'écouter. Il regarde sans cesse, il écoute sans cesse. Et il apprend, Bill apprend sans cesse. Il apprend et il travaille –

Bill travaille sans cesse.

…

Dans la cuisine, à leur table. Bill tente d'avaler son dîner du dimanche, Bill tente de se joindre à la conversation familiale. Mais Bill ne parvient pas à avaler son dîner, Bill ne parvient pas à se joindre à la conversation. Dans la cuisine, à la table. Les filles finissent leur dîner. Et Ness finit son dîner. Les filles se lèvent. Et Ness se lève. Les filles commencent à débarrasser. Ness fait couler de l'eau dans l'évier. Dans la cuisine, à la table. Bill se lève. Bill s'approche de l'évier. Bill pose la main sur le bras de Ness. Et Bill dit, Laisse la vaisselle, chérie. Je vais la faire…

Ness s'essuie les mains. Les filles reposent les assiettes. Ness sourit. Les filles sourient aussi. Ness retourne au salon et à ses mots croisés. Et les filles retournent à leur chambre et à leurs disques.

Bill revient vers la table. Bill ramasse les assiettes. Bill retourne à l'évier. Bill met les assiettes dans l'évier. Bill retourne à la table de la cuisine. Bill ramasse la salière et le poivrier. Bill les range dans le placard. Bill repart vers la table. Bill ôte la nappe. Bill se dirige vers la porte de derrière. Bill ouvre la porte. Bill sort de la maison. Bill s'arrête sur le perron. Bill secoue la nappe. Bill rentre dans la cuisine. Bill referme la porte. Bill plie la nappe. Bill range la nappe dans le tiroir. Bill retourne jusqu'à l'évier. Bill ouvre les robinets. Bill envoie une giclée de liquide vaisselle dans l'évier. Bill ferme les robinets. Bill prend la brosse à laver. Bill nettoie les assiettes. Bill nettoie les casseroles. Bill lave les couverts. Bill les dispose sur l'égouttoir. Bill ôte la bonde. Bill se sèche les mains. Bill prend le torchon à vaisselle. Bill essuie les casseroles. Bill essuie les assiettes. Bill essuie les couverts. Bill range les casseroles dans un placard, les assiettes dans un autre. Bill range les couverts dans le tiroir. Bill retourne devant l'évier. Bill prend la lavette. Bill essuie l'égouttoir. Bill rouvre les robinets. Bill rince la lavette sous les robinets. Bill ferme les robinets. Bill essore la lavette. Bill pose la lavette à côté du flacon de liquide vaisselle. Bill se retourne. Bill examine la cuisine. Bill se tourne de nouveau vers l'évier. Bill se penche. Bill ouvre le placard situé sous l'évier. Bill sort un seau de sous l'évier. Bill se penche une seconde fois. Bill ouvre un carton sous l'évier. Bill en sort un tampon à récurer. Bill referme la porte du placard. Bill soulève le seau. Bill met le seau dans l'évier. Bill rouvre les robinets. Bill emplit le seau à moitié. Bill referme les robinets. Bill approche le seau et le tampon à récurer de la cuisinière. Bill pose le seau devant la cuisinière. Bill ouvre la porte du four. Bill inspecte l'intérieur du four. Bill voit qu'il est encrassé. Bill sent une odeur de graisse. Bill s'agenouille sur le carrelage. Bill déboutonne les poignets de sa chemise. Bill remonte ses manches. Bill s'empare du tampon à récurer. Bill plonge le tampon à récurer dans le seau d'eau. Bill ressort le tampon de l'eau. Bill expulse l'eau du tampon. Il tient à présent un tampon de laine d'acier humide. Bill le serre plus fort. Bill plonge la main dans le four. Dans la crasse, dans la graisse. Dans la cuisine, sur le carrelage. À genoux, Bill commence à frotter le four. Le Liverpool Football Club a perdu contre les Blackburn Rovers. À genoux, Bill commence à récurer. Le Liverpool Football Club a perdu contre West Ham United. À genoux, Bill commence à nettoyer. Le Liverpool Football Club a perdu contre Everton. À genoux, à nettoyer et nettoyer encore. Le Liverpool Football Club n'est plus en tête de la première division. Le Liverpool

Football Club est maintenant quatrième au classement de la première division. À genoux, jusqu'à ce qu'il n'y ait plus de crasse, plus de graisse. Et jusqu'à ce que le Liverpool Football Club soit de nouveau premier, et qu'il reste premier de nouveau, et en lice pour la Coupe de nouveau, et de nouveau au sixième tour de la Coupe d'Angleterre.

...

Sous les tribunes, dans le bureau. Pas à sa table de travail, pas dans son fauteuil. Bill fait les cent pas et Bill fait les cent pas. Dans un sens et puis l'autre, en traversant la pièce. Trois pas à l'aller, trois pas au retour. Swansea Town est en deuxième division. Dans les bas-fonds de la deuxième division. Le Liverpool Football Club est en première division. Tout près du sommet de la première division. Les gens disaient que le Liverpool Football Club allait certainement éliminer Swansea Town de la Coupe d'Angleterre. Les gens disaient que le Liverpool Football Club allait certainement atteindre les demi-finales de la Coupe d'Angleterre. Une nouvelle fois. Les gens disaient que le Liverpool Football Club était capable d'aller en finale de la Coupe d'Angleterre. Les gens disaient que le Liverpool Football Club pouvait gagner la Coupe d'Angleterre. Les gens disaient que le Liverpool Football Club pouvait gagner le championnat aussi. Les gens disaient que le Liverpool Football Club pouvait gagner le championnat et la Coupe. Les gens disaient que le Liverpool Football Club pouvait réussir le doublé. Le Doublé ! Sous les tribunes, dans le bureau. Pas à sa table de travail, pas dans son fauteuil. Bill fait toujours les cent pas. Dans un sens et puis l'autre, il traverse la pièce. Bill se bouche les oreilles –

Dans le vestiaire, le vestiaire de l'équipe qui reçoit. Le regard de Bill passe d'un joueur au suivant. Puis Bill brandit son index. Il le porte à son oreille. Et Bill dit, Vous entendez ce bruit, les gars ? Vous entendez ce son ? Quel bruit que ce bruit-là ! Quel son que ce son-là ! C'est le bruit d'Anfield. C'est le son du Liverpool

Football Club. Et vous êtes habitués à ce bruit. Vous êtes habitués à ce son. Parce que c'est notre bruit. C'est notre son. Mais de l'autre côté de ce couloir. Dans l'autre vestiaire. Les joueurs de Swansea Town n'ont jamais entendu un bruit comme celui-là. Ils n'ont jamais entendu un son comme celui-là. Et ils vont avoir peur, les gars. Ils seront intimidés. Ils vont devenir blêmes et ils vont trembler. Et quand vous sortirez dans ce couloir. Quand vous entrerez sur la pelouse. Vous verrez à quel point ils ont peur. À quel point ils sont intimidés. Mais vous ne pouvez pas avoir la moindre compassion pour eux, les gars. Pas le mondre apitoiement. Parce que aucun ballon n'a encore été frappé. Le match n'est pas encore gagné. Donc, rien n'est certain, les gars. Rien n'est certain. Tant que vous n'aurez pas gagné le match. Tant que vous n'aurez pas battu Swansea Town. À ce moment-là seulement vous pourrez avoir de la compassion pour eux. Vous apitoyer sur leur sort. Quand vous aurez gagné le match. Quand vous aurez battu Swansea Town…

…

Dans l'allée, dans la voiture. Bill coupe le moteur. Dans la nuit. À travers la vitre Bill regarde la maison, leur logis. Leur logis, dans la nuit. Ness et les filles doivent dormir. Leur maison confortable, leur maison silencieuse. Dans l'allée, dans la voiture. Bill serre le volant. Très fort. Et Bill jette un regard au rétroviseur. L'assaut du Liverpool Football Club n'a jamais cessé, le tir de barrage du Liverpool Football Club n'a jamais faibli. Bill sait ce que c'est que la pression. Swansea Town a chancelé, Swansea Town a titubé. La pression, c'est essayer de trouver un emploi. Mais Swansea Town a refusé de céder, Swansea Town a refusé de s'effondrer. La pression, c'est s'efforcer de conserver son emploi. Et à la 37e minute, Swansea Town a marqué. Et deux minutes plus tard, Swansea Town a marqué de nouveau. La pression, c'est tenter de vivre avec cinquante shillings par semaine. L'assaut du Liverpool Football Club n'a fait que devenir plus féroce. Son tir de barrage encore plus intense. La pression, c'est essayer de nourrir sa famille avec cinquante shillings par semaine. Encore et encore, le Liverpool Football Club a attaqué et attaqué. Mais encore et encore, Dwyer a sauvé et sauvé le but. La pression, ce n'est pas tenter de gagner le championnat. Mais juste après l'heure de jeu, Peter Thompson a marqué. À présent l'assaut était incessant, à présent le tir de barrage n'en finissait plus. La pression, ce n'est pas tenter de gagner la Coupe. À la 80e minute, l'arbitre a sifflé. L'arbitre a montré le point de penalty. Ronnie Moran a posé le ballon sur le point de penalty. Ça, ce n'était pas la pression. Moran a pris du recul. Moran a couru. Et Moran a tiré. Un ballon trop haut, un ballon mal centré. Moran a raté son tir. Ça, c'était du travail. Ton travail. Mais malgré tout le Liverpool Football Club a continué d'attaquer et d'attaquer. Sans jamais faiblir, sans jamais se lasser. Ça, c'était ta récompense. Jusqu'à ce qu'il ne reste plus assez de minutes, plus assez de temps. Jusqu'au moment où Swansea Town a battu le Liverpool Football Club. Jusqu'au moment où Swansea Town a éliminé le Liverpool Football Club de la Coupe d'Angleterre. Jusqu'au moment où il n'a plus été question de parler de la demi-finale. De parler de la finale, de parler du doublé. Plus question de parler. Dans l'allée, dans la voiture. Jusqu'au moment où il ne restait plus que le silence. Rien que le silence. Dans l'allée, dans la voiture. Dans la nuit et dans le silence. Bill glisse une main sous son pardessus. Bill glisse une main sous sa veste. Et Bill en sort son agenda. Son agenda rempli de dates, les dates de matchs. Les dates à venir, les matchs à venir. Dans l'allée, dans la voiture. Bill tourne les pages de l'agenda. Les pages de dates, les pages de matchs. Dans un sens et puis dans l'autre. Il compte les dates, il compte les matchs. Les dates à venir, les matchs à venir. Il y a encore deux mois jusqu'à la fin de la saison, encore treize matchs à jouer. Dans l'allée, dans la voiture. Bill cesse de tourner les pages. Les pages de dates, les pages de matchs. Bill fixe l'une des pages. Une page de dates, une page de matchs. Les dates de Pâques, les matchs de Pâques. Dans l'allée, dans la voiture. Dans la nuit et dans le silence. Bill serre le volant. Plus fort encore. Bill ferme les yeux. De nouveau. Bill prie pour une résurrection. De nouveau.

15

Tout le pouvoir au kop !

Le mercredi 4 mars 1964, le Liverpool Football Club se rend au stade de Hillsborough, à Sheffield. À la mi-temps, Sheffield Wednesday mène 2-0 devant Liverpool. À vingt-deux minutes de la fin, Sheffield Wednesday mène encore 2-0 devant Liverpool. Si Sheffield Wednesday bat le Liverpool Football Club, Sheffield Wednesday sera deuxième au classement de la première division. Si le Liverpool Football Club perd contre Sheffield Wednesday, le Liverpool Football Club sera sixième au classement de la première division –

Sixième en première division, et éliminé de la Coupe. Mais à la 70e minute, Ian St John marque. Et un cri s'élève, un rugissement. *LI-VER-POOL, LI-VER-POOL, LI-VER-POOL.* Et puis de ce cri, de ce rugissement, sort un son différent. *Poursuis ta route, l'espoir au cœur.* Le son, une chanson. Une chanson des supporters du Liverpool Football Club. *Tu ne marcheras jamais seul.* Qui se répercute, qui monte. *Poursuis ta route, poursuis ta route, l'espoir au cœur.* Qui fait le tour du stade. *Et tu ne marcheras jamais seul.* Et qui envahit la pelouse. *Tu ne marcheras jamais seul.* Et à la dernière minute, la toute dernière minute, alors que le Liverpool Football Club est toujours mené 2-1, que le Liverpool Football Club est toujours sixième de la première division, toujours sixième en première division et éliminé de la Coupe, Willie Stevenson s'extirpe d'une meute de joueurs. Pour se jeter vers le ballon, pour propulser le ballon d'un coup de tête. Au fond des filets. En s'extirpant d'une meute. *LI-VER-POOL, LI-VER-POOL, LI-VER-POOL*. Et ce soir-là, le Liverpool Football Club n'est plus sixième en première division. Ce soir-là, le Liverpool Football Club est le deuxième de la première division. Le Liverpool Football Club, avec 40 points. Mais ce soir-là, Tottenham Hotspur reste en tête de la première division. Tottenham Hotspur, avec 44 points. Mais Tottenham Hotspur a joué deux matchs de plus que le Liverpool Football Club. Et Tottenham Hotspur doit encore rencontrer le Liverpool Football Club. Deux fois. À domicile et puis à l'extérieur.

Le samedi 7 mars 1964, l'Ipswich Town Football Club vient à Anfield, Liverpool. Cet après-midi-là, 35 575 spectateurs viennent aussi. À la 41e minute, Ian St John marque. À la 48e minute, Roger Hunt marque. À la 55e minute, Alf Arrowsmith marque. À la 70e minute, Peter Thompson marque. Deux minutes plus tard, Hunt marque de nouveau. Et à la 83e minute, Arrowsmith marque encore. Et le Liverpool Football Club bat Ipswich Town 6-0. À domicile, à Anfield. C'est la quatrième fois cette saison que le Liverpool Football Club marque six buts. À domicile, à Anfield. Ce même après-midi, Tottenham Hotspur perd 4-2 contre l'Everton Football Club. Ce soir-là, Tottenham Hotspur reste en tête de la première division. Tottenham Hotspur possède toujours 44 points. Mais à présent le Liverpool Football Club a 42 points. Les Blackburn Rovers aussi ont 42 points. Mais le Liverpool Football Club n'a toujours pas joué autant de matchs que Tottenham Hotspur, les Blackburn Rovers et l'Everton Football Club. Le Liverpool Football Club a encore des matchs devant lui. D'autres matchs à venir –

Le samedi 14 mars 1964, le Liverpool Football Club se rend au stade de Craven Cottage, à Londres. Et sous la pluie et dans la boue, le Liverpool Football Club perd 1-0 contre le Fulham Football Club. Sous la pluie et dans la boue. C'est un contrecoup, un sérieux contrecoup. Ce même après-midi, l'Everton Football Club bat Nottingham Forest 6-1. Ce soir-là, l'Everton Football

Club et Tottenham Hotspur ont tous les deux 44 points. Ce soir-là, Tottenham Hotspur et Everton sont premier et second de la première division. Ce soir-là, le Liverpool Football Club est quatrième en première division. Sous la pluie et dans la boue. C'est un contrecoup, un très sérieux contrecoup.

Six jours plus tard, le soir du Grand National, les Bolton Wanderers viennent à Anfield, Liverpool. Ce soir-là, 38 583 spectateurs viennent aussi. À la 28e minute, Alf Arrowsmith marque. Et à la 43e minute, Ian St John marque. Et le Liverpool Football Club bat les Bolton Wanderers 2-0. À domicile, à Anfield. Ce soir-là, le Liverpool Football Club possède 44 points. Ce soir-là, le Liverpool Football Club est en tête de la première division. De nouveau. À la différence de buts. De nouveau premier, pour le moment. Le lendemain, Everton Football Club bat les Blackburn Rovers 2-1. Ce soir-là, Everton Football Club a 46 points. Et Everton Football Club est en tête de la première division. Le vendredi saint 1964, le Liverpool Football Club se rend à White Hart Lane, Londres. Ce vendredi saint, les portes du stade sont fermées une heure avant le coup d'envoi. Ce vendredi-là, 56 952 spectateurs sont venus à Hart Lane, Londres. Et ce vendredi saint 1964, juste avant la demi-heure de jeu, le Liverpool Football Club enfonce la défense adverse. Vite. Une longue passe à Arrowsmith. Vite. Une passe latérale à Hunt et une erreur de Henry. Et vite, Hunt marque. Ce vendredi saint, juste après l'heure de jeu, Byrne passe à Arrowsmith. Vite. Arrowsmith passe à Thompson. Vite. Une passe latérale à St John, un lob par-dessus la défense. Et de nouveau, Hunt est là. Et de nouveau, vite, Hunt marque. Ce vendredi-là, trois minutes plus tard, Callaghan envoie un centre au cœur de la surface de réparation. Vite. Et de nouveau, Hunt est là. Et de nouveau, vite, Hunt marque. Son troisième but, son coup du chapeau. Et le vendredi saint 1964, le Liverpool Football Club bat Tottenham Hotspur 3-1. À l'extérieur, ailleurs qu'à Anfield.

…

Ce soir-là, le soir du vendredi saint. À leur hôtel, dans la salle à manger. Bill Shankly, Bob Paisley, Joe Fagan et Reuben Bennett sont encore assis autour de leur table. Les joueurs du Liverpool Football Club sont déjà montés dans leurs chambres. Ils sont déjà au lit. Demain, le Liverpool Football Club se rend à Filbert Street, Leicester. Demain, le Liverpool Football Club affronte Leicester City. À l'extérieur, ailleurs qu'à Anfield. À présent la salle à manger s'est vidée, la salle à manger a retrouvé le silence. Les serveurs commencent à débarrasser les tables, à emporter les assiettes. Les cuillers, les couteaux et les fourchettes –

Stop ! s'écrie Bill Shankly. Attendez, s'il vous plaît ! Laissez-nous les couteaux et les fourchettes. Et les cuillers…

Et les serveurs laissent les couteaux, les fourchettes et les cuillers sur la nappe blanche. En tas.

Dans la salle à manger, à leur table. Bill Shankly se lève. Bill Shankly tend le bras par-dessus la nappe. Et Bill Shankly prend trois cuillers sales, quatre fourchettes sales et quatre couteaux sales. Bill dispose les trois cuillers sales, les quatre fourchettes sales et les quatre couteaux sales sur la nappe blanche. Et Bill Shankly contemple les trois cuillers, les quatre fourchettes et les quatre couteaux sur la nappe –

Ça, on va dire que c'est eux, annonce Bill Shankly. On va dire que c'est Leicester City. Ce n'est plus l'équipe qu'on a connue. Ils ont eu des blessés, ils ont encore des blessés. Mais le système restera le même. Banks, Norman, Appleton à l'arrière, McLintock, King, Cross, Hodgson, Sweenie, Roberts, Gibson et Stringfellow. Voilà ce que sera Leicester City demain. On est bien tous d'accord là-dessus ? Oui ?

Bob Paisley, Joe Fagan et Reuben Bennett contemplent les trois cuillers, les quatre fourchettes et les quatre couteaux. Et Bob Paisley, Joe Fagan et Reuben Bennett hochent la tête.

Bien, dit Bill Shankly. Et Bill Shankly s'approche d'une autre table. Une table déjà préparée pour le petit déjeuner. Bill Shankly y prend trois cuillers propres, trois fourchettes propres et cinq couteaux propres. Bill Shankly rejoint leur table. Bill Shankly dispose les trois cuillers propres, les trois fourchettes propres et les cinq couteaux propres sur la nappe blanche –

Et puis ceci, ce sera nous, dit Bill Shankly. Ce sera le Liverpool Football Club. Nous avons eu nos blessures, aussi. Nous avons encore nos blessés. Toujours pas de Big Ron. Mais ce sera notre système pour demain, notre équipe pour demain. Tommy Lawrence. Gerry. Ronnie Moran. Milne. Le jeune Lawler. Billy Stevenson. Callaghan. Hunt. St John. Arrowsmith. Et Peter Thompson. Ce sera nous, notre équipe ? Oui ?

Bob Paisley, Joe Fagan et Reuben Bennett contemplent les trois cuillers propres, les trois fourchettes propres et les cinq couteaux propres. Et Bob Paisley, Joe Fagan et Reuben Bennett hochent la tête de nouveau.

Bill Shankly désigne les cinq couteaux propres –

Callaghan, Hunt, St John, Arrowsmith et Thompson. Voilà nos couteaux. Cinq couteaux…

À présent Bill Shankly prend l'un des cinq couteaux propres. Et Bill Shankly agite le couteau devant Bob Paisley, Joe Fagan et Reuben Bennett. Et il le dirige vers eux –

Ça ressemble à un couteau, dit Bill Shankly. Mais ce n'est pas un couteau ! C'est une fourchette. Une fourchette qui s'appelle Ian St John. St John portera le maillot numéro 9. Il figurera sur la liste en tant qu'avant. En tant que couteau. Mais St John sera une fourchette. Une fourchette secrète. Parce qu'il se laissera glisser vers l'arrière. Et alors St John sera une fourchette et une clé. Il sera une clé pour nous ! Ian St John sera la clé qui fera céder la serrure du Leicester City Football Club !

Bob Paisley, Joe Fagan et Reuben Bennett regardent le couteau que tient Bill Shankly. Le couteau pointé vers eux. Et Bob Paisley, Joe Fagan et Reuben Bennett hochent la tête. Ils hochent la tête et ils sourient, ils sourient et ils rient.

…

Le samedi de Pâques 1964, le Liverpool Football Club se rend à Filbert Street, Leicester. Sous la pluie et dans la boue. Ce samedi de Pâques 1964, St John possède la vitesse, St John possède l'endurance. Dans la boue et sous la pluie. St John possède la force et St John possède le savoir-faire. Sous la pluie et dans la boue. St John jongle avec le ballon. De la poitrine à la cuisse, de la cuisse au cou-de-pied. Dans la boue et sous la pluie. Comme avec de la ouate, le ballon est en ouate. Sous la pluie et dans la boue. Tantôt St John est le Dr Jekyll, tantôt St John est Mr Hyde. Dans la boue et sous la pluie. St John fait le lien entre la défense et l'attaque. Depuis le milieu du terrain, depuis le cœur du jeu. St John transforme la défense en attaque. Sous la pluie et dans la boue. À la 70e minute, St John passe le ballon à Peter Thompson. Sur le côté gauche, sous le nez de quatre adversaires. Thompson centre pour Hunt. À la limite de la surface de réparation, depuis la limite de la surface de réparation. Hunt tire. Un tir qui frôle Norman, qui effleure le bout des doigts de Norman, qui se glisse à l'intérieur du poteau et finit au fond des filets. Dans la boue et sous la pluie. À la 85e minute, St John passe à Arrowsmith. Une passe parfaite, à travers le chas d'une aiguille. Et Arrowsmith marque. Sous la pluie et dans la boue. Ian St John a déverrouillé Leicester City. Dans la boue et sous la pluie. Le Liverpool Football Club bat Leicester City 2-0. Sous la pluie et dans la boue –

Enfin, enfin.

…

Le dimanche de Pâques 1964, dans son bureau. Le lit de camp casé dans un coin. Les sacs de courrier sur le plancher. Des sacs et des sacs de courrier. Des piles et des piles de lettres. Dans son bureau, à sa table de travail. Jimmy McInnes entend des pas dans le couloir. Des pas vifs, des pas pesants. Et Jimmy McInnes lève les yeux des piles de lettres posées sur sa table. Les piles et les piles de lettres. Et Jimmy McInnes voit Bill Shankly dans l'encadrement de la porte. Bill Shankly qui sourit, jusqu'aux oreilles –

Joyeuses Pâques, dit Bill Shankly. Joyeuses Pâques, Jimmy !

Jimmy McInnes cligne des yeux, Jimmy McInnes sourit. Et Jimmy McInnes dit, Merci, Bill. Merci. Et c'est deux grands résultats que tu viens d'obtenir, Bill. Bravo ! Félicitations, Bill…

Ah, j'aurais voulu que tu sois là, dit Bill Shankly. J'ai vraiment regretté que tu ne sois pas là, Jimmy. À Tottenham et à Leicester. Les gars ont été magnifiques, Jimmy. Tous sans exception. Je n'aurais pas pu leur en demander plus, Jimmy. À aucun d'entre eux. Ils ont tous été superbes, Jimmy. Absolument superbes !

Jimmy McInnes sourit de nouveau. Et Jimmy McInnes dit, C'est ce que j'ai entendu, Bill. C'est ce que les gens m'ont raconté. Et c'est bon signe pour demain, Bill. Très bon signe pour demain…

Oui, dit Bill Shankly. Demain, ce sera encore une bonne journée. Je le sens, Jimmy. Je le sens. Je ne m'inquiète pas, Jimmy. Pas du tout. Et je suis impatient, Jimmy. J'ai hâte d'être à demain. Le stade sera plein à craquer, Jimmy. Et samedi, pour le match contre United. Deux rencontres à guichets fermés…

Jimmy McInnes regarde les lettres posées sur sa table. Les piles et les piles de lettres. Les sacs de courrier sur le plancher. Les sacs et les sacs de courrier. Et Jimmy McInnes dit, Tu as raison, Bill. Tu as raison. On va devoir refuser des milliers de gens, je crois bien. Je suis déjà allé à la police. Demander des renforts. Pour demain et pour samedi. La demande est tout simplement énorme, Bill. La demande pour les billets. C'est incroyable, Bill. Pour être franc, j'ai du mal à fournir. À répondre à la demande, Bill…

Mais c'est ce qu'il nous faut, dit Bill Shankly. C'est ce que je souhaite depuis toujours, Jimmy. Ce dont j'ai toujours rêvé. C'est ce qu'on mérite d'avoir, Jimmy. Pour ce club, pour le Liverpool Football Club. C'est comme ça qu'il faut que ça se passe. Donc, c'est normal que cela arrive. Et il faudrait que ça continue, Jimmy. Toujours…

Jimmy McInnes désigne l'un des sacs de courrier. L'un des sacs de courrier posés près de la porte. Et Jimmy McInnes dit, Eh bien, ce sac, là-bas, il est pour toi, Bill. Dans ce sac, il n'y a que des lettres de tes admirateurs…

C'est incroyable, dit Bill Shankly. C'est fantastique, Jimmy. Et je répondrai à tous. Je te le promets, Jimmy. Je te le promets. Je répondrai à tous, Jimmy. Sans en oublier un seul…

Jimmy McInnes hoche la tête. Jimmy McInnes sourit. Et Jimmy McInnes dit, Je sais que tu le feras, Bill. Je le sais bien.

Et tous les autres sacs ? demande Bill Shankly. Ils sont pour qui, Jimmy ? Pour les joueurs ?

Jimmy McInnes répond, Non. Ils sont tous pour moi, Bill. Tous pour moi.

Tu vois, dit Bill Shankly en riant. Tu restes l'homme le plus populaire d'Anfield, Jimmy. Tu restes l'homme le plus populaire du Liverpool Football Club. Sans le moindre doute, Jimmy. Sans le moindre doute !

Jimmy McInnes secoue la tête. Et Jimmy McInnes dit, Non, Bill. L'homme le plus populaire d'Anfield, ce n'est pas moi. J'aimerais bien, pourtant, Bill. Vraiment. Mais ce n'est pas moi, Bill. Moi, je suis l'homme le plus impopulaire du Liverpool Football Club…

Absurde ! dit Bill Shankly. C'est absurde, Jimmy. Je sais que tu fais de ton mieux pour satisfaire le plus grand nombre possible de gens. Je le sais, Jimmy.

Jimmy McInnes hoche la tête de nouveau. Jimmy McInnes sourit de nouveau. Et Jimmy McInnes dit, Enfin, j'essaie, Bill. J'essaie vraiment.

Et je ne t'en demande pas plus, Jimmy. Je n'en demande pas plus à qui que ce soit, Jimmy. D'essayer, d'essayer de satisfaire les gens…

Jimmy McInnes hoche la tête. Jimmy McInnes sourit. Et Jimmy McInnes regarde de nouveau les lettres posées sur sa table. Les piles et les piles de lettres posées sur sa table. Et dans son bureau, à sa table de travail. Jimmy McInnes entend de nouveau les pas dans le couloir. Les pas vifs, les pas pesants, qui s'éloignent.

…

Après son déjeuner, son déjeuner de Pâques. Chez lui, dans son salon. Ron Yeats entend le téléphone sonner. Sonner et sonner. Ron Yeats se lève. Ron Yeats se dirige vers le téléphone. Ron Yeats décroche le téléphone. Et Ron Yeats dit, Allô ? Allô…

C'est moi, Ron. C'est moi. Le lapin de Pâques, mon gars. Alors, comment vas-tu ? Tu te sens mieux, maintenant ?

Oui, patron. Merci. Ça va très bien –

C'est une bonne nouvelle, Ron. La meilleure des nouvelles. Mais j'espère que tu ne t'empiffres pas d'œufs de Pâques, hein, mon gars ?

Non, patron. Jamais je ne…

Ça, c'est bien, Ron. C'est excellent ! Donc, tu es en forme pour jouer demain, mon gars ? Tu es prêt à jouer demain, n'est-ce pas ?

Oui, patron. Bien sûr que je suis prêt. J'en meurs d'envie…

Ah, ça fait plaisir à entendre, Ron. Ça me fait plaisir que tu dises ça. Parce que je m'inquiétais, mon gars. Si tu n'avais pas été prêt à jouer demain, je craignais que tu ne puisses plus jamais réintégrer l'équipe, Ron. Vu la façon dont ils jouent. Je redoutais vraiment que tu ne puisses plus revenir dans l'équipe, mon gars. Si tu n'avais pas retrouvé la forme…

Mais je suis en forme, patron ! Je le sais. Je suis prêt à jouer, patron. Et j'en meurs d'envie, patron. Je meurs d'envie de jouer…

Bon, tu me connais, Ron. Tu me connais. Je ne te fais pas de promesses, mon gars. Jamais de promesses que je ne peux pas tenir. Mais si tu viens ici demain matin, Ron. À la première heure. Alors, on verra où tu en es, tu veux bien, mon gars ? On verra si tu es assez en forme pour jouer. Si tu peux jouer…

Merci, patron. Merci beaucoup.

Mais veille bien à ne pas toucher à ce chocolat, Ron. Veille bien à ne pas toucher à ces œufs de Pâques. Parce que c'est du poison, mon gars. Pour un homme comme toi. Ce n'est pas autre chose que du poison pour un homme comme toi, Ron.

…

Le lundi de Pâques 1964, Tottenham Hotspur vient à Anfield, Liverpool. LI-VER-POOL, LI-VER-POOL. Cet après-midi-là, 52 904 spectateurs viennent aussi – 52 904 spectateurs enfermés dans le stade d'Anfield, Liverpool. LI-VER-POOL, LI-VER-POOL. Massées devant les grilles verrouillées, 10 000 personnes supplémentaires se voient interdire l'accès à Anfield, Liverpool, LI-VER-POOL, LI-VER-POOL. On se bouscule et on joue des coudes, on joue des coudes et on se bouscule. À l'extérieur d'Anfield, à l'intérieur d'Anfield, LI-VER-POOL, LI-VER-POOL, LI-VER-POOL. À la 36e minute, Ian St John reçoit une passe de Ronnie Moran. Et St John marque pour LI-VER-POOL, LI-VER-POOL, LI-VER-POOL. Deux minutes plus tard, Gerry Byrne passe à Alf Arrowsmith. Arrowsmith dévie le ballon vers St John, St John qui vient de loin. Et St John tire à ras du sol et St John marque encore pour LI-VER-POOL, LI-VER-POOL, LI-VER-POOL. C'est alors que Brown fait un lob. Yeats le repousse de la tête. Mais Mullery renvoie le ballon d'une reprise de volée. Et Mullery marque. Mais à la 53e minute, Ian Callaghan laisse Henry sur place. Callaghan trouve Peter Thompson au centre. Thompson tire. Arrowsmith tend un pied, Arrowsmith dévie le tir. Dans les buts pour LI-VER-POOL, LI-VER-POOL, LI-VER-POOL. Et LI-VER-POOL, LI-VER-POOL, le Liverpool Football Club bat Tottenham Hotspur 3-1. À domicile, à Anfield, Liverpool, LI-VER-POOL, LI-VER-POOL. Et ce soir-là, LI-VER-POOL, LI-VER-POOL, le Liverpool Football Club a 50 points. L'Everton Football Club a 49 points. Et Manchester United a 47 points. Ce soir-là, LI-VER-POOL, LI-VER-POOL, le Liverpool

Football Club est en tête de la première division. Pour le moment. Il reste six matchs à venir, encore six matchs à jouer –

Le samedi 4 avril 1964, Manchester United vient à Anfield, Liverpool, LI-VER-POOL, LI-VER-POOL. Ce jour-là, 52 559 spectateurs viennent aussi – 52 559 spectateurs enfermés dans le stade d'Anfield, Liverpool, LI-VER-POOL, LI-VER-POOL. Sous le soleil. Par un beau soleil clair lumineux. De nouveau, 10 000 personnes supplémentaires restent dehors, devant les grilles verrouillées du stade d'Anfield, Liverpool, LI-VER-POOL, LI-VER-POOL. On se bouscule et on joue des coudes, on joue des coudes et on se bouscule. De nouveau. À l'extérieur d'Anfield, à l'intérieur d'Anfield, LI-VER-POOL, LI-VER-POOL, LI-VER-POOL. Et sous le soleil. Par un beau soleil clair lumineux. Dès le coup d'envoi, dès la première seconde du match, LI-VER-POOL, LI-VER-POOL, LI-VER-POOL attaque. LI-VER-POOL, LI-VER-POOL, LI-VER-POOL cherche à porter très tôt un coup qui paralyse l'adversaire. Sous le soleil. Par un beau soleil clair lumineux. À la 5e minute, LI-VER-POOL, LI-VER-POOL, LI-VER-POOL se voit accorder un corner. Peter Thompson le tire. Ron Yeats le reprend. Gregg, le gardien de Manchester United, laisse échapper le ballon. Roger Hunt le passe vers l'arrière d'un coup de talon. Et Ian Callaghan l'expédie au fond des filets pour LI-VER-POOL, LI-VER-POOL, LI-VER-POOL. Et de nouveau sous le soleil. Par un beau soleil clair lumineux, LI-VER-POOL, LI-VER-POOL, LI-VER-POOL attaque. De nouveau LI-VER-POOL, LI-VER-POOL, LI-VER-POOL tire. Et Gregg arrête les tirs. De Ian St John. De Hunt. D'Alf Arrowsmith. Encore et encore et encore LI-VER-POOL, LI-VER-POOL, LI-VER-POOL maintient la cadence, LI-VER-POOL, LI-VER-POOL, LI-VER-POOL ne fléchit jamais. Sous le soleil. Par un beau soleil clair lumineux. À la 39e minute, LI-VER-POOL, LI-VER-POOL, LI-VER-POOL fait de nouveau courber la tête à United. Alors que Gregg est à la rue, Callaghan tire. Law repousse le ballon sur sa propre ligne de but. Le ballon repart vers Callaghan. Mais Callaghan ne tire pas, Callaghan centre en hauteur pour Arrowsmith. Et de la tête Arrowsmith envoie le centre dans les buts pour LI-VER-POOL, LI-VER-POOL, LI-VER-POOL. Mais sous le soleil. Par un beau soleil clair lumineux. Toujours LI-VER-POOL, LI-VER-POOL, LI-VER-POOL attaque et attaque et attaque. Sous le soleil. Sous le beau soleil clair. En seconde mi-temps, un tir de St John frappe le poteau pour LI-VER-POOL, LI-VER-POOL, LI-VER-POOL. Gregg stoppe de justesse un tir de Hunt pour LI-VER-POOL, LI-VER-POOL, LI-VER-POOL. Et puis sous le soleil. Sous le beau soleil clair. À la 52e minute, Gordon Milne passe à St John. LI-VER-POOL, LI-VER-POOL, LI-VER-POOL. St John passe à Hunt. LI-VER-POOL, LI-VER-POOL, LI-VER-POOL. Hunt à Arrowsmith. LI-VER-POOL, LI-VER-POOL, LI-VER-POOL. Et Arrowsmith envoie le ballon dans les filets de nouveau. Dans les filets de nouveau, sous le soleil. Sous le beau soleil clair, LI-VER-POOL, LI-VER-POOL, LI-VER-POOL bat Manchester United 3-0. À domicile, à Anfield, LI-VER-POOL,

LI-VER-POOL, LI-VER-POOL –

Après le coup de sifflet, le coup de sifflet final. Matt Busby longe la ligne de touche. La ligne de touche d'Anfield. Et Matt Busby serre la main de Bill Shankly. Matt Busby presse la main de Bill Shankly. Et Matt Busby lève les yeux pour regarder le Kop. Le Spion Kop. Qui s'agite encore et vacille encore, s'agite encore et chante encore LI-VER-POOL, LI-VER-POOL, LI-VER-POOL. Et Matt Busby dit, Tu es pire que ces gars-là, Bill. Avec ton enthousiasme et toute ta passion, Bill…

Ne dis pas ça, réplique Bill Shankly. S'il te plaît, ne dis pas ça, Matt. Je ne suis pas pire qu'eux. Je suis pareil à eux, Matt. Pareil…

Matt Busby sourit, Matt Busby porte la main à son oreille. Et Matt Busby ajoute, Tu as raison, Bill, tu as raison. Mais tu entends ça, Bill ? Tu entends ça ? Ils ont reconnu un de leurs semblables, Bill. Ils t'ont reconnu comme un des leurs. Tu es des leurs, Bill…

Shankly ! Shankly ! Shankly ! Shankly ! Shankly ! Shankly…

Bill Shankly sourit à Matt Busby. Et puis Bill Shankly se tourne vers le Kop. Le Spion Kop. Bill Shankly lève les bras en l'air. Et Bill Shankly salue le Kop. Le Spion Kop –

Shankly ! Shankly ! Shankly ! Shankly ! Shankly…

Matt Busby sourit de nouveau. Et Matt Busby dit, Ils t'ont adopté, Bill. Ils t'ont pris en affection, maintenant. Sincèrement.

Shankly ! Shankly ! Shankly ! Shankly…

Oui, dit Bill Shankly. Ils m'ont adopté, Matt. Et je les ai pris en affection aussi. Tout aussi sincèrement…

Shankly ! Shankly ! Shankly…

Mais à présent ils ne te laisseront plus repartir, Bill. Tu le sais ? Maintenant ils ne te laisseront jamais plus les quitter, Bill. J'espère que tu le sais ?

Shankly ! Shankly…

Oui, Matt. Je le sais bien. Mais je ne les quitterai jamais, Matt. Jamais je ne partirai. Plus maintenant, Matt. Parce que je ne pourrai plus jamais les quitter, Matt. Je ne pourrai jamais plus m'en séparer…

SHANK-LY !

…

Le mardi 14 avril 1964, le Liverpool Football Club se rend au stade de Turf Moor, à Burnley. Et ce soir-là, le Spion Kop se rend à Turf Moor, aussi. Par milliers et milliers de supporters, 20 000 supporters en tout. Un vrai convoi rouge. En bus, en train. Une vraie Ligne Rouge. En voiture, à pied. Une Armée Rouge. Pour se joindre à la marche, la marche vers la victoire. À la 20e minute, Alf Arrowsmith marque. À la 52e minute, Ian St John marque. Et à la 59e minute, Arrowsmith marque de nouveau. Et le Liverpool Football Club bat Burnley 3-0. À l'extérieur, ailleurs qu'à Anfield. Ce soir-là, le Liverpool Football Club est toujours en tête de la première division. Le Liverpool Football Club possède désormais 54 points. À présent le Liverpool Football Club n'a besoin que d'un seul point supplémentaire. Un seul point de plus à gagner lors d'un de leurs quatre derniers matchs. Un seul point de plus pour être champions. Les champions d'Angleterre –

Le samedi 18 avril 1964, l'Arsenal Football Club vient à Anfield, Liverpool. De nouveau sous le soleil. Un superbe soleil de printemps. Ce jour-là, 48 623 spectateurs viennent aussi. Sous le soleil, le superbe soleil de printemps, 48 623 spectateurs sont enfermés dans le stade d'Anfield, Liverpool. Sous le soleil, le superbe soleil de printemps, 10 000, 20 000 personnes supplémentaires restent dehors, devant les grilles verrouillées du stade d'Anfield, Liverpool. Sous le soleil, le superbe soleil de printemps. Des ballons rouges flottent dans le ciel. Au-dessus d'Anfield, d'un bout à l'autre de Liverpool. Sous le soleil, le superbe soleil de printemps. Des ballons rouges rebondissent sur le sol. À l'extérieur d'Anfield, dans l'enceinte d'Anfield. Sous le soleil, le superbe soleil de printemps. Les spectateurs d'Anfield chantent, le Spion Kop chante. Sous le soleil, le superbe soleil de printemps. Avec du style et avec de l'esprit. Sous le soleil, le superbe soleil de printemps. Les spectateurs chantent, le Kop chante. Sous le soleil, le superbe soleil de printemps. Les spectateurs tanguent, le Kop tangue. Sous le soleil, le superbe soleil de printemps. Ils chantent en rythme, ils tanguent en rythme. Sous le soleil, le superbe soleil de printemps. Ils chantent et ils tanguent. Sous le soleil, le superbe soleil de printemps. Ils chantent comme un seul homme, ils tanguent comme un seul homme. Sous le soleil, le superbe soleil de printemps. Ils chantent et ils tanguent, ils tanguent et ils attendent. Sous le soleil. Le superbe soleil de printemps. Ils attendent et ils prient. Sous le soleil. Le superbe soleil de printemps. Pour LI-VER-POOL, LI-VER-POOL, LI-VER-POOL. Sous le soleil. Le superbe soleil de printemps. Pour LI-VER-POOL, LI-VER-POOL, le Liverpool Football Club. Sous le soleil. Le superbe soleil de printemps. À domicile, à Anfield, Liverpool, LI-VER-POOL,

LI-VER-POOL –

Avant le coup de sifflet, avant le coup d'envoi. Dans le vestiaire, le vestiaire de l'équipe qui reçoit. Sur les bancs. En tenue et chaussures aux pieds. Tommy Lawrence, Gerry Byrne, Ronnie Moran, Gordon Milne, Ron Yeats, Willie Stevenson, Ian Callaghan, Roger Hunt, Ian St John, Alf Arrowsmith et Peter Thompson lèvent les yeux vers Bill Shankly. Bill Shankly debout au milieu du vestiaire, Bill Shankly l'index brandi vers le plafond –

Le sommet de la montagne est en vue, dit Bill Shankly. Le point culminant, les gars. Et aujourd'hui, vous allez l'atteindre, ce sommet. Vous allez grimper tout en haut de la montagne, les gars. Mais vous n'y monterez pas tout seuls, non. Vous serez là-haut avec les dizaines de milliers de gens qui sont ici aujourd'hui. À l'intérieur du stade. Et les dizaines de milliers qui sont à l'extérieur. À l'extérieur d'Anfield aujourd'hui. Vous serez là-haut avec eux, les gars. Et vous serez tous là-haut comme un seul homme. Alors, allez sur le terrain maintenant, les gars. Allez sur le terrain maintenant pour atteindre ce sommet. Allez sur le terrain maintenant pour monter tout là-haut, les gars. Et donnez à tous ces gens ce qu'ils méritent, donnez-leur ce qu'ils attendent. Allez-y et rendez-les heureux, les gars…

Sous le soleil. Le superbe soleil de printemps. Au bout de sept minutes à peine, Ian St John marque pour LI-VER-POOL, LI-VER-POOL, LI-VER-POOL. Mais Arsenal ne capitule pas, Arsenal ne se rend pas. Et sous le soleil. Le superbe soleil de printemps. Les joueurs du Liverpool Football Club commencent à s'inquiéter. Et les joueurs d'Arsenal sentent cette inquiétude. Les joueurs du Liverpool Football Club se mettent à faire des erreurs. Et les joueurs d'Arsenal exploitent ces erreurs. Baxter manque un but de quelques centimètres. Et de nouveau, Baxter manque un but de quelques centimètres. Gerry Byrne dégage depuis la ligne de but de Liverpool. Et Arsenal se voit attribuer un penalty. Estham s'avance. Estham tire. Lawrence plonge. Lawrence atteint le ballon. Lawrence repousse le ballon autour du montant. Tommy Lawrence a sauvé le penalty pour LI-VER-POOL, LI-VER-POOL, LI-VER-POOL. À présent, il n'y aura plus d'inquiétude, il n'y aura plus d'erreurs. Sous le soleil. Le superbe soleil de printemps. Lawrence, Byrne, Moran, Milne, Yeats, Stevenson, Callaghan, Hunt, St John, Arrowsmith et Thompson sont éblouissants. Sous le soleil. Le superbe soleil de printemps. Ils brillent comme des diamants. Et ils sont coupants comme des diamants. Sous le soleil. Le superbe soleil de printemps. LI-VER-POOL, LI-VER-POOL, LI-VER-POOL taille Arsenal en pièces. Et sous le soleil. Le superbe soleil de printemps. À la 38e minute, Peter Thompson retourne Arsenal comme un gant, dans un sens puis dans l'autre. Et Thompson envoie un centre parfait vers le poteau. St John se hisse pour une passe latérale, de la tête, à Arrowsmith. Et Arrowsmith n'a plus qu'à avancer le front pour livrer le ballon à domicile. Au fond des filets d'Arsenal. *London Bridge is falling down (Le Pont de Londres s'écroule).* Sous le soleil. Le superbe soleil de printemps. À la 52e minute, Peter Thompson feinte Magill. Comme un bleu. Irrémédiablement. En un seul mouvement puissant, Thompson expédie une frappe. Depuis la lisière de la surface de réparation. Dans le but d'Arsenal. *Falling down.* Sous le soleil. Le superbe soleil de printemps. Cinq minutes plus tard, Thompson répète la manœuvre. Depuis une position d'inter-droit. *London Bridge is falling down.* Sous le soleil. Le superbe soleil de printemps. À la 60e minute, Gordon Milne passe à Thompson. Thompson dévie le ballon vers Hunt. Roger Hunt tire. Un boulet de canon. Dans le fond des filets. *POOR, OLD LONDON !* Sous le soleil. Le superbe soleil de printemps. LI-VER-POOL, LI-VER-POOL, le Liverpool Football Club bat l'Arsenal Football Club 5-0. Sous le soleil. Le superbe soleil de printemps.

LI-VER-POOL, LI-VER-POOL, le Liverpool Football Club est Champion. Sous le soleil. Le superbe soleil de printemps. LI-VER-POOL, LI-VER-POOL, le Liverpool Football Club est Champion d'Angleterre –

LI-VER-POOL, LI-VER-POOL, LI-VER-POOL…

WE LOVE YOU, YEAH, YEAH, YEAH…

LI-VER-POOL, LI-VER-POOL, LI-VER-POOL…

WE LOVE YOU, YEAH, YEAH, YEAH…

Et sous le soleil. Le superbe soleil de printemps. Les nouveaux champions d'Angleterre courent autour du terrain. Le terrain d'Anfield. Sous le soleil. Le superbe soleil de printemps. Les nouveaux champions d'Angleterre font un tour d'honneur dans le stade. Le stade d'Anfield. Sous le soleil. Le superbe soleil de printemps. En portant le trophée, Ron Yeats fait le tour du stade. Le stade d'Anfield. Sous le soleil. Le superbe soleil de printemps. Ce n'est pas le vrai trophée du championnat de la Ligue de football. Surmonté d'une statuette. La Ligue de football n'a pas voulu laisser Everton faire traverser le parc au trophée. Mais sous le soleil. Le superbe soleil de printemps. Personne n'y fait attention. Sous le soleil. Le superbe soleil de printemps. Ron Yeats porte un trophée en papier mâché autour du stade. Un trophée en papier mâché rouge autour du stade. Du stade d'Anfield. Et sous le soleil. Le superbe soleil de printemps. Le Kop chante, le Spion Kop chante. Et tout le monde chante, tous les gens chantent, *ON EST LES CHAMPIONS ! ON EST LES CHAMPIONS…*

HÉ-HO-ADDIO, ON EST LES CHAMPIONS !

16

Au septième ciel

Dans leur maison, dans leur cuisine. À la fenêtre. Bill regarde les draps pendus sur la corde à linge. Sous le soleil. Les draps blancs, qui sèchent sur la corde. Et dans ses yeux, dans son esprit. Bill voit un autre drap, un autre drap blanc. Dans ses yeux, dans son esprit. Un drap blanc brandi à bout de bras, à bout de bras dans le Spion Kop. Dans ses yeux, dans son esprit. Le drap blanc qui porte deux mots inscrits au pinceau, deux mots en capitales bien épaisses. Dans ses yeux, dans son esprit. En capitales, à la peinture rouge. Dans ses yeux, dans son esprit. **SHANKLY'S CHAMPIONS** – Les champions de Shankly. Dans la cuisine, à la fenêtre. Bill sourit. Et Bill se détourne de la fenêtre. Bill retourne vers la table de la cuisine. Bill se rassied sur sa chaise. Et Bill regarde de nouveau ce qui encombre la table. Les piles de lettres, les piles de télégrammes. Les lettres de remerciements, les télégrammes de félicitations. Les remerciements des supporters, les félicitations de ses collègues. Des hommes avec qui il a joué, des hommes contre qui il a joué. Des managers auxquels il s'est mesuré, des managers qu'il a battus. À la table, sur sa chaise. Bill passe les lettres en revue, Bill passe les télégrammes en revue. Les lettres de remerciements, les télégrammes de félicitations. Dans un sens puis dans l'autre. Les lettres de remerciements, les nombreux télégrammes de félicitations. Du début à la fin, de la fin au début. À la table, sur sa chaise. Bill revient toujours au même télégramme, un télégramme de félicitations. Un télégramme de félicitations signé Jackie Milburn. Jackie Milburn est le manager d'Ipswich Town Football Club. Le Liverpool Football Club a joué deux fois contre Ipswich Town cette saison. Et le Liverpool Football Club a battu deux fois Ipswich Town cette saison. Ipswich Town a fini vingt-deuxième en première division cette saison. Et Ipswich Town a été relégué. Il y a deux ans, Ipswich Town finissait en tête de la première division. Ipswich Town était champion. Champion d'Angleterre. À la table, sur sa chaise. Bill repose le télégramme de félicitations de Jackie Milburn. Et Bill se tourne de nouveau vers la fenêtre. La lumière a changé, le soleil a disparu. Il y a de grosses gouttes de pluie sur la vitre. À la table, sur sa chaise. Bill se lève de nouveau. Bill retraverse la cuisine. Bill ouvre la porte de derrière. Bill sort dans le jardin. Les grosses gouttes de pluie ont tourné à l'averse. Et Bill commence à décrocher les draps de la corde à linge. L'averse est maintenant un déluge. Bill rentre les draps. Dans la maison, à l'abri de la pluie. Bill referme la porte derrière lui. Dans la maison, dans la cuisine. Les draps dans les bras. À la fenêtre. Bill contemple la corde à linge. Dans le jardin, sous la pluie. Sous la pluie diluvienne. La corde à linge à présent vide. Inutile sous la pluie. Qui ne sert à personne. Dans la maison, dans leur cuisine. Les draps mouillés dans les bras. À la fenêtre. Bill sait que l'heure de la plus grande victoire est aussi l'heure du plus grand danger. Ces heures où les graines sont semées, ces jours où les graines sont plantées. Les graines de la suffisance, les graines de l'oisiveté. Arrosées de chansons, noyées de vin. Les graines de la défaite. Sous des déluges de louanges. Qui hypnotisaient les hommes, qui enivraient les hommes. Et qui aveuglaient les hommes. En leur crevant les yeux, en leur cousant les paupières. Des hommes finis, des hommes oubliés. Dans leurs maisons, dans leurs cuisines. À leurs fenêtres. Inutiles sous la pluie.

...

À l'hôtel, dans la salle à manger. Après les tours d'honneur. Les nombreux tours d'honneur. Au dîner pour fêter la victoire. Les nombreux dîners pour fêter la victoire. Tom Williams et Sidney Reakes se lèvent. Tom Williams est à présent le président du Liverpool Football Club. Sidney Reakes en est le nouveau directeur. Tom Williams et Sidney Reakes lèvent leurs verres. Ils proposent un toast –

À Bill Shankly, dit Tom Williams. Ce succès, nous le devons à un homme. Et à un homme seulement. À Bill Shankly ! Bill Shankly est le plus grand entraîneur du monde !

Dans la salle à manger, à la table. Bill bondit. Bill secoue la tête. Et Bill dit, Non, non, non ! Le succès du Liverpool Football Club n'est pas le fait d'un seul homme. Nous sommes une équipe. Nous sommes une équipe de la classe ouvrière ! Chez nous, il n'y a pas de place pour les individualités. Pas de place pour les vedettes. Pour les footballeurs à l'esbroufe ni pour les célébrités. Nous sommes des travailleurs. Une équipe de travailleurs. Une équipe de travailleurs sur le terrain et une équipe de travailleurs hors du terrain. Sur le terrain et hors du terrain. Et c'est valable pour chacun des hommes de notre organisation, des hommes de notre équipe. Car chacun d'eux sait qu'il est important de veiller au moindre détail, il sait que les petits détails contribuent aux choses les plus importantes. Depuis le président jusqu'au responsable de l'entretien, chaque homme est un rouage de la machine. Un rouage de l'équipe. Et chaque rouage a parfaitement fonctionné. Dans l'équipe. Chaque homme s'est dévoué à cent pour cent. Pour l'équipe. Et c'est pourquoi l'équipe a gagné. L'équipe a remporté le championnat, c'est une équipe de champions. À nous tous, nous sommes une équipe de champions ! À nous tous, nous sommes une équipe. Une équipe, une équipe…

Mais dans le brouhaha général, les bouchons de champagne qui sautent, les verres qui s'entrechoquent. Les gens qui se tapent dans le dos et les gens qui chantent. Au milieu des festivités et des félicitations. LDes compliments et des louanges. Personne n'entend Bill. Personne n'écoute Bill.

…

Sa veste colle à sa chemise. Sa chemise colle à son maillot de corps. Son maillot de corps lui colle à la peau. Sa peau le tire, ses muscles sont tendus. Bill ouvre les yeux. Et Bill tente de changer de position sur son siège. Sa peau le brûle, ses muscles sont douloureux. Bill ne parvient pas à changer de position sur son siège. La peau brûlante, les muscles douloureux. Bill essaie de bouger les mains. Ses mains crispées sur les accoudoirs de son siège. Ses phalanges exsangues. Bill force les doigts de sa main droite à s'ouvrir. Bill lève son bras droit. Bill approche sa main droite de la manche gauche de sa veste. Bill relève la manche gauche de sa veste. Bill regarde sa montre. À son poignet gauche. L'avion vibre. De nouveau. Bill agrippe les accoudoirs de son siège. L'avion pique. De nouveau. Bill ferme les yeux. De nouveau. Bill tente de penser à des films. Aux films qu'il a vus à Muirkirk. Des films américains. Bill tente de penser à des boxeurs. Aux combats qu'il a suivis à la radio. Des combats américains. Bill tente de penser à des gangsters. Aux livres qu'il a empruntés à la bibliothèque. Des livres américains. Et Bill tente de se rappeler les raisons pour lesquelles il se rend en avion en Amérique. En Amérique où il va rejoindre le Liverpool Football Club qui fait une tournée des États-Unis. Les raisons pour lesquelles le Liverpool Football Club a accepté cette tournée des États-Unis. Cette tournée à laquelle il était opposé. Cette tournée dont il savait qu'elle épuiserait les joueurs. Qu'elle les affaiblirait. Bill tente de se rappeler les raisons pour lesquelles le Liverpool Football Club n'est pas resté chez lui. Les raisons pour lesquelles lui-même n'est pas resté chez lui. À Liverpool. Ou à Blackpool. Ou à Glasgow. N'importe où plutôt qu'ici, dans cet avion, où sa veste colle à sa chemise, sa chemise colle à son maillot de corps, son maillot de corps lui colle à la peau, à 10 000 mètres au-dessus de la mer, en route pour l'Amérique.

…

Dans l'hôtel à New York, dans un fauteuil du salon. Vêtu de son blazer, son blazer aux couleurs du Liverpool Football Club. Bill voit Bob. Bob qui entre dans le salon, Bob dont le regard fait le tour de la pièce. Bob qui tente de repérer Bill –

Ah, vous voilà, dit Bob. Vous voilà, patron. Je vous ai cherché partout ! Vous ne devinerez jamais ce que j'ai trouvé, patron. J'ai trouvé le bar de Jack Dempsey ! Il est juste au coin de la rue, patron. Dans le pâté de maisons voisin ! Venez, patron. Il se pourrait même qu'on y trouve Dempsey en personne…

Bill regarde sa montre. Bill secoue la tête. Et Bill dit, Tu es fou, Bob ? Il est onze heures et demie. Je monte me coucher, Bob.

Bob regarde sa propre montre. Et Bob secoue la tête –

Il n'est pas onze heures et demie, dit Bob. Il n'est que six heures et demie, patron. Il est encore tôt. Il n'est que six heures et demie du soir, patron…

Bill regarde sa montre de nouveau. Bill secoue la tête de nouveau. Et Bill dit, Il est onze heures et demie, Bob. Ta montre doit être mal réglée.

Non, dit Bob. C'est la vôtre qui est mal réglée, patron. Il est onze heures et demie en Angleterre, mais il n'est que six heures et demie ici.

Bill secoue la tête. Et Bill dit, Tu te trompes, Bob. Tu te trompes. Ce n'est pas les Américains qui me diront l'heure qu'il est. Je sais l'heure qu'il est, Bob. Il est onze heures et demie. Alors, c'est l'heure d'aller se coucher, Bob. Et je te souhaite une bonne nuit. À demain matin, Bob…

…

Dans l'hôtel, dans le couloir. Vêtu de son blazer, son blazer du Liverpool Football Club. Une feuille de papier à la main. Une liste de noms, une liste de numéros. Bill frappe à la porte de Bob. Et Bill attend. Et Bill attend. Puis Bill frappe de nouveau. Et Bill attend. Et la porte s'ouvre. Et Bill voit Bob. Bob qui se frotte encore les yeux, Bob encore en pyjama. Et Bill dit, Ça ne va pas, Bob ? Tu te sens patraque ? Tu es malade, mon vieux ? Tu n'es pas bien ?

Si, dit Bob. Je vais bien, patron. Je dormais.

Tu dormais ? Bon sang, Bob. Il est huit heures du matin. C'est l'heure du petit déjeuner, Bob. C'est l'heure de passer l'équipe en revue. Pour le match, Bob. Le match d'aujourd'hui…

Juste une minute, alors, dit Bob en souriant. Juste une minute, patron.

…

Sur le terrain de Soldier Field, à Chicago. Bill ne regarde pas les joueurs du Liverpool Football Club qui s'entraînent pour leur match amical. Les yeux levés, Bill regarde le stade. Les colonnes romaines. Maintenant Bill se tourne vers le jardinier. Et Bill dit, C'est un lieu célèbre, ici. Très célèbre. J'en ai entendu parler.

C'est l'endroit précis où Jack Dempsey a boxé contre Gene Tunney en 1927, n'est-ce pas ?

Oui, répond le jardinier. C'est bien ça. Il y avait plus de 100 000 spectateurs ce soir-là. Gloria Swanson était ici, Al Capone était ici. Il y avait les Astor et les Vanderbilt. Il y avait des hommes politiques et même des têtes couronnées…

Bill hoche la tête. Et Bill dit, Je sais, je sais tout ça. J'ai entendu le match à la radio. Et je me rappelle chaque round. Chaque direct et chaque feinte. Chaque attaque et chaque coup. Mais le ring, où était-il exactement, à l'époque ?

Ce devait être là-bas, dit le jardinier en montrant le centre de la pelouse où s'entraînent les joueurs du Liverpool Football Club. C'est là que le ring devait se trouver ce fameux soir.

Bill insiste, Vous en êtes sûr ? Je n'aime pas les approximations.

Oui, dit le jardinier. J'en suis certain. À l'endroit du rond central.

Bill hoche la tête. Bill se retourne. Bill cherche Bob. Bill voit Bob. Et Bill crie, Bob ! Bob ! Viens me rejoindre ici. Suis-moi, jusque là-bas. Et apporte un ballon, Bob, apporte un ballon ici…

Bill ôte son manteau. Bill ôte sa veste. Bill fait un but avec son manteau et sa veste. Et Bill dit, Allez, Bob, allez ! À moi, à moi. Passe-moi le ballon, Bob…

Bob passe le ballon à Bill. Bill prend le ballon. Bill le renvoie à Bob. Bob prend le ballon. Bob le renvoie à Bill. Bill se retourne. Et Bill tire. Et Bill marque. Entre son manteau et sa veste. Bill marque un but. Dans le stade de Soldier Field, à Chicago. À l'endroit où Jack Dempsey a boxé contre Gene Tunney. Sur les lieux mêmes du *Long Count*[1] –

---

1. *Le compte long* : Au 7e round, Tunney est resté au tapis 14 secondes au lieu de 10 avant de se relever, l'arbitre ayant pris le temps de renvoyer Dempsey dans son coin pour commencer à compter.

Bill regarde sa montre. Sa montre au poignet gauche. Sa montre de Liverpool, à l'heure de Liverpool. Et Bill ramasse sa veste, Bill ramasse son manteau. Bill remet sa veste, Bill remet son manteau. Et Bill rentre à Liverpool. Bill rentre chez lui.

...

Dans la maison, dans leur salon. Dans la nuit et dans le silence. Dans son fauteuil. Bill reprend son journal. Bill consulte les dernières pages de nouveau. Les pages sportives. Stan Cullis, le manager des Wolverhampton Wanderers, vient d'être mis à la porte. En 1949, déjà manager des Wolverhampton Wanderers, Stan Cullis avait remporté la Coupe d'Angleterre. C'était le plus jeune manager qui eût jamais gagné la Coupe. Il avait tout juste trente-deux ans. En 1954, les Wolverhampton Wanderers avaient gagné le championnat de la première division. Ils avaient gagné de nouveau en 1958 et conservé leur titre en 1959. L'année suivante, les Wolverhampton Wanderers remportaient une seconde Coupe d'Angleterre. Cette année-là, aussi, ils finissaient deuxièmes du championnat de première division, battus d'un point seulement par le Burnley Football Club. D'un point seulement. Avec deux points de plus, ils réalisaient le doublé. Le premier doublé depuis celui d'Aston Villa en 1897. Stan Cullis avait remporté trois championnats et deux Coupes d'Angleterre. Hier, les dirigeants des Wolverhampton Wanderers avaient viré Stan Cullis. Dans la nuit et dans le silence. Dans son fauteuil. Bill consulte le recto de la dernière page du journal. La page des résultats, la page des tableaux. Et Bill scrute le tableau de la première division. Depuis le haut, pour trouver les champions d'Angleterre. Il descend loin, loin vers le bas. Le samedi 12 septembre 1964, les champions d'Angleterre étaient dix-septièmes en première division. Dix-septièmes. Cette saison, cette nouvelle saison, les champions d'Angleterre ont joué sept rencontres. Ils en ont gagné deux et obtenu un nul. Et ils ont perdu quatre matchs. Contre les Blackburn Rovers et Leeds, contre Sheffield Wednesday et Leicester. De nouveau. Dans la nuit et dans le silence. Dans son fauteuil. Bill laisse les pages du journal tomber sur le plancher. Et Bill prend son agenda sur le bras du fauteuil. Son agenda rempli de dates, les dates de matchs. Bill ouvre son agenda à la page de la prochaine date et Bill s'attarde sur la prochaine rencontre. Le samedi 19 septembre 1964, le Liverpool Football Club affronte Everton. À domicile, à Anfield.

…

Après les sifflets, tous les sifflets. Bill longe le couloir, Bill entre dans le vestiaire. Bill claque la porte, Bill ferme la porte à clé. Bill se tourne vers les joueurs du Liverpool Football Club. Il voit le haut de leur crâne, leurs épaules tombantes. Leur nuque et leur dos. Et Bill dit, Relevez la tête Regardez-moi ! Bien en face et dans les yeux. Regardez-moi, maintenant. Bande de crapules ! Ramassis d'escrocs ! Vous êtes une vraie honte. Tous autant que vous êtes. Une honte et une menace. Une honte pour ce club et une menace pour nos supporters. Vous les dépouillez de leur argent et vous tuez leurs rêves. Un gang de voleurs, un ramassis d'assassins. Voilà ce que vous êtes. Des voleurs et des assassins. Et vous devriez être en prison. Tous, sans exception. En prison. C'est tout ce que vous méritez. Parce que j'ai vu des hommes pleurer, aujourd'hui. Des hommes dans la force de l'âge qui pleuraient dans le Kop, qui pleuraient à cause de vous. Et je ne peux pas le leur reprocher, je ne le leur reproche pas. Ils dépensent leur argent, leur argent durement gagné. Pour vous voir jouer, pour vous voir jouer comme ça. Et perdre comme ça, 4-0 ; 4-0 à domicile, à domicile contre Everton. Contre Everton, en plus. Everton ! Moi aussi, j'en pleurerais. Si je n'étais pas en colère, si je n'étais pas furieux. Je vous le dis, si jamais vous rejouez pour le Liverpool Football Club, à votre prochain match, vous avez intérêt à gagner 5-0 ; 5-0 ! Et la prochaine fois qu'ils viennent ici, la prochaine fois que les gars d'Everton viennent ici, ici à Anfield, je vous conseille de les battre 5-0 aussi ; 5-0 ! Ou alors vous ne rejouerez plus jamais pour le Liverpool Football Club. Je vous préviens tout de suite. Pas un seul d'entre vous. Plus jamais. Si vous rejouez comme ça un jour. Maintenant, sortez, sortez ! Tous autant que vous êtes, tous jusqu'au dernier. Parce que je ne veux plus vous voir, je ne supporte plus de vous voir. Parce que j'ai honte de vous. J'ai honte d'être votre manager. Et je n'ai jamais pensé, dans mes pires cauchemars, je n'ai jamais pensé que je serais un jour furieux à ce point-là, jamais pensé qu'un jour je dirais des choses pareilles. Alors, sortez, sortez tout de suite ! Pendant qu'il y a encore des spectateurs dans les parages. Des gens qui vous ont encouragés, des gens qui ont payé vos salaires aujourd'hui. Allez les rejoindre tout de suite, sortez en même temps qu'eux. Et laissez-les vous dire ce qu'ils pensent de vous, ce qu'ils pensent du Liverpool Football Club qui perd 4-0 à domicile, à Anfield, contre Everton. Et vous pouvez me croire, ce que j'ai dit, ce ne sera rien comparé à ce qu'ils vous diront. Rien. Alors, levez-vous, sortez ! Levez-vous et sortez tout de suite. Et mêlez-vous aux spectateurs. Écoutez-les. Écoutez ce qu'ils disent et souvenez-vous-en. Et souvenez-vous de ces gens.

17

Une lueur rouge dans le ciel

Le matin du samedi 20 septembre 1964, le Liverpool Football Club est vingt et unième en première division. Les champions d'Angleterre sont avant-derniers du classement. Sous les tribunes, au milieu des chaussures. Les chaussures sales, les chaussures pendues aux crochets. Bill Shankly, Bob Paisley, Reuben Bennett, Joe Fagan et Albert Shelley savent que la saison sera longue. La saison la plus longue de l'histoire du Liverpool Football Club. Une saison longue et fatigante. Bill Shankly, Bob

Paisley, Reuben Bennett, Joe Fagan et Albert Shelley savent que leurs préparations pour cette saison, cette saison longue et fatigante, n'ont pas été idéales, n'ont pas été ce qu'ils souhaitaient. Les joueurs du Liverpool Football Club sont revenus exténués de leur tournée américaine. De nombreux joueurs du Liverpool Football Club sont désormais reconnus à leur juste valeur par leur pays d'origine. De nombreux joueurs du Liverpool Football Club sont désormais intégrés à leur équipe nationale. Recrutés et sélectionnés. Ils jouent plus de matchs, beaucoup plus. Ils s'entraînent avec des managers différents, ils écoutent des voix différentes. Ils ne restent plus concentrés, ils s'épuisent. Ils sont fatigués et blessés. Blessés et finis. Sous les tribunes, au milieu des chaussures. Les chaussures sales, les chaussures pendues aux crochets. Bill Shankly, Bob Paisley, Reuben Bennett, Joe Fagan et Albert Shelley savent que certains joueurs vont devoir céder leur place, redescendre dans l'équipe réserve. Des joueurs tels que Alan A'Court et Ronnie Moran. Que certains joueurs ne vont pas vouloir céder leur place, que certains joueurs vont demander un transfert. Des joueurs tels que Alan A'Court. Sous les tribunes, au milieu des chaussures. Les chaussures sales, les chaussures pendues aux crochets. Bill Shankly, Bob Paisley, Reuben Bennett, Joe Fagan et Albert Shelley savent que certains joueurs vont devoir monter en grade, quitter l'équipe réserve. Ils savent que certains joueurs seront capables de monter en équipe première. Des joueurs comme Bobby Graham, Chris Lawler, Tommy Smith et Gordon Wallace. Ils savent que d'autres joueurs auront du mal, du mal à franchir le pas. Des joueurs tels que Philip Ferns, Alan Hignett, Thomas Lowry, Willie Molyneux et John Sealey. Sous les tribunes, au milieu des chaussures. Les chaussures sales, les chaussures pendues aux crochets. Bill Shankly, Bob Paisley, Reuben Bennett, Joe Fagan et Albert Shelley savent qu'il leur faudra des joueurs supplémentaires, qu'il leur faudra faire venir encore d'autres joueurs. Des joueurs comme Phil Chisnall. De Manchester United.

Des joueurs comme Geoff Strong. D'Arsenal. Sous les tribunes, au milieu des chaussures. Les chaussures sales, les chaussures pendues aux crochets. Bill Shankly, Bob Paisley, Reuben Bennett, Joe Fagan et Albert Shelley savent qu'il faudra opérer ces changements, qu'il faudra tenter ces expériences. Que ces changements, que ces expériences rendront l'homogénéité difficile à obtenir, rendront la stabilité précaire. Qu'il y aura des hauts et qu'il y aura des bas. Avant d'arriver à l'homogénéité, à la stabilité. Au cours d'une longue saison, la saison la plus longue de l'histoire du Liverpool Football Club. Bill Shankly, Bob Paisley, Reuben Bennett, Joe Fagan et Albert Shelley savent qu'il y aura des hauts et des bas. Encore beaucoup de hauts

et de bas, de hauts et

de bas.

...

Le samedi 26 septembre 1964, une semaine après la venue d'Everton à Anfield, Liverpool. Une semaine après qu'Everton eut battu le Liverpool Football Club 4-0 à Anfield, Liverpool. Aston Villa vient à Anfield, Liverpool. Cet après-midi-là, 38 940 spectateurs viennent aussi. À la 6e minute, Bobby Graham marque. À la 36e minute, Ian Callaghan marque. À la 56e minute, Roger Hunt marque. À la 64e minute, Graham marque de nouveau. Et à la 86e minute, Graham marque encore. Et le Liverpool Football Club bat Aston Villa 5-1. À domicile, à Anfield. Le mercredi 7 octobre 1964, Sheffield United vient à Anfield, Liverpool. Cet après-midi-là, 37 745 spectateurs viennent aussi. À la 31e minute, Roger Hunt marque. À la 53e minute, Hunt marque de nouveau. Et à la 59e minute, Bobby Graham marque. Et le Liverpool Football Club bat Sheffield United 3-1. À domicile, à Anfield. Trois jours après cela, le Liverpool Football Club se rend au stade St Andrews, à Birmingham. Et le Liverpool Football Club fait match nul 0-0 avec Birmingham City. Trois jours plus tard, le Leicester City Football Club vient à Anfield, Liverpool. Ce soir-là, 42 558 spectateurs viennent aussi. Ce soir-là, le Liverpool Football Club perd 1-0 contre Leicester City. Encore une fois.

Quatre jours plus tard, West Ham United vient à Anfield, Liverpool. Cet après-midi-là, 36 029 spectateurs viennent aussi. À la 7e minute, Ian St John marque. À la 27e minute, Roger Hunt marque. Mais cet après-midi-là, le Liverpool Football Club fait match nul 2-2 avec West Ham United. Une semaine plus tard, le Liverpool Football Club se rend au stade The Hawthorns, à Birmingham. Et le Liverpool Football Club perd 3-0 contre West Bromwich Albion.

Le samedi 31 octobre 1964, Manchester United vient à Anfield, Liverpool. Cet après-midi-là, 52 402 spectateurs viennent aussi. Mais le Liverpool Football Club perd 2-0 contre Manchester United. À domicile, à Anfield. Ce soir-là, Manchester United est en tête de la première division. Ce soir-là, le Liverpool Football Club est dix-huitième en première division. Ce soir-là, sous les tribunes, au milieu des chaussures. Les chaussures sales et les chaussures pendues aux crochets. Bill Shankly, Bob Paisley, Reuben Bennett, Joe Fagan et Albert Shelley savent que c'est une saison longue et difficile. La saison la plus longue et la plus dure de l'histoire du Liverpool Football Club. Une saison de hauts et de bas. À domicile et à l'extérieur, des hauts et

des bas. Des hauts et

des bas.

...

Bill Shankly et Bob Paisley sont allés à Wembley. Bill Shankly et Bob Paisley ont vu l'Angleterre affronter la Belgique. Bill Shankly et Bob Paisley ont vu les Belges assassiner les Anglais. Bill Shankly et Bob Paisley savent que l'Angleterre a eu de la chance de s'en tirer par un match nul contre la Belgique. L'équipe belge comptait sept joueurs du Royal Sporting Club Anderlecht de Bruxelles. Heylens, Cornelis, Plaskie, Puis, Jurion, Verbiest et Van Himst. Le Royal Sporting Club Anderlecht est le prochain adversaire du Liverpool Football Club en Coupe d'Europe. Au premier tour proprement dit de la Coupe d'Europe. En deux rencontres, à domicile et à l'extérieur. Le match aller à domicile, à Anfield. Bill Shankly et Bob Paisley s'inquiètent, Bill Shankly et Bob Paisley se font du souci. Bill Shankly et Bob Paisley se rendent à Bruxelles. Bill Shankly et Bob Paisley regardent le Royal Sporting Club Anderlecht affronter le Standard de Liège. Bill Shankly et Bob Paisley regardent le Royal Sporting Club Anderlecht assassiner le Standard de Liège. Bill Shankly et Bob Paisley ne sont pas seulement inquiets. Bill Shankly et Bob Paisley prennent peur. Bill Shankly et Bob Paisley ont la trouille.

Après le vol de retour depuis la Belgique, sur la route de l'aéroport. Dans la voiture, au volant. Bob Paisley réfléchit à voix haute, Bob Paisley dit, Le problème, patron, c'est Van Himst. Le problème pour nous. Le problème pour Big Ron. Van Himst joue derrière leur avant-centre. On ne le voit jamais, sauf quand il est trop tard. Voilà le danger, voilà la menace. La menace pour nous, patron. La menace…

Tu as raison, dit Bill Shankly. Tu as parfaitement raison, Bob. Donc, Ron aura besoin d'aide. De beaucoup d'aide. Mais ils pratiquent le marquage individuel. Et ça peut être une faiblesse. Si on arrive à l'exploiter. Si on parvient à les faire douter et à les feinter. À les piéger comme Leicester City nous a piégés. Alors on pourra les battre. Mais il nous faudra les berner. Les mystifier. Les amener à ne pas en croire leurs yeux, les faire douter de ce qu'ils voient. Donc, tout se résume à une question d'apparences, Bob. Tout reposera sur les apparences…

Dans la voiture, au volant. Bob Paisley hoche la tête. Et Bob Paisley dit, Oui, patron. Si on y arrive…

Oh, on y arrivera, répond Bill Shankly en riant. On y arrivera, Bob. Tiens, gare-toi là !

Dans la voiture, au volant. Bob Paisley se gare. Et Bill Shankly saute de la voiture. Bob Paisley voit Bill Shankly entrer dans un magasin de sport. Bob Paisley voit Bill Shankly ressortir du magasin. Bill Shankly porte dans ses bras un grand sac poubelle plein à craquer. Bill Shankly ouvre le coffre de la voiture. Bill Shankly met le grand sac poubelle plein à craquer dans le coffre de la voiture. Bill Shankly referme le coffre. Bill Shankly remonte dans la voiture. Bill Shankly regarde sa montre –

On ne va pas chez moi, Bob. Dépose-moi au stade.

Bob Paisley hausse les épaules, Bob Paisley hoche la tête. Bob Paisley fait demi-tour, Bob Paisley repart vers le stade. Et Bob Paisley dépose Bill Shankly au stade, à Anfield.

…

Après l'entraînement, après la douche. Dans le vestiaire, en costume de ville. Ron Yeats et Ian St John entendent les pas dans le couloir. Les pas vifs, les pas pesants. Ron Yeats et Ian St John voient la porte du vestiaire s'ouvrir à la volée. Bill Shankly sur le seuil, Bill Shankly avec un grand sac poubelle –

Déshabille-toi, Ron !

Ron Yeats regarde Bill Shankly. Ron Yeats regarde Ian St John. Ron Yeats hausse les épaules. Ron Yeats se lève. Ron Yeats ôte ses vêtements. Et Ron Yeats reste debout au milieu du vestiaire. Nu.

Bill Shankly prend un maillot sur une patère fixée au mur du vestiaire. Un maillot rouge. Bill Shankly ouvre le grand sac poubelle. Bill Shankly en sort un short. Un short rouge. Bill Shankly tend le maillot rouge et le short rouge à Ron Yeats –

Mets ça, mon gars.

Ron Yeats enfile le short. Le short rouge. Ron enfile le maillot. Le maillot rouge.

Ian St John ouvre son sac de sport. Ian St John en sort une paire de bas. Une paire de bas rouges. Ian St John tend les bas à Bill Shankly. Et Bill Shankly sourit –

Ah, oui. Oui…

Bill Shankly tend les bas rouges à Ron Yeats. Et Ron Yeats enfile les bas. Les bas rouges. Et Ron Yeats se plante au milieu du vestiaire, du vestiaire d'Anfield. En rouge.

Tes chaussures, maintenant, dit Bill Shankly. Mets tes chaussures, Ron. Et suis-moi. Suis-moi, mon gars…

Ron Yeats met ses chaussures. Et Ron Yeats sort du vestiaire sur les talons de Bill Shankly. Ils longent le couloir, ils entrent sur la pelouse,

la pelouse d'Anfield. Et Ron Yeats s'arrête sur la pelouse, la pelouse d'Anfield. Et Bill Shankly regarde Ron Yeats –

Sur la pelouse, la pelouse d'Anfield. En maillot rouge. En short rouge. En bas rouges. Bill Shankly tourne autour de Ron Yeats. Sur la pelouse, la pelouse d'Anfield. Bill Shankly applaudit,

Bill Shankly rit –

Bon sang, mon gars. Tu fais vraiment peur. Tu es terrifiant, Ron. Tu parais gigantesque, tu parais massif. On dirait que tu mesures 2 mètres 10, mon gars. Tu vas terrifier Anderlecht. Ils vont avoir la trouille de leur vie, mon gars. Ils vont rentrer dare-dare en Belgique !

…

Le mercredi 25 novembre 1965, le Royal Sporting Club Anderlecht vient à Anfield, Liverpool. Ce soir-là, 44 516 spectateurs viennent aussi.

Avant le coup de sifflet, celui du coup d'envoi. Dans le vestiaire, sur le banc. Bill Shankly pose une main sur le genou de Gordon Milne. Et Bill Shankly le serre très fort –

Quand on a le ballon, tu te montres et tu viens le prendre, mon gars. Exactement comme tu le fais toujours. Et tu avances comme tu le fais toujours, mon gars. Mais quand c'est eux qui ont le ballon, tu repères Van Himst. Où qu'il aille, quoi qu'il fasse, tu le suis et tu ne le lâches pas, mon gars. Où qu'il aille, quoi qu'il fasse, tu le marques et tu l'empêches de jouer.

Avant le coup de sifflet, avant le coup d'envoi. Dans le vestiaire, sur le banc. Bill Shankly pose une main sur le genou du jeune Tommy Smith. Et Bill Shankly le serre très fort –

Oublie ce numéro que tu as dans le dos, Tommy. Oublie ce numéro 10 ce soir. Ce soir, je veux que tu sois la jambe droite de Ron, Tommy. Pour gagner chaque ballon, pour le passer à un maillot rouge. Vers les ailes si tu peux, Tommy. À Callaghan ou à Thompson. Mais je ne veux pas te voir franchir la ligne médiane, Tommy. Pas ce soir. Pas ce soir, Tommy.

Avant le coup de sifflet, celui du coup d'envoi. Dans le vestiaire, sur les bancs. Les joueurs du Liverpool Football Club lèvent les yeux vers Bill Shankly. Bill Shankly dont le regard passe d'un joueur à l'autre. De Lawrence à Lawler, de Lawler à Byrne, de Byrne à Milne, de Milne à Yeats, de Yeats à Stevenson, de Stevenson à Callaghan, de Callaghan à Hunt, de Hunt à St John, de St John à Smith et de Smith à Thompson. D'un joueur à l'autre, d'un joueur en rouge à un autre joueur en rouge. En rouge. Dix joueurs en rouge, de la tête aux pieds. En rouge, tout en rouge. Bill Shankly hoche la tête, Bill Shankly sourit –

Je sais que Peter et Gordon ont joué contre certains gars de cette équipe à Wembley, dit Bill Shankly. Et Bob et moi, on vous a vus jouer l'autre dimanche. Alors je ne vais pas vous mentir, les gars. Je ne vais pas mentir. Ils ont deux ou trois bons joueurs. Deux ou trois types très doués. Alors, il va falloir être vigilants. Et bien ouvrir l'œil, ce soir, les gars. Mais ce n'est pas une bonne équipe. Ne nous racontons pas d'histoires. Ils ne sont pas de notre niveau, les gars. Ils ne deviendraient jamais champions d'Angleterre. Jamais de la vie. Et je vais vous dire autre chose, ils n'ont encore jamais joué dans un stade comme celui-ci. Dans un stade comme Anfield, les gars. Car nulle part il n'y a de stade qui ressemble à Anfield. Nulle part il n'y a un public qui ressemble à notre public. Et quand nos supporters vous verront ce soir, les gars. Habillés comme ça, habillés en rouge. Tout en rouge. Ils vont devenir dingues, les gars. Dingues ! Et quand Anderlecht les entendra, les entendra rugir. Et quand Anderlecht vous verra, vous verra en rouge. Les Belges d'Anderlecht vont regretter de ne pas avoir apporté une tenue de rechange, les gars. Parce qu'ils vont chier dans leur froc. Ils vont chier dans leur foutu froc, les gars !

À la 10e minute, Lawrence lance le ballon à Byrne. En rouge, tout en rouge, Byrne passe à Thompson. En rouge, tout en rouge, Thompson passe à Smith. En rouge, tout en rouge, Smith passe à Hunt. En rouge, tout en rouge, Hunt tire. Et Trappeniers repousse le ballon. Le ballon rebondit jusqu'à St John. Et en rouge, tout en rouge, St John marque. En rouge, tout en rouge. À la 43e minute, St John subtilise le ballon à Verbiest. En rouge, tout en rouge, St John fait une passe décisive à Hunt. Et en rouge, tout en rouge, Hunt marque. En rouge, tout en rouge. À la 50e minute, Byrne tire un coup franc sur la gauche en rouge, tout en rouge. Son coup de pied en lob envoie le ballon à Yeats. Et en rouge, tout en rouge, Yeats dévie le ballon qui finit dans le coin de la cage. Et en rouge, tout en rouge, le Liverpool Football Club bat le Royal Sporting Club Anderlecht 3-0. En rouge, tout en rouge. À domicile,

à Anfield. Bill fait le tour du vestiaire en dansant. D'un joueur au suivant, d'un joueur en rouge à un autre joueur en rouge. Bill Shankly leur tape dans le dos, Bill Shankly leur serre la main. Il leur tape tous dans le dos, il leur serre la main à tous. En souriant et en riant –

Vous savez qui je viens de voir, les gars ? À l'instant même, dans le couloir ? Je viens de voir M. Herrera, les gars. Le manager de l'Inter Milan. Et vous savez ce qu'il m'a dit, les gars ? Vous savez ce que m'a dit M. Herrera de l'Inter Milan ? Il m'a dit qu'il espérait ne pas nous rencontrer avant la finale, les gars. Pas avant la finale de la Coupe d'Europe. Voilà ce qu'il vient de me dire, les gars. Ce que vient de me dire M. Herrera de l'Inter Milan. Et je sais pourquoi il a dit ça, les gars. Je sais pourquoi. Parce que, quand vous êtes entrés sur la pelouse, ce soir, les gars, vous êtes arrivés comme un incendie. Une vague de flammes rouges, les gars. Le stade, on aurait dit un four, ce soir. Et vous aviez l'air de géants, dans ce four, les gars. Des géants rouges. Et vous avez joué comme des géants. Des géants rouges. Car Anderlecht, c'est une grande équipe, les gars. Anderlecht, c'est l'une des meilleures équipes que j'aie jamais vues. Mais vous les avez balayés, les gars. Vous les avez dévorés comme un incendie. Comme une vague de flammes rouges, les gars. Chauffés au rouge, vous étiez. Chauffés au rouge, les gars. Tous sans exception. Tous jusqu'au dernier, les gars. Comme le fer rouge de la révolution. Voilà ce que vous avez été ce soir, les gars. Le Fer Rouge d'une Révolution. Le Fer Rouge d'une Révolution qui ne fait que commencer, les gars. Une Révolution Rouge. Une Révolution Rouge qui ne finira jamais, les gars ! Une révolution sans fin, les gars…

…

Pendant l'hiver. Dans la glace et sous la neige. Le Liverpool Football Club se rend en Belgique. Et le Liverpool Football Club sort Anderlecht de la Coupe d'Europe. Il se déplace à Burnley. Et il bat le Burnley Football Club. Il bat les Blackburn Rovers, il bat le Sunderland Football Club. Il bat Sheffield Wednesday et il bat le Blackpool Football Club. Il élimine West Bromwich Albion de la Coupe d'Angleterre. Il élimine Stockport County et il élimine les Bolton Wanderers –

Pendant l'hiver. Dans la glace et sous la neige. Le Liverpool Football Club fait match nul avec le FC Cologne au second tour de la Coupe d'Europe. À l'extérieur. Et le Liverpool Football Club fait match nul avec Leicester City au sixième tour de la Coupe d'Angleterre –

Pendant l'hiver. Dans la glace et sous la neige. Le mercredi 10 mars 1965, Leicester City vient à Anfield, Liverpool. Ce soir-là, 53 324 spectateurs viennent aussi. Ces 53 324 spectateurs veulent voir le Liverpool Football Club affronter Leicester City dans le match à rejouer pour le sixième tour de la Coupe d'Angleterre. Pour une place en demi-finale, en demi-finale de la Coupe d'Angleterre. La Coupe que le Liverpool Football Club n'avait jamais gagnée, la Coupe que certains disaient maudite. Ensorcelée. Dont certains disaient que le Liverpool Football Club ne la gagnerait jamais. À la 72e minute, Chris Lawler tire un coup franc. Lawler trouve Ron Yeats. Yeats trouve Roger Hunt. Et Hunt trouve les filets. Et le Liverpool Football Club bat

Leicester City 1-0. À domicile, à Anfield. Une semaine après cela, le FC Cologne vient à Anfield, Liverpool. Et 48 432 spectateurs se déplacent aussi. Ces 48 432 spectateurs veulent voir le Liverpool Football Club affronter le FC Cologne en match retour du deuxième tour de la Coupe d'Europe. Encore une coupe que le Liverpool Football Club n'a jamais gagnée, un tournoi auquel le Liverpool Football Club n'a encore jamais participé. Mais le Liverpool Football Club obtient le match nul 0-0 contre le FC Cologne. Encore une fois. Le Liverpool Football Club et le FC Cologne vont devoir s'affronter de nouveau, disputer un autre match. En terrain neutre, à l'étranger –

Le mercredi 24 mars 1965, le Liverpool Football Club se rend au Stadion Feyenoord de Rotterdam, en Hollande. Environ 50 000 spectateurs viennent aussi, 50 000 spectateurs allemands pour la plupart. À la 22e minute, Ian St John marque. À la 37e minute, Roger Hunt marque. Mais ensuite Thielen marque pour le le FC Cologne. Puis Loehr marque pour le FC Cologne. Et après 90 minutes de ce match, après 270 minutes d'égalité parfaite, le Liverpool Football Club et le FC Cologne ne sont toujours pas départagés. Et après les prolongations, après 120 minutes de ce match, après 300 minutes d'égalité parfaite, le Liverpool Football Club et le FC Cologne ne sont toujours pas départagés. Toujours à égalité. Alors, après ces 300 minutes, après le coup de sifflet final. Le capitaine du Liverpool Football Club se dirige vers le milieu du terrain, vers le rond central. Et le capitaine du FC Cologne se dirige vers le milieu du terrain, vers le rond central. Des reporters les suivent, des photographes les suivent. Les deux capitaines se tiennent au milieu du terrain, dans le rond central. L'arbitre sort un jeton de sa poche. Un jeton de casino. Rouge d'un côté, blanc de l'autre. L'arbitre demande à Ron Yeats quel côté du jeton il choisit. Et Ron Yeats prend le rouge. Il veut le côté rouge. L'arbitre annonce qu'il va lancer le jeton en l'air. Dans la nuit, dans le noir. Et le jeton va retomber au sol, dans la boue. S'il atterrit du côté rouge, le Liverpool Football Club ira en demi-finale de la Coupe d'Europe. S'il atterrit du côté blanc, le FC Cologne ira en demi-finale de la Coupe d'Europe. Au milieu du terrain, dans le rond central, l'arbitre lance d'une pichenette le jeton en l'air. Dans la nuit, dans le noir. Les flashes des photographes se déclenchent. Sur leurs bancs, les joueurs, les officiels et les entraîneurs des deux clubs clignent des yeux. Sous les flashes. Les joueurs, les officiels et les entraîneurs suivent la trajectoire du jeton. Dans la nuit, dans le noir. Qui monte et qui redescend. Pour tomber sur le sol, pour tomber dans la boue. Les deux capitaines regardent par terre, dans la boue. Ils regardent le jeton, le jeton de casino. Par terre, dans la boue. Sur la tranche. Le jeton est tombé sur la tranche. Le jeton de casino. Planté dans la boue, sur la tranche. L'arbitre se baisse. L'arbitre ramasse le jeton. Le jeton de casino. L'arbitre essuie le jeton. Le jeton de casino. De nouveau, l'arbitre lance d'une pichenette le jeton en l'air. Dans la nuit, dans le noir. Les flashes se déclenchent une seconde fois. De nouveau, sur leurs bancs, les joueurs, les officiels et les entraîneurs des deux clubs clignent des yeux. Sous les flashes. De nouveau, les joueurs, les officiels et les entraîneurs suivent la trajectoire du jeton. Dans la nuit, dans le noir. Qui monte et qui redescend. Pour tomber sur le sol, pour tomber dans la boue. Les deux capitaines regardent par terre, dans la boue. Et Ron Yeats saute en l'air. Il saute dans la nuit,

sous les flashes. En

rouge, tout en rouge.

Les joueurs, les officiels et les entraîneurs du Liverpool Football Club courent vers le milieu du terrain, vers le rond central, vers Ron Yeats. Ron Yeats –

les bras levés,

levés en

rouge, tout en rouge. Mais Bill Shankly ne court pas vers le milieu du terrain, vers le rond central. Bill Shankly quitte le banc. Lentement. Bill Shankly longe la ligne de touche pour rejoindre l'entraîneur du

FC Cologne. Bill Shankly secoue la tête, Bill Shankly tend la main –

Ce n'est pas une façon de déclarer un vainqueur, dit Bill Shankly. Pas une façon de conclure un match. Pas à pile ou face. Pas pour votre équipe. Je dois être franc, ce soir, monsieur, la meilleure équipe, c'était la vôtre.

...

Trois jours après avoir éliminé le FC Cologne de la Coupe d'Europe à pile ou face. Trois jours après avoir joué 120 minutes de football. Le Liverpool Football Club se rend au stade de Villa Park, à Birmingham. Cet après-midi-là, 67 686 spectateurs viennent aussi. Des gens de Liverpool et des gens de Londres. Ces 67 686 spectateurs veulent voir le Liverpool Football Club affronter Chelsea en demi-finale de la Coupe d'Angleterre –

Avant le coup de sifflet, celui du coup d'envoi. Dans le vestiaire, le vestiaire de Liverpool au stade de Villa Park, Birmingham. Bill Shankly sort un dépliant de sa poche. Un dépliant annonçant la finale de la Coupe d'Angleterre. Un dépliant imprimé par le Chelsea Football Club. Bill Shankly brandit le dépliant. Le dépliant qui annonce l'équipe de Chelsea en finale de la Coupe. Bill Shankly veille à ce que chaque joueur, chaque joueur du Liverpool Football Club voie bien ce dépliant, ce dépliant qui annonce Chelsea en finale de la Coupe –

Les Londoniens, ils pensent qu'ils l'ont déjà gagné, ce match, dit Bill Shankly. Que c'est dans la poche. Ces types-là, ils croient qu'on est vidés, qu'on est épuisés. Déjà battus. Ils pensent qu'ils ont déjà gagné la partie, qu'ils ont déjà gagné le match. Ces types-là, ils se voient déjà en finale. Déjà à Wembley. Parce que ces Londoniens, ils sont arrogants, parce que ces Londoniens, ils sont ignorants. Mais ces Londoniens, ils ne savent rien. Ils ne savent rien du Liverpool Football Club ! Parce qu'on n'est jamais vidés, on n'est jamais épuisés. Ni vous, les gars, ni nos supporters. Jamais ! Alors, Liverpool n'est jamais battu d'avance. Jamais battu d'avance !

Le samedi 27 mars 1965, à Villa Park, Birmingham, les supporters du Liverpool Football Club ne sont pas vidés. Les supporters du Liverpool Football Club ne sont pas épuisés. Ils chantent et ils rugissent. Et sur la pelouse, les joueurs du Liverpool Football Club entendent leurs chants, ils entendent leurs rugissements. Et les joueurs du Liverpool Football Club ne se sentent plus vidés, ne se sentent plus épuisés. Ni mentalement ni physiquement. Les joueurs du Liverpool Football Club attaquent et attaquent et attaquent. Les joueurs du Liverpool Football Club défendent et défendent et défendent. Les joueurs du Liverpool Football Club courent et courent et courent. Et les joueurs du Chelsea Football Club ne peuvent que regarder. Ils regardent et ils attendent. Ils attendent que les joueurs du Liverpool Football Club tombent comme des mouches. Sur la pelouse. À plat ventre. Vidés et épuisés. Épuisés et vaincus. Mais les joueurs du Liverpool Football Club continuent d'attaquer et d'attaquer et d'attaquer. Ils continuent de défendre et de défendre et de défendre. Depuis 10 minutes. Depuis 20 minutes. Depuis 30 minutes. Depuis 40 minutes. Depuis 50 minutes. Et les joueurs du Liverpool Football Club continuent de courir et de courir et de courir. Et au bout de 60 minutes, Stevenson trouve Thompson grâce à une longue passe transversale. Thompson trompe Hinton et Murray par une fausse réception. Thompson fonce entre Hinton et Murray. En un éclair, dans l'ouverture, Thompson tire. Et Thompson marque. Et les supporters du Liverpool Football Club exultent, les supporters du Liverpool Football Club rugissent. Et de nouveau les joueurs du Liverpool Football Club attaquent et attaquent et attaquent. De nouveau les joueurs du Liverpool Football Club défendent et défendent et défendent. Depuis 70 minutes. De nouveau les joueurs du Liverpool Football Club courent et courent et courent. Et juste avant la 80e minute, Harris bouscule St John dans la surface de réparation de Chelsea. L'arbitre siffle. L'arbitre désigne le point de penalty. Stevenson saisit le ballon. Stevenson pose le ballon sur le point de penalty. Stevenson se recule. Stevenson avance. Stevenson tire. Et Stevenson marque. Et le Liverpool Football Club bat Chelsea 2-0. Les joueurs du Liverpool Football Club ne sont pas vidés, les joueurs du Liverpool Football Club ne sont pas épuisés. Ils sont victorieux et ils jubilent. Et ne s'avouent jamais battus. Les supporters du Liverpool Football Club chantent, *Hé-ho-addio, on va gagner la Coupe...*

Après le coup de sifflet, le coup de sifflet final. Tommy Docherty, le manager du Chelsea Football Club, longe la ligne de touche pour rejoindre Bill Shankly. Tommy Docherty serre la main de Bill Shankly. Et Tommy Docherty dit, Je n'y comprends rien, Bill. Vous avez joué un match très dur au milieu de la semaine. Je n'y comprends vraiment rien. Tous nos gars étaient frais et en pleine forme. Mais aujourd'hui, vous étiez plus frais que nous, vous étiez en meilleure forme que nous, Bill. Vous étiez de loin la meilleure équipe. Félicitations, Bill. Félicitations.

Merci, dit Bill Shankly. Et Bill Shankly sourit. Bill Shankly sort le prospectus de sa poche. Et Bill Shankly tend le prospectus à Tommy Docherty.

Tommy Docherty regarde le prospectus. Le prospectus de Chelsea pour la finale de la Coupe d'Angleterre. Tommy Docherty secoue la tête. Et Tommy Docherty dit, Qu'est-ce que c'est, Bill ? Qu'est-ce que c'est que ça, bon sang ?

Juste un petit souvenir pour toi, répond Bill Shankly. Un petit quelque chose pour que tu te souviennes de nous, Tommy. Un souvenir de la finale de la Coupe.

18

Le monde sens dessus dessous

Dans la maison, dans leur vestibule. Les lettres ne cessent d'arriver. Au premier courrier et au second courrier. Les lettres arrivent continuellement. Les lettres qui demandent des billets. Des billets pour la finale de la Coupe. Et Bill répond à toutes. Bill s'excuse à chaque fois. Dans la maison, à leur porte. Les visiteurs ne cessent de frapper. Les visiteurs qui quémandent des billets. Tôt le matin, tard le soir. Les visiteurs frappent continuellement. Les visiteurs qui quémandent des billets. Des billets pour la finale de la Coupe. Et Bill ouvre la porte à tous. Bill s'excuse à chaque fois. Dans la maison, dans leur vestibule. Le téléphone ne cesse de sonner. Tôt le matin, tard le soir. Le téléphone sonne continuellement. Des gens supplient Bill de leur fournir des billets. Des billets pour la finale de la Coupe. Et Bill répond à tous. Bill s'excuse auprès de tous. Et dans la maison, dans leur vestibule. Le téléphone sonne encore. Mais à présent Bill doit partir. Le téléphone sonne toujours. Bill enfile son pardessus. Le téléphone sonne toujours. Bill met son chapeau. Le téléphone sonne toujours. Bill ouvre la porte. Le téléphone sonne toujours. Bill sort de chez lui. Le téléphone sonne toujours. Bill referme la porte. Le téléphone sonne toujours. Bill descend l'allée. Dans la rue, des enfants le repèrent. Les enfants le hèlent. Bill leur adresse un signe de la main. Les enfants demandent des billets à Bill. Des billets pour la finale de la Coupe. Et Bill s'excuse auprès d'eux. Bill monte dans sa voiture. Bill se rend dans West Derby Road. Sur les trottoirs, des gens le repèrent. Les gens lui font signe. Bill leur fait signe à son tour. Les gens le supplient de leur fournir des billets. Des billets pour la finale de la Coupe. Et Bill s'excuse auprès d'eux. Bill s'engage dans Belmont Road. De nouveau, des gens lui font signe. De nouveau, Bill leur fait signe à son tour. De nouveau, les gens le supplient de leur fournir des billets. Des billets pour la finale de la Coupe. Et de nouveau, Bill s'excuse auprès d'eux. Bill emprunte Anfield Road. Là encore, il y a foule. Dans le parking. Bill gare sa voiture. Bill descend de sa voiture. La foule repère Bill. La foule se précipite vers Bill. La foule demande des billets à Bill. Des billets pour la finale de la Coupe. Les gens quémandent et le supplient. Bill se fraie un chemin à travers la foule. Et Bill s'excuse. Bill s'excuse et Bill s'excuse. Et Bill entre dans Anfield. Les téléphones sonnent. Bill monte l'escalier. Les téléphones sonnent. Bill longe le couloir. Les téléphones sonnent. Bill tape à la porte du bureau. Les téléphones sonnent. La porte du bureau occupé par le secrétaire du club. Les téléphones sonnent. Bill ouvre la porte. Les téléphones sonnent. Bill voit le lit de camp dans le coin de la pièce. Les téléphones sonnent. Bill voit les sacs de courrier sur le plancher. Les téléphones sonnent. Bill voit les sacs et les sacs de courrier. Les téléphones sonnent. Bill voit les piles de lettres sur la table. Les téléphones sonnent. Les piles et les piles de lettres. Les téléphones sonnent. Et Bill regarde Jimmy McInnes. Les téléphones sonnent. Jimmy est assis derrière sa table. Les téléphones sonnent. Parmi toutes les lettres. Les téléphones sonnent. Les piles et les piles de lettres. Les téléphones sonnent. Et Bill remarque les cernes sous les yeux de Jimmy McInnes. Les téléphones sonnent. Les cernes sombres, les cernes noirs sous les yeux de Jimmy. Les téléphones sonnent. Bill décroche l'un des téléphones posés sur la table de Jimmy. Et Bill dit, Oui, qu'est-ce que vous voulez, monsieur ?

Avez-vous reçu ma lettre ? demande la voix à l'autre bout du fil, une voix au fort accent de Birmingham. La lettre que je vous ai envoyée ? Celle que je vous ai envoyée il y a plusieurs semaines, maintenant. Il y a des semaines…

De quel genre de lettre s'agissait-il, monsieur ?

Pour demander des billets. Pour la finale. De Birmingham.

Dans le bureau de Jimmy, au téléphone de Jimmy. Bill s'époumone, De Birmingham ? Birmingham ? J'ai des centaines d'amis, des centaines de membres de ma famille, qui me demandent tous des billets, monsieur. Mais aucun n'obtient de billets. Pas un seul d'entre eux. Les billets que nous avons vont tous au Kop. Aux gars du Kop. Aux gars qui nous ont encouragés, semaine après semaine. Voilà où vont nos billets, monsieur. Au Kop. Aux gars du Spion Kop. Aux gars de Liverpool.

Mais je suis né à Liverpool…

Alors vous auriez dû y rester ! Vous n'auriez jamais dû partir à Birmingham. Vous n'auriez jamais dû quitter Liverpool, monsieur.

Et Bill raccroche. Les téléphones sonnent toujours. Bill regarde Jimmy. Les téléphones sonnent. Les cernes sous les yeux de Jimmy McInnes. Les téléphones sonnent. Les cernes sombres, les cernes noirs. Les téléphones sonnent. Et Bill sourit. Les téléphones sonnent. Et Bill dit, Je vois que tu es toujours l'homme le plus populaire à Anfield, Jimmy. Toujours l'homme le plus populaire du Liverpool Football Club…

Non, je suis tout sauf ça, répond Jimmy McInnes. Je suis incontestablement l'homme le plus impopulaire du Liverpool Football Club, Bill.

Bill sourit de nouveau. Les téléphones sonnent. Et Bill dit, Non, Jimmy. Non. Je sais que tu tentes de faire plaisir au plus grand nombre de gens possible, Jimmy. Je sais que tu fais ce que tu peux. J'en suis sûr…

Oui, dit Jimmy McInnes. J'essaie, Bill. Je fais vraiment de mon mieux. Mais je n'y arrive pas.

Bill décroche l'un des téléphones du bureau. Bill repose le téléphone. Mais le téléphone se remet à sonner aussitôt. Et Bill dit, Mais au moins, tu essaies, Jimmy. Au moins, tu essaies de faire plaisir aux gens.

…

Dans le studio, le studio de la BBC. À la radio, dans l'émission *Des disques pour une île déserte*. Parce que le Liverpool Football Club s'est qualifié pour la finale de la Coupe d'Angleterre, parce que le Liverpool Football Club va affronter Leeds United en finale. Roy Plomley demande à Bill les huit disques qu'il aimerait avoir avec lui s'il était naufragé sur une île déserte. Et Bill choisit *My Love Is Like a Red, Red Rose*, chanté par Kenneth McKellar. Bill choisit *When the Saints Go Marching In*, par Danny Kaye et Louis Armstrong. Bill choisit *The Last Rose of Summer*, par Sydney MacEwan et Robinson Cleaver. Bill choisit *Danny Boy*, par Jim Reeves. Bill choisit *Étude en mi majeur, Opus 10 n°3*, de Frédéric Chopin, interprétée par Claudio Arrau. Bill choisit *Because You're Mine*, par Mario Lanza. Bill choisit *The English Rose*, par Webster Booth. Et pour finir, Bill choisit *You'll Never Walk Alone*, par Gerry and the Pacemakers. Puis Roy Plomley demande à Bill quel livre il emporterait avec lui sur une île déserte. Et Bill choisit *La Vie de Robert Burns*, de John Stuart Blackie. Et enfin, Roy Plomley demande à Bill quel objet de luxe il emporterait sur son île. Bill sourit, Bill s'esclaffe –

Et Bill dit, Un ballon de football.

…

Dans le bus, le bus de Liverpool. Sur la route, la route de Wembley. Avec un bus derrière eux, un bus vide derrière eux. Par précaution. Pour ne rien laisser au hasard. Pas de frayeurs et pas de surprises. Tout est planifié, tout est prêt. Dans leur bus, leur bus de Liverpool. Sur la route, la route de Wembley. À l'avant du bus, dans son fauteuil. Bill regarde par la fenêtre. Son regard plonge dans un océan de rouge, dans un univers tout rouge. Des foulards rouges et des drapeaux rouges, des banderoles rouges et des chansons rouges. Quoi qu'il regarde, où qu'il se tourne. Bill voit du rouge –

Un Océan Rouge et un Univers Rouge.

Et dans le bus, le bus de Liverpool. Sur la route, la route de Wembley. Bill se lève à l'avant, Bill allume la radio. C'est Bill qu'on entend à la radio, Bill dans l'émission *Des disques pour une île déserte*. Et Bill lance vers le fond du bus, Vous entendez ces chansons, les gars ? Rien que de grandes chansons. De grandes chansons écossaises, les gars. De grandes chansons de Liverpool –

De grandes chansons rouges, les gars…

Dans leur vestiaire, leur vestiaire à Wembley. Bill voit les joueurs du Liverpool Football Club qui sourient en écoutant les chansons de Frankie Vaughan. Et Bill entend les joueurs du Liverpool Football Club qui rient en écoutant les blagues de Jimmy Tarbuck. Les joueurs qui sourient, les joueurs qui rient. Les joueurs détendus, les joueurs fin prêts. Prêts pour le match, prêts pour la finale. Le match qui commence dans quelques minutes, la finale qui à présent commence dans quelques instants. Bill se dirige vers le centre de leur vestiaire, leur vestiaire à Wembley. Mais Bill ne ferme pas la porte, la porte du vestiaire. Bill tourne le dos à la porte, la porte restée ouverte. Et le regard de Bill passe d'un joueur au suivant. De Tommy Lawrence à Chris Lawler. De Chris à Gerry Byrne. De Gerry à Geoff Strong. De Geoff à Ronnie Yeats. De Ronnie à Willie Stevenson. De Willie à Ian Callaghan. De Cally à Roger Hunt. De Roger à Ian St John. Du Saint à Tommy Smith. De Tommy à Peter Thompson. Et Bill tend le bras hors du vestiaire, du vestiaire de Liverpool, pour montrer de l'autre côté du couloir, du couloir de Wembley, l'autre vestiaire, le vestiaire de Leeds. Et Bill dit, Regardez, les gars. Regardez ! Voilà une heure qu'ils ont fermé leur porte. Et puis écoutez, les gars. Écoutez ! Ils ne font aucun bruit, là-dedans. Il y règne un silence de mort. Parce qu'ils ont peur, les gars. Ils redoutent l'occasion qui s'offre à eux. Ils redoutent cette chance qui se présente. Mais regardez-vous, les gars. Regardez-vous tous. Vous êtes en pleine forme. Vous souriez. Parce que vous vous en frottez les mains, de cette occasion. Vous la savourez, cette chance qui se présente. Parce que c'est à ça que vous êtes destinés. C'est pour ça que vous avez travaillé toute votre vie. L'occasion de gagner la Coupe. La possibilité d'entrer dans l'Histoire. Et de faire le bonheur des supporters du Liverpool Football Club. Alors, prenez du plaisir, les gars. Profitez-en ! Parce que ça va être le plus beau jour de votre vie…

Et à cet instant dans leur vestiaire, leur vestiaire de Wembley. Bill entend la sonnerie, la sonnerie de Wembley. Et Bill emmène les joueurs du Liverpool Football Club dans le tunnel, le tunnel de Wembley, sur la pelouse, la pelouse de Wembley, et ils arrivent dans un océan de rouge, un univers tout rouge.

LI-VER-POOL. Un océan si assourdissant, un univers si éblouissant que Londres tout entier, que l'Angleterre tout entière entendent cet océan et voient cet univers. LI-VER-POOL. À la radio et à la télévision. LI-VER-POOL. Les gens ont pu lire des articles sur les supporters du Liverpool Football Club, mais aujourd'hui, à la télévision, en direct à la télévision, en noir et blanc, les gens voient les supporters du Liverpool Football Club. LI-VER-POOL. Leurs écharpes et leurs drapeaux, leurs banderoles et leurs chansons. LI-VER-POOL. Maintenant les gens voient les supporters du Liverpool Football Club et maintenant les gens entendent les supporters du Liverpool Football Club. LI-VER-POOL. Cet océan de rouge, cet univers tout rouge. En noir et blanc. LI-VER-POOL. Et Bill sait que les gens n'oublieront jamais le Liverpool Football Club. LI-VER-POOL. Leur océan de rouge, leur univers tout rouge. LI-VER-POOL. Ni noir, ni blanc. LI-VER-POOL. Mais rouge, tout en rouge. Leur LI-VER-POOL, leur LI-VER-POOL, leur LI-VER-POOL…

En rouge, tout en rouge. Le premier mai –

Sur le banc, le banc à Wembley. Bill regarde la pelouse, la pelouse de Wembley. Son gazon humide, son gazon lent. Et Bill regarde Gerry Byrne à la lutte avec Bobby Collins pour la possession du ballon. Bobby Collins bascule par-dessus Gerry Byrne. Gerry Byrne tombe à terre, Gerry Byrne reste étendu sur le gazon. Et sur leur banc, leur banc à Wembley. Bill se tourne vers Bob. Bob bondit de son siège, Bob saisit son sac. Et Bob court sur le terrain, Bob traverse la pelouse. Bob s'agenouille près de Gerry Byrne. Sur le terrain, sur la pelouse. Transpercé par la douleur, transpercé par la souffrance. Gerry Byrne montre sa cheville. Bob pose la main sur la cheville de Gerry Byrne. Bob tâte les os de la cheville de Gerry Byrne. Bob ouvre son sac. Bob en sort une bombe aérosol. Et Bob asperge la cheville de Gerry Byrne d'un nuage de glace. Puis Bob aide Gerry Byrne à se remettre debout. Gerry Byrne transpercé par la douleur, transpercé par la souffrance. Bob entend crisser les os de l'épaule de Gerry Byrne. Transpercé par la douleur, transpercé par la souffrance. Bob asperge de glace l'épaule droite de Gerry Byrne. Et Bob tapote la joue de Gerry Byrne. Transpercé par la douleur, transpercé par la souffrance. Gerry Byrne hoche la tête. Et Bob retraverse la pelouse et sort du terrain. Bob se rassied sur le banc près de Bill. Et Bill se tourne vers Bob –

J'ai entendu craquer les os de Gerry, chuchote Bob. Ses os, patron. Je crois que la clavicule de Gerry a cédé. Elle est fracturée, patron…

Son pardessus colle à sa veste. Sa veste colle à sa chemise. Sa chemise colle à son maillot de corps. Son maillot de corps lui colle à la peau. Bill hoche la tête. Et Bill regarde de nouveau la pelouse, la pelouse de Wembley. Son gazon humide, son gazon lent. Dans la lumière grise à présent, sous la pluie fine qui tombe à présent. Pendant 45 minutes. Pendant 45 minutes sinistres. Bill regarde le terrain, il regarde la pelouse. Dans la lumière grise et sous la pluie fine. Pendant 90 minutes. Pendant 90 minutes pénibles, très pénibles. Bill regarde le terrain de Wembley, la pelouse de Wembley. Dans la lumière grise et sous la pluie fine. Pendant les prolongations. Sur le gazon humide, le gazon lent. Dans la lumière grise et sous la pluie fine. Pendant les prolongations. Son pardessus colle à sa veste. Sa veste colle à sa chemise. Sa chemise colle à son maillot de corps. Son maillot de corps lui colle à la peau. Bill regarde Stevenson passer le ballon à Byrne. Transpercé par la douleur, transpercé par la souffrance. Byrne centre en hauteur pour Hunt. Hunt reprend le ballon de la tête. Et Hunt marque. Dans la lumière grise et sous la pluie fine. À la 93e minute. Les joueurs du Liverpool Football Club mènent au score. *Hé-ho-addio, on va gagner la Coupe*. Et les supporters du Liverpool Football Club chantent. *On va gagner la Coupe*. Dans un océan de rouge, dans un univers tout rouge. *Hé-ho-addio, on va gagner la Coupe*. Mais 9 minutes plus tard. Sur le gazon humide, le gazon lent. Dans la lumière grise et sous la pluie fine. Son pardessus colle à sa veste. Sa veste colle à sa chemise. Sa chemise colle à son maillot de corps. Son maillot de corps lui colle à la peau. Bill regarde Bremner marquer pour Leeds. L'océan est tout blanc, à présent. Mais dans la lumière grise et sous la pluie fine. Bill entend toujours les supporters du Liverpool Football Club. Les supporters du Liverpool Football Club qui chantent maintenant. *Walk on, walk on, with hope in your heart*[1]. Dans la lumière grise et sous la pluie fine. *And you'll never walk alone*[2]. Smith passe à Callaghan. *You'll never walk alone*. Callaghan centre en hauteur pour St John. *A-lone*. St John reprend le ballon de la tête. *You'll never walk alone*. Et St John marque. LI-VER-POOL ! Les supporters du Liverpool Football Club repeignent l'univers en rouge de nouveau. LI-VER-POOL ! Rouge pour toujours, LI-VER-POOL pour toujours. Le Liverpool Football Club a battu Leeds United 2-1. LI-VER-POOL, LI-VER-POOL, LI-VER-POOL. Dans la lumière grise et sous la pluie fine. LI-VER-POOL, LI-VER-POOL, LI-VER-POOL ! Sur le terrain humide de Wembley, sur le gazon lent de Wembley. Le Liverpool Football Club a remporté la Coupe d'Angleterre pour la première fois. Le 1er mai 1965 –

Pour la première fois. De l'Histoire,
de son histoire.

Son pardessus colle à sa veste. Sa veste colle à sa chemise. Sa chemise colle à son maillot de corps. Son maillot de corps lui colle à la peau. Bill se lève du banc. Le banc de Liverpool. Bill longe la ligne de touche. La ligne de touche de Wembley. Et Bill serre la main de Don Revie. Le manager de Leeds United. Puis Bill traverse le terrain. Le terrain de Wembley. Bill passe d'un joueur au suivant. De Sprake à Reaney, de Reaney à Bell, de Bell à Bremner, de Bremner à Charlton, de Charlton à Hunter, de Hunter à Giles, de Giles à Storrie, de Storrie à Peacock, de Peacock à Collins, de Collins à Johanneson. Bill leur tape dans le dos, Bill leur serre la

1. *Poursuis ta route, poursuis ta route, l'espoir au cœur.*
2. *Et tu ne marcheras jamais seul.*

main. Et puis Bill fait demi-tour. Bill fait demi-tour et retraverse la pelouse. La pelouse de Wembley. Vers les supporters du Liverpool Football Club. Vers leurs écharpes et leurs drapeaux, vers leurs banderoles et leurs chants. *Hé-ho-addio, on a gagné la Coupe*. Et Bill s'arrête en chemin, sur la pelouse de Wembley. Bill se dresse sur le gazon, le gazon de Wembley. Devant cet océan de rouge, devant cet univers tout rouge. *On a gagné la Coupe*. Son pardessus colle à sa veste. Sa veste colle à sa chemise. Sa chemise colle à son maillot de corps. Son maillot de corps lui colle à la peau. Bill serre les poings, Bill lève les bras. En signe de triomphe et en signe de gratitude. Devant la foule et dans la foule, devant son océan et dans son univers. En signe de victoire et en guise de remerciements. *Hé-ho-addio, on a gagné la Coupe*. Pour son océan de rouge, dans son univers tout rouge.

…

Dans le train de Londres à Liverpool, de la gare de Euston à celle de Lime Street. Dans leur voiture, dans son siège. Bill regarde Ness assise en face de lui, de l'autre côté de la table. Ness est venue au stade de Wembley. Ness a assisté à la finale de la Coupe. C'était la première fois que Ness voyait jouer Liverpool. Et Ness a vu Liverpool gagner la Coupe. Elle a assisté à la première victoire de Liverpool en Coupe d'Angleterre. La Coupe qui se trouve maintenant sous leur table, aux pieds de Bill à présent. Bill sourit à Ness. Ness rend son sourire à Bill. Et dans leur voiture, dans son siège. Bill ferme les yeux. Et Bill sent de nouveau les roues du train sous lui. Qui tournent, qui tournent. Leur mouvement et leur rythme. Elles tournent rond, elles tournent rond. Leur rythme et leur mouvement. Vers l'avant, toujours vers l'avant. Et dans son esprit, dans ses yeux. Bill voit les joueurs du Liverpool Football Club monter les marches de Wembley. En rouge. Dans son esprit, dans ses yeux. Bill voit Ronnie recevoir la Coupe des mains de la Reine. La Reine en rouge. Dans son esprit, dans ses yeux. Bill voit Ronnie soulever la Coupe au-dessus de sa tête, pour montrer la Coupe aux supporters du Liverpool Football Club. En rouge. Dans son esprit, dans ses oreilles. Bill entend la clameur de la foule. En rouge. La clameur qui a ébranlé la terre, qui a réveillé les morts. En rouge, tous en rouge. Ressuscités en rouge, tous en rouge. Et dans leur voiture, dans son siège. Bill rouvre les yeux. Bill tapote la Coupe du bout de sa chaussure. La Coupe qui est toujours là. Sous leur table, à ses pieds. Dans leur voiture, dans le train. Le train qui les ramène à Lime Street, le train qui les ramène à Liverpool. La Coupe d'Angleterre arrive au Liverpool Football Club. Pour la toute première fois. Dans l'Histoire, dans leur histoire. À *LI-VER-POOL, LI-VER-POOL, LI-VER-POOL…*

À la gare de Lime Street, à Liverpool. Bill et Ness et les joueurs et le personnel du Liverpool Football Club descendent du train. Et Bill n'en croit pas ses yeux. Où qu'il regarde, Bill voit des visages. Des gens. Où qu'il se tourne, Bill voit des gens. Des gens qui les acclament, des gens qui les applaudissent. Et Bill n'en croit pas ses oreilles. Des gens qui crient, des gens qui chantent, 50 000 personnes qui les acclament et les applaudissent, 50 000 personnes qui crient et qui chantent. Et tout le monde scande, scande –

LI-VER-POOL, LI-VER-POOL, LI-VER-POOL…

À la gare, Bill et Ness et les joueurs et le personnel du Liverpool Football Club montent dans le bus. Le bus qui va les emmener à la mairie. Et Bill n'en croit toujours pas ses yeux. Où qu'il regarde, Bill voit d'autres visages. D'autres gens. Des gens qui font la haie tout le long des rues, des gens qui encombrent les chaussées. Où qu'il se tourne, Bill voit d'autres gens. Des gens accrochés à des palissades, des gens suspendus à des réverbères. Et toujours Bill n'en croit pas ses yeux. Dans Castle Street, dans Dale Street. Des gens dans des endroits dangereux, des gens qui risquent leur vie. Pour apercevoir la Coupe, 100 000 personnes qui les acclament et les applaudissent, 100 000 personnes qui crient et qui scandent –

LI-VER-POOL, LI-VER-POOL, LI-VER-POOL…

À la mairie, Bill et Ness et les joueurs et le personnel du Liverpool Football Club descendent du bus. Bill et Ness et les joueurs et le personnel du Liverpool Football Club montent l'escalier de la mairie. Bill et Ness et les joueurs et le personnel du Liverpool Football Club sortent sur le balcon de la mairie. Et Bill cligne des yeux. Et cligne des yeux. Et cligne des yeux de nouveau. Bill n'en croit tout simplement pas ses yeux. D'un bout à l'autre de la place, d'un bout à l'autre de la ville. Où que Bill regarde, il y a des gens. Bill n'en croit tout simplement pas ses oreilles. Où que Bill se tourne, il y a des gens. Il y a 250 000 personnes ; 250 000 personnes qui les acclament ; 250 000 personnes qui les applaudissent ; 250 000 personnes qui crient ; 250 000 personnes qui chantent. Et tout le monde scande –

LI-VER-POOL, LI-VER-POOL, LI-VER-POOL. LI-VER-POOL, LI-VER-POOL, LI-VER-POOL. LI-VER-POOL, LI-VER-POOL, LI-VER-POOL…

Bill refoule ses larmes, Bill cherche son souffle. Ness lui prend le bras, Ness lui presse la main –

Jusqu'à maintenant, chuchote Ness, jusqu'à aujourd'hui, je ne me doutais pas de l'importance que pouvait avoir le football pour les gens de Liverpool. Mais toi, tu le savais, chéri. Tu as toujours su ce que ça représentait pour les gens de Liverpool…

LI-VER-POOL, LI-VER-POOL…

Bill secoue la tête. Et Bill dit, Non, chérie. Je ne le savais pas. J'en rêvais, seulement, je l'imaginais. Mais *maintenant*, je le sais, chérie…

LI-VER-POOL…

Maintenant je le sais. Mais je sais aussi que nous n'avons pas fini, chérie. Je sais que nous venons tout juste de commencer. Je sais que ce n'est qu'un début, chérie.

…

À Anfield, dans le vestiaire. Trois jours après, juste trois jours après la victoire du Liverpool Football Club en Coupe d'Angleterre. Deux heures avant le match, encore deux heures avant la rencontre Liverpool Football Club – Inter Milan pour le match aller en demi-finale de la Coupe d'Europe. Bill entend déjà les 52 082 spectateurs présents à Anfield, Liverpool. Bill les entend déjà chanter, Bill les entend déjà scander, *On veut voir la Coupe ! On veut voir la Coupe ! Hé-ho-addio, on veut voir la Coupe…*

Et dans le vestiaire, avant le coup d'envoi. Bill a une idée. Bill et Bob vont trouver Gordon Milne et Gerry Byrne. Gordon Milne avec son genou encore meurtri, Gerry Byrne avec un bras en écharpe. Gordon ne jouerait pas ce soir et Gerry ne jouerait pas ce soir. Mais Gordon et Gerry ont tenu leur rôle. Et Gordon et Jerry ont encore un rôle à tenir. Bill et Bob ramènent Gordon et Jerry dans le vestiaire. Bill dit à Gordon et Jerry d'attendre dans le vestiaire, Bill dit à Gordon et Jerry de se cacher derrière la porte. Puis Bill regarde sa montre. Bill sourit. Et Bill ressort du vestiaire du Liverpool Football Club. Bill traverse le couloir. Bill frappe à la porte du vestiaire d'en face. La porte du vestiaire de l'Inter Milan. M. Herrera, le manager de l'Inter Milan, ouvre la porte. Bill sourit. Bill désigne le cadran de sa montre. Et Bill dit, C'est l'heure, monsieur Herrera. C'est l'heure pour votre équipe d'aller sur le terrain. D'entrer sur la pelouse, monsieur.

Merci, répond M. Herrera.

Bill retourne dans le vestiaire de Liverpool. Bill ferme la porte derrière lui. Du regard, Bill fait le tour du vestiaire. Il passe de Lawrence à Lawler, de Lawler à Moran, de Moran à Strong, de Strong à Yeats, de Yeats à Stevenson, de Stevenson à Callaghan, de Callaghan à Hunt, de Hunt à St John, de St John à Smith, de Smith à Thompson. Et Bill brandit son index. Bill porte son index à son oreille. Et Bill dit, Écoutez, les gars. Écoutez bien ça…

Et sur les bancs, les bancs de Liverpool. Les joueurs du Liverpool Football Club écoutent l'écho des crampons. Les crampons des chaussures de foot. Les chaussures des joueurs de l'Inter Milan qui sortent de leur vestiaire, longent le couloir et descendent les marches, pénètrent sur la pelouse, la pelouse d'Anfield, et se heurtent à un mur de sifflets, à un chœur de *Rentrez en I-ta-lie, Rentrez en I-ta-lie, RENTREZ EN I-TA-LIE !*

Dans le vestiaire, le vestiaire de Liverpool. Bill se tourne vers Gordon Milne et Gerry Byrne. Gordon avec son genou blessé, Gerry Byrne avec sa clavicule fracturée. Et Bill soulève la Coupe d'Angleterre. Bill tend la Coupe à Gordon et Gerry. Et Bill dit, Les spectateurs veulent voir la Coupe d'Angleterre, les gars. Les spectateurs meurent d'envie de voir la Coupe d'Angleterre. Alors, tous les deux, vous allez leur montrer la Coupe. Faites un tour d'honneur avec la Coupe, les gars. Et veillez bien à ce que tous les gens présents dans le stade puissent la voir, cette Coupe. Tout autour de la pelouse. Ne manquez pas de commencer par le côté d'Anfield Road. Et puis vous descendrez vers le Kop. Vers les gars du Kop…

Ron Yeats se lève. À la tête de l'équipe, Ron Yeats fait sortir les joueurs de leur vestiaire, les emmène dans le couloir, au bas des marches, et sur la pelouse, la pelouse d'Anfield, où ils se heurtent à un mur d'applaudissements, à un chœur de *LI-VER-POOL, LI-VER-POOL, LI-VER-POOL…*

Et puis derrière Ron Yeats, derrière les joueurs du Liverpool Football Club, sortant du vestiaire, longeant le couloir, descendant les marches pour entrer sur la pelouse, la pelouse d'Anfield, arrivent Gordon Milne et Gerry Byrne, l'un clopinant et l'autre traînant la patte, qui portent la Coupe d'Angleterre, qui exhibent la Coupe d'Angleterre, tout autour du terrain, tout autour du stade, d'une extrémité à l'autre, depuis Anfield Road jusqu'au Spion Kop, sous des applaudissements si intenses, sous des acclamations si perçantes que la terre tremble, que le monde entier tremble. *ON A GAGNÉ LA COUPE ! ON A GAGNÉ LA COUPE ! HÉ-HO ADDIO, ON A GAGNÉ LA COUPE…*

Et sur le terrain, le terrain d'Anfield, les joueurs de l'Inter Milan, cloués sur place, regardent le spectacle, les jambes tremblant de peur, les yeux clignant de terreur. Une peur rouge, une terreur rouge. Au centre de cet océan de bruit, au centre de cet univers tout rouge. L'arbitre siffle le coup d'envoi. Donné par St John. Smith passe à Strong. Strong passe à Callaghan. Callaghan centre pour Hunt. Et Hunt pivote. Hunt frappe le ballon à la volée. À la 4ᵉ minute. La volée depuis la limite de la surface de réparation. La volée qui s'engouffre dans le haut des filets. *LI-VER-POOL, LI-VER-POOL, LI-VER-POOL.* Mais à présent les joueurs de l'Inter Milan commencent à trouver leurs marques. Et maintenant ils commencent à trouver le ballon. Corso trouve un passage sur la droite. Corso trouve Peiró. Peiró trouve Mazzola. Et Mazzola trouve le filet. *Walk on, walk on, with hope in your heart.* À la 34ᵉ minute, un coup franc à la limite de la surface de réparation de l'Inter Milan. *And you'll never walk alone.* Callaghan fait semblant de shooter, Callaghan saute par-dessus le ballon. *You'll never walk alone.* Stevenson passe à St John. *Alone.* Callaghan fait glisser le ballon hors de portée de Sarti. *You'll never walk alone.* Dans la cage, dans les buts. *LI-VER-POOL, LI-VER-POOL, LI-VER-POOL.* À la 40ᵉ minute, Lawler passe à Callaghan. Callaghan redonne à Lawler. Lawler gagne un duel contre un joueur, contre un autre joueur, contre un troisième. Et Lawler frappe le ballon. Du pied gauche. Il frappe le ballon et tire. Dans les filets, dans les buts. *LI-VER-POOL, LI-VER-POOL, LI-VER-POOL.* Dans les buts mais ce n'est pas un but. Le but est refusé. Chahut monstre, cacophonie. *LI-VER-POOL, LI-VER-POOL, LI-VER-POOL.* À la 75ᵉ minute, Thompson passe à Callaghan. D'une tête, Callaghan envoie le ballon à Smith. À l'intérieur, Smith le fait suivre à Hunt. Hunt tire. Sarti repousse le ballon. Le ballon roule, roule vers St John. Et St John tire. Dans les filets, dans le but. Et le *LI-VER-POOL, LI-VER-POOL, LI-VER-POOL* Football Club bat l'Inter Milan 3-1. L'Inter Milan, l'équipe championne d'Europe. L'équipe qui a remporté la Coupe Intercontinentale. L'Inter Milan abasourdi, l'Inter Milan en état de choc. Dans un océan de bruit, dans un univers tout rouge. M. Herrera se lève du banc. Lentement.

M. Herrera longe la ligne de touche. La ligne de touche d'Anfield. Et M. Herrera serre la main de Bill –

Ce n'est pas la première fois que nous perdons un match, dit M. Herrera. Mais ce soir c'est une défaite que nous avons subie. Une défaite. Alors, félicitations, monsieur Shankly.

Bill sourit. Et Bill dit, Merci, monsieur Herrera.

M. Herrera jette un regard circulaire au stade, au terrain d'Anfield. M. Herrera lève la tête vers le Kop, le Spion Kop –

Mais je vous reverrai, ajoute M. Herrera. Je vous reverrai bientôt, monsieur Shankly. En Italie. À Milan. Au stade San Siro.

…

Dans la maison, dans leur vestibule. Le téléphone sonne. Et sonne. Il sonne toujours. Dans le salon. Dans son fauteuil. Bill pose son journal de nouveau. Les compliments et les louanges. Les compliments pour la soirée de la veille, les louanges pour la soirée de la veille. Bill regarde Ness assise en face de lui. Ness lève les yeux de son journal. De ses mots croisés. Et Ness sourit à Bill. Et Bill dit, Oui, sans aucun doute, c'est encore pour moi, chérie…

Eh bien, je vais remplir la bouilloire, dit Ness. Je vais nous faire du thé.

Bill sourit, Bill hoche la tête. Bill sort dans le couloir, Bill décroche le téléphone. Bill écoute la voix à l'autre bout de la ligne –

Et Bill lâche le téléphone –

Bill court vers la porte, Bill court à sa voiture. Bill se rend au stade, Bill se rend à Anfield.

Les téléphones sonnent. Bill monte l'escalier en courant. Les téléphones sonnent. Bill court dans le couloir. Les téléphones sonnent. Bill martèle la porte du bureau. Les téléphones sonnent. La porte du bureau du secrétaire du club. Les téléphones sonnent. Bill pousse la porte. Les téléphones sonnent. Bill voit les sacs de courrier sur le plancher. Les téléphones sonnent. Les sacs et les sacs de courrier. Les téléphones sonnent. Bill voit le lit de camp dans un coin. Les téléphones sonnent. Bill voit les piles de lettres sur la table. Les téléphones sonnent. Les piles et les piles de lettres. Les téléphones sonnent. Johnny n'est pas dans son bureau. Les téléphones sonnent. Au milieu des lettres. Les téléphones sonnent. Les piles et les piles de lettres. Les téléphones sonnent. Jimmy n'est pas dans son bureau. Bill fait demi-tour, Bill se remet à courir. Il court dans le couloir, il dévale l'escalier. Il sort du bâtiment et fait le tour de la pelouse. Il se rend derrière le Kop, là où se trouve le portillon d'Archway. Et Bill s'arrête net. Derrière le Kop, au portillon d'Archway. Bill voit Arthur Riley. Bill voit les policiers. Bill voit l'ambulance. Bill voit la civière. Et Bill voit la couverture. Sous la couverture, la forme d'un corps. Sur la civière, dans l'ambulance. Près du portillon, sous le Kop. Le corps de Jimmy McInnes. Et puis Bill voit sa femme. La femme de Jimmy.

...

Dans l'allée, dans la voiture. Bill coupe le moteur. Bill sort de la voiture. Bill remonte l'allée. Bill ouvre la porte d'entrée. Bill entre dans la maison. Bill referme la porte. Bill longe le couloir. Bill entre dans le salon. Et Bill voit Ness. Ness est debout. Ness qui regarde Bill. Les mains plaquées sur sa bouche. Ness qui regarde Bill. Et Bill dit, C'est Jimmy, chérie. Il est mort, chérie.

Mort ? Comment ? Quand ?

Ce matin, chérie. Il s'est pendu. Sous le Kop.

...

Dans l'allée, dans la voiture. Dans la nuit. Bill coupe le moteur. Dans la nuit. Bill sort de la voiture. Dans la nuit. Bill remonte l'allée. Dans la nuit. Bill déverrouille la porte de chez lui. Dans la nuit. Bill ouvre la porte. Dans la nuit. Bill entre dans la maison. Dans le noir. Bill referme la porte. Dans le noir. Bill pose sa valise dans le couloir. Dans le noir. Bill longe le couloir jusqu'à la cuisine. Dans le noir. Bill s'assied à la table. Dans le noir. Bill met la main dans sa poche. Dans le noir. Bill en sort le jeton de casino. Le jeton rouge et blanc. Dans le noir. Bill baisse la tête et fixe le jeton.

Dans le noir. Bill fait tourner le jeton entre ses doigts. Le jeton rouge et blanc. Dans le noir. Le jour le plus heureux de sa vie. Ce jour où il est sorti sur le balcon de la mairie de Liverpool. La plus belle soirée de sa vie. Le soir où le Liverpool Football Club a battu l'Inter Milan à Anfield. La pire soirée de sa vie. Le soir où l'Inter Milan a battu le Liverpool Football Club au stade San Siro, le soir où l'Inter Milan a sorti le Liverpool Football Club de la Coupe d'Europe. Le jour le plus triste de sa vie. Le jour où il est venu sous le Spion Kop. Le jour où on a trouvé Jimmy McInnes. Près du portillon d'Archway. Pendu sous le Kop. Les jours les plus tristes et les jours les plus heureux, les pires journées et les meilleures. Dans le noir. Bill fait tourner le jeton entre ses doigts de nouveau. Le jeton rouge et blanc. Et de nouveau encore. Un côté rouge et un côté blanc. Deux côtés, deux côtés. Il y a toujours deux côtés. Deux côtés

à chaque pièce de monnaie, deux facettes
à chaque histoire.

19

Après la guerre, avant la guerre

La saison 1964-65 a été une longue saison. La saison la plus longue de l'histoire du Liverpool Football Club. Une saison dure et une saison fatigante. Une saison avec des hauts et une saison avec des bas. Lors de la saison 1964-65, le Liverpool Football Club a fini septième de la première division. Mais le Liverpool Football Club a atteint les demi-finales de la Coupe d'Europe et le Liverpool Football Club a gagné la Coupe d'Angleterre. Pour la première fois de l'histoire du Liverpool Football Club. Cela a été une longue saison. Mais cela a été une bonne saison. Et qui aurait dû être une saison heureuse. Mais personne n'était heureux.

Pendant l'été 1965, au début de l'entraînement de pré-saison. Les joueurs du Liverpool Football Club ne sont pas contents. Les joueurs du Liverpool Football Club ont des revendications. Les joueurs du Liverpool Football Club ont des doléances.

Les dirigeants du Liverpool Football Club avaient promis à chaque joueur une prime de 1 000 livres si le Liverpool Football Club gagnait la Coupe d'Angleterre. Les joueurs du Liverpool Football Club ont gagné la Coupe d'Angleterre. Les joueurs du Liverpool Football Club s'attendaient à recevoir chacun leur prime de 1 000 livres avec leur salaire de base de 35 livres, avant déduction des impôts. Les joueurs du Liverpool Football Club espéraient également une prime de fréquentation. Qu'ils jouent à domicile ou à l'extérieur, ils touchaient toujours une prime proportionnelle au nombre d'entrées. Le samedi 1er mai 1965, 100 000 spectateurs étaient venus à Wembley, 100 000 spectateurs avaient vu le Liverpool Football Club gagner la Coupe d'Angleterre. C'est pourquoi les joueurs du Liverpool Football Club s'attendaient à recevoir une prime de fréquentation. Plus leurs 1 000 livres pour la victoire en Coupe, plus leur salaire de base, moins les déductions d'impôts. Les dirigeants du Liverpool Football Club ont payé aux joueurs leur prime pour la victoire en Coupe d'Angleterre, plus leur salaire de base, moins les déductions d'impôts. Mais les dirigeants du Liverpool Football Club ont déclaré que jouer à Wembley, ce n'était ni jouer à l'extérieur, ni jouer à domicile. Les dirigeants du Liverpool Football Club ont décrété que le stade de Wembley était un terrain neutre. Les dirigeants du Liverpool Football Club ont refusé de verser aux joueurs une prime de fréquentation. Et c'est pourquoi les joueurs du Liverpool Football Club sont mécontents. Les joueurs du Liverpool Football Club ont des revendications. Les joueurs du Liverpool Football Club ont des doléances. Des revendications concernant la nature de leurs revenus, des doléances au sujet du montant de leur salaire. Les joueurs du Liverpool

Football Club savent que leurs revenus sont parmi les plus bas de la première division. Les joueurs du Liverpool Football Club ont pris contact avec le secrétaire de l'Association des footballeurs. Le secrétaire de l'Association des footballeurs est venu à Anfield, Liverpool, pour aider les joueurs du Liverpool Football Club à négocier avec leurs dirigeants. Le secrétaire de l'Association des footballeurs dit à la presse locale, la presse de Liverpool, Je démens aussi énergiquement que possible la rumeur selon laquelle les joueurs du Liverpool Football Club chercheraient à obtenir un salaire hebdomadaire de 100 livres pas semaine. Leur salaire de base, loin d'être une somme à trois chiffres, n'atteint même pas la moitié de ce montant.

Bill Shankly hoche la tête. Mais Bill Shankly n'est pas content. Bill Shankly n'aime pas l'argent. Il n'a pas envie de parler d'argent, il n'aime même pas penser à l'argent. Bill Shankly sait qu'on a tous besoin d'avoir un toit au-dessus de notre tête. Un toit convenable. De la nourriture sur notre table et des vêtements sur notre dos. Une nourriture convenable et des vêtements convenables. Pour nous et notre famille. Bill Shankly estime que les revenus de votre travail doivent vous fournir un toit. Ainsi que de la nourriture et des vêtements. Un toit convenable. Une nourriture convenable et des vêtements convenables. Pour vous et votre famille. Mais Bill Shankly estime que vous devez les gagner, ces revenus. Vous devez mériter ce toit au-dessus de votre tête. La nourriture sur votre table et les vêtements sur votre dos. Et qu'alors vous l'aimerez, ce toit. Cette nourriture et ces vêtements. Parce que vous l'aurez gagné, ce toit. Cette nourriture, ces vêtements. Bill estime que tout le reste, tout ce qui vient en plus, c'est du luxe. Bill pense que le luxe, c'est quelque chose qu'on n'a pas gagné. Quelque chose qu'on n'a pas acquis en travaillant. Bill sait que le luxe, c'est aussi une distraction. Au sens où cela vous distrait de votre travail. Bill Shankly n'aime pas les distractions. Il n'a pas envie de parler des distractions, il n'aime même pas penser aux distractions –

Ce serait dommage, dit Bill Shankly, si des différends de ce genre devaient créer un malaise là où aucun malaise n'a jamais existé jusqu'ici. Et si ces différends, si ce malaise, devaient provoquer des distractions.

Nous distraire de notre travail.

...

Le samedi 14 août 1965, le Liverpool Football Club se rend au stade d'Old Trafford, Manchester. Cet après-midi-là, 48 502 spectateurs se déplacent aussi. Des gens de Manchester et des gens de Liverpool. Ces 48 502 spectateurs veulent voir les vainqueurs du championnat de première division affronter les vainqueurs de la Coupe pour le Charity Shield. Il y a des banderoles qui flottent sur les gradins, des chorales exubérantes jusqu'aux toits des tribunes. À la 38e minute, Willie Stevenson marque. À la 86e minute, Ron Yeats marque. Mais Herd a marqué, aussi. Et Best a marqué, aussi. Et le titre est partagé entre les champions de la première division et les vainqueurs de la Coupe d'Angleterre. Et une somme de 13 000 livres a été récoltée pour les œuvres de charité. Charité.

Ce matin-là, avant le match, les dirigeants du Liverpool Football Club ont annoncé que tous les joueurs avaient signé de nouveaux contrats pour la saison à venir. Que les joueurs du Liverpool Football Club n'avaient plus de revendications, les joueurs du Liverpool Football Club n'avaient plus de doléances. Que les joueurs du Liverpool Football Club étaient satisfaits. Et Bill Shankly était satisfait –

Je souhaite rendre hommage au président, au directeur général et au conseil d'administration du Liverpool Football Club, dit Bill Shankly. Ils ont accordé aux joueurs l'un des contrats les plus équitables que j'aie jamais connus dans ce sport. L'un des meilleurs contrats de ce sport. Et par conséquent, tout le monde est satisfait, à présent. Il n'y a plus de différends, plus de malaise. Et rien ne nous détourne plus de notre tâche. Il ne reste que le travail, maintenant. Rien que le travail !

…

Le samedi 21 août 1965, le Liverpool Football Club se rend au stade de Filbert Street, à Leicester, pour leur premier match de championnat de la saison 1965-66. À la 35e minute, Roger Hunt marque. À la 53e minute, Geoff Strong marque. Et à la 80e minute, Hunt marque de nouveau. Et le Liverpool Football Club bat Leicester City 3-1. À l'extérieur, ailleurs qu'à Anfield. C'est un bon début. Mais rien qu'un début. Quatre jours plus tard, Sheffield United vient à Anfield, Liverpool. Ce soir-là, 47 259 spectateurs viennent aussi. Mais le Liverpool Football Club perd 1-0. À domicile, à Anfield, pour leur premier match à domicile de la saison 1965-66. Une semaine plus tard, le Liverpool Football Club se rend au stade de Bramall Lane, à Sheffield. Et le Liverpool Football Club fait match nul 0-0 avec Sheffield United. Le Liverpool Football Club bat ensuite le Blackpool Football Club à l'extérieur, le Liverpool Football Club bat ensuite West Ham United 5-1 à l'extérieur. Et le Liverpool Football Club bat ensuite le Fulham Football Club. À domicile, à Anfield. Puis le Liverpool Football Club obtient le nul 1-1 contre West Ham United. Trois jours plus tard, le Liverpool Football Club se rend au stade de White Hart Lane, à Londres. Et le Liverpool Football Club perd 2-1 contre Tottenham Hotspur. Ce soir-là, le Liverpool Football Club a joué huit matchs. Il en a gagné quatre, il a obtenu deux matchs nuls. Et il a perdu deux rencontres. Ce soir-là, le Liverpool Football Club a dix points. Ce soir-là, le Liverpool Football Club est huitième en première division. Ce n'est pas un bon début, ce n'est pas un mauvais début. Ce n'est qu'un début. Rien que le début.

…

Le samedi 25 septembre 1965. Dans le vestiaire, sur les bancs. En tenue et chaussures aux pieds. Les joueurs du Liverpool Football Club entendent les pas dans le couloir. Vifs et pesants. Bill Shankly entre dans le vestiaire. Bill Shankly referme la porte. Le regard de Bill

Shankly fait le tour de la pièce. Passant d'un joueur à l'autre. De Lawrence à Strong, de Strong à Byrne, de Byrne à Milne, de Milne à Yeats, de Yeats à Stevenson, de Stevenson à Callaghan, de Callaghan à Hunt, de Hunt à St John, de St John à Smith et de Smith à Thompson –

Tous ceux qui sont présents ici aujourd'hui dans cette pièce, dit Bill Shankly. Tous les gens présents aujourd'hui dans ce stade. Tous les gens de cette ville, tous les gens du monde entier. Tout le monde sait ce qui s'est passé la dernière fois que cette clique est venue jouer ici. Personne, dans cette pièce ; personne, dans ce stade ; personne, dans cette ville ; personne, dans le monde entier ; personne n'a oublié ce qui s'est passé ce jour-là. Tout le monde s'en souvient et vous vous en souvenez tous. Et vous vous rappelez tous ce que je vous ai dit ce jour-là, ce que les gens présents au stade vous ont dit ce jour-là. Eh bien, aujourd'hui, vous avez l'occasion de me répondre, de répondre à ces gens-là. Enfin. Vous pouvez nous répondre à tous, les gars. Mais vous savez tous qu'il ne peut y avoir qu'une réponse. Il n'y a qu'une réponse : 5-0 –

5-0, les gars.

À la 34e minute, Tommy Smith marque. À la 49e minute, Roger Hunt marque. À la 52e minute, Willie Stevenson marque. À la 73e minute, Hunt marque de nouveau. Et à la 89e minute, à une minute seulement de la fin, Ian St John marque. Et un supporter du Liverpool Football Club saute du Kop. Du Spion Kop. Le supporter du Liverpool Football Club court sur la pelouse. La pelouse d'Anfield. Le supporter du Liverpool Football Club offre un sac à main à Gordon West, le gardien de but d'Everton. Et les supporters du Liverpool Football Club éclatent de rire. Les supporters du Liverpool Football Club hurlent de rire. Et les joueurs de l'Everton Football Club restent figés sur la pelouse, les mains sur les hanches. Les joueurs de l'Everton Football Club secouent la tête. Et le manager de l'Everton Football Club longe la ligne de touche. Le manager de l'Everton

Football Club secoue la tête. Et puis Harry Catterick serre la main de Bill Shankly. Et Harry Catterick dit, Je suis sidéré, Bill. Carrément sidéré. Je ne sais pas quoi dire. Je ne comprends pas ce qui se passe. La semaine dernière, vous perdiez 2-1 contre Tottenham. La semaine dernière, vous étiez nuls. Tout le monde l'a dit, tout le monde m'en a parlé. Mais aujourd'hui, vous gagnez 5-0. Aujourd'hui, vous avez été brillants, Bill. Tout simplement brillants.

Merci, dit Bill Shankly. Merci, Harry. Mais tu te trompes. Tu te trompes encore une fois, Harry. La semaine dernière aussi, on a été brillants. La semaine dernière, on a mieux joué qu'aujourd'hui. Beaucoup, beaucoup mieux. La semaine dernière, on aurait dû écraser Tottenham 6-0. La semaine dernière, on aurait dû les laminer. Alors, il fallait bien que ça tombe sur quelqu'un, Harry. Et ce quelqu'un, c'était Everton. Ce quelqu'un, c'était toi, Harry…

Après le coup de sifflet, le coup de sifflet final. Dans le vestiaire, sur les bancs. Encore en tenue, les chaussures aux pieds. Les joueurs du Liverpool Football Club entendent les pas dans le couloir. Des pas tout sautillants, des pas de danse. C'est en valsant que Bill entre dans le vestiaire et qu'il fait le tour de la pièce. Qu'il passe d'un joueur à l'autre. Qu'il leur tape dans le dos, qu'il leur serre la main –

Vous avez été magnifiques, les gars. Magnifiques. Tous autant les uns que les autres, les gars. Sans exception. Je n'aurais pas pu vous en demander davantage. Vous avez apporté une réponse à tous les commentaires, à toutes les questions, avec une superbe démonstration de football d'équipe, de football total. De l'arrière vers l'avant, de la gauche vers la droite. Tous sans exception, les gars. Tous sans exception. Magnifiques. Je vous le dis, les gars. C'est l'un des meilleurs exemples de football que j'aie vus de ma vie. Et aucun des spectateurs présents aujourd'hui n'aura jamais vu de meilleure démonstration, de meilleur exemple de jeu d'équipe dans ce pays depuis la guerre. En jouant de cette façon, en jouant comme vous en êtes capables, nous redeviendrons champions. Nous gagnerons la Coupe de nouveau. Et nous gagnerons la Coupe des vainqueurs de coupe, aussi. On peut tout gagner, les gars. On peut rafler tous les trophées ! Alors, vous allez sortir de chez vous ce soir, les gars. La tête haute. Et vous vous promènerez parmi les habitants de cette ville. Et vous écouterez ce que les gens vous diront. Car tous, sans exception, ils vous répéteront ce que je viens de vous dire, les gars. Vous êtes la meilleure équipe que l'Angleterre ait connue depuis la guerre.

20

Chers amis

Sa veste colle à sa chemise. Sa chemise colle à son maillot de corps. Son maillot de corps lui colle à la peau. Sa peau le tire, ses muscles sont douloureux. Bill rouvre les yeux. Et Bill tente de changer de position dans son fauteuil. Sa peau le brûle, ses muscles le font souffrir. Bill ne parvient pas à changer de position sur son siège. La peau brûlante, les muscles douloureux. Bill essaie de bouger les mains. Ses mains crispées sur l'accoudoir de son siège. Ses phalanges exsangues. Bill force les doigts de sa main droite à s'ouvrir. Bill lève le bras droit. Bill approche sa main droite de la manche gauche de sa veste. Bill relève la manche gauche de sa veste. Bill regarde sa montre. L'avion vibre. De nouveau. Bill agrippe les accoudoirs de son siège. L'avion pique. De nouveau. Bill ferme les yeux. Et de nouveau. Bill s'efforce de ne pas penser à son dernier voyage en avion. La dernière fois qu'il s'est rendu en Italie. À ce qui s'est passé en Italie. À ce qui s'est passé à Milan. *Addio* ! Les klaxons et les trompettes, les pétards et les fusées. *Addio* ! Leurs feux d'artifice et leurs bombes fumigènes, leur arrogance et leur hostilité. *Addio* !

Cela avait été un long carnaval de haine, une sinistre comédie autour de la corruption. *Addio* ! Une très longue et sombre nuit, une très longue et mauvaise nuit. *Addio* ! Pleine de potions maléfiques et de mauvais sorts. *Addio* ! Et à présent Bill retournait en Italie, à présent le Liverpool Football Club volait vers Turin. Une autre ville pleine de potions maléfiques, une autre ville pleine de mauvais sorts.

Dans leur hôtel à Turin, dans la salle à manger. Les joueurs du Liverpool Football Club finissent leur repas, les joueurs du Liverpool Football Club montent dans leurs chambres. Ils se couchent tôt, ce soir, avant le match du lendemain. Demain, les joueurs du Liverpool Football Club rencontrent la Juventus au Stadio Communale, pour le tour préliminaire de la Coupe d'Europe des vainqueurs de coupe.

Dans leur hôtel à Turin, dans la salle à manger. Les serveurs débarrassent les tables. Les serveurs emportent les assiettes, les serveurs emportent les verres. Les serveurs s'appuient contre le bar, les serveurs regardent leur montre. Puis les serveurs regardent Bill, Bob, Joe et Reuben. Leurs assiettes nettoyées, leurs verres vides. Bill rit. Et Bill dit, Tommy Finney me raconte tout le temps le jour où il a joué ici pour l'Angleterre, au Stadio Communale. Tommy n'arrête pas de répéter que de toute sa carrière en équipe nationale, ça reste la meilleure prestation du onze anglais. Devant 58 000 personnes, par une température de 32 degrés. Il précise que les spectateurs ont dû apporter des ombrelles pour se protéger du soleil. Tellement il faisait chaud. Et les joueurs de l'équipe italienne, ils étaient bouillants, eux aussi. Vous vous souvenez tous d'eux. De cette équipe. À ce moment-là, c'était la meilleure équipe du monde. Les champions du monde. Les champions olympiques. Et le public, les 58 000 spectateurs, s'attendaient à ce qu'ils fassent le spectacle. Avec leurs ombrelles. Ils voulaient les voir laminer les Anglais. Les humilier et les massacrer. Pour se venger de la guerre. Voilà ce qu'ils voulaient. Ces 58 000 spectateurs, avec leurs ombrelles.

Une vengeance. Mais Tommy dit que Frank Swift a été brillant, ce jour-là. Ils l'ont tous été. Don Howe, Neil Franklin, Henry Cockburn, Stan Matthews. Magnifiques. Absolument tous. C'est Mortensen qui a marqué le premier, je crois. Lewton en a mis un autre. Et puis Tommy en a aligné deux, qu'il a marqués comme ça –

Bill bondit de sa chaise, Bill se débarrasse de sa veste. Bill se plante entre les tables et les chaises. Bill regarde d'un côté, Bill regarde de l'autre. Dans leur hôtel, dans la salle à manger. Bill cherche le ballon des yeux, Bill voit le ballon. Bill pivote pour le frapper, Bill tire. Et Bill dit, Une reprise de volée sur une passe latérale de Wilf Mannion…

Bill se recule. Dans leur hôtel, dans la salle à manger. Bill cherche le ballon de nouveau, Bill voit le ballon de nouveau. Et Bill frappe une seconde fois. Puis Bill ajoute, Et l'autre, comme ça, marqué à bout portant…

Bill se rassied à la table. Et Bill ajoute, Et Tommy jouait à gauche, ce jour-là. C'était la première fois qu'on trouvait le moyen de faire jouer Tommy et Matthews dans la même équipe. D'après Tommy, les Italiens n'ont pas compris ce qui leur arrivait. Ils ont commencé à se chamailler entre eux. Parce qu'ils n'étaient pas habitués à perdre, vous voyez. Sept d'entre eux jouaient de cette équipe du Gran Torino qui a gagné tant de titres à la suite. Vous vous souvenez tous d'eux. Cette équipe dont tous les membres ont été tués un an plus tard dans une catastrophe aérienne. Terrible, terrible. Mais vous imaginez cette ligne d'avants ? Matthews, Mortensen, Lawton, Mannion et Tommy. Bon sang ! Quelle équipe c'était, quel match ça a dû être. Comme un sport différent, dans un autre monde. Aujourd'hui, tout marche à l'envers. Maintenant, c'est les défenseurs qui marquent les buts. Plus les avants. C'est la nouvelle façon de jouer, c'est le monde nouveau. C'est un jeu pour les défenseurs, à présent. Voilà le secret, les gars. Et c'est à ça qu'on sera confrontés demain. Une équipe de défenseurs.

…

Dans le vestiaire, le vestiaire d'Anfield. Avant le premier coup de sifflet, le coup d'envoi du match retour. Bill secoue la tête de nouveau. Et Bill dit, Un but. C'est tout ce qu'ils ont. Un but. Et marqué par un arrière. Un but. Et on sait bien que c'est tout ce qu'ils voulaient. Un but. Et c'est tout ce qu'ils ont eu. Ce seul but. C'est tout ce qu'ils voulaient et c'est tout ce qu'ils ont eu. Un but. Et voilà qu'ils sont chez nous aujourd'hui. Avec ce but, ce seul but. Bien décidés à s'accrocher à ce but, ce seul but. À conserver ce but, ce seul but. Et à remporter ce but, ce seul but. Dans leurs valises, leurs valises de luxe. À rentrer à Turin, à rentrer en Italie. Avec leur but, leur seul but. C'est ça, leur plan, leur seul plan. Mais ils vont avoir une surprise, les gars. Ils vont avoir un choc. Parce que, à votre avis, combien de spectateurs il y avait là-bas ? La semaine dernière, à Turin – 5 000, 10 000 ? Rien du tout. Il n'y avait pas un chat, là-bas ! Pas comme aujourd'hui, pas comme ce soir. Ce soir, il y a 50 000 spectateurs ici ! Ce soir, il y a 50 000 personnes au stade d'Anfield, 50 000 personnes pour vous voir faire voler en éclats leurs illusions. Pour vous voir forcer et vider leurs valises tape-à-l'œil et leur arracher ce qu'ils tiennent dans leurs petites pattes sales. Il y a 50 000 personnes ici pour vous voir arracher ce but à la Juventus et les renvoyer à Turin, les renvoyer en Italie. Sans rien dans leurs valises, sans rien dans les mains…

Sur le banc, le banc d'Anfield. Entouré de banderoles, entouré de chansons. Les banderoles rouges et les chansons rouges. Bill observe un océan en perpétuel mouvement, Bill observe un univers de muscles puissants. Un mouvement rouge, des muscles en rouge. Le coup franc tiré par Stevenson, là-bas, sur la gauche. Le coup franc qui trouve Strong. Strong qui fonce depuis la droite, traverse tout le terrain et passe latéralement à Lawler. D'un défenseur à un autre défenseur. Qui déboule à toute vitesse pour foncer vers l'avant, qui fonce sur le ballon. Le ballon qui finit dans les filets, dans les buts. Dans un océan en perpétuel mouvement, dans un univers de muscles puissants. Un mouvement rouge, des muscles en rouge. Del Sol dégage paresseusement vers l'arrière d'un coup de talon. Lawler subtilise le ballon à Del Sol, Lawler sert Callaghan. Callaghan envoie le ballon vers le but, St John monte. Le ballon revient. Il revient vers Strong. Un défenseur à la lisière de la surface de réparation, un défenseur qui tire un boulet de canon. Dans la cage, dans les buts. Dans un océan en perpétuel mouvement, dans un univers de muscles puissants. Un mouvement rouge, des muscles en rouge. Au milieu des banderoles, au milieu des chansons. Les banderoles rouges et les chansons rouges. La Juventus n'a plus rien à quoi se raccrocher, plus rien à défendre. La Juventus s'est fait battre depuis l'arrière, battre par deux buts marqués par deux défenseurs. La Juventus s'est fait prendre à son propre jeu. Le Liverpool Football Club a appris la leçon. Et le Liverpool Football Club a donné une leçon à la Juventus –

L'élève est devenu le maître.

...

Sous les tribunes, au milieu des chaussures. Bill, Bob, Reuben, Joe et Albert tiennent chacun une feuille de papier. Sur leur feuille il y a une liste, une liste de noms : Alf Arrowsmith, John Bennett, Phil Chisnall, Roy Evans, Bobby Graham, Brian Hall, Alan Hignett, Geoff Long, Thomas Lowry, Ted McDougall, Grant McCulloch, Kevin Marsh, William Molyneux, Ronnie Moran, John Ogston, Steve Peplow, Ian Ross, John Sealey, Ken Walker et Gordon Wallace. Des noms de joueurs, les joueurs de l'équipe réserve du Liverpool Football Club –

Sous les tribunes, au milieu des chaussures. Bill, Bob, Reuben, Joe et Albert discutent de chaque joueur de l'équipe réserve. De leurs points forts et de leurs points faibles. Bill, Bob, Reuben, Joe et Albert discutent de chaque match joué par l'équipe réserve. Des points positifs et des points négatifs. Les joueurs de l'équipe réserve ont disputé 17 matchs cette saison. Ils en ont gagné 6 et obtenu 6 nuls. Et ils en ont perdu 5. Ils ont marqué 28 buts et en ont concédé 21. Phil Chisnall est le meilleur buteur de l'équipe réserve, avec 5 réalisations. Bill repose sa feuille de papier. Bill demande, Et Ronnie Moran ? Il s'en tire comment, Ronnie ?

Très bien, répond Joe. Il s'entraîne toujours aussi dur, il joue toujours aussi bien. Et il aide les jeunes, en plus. D'un conseil par-ci, d'un mot par-là. Il leur montre comment procéder, il leur montre ce qu'il faut faire pour réussir, patron. Il les aide, il les forme.

Bill sourit. Et Bill dit, Ça me fait plaisir, Joe. Excellente nouvelle. C'est ce que j'espérais entendre, ce que je m'attendais à t'entendre dire. Mais on ne sait jamais, on ne peut jamais être sûr. C'est dur, quand on doit accepter d'être rétrogradé, de quitter l'équipe première. Nous le savons tous. Nous sommes tous passés par là. Il n'y a rien de pire, au football. Rien de pire dans la vie. Quand on sent que nos meilleures années sont derrière nous, quand on sait qu'on est sur la pente descendante. Sur la pente descendante qui mène à la sortie. Qu'on est bon pour l'équarrissage et le costume en sapin. Je ne souhaite ça à personne, à personne. Cette sensation, cette certitude. Mais c'est ce qui nous attend tous, ce qui nous arrive à tous. En fin de parcours, Joe. En fin de course.

…

Au bout du couloir, du couloir d'Anfield. Bill frappe à la porte du bureau. Le bureau du secrétaire du club. Bill ouvre la porte. Bill voit les sacs de courrier posés sur le plancher. Les sacs et les sacs de courrier. Bill jette un coup d'œil au coin de la pièce. Le coin où se trouvait auparavant un lit de camp. Il n'y a plus de lit de camp dans le coin de la pièce à présent. Seulement d'autres sacs de courrier. Encore et encore des sacs de courrier. Bill regarde la table. Bill voit des piles de lettres sur la table. Des piles et des piles de lettres. Et Bill voit le nouveau secrétaire du club derrière la table. Au milieu des lettres. Des piles et des piles de lettres. Bill sourit à Peter Robinson. Et Bill dit, Il se fait tard, Peter. Tu devrais rentrer chez toi. Retrouver ta famille. Et laisser tout ça pour demain…

Peter Robinson lève les yeux de sa machine à écrire. Des piles et des piles de lettres. Et Peter Robinson sourit –

Je vais le faire, dit Peter Robinson. Bientôt, Bill. Je vais juste finir ces quelques lettres et puis je partirai.

Bill dit, C'est bien, Peter. Il y a des lettres pour moi ?

Deux seulement, répond Peter Robinson. Deux seulement.

Alors, donne-les-moi, Peter. Et je vais m'en occuper tout de suite.

Et Peter Robinson désigne deux sacs de courrier. Deux gros sacs de courrier dans le coin de la pièce. Dans le coin où se trouvait auparavant un lit de camp. Et Peter Robinson rit –

Deux sacs seulement, dit Peter Robinson. Ces deux sacs-là.

Bill rit. Bill se dirige vers le coin de la pièce. Le coin où se trouvait auparavant un lit de camp. Et Bill soulève les deux sacs. Les deux gros sacs de courrier. Bill porte les sacs jusqu'à la porte. Bill se tourne de nouveau vers Peter Robinson. Bill sourit. Et Bill dit, Bon sang, ce qu'ils sont lourds, ces sacs. Je ferais mieux de m'y attaquer tout de suite. Mais veille bien à rentrer chez toi sans tarder, Peter. Promets-moi de ne pas rester ici toute la nuit. Promets-moi que tu vas bientôt rentrer chez toi, Peter…

Je n'y manquerai pas, répond Peter Robinson. C'est promis.

Bill sourit. Et Bill ajoute, Eh bien, je vérifierai. Alors, fais ce que je t'ai dit, Peter. Fais ce que je t'ai dit…

Je n'y manquerai pas, Bill. Je n'y manquerai pas. Bonsoir, Bill. Bonsoir.

Et bonsoir à toi, Peter. Bonsoir…

Dans son bureau, son bureau à Anfield. Bill ferme la porte derrière lui. Bill pose les deux sacs de courrier près de sa table de travail. Bill s'assied dans son fauteuil derrière sa table. Bill se penche vers le premier sac de courrier. Bill ouvre le sac. Bill glisse la main dans le sac. Bill en sort une lettre. Bill ouvre la lettre. Bill lit la lettre. Et Bill sourit. Bill pose la lettre sur sa table. Bill ouvre le tiroir supérieur de sa table de travail. Bill y prend une feuille de papier à en-tête. Elle porte trois mots en caractères gras, de grande taille. Imprimés en rouge. **LIVERPOOL FOOTBALL CLUB**. Sous ces trois mots, il y en a cinq autres. En italique, en rouge : and Athletic Grounds Co. Ltd. Bill referme le tiroir. Bill glisse la feuille dans sa machine à écrire. Bill tourne le bouton du rouleau. Et Bill se met à taper : **Chers amis, Bien reçu votre lettre, dont je vous remercie sincèrement. Merci également pour l'invitation à l'anniversaire de votre fils Robert le 26 du mois prochain, c'est-à-dire la veille de notre match contre Leeds United. En fait, les joueurs, les entraîneurs et moi-même serons pris par une préparation spéciale en vue de cette rencontre vitale. Je suis sûr que vous comprendrez à quel point c'est important, particulièrement Robert, qui appartient au groupe le plus fabuleux du monde, « LE KOP ». Nous adressons toutes nos amitiés à Robert à l'occasion de son anniversaire. Bien à vous,**

Bill arrête de taper. Bill ôte la lettre de sa machine. Bill pose la lettre sur la table. Bill glisse la main dans la poche intérieure de sa veste. Bill en sort son stylo. Son stylo rouge. Bill dévisse le capuchon de son stylo. Au-dessus du mot **Manager**, Bill signe la lettre *B. Shankly*. Bill pose son stylo sur la table. Bill ouvre le tiroir. Bill en sort une enveloppe. Bill referme le tiroir. Bill reprend son stylo. Son stylo rouge. Bill inscrit l'adresse sur l'enveloppe. Bill repose son stylo. Bill prend la lettre. Bill la plie. Bill glisse la lettre dans l'enveloppe. Bill approche l'enveloppe de ses lèvres. Bill tire la langue. Bill lèche les deux bandes gommées derrière le rabat de l'enveloppe. Bill repose l'enveloppe sur la table. Bill aplatit l'enveloppe avec la paume. Bill reprend l'enveloppe. Bill la place sur l'un des côtés de la table. Bill se penche de nouveau vers le premier sac de courrier. Bill plonge de nouveau la main dans le sac. Bill en sort une autre lettre. Bill ouvre la lettre. Bill lit la lettre. Et Bill sourit. Bill pose la lettre sur la table. Bill ouvre le tiroir. Bill en sort une autre feuille de papier. Bill referme le tiroir. Bill glisse la feuille dans sa machine à écrire. Bill tourne le bouton du rouleau. Et Bill se met à taper. De nouveau. Bill se met à taper. À taper et à taper et à taper. À taper et à taper et à taper. Lettre après lettre après lettre. Lettre après lettre après lettre. Lettre après lettre après lettre –

À taper et à taper et à taper. À taper et à taper et à taper. Lettre après lettre après lettre. Lettre après lettre après lettre –

À taper et à taper et à taper. Lettre après lettre après lettre.

…

Dans la maison, dans leur salon. La guirlande du sapin de Noël clignote dans un coin de la pièce. Elle s'allume et elle s'éteint, elle s'allume et elle s'éteint. Dans la maison silencieuse, dans leur salon bien chaud. Bill vient encore de perdre au Scrabble. Ness range les jetons, les chevalets et le plateau. Bill regarde sa montre. Bill sourit. Et Bill dit, Je crois que je vais donner un petit coup de téléphone à Don, chérie. Juste le temps de leur souhaiter un joyeux Noël, à lui et à sa famille.

Il est un peu tard, dit Ness. Tu ne penses pas qu'il sera déjà au lit, chéri ?

Bill secoue la tête. Et Bill répond, Pas Don, chérie. Non. Je connais Don, je connais Don. Il doit se tracasser et se faire du mauvais sang à cause du match de demain. Il sera content de bavarder un moment. Il sera content que je l'appelle, Don.

Eh bien, moi, je monte, chéri. Alors, tâche de ne pas parler trop fort.

Compte sur moi, chérie. Je ferai attention. Bonne nuit, chérie. Bonne nuit.

Bill prend son carnet d'adresses sur le bras du fauteuil. Bill sort dans le vestibule. Bill allume le plafonnier. Bill trouve le numéro de Don Revie dans son carnet d'adresses. Bill décroche le téléphone. Bill compose le numéro de Don. Bill écoute le téléphone sonner.

Et sonner. Et sonner. Et Bill entend Don dire, Allô ? Allô ? Qui est-ce ?

Et Bill répond, C'est moi, Don. Ce n'est que moi. C'est Bill. Je me suis dit que je devrais te passer un petit coup de fil juste avant le match, avant le match de demain. Ah, ça va être un grand match, Don. Un grand match. Et une grosse affluence aussi, Don. Une très grosse affluence. Les supporters voudront voir la répétition de la finale de la Coupe. Enfin, les nôtres, du moins. Pas les vôtres, je suppose. Mais j'espère que vous êtes aussi bien préparés que nous, Don. Parce qu'on est fin prêts à vous rencontrer. Je peux te l'assurer, Don. Je t'en avertis pour pas un sou. Et je vais te dire autre chose, Don. Je vais te dire ceci. Je crois que notre équipe est plus forte aujourd'hui qu'elle ne l'était la saison dernière. Pour être très franc avec toi, Don. Et sans vouloir être arrogant, Don. Simplement pour être franc avec toi. Je crois qu'on va remporter le championnat. Et la Coupe. Et la Coupe des vainqueurs de coupe. C'est mon impression, Don. C'est l'impression que j'ai. Car laisse-moi te dire, Don. Je crois que nous sommes la meilleure équipe que l'Angleterre ait connue depuis la guerre. La toute meilleure. Je ne sais pas ce que tu en penses, Don ? Mais je ne vois pas une seule faiblesse, chez nous. Pas une. Depuis les arrières jusqu'aux avants. Je crois qu'on a tout bon. Et on s'améliore. On s'améliore sans cesse. À chaque match. C'est ce que je trouve de plus incroyable, Don. Ce qui me fascine dans cette équipe. À chaque fois, je pense que je ne les ai jamais vus jouer aussi bien. Mais non, Don. Ah, non ! Au match suivant, à la rencontre suivante. Ils sont encore meilleurs. Meilleurs qu'au match précédent, meilleurs qu'au match d'avant. Bien, bien meilleurs. Je sais, il y a des gens qui critiquent Tommy Lawrence. Mais pour moi, Don. Pour moi, c'est le meilleur gardien du championnat. Je suis sûr que tu es de mon avis, Don. Je suis sûr que tu es d'accord avec moi. Et les jeunes qui sont chez nous. Lawler et Smith. Crois-moi, Don. Crois-moi. Ces deux-là, ils pourraient intégrer n'importe quelle équipe qui ait jamais existé. N'importe laquelle. Et la rendre encore meilleure. Bien, bien meilleure. Et puis, quand on combine cette jeunesse et cet enthousiasme avec l'expérience et la sagesse de joueurs tels que Gerry Byrne et Gordon Milne, Ronnie Yeats et Willie Stevenson. Ma foi, ce n'est pas juste, hein, Don ? Soyons francs, Don. Ce n'est pas juste pour les autres équipes. Pour les autres formations. Et quant à nos quatre avants. Vraiment, qu'est-ce que je peux dire, Don ? Qu'est-ce que je pourrais bien ajouter ? Sincèrement, honnêtement, que reste-t-il à dire sur ces quatre-là ? Callaghan, Hunt, St John et Thompson. Oui, il peut exister des joueurs aussi talentueux. *Individuellement*. C'est possible, oui. Sans doute. Ton Jimmy Greaves, ton Denis Law. Mais quand même, Don. Quand même, mon vieux. En tant qu'équipe. Eh bien, il n'existe pas de meilleur équilibre, pas de meilleure combinaison. Pas de meilleure équipe que cette équipe de Liverpool. Et nous savons l'un comme l'autre ce qui est le plus important, Don. Le plus important dans ce jeu. *Les équipes*. L'équilibre et la combinaison. Pas l'individualité, pas la superstar. Parce que c'est un jeu d'équipe, un sport d'équipe, n'est-ce pas, Don ? Ce n'est pas vrai ? L'important, c'est la façon dont on joue en tant qu'équipe. Pas en tant qu'individualité. En réalisant un bon match ici et un bon match là. Tout repose sur l'équipe. Semaine après semaine. Rencontre après rencontre, match après match. Sur la façon dont l'équipe joue. C'est pourquoi je te le répète, Don. Je te le redis. Tout simplement, je n'ai jamais vu de meilleure équipe que celle-ci. Cette équipe de Liverpool. Pas de mes propres yeux. Pas depuis que je suis sur terre. Bon, Don. Je vais te laisser. Je vais te laisser retourner au lit. Je te verrai demain, Don. Je te verrai à Anfield. Alors, dors bien, Don. Dors bien. Bonne nuit, Don. Bonne nuit…

Sur le banc, le banc d'Anfield. Dans l'air glacial, sous le vent cinglant. Bill entend les chants, les chants de Noël. Ce sont 53 430 spectateurs qui chantent Noël.

Pour dégivrer l'air, pour réchauffer le vent. Pour faire bouillir l'air, pour brûler le vent. Mais sur le sol, le sol pris dans la glace, sur le terrain, le terrain dur comme de la pierre. Il n'y a pas de réjouissances, les joies de Noël n'existent pas. Il n'y a pas de bienveillance, de générosité de saison. Il n'y a que la bataille et il n'y a que la lutte. Corps à corps, d'homme à homme. Homme en rouge contre homme en blanc. Dans l'air glacial, sous le vent cinglant. Des os et des muscles, de la terre et du cuir. Des os qui craquent et des muscles qui peinent, de la terre blanche de givre et du cuir noir. Dans l'air glacial, sous le vent cinglant. Une minute après l'autre. À la 14e minute, Reaney propulse le ballon tout droit vers Lawrence. Lawrence l'envoie plus loin. Yeats broie des os, Yeats traverse le terrain. Lorimer se froisse un muscle, Lorimer trouve le cuir. Dans l'air glacial, sous le vent cinglant. Lorimer tire. Et Lorimer marque. Et dans l'air glacial, sous le vent cinglant. Le Leeds United Association Football Club bat le Liverpool Football Club 1-0. C'est la première défaite en dix matchs pour le Liverpool Football Club, la première défaite depuis le samedi 23 octobre 1965. Et dans l'air glacial, sous le vent cinglant. Bill longe la ligne de touche. La ligne de touche d'Anfield. Bill serre la main de Don Revie. Bill sourit à demi. Et Bill dit, Eh bien, Don, tu ne pourras pas prétendre que je ne te donne jamais rien à Noël. Joyeux Noël, Don. Et à demain, Don. À demain…

Sur leur banc, leur banc au stade d'Elland Road. Les yeux rivés sur la pelouse dure comme la pierre, le terrain couvert de sable. Le givre noir et les rafales de neige. Bill observe et Bill attend. Et à la 48e minute, Thompson change de direction. Thompson efface son adversaire. Thompson sert Hunt. Hunt échappe au tacle de Charlton. Hunt atteint le bout du terrain. Exact et précis, à ras du sol et en diagonale, Hunt passe à Milne. Milne tire. Et Milne marque. Et le Liverpool Football Club bat le Leeds United Association Football Club 1-0. À l'extérieur, à Elland Road. Et d'un bout à l'autre de la pelouse dure comme la pierre, du terrain couvert de sable. Malgré le givre noir et les rafales de neige. Les seules voix qu'on entend sont les voix de Liverpool. Qui s'élèvent des tribunes, qui montent vers le ciel. Vers le ciel, le ciel noir de l'hiver. Des voix rouges, des voix frustes. Des voix sacrées…

Dans leur bus, leur autobus de Liverpool. À travers les rues, les rues de Leeds. Bill regarde par la fenêtre, la fenêtre du bus. Il regarde ces rues, ces rues de Leeds. Et dans ces rues, ces rues du Yorkshire. Bill voit des gamins, trois jeunes gars. Des écharpes rouges autour du cou, des manteaux tout minces sur le dos. Leurs visages blafards tournés vers la chaussée, la chaussée déserte, leurs pouces bleuis par le froid levés vers le ciel. Et dans leur bus, leur bus de Liverpool. Bill se lève. Et Bill lance au chauffeur, Arrêtez-vous. Arrêtez-vous !

Le chauffeur arrête le bus. Le chauffeur ouvre la porte. Et Bill descend du bus. Et Bill appelle les trois mômes, Allez, montez, les gars. Montez dans le bus ! On va vous ramener, les gars. On vous ramène chez vous.

Bill fait monter les gamins dans le bus. Bill leur fait de la place. Bill leur trouve des sandwichs. Des sandwichs donnés par les joueurs. Bill leur fait obtenir des autographes. Les autographes des joueurs. Bill pose aux gamins des questions sur le match. Bill pose aux gamins des questions sur l'équipe. Bill demande aux gamins ce qu'ils ont pensé du match. Bill demande aux gamins ce qu'ils espèrent pour l'équipe. Bill écoute les mômes. Bill les écoute. Pendant tout le chemin jusqu'à Liverpool, tout le chemin du retour. Et quand leur bus, leur bus de Liverpool, atteint le centre-ville, le centre-ville de Liverpool. Bill s'assure que les mômes ont suffisamment d'argent, à présent. Suffisamment d'argent pour rentrer chez eux, pour rejoindre leur domicile à Liverpool –

Merci, disent les mômes. Merci pour tout…

Bill secoue la tête. Et Bill dit, Non, les gars. Non. Vous n'avez pas à me remercier, les gars. Vous n'avez pas à me remercier de quoi que ce soit. C'est moi qui devrais vous remercier. D'être venus jusqu'à Leeds aujourd'hui. Malgré le verglas et la neige. Votre écharpe rouge autour du cou, votre écharpe de Liverpool. Pour soutenir le Liverpool Football Club. Alors, je vous remercie, les gars. Je vous remercie. D'encourager le Liverpool Football Club. Parce qu'on ne pourrait rien faire sans vous, les gars –

On ne serait rien sans vous.

21

L'ennemi de toujours

Le samedi 1er janvier 1966, Manchester United vient à Anfield, Liverpool. En ce premier de l'an, 53 970 spectateurs viennent aussi. En ce premier de l'an, on ferme les portes du stade plusieurs heures avant le coup d'envoi. Des centaines de gens, des milliers de gens massés devant les grilles verrouillées d'Anfield, Liverpool. Des centaines de gens, des milliers de gens parmi les policiers, les policiers à cheval. Des gens qui refusent de se disperser, qui refusent de rentrer chez eux. Des centaines de gens, des milliers de gens qui s'estiment déjà chez eux. À l'extérieur d'Anfield, à l'intérieur d'Anfield. D'une seule voix, un seul mot : LI-VER-POOL. Encore et encore, d'une seule voix, toujours et toujours, un seul mot. Un mot rouge : LI-VER-POOL, LI-VER-POOL, LI-VER-POOL –

Ce mot embrase l'atmosphère, ce mot met le feu au vent. Mais avant la 3e minute de jeu, Gregg dégage en hauteur. Law trouve d'où vient le vent et le suit aussitôt. Law arrive sur le ballon avant Yeats, Law évite le tacle de Byrne, Law s'écarte quand il sent Lawrence sur ses talons, Law tire. Et Law marque. Mais le mot ne bat pas en retraite. Le mot ne se rend pas. LI-VER-POOL, LI-VER-POOL, LI-VER-POOL. À présent le mot traverse les muscles, le mot transperce les os. LI-VER-POOL, LI-VER-POOL, LI-VER-POOL. Et un tir de Hunt. Et un tir de Stevenson. Et un tir de St John. Et un tir de Smith. Tous s'abattent sur Gregg sous sa barre transversale. Aucun abri ne protège du mot. Aucun répit à attendre du mot. LI-VER-POOL, LI-VER-POOL, LI-VER-POOL. À la 39e minute, Byrne passe à Smith. Smith se débarrasse de deux tacles. Smith avance encore de quatre enjambées. Et Smith tire. Des 22 mètres. Vite et fort et bas. Le ballon rebondit sur le poteau et entre dans la cage. Smith marque. LI-VER-POOL, LI-VER-POOL, LI-VER-POOL. Mais le mot n'en a pas fini. Le mot n'est pas satisfait. LI-VER-POOL, LI-VER-POOL, LI-VER-POOL. Le mot est insatiable, le mot est vorace. LI-VER-POOL, LI-VER-POOL, LI-VER-POOL. Au cours des deux dernières minutes de jeu, St John tire de nouveau. Gregg sauve le but de nouveau. Le ballon s'échappe de la bagarre. Byrne le renvoie au cœur de la bagarre. Et Milne le détourne. Dans les filets, au fond des buts. LI-VER-POOL, LI-VER-POOL, LI-VER-POOL. Le cri du triomphe, le cri de la victoire. Le premier de l'an 1966, le Liverpool Football Club possède 36 points. En ce premier de l'an, le Liverpool Football Club est premier de la première division.

…

Le samedi 22 janvier 1966, Chelsea Football Club vient à Anfield, Liverpool. Cet après-midi-là, 54 097 spectateurs viennent aussi. Ces 54 097 spectateurs veulent voir le Liverpool Football Club affronter le Chelsea Football Club au troisième tour de la Coupe d'Angleterre. À la 2e minute, Roger Hunt marque. Mais à la 7e minute, Osgood égalise. Et à la 67e minute, Tambling marque. Et le Liverpool Football Club perd 2-1 contre le Chelsea Football Club. Dans le silence. Les détenteurs de la Coupe ont laissé partir la Coupe. Et en silence. Le Chelsea Football Club repart à Londres avec la Coupe. Pour la rapporter à Lancaster Gate, au siège de la Football Association –

Où elle sera en sécurité.

Après la Coupe, éliminé de la Coupe. Bill Shankly ferme la porte du vestiaire. Le vestiaire de l'équipe qui reçoit. Le regard de Shankly fait le tour du vestiaire. Le vestiaire de Liverpool. Il passe d'un joueur au suivant. De Lawrence à Lawler, de Lawler à Byrne, de Byrne à Milne, de Milne à Yeats, de Yeats à Stevenson, de Stevenson à Callaghan, de Callaghan à Hunt, de Hunt à St John, de St John à Smith et de Smith à Thompson. Bill Shankly hoche la tête et Bill Shankly sourit –

Je sais que vous êtes tous déçus, les gars. Je sais que vous êtes tous vexés. Je le vois sur vos visages, les gars. Sur vos visages à tous. Mais ce qui est fait est fait, les gars. Ce qui est perdu est perdu. Alors, il ne faut pas que vous laissiez cette déception, que vous laissiez cette tristesse entamer votre conviction et votre confiance. Parce que vous restez la meilleure équipe que j'aie jamais vue jouer, les gars. Vous restez la meilleure équipe que l'Angleterre ait connue depuis la guerre. Donc, vous devez croire en vous-mêmes et croire les uns en les autres, les gars. Vous devez avoir confiance en vous-mêmes et avoir confiance les uns en les autres. Et alors vous gagnerez de nouveau. Et encore et encore. C'est la seule réponse à la déception, c'est le seul moyen d'effacer la tristesse. De gagner, les gars. Et de gagner et gagner encore. Jusqu'à ce que vous remportiez le championnat. Jusqu'à ce que le Liverpool Football Club soit de nouveau champion. C'est la seule réponse à présent, les gars. C'est le seul moyen. Gagner et gagner encore, les gars. Et d'être champions. De redevenir champions, les gars !

…

Ensuite, plus tard. Le Liverpool Football Club bat Leicester City 1-0 et le Liverpool Football Club bat Blackburn Rovers 4-1. Puis il bat le Sunderland Football Club 4-0 et il bat le Blackpool Football Club 4-1.

Le samedi 26 février 1966, le Liverpool Football Club se déplace au stade de Craven Cottage, à Londres. Le Fulham Football Club est tout en bas du classement de la première division. Le Liverpool Football Club est en tête de la première division. Cet après-midi-là, 31 626 spectateurs se déplacent aussi. Ces 31 626 spectateurs viennent voir le plus mal classé affronter le mieux classé. Le dernier jouer contre le premier. Cet après-midi-là, Ian St John donne un coup de poing à Mark "Pancho" Pearson. St John frappe "Pancho" Pearson d'un crochet du gauche. St John est expulsé. Et cet après-midi-là, le Liverpool Football Club perd 2-0 contre le Fulham Football Club. À l'extérieur, ailleurs qu'à Anfield. Le plus mal classé bat le mieux classé. Le dernier bat le premier.

Après l'expulsion, après la défaite. À Lancaster Gate, à Londres. Au siège de la Football Association. Bill Shankly et Ian St John passent devant la Coupe d'Angleterre. La Coupe d'Angleterre dans sa vitrine, en sécurité. Bill Shankly et Ian St John s'assoient dans le couloir à Lancaster Gate. Bill Shankly porte son plus beau costume et sa plus jolie cravate rouge, Ian St John porte son plus beau costume et sa plus jolie cravate rouge –

Entrez !

Bill Shankly et Ian St John se lèvent. Bill Shankly et Ian St John rectifient la position de leur cravate rouge. Bill Shankly et Ian St John franchissent la porte, entrent dans la pièce. Et le président de la commission de discipline de la F.A. dit, Asseyez-vous, Shankly. Asseyez-vous, St John. Bill Shankly et Ian St John se dirigent vers deux chaises au bout d'une longue table. Bill Shankly et Ian St John s'assoient sur les deux chaises au bout de la longue table. Bill Shankly regarde à l'autre bout de la longue table les membres de la commission de discipline. Et le président de la commission de discipline demande, Eh bien alors, qu'avez-vous à dire pour votre défense ? En réponse à cette accusation de violences corporelles ?

Beaucoup de choses, répond Bill Shankly. Parce que j'ai des preuves à vous présenter, et je pense qu'elles démontreront l'innocence de mon joueur. Des preuves qui vont le disculper. Ces preuves se présentent sous la forme d'un film. C'est pourquoi, comme vous vous en doutez, j'ai prévu de vous montrer ce film. Afin de prouver l'innocence de mon joueur. Et de le disculper de cette accusation portée contre lui.

Le président de la commission de discipline dit, Allez-y, Shankly, montrez-nous donc votre petit film.

Bill Shankly se lève de sa chaise au bout de la longue table. Bill Shankly s'approche du mur. Bill éteint la lumière. Bill se dirige vers le projecteur. Bill met en marche le projecteur. Et Bill projette son petit film. Son film qui montre Mark "Pancho" Pearson du Fulham Football Club tirant les cheveux de Ian St John. Son film qui montre Ian St John se retournant pour frapper Mark Pearson. Son film qui montre Ian St John frappant "Pancho" Pearson d'un crochet du gauche. Son film qui montre ensuite l'expulsion de Ian St John.

Son film fini, Bill Shankly éteint le projecteur. Bill Shankly retourne vers le mur. Bill Shankly rallume la lumière. Mais Bill Shankly ne se rassied pas sur sa chaise au bout de la longue table. Bill Shankly arpente la pièce. Le tribunal –

C'est parfaitement clair dans ce film, dit Bill Shankly. C'est clair comme de l'eau de roche. Mon joueur a manifestement été provoqué par la conduite inconvenante et antisportive de son adversaire, du joueur de Fulham. Et vous conviendrez, j'en suis sûr, qu'un tel comportement n'a pas lieu d'être dans notre sport, dans le football moderne. Mon joueur a clairement été provoqué. Et mon joueur a simplement réagi. Donc l'accusation portée contre lui est abusive. Sa suspension est injuste. La plus abusive et la plus injuste de tous les temps. Parce que mon joueur est innocent. C'est l'homme le plus innocent de tous les temps !

Les membres de la commission de discipline de la Football Association regardent Bill Shankly et St John au bout de la longue table. Les membres de la commission de discipline secouent la tête. Et le président de la commission de discipline réplique, La Football Association ne tolère pas les violences physiques sur le terrain de jeu. L'accusation est justifiée. La suspension est confirmée –

Fermez la porte en sortant, Shankly.

Bill Shankly et Ian St John retournent vers la porte. Bill Shankly et Ian St John franchissent le seuil et sortent dans le couloir. Bill Shankly et Ian St John longent le couloir, passent devant la Coupe d'Angleterre et ressortent dans la rue. Bill Shankly et Ian St John restent un moment sur le trottoir, devant le siège de la Football Association. Et Ian St John dit, Je suis désolé, patron. Vraiment désolé…

Et tu as de quoi l'être, réplique Bill Shankly. La prochaine fois, veille bien à être le premier à exercer des représailles. Quand l'arbitre n'est pas dans les parages. Pour que l'autre type comprenne que tu ne plaisantes pas. Et après ça, il te laissera tranquille. Parce qu'il n'aura pas envie que tu remettes ça. Pour une deuxième tournée de représailles. Alors, retiens bien ça, mon gars. Sois toujours le premier à exercer des représailles.

…

Le lundi 28 février 1966, le Liverpool Football Club s'envole pour Bruxelles, en Belgique. Puis le Liverpool Football Club prend l'avion pour Cologne, en Allemagne de l'Ouest. Ensuite le Liverpool Football Club prend un autre avion pour Budapest, en Hongrie. La Ville du Football, la ville du Honvéd Football Club. Le Honvéd Football Club est l'équipe de football de l'armée hongroise. Ferenc Puskás, Sándor Kocsis, József Bozsik, Zoltán Czibor, László Budai, Gyula Lóránt et Gyula Grosics ont tous joué à un moment ou un autre dans l'équipe du Honvéd Football Club. Ces joueurs ont constitué le noyau du Onze d'or hongrois. En 1953, le Onze d'or hongrois a battu l'Angleterre 6-3 au stade de Wembley. En 1954, le Onze d'or hongrois a battu l'Angleterre 7-1 au Népstadion, à Budapest. Le mardi 1er mars 1966, le Liverpool Football Club se rend au Népstadion, le Stade du Peuple, pour affronter le Honvéd Football Club en match aller du second tour de la Coupe d'Europe des vainqueurs de coupe. Ce soir-là,

16 163 spectateurs se déplacent aussi. Sous des projecteurs géants, devant un tableau d'affichage électrique. Dans un stade qui peut accueillir 100 000 personnes. Dans un tintamarre constant de sifflets aigus, contre une équipe du Honvéd talentueuse mais inexpérimentée. Sur un terrain parfait, contre des joueurs en blanc des pieds à la tête. Le Liverpool Football Club obtient le match nul 0-0 face au Honvéd Football Club à Budapest, en Hongrie. La Ville du Football.

Une semaine plus tard, le Honvéd Football Club vient à Anfield, Liverpool. Une autre Ville du Football, la Nouvelle Ville du Football. Ce soir-là, 54 631 spectateurs viennent aussi. À la 28e minute, Callaghan obtient un corner. Le corner est dégagé. Thompson intercepte le dégagement et propulse un boulet de canon contre un poteau de la cage. Au rebond, Lawler renvoie d'une tête le ballon dans les filets. À la 47e minute, Callaghan obtient un nouveau corner. Callaghan fait une passe courte à Thompson. Thompson envoie un centre. Le ballon trompe une ligne entière de défenseurs du Honvéd. Mais au bout de la ligne, sous un angle extrêmement fermé, St John envoie le ballon dans les filets. Et le Liverpool Football Club bat le Honvéd Football Club 2-0 au match retour du second tour de la Coupe d'Europe des vainqueurs de coupe. Ce soir-là, le Liverpool Football Club se qualifie pour la demi-finale de la Coupe d'Europe des vainqueurs de coupe. En demi-finale, le Liverpool Football Club rencontrera le Celtic Football Club. À l'extérieur, puis à domicile. Les gens espéraient que ce duel aurait lieu en finale, les gens rêvaient que ce duel se déroule en finale. Mais cela reste un duel de rêve. Le duel que toute l'Angleterre attendait, le duel dont toute l'Angleterre rêvait. Le duel dont Bill Shankly rêvait, le duel que Bill Shankly appelait de ses prières. L'un de ses rêves, l'une de ses prières. Ses nombreux rêves, ses nombreuses prières.

...

Le jeudi 14 avril 1966, le Liverpool Football Club se rend au stade de Parkhead, à Glasgow. Ce soir-là,

76 446 spectateurs viennent aussi. Ces 76 446 spectateurs veulent voir le leader de la première division écossaise affronter le leader de la première division anglaise, lors du match aller de la demi-finale de la Coupe d'Europe des vainqueurs de coupe. Il y a 76 446 spectateurs pour assister à la rencontre entre le Celtic Football Club et le Liverpool Football Club. Au stade de Parkhead, à Glasgow. Et ces 76 446 spectateurs donnent de la voix, ils s'expriment à pleins poumons. Leur cri de guerre : CEL-TIC ! CEL-TIC ! CEL-TIC ! CEL-TIC ! CEL-TIC ! CEL-TIC ! CEL-TIC ! CEL-TIC ! CEL-TIC ! CEL-TIC ! CEL-TIC ! CEL-TIC ! CEL-TIC ! CEL-TIC ! CEL-TIC ! CEL-TIC !

CEL-TIC ! CEL-TIC ! CEL-TIC !
CEL-TIC ! CEL-TIC !
CEL-TIC !

Avant le coup de sifflet, avant le coup d'envoi. Dans leur vestiaire, leur vestiaire à Parkhead. Bill Shankly ferme la porte. La porte du vestiaire vibre. Le regard de Bill Shankly fait le tour du vestiaire. Le vestiaire de Liverpool tremble. Bill Shankly regarde les joueurs l'un après l'autre. Il passe de Lawrence à Lawler, de Lawler à Byrne, de Byrne à Milne, de Milne à Yeats, de Yeats à Stevenson, de Stevenson à Callaghan, de Callaghan à Chisnall, de Chisnall à St John, de St John à Smith et de Smith à Thompson. Bill Shankly lit la peur dans leurs yeux, Bill Shankly entend la terreur qui parvient à leurs oreilles –

CEL-TIC ! CEL-TIC ! CEL-TIC !
CEL-TIC ! CEL-TIC !
CEL-TIC !

N'ayez pas peur, dit Bill Shankly. N'ayez pas peur, les gars. Vous n'avez rien à craindre. Rien à redouter, les gars. Ici, c'est le paradis. Le paradis du football, les gars ! C'est ce dont on rêve, c'est ce qu'on appelle de nos prières. Jouer à Parkhead, jouer au paradis. Alors, savourez, les gars, savourez. Vous allez goûter à Parkhead, vous allez goûter au paradis. Car il ne faut pas oublier. Il ne faut pas oublier, les gars. Aujourd'hui, ce n'est que la moitié du paradis, que la première moitié. Dans cinq jours, les gars du Celtic seront assis dans le vestiaire des visiteurs à Anfield. Et c'est eux qui trembleront et qui auront des frissons. Dans cinq jours, maintenant, c'est dans *notre* paradis que le Celtic jouera. À Anfield. Dans notre paradis, les gars…

CEL-TIC ! CEL-TIC ! CEL-TIC !

CEL-TIC ! CEL-TIC !

CEL-TIC !

À la 52e minute, Murdoch envoie un tir puissant à ras du sol le long de la ligne de but de Liverpool. Au niveau du poteau de gauche, Chalmers passe en arrière à Lennox d'un coup de talon. Et Lennox plante le ballon dans les filets, dans les buts. Et le paradis tout entier, le stade de Parkhead tout entier rugit, CEL-TIC ! CEL-TIC ! CEL-TIC ! CEL-TIC ! CEL-TIC ! CEL-TIC !

CEL-TIC ! CEL-TIC ! CEL-TIC ! CEL-TIC ! CEL-TIC !

CEL-TIC ! CEL-TIC ! CEL-TIC ! CEL-TIC !

CEL-TIC ! CEL-TIC ! CEL-TIC !

CEL-TIC ! CEL-TIC !

CEL-TIC !

Après le coup de sifflet, le coup de sifflet final. Bill Shankly longe la ligne de touche. La ligne de touche de Parkhead. Bill Shankly serre la main de Jock Stein, le manager du Celtic –

Bravo, John. Bien joué. Même si je suis sûr que tu as demandé à votre jardinier de cirer le terrain avant le match. Mais bravo, John. Bien joué. Et on se verra mardi prochain…

Jock Stein rit. Et Jock Stein dit, Merci, Bill. Et oui, on se verra mardi prochain. En Angleterre, Bill. En Angleterre.

Non, sûrement pas, dit Bill Shankly. Tu me verras à Anfield, John. Et Anfield, ce n'est pas en Angleterre. Anfield, c'est à Liverpool. Et Liverpool n'est pas en Angleterre. Liverpool, c'est dans un autre pays, John. Dans un autre pays, dans une autre division.

…

Le mardi 19 avril 1966, le Celtic Football Club vient à Anfield, Liverpool. Dans la boue et sous la pluie. Ce soir-là, 54 208 spectateurs viennent aussi. Des gens de Liverpool et des gens de Glasgow. Dans la boue et sous la pluie, dans la buée et dans la sueur. Des milliers et des milliers de gens de Glasgow. Avec leurs banderoles et leurs drapeaux. Leurs banderoles vert et blanc, leurs drapeaux vert et blanc. Avec leur voix, avec leur cri. Leur cri de guerre : CEL-TIC –

CEL-TIC ! CEL-TIC ! CEL-TIC ! CEL-TIC !

CEL-TIC ! CEL-TIC ! CEL-TIC !

CEL-TIC ! CEL-TIC !

CEL-TIC !

Et le Spion Kop voit les supporters du Celtic Football Club. Leurs banderoles vert et blanc, leurs drapeaux vert et blanc. Et le Spion Kop entend les supporters du Celtic Football Club. Leur voix, leur cri. Leur cri de guerre : CEL-TIC ! CEL-TIC ! CEL-TIC !

Et le Spion Kop crie, RANGERS[1] ! RANGERS ! RANGERS ! Et le Spion Kop chante, *RENTREZ EN IRLANDE*[2], *RENTREZ EN IRLANDE*, *RENTREZ EN IRLANDE…*

Le Spion Kop se soulève, le Spion Kop jaillit vers l'avant. Les corps écrasant les corps, les corps escaladant les corps. Dans la buée de leur haleine et dans leur sueur. Le Spion Kop tombe sur le terrain, le terrain d'Anfield. Le Spion Kop se répand jusqu'à la ligne de touche, la ligne de touche d'Anfield. Dans la boue et sous la pluie. D'une seule voix, d'un seul cri,

à pleins poumons et à tue-tête, un mot,

un cri ; un cri de guerre –

ATTAQUEZ !

Et dans l'œil de ce cyclone de fureur, au centre de cette tempête de bruit. Dans la boue et sous la pluie, dans la buée et dans la sueur. Les joueurs de Liverpool

1. L'autre club de Glasgow, ennemi de toujours du Celtic.

2. Le club écossais du Celtic fut fondé par des immigrants irlandais.

attaquent et attaquent et attaquent. Mais les joueurs du Celtic bâtissent une forteresse sur le terrain, le terrain d'Anfield. Et défendent et défendent et défendent. Mais dans la fureur et le bruit, dans la boue et sous la pluie, dans la buée et dans la sueur, l'attaque de Liverpool est incessante, l'assaut de Liverpool sans fin. Et à la 61e minute, Smith jaillit du milieu du terrain. Trois défenseurs du Celtic lui tombent dessus. Smith obtient un coup franc. Smith prend le coup franc. Des 22 mètres. Smith tire. Et Smith marque. LI-VER-POOL, LI-VER-POOL, LI-VER-POOL. Et avant que les joueurs du Celtic n'aient le temps de se relever, avant que les joueurs du Celtic ne retrouvent leurs jambes. À la 67e minute, Stevenson passe à Milne. Milne passe à Thompson. De la gauche vers la droite. Thompson simule une réception et redirige le ballon vers Callaghan. L'étau se resserre sur Callaghan. Callaghan trouve une faille. Callaghan centre en hauteur. Strong bondit, Strong s'élève dans les airs. Malgré un cartilage endommagé, malgré une blessure à la jambe. D'une tête, Strong envoie le ballon. Dans les filets, dans les buts. LI-VER-POOL, LI-VER-POOL, LI-VER-POOL. FACILE ! FACILE ! FACILE ! Mais dans la fureur et le bruit, dans la boue et sous la pluie, dans la buée et dans la sueur. À la 88e minute, Murdoch fait une passe en hauteur à McBride. McBride fait suivre à ras du sol. Placé cinq mètres derrière Yeats, Lennox est le premier à atteindre le ballon. Lennox tire. Et Lennox marque. Dans les filets, dans les buts. Un but à l'extérieur, c'est un but qui compte double. Celui qui va qualifier le Celtic, l'envoyer en finale de la Coupe des vainqueurs de coupe à Hampden Park, Glasgow. Mais l'arbitre lève son drapeau, le but est refusé. Lennox était hors-jeu. Et à présent c'est une pluie de bouteilles et de boîtes de bière qui s'abat sur la pelouse, la pelouse d'Anfield, envoyées par les supporters du Celtic, depuis le fond de la tribune d'Anfield Road, et qui tombent aussi sur leurs camarades supporters, ceux qui sont assis aux premiers rangs, des éclats de verre se plantent dans leurs cheveux, des pointes d'acier dans leur épiderme. Et le Spion Kop ricane, HOOLIGANS ! HOOLIGANS ! HOOLIGANS ! Le Spion Kop scande, UN PEU DE TENUE ! UN PEU DE TENUE ! UN PEU DE TENUE ! Mais l'arbitre arrête le match. Et la police investit le terrain. Jusqu'au retour au calme, jusqu'à ce que les éclats de verre soient ramassés. Les bouteilles et les boîtes. Après quoi l'arbitre fait reprendre le match. L'arbitre regarde sa montre. Et l'arbitre siffle, il donne le coup de sifflet final. Et dans la fureur et le bruit, dans la boue et sous la pluie, dans la buée et dans la sueur. L'arbitre et les juges de touche courent se mettre à l'abri. Ils s'engouffrent dans le tunnel, ils foncent vers leur vestiaire. Ils prennent la fuite.

Après ce coup de sifflet. Ce coup de sifflet final, ce dernier coup de sifflet. Bill Shankly longe la ligne de touche. La ligne de touche d'Anfield. Bill Shankly s'approche de Jock Stein. Bill Shankly tend la main à Jock Stein. Et Jock Stein baisse les yeux pour regarder la main de Bill Shankly. Jock Stein frémit de rage, Jock Stein tremble de colère. Et Jock Stein siffle entre ses dents, Il n'y a jamais eu de hors-jeu, Bill. Bobby Lennox n'était pas hors-jeu. C'était bel et bien un but, Bill. Un but parfaitement valable. Ce n'est pas vous qui nous avez battus, Bill. C'est l'arbitre qui nous a battus. Vous ne nous avez jamais battus, Bill !

Je comprends, John. Je comprends ce que tu ressens. Et j'en suis navré, John. Je suis navré que tu le prennes de cette façon. Franchement, John. Mais courage, John. Courage ! Toi et moi, si on va sur le terrain, sur la pelouse, maintenant. Toi et moi, si on ramasse toutes ces bouteilles vides qui encombrent la pelouse. Et si on rapporte toutes les consignes, toi et moi, on sera riches, John. Riches !

Jock Stein secoue la tête. Et Jock Stein dit, Tu es déjà riche, Bill. Tu n'as besoin de rien de plus. Pas ce soir, Bill. Tu as déjà tout ce que tu désirais. Tu as tout, maintenant, Bill.

...

Onze jours après, onze jours plus tard. Les joueurs du Chelsea Football Club forment une haie d'honneur sur la

pelouse, la pelouse d'Anfield. Et les joueurs du Chelsea Football Club applaudissent les joueurs du Liverpool Football Club à leur entrée sur la pelouse, la pelouse d'Anfield. Et sur la pelouse, la pelouse d'Anfield. À la 48e minute, Roger Hunt marque. Et à la 69e minute, Hunt marque de nouveau. Et les joueurs du Liverpool Football Club battent les joueurs du Chelsea Football Club 2-1. À domicile, à Anfield. Les joueurs du Liverpool Football Club effectuent un tour d'honneur de la pelouse, la pelouse d'Anfield. Les joueurs du Liverpool Football Club exhibent le trophée autour du terrain, le trophée rouge en papier mâché autour du terrain, du terrain d'Anfield. Tous les spectateurs les applaudissent, tous les spectateurs les acclament. Tout autour du stade, du stade d'Anfield. Les spectateurs chantent tous, ils chantent tous. Tout autour du stade, du stade d'Anfield. Ils chantent tous d'une seule voix, tous les 53 754 spectateurs que contient le stade, le stade d'Anfield aujourd'hui. D'une seule voix, les 1 233 137 spectateurs qui sont venus au stade, au stade d'Anfield cette saison. D'une seule voix, ils chantent tous, d'une seule voix rouge, ils chantent tous, *SHANK-LY, SHANK-LY, SHANK-LY,*
SHANK-LY, SHANK-LY,
SHANK-LY…

À l'autre bout du terrain, du terrain d'Anfield. Devant le Kop, le Spion Kop. Bill Shankly lève les bras, Bill Shankly lève les mains. Pour toucher la foule, pour tenir la foule des spectateurs. Et Bill Shankly lève les yeux vers leurs visages, les milliers de visages, Bill Shankly les regarde dans les yeux. Pour chérir la foule et la retenir. Pour retenir ces visages heureux, ces yeux qui sourient. Pour ne jamais les laisser repartir. Et puis, devant le Kop, le Spion Kop. Bill Shankly baisse les bras, Bill Shankly joint les mains. Ensemble, ensemble. Pour prier et pour dire merci –

Merci pour ce paradis, un paradis rouge,
sur terre, une terre rouge,
ce paradis
sur terre –

Premier de la première division, en tête du classement. Le Liverpool Football Club possède 61 points. Le Liverpool Football Club a disputé 42 matchs de championnat. Tommy Lawrence a joué tous ces matchs. Gerry Byrne a joué tous ces matchs. Ron Yeats a joué tous ces matchs. Ian Callaghan a joué tous ces matchs. Tommy Smith a joué tous ces matchs. Ian St John a joué 41 de ces matchs et Willie Stevenson a joué 41 de ces matchs. Chris Lawler a joué 40 de ces matchs et Peter Thompson a joué 40 de ces matchs. Roger Hunt a joué 37 de ces matchs. Gordon Miles a joué dans 28 de ces matchs. Geoff Strong a joué dans 22 de ces matchs. Alf Arrowsmith a joué dans 5 de ces matchs. Et Bobby Graham a joué dans un seul de ces matchs. Le Liverpool Football Club n'a utilisé que 14 joueurs dans ses 42 matchs de championnat. Il en a gagné 17 à domicile et il en a gagné 9 à l'extérieur. Il a concédé 2 matchs nuls à domicile et 7 à l'extérieur. Il a perdu 2 matchs à domicile et en a perdu 5 à l'extérieur. Les joueurs ont marqué 52 buts à domicile et 27 à l'extérieur. Ils en ont encaissé 15 à domicile et 19 à l'extérieur. Et le Liverpool Football Club est champion de la première division. De nouveau. Le Liverpool Football Club est champion d'Angleterre. Et le Liverpool Football Club n'en a pas terminé, sa saison n'est pas finie,

pas encore.

…

Le jeudi 5 mai 1966, le Liverpool Football Club se déplace au stade de Hampden Park, à Glasgow, pour affronter le Ballspiel-Verein Borussia 1909 e.V. Dortmund en finale de la Coupe d'Europe des vainqueurs de coupe. C'est la première fois que le Liverpool Football Club atteint la finale d'une coupe d'Europe. Ce soir-là, 41 657 spectateurs se déplacent aussi. Sous la pluie. Sous des trombes et des trombes d'eau. Il n'y a que 41 657 personnes dans un stade qui peut en accueillir plus de 130 000. Ce soir-là, les spectateurs ne remplissent même pas le tiers de Hampden Park. Et sur ces 41 657 personnes, 25 000 viennent de Liverpool. Le reste, ce sont des Allemands ou des Écossais. Et ce reste souhaite la victoire du Borussia Dortmund. Ce reste souhaite la défaite de Liverpool –

Avant le coup de sifflet, celui du coup d'envoi. Dans leur vestiaire, leur vestiaire à Hampden Park. Le regard de Bill Shankly passe d'un joueur au suivant. De Lawrence à Lawler, de Lawler à Byrne, de Byrne à Milne, de Milne à Yeats, de Yeats à Stevenson, de Stevenson à Callaghan, de Callaghan à Hunt, de Hunt à St John, de St John à Smith et de Smith à Thompson. Bill Shankly qui sourit, Bill Shankly qui rit –

Vous êtes au courant, les gars ? Vous savez ce qui s'est passé cette nuit ? Une poignée de nos gars, de nos supporters. Ils ont escaladé le mur, le mur de Hampden Park. Ils ont franchi le mur de Hampden Park et ils ont peint les poteaux des buts en rouge. Ils les ont peints en rouge, les gars. Et le personnel du stade a passé toute la journée à les décaper. Et à les repeindre en blanc. Eh bien, laissez-moi vous dire une chose. Laissez-moi vous dire une chose, les gars. Ils n'auraient pas dû se donner tant de mal. Pas dû gaspiller leurs forces. Parce que ce soir, vous allez repeindre ces poteaux en rouge. Les repeindre en rouge, les gars. Parce que je l'ai vue jouer, cette équipe, j'ai vu jouer cette équipe allemande. Et je dois vous dire. Je dois vous dire, les gars. Une équipe comme celle-là, elle ne tiendrait pas sa place dans une division comme la nôtre. Elle aurait du mal. Elle aurait vraiment du mal, les gars. Je veux dire, Northampton Town leur en ferait baver. Et Northampton Town a été relégué. Mais je crois que Northampton Town pourrait battre cette équipe-là. Je le crois vraiment. Je ne plaisante pas, les gars. Alors, je pense qu'on va les écraser. Carrément les écraser, les gars. Et repeindre les poteaux en rouge. Les repeindre en rouge ! Alors, je n'ai qu'une consigne pour vous. Un seul conseil pour vous ce soir, les gars –

ATTAQUEZ !

Dans la nuit. La nuit de Glasgow. Sous la pluie. Sous les trombes et les trombes d'eau de Glasgow. Les joueurs du Liverpool Football Club attaquent et attaquent et attaquent. Et dans la nuit. La nuit de Glasgow. Sous la pluie. Sous les trombes et les trombes d'eau de Glasgow. Les joueurs du Borussia Dortmund défendent et défendent et défendent. Mais dans cette nuit. Cette nuit de Glasgow. Sous cette pluie. Sous ces trombes et ces trombes d'eau de Glasgow. Les joueurs du Borussia Dortmund commencent à absorber la nuit, à absorber la pluie. Ils absorbent les attaques et ils absorbent la pression. Et dans la nuit. La nuit de Glasgow. Sous la pluie. Sous les trombes et les trombes d'eau de Glasgow. Les joueurs du Borussia Dortmund commencent à pousser, ils commencent à fleurir. Tilkowski. Cyliax. Redder. Kurrat. Paul. Assauer. Libuda. Schmidt. Held. Sturm. Et Emmerich. Dans la nuit. La nuit de Glasgow. Sous la pluie. Sous les trombes et les trombes d'eau de Glasgow. Ils poussent et ils fleurissent, de plus en plus vite, de plus en plus fort. Avec économie, mais avec raffinement. Avec force, mais avec finesse. Et dans la nuit. La nuit de Glasgow. Sous la pluie. Sous les trombes et les trombes d'eau de Glasgow. À la 63e minute, Sigfried Held passe à Lothar Emmerich. Lothar Emmerich retourne à Held une passe en hauteur. Par-dessus la tête de Ron Yeats, derrière le dos de Ron Yeats. Held est au rendez-vous. Et d'une reprise de volée, Held expédie la passe dans les filets. Dans les buts. Dans la nuit. La nuit de Glasgow. Sous la pluie. Sous les trombes et les trombes d'eau de Glasgow. À la 68e minute, mètre par mètre, Peter Thompson remonte sur la droite. L'un après l'autre, Peter Thompson efface ses adversaires sur la droite. Peter Thompson atteint la ligne de but. Le juge de touche lève son drapeau. L'arbitre ignore le juge de touche. Peter Thompson centre. Roger Hunt réceptionne son centre. Roger Hunt tire. Et Roger Hunt marque. Et le juge de touche abaisse son drapeau. Dans la nuit. La nuit de Glasgow. Sous la pluie. Sous les trombes et les trombes d'eau de Glasgow. Les joueurs du Borussia Dortmund contestent, les joueurs du Borussia Dortmund protestent. Mais l'arbitre se contente de secouer la tête. Et l'arbitre désigne le rond central. Et dans la nuit. La nuit de Glasgow. Sous la pluie. Sous les trombes et les trombes d'eau de Glasgow. Les supporters de Liverpool exultent. Et quelques supporters de Liverpool descendent sur le terrain, le terrain de Hampden Park. Et la police chasse du terrain ces quelques supporters de Liverpool. La police arrête quelques supporters de Liverpool. Et dans la nuit. La nuit de Glasgow. Sous la pluie. Sous les trombes et les trombes d'eau de Glasgow. L'arbitre donne un coup de sifflet. Pour annoncer la fin du temps réglementaire. Pour annoncer les prolongations. Mais dans la nuit. La nuit de Glasgow. Sous la pluie. Sous les trombes et les trombes d'eau de Glasgow. À la 107e minute, Sigfried Held passe à Lothar Emmerich. Emmerich redonne à Held. Tommy Lawrence surgit de sa surface de réparation, fonçant vers Held. Held avec le ballon à ses pieds. Tommy Lawrence plonge dans les pieds de Held. Et Held tire. Le ballon rebondit sur Tommy Lawrence. À trente mètres. Le ballon parvient à Reinhard Libuda. À trente mètres de distance. Libuda envoie un tir lent, en arc de cercle, qui passe au-dessus de Tommy Lawrence. Dans la nuit. La nuit de Glasgow. Au-dessus de Tommy Lawrence, vers les buts privés de gardien. Sous la pluie. Sous les trombes et les trombes d'eau de Glasgow. Ronnie Yeats court, Ronnie Yeats s'élance. Le ballon heurte le poteau. Ronnie Yeats tombe, Ronnie Yeats plonge. Et le ballon heurte sa poitrine. Le ballon et Ronnie Yeats se retrouvent de l'autre côté de la ligne de but. Dans les filets, dans la cage. Et dans la nuit. La nuit de Glasgow. Sous la pluie. Sous les trombes et les trombes d'eau de Glasgow. Le Ballspiel-Verein Borussia 1909 e.V. Dortmund bat le Liverpool Football Club 2-1. Dans la nuit. La nuit de Glasgow. Le Ballspiel-Verein Borussia 1909 e.V. Dortmund devient la première équipe allemande à gagner un trophée européen. Et sous la pluie. Sous les trombes et les trombes d'eau de Glasgow. Les joueurs du Borussia Dortmund reçoivent la Coupe d'Europe des vainqueurs de coupe. Et quelques supporters de Liverpool sifflent l'équipe allemande. Les joueurs du Borussia Dortmund font le tour de Hampden Park, Glasgow, en brandissant la Coupe d'Europe des vainqueurs de coupe. Et quelques supporters de Liverpool lancent des bouteilles sur l'équipe allemande. Les joueurs du Borussia Dortmund font un tour d'honneur de Hampden Park, Glasgow. Et quelques supporters de Liverpool sont arrêtés pour atteinte à l'ordre public. Certains des supporters de Liverpool n'aiment pas perdre. Certains des supporters de Liverpool sont mauvais perdants. Très, très mauvais perdants –

On a été battus par une équipe qui avait peur de nous, dit Bill Shankly. Une équipe qui avait peur de nous et qui a marqué deux buts par hasard. Leur plan, dès le départ, c'était de nous étouffer, tout simplement. Ils n'avaient aucun plan d'attaque. Ils n'avaient pas vraiment envie de nous attaquer. Seulement de nous étouffer. De nous voler le match. Alors, oui, ils ont gagné. Ils ont peut-être remporté la victoire. Mais ils nous l'ont volée.

Ils nous l'ont volée grâce à la chance –

Parce que si Roger Hunt et Tommy Smith avaient été en pleine forme ce soir, on aurait gagné facilement. On les aurait écrasés. Parce que, et je vous le dis comme je le pense, c'est la plus mauvaise équipe qu'on ait rencontrée cette saison dans cette compétition. De loin la plus mauvaise équipe qu'on ait jamais affrontée. Toutes compétitions confondues. Toutes saisons confondues –

Donc, ils ont simplement eu la chance de leur côté.

22

La dignité au travail

À l'aéroport, l'aéroport de Speke. Le matin qui suit la nuit précédente, le matin de la défaite après la nuit de la défaite. Bill et les joueurs et le personnel et les officiels du Liverpool Football Club descendent de l'avion. L'avion de Liverpool, l'avion des vaincus. En silence. Le lord-maire de Liverpool s'est déplacé pour les accueillir. Le lord-maire de Liverpool et quatre supporters. En silence. Bill et les joueurs et le personnel et les officiels du Liverpool Football Club montent dans le bus. Le bus de Liverpool, le bus des vaincus. En silence. Bill et les joueurs et le personnel et les officiels du Liverpool Football Club descendent du bus. Dans le parking, le parking désert d'Anfield Road. En silence. Bill et les joueurs et le personnel et les officiels du Liverpool Football Club montent dans leurs voitures. En silence. Bill et les joueurs et le personnel et les officiels du Liverpool Football Club rentrent chez eux. Dans des rues désertes, en suivant des rues silencieuses. Dans leurs voitures de vaincus, ils regagnent leurs foyers de vaincus.

Dans l'allée, dans sa voiture. Bill coupe le moteur. Bill sort de la voiture. Bill remonte l'allée. Bill ouvre la porte de la maison. Bill entre dans la maison. Bill referme la porte. Bill pose sa valise dans le vestibule. Bill entre dans la cuisine. Bill dit bonjour à Ness. Bill l'embrasse sur la joue. Et Bill dit, Je vais juste monter ma valise, chérie. Et ranger mes affaires. Je redescends dans un moment…

Très bien, chéri, répond Ness. Je vais faire du thé.

Bill ressort dans le vestibule. Bill reprend sa valise. Bill monte l'escalier. Bill entre dans la chambre. Bill pose sa valise sur le tapis. Bill s'approche de la fenêtre. Et Bill regarde à travers la vitre, à travers les arbres. Il scrute le matin, le matin à Bellefield. Leur saison n'est pas finie, leur saison n'est pas terminée. À travers la vitre et à travers les arbres. Bill voit les joueurs de l'Everton Football Club qui s'entraînent, Bill entend les joueurs de l'Everton Football Club qui se préparent. À travers la vitre et à travers les arbres. Qui s'entraînent pour réussir, qui se préparent pour la victoire. Impatients et optimistes. Dans un peu plus d'une semaine, tout juste, l'Everton Football Club se rendra au stade de

Wembley. Et l'Everton Football Club affrontera Sheffield Wednesday en finale de la Coupe d'Angleterre. Dans la chambre, à la fenêtre. Bill croit au succès d'Everton. Et Bill espère la victoire d'Everton. Pour les gens, les gens de Liverpool. Mais maintenant Bill ferme les rideaux. Et Bill s'approche du lit. Bill s'assied sur le lit. Bill ferme les yeux. Et Bill se bouche les oreilles. L'été promet d'être long,

il va être très, très long,

cet été de 1966.

...

Dans la chambre, sur leur lit. Bill ôte ses doigts de ses oreilles. Et Bill rouvre les yeux. Bill en a par-dessus la tête d'écouter des hymnes nationaux. Bill en a par-dessus la tête de regarder du football négatif. À présent Bill se lève du lit. Maintenant Bill retourne à la fenêtre. Et Bill tire les rideaux. Bill ouvre les fenêtres. Et Bill savoure le vent chaud de l'été. Bill hume l'air chaud de l'été. Le vent de Liverpool, l'air de Liverpool. Et Bill regarde à travers les arbres. Il scrute le matin, il scrute le jour. Son regard va plus loin encore, vers la fin de l'été, vers l'automne. L'hiver et le printemps. Vers la nouvelle saison, la saison de Liverpool. Et Bill sourit, Bill sourit.

...

Sur le banc, leur banc à Goodison Park. Bill regarde Ron Yeats, le capitaine du Liverpool Football Club, exhiber le trophée du championnat de première division tout autour du stade, du stade de Goodison. Bill regarde Brian Labone, le capitaine de l'Everton Football Club, exhiber la Coupe d'Angleterre tout autour du stade, du stade de Goodison. Ensemble. Puis Bill regarde Roger Hunt du Liverpool Football Club et Ray Wilson de l'Everton Football Club exhiber le trophée Jules Rimet tout autour du stade, le stade du Merseyside. Ensemble. Et 9 minutes plus tard, Bill regarde Roger Hunt passer le ballon à Ian Callaghan. Callaghan passe à Peter Thompson. Thompson redonne à Hunt. Et Hunt marque pour *Li-ver-pool, Li-ver-pool, Li-ver-pool*. Et pendant les 81 minutes qui suivent, Bill regarde le Liverpool Football Club harceler et malmener l'Everton Football Club sur chaque ballon. *Li-ver-pool, Li-ver-pool, Li-ver-pool.* Bill regarde le Liverpool Football Club épuiser l'Everton Football Club. *Li-ver-pool, Li-ver-pool, Li-ver-pool.* Et Bill écoute les supporters du Liverpool Football Club crier, *Comment ils ont gagné la Coupe ? Comment ils ont gagné la Coupe ?* Bill écoute les supporters du Liverpool Football Club chanter, *Montrez-leur la sortie, ils sont fatigués, ils veulent aller se coucher.* Et Bill regarde le Liverpool Football Club battre l'Everton Football Club 1-0. Et Bill regarde les joueurs du Liverpool Football Club exhiber le Charity Shield tout autour du stade, du stade de Goodison. Et Bill sourit.

Dans le tunnel, le tunnel de Goodison. Après le match, après le tour d'honneur avec le trophée. Joe Mercer serre la main de Bill. Joe Mercer a joué pour l'Everton Football Club. Joe Mercer a joué pour l'Arsenal Football Club. Joe Mercer a entraîné Sheffield United. Joe Mercer a entraîné Aston Villa. À présent Joe Mercer entraîne le Manchester City Football Club –

C'est la première fois depuis des années, dit Joe Mercer, que je vois une équipe, que je vois un groupe que mon niveau ne m'aurait pas permis d'intégrer, Bill…

Bill sourit de nouveau. Et Bill réplique, Ne dis pas ça, Joe. S'il te plaît, ne dis jamais une chose pareille. Mais merci, Joe. Merci. Et tu sais que je ne suis pas du genre à lire dans les boules de cristal. Pas du genre à faire des prédictions. Mais je ne peux pas croire qu'il y ait une seule équipe qui soit de la même force que cette équipe de Liverpool, Joe. Je ne vois pas d'autre équipe qui puisse faire céder cette équipe de Liverpool. Pas en Angleterre et pas en Europe. Pas cette saison, Joe. Pas cette saison.

…

Dans son bureau, à sa table de travail. Bill lit les lettres. Les centaines de lettres, les centaines de signatures. Bill examine les pétitions. Les centaines de pétitions, les milliers de signatures. Bill ramasse les sacs de courrier. Bill rassemble les piles de pétitions. Bill monte l'escalier, l'escalier d'Anfield. Bill frappe à la porte de la salle de conférences, la salle de conférences d'Anfield. Et Bill attend.

Entrez, dit la voix.

Bill ouvre la porte. Bill entre dans la salle.

Asseyez-vous, monsieur Shankly, disent les dirigeants du Liverpool Football Club. Prenez donc un siège.

Bill se dirige vers l'extrémité de la longue table. Avec ses sacs de lettres, avec ses sacs de pétitions. Bill ne prend pas place dans le fauteuil qui lui est destiné. Bill regarde les dirigeants du Liverpool Football Club à l'autre bout de la table. Et Bill attend.

Eh bien, que pouvons-nous faire pour vous aujourd'hui, monsieur Shankly ?

Bill soulève les sacs de courrier. Bill vide les sacs de courrier sur la longue table. Les centaines de lettres. Bill ramasse les pétitions. Bill jette les pétitions sur la longue table. Les milliers de signatures. Et Bill répond, Vous pouvez lire ces lettres. Vous pouvez compter ces signatures. Voilà ce que vous pouvez faire pour moi aujourd'hui.

Les dirigeants du Liverpool Football Club regardent les lettres. Les centaines de lettres. Les dirigeants du Liverpool Football Club regardent les pétitions. Les milliers de signatures. Et les dirigeants du Liverpool Football Club secouent la tête –

Nous avons pris notre décision, monsieur Shankly.

Bill prend l'une des pétitions sur la longue table. Et Bill dit, Ceci est une pétition des ouvriers de l'usine Ford de Halewood. C'est une pétition signée par plus de dix mille ouvriers de l'usine Ford. C'est une pétition qui vous demande de reconsidérer votre décision d'interdire l'accès d'Anfield aux caméras de télévision. Une pétition qui dit que si vous n'autorisez pas les retransmissions télévisées, alors ces dix mille ouvriers boycotteront tous les matchs de Liverpool. Une pétition qui montre avec quelle vigueur le public réagit à cette interdiction.

Les dirigeants du Liverpool Football Club regardent l'autre bout de la longue table, par-dessus les lettres, par-dessus les pétitions. Et les dirigeants du Liverpool Football Club secouent la tête de nouveau –

Vous connaissez nos raisons, monsieur Shankly. Les raisons qui nous ont amenés à interdire les caméras de télévision dans l'enceinte du stade. Ce qui nous inquiète, c'est la fréquentation du stade. Les recettes générées par les entrées. Cela nous inquiète beaucoup.

Bill secoue la tête. Et Bill dit, Mais presque tous les matchs se jouent à guichets fermés. Les portes sont souvent closes plusieurs heures avant le coup d'envoi. Si nous avions la place, si nous avions l'espace, nous pourrions doubler le nombre de spectateurs, vendre deux fois plus de billets. Si nous avions la place, si nous avions l'espace.

Mais nous n'avons pas la place, nous n'avons pas l'espace, disent les dirigeants du Liverpool Football Club. Donc, nous ne pouvons pas accueillir deux fois plus de spectateurs. Et nous ne pouvons pas vendre deux fois plus de billets.

Bill insiste, Mais je vous l'ai déjà dit. Je vous l'ai déjà expliqué. Cent fois, mille fois déjà. Nous pourrions construire un nouveau stade. Un stade plus grand. Un stade pour l'avenir. Pour tout le monde. Pour que tout le monde puisse regarder jouer le Liverpool Football Club. Pas seulement les gens de Liverpool, pas seulement les gens du Merseyside. Si les gens voient le Liverpool Football Club, les supporters que nous avons, les joueurs que nous avons, alors ils voudront venir au Liverpool Football Club. De toutes les villes du pays, de tous les pays du monde. Pour encourager le Liverpool Football Club, pour appartenir au Liverpool Football Club. Mais pour que cela se produise, pour que cela devienne réalité, alors il faut que les gens puissent voir le Liverpool Football Club. À la télévision. Alors les gens verront quelle équipe nous sommes, quel club nous sommes. Et alors les gens viendront. De toutes les villes du pays, de tous les pays du monde. Ils viendront à Liverpool, ils viendront à Anfield –

De tout près et de très loin.

…

De nouveau. L'avion vibre. Cette saison, cette nouvelle saison, le Liverpool Football Club a joué 11 matchs. Il en a gagné 5 et obtenu 4 nuls. Et il en a perdu 2. De nouveau. L'avion pique. Le Liverpool Football Club est septième en première division. L'avion vibre et l'avion pique. De nouveau. Bill agrippe les accoudoirs de son siège. Et de nouveau. Bill ferme les yeux. Bill déteste les avions, Bill déteste les voyages. Mais Bill est obligé de prendre l'avion, il est obligé de voyager. Si Bill veut gagner la Coupe d'Europe. Bill est obligé de prendre l'avion, Bill est obligé de voyager. Et Bill a envie de gagner la Coupe d'Europe. Plus que n'importe quoi d'autre. Bill veut gagner la seule coupe qu'aucune équipe britannique n'a encore gagnée. Plus que n'importe quoi d'autre. La seule coupe qu'aucun manager britannique n'a encore gagnée. Sa veste colle à sa chemise. Sa chemise colle à son maillot de corps. Son maillot de corps lui colle à la peau. Bill sent que l'avion commence à descendre. Et Bill sourit. Deux semaines auparavant, le Fotbal Club Petrolul Ploiești de Roumanie est venu à Anfield, Liverpool. Ce soir-là, 44 463 spectateurs sont venus aussi. Par une froide nuit de pleine lune, dans un léger voile de brume. Les joueurs du Liverpool Football Club étaient tout en rouge, ceux du Fotbal Club Petrolul Ploiești tout en jaune. Un champ de tulipes et un champ de jonquilles. Par une froide nuit de pleine lune et sous les projecteurs d'Anfield. C'était la première fois que le Fotbal Club Petrolul Ploiești jouait en nocturne. Et la première fois que le Fotbal Club Petrolul Ploiești jouait à Anfield. Et sous les projecteurs d'Anfield. Par cette froide nuit de pleine lune, dans ce léger voile de brume. Le Fotbal Club Petrolul Ploiești a aligné neuf joueurs à la lisière de sa propre surface de réparation. Et le Fotbal Club Petrolul Ploiești a défendu et défendu et défendu. Mais le Liverpool Football Club a attaqué et attaqué et attaqué. Par cette froide nuit de pleine lune, dans ce léger voile de brume. Pendant 10 minutes, pendant 20 minutes. Pendant 30 minutes, pendant 40 minutes. Pendant 50 minutes, pendant 60 minutes. Et par cette froide nuit de pleine lune, dans ce léger voile de brume. À la 71e minute, depuis l'aile gauche, Willie Stevenson a produit un long tir en diagonale en direction du but. Ian St John a décollé du sol. Ian St John a repris le ballon d'une tête. Et St John a marqué. Par cette froide nuit de pleine lune, dans ce léger voile de brume. À la 80e minute, le centre de Bobby Graham est détourné par Dragomar vers Ian Callaghan. Callaghan réussit une reprise de volée. Du pied droit, il fait entrer le ballon après un rebond contre le deuxième poteau. Et Callaghan marque. Et par cette froide nuit de pleine lune, dans ce léger voile de brume. Le Liverpool Football Club a battu le Fotbal Club Petrolul Ploiești 2-0 au match aller du premier tour de la Coupe d'Europe. Le match à domicile, le match à Anfield. Dans l'avion, dans son fauteuil. Bill entend le train d'atterrissage sortir. Bill entend les roues toucher le sol. Et Bill ouvre les yeux. De nouveau. Bill desserre les doigts. Un petit peu.

Dans l'hôtel à Ploiești, comté de Prahova, Roumanie. Dans la chambre, sur le tapis râpé. Bill pose sa valise. Bill s'approche du lit. Bill tire les couvertures. Bill soulève l'oreiller. Bill regarde sous l'oreiller. Bill s'agenouille sur le tapis. Bill regarde sous le lit. Bill se dirige vers le bureau et la chaise. Bill soulève la chaise. Bill emporte la chaise jusqu'au centre de la chambre. Bill ôte ses chaussures. Bill grimpe sur la chaise. Bill lève les yeux vers l'ampoule qui pend du plafond. Et debout sur la chaise, en chaussettes. Bill chuchote en direction du plafond, Je sais que vous m'écoutez. Je sais que vous me surveillez. N'allez pas croire que je ne le sais pas, n'allez pas croire que je ne le sais pas…

À l'hôtel, dans la salle à manger. Le regard de Bill fait le tour de la pièce. Il passe de Lawrence à Lawler, de

Lawler à Milne, de Milne à Smith, de Smith à Yeats, de Yeats à Stevenson, de Stevenson à Callaghan, de Callaghan à Hunt, de Hunt à St John, de St John à Strong et de Strong à Thompson. Bill regarde les assiettes de nourriture posées devant eux sur la table. Bill regarde les verres d'eau devant eux. Les fourchettes dans leurs mains, les verres à leurs lèvres. Et Bill hurle, Stop, les gars. Stop ! Reposez vos fourchettes, reposez vos verres. N'avalez pas une seule bouchée ! Ne buvez pas une seule gorgée ! Cette tambouille est contaminée –

Cette tambouille est empoisonnée !

Bill se tourne vers le serveur. Bill demande à voir le directeur de l'hôtel. Le directeur arrive. Bill fonce vers lui. Bill le regarde droit dans les yeux. Et Bill demande, Où sont les boîtes de haricots blancs à la sauce tomate que je vous ai données ? Où sont les bouteilles de Coca-Cola que je vous ai commandées ? Nous avons réchauffé les haricots, répond le directeur. Et vos joueurs les ont mangés. Mais je regrette, monsieur. Nous n'avons pas de Coca-Cola. Nous sommes en Roumanie, monsieur. Pas en Amérique. Nous n'avons pas de Coca-Cola. Les yeux de Bill restent braqués sur ceux du directeur. Et Bill dit, Je ne vous crois pas. Je ne crois pas un mot de ce que vous dites, monsieur !

Le directeur fait passer son poids d'une jambe sur l'autre. De la droite sur la gauche. Le regard du directeur se fait fuyant. Il va de la gauche vers la droite –

Je regrette, répète-t-il. Mais nous n'avons pas de Coca-Cola.

Bill se retourne. Bill sort de la salle à manger. Il suit un couloir, il entre dans la cuisine. Bill ouvre des placards, Bill ouvre des portes. Et Bill trouve un plateau entier de bouteilles de Coca-Cola. Un plateau couvert de bouteilles tout enveloppées dans du plastique. Bill soulève le plateau. Bill ressort de la cuisine. Il reprend le couloir, il rentre dans la salle à manger. Bill pose sur la table de service le plateau couvert de bouteilles de Coca-Cola. Bill déchire le plastique. Bill passe d'une table à l'autre. Bill passe d'un joueur à l'autre. Une bouteille de Coca-Cola pour chaque joueur du Liverpool Football Club. Et Bill dit, Voilà, les gars ! Voilà. Allez-y, les gars. Allez-y. Buvez, les gars. Buvez !

Bill se tourne de nouveau. Bill observe le directeur. Le directeur qui sort à reculons de la salle à manger. Bill rattrape le directeur. Et Bill lui dit, Où pensez-vous aller comme ça ? Vous êtes un escroc et un menteur. Pour oser dire à mes joueurs, me dire à moi, qu'il n'y avait pas de Coca-Cola. Alors que nous avions commandé du Coca-Cola et que nous avions payé le prix du Coca-Cola. Vous devriez avoir honte de vous. Vous déshonorez le socialisme international. Vous déshonorez votre parti. C'est un déshonneur absolu. Et je vais vous dénoncer. Vous dénoncer au Kremlin, monsieur !

Bill se tourne de nouveau vers les joueurs. Et Bill dit, Ici, nous sommes à l'étranger, les gars. Ici, c'est l'Europe. Ne l'oubliez jamais, gardez toujours cette idée à l'esprit. Donc, il y a toujours une conspiration quelque part, les gars. C'est toujours une guerre des nerfs…

Dans le parking du Ploieşti Municipal Stadium de Ploieşti, comté de Prahova, en Roumanie. Bill et les joueurs et le personnel du Liverpool Football Club descendent de leur bus. Bill et les joueurs et le personnel du Liverpool Football Club entrent dans le Ploieşti Municipal Stadium. Bill et les joueurs et le personnel du Liverpool Football Club entrent dans le vestiaire au Ploieşti Municipal Stadium, le vestiaire des visiteurs. Bill et les joueurs et le personnel du Liverpool Football Club examinent le vestiaire au Ploieşti Municipal Stadium, le vestiaire des visiteurs. Bill et les joueurs et le personnel du Liverpool Football Club voient la boue et les flaques sur le sol du vestiaire. Bill et les joueurs et le personnel du Liverpool Football Club voient les pansements souillés de sang et les serviettes sales sur les bancs du vestiaire. Les vieux bouts de sparadrap, les tasses remplies de thé froid. Bill et les joueurs et le personnel du Liverpool Football Club ouvrent la porte des toilettes dans le vestiaire du Ploieşti Municipal Stadium. Bill et les joueurs et le personnel du Liverpool Football Club sentent une odeur d'urine et d'excréments. Bill et les joueurs et le personnel du Liverpool Football Club voient l'urine sur le sol et les excréments dans les cuvettes. Et Bill dit aux joueurs et au personnel du Liverpool Football Club de retourner à leur bus garé dans le parking du Ploieşti Municipal Stadium. Et ensuite Bill va trouver les officiels du Fotbal Club Petrolul Ploieşti. Et Bill leur dit, Les toilettes n'ont pas été nettoyées. Le vestiaire n'a pas été nettoyé. C'est scandaleux. Et c'est dégradant. Et si le vestiaire n'est pas nettoyé, si les toilettes ne sont pas désinfectées, alors nous retournerons à Liverpool. Nous rentrerons chez nous. Et nous vous signalerons, nous signalerons le Fotbal Club Petrolul Ploieşti, nous vous signalerons à l'UEFA et à la FIFA et au monde entier…

Quinze minutes plus tard, Bill et les joueurs et le personnel du Liverpool Football Club redescendent de leur bus. Bill et les joueurs et le personnel du Liverpool Football Club retournent au vestiaire, au vestiaire des visiteurs. Le vestiaire propre, les toilettes désinfectées. Et maintenant les joueurs mettent leur tenue et leurs chaussures. Puis les joueurs et le personnel du Liverpool Football Club s'assoient sur les bancs dans le vestiaire, le vestiaire des visiteurs.

Dix minutes avant le coup d'envoi, les lumières s'éteignent dans le vestiaire, le vestiaire des visiteurs. Pendant dix minutes, Bill et les joueurs et le personnel du Liverpool Football Club restent assis dans le noir et attendent le coup d'envoi. Et ils attendent –

Après 36 minutes d'affrontement brutal, Moldoveanu marque. Au bout de 50 minutes d'affrontement brutal, Roger Hunt égalise. Après 59 minutes d'affrontement brutal, Boc marque. Puis Dridea marque. Et après 89 minutes d'affrontement brutal, Dridea réussit encore une percée, il est sûr de marquer de nouveau. Mais à la 89e minute, dans cet affrontement brutal, Yeats tacle Dridea. Et Dridea ne marque pas d'autre but. Mais le 12 octobre 1966, au Ploieşti Municipal Stadium, dans un match brutal, le Fotbal Club Petrolul Ploieşti bat le Liverpool Football Club 3-1. Au premier tour de la Coupe d'Europe, le Fotbal Club Petrolul Ploiești et le Liverpool Football Club se retrouvent à égalité, chacun ayant marqué 3 buts. En Coupe d'Europe, les buts marqués à l'extérieur ne comptent pas double. Au premier tour de la Coupe d'Europe, le Fotbal Club Petrolul Ploiești et le Liverpool Football Club vont devoir jouer un autre match, une autre rencontre. En terrain neutre,

en terre étrangère. Sur le banc, leur banc du Heysel à Bruxelles, en Belgique. Bill observe et Bill attend. Et au bout de 13 minutes, Roger Hunt lance Ian St John. Et St John marque. Et après 43 minutes, Peter Thompson efface trois adversaires. Thompson passe à St John. St John passe à Geoff Strong. Strong tire. Et le ballon rebondit sur un défenseur. Mais Thompson parvient le premier au ballon. Thompson tire. Et Thompson marque. Et en terrain neutre, en terre étrangère, le Liverpool Football Club bat le Fotbal Club Petrolul Ploiești 2-0 dans le match décisif du premier tour de la Coupe d'Europe. Et le Liverpool Football Club est qualifié pour le deuxième tour de la Coupe d'Europe.

...

Devant la maison, sur le pas de leur porte. Dans la nuit et dans le silence. Bill déverrouille la porte d'entrée. Dans la nuit et dans le silence. Bill ouvre la porte. Dans la nuit et dans le silence. Bill entre dans la maison. Dans le noir et dans le silence. Bill referme la porte. Dans le noir et dans le silence. Bill pose sa valise dans le couloir. Dans le noir et dans le silence. Bill longe le couloir jusqu'à la cuisine. Dans le noir et dans le silence. Bill allume la lumière. Dans la cuisine, à leur table. Bill s'assied. Dans la cuisine, à leur table. Le regard de Bill parcourt la pièce. Dans la cuisine, à leur table. Bill voit la cuisinière et le réfrigérateur. Dans la cuisine, à leur table. Bill voit la bouilloire et les casseroles. Dans la cuisine, à leur table. Bill voit les tasses et les assiettes. Dans la cuisine, à leur table. Bill hume l'air, Bill sent la chaleur. L'air de la maison, la chaleur de leur foyer. Et Bill sourit. Bill sourit.

23

Football total

Le samedi 29 octobre 1966, le Liverpool Football Club se déplace au Victoria Ground, à Stoke. Et le Liverpool Football Club perd 2-0 contre le Stoke City Football Club. Ce soir-là, les champions d'Angleterre en titre sont neuvièmes de la première division.

Le samedi 5 novembre 1966, Nottingham Forest vient à Anfield, Liverpool. Cet après-midi-là, 40 624 spectateurs viennent aussi. À la 16e minute, Geoff Strong marque. À la 62e minute, Roger Hunt marque. À la 73e minute, Peter Thompson marque. Et deux minutes plus tard, Hunt marque de nouveau. Et le Liverpool Football Club bat Nottingham Forest 4-0. À domicile, à Anfield. Quatre jours plus tard, le Burnley Football Club vient à Anfield, Liverpool. Ce soir-là, 50 124 spectateurs viennent aussi. À la 4e minute, Chris Lawler marque. À la 89e minute, Peter Thompson marque. Et le Liverpool Football Club bat le Burnley Football Club 2-0. À domicile, à Anfield. Trois jours plus tard, le Liverpool Football Club se rend à St James' Park, Newcastle. À la 22e minute, Ian St John marque. À la 65e minute, Roger Hunt marque. Et le Liverpool Football Club bat Newcastle United 2-0. Ce soir-là, le Chelsea Football Club a 23 points. Et le Chelsea Football Club est premier de la première division. Ce soir-là, les champions en titre de la première division possèdent 21 points. Les champions sont deuxièmes en première division.

Le samedi 19 novembre 1966, Leeds United vient à Anfield, Liverpool. Cet après-midi-là, 51 014 spectateurs viennent aussi. À la 48e minute, Chris Lawler marque. À la 57e minute, Peter Thompson marque. À la 75e minute, Geoff Strong marque. À la 83e minute, Ian St John marque. Et à la 89e minute, Strong marque de nouveau. Et le Liverpool Football Club bat Leeds

United 5-0. À domicile, à Anfield. Don Revie tente de longer la ligne de touche. La ligne de touche d'Anfield. Don Revie tente de serrer la main de Bill Shankly. Et Don Revie dit, Ce premier but, juste avant la mi-temps, c'était un vrai coup de chance. Et puis, après votre deuxième but, on s'est montrés trop insolents, trop cavaliers. Trop obnubilés par le score, trop obnubilés par la victoire. Alors, vos trois derniers buts, Bill. Les trois derniers buts marqués par Liverpool. Ils donnent une idée trop irréaliste de la véritable rencontre, une vision fausse du vrai match. Un score de 5-0, ça ne reflète pas réellement la partie. Un score de 5-0, ça n'est un reflet fidèle ni de Leeds United ni de Liverpool. Donc, je suis obligé de dire, Bill. Je suis obligé de dire que nous avons été malchanceux, aujourd'hui. Très malchanceux. Alors que dans le même temps, vous avez été sacrément veinards…

Veinards, répète Bill Shankly. Tu trouves qu'on a eu de la chance ? Eh bien, tu devrais faire vérifier ta vue, Don. Ce que tu as vu aujourd'hui, ce n'est pas la chance, c'est la meilleure équipe anglaise depuis la guerre. La toute meilleure ! Vous n'avez pas été battus par la malchance, Don. Vous avez été battus par la meilleure équipe d'Angleterre. La meilleure équipe anglaise de tous les temps. Et la meilleure équipe d'Europe, Don. La meilleure d'Europe.

…

Le mercredi 7 décembre 1966, les joueurs du Liverpool Football Club arrivent à l'Olympic Stadium d'Amsterdam. Dans le brouillard, l'épaisse nappe de brouillard humide. Un brouillard venu de la mer du Nord, et qui a traversé la ville. Qui s'accroche à leurs vêtements, qui leur colle à la peau. Bill Shankly et Rinus Michels, le manager de l'Amsterdamsche Football Club Ajax NV, l'arbitre, les juges de touche et l'observateur de l'UEFA descendent un tunnel. Et puis un autre tunnel. Un tunnel long de trente mètres en verre incassable. Pour empêcher les bouteilles d'atteindre les joueurs quand ils entrent sur le terrain. Bill

Shankly, Rinus Michels, l'arbitre, les juges de touche et l'observateur de l'UEFA sortent du tunnel et s'avancent sur le terrain. Il y a des rouleaux de barbelés tout autour du terrain. Pour empêcher les "Provos" hollandais d'envahir la pelouse. Bill Shankly, Rinus Michels, l'arbitre, les juges de touche et l'observateur de l'UEFA se positionnent dans le rond central. Personne ne voit plus les rouleaux de barbelés qui entourent le terrain. Personne ne voit plus rien. L'épaisse nappe de brouillard humide a étouffé l'Olympic Stadium d'Amsterdam. À présent le brouillard étouffe Bill Shankly, Rinus Michels, l'arbitre, les juges de touche et l'observateur de l'UEFA. Il les enveloppe dans son épaisse nappe humide. Il les étouffe et il les aveugle –

Je ne vois rien, dit Bill Shankly. Je ne vois rien du tout ! On ne peut pas jouer ce match. Il faudrait le reporter. Ce qui m'inquiète, c'est qu'on ne pourra pas rentrer. L'aéroport est déjà fermé. Je ne sais pas comment nous pourrons rentrer. Nous devons jouer samedi contre Manchester United à Old Trafford. C'est une rencontre cruciale pour nous, un match vital. Je ne veux pas que nous soyons retardés. Je ne veux pas qu'on sacrifie notre préparation. Donc, il faudrait annuler cette rencontre. Et remettre ce match. À la semaine prochaine…

L'arbitre scrute le brouillard, l'épaisse nappe de brouillard humide. L'arbitre hoche la tête. Et l'arbitre dit, Si on peut voir d'un but à l'autre, alors le match est maintenu. Mais je ne vois pas d'un but à l'autre, donc le match n'aura pas lieu. Il faut le reporter. Mais la météo annonce que le brouillard va se dissiper, que le brouillard va se lever. Alors, on pourra jouer le match demain. Rendez-vous ici même, demain soir…

Comment ? dit Bill Shankly. Je viens de vous l'expliquer, on ne peut pas s'attarder ici. On ne peut pas attendre un jour de plus à Amsterdam. Nous devons jour contre United, Manchester United, samedi prochain. C'est une rencontre cruciale, un match vital. Nous devons repartir ce soir même, rentrer à Liverpool ce soir…

Mais l'observateur de l'UEFA secoue la tête. Et l'observateur de l'UEFA dit, En Hollande, la règle est différente. En Hollande, si on peut voir le but depuis le rond central, alors le match reste jouable. Telle est la règle en Hollande. Et depuis l'endroit où je suis, dans le rond central, je vois les deux buts. Donc il n'est pas nécessaire de reporter le match. La rencontre peut quand même avoir lieu. Et avoir lieu ce soir même –

Avant le coup de sifflet, celui du coup d'envoi. Dans le vestiaire, le vestiaire des visiteurs à l'Olympic Stadium d'Amsterdam. Le regard de Bill Shankly fait le tour de la salle. Du vestiaire de Liverpool. Il passe d'un joueur au suivant. De Lawrence à Lawler, de Lawler à Graham, de Graham à Smith, de Smith à Yeats, de Yeats à Stevenson, de Stevenson à Callaghan, de Callaghan à Hunt, de Hunt à St John, de St John à Strong et de Strong à Thompson –

Il n'est pas possible de reporter le match, annonce Bill Shankly. Il va falloir jouer. Eh bien, autant les prendre à leur propre jeu, voilà mon avis. Cette équipe-là, on leur ferait voir trente-six chandelles sans ce satané brouillard. Alors, ces trente-six chandelles, c'est eux qui vont en avoir besoin ce soir pour voir clair dans notre jeu. Parce que, franchement, qui a déjà entendu parler de l'Ajax Football Club, les gars ? Personne de ma connaissance. Il y a deux saisons de ça, cette équipe-là a failli être reléguée. Dans les toilettes hollandaises. Et l'Ajax, je pensais que sa place n'était pas ailleurs, parce que pour moi, l'Ajax, c'était un détergent pour les toilettes. Mon seul souci ce soir, ma seule inquiétude, c'est comment diable on va bien pouvoir repartir d'ici, les gars. Comment on va pouvoir rentrer chez nous. On joue contre United samedi, les gars. Alors, je ne veux pas que vous restiez coincés dans un aéroport. Je veux que vous soyez reposés, les gars. Je veux que vous soyez prêts. Alors, dès que ce match sera fini, les gars. Une fois que ce match sera gagné. Veillez bien à revenir ici sans traîner, les gars. Qu'on puisse repartir. Qu'on puisse repartir et rentrer chez nous, les gars…

Après le coup de sifflet, celui du coup d'envoi. Sur le banc, leur banc à l'Olympic Stadium d'Amsterdam. Bill Shankly, Bob Paisley, Joe Fagan et Reuben Bennett scrutent le brouillard, l'épaisse nappe de brouillard humide. Ils entendent la foule des spectateurs. Les 65 000 personnes venues à l'Olympic Stadium d'Amsterdam. Mais ils ne voient pas la foule, les 65 000 personnes présentes à l'Olympic Stadium d'Amsterdam. Dans le brouillard, l'épaisse nappe de brouillard humide. C'est à peine s'ils distinguent la ligne médiane sur le terrain devant eux. Mais à la 3e minute, des Hollandais en maillot blanc apparaissent devant eux comme des fantômes. Sortis du brouillard, de l'épais brouillard humide. Swart voit Groot, Swart passe à Groot. Groot voit De Wolf, Groot centre pour De Wolf. De Wolf voit le ballon, De Wolf voit le filet. Et De Wolf voit le but. De Wolf renvoie le ballon d'une tête. Dans les filets, dans le but. Dans le brouillard, l'épais brouillard humide. Sur le banc, leur banc à l'Olympic Stadium d'Amsterdam. Bill Shankly, Bob Paisley, Joe Fagan et Reuben Bennett entendent les applaudissements. Mais ils ne voient toujours rien, toujours rien d'autre que des fantômes. Et à la 16e minute, les fantômes apparaissent de nouveau. Surgis du brouillard, de l'épais brouillard humide. Swart voit Nuninga, Swart passe à Nuninga. Nuninga voit le ballon, Nuninga voit les filets. Et Nuninga tire. Lawrence voit le ballon, Lawrence repousse le ballon. Cruyff voit le ballon, Cruyff voit les filets. Et Cruyff tire dans les filets, dans les buts. Dans le brouillard, l'épais brouillard humide. De nouveau sur le banc, leur banc à l'Olympic Stadium d'Amsterdam. De nouveau Bill Shankly, Bob Paisley, Joe Fagan et Reuben Bennett entendent les applaudissements. Et maintenant ils entendent les acclamations. Mais dans le brouillard, l'épais brouillard humide. Ils n'ont toujours rien vu. Mais Bill Shankly en a entendu assez. Dans le brouillard, l'épais brouillard humide. Bill Shankly se lève du banc. Dans le brouillard, l'épais brouillard humide. Bill Shankly franchit la ligne de touche. Dans le brouillard, l'épais brouillard humide. Bill Shankly franchit la ligne et entre sur le terrain. Dans le brouillard, l'épais brouillard humide. Bill Shankly s'approche de Tommy Smith. Et Tommy Smith sursaute. Dans le brouillard. Tommy Smith n'en croit pas ses yeux –

Va chercher Geoff, dit Bill Shankly. Et va chercher Willie. Ramène-les ici, Tommy. Ramène-les-moi tout de suite. Pour une petite réunion, Tommy. Concernant l'équipe…

Dans le brouillard, l'épais brouillard humide. Tommy Smith part en courant chercher Geoff Strong et Willie Stevenson –

Bon sang de bon sang, dit Bill Shankly. Vous jouez comme des branques. Comme des malades mentaux, les gars. Il y a un autre match à venir. Un autre match à Anfield. Bon sang, les gars. On n'est même pas à la mi-temps. Et on est menés 2-0. Alors, on va se contenter de 2-0. On va rapporter ce score à la maison. Donc, fermez les écoutilles. Et ne leur donnez pas un but de plus !

Dans le brouillard, l'épais brouillard humide. Bill Shankly sort du terrain. Bill Shankly retraverse la ligne de touche. Bill Shankly regagne le banc. Bill Shankly se rassied sur le banc. Mais dans le brouillard, l'épais brouillard humide. Bill Shankly a toujours du mal à voir devant lui la ligne médiane sur la pelouse. Mais à la 38e minute, Bill voit de nouveau les fantômes. Surgissant du brouillard, de l'épais brouillard humide. Cruyff voit le ballon, Cruyff prend le ballon. Yeats voit Cruyff, Yeats prend Cruyff. Swart prend le coup franc. Le ballon rebondit sur les défenseurs de Liverpool. Cruyff voit le ballon, Cruyff tire. Le ballon rebondit sur les défenseurs de Liverpool. Nuninga voit le ballon, Nuninga voit les filets. Et Nuninga tire. Dans les filets, dans les buts. Et sur leur banc, leur banc à l'Olympic Stadium d'Amsterdam. Bill Shankly, Bob Paisley, Joe Fagan et Reuben Bennett entendent les applaudissements. Ils entendent les acclamations. Et maintenant ils entendent la foule scander, *Ha-ha, Liverpool ! Ha-ha, Liverpool ! Ha-ha, Liverpool !* Mais à la 42e minute, les fantômes n'en ont pas terminé. Dans le brouillard, l'épais brouillard humide. Nuninga voit le ballon de nouveau, Nuninga voit les buts de nouveau. Et Nuninga tire. Dans les filets, dans les buts. Et dans le brouillard, l'épais brouillard humide. Sur leur banc, leur banc à l'Olympic Stadium d'Amsterdam. Bill Shankly, Bob Paisley, Joe Fagan et Reuben Bennett entendent les applaudissements. Ils entendent les acclamations et ils entendent la foule qui scande, qui scande et qui rit. *Ha-ha, Liverpool ! Ha-ha, Liverpool ! Ha-ha, Liverpool !* Et à la 66e minute, les fantômes refusent encore de prendre du repos. Dans le brouillard, l'épais brouillard humide. Groot obtient un coup franc. Encore un coup franc. Groot voit les filets. Groot envoie le coup franc dans les filets. Et sur le banc, leur banc à l'Olympic Stadium d'Amsterdam. Bill Shankly, Bob Paisley, Joe Fagan et Reuben Bennett n'entendent plus que les rires. *Ha-ha ! Ha-ha ! Ha-ha !* Seulement les rires dans l'épais brouillard humide. L'épais rire humide. *Ha-ha ! Ha-ha ! Ha-ha !* À la dernière minute, la toute dernière minute. Lawler marque pour le Liverpool Football Club. Mais dans le brouillard, l'épais brouillard humide. Dans le brouillard et au milieu des rires. *Ha-ha ! Ha-ha ! Ha-ha !* Le Liverpool Football Club perd 5-1 contre l'Amsterdamsche Football Club Ajax NV. *Ha-ha ! Ha-ha ! Ha-ha !* Un, deux, trois, quatre, cinq à un.

Après le coup de sifflet, le coup de sifflet final. Après avoir repris le tunnel, derrière les barbelés. De retour dans leur vestiaire, le vestiaire des visiteurs. Enfin à l'abri du brouillard, de l'épais brouillard humide. Du brouillard et des rires. Bill Shankly secoue la tête de nouveau. Et Bill Shankly fulmine –

Au petit bonheur la chance, les gars. Voilà comment vous avez joué. En faisant n'importe quoi. Et ça nous a coûté cher. Très, très cher, les gars. Mais ça ne veut pas dire pour autant qu'ils ne soient pas bien meilleurs que je ne pensais. Bien, bien meilleurs que je ne pensais. C'est une bonne équipe, les gars. Une très bonne équipe. Et ce petit bonhomme, là, Cruyff. C'est un sacré joueur, les gars. Un vrai talent. Alors, ne nous faisons pas d'illusions, les gars. Ne commettons pas d'erreur. Nous avons un défi à relever la semaine prochaine, les gars. Un sacré défi. Mais nous pouvons inverser la situation, les gars. Et nous la retournerons. Quand ils viendront à Anfield, les gars. Où il n'y aura pas de brouillard. À Anfield où il n'y aura nulle part d'endroit où se cacher, les gars. Nulle part où se cacher. Ni pour eux ni pour nous, les gars.

…

Trois jours plus tard, le samedi 10 décembre 1966, le Liverpool Football Club se rend à Old Trafford, Manchester. Cet après-midi-là, 65 200 spectateurs viennent aussi. Des gens de Manchester et des gens de Liverpool. Pour la première fois, des caméras de télévision en circuit fermé équipées de zooms sont braquées sur les gradins situés derrière chacun des deux buts d'Old Trafford, Manchester. Braquées sur les spectateurs de Manchester et sur les spectateurs de Liverpool. Pour la première fois, la police travaille à l'aide d'écrans installés dans un poste central de surveillance et reste en contact par radio avec les agents en uniforme présents sur le terrain. Mais cet après-midi-là, la police n'a pas de raison de s'inquiéter. Il n'y a pas d'atteintes à l'ordre public au stade d'Old Trafford de Manchester. Lorsque les champions d'Angleterre en titre affrontent les premiers au classement de la saison en cours, il n'y a que la virtuosité opposée à la méthode. La virtuosité de George Best contre la méthode de Gordon Milne. À la 15e minute, Milne voit St John dériver ver la gauche. Milne passe à St John qui dérive vers la gauche. St John tire. Et St John marque. À la 20e minute, Best a le ballon. Même sous une pression sévère, Best est sur un nuage. Tout en équilibre, tout en maîtrise. Best tire. Et Best marque. À la 30e minute, Yeats fauche Ryan dans la surface de réparation. Best pose le ballon sur le point de penalty. Best tire. Et Best marque de nouveau. À la 45e minute, Milne voit Lawler. Milne passe à Lawler. Lawler passe à Strong. Strong passe à St John. St John passe à Hunt. Le ballon sort en corner. Callaghan tire le corner. St John réceptionne le ballon. Le dos au but. St John pivote, St John se retourne. St John tire. Et St John marque de nouveau. Et cet après-midi-là, les champions en titre et les premiers du classement de la saison en cours font match nul 2-2 à Old Trafford, Manchester. La méthode fait match nul avec la virtuosité. La virtuosité est première en première division, la méthode est troisième en première division.

Après le coup de sifflet, le coup de sifflet final. Matt Busby longe la ligne de touche à Old Trafford. Matt Busby serre la main de Bill Shankly. Et Matt Busby dit, Tes gars ont dû faire un sacré match à Amsterdam, Bill. Ça doit être une rude équipe, cet Ajax d'Amsterdam.

Bill Shankly secoue la tête –

Non, Matt. Non. À Amsterdam, c'est par le brouillard qu'on a été battus. On n'a jamais été battus par l'Ajax, à Amsterdam. Eux, ils ont l'habitude de jouer dans le brouillard, Matt. Alors, c'est ça qui les a aidés à gagner. Mais à Anfield, mercredi soir, il n'y aura pas de brouillard, Matt. Donc, ce duel n'est absolument pas terminé. Parce que je sais qu'on va marquer mercredi soir, Matt. J'en suis convaincu. En fait, je crois qu'on pourrait même marquer huit buts.

Matt Busby sourit. Matt Busby rit. Et Matt Busby dit, Ma foi, ce n'est pas un crime de croire au père Noël, Bill. J'espère simplement que votre cheminée est assez grande, à Anfield…

…

Avant le match, le match de retour contre l'Ajax d'Amsterdam. Bill Shankly a dit au laitier que le Liverpool Football Club allait battre l'Ajax d'Amsterdam 5-0. Bill Shankly a dit au facteur que le Liverpool Football Club allait battre l'Ajax d'Amsterdam 6-0. Bill Shankly a dit à des enfants croisés dans la rue que le Liverpool Football Club allait battre l'Ajax d'Amsterdam 7-0. Bill Shankly a dit aux journalistes, à ceux des journaux locaux comme à ceux des quotidiens nationaux que le Liverpool Football Club allait battre l'Ajax d'Amsterdam 5-0, 6-0, 7-0 ou même 8-0. Bill Shankly a dit à tous les gens qu'il a rencontrés, à tous ceux qui ont bien voulu l'écouter, que le Liverpool Football Club allait battre l'Ajax d'Amsterdam 5-0, 6-0, 7-0 ou même 8-0. Et dans le vestiaire, leur vestiaire d'Anfield. Bill Shankly dit la même chose à Tommy Lawrence, Chris Lawler, Gordon Milne, Tommy Smith, Ron Yeats, Willie Stevenson, Ian Callaghan, Roger Hunt, Ian St John, Geoff Strong et Peter Thompson. Exactement la même chose –

Oui, 8-0, répète Bill Shankly. Parce que je sais que vous en êtes capables, je sais qu'on en est capables. Parce que les gens qui sont là ce soir, les 55 000 spectateurs qui sont là ce soir. Ils savent que vous pouvez le faire, ils croient que vous pouvez le faire –

Et ils croient que vous y arriverez, les gars !

Le mercredi 14 décembre 1966, il n'y a pas de brouillard à Anfield, Liverpool. Mais il y a de la brume et il y a de la buée. La brume qui vient du fleuve Mersey, la buée qui monte des tribunes. Des tribunes incandescentes, du Spion Kop embrasé. Un chaudron de passion, une fournaise d'émotions. Qui explose et rugit. LI-VER-POOL, LI-VER-POOL, LI-VER-POOL. Le Spion Kop s'agite, le Spion Kop vacille. En feu, incandescent. Dans la brume et dans la buée. Dans la cohue et dans la mêlée. Cent spectateurs sont soignés par les services médicaux d'Anfield. Trente d'entre eux sont emmenés à l'hôpital. Et dans la cohue et dans la mêlée. Dans la brume et dans la buée. Dans ce chaudron, dans cette fournaise. À la 4e minute, un tir de Thompson s'écrase contre la barre transversale. Au cours des 15 minutes qui suivent, l'Ajax d'Amsterdam touche le poteau deux fois. Et pendant la première mi-temps, le Liverpool Football Club se voit refuser un but. Mais à la 50e minute, Keizer trompe la défense pour servir Nuninga, Nuninga trompe la défense pour servir Cruyff. Cruyff qui vole, Cruyff qui plane. Et d'une dernière touche, la plus brève des touches. Cruyff envoie le ballon dans les filets, Cruyff marque. Dix minutes plus tard, St John trouve Hunt. Et Hunt trouve les filets. Et un but. Mais à la 70e minute, Keizer trompe encore la défense pour servir Nuninga, Nuninga trompe encore la défense pour servir Cruyff. Cruyff qui ne vole pas, Cruyff qui ne plane pas. Cruyff qui danse, à présent, Cruyff qui valse. Et d'une dernière touche, la plus brève des touches. Cruyff envoie le ballon dans les filets de nouveau, Cruyff marque de nouveau. À la 88e minute, Thompson passe à St John. St John passe à Hunt. Et Hunt marque de nouveau. Et ce soir-là, le Liverpool Football Club obtient le match nul contre l'Amsterdamsche Football Club Ajax NV. Mais à l'issue du duel, le Liverpool Football Club perd 7-3 contre l'Amsterdamsche Football Club Ajax NV. Et l'Amsterdamsche Football Club Ajax NV sort le Liverpool Football Club de la Coupe d'Europe –

Liverpool sorti d'Europe et sorti de la Coupe –

Sorti, sorti. Sorti, sorti –

Ce soir-là, huit clubs sont qualifiés pour les quarts de finale de la Coupe d'Europe. Le Celtic Football Club pour l'Écosse. Le CSK Sofia pour la Bulgarie. Le Dukla Prague pour la Tchécoslovaquie. Le Fudbalski Klub Vojvodina pour la Yougoslavie. L'Inter Milan pour l'Italie. Le Linfield Football Club pour l'Irlande du Nord. Le Real Madrid pour l'Espagne. Et l'Amsterdamsche Football Club Ajax NV pour la Hollande. Mais pas le Liverpool Football Club pour l'Angleterre. Pas de Liverpool, pas d'Angleterre. Pas ce soir, pas maintenant –

Après le coup de sifflet, ce coup de sifflet doublement final. Dans les couloirs et les tunnels, les couloirs d'Anfield et les tunnels d'Anfield. Bill Shankly rage et Bill Shankly fulmine. Contre le football défensif, contre le football négatif. Contre le football européen, contre le football des pays étrangers. Et contre la chance. Contre la chance des Hollandais. Mais dans les couloirs et les tunnels, les couloirs d'Anfield et les tunnels d'Anfield. Personne n'écoute Bill Shankly. Dans les couloirs,

dans les tunnels. Il n'y a personne.

À part Bill.

24

Les mortels et les immortels

Dans l'allée, dans la voiture. Bill éteint les phares. Dans la nuit, dans la brume. Bill rallume les phares. Dans l'allée, dans la voiture. Phares allumés, phares éteints. Dans la nuit et dans la brume. Bill ne parvient pas à oublier Amsterdam. Dans l'allée, dans la voiture. Bill ne parvient pas à oublier l'Ajax. Phares éteints, phares allumés. Bill sait que l'Ajax d'Amsterdam est l'une des meilleures équipes qu'il ait jamais vues jouer. Dans la nuit et dans la brume. Bill sait que l'Ajax d'Amsterdam va devenir l'une des meilleures équipes d'Europe. Phares éteints, phares allumés. Bill sait que l'Ajax a joué un type de football qu'il n'a jamais vu auparavant. Dans l'allée, dans la voiture. Bill sait que ce n'est pas du football défensif, Bill sait que ce n'est pas du football négatif. Et Bill sait que ce n'est pas du football qui doit tout à la chance. Dans la nuit et dans la brume. Bill sait que c'est du football simple, Bill sait que c'est du football d'équipe. Phares allumés puis phares éteints, phares éteints puis phares allumés. Un football d'équipe tout simple, un football d'équipe total. Dans l'allée, dans la voiture. Le type de football que Bill a vu dans ses rêves. Dans la nuit et dans la brume. Bill éteint les phares. Dans l'allée, dans la voiture. Bill ferme les yeux. Dans la nuit et dans la brume.

Dans ses rêves, seulement dans ses rêves.

…

Dans la maison, dans leur salon. Bill s'est rasé. Bill s'est lavé. Et Bill s'est habillé. Bill a pris son petit déjeuner. Bill a bu son thé. Et Bill a lu le journal. Dans le salon, dans son fauteuil. Bill regarde sa montre. Il est sept heures. Bill ouvre son carnet d'adresses. Bill sort dans le vestibule. Bill décroche le téléphone. Bill compose le numéro. Le numéro d'une pension de famille de Blackpool. Bill écoute le téléphone sonner. Et sonner et sonner. Bill entend la logeuse répondre. Bill demande à parler à Emlyn. Bill attend que la logeuse aille chercher Emlyn. Bill entend Emlyn balbutier. Bill entend Emlyn bégayer. Bill entend Emlyn dire –

Allô, monsieur Shankly ? Allô, monsieur ? Bonjour, monsieur Shankly. Bonjour, monsieur. Comment allez-vous, monsieur ?

Et Bill répond, Je vais très bien, merci. Merci, mon gars. Mais je vais toujours très bien, mon gars. Et toi, comment vas-tu, mon gars ? Comment vas-tu aujourd'hui ? Je sais que tu vis une rude saison, mon gars. Je sais que ça ne doit pas être facile pour toi. Ta première saison, mon gars. La saison que connaît Blackpool, avec la démission de Ron Stuart et l'arrivée de Stan Mortensen. Mais je veux que tu saches que je te suis, mon gars. Je ne t'ai pas oublié. Alors, prends ton mal en patience, mon gars. Et bientôt tu seras avec nous. Au Liverpool Football Club, mon gars. Le plus grand club de football qui soit. Alors, je veux que tu prennes soin de toi, mon gars. Je veux que tu veilles bien sur ta santé…

Merci, monsieur Shankly, dit Emlyn Hughes. Merci, monsieur. Et je prends soin de moi, monsieur Shankly. Je veille bien sur ma santé, monsieur. Merci, monsieur Shankly…

Ça fait plaisir à entendre, mon gars. Ça fait plaisir à entendre. Alors, qu'est-ce que tu fais, mon gars ? Qu'est-ce que tu fais en ce moment ?

Eh bien, je prends mon petit déjeuner, monsieur Shankly, répond Emlyn Hughes.

C'est bien, mon gars. C'est très bien. C'est le repas le plus important de la journée, mon gars. Ton petit déjeuner. Tu ne dois surtout pas sauter ton petit déjeuner. Bravo. Tu es un bon garçon.

Je ne le fais jamais, monsieur, dit Emlyn Hughes. Je ne saute jamais mon petit déjeuner.

Et alors, qu'est-ce que tu manges, mon gars ? Qu'est-ce que tu prends pour ton petit déjeuner aujourd'hui, par exemple ?

Ma foi, répond Emlyn Hughes en riant, je mange le menu spécial de ma logeuse. Le menu spécial que Mme Williams nous fait toujours. Un œuf au plat, du bacon, et un peu de boudin noir. Son petit déjeuner anglais spécial, monsieur…

Bill en bafouille, Bill en bégaie. Et Bill dit, Tu manges quoi ? Tu es cinglé ? Tu es fou ? Ce genre de tambouille, ça va te faire grossir, ça va te rendre fainéant. Te rendre idiot, mon gars ! Un verre de jus d'orange et une tranche de pain grillé. C'est tout ce dont tu as besoin pour le petit déjeuner, mon gars. Un verre de jus d'orange et une tranche de pain grillé. Pour rester mince, pour rester sur ta faim. Quand tu joueras pour le Liverpool Football Club, quand tu joueras pour le plus grand club de football qui soit, je veux que tu sois mince, je veux que tu aies faim, mon gars. Maintenant, passe le téléphone à cette femme, mon gars. Laisse-moi lui dire deux mots tout de suite. Je veux que tu sois mince, mon gars. Je veux que tu sois affamé. Mince et affamé pour le Liverpool Football Club, mon gars.

…

Dans le salon, dans son fauteuil. Bill laisse tomber le journal. Il vient à peine de lire la manchette. Bill met son pardessus, Bill met son chapeau. Le plus vite possible. Bill se rend en voiture à Filbert Street, Leicester. Bill rencontre les dirigeants du Leicester City Football Club. Dès qu'ils sont disponibles. Bill serre la main des dirigeants du Leicester City Football Club. Bill rencontre Gordon Banks. Dès que possible. Bill parle avec Gordon Banks. Bill serre la main de Gordon Banks. Bill rentre à Liverpool. Le plus vite possible. Bill va voir les dirigeants du Liverpool Football Club. Dès qu'ils sont disponibles. Et Bill leur dit, J'ai rencontré les dirigeants du Leicester City Football Club. J'ai parlé aux dirigeants du Leicester City Football Club. J'ai serré la main aux dirigeants du Leicester City Football Club. J'ai rencontré Gordon Banks. Et le marché est conclu. L'affaire est faite.

Dans la salle de conférences, la salle de conférences d'Anfield. Les dirigeants du Liverpool Football Club regardent Bill au bout de la longue table –

Mais quelle somme Leicester City demande-t-il pour Banks, monsieur Shankly ? Combien devrons-nous payer pour avoir Gordon Banks ?

Seulement 60 000 livres.

Soixante mille livres, répètent les dirigeants du Liverpool Football Club. *Seulement* 60 000 livres ? Pour un gardien de but ?

Bill hoche la tête. Et Bill dit, Oui. Seulement 60 000 livres. Mais pas seulement 60 000 livres pour n'importe quel gardien de but. Non. Pour le meilleur gardien de but du pays. Le meilleur gardien de but du monde…

Mais vous répétez sans cesse que nous avons déjà le meilleur gardien de but du pays, monsieur Shankly. Vous répétez sans cesse que Tommy Lawrence est le meilleur gardien de but du monde…

Bill hoche la tête de nouveau. Et Bill dit, Oui. Tommy Lawrence était le meilleur gardien de but du pays. Mais Tommy Lawrence n'est plus le meilleur gardien de but du pays. À présent, c'est Gordon Banks le meilleur gardien de but du pays. Et pas seulement du pays. Du monde. Vous savez tous que Gordon Banks a une médaille de champion du monde. Une médaille de champion du monde !

Oui, nous savons tous que Gordon Banks a une médaille de champion du monde, monsieur Shankly. Mais 60 000 livres, c'est beaucoup d'argent pour un gardien de but. Aucun club n'a jamais déboursé 60 000 livres pour un gardien de but…

Bill secoue la tête. Et Bill dit, Mais il ne s'agit pas du premier gardien de but venu. Celui dont nous parlons, c'est le meilleur du pays. Le meilleur du monde. Avec Gordon Banks dans notre groupe, avec Gordon Banks dans cette équipe de Liverpool, nous économiserons vingt buts par saison. Et si nous pouvons économiser vingt buts par saison, si Gordon Banks nous épargne vingt buts par saison, alors rien ne nous arrêtera, rien n'arrêtera le Liverpool Football Club. Donc, 60 000 livres, c'est une affaire. Une excellente affaire !

Non, ce n'est pas une affaire que de dépenser 60 000 livres, disent les dirigeants du Liverpool Football Club. Pas pour un gardien de but. Nous estimons que 60 000 livres, c'est du vol, monsieur Shankly. Pour un gardien de but. C'est du vol pur et simple, monsieur Shankly…

Bill en bafouille, Bill en bégaie. Et Bill réplique, Comment ? Vous êtes tous cinglés ? Vous êtes tous devenus fous ? Sheffield Wednesday a versé à Stoke City 75 000 livres pour John Ritchie. Tottenham Hotspur a versé aux Blackburn Rovers 95 000 livres pour Mike England. Chelsea a versé à Aston Villa 100 000 livres pour Tony Hateley. Et ai-je besoin de vous le rappeler, cette clique, de l'autre côté du parc, a déboursé 120 000 livres pour avoir Alan Ball. Il leur a coûté 120 000 livres ! Alors, dites-moi, comment est-il possible, comment est-il imaginable, que 60 000 livres, ce soit du vol pour s'offrir Gordon Banks ? Pour le meilleur gardien de but du monde ? En quoi est-ce du vol ?

John Ritchie n'est pas gardien de but, répondent les dirigeants du Liverpool Football Club. John Ritchie est un buteur. Mike England n'est pas gardien de but, Mike England est un défenseur. Tony Hateley n'est pas gardien de but, Tony Hateley est un buteur. Et Alan Ball n'est pas gardien de but, Alan Ball est un milieu de terrain. Mais Gordon Banks est gardien de but. Rien de plus qu'un gardien de but. Et nous ne dépenserons pas 60 000 livres pour un gardien de but, monsieur Shankly. Il n'en est pas question, tout simplement.

Bill regarde les dirigeants du Liverpool Football Club à l'autre bout de la longue table. Bill secoue la tête. Et Bill conclut, Eh bien, je vais vous dire une chose. Sans un meilleur gardien, sans Gordon Banks, le Liverpool Football Club ne gagnera pas de nouveau le championnat de première division. Et par conséquent, le Liverpool Football Club ne participera plus à la

Coupe d'Europe. Donc, le Liverpool Football Club ne gagnera jamais la Coupe d'Europe. Jamais. Pas sans un meilleur gardien de but. Pas sans Gordon Banks.

…

Sur le banc, leur banc à Goodison Park, Bill regarde, regarde avec les 64 851 spectateurs de Goodison Park, il regarde avec les 40 149 spectateurs d'Anfield qui suivent le match sur huit écrans géants de télévision en circuit fermé installés à Anfield –

Il regarde, il regarde –

Sur le banc, leur banc à Goodison Park. Dans une tempête de papier, dans un tunnel de bruit. Bill regarde l'Everton Football Club harceler le Liverpool Football Club, Bill regarde l'Everton Football Club traquer le Liverpool Football Club. Et pendant la dernière minute de la première mi-temps, Bill voit que Yeats ne parvient pas à dégager. Bill voit Yeats faire une passe en retrait à Lawrence, Husband harceler Lawrence. Bill voit que Lawrence ne parvient pas à récupérer le ballon, Lawrence traqué par Husband. Bill voit Lawrence qui laisse échapper le ballon, Alan Ball qui récupère le ballon sur la ligne de but, qui contrôle le ballon. Et depuis la ligne de but, sous l'angle le plus difficile qui soit, Bill voit Alan Ball lober Tommy Lawrence et le ballon entrer dans la cage, dans les buts. C'est le seul but, la seule différence. Dans une tempête de papier, dans un tunnel de bruit. Bill comprend qu'Alan Ball est la seule différence entre l'Everton Football Club et le Liverpool Football Club. La seule différence et la seule raison. Dans une tempête de papier, dans un tunnel de bruit. Bill sait qu'Alan Ball est la raison pour laquelle l'Everton Football Club bat le Liverpool Football Club 1-0 au cinquième tour de la Coupe d'Angleterre. Dans une tempête de papier, dans un tunnel de bruit. La seule raison pour laquelle le Liverpool Football Club est éliminé de la Coupe d'Angleterre. Éliminé d'une coupe de plus. Éliminé, éliminé –

De nouveau.

…

Dans la salle de conférences, la salle de conférences d'Anfield. Bill regarde les dirigeants du Liverpool Football Club à l'autre bout de la longue table. Et Bill dit, Vous n'avez pas voulu me donner l'argent pour racheter Alan Ball à Blackpool. Everton a racheté Alan Ball à Blackpool. Vous n'avez pas voulu me donner l'argent pour racheter Howard Kendall à Preston North End. Everton a racheté Howard Kendall à Preston. Vous n'avez pas voulu me donner l'argent pour racheter Gordon Banks à Leicester City. Stoke City a racheté Gordon Banks à Leicester. Mais aujourd'hui j'espère que vous me donnerez l'argent pour racheter Emlyn Hughes au Blackpool Football Club.

Et quelle somme les dirigeants du Blackpool Football Club veulent-ils pour Hughes ? demandent les dirigeants du Liverpool Football Club.

Bill répond, 65 000 livres. Mais Emlyn Hughes n'est pas gardien de but. Emlyn Hughes est un défenseur. Mais Emlyn Hughes pourrait tout aussi bien être un milieu de terrain. Il sait tout faire et il a du talent. Il sait vraiment, vraiment tout faire, et il a beaucoup, beaucoup de talent. Et j'ajouterai ceci. Je crois qu'un jour il jouera dans l'équipe d'Angleterre. Je crois qu'il deviendra le capitaine de l'équipe d'Angleterre. Je crois qu'il peut devenir le capitaine du Liverpool Football Club. Je crois qu'il peut devenir la base du Liverpool Football Club. Un grand, grand capitaine et une robuste, très robuste base. Une base sur laquelle nous pourrons construire. Pour un bel avenir et de beaux succès. Avec ce garçon dans notre groupe, avec ce garçon dans notre équipe.

Les dirigeants du Liverpool Football Club hochent la tête. Et les dirigeants du Liverpool Football Club sourient –

Vous nous avez vendu ce garçon, monsieur Shankly. Et nous acceptons donc votre proposition. Pour avoir Hughes, nous verserons 65 000 livres au Blackpool Football Club, monsieur Shankly.

Bill hausse les sourcils. Bill soupire. Et Bill dit, Merci.

Les dirigeants du Liverpool Football Club sourient de nouveau. Et les dirigeants du Liverpool Football Club prennent un document sur la longue table. Et les dirigeants du Liverpool Football Club font passer le document à Bill tout au bout de la longue table –

Il y avait un autre sujet à notre ordre du jour, monsieur Shankly. Un seul. Nous souhaiterions vous proposer ceci, monsieur Shankly. C'est un nouveau contrat. Un nouveau contrat de cinq ans pour vous, monsieur Shankly.

Bill regarde le document. Et Bill dit, Mais j'ai déjà un contrat. Et il me reste encore un an sur ce contrat en cours.

Les dirigeants du Liverpool Football Club hochent la tête de nouveau. Les dirigeants du Liverpool Football Club sourient de nouveau.

Nous le savons, monsieur Shankly. Nous savons que votre contrat est encore valable pour un an. Mais nous savons aussi à quel point vous êtes important pour le Liverpool Football Club. Car vous êtes très, très important. Alors, nous voulons vous éviter le moindre doute, monsieur Shankly. Nous voulons vous éviter la moindre incertitude. Et pour chasser tous les doutes, toutes les incertitudes, nous souhaiterions vous offrir dès maintenant un nouveau contrat, un nouveau contrat de cinq ans. Pour votre tranquillité d'esprit, monsieur Shankly. Votre propre tranquillité d'esprit…

Bill relève les yeux du document. Bill regarde de nouveau les dirigeants du Liverpool Football Club à l'autre bout de la longue table. Et Bill dit, Merci, messieurs. Merci beaucoup. Je vous suis reconnaissant de vous préoccuper de ma tranquillité d'esprit. Et je vous suis reconnaissant de la confiance que vous m'accordez. C'est pourquoi je vais emporter ce nouveau contrat chez moi aujourd'hui. Et je vais examiner ce contrat. Je vais l'examiner très soigneusement.

…

Au stade ou à la maison. À Anfield ou dans leur cuisine. À son bureau ou à leur table. Avec les journaux et avec ses carnets. Ses carnets remplis de noms, ses carnets couverts de notes. Avec la colle et les ciseaux. Bill ne cesse de tourner des pages, Bill ne cesse de tourner des pages. Les pages des journaux, les pages de ses carnets. Ses carnets remplis de noms et ses carnets couverts de notes. De la dernière page à la première, de la première page à la dernière. Le Liverpool Football Club est troisième en première division, le Liverpool Football Club est second en première division, le Liverpool Football Club est troisième en première division. Selon que Bill tourne les pages dans un sens ou dans l'autre, vers le début ou vers la fin. Troisième puis quatrième, quatrième et puis cinquième. Vers la fin et vers la fin, vers la fin et vers la fin, vers la fin et vers la fin.

…

Dans la maison, dans leur vestibule. Bill repose le téléphone. Bill est debout dans le vestibule. Bill regarde la porte d'entrée. Bill regarde la porte de la penderie. Dans la penderie se trouve son pardessus, dans la penderie se trouve son chapeau. Mais Bill regagne le salon. Bill se rassied dans son fauteuil. Bill regarde Ness. Et Bill sourit.

Qui était-ce ? demande Ness. Au téléphone, chéri ?

Bill répond, C'était le président d'Aston Villa.

Oh, dit Ness. Et que voulait-il, chéri ?

Il voulait que je passe le voir pour bavarder un peu.

Où se trouve Aston Villa ? demande Ness.

Ils sont à Birmingham.

Oh, répète Ness. Je ne suis jamais allée à Birmingham. Quel genre de ville est-ce, Birmingham ? C'est une grande ville ?

Bill dit, Oui, c'est une très grande ville.

Alors, vas-tu y aller ? demande Ness. À Birmingham ?

Non, chérie. Je ne crois pas. Pas aujourd'hui.

Ness se lève. Et Ness sourit –

C'est bien, chéri. Bon, je vais faire du thé, alors. Je vais nous faire à tous les deux une bonne tasse de thé. Ça te tente, chéri ?

Bill sourit de nouveau. Et Bill dit, Excellente idée, chérie. Merci. Merci beaucoup, chérie.

Ness se lève de sa chaise. Ness se rend dans la cuisine. Bill l'entend remplir la bouilloire. Bill l'entend allumer la cuisinière. Et Bill entend une de ses filles à l'étage. Elle écoute ses disques. Et Bill entend les gamins qui jouent dehors. Et dans leur maison, dans son fauteuil. Bill ferme les yeux. Et dans ses oreilles, dans son esprit. Bill entend la foule. La foule d'Anfield, le Spion Kop. À présent Bill n'entend rien d'autre que *LI-VER-POOL, LI-VER-POOL, LI-VER-POOL.*

...

Dans la salle de conférences, la salle de conférences d'Anfield. Devant la presse, la presse locale. À la table, la longue table. Les dirigeants du Liverpool Football Club prennent place. Et Bill s'assied. Les dirigeants du Liverpool Football Club sourient. Et Bill dit, Je ne joue pas sur les mots quand j'affirme que le Liverpool Football Club a les supporters les plus loyaux du monde. Les supporters les plus extraordinaires du monde. Et le défi que je m'impose, c'est de les dorloter. Mon défi, c'est de leur faire plaisir. Car si les supporters du Liverpool Football Club sont contents, alors les joueurs du Liverpool Football Club sont contents, et si les joueurs sont contents, alors le club obtient des résultats. Voilà l'unique sorte de dividende que je cherche à récolter pour mes efforts. C'est la seule récompense que je souhaite. Rendre les supporters heureux, rendre les spectateurs heureux. Et je n'ai jamais trahi les supporters, je n'ai jamais trahi les spectateurs. Et je ne les trahirai jamais, je ne les trahirai jamais. Ils méritent ce qu'il y a de meilleur. Car ils sont ce qu'il y a de meilleur. Et aucun homme, aucun homme sur terre, ne peut leur donner davantage, ne peut produire plus d'efforts pour leur donner ce qu'il y a de meilleur, pour les rendre heureux. C'est tout ce que je cherche à faire. Tout ce que je tente de faire...

Alors, quoi qu'il arrive, que je fasse ou non encore partie du Liverpool Football Club à la fin de cette période, lorsque ce contrat aura pris fin, mon épouse et moi-même resterons à Liverpool jusqu'à la fin de nos jours. Ici, les gens nous ont donné le sentiment que nous étions chez nous. Nous aimons la ville et nous aimons ses habitants. C'est pourquoi nous ne voyons aucune raison de partir ailleurs…

Ici, nous sommes chez nous. Chez nous.

…

À domicile, à Anfield. Plus tard, ce même après-midi, ce dernier après-midi de la saison 1966-67, le Blackpool Football Club vient à Anfield, Liverpool. Et cet après-midi-là, ce dernier après-midi, 28 773 spectateurs viennent aussi. Seulement 28 773 spectateurs. Le Blackpool Football Club est déjà relégué en deuxième division. Et à la 21e minute, Peter Thompson marque. Mais cet après-midi-là, ce dernier après-midi, le Liverpool Football Club perd 3-1 contre le Blackpool Football Club. À domicile, à Anfield. Cet après-midi-là, ce dernier après-midi de la saison, le Liverpool Football Club est cinquième en première division. Et le Liverpool Football Club n'est plus champion.

…

Au Portugal, à Lisbonne. À l'Estádio Nacional, sur son siège. Sous le soleil, le soleil brûlant. Bill voit Craig tacler Cappellini dans la surface de réparation du Celtic. Bill voit Cappellini tomber sur la pelouse dans la surface de réparation du Celtic. Bill voit l'arbitre allemand désigner le point de penalty dans la surface de réparation du Celtic. Bill voit Mazzola prendre le gardien Simpson à contre-pied. Bill voit le ballon toucher le fond des filets du Celtic. À l'Estádio Nacional, sur son siège. Sous le soleil, le soleil brûlant. Bill voit Auld toucher la barre transversale. Bill voit Gemmell tirer. Bill voit Sarti faire un arrêt. Bill voit Johnstone envoyer d'une tête le ballon vers les buts. Bill voit Sarti faire passer le ballon par-dessus la barre. Bill voit Gemmell tirer de nouveau. Bill voit Sarti faire un arrêt de nouveau. Sous le soleil, le soleil brûlant. À la fin de la première mi-temps, Bill voit Jock Stein sermonner l'arbitre, l'arbitre allemand. Bill voit Jock Stein sermonner Helenio Herrera, le manager de l'Inter Milan. À l'Estádio Nacional, sur son siège. Sous le soleil, le soleil brûlant. Au début de la seconde mi-temps, Bill voit les joueurs du Celtic Football Club attendre les joueurs de l'Inter Milan. Sous le soleil, le soleil brûlant. En pleine chaleur, une chaleur de trente degrés. À l'Estádio Nacional, sur son siège. Sous le soleil, le soleil brûlant. Bill voit Sarti faire un arrêt. Bill voit Sarti faire arrêt sur arrêt. Sous le soleil, le soleil brûlant. À la 62e minute, Bill entend le cri de Gemmell qui réclame le ballon. Bill voit Craig faire une passe latérale à Gemmell. Bill voit Gemmell tirer. Et Bill voit Gemmell marquer. Sous le soleil, le soleil brûlant. Bill voit la justice triompher. Bill voit Murdoch tirer. Bill voit Chalmers rediriger son tir vers le fond des filets. À l'Estádio Nacional, sur son siège. Sous le soleil, le soleil brûlant. Bill voit les supporters du Celtic Football Club dévaler les gradins en marbre. Prêts. Bill voit les supporters du Celtic Football Club se masser dans la tranchée qui entoure la pelouse. Prêts. Et à l'Estádio Nacional, sur son siège. Sous le soleil, le soleil brûlant. Bill entend le coup de sifflet, le coup de sifflet final. Le Celtic Football Club a battu l'Inter Milan 2-1. Le Celtic Football Club a gagné la Coupe d'Europe. Le Celtic Football Club est la première équipe britannique à remporter la Coupe d'Europe. Jock Stein, le premier manager britannique à remporter la Coupe d'Europe. Ce n'est pas Matt Busby. Et ce n'est pas Bill Shankly –

Sa veste colle à sa chemise. Sa chemise colle à son maillot de corps. Son maillot de corps lui colle à la peau. Bill a les larmes aux yeux. Des larmes sur les joues, à présent. Sur son col de chemise, sur sa cravate en soie –

Sa cravate de Liverpool. Sa cravate rouge,

rouge, de Liverpool. Dans le vestiaire, le vestiaire du Celtic. Bill tape dans le dos de Jock Stein, Bill serre la main de Jock Stein. Et Bill dit, Félicitations, John. Félicitations. Je ne pourrais pas être plus heureux pour toi. Tu as gagné le championnat écossais. Tu as gagné la

Coupe d'Écosse. Tu as gagné la Coupe de la Ligue écossaise. Tu as gagné la Coupe de Glasgow. Et maintenant tu gagnes la Coupe d'Europe. Et tout ça au cours de la même saison, John. Tout ça au cours de la même saison !

Alors, maintenant, tu es immortel, John.

Maintenant, tu es immortel.

Immortel, John.

25

On ne vit pas de ses souvenirs

Après la saison. La saison des défaites. Avant la saison. La saison de l'espoir. Pendant l'été. L'été de l'amour. Bill Shankly, Bob Paisley, Joe Fagan et Reuben Bennett ne sont pas en vacances. Dans la salle de conférences. La salle de conférences d'Anfield. Bill Shankly, Bob Paisley, Joe Fagan et Reuben Bennett sont au travail. Les carnets sont étalés sur la longue table. Les carnets remplis de noms, les carnets couverts de notes. Les pages de journaux sont empilées sur la longue table. Les pages couvertes de noms, les pages couvertes de dates. Bill Shankly, Bob Paisley, Joe Fagan et Reuben Bennett scrutent chaque page de chaque carnet, chaque page de chaque journal. Chaque joueur et chaque match. Bill Shankly, Bob Paisley, Joe Fagan et Reuben Bennett discutent de chaque page de carnet, examinent chaque page de journal. Ils analysent tous les joueurs, ils évaluent tous les matchs. Les matchs qui ont été joués, la saison qui est terminée. La saison des défaites –

Au cours de la saison 1966-67, les joueurs du Liverpool Football Club ont disputé 42 matchs de championnat. Ils en ont gagné 12 à domicile, à Anfield, et ils en ont gagné 7 à l'extérieur, ailleurs qu'à Anfield. Ils ont obtenu 7 matchs nuls à domicile et 6 à l'extérieur. Ils ont perdu 2 matchs à domicile, à Anfield, et ils en ont perdu 8 à l'extérieur, ailleurs qu'à Anfield. Ils ont marqué 36 buts à domicile, à Anfield, et 28 à l'extérieur, ailleurs qu'à Anfield. Ils ont concédé 17 buts à domicile, à Anfield, et 30 à l'extérieur, ailleurs qu'à Anfield. Pendant la saison 1966-67, le Liverpool Football Club a récolté 51 points. Et le Liverpool Football Club a terminé cinquième de la première division. Leeds United a 55 points. Tottenham Hotspur a 56 points. Et Nottingham Forest a 56 points, également. Le Manchester United Football Club a 60 points. Manchester United a terminé premier de la première division. Les joueurs de Manchester United sont champions d'Angleterre. Les nouveaux champions.

La saison précédente, le Liverpool Football Club a fini premier de la première division. Le Liverpool Football Club a été champion d'Angleterre. La saison précédente, le Liverpool Football Club a marqué 79 buts et en a concédé 34. À domicile et à l'extérieur. Au cours de la saison 1966-67, le Liverpool Football Club a marqué 64 buts et en a concédé 47. À domicile et à l'extérieur. Le Manchester United Football Club a marqué 84 buts et en a concédé 46. À domicile et à l'extérieur.

Pour la nouvelle saison, la saison à venir, Bill Shankly, Bob Paisley, Joe Fagan et Reuben Bennett savent que le Liverpool Football Club devra marquer davantage de buts. Beaucoup plus de buts.

Vingt et un buts supplémentaires.

Bill Shankly a entendu dire que Tony Hateley n'était pas heureux. Bill Shankly sait que Tony Hateley a joué 131 fois pour le Notts County Football Club. Bill Shankly sait que Tony Hateley a marqué 77 buts pour le Notts County Football Club. Bill Shankly sait que Tony Hateley a joué 127 fois pour l'Aston Villa Football Club. Bill Shankly sait que Tony Hateley a marqué 68 buts pour l'Aston Villa Football Club. Bill Shankly sait que Tony Hateley a joué 27 fois pour le Chelsea Football Club. Bill Shankly sait que Tony Hateley a marqué 6 buts pour le Chelsea Football Club. Seulement 6 buts. Bill Shankly sait pourquoi Tony Hateley est malheureux. Bill Shankly n'aime pas savoir qu'un homme, quel qu'il soit, est malheureux. Alors qu'il pourrait être heureux. Alors qu'il pourrait jouer au Liverpool Football Club. Alors qu'il pourrait marquer des buts pour le Liverpool Football Club. Il pourrait marquer 21 buts pour le Liverpool Football Club. À domicile et à l'extérieur. Au moins 21 buts, pour le Liverpool Football Club.

…

Après ses vacances d'été, de retour dans la salle de conférences. Sidney Reakes dit, Mais 96 000 livres, c'est beaucoup plus d'argent que nous n'en avons jamais dépensé pour un joueur quel qu'il soit, monsieur Shankly. Beaucoup, beaucoup plus.

Je sais, dit Bill Shankly. Et je sais qu'il s'agit d'une somme énorme. Et vous savez à quel point je rechigne à dépenser des sommes aussi considérables. Mais ce sont les sommes que nous devons dépenser, de nos jours. Tel est le monde dans lequel nous vivons à présent. Et nous pouvons rêver à un monde différent, nous pouvons souhaiter un monde meilleur. Nous pouvons encore faire tout notre possible pour y parvenir, nous pouvons encore travailler pour l'atteindre. Ce monde différent, ce monde meilleur. Mais il nous faut malgré tout vivre dans celui-ci, nous ne pouvons pas seulement vivre dans le passé. Ce qui se faisait autrefois a été fait. Mais ce qui a été fait appartient à l'histoire, désormais. Aujourd'hui nous devons tourner la page et écrire une nouvelle page. Et je suis convaincu que cet homme est le joueur qui peut nous aider à tourner la page, à écrire cette nouvelle page. Une nouvelle page d'histoire, une nouvelle page de victoires. Parce que les supporters du Liverpool Football Club sont sevrés de victoires. Et les supporters du Liverpool Football Club méritent des victoires. Et ce serait les insulter que de les priver de victoires. Ce serait une insulte aux supporters du Liverpool Football Club. Et une insulte aux gens de Liverpool…

Sidney Reakes dit, Vous présentez des arguments très convaincants, monsieur Shankly. Comme toujours. Un plaidoyer très persuasif, monsieur Shankly. Et je vais soumettre votre proposition au conseil d'administration. Après quoi je vous informerai de leur décision, monsieur Shankly. Cela dit, y avait-il quoi que ce soit d'autre ? Autre chose que je pourrais faire pour vous, monsieur Shankly ?

Oui, répond Bill Shankly. Il y avait autre chose. Une broutille. J'aimerais également avoir 18 000 livres pour acheter Ray Clemence, du Scunthorpe Football Club…

Ray qui ?

…

La saison précédente, Geoff Twentyman a appelé Bill Shankly. Geoff Twentyman a parlé à Bill Shankly d'un jeune gars nommé Ray Clemence. Ray Clemence était le gardien de but de Scunthorpe United. En troisième division. Huit fois, Bill Shankly s'est rendu au stade d'Old Showground, à Scunthorpe. Huit fois, un vendredi soir à sept heures moins le quart, Bill Shankly s'est assis dans les tribunes d'Old Showground, Scunthorpe. Huit fois, Bill Shankly a regardé Ray Clemence garder les buts du Scunthorpe Football Club à Old Showground, Scunthorpe. En troisième division, un vendredi soir. Huit fois, parce que Bill Shankly voulait voir Ray Clemence arrêter un tir de la main gauche. Huit fois, parce que Bill Shankly voulait voir Ray Clemence arrêter un tir de la main droite. Huit fois, parce que Bill Shankly voulait voir Ray Clemence stopper un tir croisé provenant de la gauche. Huit fois, parce que Bill Shankly voulait voir Ray Clemence stopper un tir croisé provenant de la droite. Huit fois, parce que Bill Shankly voulait voir Ray Clemence sauver un but de la main gauche. Huit fois, parce que Bill Shankly voulait voir Ray Clemence sauver un but de la main droite. Huit fois, parce que Bill Shankly voulait voir Ray Clemence frapper le ballon du pied gauche. Huit fois, parce que Bill Shankly voulait voir Ray Clemence frapper le ballon du pied droit. Huit fois, parce que Ray Clemence était gardien de but. Huit fois, parce que Ray Clemence était gaucher quand il se servait de ses pieds. Huit fois, parce que Bill Shankly voulait s'assurer que Ray Clemence n'était pas gaucher quand il se servait de ses mains. Huit fois, parce que Bill Shankly n'aimait pas les gardiens de but gauchers. Huit fois, parce que Bill Shankly pensait que les gardiens de but gauchers manquaient d'équilibre. Huit fois, jusqu'à ce que Bill Shankly soit certain que Ray Clemence n'était pas gaucher quand il se servait de ses mains. Huit fois, jusqu'à ce que Bill Shankly en soit convaincu. À présent, Bill Shankly en était certain. À présent, Bill Shankly en était convaincu. Ray Clemence était le meilleur gardien de but qu'il eût vu de sa vie. De sa vie –

Pendant l'été 1967. Aux portes d'Anfield. Ray Clemence serre la main de Bill Shankly. Fortement. De sa main droite. Fortement.

Suis-moi, dit Bill Shankly. Suis-moi, mon gars…

Et Ray Clemence suit Bill Shankly dans les vestiaires, les vestiaires d'Anfield. Et Bill Shankly sourit –

Ça, c'est les plus beaux vestiaires du monde, mon gars…

Ray Clemence suit Bill Shankly qui l'emmène sur la pelouse, la pelouse d'Anfield. Bill Shankly s'agenouille. Bill Shankly touche l'herbe, l'herbe d'Anfield. Et Bill Shankly sourit de nouveau –

Touche un peu ça, mon gars. Touche ce gazon. C'est le plus beau gazon du monde, mon gars. La meilleure surface du monde pour jouer au football…

Ray Clemence suit Bill Shankly à l'autre bout du terrain, où se trouve le Kop. Bill Shankly lève les yeux vers le Kop, le Kop vide –

Voilà le Kop, mon gars. Le Spion Kop. C'est l'endroit où viennent les meilleurs supporters du monde, mon gars. Les spectateurs les plus fabuleux du monde. À chaque rencontre, à chaque match. Avec des supporters pareils derrière toi, tu ne peux pas perdre, mon gars. Tu ne peux pas perdre.

Ray Clemence suit Bill Shankly jusqu'à son bureau. Ray Clemence s'assied. Bill Shankly tend un contrat à Ray Clemence –

Si tu continues à t'améliorer au même rythme qu'en ce moment, alors tu seras dans notre équipe première dans moins d'un an, mon gars. Et tu seras le meilleur gardien de but du pays, le meilleur gardien de but du monde. Dans la meilleure équipe du pays, la meilleure équipe du monde. Et tu joueras pour l'Angleterre, aussi. J'y crois dur comme fer, mon gars. En fait, j'en suis convaincu. Ray Clemence regarde le contrat qu'il tient entre ses mains. Puis Ray Clemence lève de nouveau les yeux vers Bill Shankly. Et Ray Clemence dit, J'ai envie de signer, monsieur Shankly. Je veux jouer pour le Liverpool Football Club. Mais Tommy Lawrence est un grand gardien de but. Tommy Lawrence est le gardien de but de l'équipe première. Maintenant, mon niveau est celui d'une équipe première. Si je signe, je jouerai dans l'équipe réserve…

Oui, dit Bill Shankly. Tommy Lawrence est un grand gardien de but. Tu as raison, mon gars. Et, oui, tu joueras dans l'équipe réserve. Tu as raison sur ce point-là aussi, mon gars. Mais Tommy Lawrence a bientôt trente et un ans. Tommy Lawrence ne sera plus gardien de but de l'équipe première pendant très longtemps. Et Tommy t'apprendra des choses. Et tu t'amélioreras, mon gars. Et rappelle-toi bien que l'équipe réserve de Liverpool, ce n'est pas n'importe quelle équipe. L'équipe réserve de Liverpool, c'est la deuxième meilleure équipe du pays, mon gars. La seule équipe qui soit meilleurs que l'équipe réserve de Liverpool, c'est l'équipe première de Liverpool. Alors, tu vas apprendre et tu vas t'améliorer, mon gars. Et ensuite, tu seras prêt à jouer à jouer en équipe première. Prêt à jouer dans la meilleure équipe du monde, mon gars. Tu seras prêt…

Ray Clemence prend le stylo que lui tend Bill Shankly. Et Ray Clemence signe le contrat avec le Liverpool Football Club. Ray Clemence serre la main de Bill Shankly. Ray Clemence sort du bureau sur les talons de Bill Shankly. Dans le couloir, au bout du couloir. Bill Shankly ouvre une porte. La porte des toilettes. Ray Clemence suit Bill Shankly dans les toilettes. Les toilettes d'Anfield. Bill Shankly ouvre la porte d'une cabine. Ray Clemence suit Bill Shankly dans la cabine. Bill Shankly soulève le couvercle des toilettes. Bill Shankly tire la chasse. Bill Shankly regarde sa montre. Bill Shankly rit –

Regarde ça, mon gars. Regarde cette chasse d'eau. Regarde ces toilettes, mon gars. Elle se remplit en quinze secondes. On a tout, ici, mon gars. Et tout ce qu'on a, c'est ce qu'il y a de mieux. Rappelle-toi ça, mon gars. Tout ce qu'on a ici, c'est ce qu'il y a de mieux. Seulement ce qu'il y a de mieux, mon gars.

…

Le samedi 19 août 1967, le Liverpool Football Club se rend à Maine Road, Manchester. Manchester City rate un penalty. Et le Liverpool Football Club obtient le nul 0-0 avec Manchester City dans le premier match de la saison 1967-68. Trois jours plus tard, l'Arsenal Football Club vient à Anfield, Liverpool. Ce soir-là, 52 033 spectateurs viennent aussi. Au cours des quinze premières minutes, le Liverpool Football Club tente sept fois de marquer par un tir ou une tête. À la 23e minute, Tommy Smith passe à Tony Hateley. Hateley passe à Roger Hunt. Et Hunt marque. À la 75e minute, le Liverpool Football Club obtient un corner. Ron Yeats tire. Furnell repousse le ballon. Et Hunt marque de nouveau. Et le Liverpool Football Club bat l'Arsenal Football Club 2-0. À domicile, à Anfield. Le Spion Kop exulte et le Spion Kop applaudit. Le Spion Kop hurle et le Spion Kop scande, *On est les meilleurs, on est les meilleurs…*

Le samedi 26 août 1967, Newcastle United vient à Anfield, Liverpool. Cet après-midi-là, 51 829 spectateurs viennent aussi. À la 8e minute, Tony Hateley marque son premier but pour le Liverpool Football Club. À la 30e minute, Emlyn Hughes marque. À la 41e minute, Roger Hunt marque. À la 47e minute, Hateley marque son deuxième but pour le Liverpool Football Club. À la 75e minute, Hateley marque son troisième but pour le Liverpool Football Club. Et à la 87e minute, Hunt marque de nouveau. Et le Liverpool Football Club bat Newcastle United 6-0. À domicile, à

Anfield. Et le Spion Kop rugit, *On va gagner le championnat. On va gagner le championnat…*

Deux jours plus tard, le Liverpool Football Club se rend au stade de Highbury, à Londres. Le Liverpool Football Club n'a pas perdu contre l'Arsenal Football Club au cours de leurs treize dernières rencontres. Cet après-midi-là, le Liverpool Football Club perd 2-0 contre l'Arsenal Football Club. À l'extérieur, ailleurs qu'à Anfield.

…

Geoff n'a plus d'emploi. Geoff n'a que cinq livres dans sa poche. Geoff a l'intention d'utiliser ces cinq livres, ses cinq dernières livres, pour se rendre à Liverpool. Geoff a prévu de demander un emploi à l'usine Ford de Halewood, Liverpool. Ce matin-là, juste avant le départ de Geoff, le téléphone sonne. Et Geoff dit, Allô ?

Allô, dit Bill Shankly. Comment vas-tu, Geoff ?

Geoff Twentyman a fait la connaissance de Bill Shankly en mars 1949. En mars 1949, Bill Shankly est engagé comme manager de Carlisle United. Geoff Twentyman jouait dans l'équipe de Carlisle United. Bill Shankly sympathise avec Geoff Twentyman. Geoff quitte Carlisle United pour le Liverpool Football Club. Mais Bill Shankly reste en relation avec Geoff. Et Geoff raconte à Tom Williams, le président du Liverpool Football Club, de nombreuses histoires sur Bill Shankly. En décembre 1959, Bill Shankly rejoint le Liverpool Football Club. Geoff a déjà quitté l'équipe, mais Bill Shankly est toujours en contact avec lui. Geoff est devenu entraîneur. Geoff a entraîné Morecombe. Geoff a entraîné Hartlepools United. Hartlepools United a licencié Geoff. Hartlepools United a engagé Brian Clough pour le remplacer. Hartlepools United a donné un préavis d'un mois à Geoff et sa famille pour qu'ils libèrent la maison qu'ils occupent. Hartlepools United est propriétaire de la maison qu'ils occupent. Hartlepools United a besoin de la maison pour loger son nouveau manager. Pour loger Brian Clough et sa famille. Geoff et sa famille retournent à Carlisle. Geoff tente de retrouver du travail dans le football. Geoff ne parvient pas à trouver du travail dans le football. Bill Shankly pense que c'est une tragédie. Une tragédie pour cet homme. Bill Shankly pense que c'est un vrai gâchis. Un vrai gâchis pour le football. Mais Bill reste en contact avec Geoff. Et Geoff reste en contact avec le football. Geoff continue de voir des matchs. Geoff continue de voir des joueurs en action. Et Geoff continue d'appeler Bill Shankly. Geoff continue de parler à Bill Shankly des matchs qu'il a vus. Des joueurs qu'il a vus. Des joueurs tels que Ray Clemence. Mais Geoff a dû prendre un emploi de chauffeur de camionnette. Puis Geoff a perdu son emploi de chauffeur de camionnette. À présent Geoff n'a plus d'emploi. Ce matin, le téléphone sonne –

Norman Lowe vient de démissionner de son poste de chef recruteur, annonce Bill Shankly. Est-ce que ça te plairait de devenir notre nouveau chef recruteur ? Est-ce que ça te plairait de venir travailler avec moi, Geoff ? De travailler pour le Liverpool Football Club ? Oui, répond Geoff. Ça me plairait. Merci, Bill.

…

Le samedi 2 septembre 1967, le Liverpool Football Club se rend au stade The Hawthorns, à Birmingham. À la 6e minute, Tony Hateley marque. Et à la 58e minute, Roger Hunt marque. Et le Liverpool Football Club bat West Bromwich Albion 2-0. À l'extérieur, ailleurs qu'à Anfield. Trois jours plus tard, le Liverpool Football Club se rend au City Ground de Nottingham. À la 51e minute, Emlyn Hughes marque. Et le Liverpool Football Club bat Nottingham Forest 1-0.

Le samedi 9 septembre 1967, le Chelsea Football Club vient à Anfield, Liverpool. Sous un beau soleil d'été. Cet après-midi-là, 53 839 spectateurs viennent aussi.

Avant le coup de sifflet, celui du coup d'envoi. Bill Shankly entre dans le vestiaire. Le vestiaire de l'équipe qui joue à domicile. Bill Shankly referme la porte du vestiaire. La porte du vestiaire d'Anfield. Le regard de Bill Shankly fait le tour du vestiaire. Il passe d'un joueur au suivant. De Lawrence à Lawler, de Lawler à Byrne, de Byrne à Smith, de Smith à Yeats, de Yeats à Hughes, de Hughes à Callaghan, de Callaghan à Hunt, de Hunt à Hateley, de Hateley à St John et de St John à Thompson. Et Bill Shankly sourit –

Au cours des huit dernières années, les gars. Lors de nos 32 matchs de championnat contre des clubs de Londres. Il n'y a que West Ham United qui ait réussi à gagner à Anfield, les gars. Et c'était en 1963. Et grâce à un coup de chance, les gars. Un sacré coup de chance. Hateley pourrait vous dire à quel point les clubs de Londres détestent venir ici. Ils détestent venir à Liverpool, ils détestent venir à Anfield. Une tasse de thé, voilà tout ce que nous offrons à un club de Londres quand il vient ici, les gars. C'est une tradition. Une tradition d'Anfield. On ne donne rien aux équipes de Londres quand elles viennent ici. Rien d'autre qu'une tasse de thé, les gars.

Sous le beau soleil d'été, sur un terrain dur et rapide. Le Liverpool Football Club est tout en attaque, le Liverpool Football Club est tout en puissance. Sous le beau soleil d'été, sur le terrain dur et rapide. Callaghan descend l'une des ailes en dansant, Thompson descend l'autre en louvoyant. Sous le beau soleil d'été, sur le terrain dur et rapide. Hughes a faim, Smith a soif. Sous le beau soleil d'été, sur le terrain dur et rapide. Hateley soulage Hunt du poids qui pèse sur lui, Hateley fait de la place pour Hunt. Sous le beau soleil d'été, sur le terrain dur et rapide. Bonetti sauve, Bonetti sauve, et Bonetti sauve encore des buts. Sous le beau soleil d'été, sur le terrain dur et rapide. Après 37 minutes, Harris fauche Hateley dans la surface de réparation de Chelsea. Smith place le ballon sur le point de penalty de Chelsea. Et Smith envoie le ballon au fond des filets de Chelsea. Sous le beau soleil d'été, sur le terrain dur et rapide. Au début de la seconde mi-temps, quand Bonetti reprend sa place, en tournant le dos au Kop, le Spion Kop l'applaudit. Mais sous le beau soleil d'été, sur le terrain dur et rapide. Quatre-vingt-dix secondes plus tard, Hughes envoie un centre. Hateley plonge vers le ballon. Comme une fusée, comme une torpille humaine. La tête de Hateley trouve le ballon. Et le ballon touche le fond des filets. Les filets de Chelsea. Sous le beau soleil d'été, sur le terrain dur et rapide. Quatre-vingt-dix secondes plus tard, Thompson centre. Hateley force le passage entre deux défenseurs. Comme une fusée, comme une torpille humaine. La tête de Hateley trouve le ballon. Le ballon touche le fond des filets. Les filets de Chelsea. Et sous le beau soleil d'été, sur le terrain dur et rapide. Le Liverpool Football Club bat le Chelsea Football Club 3-1. Tony Hateley a réglé ses comptes avec son ancien club. Et le Liverpool Football Club a donné un avertissement à tous les autres clubs. Ce soir-là, Tottenham Hotspur a 11 points. Ce soir-là, le Liverpool Football Club a 11 points, aussi. Mais ce soir-là, le Liverpool Football Club est premier de la première division. À la différence de buts. Premier de nouveau.

Une semaine plus tard, le Liverpool Football Club se rend au stade du Dell, à Southampton. À la 30e seconde, le Southampton Football Club marque. À la 10e minute, Tommy Smith pose le ballon sur le point de penalty de Southampton. Mais Smith envoie le ballon à côté de la cage de Southampton. Et le Liverpool Football Club perd 1-0 contre le Southampton Football Club. À l'extérieur, ailleurs qu'à Anfield. Ce soir-là, Tottenham Hotspur a toujours 11 points. Mais à présent Sheffield Wednesday a 11 points, Manchester City a 11 points et l'Arsenal Football Club a 11 points, également. Le Liverpool Football Club a toujours 11 points, aussi. Et ce soir-là, le Liverpool Football Club est premier de la première division. Toujours. À la différence de buts.

Le mardi 19 septembre 1967, le Liverpool Football Club se rend au Malmö Stadium, à Malmö, en Suède, pour rencontrer le Malmö Fotbollförening au match aller du premier tour de la Coupe des villes de foires[1].

1. Coupe européenne disputée de 1955 à 1971, remplacée ensuite par la Coupe de l'UEFA.

C'est la première fois que le Liverpool Football Club participe à la Coupe des villes de foires. À la 9e minute, Tony Hateley marque. À la 80e minute, Hateley marque de nouveau. Et le Liverpool Football Club bat le Malmö Fotbollförening 2-0 au match aller du premier tour de la Coupe des villes de foires.

Cinq jours plus tard, l'Everton Football Club vient à Anfield, Liverpool. Cet après-midi-là, 54 186 spectateurs viennent aussi. À la 78e minute, Roger Hunt marque. Et le Liverpool Football Club bat Everton 1-0. Ce soir-là, Sheffield Wednesday a 13 points et l'Arsenal Football Club a 13 points. Et le Liverpool Football Club a 13 points, aussi. Ce soir-là, le Liverpool Football Club est premier de la première division. Toujours. À la différence de buts.

Une semaine plus tard, Stoke City vient à Anfield, Liverpool. Cet après-midi-là, 50 220 spectateurs viennent aussi. À la 38e minute, Peter Thompson marque. À la 55e minute, Tommy Smith marque un autre penalty. Et le Liverpool Football Club bat Stoke City 2-1. Ce mois-là, le Liverpool Football Club a disputé six matchs de championnat. Il a gagné cinq de ces matchs et il en a perdu un. Lawrence, Lawler, Byrne, Smith, Yeats, Hughes, Callaghan, Hunt, Hateley, St John et Thompson ont joué la totalité de ces six matchs. Les onze mêmes joueurs ont disputé la totalité des six rencontres.

...

À la fin du mois. Au bout du couloir. Dans son bureau. Bill Shankly et Joe Fagan parlent de l'équipe réserve. Les joueurs de l'équipe réserve ont disputé dix matchs. Ils en ont gagné quatre, obtenu cinq nuls et ils en ont perdu un. Ils ont marqué quinze buts et en ont concédé sept.

Comment se débrouille Clemence ? demande Bill Shankly.

Joe Fagan répond, Pas mal, patron. Pas mal.

Mais pas bien ? demande Bill Shankly. Pas encore assez bien pour l'équipe première ? C'est ce que tu veux dire, Joe ?

Joe Fagan secoue la tête. Et Joe Fagan dit, Pas encore, patron. Pas encore. Mais cela va venir, patron. Cela va venir. Il deviendra un grand gardien de but. Si on lui apporte l'aide dont il a besoin, patron. Et si on lui laisse le temps…

Oui, dit Bill Shankly. C'est toujours une question de temps, n'est-ce pas ? La question, c'est de savoir quand le bon moment est venu. Le moment de faire entrer un joueur en scène. De lui donner sa chance. Son moment. Ce moment superbe, ce moment merveilleux. Où il aura tout à sa portée. Où toutes les occasions se présenteront à lui. Mais après vient cet autre moment. Le moment de laisser un joueur partir. De lui montrer la sortie. Ce moment horrible, ce moment épouvantable. Quand tout sera derrière lui. Quand tout sera fini pour lui. Quand il n'aura plus rien. Oui, c'est toujours une question de temps, Joe. Toujours une question de temps…

…

Le mercredi 4 octobre 1967, le Malmö Fotbollförening de Suède vient à Anfield, Liverpool. Ce soir-là, 39 795 spectateurs viennent aussi. Ces 39 795 spectateurs veulent voir le Liverpool Football Club affronter le Malmö Fotbollförening dans le match retour du premier tour de la Coupe des villes de foires. À la 28e minute, Ron Yeats marque. À la 36e minute, Roger Hunt marque. Et le Liverpool Football Club d'Angleterre bat le Malmö Fotbollförening de Suède 2-1 au match retour du premier tour de la Coupe des villes de foires. À domicile, à Anfield.

Trois jours plus tard, le Liverpool Football Club se rend à Filbert Street, Leicester. À la 27e minute, Ian St John marque. Mais le Liverpool Football Club perd 2-1 contre Leicester City. Une semaine plus tard, West Ham United vient à Anfield, Liverpool. Cet après-midi-là, 46 951 spectateurs viennent aussi. À la 15e minute, Ian St John marque. À la 38e minute, St John marque de nouveau. Et à la 68e minute, Tommy Smith marque. Et le Liverpool Football Club bat West Ham United 3-1. À domicile, à Anfield.

Le mardi 24 octobre 1967, le Liverpool Football Club se rend au stade de Turf Moor, à Burnley. À la 82e minute, Chris Lawler marque. Et le Liverpool Football Club fait match nul avec le Burnley Football Club. À l'extérieur, ailleurs qu'à Anfield.

Quatre jours après, le Sheffield Wednesday Football Club vient à Anfield, Liverpool. Cet après-midi-là, 50 399 spectateurs viennent aussi. À la 10e minute, Chris Lawler marque. Et le Liverpool Football Club bat Sheffield Wednesday 10. À domicile, à Anfield. Ce soir-là, le Liverpool Football Club a 20 points. Et le Liverpool Football Club reste en tête de la première division. Ce mois-ci, les joueurs du Liverpool Football Club ont disputé cinq matchs. Ils en ont gagné trois, obtenu un nul, et en ont perdu un. Lawrence, Lawler, Byrne, Smith, Hughes, Callaghan, Hunt, Hateley, St John et Thompson ont joué la totalité des cinq matchs. Yeats a participé à quatre d'entre eux. Et Strong au cinquième. Cette saison, le Liverpool Football Club a encore vingt-huit autres rencontres de championnat à son programme. Vingt-huit matchs supplémentaires à jouer.

26

Tantôt vient un sourire, tantôt vient une larme

Dans l'allée, dans la voiture. Dans la nuit. Bill coupe le moteur. Bill sort de la voiture. Bill remonte l'allée. Bill déverrouille la porte d'entrée. Bill ouvre la porte. Bill entre dans la maison. Dans le noir. Bill referme la porte. Bill ôte son chapeau. Bill ôte son pardessus. Bill accroche son chapeau. Bill accroche son pardessus. Bill entre dans le salon. Bill allume la lumière. Bill s'approche de son fauteuil. Bill ramasse la pile de journaux posée près du fauteuil. Bill emporte la pile de journaux dans la cuisine. Bill pose la pile de journaux sur la table. Bill retourne dans le salon. Bill se dirige vers la bibliothèque. Bill ouvre le petit placard qui jouxte la bibliothèque. Bill en sort un album, une paire de ciseaux et un pot de colle. Bill referme la porte du placard. Bill éteint la lumière. Bill retourne dans la cuisine. Bill allume la lumière. Bill pose l'album, les ciseaux et la colle sur la table. Bill s'assied à la table. Bill prend le premier journal de la pile. Bill tourne les pages du journal. Bill prend les ciseaux. Bill découpe les comptes rendus de tous les matchs. Pas seulement ceux que le Liverpool Football Club a disputés. Les comptes rendus de tous les matchs joués par tous les clubs. Bill ouvre le pot de colle. Bill colle les comptes rendus dans l'album. Pas seulement ceux des matchs joués par le Liverpool Football Club. Les comptes rendus de tous les matchs joués par tous les clubs. Dans la cuisine, à la table. Dans la nuit et dans le silence. Bill ne cesse de tourner les pages des journaux. Bill ne cesse de prendre ses ciseaux. Bill ne cesse de découper les comptes rendus. Bill ne cesse de coller les comptes rendus dans l'album. Dans la cuisine, à la table. Bill arrête de tourner les pages. Dans la nuit et dans le silence. Bill scrute une page. Tommy Docherty, le manager du Chelsea Football Club, s'est vu infliger une suspension de vingt-huit jours de toute activité footballistique, suite à des incidents lors de la tournée de matchs amicaux du club aux Bermudes, en juin. Bill passe à la page suivante. Tommy Docherty a démissionné de son poste de manager du Chelsea Football Club. Bill passe à la page suivante. Le samedi 7 octobre 1967, Leeds United a battu le Chelsea Football Club 7-0. Dans la cuisine, à la table. Bill secoue la tête. Bill connaît Tommy. Tommy a joué à Preston North End. Bill aime bien Tommy. Bill pense que ce qui est arrivé à Tommy est une tragédie. Une tragédie pour Tommy. Bill pense que ce qui est arrivé à Tommy est un vrai gâchis. Un vrai gâchis pour Chelsea. Dans la nuit et dans le silence. Bill secoue la tête de nouveau. Et Bill tourne les pages de nouveau. Dans la cuisine, à la table. Bill arrête de tourner les pages. Dans la nuit et dans le silence. Bill regarde une autre page. Le dimanche 8 octobre 1967, Clement Attlee[1] est mort. Bill se lève. Bill retourne dans le salon. Bill rallume la lumière. Bill retourne vers la bibliothèque. Bill rouvre le petit placard qui jouxte la bibliothèque. Bill sort un autre album du petit placard. Bill tourne les pages de l'album. Bill parvient aux coupures de presse de janvier 1965. Les pages des articles consacrés aux funérailles de Winston Churchill. Les articles et les photos. Dans la nuit et dans le silence. Bill examine l'une des photos. Celle de Clement Attlee aux funérailles de Winston Churchill. Clement Attlee debout, figé, dans la cathédrale Saint-Paul. Clement Attlee debout, frêle, dans la cathédrale Saint-Paul. Dans la nuit et dans le silence. Bill referme les pages de l'album. Bill range l'album dans le petit placard qui jouxte la bibliothèque. Bill ferme la porte. Bill éteint la lumière de nouveau. Bill retourne dans la cuisine. Bill se rassied. Dans la cuisine, à la table. Bill regarde les pages de notices nécrologiques de Clement Attlee. Dans la nuit et dans le silence. Bill secoue la tête. Bill avait admiré Clement Attlee. Bill avait respecté Clement Attlee. Bill avait voté pour Clement Attlee. Bill pense que ce qui est arrivé à Clement Attlee est une tragédie. Une tragédie pour cet homme. Bill pense que ce qui est arrivé à Clement Attlee est une perte. Une perte pour le pays. Dans la cuisine, à la table. Bill secoue la tête de nouveau. Dans la nuit et dans le silence.

…

Sur le banc, le banc d'Anfield. Dans la nuit et dans le bruit. Bill voit Hughes passer à St John. St John courir vers la gauche, St John courir vers la droite. St John tirer. Et St John marquer. Bill voit St John dégager latéralement. Hateley surgir comme une flèche. Et Hateley marquer. Bill voit Smith poser le ballon sur le point de

1. Premier Ministre travailliste de 1945 à 1951.

penalty. Et Smith mettre le ballon au fond des filets. Neuf minutes plus tard, Bill voit Hunt marquer. Une minute après, Bill voit Thompson marquer. Et une minute plus tard, Bill voit Hunt marquer de nouveau. Puis Callaghan marquer. Et Callaghan marquer encore. Et sur le banc, le banc d'Anfield. Dans la nuit et dans le bruit. La nuit rouge, le bruit rouge. Bill entend le Spion Kop applaudir. Et Bill entend le Spion Kop scander, *Mon Dieu, protégez United, Mon Dieu, protégez United, Mon Dieu, protégez United*...

Sur la ligne de touche, la ligne de touche d'Anfield. Albert Sing, le manager de TSV 1860 München, serre la main de Bill Shankly –

Je n'ai jamais vu une telle démonstration de football offensif, dit Albert Sing. La seule formation à laquelle elle pourrait me faire penser, c'est le grand « Onze d'or » des Hongrois Puskás, Kocsis, Bozsik et Hidegkuti. Alors, je ne peux qu'espérer que mes propres joueurs auront retenu la leçon. Votre leçon qui démontre comment il faut jouer au football, comment tout le monde devrait jouer au football. Et j'espère aussi que quelqu'un aura filmé ces huit buts, ces huit superbes buts, pour les montrer dans toutes les écoles d'Angleterre et toutes les écoles d'Europe. Pour les faire voir à tous les jeunes d'Angleterre et à tous les jeunes d'Europe. Parce que c'est de cette façon qu'il faudrait toujours jouer au football, monsieur Shankly. Que tous les jeunes devraient jouer au football. Alors, félicitations, monsieur Shankly...

Bill dit, Merci, Herr Sing. Merci beaucoup, monsieur.

Bill longe la ligne de touche. La ligne de touche d'Anfield. Bill descend dans le tunnel. Le tunnel d'Anfield. Bill entre dans le vestiaire. Le vestiaire de l'équipe qui reçoit. Le regard de Bill fait le tour du vestiaire. Le vestiaire de Liverpool. Il passe d'un joueur au suivant. De Tommy Lawrence à Chris Lawler, de Chris à Gerry Byrne, de Gerry à Tommy Smith, de Tommy à Ron Yeats, de Ronnie à Emlyn Hughes, de Emlyn à Ian

Callaghan, de Cally à Roger Hunt, de Roger à Tony Hateley, de Tony à Ian St John et du Saint à Peter Thompson. Et Bill sourit. Et Bill dit, Bien joué, les gars. Bien joué.

...

Dans le salon, dans son fauteuil. Bill consulte son carnet. Son carnet rempli de noms, son carnet rempli de notes. Bill entend la pluie tomber sur leur maison. Bill referme son carnet. Son carnet rempli de noms, son carnet rempli de notes. Bill entend le vent assiéger leur maison. Bill prend son agenda sur le bras du fauteuil. Son agenda rempli de dates, les dates de matchs. Bill écoute la pluie. Et Bill scrute la liste des dates. Bill écoute le vent. Et Bill se penche sur la liste des matchs. La pluie et le vent. Le samedi 6 octobre 1967, Ian Ure de l'Arsenal Football Club a fait un croc-en-jambe à Denis Law de Manchester United. Denis Law a décoché un coup de poing à Ian Ure. Denis Law s'est fait expulser. Les journaux prédisaient que Denis Law serait suspendu six mois. Denis Law est suspendu six semaines. C'est donc neuf matchs que Denis Law ne pourra pas jouer. Bill sait que Denis Law va manquer à Manchester United. Bill referme son agenda. Son agenda rempli de dates, les dates de matchs. Dans le salon, dans son fauteuil, Bill écoute la pluie tomber sur leur maison. Bill écoute le vent assiéger leur maison. La pluie tomber sur toutes les maisons. Le vent assiéger toutes les maisons. Et Bill sourit de nouveau.

...

Dans le vestiaire. Le vestiaire de l'équipe qui reçoit. Bill sort un bout de papier de sa poche de veste. Bill déplie le morceau de papier. Et Bill dit, Écoutez ça, les gars. Écoutez-moi ça : Stepney, Dunne, Burns, Crerand, Foulkes, Sadler, Fitzpatrick, Kidd, Charlton, Best et Aston. Voilà Manchester United aujourd'hui. C'est ça, leur équipe d'aujourd'hui. Pas de Denis Law, les gars. Et pas de Norbert Stiles. Maintenant, je sais que vous pourriez battre Manchester United même si Law et Stiles étaient dans l'équipe, les gars. Je sais que vous en êtes capables. Donc, je n'ai pas le moindre doute, les gars. Je suis sûr que vous allez laminer cette équipe de Manchester United aujourd'hui. L'écraser absolument. L'humilier encore plus que celle des Allemands mardi dernier. Je le sais, les gars. Je le sais. Parce que c'est leur équipe réserve, les gars. Une équipe de second choix. Et je sais que Matt sera nerveux, les gars. Je sais que Matt va en chier des briques. D'amener une équipe réserve à Anfield, les gars. D'aligner une équipe de second choix contre le Liverpool Football Club.

Sur le banc, le banc d'Anfield. Bill regarde George Best esquiver tous les duels, George Best éviter tous les tacles. Bill regarde George Best dérouler son fil, George Best tisser sa toile. Avec talent et avec compétence, avec bravoure et avec force. Bill regarde Best danser, Bill regarde Best chanter. Et marquer, et marquer encore. Et sur le banc, le banc d'Anfield. Bill regarde le Liverpool Football Club glisser et glisser encore. Le Liverpool Football Club plus premier de la première division. Manchester United premier de la première division. De nouveau. Le Liverpool Football Club second. De nouveau. Derrière le premier. De nouveau.

Dans le vestiaire. Le vestiaire de l'équipe qui reçoit. Bill dit, Ce jeune Best, il devient un sacré joueur, les gars. Un sacré joueur. Mais ce match, ce n'est qu'une rencontre dans une longue saison, les gars. Une très longue saison. On les affrontera encore le 6 avril. Alors, rappelez-vous cette date, les gars. Ne l'oubliez pas. Parce que le 6 avril, c'est nous qui irons là-bas, les gars. On ira à Old Trafford et on les battra. Et si je ne me trompe pas, les gars. Si j'ai vu juste. Ce sera le match décisif, les gars. Ce sera le match qui désignera le champion, les gars. Celui qui décidera de qui finit premier et qui finit second. Alors, rappelez-vous cette date, les gars. Ne l'oubliez pas.

…

Sur la piste de l'aéroport, l'aéroport de Budapest. Dans l'avion, l'avion pour Liverpool. Bill écoute les moteurs de l'avion démarrer. Bill écoute les moteurs de l'avion s'arrêter. Le Liverpool Football Club est venu une seconde fois dans la ville du football. Le Liverpool Football Club est venu une seconde fois au Népstadion. Mais le Liverpool Football Club n'a pas affronté le Honvéd Football Club. Le Liverpool Football Club a joué contre le Ferencvárosi Torna Club pour le match aller du troisième tour de la Coupe des villes de foires. En 1965, le Ferencvárosi Torna Club a battu l'A.S. Roma, l'Athletic de Bilbao, Manchester United et la Juventus. En 1965, le Ferencvárosi Torna Club a gagné la Coupe des villes de foires. En 1966, le Ferencvárosi Torna Club a atteint les quarts de finale de la Coupe d'Europe. En 1967, Flórián Albert du Ferencvárosi Torna Club a reçu le ballon d'or du meilleur footballeur européen. Neuf des membres de l'équipe nationale hongroise jouent au Ferencvárosi Torna Club. Les joueurs du Ferencvárosi Torna Club forment une très bonne équipe. Le Ferencvárosi Torna Club est une grande équipe. Et le Ferencvárosi Torna Club a battu le Liverpool Football Club 1-0 au Népstadion. Dans un match dont le coup d'envoi a été avancé à 13 heures parce qu'il neigeait. La neige tombait et la neige tombait. De plus en plus drue. Et elle tombait encore, elle tombait encore. Encore plus drue, toujours plus drue. Sur la piste de l'aéroport, l'aéroport de Budapest. Dans l'avion, l'avion pour Liverpool. Bill ne pense pas au match. Bill pense à la neige. Et Bill pense à Matt de nouveau. Bill entend l'équipe au sol déblayer la piste de la neige qui l'encombre. Bill entend l'équipe au sol ôter la glace qui recouvre les ailes. Et Bill pense à Tommy Curry. Sur la piste de l'aéroport, l'aéroport de Budapest. Dans l'avion, l'avion pour Liverpool. Bill écoute les moteurs démarrer de nouveau. Bill écoute les moteurs de l'avion s'arrêter de nouveau. Et Bill pense aux vingt-trois personnes qui sont mortes dans la catastrophe à Munich ce jour-là. Sur la piste de l'aéroport, l'aéroport de Budapest. Dans l'avion, l'avion pour Liverpool. Bill entend l'équipe au sol ôter de nouveau la neige de la piste. Bill entend l'équipe au sol ôter de nouveau la glace qui recouvre les ailes. Et Bill ne cesse de penser à ce jour de février 1958. Sur la piste de l'aéroport, l'aéroport de Budapest. Dans l'avion, l'avion pour Liverpool. Bill entend les moteurs démarrer pour la troisième fois. Et Bill pense à Ness. Bill sent que l'avion commence à bouger. Bill pense à leurs filles. Bill sent que l'avion commence à prendre de la vitesse. Bill ferme les yeux. Bill sent l'avion vibrer. Son pardessus colle à sa veste. Sa veste colle à sa chemise. Sa chemise colle à son maillot de corps. Son maillot de corps lui colle à la peau. Les yeux fermés, les phalanges exsangues. Bill prie. Bill sent l'avion décoller. Et Bill prie et Bill prie, comme il a prié et prié en ce jour de février 1958. Et Bill sent que l'avion commence à grimper. Bill prie comme il n'a jamais prié. L'avion grimpe et l'avion grimpe. Seigneur. Bill déteste prendre l'avion. L'avion qui s'élève au-dessus du verglas et de la neige. Seigneur. Bill déteste les voyages. Bill sent que l'avion amorce le vol en palier. Seigneur. Bill déteste l'Europe. Seigneur. Bill déteste les pays étrangers. Et à présent Bill sent l'avion atteindre sa vitesse de croisière. Mais les doigts de Bill restent crispés sur les accoudoirs. Bill ne rouvre pas les yeux. Pas avant que l'avion n'ait touché le sol de nouveau. Pas avant que ses pieds n'aient touché le sol de nouveau. Les doigts crispés, les yeux fermés. Jusqu'à ce que Bill soit de retour à Liverpool. Jusqu'à ce que Bill soit de nouveau chez lui.

…

Sur le banc. Le banc d'Anfield. Dans la neige, la neige épaisse. Sur le sol durci et dangereux. Bill frissonne et Bill regarde. Le Liverpool Football Club est précis, le Liverpool Football Club est rapide. Bill frissonne et Bill regarde Hateley envoyer le ballon, le ballon orange, en direction de Hunt. Et Reaney atteint le ballon le premier. Mais c'est à peine si Reaney parvient à pousser le ballon du pied. Dans la neige, la neige épaisse. Sur le sol durci et dangereux. Reaney perd l'équilibre, Reaney perd ses appuis. Et Reaney perd le ballon orange. Dans la neige, la neige épaisse. Sur le sol durci et dangereux. Hunt trouve le ballon. Et Hunt trouve les filets. Et le but. Sur le banc. Le banc d'Anfield. Dans la neige, la neige épaisse. Sur le sol durci et dangereux. Bill ne frissonne plus à présent, Bill se contente de regarder maintenant, il regarde Sprake récupérer une passe de Charlton. Les joueurs du Liverpool Football Club se replient pour défendre, les joueurs de Leeds United poussent vers l'avant pour attaquer. Sprake tient le ballon dans ses mains, Sprake s'apprête à lancer le ballon orange vers Cooper. Dans la neige, la neige épaisse. Sur le sol durci et dangereux. À droite de son propre but, Sprake prépare son lancer en direction de Cooper. Puis Sprake semble pris d'un doute. À présent Sprake paraît changer d'avis. Sprake ramène le ballon vers sa poitrine. Le ballon s'échappe des mains de Sprake. Dans la neige, la neige épaisse. Sur le sol durci et dangereux. Le ballon orange jaillit en l'air et décrit une courbe vers l'arrière. Et dans la neige, la neige épaisse. Sur le sol durci et dangereux. Le ballon orange retombe à l'intérieur de la cage. Et dans la neige, la neige épaisse. Sur le sol durci et dangereux. Le silence se fait. Puis les acclamations fusent. Et puis les rires. Dans la neige, la neige épaisse. Sur le sol durci et dangereux. À la mi-temps, dans les haut-parleurs, les haut-parleurs d'Anfield, le présentateur, le présentateur d'Anfield passe un disque, *Careless Hands* – « Des mains maladroites » –, chanté par Des O'Connor. Et le Spion Kop s'esclaffe. Et le Spion Kop chante en chœur *Careless Hands* avec Des O'Connor. Dans la neige, la neige épaisse. Sur le sol durci et dangereux. *Careless Hands*.

…

Dans le salon, dans son fauteuil. Dans la nuit et le silence. Bill cligne des yeux. Bill se frotte les paupières. Et Bill repose son carnet. Son carnet. Son carnet rempli de noms, son carnet rempli de notes. Bill se lève de son fauteuil. Bill éteint la lumière dans le salon. Bill entre dans la cuisine. Bill allume la lumière. Bill s'approche du tiroir. Bill ouvre le tiroir. Bill en sort la nappe. Bill se dirige vers la table. Bill pose la nappe sur la table. Bill va ouvrir un second tiroir. Il y prend les couverts. Les cuillers, les fourchettes. Et les couteaux. Bill referme le tiroir. Bill revient vers la table. Bill dispose quatre couverts sur la table. Bill va vers le placard. Bill ouvre le placard. Bill en sort la vaisselle. Les bols et les assiettes. Bill revient vers la table. Bill pose un bol et une assiette à chacune des quatre places. Bill retourne jusqu'au placard. Bill sort quatre verres. Bill referme la porte du placard. Bill revient vers la table. Bill pose un verre à chacune des quatre places. Bill s'approche d'un troisième placard. Bill ouvre la porte. Bill en sort la salière et le poivrier. Bill referme le placard. Bill retourne à la table. Bill pose la salière et le poivrier sur la table. Bill se dirige vers le cellier. Bill ouvre la porte du cellier. Bill en sort un pot de miel et un pot de confiture. Bill retourne à la table. Bill pose le pot de miel et le pot de confiture sur la table. Bill s'approche du réfrigérateur. Bill ouvre la porte du réfrigérateur. Bill sort le beurrier. Bill retourne à la table. Bill pose le beurrier au milieu de la table. Bill retourne au réfrigérateur. Bill y prend une bouteille de jus d'orange frais. Bill referme la porte du réfrigérateur. Bill revient vers la table. Bill remplit de jus d'orange chacun des quatre verres. Bill pose la bouteille sur la table. Dans la nuit et dans le silence. Bill va vers le mur. Bill éteint la lumière dans la cuisine. Et dans la nuit et dans le silence. Bill entend Ness tousser à l'étage. Dans leur lit, dans son sommeil. Bill l'entend tousser de nouveau. Dans la nuit et dans le silence. Bill rallume la lumière dans la cuisine. Dans la nuit et dans le silence. Bill regarde la table de cuisine. Bill regarde les quatre places. Et Bill secoue la tête. Dans la nuit et dans le silence. Bill retourne à la table. Bill prend deux cuillers. Deux fourchettes. Et deux couteaux. Bill les range dans le tiroir. Bill prend deux bols et deux assiettes. Bill les range dans le placard. Bill revient vers la table. Bill prend l'un des verres de jus d'orange. Bill reverse le contenu du verre dans la bouteille de jus d'orange. Bill prend un second verre de jus d'orange. Bill reverse le jus d'orange dans la bouteille. Bill emporte les deux verres vides jusqu'à l'évier. Bill lave les deux verres sales. Bill essuie les deux verres. Bill les range dans le placard. Bill retourne jusqu'au mur. Bill éteint la lumière de nouveau. Et dans la nuit et le silence. Bill entend Ness tousser encore. Dans leur lit, dans son sommeil. Dans la nuit et dans le silence. Bill rallume la lumière de la cuisine. Dans la nuit et dans le silence. Bill regarde de nouveau la table de la cuisine. Bill regarde les deux places. Et dans la nuit et dans le silence. Bill refoule ses larmes, Bill a du mal à respirer.

27

Un coup de pied dans les balloches

Le samedi 16 décembre 1967, Manchester City vient à Anfield, Liverpool. Cet après-midi-là, 53 268 spectateurs viennent aussi. Ces 53 268 spectateurs veulent voir le second du classement affronter le troisième. Au cours de la première mi-temps, Manchester City aurait pu et aurait dû gagner. Dans la seconde mi-temps, le Liverpool Football Club aurait pu et aurait dû gagner. Et à la 50e minute, Roger Hunt marque. Mais cet après-midi-là, le Liverpool Football Club obtient le match nul 1-1 contre Manchester City. À domicile, à Anfield. Bill Shankly serre la main de Joe Mercer. Bill Shankly hoche la tête. Et Bill Shankly sourit –

Bien joué, Joe. Très bien joué, vraiment. Et si j'ai vu juste, Joe. Si je ne me trompe pas. Cela va se terminer par une course entre trois chevaux et pas plus, Joe. Une course entre trois pur-sang. Alors, j'espère seulement que tes gars auront les bonnes jambes pour tenir le coup, Joe. Et j'espère qu'ils auront l'estomac solide, aussi.

Joe Mercer sourit à son tour. Et Joe Mercer dit, Merci, Bill. Merci beaucoup. Et je te souhaite la même chose, Bill. À toi et à tes gars. Pour leurs jambes et leur estomac.

…

Une semaine plus tard, le Liverpool Football Club se rend à St James' Park, Newcastle. À la 43e minute, Ian St John marque. Mais le Liverpool Football Club n'obtient que le match nul contre Newcastle United. Sur le score de 1-1. Encore une fois. Trois jours après, le 26 décembre 1967, le Liverpool Football Club se rend au stade de Highfield Road, à Coventry. Le club de Coventry City lutte pour sa survie, pas moins, au bas du classement de la première division, à la toute dernière place. À la 13e minute, Ian Callaghan tire un centre qui trouve le deuxième poteau. Tony Hateley renvoie le ballon à angle droit au niveau du deuxième poteau. Et Roger Hunt marque. À la 30e minute, Ian St John fait une faute sur Lewis. Lewis tombe. L'arbitre siffle. L'arbitre parle à St John. Lewis se relève. Lewis suit St John. Lewis parle à St John. St John envoie Lewis au tapis d'un crochet du droit. Et l'arbitre expulse St John. Et sur le coup franc, Coventry City égalise. Et le Liverpool Football Club n'obtient que le match nul contre Coventry City. Sur le score de 1-1. Encore une fois. Un nul de plus.

Après le coup de sifflet, après l'expulsion. Dans le vestiaire. Le vestiaire des visiteurs. Bill Shankly regarde Ian St John. Et Bill Shankly secoue la tête. Et Bill Shankly jure –

Mais à quoi tu pensais donc, bon sang, mon gars ?

Il m'a attrapé par les couilles, patron !

Le salopard. L'immonde salopard. Mais tu sais bien qu'ils ne vont pas te rater, maintenant, mon gars ? Qu'ils vont te suspendre, comme ils l'ont fait pour Denis Law ?

Je sais, patron. Je sais. Et je regrette, patron. Je regrette…

C'est trop tard pour les regrets, maintenant, mon gars. Trop tard. Je veux te voir à Anfield demain matin à la première heure, mon gars. Je t'attendrai là-bas. À la première heure.

À la première heure. Ian St John frappe à la porte de la salle de soins d'Anfield. Ian St John ouvre la porte de la salle de soins d'Anfield. Ian St John entre dans la salle de soins d'Anfield. Et Ian St John voit Bill Shankly et Bob Paisley qui l'attendent dans la salle de soins –

Retire ton pantalon, dit Bill Shankly. Et ton slip. Et allonge-toi sur cette table, mon gars.

Ian St John ôte ses chaussures. Ian St John défait sa ceinture. Ian St John baisse la fermeture à glissière de son pantalon. Ian St John retire son pantalon. Ian St John ôte son slip. Puis Ian St John s'allonge sur la table de soins d'Anfield.

Bill Shankly et Bob Paisley s'approchent de la table. Bill Shankly et Bob Paisley examinent les testicules d'Ian St John. Et Bill Shankly secoue la tête –

Il n'y a pas trace de contusion sur toi, mon gars. Ni la moindre égratignure.

Mais il me les a agrippés, patron. Il me les a tordus, patron. Tordus et comprimés, bon sang ! Ça m'a fait un mal de chien, patron.

Je te crois, dit Bill Shankly. Je te crois, mon gars. Ce type-là, c'est un dépravé. C'est un vicieux, mon gars. Un terrain de football n'est pas un endroit pour un type comme lui. Pour un dépravé et un vicieux. Et je vais faire ce qu'il faut pour que tout le monde l'apprenne. Que le monde entier le sache, mon gars. Qu'il sache que ce type est un dépravé et un vicieux. Je n'aurai de cesse…

Et Bill Shankly se tourne vers Bob Paisley –

Au travail, Bob. Montre-nous que tu es capable du pire.

Bob Paisley ouvre sa trousse médicale. Bob Paisley en sort un morceau de tissu. Bob Paisley sort un flacon de teinture d'iode. Bob Paisley sort une boîte de cirage noir. Bob Paisley ouvre le flacon. Bob Paisley imbibe le tissu de teinture d'iode. Bob Paisley étale la teinture d'iode sur les testicules d'Ian St John. Et Ian St John glousse. Bob Paisley charge de cirage le bout de tissu.

Bob Paisley étale le cirage sur les testicules d'Ian St John. Et Ian St John ricane. Et Ian St John dit, Ce que tu es en train de faire, Bob, j'espère que ça te procure autant de plaisir qu'à moi.

Tais-toi donc, au lieu de dire des cochonneries, s'emporte Bill Shankly. Je n'admets pas qu'on tienne ici même des propos de dépravés, mon gars. Je ne tolérerai pas le vice à Anfield. Bob Paisley repose son chiffon. Et Bob Paisley et Bill Shankly examinent les testicules d'Ian St John. Les testicules noirs et violacés d'Ian St John. Et Bill Shankly sourit –

Beau travail, Bob. Excellent, Bob.

Bill Shankly hoche la tête. Bill Shankly se tourne vers Ian St John –

Reste là, mon gars. Et ne bouge pas d'un poil. Je reviens dans une minute, mon gars. Une minute tout au plus…

Et Ian St John reste où il est. Sur la table de soins. Nu de la taille aux pieds. Les testicules noirs et violacés.

On entend des voix dans le couloir, on entend des pas dans le couloir. De nombreuses voix et de nombreux pas. Puis la porte de la salle de soins s'ouvre. Et Bill Shankly reparaît à la tête d'un groupe de journalistes et de photographes. Bill Shankly fait entrer les journalistes et les photographes. Bill rassemble les journalistes et les photographes autour de la table de soins. Autour des testicules noirs et violacés d'Ian St John –

Regardez-moi ça, dit Bill Shankly. Regardez bien, les gars. C'est une honte ! Un scandale ! C'est pourquoi je veux que le monde entier sache la vérité. Et je veux que le monde entier voie la vérité. Je veux des photos, les gars ! À la une de tous les journaux. À la une de tous vos journaux, les gars !

Les journalistes et les photographes regardent les testicules d'Ian St John. Les testicules noirs et violacés d'Ian St John. Et les journalistes et les photographes secouent la tête. Et les journalistes et les photographes disent, On ne peut pas faire des photos de ça, Bill. On ne peut pas publier des photos de ça. C'est répugnant, Bill. C'est horrible…

Eh bien, prenez des photos quand même, dit Bill Shankly. Parce que je veux un jeu d'épreuves. Et je les veux rapidement, les gars. J'en ai besoin pour demain.

Le jour suivant. Bill Shankly et Ian St John sont assis dans le couloir à Lancaster Gate, à Londres, au siège de la Football Association. Bill Shankly porte son plus beau costume et sa cravate rouge. Ian St John porte son plus beau costume et sa cravate rouge.

Entrez !

Bill Shankly et Ian St John se lèvent. Bill Shankly et Ian St John rectifient la position de leur cravate rouge. Bill Shankly et Ian St John ouvrent la porte. Bill Shankly et Ian St John entrent dans la pièce.

Asseyez-vous, Shankly. Asseyez-vous, St John.

Bill Shankly aide Ian St John à se diriger clopin-clopant vers deux chaises qui les attendent au bout d'une longue table. Ian St John grimace. Ian St John réprime un cri de douleur. Et Bill Shankly et Ian St John regardent les membres de la commission de discipline à l'autre bout de la longue table.

Le président de la commission secoue la tête. Le président de la commission dit, C'est la troisième fois que comparaissez devant nous, St John. C'est la troisième fois que je vous vois sur cette chaise, St John. La troisième fois pour violences corporelles. La troisième et dernière fois, St John. Nous avons fait un exemple avec Denis Law. Nous avons créé un précédent avec Denis Law. Nous lui avons infligé une suspension de six semaines. Vous serez donc suspendu pendant six semaines, St John.

Bill Shankly touche sa cravate rouge. Bill Shankly hoche la tête. Et Bill Shankly hoche la tête de nouveau –

L'exemple que vous avez fait en punissant Denis Law est parfaitement justifié, monsieur le président. Ce précédent que vous avez établi, c'est précisément celui qu'il fallait faire. Et la presse a eu raison de traiter cet homme de voyou et de criminel. Mais celui qui est devant vous n'est pas un criminel, cet homme-ci n'est pas un voyou. Ce qui est arrivé à St John est très différent, monsieur le président. Ce qui lui est arrivé est inadmissible. Et cela n'a pas sa place sur un terrain de football, monsieur le président. Pas sa place dans notre beau sport. En aucun cas, monsieur le président…

De quoi parlez-vous, Shankly ? Votre joueur a violemment agressé un autre joueur. Votre joueur s'est comporté de la même façon que Denis Law.

Bill Shankly secoue la tête. Bill Shankly soulève son porte-documents. Bill Shankly ouvre son porte-documents. Bill Shankly sort trois photographies de son porte-documents. Et Bill Shankly fait passer les photographies vers l'autre bout de la longue table à la commission de discipline –

J'espère que vous avez l'estomac bien accroché, messieurs. Car ce que vous allez voir sur ces photographies ne manquera pas de vous le retourner. Ces documents apportent la preuve, la preuve anatomique de l'agression barbare et révoltante perpétrée contre l'homme ici présent. Une agression contre sa virilité même. Un attentat contre ses enfants à naître. L'attentat haineux et scandaleux qui a provoqué chez lui une réaction de légitime défense. De pure légitime défense. Et bien qu'il sache à présent, en y réfléchissant avec sang-froid, qu'il n'aurait pas dû réagir comme il l'a fait. Et bien qu'il comprenne à présent, avec le recul nécessaire, qu'on ne répare pas une injustice en commettant une autre injustice. Bien qu'il présente volontiers, maintenant, ses excuses pour son acte de légitime défense. Bien qu'il soit absolument contrit à présent. Néanmoins, je vous supplie, messieurs. Néanmoins je vous implore. De ne pas mettre cet homme dans le même sac que des individus tels que Denis Law. De ne pas assimiler cette réaction de légitime défense à de tels actes de violence gratuite. Et de laisser cet homme repartir libre aujourd'hui. Libre de toute suspension. Libre de jouer son football…

Les membres de la commission de discipline de la Football Association regardent les trois photographies des testicules d'Ian St John. Les testicules noirs et violacés d'Ian St John. Les membres de la commission de discipline de la Football Association se tortillent sur leurs sièges. Les membres de la commission de discipline de la Football Association deviennent tout pâles. Ils plaquent leurs mains sur leurs bouches, ils masquent leurs bouches de leurs mains. Les membres de la commission de discipline de la Football Association chuchotent entre eux. Et puis le président de la commission de discipline regarde Bill Shankly et Ian St John au bout de la longue table. Et le président de la commission de discipline annonce, La suspension obligatoire de trois matchs pour violences corporelles sur le terrain est maintenue. Cependant, dans ce cas précis, au vu des preuves disponibles, il n'y aura pas de suspension supplémentaire. Pas de suspension de six semaines.

Merci, dit Bill Shankly. Merci, messieurs.

Le président de la commission de discipline ajoute, Mais j'espère sincèrement que nous ne vous reverrons ni l'un ni l'autre avant très longtemps. Ni vous, ni vos photos. Et fermez la porte en sortant.

Bill Shankly aide Ian St John à se relever. Bill Shankly aide Ian St John à regagner la porte clopin-clopant en longeant la longue table. Bill Shankly ouvre la porte pour Ian St John. Bill Shankly et Ian St John sortent dans le couloir. Bill Shankly et Ian St John ferment la porte derrière eux. Bill Shankly et Ian St John longent le couloir, passent la porte de Lancaster Gate et ressortent dans la rue. Et sur le trottoir, devant le siège de la Football Association. Bill Shankly regarde Ian St John. Et Bill Shankly secoue la tête –

Qu'est-ce que je t'ai dit la dernière fois qu'on est venus ici, mon gars ? Quel conseil je t'ai donné la dernière fois qu'on s'est retrouvés sur ce trottoir ?

Je suis désolé, patron, dit Ian St John. Je suis désolé…

Eh bien, c'est la dernière fois que je te le dis, mon gars. Veille bien à être le premier à exercer des représailles. Quand l'arbitre n'est pas dans les parages. Pour que l'autre type comprenne que tu ne plaisantes pas. Et après ça, il laissera tes roubignoles tranquilles. Il ne viendra pas te tripoter les testicules. Alors, retiens bien ça – Sois toujours le premier à exercer des représailles, mon gars.

…

Le samedi 6 janvier 1968, West Bromwich Albion vient à Anfield, Liverpool. Cet après-midi-là, 51 092 spectateurs viennent aussi. À la 3e minute, Geoff Strong marque. À la 57e minute, Roger Hunt marque. À la 67e minute, Hunt marque de nouveau. Et à la 79e minute, Hunt marque encore. Et le Liverpool Football Club bat West Bromwich Albion 4-1. À domicile, à Anfield. Ce soir-là, Manchester United possède 37 points. Le Liverpool Football Club a 35 points. Leeds United a 33 points. Et Manchester City 32 points.

Trois jours plus tard, le Ferencvárosi Torna Club de Budapest, Hongrie, vient à Anfield, Liverpool. Dans la glace et dans la neige. Ce soir-là, 46 892 spectateurs viennent aussi. Dans la glace et dans la neige. Ces 46 892 spectateurs veulent voir le Liverpool Football Club affronter le Ferencvárosi Torna Club dans le match retour du troisième tour de la Coupe des villes de foires. Dans la glace et dans la neige. C'est la treizième rencontre européenne que le Liverpool Football Club dispute à Anfield. Et dans la glace et dans la neige. Le Liverpool Football Club n'est que sueur, le Liverpool Football Club n'est que dur labeur. Mais avec de la glace dans l'air, avec de la neige sur le sol. Le Ferencvárosi Torna Club est rude aux tacles, le Ferencvárosi Torna Club est subtil sur le ballon. Dans la glace et dans la neige. Le Ferencvárosi Torna Club tire le Liverpool Football Club dans toutes les directions, le Ferencvárosi Torna Club étire le Liverpool Football Club dans chaque direction. Dans la glace et dans la neige. À la 20e minute, Katona passe à Rákosi,

Rákosi passe à Juhász, Juhász passe à Varga, Varga détourne vers Branikovics. Et Branikovics marque. Et dans la glace et dans la neige. Le Liverpool Football Club perd 1-0 contre le Ferencvárosi Torna Club. À domicile, à Anfield. Et au coup de sifflet, au coup de sifflet final. Dans la glace et dans la neige. Le Spion Kop rend hommage aux joueurs du Ferencvárosi Torna Club. À leur tactique et à leur technique. Et le Spion Kop applaudit le Ferencvárosi Torna Club. Dans la glace et dans la neige. Depuis le terrain, le terrain d'Anfield. Dans la glace et dans la neige. Le Liverpool Football Club est éliminé de la Coupe des villes de foires. Le Liverpool Football Club est éliminé d'Europe. Leeds United est encore en course dans la Coupe des villes de foires. Leeds United est encore en Europe. Manchester United est encore en Coupe d'Europe. Manchester United est encore en Europe. Mais le Liverpool Football Club reste deuxième de la première division. Le Liverpool Football Club a encore la possibilité de gagner le championnat. Et le Liverpool Football Club a encore la possibilité de remporter la Coupe d'Angleterre. Le championnat et la Coupe. Le Doublé –

Le samedi 27 janvier 1968, le Liverpool Football Club se rend au stade de Dean Court, à Bournemouth. Et Liverpool, club de première division, fait match nul 0-0 avec Bournemouth, club de troisième division, au troisième tour de la Coupe d'Angleterre. Trois jours plus tard, le Bournemouth Football Club vient à Anfield, Liverpool. Ce soir-là, 54 075 spectateurs viennent aussi. À la 33e minute, Tony Hateley marque. À la 44e minute, Peter Thompson marque. À la 51e minute, Roger Hunt marque. Et à la 73e minute, Chris Lawler marque. Et le Liverpool Football Club bat le Bournemouth Football Club 4-1 à l'issue du match à rejouer du troisième tour de la Coupe d'Angleterre. Quatre jours après, le Liverpool Football Club se rend à Goodison Park, Liverpool. Cet après-midi-là, 64 482 spectateurs s'y rendent aussi. Mais cet après-midi-là, le Liverpool Football Club perd 1-0 contre l'Everton Football Club. À l'extérieur, ailleurs qu'à Anfield. Ce soir-là, le Liverpool Football Club possède 36 points. Leeds United a 38 points. Et Manchester United a 41 points. Et ce soir-là, le Liverpool Football Club est troisième de la première division.

Le mercredi 12 février 1968, le Liverpool Football Club se déplace au stade de Stamford Bridge, à Londres. Ce soir-là, le Liverpool Football Club est dépourvu de la moindre idée, le Liverpool Football Club est vidé de ses forces. Ce soir-là, le Liverpool Football Club perd 3-1 contre le Chelsea Football Club. Et cela aurait pu être pire, cela aurait dû tourner à la déroute. Quatre jours plus tard, le Liverpool Football Club se rend au stade de Fellows Park, à Walsall. Et Liverpool, club de première division, fait match nul 0-0 avec Walsall, club de troisième division, au quatrième tour de la Coupe d'Angleterre. Deux jours plus tard, le Walsall Football Club vient à Anfield, Liverpool. Dans le brouillard, l'épais brouillard. Et 39 113 spectateurs viennent aussi. Dans le brouillard, l'épais brouillard. Ces 39 113 spectateurs tentent de voir le Liverpool Football Club affronter le Walsall Football Club dans le match à rejouer du quatrième tour de la Coupe d'Angleterre. Dans le brouillard, l'épais brouillard. À la 24e minute, le Liverpool Football Club marque. Et dans le brouillard, l'épais brouillard. Le Spion Kop demande, *On peut savoir qui a marqué ?* Et à travers le brouillard, l'épais brouillard. La tribune d'Annie Road répond, *C'est Hateley qui a marqué.* Et dans le brouillard, l'épais brouillard. Le Spion Kop lance, *Merci beaucoup.* Dans le brouillard, l'épais brouillard. À la 33e minute, le Liverpool Football Club marque de nouveau. *On peut encore savoir qui a marqué ?* Dans le brouillard, l'épais brouillard. *C'est encore Hateley.* Dans le brouillard, l'épais brouillard. *Merci beaucoup.* Et une minute après, le Liverpool Football Club marque une fois de plus. *On peut encore savoir qui a marqué ?* Dans le brouillard, l'épais brouillard. *C'est Strong.* Dans le brouillard, l'épais brouillard. *Merci beaucoup.* Et dans le brouillard, l'épais brouillard. À la 64e puis à la 71e minute, Hateley marque et marque encore. Et le Liverpool Football Club bat le Walsall Football Club 5-2 à l'issue du match à rejouer du quatrième tour de la Coupe d'Angleterre –

Merci beaucoup…

Le samedi 9 mars 1968, le Liverpool Football Club se rend à White Hart Lane, Londres. Cet après-midi-là, 54 005 spectateurs s'y rendent aussi. Ces 54 005 spectateurs veulent voir Tottenham Hotspur affronter le Liverpool Football Club au cinquième tour de la Coupe d'Angleterre. Les joueurs de Tottenham Hotspur sont les détenteurs de la Coupe d'Angleterre. Les joueurs de Tottenham Hotspur ont déjà battu Manchester United en Coupe d'Angleterre. Les joueurs de Tottenham Hotspur sont les favoris pour la victoire finale. Mais cet après-midi-là, il y a des éclairs sur les gradins, il y a le tonnerre sur le terrain. L'invention contre l'effort, la précision contre la force. À la 51e minute, Gilzean dévie le ballon vers Greaves. Et Greaves accélère. Comme l'éclair. Greaves trouve cette pointe de vitesse supplémentaire, cet espace supplémentaire. Qui lui manquait entre Yeats et Hughes. D'une distance de douze mètres. Greaves tire. Comme un coup de tonnerre. Et Greaves marque. Trois minutes plus tard, Lawler subtilise le ballon à Mackay. Lawler passe le ballon à St John. St John envoie un lob en diagonale de la droite vers la gauche. Et Hateley décolle pour reprendre le ballon d'une tête. Et Hateley marque. Et le Liverpool Football Club obtient le nul 1-1 face à Tottenham Hotspur au cinquième tour de la Coupe d'Angleterre –

Trois jours plus tard, Tottenham Hotspur vient à Anfield, Liverpool. Ce soir-là, 53 658 spectateurs viennent aussi. Cela fait cinquante-six ans que Tottenham Hotspur n'a plus gagné à Anfield. À la 23e minute, Roger Hunt marque. Et à la 80e minute, Tony Hateley est fauché dans la surface de réparation de Tottenham. Tommy Smith pose le ballon sur le point de penalty de Tottenham. Mais Smith ne met pas le ballon dans les filets de Tottenham. Jennings sauve le penalty. Mais l'arbitre dit que Tottenham Hotspur avait douze joueurs sur le terrain. L'arbitre dit que Mackay n'avait pas encore quitté le terrain quand Jones est entré. Le penalty doit être rejoué. Et Smith pose de nouveau le ballon sur le point de penalty de Tottenham. Et cette fois Jennings n'arrête pas le ballon. Cette fois Smith met le ballon au fond des filets de Tottenham. À deux minutes de la fin du match, du coup de sifflet final, Jones marque pour Tottenham. Mais ça n'a pas d'importance. Ça ne compte pas. Cela fait toujours cinquante-six ans que Tottenham Hotspur n'a plus gagné à Anfield.

Quatre jours plus tard, le Liverpool Football Club bat le Burnley Football Club. Une semaine après, le Liverpool Football Club bat Sheffield Wednesday. Ce soir-là, le Liverpool Football Club a 43 points. Et Manchester City a 43 points aussi. Manchester United a 45 points. Et Leeds United a 45 points aussi. Ce soir-là, Leeds United est premier de la première division. À la différence de buts. Le Liverpool Football Club est quatrième.

Le samedi 30 mars 1968, le Liverpool Football Club se rend au stade The Hawthorns, à Birmingham. Cet après-midi-là, 53 062 spectateurs viennent aussi. Ces 53 062 spectateurs sont venus pour voir West Bromwich Albion affronter le Liverpool Football Club au sixième tour de la Coupe d'Angleterre. Pour voir deux ballons finir sur le toit de la tribune. Pour voir le Liverpool Football Club obtenir son premier corner à la 57e minute. Pour voir le Liverpool Football Club jouer manifestement pour aboutir au match nul. Pour voir le Liverpool Football Club obtenir ce qu'il cherchait manifestement en jouant de cette façon. Pour voir le Liverpool Football Club faire match nul 0-0 avec West Bromwich Albion au sixième tour de la Coupe d'Angleterre. Encore 0-0. Encore un match à rejouer.

Le samedi 6 avril 1968, le Liverpool Football Club se rend à Old Trafford, Manchester. Au cours des premières minutes, Yeats commet des erreurs. Hughes est maladroit. Et à la 3e minute, Best prend facilement congé de Yeats et Hughes. Et Best marque. Mais six minutes plus tard, Yeats envoie d'une tête le ballon contre le poteau de Manchester. Et Yeats le renvoie d'une tête. Et cette fois le ballon franchit la ligne. Dix minutes après, Hateley attaque en combinaison avec Hunt. Et Hunt marque. Et le Liverpool Football Club bat Manchester United 2-1. À l'extérieur, ailleurs qu'à Anfield. Les joueurs du Liverpool Football Club n'avaient pas oublié cette date. Mais ce soir-là, le Liverpool Football Club reste quatrième de la première division.

Deux jours après, West Bromwich Albion vient à Anfield, Liverpool. Ce soir-là, 54 273 spectateurs viennent aussi. Ces 54 273 spectateurs sont là pour acclamer les joueurs et pour scander des slogans, pour crier et pour chanter. Et pour déchirer le ciel. Le ciel d'Anfield limpide et parsemé d'étoiles. À la 24e minute, Peter Thompson est victime d'une obstruction. Thompson se voit accorder un coup franc. Ian St John tire le coup franc. Le tir en hauteur de St John envoie le ballon de la droite vers la gauche. Ron Yeats se rue dans la surface de réparation de West Bromwich Albion, Yeats transperce la défense de West Bromwich Albion. Et Yeats reprend le ballon d'une tête. Le ballon heurte la barre transversale. Yeats se déplie pour le rebond. Yeats n'atteint pas le rebond. Mais Hateley intercepte le rebond. Hateley frappe le ballon. Et le ballon atterrit au fond des filets. Et le Spion Kop rugit. Le Spion Kop rugit. Le Spion Kop éventre le ciel. Le ciel d'Anfield limpide et parsemé d'étoiles. Mais à la 68e minute, Fraser passe le ballon à Brown. Brown tire un centre en hauteur. Astle décolle pour reprendre le ballon d'une tête. Et Astle marque. Et sous le ciel d'Anfield limpide et parsemé d'étoiles, le Liverpool Football Club se contente d'un nul 1-1 contre West Bromwich Albion à l'issue du match à rejouer du sixième tour de la Coupe d'Angleterre. Il faudra donc une troisième rencontre, il faudra donc rejouer. En terrain neutre,

sur celui de Manchester.

Le vendredi saint 1968, Sheffield United vient à Anfield, Liverpool. Ce vendredi, 50 422 spectateurs viennent aussi. À la 32e minute, Roger Hunt marque. Mais Currie marque pour Sheffield United. Et Reece marque pour Sheffield United. Et le Liverpool Football Club perd 2-1 contre Sheffield United. À domicile, à Anfield. Le Liverpool Football Club possède toujours 45 points. Le Liverpool Football Club est toujours quatrième de la première division. Le lendemain, le lendemain même, le Sunderland Football Club vient à Anfield, Liverpool. Ce jour-là, 40 350 spectateurs viennent aussi. À la 18e minute, Roger Hunt marque. Et à la 71e minute, Hunt marque de nouveau. Et le Liverpool Football Club bat le Sunderland Football Club 2-1. À domicile, à Anfield. Le Liverpool Football Club a désormais 47 points. Mais le Liverpool Football Club reste seulement quatrième de la première division. Deux jours plus tard, le lundi de Pâques 1968, le Liverpool Football Club se déplace au stade de Bramall Lane, à Sheffield. Mais Gerry Byrne n'est pas du voyage. Tommy Smith n'est pas du voyage. Tony Hateley n'est pas du voyage. Et Peter Thompson n'est pas du voyage. Peter Wall est du voyage. Alf Arrowsmith est du voyage. Bobby Graham est du voyage. Et Geoff Strong est du voyage. Et à la 34e minute, Geoff Strong marque. Mais Sheffield United marque aussi. Et le Liverpool Football Club fait match nul 1-1 avec Sheffield United. À l'extérieur, ailleurs qu'à Anfield.

Trois jours plus tard, le Liverpool Football Club se rend en terrain neutre, à Manchester. Au stade de Maine Road. Pour rencontrer West Bromwich Albion au sixième tour de la Coupe d'Angleterre, dans un match à rejouer pour la seconde fois. Pour une place en demi-finale de la Coupe d'Angleterre. Cet après-midi-là, 56 000 spectateurs se déplacent aussi. En Coupe d'Angleterre cette saison, c'est la neuvième fois que le Liverpool Football Club doit disputer un match supplémentaire pour désigner un vainqueur. Cette saison, plus de 400 000 spectateurs ont vu le Liverpool Football Club disputer un match de la Coupe d'Angleterre. Mais ce soir, en terrain neutre, sur la pelouse de Manchester, sous une bruine incessante, une bruine de Manchester, le ballon est toujours dans la bruine, la bruine de Manchester, le ballon jamais sur le terrain, la pelouse de Manchester. Les ballons de Liverpool volent haut, cherchant la tête de Hateley. Les ballons de West Brom volent haut, cherchant la tête d'Astle. Et à la 7e minute, un ballon de West Brom trouve la tête d'Astle. Et Astle trouve les filets. À la 40e minute, un ballon de Liverpool trouve la tête de Hateley. Et Hateley trouve les filets. Mais à la 60e minute, un ballon de West Brom trouve les pieds de Clive Clark. Et Clive Clark trouve les filets. Et le Liverpool Football Club est éliminé de la Coupe d'Angleterre. Après neuf rencontres, après neuf matchs. Le Liverpool Football Club est éliminé de la Coupe –

Éliminé, éliminé.

Deux jours plus tard, juste deux jours plus tard, le Liverpool Football Club se rend au stade d'Upton Park, à Londres. Et le Liverpool Football Club perd 1-0 contre West Ham United. Le samedi 27 avril 1968, le Fulham Football Club vient à Anfield, Liverpool. Cet après-midi-là, 32 307 spectateurs viennent aussi. Seulement 32 307 spectateurs. À la 29e minute, Ian Callaghan marque. À la 40e minute, Roger Hunt marque. À la 49e minute, Hunt marque de nouveau. Et à la 56e minute, Tony Hateley marque. Et le Liverpool Football Club bat le Fulham Football Club 4-1. À domicile, à Anfield. Deux jours plus tard, Tottenham Hotspur vient à Anfield, Liverpool. Ce soir-là, 41 688 spectateurs viennent aussi. À la 9e minute, Mackay surgit de sa propre surface de réparation avec le ballon. Mackay trouve Robertson avec le ballon. Robertson trouve Gilzean avec le ballon. Gilzean trouve Greaves avec le ballon. Et Greaves trouve les filets avec le ballon. À la 38e minute, Peter Thompson envoie un centre en hauteur. Tony Hateley saute à la rencontre du ballon, Tony Hateley propulse le ballon d'une tête. Et Tony Hateley marque. Et le Liverpool Football Club obtient le nul

1-1 avec Tottenham Hotspur. À domicile, à Anfield. Ce soir-là, le Liverpool Football Club possède 51 points. Et Leeds United a 51 points aussi. Manchester United a 54 points. Et Manchester City a 54 points aussi. Ce soir-là, Manchester City est premier de la première division. À la différence de buts. Mais Manchester City et Manchester United n'ont plus que deux matchs à jouer. Le Liverpool Football Club a encore trois matchs à jouer. Encore trois matchs à jouer, encore trois matchs à gagner –

Le samedi 4 mai 1968, le Liverpool Football Club se rend à Elland Road, Leeds. Cet après-midi-là, 44 553 spectateurs viennent aussi. À la 15e minute, Jones marque. Et pendant les 69 minutes qui suivent, Leeds United mène au score devant le Liverpool Football Club. Mais à la 84e minute, Chris Lawler saute sur un dégagement approximatif de Harvey. Et Lawler marque. Et une minute plus tard, Bobby Graham marque. Et le Liverpool Football Club bat Leeds United 2-1. À l'extérieur, ailleurs qu'à Anfield. Ce jour-là, Manchester City bat Tottenham Hotspur et Manchester United bat Newcastle United. Ce soir-là, le Liverpool Football Club possède 53 points. Manchester United a 56 points et Manchester City a 56 points aussi. Manchester City reste en tête de la première division. À la différence de buts. Le Liverpool Football Club est à présent troisième en première division. Mais Manchester City et Manchester United n'ont plus qu'un seul match à disputer. Le Liverpool Football Club en a encore deux. Si Manchester City et Manchester United perdent l'un et l'autre leur dernier match et si le Liverpool Football Club gagne ses deux derniers matchs, alors le Liverpool Football Club sera champion d'Angleterre –

Le samedi 11 mai 1968, Nottingham Forest vient à Anfield, Liverpool. Cet après-midi-là, 38 850 spectateurs viennent aussi. Pour le dernier match à domicile de la saison. Seulement 38 850 spectateurs. À la 34e minute, Ian St John marque. À la 36e minute, Tony Hateley marque. Et à la 41e minute, Hateley marque de nouveau. À la 55e minute, Roger Hunt marque. Et à la 71e minute, Hunt marque de nouveau. Et à la 84e minute, Hateley marque de nouveau. Son troisième but du match, son vingt-septième but de la saison. Et le Liverpool Football Club bat Nottingham Forest 6-1. Mais ça n'a pas d'importance. Ça ne compte pas. Ce jour-là, Manchester United perd 2-1 contre Sunderland. Mais ça n'a pas d'importance. Ça ne compte pas non plus. Ce jour-là, Manchester City bat Newcastle United 4-3. Ce soir-là, Manchester City est premier de la première division. Et ce soir-là, Manchester City est champion d'Angleterre.

...

Le mercredi 15 mai 1968, Manchester United se rend au Santiago Bernabéu Stadium de Madrid, en Espagne, pour affronter le Real Madrid au match retour de la demi-finale de la Coupe d'Europe. Si Manchester United bat le Real Madrid, alors Manchester United disputera la finale de la Coupe d'Europe. Ce même soir, le Liverpool Football Club se déplace au stade de Victoria Ground, à Stoke. Bill Shankly entre dans le vestiaire. Le vestiaire des visiteurs. Le regard de Bill Shankly fait le tour du vestiaire. Le vestiaire de Liverpool. Il passe d'un joueur au suivant. De Lawrence à Lawler, de Lawler à Wall, de Wall à Smith, de Smith à Yeats, de Yeats à Strong, de Strong à Callaghan, de Callaghan à Hunt, de Hunt à Hateley, de Hateley à St John et de St John à Thompson. Et Bill Shankly avale sa salive. Et Bill Shankly avale sa salive de nouveau. Bill Shankly tousse. Et Bill Shankly tousse de nouveau –

Si nous gagnons ce soir, les gars. Alors, nous passerons devant Manchester United. Et alors nous serons deuxièmes du championnat. Nous finirons deuxièmes. Et donc nous serons la deuxième meilleure équipe du championnat, les gars. La deuxième meilleure équipe...

Le mercredi 15 mai 1968, Manchester United mené 3-1 à la mi-temps redresse la situation pour obtenir le nul 3-3 face au Real Madrid lors du match retour de la demi-finale de Coupe d'Europe. En ajoutant les deux scores, Manchester United remporte le duel 4-3. Manchester United disputera la finale de la Coupe d'Europe. Ce même soir, à la 58e minute, Roger Hunt marque son 30e but de la saison. Mais ce même soir, le Liverpool Football Club perd 2-1 contre Stoke City. Ce soir-là, cette saison, après 42 matchs, le Liverpool Football Club finit troisième de la première division –

Pas premier, pas deuxième –

Troisième.

28

Les coches et les croix

À l'Estadio Insular, aux îles Canaries, le Liverpool Football Club rencontre l'UD Las Palmas dans un match amical d'après-saison. Et le Liverpool Football Club fait match nul 1-1 avec l'UD Las Palmas. Ce soir-là, au bar de leur hôtel des îles Canaries, les joueurs et le personnel du Liverpool Football Club regardent à la télévision la finale de la Coupe d'Europe. Ce soir-là, les joueurs et le personnel du Liverpool Football Club regardent Manchester United battre le SL Benfica 4-1 après prolongations. Ce soir-là, les joueurs et le personnel du Liverpool Football Club regardent Manchester United devenir la première équipe anglaise à remporter la Coupe d'Europe. Et ce soir-là, à la télévision du bar de l'hôtel, Bill regarde Matt sur le terrain, le terrain de Wembley. Bill regarde Matt entouré de ses joueurs sur le terrain, le terrain de Wembley. Et Bill voit ce regard dans les yeux de Matt. Ces souvenirs dans les yeux de Matt. Et Bill sait ce que cela représente pour Matt. Bill sait que Matt voulait cette victoire à tout prix. Bill a envie d'appeler Matt, Bill a envie de féliciter Matt. Et Bill tente de se lever. Bill tente de tenir debout. Sa chemise colle à son maillot de corps. Son maillot de corps lui colle à la peau. Mais dans le bar, le bar de l'hôtel, Bill ne parvient pas à se lever. Bill ne parvient pas à se mettre debout. Sa chemise colle à son maillot de corps. Son maillot de corps lui colle à la peau. Bill refoule ses larmes, Bill a du mal à respirer.

Dans sa chambre, sa chambre d'hôtel. Pas dans son lit, dans son lit d'hôtel. Bill fait les cent pas et Bill fait les cent pas. Bill réfléchit et Bill réfléchit. Bill sait que l'échec peut devenir habituel, la défaite routinière. Routinière et familière. Familière et acceptée. Acceptée et permanente. Permanente et paralysante. Paralysante et suffocante. Bill sait que l'échec apporte des chaînes. Des chaînes pour vous attacher. Vous et vos rêves. Pour vous attacher vivants, vous et vos rêves. Bill sait que la défaite apporte des pelles. Des pelles pour vous enterrer. Vous et vos espoirs. Pour vous enterrer vivants, vous et vos espoirs. Bill sait que vous devez lutter contre l'échec. Avec tous les os de votre corps. Bill sait que vous devez vous battre contre la défaite. Avec chaque goutte de votre sang. Vous devez lutter contre l'échec, vous devez vous battre contre la défaite. Pour vos rêves et pour vos espoirs. Pour vous et pour les supporters. Lutter et vous battre. Pour les rêves des supporters, pour les espoirs des supporters.

...

Dans le parking, le parking d'Anfield Road. Sous le soleil, le soleil de juillet. Le premier jour d'entraînement. En pull et pantalon de survêtement. Bill attend les joueurs du Liverpool Football Club. En tenue, en tenue d'entraînement. Bill accueille tous les joueurs. Bill leur serre la main, Bill leur tape dans le dos. Bill leur demande des nouvelles de leur famille, Bill leur demande comment se sont passées leurs vacances. Et puis Bob, Joe, Reuben et Ronnie Moran rejoignent Bill et les joueurs dans le parking d'Anfield. Et sous le soleil, le soleil de juillet. Ils se rendent tous à Melwood à pied. Puis Bill et les joueurs font le tour du terrain au petit trot. Puis Bill et les joueurs se passent un ballon, deux par deux, de l'un à l'autre, pendant vingt minutes. Puis Bill et les joueurs font de nouveau le tour du terrain au petit trot. Et puis Bill, Bob, Joe, Reuben, Ronnie et les joueurs retournent tous à Anfield à pied.

Dans le parking, le parking d'Anfield. Sous le soleil, le soleil de juillet. Le deuxième jour d'entraînement. Bill, Bob, Joe, Reuben, Ronnie et les joueurs se rendent tous à Melwood au petit trot. Puis Bill et les joueurs font le tour du terrain en courant. Puis Bill et les joueurs se passent un ballon, trois par trois, de l'un à l'autre, pendant trente minutes. Puis Bill et les joueurs font de nouveau le tour du terrain en courant. Et puis Bill, Bob, Joe, Reuben, Ronnie et les joueurs retournent tous à Anfield au petit trot.

Dans le parking, le parking d'Anfield. Sous le soleil, le soleil de juillet. Le troisième jour d'entraînement. Bill, Bob, Joe, Reuben, Ronnie et les joueurs se rendent tous à Melwood en courant. Puis Bill et les joueurs font deux tours du terrain en courant. Puis Bill et les joueurs se passent un ballon, quatre par quatre, de l'un à l'autre, pendant quarante minutes. Ensuite, Reuben donne un coup de sifflet. Et Bill rassemble les joueurs au centre du terrain d'entraînement. Bill, Bob, Joe, Reuben et Ronnie divisent les trente joueurs en six groupes de cinq. Et Bill dit, Bon, les gars. On assez couru comme ça. On va jouer un peu au football. On va jouer par équipes de cinq…

Dans le parking, le parking d'Anfield. Sous le soleil, le soleil de juillet. La deuxième semaine d'entraînement. En pull et pantalon de survêtement. Bill attend les joueurs du Liverpool Football Club. En tenue, leur tenue d'entraînement. Bill accueille tous les joueurs. Bill leur serre la main, Bill leur tape dans le dos. Bill leur demande des nouvelles de leur famille, Bill leur demande comment s'est passé leur week-end. Et puis Bob, Joe, Reuben et Ronnie Moran rejoignent Bill et les joueurs dans le parking d'Anfield. Et puis Bill, Bob, Joe, Reuben, Ronnie et les joueurs montent tous dans le bus de Melwood. Et quand les joueurs arrivent à Melwood, quand les joueurs descendent du bus, les joueurs voient les cubes sur le terrain d'entraînement. Et les joueurs grognent, les joueurs rient. Et Bill et les joueurs font deux fois le tour du terrain en courant. Puis Bill et les joueurs se passent le ballon de l'un à l'autre, par deux, pendant vingt minutes. Puis Bill et les joueurs entrent dans les cubes. Deux par deux. Les ballons entrent dans les cubes par le haut. Un joueur tente de frapper le ballon du premier coup, l'autre tente de frapper le même ballon au rebond. Du premier coup. Un ballon après l'autre. À chaque seconde, un nouveau ballon. Dans le cube. À chaque seconde pendant une minute. Un ballon après l'autre. Puis pendant deux minutes. Puis pendant trois minutes. Encore et encore. Un ballon après l'autre. À chaque seconde. Dans le cube. Deux par deux, à tour de rôle. Une paire après l'autre, un joueur après l'autre. Puis Reuben donne un coup de sifflet. Bill rassemble les joueurs au centre du terrain d'entraînement. Et Bill dit, Bon, les gars. Ça suffit pour les exercices. On va jouer un peu au football. Par équipes de cinq…

Et c'est ainsi que se déroule la deuxième semaine d'entraînement. Et la troisième. Et la quatrième. Et la cinquième. Les joueurs ne travaillent pas les combinaisons de jeu, ils ne travaillent pas les corners. Et ils ne travaillent pas les coups francs. Ils travaillent les passes. Toujours vers l'avant, toujours plus vite. Plus vite et encore plus vite, pendant cinq semaines. Toujours vers l'avant. Et toujours vers un maillot rouge,

toujours vers un maillot rouge,

un maillot rouge. Bill s'entraîne, il s'entraîne sans cesse. Bill joue, il joue sans cesse. Avec sa faim, avec sa passion. Parmi les joueurs, au cœur de l'équipe. Bill s'entraîne, Bill joue. Bill regarde et Bill écoute. Il est à l'affût de la faim et à l'écoute de la passion. La faim pour le maillot rouge, la passion pour le maillot rouge –

Le faim et la passion –

Pour le maillot, le maillot rouge. Et Bill regarde Tommy Smith se rebiffer contre Emlyn Hughes. Bill regarde Bob les séparer. Bill regarde Ian St John se rebiffer contre Tony Hateley. Et Bill regarde Bob les séparer –

Et Bill sourit.

…

Au stade de Maine Road, à Manchester. Dans les tribunes, sur son siège. Bill regarde Manchester City disputer à West Bromwich Albion le Charity Shield 1968. Manchester City a remporté le championnat de première division. West Bromwich Albion a gagné la Coupe d'Angleterre. Dans les tribunes, sur son siège. Bill regarde West Bromwich Albion s'efforcer de garder le ballon dans les airs. Bill regarde Manchester City garder le ballon au sol. Et Bill voit Manchester City battre West Bromwich Albion 6-1 dans le Charity Shield 1968. Et dans les tribunes, à sa place. Bill se lève. Bill quitte le stade. Et Bill retourne en voiture à Anfield. Bill entre dans son bureau. Bill referme la porte. Bill ôte son chapeau, Bill ôte sa veste. Bill s'assied à sa table de travail. Et Bill sort son carnet. Son carnet rempli de noms, son carnet rempli de notes. Bill sort son stylo. Son stylo rouge. Et dans le bureau, à sa table de travail. Bill commence à écrire dans son carnet. Son carnet rempli de noms, son carnet rempli de notes. Dans le bureau, à sa table de travail. Bill cesse d'écrire. Bill repose son stylo. Son stylo rouge. Bill sort son agenda. Son agenda rempli de dates, les dates de matchs. Et Bill regarde la première date notée dans son agenda, le premier match de la saison. La nouvelle saison. Dans le bureau, à sa table de travail. Bill se carre dans son fauteuil. Bill ferme les yeux. Puis Bill rouvre les yeux. Bill se penche en avant. Bill reprend son carnet. Son carnet rempli de noms, son carnet rempli de notes. Bill se rend à la dernière page. La dernière page remplie de noms, la dernière page remplie de notes. Bill reprend son stylo. Son stylo rouge. Bill barre d'un trait un nom sur la page. Le dernier nom de la dernière page. *Hateley*. Et puis Bill inscrit un nom sur la page. Un nouveau nom sur la dernière page. *Graham*. Bill repose son stylo. Son stylo rouge. Bill referme son carnet. Son carnet rempli de noms, son carnet rempli de notes. Dans son bureau, à sa table de travail. Bill se carre dans son fauteuil de nouveau. Bill ferme les yeux de nouveau. Et Bill attend.

…

Dans le vestiaire. Le vestiaire de l'équipe qui reçoit. Le regard de Bill passe d'un joueur au suivant. De Lawrence à Lawler, de Lawler à Wall, de Wall à Smith, de Smith à Yeats, de Yeats à Hughes, de Hughes à Callaghan, de Callaghan à Hunt, de Hunt à Graham, de Graham à St John et de St John à Thompson. Et Bill dit, La saison dernière, le premier jour de la saison dernière, on est allés à Maine Road et on a fait match nul 0-0 contre ces gars-là. Et puis, quand ils sont venus chez nous, on a obtenu le nul 1-1. Donc, la saison dernière, Manchester City nous a coûté deux points. À domicile et à l'extérieur. La saison dernière, Manchester City a terminé avec trois points de plus que nous. Trois points seulement. Mais on a fini troisièmes et eux ont fini premiers. Et ils ont été sacrés champions et pas nous. Nous, on n'était rien, on n'était nulle part. Alors, si vous pensez qu'aujourd'hui ce n'est rien d'autre que la première rencontre de la saison. Rien de plus que le premier des quarante-deux matchs de championnat de cette saison. Si vous imaginez que perdre un point aujourd'hui, ou même que perdre deux points, ça n'a pas d'importance. Qu'il y aura d'autres matchs, quarante et un autres matchs. Eh bien, s'il y a un seul d'entre vous qui se fait ce genre de réflexion, alors, il n'a pas sa place dans ce vestiaire. Il n'a pas sa place dans cette équipe. Parce qu'un point perdu aujourd'hui, c'est un point perdu pour toujours. Et chaque point perdu est un point qui nous coûte cher. Parce que ce point perdu aujourd'hui pourrait bien être le point qui nous coûtera le titre. Qui leur donnera le titre. Qui nous condamnera à finir deuxièmes. À finir troisièmes. Ou pire encore. Et ce n'est pas satisfaisant. Ce n'est jamais satisfaisant. Pas pour le Liverpool Football Club. Pas pour les supporters du Liverpool Football Club. Le seul résultat qui soit satisfaisant pour le Liverpool Football Club, pour les gens qui encouragent le Liverpool Football Club, c'est qu'on gagne chaque match, qu'on engrange deux points à chaque match. À chacun des quarante-deux matchs. Et qu'on soit champions. Parce que c'est le seul résultat qui soit vraiment satisfaisant. Pour le Liverpool Football Club. Et pour les gens qui encouragent le Liverpool Football Club –

D'être champions de nouveau.

Sur le banc, le banc d'Anfield. Dans le premier match de la saison, à la 2e minute, Bill voit Manchester City marquer. Mais à la 24e minute du premier match de la saison, Graham égalise. Et à la 73e minute du premier match de la saison, Thompson marque. Et le Liverpool Football Club bat Manchester City 2-1. À domicile, à Anfield. Dans le premier match de la saison 1968-69 –

Sur le banc, le banc du Dell. Dans le deuxième match de la saison, Bill regarde le Southampton Football Club marquer. Et marquer de nouveau. Et le Liverpool Football Club perd 2-0. À l'extérieur, ailleurs qu'à Anfield –

Sur le banc, le banc de Highbury. Dans le troisième match de la saison, Bill regarde les joueurs du Liverpool Football Club harceler et harceler et harceler. Courir et courir et courir. Mais à la 13e minute du troisième match de la saison, Sammels lance Radford. Et Radford met le ballon dans les filets. Mais les joueurs du Liverpool Football Club continuent de harceler et de harceler et de harceler. De courir et de courir et de courir. Et à la 50e minute du troisième match de la saison, Thompson efface trois joueurs. Thompson passe vers l'intérieur à Hunt. Et Hunt marque. Mais alors sur le banc, le banc de Highbury, Bill voit le soleil disparaître. Et le ciel s'assombrir. Avec du tonnerre et des éclairs. Puis la pluie arrive. Et la pluie chasse des gradins des milliers de spectateurs. Et la pluie transforme le terrain en chaudron. Mais les joueurs du Liverpool Football Club continuent de harceler et de harceler et de harceler. De courir et de courir et de courir. Sous un ciel noir, sous le déluge. Mais le coup de sifflet survient, le coup de sifflet final. Et la rencontre se solde par un nul, une simple égalité. Et pendant cette première semaine de la saison 1968-69, après les trois premiers matchs de cette nouvelle saison, le Liverpool Football Club a gagné une fois, fait match nul une fois, et perdu une fois. Pendant cette première semaine de la saison 1968-69, après les trois premiers matchs de la nouvelle saison, le Liverpool Football Club a laissé filer trois points. Trois points perdus pour toujours. C'est un mauvais départ pour la saison 1968-69, un très mauvais départ pour la nouvelle saison –

La nouvelle saison identique à l'ancienne saison.

…

Dans la maison, dans leur lit. Bill entend Ness tousser. Dans son sommeil, dans leur lit. Bill ouvre les yeux. Et Bill voit l'obscurité. Bill sort du lit. Bill descend l'escalier. Bill entre dans le salon. Bill allume la lumière. Bill s'assied dans son fauteuil. Bill prend son carnet. Son carnet rempli de noms, son carnet rempli de notes. Et Bill tourne les pages. Les pages couvertes de noms, les pages couvertes de notes. Jusqu'à la dernière page de noms, la dernière page de notes. Et Bill prend son stylo. Son stylo rouge. Et Bill barre un nom écrit sur la page. La dernière page. *Graham*. Et puis Bill inscrit un nom sur la page. La dernière page. *Hateley*. Et Bill repose son stylo. Son stylo rouge. Bill referme son carnet. Son carnet rempli de noms, son carnet rempli de notes. Dans le salon, dans son fauteuil. Bill entend Ness tousser de nouveau à l'étage. Dans leur lit, dans son sommeil. Et dans l'obscurité. Bill attend l'aube,

Bill attend la lumière.

…

Sur le banc, le banc d'Elland Road. Sous le soleil, le soleil tardif et rare du Yorkshire. Bill regarde Jackie Charlton et Ronnie Yeats projeter des ombres longues, Mick Jones et Tony Hateley projeter des ombres longues. Et sur le banc, le banc d'Elland Road. À la 30e minute, Bill voit Billy Bremner frapper une longue passe en cloche vers les silhouettes de Mick Jones et Ronnie Yeats. Et Ronnie Yeats se dirige vers la passe, pour l'intercepter. Yeats lance un coup de pied en direction de la passe, en direction du ballon. Mais Yeats donne un coup de pied dans le vide, dans les ombres. Et c'est Jones qui atteint la passe, qui dévie la passe. Qui file sous le nez de Tommy Lawrence. Lawrence qui tente de s'emparer du ballon, Lawrence qui s'étale sur la pelouse. Et Jones récupère la passe de nouveau. Jones frappe la passe. Et Jones marque. Et sous le soleil, le soleil tardif et rare du Yorkshire. Leeds United mène 1-0 devant le Liverpool Football Club. Mais sous le soleil, le soleil tardif et rare du Yorkshire, le Liverpool Football Club s'entête à faire des passes longues, cette fois vers Hateley. Et le Liverpool Football Club envoie une passe en hauteur vers Hateley. Mais Charlton intercepte tous les ballons, Charlton bloque toutes les passes. Et sous le soleil, le soleil tardif et rare du Yorkshire, Jackie Charlton met la tête de Tony Hateley sur le billot. Et sous le soleil, le soleil tardif et rare du Yorkshire. Le Liverpool Football Club perd 1-0 contre Leeds United. Et ce soir-là, Leeds United possède 11 points et l'Arsenal Football Club a 12 points. L'Arsenal Football Club est premier de la première division. Ce soir-là, le Liverpool Football Club a 8 points. Le Liverpool Football Club est septième en première division. Ce soir-là, le Liverpool Football Club n'est nulle part.

...

Dans la maison, dans leur lit. Bill entend Ness tousser. De nouveau. Dans son sommeil, dans leur lit. Et Bill ouvre les yeux. De nouveau. Bill voit l'obscurité. De nouveau. Bill sort du lit. De nouveau. Bill descend l'escalier. De nouveau. Bill entre dans le salon. De nouveau. Bill allume la lumière. De nouveau. Bill s'assied dans son fauteuil. De nouveau. Bill prend son carnet. De nouveau. Son carnet rempli de noms, son carnet rempli de notes. Et de nouveau. Bill tourne les pages. Les pages couvertes de noms, les pages couvertes de notes. Jusqu'à la dernière page de noms, la dernière page de notes. De nouveau. Bill prend son stylo. Son stylo rouge. De nouveau Bill barre un nom écrit sur la page. La dernière page. *Hateley*. De nouveau. Bill pose son stylo. Son stylo rouge. Et dans le salon, dans son fauteuil. Bill ferme les yeux. De nouveau. Dans son fauteuil, dans son esprit. Bill voit les buts. De nouveau. Les vingt-sept buts que Hateley a marqués la saison précédente. Le but qu'il a marqué cette saison-ci. Et de nouveau. Dans le salon, dans son fauteuil. Bill ouvre les yeux. De nouveau. Bill prend son stylo. De nouveau. Son stylo rouge. Et de nouveau. Bill inscrit un nom sur la page. De nouveau. Le nom sur la page. *Hateley*. Bill pose son stylo. De nouveau. Son stylo rouge. De nouveau. Bill ferme les yeux. De nouveau. Dans le fauteuil, dans son esprit. Bill voit les passes longues. Les ballons en hauteur. Les passes jamais réceptionnées. De nouveau. Les ballons jamais contrôlés. Et de nouveau. Bill ouvre les yeux. De nouveau. Bill prend son stylo. De nouveau. Son stylo rouge. Et de nouveau. Bill barre ce nom sur cette page encore une fois. Ce dernier nom sur cette dernière page. *Hateley*. Encore et encore. Bill barre le nom d'un trait après l'autre. Trait rouge après trait rouge. Sur ce nom sur cette page. Ce dernier nom sur cette dernière page. Encore et encore. Jusqu'à ce que le nom ait disparu, jusqu'à ce que la page ait disparu. Et alors Bill repose son stylo. Son stylo rouge. Et Bill referme son carnet. Son carnet rempli de noms, son carnet rempli de notes. Et dans le salon, dans son fauteuil. De nouveau. Bill entend Ness tousser à l'étage. De nouveau. Dans leur lit, dans son sommeil. Et de nouveau. Dans l'obscurité. Bill attend l'aube. De nouveau. Bill attend la lumière.

...

Sur le banc, le banc d'Anfield. À la 2e minute, Bill voit Ron Yeats marquer. À la 4e minute, Bill voit Tommy Smith marquer un penalty. Et puis à la 10e minute, Bill voit Alun Evans marquer son premier but pour le Liverpool Football Club. Pour son premier match, son premier match à Anfield. Le Liverpool Football Club a vendu Tony Hateley à Coventry City pour 80 000 livres. Et le Liverpool Football Club a acheté Alun Evans aux Wolverhampton Wanderers pour 100 000 livres. Alun Evans a dix-neuf ans. Aucun club de football n'a jamais payé 100 000 livres pour un joueur de moins de vingt ans. En Grande-Bretagne, c'est un montant record pour le transfert d'un joueur aussi jeune. Le Liverpool Football Club n'a jamais déboursé 100 000 livres pour qui que ce soit. C'est le record du club. Et sur le banc, le banc d'Anfield. Deux minutes plus tard, Bill voit Ian Callaghan marquer. Et le Liverpool Football Club bat Leicester City 4-0. À domicile, à Anfield. Et sur la ligne de touche, la ligne de touche d'Anfield. Bill serre la main de Matt Gillies, le manager de Leicester City –

Après ces quinze premières minutes, Bill, dit Matt Gillies, j'ai pensé que vous alliez nous passer au fil de l'épée. J'étais sûr que vous alliez marquer six ou sept buts. Même dix ou onze. j'ai pensé que vous alliez nous humilier, Bill. M'humilier…

Bill secoue la tête. Et Bill réplique, Ne dis pas ça, Matt. Ne dis pas ça, je t'en prie. Je n'essaierais jamais d'humilier qui que ce soit, Matt. Et surtout pas toi…

Sur le banc, le banc du stade Molineux, à Wolverhampton. Sous un soleil de début d'automne, Bill regarde le rouge du Liverpool Football Club et l'or des Wolverhampton Wanderers flamber et briller sur l'herbe verte, verte. Et à la 15e minute, Bill regarde la longue, l'élégante parabole du tir de Roger Hunt ricocher sur le pied de Parkin. Et Hunt marque. Et à la 25e minute, Bill voit Peter Thompson effacer son adversaire. Et Thompson tirer. Et le ballon s'engouffrer dans la cage après un rebond sur le poteau. Et à la 30e minute, Bill voit une passe de Hunt lancer Alun Evans vers les buts adverses. Et Evans tire. Et Evans marque contre son ancien club. Et à la 63e minute, Bill voit une reprise de Hunt trouver la tête d'Evans. Et Evans plonge. Et Evans marque de nouveau. Et à la 74e minute, Bill voit Ian Callaghan faire une passe latérale à Hunt. Et Hunt marquer de nouveau. Et à la 80e minute, Bill voit Evans passer à Thompson. Et Thompson tirer. Et Thompson marquer de nouveau. Et sous un soleil de début d'automne, le rouge du Liverpool Football Club bat l'or des Wolverhampton Wanderers 6-0. À l'extérieur, ailleurs qu'à Anfield. Et sur la ligne de touche, la ligne de touche de Molineux. Bill serre la main de Ronnie Allen, le manager des Wolverhampton Wanderers –

Je savais qu'on n'aurait jamais dû vendre Alun Evans, dit Ronnie Allen. Surtout pas à toi, Bill. Surtout pas au Liverpool Football Club. C'était la prestation la plus écrasante que j'aie jamais vue à Molineux, Bill. Que personne ait jamais vue. On a été annihilés, Bill. On a été humiliés…

Bill secoue la tête. Et Bill dit, Merci, Ronnie. Merci beaucoup. Mais, s'il te plaît, Ronnie, ne dis pas que vous avez été humiliés. S'il te plaît, ne dis jamais ça. Oui, on a été meilleurs que vous aujourd'hui, Ronnie. Mais on n'a jamais perdu notre respect pour vous. On n'a jamais cherché à vous humilier, Ronnie. On avait simplement envie de gagner.

…

Sur le banc, le banc d'Anfield. Bill et 49 567 spectateurs regardent le Liverpool Football Club affronter l'Athletic Club de Bilbao au match retour du deuxième tour de la Coupe des villes de foires. L'Athletic Club de Bilbao a gagné le match aller 2-1. Tout le monde pense que l'Athletic Club de Bilbao est venu défendre son avantage de 2-1. Mais tout le monde se trompe. L'Athletic Club de Bilbao est venu pour attaquer. Et à la 32e minute, Uriarte procure une ouverture à Argoitia. Argoitia dribble. Argoitia esquive le tacle glissé de Tommy Smith. Et Argoitia marque. Et le Kop reste muet. Le Spion Kop est abasourdi. Mais pas pour longtemps. Pas pour longtemps. Le Kop retrouve sa voix. Et le Spion Kop rugit de nouveau. Et à la 78e minute, Ian St John tire un coup franc. Et Ronnie Yeats est là pour la réception. D'une tête, Yeats renvoie le ballon au milieu de la surface de réparation. Et Chis Lawler prend le relais. Et Lawler marque. Et le Kop rugit. Le Spion Kop rugit. Et rugit encore. Et à la 87e minute, Emlyn Hughes tire. Et Hughes marque. Et le Liverpool Football Club bat l'Athletic Club de Bilbao 2-1 au match retour du premier tour de la Coupe des villes de foires. Chaque équipe a gagné 2-1 à domicile. Chaque équipe a marqué un but à l'extérieur. Le duel aboutit à une égalité 3-3. Mais il n'y a pas de prolongations. Il n'y a pas de nouvelle rencontre. Il n'y a pas de troisième match. Il n'y a que le tirage au sort à pile ou face. Et l'arbitre fait venir les deux capitaines au milieu du terrain, dans le rond central. L'arbitre sort de sa poche une pièce de monnaie. Face pour une équipe, pile pour l'autre. L'arbitre se tourne vers Ron Yeats. L'arbitre demande au capitaine de l'équipe qui reçoit de faire son choix. Et Yeats choisit. Au milieu du terrain, dans le rond central. D'une pichenette, l'arbitre lance la pièce en l'air. Dans la nuit. Et les flashes des appareils photo se déclenchent. Et les yeux des spectateurs, les spectateurs d'Anfield, les 49 567 paires d'yeux, les yeux d'Anfield, suivent la trajectoire de la pièce. Qui s'élève dans la nuit, qui s'élève dans le noir. Qui s'élève et puis qui redescend. Pour retomber sur le sol, le sol d'Anfield. Et l'arbitre et les deux capitaines regardent le sol, le sol d'Anfield. Et le capitaine de l'Athletic Club de Bilbao fait un bond en l'air dans la nuit,

la nuit d'Anfield –

Dans le vestiaire, le vestiaire d'Anfield. Bill s'approche de Ron Yeats. Et Bill lui demande, Qu'est-ce que tu as choisi, mon gars ?

Face, répond Ron Yeats.

Bon sang ! Espèce d'imbécile, bougre d'idiot. On ne choisit jamais face. Tout le monde sait ça. On ne choisit jamais face !

Mais vous m'avez dit de ne jamais choisir pile, proteste Ron Yeats. Vous m'avez dit que je devais toujours choisir face, patron.

Bill secoue la tête. Et Bill dit, Quel jour de la semaine sommes-nous aujourd'hui, mon gars ?

On est mercredi.

Exactement. Et le mercredi, c'est le jour de qui, mon gars ?

Je n'en sais rien, patron.

Bon sang, mais il faut tout t'apprendre, alors ? Mercredi, c'est le jour du Diable. Le jour du Diable, mon gars. C'est pour ça qu'on dit, L'enfant du mercredi est l'enfant du Maudit. Je suppose que tu as déjà entendu cette expression, mon gars ?

Oui, patron, je l'ai déjà entendue.

Eh bien, cette expression, elle vient du fait que le mercredi est le jour du Diable. Et qu'est-ce qu'il cherche à faire depuis toujours, le Diable ?

Flanquer la pile au Bon Dieu ?

Tout juste. La pile. Alors, le jour du Diable, tu choisis pile. Tout le monde sait ça, mon gars. Le mercredi, tu choisis toujours pile.

...

Dans la maison, dans leur vestibule. Bill referme la porte d'entrée. Dans le noir. Bill longe le couloir jusqu'à la cuisine. Dans le noir. Bill allume la lumière. Bill s'assied à la table. Et Bill met la main dans sa poche. Dans la cuisine, à la table. Bill sort une pièce de monnaie. Bill regarde la pièce. Et Bill fait tourner la pièce entre ses doigts. Pour voir les deux côtés de la pièce. Dans la cuisine, à la table. D'une pichenette, Bill lance la pièce en l'air. Elle s'élève, elle retombe sur le carrelage. Et Bill regarde la pièce sur le carrelage. Le carrelage de la cuisine. Pile. Dans la cuisine, à la table. Bill se penche. Et Bill ramasse la pièce sur le carrelage. Dans la cuisine, à la table. De nouveau. Bill lance la pièce en l'air. Elle s'élève, elle retombe sur le carrelage. De nouveau. Bill regarde la pièce sur le carrelage. Pile. De nouveau. Dans la cuisine, à la table. Bill se penche. De nouveau. Bill ramasse la pièce sur le carrelage. Dans la cuisine, à la table. De nouveau. Bill lance la pièce en l'air. Elle s'élève, elle retombe sur le carrelage. De nouveau. Bill regarde la pièce sur le carrelage. Pile. De nouveau. Bill se penche. Bill ramasse la pièce. De nouveau. Dans la cuisine, à la table. Bill regarde la pièce entre ses doigts. De nouveau. Bill fait tourner la pièce entre ses doigts. Encore et encore. Pour voir les deux côtés de la pièce. Encore et encore,

les deux côtés. Dans la cuisine, à la table. Bill sait que les gens n'ont pas besoin du hasard. Bill sait que les gens n'ont pas besoin de la chance. Oui, les gens veulent la réussite. Oui, les gens veulent la victoire. Mais pas par hasard, pas sur un coup de chance. Grâce au nom de votre père ou au nom de votre école. Les gens veulent réussir grâce à leurs efforts, les gens veulent la victoire grâce à leur travail. Pas à pile ou face,

pas sur un coup de dés. Grâce à leurs efforts et grâce à leur travail. Leur effort commun, leur travail collectif.

29

Le coup de massue et la baguette magique

Trois jours après avoir perdu contre l'Athletic Club de Bilbao par tirage au sort, le Liverpool Football Club se rend au stade de Turf Moor, à Burnley. À la 20e minute, Roger Hunt marque. Et à la 35e minute, Hunt marque encore. À la 62e minute, Peter Thompson marque. Et à la 87e minute, Geoff Strong marque. Et le Liverpool Football Club bat le Burnley Football Club 4-0. À l'extérieur, ailleurs qu'à Anfield. Au cours de ses cinq derniers matchs de championnat, le Liverpool Football Club a marqué 18 buts et n'en a concédé aucun. Ce soir-là, Leeds United possède 18 points, l'Arsenal Football Club a 18 points et le Liverpool Football Club a 18 points aussi. Mais ce soir-là, le Liverpool Football Club est premier de la première division. À la différence de buts.

Le mardi 8 octobre 1968, l'Everton Football Club vient à Anfield, Liverpool. Ce soir-là, 54 496 spectateurs viennent aussi. Ces 54 496 spectateurs veulent voir la centième rencontre de championnat entre le Liverpool Football Club et l'Everton Football Club. Leur centième derby en championnat. Mais pendant la première demi-heure du centième derby en championnat, le Liverpool Football Club est complètement éclipsé, complètement surclassé par l'Everton Football

Club. Par Kendall. Par Harvey. Et par Ball. Action après action, passe après passe, tir après tir. L'un de ces tirs franchit la ligne et entre dans la cage. Mais le but est refusé pour hors-jeu. Un autre tir frappe la barre transversale. Un autre tir rebondit sur Lawrence mais reste sur la ligne de but. Le ballon refuse de franchir la ligne. Mais à la 66e minute, Morrissey fait un centre en hauteur. Et d'une tête Royle envoie le ballon aérien entre les mâchoires du but. Et Ball est là pour recevoir le ballon aérien. Et Ball fait entrer le ballon aérien dans la gorge du but. Mais les supporters du Liverpool Football Club refusent d'accepter la défaite. Et les supporters du Liverpool Football Club refusent d'accepter l'échec. Et à la 75e minute, une faute est commise contre Ian St John à la lisière de la zone de réparation d'Everton. Et Tommy Smith s'avance pour tirer le coup franc. Smith frappe le coup franc. Et West ne bouge pas dans sa cage. Et le ballon passe à côté de West et entre dans la cage. Et le centième derby du championnat se termine par un nul –

Un partout.

Quatre jours plus tard, Manchester United vient à Anfield, Liverpool. Cet après-midi-là, 53 392 spectateurs viennent aussi. Ces 53 392 spectateurs veulent voir le Liverpool Football Club affronter les champions d'Europe. Deux semaines auparavant, les champions d'Europe se sont déplacés à l'Estadio Alberto J. Armando, à Buenos Aires, en Argentine, pour rencontrer les Estudiantes de La Plata au match aller de la Coupe Intercontinentale 1968. Nobby Stiles s'est fait expulser. Et Marcos Conigliaro a marqué. Et les Estudiantes de La Plata ont battu les champions d'Europe 1-0. Dans quatre jours, les Estudiantes de La Plata viendront à Old Trafford, Manchester, pour affronter les champions d'Europe au match retour de la Coupe Intercontinentale 1968. Mais les champions d'Europe sont à la peine. Ils ont du mal à retrouver une forme convenable, ils se débattent avec les problèmes physiques des joueurs. Burns est forfait pour blessure. Dunne est forfait pour blessure. Sadler est forfait pour blessure. Kidd est forfait pour blessure. Best est forfait pour blessure. Et Law est forfait pour blessure. Les champions d'Europe ont peiné à mettre sur pied une équipe capable d'affronter le Liverpool Football Club. Les champions d'Europe ont demandé à la fédération de football de reporter le match contre le Liverpool Football Club. La fédération de football a refusé de reporter le match. Et à la 14e minute, Ian St John marque. Et à la 82e minute, Alun Evans marque. Et le Liverpool Football Club bat les champions d'Europe 2-0. À domicile, à Anfield. Bill Shankly longe la ligne de touche. La ligne de touche d'Anfield. Bill Shankly serre la main de Sir Matt Busby. Bill Shankly scrute le visage de Sir Matt Busby. Et Bill Shankly voit un homme épuisé. Bill Shankly voit un vieil homme. Un homme que son rêve de victoire en Coupe d'Europe a soutenu. Jour après jour. Un homme que ses espoirs de victoire en Coupe d'Europe ont fait avancer. Jour après jour. Un homme que ses rêves ont sauvé du chagrin, un homme que ses espoirs ont sauvé de la tragédie. Jour après jour. Un homme dont les rêves se sont réalisés, un homme dont les espoirs ont été comblés. Ce fameux soir, en mai dernier. Un homme que ses rêves ont à présent déserté, un homme que ses espoirs ont à présent quitté. En le laissant épuisé et vieilli –

Je suis vraiment navré, dit Bill Shankly. Je regrette beaucoup que ce match ait dû se jouer aujourd'hui, Matt. Le Liverpool Football Club s'est joint à ta demande de report. Parce que je sais que tu aurais fait la même chose pour nous, Matt. Alors, on a été très déçus que la fédération te le refuse. Nous sommes franchement désolés que le match ait dû se jouer aujourd'hui, Matt…

Sir Matt Busby hoche la tête. Et Sir Matt Busby dit, Je sais, Bill. Je sais. Et merci, Bill. Merci pour ton soutien. Et pour le soutien du Liverpool Football Club. Merci beaucoup, Bill.

Et je veux que tu saches qu'on espère tous vous voir gagner mercredi soir, Matt. On espère tous que vous allez écraser ces Argentins mercredi soir. On l'espère et on prie pour vous, Matt…

Sir Matt Busby hoche la tête. Et Sir Matt Busby dit, Merci, Bill. Merci beaucoup –

Quatre jours plus tard, les Estudiantes de La Plata viennent à Old Trafford, Manchester. Pour l'occasion, 63 427 spectateurs se déplacent aussi, 63 427 spectateurs et Bill Shankly. À la 7e minute, Juan Ramón Verón marque. À la 88e minute, George Best donne un coup de poing au visage à José Hugo Medina. George Best pousse Néstor Togneri et le fait tomber. Et l'arbitre expulse George Best et José Hugo Medina. Et George Best crache sur José Hugo Medina. Et la police et les officiels doivent escorter George Best et José Hugo Medina pour qu'ils sortent du terrain. Et certains spectateurs d'Old Trafford lancent des pièces de monnaie sur José Hugo Medina. Et à la 89e minute, Willie Morgan marque pour Manchester United. Mais cela ne compte pas, cela n'a aucune importance. Le match se termine sur un nul 1-1. Et les Estudiantes de La Plata remportent la Coupe Intercontinentale 1968 au total des points. Et la bagarre éclate sur le terrain. Après le coup de sifflet final. On échange des coups de poing sur la pelouse. Après le coup de sifflet final. Les joueurs des Estudiantes de La Plata tentent de faire au pas de course un tour d'honneur d'Old Trafford. Mais certains des spectateurs d'Old Trafford lancent des pièces de monnaie et des bouteilles sur les joueurs des Estudiantes de La Plata. Et les joueurs des Estudiantes de La Plata courent se mettre à l'abri, dans le tunnel, et courent rejoindre leur avion. Et après ce coup de sifflet, ce coup de sifflet final. Depuis la tribune, la tribune d'Old Trafford. Bill Shankly regarde la pelouse, la pelouse d'Old Trafford. Il regarde les pièces de monnaie et les bouteilles. Il regarde la colère et la haine. Des gens contre d'autres gens,

des hommes contre d'autres hommes.

Le samedi 19 octobre 1968, le Liverpool Football Club se rend au stade de White Hart Lane, à Londres. À la 37e minute, Tommy Lawrence bloque un tir de Jenkins. Et Lawrence dégage. Roger Hunt court après son dégagement. Hunt rattrape le dégagement. Hunt esquive Mullery. Hunt prend Beal à contre-pied. Et Hunt tire. Et Hunt marque. Mais juste avant la mi-temps, Greaves accélère, Greaves trouve une ouverture. Et Greaves réceptionne une passe latérale de Gilzean. Et Greaves marque. À la 55e minute, Lawrence plonge aux pieds de Pearce à la lisière de la surface de réparation de Liverpool. Le juge de touche lève son drapeau. Le juge de touche affirme que Lawrence a tenu le ballon à l'extérieur de la surface de réparation de Liverpool. Lawrence proteste. Lawrence affirme que seul son corps a franchi la ligne. Le juge de touche n'est pas de cet avis. Lawrence discute avec l'arbitre. Lawrence lui explique que ni le ballon ni ses mains n'ont franchi la ligne. L'arbitre n'est pas de cet avis. L'arbitre accorde un coup franc à Tottenham Hotspur à la lisière de la surface de réparation de Liverpool. L'arbitre fait reculer le mur de Liverpool de dix pas à l'intérieur de la surface de réparation. Venables se place derrière le ballon avec Greaves et Mullery. Venables feinte pour tirer le coup franc. Le mur de Liverpool s'avance pour bloquer le coup franc. L'arbitre siffle. L'arbitre fait reculer le mur de Liverpool de dix pas. L'arbitre parle aux joueurs du Liverpool Football Club. L'arbitre prévient les joueurs du Liverpool Football Club qu'ils ne doivent pas s'avancer tant qu'il n'aura pas donné son coup de sifflet. De nouveau, Venables feint de prendre le coup franc. De nouveau, le mur de Liverpool s'avance pour bloquer le coup franc. De nouveau, l'arbitre siffle. De nouveau, l'arbitre fait reculer le mur de Liverpool de dix pas. De nouveau, l'arbitre parle aux joueurs du Liverpool Football Club. De nouveau, l'arbitre prévient les joueurs du Liverpool Football Club qu'ils ne doivent pas s'avancer tant qu'il n'aura pas donné son coup de sifflet. Mais pendant que l'arbitre parle aux joueurs de Liverpool, pendant que l'arbitre met en garde les joueurs de Liverpool, Greaves prend le coup franc.

Greaves enroule le coup franc autour du mur de Liverpool. Et Greaves marque. Et l'arbitre donne un coup de sifflet. Et les joueurs du Liverpool Football Club regardent l'arbitre. Mais l'arbitre désigne le milieu du terrain, le rond central. L'arbitre accorde le but à Tottenham Hotspur. Et les joueurs de Tottenham Hotspur exultent. Et les gradins explosent. De colère et de haine. Et la police monte à l'assaut des gradins. Mue par la colère, mue par la haine. Et la police expulse certains des supporters du Liverpool Football Club. Mue par la colère, mue par la haine. Juste avant la fin du temps réglementaire, Collins fait tomber Alun Evans dans la surface de réparation de Tottenham. Et les joueurs du Liverpool Football Club regardent le juge de touche. Mais le juge de touche ne lève pas son drapeau. Le juge de touche secoue la tête. Et les joueurs du Liverpool Football Club regardent l'arbitre. Mais l'arbitre secoue la tête. L'arbitre n'accorde pas de penalty au Liverpool Football Club. Et le Liverpool Football Club perd 2-1 au stade de White Hart Lane, à Londres. Et de nouveau, les gradins explosent. De colère et de haine. Et de nouveau, la police monte à l'assaut des gradins. Mue par la colère, mue par la haine. Et de nouveau, la police expulse certains des supporters du Liverpool Football Club. Mue par la colère, mue par la haine –

Des gens contre d'autres gens, des hommes contre d'autres hommes.

Une semaine après, Newcastle United vient à Anfield, Liverpool. Cet après-midi-là, 45 320 spectateurs viennent aussi. À la 23e minute, Alun Evans marque. Et à la 85e minute, Peter Thompson marque. Et le Liverpool Football Club bat Newcastle United 2-1. À domicile, à Anfield. Ce soir-là, Leeds United a 23 points, l'Everton Football Club a 23 points et le Liverpool Football Club a 23 points aussi. Mais ce soir-là, le Liverpool Football Club reste premier de la première division –

À la différence de buts.

Le samedi 2 novembre 1968, le Liverpool Football Club se déplace au stade The Hawthorns, à Birmingham. Ce jour-là, le Liverpool Football Club ne marque pas. Ce jour-là, le Liverpool Football Club fait match nul 0-0 avec West Bromwich Albion. À l'extérieur, ailleurs qu'à Anfield. Ce même jour, l'Everton Football Club bat le Sunderland Football Club 2-0. Ce soir-là, Leeds United a 24 points et le Liverpool Football Club a 24 points aussi. Mais ce soir-là, l'Everton Football Club a 25 points. Ce soir-là, l'Everton Football Club est premier de la première division.

Une semaine plus tard, le Chelsea Football Club vient à Anfield, Liverpool. Cet après-midi-là, 47 248 spectateurs viennent aussi. À la 5e minute, Birchenall marque pour le Chelsea Football Club. À la 25e minute, Bonetti ne parvient pas à intercepter un tir de Tommy Smith. Et Ian Callaghan bondit. Et Callaghan marque. Trois minutes plus tard, Houseman fait tomber Chris Lawler dans la surface de réparation de Chelsea. L'arbitre accorde un penalty au Liverpool Football Club. Smith pose le ballon sur le point de penalty. Smith frappe le ballon. Et Smith marque. Ce jour-là, le Liverpool Football Club bat le Chelsea Football Club 2-1. À domicile, à Anfield. Ce jour-là, Leeds United fait match nul contre Tottenham Hotspur et l'Everton Football Club fait match nul contre Ipswich Town. Ce soir-là, le Liverpool Football Club est premier de la première division. De nouveau –

À la différence de buts.

Le samedi 16 novembre 1968, le Liverpool Football Club bat Sheffield Wednesday 2-1. À l'extérieur, ailleurs qu'à Anfield. Ce même jour, l'Everton Football Club bat les Queens Park Rangers et Leeds United bat Coventry City. Une semaine plus tard, Coventry City vient à Anfield, Liverpool. Cet après-midi-là, 44 820 spectateurs viennent aussi. À la 36e minute, Geoff Strong marque. Et à la 83e minute, Ian Callaghan marque. Et le Liverpool Football Club bat Coventry City 2-0. Ce même jour, l'Everton Football Club perd

2-1 au stade d'Elland Road, à Leeds. Ce jour-là, ce soir-là, Leeds United possède 29 points et le Liverpool Football Club a 30 points. Ce soir-là, le Liverpool Football Club reste premier de la première division. Mais pas à la différence de buts. Aux points, avec un point d'avance –

Un seul point.

Une semaine plus tard, le Liverpool Football Club se rend au City Ground de Nottingham. Et à la 24e minute, Roger Hunt marque. Son 233e but en championnat pour le Liverpool Football Club. Roger Hunt vient d'égaler le record du club établi par Gordon Hodgson. Et le Liverpool Football Club bat Nottingham Forest 1-0. À l'extérieur, ailleurs qu'à Anfield. Ce même jour, Leeds United fait match nul avec le Chelsea Football Club et l'Everton Football Club bat Leicester City 7-1. Ce soir-là, Leeds United a 30 points et l'Everton Football Club a 30 points aussi. Ce soir-là, le Liverpool Football Club a 32 points. Ce soir-là, le Liverpool Football Club reste premier de la première division. Mais pas avec un seul point d'avance. Avec 2 points.

Ce même soir, le Leicester City Football Club annonce la démission de Matt Gillies. Matt Gillies a joué 103 fois pour le Leicester City Football Club. Matt Gillies a été le capitaine de Leicester City et a mené le club jusqu'au titre de champion de seconde division lors de la saison 1953-54. Et puis Matt Gillies a été nommé manager du Leicester City Football Club. Matt Gillies a entraîné le Leicester City Football Club pendant dix ans. Matt Gillies a mené Leicester City jusqu'à deux finales de la Coupe d'Angleterre. Matt Gillies a mené Leicester City jusqu'à deux finales de la Coupe de la Ligue. Et en 1964, Leicester City a remporté la Coupe de la Ligue. Mais ce soir, Matt Gillies a déclaré, Trop de gens pensent que le coup de massue est la baguette magique qui permet de gagner au football. Je ne peux pas nier, malheureusement, que je reste consterné par les nombreuses irrégularités dont je suis témoin au cours d'une rencontre. Je suis souvent atterré par ce que je vois et je ne veux plus être mêlé à des violences et à une façon de jouer qui frise la tricherie. Je n'ai pas d'autre emploi qui m'attende et il se peut que je reste dans le football. Pour l'instant, je me suis déchargé de mon fardeau et j'ai besoin de temps pour réfléchir à l'avenir.

Trois jours après, le Southampton Football Club vient à Anfield, Liverpool. Ce soir-là, 45 527 spectateurs viennent aussi. Et à la 14e minute, Ian Callaghan marque. Et le Liverpool Football Club bat le Southampton Football Club 1-0. À domicile, à Anfield. Quatre jours plus tard, West Ham United vient à Anfield, Liverpool. Cet après-midi-là, 48 632 spectateurs viennent aussi. À la 44e minute, Emlyn Hughes marque. À la 47e minute, Peter Thompson marque. Et le Liverpool Football Club bat West Ham United 2-0. À domicile, à Anfield. Ce jour-là, Leeds United bat Sheffield Wednesday et l'Arsenal Football Club bat l'Everton Football Club. Ce soir-là, l'Everton Football Club a 30 points et Leeds United a 32 points. Ce soir-là, le Liverpool Football Club a 36 points. Ce soir-là, le Liverpool Football Club est toujours premier de la première division. Avec 4 points d'avance.

Le samedi 14 décembre 1968, le Liverpool Football Club se rend à Old Trafford, Manchester. Cet après-midi-là, 55 354 spectateurs viennent aussi. Ces 55 354 spectateurs veulent voir les champions d'Europe en titre affronter les premiers du classement de la première division. Les champions d'Europe en titre sont toujours à la peine. Les champions d'Europe en titre sont quinzièmes en première division. Ils ont toujours du mal à retrouver une forme convenable, ils ont toujours des problèmes de blessures. Mais aujourd'hui, Burns est de retour dans l'équipe. Aujourd'hui, Dunne est de retour. Aujourd'hui, Sadler est de retour. Aujourd'hui, Kidd est de retour. Aujourd'hui, Best est de retour. Et aujourd'hui, Law est de retour. Et aujourd'hui, Law marque. Et aujourd'hui, les champions d'Europe en titre battent les premiers du classement de la première division 1-0. Bill Shankly serre la main de Sir Matt Busby. Bill Shankly scrute le visage de Sir Matt Busby. Et Bill

Shankly voit encore un homme épuisé. Bill Shankly voit encore un vieil homme. Un homme qui a besoin de rêves, un homme qui a besoin d'espoirs –

De rêves nouveaux et d'espoirs nouveaux –

Bien joué, dit Bill Shankly. Vraiment bien joué, Matt. Je pense que ton équipe est sans doute sortie du tunnel. Et j'espère ne pas me tromper, Matt. Alors, je vous souhaite à tous la meilleure réussite possible pour le reste de la saison…

Sir Matt Busby secoue la tête. Et Sir Matt Busby dit, Merci, Bill. Merci beaucoup. Et j'espère que tu as raison, Bill. J'espère sincèrement que tu ne te trompes pas. Mais il me semble que le bout du tunnel est encore loin. Encore bien loin pour nous. Et je crois que cette saison pourrait bien être la tienne, Bill. La tienne, ou celle de Don. Je ne vois personne d'autre gagner le championnat cette saison, Bill. Je crois qu'il sera pour toi ou pour Don. Alors, j'espère qu'il sera pour toi, Bill. J'espère vraiment que ce sera toi qui remporteras le championnat cette saison…

Une semaine plus tard, Tottenham Hotspur vient à Anfield, Liverpool. Cet après-midi-là, 43 843 spectateurs viennent aussi. À domicile, à Anfield. Depuis le début de la saison, le Liverpool Football Club a gagné 25 points sur les 26 possibles. À domicile, à Anfield, le Liverpool Football Club est invincible jusqu'à présent. À domicile, à Anfield. Le Liverpool Football Club pilonne et pilonne encore. À domicile, à Anfield. Jennings bloque un tir d'Alun Evans. À domicile, à Anfield. Jennings bloque un tir de Roger Hunt. À domicile, à Anfield. Jennings bloque un tir d'Ian St John. À domicile, à Anfield. Jennings bloque un tir d'Ian Callaghan. À domicile, à Anfield. Sans relâche, le Liverpool Football Club continue de pilonner et de pilonner. Et à domicile, à Anfield. À la 70e minute, Tommy Smith subtilise le ballon à Mullery. À domicile, à Anfield. Smith sert Emlyn Hughes. À domicile, à Anfield. Ses amis avancent devant lui, ses ennemis battent en retraite devant lui. Et à domicile, à Anfield. Hughes tire et

Hughes marque. Et à domicile, à Anfield. Le Liverpool Football Club bat Tottenham Hotspur 1-0. À domicile, à Anfield. Le Liverpool Football Club a 38 points. Et Leeds United a 35 points. Et ce soir-là, le Liverpool Football Club est toujours premier de la première division. Avec 3 points d'avance. Toujours premier,

à Noël. *Je crois que cette saison pourrait bien être la tienne, Bill.* Au cours de la saison 1962-63, l'Everton Football Club était en tête du classement à Noël. Et l'Everton Football Club a gagné le championnat. *Je crois que cette saison pourrait bien être la tienne, Bill.* Au cours de la saison 1964-65, Manchester United était en tête du classement à Noël. Et Manchester United a gagné le championnat. Au cours de la saison 1965-66, le Liverpool Football Club était en tête du classement à Noël. Et le Liverpool Football Club a gagné le championnat. *Je crois que cette saison pourrait bien être la tienne, Bill.* Au cours de la saison 1966-67, Manchester United était en tête du classement à Noël. Et Manchester United a gagné le championnat. *Je crois que cette saison pourrait bien être la tienne, Bill.* Mais au cours de la saison 1963-64, les Blackburn Rovers étaient en tête du classement à Noël. Et les Blackburn Rovers n'ont pas gagné le championnat. C'est le Liverpool Football Club qui a remporté le titre. *La tienne, ou celle de Don.* Et la saison dernière, Manchester United était en tête du classement à Noël. Mais Manchester United n'a pas gagné le championnat. C'est Manchester City qui a remporté le titre. *La tienne, ou celle de Don. La tienne, ou celle de Don…*

Le lendemain de Noël 1968, le Burnley Football Club vient à Anfield, Liverpool. Cet après-midi-là, 52 515 spectateurs viennent aussi. À la 43e minute, Chris Lawler marque. Mais le Burnley Football Club marque aussi. Et le Liverpool Football Club fait match nul 1-1 avec le Burnley Football Club. À domicile,

à Anfield. Neuf jours plus tard, les Doncaster Rovers viennent à Anfield, Liverpool. Cet après-midi-là, 48 333 spectateurs viennent aussi. Ces 48 333 spectateurs veulent voir le Liverpool Football Club jouer contre les Doncaster Rovers, club de quatrième division, au troisième tour de la Coupe d'Angleterre. À la 70e minute Roger Hunt marque. À la 84e minute, Ian Callaghan marque. Et le Liverpool Football Club bat les Doncaster Rovers 3-0 au troisième tour de la Coupe d'Angleterre. À domicile, à Anfield. Une semaine après, West Bromwich Albion vient à Anfield, Liverpool. Cet après-midi-là, 47 587 spectateurs viennent aussi. À la 83e minute, Peter Thompson marque. Et le Liverpool Football Club bat West Bromwich Albion 1-0. À domicile, à Anfield. Ce soir-là, l'Everton Football Club a 37 points et l'Arsenal Football Club a 37 points. L'Arsenal Football Club a 37 points aussi. Ce soir-là, Leeds United a 39 points et le Liverpool Football Club a 41 points. Ce soir-là, le Liverpool Football Club est toujours premier de la première division.

Le samedi 18 janvier 1969, le Liverpool Football Club se déplace au stade de Stamford Bridge, à Londres. Bill Shankly n'aime pas Londres. Bill Shankly déteste Londres. Bill Shankly entre dans le vestiaire. Le vestiaire des visiteurs. Le regard de Bill Shankly fait le tour du vestiaire. Le vestiaire de Liverpool. Il passe d'un joueur au suivant. De Lawrence à Lawler, de Lawler à Strong, de Strong à Smith, de Smith à Yeats, de Yeats à Hughes, de Hughes à Callaghan, de Callaghan à Hunt, de Hunt à Evans, d'Evans à St John et de St John à Thompson. Et Bill Shankly secoue la tête –

Les gens me disent que le Liverpool Football Club n'a plus gagné de match de championnat à Londres depuis décembre 1966. Les gens me disent que le Liverpool Football Club est incapable de gagner un match de championnat à Londres. C'est pourquoi les gens me disent aussi que le Liverpool Football Club ne peut pas gagner le championnat. Que le Liverpool Football Club n'est pas assez bon pour gagner la championnat. Parce que le Liverpool Football Club est incapable de gagner un match à Londres. Mais je réponds à ces gens-là que c'est idiot d'affirmer des choses pareilles. Complètement idiot, les gars. Je leur explique qu'en août dernier contre Arsenal, c'est la pluie qui a volé la victoire au Liverpool Football Club. Je leur explique qu'en octobre contre Tottenham, c'est l'arbitre qui a volé la victoire au Liverpool Football Club. Je leur dis que le Liverpool Football Club va gagner le championnat. Parce que j'affirme à ces gens-là que le Liverpool Football Club ne perdra plus à Londres. Que le Liverpool Football Club gagnera désormais tous les matchs qu'il jouera à Londres. Et qu'il gagnera le championnat. Alors, aujourd'hui, il ne faut pas me contredire, les gars. Ne me faites pas passer pour un menteur aux yeux de ces gens-là. De ces ignorants. De ces Londoniens qui ne savent rien…

Après le coup de sifflet, celui du coup d'envoi. Dans le vent tourbillonnant de Londres. Juste avant la mi-temps, Ian Callaghan marque. Mais le but est refusé. Alun Evans était hors-jeu. Mais dans le vent tourbillonnant de Londres. À la 65e minute, Hughes, de Chelsea, perd le contrôle d'un ballon qu'il a subtilisé sur un tir de Peter Thompson, de Liverpool. Et Roger Hunt, de Liverpool, bondit sur le ballon perdu. Et Hunt, de Liverpool, frappe le ballon perdu. Et Hunt, de Liverpool, marque. Son 234e but en championnat pour le Liverpool Football Club. Roger Hunt vient de battre le record du club établi par Gordon Hodgson. Et dans le vent tourbillonnant de Londres. À la 72e minute, Hunt efface la défense. Hunt passe à Thompson. Thompson centre pour Evans. Et Evans marque. Mais dans le vent tourbillonnant de Londres. À présent Chelsea se réveille. Et Tambling marque. Dans le vent tourbillonnant de Londres. Webb tire. Mais Ron Yeats repousse le ballon depuis la ligne de but. Et dans le vent tourbillonnant de Londres. Le Liverpool Football Club bat le Chelsea Football Club 2-1. À l'extérieur, ailleurs qu'à Anfield. Dans le vent tourbillonnant de Londres. Le Liverpool Football Club a gagné à Londres pour la première fois depuis décembre 1966.

Après le coup de sifflet, le coup de sifflet final. Bill Shankly prend son chapeau pendu derrière la porte du vestiaire des visiteurs, à Stamford Bridge. Bill Shankly met son chapeau. Bill Shankly baisse le rebord de son chapeau sur ses yeux. Et Bill Shankly sort du vestiaire des visiteurs. Dans le couloir de Stamford Bridge, ces messieurs de la presse sportive londonienne attendent Bill Shankly. Et Bill Shankly les attendait. Bill Shankly est prêt à leur parler. La mâchoire en avant, l'index braqué vers eux. Son regard est mobile et sa langue volubile –

Qui est capable de rattraper le Liverpool Football Club, à présent ? Qui nous arrêtera maintenant, messieurs ? Vous allez voir. Le Liverpool Football Club gagnera le championnat. Nous redeviendrons champions, messieurs. Parce que personne ne peut plus rattraper le Liverpool Football Club, maintenant. Personne ne pourra plus nous arrêter. Souvenez-vous de ce que je vous dis, messieurs. Et revenez me voir en mai, et vous verrez. Et vous verrez. Parce que je ne me trompe jamais, messieurs. Je ne me trompe jamais.

30

Avec un pied au paradis

Dans la maison, dans leur salon. Bill a entendu la nouvelle et Bill a vu les comptes rendus. Dans sa voiture, au volant. Bill n'en croit pas ses oreilles, Bill n'en croit pas ses yeux. Sur la route, la route de Manchester. Bill n'en croit pas ses oreilles, Bill n'en croit pas ses yeux. Dans le parking, le parking d'Old Trafford. Bill ne veut pas le croire, Bill refuse d'y croire. Dans le bureau, le bureau d'Old Trafford. Bill ne veut toujours pas croire à cette nouvelle tant qu'il ne l'aura pas entendue de la bouche de l'intéressé lui-même. Tant qu'il n'aura pas vu l'intéressé en personne. Et Bill lui demande, Pourquoi, Matt ? Pourquoi ?

Je n'en peux plus. C'est pour ça que j'ai donné ma démission. Je m'en vais.

Mais tu n'es pas homme à baisser les bras, Matt. Tu ne peux pas démissionner.

Mais c'est déjà fait, Bill. Parce que j'en ai assez, Bill.

Assez de quoi, Matt ? Assez du football ? Mais le football, c'est ta vie, Matt. Pour toi, il n'y a rien d'autre que le football. Tu le sais bien, Matt…

Oui, je le sais, Bill. Mais j'en ai par-dessus la tête, du football. Je le traînais comme un fardeau. Un fardeau que j'ai choisi, c'est vrai. Mais un fardeau bien trop exigeant. Un fardeau bien trop lourd. Qui m'a écrasé. Qui m'a vidé de mes forces. Et aujourd'hui je suis trop épuisé pour continuer. Je suis trop vieux pour continuer. Il est grand temps que je passe le fardeau à quelqu'un de plus jeune que moi, Bill.

Bill secoue la tête. Et Bill demande, Mais à qui, Matt ? Qui ? Qui peut reprendre le fardeau ? Qui peut supporter ce poids, Matt ? Tu as quelqu'un en tête ? Tu penses déjà à quelqu'un de plus jeune, Matt ?

Ma foi, c'est ça, le problème, Bill. Le plus gros problème. Parce que, s'ils font venir un nouvel entraîneur, s'ils font venir quelqu'un de l'extérieur. Alors, ce gars-là voudra choisir lui-même ses adjoints. Tout comme je l'ai fait il y a vingt-trois ans. Et alors, qu'est-ce qu'ils vont devenir, mes propres adjoints ? Jimmy Murphy ? Jack Compton ? Johnny Aston ? Joe Armstrong ? Wilf McGuinness ? Ces hommes qui ont tout connu à mes côtés. Ces hommes qui ont enduré tant de choses. Qui ont connu toutes les joies et toutes les désillusions. Alors, je ne peux pas supporter qu'on les écarte purement et simplement, Bill. Je ne peux pas supporter qu'on les jette dehors. Je ne peux pas, Bill. Je ne peux pas…

Mais c'est ce qui va se passer, Bill. Si tu t'en vas, si tu quittes le club. C'est ce qui va leur arriver, Matt. On va les écarter. On les jettera dehors, Matt…

Non, dit Matt. Je ne laisserai jamais une chose pareille se produire. Et le président et le conseil d'administration sont de mon avis. Alors, nous avons tous décidé que je resterais en tant que directeur général. Mais il y aura aussi un manager de l'équipe. Un manager qui prendra l'entraînement en charge tous les jours. Un manager qui sélectionnera les membres de l'équipe pour chaque match. Mais je serai toujours là pour le soulager des autres tâches qui pèseront sur lui, pour l'aider à porter les autres fardeaux. Alors, nous allons faire monter en grade un gars de chez nous. Pour qu'il devienne le responsable de l'entraînement, le responsable de la composition de l'équipe. Et il sera libre de ses choix. Mais je serai encore là pour le guider. Je serai encore là pour l'aider. Et donc nous pourrons poursuivre le travail que nous avons fait. Voilà le projet. Mon projet…

Mais qui, Matt ? Qui ? Qui as-tu à l'esprit ?

Wilf, répond Matt. Wilf McGuiness. Mais pas tout de suite. Pas dans la situation où se trouve l'équipe à présent, pas dans l'état actuel des choses. Ça ne serait pas correct, ça ne serait pas loyal. Alors, je vais tout remettre d'aplomb, je vais tout remettre en ordre. Et ensuite, nous nommerons Wilf premier entraîneur et nous verrons comment cela se passe. Mais je ne lui ai rien dit. Je n'ai rien dit à personne.

Eh bien, j'espère que tu as raison, Matt. Je l'espère vraiment. Je souhaite sincèrement que tout s'arrange comme tu le désires. Comme tu l'as prévu, Matt. Je te le souhaite sincèrement. Et je prie pour que cela se réalise, Matt. Pour toi et pour Manchester United. Mais principalement pour toi, Matt. Spécialement pour toi…

Merci, Bill. Merci beaucoup. C'est une décision qui n'a pas été facile à prendre. Cela a été la décision la plus difficile de ma vie. Mais qui nous guette tous. Elle nous guette tous, Bill. Parce que rien ne continue éternellement. Rien ne dure éternellement, Bill. Personne n'est immortel, Bill. Aucun de nous n'est immortel…

…

Dans la maison, dans leur cuisine. Bill se lève de la table. Bill ramasse les assiettes. Bill se dirige vers l'évier. Bill dépose les assiettes dans l'évier. Bill retourne à la table de la cuisine. Bill ramasse la salière et le poivrier. Bill les range dans le placard. Bill repart vers la table. Bill ôte la nappe. Bill se dirige vers la porte de derrière. Bill ouvre la porte. Bill sort de la maison. Bill s'arrête sur le perron. Bill secoue la nappe. Bill rentre dans la cuisine. Bill referme la porte. Bill plie la nappe. Bill range la nappe dans le tiroir. Bill retourne jusqu'à l'évier. Bill ouvre les robinets. Bill envoie une giclée de liquide vaisselle dans l'évier. Bill ferme les robinets. Bill prend la brosse à laver. Bill nettoie les assiettes. Bill nettoie les casseroles. Bill lave les couverts. Bill les dispose sur l'égouttoir. Bill ôte la bonde. Bill se sèche les mains. Bill prend le torchon à vaisselle. Bill essuie les casseroles. Bill essuie les assiettes. Bill essuie les couverts. Bill range les casseroles dans un placard, les assiettes dans un autre. Bill range les couverts dans le tiroir. Bill retourne devant l'évier. Bill prend la lavette. Bill essuie l'égouttoir. Bill rouvre les robinets. Bill rince la lavette sous les robinets. Bill ferme les robinets. Bill essore la lavette. Bill pose la lavette à côté du flacon de liquide vaisselle. Bill se retourne. Bill examine la cuisine. Bill se tourne de nouveau vers l'évier. Bill se penche. Bill ouvre le placard situé sous l'évier. Bill sort un seau de sous l'évier. Bill se penche une seconde fois. Bill ouvre un carton sous l'évier. Bill en sort un tampon à récurer. Bill referme la porte du placard. Bill soulève le seau. Bill met le seau dans l'évier. Bill rouvre les robinets. Bill emplit le seau à moitié. Bill referme les robinets. Bill approche le seau et le tampon à récurer de la cuisinière. Bill pose le seau devant la cuisinière. Bill ouvre la porte du four. Bill inspecte l'intérieur du four. Bill voit qu'il est encrassé. Bill sent une odeur de graisse. Bill s'agenouille sur le carrelage. Bill déboutonne les poignets de sa chemise. Bill remonte ses manches. Bill s'empare du tampon à récurer. Bill plonge le tampon à récurer dans le seau d'eau. Bill ressort le tampon de l'eau. Bill expulse l'eau du tampon. Il tient à présent un tampon de laine d'acier humide. Bill le serre plus fort. Bill plonge la main dans le four. Dans la crasse, dans la graisse. Dans la cuisine, sur le carrelage. À genoux. Bill commence à frotter le four. Le Liverpool Football Club a perdu 2-0 contre Nottingham Forest. À genoux. Bill commence à récurer. À domicile, à Anfield. À genoux. Bill commence à nettoyer. Le Liverpool Football Club n'est plus en tête de la première division. À genoux, à nettoyer et nettoyer encore. Le Liverpool Football Club est maintenant deuxième en première division. À genoux, à genoux. C'est Leeds United qui est à présent premier de la première division. Dans la crasse,

dans la graisse. À genoux.

...

Sur le banc, le banc d'Anfield. Bill voit Shilton bloquer un tir d'Ian St John. Et Shilton bloquer un tir de Peter Thompson. Et à la 31e minute, Bill voit Glover envoyer depuis la gauche un lob en direction du but. Ron Yeats saute et Lochhcad saute. Mais Yeats n'atteint pas le ballon. Lochhead atteint le ballon. Lochhead le renvoie de la tête. Et Lochhead marque. Et à la 40e minute, Bill voit Sjöberg faire une faute de main dans la surface de réparation de Leicester City. L'arbitre siffle. L'arbitre accorde un penalty au Liverpool Football Club. Tommy Smith pose le ballon sur le point de penalty. Smith frappe le ballon. Et Shilton bloque le tir de Smith. Et sur le banc, le banc d'Anfield. Bill voit Shilton bloquer un tir de Chris Lawler. Shilton bloquer un tir d'Emlyn Hughes. Et Shilton bloquer un tir d'Ian Callaghan. Et sur le banc, le banc d'Anfield. Bill se tourne vers Bobby Graham. Et Bill dit à Graham de s'échauffer. Et à la 70e minute, Bill se lève. Et sur la ligne de touche, la ligne de touche d'Anfield. Bill fait des grands gestes en direction de Ronnie Yeats. Bill fait venir Ronnie. Bill parle à Ronnie. Et Yeats hoche la tête. Et sur la pelouse, la pelouse d'Anfield. Yeats rejoint Roger Hunt. Et Yeats parle à Hunt. Mais Hunt secoue la tête. Et Hunt s'éloigne. Et sur la ligne de touche, la ligne de touche d'Anfield. Bill lâche un juron. Et Bill fait des grands gestes en direction de l'arbitre. Bill fait venir l'arbitre. Bill parle à l'arbitre. Et l'arbitre hoche la tête. Et sur la pelouse, la pelouse d'Anfield. L'arbitre rejoint Roger Hunt. L'arbitre parle à Hunt. Et maintenant Hunt lève les yeux vers le Kop. Le Spion Kop. Et Hunt regarde le ciel. Le ciel d'Anfield. Et Hunt sent bouger le sol sous ses pieds. Le sol d'Anfield. Et Hunt sent le monde basculer. Le monde d'Anfield. Et Hunt traverse lentement la pelouse. La pelouse d'Anfield. Et Hunt regagne la ligne de touche. La ligne de touche d'Anfield. Et Hunt ôte son maillot. Son maillot de Liverpool. Et Hunt lance son maillot vers le banc de touche. Le banc de touche d'Anfield. Et Hunt s'engouffre en courant dans le tunnel. Le tunnel d'Anfield. Il s'enfonce dans l'obscurité. L'obscurité. Et à la 90e minute, l'arbitre siffle. Il donne le coup de sifflet final. Et le Liverpool Football Club est éliminé de la Coupe d'Angleterre. Le Liverpool Football Club vient de perdre 1-0 contre Leicester City au terme du match à rejouer du cinquième tour de la Coupe d'Angleterre. À domicile, à Anfield. Bill descend dans le tunnel. Le tunnel d'Anfield. Bill entre dans le vestiaire. Le vestiaire de Liverpool. Le vestiaire de Liverpool silencieux, le vestiaire de Liverpool qui attend. Bill s'approche de Roger Hunt. Roger Hunt est assis, il ne dit rien. Et Bill baisse la tête et regarde Roger Hunt. Bill rend son maillot à Roger Hunt. Son maillot de Liverpool. Et Bill dit, Je croyais que tu avais suffisamment l'esprit sportif pour ne jamais faire un geste pareil, mon gars.

Le maillot entre les mains. Le maillot de Liverpool entre les mains. Roger Hunt lève la tête vers Bill. Les larmes aux yeux –

Et moi, je croyais que vous aviez davantage de respect pour moi. Après tous les matchs que j'ai joués pour vous, après tous les buts que j'ai marqués pour vous. Je croyais que vous auriez assez de respect pour ne pas me sortir du terrain, pour ne pas me faire remplacer. À domicile, à Anfield. Devant notre public, devant nos supporters. Je n'aurais jamais cru que vous feriez une chose pareille. Je n'aurais jamais cru que vous seriez *capable* de faire une chose pareille. Ça m'a choqué et ça m'a blessé, patron…

Bill voit le maillot entre les mains de Roger Hunt. Le maillot de Liverpool. Et Bill voit les larmes dans les yeux de Roger Hunt. Et Bill s'assied à côté de Roger Hunt. Et Bill passe son bras autour des épaules de Roger Hunt. Et Bill dit, Je crois que tu es l'un des plus grands avants-centres que j'aie jamais vus, mon gars. Je crois que tu as disputé certains des plus grands matchs auxquels j'aie jamais assisté. Je crois que tu as marqué certains des plus beaux buts que j'aie jamais vus. Mais il ne s'agit pas de moi. Et il ne s'agit pas de toi. Ce n'est pas pour moi que tu as joué ces matchs. Ce n'est pas pour moi que tu as marqué ces buts. Tu as joué ces matchs pour le Liverpool Football Club. Pour l'équipe. Et pour les supporters du Liverpool Football Club. Pour les gens. Et tu as donc marqué ces buts pour le Liverpool Football Club. Pour l'équipe. Et pour les supporters du Liverpool Football Club. Pour les gens. Pas pour moi, mon gars. Et pas pour toi. Toutes les décisions que l'on prend, toutes les choses que l'on fait, c'est pour le Liverpool Football Club. Pour l'équipe. Et pour les supporters du Liverpool Football Club. Pour les gens. Pas pour toi, pas pour moi. Pour l'équipe, pour les gens.

…

Dans la maison, dans leur chambre. Dans le noir et dans le silence. Bill regarde le plafond. Le plafond de la chambre. Et au plafond, au plafond de la chambre, Bill voit le tableau des résultats. Au plafond, au plafond de la chambre, Bill voit le classement du championnat. Bill sait que si Leeds United perd ses deux dernières rencontres. Son match contre le Liverpool Football Club et celui contre Nottingham Forest. Et si le Liverpool Football Club gagne ses trois dernières rencontres. Son match contre Leeds United, celui contre Manchester City et celui contre Newcastle United. Alors, le Liverpool Football Club sera champion d'Angleterre. Dans la maison, dans la chambre. Bill sait que le Liverpool Football Club doit battre Leeds United demain soir. Mais Bill sait que Leeds United peut perdre demain soir et devenir quand même champion d'Angleterre. Si Leeds United obtient le nul contre Nottingham Forest. Leeds United sera malgré tout champion d'Angleterre. Dans le noir et dans le silence. Bill sait que la victoire n'est pas entre ses mains. Elle n'est pas entre ses mains. Et dans le noir,

et dans le silence. Bill maudit ses mains, ses mains vides,

ses mains vides, qui ne contiennent rien.

...

Sur le banc de nouveau, le banc d'Anfield. Un lundi soir, le dernier lundi soir d'avril. Dans une ambiance infernale de bruit électrique qui assomme les sens. Bill voit Bremner gagner le tirage au sort. Et Bremner choisir de faire jouer le Liverpool Football Club en direction du Spion Kop en première mi-temps. C'est un pari, c'est un risque. Et dans une ambiance infernale de bruit électrique qui assomme les sens. Dès la première minute, le Liverpool Football Club attaque et attaque et attaque. Dans une ambiance infernale de bruit électrique qui assomme les sens. Depuis le fin fond du terrain jusqu'au but opposé, de Tommy Lawrence à Chris Lawler, de Lawler à Geoff Strong, de Strong à Tommy Smith, de Smith à Ronnie Yeats, de Yeats à Emlyn Hughes, de Hughes à Ian Callaghan, de Callaghan à Bobby Graham, de Graham à Alun Evans, d'Evans à Ian St John et de St John à Peter Thompson. Dans une ambiance infernale de bruit électrique qui assomme les sens. Les joueurs de Leeds United sont ébranlés, les joueurs de Leeds United sont secoués. Les duels sont rudes et les tacles féroces. Tommy Smith a besoin du soigneur. Tommy Lawrence a besoin du soigneur. Terry Cooper a besoin du soigneur. Gary Sprake a besoin du soigneur. Et Mick Jones a besoin du soigneur. Mais dans l'ambiance infernale du bruit électrique qui assomme les sens. Les joueurs de Leeds United commencent à retrouver leurs jambes, les joueurs de Leeds United commencent à retrouver leur rythme. Et à défendre et à défendre. Depuis la pointe de l'attaque jusqu'à l'arrière, de Gray à Giles, de Giles à Jones, de Jones à Madeley, de Madeley à O'Grady, d'O'Grady à Hunter, de Hunter à Charlton, de Charlton à Bremner, de Bremner à Cooper, de Cooper à Reaney et de Reaney à Sprake. Dans l'ambiance infernale du bruit électrique qui assomme les sens. Les falaises blanches repoussent les vagues rouges. Le tir d'Ian Callaghan et la tête d'Alun Evans. Les falaises blanches résistent et les vagues se brisent. Dans l'ambiance infernale du bruit électrique qui assomme les sens. Une minute après l'autre, une longue minute après une longue minute. Et à la 72e, Ian St John envoie un lob dans la surface de réparation. Le ballon y trouve Alun Evans. Evans qu'aucun adversaire ne marque. Le but que le gardien ne défend pas. Le but à sa merci. Evans tire et Evans rate. Et dans l'ambiance infernale du bruit électrique qui assomme les sens. Qui les assomme et les assomme, les assomme et les assomme. Dans l'ambiance infernale du bruit électrique qui assomme les sens. Qui les assomme et les assomme. Les longues minutes deviennent de courtes minutes, les courtes minutes deviennent des minutes à l'agonie. Dans l'ambiance infernale du bruit électrique qui assomme les sens. Les assomme et les assomme. Les minutes à l'agonie, la dernière minute. Qui les assomme. La dernière minute, les dernières secondes. Et les assomme. Les dernières secondes, la dernière seconde. Qui les assomme. Et à cette dernière seconde, Bill voit l'arbitre porter le sifflet à ses lèvres. Et l'arbitre siffle. Et dans l'ambiance infernale du bruit électrique qui assomme les sens. Le Liverpool Football Club fait match nul 0-0 avec Leeds United. Et Leeds United obtient son point. Son dernier point. Et Leeds United devient champion d'Angleterre pour la première fois dans l'histoire du Leeds United Association Football Club. Mais les joueurs du Leeds United Association Football Club ne sautent pas en l'air. Dans l'air d'Anfield. Les joueurs du Leeds United Association Football Club ne sautent pas de joie dans la nuit. La nuit d'Anfield. Les joueurs du Leeds United Association Football Club restent debout sur la pelouse. La pelouse d'Anfield. Le dos courbé, les mains sur les cuisses. Haletants, le souffle court. Jusqu'à ce que, lentement, un par un, un homme après l'autre, les joueurs du Leeds United Association Football Club prennent conscience de ce qu'ils viennent de faire, de ce qu'ils viennent d'accomplir. Et les joueurs du Leeds United Association Football Club relèvent la tête. Et les joueurs du Leeds United Association Football Club lèvent les bras. En guise de salut et en signe de victoire. Et ils s'avancent la tête haute, ils marchent en gardant les bras levés, vers leurs propres supporters, les supporters du Leeds United Association Football Club. En guise de salut et en signe de victoire. En signe de victoire.

Sur la ligne de touche, la ligne de touche d'Anfield. Bill serre la main de Don Revie. Et Bill dit, Félicitations, Don. Félicitations. Vous êtes une grande équipe, Don. Une grande équipe. Et vous êtes des champions de valeur et des champions qui méritez votre titre, Don. Les champions d'Angleterre.

Merci, dit Don Revie. Merci, Bill. Tu ne peux pas savoir à quel point tes paroles me font plaisir. Ce que tes compliments représentent pour moi. Merci pour tes paroles, Bill. Merci pour tes compliments…

Bill hoche la tête. Et Bill ajoute, Maintenant, emmène ton équipe, Don. Emmène ton équipe jusqu'au Kop. Pour que le Spion Kop puisse vous applaudir, Don. Pour que le Spion Kop puisse vous saluer, lui aussi.

Don Revie entre sur la pelouse. La pelouse d'Anfield. Don Revie s'approche de ses joueurs. Les joueurs de Leeds United. Et Don Revie conduit les joueurs de Leeds United sur la pelouse. La pelouse d'Anfield. Vers le Kop. Le Spion Kop. Et le silence se fait. Un silence soudain, un silence momentané. Puis viennent les applaudissements. Les applaudissements du Kop. Puis viennent les acclamations. Les acclamations du Spion Kop. Et le Spion Kop fait une ovation aux nouveaux champions d'Angleterre, le Spion Kop acclame le Leeds United Association Football Club. Pour sa victoire.

Dans le tunnel, le tunnel d'Anfield. Bill soulève une caisse. Une caisse de champagne. Bill entre dans le vestiaire. Le vestiaire des visiteurs. Et Bill pose la caisse de champagne sur un banc dans le vestiaire des visiteurs. Le vestiaire des champions. Et Bill ressort du vestiaire. Du vestiaire des champions. Puis Bill retourne dans le vestiaire de l'équipe qui reçoit. Le vestiaire silencieux. Et Bill entend les crampons des joueurs de Leeds United descendre le tunnel. Le tunnel d'Anfield. Bill entend les chants des joueurs de Leeds United. Les chants de la victoire. Les bouchons de champagne qui sautent et les toasts que l'on porte. Les toasts au triomphe. Et le regard de Bill fait le tour du vestiaire. Le vestiaire des vaincus. Il passe d'un joueur au suivant. Ces joueurs qui ont tout donné, ces joueurs qui n'ont rien gagné. Et Bill regarde Bob Paisley, Reuben Bennett, Joe Fagan et Ronnie Moran. Ces hommes qui ont tout donné, ces hommes qui n'ont rien gagné. Et Bill ne trouve rien à leur dire.

Mais Emlyn Hughes a quelque chose à dire. Et Emlyn Hughes bondit de son banc –

Allons, les gars. Allons ! Pourquoi vous faites la gueule ? Pourquoi vous avez l'air triste ? On finit quand même devant Everton. Ha ! On finit quand même deuxièmes, les gars. Ha ! À mon avis, une deuxième place, il ne faut pas cracher dessus, les gars. Finir deuxième, ce n'est pas si mal…

Bill braque son regard sur Emlyn Hughes. Bill tend les mains, paumes ouvertes, vers Emlyn Hughes. Et Bill dit, Regarde mes mains, mon gars. Regarde ces mains-là. Qu'est-ce que tu vois dans ces mains, mon gars ? Qu'est-ce que tu vois ?

Rien, répond Emlyn Hughes. Rien, patron.

Bill hoche la tête. Et Bill dit, Tu n'as droit à rien quand tu finis deuxième, mon gars. Parce que, si tu es deuxième, tu n'es rien. Tu n'es nulle part –

Premier, c'est premier. Deuxième, c'est nulle part.

…

Dans l'allée, dans la voiture. Bill éteint les phares. Dans la nuit, la dernière nuit. Bill rallume les phares. Dans l'allée, dans la voiture. Phares allumés puis phares éteints, éteints puis allumés. Dans la nuit, la dernière nuit. Bill se rappelle chaque attaque. Chaque tir. Chaque passe. Chaque tacle. Chaque coup de pied. Dans l'allée, dans la voiture. Dans la nuit, la dernière nuit. Chaque attaque, chaque coup de pied, chaque passe, chaque tacle et chaque tir de chaque match. De tous les matchs de la saison sans exception. Phares éteints, phares allumés. Le Liverpool Football Club a disputé 42 matchs de championnat cette saison. Sur l'ensemble de ces 42 rencontres, le Liverpool Football Club a concédé 6 défaites, obtenu 11 nuls et remporté 25 victoires, il a encaissé 24 buts et en a marqué 63. Et le Liverpool Football Club a fini la saison avec 61 points. Son bilan, c'est 61 points et 63 buts en 42 matchs. Dans l'allée, dans la voiture. Dans la nuit, la dernière nuit. Phares allumés, phares éteints. Chaque attaque, chaque coup de pied, chaque passe, chaque tacle et chaque tir de chaque match. De chacun de ces 42 matchs. Et dans l'allée, dans la voiture. Dans la nuit, la dernière nuit. Bill refoule ses larmes. Ces 42 matchs, ces 63 buts. Bill a du mal à respirer. Et ces 61 points –

Pour rien, pour arriver nulle part.

31

À petits pas

Pendant l'été 1969, Bill Shankly ne prend pas de vacances. Bob Paisley ne prend pas de vacances. Joe Fagan ne prend pas de vacances. Reuben Bennett ne prend pas de vacances. Et Ronnie Moran ne prend pas de vacances. Pendant l'été 1969, Bill Shankly travaille. Bob Paisley travaille. Joe Fagan travaille. Reuben Bennett travaille. Et Ronnie Moran travaille. Dans la salle de conférences et dans les bureaux, dans l'obscurité et dans la pénombre. Ils consultent les carnets remplis de noms, les carnets remplis de notes. Les listes de noms, les listes de dates. Les noms des joueurs et les dates des matchs. Les comptes rendus sur chaque joueur, les comptes rendus sur chaque match. Sur chaque joueur de l'équipe première et sur chaque match de l'équipe première, sur chaque joueur de l'équipe réserve et sur chaque match de l'équipe réserve. Ils discutent de chaque joueur, ils discutent de chaque match. Ils analysent et ils évaluent. Dans la salle de conférences et dans les bureaux, dans l'obscurité et dans la pénombre. Pendant l'été 1969, il n'y a pas de jours de congé –

Et pas de complaisance. La complaisance naît de l'autosatisfaction, la complaisance naît de la suffisance. De l'arrogance et du mépris. Pas de jours de congé,

pas de soirées libres. Chaque soir, Bill monte dans sa voiture. Ou dans celle de Reuben. Ou dans celle de Geoff. Chaque soir. Ils roulent. Chaque soir. Vers le nord, le sud, l'est ou l'ouest. Chaque soir. Ils roulent et ils discutent. Du match qu'ils vont voir, des joueurs qu'ils vont voir. En riant et en plaisantant. Chaque soir. Ils regardent un match de football. Chaque soir. Un match amical ou un jubilé. Un match d'équipes réserves ou un match amateur. Et ensuite, chaque soir. Bill Shankly remonte dans sa voiture. Ou dans la voiture de Reuben. Ou dans celle de Geoff. Chaque soir. Ils reprennent la route pour rentrer chez eux. Chaque soir. Depuis le nord, le sud, l'est ou l'ouest. Chaque soir. Ils roulent et ils discutent. Du match qu'ils viennent de voir, des joueurs qu'ils viennent de voir. En riant et en plaisantant. Chaque soir. Chaque soir de chaque jour de chaque semaine de chaque mois de chaque année. Chaque année,

chaque soir.

…

L'été 1969, le Liverpool Football Club ne part pas en tournée de pré-saison. L'été 1969, le Liverpool Football Club reste à domicile, à Anfield. L'été 1969, le Liverpool Football Club commence son entraînement de présaison dix jours plus tôt que d'habitude. Parce que la saison 1969-70 commencera dix jours plus tôt que d'habitude. À cause de la Coupe du Monde qui aura lieu au Mexique en 1970. Le Liverpool Football Club doit donc commencer à s'entraîner plus tôt, le Liverpool Football Club doit commencer à s'entraîner plus durement. Un jour de l'été 1969, à l'extérieur d'Anfield, dans le parking, en survêtement et pull-over, Bill Shankly attend les joueurs. Bill Shankly accueille les joueurs. Bill Shankly leur serre la main. Bill Shankly leur tape dans le dos. Il leur demande comment se sont passées leurs vacances, il leur demande des nouvelles de leurs familles. Bill Shankly rit, Bill Shankly plaisante. Ce jour de l'été 1969, les joueurs montent dans le bus. Bob Paisley, Joe Fagan, Reuben Bennett et Ronnie Moran montent dans le bus. Et Bill Shankly monte dans le bus. Bill Shankly rit, Bill Shankly plaisante. Ce jour de l'été 1969, ils se rendent tous ensemble à Melwood. Certains sourient, d'autres pas. Ce jour de l'été 1969, ils descendent tous du bus. Certains en souriant, d'autres pas. Ce jour de l'été 1969, les joueurs font en courant le tour du terrain d'entraînement de Melwood. Et Bill Shankly fait en courant le tour du terrain d'entraînement de Melwood. Bill Shankly qui rit, Bill Shankly qui plaisante. Ce jour de l'été 1969, les joueurs entendent le coup de sifflet. Et les joueurs se séparent pour former leurs groupes. Les joueurs font de la musculation. Les joueurs sautent à la corde. Les joueurs font des sauts. Les joueurs font des flexions de jambes. Les joueurs font des abdominaux. Les joueurs font des sprints. Et Bill Shankly entend le coup de sifflet. Bill Shankly fait de la musculation. Bill Shankly saute à la corde. Bill Shankly fait des sauts. Bill Shankly fait des flexions de jambes. Bill Shankly fait des abdominaux. Bill Shankly fait des sprints. Bill Shankly rit, Bill Shankly plaisante. Ce jour de l'été 1969, les joueurs entendent le sifflet de nouveau. Et les joueurs se passent le ballon. Les joueurs dribblent avec le ballon. Les joueurs font des têtes avec le ballon. Les joueurs font des balles piquées. Les joueurs font des amortis. Les joueurs font des tacles. Et Bill Shankly entend le coup de sifflet, lui aussi. Bill Shankly passe le ballon. Bill Shankly dribble avec le ballon. Bill Shankly fait des têtes avec le ballon. Bill Shankly fait des balles piquées. Bill Shankly fait des amortis. Bill Shankly fait des tacles. Bill Shankly rit, Bill Shankly plaisante. Ce jour de l'été 1969, les joueurs entendent le sifflet de nouveau. Et les joueurs passent entre les cloisons en bois. Les joueurs en mouvement, le ballon en mouvement. Ils envoient le ballon contre une cloison. Puis ils récupèrent le ballon, ils contrôlent le ballon. Ils se retournent avec le ballon et ils dribblent avec le ballon. Jusqu'à la cloison opposée. En touchant le ballon dix fois seulement. Ils envoient le ballon contre l'autre cloison. Puis ils le récupèrent, ils se retournent de nouveau et ils dribblent de nouveau. Ils retournent vers la première cloison. En touchant le ballon dix fois seulement. Et Bill Shankly entend le coup de sifflet, lui aussi. Bill Shankly passe entre les deux cloisons. Bill Shankly en mouvement, le ballon en mouvement. Bill Shankly envoie le ballon contre une cloison. Puis il récupère le ballon, il contrôle le ballon. Bill Shankly se retourne avec le ballon et il dribble avec le ballon. Jusqu'à la cloison opposée. En touchant le ballon dix fois seulement. Bill Shankly envoie le ballon contre l'autre cloison. Puis il le récupère, il se retourne de nouveau et il dribble de nouveau. Il retourne vers la première cloison. En touchant le ballon dix fois seulement. Bill Shankly rit, Bill Shankly plaisante. Ce jour de l'été 1969, les joueurs entendent le sifflet encore une fois. Et les joueurs entrent dans le cube à transpirer. Un ballon après l'autre, dans le cube. À chaque seconde, un nouveau ballon. Pendant une minute. Puis pendant deux minutes. Puis pendant trois minutes. Un ballon après l'autre, dans le cube. Et Bill Shankly entend le sifflet encore une fois, lui aussi. Bill Shankly entre dans le cube à transpirer. Un ballon après l'autre, dans le cube.

À chaque seconde, un nouveau ballon. Pendant une minute. Puis pendant deux minutes. Puis pendant trois minutes. Bill Shankly rit, Bill Shankly plaisante. Ce jour de l'été 1969, les joueurs entendent le sifflet. Et ils jouent à trois contre trois. Trois contre trois et puis cinq contre cinq. Cinq contre cinq et puis sept contre sept. Sept contre sept et puis onze contre onze. Et Bill Shankly entend le sifflet, lui aussi. Et Bill Shankly joue dans les équipes de trois. De trois, puis de cinq. De cinq, puis de sept. De sept, puis de onze. Bill Shankly rit, Bill Shankly plaisante. Ce jour de l'été 1969, les joueurs font une dernière fois le tour du terrain en courant. Et Bill Shankly fait une dernière fois le tour du terrain en courant. Bill Shankly rit, Bill Shankly plaisante. Et puis, ce jour de l'été 1969, les joueurs remontent dans le bus. Bob Paisley, Joe Fagan, Reuben Bennett et Ronnie Moran remontent dans le bus. Et Bill Shankly remonte dans le bus. Bill Shankly rit, Bill Shankly plaisante. Ce jour de l'été 1969, ils retournent tous ensemble à Anfield. Ils sont plus nombreux à sourire, à présent, d'autres ne sourient toujours pas. Ce jour de l'été 1969, ils descendent tous du bus. Encore plus nombreux à sourire maintenant, et d'autres toujours pas. Ce jour de l'été 1969, les joueurs entrent dans Anfield. Et Bill Shankly entre dans Anfield. Bill Shankly rit, Bill Shankly plaisante. Dans les vestiaires, les joueurs ôtent leurs chaussures, les joueurs ôtent leur bas de survêtement. Dans les vestiaires, Bill Shankly ôte ses chaussures, Bill Shankly ôte son pull et son bas de survêtement. Bill Shankly rit, Bill Shankly plaisante. Les joueurs entrent dans les douches. Et Bill Shankly entre dans les douches. Bill Shankly rit, Bill Shankly plaisante. Les joueurs se lavent et se changent. Et Bill Shankly se lave et se change. Bill Shankly rit, Bill Shankly plaisante. Les joueurs se disent au revoir. Et Bill Shankly dit au revoir. Bill rit encore, Bill plaisante encore. Les joueurs regagnent leurs grosses voitures. Les joueurs retournent à leurs grandes maisons. Certains sourient et d'autres pas. Mais Bill ne regagne pas sa voiture. La même voiture depuis longtemps. Bill ne retourne pas à sa maison. La même maison depuis longtemps. Bill Shankly ne rit plus à présent, Bill Shankly ne plaisante plus maintenant. Bill Shankly regarde, Bill Shankly écoute. Sans cesse il garde les yeux ouverts, sans cesse il tend l'oreille. Il guette l'indulgence, il cherche à surprendre la satisfaction béate. L'indulgence pour ce qui existait avant, la tentation de se satisfaire de ce qui existait avant. Il apprend sans cesse. Il apprend qui aujourd'hui a de l'indulgence pour ce qui était autrefois, qui a fini par se satisfaire de ce qui était autrefois. Parce que Bill Shankly travaille. Il travaille sans cesse. Jour après jour. Qu'il pleuve ou qu'il vente. Sans cesse

il travaille, sans cesse

il travaille.

...

Le samedi 9 août 1969, le premier samedi de la nouvelle saison, le Chelsea Football Club vient à Anfield, Liverpool. Cet après-midi-là, 48 383 spectateurs viennent aussi. Ces 48 383 spectateurs veulent assister à la première rencontre de la nouvelle saison. À la 26e minute du premier match de la nouvelle saison, Chris Lawler marque. À la 49e minute du premier match de la nouvelle saison, Ian St John marque. À la 60e minute du premier match de la nouvelle saison, Geoff Strong marque. Et à la 83e minute du premier match de la nouvelle saison, Ian St John marque de nouveau. Et à l'issue du premier match de la nouvelle saison, le Liverpool Football Club bat le Chelsea Football Club 4-1. À domicile, à Anfield. Trois jours après, le Manchester City Football Club vient à Anfield, Liverpool. Ce soir-là, 51 959 spectateurs viennent aussi. Ces 51 959 spectateurs veulent assister au second match de la nouvelle saison. À la 2e minute du second match de la nouvelle saison, St John marque. Mais dans le second match de la nouvelle saison, Tommy Smith marque contre son camp. Et dans le second match de la nouvelle saison, Bowyer marque pour Manchester City. Et dans le second match de la nouvelle saison, le Liverpool Football Club est mené au score. À domicile, à Anfield. Mais à la 83e minute du second match de la nouvelle saison, Roger Hunt marque. Et dans le second match de la nouvelle saison, le Liverpool Football Club revient à égalité. À domicile, à Anfield. Mais à la 88e minute du second match de la nouvelle saison, St John marque de nouveau. Et à l'issue du second match de la nouvelle saison, le Liverpool Football Club bat Manchester City 3-2. À domicile, à Anfield.

Le samedi 16 août 1969, le Liverpool Football Club se rend au stade de White Hart Lane, à Londres, pour le troisième match de la saison. Sous le soleil, un soleil d'été à sortir en chemisette, les joueurs du Tottenham Hotspur Football Club sont bronzés mais enrobés. Sous le soleil, un soleil d'été à sortir en chemisette, les joueurs du Liverpool Football Club sont pâlichons, mais remontés à fond. Et à la 2e minute du troisième match de la saison, Emlyn Hughes envoie Roger Hunt à l'attaque. Mais Hughes ne reste pas planté à regarder Roger qui part pour marquer. Hughes suit Hunt pas à pas, un pas de géant après un pas de géant. Et Hunt tire. Mais Hunt ne marque pas. Le ballon rebondit sur Jennings. Mais Hughes est là. Et c'est Hughes qui marque. Sous le soleil, un soleil d'été à sortir en chemisette. À la 37e minute du troisième match de la saison. Chris Lawler passe à Ian Callaghan. Mais Lawler ne reste pas planté à regarder Callaghan. Lawler suit Callaghan. Et Callaghan tire. Mais Callaghan ne marque pas. Le ballon dévie après avoir touché Jennings. Et Lawler est là. Et c'est Lawler qui marque. Sous le soleil, un soleil d'été à sortir en chemisette. À l'issue du troisième match de la nouvelle saison, le Liverpool Football Club bat Tottenham Hotspur 2-0. À l'extérieur, ailleurs qu'à Anfield.

Quatre jours après, le Liverpool Football Club se rend au stade de Maine Road, à Manchester, pour le quatrième match de la nouvelle saison. À la 44e minute du quatrième match de la nouvelle saison, Bobby Graham marque. Et à la 80e minute du quatrième match de la nouvelle saison, Graham marque de nouveau. Et à l'issue du quatrième match de la nouvelle saison, le Liverpool Football Club bat Manchester City 2-0. À l'extérieur, ailleurs qu'à Anfield. Et ce soir-là, le Liverpool Football Club a joué quatre matchs de la nouvelle saison et il les a tous gagnés, ces quatre matchs de la nouvelle saison. Mais le Liverpool Football Club n'est que deuxième de la première division. Les Wolverhampton Wanderers et l'Everton Football Club ont également gagné leurs quatre premiers matchs de la nouvelle saison. Et l'Everton Football Club est premier de la première division. À la différence de buts. Dans la nouvelle saison, après quatre rencontres, à domicile et à l'extérieur, le Liverpool Football Club n'est que second. Encore une fois.

Le samedi 23 août 1969, le Burnley Football Club vient à Anfield, Liverpool. Cet après-midi-là, 51 113 spectateurs viennent aussi. À la 36e minute, Tommy Smith marque un penalty. À la 49e minute, Ian Callaghan envoie un centre. Bobby Graham le réceptionne. Et Graham marque. Et le Liverpool Football Club mène au score 2-0 devant le Burnley Football Club. À domicile, à Anfield. Mais ensuite Thomas fait un tir de 25 mètres. Et Thomas marque. Et puis Yeats fait une chandelle dans sa propre surface de réparation. Et tout le monde s'arrête pour regarder le ballon. Qui monte, qui redescend. Tout le monde est figé, tout le monde regarde. Et tout le monde voit Casper faire une tête. Et Casper marquer. Et maintenant le Liverpool Football Club est à égalité 2 partout avec le Burnley Football Club. À domicile, à Anfield. Et puis Dobson envoie un tir oblique qui apporte un troisième but au Burnley Football Club. Et Liverpool est mené 3-2. À domicile, à Anfield. Mais à la 77e minute, Smith marque de nouveau. Et le Liverpool Football Club obtient le nul 3-3 contre le Burnley Football Club. À domicile, à Anfield.

Quatre jours plus tard, le Liverpool Football Club se rend au stade de Selhurst Park, à Londres. À la

36e minute, Emlyn Hughes marque. À la 73e minute, Roger Hunt marque. Et à la 82e minute, Peter Thompson marque. Et le Liverpool Football Club bat Crystal Palace 3-1. À l'extérieur, ailleurs qu'à Anfield. Et ce soir-là, le Liverpool Football Club et l'Everton Football Club ont chacun 11 points. Ce soir-là, l'Everton Football Club est toujours premier de la première division et le Liverpool Football Club toujours second de la première division. Encore une fois.

Le samedi 30 août 1969, le Liverpool Football Club se déplace au stade de Hillsborough, à Sheffield. Et à la 42e minute, Chris Lawler marque. Mais Sheffield Wednesday marque aussi. Et le Liverpool Football Club fait match nul 1-1 avec Sheffield Wednesday. À l'extérieur, ailleurs qu'à Anfield. Ce jour-là, l'Everton Football Club ne fait pas match nul. Ce jour-là, l'Everton Football Club gagne. Et ce soir-là, l'Everton Football Club est toujours en tête de la première division. Mais pas à la différence de buts. Aux points.

Quatre jours après, le Liverpool Football Club se rend au stade de Vicarage Road, à Watford, pour affronter le Watford Football Club au deuxième tour de la Coupe de la Ligue. À la 6e minute, Slater, du Watford Football Club, marque contre son camp. À la 75e minute, Ian St John marque pour le Liverpool Football Club. Et le Liverpool Football Club bat 2-0 le Watford Football Club, équipe de seconde division. À l'extérieur, ailleurs qu'à Anfield. Trois jours plus tard, Coventry City vient à Anfield, Liverpool. Cet après-midi-là, 48 337 spectateurs viennent aussi. Coventry City est quatrième de la première division et le Liverpool Football Club est deuxième de la première division. À la 37e minute, Ian St John marque. Et à la 89e minute, Geoff Strong marque. Et le Liverpool Football Club bat le Coventry City Football Club 2-1. À domicile, à Anfield. Ce même jour, Derby County bat l'Everton Football Club 2-1.

Le mardi 9 septembre 1969, le Sunderland Football Club vient à Anfield, Liverpool. Ce soir-là,

46 370 spectateurs viennent aussi. À la 12e minute, Geoff Strong marque. Et à la 34e minute, Tommy Smith marque. Et le Liverpool Football Club bat le Sunderland Football Club 2-0. À domicile, à Anfield. Ce soir-là, le Liverpool Football Club possède 16 points. Ce soir-là, Derby County a 14 points. Et l'Everton Football Club a 13 points. Ce soir-là, le Liverpool Football Club est premier de la première division.

32

L'Hiver, chant funèbre[1]

Dans la chambre, à leur fenêtre. Bill regarde au loin à travers la vitre, au-delà des arbres. Il scrute la nuit, il scrute le ciel. Et il regarde la lune, tout là-haut. Les hommes ont conçu les fusées. Les hommes ont construit des fusées. Les hommes ont voyagé en fusée. Et tout le monde s'est figé pour regarder. Pour regarder des hommes se poser sur la lune. Des hommes marcher sur la lune. Des hommes planter un drapeau sur la lune. Tout le monde s'est figé, tout le monde a regardé. Le ballon qui monte, le ballon qui descend. En restant figé sans rien faire d'autre, en regardant sans rien faire d'autre. Le drapeau sur la lune, le ballon dans les buts. Dans leur chambre, à la fenêtre. Bill entend des pas dans l'escalier. La porte de la chambre s'ouvrir. Et Ness tousser –

Ah, tu es là, chéri. Qu'est-ce que tu fais, debout dans le noir ? Tire les rideaux, chéri. La nuit est tombée, maintenant. Il se fait tard, chéri.

Bill sourit. Et Bill dit, Je sais, chérie. Je sais.

Bill a compris que si vous écoutez attentivement. Si vous tendez bien l'oreille. Il y a toujours le bruit des chaînes. Toujours le bruit des couteaux. Et toujours le bruit des pelles. Derrière vous, dans l'ombre. Le bruit

1. Titre d'un célèbre poème de Robert Burns.

des chaînes qui s'entrechoquent. Le bruit des couteaux qui s'affûtent. Le bruit des pelles qui creusent. Qui s'entrechoquent, qui s'affûtent, qui creusent –

Et le tic-tac. Le tic-tac de l'horloge.

…

Sur la ligne de touche, la ligne de touche d'Old Trafford. Bill serre la main de Wilf McGuinness. Et Bill dit, Bien joué, Wilf. Bien joué. Et je te souhaite la plus belle des réussites pour le reste de la saison, Wilf.

Merci, monsieur Shankly. Et je vous souhaite la même chose, monsieur…

Bill hoche la tête. Et Bill lève les yeux vers la tribune, la tribune principale d'Old Trafford. Et Bill voit Matt. Matt qui paraît toujours aussi vieux, Matt qui paraît toujours aussi fatigué. Épuisé. Il ne sourit pas –

Bill non plus ne sourit pas. Le Liverpool Football Club n'est plus premier de la première division. Le Liverpool Football Club est troisième de la première division, à présent –

Sur le banc, le banc d'Anfield. Au cours de la 1re minute, Bill voit Evans marquer. À la 10e minute, Lawler marque. À la 24e minute, Smith marque. À la 36e minute, Graham marque. À la 38e minute, Evans marque de nouveau. À la 56e minute, Alec Lindsay marque. Pour son premier match dans l'équipe. À la 67e minute, Smith marque de nouveau. À la 69e minute, Thompson marque. À la 76e minute, Callaghan marque. À la 82e minute, Graham marque de nouveau. Et sur le banc, le banc d'Anfield. Bill sourit, à présent. Le Liverpool Football Club a battu le Dundalk Football Club 10-0 au match aller du premier tour de la Coupe des villes de foires –

Sur le banc, le banc de Maine Road. Bill voit Doyle marquer pour Manchester City. Bill voit Evans égaliser. Bill voit Young marquer pour Manchester City. Bill voit Graham égaliser. Mais ensuite Bill voit Bowyer marquer pour Manchester City. Et Manchester City élimine le Liverpool Football Club de la Coupe de la Ligue. Et Bill ne sourit plus, maintenant –

Sur le banc, le banc du stade The Hawthorns. Bill regarde les joueurs du Liverpool Football Club. Mais Bill ne voit pas Ron Yeats. Yeats est blessé. Et Bill ne voit pas Ian St John. St John est blessé. Bill voit Larry Lloyd. Et Bill voit Phil Boersma. Et Bill voit le West Bromwich Albion Football Club mettre en pièces le Liverpool Football Club. Bill voit Lawrence bloquer un tir de Suggett. Lawrence bloquer un tir de Hope. Lawrence bloquer un tir de Brown. Lawrence bloquer un tir de Hegan. Et Lawrence bloquer un tir de Suggett de nouveau. Puis le ballon échoit à Astle. Et Lawrence ne bloque pas le tir d'Astle. Et Astle marque. Mais à la 25e minute, Thompson passe à Hunt. Et Hunt centre en hauteur. Et Graham réceptionne le centre de Hunt. Et Graham envoie d'une tête son centre dans les buts. Mais en seconde mi-temps, de 30 mètres, Hegan tire. Et Hegan marque. Et le Liverpool Football Club est mené au score 2-1. Et les longues minutes deviennent de courtes minutes. Encore une fois. Bill entend la foule siffler. Les courtes minutes deviennent des minutes à l'agonie. Encore une fois. La foule siffle, elle siffle toujours. Mais à la 97e minute, Hughes passe à Hunt à la lisière de la surface de réparation. La foule siffle, elle siffle encore et encore. Et Hunt tire. Et Hunt marque. Grâce au dernier tir du match, le Liverpool Football Club obtient le nul 2-2 face à West Bromwich Albion. Et Bill voit des spectateurs courir sur le terrain. Sur la pelouse. Et l'un d'eux frappe l'arbitre d'un coup de poing au visage. Et la police entre sur le terrain. Et la police escorte l'arbitre pour qu'il puisse sortir du terrain. De la pelouse,

dans le tunnel.

...

À Newcastle, à l'hôtel. Dans la salle à manger, sur son siège. Bill regarde les joueurs manger leur steak-frites. Bill regarde les joueurs manger leurs fruits au sirop avec de la crème. Tommy Lawrence. Chris Lawler. Geoff Strong. Tommy Smith. Ron Yeats. Emlyn Hughes. Ian Callaghan. Phil Boersma. Bobby

Graham. Alun Evans. Peter Thompson. Et le Saint. Bill entend les joueurs plaisanter, Bill entend les joueurs rire. Et au salon, dans son fauteuil, Bill regarde les joueurs faire une partie de cartes. Tommy Lawrence. Chris Lawler. Geoff Strong. Tommy Smith. Ron Yeats. Emlyn Hughes. Ian Callaghan. Phil Boersma. Bobby Graham. Alun Evans. Peter Thompson. Et le Saint. Bill entend les joueurs plaisanter. Bill entend les joueurs rire. Et dans le hall, près de l'ascenseur. Bill entend les joueurs se souhaiter bonne nuit. Bill regarde les joueurs monter dans les étages. Tommy Lawrence. Chris Lawler. Geoff Strong. Tommy Smith. Ron Yeats. Emlyn Hughes. Ian Callaghan. Phil Boersma. Bobby Graham. Alun Evans. Peter Thompson. Et le Saint. Les joueurs qui plaisantent toujours, les joueurs qui rient toujours. Et dans sa chambre, sur son lit. Bill jette son carnet sur le plancher. Son carnet rempli de noms, son carnet rempli de notes. Et Bill se relève. Et dans sa chambre, sur la moquette. Bill fait les cent pas et Bill fait les cent pas. Et Bill réfléchit et Bill réfléchit. Il pense aux joueurs, à tous les joueurs. À Tommy Lawrence. À Chris Lawler. À Geoff Strong. À Tommy Smith. À Ron Yeats. À Emlyn Hughes. À Ian Callaghan. À Phil Boersma. À Bobby Graham. À Alun Evans. À Peter Thompson. Et au Saint. Aux matchs qu'il a joués et aux attaques qu'il a menées. Aux tacles qu'il a faits et aux ballons qu'il a gagnés. Aux passes qu'il a réussies et aux buts qu'il a marqués. Le vendredi soir, la veille du match. À Newcastle, à l'hôtel. Dans sa chambre, sa petite chambre d'hôtel. Bill fait les cent pas et Bill fait les cent pas. Bill réfléchit et Bill réfléchit. Et Bill s'inquiète et Bill s'inquiète. Il pense au Saint et il s'inquiète au sujet du Saint. Bill se demande ce qu'il va faire du Saint, ce qu'il va dire au Saint. Et Bill fait les cent pas et Bill fait les cent pas. Et Bill réfléchit et Bill réfléchit. Et Bill s'inquiète et il s'inquiète. Sa veste colle à sa chemise. Le bruit des chaînes. Sa chemise colle à son maillot de corps. Le bruit des couteaux. Son maillot de corps lui colle à la peau. Le bruit des pelles.

Jusqu'à ce que la nuit devienne le matin, jusqu'à ce que vendredi devienne samedi. Que le jour arrive,

que le match arrive.

…

Dans le bureau, à sa table de travail. Bill entend les pas qui s'approchent dans le couloir. Les pas furieux. Bill entend deux coups brefs frappés à la porte. Des coups furieux. Et Bill voit le Saint surgir dans son bureau. Et l'index brandi sous son nez –

Pourquoi vous ne m'avez pas dit que je ne jouerais pas ? demande Ian St John. Pourquoi vous ne m'avez rien dit ? Face à face ?

Tu n'étais pas dans le vestiaire quand j'ai annoncé la composition de l'équipe. Si tu avais été là quand j'ai annoncé la composition de l'équipe, tu l'aurais entendue. Tu l'aurais entendue à ce moment-là.

Mais vous auriez pu m'en parler vendredi soir, dit Ian St John. À l'hôtel, avant le match. Vous auriez pu me le dire au petit déjeuner. Samedi matin, avant le match. Vous auriez pu me le dire à n'importe quel moment avant le match. À n'importe quel moment…

Oui, je te l'aurais dit avant le match. Je te l'aurais dit au vestiaire avant le match. Si je t'avais vu au vestiaire avant le match. Mais tu n'étais pas au vestiaire avant le match. Je ne sais pas où tu étais. Mais tu n'étais pas là.

J'étais juste sorti faire un saut pour donner des billets à des copains. Je ne me suis absenté qu'une minute. Mais vous aviez déjà pris votre décision. Vous aviez déjà rempli la feuille de match. C'est comme ça que je l'ai appris. Pas par vous. Par Jackie Milburn. Dans ce putain de hall. En regardant la feuille de match. Je l'ai appris par ce foutu Jackie Milburn. Pas par vous…

Parce que tu n'étais pas au vestiaire. Tu l'aurais appris de ma bouche, si tu avais été au vestiaire avant le match. Mais tu n'étais pas au vestiaire…

Ce n'est pas ça, le problème. Ce n'est pas ce que je veux dire, bon sang. Vous auriez dû me prendre à part. Vous auriez dû me le dire en face. Juste vous et moi. C'est ça que vous auriez dû faire…

Pourquoi ? Je ne l'ai jamais fait pour personne jusqu'à maintenant.

Mais je n'ai jamais été écarté, jusqu'à aujourd'hui. J'ai toujours été sélectionné dans l'équipe. Ça ne m'était encore jamais arrivé. Et en plus, l'apprendre de cette façon-là… Dans ce putain de hall, de la bouche d'un type qui n'est rien du tout pour moi. Je pensais mériter mieux que ça. Après tout ce qu'on a encaissé, alors qu'on se connaît depuis tant d'années. Ça ne veut rien dire, pour vous ? Je ne représente rien, pour vous ? Après toutes ces années ? Après tous ces matchs ? Ça ne veut rien dire du tout ?

Bill secoue la tête. Et Bill dit, Ces matchs, c'était pour le Liverpool Football Club. Ces matchs que tu as joués, ces choses que tu as faites. Tout ça, c'était pour le club. Pas pour moi…

Ian St John refoule ses larmes. Ian St John a du mal à respirer. Ian St John avale sa salive –

Je sais que tout ce que j'ai fait, c'était pour le Liverpool Football Club. Mais c'était pour vous, aussi. Parce que vous avez cru en moi. C'est pour ça que je suis venu ici. À cause de vous. Parce que vous me faisiez confiance. C'est pour cette raison que j'ai fait les choses que j'ai faites. Pour le Liverpool Football Club. À cause de vous. Oui, j'ai fait chacune de ces choses pour le Liverpool Football Club. Mais chacune de ces choses était aussi pour vous. Pour vous remercier. D'avoir cru en moi. Ces choses étaient toutes pour vous. Toutes pour vous, patron.

Bill ouvre la bouche. Bill referme la bouche. Bill regarde l'horloge sur le mur. Bill regarde la montre à son poignet. Puis Bill dit, C'est presque l'heure de l'entraînement, mon gars. On va être en retard. Allez, mon gars. On y va…

Ian St John ne bouge pas.

Les samedis ont toujours été les plus beaux jours de ma vie, chuchote Ian St John. Mais samedi dernier, ç'a été le pire jour de ma vie. Et je n'ai jamais été aussi heureux que depuis que je suis à Liverpool, avec vous.

Mais cette période-là, elle est finie, n'est-ce pas ? C'est fini, maintenant.

Bill regarde de nouveau l'horloge murale. Bill consulte de nouveau la montre à son poignet. Bill secoue la tête. Et Bill répond, Non, mon gars. Non. Pas encore. Mais c'est ce qui nous arrive à tous, mon gars. Et c'est pour ça qu'il faut s'y préparer. Il faut que tu sois prêt, mon gars. Parce que c'est toi qui dois décider de quelle façon tu vas le prendre. Est-ce que ce sera avec élégance et dignité ? Ou bien avec colère et amertume ? Mais il n'y a que toi qui puisses faire ce choix –

Il n'y a que toi qui puisses le savoir, mon gars.

…

Sur le banc, le banc du Baseball Ground. Bill ne sourit pas. Bill est inquiet. La saison dernière, Derby County a terminé premier de la seconde division. Et Derby County a été promu. Cette saison, Derby County est troisième de la première division. Et tout le monde parle de Derby County. Tout le monde parle de leur manager. Bill admirait Brian Clough lorsque celui-ci était joueur. Bill a tenté d'acheter le joueur Brian Clough. Et Bill admire le manager Brian Clough. Bill admire ce qu'il est parvenu à faire avec Derby County. Les joueurs qu'il a achetés, la façon dont ils pratiquent le football. Et sur le banc, le banc du Baseball Ground. Bill sait que ce ne sera pas un match facile pour le Liverpool Football Club. Mais Bill sait qu'il n'y a pas de matchs faciles pour le Liverpool Football Club. Et Bill a raison –

À la 13e minute, Hinton déboule sur la droite. Il dépasse Thompson. Il dépasse St John. Il dépasse Graham. Il dépasse Hunt. Il dépasse Callaghan. Il dépasse Hughes. Et Hinton passe à McGovern. Et McGovern tire. Le ballon file sous le nez de Yeats. De Smith. De Strong. De Lawler. Et de Lawrence. Quarante-cinq secondes plus tard, O'Hare esquive Yeats. O'Hare fait une passe en hauteur destinée à Hector. Et Hector marque. Mais les supporters du Liverpool Football Club présents au Baseball Ground scandent, *Pas de reddition ! Pas de reddition ! Pas de reddition !* Mais Mackay passe à McFarland. Et McFarland passe à Carlin. Et Carlin passe à Durban. Et Durban passe à McGovern. Et McGovern passe à Hector. Et Hector passe à Hinton. Encore et encore et encore. Et en seconde mi-temps, McGovern passe à Durban. Et Durban passe à Hinton. Et Hinton envoie un centre en hauteur pour Hector. Et Hector fonce et Hector marque. Et à la 68e minute, Hector esquive Strong de nouveau. Et Hector passe à Durban. Et Durban passe à O'Hare. Et d'une talonnette O'Hare envoie le ballon au fond des filets. Mais le juge de touche lève son drapeau. Et l'arbitre refuse le but. Mais une minute plus tard, Durban passe à Hector. Hector fait rouler le ballon vers O'Hare. Et O'Hare marque. Et Derby County bat le Liverpool Football Club 4-0. C'est la plus lourde défaite du Liverpool Football Club depuis six ans. Et cela aurait pu être pire, cela aurait dû être pire. Ils auraient pu perdre 8-0, ils auraient dû perdre 8-0 –

Sur la ligne de touche, la ligne de touche du Baseball Ground. Bill serre la main de Brian Clough. Et Bill dit, Bien joué. Très bien joué, vraiment, mon gars. Avec une forme pareille, vous pourriez battre n'importe qui. Avec une forme pareille, vous pourriez remporter le championnat…

Brian Clough sourit. Et Brian Clough remercie Bill. Et puis Brian Clough commence à parler. À parler et à parler. Mais Bill ne l'écoute pas. Bill en a assez entendu. Bill en a assez vu.

…

Dans le couloir. Le couloir d'Anfield. Bill ouvre la porte du vestiaire. Le vestiaire de l'équipe qui reçoit. Le regard de Bill fait le tour du vestiaire. Le vestiaire de Liverpool. Il passe d'un joueur au suivant. De Lawrence à Lawler, de Lawler à Strong, de Strong à Smith, de Smith à Yeats, de Yeats à Hughes, de Hughes à Callaghan, de Callaghan à Hunt, de Hunt à Graham, de Graham à St John et de St John à Thompson. Et Bill dit,

La semaine dernière, on a été dominés et on a été surclassés par Derby County. La semaine dernière, on a été humiliés par Derby County. La presse a carrément fait une croix sur nous. Les journaux nous disent qu'on n'est plus dans le coup. Qu'on est des joueurs du passé. Des vieux bourrins bons pour l'équarisseur. Tout juste bons pour l'abattoir. Les gens disent qu'on a besoin d'effectuer des changements. Les gens disent qu'il nous faut de nouveaux joueurs. Des jambes jeunes et du sang neuf. Mais moi, je crois qu'on doit donner à tout homme une chance de répondre aux critiques. Je crois que tout le monde mérite cette chance-là. Alors, je n'ai pas écouté ce qu'on dit, je n'ai pas écouté les critiques. Parce que je ne croirai jamais ce que disent ces gens-là, ce que disent ces critiques, avant que vous n'ayez eu une chance de démontrer qu'ils ont tort, de leur faire rentrer leurs paroles dans la gorge. Avant que j'aie pu voir de mes propres yeux si vous êtes ou non capables de faire taire ces critiques. Avant que j'aie pu voir de mes propres yeux si vous êtes ou non capables de leur donner tort. Devant les vôtres, devant les supporters du Liverpool Football Club…

Bill ressort du vestiaire. Du vestiaire de l'équipe qui reçoit. Bill longe le couloir. Le couloir d'Anfield. Bill descend l'escalier. L'escalier d'Anfield. Bill longe la ligne de touche. La ligne de touche d'Anfield. Bill s'assied sur le banc de touche. Le banc de touche de l'équipe qui reçoit. Et Bill regarde le Liverpool Football Club affronter les Wolverhampton Wanderers. À domicile, à Anfield. Bill regarde Tommy Lawrence tenter et tenter. Bill regarde Chris Lawler tenter et tenter. Bill regarde Geoff Strong tenter et tenter. Bill regarde Tommy Smith tenter et tenter. Bill regarde Ron Yeats tenter et tenter. Bill regarde Emlyn Hughes tenter et tenter. Bill regarde Ian Callaghan tenter et tenter. Bill regarde Roger Hunt tenter et tenter. Bill regarde Bobby Graham tenter et tenter. Bill regarde Ian St John tenter et tenter. Bill regarde Peter Thompson tenter et tenter. Pendant 90 minutes. Bill les regarde tenter et tenter.

Dans le vestiaire. Le vestiaire de l'équipe qui reçoit. Le regard de Bill fait le tour du vestiaire. Du vestiaire de Liverpool. Il passe d'un joueur au suivant. De Lawrence à Lawler, de Lawler à Strong, de Strong à Smith, de Smith à Yeats, de Yeats à Hughes, de Hughes à Callaghan, de Callaghan à Hunt, de Hunt à Graham, de Graham à St John et de St John à Thompson. Et Bill dit, Bien joué, les gars. Bien joué. Je sais que vous avez tout essayé, les gars. Je sais que vous avez fait tout ce que vous avez pu. Et on méritait mieux qu'un match nul, les gars. Aujourd'hui, on méritait de gagner. Et si les arbitres donnaient des buts pour récompenser les efforts. Si les arbitres donnaient des buts pour récompenser l'acharnement au travail. Alors, on aurait gagné. Et on gagnerait toujours. Donc, c'était bien joué, les gars. Bien joué. Et merci, les gars.

Merci.

…

Sur son siège, dans les tribunes à l'Estádio do Bonfim, à Setúbal, au Portugal, Bill regarde le Vitória Futebol Clube de Setúbal affronter le Futebol Clube do Porto. Et Bill n'aime pas beaucoup ce qu'il voit. Le Vitória Futebol Clube de Setúbal bat le Futebol Clube do Porto 5-0. Trois jours plus tard, sur le banc de l'Estádio do Bonfim, Bill regarde le Liverpool Football Club affronter le Vitória Futebol Clube de Setúbal au match aller du deuxième tour de la Coupe des villes de foires. Et de nouveau, Bill n'aime pas beaucoup ce qu'il voit. À la 40e minute, sur un terrain gras, Cardoso tire. Le ballon heurte la barre transversale. Le ballon rebondit jusqu'à Tomé. Et Tomé marque. Et à la 79e minute, sur un terrain gras, le Liverpool Football Club obtient son premier corner du match. Mais c'est tout ce qu'il obtient. Le mercredi 12 novembre 1969, sur un terrain gras, le Liverpool Football Club perd 1-0 contre le Vitória Futebol Clube de Setúbal au match aller du second tour de la Coupe des villes de foires. À l'extérieur,

ailleurs qu'à Anfield. Sur le banc, le banc d'Elland Road. Dans la boue. À la 20e minute, Bill voit Strong faire un croc-en-jambe à Bremner dans la surface de réparation. Et l'arbitre siffle. L'arbitre accorde un penalty à Leeds United. Et Giles marque le penalty. Dans la boue. À la 31e minute, Bill voit Yeats envoyer d'une tête le ballon dans la cage de Leeds. Et le ballon reste collé dans la cage. Dans la boue. Sprake se penche pour ramasser le ballon. Le ballon à ses pieds. Le ballon est entre ses doigts, le ballon lui glisse des doigts. Dans la boue. Le ballon roule entre ses jambes et le ballon retourne dans la cage. Et les supporters du Liverpool Football Club présents à Elland Road lui font une ovation. Et les supporters du Liverpool Football Club présents à Elland Road éclatent de rire. Et les supporters du Liverpool Football Club présents à Elland Road chantent *Careless Hands*. En seconde mi-temps, Bill voit l'arbitre siffler de nouveau. Et l'arbitre accorde encore un penalty à Leeds United. Dans la boue. C'est encore Giles qui tire le penalty. Mais Lawrence arrête le penalty. Et le Liverpool Football Club obtient le match nul 1-1 avec Leeds United. Dans la boue. Don Revie suit la ligne de touche. La ligne de touche d'Elland Road. Il secoue la tête, il se tord les mains –

Bon sang, vous avez eu de la chance aujourd'hui, Bill. Nous aurions dû gagner. Et nous aurions dû gagner facilement, Bill.

Bill secoue la tête, lui aussi. Bill sourit. Et Bill dit, Et vous avez bien joué, en plus, Don. Vraiment bien joué. Mais on se reverra en mars, Don. Chez nous –

Sur un terrain digne de ce nom,

sur de l'herbe. De retour à Anfield. Quatre jours plus tard. Sur le banc. Bill et 41 633 spectateurs regardent le Liverpool Football Club affronter le Vitória Futebol Clube de Setúbal au match retour du deuxième tour de la Coupe des villes de foires. Tout le monde pense que le Vitória Futebol Clube de Setúbal vient protéger ce qu'il a. Tout le monde pense que le Vitória Futebol Clube de Setúbal vient défendre son avantage de 1-0. Tout le monde se trompe. Le Vitória Futebol Clube de Setúbal n'est pas venu pour défendre. Le Vitória Futebol Clube de Setúbal est venu pour attaquer. Attaquer et attaquer. Et à la 23e minute, Lawler regarde le ballon et attend que Yeats fonce sur le ballon. Mais Yeats ne fonce pas sur le ballon. Yeats regarde le ballon et attend que Lawler fonce sur le ballon. Mais Lawler ne fonce pas sur le ballon. C'est Guerreiro qui fonce sur le ballon. Et Lawrence fonce sur Guerreiro. Et Lawrence fait tomber Guerreiro dans la surface de réparation de Liverpool. Et l'arbitre siffle. L'arbitre accorde un penalty au Vitória Futebol Clube de Setúbal. Wagner tire le penalty. Et Walter marque le penalty. Mais à présent, enfin, le Liverpool Football Club attaque. Attaque et attaque. Et Vital bloque un tir de Thompson. Et Vital bloque un tir de Graham. Et Vital bloque un tir de Peplow. Et en seconde mi-temps, Bill fait sortir Peplow et le remplace par Hunt. Et Bill fait sortir Graham et le remplace par Evans. Et de nouveau, le Liverpool Football Club attaque et attaque et attaque. Mais le Vitória Futebol Clube de Setúbal ne tarde pas à percer la défense de Liverpool. Tomé sprinte le long de l'aile gauche. Tomé centre en hauteur. Strong saute pour intercepter son centre. Et Strong y parvient. Mais Strong envoie d'une tête le ballon dans son propre but. Et le Liverpool Football Club est mené 2-0 ce soir-là et 3-0 au score combiné. Mais pourtant le Liverpool Football Club continue d'attaquer et d'attaquer. Et à la 60e minute, Hunt tire. Et sur la ligne de but Carriço repousse le ballon du poing. Et l'arbitre siffle. L'arbitre accorde un penalty. Et Smith tire le penalty. Et Smith marque le penalty. Et toujours le Liverpool Football Club attaque et attaque. Et Vital bloque un tir de Callaghan. Et Vital bloque un tir de Evans. Et Vital bloque un tir de Hunt. Et Vital bloque un tir de Strong. Et Vital bloque un tir de Lawler. Mais à la 88e minute, Evans tire et Vital ne bloque pas le ballon. Evans marque. Et toujours le Liverpool Football Club attaque et attaque. Et à la 90e minute, Hunt pivote. Et Hunt tire et Hunt marque. Son 286e but pour le Liverpool Football Club. Et le Liverpool Football Club bat le Vitória Futebol Clube de Setúbal 3-2. Mais le Liverpool

Football Club ne sera pas présent au troisième tour de la Coupe des villes de foires. Le Liverpool Football Club fait match nul 3-3 au score combiné. Et le Liverpool Football Club perd le duel au nombre de buts marqués à l'extérieur. Et le Liverpool Football Club est éliminé de la Coupe des villes de foires. Éliminé,

éliminé. Encore une fois. Sur le banc, le banc d'Anfield. En silence. À la 30e minute, Bill voit Robertson marquer pour l'Arsenal Football Club. Et le Liverpool Football Club perd 1-0 contre l'Arsenal Football Club. À domicile, à Anfield. En silence. Pour la première fois cette saison, le Liverpool Football Club est battu à domicile,

à Anfield. En silence. Dans le bureau, à sa table de travail. Bill scrute son carnet. Son carnet rempli de noms, son carnet rempli de notes. Il scrute tous ses carnets. Ses nombreux carnets remplis de noms, ses nombreux carnets remplis de notes. Et Bill entend le vent. Le vent qui souffle tout autour du stade. Et Bill entend l'hiver. L'hiver qui hurle tout autour du stade. Et à sa table de travail, dans son fauteuil. Bill ouvre son agenda. Son agenda rempli de dates, les dates de matchs. Et Bill regarde la prochaine date. La semaine prochaine, samedi prochain. Le Liverpool Football Club traversera le parc. Et le Liverpool Football Club affrontera l'Everton Football Club. L'Everton Football Club n'a pas perdu à domicile, à Goodison, de toute la saison. Le Liverpool Football Club n'a pas gagné à l'extérieur, ailleurs qu'à Anfield, depuis août. L'Everton Football Club est premier de la première division. Et le Liverpool Football Club est troisième de la première division. Troisième de la première division et éliminé de la Coupe des villes de foires. Les gens disent que le Liverpool Football Club n'a aucune chance de battre l'Everton Football Club. Les gens disent que l'Everton Football Club obtiendra contre le Liverpool Football Club une victoire facile. Le vent souffle tout autour du stade. *Facile*. L'hiver hurle tout autour du stade. *Facile*. Bill ferme les yeux. *Facile ! Facile ! Facile…*

Sur le banc, le banc de Goodison Park. À la 47e minute, Bill voit Ian Callaghan centrer en retrait. *Facile*. En direction d'Emlyn Hughes. *Facile*. Hughes atteint le ballon en prenant de vitesse six défenseurs et le gardien. *Facile*. Hughes expédie le ballon de l'autre côté de la ligne et dans les filets d'Everton. *Facile*. À la 54e minute, Bill voit Peter Thomson contourner son adversaire. *Facile*. Thompson centre en hauteur. *Facile*. Brown saute pour intercepter le centre, Brown touche le ballon. Mais Brown envoie d'une tête le ballon dans son propre but. *Facile*. Et sur le banc, le banc de Goodison Park, Bill entend les supporters du Liverpool Football Club présents à Goodison Park scander, *Facile ! Facile ! Facile !* Et à la 74e minute, Bill voit Bobby Graham atteindre le ballon avant Hurst. *Facile*. Graham sprinte depuis la ligne médiane en direction de West. *Facile*. Graham contourne West. *Facile*. Graham pousse le ballon au fond de la cage vide. Et de nouveau sur le banc, le banc à Goodison Park, Bill entend les supporters du Liverpool Football Club présents à Goodison Park scander, *Facile ! Facile ! Facile !* Et le Liverpool Football Club bat l'Everton Football Club 3-0. *Facile ! Facile ! Facile !* À l'extérieur, ailleurs qu'à Anfield. *Facile ! Facile ! Facile !*

Facile ! Facile ! Facile !

…

Sur le banc, le banc d'Anfield. Bill et 47 682 spectateurs regardent le Liverpool Football Club affronter Manchester United. Manchester United est toujours à la peine, Wilf McGuiness est toujours à la peine. Il y a un mois, Manchester United s'est fait battre 4-0 par Manchester City. *Facile*. Il y a une semaine, Manchester United s'est fait battre 2-0 par le Chelsea Football Club. *Facile*. Au début de la première mi-temps, Bill voit l'arbitre accorder un corner à Manchester United. Charlton tire le corner. Ronnie Yeats intercepte le corner. Et Yeats cisaille le corner dans son propre but. *Facile*. À la 25e minute, Bill regarde Ian Callaghan tirer. Stepney ne parvient pas à bloquer le tir. Stepney lâche le ballon. Et

Emlyn Hughes égalise. *Facile.* Mais au début de la seconde mi-temps, Bill voit Hughes faire inutilement cadeau d'un corner sur une passe en retrait imprudente. *Facile.* Charlton tire le corner. Ure le réceptionne. Et Ure marque. *Facile.* Et plus tard en seconde mi-temps, Bill voit Charlton tirer de nouveau. Et son tir frappe la barre transversale. Le ballon revient à Morgan. Morgan que personne ne marque, Morgan libre de ses mouvements. Libre de tirer et libre de marquer. *Facile.* Et à 7 minutes de la fin de la seconde mi-temps, Bill voit Charlton tirer encore une fois. Et Charlton marquer. *Facile.* Et le Liverpool Football Club perd 4-1 contre Manchester United. À domicile, à Anfield. En ce samedi 13 décembre 1969. Demain, ce sera le jour du dixième anniversaire de la nomination de Bill Shankly au poste de manager du Liverpool Football Club. Dix ans, deux titres de champion et une Coupe d'Angleterre. Dix ans, et battu 4-1 par Manchester United. Dix ans, et troisième de la première division. Dix ans, pour arriver nulle part,

pour arriver nulle part et n'arriver à rien. Rien d'autre que le bruit des chaînes qui s'entrechoquent, des couteaux qui s'affûtent et des pelles qui creusent. Derrière votre dos, dans votre ombre. Qui s'entrechoquent, qui s'affûtent, qui creusent. Et puis il y a le tic-tac. Le tic-tac de l'horloge. Quoi que vous sachiez. Quelles que soient vos convictions. Quoi que vous fassiez. L'horloge fait tic-tac, toujours tic-tac. Elle vous enchaîne, elle vous poignarde, elle vous enterre. Dans le désert, dans l'immensité. Quoi que vous sachiez. Quelles que soient vos convictions. Quoi que vous fassiez. Il y a toujours, il y a déjà le désert. Il y a toujours, il y a déjà l'immensité. Le désert et l'immensité de l'horloge. L'horloge qui fait tic-tac, toujours tic-tac. Mais les dirigeants du Liverpool Football Club veulent donner un dîner en l'honneur de Bill Shankly. Les dirigeants du Liverpool Football Club veulent organiser une soirée en l'honneur de Bill Shankly. À l'occasion de cet anniversaire. Pour faire des discours, pour porter des toasts. Pour faire sauter des bouchons et pour remplir des verres. Mais Bill ne veut pas d'un dîner. Bill ne veut pas d'une soirée. Ni écouter les discours, ni écouter les toasts. Ni écouter les bouchons sauter, les verres tinter. Bill ne veut que des coupes –

des Coupes d'Angleterre, des Coupes de la Ligue et des Coupes d'Europe. Voilà ce que Bill veut. Dans le désert. Un autre coupe, une coupe de plus. Une coupe,

un Graal. Le Graal.

33

Dans la poubelle de l'Histoire

Le mardi 16 décembre 1969, le Liverpool Football Club vend Roger Hunt aux Bolton Wanderers. Après 492 matchs. Après 286 buts. Et après dix ans. Quatre jours plus tard, le Liverpool Football Club devait se rendre au stade de Highfield Road, à Coventry. Mais le Liverpool Football Club ne se rend pas à Highfield Road, Coventry. Le match est reporté. Ce jour-là, Derby County fait le déplacement à Goodison Park, Liverpool. Et ce jour-là, l'Everton Football Club bat Derby County 1-0. Ce soir-là, l'Everton Football Club a 39 points. Leeds United a 38 points. Et le Liverpool Football Club a 30 points. Le jour de Noël 1969, l'Everton Football Club est premier de la première division.

Le lendemain de Noël 1969, le Liverpool Football Club se déplace au stade de Turf Moore, à Burnley. À la 26e minute, Ian Ross marque. À la 39e minute, Bobby Graham marque. À la 44e minute, Chris Lawler marque. À la 52e minute, Peter Thompson marque. À la 60e minute, Ian Callaghan marque. Et le Liverpool Football Club bat le Burnley Football Club 5-1. À l'extérieur, ailleurs qu'à Anfield. Mais ce jour-là, l'Everton Football Club gagne aussi. Et ce jour-là, l'Everton Football Club possède toujours neuf points de plus que le Liverpool Football Club.

Le jour suivant, Sheffield Wednesday aurait dû venir à Anfield, Liverpool. Mais Sheffield Wednesday ne vient pas à Anfield, Liverpool. Le match est reporté. Ce jour-là, l'Everton Football Club se rend au stade d'Elland Road, à Leeds. Et ce jour-là, l'Everton Football Club perd 2-1 contre Leeds United. Mais ce soir-là, l'Everton Football Club reste premier de la première division. Et ce soir-là, le Liverpool Football Club est quatrième de la première division. Toujours quatrième, seulement. Le samedi 3 janvier 1970, le Liverpool Football Club aurait dû se déplacer au stade de Highfield Road, à Coventry, pour affronter Coventry City au troisième tour de la Coupe d'Angleterre. Mais le Liverpool Football Club ne se déplace pas à Highfield Road, Coventry. Le match est reporté. Mais quatre jours plus tard, le Liverpool Football Club se rend bel et bien au stade de Highfield Road, à Coventry, pour affronter Coventry City au troisième tour de la Coupe d'Angleterre. À la 27e minute, Martin marque pour le Coventry City Football Club. Mais trois minutes plus tard, Bobby Graham marque pour le Liverpool Football Club. Et puis Lawrence bloque un tir de Martin. Et puis Lawrence bloque un tir de Mortimer. Et Lawrence est exceptionnel. Lawrence est imbattable. Et le Liverpool Football Club obtient le match nul contre Coventry City au troisième tour de la Coupe d'Angleterre –

Le lundi 12 janvier 1970, Coventry City vient à Anfield, Liverpool. Ce soir-là, 51 261 spectateurs viennent aussi. Ces 51 261 spectateurs veulent voir le Liverpool Football Club affronter Coventry City dans le match à rejouer du troisième tour de la Coupe d'Angleterre. Et à la 39e minute du match à rejouer du troisième tour de la Coupe d'Angleterre, Ross marque. À la 54e minute, Thompson marque. Et le Liverpool Football Club bat Coventry City 3-0 à l'issue du match à rejouer du troisième tour de la Coupe d'Angleterre. À domicile, à Anfield. Et le Liverpool Football Club est qualifié pour le quatrième tour de la Coupe d'Angleterre.

Le samedi 24 janvier 1970, le Wrexham Football Club vient à Anfield, Liverpool. Cet après-midi-là,

54 096 spectateurs viennent aussi. Ces 54 096 spectateurs veulent voir le Liverpool Football Club jouer contre Wrexham, un club de quatrième division, au quatrième tour de la Coupe d'Angleterre. À la 24e minute, Smith du Wrexham Football Club de quatrième division, marque. Et à la mi-temps de ce quatrième tour de la Coupe d'Angleterre, le Liverpool Football Club est mené 1-0 par le Wrexham Football Club de quatrième division. Mais à la 51e minute, Bobby Graham marque. Et à la 59e minute, Ian St John marque. Et à la 73e minute, Graham marque de nouveau. Et le Liverpool Football Club, de la première division, bat le Wrexham Football Club, de la quatrième division, 3-1 au quatrième tour de la Coupe d'Angleterre.

Le samedi 7 février 1970, le Leicester City Football Club vient à Anfield, Liverpool. Cet après-midi-là, 53 785 spectateurs viennent aussi. Ces 53 785 spectateurs veulent voir Leicester City affronter le Liverpool Football Club au cinquième tour de la Coupe d'Angleterre. La saison dernière, Leicester City est allé en finale de la Coupe d'Angleterre. Mais Leicester City a perdu la finale 1-0 contre Manchester City. Et Leicester City a aussi été relégué. Leicester City joue à présent en seconde division. Le samedi 7 février 1970, Leicester City de la seconde division ne marque pas. Et le Liverpool Football Club de la première division ne marque pas. Et le Liverpool Football Club fait match nul 0-0 avec Leicester City au cinquième tour de la Coupe d'Angleterre –

Quatre jours après, le Liverpool Football Club se rend au stade de Filbert Street, à Leicester, pour affronter Leicester City dans le match à rejouer du cinquième tour de la Coupe d'Angleterre. C'est la septième rencontre et le troisième match à rejouer entre le Liverpool Football Club et Leicester City en Coupe d'Angleterre depuis 1963. En neuf heures de football, trois buts seulement ont été marqués. Mais lors des trois dernières confrontations, le vainqueur a fait le voyage à Wembley pour jouer la finale. Après ce match à rejouer, le vainqueur devra rencontrer le Watford Football Club, de la seconde division, au sixième tour de la Coupe d'Angleterre. Les gens disent que ce pourrait être la saison du Liverpool Football Club. Les gens disent que ce pourrait être la chance du Liverpool Football Club. Sa chance d'obtenir sa rédemption,

d'obtenir son salut. Sa meilleure chance, sa seule chance. Sur un terrain gelé, dans plusieurs centimètres de sable. À la 21e minute, Peter Thompson se fait tacler. Durement. Thompson tombe, Thompson se blesse. Gravement. Sur le terrain gelé, dans plusieurs centimètres de sable. Thompson ne se relève pas. Et Evans remplace Thompson. Et sur le terrain gelé, dans plusieurs centimètres de sable. Le Liverpool Football Club est maladroit, le Liverpool Football Club est emprunté. Il commet erreur sur erreur, faute sur faute. Sur le terrain gelé, dans plusieurs centimètres de sable. À la 53e minute, Lochhead lance Glover. Et Glover tire. Mais son tir heurte la barre transversale. Et sur le terrain gelé, dans plusieurs centimètres de sable. À la 64e minute, Tommy Smith passe à Bobby Graham. Graham passe à Ian Callaghan. Callaghan centre pour Chris Lawler. Lawler dévie le centre. Et Alun Evans le redirige, hors de portée de Shilton. Sur le terrain gelé, dans plusieurs centimètres de sable. Le ballon est dans le but, le ballon est au fond des filets. Le but de Leicester City, les filets de Leicester City. Mais sur le terrain gelé, dans plusieurs centimètres de sable. Le Liverpool Football Club reste maladroit, le Liverpool Football Club reste emprunté. Il commet encore erreur sur erreur, faute sur faute. Et sur le terrain gelé, dans plusieurs centimètres de sable. À la 80e minute, Farrington n'a plus que Lawrence à passer. À passer pour marquer. Pour marquer et égaliser. Mais sur le terrain gelé, dans plusieurs centimètres de sable. Lawrence plonge aux pieds de Farrington. Et Farrington ne passe pas Lawrence. Il ne marque pas, il n'égalise pas. Lawrence sauve le but aux pieds de Farrington. Et sur le terrain gelé, dans plusieurs centimètres de sable. À la 90e minute, Ian St John passe à Graham. Graham passe à Evans. Et Evans tire et Evans marque. Et sur le terrain gelé, dans plusieurs centimètres de sable. Maladroit, emprunté. Erreur sur erreur. Faute sur faute. Le Liverpool Football Club bat Leicester City 2-0 au terme du match à rejouer du cinquième tour de la Coupe d'Angleterre. À l'extérieur, ailleurs qu'à Anfield. Et le Liverpool Football Club, de la première division, va maintenant affronter le Watford Football Club, de la seconde division, au sixième tour de la Coupe d'Angleterre. Et dans l'enceinte de Filbert Street, les supporters du Liverpool Football Club scandent, *Hé-ho-addio, on va gagner la Coupe ! On va gagner la Coupe ! On va gagner la Coupe ! Hé-ho-addio, on va gagner la Coupe !*

Le samedi 21 février 1970, le Liverpool Football Club se rend au stade de Vicarage Road, à Watford, pour rencontrer le Watford Football Club au sixième tour de la Coupe d'Angleterre. Cet après-midi-là, 34 047 spectateurs se déplacent aussi. Ces 34 047 spectateurs veulent voir Liverpool, club de première division, affronter Watford, club de seconde division. Le Watford Football Club, du bas du classement de la seconde division. Et avant le coup de sifflet, celui du coup d'envoi. Les supporters du Liverpool Football Club présents dans l'enceinte de Vicarage Road scandent *Hé-ho-addio, on va gagner la Coupe ! On va gagner la Coupe ! Hé-ho-addio, on va gagner la Coupe !* Encore et encore. Les supporters du Liverpool Football Club scandent *Hé-ho-addio, on va gagner la Coupe ! On va gagner la Coupe ! Hé-ho-addio, on va gagner la Coupe !* Encore et toujours. Les supporters du Liverpool Football Club scandent *Hé-ho-addio, on va gagner la Coupe ! On va gagner la Coupe ! Hé-ho-addio,*

on va gagner la Coupe !

Mais en ce samedi 21 février 1970, les joueurs du Watford Football Club sont plus prompts à se mettre en route. Les joueurs du Watford Football Club sont plus rudes dans les tacles. Ils ont davantage d'assurance dans le contrôle du ballon, ils sont plus sereins quand ils le possèdent. Plus réguliers en défense et plus pénétrants en attaque. Et Lugg du Watford Football Club se déplace sans effort le long de l'aile droite. Infatigablement. Lugg du Watford Football Club efface sans effort les joueurs de Liverpool l'un après l'autre. Infatigablement. Yeats manque d'assurance, Yeats manque de conviction. Et son incertitude est contagieuse. Elle se répand et touche l'un après l'autre les autres joueurs de Liverpool. Elle passe de Yeats à Lawrence, de Lawrence à Lawler, de Lawler à Wall, de Wall à Strong, de Strong à Hughes, de Hughes à Callaghan, de Callaghan à Ross, de Ross à Evans, d'Evans à St John et de St John à Graham. Chacune de leurs frappes est incertaine, chacune de leurs passes est approximative. Et à la 63e minute du sixième tour de la Coupe d'Angleterre, de nouveau Lugg se déplace sans effort le long de l'aile droite. Et de nouveau Lugg efface sans effort les joueurs de Liverpool l'un après l'autre. Et sans effort, Lugg centre. Et sans effort Endean saute avant Lawler. Et sans effort Endean atteint le centre avant Lawler. Et sans effort Endean envoie d'une tête le ballon dans la cage, hors de portée de Lawrence. Et au fond des filets. La cage de Liverpool, les filets de Liverpool. Mais pendant les trente minutes suivantes du sixième tour de la Coupe d'Angleterre, pendant les trente dernières minutes du sixième tour de la Coupe d'Angleterre, les supporters du Liverpool Football Club scandent et ils scandent. Ils rugissent et ils rugissent. Ils hurlent et ils hurlent. Et pendant les trente minutes suivantes du sixième tour de la Coupe d'Angleterre, pendant les trente dernières minutes du sixième tour de la Coupe d'Angleterre, ceux qui occupent le banc du Liverpool Football Club crient et ils crient. Ils rugissent et ils rugissent. Ils hurlent et ils hurlent. Mais à la 90e minute du sixième tour de la Coupe d'Angleterre, l'arbitre regarde sa montre. À la 90e minute du sixième tour de la Coupe d'Angleterre, l'arbitre fait monter son sifflet vers sa bouche. À la 90e minute du sixième tour de la

Coupe d'Angleterre, l'arbitre porte le sifflet à ses lèvres. À la 90e minute du sixième tour de la Coupe d'Angleterre, l'arbitre s'emplit les poumons. À la 90e minute du sixième tour de la Coupe d'Angleterre, l'arbitre se vide les poumons. Et à la 90e minute du sixième tour de la Coupe d'Angleterre, l'arbitre donne un coup de sifflet –

Le coup de sifflet final –

Et le Watford Football Club bat le Liverpool Football Club 1-0 au sixième tour de la Coupe d'Angleterre. Et les joueurs du Watford Football Club sautent de joie. Et les supporters du Watford Football Club envahissent la pelouse. Et les joueurs du Liverpool Football Club tombent à genoux. En silence. Et les supporters du Liverpool Football Club tombent à genoux. En silence. Alors que les joueurs du Watford Football Club scandent, *Hé-ho-addio, on va gagner la Coupe ! On va gagner la Coupe ! Hé-ho-addio, on va gagner la Coupe !* Alors que les supporters du Watford Football Club scandent, *Hé-ho-addio, on va gagner la Coupe ! On va gagner la Coupe ! Hé-ho-addio, on va gagner la Coupe !* Alors que tout Watford scande, *Hé-ho-addio, on va gagner la Coupe ! On va gagner la Coupe ! Hé-ho-addio, on va gagner la Coupe !*

Et après ce coup de sifflet, ce coup de sifflet doublement final. Sur le banc des visiteurs. Le banc des visiteurs au stade de Vicarage Road. Bill Shankly tente de se lever. Bill Shankly tente de se tenir debout. Son pardessus colle à sa veste. Sa veste colle à sa chemise. Sa chemise colle à son maillot de corps. Son maillot de corps lui colle à la peau. Et sur le banc des visiteurs. Le banc des visiteurs au stade de Vicarage Road. Bill Shankly finit par se lever. Bill Shankly finit par tenir sur ses jambes. Son pardessus colle toujours à sa veste. Sa veste colle toujours à sa chemise. Sa chemise colle toujours à son maillot de corps. Son maillot de corps lui colle toujours à la peau. Bill Shankly longe la ligne de touche. La ligne de touche de Vicarage Road. Bill Shankly entre dans le vestiaire. Le vestiaire des visiteurs. Le regard de Bill Shankly fait le tour du vestiaire. Du vestiaire de Liverpool. Il passe d'un joueur au suivant. De Lawrence à Lawler, de Lawler à Wall, de Wall à Strong, de Strong à Yeats, de Yeats à Hughes, de Hughes à Callaghan, de Callaghan à Ross, de Ross à Evans, d'Evans à St John et de St John à Graham. Son pardessus colle à sa veste. Sa veste colle à sa chemise. Sa chemise colle à son maillot de corps. Son maillot de corps lui colle à la peau. Bill Shankly les regarde droit dans les yeux. Bill Shankly regarde au fond de leur cœur. Et Bill Shankly ouvre la bouche. Bill Shankly tente de parler. Mais Bill Shankly ne parvient pas à parler. Les mots manquent à Bill Shankly. Dans leurs yeux, dans leur cœur. Il savent et Bill Shankly sait. Les vieux agonisent et les jeunes ne peuvent pas naître. Son pardessus colle à sa veste. Sa veste colle à sa chemise. Sa chemise colle à son maillot de corps. Son maillot de corps lui colle à la peau. Bill Shankly sait qu'il n'y a rien à ajouter. Il n'y a plus de mots. Il n'y a pas d'autres mots. Plus de rédemption,

plus de salut.

…

Une semaine après, Derby County vient à Anfield, Liverpool. Ce jour-là, 43 594 spectateurs viennent aussi. Mais ce jour-là, Tommy Lawrence ne vient pas à Anfield, Liverpool. Et ce jour-là, Ron Yeats ne vient pas à Anfield, Liverpool. Et ce jour-là, Ian Ross ne vient pas à Anfield, Liverpool. Et ce jour-là, Ian St John ne vient pas à Anfield, Liverpool. Ce jour-là, Tommy Smith n'est plus blessé. Tommy Smith est de nouveau en forme. Donc, ce jour-là, Tommy Smith vient à Anfield, Liverpool. Et ce jour-là, Peter Thompson n'est plus blessé. Peter Thompson est de nouveau en forme. Donc, ce jour-là, Peter Thompson vient à Anfield, Liverpool. Et viennent aussi Ray Clemence et Doug Livermore. Ainsi que Chris Lawler, Peter Wall, Geoff Strong, Emlyn Hughes, Ian Callaghan, Alun Evans et Bobby Graham. Ce jour-là, le Liverpool Football Club effectue quatre changements dans l'équipe qui a perdu

1-0 contre le Watford Football Club la semaine précédente. Mais ce jour-là, le Liverpool Football Club perd malgré tout 2-0 contre Derby County. À domicile, à Anfield. Le Liverpool Football Club perd encore. Et ce soir-là, le Liverpool Football Club est neuvième de la première division.

Trois jours plus tard, le Liverpool Football Club se déplace au stade de Highfield Road, à Coventry. Mais Tommy Lawrence ne se rend pas à Highfield Road, Coventry. Et Ian St John ne se rend pas à Highfield Road, Coventry. Et ce soir-là, Coventry City marque à deux reprises. Mais à la 38e minute, Emlyn Hughes marque. À la 65e minute, Alun Evans marque. Et à la 72e minute, Evans marque de nouveau. Et ce soir-là, le Liverpool Football Club bat Coventry City 3-2. Et ce soir-là, le Liverpool Football Club est cinquième de la première division. Mais ce soir-là, le Liverpool Football Club n'est toujours nulle part. Le Liverpool Football Club reste égaré.

Le samedi 7 mars 1970, le Leeds United Association Football Club vient à Anfield, Liverpool. Cet après-midi-là, 51 435 spectateurs viennent aussi. Ces 51 435 spectateurs veulent voir le cinquième affronter le premier. Mais cet après-midi-là, le cinquième ne parvient pas à marquer et le premier ne parvient pas à marquer. Et cet après-midi-là, le cinquième fait match nul 0-0 avec le premier. Et ce soir-là, le premier reste premier. Et le cinquième reste cinquième.

Quatre jours plus tard, le Liverpool Football Club se déplace au Dell, Southampton. Mais Tommy Lawrence ne se rend pas au Dell, Southampton. Et Ian St John ne se rend pas au Dell, Southampton. À la 43e minute, Alun Evans marque. Et le Liverpool Football Club bat le Southampton Football Club 1-0. À l'extérieur, ailleurs qu'à Anfield. Trois jours après, le Liverpool Football Club se rend au stade de Highbury, à Londres. De nouveau, Tommy Lawrence ne fait pas partie du voyage. Et de nouveau, Ian St John ne fait pas partie du voyage. À la 83e minute, Ron Yeats marque. Mais cet après-midi-là, l'Arsenal Football Club marque une fois. Et l'Arsenal Football Club marque de nouveau. Et le Liverpool Football Club perd 2-1 contre l'Arsenal Football Club. À l'extérieur, ailleurs qu'à Anfield. Ce même après-midi, le Chelsea Football Club bat le Watford Football Club 5-1 en demi-finale de la Coupe d'Angleterre. Et Leeds United fait match nul 0-0 dans l'autre demi-finale de la Coupe d'Angleterre.

Deux jours plus tard, Sheffield Wednesday vient à Anfield, Liverpool. Ce soir-là, 31 931 spectateurs viennent aussi. Seulement 31 931 spectateurs. Mais pas Tommy Lawrence. Ni Ian St John. À la 50e minute, Chris Lawler marque. À la 63e minute, Ron Yeats marque. Et à la 88e minute, Bobby Graham marque. Et le Liverpool Football Club bat Sheffield Wednesday 3-0. À domicile, à Anfield. Devant 31 931 spectateurs seulement.

Le samedi 21 mars 1970, l'Everton Football Club vient à Anfield, Liverpool. Cette fois, 54 496 spectateurs viennent aussi. Et Ian St John également. Ce matin-là, l'Everton Football Club est premier au classement de la première division. Encore une fois. Ce matin-là, le Liverpool Football Club est cinquième au classement de la première division. Toujours cinquième. Et cet après-midi-là, l'Everton Football Club surclasse le Liverpool Football Club. *Facile !* Et cet après-midi-là, l'Everton Football Club domine le Liverpool Football Club. *Facile !* Alan Ball joue milieu de terrain pour Everton, Alan Ball écœure le milieu de terrain de Liverpool. *Facile !* Joe Royle enfonce la défense de Liverpool, Joe Royle survole la défense de Liverpool. Et Joe Royle marque. *Facile !* Et Alan Whittle marque. *Facile !* Et l'Everton Football Club bat le Liverpool Football Club 2-0. Sur son terrain, à Anfield. *Facile ! Facile ! Facile !* Et ce soir-là, l'Everton Football Club a 57 points. L'Everton Football Club est premier au classement de la première division. Et ce soir-là, le Liverpool Football Club a 43 points. Et le Liverpool Football Club n'est nulle part –

Dans le désert, dans l'immensité...

Trois jours après, Ipswich Town vient à Anfield, Liverpool. Ce soir-là, 29 548 spectateurs viennent aussi. Seulement 29 548 spectateurs. Mais pas Tommy Lawrence. Ni Ron Yeats. Ni Ian St John non plus. À la 32e minute, Ian Callaghan marque. Et à la 43e minute, Tommy Smith marque un penalty. Et le Liverpool Football Club bat Ipswich Town 2-0. À domicile, à Anfield. Devant 29 548 spectateurs. Seulement 29 548 spectateurs.

Le samedi 28 mars 1970, le Liverpool Football Club se déplace au stade d'Upton Park, à Londres. Tommy Lawrence n'est pas du voyage à Upton Park, Londres. Ron Yeats n'est pas du voyage à Upton Park, Londres. Et Ian St John n'est pas du voyage à Upton Park, Londres. Cet après-midi-là, Ray Clemence, Chris Lawler, Roy Evans, Tommy Smith, Larry Lloyd, Emlyn Hughes, Peter Thompson, Doug Livermore, Alun Evans, Ian Callaghan et Bobby Graham sont à Upton Park, Londres. Cet après-midi-là, Ian Callaghan joue milieu de terrain axial. Et Ian Callaghan a beaucoup de mal à tenir ce poste de milieu de terrain axial. Cet après-midi-là, Alun Evans est meneur de jeu. Cet après-midi-là, Alun Evans a beaucoup de mal à mener le jeu. Et cet après-midi-là, le Liverpool Football Club perd 1-0 contre West Ham United. À l'extérieur, ailleurs qu'à Anfield. Ce même après-midi, l'Everton Football Club bat le Chelsea Football Club 5-2. Et ce soir-là, l'Everton Football Club a cinq points d'avance sur Leeds United en tête de la première division.

Deux jours plus tard, le Liverpool Football Club se rend au stade Molineux, à Wolverhampton. Cette fois encore, Tommy Lawrence n'est pas du voyage à Molineux, Wolverhampton. Et cette fois encore, Ian St John n'est pas du voyage à Molineux, Wolverhampton. Mais Ron Yeats se rend à Molineux, Wolverhampton. Tout comme Ray Clemence, Chris Lawler, Tommy Smith, Larry Lloyd, Emlyn Hughes, Ian Callaghan, Doug Livermore, Alun Evans, Bobby Graham et Peter Thompson. Et cette fois, Ian Callaghan joue milieu de terrain latéral droit. Et cette fois, Ian Callaghan n'a pas de mal à tenir son poste. Et Alun Evans est encore meneur de jeu. Et Alun Evans a encore du mal à mener le jeu. Mais à la 43e minute, Lawler marque. Et le Liverpool Football Club bat les Wolverhampton Wanderers 1-0. À l'extérieur, ailleurs qu'à Anfield. Ce même après-midi, Leeds United perd 4-1 contre Derby County et l'Everton Football Club bat Stoke City 1-0. Et ce soir-là, l'Everton Football Club n'a plus besoin que d'une seule victoire, que de deux points seulement, pour être champion d'Angleterre –

Le mercredi 1er avril 1970, West Bromwich Albion vient à Goodison Park, Liverpool. Ce soir-là, 58 523 spectateurs viennent aussi. À la 19e minute, Harvey tire. Et son tir est bloqué. Mais Whittle contrôle le rebond. Whittle tire. Et Whittle marque. À la 65e minute, Harvey fond sur un ballon mal contrôlé qui échappe à un joueur adverse au milieu du terrain. D'abord, Harvey part d'un côté, entraînant les défenseurs derrière lui. Puis Harvey part de l'autre côté, entraînant encore les défenseurs derrière lui. Les défenseurs qu'il sème en cours de route. Harvey tire. Et Harvey marque. Et l'Everton Football Club est champion d'Angleterre. Pour la septième fois, champion d'Angleterre. Et les supporters de l'Everton Football Club exultent. Et les supporters de l'Everton Football Club scandent, *Ever-ton, Ever-ton, Ever-ton*. Et les supporters de l'Everton Football Club envahissent la pelouse. La pelouse de Goodison. Et les supporters de l'Everton Football Club chantent *We Shall Not Be Moved*[1]. Et les supporters de l'Everton Football Club regardent Alan Ball et les joueurs de l'Everton Football Club brandir le trophée de la Ligue de football en faisant le tour du stade. Du stade de Goodison. Et les supporters de l'Everton Football Club chantent, *On est les champions, on est les champions, On est, on est, on est*

1. Rien ne nous fera reculer.

les champions ! On est les champions, on est les champions, On est, on est,

on est les CHAMPIONS !

Et après avoir fêté la victoire, après le champagne. Alan Ball déclare, La moyenne d'âge de cette équipe d'Everton est de vingt-quatre ans. Vingt-quatre ans seulement ! Alors, ce que je vois devant nous, c'est cinq grandes saisons. Au moins cinq grandes saisons devant nous. Cette équipe, c'est certain, elle ne peut que s'améliorer. Nous sommes bourrés de talent, et chaque joueur travaille dur pour les autres. Alors, avec des atouts pareils, comment pourrait-on échouer ? Qui peut nous rattraper –

Qui peut nous arrêter ?

34

Moral en berne et abattement

Dans la maison, dans leur salon. Dans son fauteuil, assis sur le bord du coussin. Bill fixe l'écran de la télévision. Treize millions, cent quarante-cinq mille, cent vingt-trois électeurs ont voté pour le parti conservateur. Douze millions, deux cent huit mille, sept cent cinquante-huit électeurs ont voté pour le parti travailliste. Le parti conservateur a remporté trois cent trente sièges à la Chambre des communes. Le parti travailliste a remporté deux cent quatre-vingt-huit sièges à la Chambre des communes. Et le parti conservateur a gagné les élections législatives. Edward Heath, le député de Bexley, dans le Kent, qui est né à Broadstairs et qui soutient le Burnley Football Club, va devenir le Premier Ministre du Royaume-Uni. Harold Wilson, le député de Huyton, dans la banlieue de Liverpool, qui est né à Huddersfield et qui soutient le Huddersfield Football Club, ne sera plus Premier Ministre du Royaume-Uni. Dans son fauteuil, assis sur le bord du coussin. Bill tente de se relever. Bill tente de tenir sur ses jambes. Bill sait qu'il faut se relever. Il faut tenir debout. Si on ne se relève pas. Si on ne peut plus tenir debout. Alors on est fini. On est mort. Et les gens qui vous soutiennent. Les gens qui croient en vous. Ils sont finis, eux aussi. Ils sont morts, eux aussi. C'est pourquoi Bill comprend qu'il faut se relever. Qu'il faut tenir debout. Pour les gens, pour les autres. Il faut toujours se relever. Il faut toujours tenir debout. Et Bill se relève. Bill se tient debout. Et Bill s'approche du téléviseur. Bill éteint le téléviseur. Et Bill se dirige vers la fenêtre. Bill écarte les rideaux. À la fenêtre de devant, dans la lumière du matin. Bill regarde à travers la vitre, il regarde la rue. Il regarde les gamins dans la rue, les gamins avec leur ballon. Leur ballon à leurs pieds, leur ballon en l'air. Bill voit leur ballon en l'air, Bill voit les nuages dans le ciel. La promesse de pluie, la menace d'orage. Les gouttes de pluie dans l'atmosphère, les traînées de pluie sur la vitre. Et Bill se détourne de la fenêtre. Bill sort du salon. Bill longe le couloir. Bill franchit la porte. Bill sort dans la rue. Et Bill dit, Allez, les gars. Allez. On va faire une petite partie. Une dernière partie,

avant le déluge.

…

Dans la maison, dans leur salon. Bill ne regarde pas la Coupe du Monde à la télévision. Et Bill ne se rend pas dans les studios de télévision. Bill ne se joint pas aux groupes de spécialistes qui commentent la Coupe du Monde dans les studios de télévision. Bill se rend à son travail. Et Bob Paisley, Reuben Bennett, Joe Fagan et Ronnie Moran se rendent à leur travail aussi. Chaque jour. Ils travaillent. Chaque jour. Ils parlent. Chaque jour. Ils analysent. Chaque jour. Ils discutent. Des matchs que le Liverpool Football Club a disputés la saison passée. Des joueurs qui ont défendu les couleurs du Liverpool Football Club la saison passée. Des joueurs de l'équipe première et des joueurs de l'équipe réserve. L'équipe première a joué 42 matchs ; elle en a gagné 20, elle a obtenu 11 nuls et perdu 11 de ces 42 rencontres. Elle a marqué 65 buts et en a concédé 42. Elle a acquis 51 points pour finir cinquième au classement de la première division. L'équipe réserve a joué 42 matchs, elle aussi ; elle en a gagné 28, elle a obtenu 12 nuls et perdu 2 de ces 42 rencontres. Elle a marqué 89 buts et en a concédé 20. Elle a acquis 68 points pour finir première au classement de la division réserve. Bill, Bob, Reuben, Joe et Ronnie analysent chacun des matchs que l'équipe première a disputés, chacun des matchs que l'équipe réserve a disputés. Chaque jour. Bill, Bob, Reuben, Joe et Ronnie discutent de chaque joueur qui a joué ces matchs pour l'équipe première, de chaque joueur qui a joué ces matchs pour l'équipe réserve. Chaque jour. Ils analysent et ils discutent. De qui devra être rétrogradé, de qui devra être promu. Chaque jour. Ils analysent et ils discutent. De qui devra partir et de qui devra rester. Chaque jour. De qui devra aller voir ailleurs et de qui devra venir chez eux. Chaque jour. Des anciens joueurs et des nouveaux joueurs. Le Liverpool Football Club a acheté Jack Whitham à Sheffield Wednesday pour 57 000 livres ; le Liverpool Football Club a acheté Steve Heighway à Skelmersdale United. Chaque jour. De qui ne jouera pas et de qui jouera. Chaque jour. Au cours de la saison prochaine, dans les matchs à venir. Chaque jour. Ils analysent et ils discutent. Chaque jour. De la saison prochaine et des matchs à venir. Chaque jour. Bill, Bob, Reuben, Joe et Ronnie travaillent. Chaque jour. Jusqu'à ce qu'ils se soient suffisamment préparés,

jusqu'à ce qu'ils soient prêts.

…

Au stade, dans le bureau. À sa table de travail, dans son fauteuil. Bill scrute son carnet. Son carnet rempli de noms, son carnet rempli de notes. La dernière page de noms, la dernière page de notes. Et Bill lit à voix haute les noms inscrits sur la page : Clemence, Lawler, Ross, Smith, Lloyd, Hughes, Callaghan, Evans, Graham, McLaughlin et Thompson. Bill met son carnet de côté.

Le carnet rempli de noms, le carnet rempli de notes. Bill se lève. Bill se dirige vers les étagères. Les étagères remplies de carnets. Les étagères remplies de noms et les étagères remplies de notes. Bill prend un carnet sur l'étagère. Un autre carnet rempli de noms, un autre carnet rempli de notes. Les noms de la saison passée, les notes de la saison passée. Des noms anciens, des notes anciennes. Bill se penche sur la première page de la saison passée. La première page de noms du premier match de la saison passée. Et Bill lit à voix haute les noms inscrits sur la page : Lawrence, Lawler, Strong, Smith, Yeats, Hughes, Callaghan, Hunt, Graham, St John et Thompson. Bill referme le carnet. Le carnet de la saison passée. Le carnet des noms anciens, le carnet des notes anciennes. Bill le range sur l'étagère. L'étagère remplie de noms, l'étagère remplie de notes. De noms anciens et de notes anciennes. Bill retourne à sa table de travail. Bill se rassied. Derrière sa table, dans son fauteuil. Bill se replonge dans le carnet posé sur sa table. Une fois de plus. Le carnet rempli de noms, le carnet rempli de notes. De nouveaux noms et de nouvelles notes. Des noms pour la saison à venir, des notes pour cette saison. La dernière page de noms, la dernière page de notes. Et de nouveau. Bill lit à voix haute les noms inscrits sur la page : Clemence, Lawler, Ross, Smith, Lloyd, Hughes, Callaghan, Evans, Graham, McLaughlin et Thompson. Bill avale sa salive. Bill sait que cinq des noms figurant sur la première page de la nouvelle saison ne correspondent pas à cinq des noms figurant sur la première page de la saison passée. Cinq nouveaux noms contre cinq noms anciens. À sa table de travail, dans son fauteuil. Bill avale de nouveau sa salive. Bill sait que le Liverpool Football Club a terminé à la cinquième place du classement de la première division. La saison dernière, la saison passée. Bill sait que le Liverpool Football Club n'a fini nulle part. La saison dernière, la saison passée. Bill referme son carnet. Le carnet rempli de noms, le carnet rempli de notes. Le carnet rempli de nouveaux noms, le carnet rempli de nouvelles notes. À sa table de travail, dans son fauteuil. Bill ferme les yeux. Ses yeux d'homme vieillissant. Bill en est malade de ne finir nulle part. Ces dernières saisons, ces saisons passées. Malade de ne finir nulle part, malade de ne rien gagner –

Malade et sacrément fatigué.

…

Sur le banc, le banc de Turf Moor. Bill voit le Liverpool Football Club battre le Burnley Football Club 2-1. Sur le banc, le banc de Bloomfield Road. Bill voit le Liverpool Football Club faire match nul 0-0 avec le Blackpool Football Club. Sur le banc, le banc d'Anfield. Bill voit John McLaughlin marquer son premier but pour le Liverpool Football Club lors de son premier match à domicile sous les couleurs du Liverpool Football Club. John McLaughlin a dix-huit ans. Et Bill voit le Liverpool Football Club battre Huddersfield Town 4-0. Sur le banc, le banc d'Anfield. Bill voit Ray Clemence bondir pour intercepter une tête. Clemence a mal évalué la trajectoire du ballon. Le ballon retombe derrière Clemence. Et dans les filets. Et Bill voit le Liverpool Football Club faire match nul 1-1 avec le Crystal Palace Football Club. Sur le banc, le banc du stade The Hawthorns. Bill voit le Liverpool Football Club faire match nul 1-1 avec West Bromwich Albion. Sur le banc, le banc d'Anfield. Bill voit le Liverpool Football Club faire match nul 1-1 avec Manchester United.

Sur le banc, le banc de Field Mill. Bill voit le Liverpool Football Club faire match nul 1-1 avec Mansfield Town, club de troisième division, au second tour de la Coupe de la Ligue. Sur le banc, le banc du stade de St James' Park. Bill voit le Liverpool Football Club faire match nul 0-0 avec Newcastle United. Encore un match nul,

encore un satané nul.

Sur le banc, le banc d'Anfield. Bill voit le Liverpool Football Club battre le Ferencvárosi Torna Club de Budapest, Hongrie, 1-0 au match aller du premier tour de la Coupe des villes de foires. Sur le banc, le banc d'Anfield. Bill voit le Liverpool Football Club battre Nottingham Forest 3-0. Sur le banc, le banc d'Anfield. Bill voit le Liverpool Football Club battre Mansfield Town, club de troisième division, 3-0 après prolongations lors du match à rejouer au deuxième tour de la Coupe de la Ligue. Et dans le vestiaire. Le vestiaire de Liverpool. Le regard de Bill passe d'un joueur au suivant. De Clemence à Lawler, de Lawler à Lindsay, de Lindsay à Smith, de Smith à Lloyd, de Lloyd à Hughes, de Hughes à Hall, de Hall à Evans, d'Evans à Graham, de Graham à McLaughlin et de McLaughlin à Heighway. Et Bill sourit. Et Bill dit, Bien joué, les gars. Bien joué, vraiment. Et ce soir, vous avez appris une leçon, les gars. Et même plusieurs leçons importantes. Vous avez appris à ne jamais sous-estimer l'équipe, quelle qu'elle soit, qui joue contre vous, les gars. Et vous avez appris à ne jamais renoncer à gagner le moindre match que vous disputez. Vous avez appris à toujours continuer de tenter quelque chose, les gars. À ne jamais cesser de lutter. À ne jamais céder et à ne jamais renoncer. Voilà ce que j'ai vu sur le terrain aujourd'hui, les gars. Je vous ai vus ne jamais céder et ne jamais renoncer. Et c'est pour ça que je suis fier de vous, les gars. Très, très fier de vous. De la façon dont vous avez appris ces leçons et de la façon dont vous avez joué ce soir…

Sur le banc, le banc du Dell. Bill voit Alec Lindsay marquer. Un but contre son camp. Et Bill voit le Liverpool Football Club perdre 1-0 contre le Southampton Football Club. C'est la première défaite du Liverpool Football Club de la saison 1970-71. Sur le banc, le banc du Nep Stadium de Budapest, Hongrie. Bill voit le Liverpool Football Club battre le Ferencvárosi Torna Club de Budapest, Hongrie, 2-1 au score combiné du premier tour de la Coupe des villes de foires. Sur le banc, le banc d'Anfield. Bill voit le Liverpool Football Club battre le Chelsea Football Club 1-0. Sur le banc, le banc du County Ground. Bill voit Trollope sprinter sur trente mètres en dévalant l'aile. Et Trollope centre. Le ballon tombe aux pieds de Rogers. Rogers se déplace latéralement le long de la ligne de but. Du but de Liverpool. Rogers emmène Clemence avec lui d'un bout à l'autre de la cage. Et Rogers tire. Et Rogers marque. Deux minutes plus tard, Bill voit Dangerfield faire une passe à Rogers. Et de nouveau Rogers se déplace latéralement le long de la ligne de but. Du but de Liverpool. Et de nouveau Rogers emmène Clemence avec lui. Et de nouveau Rogers tire. Et de nouveau Rogers marque. Et sur le banc, le banc du County Ground. Bill voit Liverpool, club de première division, perdre 2-0 contre Swindon Town, club de seconde division, au troisième tour de la Coupe de la Ligue. Et dans le vestiaire. Le vestiaire des visiteurs. Le regard de Bill passe d'un joueur au suivant. De Ray Clemence à Chris Lawler, de Chris à Alec Lindsay, d'Alec à Tommy Smith, de Tommy à Larry Lloyd, de Larry à Emlyn Hughes, d'Emlyn à Brian Hall, de Brian à Alun Evans, d'Alun à Steve Heighway, de Steve à Doug Livermore et de Doug à Jack Whitham. Et Bill voit la tristesse. Les blessures de la tristesse. Et Bill voit leur peine. Les blessures de leur peine. Et Bill sent la peur. Leurs blessures et leur peur. Et Bill sourit. Et Bill dit, Il y aura toujours des moments où nous serons battus, les gars. Il y aura toujours des moments où nous perdrons. Mais l'important, c'est ce que nous retirons de cette défaite, ce que nous apprenons quand nous perdons, les gars. Parce qu'on apprendra toujours plus d'une défaite que d'une victoire. Retenez bien ça, les gars. Retenez bien ça. Et apprenez-le. Et je vous verrai tous demain. Demain à la première heure, les gars –

De bon matin, de bon matin.

Sur le banc, le banc de White Hart Lane. Bill voit le Liverpool Football Club perdre 1-0 contre Tottenham Hotspur. Sur le banc, le banc d'Anfield. Bill voit le Liverpool Football Club battre le Burnley Football Club 2-0. Sur le banc, le banc d'Anfield. Bill voit le Liverpool Football Club battre le Fotbal Club Dinamo București de Roumanie 3-0 au match aller du deuxième tour de la Coupe des villes de foires. Sur le banc, le banc de Portman Road. Bill voit le Liverpool Football Club perdre 1-0 contre Ipswich Town. Sur le banc, le banc d'Anfield. Bill voit le Liverpool Football Club battre les Wolverhampton Wanderers 2-0. Sur le banc, le banc du Stadium du vingt-trois août à Bucarest, Roumanie. Bill voit le Liverpool Football Club battre le Fotbal Club Dinamo Bucureşti de Roumanie 4-1 au score combiné au match retour du deuxième tour de la Coupe des villes de foires. Sur le banc, le banc du Baseball Ground, Bill voit le Liverpool Football Club faire match nul 0-0 avec Derby County. Encore une fois. Un autre match nul. Encore une fois. Un nul

après un nul après
un putain de
nul.

…

Au stade, dans le bureau. La colle sur la table, les ciseaux dans ses mains. Bill scrute le classement de la première division. De haut en bas, depuis la première place et en descendant. Ce soir, dans la saison 1970-71, le Liverpool Football Club a joué 15 matchs de championnat. Il en a gagné 6, obtenu 6 nuls et concédé 3 défaites. L'équipe a marqué 17 buts et en a encaissé 7. Ce soir, le Liverpool Football Club possède 18 points. Et ce soir, le Liverpool Football Club est huitième au classement de la première division. Pas premier, pas second, pas troisième,

pas même cinquième –
Huitième.

Au stade, dans le bureau. À la table de travail, dans le fauteuil. Bill sait que ce n'est pas acceptable. Bill sait que ce n'est pas suffisant. Pas pour le Liverpool Football Club. Pas pour les supporters du Liverpool Football Club. Mais Bill sait où se trouve le problème. Et Bill sait ce qu'il faut faire. À la table de travail, dans le fauteuil. Bill décroche le téléphone. Et Bill appelle Huddersfield Town. Bill dit à Huddersfield Town qu'il veut acheter Frank Worthington. Huddersfield Town accepte de vendre Frank Worthington au Liverpool Football Club. Frank Worthington vient à Anfield. Frank Worthington passe une visite médicale à Anfield. Frank Worthington est déclaré inapte par le médecin d'Anfield. Frank Worthington retourne à Huddersfield Town. Au stade, dans le bureau. À la table de travail, dans le fauteuil. Bill décroche une nouvelle fois le téléphone. Bill appelle Cardiff City. Bill dit à Cardiff City qu'il veut acheter John Toshack. Cardiff City accepte de vendre John Toshack au Liverpool Football Club. John Toshack vient à Anfield. John Toshack passe une visite médicale à Anfield. John Toshack est déclaré apte par le médecin d'Anfield. Le Liverpool Football Club verse à Cardiff City 110 000 livres pour le transfert de John Toshack. C'est le record du club. Et à son bureau, dans son fauteuil. Bill sourit.

…

Sur le banc, le banc d'Anfield. Bill et 53 777 spectateurs du Merseyside regardent le Liverpool Football Club affronter l'Everton Football Club. L'Everton Football Club est onzième de la première division. Mais l'Everton Football Club est toujours le champion d'Angleterre en titre. En première mi-temps, la cadence est implacable, les charges féroces, le jeu échevelé et rude. En seconde mi-temps, Morrissey tacle Tommy Smith. Morrissey réussit son tacle et Morrissey prend le ballon. Morrissey passe à Whittle. Et Whittle envoie un lob par-dessus la tête de Clemence. Par-dessus sa tête, au fond des filets. Les filets de Liverpool, les buts de Liverpool. Quelques minutes plus tard, Ball passe à Morrissey. Morrissey passe à Ball. Ball centre. Larry Lloyd loupe le centre. Royle trouve le centre. Et Royle envoie d'une tête le centre dans les filets. Les filets de Liverpool, les buts de Liverpool. Et le Liverpool Football Club se retrouve mené 2-0 par l'Everton Football Club. À domicile, à Anfield. Mais à la 69e minute, Steve Heighway déborde Hurst par la gauche. Heighway fonce vers l'intérieur depuis la gauche. Et Heighway envoie un tir qui traverse la garde de quatre défenseurs et s'engouffre dans les filets. Les filets d'Everton, les buts d'Everton. Et cinq minutes plus tard, de nouveau Heighway fait une descente sur la gauche. Heighway centre depuis la gauche. John Toshack réceptionne le centre qui vient de la gauche. Toshack le reprend d'une tête. Et Toshack envoie le ballon dans les filets. Les filets d'Everton, les buts d'Everton. Son premier but pour le Liverpool Football Club. Et Anfield entre en éruption. Une éruption de bruit. Et Anfield explose. Une explosion de sons. Un bruit assourdissant et des sons tonitruants. Et à la 84e minute, Toshack, d'une tête, fait suivre un centre à Chris Lawler. Et Lawler se tourne. Et Lawler tire. Et Lawler marque. Dans un maelstrom de bruit, dans une débauche de cris. Le bruit de Liverpool et les cris de Liverpool. Le Liverpool Football Club bat l'Everton Football Club 3-2. À domicile, à Anfield. Dans le bruit rouge, dans les cris rouges. LI-VER-POOL, LI-VER-POOL –

LI-VER-POOL !

…

Devant la maison, sur leur perron. Dans la nuit et dans le silence. Bill déverrouille la porte. Dans la nuit et dans le silence. Bill ouvre la porte. Dans la nuit et dans le silence. Bill entre dans la maison. Dans le noir et dans le silence. Bill longe le couloir jusqu'à la cuisine. Dans le noir et dans le silence. Bill allume la lumière de la cuisine. Dans la cuisine, à la table. Bill s'assied. Dans le silence. Bill ferme les yeux. Dans la cuisine, à la table. Dans ses oreilles et dans son esprit. Bill entend la foule. La foule d'Anfield. *LI-VER-POOL.* Dans la cuisine, à la table. Dans ses oreilles et dans son esprit. Bill entend le Kop. Le Spion Kop. *LI-VER-POOL.* Dans la cuisine, à la table. Dans ses oreilles et dans son esprit. Bill entend les voix du Kop, les rêves du Spion Kop. *LI-VER-POOL.* Dans la cuisine, à la table. Bill entend Ness tousser à l'étage. Dans leur lit, dans son sommeil. Dans la cuisine, à la table. Bill rouvre les yeux. Et Bill entend Ness tousser de nouveau. Et l'horloge murale faire tic-tac. Encore et encore. Dans la cuisine, à la table. La montre à son poignet fait tic-tac. Encore et encore. Elle fait toujours tic-tac, elle faisait déjà tic-tac. Et dans la cuisine, à la table. Bill met ses doigts dans ses oreilles. Dans la cuisine, à la table. Ses doigts bouchent ses oreilles.

Dans la nuit et dans le silence,

de ses doigts il se bouche les oreilles. Bill sait qu'il faut être patient. Même si par nature on est impatient. Impatient de retrouver le succès, impatient de retrouver la victoire. Impatient d'offrir aux spectateurs ce succès, impatient d'offrir aux spectateurs cette victoire. Même si autour de vous d'autres personnes vous disent ce que vous devriez faire. Même si autour de vous d'autres personnes vous disent ce qui a besoin d'être fait. Bill sait que vous devez malgré tout être patient dans vos méthodes. Vous devez malgré tout être patient dans votre façon de procéder. Il faut que vous soyez un homme impatient capable de se montrer patient.

Un homme impatient, capable de se montrer très patient.

35

Dans la division des joueurs à la peine

Le samedi 28 novembre 1970, le Liverpool Football Club se rend au stade de Highbury, à Londres. Mais Ian Callaghan n'est pas du voyage à Highbury, Londres. Ian Callaghan est blessé. Et Peter Thompson n'est pas du voyage à Highbury, Londres. Peter Thompson est blessé. Et Alun Evans n'est pas du voyage à Highbury, Londres. Alun Evans est blessé. Et Bobby Graham n'est pas du voyage à Highbury, Londres. Bobby Graham est blessé. Le samedi 28 novembre 1970, l'Arsenal Football Club est deuxième au classement de la première division. Et le Liverpool Football Club est sixième au classement de la première division. Et le samedi 28 novembre 1970, le Liverpool Football Club est à la peine contre l'Arsenal Football Club. Clemence est à la peine, Lawler est à la peine, Lindsay est à la peine, Smith est à la peine, Lloyd est à la peine, Hughes est à la peine, Hall est à la peine, Toshack est à la peine, Heighway est à la peine, McLaughlin est à la peine et Ross est à la peine. Et à la 66e minute, Graham de l'Arsenal Football Club produit un tir de volée qui déborde Clemence. Et finit dans les filets, dans les buts. Et quelques minutes plus tard, Radford de l'Arsenal Football Club monte pour intercepter un ballon. Et Radford trouve le ballon. Et le ballon trouve les filets. Et le but. Et le Liverpool Football Club perd 2-0 contre l'Arsenal Football Club. À l'extérieur, ailleurs qu'à Anfield. Bill Shankly longe la ligne de touche. La ligne de touche de Highbury. Et Bill Shankly serre la main de Bertie Mee, le manager de l'Arsenal Football Club –

Bien joué, Bertram. Très bien joué, vraiment. Je pensais qu'on pourrait peut-être obtenir un nul contre ton équipe, Bertram. Mais que non ! Pas aujourd'hui…

Merci, William, dit Bertie Mee. Merci beaucoup. Mais tes gars nous ont donné du fil à retordre, William. Tu as là des joueurs qui promettent, des joueurs de talent. Parmi ces jeunes qui commencent à s'affirmer, William. De vraies promesses et de vrais talents…

Merci, Bertram. Merci beaucoup. Et tu ne te trompes pas, Bertram. Tu ne te trompes pas. Et ils progressent sans arrêt. Parce qu'ils apprennent sans arrêt. À chaque match qu'ils jouent. Ils s'améliorent. Encore et encore. Alors, retiens bien ça. Retiens bien ce que je vais te dire, Bertram. Tu n'as pas encore vu tout ce qu'ils sont capables de faire. Et tu entendras encore parler d'eux. Et plutôt deux fois qu'une. Et pendant longtemps, Bertram. Pendant longtemps…

Une semaine plus tard, Leeds United vient à Anfield, Liverpool. Ce jour-là, 51 357 spectateurs viennent aussi. Leeds United est premier au classement de la première division. Et le Liverpool Football Club est septième de la première division. Et le Liverpool Football Club est à la peine contre Leeds United. Clemence est à la peine, Lawler est à la peine, Lindsay est à la peine, Smith est à la peine, Lloyd est à la peine, Hughes est à la peine, Hall est à la peine, McLaughlin est à la peine, Heighway est à la peine, Toshack est à la peine, et Thompson est à la peine. Et à la 50e minute, Cooper déboule sur l'aile. Cooper centre. Madeley récupère son centre. Et Madeley marque. Mais les supporters du Liverpool Football Club ne capitulent pas. Ils continuent d'encourager les joueurs et ils continuent de chanter. Et les joueurs du Liverpool Football Club ne capitulent pas. Ils continuent de se battre et ils continuent d'essayer. Plus fort. Clemence se bat et Clemence essaie. Plus fort. Lawler se bat et Lawler essaie. Plus fort. Lindsay se bat et Lindsay essaie. Plus fort. Smith se bat et Smith essaie. Plus fort. Lloyd se bat et Lloyd essaie. Plus fort. Hughes se bat et Hughes essaie. Plus fort. Hall se bat et Hall essaie. Plus fort. McLaughlin se bat et McLaughlin essaie. Plus fort. Heighway se bat et Heighway essaie. Plus fort. Toshack se bat et Toshack essaie. Plus fort. Et Thompson se bat et Thompson essaie. Plus fort et encore plus fort. Et le Liverpool Football Club se voit accorder un coup franc. C'est Tommy Smith qui tire le coup franc. Il envoie un lob en direction du deuxième poteau. Du deuxième poteau de Leeds. Et John Toshack est là. Dans les airs, à Anfield. Au deuxième poteau. Pour recevoir le coup franc. Pour rediriger le coup franc d'une tête. Dans les filets et dans les buts. Et les supporters du Liverpool Football Club l'acclament. Les supporters du Liverpool Football Club chantent. Et les supporters du Liverpool Football Club rugissent. Ils rugissent pour en avoir plus. Plus et encore plus. Et le Liverpool Football Club attaque et attaque. Plus fort et encore plus fort. Pendant les trente minutes qui suivent. Les supporters du Liverpool Football Club rugissent et les joueurs du Liverpool Football Club attaquent. Encore et encore, plus fort et encore plus fort. Mais Leeds United défend. Pendant les trente-cinq dernières minutes. Il défend et il défend. Et le Liverpool

Football Club fait match nul 1-1 avec Leeds United. À domicile, à Anfield. Bill Shankly longe la ligne de touche. La ligne de touche d'Anfield. Bill Shankly serre la main de Don Revie. Et Bill Shankly sourit –

Bien défendu, Don. Très bien défendu. Je pensais qu'on allait vous battre, Don. J'y ai vraiment cru. Je pensais qu'on allait gagner…

Impossible, Bill. Impossible. Vous avez eu de la chance, aujourd'hui, Bill. Beaucoup de chance. On aurait dû vous battre, Bill. On aurait dû gagner.

Ma foi, je ne sais pas quel match tu as regardé, Don. Vraiment pas. Mais j'ai un conseil pour toi, Don. Un conseil, si tu veux gagner un match de football. Ce serait d'attaquer, Don. Au lieu de te contenter de défendre.

Trois jours plus tard, dans un pays ténébreux, dans un pays de coupures de courant, le Liverpool Football Club se déplace au stade d'Easter Road, à Édimbourg, pour affronter l'Hibernian Football Club au match aller du troisième tour de la Coupe des villes de foires. Et dans un pays ténébreux, dans un pays de coupures de courant, le Liverpool Football Club attaque et attaque. À l'extérieur, ailleurs qu'à Anfield. Et dans un pays ténébreux, dans un pays de coupures de courant. À la 75e minute, John Toshack marque. Et le Liverpool Football Club bat l'Hibernian Football Club 1-0 au match aller du troisième tour de la Coupe des villes de foires. À l'extérieur, ailleurs qu'à Anfield. Dans un pays ténébreux, dans un pays de coupures de courant.

Le samedi 12 décembre 1970, dans un pays toujours ténébreux, dans un pays toujours victime de coupures de courant, le Liverpool Football Club se rend à Upton Park, Londres. Et à cause des ténèbres, à cause des coupures de courant, le coup d'envoi de la rencontre entre le Liverpool Football Club et West Ham United est donné avec une demi-heure d'avance, à 14 h 30. À cause des ténèbres, à cause des coupures de courant. Mais dans les ténèbres, malgré les coupures de courant, à la 27e minute, Jack Whitham marque pour le Liverpool

Football Club. Son premier but pour le Liverpool Football Club. Et dans les ténèbres, malgré les coupures de courant, à la 43e minute, Phil Boersma marque pour le Liverpool Football Club. Et dans les ténèbres, malgré les coupures de courant, le Liverpool Football Club bat West Ham United 2-1. À l'extérieur, ailleurs qu'à Anfield. Une semaine plus tard, le Liverpool Football Club se déplace au stade de Leeds Road, à Huddersfield. Mais le Liverpool Football Club ne marque pas. Et Huddersfield Town ne marque pas. Et le Liverpool Football Club fait match nul 0-0 avec Huddersfield Town. À l'extérieur, ailleurs qu'à Anfield. Bill Shankly longe la ligne de touche. La ligne de touche du stade de Leeds Road. Et Bill Shankly serre la main d'Ian Greaves, le manager de Huddersfield Town –

Bien joué, Ian. Vraiment bien joué. Et je te souhaite la meilleure réussite possible, Ian. La meilleure réussite pour le reste de la saison. Je sais que tu as un combat à mener, Ian. Mais j'espère que c'est un combat que tu remporteras. Je le souhaite sincèrement, Ian. Je le souhaite sincèrement. Parce que j'ai toujours dit que la place de Huddersfield, c'était en première division. En première division. Et j'admire le travail que tu as fait, Ian. Le succès que tu as apporté à Huddersfield Town.

Ian Greaves sourit. Et Ian Greaves dit, Merci, Bill. Merci beaucoup. Ça me fait chaud au cœur. Vraiment…

Trois jours plus tard, l'Hibernian Football Club vient à Anfield, Liverpool. Ce soir-là, 37 815 spectateurs viennent aussi. Ces 37 815 spectateurs veulent voir le Liverpool Football Club affronter l'Hibernian Football Club au match retour du troisième tour de la Coupe des villes de foires. À la 23e minute, Emlyn Hughes lance Steve Heighway au centre. Heighway court, Heighway accélère. Il laisse l'Hibernian cloué sur place, il laisse l'Hibernian en spectateur. Et Heighway tire. Et Heighway marque. Et à la 50e minute, Phil Boersma envoie un centre depuis le côté droit. L'Hibernian cloué sur place, l'Hibernian simple spectateur. Le centre de Boersma retombe derrière le gardien d'Hibernian, le centre retombe dans les filets d'Hibernian. Et le Liverpool Football Club bat l'Hibernian Football Club 3-1 au score combiné au troisième tour de la Coupe des villes de foires.

Le lendemain de Noël 1970, sous les tempêtes de neige et dans la glace, Stoke City vient à Anfield, Liverpool. Cet après-midi-là, sous les tempêtes de neige et dans la glace, 47 103 spectateurs viennent aussi. Mais sous les tempêtes de neige et dans la glace, le Liverpool Football Club ne marque pas. Et Stoke City ne marque pas. Et sous les tempêtes de neige et dans la glace, le Liverpool Football Club fait match nul 0-0 avec Stoke City. À domicile, à Anfield. Pour le Liverpool Football Club, c'est le dixième match nul de la saison, son sixième 0-0 de la saison. Et ce soir-là, sous les tempêtes de neige et dans la glace, le Liverpool Football Club possède 26 points. Et le Liverpool Football Club est septième au classement de la première division. Sous les tempêtes de neige et dans la glace, le Liverpool Football Club est toujours perdu, toujours porté disparu –

Toujours nulle part.

Le samedi 2 janvier 1971, Aldershot, club de quatrième division, vient à Anfield, Liverpool. Cet après-midi-là, 45 500 spectateurs viennent aussi. Ces 45 500 spectateurs veulent voir le Liverpool Football Club affronter l'Aldershot Football Club de la quatrième division au troisième tour de la Coupe d'Angleterre. À domicile, à Anfield. Bill Shankly entre dans le vestiaire de l'équipe qui reçoit. Le regard de Bill Shankly fait le tour du vestiaire. Le vestiaire de Liverpool. Il passe de Clemence à Lawler, de Lawler à Boersma, de Boersma à Smith, de Smith à Lloyd, de Lloyd à Hughes, de Hughes à Hall, de Hall à McLaughlin, de McLaughlin à Heighway, de Heighway à Toshack et de Toshack à Callaghan. Et Bill Shankly sort un bout de papier de sa poche de manteau. Et Bill lit à haute voix les noms inscrits sur son bout de papier –

Dixon, Walden, Walker, Joslyn, Dean, Giles, Walton, Brown, Howarth, Melia et Brodie. Voilà l'équipe d'Aldershot, les gars. Et il y a un de ces noms que vous avez tous reconnu, les gars. Celui de Jimmy Melia. Et vous savez tous que Jimmy a joué 286 fois pour le Liverpool Football Club et qu'il a marqué 79 buts. Oui, 286 fois, les gars. Et 79 buts. Alors, Jimmy sait tout ce qu'on peut savoir sur le Liverpool Football Club. Mais aujourd'hui, Jimmy est le capitaine de l'Aldershot Football Club. Et Jimmy a dû dire à ses équipiers tout ce qu'on peut savoir sur le Liverpool Football Club. Il leur aura parlé de vous et il leur aura parlé de nos supporters. Et il leur aura dit à quoi s'attendre en jouant contre le Liverpool Football Club, en venant à Anfield. Et il saura les rassurer, en leur expliquant qu'ils n'ont rien à perdre. Que c'est le plus grand match de leur vie, le plus grand match de leur carrière. En leur disant d'entrer sur le terrain avec l'idée qu'ils vont y prendre du plaisir, en leur disant de bien profiter de cette journée. Mais nous ne savons que très peu de choses sur les autres joueurs de l'Aldershot Football Club. Au sujet de Dixon, Walden, Walker, Joslyn, Dean, Giles, Walton, Brown, Howarth et Brodie. Tout ce qu'on peut dire, c'est qu'ils sont en quatrième division. Mais aujourd'hui, ça ne signifie rien, les gars. Parce qu'on n'est pas en championnat. C'est un match de coupe, les gars. Mais il n'empêche, c'est *nous* que les gens espèrent voir gagner. C'est *nous* qui subissons la pression. Mais je vais vous dire une chose, les gars. Je vais vous dire ceci : Si on traite ces joueurs avec le même respect que ceux de Manchester United. Que ceux de Leeds United. Et si on joue comme on jouerait contre Manchester United. Contre Leeds United. Alors, je sais qu'on gagnera. Si on se bat et si on se démène. On va gagner, les gars. Parce qu'on est le Liverpool Football Club. Et qu'on est à Anfield. Et qu'on traite tous les joueurs qui viennent à Anfield avec respect. Toutes les équipes qui viennent à Anfield avec respect. Parce qu'on ne sous-estime personne, les gars. Mais on n'a pas peur non plus. Et c'est comme ça qu'on gagne, les gars. Avec du respect. Et beaucoup de travail. Et du savoir-faire, les gars. C'est comme ça qu'on gagne…

Le samedi 2 janvier 1971, au troisième tour de la Coupe d'Angleterre, à la 28e minute, John McLaughlin marque. Et le Liverpool Football Club bat l'Aldershot Football Club de la quatrième division 1-0 au troisième tour de la Coupe d'Angleterre. À domicile, à Anfield. Et les joueurs du Liverpool Football Club serrent la main des joueurs de l'Aldershot Football Club. Et les supporters du Liverpool Football Club applaudissent les joueurs de l'Aldershot Football Club. Et puis les supporters du Liverpool Football Club chantent, *Hé-ho-addio, on va gagner la Coupe. On va gagner la coupe. Hé-ho-addio, on va gagner la Coupe*...

Ce même jour, ce même samedi. Soixante-six hommes et jeunes garçons se sont réveillés. Dans leur lit. Ces soixante-six hommes et jeunes garçons ont pris leur petit déjeuner et leur déjeuner en famille. Dans leur cuisine. Ces soixante-six hommes et jeunes garçons ont dit au revoir à leur famille. À ce soir. Dans leur vestibule. Ces soixante-six hommes et jeunes garçons ont franchi leur porte, sont sortis de chez eux et ont pris un bus, un train. Dans la brume. Ces soixante-six hommes et jeunes garçons sont allés voir un match de football entre les Rangers et le Celtic à l'Ibrox Stadium de Glasgow, en Écosse. Dans la brume. Les soixante-six hommes et jeunes garçons ont payé leur entrée aux portillons de l'Ibrox Stadium. Dans la brume. Les soixante-six hommes et jeunes garçons ont regardé le match de football entre les Rangers et le Celtic. Dans la brume. Les soixante-six hommes et jeunes garçons ont vu le Celtic marquer, les Rangers égaliser, ils ont entendu le coup de sifflet final. Dans la brume. Les soixante-six hommes et jeunes garçons ont atteint le dernier niveau des gradins, puis l'escalier numéro treize. Dans la brume. Les soixante-six hommes et jeunes garçons ont senti que la foule devenait de plus en plus dense au sommet de l'escalier treize. Dans la brume. Les soixante-six hommes et jeunes garçons ont senti la pression exercée par la foule derrière leur dos. Dans la brume. Les soixante-six hommes et jeunes garçons se sont sentis propulsés au-delà du palier de l'escalier treize. Dans la brume. Les soixante-six hommes et jeunes garçons ont senti que leurs pieds ne touchaient plus le sol. Dans la brume, dans l'escalier. Les soixante-six hommes et jeunes garçons sont tombés en avant. Dans la brume, dans l'escalier. Les soixante-six hommes et jeunes garçons ont senti la foule s'immobiliser mais la pression augmenter. Dans la brume, dans l'escalier. Et augmenter. Dans la brume, dans l'escalier. Et augmenter. Dans la brume, dans l'escalier. Les soixante-six hommes et jeunes garçons ont entendu les cris et les hurlements monter autour d'eux. Dans la brume, dans l'escalier. Les soixante-six hommes et jeunes garçons ont entendu les cris et les hurlements cesser. Dans la brume, dans l'escalier. Les soixante-six hommes et jeunes garçons ont entendu le silence, rien que le silence. Dans la brume, dans l'escalier. Les soixante-six hommes et jeunes garçons ont senti leur souffle quitter leur corps. Dans la brume, dans l'escalier. Les soixante-six hommes et jeunes garçons ont senti la pression chasser la vie de leur corps comme l'eau d'une éponge que l'on comprime. Dans la brume, dans l'escalier. Les soixante-six hommes et jeunes garçons ont senti la vie les quitter. Dans la brume, dans l'escalier. On ramasse sur les marches les cadavres des soixante-six hommes et jeunes garçons et celui d'une jeune femme. Dans la brume. On transporte jusqu'au bas des gradins les cadavres des soixante-six hommes et jeunes garçons et celui d'une jeune femme. Dans la brume. Les soixante-six hommes et jeunes garçons et la jeune femme décédés sont étendus sur la pelouse. Alignés. Dans la brume. La brume noire et blanche. Les soixante-six hommes et jeunes garçons et la jeune femme qui étaient venus voir un match de football le samedi 2 janvier 1971. Dans la brume. La brume noire et blanche. Alignés. Dans la brume. La brume noire et blanche. Les soixante-six hommes et jeunes garçons et la jeune femme qui sont morts asphyxiés sous le poids de milliers d'autres corps dans l'escalier treize à l'Ibrox Stadium de Glasgow, en Écosse. Dans la brume. La brume noire et blanche. Dans la soirée, la soirée de ce samedi. Dans leur maison, dans leur salon. Bill Shankly tente de se lever. Bill Shankly tente de tenir sur ses jambes. De s'approcher du téléviseur. D'éteindre le téléviseur. Les images. Les images en noir et blanc. Son chandail colle à sa chemise. Sa chemise colle à son maillot de corps. Son maillot de corps lui colle à la peau. Bill Shankly ne parvient pas à se lever. Bill Shankly ne parvient pas à se tenir debout. Et Bill se tourne vers sa femme. Bill Shankly essaie de parler. De trouver les mots. Les mots qu'il faut pour sa femme. Les mots pour Jock. Les mots pour Willie Waddell, le manager des Rangers. Les mots pour les habitants de Glasgow. Les mots pour les Écossais. Mais Bill Shankly n'arrive pas à parler. Bill Shankly ne trouve pas les mots. Ce soir-là, ce samedi soir. Dans leur maison, dans leur salon. Il n'y a pas de mots. Il n'y a que des images. Des images en noir et blanc. Des images et le silence,

le silence et les larmes.

…

Le samedi 9 janvier 1971, le Blackpool Football Club vient à Anfield, Liverpool. Ce jour-là, 42 939 spectateurs viennent aussi. À la 38e minute, Steve Heighway marque. Mais le Blackpool Football Club marque aussi. Et le Blackpool Football Club marque encore. Et à la 82e minute, Blackpool marque de nouveau. Contre son camp. Et le Liverpool Football Club fait match nul 2-2 avec le Blackpool Football Club. Encore un nul. Trois jours plus tard, Manchester City vient à Anfield, Liverpool. Ce soir-là, 45 985 spectateurs viennent aussi. Mais le Liverpool Football Club ne marque pas. Et Manchester City ne marque pas. Et le Liverpool Football Club fait match nul 0-0 avec Manchester City. À domicile, à Anfield. Encore un nul. Encore un nul sans but marqué. Quatre jours après, le Liverpool Football Club se déplace au stade de Selhurst Park, à Londres. Et de nouveau, le Liverpool Football Club ne marque pas. Mais Crystal Palace marque, lui. Et le Liverpool Football Club perd 1-0 contre Crystal Palace. À l'extérieur,

ailleurs qu'à Anfield.

Le samedi 23 janvier 1971, Swansea City vient à Anfield, Liverpool. Cet après-midi-là, 47 229 spectateurs viennent aussi. Ces 47 229 spectateurs veulent voir le Liverpool Football Club affronter Swansea City, club de troisième division, au quatrième tour de la Coupe d'Angleterre. Et cet après-midi-là, pendant la première mi-temps de ce duel du quatrième tour de la Coupe d'Angleterre, le Liverpool Football Club ne marque pas. Mais à la 53e minute, John Toshack marque. Et à la 76e minute, Ian St John vient remplacer Ian Callaghan. Et à la 85e minute, Ian St John marque. Son 118e but pour le Liverpool Football Club lors de sa 425e participation pour le Liverpool Football Club. Et à la 87e minute, Chris Lawler marque. Et le Liverpool Football Club bat Swansea City de la troisième division 3-0 au quatrième tour de la Coupe d'Angleterre. À domicile, à Anfield. Les supporters du Liverpool Football Club applaudissent les joueurs de Swansea City. Et puis les supporters du Liverpool Football Club chantent, *Hé-ho-addio, on va gagner la Coupe – On va gagner la Coupe. Hé-ho-addio, on va gagner la Coupe…*

…

Le lundi matin. Le lundi matin qui suit le match, le lundi matin avant l'entraînement. Ian St John frappe à la porte du bureau de Bill Shankly. Ian St John ouvre la porte du bureau. Et Ian St John demande, Vous vouliez me voir, patron ?

Oui. J'ai eu un appel de George Eastham la semaine dernière.

George Eastham ? Comment va-t-il, George ?

Il m'a paru en pleine forme, répond Bill Shankly. Il est en Afrique du Sud, à présent. George vit au Cap. Il entraîne une équipe, là-bas, qui s'appelle Cape Town Hellenic…

Je suis content pour George. C'est bien pour lui. Et j'espère qu'il se plaît, là-bas. Mais quel rapport avec moi, patron ?

George voulait savoir si je lui permettrais de te parler.

Me parler ? Me parler de quoi, patron ?

Te proposer d'aller là-bas.

Où ça, là-bas ?

En Afrique du Sud, dit Bill Shankly. Au Cap.

Ian St John regarde Bill Shankly assis derrière sa table de travail. Ian St John fixe Bill Shankly. Et Ian St John ne dit rien.

George te propose cent livres par semaine, ajoute Bill Shankly. Le même salaire que celui que tu touches ici. Mais George tient aussi à ce que tu sois joueur-entraîneur. Et je sais que tu es allé au centre national du sport de Lilleshall, et que tu as décroché ton je-ne-sais-pas-comment-ça-s'appelle-maintenant…

Mon diplôme d'entraîneur de la fédération de football.

Oui, dit Bill Shankly. Ce machin-là. Alors, j'ai pensé que ça pourrait t'intéresser. Que tu pourrais avoir envie d'en discuter avec George. D'écouter ce qu'il a à te dire…

Ian St John regarde fixement Bill Shankly. Et Ian St John sourit.

Bill Shankly prend un bout de papier sur sa table. Et Bill Shankly tend le bout de papier à St John –

Voilà son numéro. Appelle-le.

Ian St John prend le bout de papier des doigts de Bill Shankly. Ian St John regarde le numéro de téléphone inscrit sur le bout de papier. Puis Ian St John regarde de nouveau Bill. Et Ian St John dit, Vous savez à quel moment j'ai compris que j'étais fini, ici ? Ce n'est pas ce jour, à Newcastle, où vous ne m'avez pas pris dans l'équipe. Non, ce n'est pas ce jour-là. Ni le lundi suivant, quand je suis venu vous voir dans votre bureau. Pas ce jour-là non plus. C'est quand je suis allé dans la salle de billard chercher mon cadeau de Noël de la part du club. La dinde que vous offrez à tous les joueurs pour les remercier. Et je me suis approché de la table où je me servais tous les ans. Et j'ai choisi une dinde. Une grosse. Une belle dinde. Comme tous les ans. Comme je le fais toujours. Et ce type, là, Bill Barlow. Votre secrétaire adjoint ou je ne sais comment vous l'appelez aujourd'hui. Ce salopard m'a dit, Les volailles de cette table, c'est pour les joueurs de l'équipe première. La tienne, elle est là-bas. Sur la table de l'équipe réserve. Alors je me suis retourné et j'ai regardé les dindes de la deuxième table. Les petites dindes. Les dindes minables. Et c'est là que j'ai compris que j'étais fini, ici. Après avoir joué 424 fois pour le Liverpool Football Club. Après avoir marqué 117 buts pour le Liverpool Football Club. C'est à ce moment-là que j'ai su. Quand votre saleté de petit lèche-bottes m'a donné une minuscule petite perruche en guise de dinde de Noël. J'ai su que j'étais fini dans ce club. Mais ça ne m'a pas empêché de jouer pour vous samedi. Ni de marquer pour vous samedi. N'est-ce pas, patron ? Pour vous, patron...

C'est ce qui se produit pour tout le monde, réplique Bill Shankly. C'est ce qui nous arrive à tous, mon gars.

Oui, je le sais bien. Je ne suis pas idiot. Mais il n'était pas obligatoire que ça se produise de cette façon. Ça ne devait pas forcément se passer comme ça. Pas comme ça.

...

Le samedi 30 janvier 1971, l'Arsenal Football Club vient à Anfield, Liverpool. Cet après-midi-là, 43 847 spectateurs viennent aussi. L'Arsenal Football Club est deuxième au classement de la première division. Et le Liverpool Football Club est huitième. Mais cet après-midi-là, le Liverpool Football Club ne force pas contre l'Arsenal Football Club. Clemence ne force pas, Lawler ne force pas, Yeats ne force pas, Smith ne force pas, Lloyd ne force pas, Hughes ne force pas, Boersma ne force pas, McLaughlin ne force pas, Heighway ne force pas, Toshack ne force pas et Hall ne force pas. Et à la 4e minute, Ron Yeats passe à Steve Heighway. Heighway déboule sur l'aile droite, Heighway accélère sur l'aile droite. Et Heighway centre. Brian Hall reprend de la tête le centre de Heighway et le redirige. Vers le but, vers les filets. Et

John Toshack aide le ballon. À entrer dans les buts et au fond des filets. Et à la 50e minute, Emlyn Hughes qui tire un coup franc fait aussitôt une passe à Tommy Smith. Et Smith tire. Et Smith marque. Et le Liverpool Football Club bat l'Arsenal Football Club 2-0. À domicile, à Anfield. Bill Shankly longe la ligne de touche. Bill Shankly serre la main de Bertie Mee. Et Bill Shankly sourit –

Bien joué, Bertram. Très bien joué, vraiment. J'ai dit à mes gars qu'on aurait de la chance si on décrochait le nul face à vous, Bertram. Mais non…

Merci, William. Merci beaucoup. Mais tu es un menteur, William. Et un sacré bon menteur. Tu n'as jamais dit à tes gars qu'ils allaient faire match nul. Jamais de la vie. Parce que tu n'as jamais fait entrer tes gars sur le terrain en leur fixant un nul comme objectif. Ça, je le sais. Et tu le sais bien, William. Et tu sais aussi quelle équipe ils sont en train de devenir. Ils confirment leurs promesses et ils répondent à tes attentes. Tu dois être très fier d'eux, William. Vraiment très fier…

Merci, Bertram. Merci beaucoup. Et, oui, je suis fier. Très fier d'eux, Bertram. Mais tu n'as pas encore vu tout ce qu'ils sont capables de faire. Et tu entendras encore parler d'eux. Et pendant longtemps, Bertram. Pendant longtemps…

Une semaine plus tard, le Liverpool Football Club se rend au stade d'Elland Road, à Leeds. Leeds United est en tête du classement de la première division. Et le Liverpool Football Club est sixième au même classement. Et à la 2e minute, Reaney fonce sur le ballon. Et Sprake fonce sur le ballon. Et Reaney et Sprake se percutent. Et le ballon tombe sur la pelouse. La pelouse d'Elland Road. Et John Toshack est là. Sur la pelouse. La pelouse d'Elland Road. Pour pousser le ballon. Le ballon perdu. Dans les filets et marquer un but. Et les supporters du Liverpool Football Club exultent. Mais les supporters de Leeds United rugissent. Ils crient vengeance. Et Leeds United attaque et attaque. Mais les joueurs du Liverpool Football Club défendent. Pendant les 88 dernières minutes. Ils défendent et ils défendent. Et le Liverpool Football Club bat Leeds United 1-0. À l'extérieur, ailleurs qu'à Anfield. Bill Shankly longe la ligne de touche. Et Bill Shankly serre la main de Don Revie –

Bien joué, Don. Je pensais que vous alliez nous battre. Ou obtenir le nul, au moins, Don. Je n'étais pas sûr qu'on tiendrait jusqu'au bout. Vraiment pas sûr.

Don Revie secoue la tête. Et Don Revie dit, Tu as eu de la chance, aujourd'hui, Bill. Beaucoup, beaucoup de chance. Mais pour être franc, tu as toujours de la chance, Bill. Je crois que tu es béni des dieux. Parce que, franchement, je ne sais pas comment vous avez gagné ce match. On vous a pilonnés. Et on aurait dû vous battre, Bill. On aurait dû vous écraser. Vous massacrer, Bill. On aurait dû vous massacrer. Deux, trois, quatre à zéro…

Ma foi, Don, je crois que ce que tu as vu aujourd'hui, c'est une leçon de défense. De grande défense. Purement et simplement, Don. On a attaqué très tôt. Et puis on a défendu. De l'arrière vers l'avant, de l'avant vers l'arrière. Et c'est comme ça qu'on vous a battus, Don. Grâce à une grande défense. Ce n'est pas une question de chance, Don. La chance n'a rien à voir avec ce résultat. C'est le résultat d'une défense héroïque, Don. Tout bonnement. Mais tous mes vœux t'accompagnent, Don. Et bonne chance en Coupe la semaine prochaine. Bonne chance à toi, Don…

Le samedi 13 février 1971, le Southampton Football Club vient à Anfield, Liverpool. Ce jour-là, 50 226 spectateurs viennent aussi. Ces 50 226 spectateurs veulent voir le Liverpool Football Club affronter le Southampton Football Club au cinquième tour de la Coupe d'Angleterre. À la 29e minute, Steve Heighway déboule sur l'aile gauche, Heighway accélère sur l'aile gauche. Heighway opère un changement de pied. Et Heighway centre. Brian Hall reprend de la tête le centre de Heighway et le redirige. Vers le but, vers les filets. Et Chris Lawler est là. Il est remonté de l'arrière vers le but adverse. Et Lawler tend le pied vers le ballon. Et Lawler propulse le ballon. Dans les filets, pour marquer un but. Et le Liverpool Football Club bat le Southampton Football Club 1-0 au cinquième tour de la Coupe d'Angleterre. À domicile de nouveau, à Anfield de nouveau. Les supporters du Liverpool Football Club exultent. Les supporters du Liverpool Football Club chantent. Et les supporters du Liverpool Football Club rugissent, *On va gagner la Coupe ! On va gagner la Coupe ! HÉ-HO-ADDIO, ON VA GAGNER LA COUPE !*

...

Après le coup de sifflet, le coup de sifflet final. Après le départ des spectateurs et le départ des joueurs. Alors que tout le monde est parti, qu'il ne reste plus personne. Dans le bureau, à sa table de travail. Bill Shankly répond à des lettres. De nouveau. Bill Shankly entend le téléphone sonner. De nouveau. Et Bill Shankly décroche le téléphone –

Bill Shankly à l'appareil. Que puis-je pour vous ?

Bonjour, Bill. C'est Andy, annonce Andy Beattie. Comment ça va, Bill ?

Bill Shankly a joué avec Andy Beattie à Preston North End. Et Andy Beattie est devenu entraîneur. Andy Beattie a entraîné Barrow. Puis Stockport County. Et puis Huddersfield Town. Andy Beattie a engagé Bill Shankly comme entraîneur adjoint à Huddersfield Town. Mais Huddersfield Town a été relégué. Et Andy Beattie a démissionné. Et Bill Shankly est devenu manager de Huddersfield Town. Andy Beattie a cessé d'être entraîneur. Et Andy Beattie est devenu receveur adjoint des postes à Preston. Bill Shankly a pensé que c'était une tragédie. Bill Shankly a pensé que c'était un vrai gâchis. Mais Andy Beattie n'est pas resté receveur adjoint des postes pendant longtemps. Andy Beattie est redevenu entraîneur. Andy Beattie a entraîné Carlisle United. Puis Andy Beattie a entraîné Nottingham Forest. Puis Plymouth Argyle. Et ensuite Andy Beattie a été nommé manager par intérim des Wolverhampton Wanderers. Mais les Wolverhampton Wanderers ont été relégués. Et Andy Beattie a démissionné. Andy Beattie est devenu recruteur pour Brentford. Puis Andy Beattie a été nommé directeur général de Notts County. Et ensuite, manager adjoint de Sheffield United. Et puis Andy Beattie a fait un peu de recrutement pour Walsall. À présent, Andy Beattie fait un peu de recrutement pour le Liverpool Football Club. Un mot par ici avec Geoff Twentyman, un mot par là avec Geoff. À propos de tel joueur ou de tel autre. Un appel à Bill Shankly par ici, un appel à Bill par là. À propos de tel joueur ou de tel autre –

Je vais très bien, merci. Et toi, comment vas-tu, Andy ?

Moi aussi, je vais bien. Merci, Bill…

Alors, qui as-tu vu, maintenant, Andy ? Qui manque à notre effectif ? Qui devrait-on acheter, à présent ? Allez, Andy. J'ai hâte de savoir…

Tu le sais déjà, Bill. Ce jeune dont je n'arrête pas de te parler. Ce petit Keegan, à Scunthorpe. J'ai parlé de lui à Geoff, aussi. Mais je sais que tu ne l'as pas vu, Bill. Je suis sûr que non. Je sais que personne ne l'a vu…

Et comment peux-tu savoir ça, Geoff ? Comment sais-tu…

Parce que si tu l'avais vu, tu l'aurais engagé, Bill. Le jour même, le soir même. Tu l'aurais déjà pris dans ton équipe, Bill…

36

Le Christ est avec les gardes rouges

Sur le banc, le banc à Goodison Park. Bill et 56 846 spectateurs regardent le Liverpool Football Club affronter l'Everton Football Club. Le Liverpool Football Club est sixième au classement de la première division. Et l'Everton Football Club est douzième de la première division. Mais l'Everton Football Club est toujours le champion en titre. Et l'Everton Football Club reste en course pour la Coupe d'Angleterre. Mais ce jour-là, l'Everton Football Club ne marque pas. Et le Liverpool Football Club ne marque pas. Et le Liverpool Football Club fait match nul 0-0 avec l'Everton Football Club. À l'extérieur, ailleurs qu'à Anfield. Zéro partout. Encore une fois. Et ce soir-là, l'Everton Football Club reste douzième de la première division. Et le Liverpool Football Club est à présent cinquième en première division. Mais encore cinquième seulement au classement du championnat –

En championnat, toujours nulle part.

Sur le banc, le banc d'Anfield. Bill et 54 731 spectateurs regardent le Liverpool Football Club affronter Tottenham Hotspur au sixième tour de la Coupe d'Angleterre. Bill et ces 54 731 spectateurs suivent des yeux chaque action, d'une aile à l'autre, passe après passe, d'une aile à l'autre. Bill et ces 54 731 spectateurs suivent le match et attendent le moindre éclair de génie, la moindre petite erreur. Mais en ce samedi 6 mars 1971, il n'y a pas d'éclair de génie et il n'y a pas la moindre erreur. Et le Liverpool Football Club fait match nul 0-0 avec Tottenham Hotspur au sixième tour de la Coupe d'Angleterre. À domicile, à Anfield. Il va falloir rejouer le match. À l'extérieur, ailleurs qu'à Anfield. Ce même après-midi, l'Everton Football Club rencontre Colchester United au sixième tour de la Coupe d'Angleterre. Colchester United a battu Leeds United au cinquième tour de la Coupe d'Angleterre. Mais Colchester United ne bat pas l'Everton Football Club. C'est l'Everton Football Club qui bat Colchester United 5-1. Et l'Everton Football Club est qualifié pour les demi-finales de la Coupe d'Angleterre. Le lundi suivant à l'heure du déjeuner, après le tirage au sort de la demi-finale de la Coupe d'Angleterre, l'Everton Football Club se voit attribuer comme adversaire le vainqueur du match du sixième tour à rejouer entre Tottenham Hotspur et le Liverpool Football Club.

Sur le banc, le banc d'Anfield. Bill et 45 616 spectateurs regardent le Liverpool Football Club, d'Angleterre, affronter le Fußball-Club Bayern München e.V. d'Allemagne de l'Ouest au match aller du quart de finale de la Coupe des villes de foires. À la 30e minute, Alun Evans tire. Et Evans marque. Dix minutes plus tard, Müller tire. Mais Müller ne marque pas. Ray Clemence bloque son tir. Le seul tir qu'il aura à bloquer de tout le match. À la 49e minute, le Liverpool Football Club se voit accorder un coup franc. Alec Lindsay tire le coup franc. D'une tête, Chris Lawler rabat le coup franc vers le sol. Et d'une frappe enroulée, Evans envoie le ballon dans les buts, dans les filets. À la 73e minute, Emlyn Hughes s'arrache de la ligne médiane. Et Hughes tire. Son tir n'est pas cadré. Mais Evans est là. Et Evans reprend le ballon et Evans marque une nouvelle fois. C'est son troisième but, le coup du chapeau. Et le Liverpool Football Club bat le Fußball-Club Bayern München e.V. d'Allemagne de l'Ouest 3-0 au match aller du quart de finale de la Coupe des villes de foires.

Sur le banc, le banc du stade de White Hart Lane. Bill regarde le Liverpool Football Club affronter Tottenham Hotspur lors du match à rejouer du sixième tour de la Coupe d'Angleterre. Pour une place en demi-finale, la demi-finale contre l'Everton Football Club. Ce soir, des milliers de spectateurs ont été refoulés à l'entrée de White Hart Lane. Ce soir, des centaines de spectateurs se sont assis le long de la ligne de touche de White Hart Lane. Pour regarder un match d'une énergie incroyable, pour regarder un match d'une rapidité incroyable. À la 25e minute, le Liverpool Football Club récolte un coup franc. Alec Lindsay le tire. Et John Toshack saute pour le reprendre. Il saute plus haut que tous les joueurs présents dans la surface de réparation de Tottenham Hotspur. Toshack saute et Toshack reprend le coup franc. Toshack envoie d'une tête le coup franc tout droit vers le deuxième poteau. Alun Evans plonge vers le ballon au deuxième poteau. Pour

frapper le ballon. Lui faire franchir le poteau et entrer dans les buts. Et Evans loupe le ballon. Mais Steve Heighway trouve le ballon. Heighway frappe le ballon. Lui fait franchir le poteau et entrer dans les buts. Mais cela n'empêche pas les supporters de Tottenham Hotspur de rugir et rugir. Et maintenant les joueurs de Tottenham Hotspur attaquent le Liverpool Football Club. Encore et encore. Encore et toujours. Ils attaquent et ils attaquent. Et Ray Clemence bloque un tir de Mullery. Son corps se cambrant vers le haut. Clemence bloque un tir de Chivers. Son corps se cambrant vers le bas. Clemence bloque un tir de Pratt. Son corps se cambrant vers la gauche. Et Clemence bloque un tir de Perryman. Son corps se cambrant vers la droite. Clemence fait arrêt sur arrêt. Et le Liverpool Football Club bat Tottenham Hotspur 1-0 à l'issue du match à rejouer du sixième tour de la Coupe d'Angleterre. À l'extérieur, ailleurs qu'à Anfield. Le Liverpool Football Club est qualifié pour la demi-finale de la Coupe d'Angleterre. Qualifié pour affronter l'Everton Football Club. Pour une place en finale, la finale de la Coupe d'Angleterre. Et les supporters du Liverpool Football Club acclament leur équipe. Les supporters du Liverpool Football Club chantent. Et les supporters du Liverpool Football Club rugissent, *On va gagner la Coupe ! On va gagner la Coupe ! HÉ-HO-ADDIO,*
ON VA GAGNER LA COUPE !

...

Devant la maison, sur le pas de leur porte. Bill déverrouille la porte. Dans la nuit et dans le silence. Bill ouvre la porte. Dans la nuit et dans le silence. Bill entre dans la maison. Dans le noir et dans le silence. Bill pose sa valise dans le couloir. Dans le noir et dans le silence. Bill longe le couloir jusqu'à la cuisine. Dans le noir et dans le silence. Bill allume la lumière dans la cuisine. Et Bill s'approche du tiroir. Bill ouvre le tiroir. Bill en sort la nappe. Bill referme le tiroir. Bill se dirige vers la table. Bill étale la nappe sur la table. Bill va ouvrir un second tiroir. Bill en sort les couverts. Les cuillers. Les fourchettes. Et les couteaux. Bill referme le tiroir. Bill revient vers la table. Bill dispose deux couverts sur la table. Bill va vers le placard. Bill ouvre la porte du placard. Bill en sort la vaisselle. Les bols et les assiettes. Bill revient vers la table. Bill pose un bol et une assiette à chacune des deux places. Bill retourne jusqu'au placard. Bill sort deux verres. Bill referme la porte du placard. Bill revient vers la table. Bill pose un verre à chacune des deux places. Bill s'approche d'un autre placard. Bill ouvre la porte. Bill en sort la salière et le poivrier. Bill referme le placard. Bill retourne à la table. Bill pose la salière et le poivrier sur la table. Bill se rend au cellier. Bill ouvre la porte du cellier. Bill y prend un pot de miel et un pot de confiture. Bill retourne à la table. Bill pose le pot de miel et le pot de confiture sur la table. Bill s'approche du réfrigérateur. Bill ouvre la porte du réfrigérateur. Bill sort le beurrier. Bill retourne à la table. Bill pose le beurrier au milieu de la table. Bill retourne au réfrigérateur. Bill y prend une bouteille de jus d'orange frais. Bill referme la porte du réfrigérateur. Bill revient vers la table. Bill remplit de jus d'orange chacun des deux verres. Bill pose la bouteille sur la table. Et dans la cuisine, à la table. Dans la nuit et dans le silence. Bill a envie de fermer les yeux, Bill a envie de dormir. Mais dans la cuisine, à la table. Bill ne parvient pas à fermer les yeux, Bill n'arrive pas à dormir. Dans la nuit et dans le silence. Dans ses yeux, dans son esprit. Bill revoit les arrêts réalisés par Clemence. Dans ses yeux, dans son esprit. Bill revoit les tacles que Lawler a effectués. Les tacles que Lindsay, Smith, Lloyd et Hughes ont effectués. Les tacles qu'ils ont faits et les passes qu'ils ont faites. Dans ses yeux, dans son esprit. Bill revoit les courses et les passes que Thompson a faites. Les courses et les passes que Heighway a faites. Les courses suivies de passes à Evans, à Toshack et à Hall. Les actions qu'Evans, Toshack et Hall ont faites, les ballons qu'Evans, Toshack et Hall ont joués. Les tacles et les passes que tous ont effectués. Les courses que tous ont faites et les ballons que tous ont joués. Le football qu'ils ont joué. Qu'ils ont tous joué. Et dans la cuisine, à la table. Bill ne parvient pas à fermer les yeux, Bill n'arrive pas à dormir. Dans la nuit et dans le silence. Bill n'arrive à penser qu'aux matchs à venir. Aux victoires à venir. Pas à rêver. Pas à espérer. Et pas à prier. À savourer d'avance et tenir pour sûres. Et à croire. À croire à la rédemption,

à croire au salut. Enfin, enfin –
Bill croit de nouveau. Enfin,
enfin. Bill croit
de nouveau.

…

Sur le banc, le banc au Sechzger Stadion, à Munich. Trois jours avant la demi-finale de Coupe d'Angleterre. Bill regarde le Liverpool Football Club jouer face au Fußball-Club Bayern München e.V. d'Allemagne de l'Ouest le match retour du quart de finale de la Coupe des villes de foires. Mais Brian Hall ne commence pas le match. Steve Heighway ne commence pas le match. Et Peter Thompson ne commence pas le match. Bill a mis au repos Hall, Heighway et Thompson. Ian Callaghan, John McLaughlin et Ian Ross commencent le match. Et à la 75e minute, Ian Ross marque. Quelques minutes plus tard, Schneider égalise pour le Fußball-Club Bayern München e.V. d'Allemagne de l'Ouest. Mais ça ne compte pas, ça n'a pas d'importance. Le Liverpool Football Club, d'Angleterre, bat le Fußball-Club Bayern München e.V. d'Allemagne de l'Ouest 4-1 au score combiné en quart de finale de la Coupe des villes de foires. Et le Liverpool Football Club est qualifié pour la demi-finale de la Coupe des villes de foires. Qualifié pour une autre demi-finale,

pour jouer une place dans une autre finale,
une finale européenne.

…

Sur le banc, le banc à Old Trafford, Manchester. Bill et 62 144 spectateurs venus du Merseyside regardent le Liverpool Football Club et l'Everton Football Club s'affronter en demi-finale de la Coupe d'Angleterre. La dernière fois que le Liverpool Football Club a joué contre l'Everton Football Club en demi-finale de la Coupe d'Angleterre, Bob Paisley a marqué pour le Liverpool Football Club. Et le Liverpool Football Club a battu l'Everton Football Club. Et le Liverpool Football Club est allé en finale de la Coupe d'Angleterre. Mais cet après-midi, l'histoire n'est pas le seul élément qui joue contre l'Everton Football Club. Quatre jours auparavant, l'Everton Football Club a joué en Coupe d'Europe contre le Panathinaïkós d'Athènes. Le Panathinaïkós a craché au visage des joueurs de l'Everton Football Club. Le Panathinaïkós a tenté d'arracher les yeux des joueurs de l'Everton Football Club. Le Panathinaïkós a planté ses doigts dans les yeux des joueurs de l'Everton Football Club. Et le Panathinaïkós d'Athènes a sorti l'Everton Football Club de la Coupe d'Europe. L'Everton Football Club est rentré de Grèce battu. Battu et dégoûté. Dégoûté et malade. Cet après-midi, Harry Catterick, le manager de l'Everton Football Club, n'est pas venu à Old Trafford, Manchester. Cet après-midi, Harry Catterick est malade. Harry Catterick a attrapé une bronchite en Grèce. Les gens disent que l'Histoire est contre l'Everton Football Club. Et les gens disent que les présages sont contre l'Everton Football Club. Mais Bill ne croit pas que le passé dicte le présent. Et Bill ne croit pas aux présages. Ni aux bons présages ni aux mauvais présages. Et à la 11e minute, Royle passe à Morrissey. Morrissey centre depuis la gauche. Ray Clemence fonce vers le ballon. Clemence a mal évalué la trajectoire du centre. Le ballon passe devant Whittle. Whittle dévie le centre. Ball est sur la nouvelle trajectoire. Ball tire et Ball marque. Mais les supporters du Liverpool Football Club ne se taisent pas. Ils n'abdiquent pas. Le côté Stretford du stade est inondé de banderoles, c'est un océan de rouge. De rouge Liverpool. Le côté Stretford du stade est un crescendo de bruit, un concert de chansons. Des chansons rouges, des chansons de Liverpool. Et les joueurs du Liverpool Football Club n'abdiquent pas. Les joueurs du Liverpool Football Club continuent de forcer et de forcer, d'attaquer et d'attaquer. Mais à la mi-temps de la demi-finale de la Coupe d'Angleterre, l'Everton Football Club mène devant le Liverpool Football Club –

Et dans le vestiaire. Le vestiaire de Liverpool. Le regard de Bill passe d'un joueur au suivant. De Clemence à Lawler, de Lawler à Lindsay, de Lindsay à Smith, de Smith à Lloyd, de Lloyd à Hughes, de Hughes à Callaghan, de Callaghan à Evans, d'Evans à Heighway, de Heighway à Toshack et de Toshack à Hall. Et Bill dit, Voyons, les gars, voyons ! Vous jouez beaucoup trop de ballons en hauteur, les gars. Gardez le ballon sur la pelouse, le ballon sur le terrain. C'est là qu'on est censé jouer au football, les gars. C'est là que Dieu veut qu'on y joue. Sur la pelouse et sur le terrain, les gars. Il faudrait une échelle pour atteindre certains de ces ballons. Alors, reprenez-vous, les gars. Allons ! Jouez sur vos forces, les gars. Jouez sur vos talents. Sur la pelouse et sur le terrain, les gars. Pour garder le ballon au sol. Sur la pelouse et sur le terrain, les gars. Là où est sa place. Là où Dieu veut qu'on joue, les gars. Et là où je veux qu'on joue, moi aussi !

De nouveau sur le banc, le banc d'Old Trafford. Cinq minutes après le début de la seconde mi-temps en demi-finale de Coupe d'Angleterre, Bill voit Brian Labone quitter le terrain, victime d'un claquage au jarret. Pour lui, le match est terminé. Et cinq minutes plus tard, Bill voit Tommy Smith faire une longue passe à Steve Heighway sur l'aile gauche. Sur le sol. Heighway court le long de l'aile gauche, Heighway accélère le long de l'aile gauche. Sur le sol. De plus en plus vite. Il fait un écart pour effacer Brown, il fait un écart pour effacer Wright. Sur le sol. Heighway passe à Alun Evans. Sur le sol. Evans tire et Evans marque. Et les supporters du Liverpool Football Club rugissent et rugissent. Plus fort, toujours plus fort. Et les joueurs du Liverpool Football Club forcent et forcent. Ils attaquent et attaquent. Plus durement, toujours plus durement. Et quinze minutes plus tard, Evans centre depuis l'aile gauche. Rankin bondit et John Toshack décolle du sol. Rankin touche le ballon à moitié et Toshack dégage le ballon à moitié. Mais le ballon tombe aux pieds de Brian Hall. Sur le sol. Hall décoche une frappe enveloppée. Qui s'engouffre dans les filets, dans les buts. Et le Liverpool Football Club bat l'Everton Football Club 2-1 en demi-finale de la Coupe d'Angleterre. Le Liverpool Football Club est qualifié pour la finale de la Coupe d'Angleterre. Et du côté Stretford, inondé de banderoles, dans un océan de rouge, les supporters du Liverpool Football Club acclament leur équipe. Les supporters du Liverpool Football Club chantent. Et les supporters du Liverpool Football Club rugissent, *On va gagner la Coupe ! On va gagner la Coupe ! Hé-ho-addio, on va gagner la Coupe !* Encore et encore. Ils acclament leur équipe et ils acclament leur équipe. Encore et encore. Ils chantent et ils chantent. Encore et encore. Ils rugissent et ils rugissent, *ON VA GAGNER LA COUPE ! ON VA GAGNER LA COUPE ! HÉ-HO-ADDIO, ON VA GAGNER LA COUPE !*

…

Dans la maison, dans le vestibule. Les lettres commencent à arriver de nouveau. Au premier courrier et au second courrier. Les lettres ne cessent d'arriver. Les lettres pour demander des billets. Des billets pour la finale de la Coupe. Et Bill répond à tout le monde. Bill s'excuse auprès de tout le monde. Et dans leur maison, à leur porte. Les visiteurs viennent frapper de nouveau. Tôt le matin, tard le soir. Les visiteurs frappent sans cesse à leur porte. Les visiteurs qui quémandent des billets. Des billets pour la finale de la Coupe. Et Bill leur ouvre à tous. Et Bill s'excuse auprès de tous. Et dans leur maison, dans leur vestibule. Le téléphone sonne. Tôt le matin, tard le soir. Les gens qui appellent pour quémander des billets. Des billets pour la finale de la Coupe. Et Bill leur répond à tous. Et Bill s'excuse auprès de tous. Dans la maison, dans leur vestibule. Le téléphone sonne toujours. Bill enfile son pardessus.

Dans la maison, dans leur vestibule. Le téléphone sonne toujours. Bill met son chapeau. Et Bill sort de la maison. Bill referme la porte. Le téléphone sonne toujours. Bill descend l'allée. Dans la rue, des gamins le repèrent. Les enfants le hèlent. Bill leur adresse un signe de la main. Et les enfants lui demandent des billets. Des billets pour la finale de la Coupe. Et Bill s'excuse auprès d'eux. Et Bill monte dans sa voiture. Bill descend West Derby Road. Sur les trottoirs, les gens le reconnaissent. Les gens lui font signe. Et Bill leur adresse des signes en retour. Les gens lui quémandent des billets. Des billets pour la finale de la Coupe. Et Bill s'excuse auprès d'eux. Bill s'engage dans Belmont Road. De nouveau. Les gens lui font signe. De nouveau. Bill leur adresse des signes en retour. De nouveau. Les gens lui quémandent des billets. Des billets pour la finale de la Coupe. De nouveau. Bill s'excuse auprès d'eux. Bill entre dans le parking d'Anfield Road. Il y a foule dans le parking d'Anfield Road. Au milieu des ouvriers en bâtiment, au milieu des échafaudages. Bill gare sa voiture. Et Bill sort de sa voiture. La foule voit Bill. La foule se précipite vers Bill. Et on lui demande des billets. Des billets pour la finale de la Coupe. On le supplie, on l'implore. Bill se fraie un chemin à travers la foule. Et Bill s'excuse auprès des gens. Et il s'excuse et il s'excuse. Et Bill entre dans Anfield. Les téléphones sonnent. Bill monte l'escalier. Les téléphones sonnent. Bill longe le couloir. Les téléphones sonnent. Bill ouvre la porte de son bureau. Les téléphones sonnent. Bill entre dans son bureau. Le téléphone posé sur sa table sonne. Bill ôte son chapeau. Le téléphone sonne. Bill pend son chapeau à la patère. Le téléphone sonne. Bill ôte son pardessus. Le téléphone sonne. Bill pend son pardessus à la patère. Le téléphone sonne. Bill contourne les sacs de courrier posés sur le sol. Le téléphone sonne. Les sacs et les sacs de courrier. Le téléphone sonne. La montagne de sacs et de sacs de courrier. Le téléphone sonne. Bill s'assied à sa table de travail. Le téléphone sonne. Bill décroche le téléphone posé sur sa table de travail. Et Bill dit, Oui, Bill Shankly à l'appareil. Que puis-je pour vous ?

Allô, dit Andy Beattie. Ce n'est que moi, Bill. Et je suis navré de te déranger. Parce que je sais à quel point tu dois être débordé, Bill. Je sais qu'à Anfield, ça doit être le même bazar qu'à leur foutu Piccadilly Circus aux heures de pointe. Mais il faut que je te reparle de ce petit Keegan. Ce jeune de Scunthorpe. Bon, je sais que tu ne l'as pas encore vu. Je sais que tu es sûrement trop occupé. Tu n'en as pas eu le temps. Mais d'autres que toi l'ont vu, à présent, Bill. Et j'ai entendu dire que Preston va lui faire une offre. On murmure que Leeds est peut-être sur les rangs pour l'acheter…

Bill se lève. Le téléphone à la main. Et Bill dit, Tu as entendu quoi ? Tu plaisantes, Andy ? Tu me fais marcher ? Pas Leeds, Andy ?

Si, dit Andy Beattie. Leeds. C'est ce qu'on dit. C'est le bruit de couloir qui m'est parvenu. Ce jeune a du talent, Bill. Un vrai talent. Tu me connais, Bill. Je ne suis pas du genre à t'embêter pour rien. Pas avec tout ce que tu as à faire, Bill. Si je n'étais pas sûr que ce jeune est unique. Le meilleur que j'aie vu, Bill. Il est plus doué que Denis. Le meilleur que j'aie jamais vu, Bill…

D'accord, Andy. D'accord. Je vais aller le voir, ou bien j'enverrai Bob ou Reuben. C'est promis, Andy. C'est promis…

Tu ne le regretteras pas, dit Andy Beattie. Je t'assure, Bill. Parce que ce jeune, c'est l'avenir. L'avenir du Liverpool Football Club.

Je te crois, Andy. Je te crois. Et encore merci, Andy. Encore merci. Et prends bien soin de toi, Andy. Prends bien soin de toi.

Bill repose le téléphone. Bill se rassied dans son fauteuil. Bill prend son agenda sur sa table de travail. Son agenda rempli de dates, les dates des matchs. Le téléphone recommence à sonner. Bill repose son agenda. Son agenda rempli de dates, les dates des matchs. Le téléphone sonne. Bill prend l'annuaire de la fédération de football. Le téléphone sonne. Bill consulte le calendrier des matchs en fin de volume. Le téléphone sonne. Bill repose l'annuaire. Le téléphone sonne. Bill se lève. Le téléphone sonne. Bill contourne les sacs de courrier posés par terre. Le téléphone sonne. Les sacs et les sacs de courrier. Le téléphone sonne. La montagne de sacs et de sacs de courrier. Le téléphone sonne. Bill ouvre la porte de son bureau. Le téléphone sonne. Bill sort de son bureau. Le téléphone sonne. Bill longe le couloir. Les téléphones sonnent, tous les téléphones sonnent. Bill tapote à la porte de la remise à chaussures. Bill ouvre la porte de la remise à chaussures. Et Bill voit Bob, Joe, Reuben et Ronnie assis sur des caisses de bière retournées. Au milieu des chaussures de football brossées et pendues aux crochets. Pas de téléphones, ici. Et Bill dit, Bon, qui a envie d'aller faire un petit tour à Scunthorpe ?

...

Sur le banc, le banc d'Anfield. Bill et 52 577 spectateurs regardent le Liverpool Football Club affronter Leeds United au match aller de la demi-finale de la Coupe des villes de foires. C'est la dernière fois, cette saison, que 52 577 spectateurs peuvent venir à Anfield. À cause des travaux du stade, pour le modifier et l'embellir. Si le Liverpool Football Club bat Leeds United, si le Liverpool Football Club atteint la finale de la Coupe des villes de foires, alors le match aller de la finale devra être joué à Goodison Park. À cause des travaux du stade, pour le modifier et l'embellir. Mais le mercredi 14 avril 1971, le Liverpool Football Club n'est pas encore en finale de la Coupe des villes de foires. Et ce soir-là, Bremner remporte le tirage au sort. Et Bremner choisit de défendre le côté du Kop en première mi-temps. Donc, en première mi-temps, les joueurs du Liverpool Football Club attaquent le côté du Kop, les joueurs du Liverpool Football Club chargent en direction du Spion Kop. Brian Hall et Steve Heighway sont incisifs et à l'affût. Et devant le Spion Kop, Sprake bloque un tir de Larry Lloyd. Devant le Spion Kop, Sprake bloque un tir de Heighway. Mais les joueurs de

Leeds United attaquent, eux aussi. Et Madeley tire. Mais Ray Clemence repousse son tir par-dessus la barre transversale. La barre transversale de Liverpool. À la 17e minute, Ian Callaghan centre. Alun Evans tente de reprendre son centre. Mais Evans manque le centre. Et en un éclair, Leeds United attaque de nouveau. Et Clarke bat Clemence. Le ballon est au fond des filets, dans la cage. Mais le but est refusé. Et de nouveau, les joueurs du Liverpool Football Club attaquent le côté du Kop, de nouveau les joueurs du Liverpool Football Club chargent en direction du Spion Kop. Et devant le Kop, Sprake bloque un tir de Chris Lawler. Sprake bloque un tir de Lindsay. Et Sprake bloque un tir de Heighway. Et de nouveau en un éclair, Leeds United attaque. Giles passe à Bremner. Bremner passe à Madeley. Madeley tire. Mais Clemence bloque son tir. Et à la mi-temps du match aller de la demi-finale de la Coupe des villes de foires, le Liverpool Football Club est à égalité 0-0 avec le Leeds United Association Football Club. Au début de la seconde mi-temps, John Toshack centre vers Sprake. Et Sprake réceptionne le ballon. Mais Sprake le perd. Le ballon s'échappe. Sur la pelouse. La pelouse d'Anfield. Aux pieds d'Evans. Evans qu'aucun adversaire ne marque. Le ballon est devant lui et le but est devant lui. Le ballon à ses pieds et le but à sa merci. Le but sans gardien, le but grand ouvert. Evans tire. Et le ballon frappe le poteau. Et les supporters du Liverpool Football Club en ont le souffle coupé. Puis les supporters du Liverpool Football Club gémissent. Et les supporters du Liverpool Football Club pleurent. À la 67e minute, Bremner se voit accorder un coup franc pour Leeds United. Giles tire le coup franc. Giles envoie le ballon dans la surface de réparation de Liverpool. Vers le Kop. Et Bremner bondit en l'air. Dans l'air d'Anfield. Bremner se jette sur le ballon. En fendant l'air. L'air d'Anfield. Bremner redirige le coup franc. Devant le Spion Kop. Dans les filets et dans les buts. Devant le Kop. Et Jack Charlton sprinte depuis l'autre bout du terrain. Le terrain d'Anfield. Jack Charlton soulève Billy

Bremner. Devant le Spion Kop. Jack Charlton hisse Billy Bremner en l'air. Dans l'air d'Anfield. Mais les supporters du Liverpool Football Club refusent de se taire. Les supporters du Liverpool Football Club refusent de se rendre. Et les joueurs du Liverpool Football Club ne se mettent pas à genoux. Les joueurs du Liverpool Football Club n'abdiquent pas. Et sur la ligne de touche, la ligne de touche d'Anfield. Bill fait sortir Callaghan et Evans. Bill les remplace par Bobby Graham et Peter Thompson. Et les supporters du Liverpool Football Club rugissent et rugissent. Et les joueurs du Liverpool Football Club attaquent et attaquent. Et les joueurs du Liverpool Football Club enferment ceux de Leeds United dans leur propre moitié de terrain. Ils les cantonnent dans leur surface de réparation. Et Toshack tire. Mais Sprake bloque le tir de Toshack. Et Lloyd tire. Mais Hunter repousse son tir depuis la ligne. Et Heighway lance Emlyn Hughes. Le ballon est aux pieds de Hughes. Mais Charlton lui subtilise le ballon. Et reprend au Liverpool Football Club la maîtrise du match. Et le Liverpool Football Club perd 1-0 contre Leeds United à l'issue du match aller de la demi-finale de la Coupe des villes de foires. Le match à domicile, le match à Anfield. Et sur la ligne de touche, la ligne de touche d'Anfield. Bill serre la main de Don Revie. Et Bill dit, Bien joué, Don. Bien défendu, comme d'habitude. Mais ne dis plus que je suis béni des dieux, Don. Ne dis plus jamais que c'est moi qui suis béni des dieux. Ce serait plutôt toi, Don. Toi qui es béni des dieux. Toi, ce soir, Don.

Don Revie lève les yeux et regarde le ciel. Le ciel d'Anfield. Don Revie baisse les yeux et regarde la pelouse. La pelouse d'Anfield. Et Don Revie fronce les sourcils. Et Don Revie secoue la tête –

Ma foi, ce n'est pas trop tôt…

Sur le banc, le banc au stade d'Elland Road. Pendant 90 minutes, Bill regarde les joueurs du Liverpool Football Club attaquer et attaquer et attaquer. Shooter et shooter et shooter. Et pendant 90 minutes, Bill regarde les joueurs de Leeds United défendre et défendre et défendre. Blocage après blocage après blocage. Pendant 90 minutes, le Liverpool Football Club est incapable de marquer. Et le Liverpool Football Club fait match nul 0-0 avec Leeds United au match retour de la demi-finale de la Coupe des villes de foires. À l'extérieur, ailleurs qu'à Anfield. Le Liverpool Football Club est éliminé de la Coupe des villes de foires. Et sur la ligne de touche, la ligne de touche à Elland Road. Bill serre la main de Don Revie. Et Bill dit, Félicitations, Don. Félicitations. Et j'espère que tu ne vas pas t'arrêter là et que tu vas la gagner, cette coupe. Je le souhaite sincèrement, Don. Crois-moi.

Don Revie lève les yeux et regarde le ciel. Le ciel du Yorkshire. Don Revie baisse les yeux et regarde la pelouse. La pelouse du Yorkshire –

Merci, Bill. Merci beaucoup. C'est très gentil à toi, Bill. C'est très généreux de ta part. Merci, Bill…

Bill hausse les épaules. Et Bill ajoute, Mais laisse-moi te dire ceci, Don : Si tu espères gagner cette coupe, alors il va falloir tenter d'attaquer –

Sur le banc, le banc d'Anfield. Bill et 38 427 spectateurs regardent le Liverpool Football Club affronter le Southampton Football Club dans le dernier match de championnat de la saison 1970-71. Au milieu des travaux, au milieu des échafaudages. À la 13e minute, Emlyn Hughes marque. Et le Liverpool Football Club bat le Southampton Football Club 1-0 à l'issue du dernier match de championnat de la saison. À domicile, à Anfield. Au milieu des travaux et au milieu des échafaudages. Les supporters du Liverpool Football Club applaudissent les joueurs du Liverpool Football Club. Et les supporters du Liverpool Football Club saluent le manager du Liverpool Football Club. Et les supporters du Liverpool Football Club chantent, *HÉ-HO-ADDIO, ON VA GAGNER LA COUPE ! ON VA GAGNER LA COUPE ! HÉ-HO-ADDIO, ON VA GAGNER LA COUPE !*

…

Dans le bureau temporaire. À cause des améliorations d'Anfield, à cause des embellissements d'Anfield. Bill décroche le téléphone. De nouveau. Et Bill annonce, Bill Shankly à l'appareil. Que puis-je pour vous ?

Bonjour, Bill. C'est moi, Bob. Je suis à Scunthorpe, avec Reuben. On regarde jouer ce jeune, le petit Keegan. Et il faudrait l'engager tout de suite. Immédiatement, Bill. Maintenant. Ce soir. À cette minute même…

Et Bill dit, Merci, Bob. C'est tout ce que j'avais envie d'entendre. Tout ce que j'avais besoin de savoir, Bob. Merci beaucoup.

Bill repose le téléphone. Bill le reprend aussitôt. Et Bill compose un numéro. Bill écoute la sonnerie retentir à l'autre bout de la ligne. Bill écoute la voix à l'autre bout de la ligne. Et Bill dit, Bonsoir, monsieur Roberts. Et je vous prie de m'excuser de vous appeler chez vous à une heure pareille. Mais je tiens à acheter Keegan, ce jeune joueur de Scunthorpe United. Je veux que nous l'engagions tout de suite. Ce soir. Ce soir même. À cette minute précise…

Dans le bureau temporaire, dès le lendemain. Bill raccroche le téléphone de sa table de travail. De nouveau. Et Bill se lève. Le téléphone se remet à sonner. Bill contourne les sacs et les sacs de courrier. Le téléphone sonne. La montagne de sacs et de sacs de courrier. Le téléphone sonne. Bill sort du bureau temporaire. Le téléphone sonne toujours. Bill longe le couloir. Les téléphones sonnent, tous les téléphones sonnent. Bill ouvre la porte. Les téléphones sonnent toujours. Et Bill voit le jeune Keegan. Le jeune Keegan est assis sur une poubelle, à l'extérieur du stade. Au milieu des travaux, au milieu des échafaudages. Bill serre la main du jeune Keegan. Et Bill lui dit, Bienvenue à Anfield, mon gars. Bon, pour ta visite médicale…

Kevin Keegan descend de la poubelle. Kevin Keegan traverse le parking sur les talons de Bill. Au milieu des travaux, au milieu des échafaudages. Kevin Keegan monte dans la voiture de Bill. Et Bill emmène le jeune Keegan au cabinet de consultation du médecin du

Liverpool Football Club. Bill ne regarde pas la route, Bill regarde le jeune Keegan. Bill lui dit, Tu vas te plaire, ici, mon gars. Tu vas te plaire. C'est le meilleur club du pays, les meilleurs supporters d'Angleterre, mon gars. Les joueurs que nous avons, les supporters que nous avons… Les meilleurs du monde, mon gars…

Chez le médecin, dans son cabinet de consultation. Bill assiste à l'examen médical du jeune Keegan. Bill regarde le médecin déclarer apte le jeune Keegan. Puis Bill annonce, Bon, on retourne à Anfield. On retourne à mon bureau, mon gars. Pour que tu puisses signer ton contrat. Pour que tu puisses intégrer le Liverpool Football Club.

Dans le bureau temporaire. Bill regarde le jeune Keegan assis en face de lui de l'autre côté de sa table. Et Bill dit, Nous pouvons te proposer 45 livres par semaine, mon gars.

Kevin Keegan regarde le contrat posé sur la table. Kevin Keegan regarde le stylo posé sur le contrat. Et Kevin Keegan détourne les yeux. Kevin Keegan change de position sur sa chaise.

Il y a quelque chose qui ne te plaît pas, mon gars ? Un détail qui te préoccupe ?

Eh bien, pour être franc avec vous, répond Kevin Keegan, actuellement je touche 35 livres par semaine à Scunthorpe, monsieur Shankly. Alors, je m'attendais à un petit peu plus. Mais j'espère que vous ne me trouvez pas impertinent ni cupide, monsieur Shankly. J'espère que vous ne me trouvez pas ingrat. Mais mon père me dit toujours que je dois essayer d'améliorer ma condition, monsieur Shankly. Si je peux, à chaque fois que je le peux.

Et que fait-il, ton père, mon gars ? Quel est son métier ?

Il était mineur, répond Kevin Keegan. Mais il ne peut plus travailler, maintenant. À cause de sa bronchite. À cause du poussier.

Bill regarde le jeune Keegan. Et Bill hoche la tête. Et Bill dit, Eh bien, tu as raison de l'écouter, mon gars.

Parce que cet homme-là, il sait ce que c'est que travailler durement. Et c'est pourquoi je te propose 50 livres.

Kevin Keegan sourit. Kevin Keegan prend le stylo –

Merci, monsieur Shankly. Merci, merci beaucoup.

Bill se penche par-dessus sa table de travail. Bill pose la main sur le contrat. Et Bill dit, Mais rappelle-toi ceci, mon gars. Si tu fais ce qu'il faut pour le Liverpool Football Club, si tu fais ce qu'il faut pour les supporters du Liverpool Football Club. Alors, tu n'auras plus jamais besoin de me demander une augmentation.

Kevin Keegan hoche la tête. Kevin Keegan signe le contrat. Kevin Keegan et Bill se serrent la main. Et Bill donne à Kevin Keegan une liste de logeuses et d'appartements. Bill dit à Kevin Keegan de se présenter à l'entraînement le lendemain matin. Et Bill annonce à Kevin Keegan qu'il se rendra à Wembley avec le Liverpool Football Club. Pour assister à la finale de la Coupe. Et Bill donne à Kevin Keegan deux billets pour la finale de la Coupe. Pour sa famille. Pour son père. Et Bill ajoute, Mais ne les perds pas, mon gars. Ces billets, ça vaut de l'or. Et ne va pas les revendre non plus !

Bill regarde Kevin Keegan sortir d'un pas élastique de son bureau, de son bureau temporaire. Et Bill se dirige vers son classeur. Bill allume la radio. Bill revient à sa table de travail. Et Bill commence à répondre aux lettres que contiennent les sacs et les sacs de courrier. La montagne de sacs et de sacs de courrier. Et Bill écoute le match tout en tapant à la machine. Le match entre Tottenham Hotspur et l'Arsenal Football Club. Et Bill entend que l'Arsenal Football Club bat Tottenham Hotspur 1-0. Bill entend que l'Arsenal Football Club devient champion d'Angleterre. Pour la huitième fois – un record. Et Bill cesse de taper à la machine. Bill soulève le combiné posé sur sa table. Le combiné du téléphone qu'il n'a pas raccroché. Et Bill compose le numéro du stade de White Hart Lane, à Londres. Et Bill demande qu'on lui passe le vestiaire, le vestiaire des visiteurs, le vestiaire d'Arsenal. Et Bill dit,

Bonjour, Bertram. Ce n'est que moi. Ce n'est que Bill. Je ne t'appelle que pour te féliciter, Bertram. Simplement pour te dire, bien joué. Très bien joué, vraiment. Je ne pourrais pas être plus content pour toi, Bertram. Plus satisfait…

Merci, dit Bertie Mee. Merci beaucoup, Bill. C'est le plus beau jour de ma vie. Et gagner en marquant un but, Bill. Pas sur un match nul. C'est tout simplement la plus grande joie qu'on puisse éprouver, Bill. Et je sais que les gens du Nord ne nous croyaient pas capables de gagner. Mais on vous a montré qu'on pouvait le faire, Bill. On l'a montré aux gens du Nord. Et c'est exactement ce qu'il nous fallait, Bill. Avant le match de samedi. Tout à fait ce dont on avait besoin. Avant la finale, Bill…

Bill sourit. Et Bill dit, Eh bien, savoure ta victoire, Bertie. Savoure-la tant que ça dure. Parce que tu auras un match autrement plus rude samedi, Bertie. Je peux te l'assurer. Je te le promets.

…

Dans leur bus, leur bus de Liverpool. Sur la route, direction Wembley. Avec un second bus derrière eux, un bus vide derrière eux. Au cas où. Comme la première fois. On ne laisse rien au hasard. Pas de frayeurs et pas de surprises. Tout est planifié, tout est prêt. Dans leur bus, leur bus de Liverpool. Sur la route, direction Wembley. À l'avant du bus, dans son fauteuil. Bill regarde par la fenêtre. Son regard plonge dans un océan de rouge, dans un univers tout rouge. Exactement comme la première fois. Des foulards rouges et des drapeaux rouges, des banderoles rouges et des chansons rouges. Quoi qu'il regarde, où qu'il se tourne. Tout comme la première fois. Un Océan Rouge et un Univers Rouge. Tout comme la première fois. Et dans leur bus, leur bus de Liverpool. Sur la route, la route de Wembley. Bill se lève à l'avant. Bill passe une cassette audio. Bill monte le volume. Pour que tous les passagers de leur bus, de leur bus de Liverpool, puissent entendre la cassette. La cassette de l'émission de radio dont l'invité était Bill. *Des disques pour une île déserte*, enregistrée six ans plus tôt. Et Bill se lève au milieu du bus. Au milieu du couloir central. Et Bill dit, Écoutez un peu ces chansons, les gars. Rien que de grandes chansons. De grandes, grandes chansons écossaises, les gars. Et de grandes, grandes chansons de Liverpool…

Et dans leur bus, leur bus de Liverpool. Les joueurs du Liverpool Football Club écoutent. Les jeunes joueurs du Liverpool Football Club écoutent les chansons de la cassette. Et les joueurs du Liverpool Football Club sourient. Les jeunes joueurs du Liverpool Football Club sourient à Bill Shankly. Alors que Bill Shankly est planté au milieu du bus. Au milieu du couloir central. Ses lèvres remuent et ses bras remuent. Et quand la cassette attaque la dernière chanson, Bill monte le volume au maximum. Pour que tout le monde, dans leur bus, leur bus de Liverpool, puisse entendre la dernière chanson de la cassette. Pour que tout le monde, à l'extérieur du bus, sur la route qui mène à Wembley, puisse entendre cette dernière chanson. Et Bill accompagne de la voix cette dernière chanson de la cassette. Et les joueurs du Liverpool Football Club accompagnent de la voix cette dernière chanson de la cassette. Les jeunes joueurs et les joueurs plus âgés. Bill agite les bras, Bill tonne, Plus fort, les gars, plus fort ! Je ne vous entends pas ! Et les joueurs du Liverpool Football Club élèvent la voix. En chœur, comme un seul homme. Tous les joueurs du Liverpool Football Club chantent –

You'll never walk alone…

Dans leur vestiaire, leur vestiaire à Wembley. Le regard de Bill passe d'un joueur au suivant. De Ray Clemence à Chris Lawler. De Chris à Alec Lindsay. D'Alec à Tommy Smith. De Tommy à Larry Lloyd. De Larry à Emlyn Hughes. D'Emlyn à Ian Callaghan. De Cally à Alun Evans. D'Alun à Steve Heighway. De Steve à John Toshack. De John à Brian Hall. Et de Brian à Peter Thompson. Peter qui porte le maillot numéro 12. Et Bill sourit. Et Bill dit, Il y a six ans, Tommy et Chris et Cally et Peter étaient assis dans ce même vestiaire, en attendant de jouer la finale. Pour la première fois. Et en tant que joueur, je me suis moi-même assis sur ce banc avant de jouer la finale de la Coupe. Et donc, ceux d'entre nous qui sont déjà venus ici, qui se sont déjà assis sur ce banc, en attendant de jouer la finale, nous savons ce que c'est que de se trouver ici pour la première fois de sa vie, en attendant de jouer la finale. Et nous savons que c'est le pire moment. L'attente. C'est l'enfer. Nous le savons. Mais nous savons aussi que ça en vaut la peine. L'attente. Cet enfer. Parce que, une fois qu'on sort d'ici, les gars. Pour entrer sur le terrain, sur cette pelouse. C'est le paradis, les gars. Le paradis sur terre. C'est tout ce dont vous avez toujours rêvé, les gars. Tout ce pour quoi vous avez travaillé. La possibilité d'écrire une page d'histoire, les gars. Et de rendre heureux les supporters du Liverpool Football Club. Alors, savourez ce moment, les gars. Profitez-en bien. Parce que vous allez vivre le paradis sur terre, les gars. Vous allez connaître le paradis sur terre. Alors, allons-y, les gars…

Et dans leur vestiaire, leur vestiaire à Wembley. La sonnerie retentit, la sonnerie de Wembley. Et Bill emmène les joueurs du Liverpool Football Club dans le tunnel, le tunnel de Wembley, et jusqu'à la pelouse, la pelouse de Wembley, et dans un océan de rouge, un univers tout rouge. LI-VER-POOL. L'océan si assourdissant, l'univers si bruyant que Londres tout entier, que l'Angleterre tout entière entendent cet océan de nouveau, voient cet univers de nouveau. LI-VER-POOL. À la radio et sur leurs téléviseurs. Leurs téléviseurs couleur. LI-VER-POOL. Les gens entendent les supporters du Liverpool Football Club et les gens voient les supporters du Liverpool Football Club. LI-VER-POOL. Leurs écharpes et leurs drapeaux, leurs banderoles et leurs chansons. LI-VER-POOL. Leurs écharpes rouges et leurs drapeaux rouges, leurs banderoles rouges et leurs chansons rouges. LI-VER-POOL. Leur océan de rouge, leur univers tout rouge. LI-VER-POOL. Et Bill sait que les gens n'oublieront jamais les supporters du Liverpool Football Club. LI-VER-POOL. Leur océan de rouge, leur univers tout rouge. LI-VER-

POOL. Ils n'oublieront jamais. LI-VER-POOL, LI-VER-POOL, LI-VER-POOL.

Sur le banc, le banc de Wembley. Bill regarde la pelouse, la pelouse de Wembley. Les joueurs du Liverpool Football Club vêtus uniquement de rouge, les joueurs de l'Arsenal Football Club vêtus de jaune et de bleu. Mais sur le banc, le banc de Wembley. Déjà sa veste colle à sa chemise. Déjà sa chemise colle à son maillot de corps. Déjà son maillot de corps lui colle à la peau. Bill est accablé de chaleur. La chaleur éprouvante de Wembley. Et Bill sait que ce terrain, ce terrain de Wembley, va être un terrain épuisant. Mais au cours de la première mi-temps, Bill voit le Liverpool Football Club attaquer. Et Wilson bloquer les tirs. Dans la chaleur, la chaleur éprouvante de Wembley, sur le terrain, le terrain épuisant de Wembley. Bill voit l'Arsenal Football Club contre-attaquer. Et Ray Clemence bloquer les tirs. Dans la chaleur, la chaleur éprouvante de Wembley, sur le terrain, le terrain épuisant de Wembley. Attaque et contre-attaque, contre-attaque et attaque. D'arrière en avant, d'avant en arrière. Dans la chaleur, la chaleur éprouvante de Wembley, sur le terrain, le terrain épuisant de Wembley. Dans la seconde mi-temps, l'Arsenal Football Club attaque de nouveau. Et Clemence bloque un tir de Kennedy. Dans la chaleur, la chaleur éprouvante de Wembley, sur le terrain, le terrain épuisant de Wembley. Le Liverpool Football Club contre-attaque. Et Wilson bloque un tir de John Toshack. Dans la chaleur, la chaleur éprouvante de Wembley, sur le terrain, le terrain épuisant de Wembley. À la 64e minute, Kelly remplace Storey pour l'Arsenal Football Club. Dans la chaleur, la chaleur éprouvante de Wembley, sur le terrain, le terrain épuisant de Wembley. À la 67e minute, Bill remplace Alun Evans par Peter Thompson. Et dans la chaleur, la chaleur éprouvante de Wembley, sur le terrain, le terrain épuisant de Wembley. Le Liverpool Football Club attaque de nouveau. Et McLintock opère un dégagement. Dans la chaleur, la chaleur éprouvante de Wembley, sur le terrain, le terrain épuisant de

Wembley. L'Arsenal Football Club contre-attaque. Et Clemence bloque un tir de Kennedy. Et George Graham touche la barre transversale. Et Alec Lindsay écarte le ballon depuis la ligne de but. La ligne de but de Liverpool. Mais dans la chaleur, la chaleur éprouvante de Wembley, sur le terrain, le terrain épuisant de Wembley. Le Liverpool Football Club attaque. Et Wilson bloque un tir de Steve Heighway. Et Wilson bloque un tir de Thompson. Et Wilson bloque un tir de Brian Hall. Dans la chaleur, la chaleur éprouvante de Wembley, sur le terrain, le terrain épuisant de Wembley. Au bout de 90 minutes, l'arbitre siffle pour annoncer les prolongations. Dans la chaleur, la chaleur éprouvante de Wembley, sur le terrain, le terrain épuisant de Wembley. Pendant la première période des prolongations, Emlyn Hughes passe à Thompson. Thompson passe à Heighway. Heighway accélère sur le côté gauche, Heighway dévale le côté gauche. Heighway oblique depuis la gauche, Heighway parvient à la limite de la surface de réparation. Et Heighway tire et Heighway marque. Et dans la chaleur, la chaleur éprouvante de Wembley, sur le terrain, le terrain épuisant de Wembley. Le Liverpool Football Club mène 1-0 devant l'Arsenal Football Club dans la première période des prolongations de la finale de la Coupe d'Angleterre. Dans la chaleur, la chaleur éprouvante de Wembley, sur le terrain, le terrain épuisant de Wembley. Deux minutes plus tard, Wilson bloque un tir de Toshack. Mais dans la chaleur, la chaleur éprouvante de Wembley, sur le terrain, le terrain épuisant de Wembley. À la 101e minute du match, pendant les prolongations, Radford envoie le ballon pardessus sa propre tête. Il retombe dans la surface de réparation, la surface de réparation de Liverpool. Le ballon s'échappe, il roule au milieu des joueurs. Des joueurs et de leurs pieds. Et les pieds de Kelly trouvent le ballon. Le ballon échappé franchit la ligne. Pour entrer dans les filets, pour entrer dans la cage. Et dans la chaleur, la chaleur éprouvante de Wembley, sur le terrain, le terrain épuisant de Wembley. Le Liverpool Football Club se retrouve à égalité 1-1 avec l'Arsenal Football Club. Dans la chaleur, la chaleur éprouvante de Wembley, sur le terrain, le terrain épuisant de Wembley. Deux minutes plus tard, Clemence arrête un tir de Kelly. Et Clemence arrête un tir de Radford. Dans la chaleur, la chaleur éprouvante de Wembley, sur le terrain, le terrain épuisant de Wembley. À la 7e minute de la seconde période des prolongations, à la 111e minute de la finale de la Coupe d'Angleterre, Radford passe à Charlie George, George à la lisière de la surface de réparation, de la surface de réparation de Liverpool. Et George tire et George marque. Et George s'affale sur la pelouse, la pelouse de Wembley. Sur le dos, les bras en croix. Et dans la chaleur, la chaleur éprouvante de Wembley, sur le terrain, le terrain épuisant de Wembley. L'Arsenal Football Club mène 2-1 devant le Liverpool Football Club en seconde période des prolongations. Et dans la chaleur, la chaleur éprouvante de Wembley, sur le terrain, le terrain épuisant de Wembley. À la 120e minute de la finale de la Coupe d'Angleterre, l'arbitre donne un coup de sifflet. Et l'Arsenal Football Club remporte la Coupe d'Angleterre. L'Arsenal Football Club réalise le doublé. Il a gagné le championnat et il a gagné la Coupe.

Sur le banc, le banc de Wembley. Sa veste s'est fondue à sa chemise. Sa chemise s'est fondue à son maillot de corps. Son maillot de corps s'est fondu à sa peau. Ses yeux ont perdu leur couleur et son visage s'est creusé de rides. Bill se lève du banc. Le banc de Liverpool. Bill longe la ligne de touche. La ligne de touche de Wembley. Et Bill serre la main de Bertie Mee. Puis Bill traverse la pelouse. La pelouse de Wembley. Bill passe d'un joueur à l'autre. De Wilson à Rice. De Rice à McNab. De McNab à Storey. De Storey à McLintock. De McLintock à Simpson. De Simpson à Armstrong. D'Armstrong à Graham. De Graham à Radford. De Radford à Kennedy. De Kennedy à George. Et de George à Kelly. Et Bill leur serre la main. Bill les félicite tous. Et puis Bill fait demi-tour. Et Bill retraverse la pelouse. La pelouse de Wembley. Vers les supporters du Liverpool Football Club. Vers leurs écharpes et leurs drapeaux, vers leurs banderoles et leurs chansons. Et Bill s'arrête sur la pelouse. La pelouse de Wembley. Bill reste immobile sur la pelouse. La pelouse de Wembley. Devant l'océan de rouge, devant l'univers tout rouge. Sa veste colle à sa chemise. Sa chemise colle à son maillot de corps. Son maillot de corps lui colle à la peau. Ses yeux retrouvent leur couleur. Les rides s'effacent sur son visage. Et Bill lève les bras. Bill approche ses mains l'une de l'autre. Et Bill applaudit les supporters du Liverpool Football Club. Pour leur océan de rouge, leur univers tout rouge. Et les supporters du Liverpool Football Club applaudissent les joueurs de l'Arsenal Football Club, ils saluent les joueurs de l'Arsenal Football Club. Et les supporters du Liverpool Football Club applaudissent les joueurs du Liverpool Football Club, ils saluent les joueurs du Liverpool Football Club. Et puis les supporters du Liverpool Football Club acclament les joueurs. Les supporters du Liverpool Football Club chantent. Et les supporters du Liverpool Football Club rugissent, ils scandent un mot, le même mot. Encore et encore, encore et toujours,

un mot : *Shank-ly ! Shank-ly...*

SHANK-LY !

...

Sur le balcon du St George's Hall. Bill n'en croit pas ses yeux. Où qu'il regarde, il voit des visages. Les visages des gens de Liverpool. Il y a là 250 000 personnes, 500 000 personnes. Des gens qui sourient, des gens heureux. Et Bill n'en croit pas ses oreilles. Des gens qui les acclament, des gens qui les applaudissent. Des gens qui crient, des gens qui chantent. Il y a là 250 000, 500 000 personnes qui toutes les acclament et les applaudissent, qui toutes crient et qui toutes scandent –

LI-VER-POOL, LI-VER-POOL,

LI-VER-POOL...

Et Bill s'avance. Bill ouvre les bras. Et les gens, ces 250 000 personnes, ces 500 000 personnes se taisent. Et Bill dit, Mesdames, messieurs. Hier, à Wembley. Nous avons peut-être perdu la Coupe. Mais vous, gens de Liverpool, vous avez tout gagné. Vous avez conquis le public de Londres. Vous avez même conquis la police de Londres. Et il n'est pas sûr que même le président Mao aurait été capable d'organiser une démonstration de force équivalente à celle que vous avez produite hier et aujourd'hui…

Et les gens, les 250 000 personnes, les 500 000 personnes l'acclament et l'applaudissent, et toutes crient et scandent, *LI-VER-POOL, LI-VER-POOL, LI-VER-POOL, LI-VER-POOL, LI-VER-POOL, LI-VER-POOL,*
LI-VER-POOL, LI-VER-POOL,
LI-VER-POOL…

Et Bill refoule ses larmes. Bill a du mal à respirer. Et de nouveau Bill ouvre les bras. Et de nouveau les gens, ces 250 000 personnes, ces 500 000 personnes se taisent toutes. Et Bill ajoute, Depuis que je suis à Liverpool. Et à Anfield. Je n'arrête pas de répéter à nos joueurs. À longueur de temps. Qu'ils sont privilégiés. Ils ont le privilège de jouer pour vous. Et s'ils ne m'ont pas cru sur le moment –

Aujourd'hui, ils me croient.

37

Une recrue pas comme les autres

Deux mois après la fin du championnat de première division qui a vu le Liverpool Football Club terminer quatrième. Deux mois après la défaite du Liverpool Football Club en finale de la Coupe d'Angleterre. Le président, les dirigeants et le manager du Liverpool Football Club tiennent une conférence de presse à Anfield, Liverpool. Une conférence de presse pour annoncer des changements à Anfield, Liverpool –

Bob Paisley est promu du poste d'entraîneur principal à celui de manager adjoint. Joe Fagan, ancien entraîneur de l'équipe réserve, devient entraîneur de l'équipe première. Ronnie Moran, qui gérait les équipes junior, va à présent diriger l'équipe réserve. Tom Saunders est nommé superviseur des équipes junior et des projets destinés aux jeunes. Et Reuben Bennett se voit attribuer officiellement la charge d'évaluer les joueurs recommandés par les recruteurs du Liverpool Football Club et d'évaluer les adversaires du Liverpool Football Club ; sa mission est baptisée « fonctions spéciales en coordination avec le manager » –

Et, ajoute Eric Roberts, le nouveau président du Liverpool Football Club, nous avons proposé à M. Shankly un contrat de cinq ans. Mais M. Shankly a décidé de se contenter de trois ans. Cependant, M. Shankly sait également qu'il dispose d'une option supplémentaire sur son contrat lorsque celui-ci viendra à échéance en mai 1974. Car M. Shankly sait bien que le poste est à lui aussi longtemps qu'il voudra y rester. Et nous espérons, nous escomptons qu'il voudra y rester encore très, très longtemps…

J'ai toujours dit, déclare Bill Shankly, que c'est avec plaisir que je continue à travailler ici. Ici à Anfield, ici à Liverpool. Parce que c'est ici que j'ai vécu les périodes les plus heureuses de ma vie, et aussi les périodes les plus dures. Ici à Anfield, ici à Liverpool. Seuls le Celtic et les Rangers, avec leur apparat, peuvent prétendre se comparer au Liverpool Football Club. Mais je ne pense pas que je retournerai en Écosse. Et de même je ne vois aucune raison ne serait-ce que d'envisager mon départ pour un autre club. C'est pourquoi je n'attache pas d'importance aux contrats…

Quant à la retraite, j'y pense rarement. Pour moi, le football, c'est ma vie. À condition que je sois encore en mesure de faire mon travail correctement et tant que je me sentirai capable de continuer. Il me paraît stupide de dire, Vous avez tel ou tel âge, alors vous êtes trop vieux pour continuer à travailler, et vous devez prendre votre retraite. Je préfère cette vieille devise : Vous êtes jeune tant que vous vous sentez jeune. Et ça restera toujours un de mes critères. Et à chaque fois qu'il m'arrivera de penser à la retraite, je prendrai ma décision en fonction de deux critères : la façon dont je ressens les effets de l'âge, et aussi mes moyens financiers. Parce que, fondamentalement, tout homme doit continuer à travailler jusqu'à ce qu'il ait gagné assez d'argent pour vivre sans dépendre de qui que ce soit. On parle beaucoup des salaires qu'on peut toucher dans le football. Pas seulement en tant que joueur, mais aussi comme manager. Mais on ne parle pas tellement des impôts énormes que ceux-ci doivent payer. Plus les sommes que l'on gagne sont élevées, plus les impôts que l'on reverse sont sévères, de par le jeu des tranches supérieures et des surimpositions qui s'ajoutent au barème habituel. Ces impôts signifient qu'une personne gagnant 100 livres par semaine ne perçoit, en réalité, guère plus de 50 livres. Par conséquent, ce n'est qu'en atteignant l'âge où l'on commence à penser à se retirer que l'on se rend compte de l'intérêt des régimes de retraite que l'on a introduits dans le football ces dix dernières années. Mais aujourd'hui, nous sommes peu nombreux, dans le football, à pouvoir affirmer que nous avons gagné suffisamment d'argent pour prendre notre retraite. Voilà pour mes moyens financiers ! Et en ce qui concerne les effets de l'âge, je me sens en excellente forme, et prêt à continuer pendant des années encore. Je m'entraîne tous les jours, et je ne fais rien qui risque de porter atteinte à ma santé. Je ne fume pas. Et les seules fois où je bois, c'est pour des raisons médicales. Lorsqu'une goutte de scotch me permet de supporter le froid et me fait du bien. Résultat, je me porte comme un charme et je me sens plus jeune que la plupart des hommes de mon âge. C'est pourquoi je me sens capable de continuer à travailler en tant que manager du Liverpool Football Club, aussi longtemps que le Liverpool Football Club voudra bien de moi…

Gérer une équipe de football, cela dit, peut se révéler une tâche qui vous détruit l'âme. Mais je pense que je suis sur le point d'atteindre le but que je me suis fixé lorsque j'ai remplacé mon prédécesseur il y a presque douze ans…

C'est à l'automne de 1959 que l'occasion m'a été donnée de m'occuper d'une autre équipe de deuxième division, celle du Liverpool Football Club. Cela ne représentait pas pour moi une augmentation de salaire importante. Et ce n'est donc pas mon nouveau salaire qui m'a motivé à accepter l'offre du Liverpool Football Club. Ce qui m'a attiré vers le Liverpool Football Club, c'est le potentiel que je pressentais chez ses supporters. Pour moi, le soutien qu'apportent leurs supporters aux Rangers et au Celtic est toujours resté inégalé. Mais ici à Anfield, j'ai senti un engouement des supporters qui pouvait croître au point de rivaliser même avec celui dont bénéficient ces deux grands clubs. Telle est la raison principale pour laquelle j'ai accepté cet emploi. J'ai donc considéré que mon objectif, le défi que j'avais à relever, c'était de réveiller cet engouement que je sentais présent, mais en sommeil. Ici à Anfield, ici à Liverpool. Pour que nos supporters deviennent les meilleurs du pays, ils n'avaient besoin que d'une bonne équipe. Et il me semble que nos supporters l'ont prouvé au cours de ces douze années. En fait, j'en suis sûr !

Donc, à mon arrivée, mon premier travail, mon premier défi, a été de sortir le Liverpool Football Club de la deuxième division et de faire respecter le Liverpool Football Club, chez nous et à l'étranger. Ensuite, il y a eu le problème du terrain. En effet, lorsque je suis arrivé ici, le stade était une véritable honte. Mais au début de la saison prochaine, la nouvelle tribune principale sera ouverte. Le stade sera digne d'un roi. Car trois côtés du stade ont été entièrement reconstruits. Et sur le quatrième côté, celui du Kop – qu'il ne faudra jamais reconstruire –, nous avons apporté des améliorations. Nous essayons d'ériger une forteresse, ici. Une forteresse imprenable. Et un bastion. Un bastion d'invincibilité. Parce que nos fans le méritent. Et nous y sommes presque parvenus. Parce que mon dernier défi, c'est de construire une autre équipe, une nouvelle équipe. Et la saison dernière. Avec une équipe de gamins, une équipe de simples gamins. Nous avons enregistré la meilleure moyenne de fréquentation de tout le championnat. Et c'est le plus grand hommage qu'on puisse rendre à nos supporters. Et nous avons atteint la finale de la Coupe. Avec une équipe de gamins, une équipe de simples gamins. C'est pourquoi je pense que nous sommes presque arrivés, à présent. Je crois que le terminus est en vue, maintenant…

Mais pour moi, personnellement, le terminus n'est pas encore en vue. La retraite n'est pas encore quelque chose que j'envisage. Tant que je me sentirai aussi en forme et aussi capable qu'en ce moment, je continuerai à diriger l'équipe du Liverpool Football Club. Ici à Anfield, ici à Liverpool. On se nourrit de nos forces, pas de nos faiblesses. Car il n'y a rien à espérer pour un joueur qui ne se donne pas à cent pour cent. Nous avons trop de bons joueurs autour de nous. Notre devise, c'est : *Pour Liverpool !* Ce n'est pas : À bas je ne sais qui. Et c'est pourquoi, maintenant, nous allons nous attaquer aux titres majeurs. Aux vrais trophées. Et le championnat, la Coupe et la Coupe d'Europe feront l'affaire, pour commencer !

…

Pendant l'été 1971. Après la marche à pied et la course au petit trot. À l'extérieur d'Anfield, dans le parking. En survêtement et en pull. Bill Shankly attend les joueurs, Bill Shankly accueille les joueurs. Bill Shankly leur serre la main et Bill Shankly leur tape dans le dos. Il leur demande comment s'est passé leur week-end, il leur demande des nouvelles de leur famille. Bill Shankly rit, Bill Shankly plaisante. Puis Bob Paisley, Joe Fagan, Reuben Bennett, Ronnie Moran et Tom Saunders rejoignent Bill Shankly et les joueurs dans le parking d'Anfield. Et Bob Paisley, Joe Fagan, Reuben Bennett, Ronnie Moran, Tom Saunders, Bill Shankly et les joueurs montent tous dans le bus pour Melwood. Bill Shankly rit, Bill Shankly plaisante. Tout le monde rit, tout le monde plaisante. Puis ils descendent tous du bus à Melwood. Bill Shankly et les joueurs courent autour du terrain d'entraînement de Melwood. Bill Shankly rit, Bill Shankly plaisante. Tout le monde rit, tout le monde plaisante. Bill Shankly et les joueurs entendent le sifflet. Bill Shankly et les joueurs se séparent pour former leurs groupes. Et ils font de la musculation. Ils sautent à la corde. Ils font des sauts. Ils font des flexions de jambes. Ils font des abdominaux. Et ils font des sprints. Bill Shankly rit, Bill Shankly plaisante. Bill Shankly et les joueurs entendent le sifflet de nouveau. Et ils se passent le ballon. Ils dribblent avec le ballon. Ils font des têtes avec le ballon. Ils font des balles piquées. Ils font des amortis. Ils font des tacles. Bill Shankly rit, Bill Shankly plaisante. Bill Shankly et les joueurs entendent le sifflet de nouveau. Et ils passent entre les cloisons en bois. Ils envoient le ballon contre une cloison. Puis ils récupèrent le ballon, ils contrôlent le ballon. Ils se retournent avec le ballon et ils dribblent avec le ballon. Jusqu'à la cloison opposée. En touchant le ballon dix fois seulement. Ils envoient le ballon contre l'autre cloison. Puis ils le récupèrent, ils se retournent de nouveau et ils dribblent de nouveau. Ils retournent vers la première cloison. En touchant le ballon dix fois seulement. Bill Shankly rit, Bill Shankly plaisante. Bill Shankly et les joueurs entendent le sifflet de nouveau. Bill Shankly et les joueurs entrent dans le cube à transpirer. Un ballon après l'autre. Dans le cube. À chaque seconde, un nouveau ballon. Pendant une minute. Puis deux minutes. Puis trois minutes. Un ballon après l'autre, dans le cube. Bill Shankly rit, Bill Shankly plaisante. Bill Shankly et les joueurs entendent le sifflet. Et ils jouent à trois contre trois. Trois contre trois et puis cinq contre cinq. Cinq contre cinq et puis sept contre sept. Sept contre sept et puis onze contre onze. Bill Shankly rit, Bill Shankly plaisante. Et puis Bill Shankly et les joueurs font une dernière fois le tour du terrain en courant. Bill Shankly rit, Bill Shankly plaisante. Et Bob Paisley, Joe Fagan, Reuben Bennett, Ronnie Moran, Tom Saunders, Bill Shankly et les joueurs remontent tous dans le bus d'Anfield. Bill Shankly plaisante toujours, Bill Shankly rit toujours. Tout le monde rit, tout le monde plaisante. Puis ils descendent tous du bus. En plaisantant encore, en riant encore. Ils rentrent tous dans le stade. Bill Shankly rit, Bill Shankly plaisante. Dans le vestiaire, Bill Shankly et les joueurs ôtent leurs chaussures, les joueurs ôtent leur survêtement. En plaisantant et en riant. Bill Shankly et les joueurs entrent dans les douches. Bill Shankly rit, Bill Shankly plaisante. Bill Shankly et les joueurs se lavent et se changent. En plaisantant toujours, en riant toujours. Et Bill Shankly dit au revoir aux joueurs –

À demain, les gars. De bon matin, les gars. Alors, ne vous couchez pas trop tard, les gars. Ne veillez pas jusqu'à point d'heure, surtout, les gars…

Bill Shankly rit toujours, Bill Shankly plaisante toujours. Les joueurs regagnent leurs voitures. Les joueurs rentrent chez eux. Tout le monde sourit, tout le monde est content. Bill Shankly ne regagne pas sa voiture. Bill Shankly ne rentre pas chez lui. Mais Bill Shankly sourit toujours, Bill Shankly est toujours content. Car Bill Shankly a observé les joueurs, Bill Shankly a tendu l'oreille. Il regarde toujours, il écoute toujours. Et Bill Shankly a aimé ce qu'il a vu, Bill Shankly a aimé ce qu'il a entendu. Les joueurs qui riaient, les joueurs qui plaisantaient. Mais les joueurs qui s'entraînaient, les joueurs qui travaillaient. Qui travaillaient dur. Et Bill Shankly a aimé ce qu'il a appris. Tout le monde souriait, tout le monde était content. Mais ils travaillaient. Dur, ensemble. Heureux de travailler. Ensemble. Heureux et bien préparés. Ensemble. Heureux et prêts. Ensemble –

Comme cela devrait toujours être le cas, comme il fallait que cela soit –

À la façon d'Anfield. Ensemble.

…

Le samedi 7 août 1971, le Liverpool Football Club se rend au stade de Filbert Street, à Leicester. Cet après-midi-là, 25 104 spectateurs viennent aussi. Ces 25 104 spectateurs veulent voir le Charity Shield de 1971 opposant Leicester City au Liverpool Football Club. L'Arsenal Football Club a remporté le championnat et la Coupe d'Angleterre. L'Arsenal Football Club a réalisé le doublé. Mais l'Arsenal Football Club ne veut pas disputer le Charity Shield de 1971. L'Arsenal Football Club a préféré partir en Hollande pour y rencontrer le Feyenoord de Rotterdam. Leeds United a terminé second au classement de la première division. Mais Leeds ne veut pas jouer le Charity Shield. Alors, la fédération de football a invité le champion de la seconde division à disputer le Charity Shield de 1971 contre le finaliste de la Coupe d'Angleterre. Et à la 15e minute du Charity Shield de 1971, Fern passe à Whitworth. Et Whitworth pousse le ballon dans les filets et marque un but. Et le champion de la seconde division bat le finaliste de la Coupe d'Angleterre à l'issue du Charity Shield de 1971.

Trois jours plus tard. À Melwood, à huis clos. L'équipe première du Liverpool Football Club affronte l'équipe réserve. C'est toujours le dernier match de présaison avant le début de la saison. De la nouvelle saison, de la vraie saison. Ce jour-là, Kevin Keegan joue en équipe première. Et Alun Evans et Bobby Graham jouent en équipe réserve. Ce jour-là, Kevin Keegan réalise le coup du chapeau pour l'équipe première de Liverpool. Ce jour-là, l'équipe première de Liverpool bat l'équipe réserve de Liverpool 7-1. À Melwood, à huis clos.

Quatre jours plus tard, Nottingham Forest vient à Anfield, Liverpool. Cet après-midi-là, 51 427 spectateurs viennent aussi. Ces 51 427 spectateurs veulent assister au premier match de la saison 1971-72. À domicile, à Anfield. Tommy Smith emmène Ray Clemence, Chris Lawler, Alec Lindsay, Larry Lloyd, Emlyn Hughes, Peter Thompson, Steve Heighway, John Toshack, John McLaughlin et Kevin Keegan jusqu'au milieu du terrain, du terrain d'Anfield. Les joueurs du Liverpool Football Club se tiennent dans le rond central, au milieu de la pelouse. De la pelouse d'Anfield. Et les joueurs du Liverpool Football Club se tournent à adressent un signe de la main à tous les spectateurs présents dans le stade. Le stade d'Anfield. Puis les joueurs du Liverpool Football Club se tournent pour faire face au Kop. Le Spion Kop. Et les joueurs du Liverpool Football Club adressent un signe de la main au Kop. Au Spion Kop. Et le Kop, le Spion Kop rugit –

LI-VER-POOL, LI-VER-POOL, LI-VER-POOL...

Et avant qu'il ne frappe un ballon pour le Liverpool Football Club, avant qu'il n'ait frappé un seul ballon à Anfield, le Kop, le Spion Kop scande, *Ke-vin Kee-gan, Ke-vin Kee-gan, Ke-vin Kee-gan...*

Et un homme saute du Kop, du Spion Kop. Et cet homme traverse la pelouse en courant, la pelouse d'Anfield. Et l'homme s'approche de Kevin Keegan. Et l'homme embrasse Kevin Keegan sur la bouche. Et puis l'homme tombe à genoux sur la pelouse. La pelouse d'Anfield. Et l'homme embrasse l'herbe. L'herbe d'Anfield. Devant le Kop. Le Spion Kop. Et puis l'homme se relève. Et l'homme retraverse la pelouse en courant, la pelouse d'Anfield. Pour regagner le Kop, le Spion Kop.

Et à la 12e minute de son premier match pour le Liverpool Football Club, un centre de Thompson parvient à Keegan. Keegan à six mètres du but. Keegan reprend le centre et Keegan tire. Mais le ballon ripe sur le dessus de sa chaussure. Et le ballon se dirige par petits rebonds successifs vers la cage. Vers le gardien qui se tient sur sa ligne de but. La ligne de but de Nottingham Forest. Vers les deux arrières postés sur la ligne de but. Et le ballon rebondit par-dessus les pieds de l'un des arrières. Il franchit la ligne et entre dans la cage. Dans les buts. Et à la 12e minute de son premier match pour le Liverpool Football Club, pour ses débuts à Anfield, Kevin Keegan marque pour le Liverpool Football Club. Trois minutes plus tard, il y a faute contre Kevin Keegan dans la surface de réparation. La surface de réparation de Nottingham. Smith tire le penalty. Et Smith marque le penalty. Et à la 55e minute, Hughes marque. Et le Liverpool Football Club bat Nottingham Forest 3-1. À domicile, à Anfield.

Trois jours plus tard, les Wolverhampton Wanderers viennent à Anfield, Liverpool. Ce soir-là, 51 869 spectateurs viennent aussi. Et à la 7e minute, John Toshack marque. À la 27e minute, Steve Heighway marque. Et à la 89e minute, Tommy Smith marque encore un penalty. À la dernière minute, la toute dernière minute. Le Liverpool Football Club bat les Wolverhampton Wanderers 3-2. À domicile, à Anfield. Quatre jours plus tard, le Liverpool Football Club se rend à St James' Park, Newcastle. À la 10e minute, Emlyn Hughes marque. À la 15e minute, Smith rate un penalty. À la 75e minute, Keegan marque. Mais ça n'a pas d'importance, ça ne compte pas. Malcolm Macdonald marque pour Newcastle United. Malcolm Macdonald marque de nouveau pour Newcastle United. Et Malcolm Macdonald marque encore pour Newcastle United. Et le Liverpool Football Club perd 3-2 contre Newcastle United. À l'extérieur, ailleurs qu'à Anfield. Trois jours après, le Liverpool Football Club se rend à Selhurst Park, Londres. Et à la 57e minute, John Toshack marque. Et le Liverpool Football Club bat Crystal Palace 1-0. À l'extérieur, ailleurs qu'à Anfield.

Le samedi 28 août 1971, Leicester City vient à Anfield, Liverpool. Cet après-midi-là, 50 970 visiteurs viennent aussi. À la 25e minute, Steve Heighway marque. À la 35e minute, Kevin Keegan marque. Et à la 71e minute, un tir qui touche Toshack change de trajectoire et entre dans son propre but. Mais ça n'a pas d'importance, ça ne compte pas. Le Liverpool Football Club bat Leicester City 3-2. À domicile, à Anfield. Et ce soir-là, pendant le premier mois de la nouvelle saison, le Liverpool Football Club a disputé cinq matchs. Il a gagné quatre de ces matchs et en a perdu un. Ce soir-là, Sheffield United a 9 points. Manchester United a 8 points. Et le Liverpool Football Club a 8 points, aussi.

Ce soir-là, le Liverpool Football Club est troisième au classement de la première division. Ce n'est pas un début parfait. Mais ce n'est pas un mauvais début.

...

Chaque matin, chaque jour. Bill Shankly s'entraîne avec les joueurs du Liverpool Football Club et Bill Shankly observe les joueurs du Liverpool Football Club. Et chaque matin, chaque jour. Bill Shankly s'entraîne avec Kevin Keegan et Bill Shankly observe Kevin Keegan. Bill Shankly ne peut détacher son regard de Kevin Keegan. La façon dont Kevin Keegan s'entraîne. La façon dont Kevin Keegan travaille. Tous les joueurs du Liverpool Football Club s'entraînent durement, tous les joueurs du Liverpool Football Club travaillent durement. Mais avec lui, c'est différent, avec lui c'est autre chose. Ce garçon est différent, ce garçon, c'est autre chose. Et Bill Shankly ne sait pas vraiment en quoi il n'est pas comme les autres. Bill Shankly ne sait pas vraiment ce qu'il a de différent. Parce que Bill Shankly n'a encore jamais rencontré de joueur comme Kevin Keegan. Bill Shankly n'a encore jamais vu de joueur comme Kevin Keegan. Kevin Keegan n'est pas un footballeur naturellement doué. Le contrôle du ballon, le toucher du ballon ne lui étaient pas naturels. Il ne ressemblait même pas à un footballeur. Mais Kevin Keegan était bien un footballeur. Un footballeur qui ne ressemblait à aucun autre footballeur que Bill Shankly eût jamais vu. Kevin Keegan n'était pas grand, mais Kevin Keegan était robuste. Et il désirait apprendre et il désirait travailler. Chaque matin, chaque jour. Reuben Bennett améliore l'endurance du nouveau joueur. Chaque matin, chaque jour. Joe Fagan raffine la technique de ce garçon. Chaque matin, chaque jour. Bob Paisley ajoute aux connaissances du petit jeune. Et chaque matin, chaque jour. Le gamin engrange tout. L'endurance. La technique. Et les connaissances. Chaque matin, chaque jour. Kevin Keegan absorbe tout ce qu'il entend. Tout ce qu'il voit. Et chaque matin, chaque jour. Kevin Keegan s'améliore et s'améliore encore. Et chaque matin, chaque jour. Bill Shankly le regarde faire. Chaque matin, chaque jour. Bill Shankly l'observe. Et Bill Shankly sait qu'ils vont bientôt avoir créé le footballeur parfait. Bill Shankly sait qu'ils vont bientôt avoir créé le footballeur parfait pour le Liverpool Football Club. Ce garçon qui sera l'étincelle. La nouvelle étincelle. Ce jeune qui va enflammer le Liverpool Football Club, le nouveau Liverpool Football Club.

…

Le mercredi 1er septembre 1971, le nouveau Liverpool Football Club se rend au stade de Maine Road, à Manchester. Ce soir-là, pour la première fois de la saison, le nouveau Liverpool Football Club ne marque pas. Mais Mellor marque pour Manchester City. Et le nouveau Liverpool Football Club perd 1-0 contre Manchester City. À l'extérieur, ailleurs qu'à Anfield. Trois jours plus tard, le nouveau Liverpool Football Club se rend au stade de White Hart Lane, à Londres. Et Keegan court et Keegan court. Et Keegan saute par-dessus tel tacle et Keegan saute par-dessus tel autre tacle. Mais à la 11e minute, Kinnear tire un corner pour Tottenham Hotspur. Et Gilzean reprend le corner d'une tête pour le transmettre à Chivers. Et Chivers a amplement le temps de se balader devant les buts. Toute la vie devant lui. Pour se balader devant les buts, le ballon à ses pieds. Toute la vie devant lui. Pour envoyer le ballon au fond des filets. Et pour marquer. Mais Keegan court toujours et Keegan court toujours. Keegan saute toujours par-dessus tel tacle et Keegan saute toujours par-dessus tel autre tacle. Mais à la 57e minute, Coates passe à Knowles. Knowles centre pour Peters. Peters se place pour recevoir le centre. Et d'une tête Peters renvoie le centre hors de portée de Clemence. Au fond des filets, au fond des buts. Et le nouveau Liverpool Football Club perd 2-0 contre Tottenham Hotspur. À l'extérieur, ailleurs qu'à Anfield.

Le mardi 7 septembre 1971, Hull City vient à Anfield, Liverpool. Ce soir-là, 31 612 spectateurs viennent aussi. Ces 31 612 spectateurs veulent voir le nouveau Liverpool Football Club affronter Hull City, club de seconde division, au deuxième tour de la Coupe de la Ligue. Mais ce soir-là, Tommy Smith ne joue pas. Smith est blessé. Et Ian Callaghan ne joue pas. Callaghan est blessé. Et John Toshack ne joue pas. Mais Toshack n'est pas blessé. Toshack est écarté. Et Peter Thompson ne joue pas. Thompson n'est pas blessé non plus. Thompson est écarté, lui aussi. À la 34e minute, Chris Lawler marque. Quatre minutes plus tard, Alec Lindsay marque. Et à la 54e minute, Brian Hall marque un penalty. Et le nouveau Liverpool Football Club bat Hull City, club de seconde division, 3-0 au deuxième tour de la Coupe de la Ligue. À domicile, à Anfield. Quatre jours plus tard, le Southampton Football Club vient à Anfield, Liverpool. Cet après-midi-là, 45 878 spectateurs viennent aussi. Et Ian Callaghan joue. Et John Toshack joue. Et à la 32e minute, Toshack marque. Et le nouveau Liverpool Football Club bat le Southampton Football Club 1-0. À domicile, à Anfield. Ce soir-là, Sheffield United a 14 points. Et Sheffield United est premier au classement de la première division. Ce soir-là, le nouveau Liverpool Football Club a 10 points. Et le nouveau Liverpool Football Club est septième de la première division.

Le mercredi 15 septembre 1971, le nouveau Liverpool Football Club se déplace au stade des Charmilles, à Genève, en Suisse, pour affronter le Servette de Genève au match aller du premier tour de la Coupe d'Europe des vainqueurs de coupe. Ce soir-là, Tommy Smith ne joue pas. Smith est toujours blessé. Et ce soir-là, Kevin Keegan ne joue pas. Keegan s'est plaint que les os de son pied gauche le font gravement souffrir. Keegan est blessé. Et ce soir-là, Dörfel marque pour le Servette de Genève. Et à la 81e minute, Chris Lawler marque pour le nouveau Liverpool Football Club. Mais ce soir-là, le nouveau Liverpool Football Club perd 2-1 contre le Servette de Genève au match aller du premier tour de la Coupe d'Europe des vainqueurs de coupe. À l'extérieur, ailleurs qu'à Anfield. Trois jours plus tard, le nouveau Liverpool Football Club se rend à Elland Road. Et de nouveau, Tommy Smith ne joue pas. Smith, encore blessé. Et de nouveau Kevin Keegan ne joue pas. Keegan, toujours blessé. Et le nouveau Liverpool Football Club perd 1-0 contre l'ancien Leeds United. À l'extérieur, ailleurs qu'à Anfield.

Le samedi 25 septembre 1971, Manchester United vient à Anfield, Liverpool. Cet après-midi-là, 55 634 spectateurs viennent aussi. Ces 55 634 spectateurs veulent voir jouer Kevin Keegan. Keegan à qui on a injecté de la cortisone. Suffisamment de cortisone pour affronter Manchester United. Manchester United est deuxième de la première division. Le nouveau Liverpool Football Club, septième de la première division. À la 8e minute, Ian Callaghan tire. Et son tir heurte la jambe de Bobby Graham. Son tir est dévié par la jambe de Bobby Graham. Il passe hors de portée de Stepney. Il entre dans la cage, et c'est un but. Et à la 24e minute, Graham tire. Et son tir heurte le dos de Brian Hall. Son tir est dévié par le dos de Brian Hall. Il passe hors de portée de Stepney. Il entre dans la cage, et c'est encore un but. Et à la mi-temps, le nouveau Liverpool Football Club mène 2-0 contre Manchester United. Mais à la 8e minute de la seconde mi-temps, Best entraîne derrière lui la défense du Liverpool Football Club d'un bout à l'autre de la surface de réparation. La surface de réparation du Liverpool Football Club. Et d'une frappe sèche, Best renvoie le ballon vers l'autre extrémité de la surface de réparation. La surface de réparation de Liverpool. Et Law touche le ballon. Avec le côté du pied. À bout portant. Dans les filets. Et c'est un but. Et à la 72e minute, Best passe à Charlton. Et Charlton tire. Dans les filets. Et c'est encore un but. Mais quelques minutes plus tard, Emlyn Hughes tire. Dans la surface de réparation. La surface de réparation de Manchester United. Et son tir heurte la main de James. Dans la surface de réparation. La surface de réparation de Manchester United. Mais l'arbitre ne siffle pas la faute. L'arbitre n'accorde pas de penalty. Et le ballon retombe après avoir touché la main de James. Le ballon roule jusqu'aux pieds de Graham. Et Graham tire. Dans les filets, dans les buts. Mais le juge de touche avait levé son drapeau. Le juge de touche affirme que Graham était hors-jeu. Et l'arbitre siffle. L'arbitre secoue la tête. Et l'arbitre refuse le but. Et les supporters du Liverpool Football Club protestent. Mais l'arbitre continue de secouer la tête. L'arbitre s'obstine à refuser le but. Et les supporters du Liverpool Football Club huent l'arbitre. Les supporters du Liverpool Football Club hurlent contre l'arbitre. Mais le nouveau Liverpool Football Club fait match nul 2-2 avec Manchester United. À domicile, à Anfield. Bill Shankly longe la ligne de touche. La ligne de touche d'Anfield. Bill Shankly serre la main de Frank O'Farrell –

C'était soit un penalty, soit un but, dit Bill Shankly. On aurait dû obtenir soit un penalty, soit un but. Tu dois reconnaître qu'on a été volés. Tu dois reconnaître que tu as eu beaucoup de chance, Frank…

Frank O'Farrell secoue la tête. Et Frank O'Farrell dit, Il n'y a jamais eu penalty, Bill. Et Graham était clairement hors-jeu. Alors, je ne suis pas d'accord pour dire que tu as été volé, Bill. En fait, je pense que tu as eu beaucoup de chance d'obtenir le nul. Je pense que c'est nous qui avons été volés. Vu la façon dont on a joué en seconde mi-temps. C'était une équipe d'hommes contre une équipe de gamins. Des hommes contre des gamins, Bill.

Bill Shankly secoue la tête. Et Bill Shankly s'éloigne. En longeant la ligne de touche. La ligne de touche d'Anfield. Il s'enfonce dans le tunnel. Le tunnel d'Anfield. Dans l'obscurité. Dans le soir tombant –

Ce soir-là, des supporters du Liverpool Football Club lancent des bouteilles et des briques sur le bus de l'équipe de Manchester United. Ce soir-là, certains des supporters du Liverpool Football Club brisent les vitres du bus de Manchester United. Ce soir-là, certains des joueurs de Manchester United sont blessés par des éclats de verre. Et ce soir-là, Sheffield United est toujours premier au classement de la première division. Et Manchester United toujours deuxième de la première division. Derby County troisième, Manchester City quatrième, Leeds United cinquième, l'Arsenal Football Club sixième et Tottenham Hotspur septième. Le nouveau Liverpool Football Club reste toujours nulle part –

Toujours foutrement nulle part –

Et même pas bien placé pour la suite. Toujours aussi mal placé, bon sang !

38

Jeunesse rouge dans l'adversité

Dans leur maison, dans leur cuisine. Bill se lève de table. Bill ramasse les assiettes. Ness quitte la table de la cuisine. Ness sort de la cuisine. Bill met les assiettes dans l'évier. Bill revient à la table de la cuisine. Ness entre dans le salon. Ness s'installe dans son fauteuil. Bill prend la salière et le poivrier. Bill les range dans le placard. Ness prend son paquet de cigarettes sur le bras du fauteuil. Ness allume une cigarette. Bill retourne vers la table. Bill ôte la nappe. Bill se dirige vers la porte de derrière. Bill ouvre la porte de derrière. Bill sort de la maison. Bill s'avance sur le perron. Bill secoue la nappe. Bill rentre dans la cuisine. Bill referme la porte. Bill replie la nappe. Bill la range dans le tiroir. Ness finit sa cigarette. Ness écrase sa cigarette dans le cendrier. Bill retourne à l'évier. Bill ouvre les robinets. Bill envoie une giclée de liquide vaisselle dans l'évier. Bill ferme les robinets. Bill prend la brosse à laver. Bill nettoie les assiettes. Bill nettoie les casseroles. Bill lave les couverts. Bill les dispose sur l'égouttoir. Bill ôte la bonde. Bill se sèche les mains. Ness prend le journal et son stylo. Ness s'attaque aux mots croisés. Bill prend le torchon à vaisselle. Bill essuie les casseroles. Bill essuie les assiettes. Bill essuie les couverts. Bill range les casseroles dans un placard, Bill range les assiettes dans un autre. Bill range les couverts dans le tiroir. Ness pose son stylo. Ness allume une autre cigarette. Bill retourne devant l'évier. Bill prend la lavette. Bill essuie l'égouttoir. Bill rouvre les robinets. Bill rince la lavette sous les robinets. Bill ferme les robinets. Bill essore la lavette. Bill pose la lavette à côté du flacon de liquide vaisselle. Bill se retourne. Bill examine la cuisine. Ness finit sa cigarette. Ness écrase sa cigarette dans le cendrier. Bill se tourne de nouveau vers l'évier. Bill se penche. Bill ouvre le placard situé sous l'évier. Bill sort un seau de sous l'évier. Bill se penche une seconde fois. Bill ouvre un carton sous l'évier. Bill en sort un tampon à récurer. Bill referme la porte du placard. Bill soulève le seau. Bill met le seau dans l'évier. Bill rouvre les robinets. Bill emplit le seau à moitié. Bill referme les robinets. Ness met son stylo dans sa bouche. Ness se concentre sur ses mots croisés. Bill approche le seau et le tampon à récurer de la cuisinière. Bill pose le seau devant la cuisinière. Bill ouvre la porte du four. Bill inspecte l'intérieur du four. Bill ne voit que l'obscurité. Bill sent l'odeur de la graisse. Bill s'agenouille sur le carrelage. Bill déboutonne les poignets de sa chemise. Bill remonte ses manches. Bill s'empare du tampon à récurer. Bill plonge le tampon à récurer dans le seau d'eau. Bill ressort le tampon de l'eau. Bill expulse l'eau du tampon. Du tampon de laine d'acier humide. Bill le comprime plus fortement. Bill plonge la main dans le four. Dans le four obscur. Entre les parois couvertes de graisse. Ness repose son stylo. Ness allume encore une cigarette. Dans la cuisine, à genoux. Bill commence à frotter le four. À genoux, Bill commence à récurer. Bill se met à nettoyer. À nettoyer, et à nettoyer, et à nettoyer. Et Bill entend Ness qui commence à tousser. À tousser, et à tousser, et à tousser. À genoux, Bill sait que la chair vieillit. La chair peine et la chair s'affaisse. Dans l'humide. Bill sait que les os vieillissent. Les os se fracturent et les os se brisent. Dans le sec. Les corps vieillissent. Peu à peu. Ils deviennent de plus en plus vieux, de plus en plus faibles. Les corps meurent. Peu à peu. Heure après heure, jour après jour. Dans l'humide et dans le sec. Bill sait que tel est le combat à mener. Telle est la guerre à livrer. Le combat contre la vieillesse, la guerre contre la mort. Le combat qu'on ne peut pas gagner, la guerre qu'on ne pourra jamais gagner. Mais le combat qu'on doit tenter de mener. Heure après heure. La guerre qu'on doit tenter de gagner. Jour après jour. Dans l'humide et dans le sec. À genoux, Bill sait qu'on doit lutter contre la vieillesse. Heure après heure, jour après jour. Dans l'humide et dans le sec. À genoux, Bill sait qu'on doit tenter de vaincre la mort. Il faut essayer, il faut essayer.

…

Sur le banc, le banc d'Anfield. Bill et 38 591 spectateurs regardent le nouveau Liverpool Football Club affronter le Servette de Genève au match retour du premier tour de la Coupe d'Europe des vainqueurs de coupe. Tommy Smith joue et Kevin Keegan joue. Tommy Smith avec une piqûre de cortisone et Kevin Keegan avec une piqûre de cortisone. À la 37e minute, Emlyn Hughes marque. Et à la 60e minute, Steve Heighway marque. Mais Kevin Keegan boite, Kevin Keegan est à la peine. Et à la 71e minute, Bill fait sortir Kevin Keegan. Et Bill le remplace par John Toshack. À la 80e minute, Tommy Smith tacle Barriquand du Servette de Genève. Et Tommy Smith lui prend le ballon. Mais les crampons de Barriquand labourent le tibia droit de Tommy Smith. Et l'arbitre siffle. Et l'arbitre accorde un coup franc au Liverpool Football Club. Tommy Smith se relève. Tommy Smith tire le coup franc. Et Tommy Smith continue de jouer, Tommy Smith continue de courir. Mais les joueurs du Servette de Genève ne jouent pas. Les joueurs du Servette de Genève regardent le tibia droit de Tommy Smith et maintenant les joueurs du Liverpool Football Club aussi regardent le tibia droit de Tommy Smith. Et Tommy Smith baisse la tête pour regarder son tibia droit. Son bas rouge. Son bas de Liverpool. Déchiré en deux. Le bas rouge. Le bas de Liverpool dont les lambeaux flottent au vent. Le bandage et la gaze à pansement arrachés. Le bandage et la gaze. Qui ne tiennent plus. La peau arrachée, la peau déchirée. Qui ne tient plus. La jambe rouge. Et noire. Rouge de sang et noire de boue. Et blanche. Blanche comme l'os à nu. L'os blanc de son tibia découvert par la peau déchirée. Et à présent l'arbitre regarde la jambe droite de Tommy Smith. L'arbitre blême d'effroi. L'arbitre qui siffle. Et qui désigne le banc, qui montre le tunnel. Et à la 84e minute, Bill fait sortir Tommy Smith. Et Bill le remplace par Ian Ross. Et le nouveau Liverpool Football Club bat le Servette de Genève 2-0 au match retour du premier tour de la Coupe des vainqueurs de coupe. Par 3 buts à 2 au score combiné. À domicile,

à Anfield. Les 38 591 spectateurs sont tous rentrés chez eux. Mais Tommy Smith n'est pas rentré chez lui. Et Joe Fagan n'est pas rentré chez lui. Tommy Smith et Joe Fagan sont dans la salle de soins d'Anfield. Joe Fagan dit à Tommy Smith de s'allonger sur la table de massage. Joe Fagan ôte la chaussure droite de Tommy Smith. Joe Fagan examine son pied droit. Son tibia. La jambe droite de Tommy Smith. Et Joe Fagan secoue la tête –

On ferait mieux d'attendre le toubib, dit Joe Fagan.

John Reid, l'un des médecins du club de Liverpool, entre dans la salle de soins. John Reid examine le pied droit. Le tibia droit. La jambe droite de Tommy Smith –

C'est la pire déchirure que j'aie vue ailleurs qu'en salle d'opération, dit John Reid. Nous devrions attendre que mon frère Bill nous rejoigne, Tommy.

Bill Reid, frère de John Reid et autre médecin du Liverpool Football Club, entre dans la salle de soins. Bill Reid examine le pied droit. Le tibia droit. La jambe droite de Tommy Smith. Et Bill Reid secoue la tête –

Nom de Dieu, Tommy !

Allongé sur le dos, sur la table de massage. Tommy Smith souffre. Dans la salle de soins, à Anfield. Tommy

Smith a peur. Tommy Smith lève les yeux vers les deux médecins –

Qu'est-ce que vous allez me faire ?

Je vais nettoyer tout ça, répond John Reid. Et puis je vais essayer de te recoudre, Tommy.

Vous allez *essayer* ? Comment ça, *essayer* ? Soit vous pouvez le faire, soit vous ne pouvez pas…

Bon, je ne vais pas te raconter d'histoires, Tommy, dit John Reid. Ça ne va pas être facile, et ça ne va pas être agréable…

John Reid sort une paire de ciseaux. Et John Reid découpe les vestiges du bas rouge. Du bas rouge de Liverpool. Pour dégager le tibia droit de Tommy Smith. Et John Reid nettoie le tibia droit et la cheville droite de Tommy Smith. Puis John Reid sort une aiguille. Une aiguille géante. Et John Reid examine le tibia droit de Tommy Smith. Et John Reid approche l'aiguille du tibia droit de Tommy Smith. Mais bientôt John Reid écarte l'aiguille. John Reid s'essuie le front du dos de la main. Et John Reid se tourne vers son frère –

Va chercher un cognac pour Tommy, Bill. Et rapporte m'en un aussi. Et un grand, Bill. Un sacrément grand cognac pour chacun de nous deux.

Allongé sur le dos, sur la table de massage. Tommy Smith souffre. Dans la salle de soins, à Anfield. Tommy Smith a peur. Tommy Smith attend le retour de Bill Reid. Et Bill Reid revient avec deux cognacs. Tommy Smith refuse le sien. John Reid boit les deux verres. Et puis John Reid reprend son aiguille. Il reprend l'aiguille géante. Et John Reid plante l'aiguille géante dans la peau du tibia droit de Tommy Smith. Et John Reid remplit de pénicilline la plaie du tibia droit de Tommy Smith. Et John Reid commence à la recoudre. À tenter de la recoudre –

Tu t'es lavé les mains ? demande John Reid à Joe Fagan. Elles sont propres, Joe ? Tes mains ?

Non, Doc. Pas vraiment.

Peu importe. Mets simplement ton doigt sur les nœuds, Joe. Pour que je puisse les serrer, tu veux bien ? Mets tes doigts là. Et laisse-les-y.

Joe Fagan pose les doigts sur les nœuds des points de suture du tibia droit de Tommy Smith. Et Joe Fagan détourne les yeux des points de suture du tibia droit de Tommy Smith. Joe Fagan regarde le plafond.

Et voilà, annonce John Reid. C'est fini, Tommy. Terminé.

Allongé sur la table de massage, dans la salle de soins. Tommy Smith prend appui sur ses coudes pour se soulever. Et Tommy regarde son tibia droit. Les points de suture sur son tibia. Les fils et les nœuds –

Vous êtes sûr que ça suffira ? demande Tommy Smith. Entre les points de suture, il y a des espaces énormes. Qui doivent faire près de trois centimètres.

Eh bien, je vais combler les espaces en rajoutant de la pénicilline. Qu'est-ce que tu en dis, Tommy ? Ça pourrait te rassurer ?

Allongé sur le dos, sur la table de massage. Dans la salle de soins, à Anfield. Tommy Smith hoche la tête. Et Tommy Smith regarde le plafond.

Joe Fagan tapote l'épaule de Tommy Smith –

Je reviens dans une minute, Tommy. Je vais te ramener chez toi en voiture.

Joe Fagan sort de la salle de soins d'Anfield. Et Joe Fagan voit Bill Shankly. Bill Shankly qui fait les cent pas dans le couloir, devant la salle de soins d'Anfield –

Et Bill demande, Comment va-t-il, Joe ?

C'est grave. C'est très grave, Bill. Tommy va être indisponible pendant un certain temps. Pendant un bon moment, Bill…

…

Dans la maison, dans leur salon. Dans la nuit et dans le silence. Bill jette son carnet sur le tapis. Son carnet rempli de noms, son carnet rempli de notes. Les noms des joueurs blessés, les notes sur leurs blessures. Et dans la nuit et dans le silence. Bill lâche un juron. Puis un autre. Bill se rappelle le jour où Tommy Smith s'est déboîté la rotule contre Vitoria Setúbal deux saisons auparavant. Et Bill se rappelle de quelle façon le Liverpool Football Club a peiné deux saisons auparavant, privé de Tommy

Smith. Privé de son dynamisme, privé de son commandement. Et Bill sait que le Liverpool Football Club va être de nouveau à la peine. Privé de son dynamisme et de son commandement. Dans le salon, dans son fauteuil. Bill ramasse son carnet sur le tapis. Son carnet rempli de noms, son carnet rempli de notes. Bill rouvre le carnet. Le carnet rempli de noms, le carnet rempli de notes. Les noms des joueurs blessés, les notes sur leurs blessures. Kevin Keegan est blessé, lui aussi. Il ressent des douleurs au pied gauche, dans les os de son pied gauche. Mais personne ne semble savoir comment il s'est blessé. Personne ne semble savoir pourquoi il souffre. Mais dans la nuit et dans le silence. Bill sait que le Liverpool Football Club est à la peine sans Kevin Keegan. Privé de son étincelle, privé de son feu sacré. Bill sait que le Liverpool Football Club a besoin de cette étincelle, Bill sait que le Liverpool Football Club a besoin de ce feu sacré. Et dans la nuit et dans le silence. Bill est bien décidé à ne pas perdre ce feu sacré. Cette étincelle et cet incendie. Dans le salon, dans son fauteuil. Bill ferme son carnet. Son carnet rempli de noms, son carnet rempli de notes. Bill pose le carnet sur le bras de son fauteuil. Et Bill se lève. Dans la nuit et dans le silence. Bill entend Ness tousser à l'étage. Dans leur lit, dans son sommeil. Et tousser encore. Et dans la nuit et dans le silence. Bill se rassied dans son fauteuil. Et Bill tousse, lui aussi.

…

Dans le couloir, le couloir d'Anfield. Kevin Keegan frappe à la porte de la salle de soins. Kevin Keegan ouvre la porte de la salle de soins. Kevin Keegan entre en boitant dans la salle de soins. Kevin Keegan voit Bill Shankly et Bob Paisley debout dans la salle de soins. Bill Shankly et Bob Paisley qui attendent Kevin Keegan –

Bill tousse. Et Bill dit, Retire ton pantalon, retire tes chaussettes. Et allonge-toi sur cette table, mon gars. Pour qu'on puisse t'examiner. Pour qu'on découvre enfin le cœur du problème, mon gars…

Kevin Keegan ôte ses chaussures. Kevin Keegan dégrafe sa ceinture. Kevin Keegan baisse la fermeture à glissière de son pantalon. Kevin Keegan ôte son pantalon. Kevin Keegan ôte ses chaussettes. Et Kevin Keegan s'étend sur la table de massage d'Anfield.

Bill et Bob s'approchent de la table de massage. Bill et Bob examinent le pied gauche de Kevin Keegan. Bill secoue la tête. Bob secoue la tête. Et Bill dit, Je ne vois pas de contusion, mon gars. Pas la moindre marque. Alors, qu'est-ce qu'il a, ce pied ? Qu'est-ce que ça peut bien être, bon sang ?

Je ne sais pas, répond Kevin Keegan. Mais ce que je sais, c'est que je ne peux pas jouer en m'appuyant sur ce pied-là. Ça me fait mal quand je marche, patron. Et encore plus quand je cours. Ou quand je shoote dans le ballon.

Bill ajoute, Mais il n'y a pas de contusion, et le pied n'est pas enflé, mon gars. Donc, ce n'est pas à cause d'un tacle. Ça ne peut pas venir d'un tacle, hein ? À ton avis, mon gars ?

Non, répond Kevin Keegan. Je ne pense pas.

Et tu ne t'es pas foulé la cheville non plus, hein, mon gars ?

Non, répète Kevin Keegan.

Et tu n'es pas allé faire du ski, ou un autre sport à la noix du même genre, n'est-ce pas, mon gars ? Pas derrière notre dos ? Sans rien nous dire ? Une escapade à la montagne ? Pour faire un petit tour en douce sur les pistes, mon gars ?

Non, dit Kevin Keegan en riant. Pas à Liverpool, patron.

Bill secoue la tête. Et Bill dit, Il n'y a pas de quoi rire, mon gars. J'essaye simplement de découvrir le fin mot de l'histoire, de savoir d'où vient le problème que tu as avec ce foutu pied gauche.

Excusez-moi, dit Kevin Keegan. Mais je ne suis pas allé faire du ski.

Et du vélo ? Tu as fait du vélo, mon gars ?

Non, répond Kevin Keegan. J'ai une voiture. Je m'en sers pour mes déplacements.

Quel genre de voiture, mon gars ?

Une Capri.

Une Capri ? La dernière fois que je t'ai vu dans une voiture, tu conduisais une Cortina ?

Eh bien, j'ai acheté la nouvelle Capri.

Quand ça ?

Il y a deux semaines environ, répond Kevin Keegan.

Bill demande, Tu l'as achetée neuve ?

Oui, dit Kevin Keegan.

Bill regarde Bob. Bill secoue la tête. Bob secoue la tête. Et Bill dit, Eh bien, ça doit être ça. Ça doit être ta voiture de luxe toute neuve. Je parie que l'embrayage est dur. Et tu dois trop forcer pour enfoncer la pédale d'embrayage. Et c'est comme ça que tu t'es bousillé le pied. Bon sang ! Imbécile, espèce d'idiot. Tu as davantage d'argent que de bon sens. C'est de ta faute, mon gars. C'est de ta faute…

Ça ne peut pas être la voiture, dit Kevin Keegan. Impossible.

Oh, et en plus tu le sais mieux que moi, c'est ça ? Eh bien, je te le répète, c'est à cause de ta voiture. Ta nouvelle voiture de luxe, mon gars. Parce que ça s'est déjà vu. Et bien trop souvent déjà. Alors, tu vas t'abstenir de reconduire cet engin. Et tu vas venir à Stoke et tu joueras contre Stoke. Bon, remets ton pantalon, mon gars. Et monte dans ce bus. J'en ai assez, de tes foutues simagrées…

Kevin Keegan se redresse sur la table de massage. Kevin Keegan descend de la table de massage. Kevin Keegan remet son pantalon. Les larmes aux yeux, la gorge serrée. Kevin Keegan regarde Bill Shankly –

Je ne suis pas un simulateur, patron. J'ai mal quand je marche. Alors, je ne vais pas à Stoke, patron. Je ne suis pas en état de jouer. Je rentre chez moi !

Bill et Bob regardent Kevin Keegan, pieds nus, sortir de la salle de soins en boitant. Bill et Bob entendent Kevin Keegan claquer la porte derrière lui en sortant de la salle de soins. Et Bill regarde Bob. Bill adresse un clin d'œil à Bob. Et Bill dit, Laisse-le partir, Bob. Laisse-le. Il reviendra, Bob. Il reviendra. Mais veille bien à lui confisquer cette voiture le jour où il sera de nouveau là. Veille bien à lui confisquer cette foutue bagnole.

…

Sur le banc, le banc du Victoria Ground. Bill regarde Ray Clemence faire le maximum pour le Liverpool Football Club. Bill regarde Chris Lawler faire le maximum pour le Liverpool Football Club. Bill regarde Alec Lindsay faire le maximum pour le Liverpool Football Club. Bill regarde Ian Ross faire le maximum pour le Liverpool Football Club. Bill regarde Larry Lloyd faire le maximum pour le Liverpool Football Club. Bill regarde Emlyn Hughes faire le maximum pour le Liverpool Football Club. Bill regarde Brian Hall faire le maximum pour le Liverpool Football Club. Bill regarde John McLaughlin faire le maximum pour le Liverpool Football Club. Bill regarde Steve Heighway faire le maximum pour le Liverpool Football Club. Bill regarde Bobby Graham faire le maximum pour le Liverpool Football Club. Et Bill regarde Ian Callaghan faire le maximum pour le Liverpool Football Club. Mais Bill ne voit pas de dynamisme. Bill ne voit pas de commandement. Et Bill ne voit pas d'étincelle. Bill ne voit pas de feu sacré. Et Bill ne voit pas de buts. Et sur le banc, le banc du Victoria Ground. Bill voit le Liverpool Football Club faire match nul 0-0 avec Stoke City –

Sur le banc, le banc d'Anfield. Bill et 48 464 spectateurs regardent Ray Clemence faire le maximum pour le Liverpool Football Club. Ils regardent Chris Lawler faire le maximum pour le Liverpool Football Club. Ils regardent Alec Lindsay faire le maximum pour le Liverpool Football Club. Ils regardent Ian Ross faire le maximum pour le Liverpool Football Club. Ils regardent Larry Lloyd faire le maximum pour le Liverpool Football Club. Ils regardent Emlyn Hughes faire le maximum pour le Liverpool Football Club. Ils regardent Peter Thompson faire le maximum pour le Liverpool Football Club. Ils regardent Brian Hall faire le maximum pour le Liverpool Football Club. Ils regardent Steve Heighway faire le maximum pour le Liverpool Football Club. Ils regardent Bobby Graham faire le maximum pour le Liverpool Football Club. Et ils regardent Ian Callaghan faire le maximum pour le Liverpool Football Club. Mais ils ne voient toujours pas de dynamisme. Ils ne voient toujours pas de commandement. Et ils ne voient toujours pas d'étincelle. Toujours pas de feu sacré. Et de nouveau ils ne voient pas de buts. Et de nouveau ils voient le Liverpool Football Club faire match nul 0-0. Encore une fois. Zéro à zéro contre le Chelsea Football Club. À domicile,

à Anfield. Dans le bureau, à sa table de travail. Dans la nuit et dans le silence. Bill regarde le journal. Le journal du soir imprimé sur papier rose. Et Bill regarde le tableau du classement. Le classement du championnat. Et Bill découvre les derniers résultats. Les résultats de la première division. Le Liverpool Football Club a joué 12 matchs. Le Liverpool Football Club a 13 points. Et le Liverpool Football Club est 9e de la première division. Et dans le bureau, à sa table de travail. Bill pose le journal. Le journal du soir imprimé sur papier rose. Et dans la nuit et dans le silence. Bill prend la colle. Le pot de colle. Bill prend les ciseaux. La paire de ciseaux. Et Bill tousse. Bill tousse

de nouveau. Sur le banc, le banc du City Ground. Bill regarde le nouveau Liverpool Football Club affronter Nottingham Forest. Bill regarde Tommy Smith, Bill regarde Kevin Keegan. Bill regarde le dynamisme et le commandement, Bill regarde l'étincelle et le feu sacré. Et à la 5e minute, Emlyn Hughes marque. À la 65e minute, Steve Heighway marque. Et à la 78e minute, Smith marque un penalty. Et le nouveau Liverpool Football Club bat Nottingham Forest 3-2. Et sur le banc, le banc du City Ground. Bill sourit. Et puis Bill tousse. Bill tousse encore. Et

encore. Sur le banc, le banc d'Anfield. Bill et 42 949 spectateurs regardent le nouveau Liverpool Football Club affronter le Fußball-Club Bayern München e.V. d'Allemagne de l'Ouest au match aller du deuxième tour de la Coupe d'Europe des vainqueurs de coupe. Mais le nouveau Liverpool Football Club ne marque pas. Et le Fußball-Club Bayern München ne marque pas. Et le nouveau Liverpool Football Club fait match nul 0-0 avec le Fußball-Club Bayern München au match aller du deuxième tour de la Coupe d'Europe des vainqueurs de coupe. Bill tousse,

il tousse et il tousse. Sur le banc, le banc d'Anfield. Bill et 41 627 spectateurs regardent le nouveau Liverpool Football Club affronter Huddersfield Town. Et de nouveau, ils voient le dynamisme et le commandement. De nouveau, ils voient l'étincelle et le feu sacré. Et à la 57e minute, Tommy Smith marque. Et à la 80e minute, Alun Evans marque. Et le nouveau Liverpool Football Club bat Huddersfield Town 2-0. Bill sourit. Mais Bill tousse,

il tousse toujours. Sur le banc, le banc d'Upton Park. Bill regarde le nouveau Liverpool Football Club affronter West Ham United au troisième tour de la Coupe de la Ligue. Et il y a du dynamisme et du commandement. Mais de nouveau, il n'y a pas d'étincelle. Et de nouveau il n'y a pas de feu sacré. De nouveau, Kevin Keegan n'a pas fait le déplacement. De nouveau, Kevin Keegan est blessé. Et le nouveau Liverpool Football Club perd 2-1 contre West Ham United au troisième tour de la Coupe de la Ligue. À l'extérieur, ailleurs qu'à Anfield. Sans l'étincelle et sans le feu sacré. Bill ne sourit pas. Mais Bill tousse de nouveau. Encore et encore. Bill ne peut pas s'arrêter

de tousser. Dans la maison, dans leur chambre. Bill tousse et Bill transpire. Dans la maison, dans leur cuisine. Bill prend une goutte de scotch. Mais Bill tousse toujours, Bill transpire toujours. Il tousse et il tousse, il transpire et il transpire. Et dans la maison, dans leur vestibule. Ness pose la main sur le front de Bill –

Tu es brûlant, chéri. Tu as de la fièvre. Tu devrais retourner au lit. Ou au moins aller voir le médecin…

Bill secoue la tête. Bill sourit. Et Bill dit, Ça va aller, chérie. Ça va aller. C'est juste une petite toux et un petit rhume, chérie.

Et Bill décroche son chapeau. Bill met son chapeau. Bill tousse. Et Bill dit, À ce soir, chérie…

Et Bill franchit la porte de la maison. Bill tousse. Bill descend l'allée. Bill transpire. Bill monte dans sa voiture. Il tousse, il transpire. Bill se rend en voiture à son travail. En toussant et en transpirant. Bill entre sur le parking d'Anfield. Bill tousse. Bill gare sa voiture. Bill transpire. Bill sort de sa voiture. En toussant, en transpirant. Bill traverse le parking à pied. En toussant et en transpirant. Bill entre dans le stade. Bill tousse. Bill longe le couloir. Bill transpire. Bill monte l'escalier. En toussant, en transpirant. Bill entre dans son bureau. En toussant et en transpirant. Bill ôte son chapeau. Bill tousse. Bill pose son chapeau sur la patère. Bill transpire. Bill contourne les sacs de courrier. En toussant, en transpirant. La montagne de sacs et de sacs de courrier. En toussant et en transpirant. Bill s'assied à sa table de travail. Bill tousse. Bill plonge la main dans le premier sac de courrier au sommet de la montagne de sacs et de sacs de courrier. Bill transpire. Bill en sort une lettre. En toussant, en transpirant. Bill ouvre la lettre. En toussant et en transpirant. Bill lit la lettre. Deux fois. Bill tousse. Puis une troisième fois. Bill voit double. Bill transpire. Bill repose la lettre. En toussant et en transpirant. Bill ouvre le tiroir supérieur de sa table de travail. En toussant et en transpirant. Bill en sort une feuille de papier. Bill tousse. Bill referme le tiroir supérieur de sa table de travail. Bill transpire. Bill glisse la feuille de papier dans sa machine à écrire. En toussant, en transpirant. Bill tourne le bouton du rouleau. En toussant et en transpirant. Et Bill commence à taper. Bill tousse. À taper et à taper. Bill transpire. Il tousse et il transpire. Bill cesse de taper à la machine. Mais Bill ne peut cesser de tousser. Bill regarde sa montre. Bill ne peut cesser de transpirer. Bill se lève de sa table de travail. En toussant, en transpirant. Bill ramasse son sac sur le plancher. En toussant et en transpirant. Bill contourne les sacs de courrier. Bill tousse. La montagne de sacs et de sacs de courrier. Bill transpire. Bill sort de son bureau. En toussant, en transpirant. Bill longe le couloir. Il tousse et il transpire. Bill croit voir quelqu'un venir à sa rencontre dans le couloir. Ou peut-être deux personnes. Trois personnes –

Ça va ? demande John Reid. Tu as vraiment mauvaise mine, Bill. Qu'est-ce qu'il y a, mon vieux ? Viens avec moi…

Sur la table de massage. Bill tousse. Dans la salle de soins. Bill transpire. Bill sent le stéthoscope, froid, sur sa poitrine. Bill tousse, Bill transpire. Bill sent le thermomètre, froid, dans sa bouche –

Tu as la grippe, dit John Reid. Une très, très mauvaise grippe. Et peut-être une angine, en plus. Alors, il faut que tu rentres chez toi, mon vieux. Que tu retournes au lit. Et il faut que tu rentres tout de suite, Bill…

Sur la table de massage. Bill tousse et transpire. Dans la salle de soins. Bill tousse de nouveau. Bill secoue la tête. En transpirant, Bill dit, Mais j'ai entraînement, Doc. Et je suis déjà en retard…

Ne dis pas d'âneries, réplique John Reid. Tu ne peux pas t'entraîner, Bill. Pas comme ça, pas dans cet état-là. Tu vas carrément te tuer, mon vieux.

Sur la table de massage. Bill tousse, Bill transpire. Dans la salle de soins. En toussant et en transpirant. Bill secoue la tête de nouveau. Et Bill dit, Je n'ai jamais manqué un seul jour d'entraînement de toute ma vie, Doc. Pas un seul. De toute ma vie. Que vont dire les joueurs, Doc ? Que vont-ils penser ? Si je rentre chez moi. Si je retourne me coucher. Qu'est-ce qu'ils vont penser, les joueurs…

Si tu descends au vestiaire dans cet état-là, dit John Reid. Si tu montes dans le bus dans cet état-là, Bill. Alors, tu vas contaminer toute cette foutue équipe, mon vieux. L'équipe entière va attraper ce que tu as.

Toussant toujours, transpirant toujours. Secouant toujours la tête. Bill dit, Et puis, il y a le match. Je n'ai raté qu'un seul match. Je n'étais même pas malade. Je suis allé regarder jouer Cologne. Et on a fait match nul 1-1 en Coupe contre Stockport County. Stockport County, bon sang !

Bill, Bill, dit John Reid. Si tu t'approches de l'équipe, alors on n'a plus d'équipe, tu comprends ? Et ce sera ta faute, Bill. Parce que tu auras refusé de rentrer chez toi. Uniquement à cause de toi. Alors, rentre chez toi –

Et tout de suite, mon vieux !

…

Dans la maison, dans leur chambre. En toussant, en transpirant. Au lit, couché sur le dos. Toussant toujours et transpirant toujours. Bill écoute la radio. Bill écoute le commentaire en direct du stade de Bramall Lane, à Sheffield. Et au lit, couché sur le dos. Bill entend Kevin Keegan marquer. Mais Sheffield marque aussi. Et le nouveau Liverpool Football Club fait match nul 1-1 avec Sheffield United. À l'extérieur, ailleurs qu'à Anfield. En toussant, en transpirant. Bill entend les résultats des matchs à la radio. Et couché sur le dos, dans sa tête. Bill en déduit le nouveau classement du championnat. En toussant et en transpirant. Bill sait que Manchester United est premier de la première division. Et Derby County deuxième. Manchester City troisième. Leeds United quatrième. Sheffield United cinquième. L'Arsenal Football Club sixième. Et couché sur le dos, dans sa tête. Bill sait que le Liverpool Football Club est septième de la première division. Et Bill se lève. En toussant, en transpirant. Bill se rhabille. En toussant et en transpirant, en transpirant et en toussant –

Bill retourne au travail. Sur le banc, le banc du Sechzger Stadion à Munich. Contre l'avis de son médecin. Toussant et transpirant. Contre les ordres de son médecin. Toussant et transpirant. Sur le banc, le banc du Sechzger Stadion. Bill regarde le nouveau Liverpool Football Club affronter le Fußball-Club Bayern München au match retour du deuxième tour de la Coupe d'Europe des vainqueurs de coupe. Et à la 24e minute, toussant et transpirant, Bill voit Müller marquer pour le Fußball-Club Bayern München. Et trois minutes plus tard, toujours toussant et toujours transpirant, Bill voit Müller marquer de nouveau pour le

Fußball-Club Bayern München. Et à la 37e minute, toussant et transpirant, Bill voit Alun Evans marquer pour le nouveau Liverpool Football Club. Mais ça n'a pas d'importance, ça ne compte pas. À la 75e minute, toujours toussant et toujours transpirant, toujours transpirant et toujours toussant. Bill voit Höneß marquer un troisième but pour le Fußball-Club Bayern München. Et le nouveau Liverpool Football Club perd 3-1 contre le Fußball-Club Bayern München au match retour du deuxième tour de la Coupe d'Europe des vainqueurs de coupe. Toussant, transpirant. Éliminé d'Europe,

une fois de plus. En transpirant et en toussant.

...

Devant la maison, sur le perron. Dans la nuit, toussant toujours. Bill déverrouille la porte d'entrée. Dans la nuit, toussant toujours. Bill referme la porte. Dans la nuit, toussant toujours. Bill pose sa valise dans le couloir. Dans le noir, transpirant toujours. Bill longe le couloir jusqu'à la cuisine. Dans le noir, en toussant. Bill entre dans la cuisine. Dans le noir, en transpirant. Bill s'assied à la table. Dans le noir, en toussant. Son pardessus colle à sa veste. Sa veste colle à sa chemise. Sa chemise colle à son maillot de corps. Son maillot de corps lui colle à la peau. Dans le noir, en transpirant. Bill pose sa tête sur la table. Dans le noir. Il tousse, il transpire. Bill ferme les yeux. Dans le noir. Il tousse et il transpire. Bill sait qu'il est toujours plus facile de renoncer. De jeter l'éponge. Et de capituler. Devant les chaînes, les couteaux, les pelles. De se consoler avec les gloires passées, de se repaître des victoires anciennes. D'abandonner à d'autres le présent, de laisser l'avenir à des hommes plus jeunes. Et de laisser l'herbe pousser, et de laisser le vent souffler. Tandis qu'on prend ses aises, pendant qu'on profite d'un bon repas. Qu'on suffoque sous ses couvertures, qu'on s'étrangle en avalant son repas. Dans le désert et dans l'immensité. On s'étouffe, on s'étrangle. Les membres enchaînés, la gorge tranchée, le corps enterré. On s'étouffe avec son propre sang, on suffoque dans sa propre sépulture.

Tandis que l'herbe pousse et que le vent souffle. Dans le désert, dans l'immensité. Dans la cuisine, à la table. En toussant, en transpirant. En toussant et en transpirant. Bill sait qu'on ne peut jamais renoncer. Jamais jeter l'éponge. Et jamais capituler. Devant les chaînes, les couteaux, les pelles. Devant l'herbe et le vent. Et dans la cuisine, à la table. Dans le noir. Bill ouvre les yeux. Dans la nuit. Bill se lève. Bill se tient sur ses jambes. Bill sait qu'on ne peut jamais renoncer –

On ne peut jamais, jamais, renoncer –

Jamais, jamais, renoncer.

39

La longue marche

Le samedi 6 novembre 1971, l'Arsenal Football Club vient à Anfield, Liverpool. Cet après-midi-là, 46 929 spectateurs viennent aussi. Mais cet après-midi-là, Kevin Keegan ne vient pas. Keegan est blessé de nouveau. Et à la 5e minute, le ballon tombe entre Tommy Smith et Chris Lawler. Et Smith le laisse à Lawler et Lawler le laisse à Smith. Et Kennedy survient entre Smith et Lawler. Kennedy tire. Et Kennedy marque. Mais les supporters du Liverpool Football Club n'abdiquent pas. Et par conséquent, les joueurs du Liverpool Football Club n'abdiquent pas non plus. Et à la 41e minute, Smith fait rouler un coup franc jusqu'aux pieds d'Emlyn Hughes. Et Hughes tire. Et Hughes marque. À la 55e minute, Smith fait parvenir le ballon à Callaghan. Et Callaghan voit Wilson loin de sa ligne. Et Callaghan lobe Wilson pour envoyer le ballon au fond des filets, dans les buts. Vingt minutes plus tard, Kennedy tire. Clemence rabat violemment son tir vers le sol. Tout droit sur la trajectoire de Smith. Smith qui revient vers l'arrière pour défendre, Smith qui se prend les pieds dans le ballon. Qui tombe avec le ballon. Dans la cage et dans les buts. Ses propres buts. Mais de nouveau les supporters du Liverpool Football Club n'abdiquent pas. Et par conséquent, de nouveau, les joueurs du Liverpool Football Club n'abdiquent pas. Et à la 87e minute, Hughes passe à John Toshack. Toshack passe à Ian Ross. Ross tire. Et Ross marque. Et le nouveau Liverpool Football Club bat l'Arsenal Football Club 3-2. À domicile, à Anfield.

Une semaine plus tard, le nouveau Liverpool Football Club se déplace à Goodison Park, Liverpool. Cet après-midi-là, 56 563 spectateurs du Merseyside viennent aussi. Mais cette fois encore, Kevin Keegan ne vient pas. Keegan est toujours blessé. Et privé de cette étincelle, privé de ce feu sacré. Le nouveau Liverpool Football Club perd 1-0 contre l'Everton Football Club. À l'extérieur,

ailleurs qu'à Anfield. Le samedi 20 novembre 1971, le nouveau Liverpool Football Club se rend au stade de Highfield Road, à Coventry. Mais de nouveau Kevin Keegan n'est pas du voyage. Keegan est toujours blessé. Et Larry Lloyd n'est pas du voyage. Lloyd est blessé, à présent. Et John Toshack n'est pas du voyage. Toshack est blessé aussi, à présent. Mais Jack Whitham se rend avec le nouveau Liverpool Football Club à Highfield Road, Coventry. Et à la 80e minute, Whitham marque. Et à la 89e minute, Whitham marque de nouveau. Et le nouveau Liverpool Football Club bat Coventry City 2-0. À l'extérieur, ailleurs qu'à Anfield.

Une semaine après, West Ham United vient à Anfield, Liverpool. Cet après-midi-là, 43 399 spectateurs viennent aussi. Mais pas Keegan. Ni Lloyd. Ni Toshack non plus. Mais à la 69e minute, Emlyn Hughes marque. Et le nouveau Liverpool Football Club bat West Ham United 1-0. À domicile, à Anfield.

Le samedi 4 décembre 1971, le nouveau Liverpool Football Club se rend au stade de Portman Road, à Ipswich. Ce jour-là, Kevin Keegan fait bien le déplacement avec le nouveau Liverpool Football Club. Et Keegan, effectivement, joue pour le nouveau Liverpool

Football Club. Mais il n'y a toujours pas d'étincelle, il n'y a toujours pas de feu sacré. Et pas de buts. Et le nouveau Liverpool Football Club fait match nul 0-0 avec Ipswich Town. À l'extérieur, ailleurs qu'à Anfield. Une semaine après, Derby County vient à Anfield, Liverpool. Cet après-midi-là, 44 601 spectateurs viennent aussi. Mais toujours pas de Lloyd et toujours pas de Toshack. Mais Keegan et Whitham sont là. Et à la 14e minute, Whitham marque. Et à la 44e minute, Whitham marque de nouveau. Et à la 53e minute, Whitham marque un troisième but. Le coup du chapeau. Et le nouveau Liverpool Football Club bat Derby County 3-2. À domicile, à Anfield. Ce soir-là, Manchester United a 33 points. Manchester United reste en tête de la première division. Manchester City est deuxième. Leeds United troisième. Et Derby County quatrième. Ce soir-là, le nouveau Liverpool Football Club a 27 points. Ce soir-là, le nouveau Liverpool Football Club, martyrisé, endolori, estropié, est cinquième en première division. Malgré ses blessures, contre toute attente. Le nouveau Liverpool Football Club remonte au classement –

Au classement du championnat, il se hisse vers le sommet.

Deux jours après Noël 1971, le nouveau Liverpool Football Club se déplace au stade The Hawthorns, à Birmingham. West Bromwich Albion a perdu ses sept derniers matchs. West Bromwich Albion est tout en bas de la première division. Dernier du championnat. Et il se bat pour survivre. Et en ce lundi 27 décembre 1971, Brown marque pour West Bromwich Albion. Et le nouveau Liverpool Football Club perd 1-0 contre West Bromwich Albion. À l'extérieur, ailleurs qu'à Anfield. Cinq jours plus tard, le jour de l'An 1972, Leeds United vient à Anfield, Liverpool. En ce jour de l'An, 53 847 spectateurs viennent aussi. Leeds United est troisième au classement de la première division. Mais depuis mars 1970, à domicile, à Anfield, le Liverpool Football Club n'a pas perdu un seul de ses 34 derniers matchs de championnat. Et en première mi-temps, les supporters du nouveau Liverpool Football Club rugissent et rugissent et rugissent. Et les joueurs du nouveau Liverpool Football Club attaquent et attaquent et attaquent. Et les joueurs du vieux Leeds United défendent et défendent et défendent. Et Sprake bloque un tir de Hughes. Et Keegan heurte le poteau. Et puis Whitham se retrouve devant le but. Le but de Leeds, grand ouvert. Avec le ballon à ses pieds. Et le but de Leeds béant. Et Whitham tire. Mais le but de Leeds n'est plus grand ouvert, le but de Leeds n'est plus béant. Madeley est là. Sur la ligne de but. La ligne de but de Leeds. Pour dégager le ballon et sauver la mise. Sauver la mise pour Leeds United. Et à la 58ᵉ minute, Giles tire un coup franc qui part loin en direction de Madeley, sur la droite. Madeley le reprend de la tête et le renvoie vers le deuxième poteau. Et au passage, Clarke pousse d'un coup de tête le ballon vers le fond des filets, dans les buts. Vingt minutes plus tard, Lorimer subtilise le ballon à la faveur d'un tacle. Lorimer passe le ballon à Clarke. Clarke passe à Jones. Jones tire. Et Jones marque. Et en ce jour de l'An 1972, le nouveau Liverpool Football Club perd 2-0 contre le vieux Leeds United. À domicile, à Anfield. Bill Shankly longe la ligne de touche. La ligne de touche d'Anfield. Et Bill Shankly serre la main de Don Revie –

Bien joué, Don. Très bien joué, vraiment. Et Dieu merci, nous n'aurons plus besoin de rejouer contre vous cette saison, Don…

Ce soir-là, Manchester United a 35 points. Manchester United reste en tête de la première division. Mais Leeds United a 35 points aussi. Et Leeds United est deuxième au classement de la première division. Manchester City troisième. Derby County quatrième. Sheffield United cinquième. Les Wolverhampton Wanderers sixièmes. Tottenham Hotspur septième. L'Arsenal Football Club huitième. Ce soir-là, le nouveau Liverpool Football Club a 28 points. Ce soir-là, le nouveau Liverpool Football Club est neuvième de la première division –

Neuvième. Neuvième seulement.

Une semaine plus tard, le nouveau Liverpool Football Club se rend au stade de Filbert Street, à Leicester. Et pour la quatrième fois de suite dans un match de championnat, le nouveau Liverpool Football Club ne marque pas. Mais Leicester City marque bel et bien. Et le nouveau Liverpool Football Club perd 1-0 contre Leicester City. À l'extérieur, ailleurs qu'à Anfield.

Le samedi 15 janvier 1972, l'équipe du nouveau Liverpool Football Club se déplace au stade de Manor Ground, à Oxford, pour affronter Oxford United, club de deuxième division, au troisième tour de la Coupe d'Angleterre. Et son déplacement fait des étincelles, son déplacement a le feu sacré. Et son jeu fait des étincelles, son jeu a le feu sacré. Et à la 47e minute, Kevin Keegan marque. Et à la 81e minute, Keegan marque de nouveau. Trois minutes plus tard, Alec Lindsay marque. Et le nouveau Liverpool Football Club bat Oxford United 3-0 au troisième tour de la Coupe d'Angleterre. À l'extérieur, ailleurs qu'à Anfield. Mais deux jours plus tard, le lundi à l'heure du déjeuner, le tirage au sort décide que le nouveau Liverpool Football Club affrontera Leeds United au quatrième tour de la Coupe d'Angleterre. À domicile, à Anfield.

Le samedi 22 janvier 1972, le nouveau Liverpool Football Club se rend au stade de Molineux, à Wolverhampton. Mais dans un match dur, dans un match implacable, le nouveau Liverpool Football Club ne parvient pas à marquer. Il ne marque pas. Et le nouveau Liverpool Football Club fait match nul 0-0 avec les Wolverhampton Wanderers. À l'extérieur, ailleurs qu'à Anfield. Ce soir-là, le nouveau Liverpool Football Club est dixième au classement de la première division. Dixième. Et le lendemain matin, dans les journaux du dimanche, on peut lire que le Liverpool Football Club est une équipe usée, une équipe fatiguée. Un club qui régresse, un club qui bat en retraite. Ce matin-là, dans les journaux. Les commentateurs écrivent qu'on peut tirer un trait sur le Liverpool Football Club –

Une semaine après, Bill Shankly entre dans le vestiaire. Le vestiaire d'Anfield. Le regard de Bill Shankly fait le tour du vestiaire. Le vestiaire de Liverpool. Il passe d'un joueur au suivant. De Clemence à Lawler, de Lawler à Lindsay, de Lindsay à Smith, de Smith à Lloyd, de Lloyd à Hughes, de Hughes à Keegan, de Keegan à Ross, de Ross à Heighway, de Heighway à Toshack et de Toshack à Callaghan. Et Bill Shankly glisse la main dans sa poche. Sa poche de pardessus. Bill Shankly en sort des coupures de journaux. Et Bill Shankly cite les articles qu'il a sous les yeux –

Vous êtes une équipe usée. Vous êtes une équipe fatiguée. Un club qui régresse. Un club qui bat en retraite. Voilà ce que dit la presse du Liverpool Football Club, les gars. Voilà ce que les journalistes écrivent sur le Liverpool Football Club. Mais je sais qu'ils mentent, les gars. Je sais qu'ils se trompent. Et je sais qu'aujourd'hui vous allez montrer que ce sont des menteurs, les gars. Vous allez leur montrer qu'ils se trompent. Qu'ils se trompent sur votre compte, les gars. Et sur celui du Liverpool Football Club. Et je sais que les 40 000 spectateurs qui sont venus ici aujourd'hui ne les croient pas non plus, les gars. Parce que je sais que les supporters du Liverpool Football Club croient en vous. Ils croient en vous, les gars…

À la 38e minute, Chris Lawler marque. À la 66e minute, Chris Lawler marque de nouveau. Et à la 72e minute, Ian Callaghan marque. Et à la 82e minute, Kevin Keegan marque. Et le nouveau Liverpool Football Club bat Crystal Palace 4-1. À domicile, à Anfield.

Une semaine plus tard, Leeds United revient à Anfield, Liverpool. Sous la pluie. Cet après-midi-là, 56 598 spectateurs viennent aussi. Sous la pluie. Ces 56 598 spectateurs veulent voir le nouveau Liverpool Football Club affronter le vieux Leeds United au quatrième tour de la Coupe d'Angleterre. Sous la pluie. Comme c'est le plus grand nombre d'entrées au stade d'Anfield depuis neuf ans, on ferme les grilles 50 minutes avant le coup d'envoi. Et 16 minutes après le coup d'envoi, sous la pluie, Chris Lawler intercepte un dégagement de Bates. D'une tête, Lawler fait suivre à John Toshack. Toshack, à la lisière de la surface de réparation. La surface de réparation de Leeds. Sprake bondit hors de sa cage et fonce vers Toshack. Toshack passe en retrait à Steve Heighway. Heighway, à huit mètres du but. Du but de Leeds. Le but de Leeds grand ouvert, le but de Leeds béant. Mais Heighway rate sa frappe. Le ballon échoit à Kevin Keegan. Et Keegan tire. Mais le but de Leeds n'est plus grand ouvert, le but de Leeds n'est plus béant. Et le tir de Keegan est repoussé, la ligne de but de Leeds est dégagée. Et maintenant Leeds United mène la charge, maintenant Leeds United attaque. Sous la pluie. Lorimer se détache, Lorimer attaque. Lorimer lobe Ray Clemence. Mais Clemence se lance en arrière, pour rattraper le lob. Et Clemence sauve le but. Puis il bloque le tir de Clarke. Sous la pluie. Puis il bloque de nouveau un tir de Lorimer. Et sous la pluie, Sprake bloque un tir de Lloyd. Et sous la pluie, à la 90e minute, l'arbitre donne le coup de sifflet final. Et Bill Shankly longe la ligne de touche. La ligne de touche d'Anfield. Sous la pluie.

Bill Shankly serre la main de Don Revie –

Il va donc falloir qu'on rejoue l'un contre l'autre, Don. Finalement. Alors, je te dis à bientôt, Don…

Le mercredi 9 février 1972, le nouveau Liverpool Football Club se rend au stade d'Elland Road pour affronter le vieux Leeds United dans le match à rejouer du quatrième tour de la Coupe d'Angleterre. Le jour où l'urgence vient d'être proclamée. En plein État d'Urgence. Parce que le syndicat national des mineurs observe une grève. Parce que les stocks de charbon diminuent. Le coup d'envoi a été avancé à 14 h 30. Parce que l'agence régionale de distribution de l'électricité ne peut pas garantir que l'éclairage fonctionnera dans la soirée. La pénurie pourrait toucher les projecteurs indispensables à un match en nocturne. Parce que assurer l'éclairage d'un stade n'est pas une priorité. Parce que le football n'est pas une priorité. Quand l'État d'Urgence est proclamé. Dix mille supporters du Liverpool Football Club ont fait le déplacement au stade d'Elland Road, Leeds. En plein État d'Urgence. Ce sont 45 821 spectateurs qui viennent à Elland Road. En plein État d'Urgence. Des centaines de gens trouvent les grilles closes à Elland Road. En plein État d'Urgence. Des gens ont grimpé sur le toit du pub *The Old Peacock*. En plein État d'Urgence. À la 2e minute du match à rejouer du quatrième tour de la Coupe d'Angleterre, Emlyn Hughes fait tomber Clarke. En plein État d'Urgence. À la 13e minute, Ian Callaghan passe à Steve Heighway. Heighway passe à Hughes. Hughes tire. Et Hughes rate. En plein État d'Urgence. À la 22e minute, Bremner passe à Cooper. Cooper passe à Giles. Giles passe à Madeley. Madeley passe à Bremner. Bremner qui se rue toujours vers l'avant, Bremner qui se fraie toujours un chemin vers l'avant. Bremner qui louvoie et Bremner qui se faufile. Bremner fait une passe en hauteur à Clarke. Chris Lawler fonce sur Clarke, Tommy Smith se rue vers Clarke, Larry Lloyd déboule sur Clarke, et Ray Clemence sort de ses buts en direction de Clarke. Mais Clarke fait un lob qui passe au-dessus de la tête de Clemence. Et le ballon finit dans les filets, dans les buts. En plein État d'Urgence. En seconde mi-temps, Sprake bloque un tir de Callaghan. Et Sprake bloque un tir de Bobby Graham. Mais en plein État d'Urgence. À la 63e minute, Giles passe à Clarke. Clarke qui se trouve loin, sur la ligne de touche. À côté du drapeau de la ligne médiane. Clarke se met à courir. Lloyd se rue sur Clarke. Clarke esquive Lloyd. Clarke court toujours, Clarke avance toujours. Clarke fonce sur Clemence, Clarke se rue vers Clemence. Et en se déportant un peu, en tournant brusquement. Clarke laisse Clemence sur place. Planté sur la pelouse. La pelouse d'Elland Road. Clarke tire. Et Clarke marque. Et en plein État d'Urgence. Le nouveau Liverpool Football Club perd 2-0 contre le vieux Leeds United à l'issue du match à rejouer du quatrième tour de la Coupe d'Angleterre. À l'extérieur, ailleurs qu'à Anfield. En plein État d'Urgence. Bill Shankly longe la ligne de touche. La ligne de touche d'Elland Road. Bill

Shankly serre la main de Don Revie. Et Bill Shankly secoue la tête –

Bien joué, Don. Très bien joué, vraiment. Mais tu dois reconnaître, Don. Tu dois en convenir, elle a tenu à pas grand-chose, cette victoire. À rien d'autre que deux buts très malins, Don. Deux buts très malins…

Don Revie sourit. Et Don Revie réplique, C'était un grand match, Bill. Un grand match. Et on n'a pas eu le temps de souffler une seule seconde, Bill. Parce que vous êtes toujours coriaces. Et très coriaces, même. Mais au moins, tu n'auras plus à jouer contre nous de nouveau, Bill. Pas cette saison…

Le samedi 12 février 1972, le Liverpool Football Club se rend au stade de Leeds Road, à Huddersfield. En plein État d'Urgence. Il n'y a pas de chauffage dans les magasins, il n'y a pas de chauffage dans les bureaux. Dans les bureaux et les usines, on ne travaille que trois jours par semaine. Le chauffage, l'éclairage ne sont autorisés que dans une seule pièce par maison. Le coup d'envoi de tous les matchs de foot est avancé à 14 h 30. Pour économiser l'énergie, pour limiter la consommation d'électricité. Et dans cet État d'Urgence. À la 73e minute, Jack Whitham marque. Et le Liverpool Football Club bat Huddersfield Town 1-0. À l'extérieur, ailleurs qu'à Anfield. En plein État d'Urgence. Le Liverpool Football Club a 33 points. Le Liverpool Football Club est huitième au classement de la première division. Huitième.

Une semaine plus tard, Sheffield United vient à Anfield, Liverpool. En plein État d'Urgence. Et 42 005 spectateurs viennent aussi. En plein État d'Urgence. À la 42e minute, John Toshack marque. Et à la 82e minute, Toshack marque de nouveau. Et en plein État d'Urgence. Le Liverpool Football Club bat Sheffield United 2-0. À domicile, à Anfield. Et en plein État d'Urgence. Le Liverpool Football Club a 35 points. Le Liverpool Football Club est sixième au classement de la première division. Sixième.

Le samedi 26 février 1972, Manchester City vient à Anfield, Liverpool. En ce samedi après-midi, il n'y a plus d'État d'Urgence. La mesure d'exception est levée. Le syndicat national des mineurs a gagné la partie. Les mineurs syndiqués reprendront le travail lundi. Et en ce samedi après-midi, 50 047 spectateurs viennent à Anfield, Liverpool, pour voir le Liverpool Football Club affronter Manchester City. Manchester City, le premier au classement de la première division. À la 37e minute, Larry Lloyd marque. À la 53e minute, Kevin Keegan marque. Et à la 65e minute, Bobby Graham marque. Et le Liverpool Football Club bat Manchester City 3-0. À domicile, à Anfield. Ce soir-là, le Liverpool Football Club a 37 points. Le Liverpool Football Club est cinquième de la première division. Cinquième.

Une semaine plus tard, l'Everton Football Club vient à Anfield, Liverpool.

Cet après-midi-là, 53 922 habitants du Merseyside viennent aussi. Mais Harry Catterick ne vient pas. Le manager de l'Everton Football Club se remet d'une crise cardiaque. Et pendant la 1re minute, Wright marque contre son camp. Et à la 66e minute, McLaughlin marque un deuxième but contre son camp. Et à la 74e minute, Chris Lawler marque pour le Liverpool Football Club. Et à la 87e minute, Emlyn Hughes marque pour le Liverpool Football Club. Et le Liverpool Football Club bat l'Everton Football Club 4-0. À domicile, à Anfield. Ce soir-là, le Liverpool Football Club a 39 points. Le Liverpool Football Club est quatrième au classement de la première division. Quatrième.

Le samedi 18 mars 1972, Newcastle United vient à Anfield, Liverpool. Cet après-midi-là, 43 899 spectateurs viennent aussi. Dans le stade, il y a 43 899 spectateurs, et puis Malcolm Macdonald –

Dans le tunnel. Le tunnel d'Anfield. En haut des marches. De l'escalier d'Anfield. Malcolm Macdonald lève les yeux et regarde le panneau fixé au mur. Le panneau tout neuf posé récemment sur le vieux mur. Et Malcolm Macdonald ricane, Ah bon, on est bien à

Anfield, alors ? Vous voyez, les gars, on ne s'est pas trompés de stade, c'est sûr. C'est bien pratique, ce panneau. Au moins, on sait où on est.

Tu te crois drôle, peut-être ? demande Bill Shankly. Eh bien, tu ne vas pas tarder à comprendre où tu es, mon gars…

À la 9e minute, Chris Lawler marque. À la 22e minute, Kevin Keegan marque. À la 29e minute, John Toshack marque. À la 63e minute, Emlyn Hughes marque. Et à la 81e minute, Steve Heighway marque. Et le Liverpool Football Club bat Newcastle United 5-0. À domicile, à Anfield. Ce soir-là, le Liverpool Football Club a 42 points. Le Liverpool Football Club est toujours quatrième au classement de la première division. Toujours quatrième.

Le samedi 25 mars 1972, le Liverpool Football Club se déplace au stade du Dell, à Southampton. Et à la 52e minute, John Toshack marque. Et le Liverpool Football Club bat le Southampton Football Club 1-0. À l'extérieur, ailleurs qu'à Anfield. Ce soir-là, Manchester City a 50 points. Manchester City est premier au classement de la première division. Derby County a 47 points. Derby County est deuxième. Leeds United a 46 points. Leeds United est troisième. Et le Liverpool Football Club a 44 points. Le Liverpool Football Club est quatrième au classement de la première division. Toujours quatrième.

Trois jours après, Stoke City vient à Anfield, Liverpool. Ce soir-là, 42 489 spectateurs viennent aussi. Et Ritchie marque un but pour Stoke City. Le premier but concédé par le Liverpool Football Club en sept matchs. Mais Burrows marque contre son camp. Et à la 53e minute, Kevin Keegan marque pour le Liverpool Football Club. Et le Liverpool Football Club bat Stoke City 2-1. À domicile, à Anfield.

Le samedi 1er avril 1972, West Bromwich Albion vient à Anfield, Liverpool. Cet après-midi-là, 46 564 spectateurs viennent aussi. À la 31e minute, Tommy Smith marque un penalty. Et à la 58e minute, Chris Lawler marque. Et le Liverpool Football Club bat

West Bromwich Albion 2-0. À domicile, à Anfield. Cet après-midi-là, Derby County bat Leeds United. Et Stoke City bat Manchester City. Et ce soir-là, Derby County a 51 points. Et Derby County est premier au classement de la première division. Manchester City a 50 points. Manchester City est deuxième. Leeds United a 48 points. Leeds United est troisième. Et le Liverpool Football Club a 48 points. Le Liverpool Football Club reste quatrième au classement de la première division. Toujours quatrième. Mais à 3 points seulement de Derby County. Seulement 3 points derrière le premier.

Deux jours plus tard, Bill Shankly entre dans le vestiaire. Le vestiaire des visiteurs. Le regard de Bill Shankly fait le tour du vestiaire. Il passe d'un joueur au suivant. De Clemence à Lawler, de Lawler à Lindsay, de Lindsay à Smith, de Smith à Lloyd, de Lloyd à Hughes, de Hughes à Keegan, de Keegan à Hall, de Hall à Heighway, de Heighway à Toshack et de Toshack à Callaghan –

Bill Shankly sort onze petits bonshommes en plastique de sa poche de veste. Bill Shankly pose les onze petits bonshommes en plastique sur la table, au milieu du vestiaire. Bill Shankly regarde les onze petits bonshommes en plastique sur la table. Bill Shankly les reprend. Les bonshommes en plastique. Bill Shankly les montre à tout le monde. Un par un. Ces bonshommes en plastique –

Alex Stepney. Camelote. Tommy O'Neil. Camelote. Tony Dunne. Camelote. Martin Buchan. Camelote. Steve James. Camelote. Alan Gowling. Camelote. Willie Morgan. Camelote. Ian Storey-Moore. Camelote. Camelote trop chère. Camelote hors de prix…

Bill Shankly s'approche de la poubelle posée dans l'angle du vestiaire. Bill Shankly laisse tomber les huit bonshommes en plastique dans la poubelle. Bill Shankly revient vers la table, au centre du vestiaire. Bill Shankly regarde les trois bonshommes en plastique restés sur la table au milieu du vestiaire –

L'un de ces hommes est un ivrogne. L'un de ces hommes est un infirme. Et l'un de ces hommes est un retraité. Alors, est-ce que vous allez me dire, les gars. Est-ce que vous allez me dire que vous n'êtes pas capables d'entrer sur le terrain et de battre un ivrogne, un infirme et un retraité ? Est-ce que vous allez me dire que vous n'êtes pas capables d'entrer sur le terrain et de battre ces trois hommes, les gars…

À la 60e minute, Chris Lawler marque. Deux minutes plus tard, John Toshack marque. Et à la 84e minute, Emlyn Hughes marque. Et le Liverpool Football Club bat Manchester United 3-0. À l'extérieur, ailleurs qu'à Anfield. Bill Shankly longe la ligne de touche. La ligne de touche d'Old Trafford. Bill Shankly serre la main de Frank O'Farrell. Et Bill Shankly sourit –

Pas de chance, Frank. Pas de chance. Mais aujourd'hui, au moins, tu ne peux pas dire que vous avez été volés, Frank. Aujourd'hui, au moins, tout le monde a constaté qu'on vous a laminés. Vu la façon dont on a joué aujourd'hui. Vu la façon dont on vous a massacrés, Frank. C'étaient des hommes contre des hommes, Frank. Mes jeunes hommes contre tes vieillards…

Ce soir-là, Derby County a 51 points. Derby County est premier au classement de la première division. Mais ce soir-là, le Liverpool Football Club a 50 points. Et le Liverpool Football Club est deuxième au classement de la première division. Deuxième. Le Liverpool Football Club a récolté 22 points au cours de ses 12 derniers matchs. Le Liverpool Football Club a marqué 27 buts dans ces 12 derniers matchs. Et le Liverpool Football Club n'a concédé que 2 buts dans ces 12 derniers matchs. Et le Liverpool Football Club n'est plus qu'à un point de Derby County. Il ne lui manque qu'un seul point pour être premier. Premier.

Le jour du Grand National, Coventry City vient à Anfield, Liverpool. Et ce jour-là, à l'heure du déjeuner, 50 063 spectateurs viennent aussi, 50 063 spectateurs et Ray Clemence, Chris Lawler, Alec Lindsay, Tommy Smith, Larry Lloyd, Emlyn Hughes, Kevin Keegan, Brian Hall, Steve Heighway, John Toshack et Ian Callaghan. Les onze mêmes joueurs qui ont commencé les huit derniers matchs du Liverpool Football Club. Et ce jour-là, à l'heure du déjeuner, à la 21e minute, Keegan marque. À la 67e minute, Smith marque un penalty. Et à la 85e minute, Toshack marque. Et le Liverpool Football Club bat Coventry City 3-1. À domicile, à Anfield. Et ce jour-là, à l'heure du déjeuner, le Liverpool Football Club est premier au classement de la première division. Premier. Et ce jour-là, à l'heure du déjeuner, les supporters du Liverpool Football Club scandent, *On va ga-gner le cham-pion-nat ! On va ga-gner le cham-pion-nat ! Hé-ho-addio, On va ga-gner le cham-pion-nat...*

Plus tard, dans l'après-midi, Manchester City bat West Ham United. Derby County bat Sheffield United. Et Leeds United bat Stoke City. Et ce soir-là, Derby County a 54 points. Derby County est de nouveau premier au classement de la première division. Et Leeds United a 53 points. Leeds United est deuxième au classement de la première division. Et le Liverpool Football Club a 52 points. Le Liverpool Football Club est troisième. Mais le Liverpool Football Club a disputé un match de moins que Derby County. Et le Liverpool Football Club a un atout dans sa manche. Un match à venir. D'autres matchs à venir –

Une semaine après, le Liverpool Football Club se rend au stade d'Upton Park, à Londres. À la 9e minute, Ian Callaghan passe le ballon à Kevin Keegan. Keegan fait suivre à Chris Lawler. Lawler dévie le ballon vers John Toshack. Et d'une frappe enveloppée, Toshack expédie le ballon au fond des filets. Et marque un but. Et à la 46e minute, Steve Heighway subtilise le ballon à Moore. Heighway avance de six pas. Et Heighway tire. Dans les filets. Et marque un autre but. Et le Liverpool Football Club bat West Ham United 2-0. À l'extérieur, ailleurs qu'à Anfield. Et ce soir-là, Derby County a 56 points. Derby County est toujours premier au classement de la première division. Manchester City a 55 points. Manchester City est deuxième. Et le Liverpool Football Club a 54 points. Le Liverpool Football Club est encore troisième au classement de la première division. Mais le Liverpool Football Club n'a toujours pas disputé le même nombre de matchs que Derby County et Manchester City. Le Liverpool Football Club a encore un atout dans sa manche. Encore un match à jouer –

Un match à venir –

Le samedi 22 avril 1972, Ipswich Town vient à Anfield, Liverpool. Cet après-midi-là, 54 316 spectateurs viennent aussi. Ces 54 316 spectateurs veulent voir le dernier match à domicile de la saison. Et à la 39e minute du dernier match à domicile de la saison, Steve Heighway passe à Kevin Keegan. Keegan centre pour John Toshack. Et d'une tête Toshack fait parvenir le ballon à destination. Au fond des filets, au fond des buts. Et à la 66e minute du dernier match à domicile de la saison, Emlyn Hughes tire. Et Toshack redirige son tir. Vers le fond des filets, pour marquer un autre but. Et à l'issue du dernier match à domicile de la saison, le Liverpool Football Club bat Ipswich Town 2-0. À domicile, à Anfield. Le Liverpool Football Club vient de gagner son huitième match d'affilée. Plus d'un million de spectateurs ont payé leur entrée au stade pour voir jouer le Liverpool Football Club cette saison. Le Liverpool Football Club a enregistré cette saison la plus haute fréquentation moyenne de la première division. Et les supporters du Liverpool Football Club scandent, *On va ga-gner le cham-pion-nat ! On va ga-gner le cham-pion-nat ! Hé-ho-addio, On va ga-gner le cham-pion-nat !* Et le Spion Kop rugit, *ON VA GA-GNER LE CHAM-PION-NAT ! ON VA GA-GNER LE CHAM-PION-NAT ! HÉ-HO-ADDIO, ON VA GA-GNER LE CHAM-PION-NAT !* Et les joueurs du Liverpool Football Club courent vers le Kop. Et les joueurs du Liverpool Football Club remercient le Spion Kop. Et le Spion Kop scande, *Li-ver-pool, Li-ver-pool, Li-ver-pool.* Et Bill Shankly traverse la pelouse. La pelouse d'Anfield. Et Bill Shankly s'arrête devant le Kop. Et

Bill Shankly remercie le Spion Kop. Et le Spion Kop rugit, *SHANK-LY –*

SHANK-LY, SHANK-LY…

Cet après-midi-là, Manchester City bat Derby County. Manchester City a 57 points. Manchester City est premier au classement de la première division. Mais Manchester City a joué tous ses matchs, les 42 matchs de sa saison. Sa saison est finie, sa saison est terminée. Le Liverpool Football Club a 56 points et Derby County a 56 points aussi. Mais c'est le Liverpool Football Club qui est deuxième au classement de la première division. À la différence de buts. Et le Liverpool Football Club a encore deux matchs à jouer par rapport à Manchester City. Et le Liverpool Football Club a encore un match à jouer par rapport à Derby County. Derby County n'a plus qu'un match, plus qu'un seul match à jouer –

Le 1er mai 1972, le Liverpool Football Club se déplace au Baseball Ground de Derby. Au début de la première mi-temps, Hector tire. Et Ray Clemence dévie le tir au-dessus de la barre. Au début de la seconde mi-temps, Kevin Keegan efface Todd. Grâce à un changement de direction, grâce à une talonnade astucieuse. Keegan centre pour John Toshack. Un centre parfait. Un centre parfait qui n'avait besoin que d'une simple poussette de la part de Toshack. Une simple poussette pour trouver les filets, pour trouver les buts. Mais Toshack ne parvient pas à assurer cette simple poussette. Et Toshack ne trouve pas les filets, Toshack ne marque pas le but. Et à la 62e minute, Gemmill passe à Durban. Durban feinte et laisse le ballon filer vers McGovern. Pour que McGovern tire. Et que McGovern marque. Et le Liverpool Football Club perd 1-0 contre Derby County. À l'extérieur, ailleurs qu'à Anfield. Et maintenant Derby County a 58 points. Maintenant Derby County est premier au classement de la première division. Mais Derby County a joué tous ses matchs, les 42 matchs de sa saison. Sa saison est finie, sa saison est terminée. Mais le Liverpool Football Club a encore un match à venir. Et Leeds United a encore un match à venir. Et si le Liverpool Football Club gagne son match à venir. Et si Leeds United perd son match à venir. Alors, il se pourrait que le Liverpool Football Club remporte le titre. À la différence de buts. Le Liverpool Football Club serait couronné champion. Et Brian Clough longe la ligne de touche. La ligne de touche du Baseball Ground. Brian Clough serre la main de Bill Shankly. Et Brian Clough dit, Bien sûr, je souhaite que vous perdiez, monsieur Shankly. Et je souhaite que Leeds perde aussi. Et j'espère que nous remporterons le championnat. C'est évident. Ça va de soi. Mais si nous devions ne pas remporter le titre. Alors, je souhaite qu'il vous revienne, à vous, monsieur Shankly. Et pas à Leeds. J'espère qu'il sera pour vous, monsieur Shankly…

Le samedi 6 mai 1972, Leeds United bat l'Arsenal Football Club 1-0 à l'issue de la centième Coupe d'Angleterre. La finale du Centenaire de la Coupe d'Angleterre. C'est la première fois de son histoire que le Leeds United Association Football Club remporte la Coupe d'Angleterre. Deux jours après, Leeds United se déplace au stade Molineux, à Wolverhampton, et le Liverpool Football Club se déplace au stade de Highbury, à Londres. Mais dans la boue, la boue de Highbury. Il n'y a pas de cadeaux à attendre de la part de l'Arsenal Football Club, le finaliste malheureux de la Coupe d'Angleterre. Et en première mi-temps, Emlyn Hughes tire. Et son tir redescend en piqué. Il retombe derrière Barnett. Et il touche la barre transversale. La barre transversale d'Arsenal. Et en première mi-temps, Hughes tire de nouveau. Et Barnett plonge. Et Barnett sauve le but. Et en seconde mi-temps, les supporters du Liverpool Football Club présents à Highbury savent que Leeds United est mené au score par les Wolverhampton Wanderers. Et maintenant les joueurs du Liverpool Football Club savent que Leeds United est mené au score par les Wolverhampton Wanderers. Mais dans la boue, la boue de Highbury. Il n'y a toujours pas de cadeaux à attendre de la part de l'Arsenal Football Club. Et dans la boue, la boue de Highbury. Les finalistes malheureux de la Coupe d'Angleterre restent infatigables. Et Radford centre. Et Kennedy saute pour reprendre le centre. Et il le reprend d'une tête. Qui rebondit contre le poteau. Et les supporters du Liverpool Football Club présents à Highbury hurlent, *Li-ver-pool, Li-ver-pool, Li-ver-pool*. Et les supporters du Liverpool Football Club présents à Highbury rugissent, *LI-VER-POOL ! LI-VER-POOL ! LI-VER-POOL !* De la première minute jusqu'à la dernière. Et à la dernière minute du dernier match de la saison, Hughes tire. Et son tir parcourt en parallèle toute l'ouverture de la cage. La cage d'Arsenal. Et à l'autre bout, Kevin Keegan le renvoie à John Toshack. Et Toshack envoie le ballon au fond des filets, au fond des buts. Et les joueurs du Liverpool Football Club sautent en l'air. Dans l'air de Highbury. Et les supporters du Liverpool Football Club présents à Highbury sautent en l'air. Dans l'air de Highbury. Ils dansent, ils exultent. Dans l'air de Highbury. Mais le juge de touche a levé son drapeau. Et l'arbitre siffle. Le but est refusé. Toshack était hors-jeu. Et dans la boue, la boue de Highbury. Le Liverpool Football Club fait match nul 0-0 avec l'Arsenal Football Club. À l'extérieur, ailleurs qu'à Anfield. Les joueurs de Derby County sont champions d'Angleterre –

Les doigts de pied en éventail. En vacances.

40

La ligue et l'alliance solennelle

Dans le bus, leur bus de Liverpool. Qui retourne à Anfield, qui rentre à Liverpool. Il y a le silence. Et il y a même des larmes. Et dans le silence. Au milieu des larmes. Bill regarde par la fenêtre de leur bus, de leur bus de Liverpool. Son regard est plongé dans l'obscurité. Et dans la nuit. Bill sait que les joueurs du Liverpool Football Club ont été les artisans de leur propre destin. Dans l'obscurité, dans la nuit. Bill sait que les joueurs du Liverpool Football Club ont été les artisans de leur propre échec. Dans le silence. Et au milieu des larmes. Bill se rappelle les points qu'ils ont laissés filer. Les points perdus. Les occasions manquées. Les risques qu'ils n'ont pas su prendre. Les décisions défavorables au Liverpool Football Club. Et les blessures du Liverpool Football Club. Bill se rappelle tout cela. Et Bill sourit. Dans l'obscurité, dans la nuit. Bill se souvient que le Liverpool Football Club était dixième au classement de la première division en février. Et éliminé de la Coupe. De trois coupes. Mais dans le silence. Au milieu des larmes. Bill se rappelle les points engrangés. Les points gagnés. Les risques pris. Les occasions saisies au vol. La façon dont les joueurs du Liverpool Football Club ont pratiqué leur football. La façon dont ils ont joué en tant qu'équipe. Dans l'obscurité, dans la nuit. Bill sait que ce n'est qu'un début. Que ceci n'était qu'un nouveau départ. Le vrai départ, le départ effectif. Et dans le bus, leur bus de Liverpool. Pendant le retour à Anfield, le retour à Liverpool. Dans le noir. Et dans la nuit. Dans le silence,

au milieu des larmes. Bill sourit

de nouveau. Dans les ombres de la grande salle d'Anfield, Liverpool. Bill sourit. Bill, Bob, Reuben, Joe, Ronnie et Tom travaillent. Chaque jour, pendant tout l'été. Ils travaillent. Chaque jour, tout l'été. Ils parlent. Chaque jour, cet été-là. Ils analysent et ils jugent. Les matchs que le Liverpool Football Club a joués la saison dernière. La saison où le Liverpool Football Club a terminé à la troisième place de la première division. La saison où le Liverpool Football Club a perdu le championnat pour un seul point. La saison où le Liverpool Football Club a accumulé 57 points. Pas 58 points. La saison où le Liverpool Football Club a gagné 17 matchs à domicile, à Anfield, et 7 matchs à l'extérieur, ailleurs qu'à Anfield. La saison où le Liverpool Football Club a obtenu 3 matchs nuls à domicile, à Anfield, et 6 autres à l'extérieur, ailleurs qu'à Anfield. La saison où le Liverpool Football Club a perdu 1 match à domicile, à Anfield, et 8 à l'extérieur, ailleurs qu'à Anfield. La saison où le Liverpool Football Club a marqué 48 buts à domicile, à Anfield, et 16 à l'extérieur, ailleurs qu'à Anfield. La saison où le Liverpool Football Club a concédé 16 buts à domicile, à Anfield, et 14 à l'extérieur, ailleurs qu'à Anfield. Dans les ombres de la grande salle d'Anfield, Liverpool. Bill, Bob, Reuben, Joe, Ronnie et Tom analysent et jugent les joueurs qui ont défendu les couleurs de Liverpool la saison dernière. Chaque joueur. Phil Boersma. Ian Callaghan. Ray Clemence. Alun Evans. Bobby Graham. Brian Hall. Steve Heighway. Emlyn Hughes. Kevin Keegan. Chris Lawler. Alec Lindsay. Larry Lloyd. John McLaughlin. Ian Ross. Tommy Smith. Peter Thompson. Phil Thompson. John Toshack. Et Jack Whitham. Les joueurs de l'équipe première et les joueurs de l'équipe réserve. Steve Arnold. Derek Brownbill. Phil Dando. Roy Evans. Chris Fagan. Edward Flood. John Higham. James Holmes. Robert Johnston. Kevin Kewley. Frank Lane. Graham Lloyd. Hughie McAuley. Stephen Marshall. Dave Rylands. John Waddington. Et John Webb. Dans les ombres de la grande salle d'Anfield, Liverpool. Bill, Bob, Reuben, Joe, Ronnie et Tom analysent et jugent chaque footballeur qui a joué en équipe première et chaque footballeur qui a joué en équipe réserve. Chaque jour, pendant tout l'été. Ils analysent et ils jugent. Ils discutent de qui sera rétrogradé et de qui sera promu. Chaque jour, tout l'été. Ils analysent et ils jugent. Chaque jour, cet été-là. Ils discutent de qui devra partir et de qui devra rester. Tous les jours, chaque jour de la semaine. De qui devra partir et de qui devra venir…

…

Dans le bureau, à sa table de travail. Bill repose le dossier. La première fois que Bill a entendu parler de Peter Cormack, c'était par son frère Bob. Bob Shankly a été le manager de l'Hibernian Football Club. Et Bob n'arrêtait pas de s'extasier sur Peter Cormack. Peter Cormack a joué 182 matchs et marqué 75 buts pour l'Hibernian Football Club. En juin 1966, Bill a vu Peter Cormack jouer pour l'Écosse contre le Brésil, à Hampden Park. Ce jour-là, l'Écosse a obtenu le match nul 1-1. Et Bill a apprécié ce qu'il a vu. Bill a apprécié Peter Cormack. Mais après la démission de Bob Shankly du poste de manager de l'Hibernian Football Club, Peter Cormack a été vendu à Nottingham Forest pour 80 000 livres. Bill a regardé jouer Peter Cormack à chaque rencontre entre Nottingham Forest et le Liverpool Football Club. Bill a observé Peter Cormack. Bill sait que Peter Cormack a marqué 20 buts au cours de ses 86 matchs pour Nottingham Forest. Bill sait aussi que Peter Cormack n'a jamais vraiment trouvé sa place à Nottingham. Bill n'aime pas l'idée qu'un joueur, quel qu'il soit, ne trouve pas vraiment sa place, où qu'il se trouve. La saison dernière, Nottingham Forest a été relégué en deuxième division. Bill n'aime pas l'idée qu'un joueur, quel qu'il soit, puisse être relégué. Mais Bill sait que Peter Cormack est à vendre.

Dans la salle de conférences, la salle de conférences d'Anfield. Bill regarde le président et les dirigeants du Liverpool Football Club à l'autre extrémité de la longue table. Et Bill annonce, cent dix mille livres.

Cent dix mille livres, s'exclament le président et les dirigeants du Liverpool Football Club. Pour Peter Cormack ? C'est beaucoup d'argent, monsieur Shankly. Pour un joueur qui n'a jamais vraiment trouvé sa place, qui n'a jamais exprimé tout son potentiel…

Bill fixe le président et les dirigeants du Liverpool Football Club à l'autre extrémité de la longue table. Et Bill dit, Ce joueur trouvera sa place à Anfield, messieurs. Et non seulement ce joueur exprimera tout son potentiel, mais il nous aidera à révéler le potentiel de cette équipe. Cette équipe que nous bâtissons. Cette équipe qui aurait dû remporter le championnat la saison dernière. Cette équipe qui s'est vue privée du titre par un drapeau levé et un point perdu. Un point perdu à cause des blessures dont nous avons souffert la saison dernière. À cause du manque de joueurs disponibles dont nous avons souffert la saison dernière. J'ai besoin de ce joueur pour que cela ne se reproduise plus jamais au sein du Liverpool Football Club.

Nous pouvons comprendre votre frustration, disent le président et les dirigeants du Liverpool Football Club. Et nous partageons votre frustration, monsieur Shankly. Et c'est pourquoi nous avons accepté de verser vingt-cinq mille livres aux Tranmere Rovers pour acquérir Trevor Storton. Pour remplacer les blessés, pour renforcer l'équipe. Mais cent dix mille livres, c'est beaucoup d'argent, monsieur Shankly. Pour un renfort et un remplaçant.

Bill frappe la longue table des deux poings. Et Bill dit, Je ne vous demande pas cent dix mille livres pour un joueur qui remplacera les blessés. Je ne vous demande pas cent dix mille livres pour un joueur qui renforcera l'équipe. Je vous demande cette somme parce que je crois que ce joueur vaut cent dix mille livres. Pour notre équipe et pour ce club. Qu'il vaut jusqu'au dernier penny de cette somme pour le Liverpool Football Club. Voilà ce que je crois, messieurs –

Parce que je le sais.

Bien sûr, nous sommes sensibles à la fermeté de vos convictions, disent le président et les dirigeants du Liverpool Football Club. Mais cela reste une somme considérable, monsieur Shankly. Et c'est pourquoi nous allons devoir débattre de cette question plus longuement, l'examiner en profondeur…

Bill se lève de son fauteuil. Et Bill lance vers l'autre extrémité de la longue table, Le football, pour vous, c'est peut-être un passe-temps. Pour vous tous. Un sujet de conversation que vous abordez à vos moments perdus. En fumant un cigare et en buvant un verre. Mais pour moi, le football, c'est ma vie. C'est ma vie, bon sang ! Alors, soit vous me donnez cette somme maintenant. Ou bien vous vous trouvez un nouveau foutu manager. Parce qu'il n'est pas question que je voie cette équipe finir troisième encore une fois. Je refuse de voir nos supporters se contenter d'être des finalistes malheureux. D'être encore et toujours les gentilles demoiselles d'honneur,

encore deuxièmes, toujours deuxièmes derrière cette satanée mariée.

...

Sur le banc, le banc d'Anfield. Sous le soleil, le soleil éclatant du mois d'août. Bill et 55 383 spectateurs assistent au premier match à domicile de la saison 1972-73. Et sous le soleil, le soleil éclatant du mois d'août, à la 3e minute, ils voient Brian Hall marquer. Mais sous le soleil, le soleil éclatant du mois d'août, dans un match où règne la mauvaise humeur, ils voient Larry Lloyd sauter en l'air pour reprendre le ballon. Et Wyn Davies sauter en l'air pour reprendre le ballon. Et sous le soleil éclatant du mois d'août, dans ce match où règne la mauvaise humeur, Lloyd et Davies se percutent au-dessus du terrain, du terrain d'Anfield. Et sous le soleil éclatant du mois d'août, dans ce match où règne la mauvaise humeur, l'arbitre expulse Larry Lloyd et Wyn Davies. Mais sous le soleil éclatant du mois d'août, dans ce match où règne la mauvaise humeur, à la 84e minute, Ian Callaghan marque. Et le Liverpool Football Club bat Manchester City 2-0. À domicile,

à Anfield. Sur le banc, le banc d'Anfield. En soirée, une chaude soirée d'août. Bill et 54 779 spectateurs regardent le Liverpool Football Club affronter Manchester United. Et à la 12e minute, ils voient John Toshack marquer. Et à la 20e minute, ils voient Steve Heighway marquer. Et le Liverpool Football Club bat Manchester United 2-0. À domicile, à Anfield –

Sur le banc, le banc de Selhurst Park. Bill regarde le Liverpool Football Club jouer contre Crystal Palace. Et à la 45e minute, pendant la dernière minute de la première mi-temps, Bill voit Steve Heighway se faire surprendre alors qu'il traînasse la balle au pied, Heighway qui somnole, Heighway qui se fait subtiliser le ballon. Et c'est ce même ballon, ce ballon subtilisé, ce ballon dérobé, que Bill voit apporter un but à Crystal Palace sur un tir d'Anthony Taylor. Et à la 75e minute, Bill voit Emlyn Hughes égaliser. Et le Liverpool Football Club fait match nul 1-1 avec Crystal Palace. À l'extérieur, ailleurs qu'à Anfield. Un point lâché, un point perdu. Le premier point lâché, le premier point perdu. Et sur le banc, le banc de Selhurst Park. Bill se lève, Bill se hisse sur ses jambes. Et Bill longe la ligne de touche. La ligne de touche de Selhurst Park. Bill s'enfonce dans le tunnel. Le tunnel de Selhurst Park. Bill entre dans le vestiaire. Le vestiaire des visiteurs. Et le regard de Bill passe d'un joueur au suivant. De Clemence à Lawler, de Lawler à Lindsay, de Lindsay à Smith, de Smith à Lloyd, de Lloyd à Hughes, de Hughes à Keegan, de Keegan à Hall, de Hall à Toshack, de Toshack à Callaghan et de Callaghan à Heighway. Et Bill tient sa langue. Pour le moment. Bill ne dit rien.

Dans le pavillon, le pavillon à Melwood. Tous les lundis, après le match du samedi. Tous les lundis, après l'entraînement. Bill et les joueurs et les entraîneurs du Liverpool Football Club discutent du dernier match joué, le match du samedi. De leurs forces et de leurs faiblesses. Des raisons pour lesquelles ils ont gagné ou des raisons pour lesquelles ils ont perdu. Des raisons pour lesquelles ils ont fait match nul. Ce lundi-là, après ce samedi-là. Après ce match nul. Dans le pavillon, le pavillon de Melwood. Le regard de Bill fait le tour de la salle. Il passe d'un joueur à l'autre. Et puis le regard de Bill cesse de faire le tour de la salle. En passant d'un joueur à l'autre. Et il se braque sur un seul joueur. Le regard de Bill se braque sur Steve Heighway. Et Bill dit, C'est toi, Steve. C'est toi qui nous as coûté un point. Toi qui nous as fait perdre un point. Un point qui pourrait être la raison pour laquelle on n'est pas champions en avril. La raison pour laquelle on finit nulle part une fois de plus. Parce que tu t'es endormi sur le ballon, parce que tu t'es fait voler le ballon. Parce que, après t'être fait voler, après avoir perdu le ballon. Tu n'as pas couru après l'adversaire, tu n'as pas couru après le ballon. Tu n'as pas fait la moindre tentative pour réparer ton erreur. Tu es resté planté sur place. Et tu l'as regardé faire. Tu l'as regardé jouer un une-deux. Et tu l'as regardé marquer. À cause de toi, Steve. À cause de toi. Tu n'as pas de jambes, mon gars ? Pas de jambes pour lui courir après ? Pour venir au secours de ton équipe ?

Je ne suis pas défenseur, répond Steve Heighway. Ce n'est pas mon travail.

Pas ton travail ? Tu joues pour une équipe, mon gars. Tu travailles pour une équipe. Qu'est-ce que tu ferais si la maison de ton voisin prenait feu ? Tu te contenterais de dire, Je ne suis pas pompier ? Ce n'est pas mon travail ? C'est ce que tu dirais ? Ou bien tu irais chercher un seau d'eau ? Pour l'aider à sauver sa maison ? Qu'est-ce que tu ferais, mon gars ?

Mais de quoi vous parlez ? demande Steve Heighway. Je ne comprends pas ce que vous voulez dire, ce que vous me demandez…

Je te pose une question simple. Tu es allé à l'université, mon gars. Tu as un foutu diplôme. Alors, dis-moi, tu aiderais ton voisin si sa maison brûlait ? Ou bien tu resterais planté sur place à regarder l'incendie, en te contentant de dire, Ce n'est pas mon travail ? Je te pose une question simple, mon gars. Alors, je veux que tu me donnes une réponse. Une réponse franche, mon gars.

Je vous donnerai une réponse, dit Steve Heighway. Quand vous me poserez une question sensée. Une réponse sensée à une question sensée…

Bill se tourne vers Tommy Smith. Bill se tourne vers Chris Lawler. Et Bill hurle, Sortez-le d'ici. Hors de ma vue. Emmenez-le. Avant que j'y mette le feu, bon sang !

…

Sur le banc, le banc de Stamford Bridge. À la 3e minute, Bill voit Steve Heighway centrer pour John Toshack. Et Toshack réceptionner le centre. Et Toshack marquer. Dix minutes plus tard, d'une distance de trente mètres, Bill voit Ian Callaghan tirer. Et Callaghan marquer. Et le Liverpool Football Club bat le Chelsea Football Club 2-1. À l'extérieur, ailleurs qu'à Anfield –

Sur le banc, le banc d'Anfield. À la 44e minute, Bill et 50 491 spectateurs voient John Toshack marquer encore une fois. À la 62e minute, ils voient Ferguson marquer contre son camp. Et deux minutes plus tard, ils voient Emlyn Hughes marquer. Et le Liverpool Football Club bat West Ham United 3-2 –

Sur le banc, le banc de Filbert Street. À la 8e minute, Bill voit John Toshack marquer encore une fois. Et à la 16e minute, Bill voit Toshack marquer de nouveau. Mais pendant les six minutes qui précèdent la mi-temps, Bill voit Weller marquer deux fois pour Leicester City. Et en seconde mi-temps, Bill voit Weller marquer encore pour Leicester City. Et le Liverpool Football Club perd 3-2 contre Leicester City. À l'extérieur, ailleurs qu'à Anfield. Ce soir-là, l'Arsenal Football Club a 10 points. Et l'Arsenal Football Club est premier au classement de la première division. L'Everton Football Club a 9 points. Tottenham Hotspur a 9 points. Et le Liverpool Football Club a 9 points aussi. Ce soir-là, le Liverpool Football Club est quatrième au classement de la première division. À la différence de buts. Pas deuxième, pas même troisième au classement. Quatrième, quatrième, quatrième.

Sur le banc, le banc du Baseball Ground. Le jour de son cinquante-neuvième anniversaire, Bill regarde le Liverpool Football Club affronter Derby County. Et Bill regarde Peter Cormack jouer pour le Liverpool Football Club. Peter Cormack qui fait ses débuts au Liverpool Football Club. Mais ce jour-là, celui de son anniversaire, Bill ne regarde pas Ray Clemence jouer pour le Liverpool Football Club. Ray Clemence est blessé. Ce jour-là, celui de son anniversaire, Bill regarde Frankie Lane jouer pour le Liverpool Football Club. Frankie Lane qui fait ses débuts au Liverpool Football Club. Contre Derby County, contre les champions d'Angleterre. Derby County dix-huitième au classement de la première division, les champions à la peine en première division. Et le jour de son anniversaire, à la 16e minute, Bill voit Kevin Keegan passer à John Toshack. Et Toshack marquer de nouveau. Mais ensuite, Bill voit Hinton centrer pour Derby County. Un long centre. Et Bill voit Frankie Lane intercepter pour le Liverpool Football Club le centre de Hinton. Le long centre de Hinton. Et Lane tient le ballon entre ses bras. Et Lane recule. Le ballon dans les bras. Ses pieds franchissent la ligne. La ligne de but. Et il entre dans la cage. Et marque un but contre son camp. Un but dont son camp se serait bien passé. Et le jour de son anniversaire, à la 87e minute, Bill voit Nish passer à O'Hare. Et O'Hare marquer. Et le jour de son anniversaire, Bill voit le Liverpool Football Club perdre 2-1 contre Derby County. À l'extérieur, ailleurs qu'à Anfield. Brian Clough longe la ligne de touche. La ligne de touche du Baseball Ground. Brian Clough serre la main de Bill Shankly. Et Brian Clough sourit –

Vous n'avez pas eu de chance, monsieur Shankly. Vraiment pas eu de chance. Mais je disais que tout ce qu'il nous fallait pour démarrer, pour lancer notre saison, c'était un petit peu de chance. Et c'est ce que nous avons eu aujourd'hui. Un petit peu de chance…

Sur le banc, le banc de Brunton Park. Bill regarde le Liverpool Football Club affronter Carlisle United au deuxième tour de la Coupe de la Ligue. Mais encore une fois, Ray Clemence n'est pas du voyage. Ray Clemence est encore blessé. C'est pourquoi, de nouveau, Frankie Lane joue pour le Liverpool Football Club. À la 42e minute, Bill voit Kevin Keegan marquer. Mais à la 72e minute, Bill voit O'Neill marquer aussi. Et le Liverpool Football Club fait match nul 1-1 avec Carlisle United au deuxième tour de la Coupe de la Ligue. À l'extérieur, ailleurs qu'à Anfield –

Sur le banc, le banc d'Anfield. À la 28e minute, Bill et 43 386 spectateurs voient Emlyn Hughes tirer. Et son tir heurte le poteau. Le ballon rebondit contre le poteau, puis contre le corps de Parkes. Et finit dans les filets, dans les buts. À la 76e minute, Bill et les 43 386 spectateurs voient Kevin Keegan passer à Steve Heighway. Et Heighway passer à Peter Cormack. Et Cormack tirer. Et Cormack marquer. Son premier but pour le Liverpool Football Club. Pour ses débuts à domicile, ses débuts à Anfield. Quatre minutes plus tard, ils voient Tommy Smith tirer un penalty. Deux fois. Et Smith marquer pour le Liverpool Football Club. Et à la 84e minute, ils voient Heighway tirer un coup franc. Et Keegan reprendre le coup franc de la tête. Et Keegan propulser le ballon dans les filets et marquer un autre but. Et le Liverpool Football Club bat les Wolverhampton Wanderers 4-2. À domicile, à Anfield. Ce soir-là, l'Everton Football Club a 13 points. Et l'Everton Football Club est premier au classement de la première division. L'Everton Football Club invaincu. Tottenham Hotspur a 12 points. Tottenham Hotspur est deuxième. L'Arsenal Football Club, le Liverpool Football Club, Ipswich Town et Leeds United ont tous 11 points. Le Liverpool Football Club est toujours quatrième au classement de la première division. À la différence de buts –

Toujours quatrième, quatrième, quatrième –

Sur le banc, le banc d'Anfield. Bill et 33 380 spectateurs regardent le Liverpool Football Club affronter l'Eintracht Frankfurt d'Allemagne de l'Ouest au match aller du premier tour de la Coupe de l'UEFA. À la 12e minute, ils voient Kevin Keegan marquer. Et à la 75e minute, ils voient Emlyn Hughes marquer. Et le Liverpool Football Club bat l'Eintracht Frankfurt d'Allemagne de l'Ouest 2-1 à l'issue du match aller du premier tour de la Coupe de l'UEFA. À domicile, à Anfield –

Sur le banc, le banc de Highbury. À la 15e minute, Bill voit le juge de touche s'effondrer, victime d'une torsion des ligaments du genou. Et le jeu est arrêté, le match est suspendu. Vingt minutes plus tard, Jimmy Hill, le patron de *London Weekend Television*, s'approche de la ligne de touche. Habillé de noir et tenant un drapeau. Le jeu reprend, le match continue. Et Ray Clemence arrête un tir de Radford. Et un tir de Graham.

Et un tir de Ball. Et John Toshack envoie le ballon contre le poteau. Mais personne ne marque. Et le Liverpool Football Club fait match nul 0-0 avec l'Arsenal Football Club. À l'extérieur, ailleurs qu'à Anfield –

Sur le banc, le banc d'Anfield. Bill et 22 128 spectateurs regardent le Liverpool Football Club affronter Carlisle United dans le match à rejouer du deuxième tour de la Coupe de la Ligue. Peu de temps auparavant, John Toshack s'est blessé. Et Bill a fait sortir Toshack. Bill l'a remplacé par Phil Boersma. Et à la 37e minute, Kevin Keegan marque. Deux minutes plus tard, Boersma marque. À la 70e minute, Tommy Smith rate un penalty. Mais trois minutes après, Chris Lawler marque. Et dix minutes plus tard, Boersma marque de nouveau. Et à la 86e minute, Steve Heighway marque. Et le Liverpool Football Club bat Carlisle United 5-1 à l'issue du match à rejouer du deuxième tour de la Coupe de la Ligue. À domicile, à Anfield. Sur le banc, le banc d'Anfield. À la 28e minute, Bill et 42 940 spectateurs voient Phil Boersma marquer encore une fois. À la 31e minute, ils voient Alec Lindsay marquer. À la 33e minute, ils voient Steve Heighway marquer. À la 51e minute, ils voient Peter Cormack marquer. À la 53e minute, ils voient Tommy Smith rater encore un penalty. Mais à la 54e minute, ils voient Kevin Keegan marquer un penalty. Et le Liverpool Football Club bat Sheffield United 5-0. À domicile, à Anfield. Cet après-midi-là, il y a des bagarres dans les gradins au stade de White Hart Lane, à Londres. Il y a des bagarres dans les rues autour du City Ground de Nottingham. Mais ce soir-là, le Liverpool Football Club a 14 points. Et Tottenham Hotspur a 14 points aussi. Mais le Liverpool Football Club a marqué 22 buts et n'en a concédé que 10. Et c'est pourquoi, ce soir-là, le Liverpool Football Club est premier au classement de la première division. À la différence de buts –

Premier. Premier. Premier –

En tête.

…

Dans l'allée, dans la voiture. Bill coupe le moteur. Dans la nuit et dans le silence. Bill sort de la voiture. Bill remonte l'allée. Et Bill ouvre la porte d'entrée. Dans le noir et dans le silence. Bill ôte son chapeau. Bill suspend son chapeau. Et Bill longe le couloir. Dans le noir et dans le silence. Bill entre dans la cuisine. Bill allume la lumière. Et Bill s'approche du tiroir. Bill ouvre le tiroir. Bill en sort la nappe. Et Bill referme le tiroir. Bill se dirige vers la table. Bill pose la nappe sur la table. Et Bill va ouvrir un second tiroir. Bill y prend les couverts. Les cuillers. Les fourchettes. Et les couteaux. Et Bill referme le tiroir. Bill revient vers la table. Bill dispose deux couverts sur la table. Et Bill va jusqu'au placard. Bill ouvre le placard. Bill en sort la vaisselle. Les bols et les assiettes. Et Bill revient vers la table. Bill pose un bol et une assiette à chacune des deux places. Bill retourne jusqu'au placard. Et Bill en sort deux verres. Bill referme la porte du placard. Bill revient vers la table. Bill pose un verre à chacune des deux places. Bill s'approche d'un troisième placard. Bill ouvre la porte. Et Bill en sort la salière et le poivrier. Bill referme le placard. Bill retourne à la table. Bill pose la salière et le poivrier sur la table. Bill se dirige vers le cellier. Bill ouvre la porte du cellier. Bill en sort un pot de miel et un pot de confiture. Bill retourne à la table. Bill pose le pot de miel et le pot de confiture sur la table. Et Bill s'approche du réfrigérateur. Bill ouvre la porte du réfrigérateur. Bill sort le beurrier. Et Bill retourne à la table. Bill pose le beurrier au milieu de la table. Bill retourne au réfrigérateur. Bill y prend une bouteille de jus d'orange frais. Bill referme la porte du réfrigérateur. Bill revient vers la table. Et Bill pose la bouteille de jus d'orange sur la table. Dans la nuit et dans le silence. Bill s'assied à la table. Dans la cuisine, à la table. Bill ferme les yeux. Mais dans son esprit, dans ses yeux. Bill revoit les arrêts que Ray Clemence a réussis. Bill revoit les attaques et les tacles que Chris Lawler a effectués. Les attaques et les tacles qu'Alec Lindsay a effectués. Les attaques et les tacles que Tommy Smith a effectués. Les attaques et les tacles que Larry Lloyd a effectués. Les passes qu'ils ont tous faites. Les passes et les descentes réussies par Emlyn Hughes. Les passes et les descentes réussies par Kevin Keegan. Les passes et les descentes réussies par Peter Cormack. Les passes et les descentes réussies par Steve Heighway. Les passes et les descentes réussies par Phil Boersma. Les passes et les descentes réussies par Ian Callaghan. Les passes et les descentes réussies par tous, les attaques et les tacles effectués par tous. De l'arrière vers l'avant, de l'avant vers l'arrière. Encore et encore, encore et toujours. Sans cesse, sans fatigue. Avec le ballon et sans le ballon, sans le ballon et avec le ballon. Sans fatigue, sans cesse. Encore et toujours, encore et encore. De l'avant vers l'arrière, de l'arrière vers l'avant. Et dans la cuisine, à la table. Dans la nuit et dans le silence. Dans son esprit, dans ses oreilles. Bill entend la foule. La foule d'Anfield. Le Kop. Le Spion Kop. Qui n'arrête jamais, qui ne se fatigue jamais. Qui crie sans cesse, qui scande sans cesse, *Li-ver-pool, Li-ver-pool, Li-ver-pool*. Sans cesse, sans fatigue. Qui toujours encourage, qui toujours croit en *Li-ver-pool, Li-ver-pool, Li-ver-pool*. Et dans la cuisine, à la table. Bill rouvre les yeux. Bill sourit. Et Bill se lève. Bill s'approche du mur de la cuisine. Bill éteint la lumière dans la cuisine. Mais dans le noir et dans le silence. Bill entend Ness tousser à l'étage. Dans leur lit, dans son sommeil. Bill entend Ness tousser et tousser. Bill rallume la lumière. Bill retourne vers le placard. Et Bill en sort un verre. Bill s'approche de l'évier. Bill fait couler de l'eau dans le verre. Et Bill retourne jusqu'au mur. Bill éteint la lumière. Dans le noir et dans le silence. Bill monte l'escalier. Bill entre dans leur chambre. Et Bill contourne leur lit. Bill pose le verre d'eau sur la table de nuit à côté de leur lit. À côté de son épouse. Et dans le noir et dans le silence. Ness dit, Merci, chéri. Merci.

...

Sur le banc, le banc du Waldstadion, à Francfort, en Allemagne de l'Ouest. Bill regarde le Liverpool Football Club affronter l'Eintracht Frankfurt d'Allemagne de l'Ouest au match retour du premier tour de la Coupe de l'UEFA. Mais à la 57e minute, Bill fait sortir Tommy Smith. Parce qu'il est touché, il est blessé. Et à la 57e minute, Bill le remplace par Trevor Storton. Et le Liverpool Football Club ne marque pas. Mais l'Eintracht Frankfurt ne marque pas non plus. Et le Liverpool Football Club bat l'Eintracht Frankfurt 2-0 au score combiné au premier tour de la Coupe de l'UEFA. À l'extérieur,

ailleurs qu'à Anfield. Sur le banc, le banc d'Elland Road. Bill regarde le Liverpool Football Club affronter Leeds United. La saison dernière, Leeds United a battu le Liverpool Football Club à domicile et à l'extérieur en championnat. Et la saison dernière, Leeds United a également éliminé le Liverpool Football Club de la Coupe d'Angleterre. Et sur le banc, le banc d'Elland Road, à la 30e minute, Bill voit Clarke faire de la tête une passe en retrait à Jones. Et Jones marque. Mais dix minutes plus tard, Bill voit le Liverpool Football Club bénéficier d'un corner. Et Phil Boersma tire le corner. Et Larry Lloyd reprend le corner d'une tête. Et le ballon finit dans les filets, au fond des buts. À la 65e minute, Bill voit Charlton intercepter une passe destinée à Lindsay. Mais Charlton perd l'équilibre. Et Charlton perd le ballon. Phil Boersma récupère le ballon. Boersma saute par-dessus le tacle de Hunter. Et Boersma tire. Dans la cage et au fond des buts. Et maintenant Charlton remonte le terrain. Charlton est devenu un avant. Et Clarke marque. Mais le juge de touche lève son drapeau. Pour signaler un hors-jeu. Et l'arbitre refuse le but. Pour hors-jeu. Et ensuite Ray Clemence repousse un tir au dessus de la transversale. Il le fait passer derrière la transversale. Et puis Bremner tire. Et le tir de Bremner accroche le bord du poteau. Du mauvais côté du poteau. Et le Liverpool Football Club tient bon. Les joueurs tiennent bon jusqu'au bout. Et le Liverpool Football Club bat Leeds United 2-1. À l'extérieur,

ailleurs qu'à Anfield. Sur le banc, le banc du stade The Hawthorns. À la 66e minute, Bill voit Hartford marquer pour West Bromwich Albion. Et à la 86e minute, Bill voit Steve Heighway égaliser pour le Liverpool Football Club. Et le Liverpool Football Club fait match nul 1-1 avec West Bromwich Albion au troisième tour de la Coupe de la Ligue. À l'extérieur, ailleurs qu'à Anfield. Il va falloir rejouer le match. Encore un match à rejouer –

Sur le banc, le banc d'Anfield. Bill et 55 975 habitants du Merseyside regardent le Liverpool Football Club affronter l'Everton Football Club. Et au cours des premières minutes, ils voient Clemence lâcher le ballon dans ses propres six mètres. Clemence perd le ballon. Et Royle trouve le ballon dans les six mètres. Les six mètres de Liverpool. Et Royle tire. Mais Larry Lloyd est sur la ligne. La ligne de but de Liverpool. Et Lloyd repousse le ballon loin de la ligne. De la ligne de but de Liverpool. Mais à la 60e minute, Johnson passe à Royle. Royle passe à Connolly. Et Connolly passe à Kendall. Kendall devant le but. Le but de Liverpool. Le but ouvert, le but béant. Kendall tire. Et Kendall rate. Il rate le but ouvert, le but béant. Et à la 75e minute, Alec Lindsay passe à Steve Heighway. Heighway décoche un lob. Depuis la gauche, vers la droite. Et le ballon redescend. À côté du poteau, du poteau d'Everton. Là où se trouve Peter Cormack. Et Cormack le reprend de la tête. Et Cormack marque. Et le Liverpool Football Club bat l'Everton Football Club 1-0. À domicile, à Anfield. Ce soir-là, l'Everton Football Club a 15 points. Et Tottenham Hotspur a 16 points et l'Arsenal Football Club a 16 points aussi. Mais ce soir-là, le Liverpool Football Club a 18 points. Et le Liverpool Football Club est premier au classement de la première division. Pas à la différence de buts. Aux points. Avec 2 points de plus. En tête de la première division avec 2 points d'avance –

Et encore un match de plus à jouer.

…

Dans la cuisine, devant l'évier. Dans la nuit et dans le silence. En pyjama et en pantoufles. Bill remplit encore un verre d'eau. Bill retourne jusqu'au mur de la cuisine. Et Bill éteint la lumière. Dans le noir et dans le silence. Bill remonte l'escalier. Bill rentre dans leur chambre. Et Bill contourne leur lit. Bill pose le verre d'eau sur la table de nuit à côté du lit. À côté de son épouse. Et Ness lève les yeux vers Bill. Et Ness sourit à Bill –

Merci, chéri. Merci. Mais je suis désolée, chéri…

Dans la chambre, près de leur lit. Dans la nuit et dans le silence. Bill dit, J'aimerais que tu voies le médecin, chérie. J'aimerais vraiment que tu ailles le voir.

Mais ce n'est rien, chéri. Juste une toux. Une petite toux.

Mais ça ne s'arrange pas, chérie. Ça empire.

Dans la nuit et dans le silence. Ness ne répond pas. Ness a fermé les yeux de nouveau. Dans la nuit et dans le silence. Bill contourne leur lit de nouveau. Bill se recouche. Dans le noir et dans le silence. Bill fixe le plafond. Le plafond de leur chambre. Et dans le noir, et dans le silence. Bill dit ses prières de nouveau.

41

Voilà votre vie

Trois jours après la victoire du Liverpool Football Club sur l'Everton Football Club par trois buts à zéro. À domicile, à Anfield. West Bromwich Albion vient à Anfield, Liverpool, pour disputer contre le Liverpool Football Club le match à rejouer du troisième tour de la Coupe de la Ligue. Ce soir-là, 26 461 spectateurs viennent aussi. À la 51e minute, Robertson de West Bromwich Albion tire depuis la limite de la surface de réparation. Et le tir ricoche sur Kevin Keegan. Et le ballon décrit un arc qui passe par-dessus Ray Clemence. Et finit dans les filets, au fond des buts. À la 62e minute, Emlyn Hughes tire depuis la limite de la surface de réparation. Et Latchford rabat le ballon vers le sol. Mais par petits rebonds le ballon poursuit sa trajectoire et franchit la ligne pour marquer un but. Et le match à rejouer du troisième tour de la Coupe de la Ligue se poursuit dans les prolongations. Et à la dernière minute des prolongations, à la 120e minute du match, à la 210e minute du duel, Alec Lindsay envoie un centre dans la surface de réparation. Et Keegan est là. Pour reprendre le centre de la tête. Et l'expédier dans les filets, pour marquer un but. Et le Liverpool Football Club bat West Bromwich Albion 2-1 à la dernière minute des prolongations du match à rejouer du troisième tour de la Coupe de la Ligue. À domicile, à Anfield. Quatre jours plus tard, le Liverpool Football Club se déplace au stade du Dell, à Southampton, et le Liverpool Football Club fait match nul 1-1 avec le Southampton Football Club. À l'extérieur, ailleurs qu'à Anfield. Mais ce soir-là, le Liverpool Football Club est toujours premier au classement de la première division. Avec un point d'avance, juste un point. Mais encore un match en retard.

Le samedi 21 octobre 1972, Stoke City vient à Anfield, Liverpool. Cet après-midi-là, 45 604 spectateurs viennent aussi. Dans le stade, il y a 45 604 spectateurs et Tommy Smith. Tommy Smith qui ne souffre plus, Tommy Smith qui n'est plus blessé. Mais à la 34e minute, Hurst percute la barre transversale. La barre transversale de Liverpool. Et Greenhoff récupère le rebond. Greenhoff envoie d'une tête le rebond dans les filets, dans les buts. À la 66e minute, le gardien de Stoke City, Gordon Banks, avance de plus de quatre pas – les quatre pas réglementaires – en gardant le ballon entre les mains. Et en jouant le coup franc qui en résulte, Smith fait rouler le ballon jusqu'à Emlyn Hughes. Et Hughes tire. Et Hughes marque. Et à la 90e minute, la dernière minute du match, Ian Callaghan envoie un tir dans la surface de réparation. Et son tir ricoche sur le visage de Skeels. Pour entrer dans les filets, pour marquer un but. Et le Liverpool Football Club bat Stoke City 2-1. À domicile, à Anfield. À la dernière minute du match, la toute dernière minute.

Trois jours plus tard, l'équipe grecque de l'Union athlétique de Constantinople[1] vient à Anfield, Liverpool.

1. Club fondé par des réfugiés grecs d'Asie Mineure.

Ce soir-là, 31 906 spectateurs viennent aussi. Ces 31 906 spectateurs veulent voir le Liverpool Football Club affronter les Grecs de l'Union athlétique de Constantinople au match aller du deuxième tour de la Coupe de l'UEFA. À la 9e minute, Ian Callaghan se voit accorder un corner. Emlyn Hughes passe à Steve Heighway. Heighway envoie un tir puissant à ras du sol, parallèlement à l'ouverture de la cage. Et Phil Boersma reprend son tir. Au passage, Boersma pousse le ballon de l'autre côté de la ligne, dans les buts. Vingt minutes plus tard, Kevin Keegan tire. Et son tir rebondit jusqu'à Peter Cormack. Cormack tire. Et Cormack marque. Mais à la 59e minute, Hughes est touché. Hughes est blessé. Et Phil Thompson vient remplacer Hughes. Et à la 78e minute, Tommy Smith marque un penalty. Et le Liverpool Football Club bat l'Union athlétique de Constantinople 3-1 au match aller du deuxième tour de la Coupe de l'UEFA. À domicile, à Anfield.

Le samedi 28 octobre 1972, le Liverpool Football Club se rend au stade de Carrow Road, à Norwich. Mais Emlyn Hughes ne fait pas le voyage jusqu'à Carrow Road. Hughes souffre toujours, Hughes est toujours blessé. Phil Thompson fait le voyage jusqu'à Carrow Road. À la 18e minute, Peter Cormack marque. Mais Norwich City marque aussi. Et le Liverpool Football Club fait match nul 1-1 avec Norwich City. À l'extérieur, ailleurs qu'à Anfield. Mais ce soir-là, le Liverpool Football Club est toujours premier au classement de la première division. Et il lui reste toujours un match en retard à jouer.

Trois jours après, Leeds United vient à Anfield, Liverpool. Ce soir-là, 44 609 spectateurs viennent aussi. Ces 44 609 spectateurs veulent voir le Liverpool Football Club affronter Leeds United au quatrième tour de la Coupe de la Ligue. Et le ballon que John Toshack reprend d'une tête n'est pas cadré. Et le tir que décoche John Cormack n'est pas cadré. Et Harvey arrête le tir de Kevin Keegan. Mais le Liverpool Football Club continue d'attaquer, Keegan continue d'attaquer. Et à la

31e minute, Steve Heighway subtilise le ballon à Clarke. Heighway centre pour Keegan. Keegan saute pour reprendre le centre, Keegan renvoie le centre d'une tête. Et Keegan marque. Mais huit minutes plus tard, Gary tire un corner. Jones saute pour reprendre le corner. Et Jones renvoie le corner d'une tête. Dans les filets, dans les buts. Et en seconde mi-temps, au bout de treize minutes, Gray passe à Clarke. Clarke passe à Lorimer. Lorimer tire. Et Lorimer marque. Et le Liverpool Football Club est mené par Leeds United. Et de nouveau Harvey arrête un tir de Toshack. Mais le Liverpool Football Club attaque toujours, Toshack attaque toujours. Et à la 80e minute, Emlyn Hughes fait parvenir en force le ballon à Toshack. Toshack tire. Et Toshack marque. Et le Liverpool Football Club fait match nul 2-2 avec Leeds United au quatrième tour de la Coupe de la Ligue. À domicile, à Anfield. Il va falloir rejouer le match. Un match de plus, encore un match de plus –

Le samedi 4 novembre 1972, le Chelsea Football Club vient à Anfield, Liverpool. Cet après-midi-là, 48 392 spectateurs viennent aussi. À la 33e minute, Emlyn Hughes rafle le ballon sous le nez de Webb. Hughes est plus rapide, Hughes est plus motivé. Et Hughes passe à Kevin Keegan. Keegan est rapide, Keegan est motivé. Mais Keegan ne tire pas. Keegan passe à Toshack. Toshack tire. Et Toshack marque. Et à la 50e minute, Keegan s'empare du ballon. Keegan toujours rapide, Keegan toujours motivé. Keegan passe à Toshack. Mais Keegan continue de courir. Rapide et motivé. Toshack centre. Keegan reprend le centre. Rapide et motivé. Keegan reprend le centre d'une tête. Et l'envoie dans les filets, dans les buts. Et cinq minutes plus tard, Steve Heighway trouve Toshack de nouveau. Et Toshack marque encore. Et le Liverpool Football Club bat le Chelsea Football Club 3-1. À domicile, à Anfield. Ce soir-là, l'Arsenal Football Club a 21 points et Leeds United a 21 points aussi. Mais le Liverpool Football Club a 24 points. Le Liverpool Football Club est premier au classement de la première division. Pas avec 1 point de plus. Pas avec 2 points de plus. Le Liverpool Football Club est en tête de la première division avec 3 points d'avance.

Trois jours plus tard, le Liverpool Football Club se déplace au Nikos Goumas Stadium d'Athènes pour affronter l'Union athlétique de Constantinople au match retour du deuxième tour de la Coupe de l'UEFA.

Par un agréable après-midi ensoleillé. Sur une toile de fond de montagnes et de maisons blanches. Devant des supporters fanatiques, hystériques. L'Union athlétique de Constantinople attaque et attaque. Et Emlyn Hugues repousse de la tête un tir adverse depuis la ligne de but. La ligne de but de Liverpool. Et Ray Clemence réussit un arrêt. Et Clemence en réussit un autre. Et à la 18e minute, Tommy Smith fait rouler un coup franc jusqu'à Hughes. Hughes tire. Son tir touche l'intérieur du poteau. Son tir passe sous le nez du gardien. Et entre dans les filets. Mais ensuite Hughes tombe sur le ballon dans sa propre surface de réparation. Hughes touche le ballon de la main dans sa propre surface de réparation. Et l'Union athlétique de Constantinople se voit accorder un penalty. Et Nikolaidis marque le penalty. Alors que l'après-midi s'efface devant le soir, que les montagnes s'assombrissent. Les maisons sont noires, à présent. Devant les supporters fanatiques, hystériques. De nouveau. L'Union athlétique de Constantinople attaque et attaque. Mais à la 44e minute, Hughes s'approprie le ballon sur la ligne médiane. Hughes court avec le ballon. Hughes passe à Kevin Keegan. Keegan redonne à Hughes. Hughes tire. Et Hughes marque. Mais à la 70e minute, Heighway est touché, Heighway est blessé. Et Phil Boersma entre pour remplacer Heighway. Et à la 87e minute, Smith passe à Keegan. Keegan centre. Et Boersma dévie le centre. Dans les buts. Et dans la nuit. Devant les montagnes silencieuses, dans le stade rendu muet. Le Liverpool Football Club bat l'Union athlétique de Constantinople 3-1 à l'issue du match retour du deuxième tour de la Coupe de l'UEFA. À l'extérieur, ailleurs qu'à Anfield.

Le samedi 11 novembre 1972, le Liverpool Football Club se rend au stade d'Old Trafford, à Manchester. Le Liverpool Football Club est premier au classement de la première division et Manchester United est dernier. Cet après-midi-là, 53 944 spectateurs viennent à Old Trafford, Manchester, pour voir le dernier affronter le premier. Certains viennent avec leur bande, d'autres viennent avec leur gang. À l'intérieur du stade et à l'extérieur du stade. Il y a des policiers avec des chiens, il y a des policiers à cheval. Les supporters se dirigent en troupeaux vers les portillons. Et il y a des ruées et il y a des bousculades. Des hommes broyés, des enfants broyés. Dans les rues et sur les gradins. Tout s'effondre, des gens s'effondrent. Et sur le terrain, le terrain d'Old Trafford, tout s'effondre, des gens s'effondrent. MacDougall commet une faute de main. Mais l'arbitre fait signe que le jeu peut continuer. Et MacDougall tire. Ray Clemence arrête le tir à moitié. Mais Davies bondit. Et Davies marque. Et puis O'Neil envoie un centre. Et MacDougall arrive sur le ballon plus vite que Chris Lawler. Et MacDougall marque. Et le Liverpool Football Club perd 2-0 contre Manchester United. À l'extérieur, ailleurs qu'à Anfield. Ce soir-là, il y a des rixes. Des rixes dans les grands magasins, des rixes dans les gares. Et des rixes dans les trains. Mais ce soir-là, le Liverpool Football Club reste en tête de la première division. Et Manchester United reste lanterne rouge.

…

Au-dessus de la mêlée, au-dessus des échauffourées. Dans son bureau, son bureau de directeur. Sir Matt Busby repose sa tasse de thé. Et Sir Matt Busby dit, Ma foi, ce n'est pas facile, Bill. Et je m'efforce de ne pas me mettre sur le chemin de Frank. De ne pas intervenir, de ne pas me mêler de ses affaires. Autant que possible, Bill. Je fais en sorte que personne ne me voie en travers de son chemin, que personne ne me voie fourrer mon nez dans ses affaires. Mais bien sûr, j'entends des choses, Bill. J'entends des chuchotements. Et il semblerait que les choses tournent au vinaigre, dans le vestiaire. Je sais que ça tourne au vinaigre dans le vestiaire. Et je sais qu'il devrait acheter des joueurs…

Alors, pourquoi tu n'interviens pas ? demande Bill Shankly. Pourquoi tu ne dis rien, Matt ? Avant qu'il ne soit trop tard…

Sir Matt Busby secoue la tête. Et Sir Matt Busby dit, Ce n'est pas si facile, Bill. Pas facile du tout. Je ne veux pas saper le pouvoir de mon successeur. Je ne veux pas qu'on m'accuse de ça. Donc, je me trouve dans une situation difficile. Une situation très difficile. Que je ne recommanderais à personne. Pas à toi, Bill. Quand ton tour viendra de céder ta place.

Oh, mon tour, il est encore loin, réplique Bill en riant. Alors, ne te fais pas de souci pour moi, Matt…

Par-dessus son bureau, Sir Matt Busby regarde Bill Shankly. Puis Sir Matt Busby dit, Tu en es sûr, Bill ? Tu en es certain ? Permets-moi de te le dire, tu m'as l'air bien fatigué, Bill. Tu me parais épuisé. Et ça m'inquiète, Bill. Tu m'inquiètes…

Je vais bien, répond Bill Shankly. Vraiment. Mais je te remercie, Matt. Merci. Simplement, le semaine a été très rude. Mardi, on a joué dans ce foutu stade à Athènes. Et puis on est revenus ici aussitôt pour affronter tes gars. Alors, oui, la semaine a été rude. Mais tu sais comment c'est, Matt. Tu sais comment c'est.

Sir Matt Busby hoche la tête. Et Sir Matt Busby demande, Et Ness ? Et les filles ? Elles vont toutes bien, j'espère, Bill ?

Les filles vont très bien, répond Bill Shankly. Je ne les vois pas assez, ni elles ni nos petits-enfants. Il n'y a jamais assez de temps. Mais tu sais comment c'est, Matt. C'est ça, le football…

Sir Matt Busby hoche la tête de nouveau. Et Sir Matt Busby redemande, Et Ness ? Comment va Ness, Bill ?

Ma foi, elle a attrapé une vilaine toux, dit Bill Shankly. Et ça dure depuis un certain temps, maintenant. Et j'aimerais bien qu'elle diminue sa consommation de cigarettes. Parce que ça n'arrange rien. Ça n'arrange rien du tout. Mais elle me dit qu'elle en fume deux paquets à chaque fois que nous avons un match. C'est la seule façon, pour elle, de supporter le stress. De supporter l'inquiétude. À chaque fois qu'on joue. Mais j'aimerais qu'elle se détende un peu, Matt. Et qu'elle consulte un médecin. Mais qu'est-ce que je peux faire, Matt ? Si je veux l'emmener chez le médecin, elle va se mettre à hurler et à se débattre, et il faudra que je la traîne de force. Sinon, elle n'ira jamais, Matt…

Sir Matt Busby sourit. Et Sir Matt Busby dit, Eh bien, c'est peut-être ce que tu devrais faire, Bill. La traîner de force chez le médecin, même si elle hurle et si elle se débat. S'il faut en passer par là, Bill. Tu devrais sans doute y réfléchir…

…

Le samedi 18 novembre 1972, Newcastle United vient à Anfield, Liverpool. Cet après-midi-là, 46 153 spectateurs viennent aussi. À la 5e minute, Peter Cormack marque. À la 35e minute, Alec Lindsay marque. À la 48e minute, John Toshack marque. Et le Liverpool Football Club bat Newcastle United 3-2. À domicile, à Anfield.

Quatre jours plus tard, le Liverpool Football Club se rend à Elland Road pour affronter Leeds United dans le match à rejouer du quatrième tour de la Coupe de la Ligue. Et Chris Lawler repousse depuis la ligne de but le tir de Charlton. Et la frappe de Jones passe à côté du poteau. Et Bremner tire au-dessus de la transversale. Mais Leeds United ne cesse d'attaquer, Bremner ne cesse d'attaquer. Et vers le milieu de la seconde mi-temps, Tommy Smith arrache le ballon des pieds de Bremner dans la surface de réparation. Mais au passage, Smith arrache aussi les doigts de pied de Bremner. L'arbitre accorde un penalty à Leeds United. Et Giles tire le penalty. Mais Giles rate le penalty. Et à la dernière minute, la dernière minute du temps réglementaire, la toute dernière minute avant les prolongations, Charlton concède un corner. Et Kevin Keegan saute pour reprendre le corner. Keegan bondit. Et sur ce corner Keegan saute plus haut que tous les autres. Keegan bondit plus haut que n'importe qui. Et Keegan reprend le corner. De la tête. Keegan renvoie le ballon dans les filets, dans les buts. Et le Liverpool Football Club bat Leeds United 1-0 à l'issue du match à rejouer du quatrième tour de la Coupe de la Ligue. À l'extérieur, ailleurs qu'à Anfield. À la dernière minute, la toute dernière minute.

Le samedi 25 novembre 1972, le Liverpool Football Club se déplace au stade de White Hart Lane, à Londres. Et dans le vestiaire. Le vestiaire des visiteurs à White Hart Lane. Le regard de Bill Shankly passe d'un joueur au suivant. De Clemence à Lawler, de Lawler à Lindsay, de Lindsay à Smith, de Smith à Lloyd, de Lloyd à Hughes, de Hughes à Keegan, de Keegan à Cormack, de Cormack à Heighway, de Heighway à Toshack et de Toshack à Callaghan –

Pour gagner quoi que ce soit. Pour remporter n'importe quel trophée, à l'heure actuelle. Il faut battre Leeds United. Il faut battre Chelsea. Il faut battre Arsenal. Il faut battre les Spurs. Et vous avez battu Leeds United. Et vous avez battu Chelsea. Et vous avez battu Arsenal. Alors, maintenant, les gars, vous devez battre les Spurs. Vous devez les battre aujourd'hui. Ici, à White Hart Lane, les gars. Si vous devez gagner quelque chose. Mais je sais que vous en êtes capables, les gars. Et c'est pourquoi je sais que vous allez le faire. Je sais que vous pouvez le faire et je sais que vous le ferez…

À la 28e minute, Kevin Keegan passe à Steve Heighway. Heighway feinte d'un côté, Heighway se déporte de l'autre. La défense de Tottenham part d'un côté, la défense de Tottenham laisse la porte ouverte de l'autre côté. Et Heighway lobe Jennings. Et le ballon finit dans les filets, dans les buts. À la 40e minute, Peter Cormack tire un corner et se contente d'une passe courte à Ian Callaghan. Callaghan centre. Keegan saute, Keegan bondit. Comme monté sur des ressorts. Pour reprendre le centre, pour propulser le ballon d'une tête. Dans les filets, dans les buts. Et le Liverpool Football Club bat Tottenham Hotspur 2-1. À l'extérieur, ailleurs qu'à Anfield. Ce soir-là, l'Arsenal Football Club a

25 points. Leeds United a 26 points. Et le Liverpool Football Club a 28 points. Ce soir-là, le Liverpool Football Club est toujours premier de la première division. Premier, avec deux points de plus.

Quatre jours plus tard, dans la glace et sous la neige, le Liverpool Football Club franchit Checkpoint Charlie pour se rendre au Sportforum Hohenschönhausen où il doit rencontrer le Berliner Fußball Club Dynamo de Berlin-Est, en Allemagne de l'Est, au match aller du troisième tour de la Coupe de l'UEFA. Mais Tommy Smith n'est pas du voyage. Smith est blessé. Trevor Storton est du voyage. Et à la dernière minute de la première mi-temps, la toute dernière minute de la première mi-temps, dans la glace et sous la neige, Brillat percute Kevin Keegan. Keegan souffre, Keegan est blessé. Et Brian Hall entre pour remplacer Keegan. Mais dans la glace et sous la neige, le Liverpool Football Club tient bon. Le Liverpool Football Club résiste. Et dans la glace et sous la neige. Le Liverpool Football Club fait match nul 0-0 avec le Berliner Fußball Club Dynamo de Berlin-Est au match aller du troisième tour de la Coupe de l'UEFA. À l'extérieur, ailleurs qu'à Anfield.

Le samedi 2 décembre 1972, Birmingham City vient à Anfield, Liverpool. Cet après-midi-là, 45 407 spectateurs viennent aussi. Mais pas Tommy Smith. Smith est toujours blessé. Et à la 13e minute, Taylor marque pour Birmingham City. Et à la 21e minute, Hope marque pour Birmingham City. À la 32e minute, Alec Lindsay marque. Et dix minutes plus tard, Latchford marque pour Birmingham City. Une minute plus tard, Peter Cormack marque. Mais à la mi-temps, le Liverpool Football Club est mené 3-2 par Birmingham City. À domicile, à Anfield. Mais dix minutes après le début de la seconde mi-temps, Lindsay égalise. Et à la 77e minute, John Toshack marque. Et le Liverpool Football Club, mené 3-2, est revenu au score pour finalement battre Birmingham City 4-3.

Deux jours plus tard, juste deux jours plus tard, Tottenham Hotspur vient à Anfield, Liverpool. Ce soir-là, 48 677 spectateurs viennent aussi. Ces 48 677 spectateurs veulent voir le Liverpool Football Club affronter Tottenham Hotspur au cinquième tour de la Coupe de la Ligue. À la 54e minute, Pearce tire un corner qui survole la surface de réparation. Jusqu'au second poteau. Le second poteau de Liverpool. Et Peters est là. Au second poteau. Au second poteau de Liverpool. Et Peters marque. Mais à la 78e minute, Emlyn Hughes se rabat depuis l'aile gauche. Et du pied gauche, sous un angle impossible, Hughes tire. Et Hughes marque. Et le Liverpool Football Club fait match nul 1-1 avec Tottenham Hotspur au cinquième tour de la Coupe de la Ligue. À domicile, à Anfield. Il va falloir encore rejouer le match. Encore un match de plus –

Deux jours plus tard, juste deux jours plus tard, le Liverpool Football Club se déplace au stade de White Hart Lane pour affronter Tottenham Hotspur dans le match à rejouer du cinquième tour de la Coupe de la Ligue. Et sur un terrain cinglé par la pluie, sous un ciel illuminé par les éclairs, par une nuit que le tonnerre rend assourdissante, Tottenham Hotspur marque 3 buts au cours des 15 premières minutes. Et sur un terrain cinglé par la pluie, sous un ciel illuminé par les éclairs, par une nuit que le tonnerre rend assourdissante, à la 85e minute, Ian Callaghan marque. Mais ça n'a pas d'importance, ça ne compte pas. Sur un terrain cinglé par la pluie, sous un ciel illuminé par les éclairs, par une nuit que le tonnerre rend assourdissante, le Liverpool Football Club perd 3-1 contre Tottenham Hotspur dans le match à rejouer du cinquième tour de la Coupe de la Ligue. À l'extérieur, ailleurs qu'à Anfield. Le Liverpool Football Club douché, le Liverpool Football Club trempé jusqu'aux os. Lessivé,

épuisé –

Trois jours après, le Liverpool Football Club se rend au stade The Hawthorns, à Birmingham. Mais Tommy Smith n'est pas du voyage. Et Kevin Keegan n'est pas du voyage. Phil Thompson est du voyage et Phil Boersma est du voyage. Et à la 21e minute, Boersma marque. Mais West Bromwich Albion marque aussi. Et le Liverpool Football Club fait match nul 1-1 avec West Bromwich Albion. À l'extérieur, ailleurs qu'à Anfield.

Encore un nul, un nul de plus.

Quatre jours plus tard, le Berliner Fußball Club Dynamo de Berlin-Est vient à Anfield, Liverpool. Ce soir-là, 34 140 spectateurs viennent aussi. Ces 34 140 spectateurs veulent voir le Liverpool Football Club affronter le Berliner Fußball Club Dynamo de Berlin-Est lors du match retour du troisième tour de la Coupe de l'UEFA. Mais de nouveau Tommy Smith ne vient pas. Et de nouveau, Kevin Keegan ne vient pas. Et cette fois encore, Phil Thompson vient et cette fois encore Phil Boersma vient. Et dès le première minute, Peter Cormack passe à Steve Heighway. Et Heighway tire. Sa frappe fonce tout droit sur Lihsa. Lihsa incapable de retenir le tir. Le ballon lui échappe. Et Boersma n'est pas loin. Boersma déboule de la gauche. Pour récupérer le ballon perdu. Pour tirer. Et pour marquer. Mais par la suite une balle piquée bien ajustée de Netz trouve Schulenberg. Schulenberg saute par-dessus le tacle d'Alec Lindsay, Schulenberg redonne à Netz. Et Netz marque. Un but à l'extérieur. Un but qui vaut cher. Mais à la 25e minute, Heighway tire de nouveau. Et son tir ricoche sur Brillat. Et son tir repart comme un boulet de canon. Dans les filets, dans les buts. Et à la 56e minute, Cormack tire un coup franc. Et John Toshack réceptionne le coup franc. Et Toshack marque. Et le Liverpool Football Club bat le Berliner Fußball Club Dynamo de Berlin-Est à l'issue du match retour du troisième tour de l'UEFA. À domicile, à Anfield.

Le samedi 16 décembre 1972, le Liverpool Football Club se rend au stade de Portman Road, à Ipswich. À la 24e minute, Steve Heighway marque. Mais Ipswich Town marque aussi. Et le Liverpool Football Club fait match nul 1-1 avec Ipswich Town. À l'extérieur, ailleurs qu'à Anfield. Encore un nul.

Une semaine plus tard, Coventry City vient à Anfield, Liverpool. Cet après-midi-là, 41 550 spectateurs viennent aussi. À la 6e minute, John Toshack marque. Et à la 22e minute, Toshack marque de nouveau. Et le Liverpool Football Club bat Coventry City 2-0. À domicile, à Anfield.

Le lendemain de Noël 1972, le Liverpool Football Club se déplace au stade de Bramall Lane, à Sheffield. À la 27e minute, Phil Boersma marque. À la 50e minute, Chris Lawler marque. Et à la 81e minute, Steve Heighway marque. Et le Liverpool Football Club bat Sheffield United 3-0. À l'extérieur, ailleurs qu'à Anfield. Et ce soir-là, ce soir du 26 décembre 1972, Leeds United a 33 points. Arsenal Football Club a 34 points. Et le Liverpool Football Club a 36 points. Et ce soir-là, ce soir du 26 décembre, le Liverpool Football Club reste premier du classement de la première division. Il est encore premier, avec 2 points d'avance.

Le samedi 30 décembre 1972, Crystal Palace vient à Anfield, Liverpool. Cet après-midi-là, en ce dernier samedi de 1972, 50 862 spectateurs viennent aussi. À la 66e minute, Peter Cormack marque. Et le Liverpool Football Club bat Crystal Palace 1-0. À domicile, à Anfield. Et le soir de ce même samedi, le dernier samedi soir de 1972, Leeds United est toujours troisième au classement de la première division. L'Arsenal Football Club est toujours deuxième. Et le Liverpool Football Club reste en tête de la première division. Toujours premier,

de deux points.

…

Après leur entraînement. À Melwood. Après leur douche. À Anfield. Bill Shankly et les joueurs et les entraîneurs du Liverpool Football Club montent à l'étage pour déjeuner. Bill Shankly et les joueurs et les entraîneurs mangent leur steak-frites. Bill Shankly et les joueurs et les entraîneurs mangent leurs fruits en conserve avec de la crème. Et puis Bill Shankly et les joueurs et les entraîneurs redescendent au parking. Bill Shankly et les joueurs et les entraîneurs remontent dans le bus. Bill Shankly et les joueurs et les entraîneurs se rendent en bus à la gare de Lime Street. Bill Shankly et les joueurs et les entraîneurs descendent de leur bus à la gare de Lime Street. Et à la gare de Lime Street Bill Shankly et les joueurs et les entraîneurs montent dans la voiture de tête du Liverpool Pullman. Bill Shankly et les joueurs et les entraîneurs s'installent dans le train pour Londres. Bill Shankly avec son carnet. Son carnet rempli de noms, son carnet rempli de notes. Les joueurs avec leurs cartes à jouer. Leurs paquets de cartes, leur multitude de cartes. Et ils jouent pendant tout le trajet jusqu'à Londres, jusqu'à la gare de Euston. Et puis Bill Shankly et les joueurs et les entraîneurs se lèvent de leurs sièges. Bill Shankly et les joueurs et les entraîneurs remettent leur pardessus. Bill Shankly et les joueurs et les entraîneurs reprennent leur bagage. Bill Shankly et les joueurs et les entraîneurs descendent du Liverpool Pullman en gare de Euston. Bill Shankly et les joueurs et les entraîneurs posent le pied sur le quai numéro trois de la gare de Euston. Et c'est à ce moment que Bill Shankly voit les projecteurs. Les puissants projecteurs. Bill Shankly voit les caméras. Les caméras de télévision. Bill Shankly voit le microphone. Le microphone de la télévision. Et Bill voit le livre. Le livre rouge –

Bill Shankly, dit Eamonn Andrews –

Voilà votre vie[1]…

42

Nous ne savons ni le jour ni l'heure

Sur le banc, le banc du stade d'Upton Park. À la 75e minute, Bill voit Emlyn Hughes passer à Steve Heighway. Heighway amortit la passe de la poitrine.

---

1. *This is your life* : Série documentaire de la télévision anglaise. Le présentateur, Eamonn Andrews, apparaissait à l'écran muni d'un gros livre rouge censé contenir la biographie de la personnalité qu'il allait interroger.

Heighway prend McDowell à contre-pied et Heighway centre pour Kevin Keegan. Keegan saute, Keegan bondit. Comme sur ressorts. Keegan reprend le ballon de la tête. Et l'envoie dans les filets, et il marque. Le but de la victoire. Dans le vestiaire, le vestiaire des visiteurs à Upton Park. Bill rabat la couronne de son chapeau mou devant ses yeux. Bill sort dans le couloir d'Upton Park. Et Bill adresse un large sourire à ces messieurs de la presse sportive londonienne. Et Bill dit, Ce que vous avez vu aujourd'hui, messieurs, ce que vous avez eu la chance de voir, ce à quoi vous avez eu le privilège d'assister, c'est un engagement total. Un dévouement total. Un enthousiasme total. Une totale confiance en soi. Et un savoir-faire total. Et c'est donc ce que j'appelle le « football total », messieurs. Le football total de Liverpool.

...

Sur le banc, le banc du stade de Turf Moor. Bill regarde le Liverpool Football Club jouer contre le Burnley Football Club au troisième tour de la Coupe d'Angleterre. Le Burnley Football Club est en tête de la deuxième division, le Liverpool Football Club est en tête de la première division. Et sur le banc, le banc du stade de Turf Moor, Bill voit John Toshack obtenir occasion sur occasion. Mais Toshack rate occasion sur occasion. Et le Liverpool Football Club ne marque pas. Et le Burnley Football Club ne marque pas. Et le Liverpool Football Club fait match nul 0-0 avec le Burnley Football Club au troisième tour de la Coupe d'Angleterre. À l'extérieur, ailleurs qu'à Anfield. Encore un match nul, encore un satané nul. Il va falloir rejouer le match. Encore un satané match à rejouer. Encore un match, encore un foutu match de plus.

...

Dans le bureau, à sa table de travail. Avec sa colle et avec ses ciseaux. Bill repose le journal. Et Bill se met à réfléchir –

Au cours de la semaine précédant Noël, le président et les dirigeants de Manchester United ont renvoyé Frank O'Farrell. Et le président et les dirigeants de Manchester

United ont engagé Tommy Docherty comme nouveau manager. Bill connaît Tommy, Bill aime bien Tommy. Bill espère que Tommy remplira bien son rôle. Et Bill a souhaité bonne chance à Tommy. Mais avant d'être nommé manager de Manchester United, Tommy a dirigé l'équipe nationale écossaise. C'est Tommy qui a fait venir dans l'équipe nationale écossaise de nouveaux joueurs, de jeunes joueurs. Des footballeurs tels que Kenny Dalglish ou Lou Macari. Bill sait que Tommy va devoir faire venir de nouveaux joueurs à Manchester United, de jeunes joueurs. Des joueurs tels que Lou Macari. Lou Macari joue au Celtic Football Club. Bill sait que Lou Macari n'est pas enchanté de jouer pour le Celtic Football Club. Pas enchanté de jouer pour Jock Stein. Lou Macari voudrait être mieux payé pour jouer dans l'équipe du Celtic Football Club. Et Jock Stein refuse de le payer plus pour jouer dans l'équipe du Celtic Football Club. Lou Macari en a par-dessus la tête du Celtic Football Club. Et Lou Macari en a par-dessus la tête de Jock Stein. Et Jock Stein en a par-dessus la tête de Lou Macari. Jock a appelé Bill. Et Jock a dit à Bill que Lou Macari n'était pas satisfait. Que Lou Macari voulait partir. Loin du Celtic, loin de l'Écosse. Bill a vu Lou Macari jouer pour le Celtic Football Club et pour l'équipe nationale écossaise. Et Bill a apprécié ce qu'il a vu. Bill aime bien Lou Macari. Jock a dit à Bill qu'il vendrait bien Lou Macari au Liverpool Football Club si Bill voulait Lou Macari. Et Bill veut Lou Macari, effectivement. Bill pense que Lou Macari est exactement le joueur qu'il leur faut. Exactement le joueur qu'il leur faut pour rester en première division. Exactement le joueur qu'il leur faut pour être sûrs de terminer la saison en tête du classement de la première division. Champions d'Angleterre –

Alors, combien les gens du Celtic demandent-ils pour Macari ? veut savoir le président du Liverpool Football Club. Combien veulent-ils ?

Deux cent mille livres. Et avant que vous n'ajoutiez un seul mot. Je sais que deux cent mille livres représentent une somme considérable. Mais ce joueur n'a encore que vingt-trois ans. Il a tout juste vingt-trois ans. Et ce joueur a déjà marqué cinquante-sept buts en cent matchs seulement. Et il a marqué beaucoup de ses buts alors qu'il était entré sur le terrain comme remplaçant. Et une bonne partie de ces buts ont été des buts décisifs. Des buts qui ont scellé une victoire. Je crois que c'est un joueur qui a ce talent-là. Ce talent magique de marquer les buts décisifs. Les buts décisifs qui font gagner les matchs décisifs. Des buts qui gagnent des coupes, des buts qui gagnent des trophées. Des buts qui gagnent des championnats…

Très bien, dit le président du Liverpool Football Club. Si vous pensez que c'est le joueur qu'il nous faut. Le joueur dont nous avons besoin pour gagner le championnat. Et si le Celtic Football Club est disposé à nous vendre Lou Macari pour deux cent mille livres. Alors, nous vous donnerons l'argent pour l'acheter, monsieur Shankly.

De retour dans le bureau, de retour à sa table de travail. Bill téléphone à Jock Stein. Et puis Bill téléphone à Lou Macari. Bill invite Lou Macari à descendre à Liverpool, à descendre à Anfield, pour regarder le Liverpool Football Club affronter le Burnley Football Club lors du match à rejouer du troisième tour de la Coupe d'Angleterre. Et Lou Macari descend à Liverpool, il descend à Anfield. Lou Macari est l'invité d'honneur du Liverpool Football Club. Lou Macari s'installe dans les tribunes avec le président et les dirigeants du Liverpool Football Club. Ce soir-là, 56 124 spectateurs aussi sont dans les tribunes d'Anfield, Liverpool. Et Lou Macari voit John Toshack marquer à deux reprises. Et Peter Cormack marquer une fois. Et Lou Macari voit le Liverpool Football Club battre le Burnley Football Club 3-0 à l'issue du match à rejouer du troisième tour de la Coupe d'Angleterre. Et après la victoire, après le match, Bill invite Lou Macari à l'accompagner dans son bureau. Et Bill pose un contrat sur la table devant Lou Macari. Et Bill pose un stylo sur le contrat devant Lou Macari. Et Bill dit, Après ce que tu as vu ce soir, mon gars. Après ce que tu as entendu ce soir. L'équipe que tu as vue et les supporters que tu as entendus. Je suis sûr que je n'ai pas besoin de te convaincre de signer pour le Liverpool Football Club, mon gars. Je suis sûr que tu n'as plus besoin qu'on te persuade. Je suis certain que tu es déjà convaincu. Je suis certain que tu es déjà persuadé. Cette équipe est aussi bonne que celle que tu quittes, ses supporters sont aussi enthousiastes que ceux que tu quittes. Et j'ai toujours dit que cette ville ressemblait beaucoup à Glasgow, mon gars. Alors, je crois que tu trouveras les habitants de Liverpool très semblables à ceux de Glasgow. Ils sont aussi chaleureux et ils ont le même genre d'humour. Alors, tu te sentiras comme chez toi, mon gars. Tout à fait comme chez toi.

Lou Macari regarde le stylo posé sur le contrat, sur la table. Et puis Lou Macari lève les yeux vers Bill Shankly –

C'est une décision très importante pour moi, monsieur Shankly. C'est pourquoi je vous serais très reconnaissant de m'accorder un peu plus de temps pour y réfléchir et en discuter avec ma famille, monsieur.

Bill hoche la tête. Et Bill dit, Bien sûr, mon gars. Bien sûr. Il faut toujours discuter de ce genre de chose avec ses parents. Mais dis-leur bien de ma part. Tu leur diras de la part de Bill Shankly qu'on veillera sur toi, ici, mon gars. Alors, je te dis à demain. De bon matin, mon gars. À la première heure. Quand tu auras bien discuté avec tes parents, mon gars. Et après une bonne nuit de sommeil. Demain, je te verrai avec un stylo à la main, et tes chaussures de foot aux pieds, mon gars…

Dans le bureau, à sa table de travail. De bon matin. Bill attend Lou Macari. Et Bill attend et Bill attend. Mais Lou Macari ne revient pas à Anfield, Liverpool. Pas avec son stylo et pas avec ses chaussures de foot non plus. Lou Macari se rend à Old Trafford, Manchester. Avec son stylo et avec ses chaussures de foot. Lou Macari signe pour Manchester United. Manchester United et Tommy Docherty. Et dans le bureau, à sa table de travail. Bill peste. Et Bill jure. Bill décroche son téléphone. Bill appelle Jock Stein. Et Bill demande, Qu'est-ce qui s'est passé, bon sang, avec Lou Macari, John ?

Manchester a mis la main à la poche, répond Jock Stein. Voilà ce qui s'est passé, Bill.

Alors, combien ils vous ont offert pour l'avoir, John ?

Le même somme que Liverpool, dit Jock Stein. Mais apparemment, ils ont offert au gamin le double du salaire que Liverpool lui proposait…

Le double du salaire ? Ils doivent être aux abois.

Je regrette, Bill, dit Jock Stein. Je suis désolé qu'il t'ait fait perdre ton temps, Bill. Et je lui en veux, à ce petit salopard cupide, de t'avoir mis dans l'embarras de cette façon, en plus…

Bill rit. Et Bill réplique, Tu n'auras aucune raison de me présenter tes excuses, John. Pour être franc, ce gamin a sans doute fait le meilleur choix. Après tout, United pourra lui donner quelque chose que je n'aurais jamais pu lui proposer. Quelque chose de plus que cette satanée question d'argent…

Qu'est-ce que tu racontes ? dit Jock Stein. Mais qu'est-ce que United pourrait bien lui donner qu'il n'aurait pas trouvé à Liverpool, Bill ?

Une place dans l'équipe première, John. Tout simplement…

…

Sur le banc, le banc d'Anfield. Bill et 45 996 spectateurs regardent le Liverpool Football Club jouer contre Derby County. À la 23e minute, ils voient John Toshack marquer. Mais ils voient aussi Davies marquer pour Derby County. À domicile, à Anfield. Encore un nul. Mais le premier nul à domicile cette saison, le premier point qu'ils laissent filer cette saison dans un match à domicile. Et ce soir-là, le Liverpool Football Club reste en tête du classement de la première division –

Toujours premier, avec deux points d'avance.

Sur le banc, le banc du stade de Molineux. Bill voit Emlyn Hughes marquer contre son camp. Et à la 17e minute, Bill voit Kevin Keegan égaliser. Puis Bill voit

Richards marquer pour les Wolverhampton Wanderers. Et le Liverpool Football Club perd 2-1 contre les Wolverhampton Wanderers. À l'extérieur, ailleurs qu'à Anfield. Ce soir-là, le Liverpool Football Club reste en tête du classement de la première division. Mais d'un seul point –

D'un petit point seulement.

Sur le banc, le banc d'Anfield. Bill et 56 296 spectateurs regardent le Liverpool Football Club jouer contre Manchester City au quatrième tour de la Coupe d'Angleterre. Mais cet après-midi-là, ils ne voient pas le Liverpool Football Club marquer. Et ils ne voient pas Manchester City marquer. Et le Liverpool Football Club fait match nul 0-0 avec Manchester City au quatrième tour de la Coupe d'Angleterre. À domicile, à Anfield. Encore un nul. Encore un match

à rejouer. Encore un match

de plus –

Sur le banc, le banc du stade de Maine Road. Bill regarde le 46e match que le Liverpool Football Club dispute cette saison, son 18e duel en coupes cette saison, toutes compétitions confondues. Et par une nuit de pluie battante, sur un terrain détrempé, Bill voit Towers passer à Donachie. Donachie passe à Lee. Lee tire. Et Ray Clemence repousse le tir. Mais le ballon échoit à Bell. Bell tire. Et Bell marque. Et puis par cette nuit de pluie battante, sur un terrain détrempé, Bill voit Summerbee profiter d'un coup franc pour lober la défense de Liverpool. Bell redirige le coup franc vers Booth. Booth tire. Et Booth marque. Et par cette nuit de pluie battante, sur un terrain détrempé, le Liverpool Football Club perd 2-0 contre Manchester City au quatrième tour de la Coupe d'Angleterre. À l'extérieur, ailleurs qu'à Anfield. À l'issue de leur 46e match de la saison, de leur 18e duel en coupes de la saison. Le Liverpool Football Club s'est fait doucher de nouveau, le Liverpool Football Club est trempé de nouveau. Lessivé –

Lessivé, épuisé. Sur le banc, le banc d'Anfield. Bill et 49 898 spectateurs regardent le Liverpool Football Club affronter l'Arsenal Football Club. L'Arsenal Football

Club est deuxième au classement de la première division. L'Arsenal Football Club est à un point du Liverpool Football Club. Un seul point. C'est tout ce qui sépare le premier du deuxième. Ce qui sépare le Liverpool Football Club de l'Arsenal Football Club. Et en première mi-temps, Bill et les 49 898 spectateurs voient le Liverpool Football Club attaquer et attaquer et attaquer. Et Kevin Keegan tirer. Et Kevin Keegan manquer le but de quelques centimètres. Puis ils voient l'Arsenal Football Club attaquer et attaquer. Et Ray Clemence arrêter un tir de Radford. Et à la mi-temps, il n'y a rien qui permette de départager le Liverpool Football Club et l'Arsenal Football Club. Rien d'autre qu'un seul point. Et en seconde mi-temps, Bill et 49 898 spectateurs regardent le Liverpool Football Club attaquer et attaquer de nouveau. Et Ian Callaghan tirer. Et Callaghan manquer le but de quelques centimètres. Et Wilson arrêter un tir de Brian Hall. Puis ils voient l'Arsenal Football Club attaquer et attaquer de nouveau. Et Armstrong charge dans la surface de réparation. Alec Lindsay fait tomber Armstrong. L'arbitre siffle. L'arbitre accorde un penalty à l'Arsenal Football Club. Ball tire le penalty. Et Ball marque le penalty. Et sept minutes plus tard, Radford charge en direction de la surface de réparation. D'un petit saut latéral, Radford contourne Clemence. Clemence sorti de sa surface. Et Radford tire. Dans les filets, dans les filets vides. Et c'est un but. Et le Liverpool Football Club perd 2-0 contre l'Arsenal Football Club. À domicile, à Anfield. Ce soir-là, l'Arsenal Football Club a 42 points. Et le Liverpool Football Club a 41 points. Ce soir-là, l'Arsenal Football Club est en tête du classement de la première division. Et le Liverpool Football Club est deuxième de la première division –

De nouveau deuxième. De nouveau derrière le meilleur,
de nouveau la demoiselle d'honneur. Toujours
la demoiselle d'honneur, jamais
la mariée.

…

Dans la maison, dans leur vestibule. Dans la nuit et dans le silence. Bill ôte son manteau, Bill ôte son chapeau. Bill pend son manteau et Bill pend son chapeau. Et dans le noir et dans le silence. Bill entend Ness tousser. Pas à l'étage, au rez-de-chaussée. Dans le noir et dans le silence. Bill entre dans le salon. Bill allume la lumière. Et Bill voit Ness. Dans son fauteuil. Et Bill demande, Que fais-tu là, chérie ? Assise dans le noir ? Ça va, chérie ? Pourquoi n'es-tu pas montée te coucher, chérie ? Tu es malade, chérie ?

Excuse-moi, dit Ness. J'ai dû m'assoupir, chéri. Excuse-moi, chéri, excuse-moi…

Dans son fauteuil, dans son fauteuil. Ness tente de se lever. De se mettre debout. Mais Ness se rassied. Dans son fauteuil –

Excuse-moi, chéri. Excuse-moi…

Bill pose la main sur le front de Ness. Et Bill dit, Bon sang, chérie. Tu es brûlante. J'appelle le médecin, chérie. Reste là, surtout…

Bill se rue dans le vestibule. Bill décroche le téléphone. Bill appelle le médecin. Bill lui demande de venir chez eux. Et puis Bill retourne dans le salon. Bill s'assied près de Ness. Bill lui tient la main. Et Bill attend la venue du médecin. Le médecin arrive. Le médecin ausculte Ness. Le médecin écoute la respiration de Ness. Le médecin prend sa température. Et puis le médecin sort dans le vestibule. Le médecin décroche le téléphone. Le médecin appelle l'hôpital. Le médecin demande une ambulance. Bill reste assis auprès de Ness. Bill lui tient la main. Et Bill attend la venue de l'ambulance. L'ambulance arrive. Les brancardiers examinent Ness. Les brancardiers emmènent Ness sur une civière. Les brancardiers installent Ness à l'arrière de l'ambulance. Bill monte à l'arrière de l'ambulance. Bill s'assied près de Ness à l'arrière de l'ambulance. Bill lui tient la main. Bill presse la main de Ness. Et l'ambulance emmène Ness à l'hôpital. Les brancardiers transportent Ness à l'intérieur de l'hôpital. Les infirmières la prennent en charge, et à l'aide d'un fauteuil roulant vont l'installer dans un service de soins à l'étage. Les infirmières aident Ness à sortir du fauteuil roulant et à s'asseoir sur un lit. Les infirmières aident Ness à se dévêtir. Les infirmières aident Ness à s'installer confortablement dans son lit. Son lit d'hôpital. Et Ness regarde Bill assis près de son lit. De son lit d'hôpital –

Je m'excuse, dit Ness. Je m'excuse pour tous ces dérangements…

S'il te plaît, chérie, arrête de t'excuser. C'est moi qui devrais te présenter des excuses. C'est moi qui aurais dû rentrer plus tôt à la maison…

Ness secoue la tête. Et Ness sourit –

Vous avez gagné ? demande Ness. Aujourd'hui ?

Non, chérie. On a perdu 2-0.

Ness secoue la tête de nouveau. Et Ness ferme les yeux –

Je m'excuse, dit Ness encore une fois. Je m'excuse, chéri.

Bill se lève. Bill se penche au-dessus du lit. Bill embrasse Ness sur le front. Et Bill dit, Ça n'a pas d'importance, chérie. Ça n'a pas d'importance. Repose-toi bien, surtout, chérie. Il faut dormir, maintenant, chérie…

Ness rouvre les yeux. Et Ness sourit à Bill.

Bill se rassied dans le fauteuil placé près du lit. Près de sa femme. Bill tend de nouveau le bras vers le lit. Vers sa femme. Et Bill lui prend la main. Bill lui tient la main. Bill lui presse la main –

Bill ne veut plus la lâcher.

Et Ness sourit de nouveau. Et Ness ferme les yeux de nouveau.

Près du lit, du lit d'hôpital. Près de sa femme, près de Ness. Dans la nuit et dans le silence. La longue nuit et le long silence. Bill ne connaît plus rien. Il ne connaît plus rien d'autre que Ness. Ness et le travail.

C'est tout ce que Bill connaît. Ness et le travail.

C'est tout. Il n'y a rien d'autre.

Ness et le travail.

…

Dans le couloir, le couloir d'Anfield. Devant le bureau, le bureau de Bill Shankly. Le lundi matin, le lundi matin qui suit la défaite 2-0 du Liverpool Football Club contre l'Arsenal Football Club. Le lundi matin qui suit le match auquel Phil Thompson n'a pas participé. Phil Thompson est debout dans le couloir devant la porte du bureau de Bill Shankly. Phil Thompson se répète dans sa tête ce qu'il est venu dire à Bill Shankly. Phil Thompson met mentalement au point son petit discours. Ronnie Moran avait dit à Phil Thompson qu'à son avis il jouerait samedi contre l'Arsenal Football Club. Mais Phil Thompson n'a pas joué samedi contre l'Arsenal Football Club. Ensuite Ronnie Moran a dit à Phil Thompson qu'à son avis Phil aurait dû jouer samedi contre l'Arsenal Football Club. Ronnie Moran a ajouté, Tu devrais aller voir le patron, petit. Tu devrais lui demander pourquoi tu n'as pas joué samedi. Pourquoi il t'a mis au rencart. C'est important que tu ailles le voir, petit. C'est important que tu lui demandes. Le patron aura davantage d'estime pour toi si tu vas le voir. Si tu vas lui demander des explications, petit…

Dans le couloir, devant la porte. La porte de Bill Shankly. Se répétant son discours dans sa tête, mettant de l'ordre dans ses idées. Ses idées qui tournent à toute allure, son cœur qui bat plus vite. Phil Thompson voit la porte s'ouvrir brusquement. Et Phil Thompson voit Bill Shankly. Dans le couloir, hors de son bureau. Bill dit, Bonjour, petit. Comment tu vas aujourd'hui ? Ça va bien ?

Phil Thompson avale sa salive et Phil Thompson bégaie –

Eh bien, j'espérais pouvoir vous dire un mot, patron…

Alors, entre, petit. Et assieds-toi…

Bill tient la porte ouverte pour Phil Thompson. Phil Thompson entre dans le bureau. Bill referme la porte. Et Bill dit, Assieds-toi, petit. Assieds-toi. Ne fais pas de manières avec moi, voyons. Et maintenant, parle-moi de ce qui te tracasse, petit. Vas-y. Ne me laisse pas jouer aux devinettes. Je n'aime pas le suspense, vois-tu…

Phil Thompson s'assied devant la table de travail. Phil Thompson regarde Bill Shankly par-dessus la table. Phil Thompson avale sa salive de nouveau. Phil Thompson s'éclaircit la gorge. Et Phil Thompson bégaie –

Je me demandais simplement pourquoi je n'ai pas joué samedi, patron ?

Bill se relève d'un bond. Et Bill hurle, Pas joué ? Pourquoi tu n'as pas joué ? Tu me demandes pourquoi tu n'as pas joué ? Bon sang, petit. Tu devrais me remercier de ne pas t'avoir fait jouer. À ta place, je ne voudrais surtout pas jouer dans la même équipe que cette bande de nullités : Clemence, Lawler, Lindsay, Smith, Lloyd, Hughes, Keegan, Hall, Boersma, Toshack et Callaghan. Bon sang. Ils ne valent plus rien, ces gars-là, tous autant qu'ils sont. Des ringards. Ils appartiennent au passé. Mais toi, tu es l'avenir, petit. L'avenir. Quel âge as-tu ? Dix-huit ans ? Bon sang. Et tu me demandes pourquoi tu n'as pas joué ? Ça, alors… Tu vas jouer pour ce club pendant les dix prochaines années. Tu es l'avenir de ce club, petit. Un futur capitaine de cette équipe. Un futur capitaine de l'équipe d'Angleterre, petit. Bon sang. Maintenant, déguerpis, petit. Sors d'ici. Avant que je change d'avis, petit. Avant que je t'envoie t'entraîner avec l'équipe réserve. Avant que je te fasse jouer de nouveau dans l'équipe réserve. Allez, va-t'en. Je ne veux plus te voir…

…

Dans la salle d'hôpital, dans le fauteuil. À côté du lit, à côté de sa femme. Dans le soir et dans le silence. Bill tend le bras au-dessus des couvertures. Il tend de nouveau le bras vers sa femme, il tend le bras vers Ness. Bill lui prend la main. Bill lui tient la main.

Ness ouvre les yeux. Ness tourne la tête vers Bill –

Tu n'es quand même pas resté là tout le temps ? Tu n'as rien de mieux à faire, chéri ?

Bill sourit. Bill secoue la tête. Et Bill dit, Non, chérie.

Ness sourit de nouveau. Et Ness referme les yeux.

Dans la salle d'hôpital, dans le fauteuil. À côté du lit, à côté de sa femme. Dans le soir et dans le silence. L'infirmière vient dire à Bill qu'il est l'heure de rentrer chez lui. Et Bill se lève. Bill se penche sur le lit. Bill embrasse Ness sur le front. Et Bill chuchote, À demain, chérie. Dors bien, maintenant, chérie. Dors bien.

Bill quitte la salle. Bill descend l'escalier. Et Bill ressort de l'hôpital. Bill rejoint sa voiture. Bill monte dans sa voiture. Et Bill rentre chez lui. Dans la nuit et dans le silence. Bill engage sa voiture dans l'allée menant à sa maison. Bill sort de sa voiture. Et Bill remonte l'allée à pied. Dans la nuit et dans le silence. Bill sort sa clé. Bill déverrouille la porte d'entrée. Et Bill ouvre la porte. Dans le noir et dans le silence. Bill ôte son chapeau, Bill ôte son pardessus. Et Bill suspend son pardessus et son chapeau. Dans le noir et dans le silence. Bill longe le couloir. Bill entre dans la cuisine. Et Bill allume la lumière. Dans la nuit et dans le silence. Bill s'approche du tiroir. Bill ouvre le tiroir. Et Bill en sort la nappe. Bill referme le tiroir. Bill se dirige vers la table. Et Bill pose la nappe sur la table. Et Bill va ouvrir un second tiroir. Et Bill y prend les couverts. La cuiller. La fourchette. Et le couteau. Bill referme le tiroir. Bill revient vers la table. Et Bill dispose les couverts sur la table. Bill va jusqu'au placard. Bill ouvre le placard. Et Bill en sort la vaisselle. Le bol et l'assiette. Bill revient vers la table. Bill pose le bol et l'assiette sur la table. Et Bill retourne jusqu'au placard. Bill en sort un verre. Bill referme la porte du placard. Et Bill revient vers la table. Bill pose le verre sur la table. Bill s'approche d'un troisième placard. Et Bill ouvre la porte. Bill en sort la salière et le poivrier. Bill referme le placard. Et Bill retourne à la table. Bill pose la salière et le poivrier sur la table. Bill se dirige vers le cellier. Et Bill ouvre la porte du cellier. Bill en sort un pot de miel. Bill retourne à la table. Et Bill pose le pot de miel sur la table. Bill s'approche du réfrigérateur. Bill ouvre la porte du réfrigérateur. Et Bill sort le beurrier. Bill retourne à la table. Bill pose le beurrier au milieu de la table. Et Bill retourne au réfrigérateur. Bill y prend une bouteille de jus d'orange frais. Bill referme la porte du réfrigérateur. Et Bill revient vers la table. Bill pose la bouteille de jus d'orange sur la table. Et dans la nuit et dans le silence. Dans la cuisine, à la table. Bill baisse la tête et contemple la cuiller. Le couteau et la fourchette. Le bol et l'assiette. Le verre sur la table. Et dans la nuit et dans le silence. Dans la cuisine, à la table. Bill s'agenouille. Bill joint les mains. Bill ferme les yeux. Et Bill dit une prière. Encore et encore,

la même prière. L'unique prière.

…

Sur le banc, le banc du stade de Maine Road. À la 43e minute, Bill voit Summerbee tirer un coup franc qui s'envole au-dessus des défenseurs de Liverpool. Et Booth reprend le coup franc. D'une tête. Et l'envoie dans les filets, dans les buts. À la 69e minute, Bill voit Tommy Smith se disputer avec l'arbitre. Et l'arbitre expulse Smith pour contestation. À la 74e minute, Bill fait sortir Steve Heighway. Et Bill le remplace par Brian Hall. Une minute plus tard, Bill regarde Alec Lindsay tirer un coup franc. Et Hall fait suivre le coup franc à Boersma. Boersma pivote, Boersma se retourne. Boersma tire et Boersma marque. Et le Liverpool Football Club fait match nul 1-1 avec Manchester City. À l'extérieur, ailleurs qu'à Anfield. Un nul de plus. Cet après-midi-là, l'Arsenal Football Club bat Leicester City. L'Arsenal Football Club a 44 points, maintenant. Et le Liverpool Football Club a 42 points. Ce soir-là, l'Arsenal Football Club reste premier au classement de la première division. Et le Liverpool Football Club reste deuxième. Mais plus avec un seul point d'écart. Avec deux points de retard, à présent –

Sur le banc, le banc d'Anfield. À la 67e minute, Bill et 43 875 spectateurs voient Steve Heighway marquer. Et à la 80e minute, ils voient Kevin Keegan marquer. Et le Liverpool Football Club bat Ipswich Town 2-1. À domicile,

à Anfield. Le vendredi matin. La veille du jour où le Liverpool Football Club va rencontrer l'Everton

Football Club. À l'extérieur, ailleurs qu'à Anfield. Brian Hall est debout dans le couloir, devant la porte du bureau de Bill Shankly. Brian Hall en a par-dessus la tête, Brian Hall est frustré. Il en a assez de figurer sur la feuille de match par intermittence, il est frustré de n'être que le douzième homme. Brian Hall en a assez. Il a répété dans sa tête les mots qu'il va adresser à Bill Shankly, ils sont clairement enregistrés dans son esprit. Brian Hall frappe à la porte du bureau de Bill Shankly. Brian Hall ouvre la porte –

Et Bill lève les yeux de son bureau. Il lève les yeux de sa machine à écrire. Et Bill dit, Bonjour, petit. Comment ça va, aujourd'hui ? Assieds-toi, mon gars…

Merci, répond Brian Hall. Mais je préfère rester debout, patron.

Bill hausse les épaules. Et Bill dit, Comme tu voudras, petit. Alors, qu'est-ce qui te tracasse, mon gars ? Dis-moi tout. Ne m'oblige pas à jouer aux devinettes, surtout…

J'ai décidé de demander mon transfert, patron…

Bill bondit sur ses pieds. Et Bill hurle, Ton transfert ? Bon sang, petit. Mais tu joues demain. Bon sang, mon gars. Qu'est-ce qu'on va faire ?

Je joue demain ? demande Brian Hall.

Bien sûr, que tu joues. Bon sang, petit. Je ne vais quand même pas me priver de mon meilleur joueur. Pas pour un match contre ce foutu Everton. Hors de question, absolument. Enfin, bon sang, petit. Qu'est-ce qui te prend ? Un transfert ? Ça, alors ! Bon, disparais, maintenant. Et vite. Avant que je change d'avis, petit. Allez, du vent…

Sur le banc, le banc de Goodison Park. À la 80e minute, Bill et 54 269 habitants du Merseyside voient Emlyn Hughes marquer. Et huit minutes plus tard, ils voient Emlyn Hughes marquer de nouveau. Et le Liverpool Football Club bat l'Everton Football Club 2-0. À l'extérieur, ailleurs qu'à Anfield. Ce soir-là, l'Arsenal Football Club a 45 points. Et le Liverpool Football Club a 46 points. Ce soir-là, le Liverpool Football Club est de nouveau premier au classement de la première division. De nouveau premier, d'un point. Avec un point d'avance et un match en retard à jouer –

Sur le banc, le banc d'Anfield. Bill et 33 270 spectateurs regardent le Liverpool Football Club affronter le Sportgemeinschaft Dynamo Dresden d'Allemagne de l'Est dans le match aller du quatrième tour de la Coupe de l'UEFA. À la 25e minute, ils voient Brian Hall passer à Steve Heighway. Puis Heighway passer à Phil Boersma. Boersma centre pour Hall. Et Hall reprend le centre d'une tête. Pour l'envoyer au fond des filets, au fond des buts. À la 60e minute, ils voient Heighway tirer. Et son tir est repoussé. Mais le ballon échoit à Boersma. Boersma tire. Et encore une fois le tir est repoussé. Mais encore une fois le ballon échoit à Boersma. Boersma tire de nouveau. Et Boersma marque. Et le Liverpool Football Club bat le Sportgemeinschaft Dynamo Dresden 2-0 à l'issue du match aller du quatrième tour de la Coupe de l'UEFA. À domicile,

à Anfield. Sur le banc, le banc d'Anfield. À la 37e minute, Bill et 41 674 spectateurs voient Tommy Smith faire rouler un coup franc en direction de Brian Hall. Et Hall centre. Le centre revient vers Hall. Hall centre de nouveau. Larry Lloyd reprend le centre de la tête. Et le ballon finit dans les filets, dans les buts. Une minute plus tard, ils voient Phil Boersma passer à John Toshack. Et Toshack tire. Son tir est bloqué sur la ligne. Mais Kevin Keegan est là. Et Keegan tire. Et Keegan marque. Et le Liverpool Football Club mène devant le Southampton Football Club 2-0. À domicile, à Anfield. Mais à la 44e minute, Larry Lloyd et Emlyn Hughes évaluent mal un long coup franc tiré par Steele. Ce long coup franc lobe Lloyd et Hughes. Channon se trouve derrière Lloyd et Hughes. Et d'une tête Channon envoie le ballon par-dessus Ray Clemence. Au fond des filets, au fond des buts. Et à la 61e minute, Lloyd et Clemence se ruent sur le même ballon. Lloyd et Clemence évaluent mal la distance qui les sépare du ballon. Le ballon échoit à Gilchrist. Et Gilchrist tire. Dans la cage vide, dans les buts béants. Et le Liverpool Football Club se retrouve à égalité 2-2 avec le Southampton Football Club. Mais à domicile, à Anfield. Les supporters du Liverpool Football Club n'abdiquent pas. Le Spion Kop n'abdique pas. Le Kop crie, le Spion Kop rugit. Pour appeler la victoire. Et à la 87e minute, Phil Boersma centre pour Keegan. Keegan saute, Keegan bondit. Comme monté sur ressorts. Keegan trouve le ballon. Et Keegan renvoie le ballon d'une tête. Dans les filets et dans les buts. Pour marquer le but décisif. Et le Spion Kop l'acclame, le Spion Kop crie victoire. Ce soir-là, l'Arsenal Football Club a 48 points et le Liverpool Football Club a 48 points aussi. Mais le Liverpool Football Club reste en tête de la première division. À la différence de buts.

Sur le banc, le banc du Victoria Ground. Bill regarde le Liverpool Football Club jouer contre Stoke City. Et Bill ne voit pas le Liverpool Football Club marquer. Mais Bill voit Stoke City marquer. Un but contre son camp. Et le Liverpool Football Club bat Stoke City 1-0. À l'extérieur, ailleurs qu'à Anfield. Grâce à un but que l'adversaire a marqué contre son camp. Le Liverpool Football Club reste en tête de la première division. Pas à la différence de buts –

Aux points de nouveau. Par deux points d'écart de nouveau –

Premier, toujours premier.

…

À l'hôpital, dans la salle. Près de son lit, de son lit d'hôpital. Les médecins déclarent que l'état de santé de Ness s'améliore, que le pire est derrière elle. Les médecins disent qu'elle peut rentrer chez elle. Mais ils ajoutent que Ness aura quand même besoin de se reposer. Et de lever le pied. Bill sait que Ness n'aime pas se reposer. Ni lever le pied. Bill s'inquiète à l'idée que Ness ne voudra pas se reposer. Qu'elle ne voudra pas lever le pied. Et Bill s'inquiète parce qu'il doit partir. Il doit se rendre en Allemagne, à Dresde. Bill est sûr que ses filles prendront soin de Ness. Ses filles s'occuperont de Ness. Comme le feront leurs amis et leurs voisins. Mais cela n'empêche pas Bill de s'inquiéter. Bill n'a pas envie de partir. De se rendre en Allemagne, à Dresde. Bill a envie de rester à la maison, de rester à Liverpool. De prendre soin de Ness, de s'occuper de Ness.

Ness secoue la tête. Et Ness sourit –

Mais il faut que tu ailles en Allemagne, chéri. C'est ton travail. Alors, tu dois y aller, chéri. Et il ne faut surtout pas que tu te soucies pour moi…

Mais je ne peux pas m'empêcher de me faire du souci. Parce que je pense que ma place est ici. Ici, avec toi…

Ness secoue la tête de nouveau –

Il faut que tu partes, chéri. C'est ton travail. Le travail qui met de quoi manger sur notre table, chéri. Et qui nous garantit un toit au-dessus de notre tête. C'est ton travail…

Je sais, chérie. Je sais que c'est mon métier. Je sais que c'est mon travail. Mais cela m'empêche d'être auprès de toi. De prendre soin de toi, de m'occuper de toi. Et ce n'est pas normal, chérie. Ça ne peut pas être normal…

Mais les filles prendront soin de moi, chéri. Les filles s'occuperont de moi. Donc, tu n'as pas besoin de rester ici, chéri. Dans mes jambes.

Cette fois, peut-être pas. Mais la prochaine fois ? Il n'y a pas un seul moment où je ne sois présent. Pas un seul moment où je ne sois pas au travail. Je ne suis jamais là. Jamais là quand tu as besoin de moi, jamais là quand je devrais l'être. Je sais que je te néglige. Je le sais bien, chérie…

Voilà que tu dis des bêtises, maintenant, rétorque Ness en riant. De grosses bêtises, chéri. Pas une seule fois je n'ai eu le sentiment que tu me négligeais. Tu peux me croire, chéri. Pas une seule fois. Mais je me fais vraiment du souci pour toi. Cela m'inquiète de voir toute cette tension que tu endures. Les longues journées et les longues nuits. Les journées loin d'ici et les nuits loin d'ici. C'est ça qui m'inquiète réellement. Parce que je me fais du souci pour toi, chéri. Parce que je sais que tu ne fais jamais rien à moitié. Je sais que ce n'est pas dans ta nature. Et je ne voudrais pas qu'il en soit autrement. Je ne voudrais pas que tu sois autrement, chéri. Mais ça ne m'empêche pas de m'inquiéter. À cause de toute cette pression qui pèse sur toi. C'est ça qui m'inquiète, chéri. C'est pour ça que je m'inquiète pour toi.

Je le sais, chérie. Je le sais bien. Mais les médecins ne veulent pas que tu t'inquiètes. Et je ne veux pas que tu t'inquiètes, moi non plus. Parce que ce n'est pas bon pour toi. Pas bon pour toi du tout, chérie. Pas bon…

Eh bien, dit Ness en riant, on n'aurait pas pu mieux se trouver, tous les deux. Toi qui te fais du souci pour moi et moi qui me fais du souci pour toi. On forme un vrai couple d'anxieux, chéri.

Je le sais, chérie. Je le sais bien. Mais tôt ou tard, il ne peut pas manquer de venir, le jour où nous pourrons cesser de nous inquiéter. Il ne peut pas manquer de venir, le jour où nous pourrons commencer à profiter de la vie, chérie…

Ness entoure Bill de ses bras. Et Ness sourit –

Et quel jour cela pourrait-il être, chéri…

Quand viendra-t-il, ce jour-là ?

…

Sur le banc, le banc du Rudolf Harbig Stadium, à Dresde, en Allemagne de l'Est. Bill regarde le Liverpool Football Club affronter le Sportgemeinschaft Dynamo Dresden dans le match retour du quatrième tour de la Coupe de l'UEFA. À la 53e minute, Bill voit Alec Lindsay centrer. Et Kevin Keegan reprend le centre du pied droit. Keegan frappe le ballon du pied droit. Et l'envoie au fond des filets, au fond des buts. Et le Liverpool Football Club bat le Sportgemeinschaft Dynamo Dresden 1-0 à l'issue du match retour du quatrième tour de la Coupe de l'UEFA. À l'extérieur, ailleurs qu'à Anfield.

Sur le banc, le banc d'Anfield. À la 50e minute, Bill et 42 999 spectateurs voient Chris Lawler marquer.

Cinq minutes plus tard, ils voient Emlyn Hughes marquer. Et à la 88e minute, ils voient Brian Hall marquer. Et le Liverpool Football Club bat Norwich City 3-1. À domicile, à Anfield. Ce soir-là, l'Arsenal Football Club a 50 points et le Liverpool Football Club a 52 points. Et ce soir-là, le Liverpool Football Club est toujours en tête du classement de la première division –

Sur le banc, le banc d'Anfield. Le jour du Grand National, à l'heure du déjeuner. Bill et 48 477 spectateurs regardent le Liverpool Football Club affronter Tottenham Hotspur. Bill et 48 477 spectateurs voient Jennings arrêter un tir de Peter Cormack. Jennings arrêter un tir de Hall. Jennings arrêter un tir de Hughes. Jennings arrêter un penalty de Keegan. Et Jennings arrêter un penalty de Smith. Et Gilzean marquer pour Tottenham Hotspur. Mais à la 70e minute, ils voient Kevin Keegan marquer pour le Liverpool Football Club. Et le Liverpool Football Club fait match nul 1-1 avec Tottenham Hotspur. À domicile, à Anfield. Ce soir-là, le Liverpool Football Club est toujours en tête du classement de la première division. Mais avec un point d'avance, un seul point –

Mais avec toujours un match en retard encore à jouer.

Sur le banc, le banc du stade St Andrews. Bill voit Tommy Smith marquer. Mais Bill voit Birmingham City marquer. Et marquer encore. Et Bill voit Emlyn Hughes se faire expulser. Et le Liverpool Football Club perd 2-1 contre Birmingham City. À l'extérieur, ailleurs qu'à Anfield. Ce soir-là, le Liverpool Football Club est toujours en tête du classement de la première division. Toujours avec un point d'avance, un seul point –

Mais sans match en retard.

Sur le banc, le banc d'Anfield. Encore une fois, Bill regarde le Liverpool Football Club affronter Tottenham Hotspur. Bill et 48 677 spectateurs regardent le Liverpool Football Club jouer contre Tottenham Hotspur le match aller de la demi-finale de la Coupe de l'UEFA. Et à la 70e minute, ils voient Tommy Smith tirer un coup franc. Et le coup franc rebondit jusqu'à Lindsay. Lindsay tire. Et Lindsay marque. Et le Liverpool Football Club bat Tottenham Hotspur 1-0 au match aller de la demi-finale de la Coupe de l'UEFA. À domicile, à Anfield.

Sur le banc, le banc d'Anfield. À la 14e minute, Bill et 43 853 spectateurs voient Steve Heighway s'étaler, victime d'un croc-en-jambe, dans la surface de réparation. Et l'arbitre accorde un penalty à Liverpool. Kevin Keegan tire le penalty. Et Keegan marque le penalty. Et le Liverpool Football Club bat West Bromwich Albion 1-0. À domicile, à Anfield. Ce soir-là, le Liverpool Football Club est toujours en tête du classement de la première division. Mais pas avec un seul point d'avance. Avec deux points, avec deux points de nouveau.

Sur le banc, le banc de Highfield Road. À la 36e minute, Bill voit Phil Boersma marquer. Et à la 60e minute, Bill voit Boersma marquer de nouveau. Et le Liverpool Football Club bat Coventry City 2-1. À l'extérieur,

ailleurs qu'à Anfield. Sur le banc, le banc de St James' Park. Par un vent violent et sous une pluie cinglante, à la 24e minute, Bill voit Peter Cormack centrer. Et Kevin Keegan reprendre le ballon. Pour l'envoyer au fond des filets, dans les buts. Mais ensuite Bill voit Tudor marquer pour Newcastle United. Et Tudor marquer de nouveau. Et par un vent violent et sous une pluie cinglante, le Liverpool Football Club perd 2-1 contre Newcastle United. À l'extérieur, ailleurs qu'à Anfield.

Sur le banc, le banc d'Anfield. Deux jours plus tard, juste deux jours plus tard. Sous la pluie battante et dans le vent qui mugit. On ferme les grilles une heure et demie avant le coup d'envoi. Sous la pluie battante et dans le vent qui mugit, Bill et 55 738 spectateurs regardent le Liverpool Football Club affronter Leeds United. Et sous la pluie battante et dans le vent qui mugit, à la 47e minute, ils voient Harvey détourner de la main un coup franc de Tommy Smith pour l'envoyer au-dessus de la transversale. Et sous la pluie battante, dans le vent qui mugit, ils voient Brian Hall tirer un second corner. Chris Lawler saute pour reprendre le ballon. Larry Lloyd saute pour reprendre le ballon. Phil Thompson saute pour reprendre le ballon. Mais le ballon échoit à Peter Cormack. Cormack tire. Et Cormack marque. Et sous la pluie battante et dans le vent qui mugit, le Spion Kop scande, *On va ga-gner le cham-pion-nat ! On va ga-gner le cham-pion-nat ! Hé-ho-addio, On va ga-gner le cham-pion-nat !* Et sous la pluie battante et dans le vent qui mugit, à la 58e minute, Cormack dribble jusqu'au côté gauche du but. Et Cormack centre. Harvey intercepte le centre. Mais le ballon lui échappe. Et Keegan le récupère. Keegan fonce, Keegan se faufile. Keegan tire. Et Keegan marque. Et sous la pluie battante et dans le vent qui mugit, le Liverpool Football Club bat Leeds United 2-0. À domicile, à Anfield. Sous la pluie battante, dans le vent qui mugit. Le Spion Kop hurle, *ON VA GA-GNER LE CHAM-PION-NAT ! ON VA GA-GNER LE CHAM-PION-NAT ! HÉ-HO-ADDIO, ON VA GA-GNER LE CHAM-PION-NAT !* Et sous la pluie battante et dans le vent qui mugit, les joueurs de Leeds United forment une double haie d'honneur jusqu'à l'entrée du tunnel. Du tunnel d'Anfield. Sous la pluie battante, dans le vent qui mugit, les joueurs de Leeds United applaudissent les joueurs du Liverpool Football Club qui sortent du terrain. Du terrain d'Anfield. Ce soir-là, l'Arsenal Football Club a 55 points. Et le Liverpool Football Club a 59 points. Mais l'Arsenal Football Club a encore deux matchs à jouer. Et le Liverpool Football Club n'en a plus qu'un. Plus qu'un seulement. Et Bill sait que si le Liverpool Football Club perd ce dernier match. Et si l'Arsenal Football Club gagne ses deux derniers matchs. Et qu'il marque un total de sept buts au cours de ces deux derniers matchs. Alors l'Arsenal Football Club sera champion d'Angleterre. Mais Bill sait que si le Liverpool Football Club ne perd pas son dernier match. S'il gagne ou s'il obtient le nul. À l'issue de son dernier match, contre Leicester City. À domicile, à Anfield. Alors, Bill sait que Liverpool sera champion d'Angleterre. De nouveau champion –

Champion, enfin.

Sur le banc, le banc de White Hart Lane. Deux jours plus tard, juste deux jours plus tard. Bill regarde le Liverpool Football Club jouer contre Tottenham Hotspur le match retour de la demi-finale de la Coupe de l'UEFA. Et à la 48e minute, Bill voit Chivers faire une remise en jeu. Et Gilzean détourne le ballon vers Peters. Et Peters prend Ray Clemence à contre-pied pour pousser le ballon dans les filets. Au fond des buts. Mais sept minutes plus tard, Bill voit Kevin Keegan bondir sur le ballon qu'England a laissé filer. Et Keegan passe à Steve Heighway. Heighway tire. Et Heighway marque. Un but à l'extérieur, un but qui vaut cher. Et puis Bill voit Peters déjouer trois tacles. Et Peters tire. Le ballon frappe la transversale. Et Pratt détourne le rebond d'une tête. Mais ensuite Bill voit Coates centrer. Et Peters réceptionner le centre. Peters tire. Et Peters marque. Et Tottenham Hotspur bat le Liverpool Football Club 2-1 à l'issue du match retour de la demi-finale de la Coupe de l'UEFA. Mais c'est le Liverpool Football Club qui remporte le duel. Le Liverpool Football Club gagne la demi-finale. Grâce au but marqué à l'extérieur. À l'extérieur, ailleurs qu'à Anfield. Le Liverpool Football Club jouera la finale de la Coupe de l'UEFA –

Une finale européenne.

…

Sur le banc, le banc d'Anfield. Bill et 56 202 spectateurs regardent le dernier match à domicile de la saison, le tout dernier match de la saison. Bill et 56 202 spectateurs qui savent que le Liverpool Football Club n'a besoin que d'un point pour être couronné champion d'Angleterre. Juste un point, un dernier point. Et pendant 90 minutes, Bill et 56 202 spectateurs regardent Clemence, Lawler, Lindsay, Smith, Lloyd, Hughes,

Keegan, Boersma, Thompson, Heighway, Callaghan et puis Hall attaquer et attaquer. Mais le Liverpool Football Club ne marque pas. Et pendant 90 minutes, Bill et 56 202 spectateurs regardent Clemence, Lawler, Lindsay, Smith, Lloyd, Hughes, Keegan, Boersma, Thompson, Heighway, Callaghan et puis Hall défendre et défendre. Mais Leicester City ne marque pas. Et à la 90e minute, l'arbitre regarde sa montre. L'arbitre porte son sifflet à ses lèvres. Et l'arbitre siffle la fin de la rencontre. Le Liverpool Football Club a fait match nul 0-0 avec Leicester City. Et le Liverpool Football Club a gagné un point. Son unique point, son seul et dernier point. Et le Liverpool Football Club est champion d'Angleterre. À domicile, à Anfield. Le Liverpool Football Club est couronné champion de nouveau, enfin champion. Et en cette journée, cette journée du couronnement. Les supporters du Liverpool Football Club entrent en éruption, les supporters du Liverpool Football Club explosent. De joie et de soulagement. Ils applaudissent et ils chantent. Pour féliciter les joueurs et fêter la victoire. Et en brandissant le trophée de la Ligue de football, les joueurs du Liverpool Football Club font le tour du terrain. Du terrain d'Anfield. Et les quatre côtés du stade applaudissent et chantent. Pour féliciter les joueurs et fêter la victoire. Et sur le banc, le banc d'Anfield. Alors que sa veste colle à sa chemise. Que sa chemise colle à son maillot de corps. Que son maillot de corps lui colle à la peau. Bill se lève, Bill se hisse sur ses jambes. Et Bill traverse le terrain. Le terrain d'Anfield. Et Bill se présente devant le Kop. Le Spion Kop. Sa veste colle à sa chemise. Sa chemise colle à son maillot de corps. Son maillot de corps lui colle à la peau. Bill joint les mains. Pas comme pour une prière, mais en signe de remerciement. Pour remercier le Kop. Le Spion Kop –

Et les supporters du Spion Kop jettent leurs écharpes à Bill. Leurs écharpes rouges. Une pluie d'écharpes tombe sur Bill. En guise de remerciement. Toutes leurs écharpes. Leurs écharpes rouges. Et Bill ramasse leurs écharpes. Toutes leurs écharpes. Leurs écharpes rouges. Et Bill noue une écharpe autour de son cou. Une écharpe rouge. Et Bill brandit une autre écharpe. Une autre écharpe rouge. Entre ses poings. Une écharpe. Une écharpe rouge. Tenue bien haut. Entre ses bras levés,

En signe de remerciement.

…

Devant la maison, sur le pas de leur porte. Dans le soir et dans le silence. Bill ouvre la porte, Bill entre dans la maison. Dans le vestibule. Et Ness est là. Dans la maison, dans leur foyer –

Bravo. Bravo, chéri.

Merci, chérie.

J'ai mis de l'eau à chauffer. Elle va bientôt bouillir. Assieds-toi, chéri. Tu dois être épuisé…

Bill hoche la tête. Et Bill suit Ness dans la cuisine. Sa veste colle encore à sa chemise. Sa chemise colle encore à son maillot de corps. Son maillot de corps lui colle encore à la peau. Bill s'assied à la table. La table de la cuisine. L'écharpe encore autour du cou –

L'écharpe rouge.

Ness attend que la bouilloire se mette à siffler. Puis Ness verse l'eau bouillante dans la théière. Ness attend que le thé infuse. Ness se dirige vers le réfrigérateur. Ness en sort le pot de lait. Ness verse du lait dans deux grandes tasses. Dans les deux grandes tasses aux couleurs de Liverpool. Ness repose le pot de lait. Ness soulève la théière. Ness verse le thé dans les tasses. Les deux tasses aux couleurs de Liverpool. Puis Ness apporte les deux tasses à table. Ness pose la première tasse sur la table devant Bill. Et Bill voit sa main. Ses doigts et ses ongles. Et Bill tend le bras vers Ness. Bill lui prend la main. Et Bill dit, Regarde tes ongles, chérie. Qu'est-ce que tu as fait pour les mettre dans cet état-là, chérie ?

Je me suis inquiétée un petit peu, répond Ness en riant.

Bill secoue la tête. Et Bill dit, Je suis désolé, chérie. Je suis désolé de te causer autant d'inquiétude. Chaque jour, à chaque match…

Ne t'excuse pas, dit Ness. Je préfère que tu sois heureux, que tu sois satisfait. Et je suis contente que tu aies un autre match à jouer, chéri. Une finale…

…

Dans le vestiaire, le vestiaire d'Anfield. Le regard de Bill passe d'un joueur au suivant. Il regarde les seize joueurs qui sont prêts à tout pour défendre les couleurs du Liverpool Football Club au match aller de la finale de la Coupe de l'UEFA contre le Borussia VfL 1900 Mönchengladbach e.V. d'Allemagne de l'Ouest. À domicile, à Anfield. Bill sort une feuille de sa poche de pardessus. Et Bill annonce, Notre équipe, ce sera : Clemence, Lawler, Lindsay, Smith, Lloyd, Hughes, Keegan, Cormack, Hall, Heighway et Callaghan. Et nos remplaçants seront Lane, Thompson, Storton, Boersma et Toshack.

Et dans le vestiaire, le vestiaire d'Anfield. Tommy Smith se lève. Et Tommy Smith emmène derrière lui les joueurs du Liverpool Football Club. Sous la pluie, la pluie battante. Il y a des flaques d'eau sur la pelouse. Sur la pelouse d'Anfield. Mais à 19 h 30, le coup d'envoi est donné. Sous la pluie incessante, sous la pluie battante. Les joueurs ne parviennent pas à projeter le ballon à plus de deux mètres. Sous la pluie incessante, la pluie battante, la pluie torrentielle. Les flaques d'eau deviennent des lacs. Le ballon ne bouge pas, le ballon reste englué. Les lacs deviennent une véritable mer intérieure. Et à 20 heures, l'arbitre fait sortir les deux équipes du terrain. Et sous la pluie incessante, la pluie battante, la pluie torrentielle. Le Spion Kop scande, *Hé-ho-addio, on veut pas rentrer chez nous ! On veut pas rentrer chez nous ! Hé-ho-addio, on veut pas rentrer chez nous !* Mais vingt minutes plus tard, le match est arrêté. Arrêté et reporté au lendemain soir. Et sous la pluie incessante, la pluie battante, la pluie torrentielle. Bill longe la ligne de touche. La ligne de touche d'Anfield. Bill entre dans le vestiaire. Le vestiaire de l'équipe qui reçoit. Le regard de Bill passe d'un joueur au suivant. D'un joueur trempé et ruisselant à un autre joueur trempé et ruisselant. Et Bill dit, Allez vous laver, les gars. Changez-vous. Et rentrez chez vous pour vous mettre au lit. Et je vous donne rendez-vous ici même dès demain.

…

Dans le couloir, le couloir d'Anfield. Le matin qui suit le soir où le match a été arrêté. Où le match a été reporté. John Toshack frappe à la porte du bureau de Bill Shankly. John Toshack respire à fond. Et John Toshack ouvre la porte –

Dans le bureau, à sa table. Bill lève les yeux de son travail. De sa machine à écrire. Et Bill dit, Bonjour, mon gars. Comment ça va, aujourd'hui ?

À vrai dire, pas très bien, répond John Toshack.

Je suis navré de l'apprendre, mon gars. Qu'est-ce qui te chagrine ?

Je vais vous le dire, ce qui me chagrine, réplique John Toshack. C'est vous qui me chagrinez, patron ! Mais je vais dire quelque chose en votre faveur, patron. Vous devez être le plus grand veinard sur terre. Vous avez envoyé sur le terrain, pour jouer à domicile une finale européenne, une équipe avec deux attaquants seulement, parce que Bob Dugland Paisley et Joe Dugland Fagan vous ont dit que ces foutus Allemands allaient attaquer. Mais les Allemands ont berné Bob et Joe. Les Allemands vous ont tous feintés. Alors, vous avez eu une sacrée veine que l'arbitre ait reporté le match. Parce que vous n'auriez jamais réussi à les battre, patron. Pas en jouant comme ça. Vous auriez eu de la chance de gagner un malheureux corner. Et je ne parle même pas du match. Vous n'auriez jamais pu le remporter. Pas en jouant comme ça. Pas avec cette équipe-là. Vous auriez pu vous estimer heureux d'obtenir un nul. Un foutu match nul. À domicile. Dans une finale européenne. Et si vous jouez comme ça ce soir. Si vous alignez la même équipe ce soir. C'est tout ce que vous obtiendrez. Un foutu match nul. Et je vous le dis. Ils en rigoleront de bon cœur pendant tout le voyage de retour. Parce qu'ils savent qu'ils vont vous massacrer, chez eux, sur leur terrain. En Allemagne. Ils savent qu'ils vont vous écraser !

Bill fixe John Toshack. Et Bill dit, Fini ?

Non, répond John Toshack. Je n'ai pas fini. J'ai une dernière question pour vous, patron. Je veux savoir qui choisit les joueurs. C'est vous, patron ? Ou bien c'est Bob Dugland Paisley et Joe Dugland Fagan ? Je veux savoir qui choisit les joueurs, ici. C'est vous, patron ?

Bill bondit sur ses pieds. Et Bill hurle, Mais à qui crois-tu parler, bon sang ? Pour qui tu te prends ? Pour entrer ici, et me balancer tes prédictions ? Nom de Dieu. Sors d'ici, espèce de grande gueule arrogante. Allez, du balai. Va-t'en…

Ne vous inquiétez pas, dit John Toshack. Je m'en vais. Mais je ne reviendrai pas. Parce que je n'en ai rien à foutre, de votre putain d'équipe !

Bill regarde John Toshack sortir en trombe de son bureau. Bill entend John Toshack claquer la porte du bureau. Et Bill sourit. Bill contourne sa table de travail, les sacs et les sacs de courrier. Et Bill sort du bureau. Bill longe le couloir. Bill se rend à la remise à chaussures. Et Bill voit Bob, Joe, Reuben et Ronnie assis sur des caisses de bière vides posées à l'envers, au milieu des chaussures de foot nettoyées et pendues aux crochets. Et Bill s'assied dans la remise. Au milieu des chaussures de foot nettoyées et pendues aux crochets. Et Bill dit, Bonjour, les gars. Comment ça va, aujourd'hui ? J'espère que vous avez eu le temps de sécher ? Bon sang, quelle soirée, hein ? J'ai cru que la pluie ne s'arrêterait jamais. J'ai cru qu'elle tomberait indéfiniment. C'était comme dans la Bible. Comme Noé au temps du déluge, c'était…

Oui, acquiesce Bob en riant. C'est vrai. Mais le terrain sera en bon état ce soir, Bill. Lourd, mais praticable.

Bill sourit. Et Bill dit, Très bien, Bob. Bonne nouvelle. Alors, et les Allemands, hein ? Qu'est-ce que vous en avez pensé, les gars ?

Je crois qu'ils s'attendaient à ce qu'on attaque davantage qu'on ne l'a fait, répond Joe. Il me semble qu'ils pensaient peut-être qu'on pourrait aligner Phil Boersma dès le départ. Ou même Tosh. Donc, j'en déduis qu'ils s'étaient préparés à défendre. Et puis à tâcher de nous marquer un but. Et c'est pour ça, à mon avis, qu'ils ont fait jouer Surau pour épauler Michallik. Ce qui m'a un peu surpris…

Bill hoche la tête. Et Bill dit, Oui. On ne s'attendait pas à ça. Pas après ce qu'on avait dit, pas après ce qu'ils avaient dit. Je croyais qu'ils chercheraient le but bien plus que ça. Je n'aurais pas cru qu'ils seraient aussi défensifs. En me basant sur tout ce qu'on avait dit…

Oui, répète Bob. Et je ne serais pas surpris qu'ils ne fassent pas jouer Michallik ce soir. Et qu'ils attaquent un peu plus…

Oui, dit Bill. je suis sûr que tu as raison, Bob. Je suis sûr que c'est ce qu'ils vont faire. Mais je crois qu'on devrait attaquer, nous aussi. Parce que leurs défenseurs ne sont pas tellement grands. Pas grands du tout, même. Ils sont bien plus petits que je ne le pensais…

Oui, dit Bob. Vous avez raison. Alors, qu'est-ce que vous prévoyez, Bill ?

Je pense que nous devrions faire un changement…

Et Bill se lève. Bill ressort de la remise à chaussures. Bill reprend le couloir. Bill regagne son bureau. Il contourne les sacs et les sacs de courrier. Et Bill s'assied à sa table de travail. Bill prend son carnet d'adresses. Bill tourne les pages de son carnet d'adresses. Bill décroche son téléphone. Bill compose un numéro. Et Bill dit, Allô, mon gars ? Tu n'es pas encore au lit ?

Non, répond John Toshack. Je viens de rentrer.

Eh bien, ne tarde pas à aller te coucher, mon gars. Ne traîne pas trop. Parce que tu auras besoin de repos, mon gars. Tu joues ce soir…

…

Dans le vestiaire, le vestiaire d'Anfield. Le regard de Bill passe d'un joueur au suivant. Il regarde les seize joueurs présents dans le vestiaire. Les seize joueurs prêts à tout pour défendre les couleurs du Liverpool Football Club au match aller de la finale de la Coupe de l'UEFA contre le Borussia VfL 1900 Mönchengladbach e.V. d'Allemagne de l'Ouest. À domicile, à Anfield. Bill sort une feuille de sa poche de pardessus. Et Bill annonce, Il y aura juste un changement dans notre équipe ce soir, les gars. Et notre équipe, ce sera : Clemence, Lawler, Lindsay, Smith, Lloyd, Hughes, Keegan, Cormack, Toshack, Heighway et Callaghan. Et les remplaçants seront Lane, Thompson, Storton, Boersma et Hall…

Et dans le vestiaire, le vestiaire d'Anfield. Brian Hall se lève. Brian Hall regarde Bill Shankly fixement. Brian Hall secoue la tête, Brian Hall jure. Et Brian Hall sort du vestiaire. Brian Hall claque la porte du vestiaire. Et les joueurs regardent Bill Shankly. Les entraîneurs regardent Bill Shankly. Et Bill dit, Laissez-le partir. Laissez-le se calmer. Ce garçon est déçu. Ce garçon est vexé. Déçu de ne pas jouer, vexé d'être sur le banc de touche. Et c'est pourquoi il a réagi comme il l'a fait. Et je m'attendrais à la même réaction de la part de chacun d'entre vous. Si vous deviez ne pas jouer, si vous étiez sur le banc. Parce que vous seriez déçus, vous seriez vexés. Si vous ne pouviez pas jouer pour le Liverpool Football Club dans une finale européenne. Si on ne vous donnait pas votre chance d'entrer dans l'Histoire. Et d'accomplir ce qu'aucun joueur de Liverpool n'a jamais fait jusqu'à maintenant. Gagner un trophée européen. Et de réussir ce qu'aucun joueur anglais n'a jamais fait jusqu'à maintenant. Gagner le championnat et gagner un trophée européen. En une seule saison, dans la même saison…

À la 21e minute, Chris Lawler centre. John Toshack reprend le centre. Toshack le renvoie d'une tête vers Kevin Keegan. Keegan plonge sur le ballon, Keegan se propulse vers le ballon. Et Keegan le reprend de la tête. Pour l'envoyer dans les filets, dans les buts. Quatre minutes plus tard, Lindsay centre. Et Bonhof touche le ballon de la main dans la surface de réparation. L'arbitre siffle. L'arbitre accorde un penalty. Keegan tire le penalty. Mais Kleff arrête le penalty. À la 29e minute,

Rupp passe à Wimmer. Wimmer passe à Heynckes. Heynckes passe à Dammer. Et Dammer tire. Mais son tir heurte le poteau. À la 33e minute, Emlyn Hughes centre. Toshack reprend le centre. D'une tête, Toshack le fait suivre à Keegan. Et Keegan tire. Dans les filets, dans les buts. À la soixantième minute, Heynckes passe à Wimmer. Et Wimmer tire. Mais son tir passe au-dessus de la transversale. Deux minutes plus tard, Keegan tire un corner. Et Lloyd reprend le corner de la tête. Et l'envoie dans les filets, dans les buts. À la 65e minute, Steve Heighway commet une faute sur Jensen dans la surface de réparation. L'arbitre siffle. L'arbitre accorde un penalty. Heynckes tire le penalty. Mais Ray Clemence arrête le penalty. Et le Liverpool Football Club bat le Borussia Vfl 1900 Mönchengladbach e.V. d'Allemagne de l'Ouest 3-0 à l'issue du match aller de la finale de la Coupe de l'UEFA. À domicile, à Anfield. Bill longe le ligne de touche. La ligne de touche d'Anfield. Et Bill serre la main de Hennes Weisweiler, le manager du Borussia Vfl 1900 Mönchengladbach –

Bien joué, dit Hennes Weisweiler. Bravo à vous et au Liverpool Football Club, monsieur Shankly. Vous êtes de loin la meilleure équipe contre laquelle nous ayons joué. Vous regorgez de puissance, vous regorgez de force. Mais vous êtes également très plaisants à regarder quand vous attaquez. Très habiles. C'est pourquoi je ne peux pas dire que je croie encore en nos chances, à présent. Je pense que nos chances de remporter le trophée se sont envolées. Alors, toutes mes félicitations, monsieur Shankly…

Bill secoue la tête. Et Bill dit, Merci, monsieur Weisweiler. Merci beaucoup. Ce match a été fantastique. Une confrontation de grande classe. De classe internationale. Parce que vous avez très bien joué, vous aussi. Donc je ne peux pas dire que le résultat reflète vos erreurs. Il découle plutôt de notre réussite. Et pour nous, le plus important, c'est de ne pas vous avoir laissés marquer de but à l'extérieur. C'est la plus importante de nos réussites. Mais vous êtes une grande équipe, monsieur Weisweiler. Alors, je ne ferai pas de prédiction pour le match retour. Parce que je sais que nous n'en sommes qu'à la mi-temps –

Nous n'en sommes encore qu'à la mi-temps.

…

Dans le vestiaire. Le vestiaire des visiteurs au Bökelbergstadion de Mönchengladbach, en Allemagne de l'Ouest. Le regard de Bill passe d'un joueur au suivant. Il regarde les seize joueurs présents dans le vestiaire des visiteurs. Les seize joueurs prêts à tout pour défendre les couleurs du Liverpool Football Club au match retour de la finale de l'UEFA. À l'extérieur, ailleurs qu'à Anfield. Bill sort une feuille de sa poche de survêtement. Son survêtement rouge. Et Bill annonce, Il n'y aura pas de changement dans notre équipe ce soir, les gars. Ce sera la même équipe que celle qui a gagné 3-0 à Anfield. Et notre équipe, ce sera donc : Clemence, Lawler, Lindsay, Smith, Lloyd, Hughes, Keegan, Cormack, Toshack, Heighway et Callaghan. Et les remplaçants seront les mêmes. Les remplaçants seront Lane, Thompson, Storton, Boersma et Hall…

Mais dès le premier coup de sifflet du match, dès le coup d'envoi, Borussia Mönchengladbach attaque et attaque le Liverpool Football Club. Encore et encore, ils montent et ils montent à l'assaut du Liverpool Football Club. Et à la 20e minute, le ciel s'ouvre en deux. Avec un éclair, avec un coup de tonnerre. Le ciel allemand déverse des trombes d'eau sur le Liverpool Football Club. La pluie. Une pluie glacée. Une pluie abondante et glacée. Abondante, glacée, incessante et torrentielle, qui s'abat sur le Liverpool Football Club. Et à la 30e minute, Rupp intercepte une passe de Ian Callaghan à Larry Lloyd. Rupp saute sur le ballon. Rupp le passe en retrait à Heynckes pour qu'il le frappe. Et l'expédie dans les filets, dans les buts. Et dix minutes plus tard, Netzer fait parvenir à Rupp un long tir sur l'aile gauche. Rupp efface deux joueurs de Liverpool. Et de nouveau Rupp passe en retrait à Heynckes. Et de nouveau Heynckes frappe le ballon. Depuis la lisière de la surface de réparation. Et le ballon finit dans les filets, dans les buts. Et dans la première mi-temps du match retour de la finale de la Coupe de l'UEFA, le Liverpool Football Club a été complètement dominé. Et complètement surclassé. Et le Liverpool Football Club est mené 2-0 par le Borussia Mönchengladbach. À l'extérieur, ailleurs qu'à Anfield. Sur le banc, le banc du Bökelbergstadion. Bill se lève, Bill se hisse sur ses jambes. Et Bill longe la ligne de touche. Il descend dans le tunnel. Il entre dans le vestiaire. Le vestiaire des visiteurs. Et le regard de Bill passe d'un joueur au suivant. D'un joueur trempé et ruisselant à un autre joueur trempé et ruisselant. Et Bill dit, Écoutez-moi, les gars. Franchement, c'est une bonne équipe. Et franchement, ils ont bien joué. Mais je vais vous dire autre chose, les gars. Quand ils sont sortis du terrain, à l'instant. Quand ils sont descendus dans le tunnel. J'ai sondé leur regard, les gars. Leur regard à tous. Et croyez-moi, les gars. Croyez-moi : ils sont vidés, les gars. Ils ont donné tout ce qu'ils avaient. Et ils n'ont plus de réserves. Ils n'ont plus rien à donner. Le réservoir est vide, les gars. Ils sont finis. Vous verrez que j'ai raison. Ces types-là, ils sont sur les rotules. Alors, tenez bon, les gars. Tenez bon, surtout. Parce qu'on y est presque, les gars –

On est bientôt arrivés…

Mais dès le début de la seconde mi-temps, dès le premier coup de pied de la seconde mi-temps, le Borussia Mönchengladbach attaque et attaque le Liverpool Football Club. Encore et encore, ils montent et ils montent à l'assaut du Liverpool Football Club. Et sur le banc, le banc du Bökelbergstadion. Bill se lève de nouveau, Bill se hisse sur ses jambes de nouveau. Et Bill commence à faire les cent pas le long de la ligne de touche. Il arpente et il arpente le bord du terrain. En se retournant pour voir les supporters du Liverpool Football Club. Pour tendre le doigt vers les supporters du Liverpool Football Club. Pour sonder le regard des supporters du Liverpool Football Club. Persuadé qu'ils savent que ce match est l'épreuve la plus difficile jamais subie par le Liverpool Football Club. Mais persuadé qu'ils croient en la capacité du Liverpool Football Club de remporter cette épreuve. Bill sait qu'ils y croient. Qu'ils croient que la victoire est proche,

la victoire est proche,

la victoire –

Et à présent les supporters du Liverpool Football Club escaladent le périmètre du terrain, les supporters du Liverpool Football Club envahissent la pelouse. Ils dansent de joie, ils sautent de joie. Ils tapent dans le dos des joueurs du Liverpool Football Club, ils hissent les joueurs du Liverpool Football Club sur leurs dos. Et les officiels de l'UEFA apportent une grande table sur la pelouse. Les officiels de l'UEFA posent l'énorme Coupe de l'UEFA sur la table. Et Tommy Smith s'extirpe de la joyeuse pagaille des supporters du Liverpool Football Club. Tommy Smith soulève l'énorme Coupe de l'UEFA. Et Tommy Smith brandit à bout de bras l'énorme Coupe de l'UEFA. Et les joueurs du Liverpool Football Club tendent le bras pour toucher la Coupe de l'UEFA. Pour tenir la Coupe de l'UEFA. Et les supporters du Liverpool Football Club tendent le bras pour toucher la Coupe de l'UEFA. Pour tenir aussi la Coupe de l'UEFA. Les joueurs et les supporters du Liverpool Football Club…

Dans le vestiaire. Le vestiaire des visiteurs. Trempé par la pluie, ruisselant de sueur. Bill s'assied sur le banc. Trempé par la pluie et ruisselant de sueur. Bill écoute la joie des joueurs du Liverpool Football Club. Trempés par la pluie, ruisselant de sueur. Bill entend le bruit des crampons qui descendent le tunnel. Trempé par la pluie, ruisselant de sueur. Bill voit s'ouvrir la porte du vestiaire. Trempé par la pluie et ruisselant de sueur. Tommy Smith apporte la Coupe de l'UEFA dans le vestiaire. Trempé par la pluie, ruisselant de sueur. Tommy Smith tend l'énorme Coupe de l'UEFA à Bill –

Voilà, patron. C'est fait. Elle est tout à vous, patron.

Trempé par la pluie, ruisselant de sueur. Bill secoue la tête. Bill sourit. Et Bill dit, Non, Tommy. Elle est à nous tous…

…

À l'aéroport, l'aéroport de Speke. En pleine nuit, à 2 h 30 du matin. Bill et les joueurs et les entraîneurs du Liverpool Football Club descendent de l'avion qui les ramène d'Allemagne. Et Bill n'en croit pas ses yeux. Où qu'il regarde, il voit des visages. Il voit des gens. Partout. Il y en a des centaines, il y en a des milliers. Des centaines et des milliers de gens à l'aéroport, à l'aéroport de Speke. En pleine nuit, à deux heures et demie du matin. Des gens qui attendent pour accueillir les joueurs et les entraîneurs du Liverpool Football Club, des gens qui attendent pour acclamer les joueurs et les entraîneurs du Liverpool Football Club. Des gens qui sourient, des gens heureux. Et Bill n'en croit pas ses oreilles. Tous ces gens qui les acclament et qui les applaudissent, tous ces gens qui crient et qui scandent, *LI-VER-POOL, LI-VER-POOL, LI-VER-POOL...*

Et le soir suivant, il y a un défilé. Un défilé dans les rues de Liverpool. Sur l'impériale d'un bus à ciel ouvert. Avec leurs deux coupes, avec leurs deux trophées. Depuis Anfield jusqu'au centre de la ville, jusqu'au cœur de la ville depuis Anfield. Sur l'impériale du bus, à ciel ouvert. De nouveau. Bill n'en croit pas ses yeux. Où qu'il regarde, il voit des visages. Il voit des gens. Partout. Il y en a des centaines. Il y en a des milliers. Des centaines de milliers de gens. Des gens qui sourient, des gens heureux. Depuis Anfield jusqu'au centre de la ville, jusqu'au cœur de la ville depuis Anfield. De nouveau. Bill n'en croit pas ses oreilles. Tous les gens les acclament et les applaudissent, tous les gens crient et scandent, *LI-VER-POOL,*

LI-VER-POOL, LI-VER-POOL...

Dans William Brown Street. Bill descend du bus avec les joueurs et les entraîneurs du Liverpool Football Club. Dans William Brown Street. Bill monte les marches de la bibliothèque Picton avec les joueurs et les entraîneurs du Liverpool Football Club. Devant les colonnes corinthiennes de la bibliothèque Picton. Bill prend place avec les joueurs et les entraîneurs du Liverpool Football Club et leurs familles. Et devant les colonnes corinthiennes de la bibliothèque Picton. Bill n'en croit toujours pas ses yeux. Où que Bill regarde, Bill voit des visages. Il voit encore plus de gens. Partout. De plus en plus de gens. Des centaines de milliers de gens en plus. Encore plus de gens souriants, encore plus de gens heureux. Et devant les colonnes corinthiennes de la bibliothèque Picton. Bill n'en croit toujours pas ses oreilles. Toutes ces centaines de milliers de gens souriants les acclament et les applaudissent, toutes ces centaines de milliers de gens heureux crient et scandent, *LI-VER-POOL,*

LI-VER-POOL, LI-VER-POOL...

Et dans William Brown Street. Devant les colonnes corinthiennes de la bibliothèque Picton. Avec les joueurs et les entraîneurs du Liverpool Football Club et leurs familles. Entre les deux coupes, entre les deux trophées. De nouveau. Bill refoule ses larmes. De nouveau. Bill a du mal à respirer. Et de nouveau. Bill s'avance. De nouveau. Bill ouvre les bras. Et de nouveau. Les gens, ces centaines de milliers de gens, tous en même temps, ces gens se taisent. *Tout simplement.* Ils se taisent. Et tous, en silence, ils attendent –

Mesdames, messieurs. Ceci est le plus grand jour de ma carrière. Le plus beau jour de ma vie. Je n'avais encore rien connu de tel dans ma carrière de joueur ou de manager. Parce que vous êtes les meilleurs fans du monde. C'est pour vous que nous avons gagné. Et la seule chose qui nous intéresse, c'est de gagner pour vous. Et la raison pour laquelle nous avons gagné, c'est que nous croyons en vous et que vous croyez en nous. Et c'est votre foi et votre passion qui nous ont apporté le succès. Grâce au Ciel, vous êtes tous là. Grâce au Ciel, nous sommes tous là. Merci. Vous ne savez pas à quel point nous vous aimons. Merci...

Et tous ces gens, ces centaines de milliers de gens, l'acclament et l'applaudissent, et tous crient et scandent –

SHANK-LY, SHANK-LY –

SHANK-LY...

Dans William Brown Street. Devant les colonnes corinthiennes de la bibliothèque Picton. Avec les joueurs et les entraîneurs du Liverpool Football Club et leurs familles. Entre les deux coupes, entre les deux trophées. Bill se tourne vers Ness. Bill lui prend la main. Bill lui presse la main. Et Bill dit, Merci, chérie. Merci.

Et Ness lève les yeux vers Bill. Et Ness sourit à Bill –

Le jour est arrivé, chéri ? C'est bien celui-ci ?

43

Après les triomphes, avant les triomphes

Pendant l'été 1973, la deuxième semaine de juillet. Dans le pavillon, le pavillon de Melwood. Bill Shankly, Bob Paisley, Joe Fagan, Reuben Bennett, Ronnie Moran et Tom Saunders font face aux joueurs du Liverpool Football Club. Et le regard de Bill Shankly fait le tour du pavillon. Du pavillon de Melwood. Il passe d'un joueur au suivant. De Phil Boersma à Derek Brownbill, de Derek à Ian Callaghan, de Ian à Ray Clemence, de Ray à Peter Cormack, de Peter à Roy Evans, de Roy à Brian Hall, de Brian à Steve Heighway, de Steve à Emlyn Hughes, d'Emlyn à Kevin Keegan, de Kevin à Frankie Lane, de Frankie à Chris Lawler, de Chris à Alec Lindsay, d'Alec à Larry Lloyd, de Larry à Hughie McAuley, de Hughie à John McLaughlin, de John à Dave Rylands, de Dave à Tommy Smith, de Tommy à Peter Spiring, de Peter à Trevor Storton, de Trevor à Peter Thompson, de Peter à Phil Thompson, de Phil à John Toshack, de John à Alan Waddle et d'Alan à John Webb. Bill Shankly hoche la tête. Et Bill Shankly sourit –

Merci pour l'an dernier. Merci beaucoup, les gars. Vos médailles et vos plaques sont dans ce carton, là-bas, dans le coin de la pièce. Mais maintenant, oubliez-les. Parce que aujourd'hui, on repart. Et on repart à zéro. De tout en bas. Alors, allons-y, les gars –

Allons-y. On remet la machine en marche, les gars…

…

Pendant l'été 1973, à la fin de la deuxième semaine de juillet. Dans le couloir, le couloir d'Anfield. Emlyn Hughes frappe à la porte du bureau de Bill Shankly. Et Emlyn Hughes ouvre la porte. Bill Shankly lève les yeux de son travail. De sa machine à écrire –

Bonjour, Emlyn. Comment vas-tu, aujourd'hui, mon gars ? Assieds-toi…

Merci, patron. Et vous, comment ça va, patron ? Vous allez bien, patron ? Et votre famille, patron ? Tout le monde va bien, chez vous, patron ?

Tout le monde va très bien, Emlyn. Merci, mon petit. Et toi et ta famille, Emlyn ? Tout le monde va bien chez toi aussi, Emlyn ? Comment va ton père, petit ?

Il va très bien, patron. Merci, patron. Mais en fait, c'est quelque chose que mon père a dit qui m'a donné l'idée de venir vous parler, patron.

Ah, oui ? Et de quoi s'agit-il, petit ? Qu'est-ce qu'il a dit ?

Eh bien, on parlait tous les deux, patron. Moi et mon père, patron. À propos de mon nouveau contrat. Et donc, on a parlé de mon avenir, patron. Moi et mon père. Parce que, vous savez, je lui parle toujours de tout, patron. Vous et lui. Vous êtes les deux personnes à qui je parle toujours. Et il sait, et vous savez, à quel point j'aime jouer pour ce club. Et jouer pour vous, patron. Et vous savez que je n'aurais jamais envie de jouer pour qui que ce soit d'autre. Pas pour Manchester United ni pour Arsenal ni pour aucun de ces clubs qui viennent fureter par ici, patron. Comme ils le font tous. Surtout pas maintenant, pas après la saison qu'on vient d'avoir. Mais ce qu'il y a, patron. Ce qu'il y a, c'est que je joue en équipe nationale, maintenant. Et j'adore jouer pour l'Angleterre, patron. Et je veux devenir le capitaine de l'équipe d'Angleterre, patron. C'est mon rêve. C'est mon rêve depuis toujours, patron. Alors, c'est pour ça qu'on en a parlé, mon père et moi. De ma désignation comme capitaine de l'équipe d'Angleterre, patron. Mais mon père, il dit qu'à son avis je ne serai jamais capitaine de l'équipe d'Angleterre. Si je ne suis même pas capitaine de Liverpool, patron. Mon père, il pense que ça n'arrivera jamais. Si je ne suis même pas capitaine de mon propre club, patron. Il pense que je ne serai jamais capitaine de l'équipe d'Angleterre. Mais il croit que ça pourrait se faire si j'étais à Manchester United. Ou à Arsenal. Ou à Leeds. Ou même à Everton, patron. Il pense que si je jouais pour une de ces équipes-là. Alors je serais capitaine, patron –

Et après, capitaine de l'équipe d'Angleterre…

Bill Shankly bondit sur ses pieds –

Donc, tu es en train de me dire, petit. Tu es en train de me dire que si je ne te nomme pas capitaine du Liverpool Football Club, tu vas t'en aller, petit. Tu iras jouer pour Manchester United. Pour Arsenal ou pour Leeds. Ou même pour ce foutu Everton. C'est bien ce que tu viens de dire ? C'est ça que tu veux me faire comprendre ?

Non, patron, non. Pas du tout, patron. Non, patron. Je ne ferais jamais ça, patron. Mais je ne sais plus où j'en suis, patron. Je ne sais plus ce que je dois faire. Je ne sais pas si je dois renoncer à mon rêve ou non, patron. Parce que, enfin, c'est vous qui me l'avez dit, patron. Quand je suis arrivé ici, vous m'avez dit que j'étais un futur capitaine de Liverpool, patron. Et un futur capitaine de l'équipe d'Angleterre, patron. Et je vous ai cru, patron. Je vous ai cru, et mon père aussi vous a cru…

Donc, aujourd'hui, tu me traites de menteur, c'est ça ?

Non, patron, non. Pas du tout, patron. Non, patron. Je ne ferais jamais ça, patron. Après mon propre père, patron, vous êtes l'homme que je respecte le plus, patron…

Alors, où veux-tu en venir, petit ? Qu'est-ce que tu me demandes ?

Je vous demande simplement s'il vaut mieux que j'oublie mon rêve, patron. Mon rêve de devenir capitaine de l'équipe d'Angleterre, patron. C'est tout, patron. Je veux simplement savoir si je dois arrêter même d'y penser. Parce que je sais que vous savez tout ce que ça représente, patron. Vous m'avez raconté que ce que vous désiriez le plus, c'était de jouer pour l'Écosse, patron. Et combien vous étiez fier le jour où vous avez été capitaine de l'équipe d'Écosse. À Hampden, contre l'Angleterre…

Bill Shankly se rassied derrière sa table de travail –

Oui, le jour où vous nous avez battus 3-1.

J'en suis désolé, patron. Mais au moins vous pourrez toujours dire que vous avez été capitaine pour votre pays. Vous avez eu cet honneur, monsieur Shankly –

Pour vous, ça n'a pas seulement été un rêve…

…

Pendant l'été 1973, au début de la troisième semaine de juillet. Dans le parking, le parking d'Anfield Road. Tommy Smith s'est changé, il est en survêtement. Tommy Smith attend dans le parking avec les autres joueurs du Liverpool Football Club. Tommy Smith s'apprête à monter dans le bus. Le bus qui va l'emmener à Melwood avec les autres joueurs du Liverpool Football Club. À l'entraînement. Tommy Smith rit, Tommy Smith plaisante. Dans le parking, le parking d'Anfield Road. En pull et survêtement. Bill Shankly s'approche des joueurs du Liverpool Football Club. Bill Shankly salue les joueurs. Bill Shankly leur serre la main, Bill Shankly leur tape dans le dos. Bill Shankly leur demande comment s'est passé leur week-end. Bill Shankly leur demande des nouvelles de leur famille. Bill Shankly rit et Bill Shankly plaisante. Bill Shankly se tourne vers Tommy Smith. Qui sourit toujours, qui sourit toujours –

Bonjour, Tommy. Bonjour, mon gars. Comment ça va aujourd'hui, Tommy ? Est-ce que je peux te dire deux mots, mon gars ? En vitesse, Tommy ?

Tommy Smith hoche la tête. Et Tommy Smith suit Bill Shankly qui retourne vers le stade. Il le suit dans le couloir, il entre dans le bureau. Et Bill Shankly referme la porte derrière lui. Bill Shankly s'assied à sa table de travail –

Assieds-toi, Tommy. Prends un siège, mon gars.

Tommy Smith s'assied.

J'ai décidé de nommer Emlyn capitaine, Tommy. Tu resteras le capitaine du club, mon gars. Mais c'est Emlyn qui sera le capitaine de l'équipe, Tommy. Sur le terrain, pendant le match. Ça te va, mon gars ?

Tommy Smith fixe Bill Shankly de l'autre côté de sa table de travail. Et Tommy Smith hoche la tête. Et Bill Shankly bondit de nouveau sur ses pieds –

Alors, c'est d'accord, Tommy. Merci d'être venu, mon gars. Je te verrai tout à l'heure à Melwood, Tommy. Je te verrai à l'entraînement, mon gars…

Tommy Smith se lève. Tommy Smith ressort du bureau. Il longe le couloir, il ressort du stade. Il entre dans le parking et il monte dans le bus. Le bus qui attend Tommy Smith. Mais Tommy Smith ne rit plus, Tommy Smith ne plaisante plus –

Plus maintenant.

…

Pendant l'été 1973, pendant la quatrième semaine de juillet. Tous les joueurs du Liverpool Football Club doivent aller voir Bill Shankly –

À la fin de la saison passée, pendant le défilé dans les rues de Liverpool, John Smith, le nouveau président du Liverpool Football Club, est monté à bord du bus à impériale. John Smith a rejoint les joueurs sur l'impériale à ciel ouvert. John Smith est resté sur l'impériale. Entre les deux coupes, entre les deux trophées. Et John Smith a dit aux joueurs du Liverpool Football Club qu'ils allaient tous recevoir un nouveau contrat pour la saison suivante. La nouvelle saison. Aujourd'hui, tous les joueurs du Liverpool Football Club viennent voir Bill Shankly pour discuter de leur nouveau contrat pour la saison à venir. La nouvelle saison. Tous les joueurs du Liverpool Football Club attendent en file indienne dans le couloir, près du bureau de Bill Shankly. Chaque joueur se répète les arguments qu'il va fournir à Bill

Shankly. Chaque joueur met son petit discours au point dans sa tête. Et à présent, c'est Brian Hall qui est en tête de la file d'attente, près de la porte du bureau de Bill Shankly. Brian Hall qui se répète ses arguments, qui met son petit discours au point dans sa tête. Brian Hall a décidé qu'il lui fallait une augmentation de 40 livres par semaine dans son nouveau contrat pour la saison à venir. La nouvelle saison. Mais Brian Hall sait quel genre d'homme est Bill Shankly. Brian Hall sait qu'avec Bill Shankly il n'a jamais le dernier mot. Brian Hall sait que s'il demande à Bill Shankly une augmentation de 40 livres, Bill Shankly dira que ce n'est pas possible en rejetant la faute sur le gouvernement, et qu'il lui donnera finalement une augmentation de 20 livres. Et on en restera là. La discussion sera terminée. Alors, Brian Hall a décidé de demander à Bill Shankly une augmentation de 80 livres par semaine. Et puis Brian Hall laissera Bill Shankly le convaincre de revoir ses prétentions à la baisse et de se contenter de 40 livres. Brian Hall sourit tout seul. Il pourrait même, peut-être, obtenir en fin de compte une augmentation de 50 livres. Brian Hall en rit doucement…

La porte du bureau de Bill Shankly s'ouvre. Et Chris Lawler sort du bureau de Bill Shankly. Chris Lawler regarde Brian Hall, Chris Lawler sourit à Brian Hall. Et Chris Lawler fait un clin d'œil à Brian Hall. Chris Lawler tient ouverte pour Brian Hall la porte du bureau de Bill Shankly. Brian Hall entre dans le bureau de Bill Shankly. Et Brian Hall voit Bill Shankly –

Bill Shankly lève les yeux de la pile de contrats posée sur sa table de travail. Et Bill Shankly sourit –

Bonjour, Brian. Comment vas-tu, mon gars ? Assieds-toi, mon gars…

Brian Hall ferme la porte. Et Brian Hall s'assied.

Bon, mon gars. À ton avis, combien tu vaux ?

Brian Hall regarde Bill Shankly de l'autre côté de sa table de travail. Et Brian Hall dit, Je pense à une augmentation de 80 livres par semaine, patron. Je crois que c'est ce que je vaux…

Par-dessus sa table de travail, Bill Shankly rend son regard à Brian Hall. Bill Shankly lève le menton. Bill Shankly se frotte le menton. Puis Bill Shankly se frotte les joues –

Une augmentation de 80 livres par semaine, hein ? C'est beaucoup d'argent, mon gars. C'est une grosse augmentation. Une très grosse augmentation, mon gars.

Brian Hall se tortille sur son siège. Et Brian Hall dit, Je le sais, patron. Je le sais bien. Je sais que ça fait beaucoup d'argent…

Parmi les gens qui payent pour te voir jouer, on n'en trouverait pas beaucoup qui ont reçu un jour une augmentation de 80 livres par semaine. À vrai dire, ça m'étonnerait même qu'on en trouve un seul. Pas un seul…

Brian Hall hoche la tête. Et Brian Hall dit, Je le sais, patron.

Eh bien alors, du moment que tu le sais, mon gars. Du moment que tu gardes ça en mémoire. Alors, c'est d'accord, mon gars. Si tu penses que c'est ce que tu vaux. Alors, c'est ce que je vais te donner, mon gars. Une augmentation de 80 livres par semaine. Maintenant, envoie-moi le suivant, mon gars…

Brian Hall se lève. Et Brian Hall dit, Merci, patron.

Bill Shankly regarde de nouveau la pile de dossiers posée sur sa table de travail. Et Bill Shankly sourit –

Après le défilé, après que John Smith fut descendu du bus à ciel ouvert, le nouveau président du Liverpool Football Club avait dit à Bill Shankly que chaque joueur du Liverpool Football Club pourrait bénéficier d'une augmentation de salaire de 100 livres par semaine prise en compte dans son nouveau contrat pour la saison à venir. Pour la nouvelle saison. Bill Shankly sait que ce n'est pas la bonne façon de gérer un club de football. De gérer le Liverpool Football Club. Bill Shankly sait qu'aucun joueur du Liverpool Football Club n'espère une augmentation de 100 livres par semaine. Bill Shankly sait qu'aucun joueur du Liverpool Football Club ne demanderait jamais une augmentation de

100 livres par semaine. Et aucun joueur ne lui a demandé une augmentation de 100 livres par semaine. Pas un seul. Pareillement, Bill Shankly sait qu'aucun joueur ne demanderait une augmentation de 100 livres par semaine à Matt Busby. Ni à Bill Nicholson, ni à Don Revie –

Pas un seul joueur,
jamais.

…

Le vendredi 24 août 1973, le vendredi précédant le premier match de la saison 1973-74. Le premier match de la nouvelle saison. À domicile, à Anfield. Les joueurs et les entraîneurs du Liverpool Football Club sont réunis autour de la table, au centre du vestiaire. Le vestiaire de l'équipe qui reçoit. Autour du tapis vert qui couvre la table au centre du vestiaire. Du vestiaire de Liverpool. Autour des onze bonshommes en plastique posés sur le tapis vert. Des onze bonshommes en plastique rouge, chacun portant un numéro dans le dos. Bill Shankly soulève les joueurs en plastique l'un après l'autre –

Il faut que notre gardien de but passe très vite le ballon aux arrières. Qu'il les serve sans perdre de temps. C'est ce qu'il faut faire. D'accord, Clem ?

Et Ray Clemence hoche la tête.

Bill Shankly prend les deux bonshommes en plastique qui portent les numéros 2 et 3 –

Par conséquent, il faut que les numéros 2 et 3 se rendent constamment disponibles. Toujours prêts à monter. D'accord, Chris ? D'accord, Alec ?

Et Chris Lawler hoche la tête. Et Alec Lindsay hoche la tête.

Bill Shankly prend les deux bonshommes en plastique qui portent les numéros 4 et 5 –

Demain, dans leur équipe, le buteur, ce sera Geoff Hurst. Un grand gaillard, un colosse. Et il est doué pour les reprises de la tête. Alors, les numéros 4 et 5, vous allez le marquer à tour de rôle. De cette façon, il y a toujours l'un de vous deux qui peut se reposer un peu, mais lui, jamais. Alors, parlez-en entre vous, mettez-vous d'accord. Compris, Larry ?

Et Larry Lloyd hoche la tête. Et Tommy Smith attend, il attend que Bill Shankly prononce son nom. Mais Bill Shankly soulève les deux bonshommes en plastique qui portent les numéros 6 et 8 –

Le 6 et le 8. Vous allez devoir les assiéger, leur couper les vivres. Les affamer. Et puis dégager le ballon au loin, le plus vite possible, vers les ailes. Pour Cally et pour Steve. D'accord, Emlyn ? D'accord, Peter ? C'est compris ? Vous savez ce qu'il vous reste à faire ?

Et Emlyn Hughes hoche la tête. Peter Cormack hoche la tête. Et Tommy Smith attend. Et il attend. Et Tommy Smith regarde Bob Paisley à l'autre bout du vestiaire. Bob Paisley qui contemple ses chaussures. Et Tommy Smith regarde Joe Fagan à l'autre bout du vestiaire. Joe Fagan qui contemple ses chaussures. Et à la fin de la réunion, Tommy Smith se lève. Tommy Smith s'approche de Bill Shankly. Et Tommy Smith demande, Je peux vous dire deux mots, s'il vous plaît, patron ?

Bien sûr, Tommy. Bien sûr, mon gars.

Bill Shankly et Tommy Smith sortent du vestiaire. Du vestiaire de l'équipe qui reçoit. Bill Shankly et Tommy Smith restent devant le vestiaire, dans le couloir. Dans le couloir d'Anfield. Et Tommy Smith dit, Je n'ai pas entendu mon nom, patron. Je ne vous ai jamais entendu prononcer mon nom. Alors, je me demande tout simplement si je vais jouer, patron ?

Je n'ai pas pris ma décision, Tommy. Pas encore, mon gars.

Tommy Smith hoche la tête. Et Tommy Smith dit, D'accord, patron.

…

Le lendemain, Stoke City vient à Anfield, Liverpool. Cet après-midi-là, 52 935 spectateurs viennent aussi. Ces 52 935 spectateurs veulent voir le premier match de la nouvelle saison. À domicile, à Anfield. Bill Shankly entre dans le vestiaire. Le vestiaire de l'équipe qui reçoit.

Bill Shankly sort une feuille de papier de sa poche. Et Bill Shankly lit les noms inscrits sur la feuille –

Notre équipe, aujourd'hui, ce sera Clemence, Lawler, Lindsay, Thompson, Lloyd, Hughes, Keegan, Cormack, Heighway, Boersma et Callaghan.

Et Tommy Smith fixe Bill Shankly. Bill Shankly dont le regard fait le tour du vestiaire. Passant d'un joueur au suivant. De Clemence à Lawler, de Lawler à Lindsay, de Lindsay à Thompson, de Thompson à Lloyd, de Lloyd à Hughes, de Hughes à Keegan, de Keegan à Cormack, de Cormack à Heighway, de Heighway à Boersma et de Boersma à Callaghan. Bill Shankly qui ne regarde pas Brian Hall, Bill Shankly qui ne regarde pas John Toshack. Et Bill Shankly qui ne regarde pas Tommy Smith –

Tommy Smith se lève du banc du vestiaire. Du vestiaire de l'équipe qui reçoit. Tommy Smith sort du vestiaire. Du vestiaire de Liverpool. Tommy Smith longe le couloir. Le couloir d'Anfield. Et Tommy Smith entend la porte du vestiaire s'ouvrir derrière lui. Tommy Smith entend les chaussures de foot dans le couloir derrière lui. Tommy Smith entend les crampons monter l'escalier qui mène au tunnel. Au tunnel d'Anfield. Et puis Tommy Smith entend rugir la foule. La foule d'Anfield…

Cet après-midi-là, il y a une alerte à la bombe au stade de Villa Park, à Birmingham. Il y a une alerte à la bombe au stade Belle Vue, à Doncaster. Cet après-midi-là, il y a des bagarres entre les supporters de Derby County et ceux du Chelsea Football Club. Des bagarres entre certains supporters de l'Arsenal Football Club et de Manchester United. Cet après-midi-là, il y a des agressions à coups de couteaux à la gare londonienne de Euston. Cet après-midi-là, trente-neuf joueurs reçoivent un carton jaune. Et deux sont expulsés. Cet après-midi-là, les matchs de football attirent 40 000 spectateurs de moins que l'année précédente. Mais pas à Liverpool, pas à Anfield –

À la 6e minute, Steve Heighway marque. Et le Liverpool Football Club bat Stoke City 1-0. À domicile, à Anfield.

Trois jours plus tard, le Liverpool Football Club se rend au stade de Highfield Road, à Coventry. À la 20e minute, d'une tête, Peter Cormack fait suivre le ballon à Kevin Keegan. Keegan frappe le ballon. Une volée parfaite. Et le ballon heurte le poteau. Le poteau de Coventry. Une minute plus tard, d'une tête, Stein fait suivre le ballon à Hutchinson. Hutchinson frappe le ballon. Une volée parfaite. Et le ballon s'enfonce dans les filets, au fond des buts. Et le Liverpool Football Club perd 1-0 contre Coventry City. À l'extérieur, ailleurs qu'à Anfield.

Le samedi 1er septembre 1973, le Liverpool Football Club se rend au stade de Filibert Street, à Leicester. Et à la 50e minute, John Toshack marque. Mais Birchenall marque aussi. Et le Liverpool Football Club fait match nul 1-1 avec Leicester City. À l'extérieur, ailleurs qu'à Anfield. Ce soir-là, Leeds United a 6 points. Et Leeds United est premier au classement de la première division. Invaincu. Ce soir-là, le champion d'Angleterre a 3 points. Et le champion d'Angleterre est douzième de la première division.

Le mardi 4 septembre 1973, Derby County vient à Anfield, Liverpool. Ce soir-là, 45 237 spectateurs viennent aussi. Mais pas Alec Lindsay. Alec Lindsay est malade. À domicile, à Anfield. Bill Shankly entre dans le vestiaire. Le vestiaire de l'équipe qui reçoit. Bill Shankly sort une feuille de papier de sa poche. Et Bill Shankly regarde Tommy Smith –

Notre équipe, aujourd'hui, ce sera Clemence, Lawler, Thompson, Smith, Lloyd, Hughes, Keegan, Cormack, Heighway, Toshack et Callaghan. C'est nous, ce soir, les gars. Alors, allons-y…

À la 35e minute, d'une distance de trente mètres, Phil Thompson tire et Thompson marque. Son premier but pour le Liverpool Football Club. À la 85e minute, Kevin Keegan tire un penalty. Et Keegan marque le penalty.

Et le Liverpool Football Club bat Derby County 2-0. À domicile, à Anfield.

Quatre jours plus tard, le Chelsea Football Club vient à Anfield, Liverpool. Cet après-midi-là, 47 016 spectateurs viennent aussi. À la 35e minute, Kevin Keegan marque. En seconde mi-temps, Keegan tire un penalty. Et Bonetti bloque le penalty. Mais ça n'a pas d'importance, ça ne compte pas. Le Liverpool Football Club bat le Chelsea Football Club 1-0. À domicile, à Anfield. Ce soir-là, Leeds United a 10 points. Leeds United reste premier au classement de la première division. Toujours invaincu. Le Burnley Football Club a 9 points. Et le Burnley Football Club est deuxième en première division. Le Liverpool Football Club, Coventry City, Leicester City, Manchester City et Derby County ont tous 7 points. Mais le champion d'Angleterre est troisième de la première division. À la différence de buts.

Le mercredi 12 septembre 1973, le Liverpool Football Club se déplace au Baseball Ground de Derby. Mais John Toshack ne fait pas le déplacement à Derby. John Toshack est de nouveau blessé. Phil Boersma se rend au Baseball Ground de Derby. Et Phil Boersma joue. À la 10e minute, Gemmill centre pour Hector. Hector tire. Son tir est bloqué, son tir rebondit. Et Davies tire et Davies marque. À la 26e minute, Kevin Keegan centre pour Boersma. Boersma tire. Et Boersma marque. À la 40e minute, Hector décoche un centre. McFarland réceptionne le centre. Et McFarland marque. Cinq minutes plus tard, Davies passe à Hector. Hector tire. Et Hector marque. Mais le but est refusé. Pour hors-jeu. Mais à la 55e minute, de nouveau Davies passe à Hector. Et de nouveau Hector tire. Le ballon touche Ian Callaghan. Le ballon ricoche sur Callaghan. Et le ballon s'envole au-dessus de Ray Clemence. Et finit dans les filets, dans les buts. Et le Liverpool Football Club perd 3-1 contre Derby County. À l'extérieur, ailleurs qu'à Anfield. Bill Shankly longe la ligne de touche. La ligne de touche du Baseball Ground. Et Bill Shankly serre la main de Brian Clough –

Bien joué, Brian. Vraiment très bien joué, mon petit. J'ai entendu une rumeur selon laquelle tout n'allait pas pour le mieux, ici, mais apparemment, c'est faux, mon petit…

Brian Clough rit. Et Brian Clough dit, Merci, monsieur Shankly. Merci beaucoup. C'est vrai que nous avons eu des hauts et des bas. Mais rien que je ne puisse maîtriser, monsieur Shankly…

Le samedi 15 septembre 1973, le Liverpool Football Club se déplace au stade St Andrews, à Birmingham. Mais Steve Heighway ne fait pas le déplacement à St Andrews, Birmingham. Steve Heighway est blessé. Derek Brownbill est du voyage à St Andrews, Birmingham. Et Derek Brownbill joue. Son premier match pour le Liverpool Football Club, son seul match pour le Liverpool Football Club. À la 71e minute, le Liverpool Football Club est mené 1-0 par Birmingham City. Et Bill Shankly fait sortir Derek Brownbill. Bill Shankly le remplace par Brian Hall. Et à la 85e minute, Hall marque. Et le Liverpool Football Club fait match nul 1-1 avec Birmingham City. À l'extérieur, ailleurs qu'à Anfield. Ce soir-là, Leeds United a 14 points. Leeds United reste premier au classement de la première division. Toujours invaincu. Ce soir-là, le champion d'Angleterre a 8 points. Et le champion d'Angleterre est huitième de la première division. Huitième.

Quatre jours plus tard, le champion d'Angleterre se rend au Stade de la Frontière d'Esch-sur-Alzette, au Luxembourg, pour rencontrer l'AS la Jeunesse d'Esch du Luxembourg au premier tour de la Coupe d'Europe. Certains des joueurs de l'AS la Jeunesse d'Esch sont footballeurs à temps partiel. Certains des joueurs de l'AS la Jeunesse d'Esch ont un autre emploi. Quelques-uns travaillent en usine, d'autres sont facteurs. À la 43e minute, Brian Hall marque pour le Liverpool Football Club. Mais à la dernière minute, à la toute dernière minute, Gilbert Dussier marque pour l'AS la Jeunesse d'Esch. Et le champion d'Angleterre fait match nul

1-1 avec l'AS la Jeunesse d'Esch au premier tour de la Coupe d'Europe. À l'extérieur, ailleurs qu'à Anfield.

Le samedi 22 septembre 1973, Tottenham Hotspur vient à Anfield, Liverpool. Cet après-midi-là, 42 901 spectateurs viennent aussi – 42 901 spectateurs, et Alec Lindsay. Alec Lindsay qui n'est plus malade, Alec Lindsay en état de jouer. Cet après-midi-là, Phil Thompson ne joue pas. Phil Thompson n'est pas retenu. Cet après-midi-là, Peters marque le premier pour Tottenham Hotspur. Et à la 28e minute, Chris Lawler égalise pour le Liverpool Football Club. Mais Chivers marque de nouveau pour Tottenham Hotspur. Et à la 76e minute, Alec Lindsay égalise sur penalty. Et à la dernière minute, à la toute dernière minute, Lawler marque de nouveau pour le Liverpool Football Club. Et le Liverpool Football Club bat Tottenham Hotspur 3-2. À domicile, à Anfield.

Une semaine plus tard, le Liverpool Football Club se déplace au stade d'Old Trafford, à Manchester. Le vent souffle et il pleut. Le vent est violent et la pluie tombe drue. Et il y a des éclairs et des coups de tonnerre. Mais il n'y a pas de buts. Et le Liverpool Football Club fait match nul 0-0 avec Manchester United. À l'extérieur, ailleurs qu'à Anfield. Ce soir-là, Leeds United a 17 points. Leeds United reste en tête du classement de la première division. Toujours invaincu. Ce soir-là, le champion d'Angleterre a 11 points. Le champion d'Angleterre est septième de la première division. Septième.

Le mercredi 3 octobre 1973, l'AS la Jeunesse d'Esch du Luxembourg vient à Anfield, Liverpool. Ce soir-là, 28 714 spectateurs viennent aussi. Ces 28 714 spectateurs veulent voir le champion d'Angleterre affronter l'AS la Jeunesse d'Esch du Luxembourg au match retour du premier tour de la Coupe d'Europe. À la 47e minute, Emlyn Hughes tire. Et son tir touche Mond. Le ballon ricoche sur Mond. Et finit dans les filets, dans les buts. À la 56e minute, Hughes tire de nouveau. Hoffman écarte le tir de la main. Le ballon échoit à John Toshack. Et Toshack tire. Dans les buts vides, dans les filets béants. Et le champion d'Angleterre bat l'AS la Jeunesse d'Esch du Luxembourg 2-0 au match retour du premier tour de la Coupe d'Europe. À domicile, à Anfield.

Trois jours plus tard, Newcastle United vient à Anfield, Liverpool. Cet après-midi-là, 45 612 spectateurs viennent aussi. À la 20e minute, Peter Cormack marque. À la 86e minute, Alec Lindsay marque encore un penalty. Et le Liverpool Football Club bat Newcastle United 2-1. À domicile, à Anfield. Ce soir-là, Leeds United a 18 points. Leeds United reste en tête du classement de la première division. Leeds United reste invaincu. Ce soir-là, le champion d'Angleterre a 13 points. Le champion d'Angleterre est cinquième de la première division. Cinquième.

Deux jours après, le Liverpool Football Club se rend au stade d'Upton Park, à Londres, pour affronter West Ham United au second tour de la Coupe de la Ligue. À la 34e minute, Peter Cormack marque. Cinq minutes plus tard, MacDougall égalise pour West Ham United. À la 55e minute, Ian Callaghan passe à Steve Heighway. Heighway file entre Coleman et McDowell. Day sort de sa cage pour foncer vers Heighway. Mais Heighway allonge son tir pour contourner Day. Et le ballon finit dans les filets, dans les buts. Mais à la 83e minute, Brooking centre. De la tête, MacDougall renvoie le ballon parallèlement à la ligne de but. Le ballon rebondit devant la ligne de but. Robson lève un pied. Son pied intercepte le rebond. Et le ballon finit dans les filets, au fond des buts. Et le Liverpool Football Club fait match nul 2-2 avec West Ham United au second tour de la Coupe de la Ligue. À l'extérieur, ailleurs qu'à Anfield. Il va falloir rejouer le match.

Le samedi 13 octobre 1973, le Liverpool Football Club se déplace au stade du Dell, à Southampton. À la 7e minute, Larry Lloyd fait un croc-en-jambe à Channon dans la surface de réparation. Channon tire le penalty. Et Channon marque le penalty. Et le Liverpool Football Club perd 1-0 contre le Southampton Football Club. À l'extérieur, ailleurs qu'à Anfield. Depuis le début de cette saison, le Liverpool Football Club n'a toujours pas gagné à l'extérieur, ailleurs qu'à Anfield. Ce soir-là, Leeds United a 19 points. Leeds United est premier de la première division. Leeds United est toujours invaincu. Ce soir-là, le champion d'Angleterre a 13 points. Le champion d'Angleterre est septième de la première division. De nouveau septième, seulement septième.

Une semaine plus tard, le Liverpool Football Club se déplace au stade d'Elland Road, à Leeds. Cet après-midi-là, 44 911 spectateurs se déplacent aussi. Ces 44 911 spectateurs veulent voir le leader du classement de la première division affronter le champion d'Angleterre. Il y a là 44 911 spectateurs et Miljan Miljanic. Miljan Miljanic est l'entraîneur du Fudbalski Klub Crvena Zvezda Beograd. Dans quatre jours, le Liverpool Football Club va rencontrer le Fudbalski Klub Crvena Zvezda Beograd au match aller du deuxième tour de la Coupe d'Europe. À l'extérieur, ailleurs qu'à Anfield. Le samedi 20 octobre 1973, à la 30e minute de la première mi-temps. Clarke passe à Bremner. Bremner passe à Lorimer. Lorimer centre. Jones reprend le centre de la tête. Et envoie le ballon au fond des filets, au fond des buts. C'est le but de la victoire. Et le Liverpool Football Club perd 1-0 contre Leeds United. À l'extérieur, ailleurs qu'à Anfield.

Le mercredi 24 octobre 1973, le Liverpool Football Club se rend au Crvena Zvezda Stadium, à Belgrade, en Yougoslavie, pour affronter le Fudbalski Klub Crvena Zvezda Beograd au match aller du deuxième tour de la Coupe d'Europe. Miljan Miljanic a vu le Liverpool Football Club jouer en deux occasions. Contre le Southampton Football Club et contre Leeds United. Et Miljan Miljanic a vu le Liverpool Football Club perdre deux fois. Miljan Miljanic déclare à ces messieurs de la presse : Le Liverpool Football Club est une des grandes équipes de notre époque. Une équipe exceptionnelle. Aussi exceptionnelle que le Real Madrid ou l'Ajax d'Amsterdam. Ils ont un très bon gardien avec Clemence.

Deux solides arrières, un milieu de terrain infatigable avec Hughes, et un avant dangereux avec Heighway. Mais je détecte quand même une faiblesse dans le milieu de leur défense. Et nous allons tenter de l'exploiter…

Bill Shankly n'a pas vu jouer le Fudbalski Klub Crvena Zvezda Beograd. Au cours des deux semaines qui se sont écoulées depuis l'annonce du tirage au sort du deuxième tour de la Coupe d'Europe, le Fudbalski Klub Crvena Zvezda Beograd n'a pas joué –

Mais j'aime les Yougoslaves, dit Bill Shankly à ces messieurs de la presse. Ils sont comme les gens du Nord. Mussolini a essayé de leur faire peur, Hitler a essayé de leur faire peur. Et Staline, à son tour, a tenté la même chose. Ils ont tous échoué. Maintenant, c'est au tour du Liverpool Football Club…

À la 40e minute de la première mi-temps du match aller, au deuxième tour de la Coupe d'Europe, Petrovic passe à Lazarevic. Lazarevic passe à Jankovic. Jankovic redonne à Lazarevic. Lazarevic fait suivre à Karasi d'une talonnade. Karasi passe à Jankovic. Et Jankovic tire et Jankovic marque. À la deuxième minute de la seconde mi-temps du deuxième tour de la Coupe d'Europe, Jovanovic lobe la défense de Liverpool. La défense de Liverpool tente de déclencher le piège du hors-jeu, mais la défense de Liverpool est trop lente. Bogicevic se rue vers le lob. Et Bogicevic reprend le lob de volée. Et l'expédie au fond des filets, au fond des buts. Mais à la 72e minute, le Liverpool Football Club décroche un corner. Steve Heighway tire le corner. Dojcinovski dégage le corner. Mais son dégagement parvient à Chris Lawler. Lawler à la lisière de la surface de réparation. Et Lawler tire et Lawler marque. Un but à l'extérieur, un but qui vaut cher. Mais le Liverpool Football Club perd quand même 2-1 contre le Fudbalski Klub Crvena Zvezda Beograd au match aller du deuxième tour de la Coupe d'Europe. À l'extérieur, ailleurs qu'à Anfield.

Trois jours plus tard, Sheffield United vient à Anfield, Liverpool. Cet après-midi-là, 40 641 spectateurs viennent aussi. À la 26e minute, Kevin Keegan marque.

Et le Liverpool Football Club bat Sheffield United 1-0. À domicile, à Anfield. Ce soir-là, Leeds United a 23 points. Leeds United reste en tête du classement de la première division. Leeds United est toujours invaincu. L'Everton Football Club a 18 points. Et l'Everton Football Club est deuxième de la première division. Ce soir-là, le champion d'Angleterre a 15 points. Et le champion d'Angleterre est sixième de la première division. Sixième.

Le lundi 29 octobre 1973, West Ham United vient à Anfield, Liverpool, pour affronter le Liverpool Football Club dans le match à rejouer du deuxième tour de la Coupe de la Ligue. Ce soir-là, 26 002 spectateurs viennent aussi. À la 22e minute, Peter Cormack passe à Steve Heighway. Heighway passe à Kevin Keegan. Keegan place un centre tendu destiné à John Toshack. Toshack plonge pour reprendre le centre. Et Toshack reprend le centre. Et Toshack marque. Et le Liverpool Football Club bat West Ham United 1-0 à l'issue du match à rejouer du deuxième tour de la Coupe de la Ligue. À domicile, à Anfield.

...

Le vendredi suivant, après l'entraînement. De retour à Anfield, après la réunion. Dans le vestiaire, le vestiaire de l'équipe qui reçoit. Tommy Smith se lève. Tommy Smith s'approche de Bill Shankly. Et Tommy demande, Je peux vous dire deux mots, s'il vous plaît, patron ?

Bien sûr, Tommy. Bien sûr, mon gars.

Bill Shankly et Tommy Smith sortent du vestiaire. Le vestiaire de l'équipe qui reçoit. Bill Shankly et Tommy Smith restent devant la porte du vestiaire, dans le couloir. Le couloir d'Anfield. Et Tommy Smith dit, Je n'ai pas entendu mon nom, patron. Je ne vous ai pas entendu prononcer mon nom. Alors, je me demandais tout simplement si j'allais jouer, patron ?

Je n'ai pas décidé, Tommy. Pas encore, mon gars.

Tommy Smith regarde fixement Bill Shankly. Et Tommy Smith ajoute, Si je ne dois pas jouer, patron. Alors, j'aimerais mieux rester ici et jouer avec l'équipe réserve. J'aimerais mieux ça plutôt que de faire tout le voyage jusqu'à Londres. Rien que pour rester assis dans les gradins et regarder jouer tous les autres, patron. Je préférerais rester et jouer ici…

Bill Shankly hoche la tête. Et hoche la tête de nouveau –

Je sais ce que tu ressens, Tommy. Je comprends, mon gars. Mais je t'ai retenu pour l'équipe, Tommy. J'en ai informé la presse, petit. Et je n'ai encore rien décidé, Tommy…

Tommy Smith hoche la tête. Et Tommy Smith dit, Bon, d'accord, patron.

…

Le samedi 3 novembre 1973, le Liverpool Football Club se déplace au stade de Highbury, à Londres. Et Tommy Smith aussi fait le déplacement au stade de Highbury. Mais Tommy Smith ne laisse pas son sac dans le bus. Dans le bus de Liverpool. Tommy Smith apporte son sac dans le vestiaire. Le vestiaire des visiteurs. Tommy Smith pose son sac sur le seuil du vestiaire. Du vestiaire de Liverpool –

Bill Shankly entre dans le vestiaire. Le vestiaire des visiteurs. Bill Shankly enjambe le sac laissé sur le seuil du vestiaire. Bill Shankly sort une feuille de papier de sa poche. Et Bill Shankly lit les noms inscrits sur sa feuille –

Notre équipe, aujourd'hui, ce sera Clemence, Lawler, Lindsay, Thompson, Lloyd, Hughes, Keegan, McLaughlin, Heighway, Toshack et Callaghan. Mais, Emlyn, tu joueras à l'arrière avec Larry, mon gars. Et Phil, tu joueras milieu de terrain, d'accord, petit ? Et Cormack sera notre douzième homme, aujourd'hui. Alors, allons-y, les gars. Allons-y…

Tommy Smith se lève du banc du vestiaire. Du vestiaire des visiteurs. Tommy Smith soulève son sac qui barre le seuil du vestiaire. Du vestiaire de Liverpool. Et Tommy Smith dit, Bonne chance, les gars. Bonne chance pour aujourd'hui. Et on se reverra à l'entraînement, les gars. À Liverpool…

Et Tommy Smith sort du vestiaire. Du vestiaire de Liverpool. Tommy Smith longe le couloir. Le couloir de Highbury. Il sort du stade et traverse la foule. La foule des supporters du Liverpool Football Club. Et l'un des supporters du Liverpool Football Club voit Tommy Smith –

Qu'est-ce que tu fais ? demande le supporter du Liverpool Football Club. Où tu vas, Tommy ?

Je rentre chez moi, je retourne à Liverpool. Je ne joue pas, aujourd'hui. Et je n'aime pas regarder jouer les autres. Je ne suis pas doué pour regarder. Alors, je rentre chez moi…

Le supporter du Liverpool Football Club secoue la tête –

Si tu joues pas, Tommy. Alors, je regarde pas le match non plus. Je vais venir avec toi, plutôt, Tommy. Je vais rentrer avec toi à Liverpool, Tommy. Je te tiendrai compagnie dans le train, Tommy…

C'est gentil, petit. Mais ce n'est pas la peine, merci. Il faut que tu restes pour encourager l'équipe. Ils ont besoin de toi, plus que moi, petit. Alors, tu vas rester et encourager l'équipe, maintenant. S'il te plaît, petit. S'il te plaît…

Et Tommy Smith s'éloigne, il part en fendant la foule. La foule des supporters. Il se rend à la station de métro. Et Tommy Smith prend le métro jusqu'à la gare de Euston. Et Tommy Smith monte dans le train de Lime Street. Le train qui le ramène à Liverpool. Et Tommy Smith s'installe dans le train. Sur son siège, avec son sac. Et Tommy Smith pense à la rencontre. Au match. Au match auquel il ne participe pas. Au match qu'il manque. Sur son siège, avec son sac. Tommy Smith refoule ses larmes. Tommy Smith a du mal à respirer. Dans le train, tout seul. Il pense à la rencontre, il pense au match. La rencontre qu'il manque, le match qu'il manque. Et à tout ce qui lui manque –

À la 77e minute, Emlyn Hughes marque. À la 85e minute, John Toshack marque. Et le Liverpool Football Club bat l'Arsenal Football Club 2-0. À l'extérieur, ailleurs qu'à Anfield. Leur première victoire à l'extérieur de la saison. Mais dans le couloir. Le couloir de Highbury. Ces messieurs de la presse sportive londonienne attendent Bill Shankly, ils attendent Bill Shankly pour lui poser des questions au sujet de Tommy Smith. Mais Bill Shankly lève le menton –

Il faut une bonne équipe pour gagner à Highbury. C'est l'un des stades où il est le plus difficile de gagner. C'est pourquoi cette victoire arrive au meilleur moment pour nous. Et maintenant, je suis convaincu que nous pouvons marquer les buts nécessaires pour battre l'Étoile rouge de Belgrade.

…

Le lendemain matin, le dimanche matin. Tommy Smith entre dans le stade d'Anfield, Tommy Smith vient s'entraîner. Pour montrer aux gens qu'ils se trompent à son sujet et pour montrer à Bill Shankly qu'il se trompe à son sujet. Tommy Smith longe le couloir. Il passe devant la porte du bureau de Bill Shankly. La porte ouverte du bureau de Bill Shankly. Bill Shankly est à sa table de travail. À sa machine à écrire. Et Bill Shankly lève les yeux. Il regarde vers le couloir –

Bonjour, Tommy. Et comment vas-tu aujourd'hui, mon gars ? Entre, Tommy. Et assieds-toi, mon petit…

Tommy Smith entre dans le bureau. Mais Tommy Smith ne s'assied pas. Tommy Smith reste debout.

Écoute, dit Bill Shankly. Je sais à quel point tu es déçu, Tommy. Je sais à quel point tu es vexé de ne pas jouer, petit. Et je sais à quel point tu adores jouer, Tommy. À quel point tu as envie de jouer, mon gars. Alors, je ne te reproche pas d'être parti, Tommy. Je ne te reproche pas d'être rentré chez toi, petit. J'aurais fait exactement la même chose que toi, Tommy. Si j'avais été à ta place, petit.

Tommy Smith regarde Bill Shankly. Et Tommy Smith dit, Alors, est-ce que je jouerai mardi, patron ? Contre l'Étoile rouge de Belgrade ? Est-ce que je vais jouer, patron ? Mardi soir ?

Bill Shankly secoue la tête –

Allons, voyons, Tommy. Allons, mon gars. Je n'ai pas encore décidé, Tommy. On n'est encore que dimanche matin…

Tommy Smith regarde fixement Bill Shankly. Et Tommy Smith dit, Si je ne dois pas jouer, j'aimerais mieux le savoir. Et si je sais que je ne jouerai pas, alors j'aimerais mieux partir ailleurs. Dans un club qui me fera jouer, dans un club où on voudra de moi.

Je le sais bien, Tommy. Je le sais bien, mon gars.

…

Le mardi 6 novembre 1973, le Fudbalski Klub Crvena Zvezda Beograd vient à Anfield, Liverpool, pour disputer contre le Liverpool Football Club le match retour du deuxième tour de la Coupe d'Europe. Ce soir-là, 41 774 spectateurs viennent aussi. Mais pas Tommy Smith. Tommy Smith n'est pas dans l'équipe de Liverpool. Tommy Smith n'est même pas sur le banc de Liverpool. Ce soir-là, Clemence, Lawler, Lindsay, Thompson, Lloyd, Hughes, Keegan, McLaughlin, Heighway, Toshack et Callaghan sont dans l'équipe de Liverpool. Et Lane, Storton, Cormack, Hall et Boersma sont sur le banc de Liverpool. Et ce soir-là, sous une lune argentée, les supporters du Liverpool Football Club tanguent et tanguent. Dans un océan rugissant de banderoles rouges et d'écharpes rouges. Et ce soir-là, sous une lune argentée, les joueurs du Liverpool Football Club attaquent et attaquent. En une vague incessante de maillots rouges. Des maillots rouges qui se brisent contre les maillots blancs du Fudbalski Klub Crvena Zvezda Beograd. À trois reprises, les maillots blancs du Fudbalski Klub Crvena Zvezda Beograd tiennent bon pour repousser le ballon loin de leur ligne de but. Et puis voilà que les maillots blancs du Fudbalski Klub Crvena Zvezda Beograd transforment leur défense en attaque. Et à la 66e minute, Pavlovic arrive sur le ballon avant Steve Heighway. Pavlovic fait suivre le ballon à Jankovic. Jankovic le détourne vers Lazarevic. Lazarevic à la lisière de la surface de réparation. Et Lazarevic gifle le ballon. Et le ballon gifle le fond des filets. Et c'est un but. Un but marqué à l'extérieur, un but qui vaut cher. Trois minutes plus tard, Bill Shankly fait sortir John McLaughlin. Et Bill Shankly le remplace par Brian Hall. Et à la 77e minute, Bill Shankly fait sortir Steve Heighway. Et Bill Shankly le remplace par Phil Boersma. Et à la 85e minute, Chris Lawler égalise. Mais à la dernière minute, la toute dernière minute, Jankovic tire un coup franc. Et Jankovic marque. Et une minute plus tard, l'arbitre regarde sa montre. L'arbitre porte son sifflet à ses lèvres. Et l'arbitre donne le coup de sifflet final. Et le Liverpool Football Club perd 2-1 le match retour et 4-2 sur l'ensemble des deux rencontres contre le Fudbalski Klub Crvena Zvezda Beograd au deuxième tour de la Coupe d'Europe. Et le champion d'Angleterre est éliminé, éliminé de la Coupe d'Europe –

Éliminé, éliminé. De nouveau.

44

De la poésie pure, tout comme robbie burns

Dans la maison, dans leur cuisine. Dans l'obscurité, dans la crasse. À genoux. Bill nettoie et il nettoie et il nettoie. Dans la maison, dans leur cuisine. À genoux. Bill entend Ness tousser. Dans la maison, dans leur cuisine. À genoux. Bill lève les yeux. Et Bill voit Ness –

Combien de temps est-ce que ça va durer comme ça ? demande Ness.

Je n'en sais rien, chérie. Je ne peux pas te le dire.

…

Dans le vestiaire, le vestiaire de l'équipe qui reçoit. Le samedi, le samedi suivant. Le regard de Bill passe d'un joueur à l'autre. De Ray à Chris, de Chris à Alec, d'Alec à Phil, de Phil à Larry, de Larry à Emlyn, d'Emlyn à Kevin, de Kevin à Peter, de Peter à Steve, de Steve à Tosh et de Tosh à Cally. Et Bill dit, Bon, les gars. Je sais que vous n'avez pas encore digéré la soirée de mardi. Je sais que vous êtes tous amèrement déçus, les gars. Mais je sais aussi que vous avez joué de tout votre cœur mardi soir. Vous avez tout donné, les gars. Vous avez tous joué de tout votre cœur pour les supporters du Liverpool Football Club. Vous avez tous donné tout ce que vous aviez pour le Liverpool Football Club, les gars. Alors, je sais que vous êtes tous capables de garder la tête haute aujourd'hui. Quand vous entrerez sur le terrain aujourd'hui, les gars. Parce que je sais qu'une fois de plus vous allez tous jouer de tout votre cœur, les gars. Parce que vous allez devoir jouer de tout votre cœur, les gars. Pour faire tomber Leeds United. Pour être encore champions cette année, les gars. Parce que c'est seulement si on fait tomber Leeds United. Seulement si on est encore champions, les gars. Seulement si on y arrive qu'on aura une nouvelle chance de gagner la Coupe d'Europe, les gars. De donner aux supporters la seule coupe qu'ils n'ont jamais eue. La seule chose qui pourra leur faire davantage plaisir que n'importe quoi d'autre, les gars. La Coupe d'Europe, les gars. Si on fait tomber Leeds United et qu'on redevient champions. C'est la seule façon, les gars. La seule façon de digérer la déception. La seule façon d'effacer l'amertume, les gars. C'est la seule façon, les gars. Redevenir champions. Et rejouer en Coupe d'Europe. La seule façon, les gars. La façon de Liverpool…

Et sur le banc, le banc d'Anfield. Bill et les 38 088 spectateurs présents à Anfield regardent les joueurs du Liverpool Football Club donner tout ce qu'ils ont. Ils les regardent jouer de tout leur cœur. Et à la 22e minute, ils voient Steve Heighway marquer. Et le Liverpool Football Club bat les Wolverhampton Wanderers 1-0. À domicile, à Anfield. Ce soir-là, Leeds United est toujours premier au classement de la première division. Leeds United reste invaincu. Mais le Liverpool Football Club est à présent quatrième de la première division. Le Liverpool Football Club remonte au classement, maintenant…

Sur le banc, le banc d'Anfield. À la 17e minute, Bill et 37 422 personnes voient Kevin Keegan marquer. Et cinq minutes plus tard, ils voient Keegan marquer de nouveau. Et à la 44e minute, ils voient Peter Cormack marquer. Et à la dernière minute, la toute dernière minute, ils voient Keegan marquer encore. Un penalty. Et le coup du chapeau. Et le Liverpool Football Club bat Ipswich Town 4-2. À domicile, à Anfield. Ce soir-là, Leeds United a 28 points. Leeds United est toujours en tête du classement de la première division. Toujours invaincu. Mais le Liverpool Football Club a 21 points. Le Liverpool Football Club est maintenant troisième de la première division. Il grimpe encore.

…

Dans le bureau, à sa table de travail. Bill lève les yeux de sa machine à écrire. Bill voit Tommy Smith. Et Bill dit, Bonjour, Tommy…

Pas de *Bonjour Tommy*, s'il vous plaît. Qu'est-ce que ça veut dire, bon sang, ce cirque avec Stoke City ? Il paraît que je vais jouer pour eux ? Prêté par le club ?

Bill tend les mains vers lui, les paumes tournées vers le haut. Et Bill dit, Ça ne te fait pas plaisir, tu n'es pas content, Tommy ? Ce n'est pas ce que tu voulais, mon gars ?

Pas ce que je voulais, répète Tommy Smith. Je n'étais au courant de rien avant que Tony Waddington me téléphone à Melwood. Il y a une demi-heure. C'était la première fois que j'entendais parler de cette histoire. Il y a une demi-heure…

Bill hoche la tête. Et Bill dit, Tony m'a appelé. Il m'a demandé s'il pouvait te prendre en prêt. Juste pour un mois. Et je sais que tu as envie de jouer. C'est ce que tu veux. Alors, j'ai pensé que tu serais content. Donc, j'ai dit oui. J'ai dit oui, Tommy.

Mais vous n'avez pas pensé une minute à me demander mon avis, dit Tommy Smith. Après toutes les années que j'ai passées ici. Après tous les matchs que j'ai joués. Comme capitaine, comme capitaine du club. Vous n'avez pas eu l'idée de m'en parler ? Vous n'avez pas eu l'idée de me demander ce que je pensais d'un départ pour Stoke ?

Bill secoue la tête. Et Bill répond, Tu m'as dit que tu voulais jouer. Tu m'as dit que c'était la seule chose qui t'intéressait. Jouer. Et puis ils m'ont appelé pour me dire qu'ils voulaient que tu joues pour eux. Alors, pourquoi faudrait-il qu'on en parle, Tommy ? Pourquoi faudrait-il qu'on y réfléchisse, mon gars ? J'ai cru que tu serais content. J'ai pensé que tu serais heureux. Parce que tu as eu ce que tu voulais.

Ce que je veux, c'est jouer pour le Liverpool Football Club, réplique Tommy Smith. C'est tout ce que je demande, patron. Tout ce que je demande…

Et Tommy Smith tourne le dos à Bill. Et Tommy Smith sort du bureau. Il longe le couloir, il quitte Anfield.

…

Dans le froid, le froid glacial. Le bus s'arrête à Skipton. Dans le froid, le froid glacial. Bill et les joueurs et les entraîneurs du Liverpool Football Club descendent du bus. Dans le froid, le froid glacial. Bill et les joueurs et les entraîneurs prennent un repas à Skipton. Dans le froid, le froid glacial. Bill et les joueurs et les entraîneurs mangent leur steak-frites. Leurs fruits au sirop avec de la crème. Dans le froid, le froid glacial. Bill et les joueurs et les entraîneurs remontent dans le bus qui les emmène au stade de Roker Park, à Sunderland. Mais dans le froid, le froid glacial. Le chauffage du bus est tombé en panne. Et dans le froid, le froid glacial. Les joueurs et les entraîneurs du Liverpool Football Club sont transis de froid, ils claquent des dents. Et dans le froid, le froid glacial. Bill se lève du siège qu'il occupe dans le bus. Dans le froid, le froid glacial. Bill s'avance dans la travée centrale pour rejoindre Jack Cross, l'un des dirigeants du Liverpool Football Club. Et dans le froid, le froid glacial. Bill dit, C'est inacceptable. Inacceptable pour les joueurs du Liverpool Football Club. Alors, mes gars et moi, on ne remontera pas dans ce bus, monsieur Cross. Mes gars ne rentreront pas à Liverpool à bord de ce bus. Donc, dès qu'on arrive à Sunderland. Je veux que ce bus soit renvoyé. Et qu'on en fasse venir un autre. Un bus avec le chauffage. Qui nous attendra après le match, pour nous ramener à la maison. À Liverpool.

Dans le froid, le froid glacial. Jack Cross hoche la tête. Et dans le froid, le froid glacial. Au stade de Roker Park, à Sunderland, Jack Cross commande un nouveau bus. Un bus avec chauffage. Et dans le froid, le froid glacial. Sur le banc, le banc de Roker Park. À la 12e minute, Bill voit Kevin Keegan marquer. À la 47e minute, Bill voit John Toshack marquer. Et le Liverpool Football Club bat le Sunderland Football Club 2-0 au troisième tour de la Coupe de la Ligue. À l'extérieur, ailleurs qu'à Anfield. Mais dans le froid, le froid glacial. Dans le vestiaire, le vestiaire des visiteurs. Bill n'arrête pas de faire les cent pas. Bill attend le nouveau bus. Le bus avec chauffage. Le bus qui les remmènera à la maison. Chez eux à Liverpool. Et dans le froid, le froid glacial. Son pardessus colle à sa veste. Sa veste colle à sa chemise. Sa chemise lui colle à la peau. Bill dit, Allez, les gars. On s'en va. Le nouveau bus est là. Le bus qui nous remmène à la maison. Chez nous, à Liverpool.

...

Sur le banc, le banc du stade de Loftus Road. À la 26e minute, Bill voit Steve Heighway faire un centre. Et Larry Lloyd reprend le centre de la tête et le propulse dans les filets, dans les buts. Mais en début de seconde mi-temps, Bill voit Bowles égaliser pour les Queens Park Rangers. À la 75e minute, Bill voit John Toshack marquer. Mais en fin de seconde mi-temps, Bill voit McLintock égaliser pour les Queens Park Rangers. Et le Liverpool Football Club fait match nul 2-2 avec les Queens Park Rangers. À l'extérieur, ailleurs qu'à Anfield. Ce soir-là, Leeds United a 29 points. Leeds United est toujours premier, Leeds United est toujours invaincu. Ce soir-là, le Liverpool Football Club a 22 points. Et le Liverpool Football Club est de nouveau cinquième. Il retombe de nouveau, il ne remonte plus. Il retombe et il retombe…

…

Dans le bureau, à sa table de travail. Bill lève les yeux de sa machine à écrire. Bill voit Tommy Smith. Et Bill dit, Bonjour, Tommy. Bonjour mon gars…

Mais qu'est-ce qui se passe encore, bon sang ? demande Tommy Smith.

Bill sourit. Et Bill répond, Ravi de te voir et tout, Tommy. Je suis content que tu reviennes, mon gars. Chris s'est bousillé un cartilage. Il va être absent un bon moment. Alors, je veux que tu joues arrière droit pour nous, Tommy. Tu crois que tu peux faire ça pour nous, mon gars ? Jouer arrière droit pendant un bout de temps ?

Oui, je vais le faire, dit Tommy Smith. Je suis prêt à jouer n'importe où. Vous le savez. Je vais le faire pour l'équipe, je vais le faire pour le club. Et pour les supporters. Mais pas pour vous. Pas pour vous.

Bill sourit de nouveau. Et Bill dit, Parfait, Tommy. Merci, mon gars.

…

Sur le banc, le banc de Boothferry Park. En une période de rationnement de l'énergie. À 14 h 15 un mardi. Pour économiser le courant, pour rationner l'énergie. Bill regarde le Liverpool Football Club affronter Hull City, un club de deuxième division, au quatrième tour de la Coupe de la Ligue. Et Bill voit le Liverpool Football Club faire match nul 0-0 avec Hull City, club de deuxième division, au quatrième tour de la Coupe de la Ligue.

Sur le banc, le banc d'Anfield. Une heure plus tôt que d'habitude, à 14 heures. À cause des économies de courant, à cause du rationnement de l'énergie. Sur un terrain qui est trop mou à certains endroits, trop dur à d'autres. Dans un match qui n'aurait jamais dû être joué. À la 14e minute, Bill et 34 857 spectateurs voient

Peter Cormack marquer. Et le Liverpool Football Club bat West Ham United 1-0. À domicile, à Anfield. Et ce soir-là, Leeds United a 30 points. Leeds United est toujours premier de la première division, Leeds United est toujours invaincu. Mais le champion d'Angleterre a 24 points. Et à présent le champion d'Angleterre est deuxième au classement de la première division –

Il remonte de nouveau.

Sur le banc, le banc d'Anfield. Bill et 17 120 spectateurs seulement regardent le Liverpool Football Club affronter Hull City dans le match à rejouer du quatrième tour de la Coupe de la Ligue. À 14 heures, un mardi. À cause des économies de courant, à cause du rationnement de l'énergie. Et à la 12e minute, ils voient Ian Callaghan marquer. À la 19e minute, ils voient Ian Callaghan marquer de nouveau. Et à la 73e minute, ils voient Ian Callaghan marquer son troisième but. Dans sa 14e saison pour le Liverpool Football Club, dans son 618e match pour le Liverpool Football Club, Ian Callaghan réalise son premier coup du chapeau pour le Liverpool Football Club. Et le Liverpool Football Club bat Hull City 3-1 à l'issue du match à rejouer du quatrième tour de la Coupe de la Ligue. À domicile, à Anfield.

Sur le banc, le banc de Goodison Park. Une heure plus tôt que d'habitude, à 14 heures. À cause des économies de courant, à cause du rationnement de l'énergie. Bill et 56 098 spectateurs regardent le Liverpool Football Club affronter l'Everton Football Club. Mais John Toshack ne joue pas pour le Liverpool Football Club. John Toshack est encore blessé. Et Steve Heighway ne joue pas pour le Liverpool Football Club. Steve Heighway a la grippe. Alan Waddle joue pour le Liverpool Football Club. Et à la 67e minute, Alan Waddle marque. Son premier but pour le Liverpool Football Club. Le seul but du match. Et le Liverpool Football Club bat l'Everton Football Club 1-0. À l'extérieur, ailleurs qu'à Anfield.

Sur le banc, le banc du stade de Carrow Road. On s'attend à des coupures de courant et les projecteurs sont interdits. Mais le Liverpool Football Club s'est quand même déplacé à Carrow Road. Et le Liverpool Football Club fait match nul 1-1 avec Norwich City. À l'extérieur, ailleurs qu'à Anfield. Sur le banc, le banc du stade de Molineux. Alors que les prolongations sont désormais interdites et les semaines de travail de trois jours sur le point d'être mises en place. Entre les alertes à la bombe et les catastrophes ferroviaires. À 14 heures, un mercredi. À la 46e minute, Bill voit Tommy Smith tenter de faire suivre de la tête un long ballon à Emlyn Hughes. Mais le ballon n'atteint pas Emlyn Hughes. Ou Emlyn Hughes n'atteint pas le ballon. C'est Richards qui atteint le ballon. Et Richards marque. Et le Liverpool Football Club perd 1-0 contre les Wolverhampton Wanderers au cinquième tour de la Coupe de la Ligue. Et le Liverpool Football Club est éliminé d'une coupe de plus. Le Liverpool Football Club n'est plus dans la course. Avec l'interdiction des prolongations, avec les semaines de travail de trois jours sur le point de commencer. Entre les alertes à la bombe et les catastrophes ferroviaires. Ces messieurs de la presse parlent d'une période de crise. D'un état d'urgence. Et de la Fin du Monde –

Sur le banc, le banc d'Anfield. Une heure plus tôt que d'habitude, à 14 heures. Bill et 40 420 spectateurs regardent le Liverpool Football Club jouer contre Manchester United. Au classement de la première division, Manchester United n'est que trois rangs au-dessus du dernier. Manchester United est en pleine crise, Manchester United est en plein marasme. En état d'urgence. Et à la 30e minute, Bill et 40 420 spectateurs voient Kevin Keegan marquer. Un penalty. Et à la 65e minute, ils voient Heighway marquer. Et le Liverpool Football Club bat Manchester United 2-0. À domicile, à Anfield. En période de crise, en plein état d'urgence. Manchester reste au fond du classement de la première division, trois rangs au-dessus du dernier. Et le Liverpool Football Club reste deuxième. Leeds United est toujours en tête de la première division. Après 21 matchs. Leeds United est toujours invaincu.

Sur le banc, le banc du stade de Turf Moor. Dans la brume, la brume du lendemain de Noël. À la 3e minute, Bill voit James tirer un corner. Et Dobson reprendre le corner de la tête. Fletcher court pour récupérer le ballon. Et Fletcher marque. Dans la brume, la brume du lendemain de Noël. À la 60e minute, Bill voit Kevin Keegan tirer un penalty. Et Bill voit Keegan manquer le penalty. Mais dans la brume, la brume du lendemain de Noël. À la 84e minute, Bill voit Peter Cormack égaliser. Mais dans la brume, la brume du lendemain de Noël. Une minute plus tard, Bill voit Collins passer à Ingham. Et Ingham passer à Hankin. Hankin tire. Et Hankin marque. Et dans la brume, la brume du lendemain de Noël. Le Liverpool Football Club perd 2-1 contre le Burnley Football Club. À l'extérieur, ailleurs qu'à Anfield. Et dans la brume, la brume du lendemain de Noël. Le Liverpool Football Club a 29 points. Et Leeds United a 38 points. Dans la brume, la brume du lendemain de Noël. Le champion d'Angleterre est à 9 points de Leeds United. Et dans la brume, la brume du lendemain de Noël. Bill sait que le Liverpool Football Club a une montagne à gravir.

Sur le banc, le banc du stade de Stamford Bridge. Le dernier samedi de 1973, à la 21e minute, Bill voit Peter Cormack marquer. Et le Liverpool Football Club bat le Chelsea Football Club 1-0. À l'extérieur, ailleurs qu'à Anfield.

Sur le banc, le banc d'Anfield. Une heure plus tôt que d'habitude, à 14 heures. Avec du givre sur le terrain et de la glace dans l'air. Le premier jour de 1974, à la 18e minute du match, Bill et 39 110 spectateurs voient Weller tirer. Et Weller marquer. Mais à la 67e minute, ils voient Peter Cormack tirer. Et Cormack marquer. Et avec du givre sur le terrain et de la glace dans l'air. Le Liverpool Football Club fait match nul 1-1 avec Leicester City. À domicile, à Anfield. Les premiers points que le Liverpool Football Club laisse filer. À domicile, à Anfield. Bill entre dans le vestiaire. Le vestiaire de l'équipe qui reçoit. Et le regard de Bill fait le tour du vestiaire. Du vestiaire de Liverpool. Et Bill dit, Vous avez fait tout ce que vous avez pu, les gars. Vous avez fait le maximum. Alors, ne baissez pas la tête, les gars. Ne vous laissez pas abattre. Il faut deux équipes pour faire un match. Il faut toujours deux équipes.

Sur le banc, le banc d'Anfield. Une heure plus tôt que d'habitude, de nouveau, à 14 heures de nouveau. Bill et 31 483 spectateurs regardent le Liverpool Football Club affronter les Doncaster Rovers au troisième tour de la Coupe d'Angleterre. Les Doncaster Rovers sont 92e au classement de la Ligue de football. Les Doncaster Rovers sont tout en bas du classement de la Ligue de football. À la 3e minute, Bill et les 31 483 spectateurs voient Phil Thompson passer à Steve Heighway. Et Heighway passe à Ian Callaghan. Callaghan centre pour Kevin Keegan. Et Keegan reprend le centre de la tête. Et l'envoie dans les filets, et dans les buts. Mais trois minutes plus tard, ils voient les Doncaster Rovers tirer un corner. Et le Liverpool Football Club ne parvient pas à dégager le corner. Woods centre de nouveau dans la surface de réparation de Liverpool. Ray Clemence ne parvient pas à contrôler le tir. Clemence ne maîtrise pas le ballon, Clemence laisse tomber le ballon. Et Kitchen fonce sur le ballon. Kitchen percute le ballon. Qui finit au fond des filets, au fond des buts. Et dix minutes après, ils voient Murray centrer. Et de nouveau le Liverpool Football Club ne parvient pas à dégager ce centre. O'Callaghan tire. Et O'Callaghan marque. Et la 92e équipe de la Ligue de football, le club qui touche le fond du classement de la Ligue de football, mène au score devant la deuxième équipe de la Ligue de football, celle des champions d'Angleterre. À domicile, à Anfield. À la mi-temps, Bill entre dans le vestiaire. Le vestiaire de l'équipe qui reçoit. Et Bill fait le tour du vestiaire. Le vestiaire de Liverpool. Bill passe d'un joueur à l'autre. De Clemence à Storton. De Lindsay à Thompson. De Rylands à Hughes. De Keegan à Cormack. De Heighway à Boersma. Et de Boersma à Callaghan. Bill leur tape dans le dos, Bill leur entoure les épaules de son bras. Et Bill dit, Allez, les gars. Il faut réagir, maintenant. C'est la Coupe d'Angleterre, les gars. Alors, on met la machine en marche…

De retour sur le banc, le banc d'Anfield. À la 57e minute, Bill voit Callaghan centrer. Keegan reprend le centre. Et Keegan marque. Et puis Bill voit Cormack tirer. Mais son tir est repoussé loin de la ligne de but. Et puis Bill voit Wignall faire une tête. Mais Lindsay écarte le ballon de la ligne de but. La ligne de but de Liverpool. Et à la dernière minute, Bill voit Kitchen reprendre un centre. De la tête. Mais le ballon heurte la transversale. La transversale de Liverpool. Et le Liverpool Football Club fait match nul 2-2 avec les Doncaster Rovers au troisième tour de la Coupe d'Angleterre. À domicile, à Anfield.

Sur le banc, le banc du stade de Bellevue, à Doncaster. À 13 h 30, un mardi. À la 15e minute de la première mi-temps, Bill voit Phil Thompson envoyer un long tir dans la surface de réparation. Et Alan Waddle reprend le ballon de la tête pour le faire suivre à Steve Heighway. Heighway amortit la réception de la poitrine. Heighway tire. Et Heighway marque. Et à la 15e minute de la seconde mi-temps, Bill voit Alec Lindsay envoyer un coup franc dans la surface de réparation. Et Peter Cormack reprend le coup franc de la tête. Et l'envoie dans les filets, dans les buts. À la 70e minute, Bill voit les Doncaster Rovers marquer. Mais le but est refusé. Pour hors-jeu. Le but ne compte pas, le but n'a aucune importance. Et le Liverpool Football Club bat les Doncaster Rovers 2-0 à l'issue du match à rejouer du troisième tour de la Coupe d'Angleterre.

Sur le banc, le banc d'Anfield. Une heure plus tôt que d'habitude, encore une fois, à 14 heures encore une fois. À la 15e minute, Bill et 39 094 spectateurs voient Kevin Keegan marquer. Et à la 31e minute, ils voient Keegan marquer de nouveau. Et à la 69e minute, ils voient Phil Thompson marquer. Et le Liverpool Football Club bat Birmingham City 3-2. À domicile, à Anfield. Ce soir-là, Leeds United a 42 points. Leeds

United est toujours invaincu. Et le Liverpool Football Club a 34 points. Le Liverpool Football Club a encore 8 points de retard sur Leeds United.

Sur le banc, le banc du Victoria Ground. Bill voit Hurst marquer pour Stoke City. Et Bill voit Kevin Keegan marquer pour le Liverpool Football Club. Mais le but est refusé. Pour une faute de main. Le but ne compte pas, le but n'a aucune importance. Et à la 90e minute, le Liverpool Football Club est mené 1-0 par Stoke City. Mais pendant cette minute, cette toute dernière minute, Bill voit Tommy Smith marquer pour le Liverpool Football Club. Et le Liverpool Football Club fait match nul 1-1 avec Stoke City. À l'extérieur, ailleurs qu'à Anfield. Et cet après-midi-là, Leeds United fait match nul aussi. Leeds United reste invaincu. Et le Liverpool Football Club a toujours 8 points de retard sur Leeds United. Le Liverpool Football Club a toujours une montagne à gravir.

Sur le banc, le banc d'Anfield. Une heure plus tôt que d'habitude, à 14 heures. Bill et 47 211 spectateurs regardent le Liverpool Football Club affronter Carlisle United au quatrième tour de la Coupe d'Angleterre. Au tour précédent de la Coupe d'Angleterre, Carlisle United a battu le Sunderland Football Club. La saison précédente, le Sunderland Football Club avait battu Leeds United en finale de la Coupe d'Angleterre. Le Sunderland Football Club était le détenteur de la Coupe d'Angleterre. Et sur le banc, le banc d'Anfield. Bill et les 47 211 spectateurs regardent le Liverpool Football Club attaquer et attaquer. Encore et encore. Mais Alan Ross, le gardien de Carlisle United, sauve et sauve encore des buts. Encore et encore. Et le Liverpool Football Club fait match nul 0-0 avec Carlisle United au quatrième tour de la Coupe d'Angleterre. À domicile, à Anfield. Il va falloir rejouer ce match-là aussi –

Sur le banc, le banc du stade de Brunton Park. À 14 heures, un mardi. En première mi-temps, Bill voit le Liverpool Football Club privé d'occasions. Pas le moindre tir en direction des buts. Mais Bill voit Carlisle

United saisir plusieurs occasions. Et tenter de marquer des buts. Et Ray Clemence sauve et sauve des buts. Encore et encore. Mais à la 50e minute, Bill voit John Toshack centrer pour Kevin Keegan. Et Keegan renvoie le centre à Phil Boersma. Boersma efface un défenseur. Boersma tire. Et Boersma marque. Et trente minutes plus tard, Bill voit Brian Hall passer à Toshack. Et Toshack marque. Et le Liverpool Football Club bat Carlisle United 2-0 à l'issue du match à rejouer du quatrième tour de la Coupe d'Angleterre. À l'extérieur, ailleurs qu'à Anfield. Le Liverpool Football Club est qualifié pour le cinquième tour de la Coupe d'Angleterre.

Sur le banc, le banc d'Anfield. Toujours une heure plus tôt que d'habitude, toujours à 14 heures. À la 63e minute, 31 742 spectateurs voient Bill faire sortir Larry Lloyd. Et Bill le remplace par Peter Cormack. Et à la 90e minute, la toute dernière minute, ils voient Cormack marquer. Et le Liverpool Football Club bat Norwich City 1-0. À domicile, à Anfield. Ce soir-là, le Liverpool Football Club a 37 points. Et Leeds United a 44 points. Leeds United reste invaincu. Le Liverpool Football Club reste à 7 points de Leeds United.

Sur le banc, le banc d'Anfield. À 14 heures, un mardi. À cause des économies de courant, à cause du rationnement de l'énergie. Bill et 21 656 spectateurs regardent le Liverpool Football Club jouer contre Coventry City. Il n'y a que 21 656 spectateurs. C'est le nombre d'entrées le plus bas qu'ait jamais connu le Liverpool Football Club pour un match de première division. À domicile, à Anfield. Le Liverpool Football Club et Coventry City ont demandé à la Ligue de football de reporter le match. Mais la Ligue de football a refusé leur demande. Parce que le Liverpool Football Club et Coventry City sont encore tous les deux en course en Coupe d'Angleterre. Et cet après-midi-là, Bill et 21 656 spectateurs voient un tir d'Alan Waddle frapper un poteau. Et un tir d'Alan Waddle frapper la transversale. Et un tir d'Alan Waddle frapper le deuxième poteau. Et Waddle ne parvient toujours pas à marquer son second but pour le Liverpool Football Club. Mais à la 28e minute, ils voient Alec Lindsay marquer un penalty. Et à la 57e minute, ils voient Kevin Keegan marquer. Et le Liverpool Football Club bat Coventry City 2-1. À domicile, à Anfield.

…

Dans la salle de conférences, la salle de conférences d'Anfield. Le vendredi 15 février 1974. Le vendredi précédant le match qui doit opposer le Liverpool Football Club à Ipswitch Town au cinquième tour de la Coupe d'Angleterre. Le président et le manager du Liverpool Football Club reçoivent ces messieurs de la presse sportive. Mais ces messieurs de la presse sportive ne posent pas de questions sur la Coupe d'Angleterre. Ces messieurs de la presse sportive posent des questions sur Bill Shankly. Sur l'avenir de Bill Shankly, sur le nouveau contrat de Bill Shankly…

Le contrat actuel de M. Shankly expire à la fin du mois de mai de cette année, dit John Smith, le président du Liverpool Football Club. Au dernier jour du mois de mai. Mais je me suis déjà entretenu avec M. Shankly au sujet de son avenir. Et M. Shankly m'a assuré qu'il serait ravi de demeurer dans ce club qui lui doit tant de succès. Et par conséquent, j'ai dit à M. Shankly qu'il pouvait définir les conditions de son nouveau contrat. Et il peut également choisir la durée qui lui convient. Et je serais enchanté qu'il signe avec nous un contrat à vie. Car je souhaite sincèrement que M. Shankly reste chez nous jusqu'à la fin de ses jours. Mais cette décision-là ne nous appartient pas. Quoi qu'il en soit, nous nous mettons entièrement à la disposition de M. Shankly.

Bill hoche la tête. Bill hoche la tête une seconde fois. Puis Bill dit, Ce sera peut-être pour une année de plus. Ou deux, ou trois. Je n'en sais rien. Mais un jour, j'en suis sûr, je déciderai que j'en ai assez fait. Que ça suffit comme ça. Et alors, je partirai aussitôt. Du jour au lendemain. Parce que ma carrière de manager doit avoir une fin abrupte. Je le sais. Ça, je le sais…

Mais que ferez-vous ? demande Erlend Clouston du *Liverpool Daily Post*, que ferez-vous, Bill, quand vous partirez ? Quand vous prendrez votre retraite ? Que diable ferez-vous de toute la journée, Bill ?

Bill rit. Et Bill répond, Je mettrai mon pull et mon survêtement. Et j'irai courir. Les gens se moqueront de moi, les gens me prendront pour un fou. Mais certains d'entre eux tomberont raides morts le lendemain. Le lendemain même. Et alors, c'est moi qui rirai le dernier –

Et je mourrai en bonne santé.

…

Sur le banc, le banc d'Anfield. Une demi-heure plus tôt que d'habitude, à 14 h 30. À la 33e minute, Bill et 45 340 spectateurs voient Emlyn Hughes passer à Brian Hall. Et Hall passe à Ian Callaghan. Callaghan redonne à Hall. Hall tire. Et Hall marque. Et à la 55e minute, ils voient Alan Waddle passer à Kevin Keegan. Et Keegan tire et Keegan marque. Et le Liverpool Football Club bat Ipswich Town 2-0 au cinquième tour de la Coupe d'Angleterre. À domicile, à Anfield. Le Liverpool Football Club est qualifié pour le sixième tour de la Coupe d'Angleterre.

Sur le banc, le banc de St James' Park. En première mi-temps, Bill voit Alan Waddle manquer un tir. Et puis Waddle en manquer un autre. Et en seconde mi-temps, Bill voit Phil Boersma passer à Waddle. Waddle a le but à sa merci. Un but ouvert, un but béant. Et Waddle tire et Waddle rate. Puis Bill voit Waddle bénéficier d'une nouvelle chance. Un autre but ouvert, un autre but béant. Et de nouveau Waddle rate. Et Waddle ne parvient toujours pas à marquer son second but pour le Liverpool Football Club. Et le Liverpool Football Club fait match nul 0-0 avec Newcastle United. À l'extérieur, ailleurs qu'à Anfield. Mais cet après-midi-là, Stoke City bat Leeds United. Et Leeds United n'est plus invaincu. Mais Leeds United reste en tête du classement de la première division. Leeds United a toujours 48 points. Et le Liverpool Football Club a 40 points. Le

Liverpool Football Club reste à 8 points de Leeds United. Mais dans le couloir. Le couloir à St James' Park. Devant la presse, la presse sportive. Bill lève le menton. Et Bill dit, Ne laissez personne oser insinuer que nous avons renoncé à notre titre de champion. Le Liverpool Football Club ne renonce jamais à rien. Pas sans livrer bataille. Sans lutter jusqu'au bout. Et la route est encore longue. Encore très, très longue…

Sur le banc, le banc d'Anfield. À 15 heures, un mardi. À cause des économies de courant, à cause du rationnement de l'énergie. Trois minutes avant la fin, avant la fin du match, Bill et 27 015 spectateurs voient Phil Boersma marquer. Et le Liverpool Football Club bat le Southampton Football Club 1-0. À domicile, à Anfield. Cet après-midi-là, Leeds United ne gagne pas. Leeds United se contente d'un match nul. Et dans le couloir, le couloir d'Anfield. Bill lève le menton de nouveau. Et Bill dit, Vous pouvez être sûrs que le doute va ronger Leeds United, à présent. Parce qu'on se rapproche d'eux, maintenant. On est derrière, juste derrière eux. Et ils sentent qu'on est à leurs trousses, prêts à les rattraper. Je ne prédis pas que cela *va* arriver, messieurs. Mais c'est *possible*. C'est toujours possible. Parce que tout est possible…

Sur le banc, le banc d'Anfield. À la dernière minute, la toute dernière minute du match, Bill et 42 562 spectateurs voient Peter Cormack centrer pour Kevin Keegan. Et Keegan reprend le centre de la tête pour le faire suivre à John Toshack. Toshack virevolte, Toshack tire. Et Toshack marque. Et le Liverpool Football Club bat le Burnley Football Club 1-0. À domicile, à Anfield. Ce soir-là, Leeds United a 50 points. Et le Liverpool Football Club a 44 points. Le Liverpool Football Club n'est plus qu'à 6 points de Leeds United. Avec un match en retard, un match de plus à jouer. Et un duel contre Leeds United à venir, aussi. À domicile, à Anfield.

Sur le banc, le banc du stade d'Ashton Gate. À la 48e minute, Bill voit Phil Thompson passer à Alec Lindsay. Et Lindsay passe à Steve Heighway. Heighway passe à Peter Cormack. Cormack passe à Kevin Keegan. Keegan centre pour John Toshack. Toshack tire. Et Toshack marque. Et le Liverpool Football Club bat Bristol City 1-0 au sixième tour de la Coupe d'Angleterre. À l'extérieur, ailleurs qu'à Anfield. Le Liverpool Football Club est en demi-finale de la Coupe d'Angleterre. Cet après-midi-là, Newcastle United rencontre Nottingham Forest au sixième tour de la Coupe d'Angleterre à St James' Park, Newcastle. En début de seconde mi-temps, l'arbitre expulse un joueur de Newcastle United. L'arbitre accorde un penalty à Nottingham Forest. Nottingham Forest marque le penalty. Et Nottingham Forest mène au score 3-1 contre Newcastle United au sixième tour de la Coupe d'Angleterre. Et quelques supporters de Newcastle United déboulent des gradins côté Leazes End en envahissent la pelouse. Quelques supporters de Newcastle United agressent certains des joueurs de Nottingham Forest. Et deux des joueurs de Nottingham Forest sont blessés. L'arbitre renvoie les deux équipes au vestiaire. L'arbitre attend que l'ordre soit rétabli. Que les joueurs aient récupéré. Puis l'arbitre fait reprendre le match. Et Newcastle United gagne la rencontre 4-3. Cet après-midi-là, 103 personnes reçoivent des soins médicaux. Cet après-midi-là, 39 individus sont arrêtés. Ce soir-là, le secrétaire du club de Nottingham Forest écrit à la Football Association. Nottingham Forest proteste contre les incidents survenus à St James' Park, Newcastle. Nottingham Forest proteste contre le résultat final du match joué à St James' Park, Newcastle. Ted Croker, le secrétaire de la Football Association, répond que la Football Association va ouvrir une enquête sur les incidents survenus à St James' Park, Newcastle. Ted Croker dit que Newcastle United pourrait être disqualifié.

…

Devant le stade, devant Anfield. Les files d'attente se sont formées dès l'heure du petit déjeuner. On a fermé les grilles une heure et demie avant le coup d'envoi. Et à l'intérieur du stade, à l'intérieur d'Anfield. Pendant l'heure et demie qui a précédé le coup d'envoi, les supporters du Liverpool Football Club ont rugi. Et rugi. Et sur le banc, le banc d'Anfield. Dès la première minute, la toute première minute, Bill et les 56 003 spectateurs voient le Liverpool Football Club se ruer à l'attaque avec fracas. Et Hunter dégage la ligne de but. La ligne de but de Leeds. D'un tir de John Toshack. Et Emlyn Hughes dégage la ligne de but. La ligne de but de Liverpool. D'un tir de Lorimer. Le Liverpool Football Club attaque puis il défend. Leeds United défend puis il attaque. De l'avant vers l'arrière. D'un bout du terrain à l'autre. De l'arrière vers l'avant. D'un bout du terrain à l'autre. Attaque et défense. Défense et attaque. Et à la 82e minute, Bill et les 56 003 spectateurs voient Alec Lindsay faire un lob qui retombe dans la surface de réparation. La surface de réparation de Leeds. Et de la tête Kevin Keegan fait suivre le ballon à Toshack. Toshack transmet à Steve Heighway. Heighway tire. Et Heighway marque. Et le Liverpool Football Club bat Leeds United 1-0. À domicile, à Anfield. Cette saison, le Liverpool Football Club a gagné treize rencontres dans les dix dernières minutes. Le Liverpool Football Club n'a concédé qu'un seul but dans leurs neuf derniers matchs. Et le Liverpool Football Club est désormais invaincu depuis seize matchs. Aussi bien en coupe qu'en championnat. Le Liverpool Football Club a maintenant 46 points. Et Leeds United a 52 points. Le Liverpool Football Club a encore 6 points de retard sur Leeds United. Mais le Liverpool Football Club a deux matchs en retard, deux matchs à venir. Et dans le couloir, le couloir d'Anfield. Bill lève le menton. Et Bill dit, Peu importe le classement du championnat. C'était un grand match. Exactement ce dont le public avait besoin. Exactement ce que le public désirait. Après les tristes événements récents…

Et dans le couloir, le couloir d'Anfield. Don Revie hoche la tête –

Oui, dit Don Revie. Au moins, cela aura été une publicité de premier ordre pour le football. Au moins…

Sur le banc, le banc du stade de Molineux. À la 27e minute, Bill voit Alec Lindsay passer à Steve Heighway. Et Heighway passe à Brian Hall. Hall tire. Et Hall marque. Et le Liverpool Football Club bat les Wolverhampton Wanderers 1-0. À l'extérieur, ailleurs qu'à Anfield. Cet après-midi-là, Leeds United perd 4-1 contre le Burnley Football Club. À domicile, à Elland Road. Leeds United a 52 points. Et le Liverpool Football Club a 48 points. Le Liverpool Football Club n'est plus qu'à 4 points de Leeds United. Avec encore deux matchs en retard,

encore deux matchs à venir.

…

Sur le banc, le banc du stade d'Old Trafford. Bill et 60 000 spectateurs regardent le Liverpool Football Club affronter Leicester City en demi-finale de la Coupe d'Angleterre. Et dès la première minute, ils voient les joueurs du Liverpool Football Club attaquer et attaquer. Et à la 35e minute, Kevin Keegan envoie une tête vers les buts. Et Rofe bloque le ballon sur la ligne de but. À la 60e minute, Kevin Keegan envoie de nouveau une tête vers les buts. Et Rofe bloque de nouveau le ballon sur la ligne de but. Et à la 86e minute, Kevin Keegan envoie encore une tête vers les buts. Et le ballon frappe le poteau. Et à la 90e minute, l'arbitre regarde sa montre. L'arbitre porte son sifflet à ses lèvres. Et l'arbitre donne le coup de sifflet final. D'un match dans lequel le Liverpool Football Club s'est vu attribuer treize corners. Et Leicester City n'en a eu qu'un seul. D'un match que le Liverpool Football Club aurait dû gagner. Et gagner facilement. Le Liverpool Football Club fait match nul 0-0 avec Leicester City. En demi-finale de la Coupe d'Angleterre. À l'extérieur, ailleurs qu'à Anfield. Bill entre dans le vestiaire. Le vestiaire d'Old Trafford. Et le regard de Bill fait le tour du vestiaire. Du vestiaire de Liverpool. Il passe d'un joueur au suivant. D'un joueur épuisé à un autre joueur épuisé. De Clemence à Smith. De Lindsay à Thompson. De Cormack à Hughes. De Keegan à Hall. De Heighway à

Toshack. Et de Toshack à Callaghan. D'un joueur déçu à un autre joueur déçu. Et Bill dit, Allons, les gars. Allons. Relevez la tête. Ne vous laissez pas abattre. Je sais bien qu'on va devoir rejouer mercredi contre cette clique. Même si on les a déjà battus une fois. Je sais qu'il va falloir les battre de nouveau. Parce que les règles le précisent clairement : tant que l'une ou l'autre des équipes n'a pas mis le ballon au fond des filets, le score reste nul. Alors, on doit rejouer contre eux mercredi soir à Villa Park. Jouer contre eux encore une fois et les battre de nouveau. Et je sais que vous êtes épuisés, les gars. Et je sais que vous êtes déçus, aussi. Mais ceux d'en face, vous imaginez dans quel état ils sont ? Vous imaginez ça ? Comment vous réagiriez, si vous étiez montés sur le ring face à George Foreman, pour vous faire pilonner pendant six reprises, et puis – soudain – plus de son, plus d'image, et vous apprenez qu'il faut remonter sur le ring contre lui dans quatre jours ? Comment vous prendriez ça, les gars ? Vous imaginez un peu ? Vous ne seriez pas enchantés d'y retourner, pas vrai ? Eh bien, croyez-moi, les gars. J'ai regardé la tête qu'ils faisaient, les joueurs de Leicester, quand ils ont quitté le terrain il y a un instant. Et je les ai regardés au fond des yeux, les gars. Et je peux vous dire qu'ils avaient la tête de types qui avaient connu l'enfer. Ils ont connu l'enfer, les gars. Alors, écoutez-moi bien. Ils sont assis de l'autre côté de ce couloir, les gars. Dans l'autre vestiaire. Et ils ne sont pas enchantés à l'idée de rejouer mercredi soir, les gars. Aucun d'entre eux n'en a envie. Parce qu'ils aimeraient mieux ne pas revivre le même cauchemar. Alors, mercredi soir, vous finirez le travail, les gars. Vous allez jouer contre eux et les battre encore une fois, les gars. Et abréger leurs souffrances…

Sur le banc, le banc du stade de Villa Park. Dès la première minute, la toute première minute, Bill et 55 619 spectateurs voient les joueurs du Liverpool Football Club attaquer et attaquer encore. Mais cette fois les joueurs de Leicester City attaquent aussi. D'un bout du terrain à l'autre. Le Liverpool Football Club attaque et Leicester City attaque. D'un bout du terrain à l'autre. Shilton sauve des buts et Ray Clemence sauve des buts. Mais au bout de 35 secondes, en seconde mi-temps, John Toshack fait une tête à suivre. Et dans la mêlée, dans la ruée qui fonce vers la cage. Brian Hall propulse le ballon de l'autre côté de la ligne. Dans les filets, dans les buts. Mais trois minutes plus tard, Earle tire. Le ballon ricoche sur Emlyn Hughes. Le ballon échoit à Glover. Et Glover tire. Dans les filets, dans les buts. Mais les joueurs du Liverpool Football Club attaquent toujours. Et les joueurs de Leicester City attaquent toujours. D'un bout du terrain à l'autre. Le Liverpool Football Club attaque et Leicester City attaque. D'un bout du terrain à l'autre. Shilton sauve des buts et Ray Clemence sauve des buts. Mais à la 62e minute, Toshack envoie un lob vers l'avant. Et Kevin Keegan court après le ballon. Plus vite que les défenseurs de Leicester City, devançant les défenseurs de Leicester City. Le ballon retombe. Keegan court. Le ballon tombe. Keegan court. La chute, la course. Keegan rattrape le ballon, Keegan frappe le ballon. À la volée. D'une distance de vingt mètres. La volée de Keegan finit dans les filets. Et c'est un but. Un but imparable, un but fantastique. Le but de la saison. De n'importe quelle saison. Et puis à la 86e minute, Peter Cormack passe à Toshack. Toshack tire. Et Toshack marque. Et le Liverpool Football Club bat Leicester City 3-1 à l'issue de la demi-finale à rejouer de la Coupe d'Angleterre. À l'extérieur, ailleurs qu'à Anfield. Bill se plante dans le couloir, le couloir à Villa Park. Bill redresse la tête, Bill lève le menton. Et Bill dit, Nous venons de voir un match magnifique. Les deux équipes sont à féliciter. Le spectacle a été superbe. Et l'ambiance était électrique. Mais nous n'avons jamais mieux joué qu'aujourd'hui. Nous avons joué un football de grande classe de l'arrière vers l'avant, en faisant circuler le ballon avec adresse et de façon inspirée. Et je ne veux pas mettre en avant tel ou tel joueur à titre individuel. Car c'est le collectif qui s'est montré brillant. Nous avons un collectif brillant. Mais Smith a été exceptionnel. Ainsi que Callaghan. Et Hall. Et Cormack. Tous exceptionnels dans un collectif brillant. Et quant à Keegan. Eh bien, cette saison, Keegan a marqué de nombreux buts remarquables. Mais celui d'aujourd'hui est le plus important. Parce que pour Leicester City, c'était le but de la mort. Et il était de la même qualité que l'ensemble de sa prestation. Une prestation fantastique, une prestation incroyable. Et ce qui est véritablement incroyable, pour moi, c'est que ce garçon ne soit même pas dans l'équipe nationale. C'est tout simplement criminel. En fait, c'est aussi grave que de pendre un innocent.

Et dans le couloir, le couloir à Villa Park. Ces messieurs de la presse hochent la tête. Et ces messieurs de la presse demandent, Mais le championnat, Bill ? Vous avez neuf matchs à jouer au cours des vingt-quatre prochains jours. Pouvez-vous encore gagner le championnat ? Et la Coupe ? Et réussir le doublé ? Parce que, pour réussir tout ça, pour réaliser le doublé, il va vous falloir gagner neuf matchs en vingt-quatre jours…

Bill sourit. Et Bill répond, Je ne sais même pas contre qui nous jouons samedi. Quelqu'un me le dira demain. Mais je sais que nous allons essayer. Parce que nous essayons toujours. Le Liverpool Football Club essaie toujours de gagner tous les matchs qu'il joue. Tous les matchs qu'il joue…

Sur le banc, le banc d'Anfield. Bill écoute 52 027 spectateurs scander, *On va gagner la Coupe ! On va gagner la Coupe ! Hé-ho, addio, On va gagner la Coupe !* Et à la 7e minute, Bill et les 52 027 spectateurs voient Alec Lindsay marquer un penalty. Et à la 29e minute, ils voient les Queens Park Rangers marquer contre leur camp. Et le Liverpool Football Club bat les Queens Park Rangers 2-1. À domicile, à Anfield. Et les 52 027 spectateurs chantent encore, mais à présent ils scandent, *On va ga-gner le cham-pion-nat ! On va ga-gner le cham-pion-nat ! Hé-ho-addio, On va ga-gner le cham-pion-nat !*

Sur le banc, le banc du stade de Bramall Lane, à Sheffield. À la 15e minute, Bill voit Woodward passer à Garbett. Et le juge de touche lève son drapeau. Pour signaler un hors-jeu. Mais Garbett passe à Nicholl. Et le juge de touche baisse son drapeau. Et Nicholl tire. Et Nicholl marque. Et le juge de touche garde son drapeau baissé. Et le but est confirmé. Et le Liverpool Football Club perd 1-0 contre Sheffield United. À l'extérieur, ailleurs qu'à Anfield. Leeds United a 54 points. Le Liverpool Football Club a 50 points. Mais le Liverpool Football Club a encore deux matchs en retard, deux matchs à venir –

Sur le banc, le banc du stade de Maine Road. À la 18e minute, Bill voit Peter Cormack marquer. Mais à la 65e minute, Bill voit Lee marquer. Et le Liverpool Football Club fait match nul 1-1 avec Manchester City. Le lendemain, pas plus tard que le lendemain même. Sur le banc, le banc du stade de Portman Road. En première mi-temps, Bill voit Whymark marquer pour Ipswich Town. Et en seconde mi-temps, Bill voit Emlyn Hughes égaliser pour le Liverpool Football Club. Et le Liverpool Football Club fait match nul 1-1 encore une fois. À l'extérieur, ailleurs qu'à Anfield. Cet après-midi-là, Leeds United fait match nul, aussi. Et Leeds United a 55 points. Et le Liverpool Football Club a 52 points. Mais le Liverpool Football Club a encore un match en retard,

encore un match à venir –

Sur le banc, le banc d'Anfield. À la 3e minute, Bill et 50 781 spectateurs voient Brian Hall marquer. À la 12e minute, ils voient Brian Hall marquer de nouveau. À la 16e minute, ils voient Phil Boersma marquer. Et à la 35e minute, ils voient Kevin Keegan marquer. Et le Liverpool Football Club bat Manchester City 4-0. À domicile, à Anfield. Les supporters du Liverpool Football Club scandent et scandent, *On va gagner la Coupe ! On va ga-gner le cham-pion-nat ! Hé-ho, addio –*

ON VA GAGNER LE DOUBLÉ !

Sur le banc, le banc d'Anfield. Bill et 55 858 habitants du Merseyside regardent le Liverpool Football Club affronter l'Everton Football Club. Mais le Liverpool Football Club ne marque pas et l'Everton Football Club ne marque pas. Personne ne marque. Et le Liverpool Football Club fait match nul 0-0 avec l'Everton Football Club. À domicile, à Anfield. Le Liverpool Football Club a 55 points. Et Leeds United a 60 points. Mais le Liverpool Football Club a toujours deux matchs en retard, deux matchs à venir. Et dans le couloir, le couloir d'Anfield. De nouveau. Bill lève le menton. Et de nouveau. Bill dit, Ce n'est pas encore fini –

Pas encore, pas encore…

Sur le banc, le banc d'Anfield. Bill et 47 997 spectateurs regardent le Liverpool Football Club affronter l'Arsenal Football Club. Bill et 47 997 spectateurs qui y croient encore. Et ils voient Kevin Keegan tirer. Mais Rimner bloque le tir. Et ils voient John Toshack tirer. Mais Rimner bloque le tir de nouveau. Et ils voient Tommy Smith tirer. Mais le tir de Smith frappe la transversale. Et puis ils voient Ball passer à Kelly. Et Kelly passe à Kennedy. Et Kennedy tire et Kennedy marque. Et le Liverpool Football Club perd 1-0 contre l'Arsenal Football Club. À domicile, à Anfield. Leur première défaite de la saison. À domicile, à Anfield. Ce soir-là, le Liverpool Football Club a 55 points. Et Leeds United a 60 points. Mais le Liverpool Football Club n'a plus que deux matchs à jouer, deux matchs à venir. Et le Liverpool Football Club ne peut plus rattraper Leeds United. Ce soir-là, chez eux. Les joueurs de Leeds United sont premiers de la première division. Chez eux, Les doigts de pied en éventail –

Les joueurs de Leeds United sont les nouveaux champions.

Sur le banc, le banc d'Upton Park. En première mi-temps, Bill voit Alec Lindsay tirer un penalty que le gardien arrête. Mais en seconde mi-temps, Bill voit John Toshack marquer. Et à la dernière minute, la toute dernière minute, Bill voit Kevin Keegan marquer. Et le

Liverpool Football Club fait match nul 2-2 avec West Ham United. À l'extérieur, ailleurs qu'à Anfield. Dans le couloir, le couloir d'Upton Park. Bill garde le menton en avant. Et Bill dit, Si la saison avait commencé à Noël, nous aurions gagné le championnat haut la main. Et n'oubliez pas, notre match le plus important de la saison est encore à venir. La finale de la Coupe d'Angleterre,

la Grande Finale.

À Manchester, au stade d'Old Trafford. Cet après-midi-là, à la 84e minute, Denis Law marque pour Manchester City. Et quelques supporters de Manchester United se précipitent sur le terrain. Et Matt Busby prie les supporters de Manchester United de quitter la pelouse. Pour que le match puisse se terminer. Par égard pour le club. Par égard pour Manchester United. Mais les supporters de Manchester United refusent de quitter le terrain. Par égard pour le club. Par égard pour Manchester United. Et le match ne peut pas se terminer. Le match est arrêté. Mais le résultat est conservé. Manchester United a perdu 1-0 contre Manchester City. À domicile, à Old Trafford. Manchester United est relégué en deuxième division.

…

Dans le vestiaire. Le vestiaire de Wembley. Bill fixe avec une punaise une coupure de journal sur le mur. Le mur de Wembley. Et le regard de Bill fait le tour du vestiaire. Du vestiaire de Liverpool. Il passe d'un joueur au suivant. Il regarde les seize joueurs du Liverpool Football Club. Et Bill dit, Tenez, les gars. Voilà les déclarations de Supermac[1]. Il détaille ce qu'il va nous faire subir. Combien de buts il va marquer contre nous. De quelle façon il va nous laminer. Et voilà ce qu'il dit de nous. Que nous sommes une équipe surestimée et que nous n'avons pas de rythme. Bon, il a dit ce qu'il avait à dire. Et nous, maintenant, on va faire ce

1. Malcolm Macdonald, buteur de Newcastle United.

qu'on a à faire. Donc, notre équipe, ce soir, ce sera Clemence, Smith, Lindsay, Thompson, Cormack, Hughes, Keegan, Hall, Heighway, Toshack et Callaghan. Et notre douzième homme sera Lawler…

Et dans le vestiaire. Le vestiaire de Wembley. Phil Boersma se lève. Et Phil Boersma secoue la tête –

Ma carrière dans ce club est terminée…

Et Phil Boersma sort du vestiaire. Du vestiaire de Liverpool. Il longe le couloir. Le couloir de Wembley. Et il sort du stade. Du stade de Wembley.

…

Sur le banc, le banc de Wembley. Bill agite les bras, Bill agite les mains. Pour chaque ballon, pour chaque descente. Et chaque passe. Et Callaghan passe à Lindsay. Lindsay centre pour Toshack. Toshack saute pour reprendre le centre. Toshack fait suivre d'une tête le ballon à Keegan. Mais Kennedy bondit. Et de la tête Kennedy envoie le ballon par-dessus la transversale. La transversale de Newcastle. Et sur le banc, le banc de Wembley. Bill agite les bras de nouveau, Bill agite les mains de nouveau. Pour chaque ballon, pour chaque descente. Et chaque passe. Et Heighway passe à Keegan. Keegan court avec le ballon. Keegan efface Howard. Keegan centre pour Toshack. Mais McFaul intercepte le ballon. McFaul sauve le but. Sur le banc, le banc de Wembley. Bill agite les bras, Bill agite les mains. Pour chaque ballon, pour chaque descente. Et chaque passe. Et Smith passe à Keegan. Keegan amortit la passe de la poitrine. Keegan passe à Toshack. Et Toshack tire. Et Toshack rate. Et sur le banc, le banc de Wembley. De nouveau Bill agite les bras, de nouveau Bill agite les mains. Pour chaque ballon, pour chaque descente. Et chaque passe. Et Callaghan passe à Heighway. Heighway court. Heighway centre. Mais Howard repousse le ballon loin de la ligne de but. De la ligne de but de Newcastle. Et à la mi-temps. Sur le banc, le banc de Wembley. Son maillot de corps lui colle à la peau. Bill se lève, Bill se hisse sur ses jambes. Et Bill longe la ligne de touche. La ligne de touche de Wembley. Bill descend dans le tunnel. Le tunnel de Wembley. Bill entre dans le vestiaire. Le vestiaire de Wembley. Et le regard de Bill fait le tour du vestiaire. Du vestiaire de Liverpool. Il passe d'un joueur à l'autre. De Clemence à Smith. De Lindsay à Thompson. De Cormack à Hughes. De Keegan à Hall. De Heighway à Toshack. Et de Toshack à Callaghan. Et Bill dit, Bravo, les gars. Vous avez vraiment bien joué. Vous allez gagner trois ou quatre-zéro. Je n'en doute pas une minute. Pas un seul instant. Trois ou quatre-zéro. Retenez bien ce que je vous dis, les gars. Trois-zéro. Retenez ça…

Et de retour sur le banc, le banc de Wembley. Bill agite les bras de nouveau, Bill agite les mains de nouveau. Pour chaque ballon, pour chaque descente. Et chaque passe. Et Hughes passe à Heighway. Heighway passe à Keegan. Keegan passe à Toshack. Toshack passe à Cormack. Cormack passe à Keegan. Et Keegan tire. Et Keegan rate. Et sur le banc, le banc de Wembley. Bill agite les bras, Bill agite les mains. Pour chaque ballon, pour chaque descente. Et chaque tacle. Et Lindsay réussit un tacle. Lindsay s'échappe avec le ballon. Lindsay passe à Keegan. Keegan simule une réception. Il laisse le ballon passer entre ses jambes. Le ballon touche Howard. Le ballon rebondit vers Lindsay. Lindsay frappe le ballon au rebond. Lindsay décoche une volée. Qui s'engouffre dans l'angle le plus éloigné des filets. Des filets de Newcastle et de la cage de Newcastle. C'est un but de grande classe, d'une classe à part. Un but refusé. Pour hors-jeu. Et donc le but ne compte pas, le but n'a aucune importance. Mais sur le banc, le banc de Wembley. Bill agite les bras de nouveau, Bill agite les mains de nouveau. Pour chaque ballon, pour chaque descente. Et chaque remise en jeu. Et Heighway remet en jeu pour Smith. Smith centre. Hall plonge vers le ballon. Le ballon passe au-dessus de sa tête, la ballon parvient à Keegan. Keegan fait décoller le ballon du sol, le reprend de volée et l'envoie dans les filets. Et c'est un but. Un but qui compte, un but qui a de l'importance. Un but qui paye. Mais sur le banc, le banc de Wembley. Bill agite toujours les bras, Bill agite toujours les mains. Pour chaque ballon, pour chaque descente. Et chaque coup franc. Et Cormack fait rouler un coup franc jusqu'à Hughes. Et Hughes tire. Et Hughes rate. De quelques centimètres. Et sur le banc, le banc de Wembley. Bill agite les bras, Bill agite les mains. Pour chaque ballon, pour chaque descente. Et chaque passe. Et Toshack passe à Hall. Hall passe à Callaghan. Callaghan passe à Smith. Smith passe à Hall. Hall redonne à Smith. Smith passe à Keegan. Keegan passe à Heighway. Et Heighway tire. Et Heighway rate. Et sur le banc, le banc de Wembley. Bill agite les bras de nouveau, Bill agite les mains de nouveau. Pour chaque ballon, pour chaque descente. Et chaque frappe. Et Clemence fait un long dégagement vers l'autre moitié du terrain. Toshack dévie le ballon vers Heighway. Et Heighway tire. Et Heighway marque. Et sur le banc, le banc de Wembley. Sa chemise colle à son maillot de corps. Son maillot de corps lui colle à la peau. Bill se lève, Bill se hisse sur ses jambes. Et Bill se tourne vers les supporters du Liverpool Football Club. Et Bill lève le bras. La main et l'index. Pour les saluer. Puis Bill se rassied. Sur le banc, le banc de Wembley. Bill agite les bras, Bill agite les mains. Pour chaque ballon, pour chaque descente. Et chaque tête. Et d'une tête Thompson fait suivre le ballon à Callaghan. Callaghan détourne le ballon en direction de Keegan. Keegan centre pour Toshack. Et Toshack tire. Et Toshack rate. Mais sur le banc, le banc de Wembley. Bill agite toujours les bras, Bill agite toujours les mains. Pour chaque ballon, pour chaque descente. Et chaque passe. Et Keegan fait une longue passe en diagonale pour Smith. Smith fait suivre à Hall. Hall redonne à Smith. Smith passe à Heighway. Heighway redonne à Smith. Smith centre. Et Keegan reprend le centre. Keegan frappe le ballon. Et l'envoie dans les filets, dans les buts. Les filets de Newcastle et les buts de Newcastle. Newcastle United démuni à présent, Newcastle United sans aucune ressource. À nu et perdu.

En plein cauchemar, en plein jour. Et sur le banc, le banc de Wembley. Sa veste colle à sa chemise, sa chemise colle à son maillot de corps. Son maillot de corps lui colle à la peau. Bill regarde sa montre. Et maintenant Bill agite les bras une dernière fois. Bill les tend devant lui et les croise comme les lames d'une paire de ciseaux. Et Bill dit, C'est fait. C'est terminé…

Et l'arbitre porte le sifflet à sa bouche. L'arbitre lève les mains au-dessus de sa tête. Et l'arbitre siffle la fin du match. Et le Liverpool Football Club bat Newcastle United 3-0. Le Liverpool Football Club vient de gagner la Coupe d'Angleterre. De nouveau.

Et sur le banc, le banc de Wembley. Sa veste colle à sa chemise, sa chemise colle à son maillot de corps. Son maillot de corps lui colle à la peau. Bill se lève de nouveau, Bill se hisse sur ses jambes de nouveau. Et Bill se tourne vers les supporters du Liverpool Football Club de nouveau. Bill lève le bras de nouveau. La main de nouveau –

Son index de nouveau. Pour saluer de nouveau –

Et pour dire merci. De nouveau –

Bill s'avance sur la pelouse. La pelouse de Wembley. Et deux jeunes supporters du Liverpool Football Club entrent sur le terrain en courant. Le terrain de Wembley. Et les deux jeunes supporters tombent à genoux dans l'herbe. L'herbe de Wembley. À genoux, aux pieds de Bill Shankly, ils baisent les pieds de Bill Shankly. Et Bill rit. Bill dit, Faites-les bien reluire, mes chaussures, les gars.

Et Bill regarde Emlyn Hughes emmener les joueurs du Liverpool Football Club en haut des marches. Des trente-neuf marches. Bill regarde Emlyn Hughes recevoir la Coupe d'Angleterre des mains de la Princesse Anne. Bill regarde Emlyn Hughes brandir la Coupe à bout de bras. Et Bill entend les supporters du Liverpool Football Club rugir, *Li-ver-pool, Li-ver-pool –*

LI-VER-POOL…

Et sur la pelouse. La pelouse de Wembley. Ces messieurs de la presse et de la radio et de la télévision s'agglutinent autour de Bill Shankly. Et Bill ôte son pardessus. Bill tend son pardessus à un producteur de télévision. Et Bill dit, Prenez-en soin pour moi, s'il vous plaît. Mais si vous ne le faites pas, il faudra me le remplacer. Et je l'ai acheté à Rotterdam. Et un voyage à Rotterdam coûte très cher. Alors, prenez-en soin. Mais bon sang, après ce soir, vous devriez être fier de tenir le pardessus de Bill Shankly. Fier et humble. Parce que vous avez été nombreux, dans la presse, à prédire le résultat de cette finale. À analyser notre équipe sans l'avoir vue jouer. Sans avoir la moindre idée de la façon dont nous jouons. Et ça m'a irrité. C'est comme si on analysait Jack Dempsey sans l'avoir vu combattre. Eh bien, maintenant, vous savez comment nous nous battons. Comment nous nous battons les uns pour les autres. Et comment nous jouons. Comment nous jouons les uns pour les autres. Et pour les supporters du Liverpool Football Club. Vous nous avez vus et vous les avez entendus. Et si je suis heureux ce soir, ce n'est pas tant pour moi-même, pour les joueurs ou pour les autres membres du club. Je suis surtout heureux pour la foule de nos supporters. Parce que je suis un homme du peuple. Un socialiste. Et je ne regrette qu'une chose, c'est de ne pas pouvoir les rejoindre. Et leur parler. Mais je suis content que nous ayons travaillé aussi consciencieusement. Que nous ne les ayons pas déçus et que nous ayons un trophée à leur rapporter demain. Et il n'y a rien d'autre à ajouter. Alors, messieurs, si vous voulez bien m'excuser, maintenant je vais aller prendre une tasse de thé avec une ou deux tartelettes…

SHANK-LY, SHANK-LY, SHANK-LY…

Et Bill quitte la pelouse. La pelouse de Wembley. Bill descend dans le tunnel. Le tunnel de Wembley. Bill entre dans le vestiaire. Le vestiaire de Wembley. Le regard de Bill fait le tour du vestiaire. Le vestiaire de Liverpool. Et Bill s'assied sur le banc. Le banc du vestiaire. Dans le silence, tout seul. Sa veste colle toujours à sa chemise. Sa chemise colle toujours à son maillot de corps. Son maillot de corps lui colle toujours à la peau.

Dans le silence, tout seul. Bill ferme les yeux. Et Bill murmure, C'est fait. Tous les objectifs sont atteints…

Tous sauf un. Juste un seul.

…

Dans William Brown Street. Devant les colonnes corinthiennes de la bibliothèque Picton. Avec les joueurs et les entraîneurs du Liverpool Football Club et leurs familles. Et avec la Coupe. La Coupe d'Angleterre. Bill s'avance de nouveau. Bill ouvre les bras de nouveau. Et de nouveau les gens, ces centaines de milliers de gens se taisent. *Tout simplement*. Ils se taisent tous. Et Bill dit, Mesdames, messieurs, nous avons tous gardé beaucoup d'excellents souvenirs du Liverpool Football Club au cours de ces dernières saisons. Mais aujourd'hui, je crois que je suis encore plus fier que je ne l'ai jamais été. Il y a trois ans, ici même, j'ai dit que nous retournerions à Wembley. Et hier, nous y sommes retournés, et non seulement notre équipe a gagné la Coupe, mais elle a aussi donné une leçon de football. Mais par-dessus tout, nous sommes heureux pour vous. Car c'est pour vous que nous jouons. C'est vous qui payez nos salaires. Et nous n'avons pas seulement gagné la Coupe sur le terrain, nous l'avons aussi gagnée dans les gradins. Mais à présent nous regardons vers l'avenir. Car c'est ce qu'il faut toujours faire. Et nous avons une grande équipe. Nos joueurs peuvent continuer à progresser, parce que cela fait trois ans que nous mettons tout en œuvre pour parvenir à ce résultat. Trois ans pendant lesquels nous avons été la meilleure équipe du pays. La meilleure équipe d'Angleterre. Et notre régularité au cours de ces trois ans le démontre aisément. Nous sommes suffisamment bons pour gagner le championnat chaque saison. À condition de ne pas avoir soixante ou soixante-dix matchs à disputer chaque saison. Mais, fondamentalement, c'est une équipe jeune. Une équipe qui est largement capable de gagner le championnat l'an prochain. Une jeune équipe qui joue du grand football, qui joue du pur football. Du *pur* football. C'est pourquoi il n'y a aucune raison que cela s'arrête –

Aucune raison que cela s'arrête…

45

Après le coup de sifflet, avant le coup de sifflet

Après la Coupe, après le défilé. Après les discours et les réceptions. Il reste encore un match, toujours un autre match. Et le mercredi 8 mai 1974, le Liverpool Football Club se déplace au stade de White Hart Lane, à Londres, pour affronter Tottenham Hotspur dans le dernier match de la saison. Et Bill Shankly entre dans le vestiaire. Le vestiaire des visiteurs. Le regard de Bill Shankly fait le tour du vestiaire. Du vestiaire de Liverpool. Il passe d'un joueur à l'autre. De Ray Clemence à Tommy Smith. D'Alec Lindsay à Phil Thompson. De Peter Cormack à Emlyn Hughes. De Kevin Keegan à Brian Hall. De Steve Heighway à Ian Callaghan. Et de Ian Callaghan à Max Thompson. Et Bill Shankly s'approche de Max Thompson. Bill Shankly s'assied sur le banc près de Max Thompson. Et Bill Shankly passe son bras autour des épaules de Max Thompson –

Quel âge as-tu, mon gars ? Quel âge as-tu, petit ?

J'ai dix-sept ans, patron, répond Max Thompson.

Oui, dit Bill Shankly. Je le sais, petit. Je le sais. Tu as dix-sept ans et cent vingt-neuf jours, petit. Bob me l'a dit. Et Bob m'a appris que tu es le plus jeune joueur qui ait jamais intégré l'équipe du Liverpool Football Club. Tu savais ça, petit ?

Oui, patron. Bob me l'a appris à moi aussi…

Alors, tu es nerveux, petit ?

Oui, patron. Très nerveux.

C'est normal, petit. C'est tout à fait normal. Mais tu devrais être tout excité, aussi. Excité et fier. Fier d'enfiler ce maillot, fier de jouer pour le Liverpool Football Club. Pour les supporters du Liverpool Football Club. Et n'oublie pas, petit. Il y a cinquante mille gars du Kop qui rêvent d'enfiler ce maillot. Qui rêvent de jouer pour le Liverpool Football Club. Qui rêvent d'être à ta place. D'être à ta place et de porter ce maillot. Ce maillot rouge. Et crois-moi, petit. Une fois que tu auras revêtu ce maillot. Une fois que tu auras joué pour le Liverpool Football Club. Tu n'auras plus jamais envie de l'ôter, ce maillot. Tu ne voudras jamais que ça s'arrête, tu ne voudras jamais que ça se termine. Alors, profites-en bien, petit. Profite de chaque seconde et de chaque minute. De chacune des secondes que contient chaque minute. Parce qu'un jour, tout ça s'arrêtera –

Crois-moi, petit. Un jour, ce sera fini.

…

Le mercredi 8 mai 1974, en début de seconde mi-temps, Chris McGrath marque pour Tottenham Hotspur. Mais à la 67e minute, Steve Heighway égalise. Et le Liverpool Football Club fait match nul 1-1 avec Tottenham Hotspur. À l'extérieur,

ailleurs qu'à Anfield.

SECONDE MI-TEMPS

C'EST TOUS LES JOURS DIMANCHE

Shankly, un homme à la peine

46

Les projets les mieux conçus[1]

Dans la maison, dans leur salon. Après le coup de sifflet, avant le coup de sifflet. Dans son fauteuil, devant la télévision. Qui retransmet la Coupe du Monde, qui ne la retransmet plus. Bill se tourne vers Ness. Et Bill dit, j'ai pris ma décision, chérie. C'est maintenant que je vais partir.

Tu es bien sûr que c'est ce que tu as envie de faire ? demande Ness.

Bill secoue la tête. Et Bill répond, Non, je n'en suis pas sûr, chérie. Pas sûr du tout. Mais je ne profite pas de la vie, chérie. J'ai besoin de remettre de l'ordre dans tout ça.

Eh bien, si cela te gâche l'existence, chéri. Si cela te rend malheureux. Toutes ces discussions, toutes ces cogitations. Alors, tu dois prendre une décision, chéri. Dans un sens ou dans l'autre. Sinon, c'est comme si tu vivais avec une bombe à retardement.

Bill hoche la tête. Et Bill dit, Je sais, chérie. Et je m'excuse. Parce que c'est dur pour toi, chérie. C'est usant pour toi aussi. Je le sais, chérie. Je le vois bien. Mais je pensais que tu bondirais sur l'occasion, chérie. Que tu sauterais de joie. Et que tu me dirais, Oui, chéri. C'est le bon moment.

C'est simplement que je n'ai pas envie que tu fasses quoi que ce soit à contre-cœur, chéri. Le football, c'est toute ta vie. Le Liverpool Football Club, c'est toute ta vie, chéri. Je le sais. Et je sais que ce sera un déchirement pour toi, chéri.

Bill secoue la tête. Et Bill dit, Si je pars, je quitterai le Liverpool Football Club. Mais je ne quitterai pas le football, chérie.

---

1. Les titres des chapitres 46 à 50 reprennent l'avant-dernière strophe d'un poème célèbre de Robert Burns, *To a Mouse* (À une souris).

Je le sais, dit Ness. Et d'ailleurs, je ne te demanderais jamais ça, chéri. Ce serait trop cruel. Ce serait trop méchant.

47

Des souris et des hommes avortent bien souvent

Après la saison, avant la saison. Dans la salle de conférences, la salle de conférences d'Anfield. John Smith regarde Bill Shankly, assis à l'autre bout de la longue table. John Smith secoue la tête. Et John Smith dit, Mais si le problème concerne votre nouveau contrat. S'il s'agit d'une question d'argent. En ce cas, nous sommes prêts à doubler votre salaire. Nous sommes prêts à tripler votre salaire…

Merci, dit Bill Shankly. Mais ce n'est pas une question d'argent. Ça n'a jamais été une question d'argent. Quand j'apprends le montant des sommes qui circulent dans ce milieu, ça me fait bouillir de rage. Il y a des footballeurs qui possèdent des courts de tennis et des piscines et qui n'ont même pas gagné une seule fois le championnat. Mais je n'ai jamais réclamé d'argent. Je suis venu à Liverpool occuper cette fonction dans le but d'obtenir des résultats pour ce club et pour cette ville. Peut-être n'en ai-je pas tiré suffisamment de profit pour ma famille. Je regrette de ne pas en avoir fait davantage profiter mon épouse, Ness. Nous habitons toujours la maison dans laquelle nous nous sommes installés en arrivant à Liverpool. Mais au moins, c'est chez nous, ce n'est pas une maison quelconque. Et je ne rêve pas d'habiter à Buckingham Palace. Et Matt est comme moi. Sa femme et lui vivent encore dans la maison jumelle qu'ils ont toujours occupée à Chorlton-cum-Hardy[1]. Et peut-

1. Quartier de Manchester.

être ma famille ne manque-t-elle de rien, après tout. Ils ont tous un toit au-dessus de leur tête et de quoi remplir leurs assiettes et j'ai cinq superbes petits-enfants. Que des filles. Et elles ont toutes l'accent de Liverpool. Alors, que pourrais-je désirer de plus ? Donc, non, ce n'est pas une question d'argent. C'est une question de temps. Et il y a longtemps que je suis dans ce métier. Vingt-cinq ans en tant que manager, dix-sept en tant que joueur. Durant toutes ces années, je n'ai rien fait d'autre que me consacrer à mon sport. Et ma famille en a souffert. Et je le regrette. Je regrette que Ness ait dû supporter les conséquences de mes absences répétées. C'est pourquoi je pense que je ferais bien de me reposer un peu, passer davantage de temps avec ma famille, et peut-être profiter un peu de mes loisirs. Car le métier du football, même si on l'adore, c'est un rude travail, une tâche incessante, qui ne s'arrête jamais, comme un fleuve. Il ne vous laisse pas le temps de vous arrêter et de vous reposer. Ce choix-là n'existe pas. Donc, je prends ma retraite. Parce que c'est le seul choix dont je dispose. Et il me semble que le moment s'y prête bien. Si nous avions perdu la finale, j'aurais continué. Mais je me suis dit, Nous avons gagné la Coupe, et c'est sans doute le meilleur moment pour partir. Alors, ce jour-là, ce jour du mois de mai, j'ai compris que j'allais m'arrêter.

John Smith secoue la tête de nouveau. Et John Smith dit, Et si nous vous proposions un poste de directeur général ? Avec un bureau, ici, au stade. Où vous pourriez venir quand bon vous semble. Et faire ce que vous avez envie de faire. À un rythme différent. À votre propre rythme.

Je vous remercie, dit Bill Shankly. Mais ça n'a pas marché à Manchester United. Ça n'a marché ni pour Matt ni pour le club. Ils ont été relégués. Ils sont en deuxième division, maintenant. Non, je l'ai toujours dit, Quand je partirai, ce sera une rupture totale. Il faut que ce soit une rupture totale. Pour vous comme pour moi. C'est la seule solution.

John Smith dit, Mais l'idée de votre départ. L'idée de cette rupture totale. C'est une idée épouvantable, pour nous. Vous n'envisageriez même pas de devenir l'un de nos dirigeants, monsieur Shankly ?

Je vous remercie, répète Bill Shankly. Mais je suis pas homme à faire partie d'un comité. Donc, je ne pourrais jamais devenir dirigeant. Ça ne me ressemble pas du tout.

48

Et ne nous laissent rien d'autre

Dans leur maison jumelle de Bellefield Avenue, à West Derby, dans leur chambre. Bill met sa chemise. Sa chemise mandarine. Bill s'approche de la commode. Bill ouvre le tiroir du haut. Bill en sort ses boutons de manchettes. Ses boutons de manchettes en or. Bill referme le tiroir. Bill ferme à l'aide des boutons de manchettes les poignets de sa chemise. De sa chemise mandarine. Bill se dirige vers la penderie. Bill en ouvre les portes. Bill sort son costume. Son costume gris à chevrons nettoyé de fraîche date. Bill laisse les portes de la penderie ouvertes. Bill s'approche du lit. Bill pose son costume sur le dessus de lit. Bill dégage le pantalon du cintre. Bill enfile le pantalon de son costume. De son costume gris à chevrons nettoyé de fraîche date. Bill retourne à la commode. Bill ouvre le deuxième tiroir de la commode. Bill y prend une cravate. La cravate rouge que ses filles lui ont offerte il y a longtemps, à Noël. La cravate rouge que depuis il porte tout le temps. Bill referme le tiroir. Bill retourne à la penderie. Dont les portes sont restées ouvertes. Bill se plante face au miroir fixé derrière l'une des portes. Bill met sa cravate. Sa cravate rouge. Bill retourne vers le lit. Bill prend sa veste sur le lit. Il ôte le cintre qui soutenait la veste. Bill enfile la veste de son costume. De son costume gris à chevrons nettoyé de fraîche date. Bill retourne à la commode. Bill ouvre de nouveau le tiroir supérieur de la commode. Bill en sort un mouchoir blanc et une pochette rouge. Bill referme le tiroir. Bill glisse le mouchoir blanc dans la poche gauche de son pantalon. Bill pose la pochette rouge sur la commode. Elle ressemble à un losange rouge. Bill replie la pointe inférieure de la pochette rouge pour la superposer à la pointe supérieure. Elle ressemble à présent à un triangle rouge. Bill ramène la pointe gauche du triangle sur la pointe droite, puis la pointe droite vers le coin gauche. La pochette ressemble maintenant à un long rectangle doté d'une pointe au sommet. Bill replie le bas de la pochette presque jusqu'au sommet. Bill retourne devant le miroir fixé derrière la porte de la penderie. Bill se plante devant le miroir. Bill glisse la pochette rouge dans la poche de poitrine de sa veste grise. Bill se regarde dans le miroir. Bill fignole la position de la pochette jusqu'à laisser dépasser juste ce qu'il faut de la pointe rouge. La pointe rouge qui dépasse de la poche grise. Bill s'éloigne un peu du miroir. Dans la maison jumelle de Bellefield Avenue, à West Derby, dans leur chambre. Bill se regarde dans le miroir. Le costume est trop grand, la cravate trop serrée. Et Bill voit un homme de soixante ans. Les cernes sous ses yeux sont trop sombres, les rides de son visage sont trop profondes. Et Bill ne reconnaît pas cet homme.

49

Que chagrin et douleur (Vous plaisantez)

Le matin du vendredi 12 juillet 1974. Dans son bureau, à sa table de travail. Peter Robinson téléphone à tous les journalistes. Et Peter Robinson dit, Il y a une conférence de presse à Anfield à 12 h 15 aujourd'hui. Le conseil d'administration a une annonce très particulière à vous communiquer. C'est vraiment important. Cela fera la une de tous vos journaux. Alors, ne manquez pas de venir. Et soyez à l'heure.

Vous pouvez nous donner une petite idée du sujet de cette annonce ? demandent les journalistes.

Peter Robinson répond, Non. Soyez là, c'est tout.

Cela a-t-il un rapport avec Ray Kennedy ?

Non, dit Peter Robinson. Cela n'a rien à voir avec un quelconque transfert. Mais à ce stade, je ne peux pas en dire davantage.

À midi juste, le vendredi 12 juillet 1974. Dans le salon, le salon VIP d'Anfield. Sont présents quarante représentants de la presse. Calepins et microphones, caméras et projecteurs de télévision. Les dirigeants du Liverpool Football Club commencent à entrer l'un après l'autre. En une procession silencieuse, tous en costume noir. Ils prennent place derrière la longue table, sur le devant du salon. Le dos à la fenêtre, silhouettes noires à contre-jour. Ils ne sourient pas et ils ne parlent pas. Dans leurs costumes sombres, en une rangée silencieuse. Ils attendent. Et puis Bill Shankly fait son entrée. D'une démarche sautillante –

Bonjour les amis. Bonjour. Comment allez-vous, les amis ? Vous allez bien ? Vous avez passé un bon été ? De bonnes vacances ? Avons-nous le temps de prendre une tasse de thé, May ? Une tasse de thé en vitesse ?

May hoche la tête. Et May verse une tasse de thé à Bill Shankly.

Merci, May. Merci beaucoup, ma jolie.

Bill Shankly boit une gorgée de thé. Et avale une bouchée d'un sandwich au pain de seigle. Puis Bill Shankly fait quelques pas en direction de ces messieurs de la presse. La tête levée et le menton en avant –

La Coupe du Monde a été bien décevante, n'est-ce pas, les amis ? Très décevante. Si certains des matchs joués en Allemagne avaient eu lieu ici à Anfield, les équipes se seraient fait sortir du terrain par les spectateurs. Par les huées des spectateurs. Et je vous avais bien dit, avant la Coupe du Monde, que la Yougoslavie ne valait rien, n'est-ce pas, les amis ? Je vous l'ai dit, ou pas ? Ils jouent pour le plaisir, pas pour la postérité. Ils jouent aux cartes pour de l'argent, et puis ils vous rendent ce que vous leur donnez lorsque ce sont eux qui gagnent. Ils sont trop gentils pour être sensés. Trop gentils pour le monde dans lequel nous vivons, les amis…

Ces messieurs de la presse acquiescent tous. Et ces messieurs de la presse demandent, Alors, que pensez-vous de la nomination de Don Revie à la tête de l'équipe d'Angleterre, Bill ?

Mon Dieu, les amis. Don n'a que quarante-sept ans et le voilà déjà en pré-retraite…

Bill Shankly s'arrête net. Au milieu de sa phrase. Bill Shankly jette un coup d'œil à sa montre. Qui égrène les secondes, qui égrène les secondes. Bill Shankly se retourne. Bill Shankly voit les dirigeants du Liverpool Football Club. Derrière la longue table, dans leurs costumes sombres. Bill Shankly repose sa tasse de thé. Son sandwich au pain de seigle. Et Bill Shankly rejoint la longue table sur le devant du salon. Bill se faufile derrière les dossiers des chaises des dirigeants du Liverpool Football Club. Bill Shankly pose son chapeau sur le rebord de la fenêtre. Et Bill Shankly s'assied au milieu de la rangée des dirigeants du Liverpool Football Club.

Un membre de l'équipe de télévision allume son projecteur portatif. Et Bill Shankly se relève d'un bond –

Attendez une minute, les amis ! John Wayne n'est pas encore arrivé !

Ces messieurs de la presse s'esclaffent. Mais les dirigeants du Liverpool Football Club ne rient pas. Ils ne daignent même pas sourire. Dans leurs costumes sombres et leur silence. Ils attendent.

Bill Shankly se rassied derrière la longue table. Bill Shankly se tourne vers John Smith. Et Bill Shankly hoche la tête.

Et John Smith dit, En tant que président du Liverpool Football Club, c'est avec un immense regret que je dois vous informer que M. Shankly a exprimé le souhait de renoncer à toute participation active dans le domaine du football professionnel. Et que le conseil d'administration, avec une extrême réticence, a accepté sa décision. À ce stade, je tiens à souligner l'immense reconnaissance qu'éprouve le conseil d'administration envers M. Shankly pour les remarquables exploits qui ont ponctué la période pendant laquelle il a présidé aux destinées sportives de nos équipes. Pendant l'intérim, M. Shankly a accepté d'apporter toute son aide au club aussi longtemps que nécessaire.

Ces messieurs de la presse en suffoquent –

Ils en suffoquent. Puis ils en restent cois.

Bill Shankly baisse les yeux vers la table. Il regarde ses mains, ses doigts. Ses doigts et ses ongles. Et Bill Shankly hoche la tête. Et puis Bill Shankly relève les yeux –

Ce n'est pas une décision qui a été prise en cinq minutes, dit Bill Shankly. J'y pense depuis un an. Mais j'ai le sentiment que le moment est venu pour moi de prendre du repos après avoir servi ce sport pendant quarante-trois ans. Mon épouse et moi-même sommes arrivés à la conclusion que j'avais besoin de lever le pied et de recharger mes batteries. Prendre une telle décision a été la chose la plus difficile au monde, et quand je suis allé voir le président pour lui annoncer que je prenais ma retraite, c'était comme si je montais sur la chaise électrique. Je m'attendais à être carbonisé, réduit en cendres. Mais quand j'aurai eu le temps de me reposer, il y a beaucoup de choses que je me sens encore capable de faire dans le domaine du football. Je ne pense pas que le moment soit déjà venu d'en parler. Cela fera partie de mes loisirs. Est-ce que je serai capable de me passer de mon sport, je ne peux pas le dire dès maintenant. Je ne peux qu'attendre la suite pour m'en rendre compte…

Mais il n'y a pas d'animosité entre le président, les dirigeants et moi. Aucune. En bloc, ils n'ont pas cessé de m'appâter, de me faire des propositions que même Paul Getty, sans doute, aurait acceptées. Au bout du compte, j'ai fini par me sentir coupable, comme si je commettais un crime. Mais j'ai dit il y a un certain temps que je partirais quand le signal du départ me parviendrait. C'est à la fin de la saison dernière que mon épouse a estimé que le moment était venu. En fait, elle s'est montrée franchement hostile quand je lui ai dit non. Car dès qu'un match était terminé, mon tempérament me poussait à préparer le suivant. Et quand j'y repense à présent, il me semble que je me suis privé d'une partie des joies de l'existence. Je me suis peut-être trop appliqué à ma tâche. Il y avait de bons moments pour les joueurs, mais jamais pour moi quand j'étais loin d'eux. J'étais trop sérieux. J'ai vécu une vie de moine. Et j'ai poussé l'expérience à ses extrêmes. Il existe un juste milieu très agréable que j'aurais dû tenter de trouver. Mais ma maison a toujours été mon refuge. Il n'y a que là que je me sens vraiment à mon aise. C'est ce dont tout homme a besoin. Il n'y a rien que j'aime davantage que d'être avec mes petits-enfants…

À une époque, ma femme pensait que je n'en aurais pas fini avec le football tant que mon cercueil n'entrerait pas dans la maison. Mais je pense que je vais avoir encore de belles années avant que le cercueil n'arrive. Je ne dis pas que le football peut avoir votre peau, mais ce métier de manager, ça revient souvent à piloter un navire à travers un champ de mines. Pourtant, je suis triste de m'éloigner du football. Et je continuerai à vivre dans le Merseyside. Nous ne partirons pas d'ici. Les supporters de Liverpool sont merveilleux…

Et je serai là lundi pour accueillir les joueurs quand ils reviendront s'entraîner. Et si mon successeur a besoin de mon aide pendant qu'il s'installe, je serai heureux de lui donner un coup de main. Mais dans le cas contraire, je partirai aussitôt. Ce sera une rupture franche. Une rupture complète avec le Liverpool Football Club. Quand le nouveau manager arrivera, je prendrai la porte.

Mais je viendrai quand même voir jouer Liverpool, et quand je le ferai, je prendrai probablement place dans le Kop. Je monterai dans le Spion Kop…

Dans le salon, le salon VIP d'Anfield. Le silence règne, le silence règne toujours, il n'y a toujours que le silence. Jusqu'à ce que, finalement, quelqu'un demande, Vous n'avez pas envie de devenir dirigeant, Bill ? De monter à l'étage supérieur ?

Non, répond Bill Shankly. Même si on me payait pour ça.

Et comment résumeriez-vous votre carrière, Bill ?

Eh bien, je pense que j'ai été le meilleur manager de football du pays et que j'aurais dû gagner davantage de matchs. Oui. Mais je n'ai jamais rien fait sournoisement. Ce que je veux dire, c'est que je me battrais avec vous s'il le fallait. Et je n'hésiterais pas à briser une jambe à ma propre femme si je jouais contre elle. Mais je ne tricherais jamais pour gagner. Je ne tricherais contre personne.

Et en ce qui concerne les regrets, Bill ? Vous avez des regrets ?

Oui. Un seul. Ne pas avoir gagné la Coupe d'Europe. Mais il ne s'agit pas de moi. Ni du passé. Ni de mes regrets. L'important, c'est le club. C'est le Liverpool Football Club. Et l'avenir. L'avenir du Liverpool Football Club. Pas l'homme qui s'en va. Mais les hommes qui arrivent. Et sans aucun doute Ray Kennedy fera du bon travail pour le Liverpool Football Club. Il est grand, il est courageux, et il est robuste. Et le fait qu'il ait signé chez nous signifie que nous avons désormais l'équipe la plus solide de notre histoire. Nous sommes si forts qu'un nouveau joueur venu de l'extérieur a besoin d'avoir été qualifié au moins deux fois en équipe nationale pour intégrer ne serait-ce que notre équipe réserve. Et je sais que Kennedy va causer bien du souci aux défenses adverses. Il se bat toujours jusqu'au bout. C'est pourquoi il figurait tout en haut de ma liste de joueurs à engager –

Cette journée aura donc été importante. Certainement. Mais que Ray Kennedy rejoigne notre équipe montre bien que je ne me sauve pas comme un voleur. Et il sera peut-être dit que l'une des dernières choses que j'ai faites pour ce club a été d'engager un nouveau grand joueur…

Bill Shankly se lève, à présent. Son costume est trop grand, sa cravate trop serrée. Sous ses yeux, les cernes sont plus sombres, les rides de son visage sont plus profondes. Bill Shankly regarde ces messieurs de la presse. Le regard humide, le souffle court. Bill Shankly hoche la tête. Et Bill Shankly sourit.

Il n'y aura pas beaucoup d'autres journées comme celle-ci, les amis.

Et puis Bill Shankly disparaît.

50

Au lieu de la félicité promise !

Dans la maison, dans leur lit. Bill ouvre les yeux. Bill ferme les yeux. Puis Bill rouvre les yeux. Dans le noir et dans le silence. Bill fixe le plafond. Le plafond de la chambre. Et Bill soupire de soulagement. Bill vient de rêver. Ce n'était qu'un rêve. Dans le noir et dans le silence. Bill se tourne pour regarder le réveil sur la table de nuit. Le réveil qui égrène les secondes. Tic-tac, tic-tac. Dans le noir. Bill sort du lit. Bill se rase et Bill se lave. Bill enfile sa chemise. Bill met son costume. Bill met sa cravate. Sa cravate rouge. Sa cravate du Liverpool Football Club. Bill descend l'escalier. Bill entre dans la cuisine. Dans la lumière et dans le silence. Bill voit la nappe sur la table. Les couverts et les assiettes. La salière et le poivrier. Les pots de miel et de confiture. Le beurrier. Les deux verres de jus d'orange frais. Et Bill sourit. Dans la cuisine, à la table. Bill et Ness prennent le petit déjeuner. Une tranche de pain grillé avec du miel, un verre de jus d'orange et une tasse de thé. Et puis Bill aide Ness à débarrasser la table du petit déjeuner. Bill essuie la vaisselle du petit déjeuner. Bill aide Ness à ranger la vaisselle du petit déjeuner. Et puis Bill embrasse Ness sur la joue. Et Bill se rend dans le vestibule. Bill met son chapeau. Bill sort de la maison. Bill descend l'allée. Bill monte dans sa voiture –

Et Bill part au travail.

Bill descend West Derby Road. Et Bill voit des gens qui entrent chez les marchands de journaux. Pour acheter leur quotidien du matin. Bill s'engage dans Belmont Road. Et Bill voit les gens rangés en files qui attendent l'autobus. Pour se rendre à leur travail. Bill entre dans le parking d'Anfield. Et Bill voit les éboueurs et les facteurs. Au travail. Et Bill sourit. Bill sort de sa voiture. Bill traverse le parking à pied. Bill entre dans le stade. Et se rend à son travail.

Bill longe le couloir. Bill monte l'escalier. Bill entre dans son bureau. Bill ôte son chapeau. Bill suspend son chapeau. Bill contourne les sacs de courrier. La montagne de sacs et de sacs de courrier. Bill s'assied derrière sa table de travail. Le regard de Bill fait le tour du bureau. Il voit les classeurs et les étagères. Les étagères garnies de carnets. Les carnets remplis de noms, les carnets remplis de notes. Les sacs de courrier. La montagne de sacs et de sacs de courrier. Et Bill sourit. Bill plonge la main dans le premier sac de courrier posé au sommet de la montagne de sacs et de sacs de courrier. Bill en sort une lettre. Bill ouvre la lettre. Bill lit la lettre. La lettre de félicitations pour la victoire en Coupe d'Angleterre. La lettre de remerciements pour avoir gagné la Coupe. Et Bill sourit de nouveau. Bill repose la lettre. Bill ouvre le tiroir supérieur de sa table de travail. Bill en sort une feuille de papier. Bill referme le tiroir supérieur de sa table de travail. Bill glisse la feuille de papier dans sa machine à écrire. Bill tourne le bouton du rouleau. Et Bill commence à taper –

Bill commence à travailler.

Il entend des pas dans le couloir, à présent. On frappe à la porte, maintenant. Et Bill cesse de taper à la machine. Bill lève les yeux. Et Bill voit Bob. Bob qui se tient sur le pas de la porte. Bill sourit à Bob. Et Bill dit, Bonjour, Bob. Comment vas-tu, aujourd'hui, Bob ? Tu m'as l'air un peu pâlot, Bob. Comme si tu avais vu un fantôme. Tu vas bien, Bob ?

Ma foi, répond Bob, je crois que je suis encore sous le choc.

Pourquoi, Bob ? Que s'est-il passé ? Qu'est-ce qui ne va pas, Bob ?

Toi, dit Bob. Ta démission. Je ne m'y attendais pas. Mais pas du tout.

Oh, ça. Oui, bon. J'ai pris ma décision, Bob. J'en ai parlé avec Ness. Et nous pensons tous les deux que j'ai besoin de repos. Enfin, je suis encore plutôt en forme. Je ne suis pas malade. Ne t'inquiète pas. Je me sens bien, mais je suis fatigué. Alors, il faut que je me repose. J'ai besoin de recharger mes batteries. C'est tout, Bob.

Mais de toute façon, il n'est vraiment pas nécessaire que tu démissionnes, dit Bob. Que tu tires le rideau. Tu n'as pas pensé à faire tout simplement une pause ? Peut-être une croisière avec Ness ? Arrêter de travailler pendant un moment. Voyager. Je pourrais tenir la boutique pendant ton absence. Pour que ça continue de tourner rond. Tu n'aurais aucun souci à te faire. Je ne changerais rien du tout au fonctionnement de l'équipe. Et puis tu pourrais revenir. Tes batteries bien rechargées, comme tu le dis. Et puis on pourrait continuer. Tout comme avant. Tout comme maintenant.

Non, Bob. Non. J'ai pris ma décision. Et je vais m'y tenir. Si on n'est pas capable de prendre des décisions dans ce sport. Si on n'est pas capable de prendre des décisions dans la vie. Alors on devient un vrai péril pour les autres, Bob. Et on ferait mieux de se faire élire au Parlement ou je ne sais quoi.

S'il te plaît, Bill. Ne m'oblige pas à te supplier de rester, Bill. À t'implorer à genoux. Mais s'il faut en passer par là pour te faire changer d'avis. Alors c'est ce que je ferai, Bill.

Non, Bob. Non. J'ai dit que je prenais ma retraite. Et c'est ce que je vais faire. Remarque, ce mot de *retraite*, il ne me plaît pas. Je le déteste ! C'est le mot le plus stupide que j'aie entendu de toute ma vie. On devrait le rayer du vocabulaire, ce mot de retraite. Personne ne peut prendre sa retraite ! Tu prends ta retraite quand tu as droit à un cercueil. Et qu'on en cloue le couvercle. Avec ton nom dessus. C'est ça, la retraite. Non, Bob. Non. Mais j'ai dit que je quittais le Liverpool Football Club. Que je quittais Anfield. Et c'est bien ce que je vais faire. Mais je ne quitte pas le football, Bob. Je ne quitte pas la vie. Non.

Mais pour aujourd'hui ? demande Bob. L'entraînement ? La pré-saison ? Qu'est-ce qu'on va faire, Bill ?

Bill rit. Et Bill répond, La même chose que d'habitude, Bob. Je suis encore là. Rien n'a changé, Bob. Je descends dans une minute.

Bob fixe Bill. À sa table de travail, à sa machine à écrire. Et Bob secoue la tête. Et Bob sourit –

Ma foi, si tu le dis, Bill. Je t'attends en bas, alors. À tout de suite, Bill. En bas…

Bill hoche la tête. Et Bill regarde de nouveau sa table de travail. Sa machine à écrire, la lettre inachevée. Et Bill se remet à taper. Pour finir sa lettre, pour finir son travail. Puis Bill regarde sa montre. Bill se lève de son fauteuil. Bill prend son sac sur le plancher. Son sac de sport. Bill contourne les sacs de courrier. La montagne de sacs et de sacs de courrier. Et Bill sort de son bureau. Bill longe le couloir. Bill descend l'escalier. Bill entre dans le vestiaire. Bill pose son sac sur le banc. Son sac de sport. Bill ôte sa cravate. Sa cravate rouge. Sa cravate du Liverpool Football Club. Et Bill ôte ses chaussures. Son costume. Et sa chemise. Bill enfile son bas de survêtement. Son pull. Et ses chaussures de football. Bill sort du vestiaire. Bill longe le couloir. Bill sort du stade. En plein soleil. Et Bill attend dans le parking d'Anfield, Liverpool. Prêt pour l'entraînement,

prêt à travailler.

À Melwood, dans le pavillon. Avant leur entraînement, avant leur travail. Bill rassemble les joueurs du Liverpool Football Club. Mais le regard de Bill ne fait pas le tour de la salle. Il ne passe pas d'un joueur au suivant. D'un joueur de Liverpool à un autre joueur de Liverpool. Le regard de Bill se perd au loin. Vers une ombre pâle sur le mur du fond. Et Bill dit, Comme vous le savez sans doute, les gars. Comme vous l'avez tous entendu dire, probablement. J'ai eu une réunion importante vendredi à Anfield. Parce que j'ai décidé de prendre ma retraite. Mon contrat avec Liverpool est terminé, les gars. Donc, un nouveau manager va venir. Je ne sais pas qui. Et je ne sais pas quand. Mais quand il sera là, je partirai. Je sais que vous ferez autant d'efforts pour lui, que vous travaillerez aussi dur pour lui que vous l'avez fait pour moi, les gars. Parce que je n'aurais pas pu vous en demander plus. Alors, je vous remercie, les gars. Pour tous vos efforts. Et je vous souhaite la meilleure chance possible. Et toutes les futures victoires possibles, les gars –

Pour vous tous et pour le club…

Mais vous ne pouvez pas prendre votre retraite, s'écrie Emlyn Hughes. S'il vous plaît, patron. Ce n'est pas possible. S'il vous plaît, patron, ne faites pas ça…

Mets la sourdine, marmonne quelqu'un. Arrête de chialer…

Bill respire à fond, Bill lâche un long soupir. Et Bill dit, Tout simplement, j'en ai fait assez, et j'en ai marre, les gars. Il y a longtemps que je fais ce boulot. Et maintenant, j'ai envie de passer davantage de temps avec ma famille. Avec mes petits-enfants. Et puis il faut que je pense à ma santé et à ma femme. Mais assez parlé de moi, les gars. Assez parlé pour aujourd'hui. On a un championnat à gagner, les gars. Un titre à remporter –

Alors, allons-y, les gars. Allons-y –

C'est parti…

Et Bill emmène avec lui les joueurs hors du pavillon. Et tout autour du stade. Bill plaisante, Bill rit. Bill flatte les joueurs, Bill stimule les joueurs. Mais il court, il court encore, il court plus vite que jamais. Puis les joueurs se répartissent en plusieurs groupes. Et les joueurs font de la musculation. Les joueurs sautent à la corde. Les joueurs font des sauts. Les joueurs font des flexions de jambes. Les joueurs font des abdominaux. Et les joueurs font des sprints. Et Bill fait de la musculation. Bill saute à la corde. Bill fait des sauts. Bill fait des flexions de jambes. Bill fait des des abdominaux. Et Bill fait des sprints. Bill rit, Bill plaisante. Bill flatte les joueurs, Bill stimule les joueurs. Mais il sprinte, il sprinte toujours, il sprinte plus vite, plus vite que jamais. Puis les joueurs se passent le ballon. Les joueurs dribblent avec le ballon. Les joueurs font des têtes avec le ballon. Les joueurs font des balles piquées. Les joueurs font des amortis. Et les joueurs font des tacles. Et Bill passe le ballon. Bill dribble avec le ballon. Bill fait des têtes avec le ballon. Bill fait des balles piquées. Bill fait des amortis. Et Bill fait des tacles. Bill plaisante, Bill rit. Bill flatte les joueurs et Bill stimule les joueurs. Mais il tacle, il tacle toujours, il tacle plus durement, plus durement que jamais. Et les joueurs passent entre les cloisons en bois. Les joueurs en mouvement, le ballon en mouvement. Ils envoient le ballon contre une cloison. Puis ils récupèrent le ballon, ils contrôlent le ballon. Ils se retournent avec le ballon, ils dribblent avec le ballon. Jusqu'à la cloison opposée. En touchant le ballon dix fois seulement. Ils envoient le ballon contre l'autre cloison. Puis ils le récupèrent, ils se retournent de nouveau et ils dribblent de nouveau. Ils retournent vers la première cloison. En touchant le ballon dix fois seulement. Et Bill passe entre les deux cloisons. Bill en mouvement, le ballon en mouvement. Bill envoie le ballon contre une cloison. Puis il récupère le ballon, il contrôle le ballon. Bill se retourne avec le ballon et il dribble avec le ballon. Jusqu'à la cloison opposée. En touchant le ballon dix fois seulement. Bill envoie le ballon contre l'autre cloison. Puis il le récupère, il se retourne de nouveau et il dribble de nouveau. Il retourne vers la première cloison. En touchant le ballon dix fois seulement. Bill rit, Bill plaisante. Bill flatte les joueurs et Bill stimule les joueurs. Mais il dribble, il dribble toujours, il dribble plus férocement, plus férocement que jamais. Puis les joueurs entrent dans le cube à transpirer. Un ballon après l'autre, dans le cube. À chaque seconde, un nouveau ballon. Pendant une minute, puis deux minutes, puis trois minutes. Un ballon après l'autre, dans le cube. Et Bill entre dans le cube à transpirer. Un ballon après l'autre, dans le cube. À chaque seconde, un nouveau ballon. Pendant une minute. Puis deux minutes. Puis trois minutes. Bill plaisante, Bill rit. Bill flatte les joueurs et Bill stimule les joueurs. Mais il transpire, il transpire toujours, il transpire encore plus, comme il n'a jamais transpiré. Puis les joueurs font des parties à trois contre trois. À trois contre trois puis à cinq contre cinq. À cinq contre cinq puis à sept contre sept. À sept contre sept puis à onze contre onze. Bill rit, Bill plaisante. Bill flatte les joueurs et Bill stimule les joueurs. Et Bill joue les parties à trois contre trois. À trois contre trois puis à cinq contre cinq. À cinq contre cinq puis à sept contre sept. À sept contre sept puis à onze contre onze. Mais il joue, il joue toujours, il joue plus fort, plus fort que jamais. Et puis, pour finir, les joueurs courent une dernière fois autour du stade. Et Bill court une dernière fois autour du stade. Bill plaisante, Bill rit. Bill flatte les joueurs et Bill stimule les joueurs. Mais il court, il court toujours, il court plus vite, plus vite que jamais. Jusqu'au dernier coup de sifflet, jusqu'à ce que l'entraînement soit terminé. Que le travail soit achevé. Son travail.

Les joueurs remontent dans le bus. Bob Paisley, Joe Fagan, Reuben Bennett, Ronnie Moran et Tom Saunders remontent dans le bus. Et Bill remonte dans le bus. Bill qui rit toujours, Bill qui plaisante toujours. Pendant tout le trajet du retour à Anfield. À présent tout le monde plaisante, à présent tout le monde rit. Pendant tout le trajet du retour à Anfield. Tout est pareil, tout est comme avant. Comme si rien n'avait changé.

Les joueurs descendent du bus à Anfield. Et Bill descend du bus à Anfield. Les joueurs entrent dans le stade. Et Bill entre dans le stade. Bill rit, Bill plaisante. Dans les vestiaires. Les vestiaires d'Anfield. Les joueurs ôtent leurs chaussures, les joueurs ôtent leur survêtement. Dans les vestiaires. les vestiaires d'Anfield. Bill ôte ses chaussures. Bill ôte son pull et son bas de survêtement. Bill rit, Bill plaisante. Les joueurs entrent dans les douches. Les douches d'Anfield. Et Bill entre dans les douches. Les douches d'Anfield. Bill rit, Bill plaisante. Les joueurs se lavent et se changent. Et Bill se lave et se change. Bill plaisante, Bill rit. Et puis les joueurs se disent au revoir. Et Bill dit au revoir. Bill qui rit toujours, Bill qui plaisante toujours. Les joueurs regagnent leurs voitures. Les joueurs rentrent chez eux. Tout le monde est content, tout le monde sourit. Au soleil. Au soleil d'Anfield. Bill ne regagne pas sa voiture. Bill ne rentre pas chez lui. Mais Bill est toujours content, Bill est toujours souriant. Le soleil brille toujours. Le soleil d'Anfield. La journée de Bill n'est pas encore finie. Sa journée n'est pas encore terminée.

De nouveau en costume, sa cravate de nouveau autour du cou. Sa cravate du Liverpool Football Club. Bill reprend le couloir. Bill remonte l'escalier. Bill rentre dans son bureau. Bill contourne les sacs et les sacs de courrier. La montagne de sacs et de sacs de courrier. Bill se rassied derrière sa table de travail. Bill plonge de nouveau la main dans le sac posé au sommet de la montagne de sacs et de sacs de courrier. Bill en sort une autre lettre. Bill ouvre la lettre. Bill lit la lettre. Le lettre au sujet de son départ à la retraite. La lettre qui lui souhaite de bien profiter de sa retraite. Et Bill secoue la tête. Bill repose la lettre. Bill met la lettre de côté. Et Bill replonge la main dans le sac. Bill en sort une autre lettre. Bill ouvre la lettre. Bill lit la lettre. La lettre de félicitations pour la victoire en Coupe d'Angleterre. La lettre de remerciements. Et Bill sourit. Bill repose la lettre. Bill ouvre le tiroir supérieur de sa table de travail.

Bill en sort une feuille de papier. Bill referme le tiroir supérieur de sa table de travail. Bill glisse la feuille de papier dans sa machine à écrire. Bill tourne le bouton du rouleau. Et Bill commence à taper de nouveau. Bill recommence à travailler. À taper à la machine et à taper à la machine. À travailler et à travailler. À répondre à lettre après lettre. Aux lettres de félicitations et aux lettres de remerciements. Et Bill tape à la machine et Bill tape à la machine. Bill travaille et Bill travaille. Tout l'après-midi. Jusqu'à ce que l'après-midi cède la place au soir. Bill travaille.

Bill cesse de taper à la machine. Bill regarde sa montre. Bill se lève de son fauteuil. Bill reprend son sac posé sur le plancher. Son sac de sport. Bill contourne les sacs de courrier. La montagne de sacs et de sacs de courrier. Bill décroche son chapeau de la patère. Bill remet son chapeau. Bill sort du bureau. Bill descend l'escalier. Bill longe le couloir. Bill sort du stade. Bill traverse le parking. Bill monte dans sa voiture. Bill quitte le parking. Bill s'engage dans Belmont Road. Et Bill voit des gens descendre des bus. Des gens qui rentrent chez eux après le travail. Bill tourne dans West Derby Road. Et Bill voit des gens entrer chez les marchands de journaux. Pour acheter leur quotidien du soir. Et Bill sourit. Bill se gare dans l'allée. Bill sort de sa voiture. Bill ouvre la porte de la maison. Et Bill voit Ness. Dans le vestibule. Qui l'attend –

Qu'as-tu fait de toute la journée ? demande Ness.

Bill rit. Bill ôte son chapeau. Bill suspend son chapeau. Bill embrasse Ness sur la joue. Et Bill dit, J'ai travaillé. À Melwood, puis à Anfield. Où aurais-tu voulu que j'aille, chérie ?

Excuse-moi, dit Ness. Je m'inquiétais, chéri. J'ai cru que tu ne passerais que quelques minutes au stade. Je pensais que tu rentrerais plus tôt.

Bill secoue la tête. Et Bill dit, Oh, non, chérie. Il y avait trop de choses à faire. L'entraînement à assurer, le courrier en souffrance.

Eh bien, du courrier, dit Ness, en voici encore un peu plus pour toi, chéri. Ness prend un gros paquet d'enveloppes posé près du téléphone. Et Ness le tend à Bill.

Bill regarde le gros paquet d'enveloppes. Qui contiennent des cartes. Et Bill demande, Qu'est-ce que c'est que tout ça, chérie ? Ce n'est pas encore mon anniversaire, pourtant ?

Non, répond Ness. C'est probablement des cartes pour te souhaiter une bonne retraite.

Bill repose le gros paquet d'enveloppes près du téléphone. Et Bill dit, Ça me fait plaisir, chérie. Les gens sont très gentils. Mais je les regarderai plus tard. Après le dîner. Je meurs de faim, chérie…

Tu as l'air épuisé, en plus, dit Ness.

Bill secoue la tête de nouveau. Et Bill dit, Oh, non, chérie. Je suis en pleine forme. Je ne me suis jamais senti aussi bien. J'ai l'estomac dans les talons, chérie, c'est tout. J'ai une faim de loup !

Eh bien, ce soir, tu auras ton plat préféré, dit Ness. Steak-frites.

Bill applaudit. Et Bill dit, Ah, c'est parfait. Merci, chérie. Il n'y a pas de meilleur repas qu'on puisse espérer quand on rentre chez soi. C'est exactement ce qu'il me faut.

Dans la cuisine, à la table. Bill et Ness prennent leur repas. Une tranche de steak, des frites et des petits pois. Puis Bill aide Ness à débarrasser la table. Bill essuie la vaisselle. Bill aide Ness à ranger la vaisselle du dîner. Et Bill et Ness passent au salon. Bill et Ness regardent la télévision. Ils regardent les informations et ils regardent un documentaire. Puis Bill tire les rideaux et Ness prépare une tasse de thé. Ils lisent les journaux et ils parlent de leurs filles. Et de leurs petites-filles. Puis Ness se lève. Ness embrasse Bill sur la joue. Et Ness monte à l'étage. Elle va se coucher.

Dans la maison, dans leur salon. Dans le soir et dans le silence. Bill s'assied dans son fauteuil. Il pose les mains sur les accoudoirs. Il les serre fortement, ses phalanges deviennent toutes blanches. Bill sent que ses paumes commencent à transpirer, il sent qu'un fourmillement les envahit. Les doigts de Bill se mettent à tambouriner sur les accoudoirs. De plus en plus vite, de plus en plus fort. Et puis Bill s'arrête. Dans la maison, dans leur salon. Dans le soir et dans le silence. Bill se lève de son fauteuil. Bill quitte le salon. Bill se rend dans le vestibule. Bill ouvre son sac. Son sac de sport. Et Bill en sort un carnet. Un carnet à remplir de noms, un carnet à remplir de notes. Bill referme son sac. Son sac de sport. Bill retourne dans le salon. Bill s'installe de nouveau dans son fauteuil. Et dans la maison, et dans leur salon. Dans le soir et dans le silence. Bill ouvre le carnet. Le carnet à remplir de noms, le carnet à remplir de notes. Un carnet neuf. Bill l'ouvre à la première page. Une page blanche. Bill fixe la page blanche. Dans la maison, dans leur salon. Dans le soir et dans le silence. Bill prend un stylo sur la table, à côté du fauteuil. Et Bill commence à écrire dans son carnet. Le carnet à remplir de noms, le carnet à remplir de notes. Bill inscrit les noms des joueurs du Liverpool Football Club. Bill rédige des notes sur l'entraînement effectué aujourd'hui. La première journée d'entraînement. De la pré-saison. Avant la nouvelle saison. La saison 1974-75. Un joueur après l'autre, note après note, ligne après ligne, page après page. Bill écrit et Bill écrit. Bill travaille et Bill travaille. Toute la soirée. Jusqu'au moment où la soirée devient la nuit.

Dans le salon, dans son fauteuil. Dans la nuit et dans le silence. Bill cesse d'écrire. Bill repose son stylo. Bill referme son carnet. Son carnet à remplir de noms, son carnet à remplir de notes. Bill se lève de son fauteuil. Bill éteint la lumière du salon. Bill entre dans la cuisine. Bill allume la lumière de la cuisine. Bill s'approche du tiroir. Bill ouvre le tiroir. Bill en sort la nappe. Bill referme le tiroir. Bill se dirige vers la table. Bill pose la nappe sur la table. Bill va ouvrir un second tiroir. Bill y prend les couverts. Les cuillers. Les fourchettes. Et les couteaux. Bill referme le tiroir. Bill revient vers la table. Bill dispose deux couverts sur la table. Bill va jusqu'au placard. Bill ouvre le placard. Bill en sort la vaisselle. Les bols et les assiettes. Bill revient vers la table. Bill pose un bol et une assiette à chacune des deux places. Bill retourne jusqu'au placard. Bill en sort deux verres. Bill referme la porte du placard. Bill revient vers la table. Bill pose un verre à chacune des deux places. Bill s'approche d'un troisième placard. Bill ouvre la porte. Bill en sort la salière et le poivrier. Bill referme le placard. Bill retourne à la table. Bill pose la salière et le poivrier sur la table. Bill se dirige vers le cellier. Bill ouvre la porte du cellier. Bill en sort un pot de miel et un pot de confiture. Bill retourne à la table. Bill pose le pot de miel et le pot de confiture sur la table. Bill s'approche du réfrigérateur. Bill ouvre la porte du réfrigérateur. Bill sort le beurrier. Bill retourne à la table. Bill pose le beurrier au milieu de la table. Bill retourne au réfrigérateur. Bill y prend une bouteille de jus d'orange frais. Bill referme la porte du réfrigérateur. Bill revient vers la table. Bill verse du jus d'orange dans chacun des deux verres. Bill pose la bouteille de jus d'orange frais sur la table. Bill va jusqu'au mur de la cuisine. Bill se retourne pour regarder la table. Les couverts et la vaisselle. La salière et le poivrier. Le pot de miel et le pot de confiture. Le beurrier. Les deux verres et la bouteille de jus d'orange frais. Bill attend. L'aube et la lumière. Et Bill sourit. Bill éteint la lumière de la cuisine. Et Bill monte à l'étage. Bill va se coucher.

Dans la maison, dans leur chambre. Dans le noir et dans le silence. Bill ôte sa cravate. Sa cravate rouge. Sa cravate du Liverpool Football Club. Bill ôte son costume. Bill enfile son pyjama. Bill entre dans la salle de bains. Bill allume la lumière de la salle de bains. Bill s'approche du lavabo. Bill se brosse les dents. Bill se lave le visage. Bill se sèche le visage. Bill s'essuie les mains. Bill éteint la lumière de la salle de bains. Bill retourne dans la chambre. Bill se met au lit. Et dans le noir et dans le silence. Bill fixe le plafond. Bill entend le réveil sur la table de nuit. Le tic-tac du réveil. Dans le noir et dans le silence. Bill sait que Ness ne dort pas encore –

Quelqu'un a-t-il parlé de ton successeur ? demande Ness. Qui pourraient-ils faire venir ? Et quand commencerait-il à te remplacer ?

Oh, non, chérie, personne n'en a parlé. Il est trop tôt. Laisse-leur le temps. Je veux dire, rien ne presse. Et il ne faut pas se presser. Pas de précipitation, chérie. Pas dans une affaire comme celle-ci. Une affaire de cette importance. Et ils savent que rien ne presse. Parce qu'ils savent que je suis encore là, chérie. Aussi longtemps qu'ils auront besoin de moi. Aussi longtemps qu'il le faudra, chérie. Je suis encore là. Je suis encore ici, chérie. Enfin, je n'ai pas prévu d'aller où que ce soit, pas vrai ? Je ne m'en vais nulle part, chérie.

51

Le roi est mort, vive le roi

Dans la salle de conférences, la salle de conférences d'Anfield. John Smith regarde Bill Shankly assis à l'autre bout de la longue table. Et John Smith demande, Vous n'avez pas changé d'avis, alors, monsieur Shankly ?

Oh, non, répond Bill Shankly. Je n'en ai pas eu le temps. Avec les entraînements. Et toutes les lettres et les télégrammes. Non. Je n'ai jamais été aussi occupé. Je n'ai pas eu une seule minute à moi.

John Smith hoche la tête. Et John Smith dit, Ma foi, de toute évidence, nous devons penser au club, monsieur Shankly. Nous devons réfléchir à l'avenir. À qui devra vous succéder. À qui devra devenir le nouveau manager.

Oh, oui, dit Bill Shankly. Il faut que nous y pensions. Absolument.

John Smith ajoute, Et bien évidemment, le conseil d'administration accorde beaucoup d'importance à votre opinion sur ce sujet, monsieur Shankly. Votre avis sera le bienvenu.

Oui, dit Bill Shankly. Bien sûr. Et je suis au courant des hypothèses avancées par les journaux. Des noms publiés dans la presse.

John Smith hoche la tête de nouveau. Et John Smith dit, Oui. Et comme M. Revie vient de démissionner aussi, de son poste de manager de Leeds United, cela signifie que les deux emplois les plus prestigieux du football professionnel anglais sont à pourvoir au même moment. Et cela ne manque pas de compliquer la situation.

Oui, répète Bill Shankly. Je m'en rends bien compte.

John Smith ajoute, Et d'après ce que j'ai lu, et ce que j'ai entendu, Leeds a déjà proposé le poste à Jimmy Armfield, Tony Waiters et Brian Clough. Et sans doute à d'autres managers aussi.

Ian St John, dit Bill Shankly. Je sais de source sûre qu'ils ont parlé à Ian également. Et je crois que Ian a toutes les chances d'être choisi. Haut la main. Pour ce que j'en sais. Donc, nous avons sans doute raté le coche, en ce qui concerne Ian. Et c'est bien dommage. Mais d'autre part, bien sûr, il y a Gordon. Gordon Milne. Joe Mercer ne tarit pas d'éloges sur lui. En tant que manager. Il a même été pressenti pour l'équipe d'Angleterre. Et puis, évidemment, Gordon connaît le club. Il le connaît sous toutes les coutures. Et puis, il y a toujours Jack Charlton. Je ne comprends pas que Leeds n'ait même pas pensé à Jack. À ce qu'on m'a dit. Quand on voit les résultats qu'il a obtenus à Middlesbrough. L'équipe a assuré son passage en première division à huit journées de la fin du championnat. Avec 65 points. Je veux dire, Jack, c'est le manager de l'année. En fait, plus que Ian, plus que Gordon, je crois que Jack est notre homme.

John Smith secoue la tête. Et John Smith dit, En fait, le conseil d'administration et moi-même avons décidé d'un commun accord d'éviter toute surenchère avec Leeds United. Ou avec n'importe quel autre club, d'ailleurs. Non. Cela risquerait de retarder considérablement la solution à notre problème. Et le temps presse. La nouvelle saison approche avec chaque heure qui passe. Cela pourrait la perturber gravement.

Oui, dit Bill Shankly. Et déstabiliser tout le monde assez fortement.

John Smith hoche la tête. Et John Smith dit, Oui. Et c'est pourquoi le conseil d'administration pense proposer le poste à Bob.

Bob, répète Bill Shankly. Bob qui ?

John Smith sourit. Et John Smith répond, Bob Paisley.

Ah, oui, dit Bill Shankly. Bob Paisley. Je n'avais pas vraiment pensé à Bob. Mais oui. C'est une bonne idée. Une très bonne idée. Si Bob accepte le poste, du moins. Si Bob a envie de devenir le nouveau manager.

John Smith dit, Eh bien, j'ai déjà parlé à Bob. Officieusement, bien sûr. Et il m'a affirmé qu'il était disposé à accepter tout emploi que le Liverpool Football Club voudrait lui confier.

Oui, dit Bill Shankly. Bien sûr. C'est typiquement Bob, ça. On ne pourrait pas mieux le résumer. Il pense d'abord au Liverpool Football Club. Jamais à lui-même.

John Smith hoche la tête. Et John Smith dit, Mais, bien sûr, je voulais en parler avec vous aussi, monsieur Shankly. Avant d'aller plus loin dans les démarches. Avant d'officialiser quoi que ce soit. Avant de rendre sa nomination publique. Pour voir si vous aviez des objections. Ou des réserves à formuler.

Non, dit Bill Shankly. Pas la moindre. Et pourquoi en aurais-je ? Après tout, je serai encore là. Je resterai sur place. Je pourrai apporter à Bob toute l'aide dont il aura besoin. Tout ce qu'il voudra. Je serai toujours là pour l'aider.

John Smith tousse. Puis John Smith ajoute, Oui, bon. Merci, monsieur Shankly. Mais Bob sera le nouveau manager du Liverpool Football Club. L'équipe sera sous sa responsablilité. Maintenant que vous avez pris votre retraite. La dernière chose que nous aurions envie de faire – et, j'en suis sûr, la dernière chose que Bob aurait envie de faire –, ce serait de vous accabler de travail. Maintenant que vous avez démissionné du Liverpool Football Club. Ce serait injuste. Envers vous. Et envers Bob. Ce ne serait pas convenable.

Bien sûr, dit Bill Shankly. Bien sûr.

John Smith hoche la tête. Et John Smith dit, Par conséquent, le conseil d'administration s'entretiendra de nouveau avec Bob demain. Après quoi nous annoncerons officiellement sa nomination au poste de manager du Liverpool Football Club à la réunion annuelle des actionnaires vendredi prochain.

Très bien, dit Bill Shankly. Je vois.

John Smith se lève. Et John Smith ajoute, Mais pour finir, permettez-moi de vous répéter, au nom du conseil, à quel point nous apprécions le travail que vous avez accompli, toute l'aide que vous nous avez apportée pendant cette période de transition. Merci. Et nous espérons tous que vous pourrez désormais, enfin, profiter de votre retraite, monsieur Shankly.

52

De l'arrosage du jardin

En costume, avec sa cravate. Sa cravate rouge. Sa cravate du Liverpool Football Club. Bill reprend le couloir. Bill retourne dans son bureau. Bill contourne encore une fois les sacs de courrier. La montagne de sacs et de sacs de courrier. Et Bill se rassied derrière sa table de travail. Bill plonge encore la main dans le sac posé au sommet de la montagne de sacs et de sacs de courrier. Bill en sort une autre lettre. Bill ouvre la lettre. Bill lit la lettre. La lettre au sujet de sa retraite. La lettre qui lui souhaite de bien profiter de sa retraite. Et Bill secoue la tête. Bill repose la lettre. Bill met la lettre de côté. Bill regarde fixement sa table de travail. Sa machine à écrire, les touches de son clavier. En silence, il attend. Bill relève les yeux de son clavier. De sa machine et de sa table de travail. Le regard de Bill fait le tour du bureau. Il voit les classeurs, les étagères. Les étagères garnies de carnets. Les carnets remplis de noms et les carnets remplis de notes. Les photos sur le mur. L'histoire et les souvenirs. L'horloge murale. Qui égrène les secondes, qui égrène les secondes. Dans le bureau, à la table de travail. Bill ferme les yeux. Bill avale sa salive. Et puis Bill rouvre les yeux. Bill regarde sa montre. Bill se lève de son fauteuil. Bill reprend son sac posé sur le plancher. Son sac de sport. Bill contourne les sacs de courrier. La montagne de sacs et de sacs de courrier. Bill décroche son chapeau de la patère. Bill remet son chapeau. Bill sort du bureau. Bill descend l'escalier. Bill longe le couloir. Bill sort du stade. Bill traverse le parking. Bill monte dans sa voiture. Bill quitte le parking. Bill s'engage dans Belmont Road. Bill tourne dans West Derby Road. Bill se gare dans l'allée. Bill sort de sa voiture. Bill remonte l'allée à pied. Bill ouvre la porte de la maison. Bill rentre chez lui. Et Bill referme la porte d'entrée.

Ness sort de la cuisine. En tablier –

Tu rentres tôt. Ça va bien, chéri ?

Bill pose son sac dans le vestibule. Son sac de sport. Bill ôte son chapeau. Bill suspend son chapeau à la patère. Bill embrasse Ness sur la joue. Et Bill répond, Oui, chérie, ça va. Je vais bien. Mais je me suis dit que je devrais laver la voiture. Et puis que je commencerais à m'occuper du jardin, chérie…

Bill reprend son sac. Son sac de sport. Bill monte l'escalier. Bill entre dans la chambre. Bill ôte sa cravate. Sa cravate rouge. Sa cravate du Liverpool Football Club. Bill la replie. Bill ouvre le second tiroir de la commode. Bill range la cravate dans le tiroir. La cravate rouge. La cravate du Liverpool Football Club. Bill referme le tiroir. Bill s'assied sur le bord du lit. Bill délace ses chaussures. Bill ôte ses chaussures. Bill ramasse ses chaussures. Bill se redresse. Bill se dirige vers la penderie. Bill ouvre la penderie. Bill range ses chaussures dans le bas de la penderie. Bill revient vers le lit. Bill ôte sa veste. Bill la pose sur le lit. Bill ôte son pantalon. Bill retourne à la penderie. Bill sort un cintre de la penderie. Bill suspend son pantalon au cintre. Bill emporte jusqu'au lit le pantalon suspendu au cintre. Bill reprend sa veste posée sur le lit. Bill pend sa veste sur le cintre, au-dessus du pantalon. Bill retourne à la penderie. Bill range son costume dans la penderie. Bill referme les portes de la penderie. Bill ouvre son sac. Son sac de sport. Bill en sort son bas de survêtement. Bill enfile son bas de survêtement. Bill sort son pull. Bill met son pull. Bill referme son sac. Son sac de sport. Bill sort de la chambre. Bill redescend l'escalier. Bill ouvre le placard du vestibule. Bill prend une vieille paire de brodequins dans le bas du placard. Bill referme le placard. Bill s'assied sur la dernière marche. Bill noue les lacets de sa vieille paire de brodequins. Bill se relève. Bill longe le couloir. Et Bill entre dans la cuisine.

Ness quitte des yeux la pomme de terre qu'elle épluche. Et Ness sourit –

L'eau vient de bouillir, chéri. Tu veux une tasse de thé ?

Oh, non. Non merci, chérie. J'ai trop à faire. Beaucoup trop à faire, chérie. Il vaudrait mieux que je m'y mette tout de suite. Que je commence sans attendre…

Et Bill s'approche de l'évier. Bill se penche. Bill ouvre le placard situé sous l'évier. Bill sort le seau rangé sous l'évier. Le seau et les chiffons. Bill referme les portes du placard. Bill pose le seau dans l'évier. Bill ouvre le robinet d'eau froide. Bill remplit le seau. Bill sort de la cuisine en emportant le seau et les chiffons. Il traverse le vestibule, sort de la maison et descend l'allée. Bill pose le seau sur le ciment à côté de la voiture. Bill s'accroupit près du seau. Bill plonge le premier chiffon dans l'eau du seau. Bill trempe le premier chiffon dans l'eau du seau. Bill sort le chiffon de l'eau.

Bill tient le chiffon au-dessus de l'eau du seau. Bill essore le chiffon. Bill se relève, le chiffon à la main. Bill se tourne vers sa voiture garée dans l'allée. Bill tend le bras au-dessus de la voiture. Bill commence à laver le toit de la voiture. D'un mouvement de va-et-vient sur toute la largeur du toit. Bill élimine la poussière qui couvre le toit de la voiture. D'un mouvement de va-et-vient. D'un bord du toit à l'autre. De l'avant vers l'arrière. Bill lave le toit de la voiture. Puis Bill s'accroupit de nouveau près du seau. Bill plonge de nouveau le chiffon dans l'eau du seau. Bill trempe le chiffon dans l'eau du seau de nouveau. Bill essore le chiffon de nouveau. Bill se relève, le chiffon à la main. Et Bill lave le pare-brise de la voiture. De bas en haut et de haut en bas. Bill lave le pare-brise. Et puis Bill s'accroupit encore près du seau. Bill replonge le chiffon dans l'eau du seau. Bill essore encore le chiffon. Bill se relève, le chiffon à la main. Et Bill lave les deux fenêtres du côté passager de la voiture. De bas en haut et de haut en bas. Bill lave les fenêtres du côté passager. Et puis Bill s'accroupit de nouveau près du seau. Bill plonge de nouveau le chiffon dans l'eau du seau. Bill trempe le chiffon dans l'eau de nouveau. Bill essore le chiffon de nouveau. Bill se relève, le chiffon à la main. Bill contourne l'arrière de la voiture. Et Bill lave la vitre arrière de la voiture. De bas en haut et de haut en bas. Bill lave la vitre arrière. Puis Bill revient sur ses pas, jusqu'au seau d'eau. Bill s'accroupit de nouveau près du seau. Bill replonge le chiffon dans l'eau du seau. Bill essore le chiffon de nouveau. Bill se relève, le chiffon à la main. Bill contourne la voiture pour atteindre le côté conducteur. Et Bill lave les deux fenêtres du côté conducteur de la voiture. De bas en haut et de haut en bas. Bill lave les fenêtres du côté conducteur. Et puis Bill retourne jusqu'au seau d'eau. Bill s'accroupit de nouveau près du seau. Bill replonge le chiffon dans l'eau du seau. Bill essore le chiffon. Bill pose le chiffon. Bill soulève le seau. Bill emporte le seau jusqu'à la bouche d'égout. Bill jette l'eau sale dans l'égout. Bill remporte le seau dans la maison, traverse le vestibule et rentre dans la cuisine. Bill remet le seau dans l'évier. Bill fait couler l'eau froide de nouveau. Bill remplit le seau de nouveau. Bill ressort de la cuisine avec le seau. Il traverse le vestibule, ressort de la maison et redescend l'allée. Bill pose de nouveau le seau sur le ciment à côté de la voiture. Bill s'accroupit de nouveau près du seau. Bill reprend son chiffon. Bill replonge le chiffon dans l'eau du seau. Bill essore le chiffon de nouveau. Et Bill lave le capot de la voiture. D'avant en arrière, d'arrière en avant. Bill lave le capot. Et puis Bill s'accroupit de nouveau près du seau. Bill replonge le chiffon dans l'eau du seau. Bill trempe le chiffon dans l'eau de nouveau. Bill essore le chiffon de nouveau. Bill se relève, le chiffon à la main. Et Bill lave les portières du côté passager de la voiture. De bas en haut, de haut en bas. Bill lave les portières du côté passager. Et puis Bill s'accroupit de nouveau près du seau. Bill replonge le chiffon dans l'eau du seau. Bill trempe le chiffon dans l'eau de nouveau. Bill essore le chiffon de nouveau. Bill se relève, le chiffon à la main. Bill contourne de nouveau la voiture. Et Bill lave l'arrière de la voiture. De bas en haut et de haut en bas. Bill lave la vitre arrière. Bill lave l'arrière de la voiture. Et puis Bill retourne près du seau d'eau. Bill s'accroupit de nouveau près du seau. Bill replonge le chiffon dans l'eau du seau. Bill trempe le chiffon dans l'eau de nouveau. Bill essore le chiffon de nouveau. Bill se relève, le chiffon à la main. Et Bill contourne de nouveau la voiture pour atteindre le côté conducteur. Bill lave les portières du côté conducteur de la voiture. De bas en haut et de haut en bas. Bill lave les portières du côté conducteur. Et puis Bill retourne près du seau d'eau. Bill s'accroupit de nouveau près du seau. Bill replonge le chiffon dans l'eau du seau. Bill trempe le chiffon dans l'eau de nouveau. Bill essore le chiffon de nouveau. Bill se relève, le chiffon à la main. Bill va se placer devant la voiture. Bill s'accroupit de nouveau. Et Bill commence à laver la calandre de la voiture. De bas en haut, de haut en bas. Bill lave la calandre. Et puis Bill retourne au seau d'eau. Bill s'accroupit de nouveau près du seau. Bill replonge le chiffon dans l'eau du seau. Bill trempe le chiffon dans l'eau de nouveau. Bill essore le chiffon de nouveau. Bill se relève, le chiffon à la main. Et Bill passe d'une roue à la suivante. Bill lave les quatre enjoliveurs de la voiture. D'un mouvement circulaire, encore et encore. Bill lave et essuie les quatre enjoliveurs de la voiture. Et puis Bill retourne au seau d'eau. Bill s'accroupit de nouveau près du seau. Bill replonge le chiffon dans l'eau du seau. Bill trempe le chiffon dans l'eau de nouveau. Bill essore le chiffon de nouveau. Bill pose le chiffon. Bill soulève le seau. Bill emporte de nouveau le seau jusqu'à la bouche d'égout. Bill jette de nouveau l'eau sale dans l'égout. Bill remporte le seau dans la maison, traverse le vestibule et rentre dans la cuisine. Bill remet le seau dans l'évier. Bill fait couler l'eau froide de nouveau. Bill remplit le seau de nouveau. Bill ressort de la cuisine avec le seau. Il traverse le vestibule, ressort de la maison et redescend l'allée. Bill pose de nouveau le seau sur le ciment à côté de la voiture. Bill s'accroupit de nouveau près du seau. Bill plonge le deuxième chiffon dans l'eau du seau. Bill trempe le chiffon dans l'eau. Bill tient le chiffon au-dessus de l'eau du seau. Bill essore le chiffon. Bill se relève, le chiffon à la main. Bill se tourne vers sa voiture garée dans l'allée. Bill va se placer devant la voiture. Bill s'accroupit devant la voiture. Et Bill commence à laver les phares. D'un mouvement circulaire, encore et encore. Bill lave les phares. Et puis Bill se redresse. Bill retourne au seau d'eau. Bill s'accroupit de nouveau près du seau. Bill plonge de nouveau le chiffon dans l'eau du seau. Bill trempe de nouveau le chiffon dans l'eau. Bill essore le chiffon de nouveau. Bill se relève, le chiffon à la main. Bill retourne vers l'arrière de la voiture. Bill s'accroupit derrière la voiture. Et Bill commence à nettoyer les stops et les clignotants à l'arrière de la voiture. D'un mouvement circulaire et de haut en bas. Bill nettoie les stops et les clignotants. Et puis Bill se redresse. Bill retourne au seau d'eau. Bill s'accroupit de nouveau près du seau. Bill plonge de nouveau le chiffon dans l'eau du seau. Bill trempe de nouveau le chiffon dans l'eau. Bill essore le chiffon de nouveau. Bill se relève, le chiffon à la main. Et Bill s'approche du rétroviseur extérieur du côté passager de la voiture. Bill lave le rétroviseur extérieur du côté passager. Et puis Bill contourne le capot et s'approche du rétroviseur extérieur du côté conducteur de la voiture. Bill lave le rétroviseur extérieur du côté conducteur. Et puis Bill retourne au seau d'eau. Bill s'accroupit de nouveau près du seau. Bill plonge de nouveau le chiffon dans l'eau du seau. Bill trempe de nouveau le chiffon dans l'eau. Bill essore le chiffon de nouveau. Bill se relève, le chiffon à la main. Et Bill fait le tour de la voiture. Au soleil, dans l'allée. Bill cherche la moindre tache qui lui aurait échappé, Bill traque le moindre endroit qu'il aurait négligé. Mais au soleil, dans l'allée. La voiture brille, la voiture resplendit. Et au soleil, dans l'allée. Bill regarde sa montre. Et puis Bill reprend le seau et les chiffons. Bill retourne jusqu'à la bouche d'égout. Bill jette de nouveau l'eau sale dans l'égout. Bill rentre dans la maison. Il traverse le vestibule, il entre dans la cuisine. Bill pose de nouveau le seau dans l'évier. Bill rince le seau. Bill rince les chiffons. Bill ouvre le placard situé sous l'évier. Bill range le seau et les chiffons dans le placard. Bill referme les portes du placard. Bill se relève. Et Bill voit Ness –

Que dirais-tu d'une tasse de thé, à présent, chéri ? demande Ness. Et d'une petite pause ? Avant que tu ne ressortes, chéri ?

Oh, non. Non merci, chérie. Pas maintenant. Je veux aller tout de suite au jardin. Et me mettre au travail, chérie…

Et Bill se dirige vers la porte de derrière. Bill ouvre la porte de derrière. Bill sort dans le jardin. Leur petit jardin de derrière. Bill se dirige vers la cabane. Leur petite cabane de jardin. Bill ouvre la porte de la cabane.

Bill prend ses gants de jardinage sur l'étagère de la cabane. Bill enfile ses gants de jardinage. Bill prend un grand sac à déchets en plastique noir. Bill se dirige vers l'un des coins du jardin. Avec ses gants et avec son sac. Et Bill commence à faire la navette sur la pelouse. Leur petite pelouse derrière la maison. La tête penchée en avant, les yeux braqués sur le gazon. Bill ramasse chaque petite pierre qu'il repère. Chaque gravillon et chaque petit caillou. Bill arrache la moindre mauvaise herbe qu'il aperçoit. Le moindre trèfle et le moindre pissenlit. Bill met les petits cailloux et les mauvaises herbes dans son sac à déchets en plastique noir. Bill frappe le sol du talon de son brodequin. Pour aplatir chaque petite motte de gazon, pour remplir le moindre trou. En faisant la navette. En ligne droite. D'un bout à l'autre de leur petit jardin. Il le parcourt quatre fois, en quatre lignes droites. En montant puis en descendant, en remontant et en redescendant de nouveau. Bill arpente leur petit jardin de derrière. En ramassant des cailloux, en arrachant des mauvaises herbes. En aplatissant des mottes de terre, en comblant des trous. Et puis Bill pose le grand sac à déchets en plastique noir sur le dallage, sous la fenêtre de la cuisine. Bill retourne à la cabane de jardin. Leur petite cabane de jardin. Bill entre de nouveau dans la cabane. Bill soulève la tondeuse à gazon. La tondeuse à gazon manuelle Shanks de couleur rouge. Bill sort la tondeuse à gazon de la cabane. Bill emporte la tondeuse à gazon dans un coin du jardin. Bill pose la tondeuse sur la pelouse. Et Bill commence à tondre l'herbe. En montant puis en descendant. En ligne droite. D'un bout à l'autre de leur petit jardin. En remontant puis en redescendant de nouveau. Quatre fois, en quatre lignes droites. En montant puis en descendant. En remontant puis en redescendant de nouveau. Bill tond leur petite pelouse. Et puis Bill va poser la tondeuse sur le dallage, sous la fenêtre de la cuisine. Bill retourne à la cabane. Leur petite cabane de jardin. Bill rentre dans la cabane. Bill prend un râteau. Bill sort le râteau de la cabane. Bill emporte le râteau dans un coin du jardin. Et Bill commence à ratisser. En montant puis en descendant. En ligne droite. D'un bout à l'autre de leur petit jardin. En remontant puis en redescendant de nouveau. Quatre fois, en quatre lignes droites. En remontant puis en redescendant, en remontant puis en redescendant de nouveau. Bill ratisse leur petite pelouse. Jusqu'au moment où l'herbe coupée constitue quatre petits tas. Alors Bill retourne vers le dallage, sous la fenêtre de la cuisine. Bill reprend le grand sac à déchets en plastique noir. Bill rapporte le grand sac à déchets en plastique noir près du premier tas d'herbe coupée. Bill ramasse le premier petit tas d'herbe coupée. Bill fourre l'herbe coupée dans le grand sac à déchets en plastique noir. Bill porte le grand sac à déchets en plastique noir jusqu'au deuxième petit tas d'herbe coupée. Et jusqu'au troisième. Puis jusqu'au quatrième. Et il les fourre dans le grand sac à déchets en plastique noir. Et puis Bill va déposer le grand sac à déchets en plastique noir dans un coin du jardin. Dans le coin de la pelouse. Et de nouveau Bill fait la navette sur la pelouse. Leur petite pelouse derrière la maison. La tête penchée en avant, les yeux braqués sur le gazon. Bill ramasse le moindre brin d'herbe coupée qu'il repère. Le moindre brin, le moindre débris. Bill jette les résidus dans son grand sac noir. En montant et en descendant. En ligne droite. D'un bout à l'autre de leur petit jardin. En montant puis en descendant. Quatre fois, en ligne droite. En remontant puis en redescendant de nouveau. Bill arpente leur petit jardin sur toute sa longueur. En ramassant des brins d'herbe, en ramassant des débris. Et puis Bill va poser le grand sac à déchets en plastique noir sur le dallage, sous la fenêtre de la cuisine. Bill retourne à la cabane. Leur petite cabane de jardin. Bill rentre dans la cabane. Bill rentre dans la cabane encore une fois. Bill prend une paire de cisailles. Des cisailles de jardinier. Muni des cisailles, Bill s'approche de la première plate-bande de la pelouse. Et Bill se met à tailler la première plate-bande. Et la deuxième plate-bande. Et la troisième. Et puis Bill taille la plate-bande qui sépare le dallage et la pelouse. Et ensuite Bill pose les cisailles sur le dallage, sous la fenêtre de la cuisine. Et Bill reprend le grand sac à déchets en plastique noir. Bill approche le grand sac à déchets en plastique noir de la première plate-bande. Et Bill commence à ramasser les brins d'herbe qu'il vient de couper le long de la première plate-bande. Il ramasse le moindre brin d'herbe coupée et le moindre débris. Et les pétales tombés et les fleurs fanées. Bill les jette dans le grand sac noir. Et le long de la deuxième plate-bande. Il ramasse le moindre brin d'herbe coupée. Et les pétales tombés et les fleurs fanées. Et pareillement le long de la troisième plate-bande. Jusqu'à ce qu'il ne reste plus un brin d'herbe coupée. Plus un pétale et plus une fleur fanée. Et puis Bill ramasse l'herbe coupée de la dernière plate-bande. La plate-bande qui sépare le dallage de la pelouse. Et ensuite Bill pose le grand sac à déchets en plastique noir sur le dallage, sous la fenêtre de la cuisine. Bill retourne à la cabane. Leur petite cabane de jardin. Bill rentre dans la cabane. Bill y prend un déplantoir. Bill prend un seau. Bill emporte le déplantoir et le seau jusqu'à la première plate-bande. Et puis Bill commence à désherber. Sur sa pelouse, à genoux. Bill désherbe et Bill désherbe. Dans la terre, à genoux. Entre les fleurs et entre les plantes. La première plate-bande. Et la deuxième plate-bande. Et puis la troisième. Bill arrache les mauvaises herbes. Bill met les mauvaises herbes dans le seau. Jusqu'au moment où il ne reste plus de mauvaises herbes. Alors Bill emporte le seau plein de mauvaises herbes pour le poser sur le dallage, sous la fenêtre de la cuisine. Bill ouvre le grand sac à déchets en plastique noir. Bill vide le seau rempli de mauvaises herbes dans le grand sac à déchets en plastique noir. Et puis Bill nettoie le déplantoir. Bill nettoie la paire de cisailles. Bill nettoie le râteau. Et les lames de la tondeuse. Bill nettoie et Bill nettoie. Sur le dallage, à genoux. Et puis Bill retourne à la cabane. Leur petite cabane de jardin. Bill rentre dans la cabane. Bill y prend un balai. Bill emporte le balai et retourne vers le dallage, sous la fenêtre de la cuisine. Et puis Bill se met à balayer le dallage. À en ôter tous les petits brins d'herbe. Et les petites mottes de terre. Pour en faire un tas. Et Bill repose son balai. Bill ramasse le tas d'herbe. Le tas de terre. Bill jette le tas d'herbe, le tas de terre dans le grand sac à déchets en plastique noir. Et puis Bill reprend son balai. Bill soulève le grand sac à déchets en plastique noir. Bill emporte le balai et le grand sac à déchets en plastique noir jusqu'à la cabane. Leur petite cabane de jardin. Bill pose le grand sac noir. Bill rentre dans la cabane. Et puis Bill commence à balayer. À balayer toute la terre et toute la poussière de la cabane. Pour en faire un tas. Et puis Bill cale le balai contre le mur de la cabane. Bill ramasse le tas de terre. Le tas de poussière. Bill jette le tas de terre, le tas de poussière, dans le grand sac à déchets en plastique noir. Et puis Bill retourne vers le dallage, sous la fenêtre de la cuisine. Bill soulève la tondeuse à gazon. Bill remporte la tondeuse à gazon à la cabane. Bill range la tondeuse dans la cabane de jardin. Bill retourne vers le dallage, sous la fenêtre de la cuisine. Bill retourne au dallage. Bill reprend le râteau et la paire de cisailles. Bill remporte le râteau et la paire de cisailles à la cabane. Bill range le râteau et la paire de cisailles dans la cabane. Bill retourne au dallage. Bill reprend le déplantoir et le seau. Bill remporte le déplantoir et le seau à la cabane. Bill range le déplantoir et le seau dans la cabane. Et puis Bill soulève le grand sac à déchets en plastique noir. Bill remporte le grand sac à déchets en plastique noir dans un coin du jardin. Avec ses gants et avec son sac. Bill fait de nouveau la navette sur la pelouse. Leur petite pelouse derrière la maison. La tête penchée en avant, les yeux braqués sur le gazon. Les yeux braqués sur les plates-bandes. Pour repérer le moindre brin d'herbe coupée qui lui aurait échappé. Le moindre caillou ou la moindre mauvaise herbe. Un pétale tombé ou une fleur fanée. En montant puis en descendant. En ligne droite. D'un bout à l'autre de leur petit jardin. En montant puis en descendant de nouveau.

Quatre fois, selon quatre lignes droites. En montant puis en descendant, en montant puis en descendant. Bill parcourt toute la longueur de leur petit jardin. Et puis Bill remporte le grand sac à déchets en plastique noir à la cabane. Bill ferme le haut du grand sac à déchets en plastique noir à l'aide d'une ficelle. Bill met le grand sac à déchets en plastique noir dans la cabane de jardin. Bill ôte ses gants. Ses gants de jardinage. Bill pose ses gants sur l'étagère à l'intérieur de la cabane. De leur petite cabane de jardin. Et Bill referme la porte de la cabane. Au soleil, sur le dallage. Bill regarde le jardin. Tout est propre, tout est impeccable. Et au soleil, sur le dallage. Bill regarde sa montre de nouveau. Il est 16 h 30. Bill a lavé la voiture. Bill a tondu la pelouse. Bill a désherbé les plates-bandes. Et Bill a rangé la cabane. Il est 16 h 30. Et il n'y a plus rien d'autre à faire. C'est fini,

c'est terminé. Il n'y a plus de tâches à accomplir. Ici.

53

Les clés du royaume

Bob Paisley longe le couloir. Le couloir d'Anfield. Bob Paisley monte l'escalier. L'escalier d'Anfield. Bob Paisley s'arrête devant la porte du bureau. La porte du bureau de Bill Shankly. Et Bob Paisley tend l'oreille. Pour entendre le cliquetis de la machine à écrire, pour entendre la voix de Bill Shankly. Bill Shankly qui parle au téléphone, Bill Shankly qui martèle les touches de la machine. Mais Bob Paisley n'entend aucun bruit, Bob Paisley n'entend personne parler. Bob Paisley frappe à la porte. La porte du bureau de Bill Shankly. Et Bob Paisley attend. Bob Paisley frappe à la porte de nouveau. La porte du bureau de Bill Shankly. Et Bob Paisley attend de nouveau. Bob Paisley pose la main sur la poignée. La poignée de la porte du bureau de Bill

Shankly. Bob Paisley tourne la poignée. Bob Paisley ouvre la porte. Et Bob Paisley entre dans le bureau. Le regard de Bob Paisley fait le tour du bureau. Il voit l'horloge murale. Qui égrène les secondes, qui égrène les secondes. Les photos sur les murs. L'histoire, les souvenirs. Les étagères garnies de carnets. Les carnets remplis de noms, les carnets remplis de notes. Les classeurs et les sacs de courrier sur le plancher. Les sacs et les sacs de courrier. Les sacs et les sacs de courrier pour Bill. La table de travail et le fauteuil. Le fauteuil de Bill. La machine à écrire et son clavier. La machine à écrire de Bill, le clavier de Bill. Silencieux et qui attendent qu'on les utilise. Bob Paisley s'approche de la table de travail. Du fauteuil. Du fauteuil de Bill, de la table de travail de Bill. Et voilà que Bob Paisley entend des pas dans le couloir. Des pas que Bob Paisley reconnaîtrait n'importe où. Les pas de Bill. Bob Paisley se retourne. Et Bob Paisley voit Bill Shankly. Sur le pas de la porte de son bureau. En costume et cravate. Il porte sa cravate rouge. Sa cravate du Liverpool Football Club. Bob Paisley sourit, Bob Paisley rit. Et Bob Paisley dit, Bonjour, Bill. Bonjour. Je me demandais justement où tu étais passé, Bill. J'étais sur le point d'appeler la police. Pour lui demander de lancer des recherches. Pour te retrouver, Bill…

Non, dit Bill. Non, Bob. Tu n'as pas de temps à perdre avec ça. Tu ne peux plus te permettre de t'inquiéter pour moi, à présent. Tu as amplement de quoi t'occuper, à l'heure qu'il est, Bob. Tu dois penser d'abord au Liverpool Football Club, maintenant…

Bob Paisley secoue la tête. Et Bob Paisley dit, Je ne voulais pas de ce poste, Bill. Je voulais que tu restes. Que les choses restent comme elles étaient, Bill. C'est tout ce que je voulais. Tu le sais, Bill. Mais quand ils m'ont demandé de prendre la suite, quand ils m'ont offert le poste, ça a été le moment de ma vie où je me suis senti le plus fier, Bill. J'aurais accepté le premier boulot, le premier poste qu'ils m'auraient proposé. J'aurais pris tout ce qu'ils voulaient que je fasse. Mais j'ai accepté cet emploi parce que je veux stabiliser la situation pour tout le monde. Pour Joe et Reuben, pour Geoff et Tom. Et pour Ronnie. On a tous reçu un grand choc, Bill. On s'est tous inquiétés, énormément. De ne pas savoir qui allait venir te remplacer, de ne pas savoir ce que nous allions devenir. Mais j'ai pensé, Si j'accepte le poste, si je prends ce boulot, alors le départ de Bill ne bouleversera pas trop les choses. Parce que tu sais que je crois aux mêmes principes que toi, Bill. Et tu sais que j'essaierai de gérer le club de la même façon que toi.

Je le sais, dit Bill Shankly. Je le sais bien, Bob. Et c'est précisément pourquoi je tenais à ce que tu me succèdes. Et c'est pourquoi j'ai été tellement soulagé quand le conseil d'administration, quand tout le monde s'est rangé à mon avis. Qu'il fallait que tu sois mon successeur. Alors, je n'aurais pas pu être plus content pour toi, Bob.

Bob Paisley ne dit rien. Bob Paisley se contente de sourire.

Et tu sais que je suis toujours là pour t'aider, dit Bill Shankly. Si je peux faire quoi que ce soit pour te donner un coup de main, Bob. Pour t'aider à te mettre sur les rails…

Bob Paisley hoche la tête, à présent. Et Bob Paisley dit, Merci, Bill. Merci. Tu sais, j'ai l'impression d'être un apprenti qui va monter le favori du derby d'Epsom. Ou bien qui doit tenir la barre du *Queen Elizabeth* dans une tempête de force dix. Parce que je découvre qu'il y a beaucoup de choses que j'ignore, Bill. Beaucoup…

Oui, dit Bill Shankly. Il y aura beaucoup à faire, Bob. C'est un sacré travail de diriger le Liverpool Football Club. Un travail énorme, Bob.

Bob Paisley hoche la tête de nouveau. Et Bob Paisley dit, Ma foi, pour être franc avec toi, Bill, j'essaie simplement de garder les choses dans l'état où elles étaient. Dans l'état où elles sont. Pour l'instant. J'essaie tout bonnement de prendre chaque journée à mesure qu'elle arrive.

Oui, répète Bill Shankly. C'est bien, c'est la meilleure solution…

Et Bill Shankly plonge la main dans sa poche de veste. Bill sort son agenda. Son agenda rempli de dates, les dates de matchs –

Oui, dit Bill Shankly. Mais les journées se bousculent quand on est manager, Bob. Crois-moi. Ça n'arrête jamais, Bob. Il n'y a pas de répit. Je veux dire, on a bientôt ce déplacement en Allemagne…

Bob Paisley dit, Eh bien, ça, au moins, je sais que ça ne te manquera pas, Bill. Tous ces voyages. Tous ces déplacements à l'étranger. C'est au moins une chose que tu ne regretteras pas, hein ?

Et puis il y a le Charity Shield, dit Bill Shankly. Bill Shankly qui continue de tourner les pages de son agenda. Les pages remplies de dates, les dates de matchs. Et c'est à Wembley, en plus…

Bob Paisley dit, Mais pour ce match-là, tu viendras, n'est-ce pas ?

Ah, oui, dit Bill Shankly. Oui, bien sûr, Bob. Merci beaucoup. C'est très gentil à toi, Bob. Ça me ferait vraiment plaisir. Ça me plairait beaucoup, Bob. Ce serait un grand honneur. Merci, Bob. Parce qu'il y aura beaucoup de monde, pour ce match-là. Surtout que ça se passe à Wembley, Bob. Le Kop tout entier va venir, j'en suis sûr. Tous les gars du Kop, Bob. Pour moi, ce sera une excellente occasion de leur témoigner ma reconnaissance. De les remercier, Bob.

Bob Paisley hoche la tête. Et Bob Paisley dit, Bien sûr, Bill. Bien sûr. Enfin, d'après ce qu'a dit M. Smith, d'après ce que m'a dit le conseil d'administration, officiellement, tu ne prends ta retraite que le mardi 12 août. C'est bien ça, Bill ? C'est sur cette date que tu t'es mis d'accord avec M. Smith ? Et avec le conseil d'administration ?

Ma foi, oui, dit Bill Shankly. Mais aussi, bien sûr, il y a le jubilé, ce soir-là. Le jubilé de Billy McNeill, à Glasgow. Il faudrait que j'y sois, Bob. Je veux y aller. Si ça ne te dérange pas, Bob.

Bob Paisley hoche la tête de nouveau. Et Bob Paisley dit, Oui, bien sûr, il faut que tu y ailles. Tu n'as pas besoin de me le demander, Bill.

Mais si, dit Bill Shankly. Si, Bob. J'ai besoin de te le demander. Il faut que je te le demande. Parce que je ne voudrais surtout pas qu'on m'accuse de fourrer mon nez dans ce qui ne me regarde plus. De m'imposer là où on n'a plus besoin de moi, Bob…

Bob Paisley sourit. Et Bob Paisley dit, Tu ne ferais jamais ça, Bill. Ça n'arrivera jamais. J'en suis déjà persuadé, Bill.

Bon, dit Bill Shankly. Mais pour le moment, il n'est pas question que je reste dans tes pattes, Bob. Seulement, je m'étais dit que je pourrais passer en coup de vent et prendre certaines de ces lettres. Si ça ne t'ennuie pas, Bob ? Je vais en emporter quelques-unes chez moi.

Bob Paisley rit, à présent. Et Bob Paisley dit, Ça ne m'ennuie pas du tout, bien sûr que non. Je ne sais pas comment tu t'y prends avec tout ce courrier…

Ça demande du temps, c'est sûr, dit Bill Shankly. Je ne vais pas te mentir, Bob. De lire toutes ces lettres, et puis d'y répondre. C'est beaucoup de travail, Bob. Et une partie importante du travail. Mais il faut que ce soit fait, Bob. Quand les gens prennent la peine et le temps de t'écrire personnellement, alors la moindre des choses est de prendre la peine et le temps de leur répondre.

Bob Paisley regarde les sacs et les sacs de courrier entassés sur le plancher. Bob Paisley regarde la machine à écrire sur la table de travail. Bob Paisley secoue la tête. Et Bob Paisley dit, Ma foi, je ne sais même pas taper à la machine, Bill. Je n'aurais pas la moindre idée de la façon dont je devrais m'y prendre avec cet engin, Bill. Pas la moindre…

Alors, ça ne t'ennuie pas si je l'emporte chez moi ? demande Bill Shankly. Tu n'y verrais pas d'inconvénient, Bob ? Si je rapportais la machine à écrire à la maison ? Pour que je puisse répondre à ces lettres chez moi, Bob ? Comme ça, je te débarrasserais le plancher. Je ne serais pas dans tes jambes…

Bob Paisley rit. Et Bob Paisley dit, Je t'en prie, Bill.

Bill Shankly contourne les montagnes et les montagnes de courrier. Et Bill Shankly ôte la machine à écrire de la table de travail. Bill Shankly la prend sous son bras. Et puis Bill Shankly prend un sac de courrier sur la montagne de sacs et de sacs de courrier –

Bon, il vaudrait mieux que je parte, Bob. Que j'arrête de t'envahir. Et que je me mette au travail pour répondre à toutes ces lettres. Je veux dire, les réponses ne vont pas s'écrire toutes seules…

Bob Paisley hoche la tête. Et Bob Paisley dit, Oui, très bien, Bill. Mais ne te tue pas à la tâche, surtout. Avec toutes ces lettres…

Bill s'arrête sur le seuil. Le seuil du bureau. Bill Shankly se tourne de nouveau vers Bob Paisley –

Bon, on est bien d'accord, alors, Bob ? Mon dernier jour, ce sera le lundi 12 août ? Mon dernier jour, officiellement. Et ça te convient, n'est-ce pas, Bob ?

Oui, Bill. Bien sûr, que ça me convient. Tout ce que tu veux, ça me convient, Bill. Comme je te l'ai déjà dit, tu n'as pas besoin de me demander…

Quel âge as-tu ? demande Bill Shankly. Un pied dans le bureau, un pied dans le couloir. Si ce n'est pas indiscret, Bob…

Cinquante-cinq ans, Bill, répond Bob Paisley. Pourquoi tu veux savoir ça ?

J'avais simplement envie de le savoir. Enfin, ça fait longtemps qu'on travaille ensemble, maintenant…

Bob Paisley sourit. Et Bob Paisley répond, Oui. Quinze ans.

Oui, dit Bill Shankly. Quinze ans. Mais pendant tout ce temps je n'ai jamais su ton âge. Bon, je suppose que ça n'a pas beaucoup d'importance. Non, je ne pense pas que ça puisse en avoir. Tu sais, une fois qu'on arrête de jouer…

Bob Paisley hoche la tête. Et Bob Paisley dit, Mais l'âge peut quand même finir par te rattraper. Il rattrape toujours les meilleurs d'entre nous.

Oui, répète Bill Shankly. Mais quel âge avais-tu quand tu as arrêté de jouer, Bob ?

Bob Paisley sourit. Et Bob Paisley répond, J'avais trente-cinq ans. C'est le 13 mars 1954 que j'ai joué mon dernier match. Ici, à Anfield. Contre Charlton Athletic. On a perdu, d'ailleurs, 3-2. Et toi, Bill ?

Pareil, dit Bill Shankly. Trente-cinq ans. Mais j'avais le sentiment que j'aurais pu continuer, Bob. Je pensais que j'aurais pu continuer éternellement.

Bob Paisley hoche la tête. Et Bob Paisley dit, C'est ce qu'on croyait tous, Bill.

Oui, Bob. Mais on était jeunes alors. Et on se trompait, Bob. On se trompait tous. Personne ne dure éternellement, Bob. Personne n'est immortel, dit Bill Shankly. Et le regard de Bill Shankly fait très vite le tour du bureau. Il voit les étagères. Les étagères garnies de carnets. Les carnets remplis de noms et les carnets remplis de notes. Les photos sur le mur. L'histoire, les souvenirs. L'horloge murale. Qui égrène les secondes et qui égrène les secondes. Bill Shankly sourit. Bill Shankly se détourne. Et Bill Shankly dit, À plus tard, Bob. À bientôt…

Et Bob Paisley regarde Bill Shankly s'éloigner dans le couloir. Le sac de courrier dans une main, la machine à écrire sous le bras. En costume et en cravate. Avec sa cravate rouge. Sa cravate du Liverpool Football Club.

54

La charité est une chose froide, grise, et dépourvue d'amour

À l'hôtel, dans la chambre. Bill fait les cent pas et Bill fait les cent pas. Bill est venu à Londres avec l'équipe. Bill est descendu à l'hôtel avec l'équipe. Bill a dîné avec l'équipe. D'un steak-frites. Et de fruits au sirop et à la crème. Exactement comme d'habitude, tout comme avant. Et puis Bill a souhaité bonne nuit à l'équipe. Et Bill est monté à sa chambre. Sa chambre d'hôtel. Et Bill s'est mis à faire les cent pas. D'un bout à l'autre de la chambre. De la chambre d'hôtel. Deux heures plus tard, Bill fait toujours les cent pas dans la chambre. La chambre d'hôtel. Mais maintenant Bill arrête de faire les cent pas. Et Bill décroche le téléphone. Le téléphone près du lit. De son lit d'hôtel. Bill compose un numéro. Et Bill écoute le téléphone sonner. Et sonner et sonner –

Allô ? Allô ? Qui est à l'appareil ? Qui m'appelle à cette heure ?

Allô, Don ? Bonsoir. Ce n'est que moi, Don. C'est Bill. Je t'appelle simplement pour te souhaiter bonne chance pour demain, Don. Pour le match de demain. Et pour te dire que je te verrai demain, Don. Dans le tunnel…

Oh, non, tu ne me verras pas, dit Don Revie. Parce que je ne serai pas dans le tunnel, Bill. C'est Brian qui sera dans le tunnel. Tu ne me verras pas demain, Bill. À moins que tu n'aies l'intention de prendre place dans la loge royale. Parce que c'est de là que je verrai le match. Dans la loge royale. Où tu devrais avoir ta place, Bill.

Bill rit. Et Bill dit, J'espère que tu plaisantes, Don. J'espère que tu me fais marcher. Qu'est-ce que tu irais faire, bon sang, dans la loge royale ? C'est dans le tunnel que tu devrais être, Don. Avec ton équipe, mon vieux. À ta vraie place, Don. Dans le tunnel…

Ce n'est plus mon équipe, à présent, dit Don Revie. C'est l'équipe de Brian, maintenant. C'est lui, désormais, le manager de Leeds United. Pas moi. C'est à lui, pas à moi, que revient le privilège d'emmener demain cette équipe sur le terrain.

Non, Don. C'est toi qui as gagné le championnat, Don. C'est toi qui as gagné la Ligue. Pas Brian. C'est toi qui devrais emmener ton équipe demain, Don. Pas Brian. Et je suis sûr que Brian pense la même chose…

Pour être franc avec toi, Bill, je me moque complètement de ce que pense Brian. Mais Leeds United, de toute évidence, c'est *son* équipe, à présent. Donc, c'est à lui de l'emmener sur la pelouse de Wembley demain. C'est le boulot de Brian, maintenant. Pas le mien.

Je ne peux pas être d'accord avec ça, Don. Ce n'est pas possible. Et je regrette que tu voies les choses de cette façon, Don. Je le regrette vraiment. J'espérais qu'on puisse se retrouver sur la pelouse demain, chacun emmenant son équipe, Don. Pour faire nos adieux ensemble…

J'ai déjà fait mes adieux, dit Don Revie. Et maintenant, je suis passé à autre chose. Je dirige l'équipe nationale anglaise, à présent. Pas Leeds United. Mais je serai là. Je serai encore là, Bill. Et je regarderai le match.

Bill rit. Et Bill dit, Oui, Don. Comme tu me l'as annoncé. Depuis la loge royale. Eh bien, j'espère que tu passeras un bon moment, Don. J'espère que tu apprécieras le spectacle. Et n'oublie pas de transmettre mes hommages à ces messieurs couverts de décorations et à leurs épouses couvertes de bijoux. Bonne nuit, Don…

Bill repose le téléphone. Et Bill recommence à faire les cent pas dans la chambre. La chambre d'hôtel. D'un bout à l'autre de la chambre de nouveau. De la chambre d'hôtel. Et puis Bill s'arrête de marcher. Bill ôte son costume et sa cravate. Sa cravate rouge. Sa cravate du Liverpool Football Club. Bill met son pyjama. Bill entre dans la salle de bains. La salle de bains de l'hôtel. Bill allume la lumière. La lumière de la salle de bains. Bill s'approche du lavabo. Bill se brosse les dents. Bill se lave le visage. Bill se sèche le visage. Bill se sèche les mains. Bill éteint la lumière. La lumière de la salle de bains. Bill retourne dans la chambre. La chambre d'hôtel. Bill éteint la lumière. La lumière de la chambre. Bill se met au lit. Dans le lit de l'hôtel. Et dans le noir et dans le silence. Bill fixe le plafond. Le plafond de l'hôtel. Dans le noir et dans le silence. Bill entend des gens dans la rue, devant l'hôtel. Bill entend des gens dans le couloir, à côté de sa chambre. Et dans le noir et dans le silence. Bill se redresse sur son séant. Bill sort du lit. De son lit d'hôtel. Dans le noir et dans le silence. Bill se remet à faire les cent pas. Dans le noir et dans le silence. D'un bout à l'autre de la chambre. De sa chambre d'hôtel. Dans le noir et dans le silence. D'un bout à l'autre de la chambre. Bill fait les cent pas et Bill fait les cent pas –

Encore et encore –

Jusqu'à ce que la nuit cède la place au jour, jusqu'à ce que cette chambre devienne une autre pièce. Le vestiaire. Le vestiaire de Wembley. Bill fait les cent pas et Bill fait les cent pas. Encore et encore. Dans le vestiaire de Liverpool. Bill boutonne sa veste, Bill déboutonne sa veste. La bouche sèche et les mains moites. Bill fait les cent pas et Bill fait les cent pas. Encore et encore…

Dans le vestiaire. Le vestiaire de Wembley. Bob Paisley pose la main sur le bras de Bill –

Tu veux dire quelque chose, Bill ? Tu as prévu de dire quelques mots avant le match ?

Bill secoue la tête. Et Bill répond, Non, Bob. Non. En fait, je crois que je vais attendre dehors. Jusqu'à ce que tu aies terminé, Bob. Dans le tunnel. Je vais attendre dehors, Bob. Dans le tunnel. Jusqu'à ce que tu aies fini, Bob…

Bill se dirige vers la porte du vestiaire. La porte du vestiaire de Wembley. Bill ouvre la porte. Bill écoute Bob. Bob qui parle à l'équipe. L'équipe de Liverpool –

Pour être franc, dit Bob à l'équipe, il m'inquiète un peu, ce match, les gars. C'est un mauvais moment pour jouer un match pareil. Il est bien trop tôt dans la saison pour un match comme celui-ci. Bien sûr, on veut gagner. Et faire bonne figure. Mais allez tout simplement sur le terrain et faites circuler le ballon et tâchez de vous amuser un peu…

Bill referme derrière lui la porte du vestiaire. La porte du vestiaire de Wembley. Et Bill reste dans le tunnel. Le tunnel de Wembley. Entre ses hauts murs nus. Dans ses ombres longues et profondes. Bill attend l'équipe. L'équipe de Liverpool. Dans son costume gris à chevrons. Avec sa chemise rouge, cellc à rayures jaunes. Et sa cravate sombre. Sa cravate sombre et voyante. Il boutonne sa veste et il déboutonne sa veste.

Bill attend et Bill attend. Et puis Bill entend la sonnerie. La sonnerie de Wembley. Et Bill voit l'équipe de Leeds sortir de son vestiaire. Et Billy Bremner lui serre la main. Et fait une plaisanterie. Une plaisanterie que Bill ne comprend pas tout à fait. Mais Bill sourit. Et Bill rit. Et Bill sourit. Et Bill rit. Et puis Brian Clough serre la main de Bill. Et Brian Clough dit quelque chose à Bill, quelque chose comme –

Cela doit vous rappeler quelques souvenirs, monsieur Shankly ?

Bill hoche la tête. Et Bill dit, Oh, oui. Ça m'en rappelle.

Et puis Bill voit s'ouvrir la porte de l'autre vestiaire. La porte du vestiaire de Liverpool. Du coin de l'œil. Les chaussures de football dans le tunnel, les crampons sur le béton. Bill entend l'équipe derrière lui, à présent. L'équipe de Liverpool. Un frisson lui parcourt l'échine. Ils se rangent derrière lui, dans le tunnel. Le tunnel de Wembley. Les deux équipes attendent, s'observent. Parmi les ombres. Les ombres de Wembley. Bill sent que Brian Clough l'observe. Mais Bill tente d'éviter son regard. Les pensées qui se lisent dans son regard. Mais Bill ne peut pas éviter ses paroles. Les pensées exprimées par sa bouche. Et Bill entend Brian Clough dire quelque chose d'autre, quelque chose comme –

Alors, qu'allez-vous faire de vos journées pendant toute la saison, monsieur Shankly ? Qu'est-ce que vous allez bien pouvoir trouver à faire ?

Et Bill répond, Oh, ce n'est pas les occupations qui vont me manquer. Il n'y a pas de quoi s'inquiéter –

Et puis Bill hoche la tête. Il hoche la tête pour lui-même. Et Bill commence à se diriger vers le bout du tunnel. Du tunnel de Wembley. Vers la lumière au bout du tunnel. Mais quelqu'un pose la main sur son bras. Quelqu'un arrête Bill. Et demande à Bill de patienter. Et Bill patiente. Dans le tunnel. Le tunnel de Wembley. Dans les ombres. Les ombres de Wembley. Encore une plaisanterie de Billy Bremner. Encore une plaisanterie qu'il ne saisit pas bien. Qu'il ne comprend pas bien.

Encore une remarque de Brian Clough. Encore une remarque qu'il ne saisit pas bien. Qu'il n'entend pas bien. Il boutonne sa veste, il déboutonne sa veste. La bouche sèche, les mains moites. Bill se passe la langue sur les lèvres. Bill s'essuie les mains l'une contre l'autre. Et puis Bill voit le signal. Enfin, enfin. Et Bill pousse Brian Clough du coude. Bill désigne le bout du tunnel. La lumière au bout du tunnel. Et Bill commence à avancer vers la lumière. Épaules tombantes, tête basse. Bill emmène l'équipe. L'équipe de Liverpool. Vers la lumière, vers le stade. Ne sachant toujours pas si sa veste devrait être ouverte, ne sachant toujours pas si sa veste devrait être fermée. Brian Clough l'observe toujours, Brian Clough l'applaudit, à présent. Le stade l'applaudit. Le stade de Wembley. Les supporters scandent son nom. Les supporters du Liverpool Football Club. Et les supporters de Leeds United. Ils scandent tous –

SHANK-LY, SHANK-LY, SHANK-LY…

Dans la lumière, la lumière du milieu de l'après-midi. Dans le stade, le stade de Wembley. Sur le terrain, sur la pelouse. Bill avance. Épaules tombantes, tête basse. Bill regarde l'herbe. L'herbe de Wembley. Il sent peser le joug. Le joug sur ses épaules. Un pied devant l'autre. Bill continue d'avancer. Tête basse, les yeux braqués sur le sol. Sur le terrain, sur la pelouse. Un pied devant l'autre. Au fond de l'océan, au fond de la mer. Bill continue d'avancer. Tête basse, le yeux braqués sur le sol. Avec des pieds en marbre, dans des brodequins en plomb. Un pied devant l'autre. Il avance. Et il avance. Tête basse, les yeux braqués sur le terrain. Le terrain de Wembley. Bill avance toujours, Bill piétine ses souvenirs, Bill écrase ses peurs. Les voix dans sa tête, les chuchotements dans son cœur. Le désert et l'immensité. Sous la terre, au fond de la mer. Bill boutonne et déboutonne sa veste. Enfin, enfin. Bill atteint la ligne médianc. La ligne médiane de Wembley. Et Bill s'arrête. Et enfin, enfin. Bill lève les yeux. Il lève les yeux du sol et il lève les yeux de la pelouse. Et son regard se porte sur les tribunes. Sur les supporters dans les tribunes. Et Bill lève une main. La main droite. Pour les saluer et les remercier. Il salue et il remercie les quatre côtés du stade. Les 67 000 spectateurs présents dans le stade. Et les millions de spectateurs restés chez eux. Les millions qui regardent la télévision chez eux. Et puis Bill baisse la main. Sa main droite. Et Bill franchit la distance séparant la ligne médiane et les bancs. Les bancs de Wembley. Un pied vite devant l'autre. Et Bill s'assied. Sur le banc. Le banc de Wembley. Entre Brian Clough et Jimmy Gordon. Les épaules en avant, la tête en avant. Le joug sur le dos, le plomb sur ses pieds. Son imperméable sur les genoux. Le bras gauche sur son imperméable. Le coude droit dans la main gauche sur son genou droit. Les épaules en avant. La tête en avant. Le menton dans la main droite. Ses doigts frottant son menton. *Depuis que j'ai décidé de prendre ma retraite, les gens assiègent notre porte d'entrée.* C'est le coup d'envoi, maintenant. Thompson passe vers l'avant. Clarke n'ôte pas son pied au passage. Il écorche la jambe de Thompson de la cheville au genou. Premier coup franc pour Liverpool. À Jordan, maintenant. Cherry. Giles. Clarke. Tommy Smith tacle Clarke. Carton jaune. Le numéro 10, Giles, tire le coup franc. Sur le banc. Le banc de Wembley. Bill s'appuie contre le dossier. Bill croise les jambes. La droite par-dessus la gauche. *J'ai reçu des centaines de lettres et de télégrammes.* Le ballon circule trop vite. Hall. Callaghan. Heighway. Thompson. Cormack suit sa trajectoire depuis le début, puis il le quitte des yeux quand il arrive sur lui. Mais Hall est là de nouveau. Heighway. Hunter. Le tacle n'est pas bon. Keegan. Une bonne tête de McQueen. Corner. C'est Thompson qui va le tirer. Clarke dévie presque le tir hors de portée de Harvey qui sort de sa cage. Sur le banc. Le banc de Wembley. Bill décroise les jambes. Bill croise les jambes de nouveau. La gauche par-dessus la droite. *Des centaines de fans m'ont écrit, me suppliant de rester.* Gray. Reaney entre Lorimer et la ligne de touche. Clarke et Jordan au milieu. Gray. Bonne intervention de Smith. Joe Jordan. Superbe frappe de l'extérieur du pied. Lorimer poussé vers l'extérieur. Reaney de nouveau qui se démarque. Hughes hésite entre deux solutions. Sur le banc. Le banc de Wembley. Bill croise les bras sur sa poitrine. La main droite sur le cœur. *Tout le monde semble prendre ça au tragique. J'ai reçu des lettres d'Australie, de Nouvelle-Zélande, du Canada et d'Écosse, aussi bien que de Liverpool.* Boersma. Keegan derrière lui. Heighway au milieu. Voilà Keegan. Qui tente de marquer à ras du premier poteau. Eddie Gray. Encore une tête bien placée de Cormack. Bremner. Hughes un peu court. Thompson. Cormack. Keegan maintenant sur la gauche. Il n'a qu'une seule faille à exploiter pour le moment. Cormack vient à la rescousse. Il n'a pas de renfort. Mais au moins il voit que Keegan a besoin d'aide. Sur le banc. Le banc de Wembley. Bill ôte sa main droite de son cœur. Bill décroise les bras. Ses deux bras pendent le long de son corps. Bill décroise les jambes. La gauche ne reste pas sur la droite. Les deux pieds par terre. *Deux jeunes gens sont venus chez moi avec une carte signée par deux cents clients du Derby Arms Hotel, me souhaitant des jours heureux pour l'avenir. Et la presque totalité de ces deux cents signatures étaient à l'encre rouge. Mais il y en avait trois à l'encre bleue. C'est ça que je trouve étonnant. Que même des supporters d'Everton me disent qu'ils regrettent de me voir partir.* Coup franc accordé à Liverpool pour une bousculade. Keegan. Bon arrêt de Harvey. Mais le ballon va entrer quand même. Et c'est un but. Il n'a pas de chance, David Harvey. Il a bien intercepté le tir de Keegan. Mais le ballon a rebondi dans tous les sens. Le tir est de Keegan, mais il a pu ricocher sur Phil Boersma. Un but tombé du ciel. Sur le banc. Le banc de Wembley. Bill se penche en avant de nouveau. Le bras gauche sur son imperméable de nouveau. Le coude droit dans sa main gauche sur son genou droit. Les épaules en avant. Le menton dans la main droite. Ses doigts frottant son menton de nouveau. *Et cela me touche beaucoup. Cela me donne le sentiment d'avoir peut-être réussi quelque chose à Liverpool.* Superbement joué, Keegan. Encore une occasion, là. Et le tir est bloqué. Le tir de Boersma. Corner. Reaney au premier poteau. Boersma et une tête vers l'arrière. Hunter. Leeds n'est plus vraiment dans son assiette depuis ce premier but encaissé. Le genre de but plutôt dur à avaler. Sur le banc. Le banc de Wembley. Bill se cale de nouveau contre le dossier. Bill croise les jambes de nouveau. La jambe droite par-dessus la gauche. *Les hommages qu'on m'a rendus étaient merveilleux, étonnants, émouvants et touchants.* Jordan tout seul. Maintenant il a Gray sur sa gauche. C'est bien joué, ça, de la part de Joe Jordan. Bremner. Lorimer. À travers la ligne d'arrières, proprement. Clarke, pas de chance. Il signale une main qui n'a jamais eu lieu. McQueen s'avance. Second corner du match pour Leeds. McQueen reste à l'avant. Il a voulu donner à Reaney mais il a tiré trop haut pour lui. Sur le banc. Le banc de Wembley. Bill décroise les jambes. Bill croise les jambes. La gauche par-dessus la droite. *Je sais qu'il est même question de débaptiser Bold Street pour la nommer Shankly Parade. Je n'en reviens pas. Et s'il devait y avoir à Liverpool quoi que ce soit qui porte mon nom, j'en serais fier. Mais je ne veux pas me retrouver au sein d'une controverse.* Leeds a trois arrières, à présent. Reaney vient faire le quatrième. Keegan. Heighway au milieu. Marqué par Cherry. Hughes. Jordan maintenant derrière le ballon pour Leeds. Lindsay. Hughes. Brian Hall qui force le passage. Encore un bel arrêt, David Harvey. Superbe attaque de Brian Hall et un bon arrêt de David Harvey. Sur le banc. Le banc de Wembley. Bill croise de nouveau les bras sur sa poitrine. La main droite sur le cœur encore une fois. *Je ne suis venu à Liverpool que pour diriger une équipe de football. Mais le fait que ces témoignages émanent de gens de la rue, d'hommes et de femmes ordinaires, cela a beaucoup plus d'importance pour moi que l'argent que j'ai pu gagner.* Giles. Bremner. Intéressant. Jordan à sa gauche. Clarke un peu plus loin. Une bonne détente de Clemence. Sur le banc. Le banc de Wembley. Bill ôte de nouveau sa main droite de son cœur. Bill décroise les bras de nouveau. Ses deux bras retombent le long de son corps. Bill décroise les jambes. Les deux pieds par terre de nouveau. *Ces témoignages venaient de gens que ma femme et moi connaissons. Et de gens que nous ne connaissons pas. Et ils venaient de gens haut placés et aussi de gens du peuple. De travailleurs, comme moi, qui viennent à Anfield.* Boersma à présent. Heighway. Encore un bel arrêt. Parfaitement synchrone. Mais il y a des moments où cette défense de Leeds semble manquer un peu de vitesse. Cherry. Giles. Clemence arrive le premier. Keegan. Boersma à sa droite. Bon centre sans perte de temps. Tête de Reaney. Cormack. Callaghan. Boersma. Hughes. Rebond sur la barre transversale. Emlyn Hughes. Effort colossal. Sur le banc. Le banc de Wembley. Bill se penche en avant de nouveau. Le bras gauche sur son imperméable de nouveau. Le coude droit dans sa main gauche sur son genou droit. Les épaules en avant. Le menton dans la main droite. Ses doigts frottant son menton de nouveau. *Je me considère comme l'un des leurs. Je fais partie de la classe ouvrière. J'ai travaillé au fond de la mine. Je ne fais pas de manières ni de ronds de jambe. J'ai peut-être mieux réussi que certains d'entre eux. Mais cela n'a pas altéré ma conception de la vie ni mes sentiments.* Giles. Lorimer trouve Giles de nouveau. Reaney. Qui peut donner à quatre coéquipiers. Et voici Clarke. Qui a réceptionné le centre de Reaney. Allan Clarke tout seul. Un jeu un peu trop viril de la part de Giles. Encore un coup franc. C'est Lindsay qui va le tirer. Le sifflet. Et la mi-temps –

Sur le banc. Le banc de Wembley. Bill se lève. Bill longe la ligne de touche. La ligne de touche de Wembley. Bill parvient à l'entrée du tunnel. Du tunnel de Wembley. Et Bill s'arrête. Bill scrute l'intérieur du tunnel. Du tunnel de Wembley. Il sonde le demi-jour, il fouille les ombres. Bill reprend sa marche. Il descend dans le tunnel. Dans le tunnel de Wembley. Dans le demi-jour et dans les ombres. Dans le tunnel. Le tunnel de Wembley. Bill s'arrête devant la porte du vestiaire. La porte du vestiaire de Wembley. Dans le demi-jour, dans les ombres. Bill a posé la main sur la poignée de la porte. La poignée de la porte du vestiaire. De l'autre côté de la porte. De la porte du vestiaire. Bill entend Bob Paisley parler. Parler à l'équipe. L'équipe de Liverpool. Dans le vestiaire. Le vestiaire de Liverpool. Bill entend Bob dire –

Continuez comme ça, les gars. Vous jouez bien, vous jouez juste. Alors, continuez comme ça, les gars. Ne changez rien…

Dans le tunnel. Le tunnel de Wembley. Dans le demi-jour et dans les ombres. Devant la porte. La porte du vestiaire. Bill ôte sa main du bouton de la porte. Du bouton de la porte du vestiaire. Et dans le demi-jour. Et dans les ombres. Bill fait les cent pas. D'un bout à l'autre du tunnel. Du tunnel de Wembley. Bill fait les cent pas et Bill fait les cent pas. Dans un sens et puis dans l'autre, dans un sens et puis dans l'autre. Et Bill attend et Bill attend. Il attend la sonnerie. La sonnerie de Wembley. Et puis enfin, enfin. Dans le tunnel. Le tunnel de Wembley. Dans le demi-jour et les ombres. Bill entend la sonnerie. La sonnerie de Wembley. Et Bill voit s'ouvrir la porte du vestiaire. Du vestiaire de Liverpool. Du coin de l'œil de nouveau. Les chaussures de football dans le tunnel, les crampons sur le béton. Bill entend l'équipe sortir. L'équipe de Liverpool. Et Bill se retourne. Et Bill voit l'équipe sortir. L'équipe de Liverpool. Et Bill salue les joueurs. Les joueurs de Liverpool. Bill rit, Bill sourit. Bill leur dit quelque chose, quelque chose comme, Continuez comme ça, les gars. Vous jouez bien, vous jouez juste. Alors, continuez comme ça, les gars. Ne changez rien…

Bill boutonne sa veste, Bill déboutonne sa veste. La bouche toujours sèche et les mains toujours moites. Bill se passe la langue sur les lèvres de nouveau. Bill s'essuie les mains l'une contre l'autre de nouveau. Bill regarde vers le bout du tunnel. Vers la lumière au bout du tunnel. Et Bill se remet en route vers la lumière. Bill ressort avec l'équipe. L'équipe de Liverpool. Dans la lumière, dans le stade. Ne sachant toujours pas si sa veste devrait être ouverte, ne sachant toujours pas si sa veste devrait être fermée. Bill refait le tour de la ligne de touche. La ligne de touche de Wembley. En boutonnant sa veste, en déboutonnant sa veste. Jusqu'au moment où, enfin, enfin. Bill atteint les bancs de nouveau. Les bancs de Wembley. Et Bill se rassied. Sur le banc. Le banc de Wembley. De nouveau entre Brian Clough et Jimmy Gordon. Son imperméable de nouveau sur ses genoux. Le bras gauche sur son imperméable. Le coude droit de nouveau dans sa main gauche sur son genou droit. Les épaules en avant de nouveau, la tête en avant de nouveau. Le menton de nouveau dans la main droite. Ses doigts frottant son menton de nouveau. *Le seul argent dont j'aie besoin, c'est celui que j'ai gagné. Et tous les témoignages exprimés par les fans me touchent bien plus que ce genre de récompense. Cela vaut bien mieux que de faire la quête pour récolter une centaine de livres.* Le sifflet de nouveau. Et Keegan. Que McQueen fait reculer. Gray. Cherry. Lorimer. Giles. Gray. Reaney et Lorimer tous les deux sur la droite. Reaney. Maintenant, Lorimer, le numéro sept. Jordan à la lutte avec Smith. Sur le banc. Le banc de Wembley. Bill se cale contre le dossier. Bill croise les jambes. La droite par-dessus la gauche. *Tous ces hommages, toutes ces lettres, les commentaires de la presse, tout cela a pour moi beaucoup plus d'importance que l'argent. Et si vous pensez que je n'ai pas besoin d'argent, vous vous trompez ! Mais tout ce qu'il me faut, c'est suffisamment d'argent pour vivre. C'est tout.* Clarke fonce vers le but adverse. Et puis il cherche Jordan. La passe est un peu longue. Mais il va la récupérer quand même. Bremner. Parti d'un côté, il essaie de revenir de l'autre. Jordan est incapable de concrétiser sur cette passe. Elle n'a fait que le pousser un peu plus loin vers l'angle. Clarke à terre, blessé. Sur le banc. Le banc de Wembley. Bill décroise les jambes, Bill recroise les jambes. La gauche par-dessus la droite. *Ma mère était une femme d'une grande bonté. Et une phrase qu'elle répétait souvent me reste en mémoire. C'était, Si j'en ai suffisamment, j'en ai beaucoup, et je n'en veux pas davantage. C'est vraiment une philosophie remarquable. Et j'ai toujours veillé à la garder à l'esprit.* Boersma qui attaque à présent. Il n'a personne en face. Mais c'est pourtant là qu'ils devraient tous être. Allan Clarke toujours à terre. Boersma. Bien joué. Un bel arrêt. Boersma va réessayer. Mais s'il avait gardé la tête froide, il n'aurait pas tenté ce second tir. Il aurait pu trouver Cormack. Et alors Harvey serait resté coincé au mauvais endroit. La pression ne s'atténue pas. Et ça, ça ressemble beaucoup à un crochet du droit de Johnny Giles. Un joueur à terre, Keegan. Il se relève vite. Giles reçoit un carton jaune. Sur le banc. Le banc de Wembley. Bill croise les bras sur sa poitrine. La main droite sur le cœur. *Je ne suis pas cupide. Et je refuse tout ce à quoi je n'ai pas droit. Mon père a toujours préféré donner plutôt que prendre.* Ces coups francs ne donnent jamais rien. Mais il y a encore du grabuge autour du ballon. Keegan impliqué de nouveau. L'arbitre fait venir Billy Bremner. Et il écarte McQueen d'un geste. Keegan impliqué de nouveau. Keegan a encore des mots avec l'arbitre. Keegan qui s'est fait expulser en Allemagne alors qu'il y avait erreur sur la personne. Et il se fait encore expulser ici même. Et il est blême de colère. Et Bremner est expulsé aussi. Bremner expulsé aussi. Et l'un comme l'autre, ils jettent leur maillot sur la pelouse. Sur le banc. Le banc de Wembley. Bill ôte sa main droite de son cœur de nouveau. Bill décroise les bras de nouveau. Ses deux bras retombent le long de son corps. Bill décroise les jambes. Les deux pieds par terre de nouveau. *Ils étaient parfaitement honnêtes. Mon père et ma mère. Ils ne possédaient pas grand-chose eux-mêmes. Mais ils étaient toujours disposés à aider les autres du mieux qu'ils le pouvaient.* Gray à présent. Bien joué de la part de Cherry. Giles vient de prendre possession du ballon. Jordan s'est un peu précipité. C'est Jordan qui l'avait, et puis le ballon a semblé lui échapper. Et McQueen s'interpose. Sur le banc. Le banc de Wembley. Bill se penche en avant de nouveau. Le bras gauche sur son imperméable de nouveau. Le coude droit dans sa main gauche sur son genou droit. Les épaules en avant. La tête en avant. Le menton dans la main droite. Ses doigts frottant son menton de nouveau. *J'aimerais qu'on me juge non pas vraiment sur ce que j'ai accompli mais sur le fait que je n'ai jamais triché. Je n'ai pas été malhonnête. Je n'ai jamais été irresponsable dans mes rapports avec l'argent ou avec les gens. Une honnêteté intrinsèque, voilà la plus grande qualité qu'un être humain puisse posséder. Mais si tout le monde était honnête, il n'y aurait pas tous ces conflits qu'on voit dans le monde entier à l'heure actuelle*. Lindsay. Belle action de Callaghan. Boersma. Heighway tout près du point de penalty. Hall un peu plus loin. Sortie de but. Sur le banc. Le banc de Wembley. Bill se cale contre le dossier de nouveau. Bill croise les jambes de nouveau. La droite par-dessus la gauche. *Je n'ai jamais quémandé quoi que ce soit. Et ce que j'ai obtenu, je l'ai gagné. Et quoi qu'il arrive à l'avenir, je ne l'oublierai jamais*. Lorimer. Cherry. Et c'est un but. Un beau but. Un partout. Sur le banc. Le banc de Wembley. Bill décroise les jambes. Bill recroise les jambes. La gauche par-dessus la droite. *Mais tous ce que j'ai fait, c'était pour le club et pour les supporters. Parce que, sans les supporters, il n'y aurait pas de club*. Giles donne à Gray. Cherry. Reaney. Giles. Reaney qui déboule sur l'aile. Gray. Lorimer. Et c'est McKenzie qui a bien failli marquer en force. Sortie de but. Mais bousculade quand même. Donc, coup franc. Sur le banc. Le banc de Wembley. Bill croise de nouveau les bras sur sa poitrine. La main droite sur le cœur de nouveau. *Parce que j'ai de la reconnaissance pour chaque spectateur qui vient à Anfield*. Heighway. Et c'est bien joué. Hall va tirer le coup franc. Heighway s'est placé d'un côté. Boersma de l'autre. Callaghan arrive. Excellent.

Superbe action de Callaghan. Et Cormack si près, si près. Sortie de but. Sur le banc. Le banc de Wembley. Bill ôte sa main de son cœur de nouveau. Bill décroise les bras de nouveau. Ses deux bras retombent le long de son corps. Bill décroise les jambes. Les deux pieds par terre de nouveau. *Je me rappelle être monté un jour dans le Kop une heure environ avant le match. Simplement pour parler avec les fans. Et l'un d'eux a cru que j'allais regarder le match de là-haut. Et c'est pourquoi il m'a dit, Venez vous mettre ici, Bill. Vous verrez mieux*. Cormack. Thompson. Smith. Heighway. Il l'a frappée de bon cœur, celle-là. Et Harvey a très bien réagi. Fabuleuse action de Heighway. Sur le banc. Le banc de Wembley. Bill se penche en avant de nouveau. Le bras gauche sur son imperméable de nouveau. Le coude droit dans sa main gauche sur son genou droit. Les épaules en avant. La tête en avant. Le menton dans la main droite. Ses doigts frottant son menton de nouveau. *Désormais, peut-être, dans les mois à venir, j'aurai davantage de temps pour parler avec ces fabuleux supporters. Ces fans qui ont eu tant d'importance pour moi pendant ces années où j'ai dirigé l'équipe*. Hunter. Lorimer. Reaney. Hunter encore. Corner. Quatre joueurs qui attendent. Giles. On aurait cru qu'il allait amortir le tir, mais il a préféré le reprendre de la tête directement. Cela aurait pu être un but d'anthologie. Voilà Hall. Reaney détourne son tir. Son intervention a suffi. Lindsay. Boersma. Heighway. Le tacle de Giles. Et on va avoir droit à un concours de penalties. Au coup de sifflet final. Un partout, score final après plus de 90 minutes. Les penalties, à présent. Et puis, peut-être, la perspective d'un recours à la mort subite. Après les cinq premiers penalties, il faudra en venir à la mort subite. La mort subite, si les cinq premiers penalties ne sont pas décisifs. Sur le banc. Le banc de Wembley. Bob Paisley tape sur l'épaule de Bill. Bill se retourne. Bill se penche en arrière. Bob Paisley chuchote à l'oreille de Bill, il chuchote quelque chose que Bill n'entend pas très bien, ne saisit pas très bien. Mais Bill hoche la tête. Et puis

Bill se penche en avant de nouveau. Sur le banc. Le banc de Wembley. Le bras gauche sur son imperméable de nouveau. Le coude droit dans sa main gauche sur son genou droit. Les épaules en avant. La tête en avant. Le menton dans la main droite. Ses doigts frottant son menton de nouveau. *Depuis que j'ai décidé de prendre ma retraite, notre porte d'entrée est prise d'assaut. J'ai reçu des centaines de lettres et de télégrammes. Des milliers de fans m'ont écrit, me suppliant de rester.* Ray Clemence et David Harvey. À la cage du gardien au bout du terrain où débouche le tunnel des joueurs. L'arbitre Bob Matthewson s'approche. À ses côtés, Peter Lorimer. Donc, Lorimer contre Ray Clemence. Un-zéro pour Leeds United. Alec Lindsay contre David Harvey, à présent. Un partout. Johnny Giles. Et une avalanche de sifflets pour lui. Mais deux-un pour Leeds. Emlyn Hughes. Ça, c'était un vrai boulet de canon. Deux partout. Au tour d'Eddie Gray, maintenant. Trois-deux. Un penalty marqué fort calmement. Un tir d'un style très différent de celui d'Emlyn Hughes. À Brian Hall revient la tâche de rétablir le score à trois partout. Il y parvient très confortablement. Jusqu'à maintenant les penalties sont d'un très haut niveau. Norman Hunter. Quatre–trois. Tommy Smith. Quatre partout. Et c'est Trevor Cherry qui s'avance pour le dernier des cinq penalties de Leeds. Clemence a bien failli l'arrêter, celui-là. Cinq-quatre. Peter Cormack. Le numéro cinq de Liverpool dans tous les sens du terme. Pour nous amener à la mort subite. Les gardiens de but cherchent à voir quel buteur viendra ensuite. Et c'est Harvey qui va tenter de prendre Clemence en défaut. Et Harvey passe au-dessus de la transversale. Il a manqué son tir. Mais ce n'est pas fini. Callaghan se présente pour tirer son penalty, à présent. Ce n'est donc pas à Clemence d'endosser la responsabilité d'un échec. Et c'est à Ian Callaghan, élu footballeur de l'année, qu'on offre la possibilité d'attribuer le Charity Shield à Liverpool. Et il la saisit. Sur le banc. Le banc de Wembley. Bill se lève. Bill se retourne. Bill cherche Bob Paisley. Bill tend le bras vers

Bob Paisley. Et Bill serre la main de Bob. Bill félicite Bob. Et puis Bill entre sur la pelouse. La pelouse de Wembley. La main tendue de nouveau. Et Bill passe d'un joueur à l'autre. Qu'ils soient joueurs de Liverpool ou joueurs de Leeds. Et Bill leur serre la main. La main des joueurs de Liverpool, la main des joueurs de Leeds. Il félicite les uns et il compatit à la déception des autres. Et Emlyn Hughes entoure Bill de ses bras. Emlyn Hughes serre Bill contre lui comme s'il n'allait jamais le lâcher. Et Bill lui chuchote, Vas-y, petit. Emmène l'équipe. Et va chercher ce bouclier. Vas-y tout de suite, mon gars. Allez…

Et Bill reste sur la pelouse. La pelouse de Wembley. Et Bill regarde Emlyn Hughes monter les marches à la tête de son équipe. Les marches de Wembley. Bill regarde Emlyn Hughes recevoir le bouclier. Le Charity Shield. Les joueurs ont monté les marches, les joueurs redescendent les marches. Les marches de Wembley. Et puis Bill rejoint les joueurs. Les joueurs de Liverpool. Au pied des marches. Des marches de Wembley. Bill pose pour des photos avec l'équipe. L'équipe de Liverpool. Et avec le bouclier. Le Charity Shield. Sur la pelouse. La pelouse de Wembley. Bill tient le bouclier. Le Charity Shield. Et les photographes prennent leurs clichés. Et les journalistes posent leurs questions. Et puis Bill fait le tour du terrain à pied. Au petit trot. En longeant la ligne de touche. La ligne de touche de Wembley. Avec le bouclier. Le Charity Shield. Avec l'équipe. L'équipe de Liverpool. Sur la piste. Tout autour du stade. Du stade de Wembley. En saluant les supporters du Liverpool Football Club, en remerciant les supporters du Liverpool Football Club. Pour la dernière fois, pour la toute dernière fois. Les supporters du Liverpool Football Club scandent, *SHANK-LY, SHANK-LY, SHANK-LY*…

Certains des supporters du Liverpool Football Club sont sur la pelouse, à présent. Sur la pelouse de Wembley. Ils serrent Bill dans leurs bras, ils retiennent Bill. Ils le pressent de toute part. Fort, fort. Le tirant par-ci, le tirant par-là. De plus en plus fort. Et un supporter, un supporter du Liverpool Football Club, tend le bras vers Bill. En traversant la pelouse, la pelouse de Wembley. Et ce supporter, ce supporter du Liverpool Football Club, ce supporter noue une écharpe autour du cou de Bill. Une écharpe de Liverpool en tissu écossais autour du cou de Bill. Et un autre supporter, un supporter en combinaison blanche de chauffeur-mécanicien et coiffé d'un haut chapeau rouge, ce supporter agrippe Bill. Par les revers, les revers de sa veste. Et ce supporter, ce supporter en combinaison blanche de chauffeur-mécanicien et coiffé d'un haut chapeau rouge, le visage baigné de larmes et du désespoir dans la voix, ce supporter s'accroche à Bill. Plus fort, plus fort. Ce supporter serre Bill dans ses bras. De plus en plus fort. Comme s'il n'allait jamais le lâcher. Et ce supporter le supplie et l'implore et s'écrie, S'il vous plaît, ne partez pas, monsieur Shankly. S'il vous plaît, ne nous abandonnez pas. Restez, je vous en prie, monsieur Shankly. Restez avec nous, s'il vous plaît…

Bill tente d'échapper à ce supporter, ce supporter en combinaison blanche de chauffeur-mécanicien et coiffé d'un haut chapeau rouge, avec un visage baigné de larmes et du désespoir dans la voix. Bill essaie de se détourner. Bill ne parvient pas à s'écarter, Bill ne parvient pas à se détourner. Et Bill tend les bras vers ce supporter, cet homme en combinaison blanche de chauffeur-mécanicien et coiffé d'un haut chapeau rouge, et Bill serre cet homme dans ses bras. Bill retient cet homme dans ses bras. Et Bill dit, Tout ira bien, mon petit. Tout ira pour le mieux. Ne t'inquiète pas, mon petit. Ne te fais pas de bile…

Et Bill parvient à se dégager, maintenant. Bill se détourne. Et Bill s'éloigne. Au petit trot. Puis il se met à courir. Pour traverser la pelouse. La pelouse de Wembley. En direction du tunnel. Du tunnel de Wembley. Du demi-jour et des ombres. Et dans le tunnel. Le tunnel de Wembley. Dans le demi-jour et dans les ombres. Bill cesse de courir. Entre les hauts murs nus.

Dans les ombres longues et profondes. Sa poitrine se soulève, son cœur bat à toute vitesse. Bill reprend son souffle, Bill calme son cœur. Dans le tunnel. Le tunnel de Wembley. Sa respiration s'apaise et son cœur aussi. Bill frappe à la porte du vestiaire. La porte du vestiaire de Leeds United. Et Bill voit Billy Bremner. Billy Bremner assis sur le banc. Encore en short, encore torse nu. Bill s'assied à côté de Billy Bremner. Et Bill dit, Mais pourquoi diable as-tu fait une chose pareille, petit ? Jeter ton maillot par terre comme ça ? Comme si c'était une vieille serpillière ? Qu'est-ce qui a bien pu te passer par la tête, bon sang ? Qu'est-ce qui t'a pris ?

Je n'en sais rien, répond Billy Bremner. Je suis dégoûté d'avoir fait un truc pareil.

Bill rit. Et Bill dit, Et tu as de bonnes raisons de l'être, petit. Mais tu as vu cette photo de moi et toi avec Jack Dempsey ? Dans le journal ? Celle qu'ils ont prise à ce dîner l'autre soir ? Ah, ça, c'est un homme qui n'avait peur de personne. Un homme qui avait un sacré punch !

Oui, dit Billy Bremner. C'est une bonne photo. Un bon souvenir.

Bill hoche la tête. Et Bill donne une claque sur la cuisse de Billy Bremner. Bill se lève du banc. Et Bill sort du vestiaire de Leeds United. Dans le tunnel. Et il entre dans l'autre vestiaire. Le vestiaire de Liverpool. Et Bill voit Kevin Keegan. Kevin Keegan assis sur le banc. Déjà lavé, déjà rhabillé. Son père est assis près de lui. Bill prend place de l'autre côté de Kevin Keegan. Et Bill dit, N'y pense plus, petit. Oublie ça. Ce n'est pas toi le coupable. Tu es la victime. La victime d'une odieuse injustice !

Je ne peux pas oublier un incident pareil, dit Kevin Keegan. Mais je regrette sincèrement qu'il se soit produit, patron. Surtout un jour comme celui-ci. Alors, je vais rentrer à la maison avec mon père, maintenant, patron. Parce que j'ai besoin de réfléchir à pas mal de choses…

Bill hoche la tête. Et Bill dit, Très bien, petit. Rentre chez toi avec ton père. C'est le meilleur endroit où aller, chez soi. Fais-toi oublier un moment. Tiens-toi à carreau. Mais garde la tête haute. La tête haute, mon gars…

Kevin Keegan hoche la tête. Et son père fait de même. Kevin Keegan se lève. Et son père se lève. Et Bill regarde Kevin Keegan et son père sortir du vestiaire. Du vestiaire de Liverpool. Et partir dans le tunnel. Le tunnel de Wembley. Dans son demi-jour et dans ses ombres. La porte claque derrière eux. La porte du vestiaire. Bill entend la porte claquer. La porte du vestiaire. Elle claque et elle claque, elle résonne et elle résonne. Et le regard de Bill fait le tour du vestiaire. Du vestiaire de Liverpool. Il en fait le tour et il en fait le tour. Et Bill se relève. Bill se redresse sur ses jambes. Et Bill se remet à faire les cent pas. D'un bout à l'autre du vestiaire. Du vestiaire de Liverpool –

Il en fait le tour et il en fait le tour –

Dans le train. Le train qui le ramène à Liverpool. Dans sa voiture, à sa place. Bill sent sous lui les roues du train. Qui tournent, qui tournent. Qui tournent rond. Leur mouvement et leur rythme. Elles tournent et elles tournent. Dans le train. Le train qui le ramène à Liverpool. Dans sa voiture, à sa place. Bill n'a rien à feuilleter. Pas de carnet rempli de noms, de carnet rempli de notes. Bill n'a pas d'agenda. D'agenda rempli de dates, les dates de matchs. De dates à venir, de matchs à venir. Mais dans le train. Le train qui le ramène à Liverpool. Dans sa voiture, à sa place. Alors que les roues tournent rond et tournent rond. Qu'elles tournent et qu'elles tournent. Bill ne regarde pas par la fenêtre. Le soleil qui se couche, la nuit qui tombe. Le bétail de moins en moins visible et les champs dont les contours s'estompent. Les roues tournent et le roues tournent. *Alors, qu'allez-vous faire de vos journées pendant toute la saison, monsieur Shankly ?* Au crépuscule, entre chien et loup. Le train passe devant des lignes secondaires abandonnées, des gares désaffectées. Les roues tournent rond et les roues tournent rond. *Qu'est-ce que vous allez bien pouvoir trouver à faire, monsieur ?* Bill pense à toutes les interviews qu'il a données. À tous les reporters, à tous les journalistes. Les roues tournent et les roues tournent. *Alors, qu'allez-vous faire de vos journées pendant toute la saison, monsieur Shankly ?* Et Bill ferme les yeux. Bill en a eu vite assez de dicter sa propre notice nécrologique. Bill en a eu vite assez de graver sa propre pierre tombale. Encore et encore. *Qu'est-ce que vous allez bien pouvoir trouver à faire, monsieur ?* Encore et encore. *Alors, qu'allez-vous faire de vos journées pendant toute la saison, monsieur Shankly ?* Encore et encore. *Qu'est-ce que vous allez bien pouvoir trouver à faire, monsieur ?* Encore et encore,

encore et encore. Dans la maison, dans leur salon. Dans la nuit et dans le silence. Bill fait les cent pas et Bill fait les cent pas. Encore et encore. Dans la nuit et dans le silence. Bill cesse de faire les cent pas. Bill sort dans le vestibule. Bill décroche le téléphone. Bill compose un numéro. Et Bill écoute le téléphone sonner. Et sonner –

Allô ? dit Maurice Setters, le manager des Doncaster Rovers.

Allô, Maurice. Allô. Ce n'est que moi, Maurice. C'est Bill. Excuse-moi de te déranger, Maurice. Mais je m'inquiète au sujet de Keegan. Je suis très inquiet pour Kevin. Après ce qui s'est passé aujourd'hui. Je veux qu'il vienne à Glasgow avec l'équipe. Nous jouons pour le jubilé de Billy McNeill. Ce sera mon dernier match, Maurice. Et je veux que Kevin soit présent. Je ne veux pas qu'il reste à Doncaster à broyer du noir. Je tiens à régler le problème. Alors, pourrais-tu partir à sa recherche, Maurice ? J'ai téléphoné chez lui. J'ai appelé son père. Mais Kevin est parti au pub. Il doit être en train de noyer son chagrin quelque part. Et ce n'est bon pour personne. Alors, je te demande de le retrouver pour moi, Maurice. Et de lui dire qu'il doit m'appeler. Parce que je suis rentré chez moi, à présent. Alors, je vais attendre qu'il me téléphone. À l'heure qu'il voudra. J'attendrai. Tu veux bien me le trouver pour lui dire ça, Maurice ? Tu veux bien faire ça pour moi, Maurice ?

Oui, répond Maurice Sanders. Je vais faire ça pour toi, Bill. Compte sur moi.

Bill soupire. Et Bill dit, Merci, Maurice. Merci. C'est vraiment gentil, Maurice. Merci encore.

Bill repose le téléphone. Et dans la maison et dans le vestibule. Dans la nuit et dans le silence. Bill fait les cent pas et Bill fait les cent pas. Encore et encore, encore et encore. Dans la maison, dans le vestibule. Dans la nuit et dans le silence. Encore et encore, encore et encore. Bill fait les cent pas et Bill fait les cent pas. Heure après heure. Bill attend et Bill attend. Jusqu'au moment où, enfin, enfin. Bill entend le téléphone sonner. Et Bill décroche le combiné. À la deuxième sonnerie. Et Bill dit, Kevin ? Kevin, c'est toi, petit ? Kevin ?

Oui, patron, répond Kevin Keegan. C'est moi, patron…

Et Bill dit, Je viens de parler à Jock. Et Jock compte sur toi. Lundi soir, à Parkhead. Pour le jubilé, pour Billy McNeil. Jock tient à ce que tu sois là. À ce que tu viennes. Parce que les spectateurs, là-haut, ils veulent te voir jouer, petit. Ils se moquent bien de ce qui s'est passé aujourd'hui. De toutes ces bêtises. Ils veulent simplement te voir jouer, petit. Donc, Jock compte sur ta présence. Et moi aussi, je tiens à ce que tu viennes.

Si vous y allez, patron, alors je viendrai aussi, dit Kevin Keegan.

Oh, j'irai, petit. J'irai. Essaie un peu de m'en empêcher, mon gars. Essaie un peu…

55

Dans les highlands, mon cœur n'est pas ici

Avant le jubilé, le jubilé pour Billy McNeill. Au dîner, au dîner en l'honneur de Billy McNeill. Jock Stein se lève. Jock Stein prend son couteau. Jock Stein lève son verre. Jock Stein frappe son verre avec son couteau une, deux, trois fois. Et Jock Stein dit, Mesdames, messieurs, nous sommes ici ce soir pour rendre hommage à l'un des plus grands footballeurs de l'histoire du Celtic Football Club : le Caïd, le César, le Roi Billy en personne – M. Billy McNeill. Né à Bellshill, supporter de Motherwell, pas moins. Il est remarqué par Bobby Evans et, heureusement, engagé par le Celtic Football Club en 1957. Donc, Billy était déjà ici à mon arrivée. Et franchement, je n'aurais pas pu rêver mieux. Bien sûr, c'est Billy qui a marqué le but décisif qui nous a rapporté la Coupe en 1965. La première coupe gagnée par le club depuis 1957 ! Et bien sûr, il a continué sur sa lancée en marquant dans deux autres finales de coupe. Pas mal, pour un arrière central ! Mais je crois que ce but de 1965, cette tête qui nous a fait gagner ce match, et qui nous a donné cette victoire, ce but a marqué un tournant. Parce que ce but, ce but qui nous a rapporté ce match et qui nous a rapporté cette victoire, ce but a tout changé. Parce que ce but, cette coupe et cette victoire ont jeté les fondations de tous les buts, de toutes les coupes et de toutes les victoires qui ont suivi. Nos cinq autres Coupes d'Écosse, les cinq Coupes de la Ligue, les neuf championnats successifs, et puis évidemment la Coupe d'Europe. Et je ne pense pas – en fait, j'en suis sûr – que nous aurions remporté autant de trophées sans Billy McNeill. Parce que c'est la détermination de Billy, sa force et sa direction en tant que capitaine du Celtic Football Club qui ont constitué le socle, les fondations mêmes de tous nos succès. Et Billy a joué chaque minute de chacun des matchs qu'il a disputés. Dans toutes ces rencontres, il n'a jamais été remplacé. Pas une seule fois. Parce que je n'aurais pas osé le faire ! D'ailleurs, je n'ai jamais été tenté de le faire, notez bien…

Et son engagement est si profond, son dévouement si entier, si grandes sa passion et son énergie que vous n'entendrez pas un seul joueur, pas un seul footballeur dire du mal de Billy McNeill. Parce que Billy McNeill a gagné non seulement l'admiration et le respect de ses coéquipiers et des supporters du Celtic Football Club, mais aussi l'admiration et le respect de tous les joueurs et de tous les supporters des équipes qu'il a affrontées. Et c'est pourquoi je pense qu'il ne peut y avoir pour nous demain soir de meilleur adversaire que le Liverpool Football Club. C'est donc un grand plaisir pour moi que de pouvoir accueillir le Liverpool Football Club. Et de le remercier de venir ici prendre part à ce grand événement, ce jubilé en l'honneur de Billy McNeill. Cependant, pour être honnête, j'aimerais rappeler au Liverpool Football Club que le Celtic Football Club ne joue pas de matchs amicaux. Nous ne l'avons jamais fait et nous ne le ferons jamais !

Bill Shankly bondit. De sa chaise, le voilà debout –

Oui, John. Et c'est bien normal, John. Eh bien, ça vaut mieux pour vous et pour le Celtic. Parce que le Liverpool Football Club ne joue pas de matchs amicaux non plus ! Et vous ne tarderez pas à vous en rendre compte…

Au jubilé, au jubilé pour Billy McNeill. Dans le rond central de la pelouse, la pelouse de Parkhead. Jock Stein serre Bill Shankly dans ses bras. Et Jock Stein dit, Ce soir, c'est pour Billy. Mais tu n'entends pas ça, Bill ? Tu n'entends pas le nom qu'ils scandent en ce moment ?

SHANK-LY, SHANK-LY, SHANK-LY…

Si, John, j'entends, répond Bill Shankly. Et je n'aurais jamais rêvé, quand je venais sur ce terrain il y a cinquante ans, quand j'étais encore à l'école, que je terminerais ma carrière ici même, par une apothéose aussi mémorable et aussi émouvante que celle-ci. Je n'aurais jamais pu rêver à une soirée pareille, John.

Et Jock Stein sent Bill Shankly lui prendre la main. Bill Shankly lui serrer la main. Lui broyer la main comme s'il ne devait plus jamais la lâcher. Et Jock Stein regarde Bill Shankly. Bill Shankly dans le rond central de la pelouse. De la pelouse de Parkhead. Et

Jock Stein lui chuchote, Tu sais, je n'ai jamais cru un mot de tout ce que tu as pu me dire, Bill. Pas un mot, pas un seul mot. De tout ce que tu m'as dit à propos de tes joueurs. S'ils étaient aussi bons que tu l'as toujours prétendu, ils auraient gagné non seulement la Coupe d'Europe, mais aussi la Ryder Cup, la Boat Race et même le foutu Grand National !

Et ils l'auraient fait, dit Bill Shankly. Mais on ne m'a jamais laissé les inscrire. Sinon, ils l'auraient fait. Tu peux me croire…

Jock Stein secoue la tête. Et Jock Stein dit, Eh bien, je refuse toujours de te croire. Et je refuse aussi de croire que tu prends ta retraite, Bill. Je n'arrive pas à te croire. Quand tu dis que tu abandonnes tout ça. Que tu abandonnes ce sport. Et tous ces joueurs. Ces supporters. Je ne te crois pas, tout simplement, Bill. Je refuse de te croire. Des hommes comme nous ne prennent pas leur retraite, Bill. On reste à notre poste encore et toujours, jusqu'à la mort. Jusqu'au moment où on meurt à notre poste, Bill. Voilà le genre d'homme que nous sommes. Le genre d'homme que tu es, Bill…

Mais il ne s'agit pas de moi, dit Bill Shankly. Et Bill Shankly lâche la main de Jock Stein. Bill Shankly s'approche de Billy McNeill dans le rond central de la pelouse, de la pelouse de Parkhead. Et Bill Shankly serre la main de Billy McNeill –

Tout ce que tu as retiré de ce sport. Tout ce que tu as gagné grâce à ce sport. Tu l'as fait de façon honnête, mon gars. Alors, profite bien de cette soirée. Ta soirée. Parce que tu la mérites, mon gars. Parce que tu es honnête. Un honnête homme…

Après le jubilé, le jubilé pour Billy McNeill. Dans le vestiaire, le vestiaire de Liverpool. Bob Paisley demande le silence. Et puis Bob Paisley dit, Tu as l'heure, Bill ?

Et Bob Paisley donne à Bill Shankly une montre-bracelet en or. Et puis Bob Paisley donne à Bill Shankly une deuxième montre-bracelet en or, assortie à la première, un modèle pour dame. Et Bob Paisley dit, Tu voudras bien donner celle-ci à Nessie, avec notre meilleur souvenir, Bill…

Dans le vestiaire, le vestiaire de Liverpool. Bill Shankly regarde les deux montres posées dans sa main. Et Bill Shankly hoche la tête. Et Bill Shankly sourit –

C'est drôle qu'au moment où vous prenez votre retraite, on vous donne toujours une horloge ou une montre, pas vrai ? Les deux objets dont vous n'avez pas besoin, les deux objets dont vous avez le moins besoin. Quand vous restez à la maison toute la journée. À regarder les aiguilles avancer et avancer. Faire le tour du cadran toute la journée. C'est drôle, non ?

Mais dans le vestiaire, le vestiaire de Liverpool. Personne ne rit. Et personne ne parle. Jusqu'à ce que Reuben Bennett dise, Tu aurais préféré des chaussures de football, Bill ? Une nouvelle paire de chaussures de foot ?

Oh, oui, Reuben. Bien sûr que j'aurais préféré ça. Si tu les avais choisies en or, et tout. Oui, une paire de chaussures de foot en or. Oh, oui. Et n'oubliez pas, les gars. Pour les chaussures en or, ma pointure, c'est toujours du 45 !

Et maintenant, dans le vestiaire, le vestiaire de Liverpool. Tout le monde rit. Presque tout le monde.

56

Dans un bois obscur

Dans la maison, dans leur lit. Dans le noir et dans le silence. Bill ne parvient pas à s'endormir. La tête sur l'oreiller. Les yeux ouverts. Bill scrute l'obscurité au-dessus de lui. Il sonde l'obscurité et le silence. Tout est sombre, tout est silencieux. Jusqu'au moment où, enfin, enfin. Les contours des rideaux redeviennent visibles. Enfin, enfin. Le bois de la commode n'est plus noyé dans l'ombre. Enfin, enfin. La chambre retrouve son plafond, la maison son toit. Enfin, enfin. La bouteille de lait déposée devant la porte, le journal glissé dans la fente destinée au courrier. Et enfin, enfin. Le jour est là de nouveau. Un nouveau matin se lève. Enfin,

enfin. Bill sort de leur lit. Entre dans la salle de bains. Se rase et se lave. Bill enfile son bas de survêtement. Bill met son pull. Bill plie son costume. Sa chemise et sa cravate. Bill met son costume, sa chemise et sa cravate dans son sac. Son sac de sport. Bill prend ses chaussures de football dans le bas de la penderie. Bill met ses chaussures dans un sac en plastique. Bill prend son sac de sport et le sac en plastique. Bill descend l'escalier. Bill laisse son sac de sport et le sac en plastique dans le vestibule. Bill entre dans la cuisine. Bill prend son petit déjeuner avec Ness. Une tranche de pain grillé avec du miel, un verre de jus d'orange et une tasse de thé. Bill aide Ness à débarrasser la table du petit déjeuner. Bill essuie la vaisselle du petit déjeuner. Bill aide Ness à ranger la vaisselle du petit déjeuner. Et Bill embrasse Ness sur la joue –

Tu vas quelque part, chéri ? demande Ness.

Oh, oui, chérie. Je me suis dit que j'allais faire un saut à Melwood. Rien que pour voir comment ils se débrouillent les uns et les autres. Comment ça se passe entre eux.

Mais tu les as tous vus hier, dit Ness.

Je sais, je sais. Mais je vais en profiter pour m'entraîner, moi aussi. Avec l'équipe, chérie. Je ferais aussi bien. Pour rester en forme. Il faut que je reste en forme, chérie. Je n'ai pas envie de me laisser aller maintenant, tu comprends, chérie ?

Je ne crois pas que ça risque d'arriver, chéri.

Je n'en sais rien, chérie. Je n'en sais rien. J'ai vu beaucoup d'hommes se laisser aller. Dès qu'ils cessent de travailler. Ils commencent à se relâcher. À ne plus rien faire et à devenir paresseux. Dès qu'ils cessent de travailler. Et c'est là que le danger survient. La tentation de ne rien faire. De traîner à la maison toute la journée. À lire le journal et à regarder la télé. Les doigts de pied en éventail. Et qui relâchent leur vigilance. Qui s'avachissent, qui déclinent. Non, chérie. Il faut que je reste sur mes gardes. Il faut que je me maintienne en forme…

Mais seras-tu de retour pour le déjeuner, chéri ?

Je regrette, chérie, mais je n'en sais rien. Je veux dire, si on a besoin de moi au stade, si on a besoin de moi à Anfield. Alors, il faudra que j'y aille. Et je veux y aller, chérie. Je veux leur donner un coup de main. Je ne veux pas que qui que ce soit puisse penser que je les ai abandonnés, à présent. Que je tourne le dos au Liverpool Football Club. Parce que si je peux rendre service d'une façon ou d'une autre, alors, je le ferai, chérie. Il le faut…

Bien sûr, dit Ness. Bien sûr que tu dois le faire. Mais pas d'imprudences, chéri. Et je te verrai quand tu rentreras…

Bill hoche la tête. Bill sourit. Bill embrasse Ness sur la joue de nouveau. Bill ressort dans le vestibule. Bill reprend son sac de sport et le sac en plastique. Bill franchit la porte. Bill descend l'allée. Bill monte dans sa voiture. Et Bill se rend à Melwood. Tout près de chez lui,

à trois rues de là…

Sa voiture dans le parking de Melwood. Bill se penche par-dessus la rambarde du pavillon. Déjà en tenue. Toujours le premier à être déjà en tenue. Ses chaussures aux pieds, ses chaussures de football. Bill attend. Toujours le premier à attendre déjà les autres. Sur le balcon du pavillon. Bill regarde les joueurs descendre du bus qui vient d'Anfield. Bill fait signe aux joueurs. Bill sourit aux joueurs. Et Bill crie, Bonjour, les gars. Bonjour…

Bonjour, patron, disent les joueurs.

Bill rit. Et Bill dit, C'est une belle journée, pas vrai, les gars ? Une journée superbe pour jouer au football. Une belle journée pour profiter de la vie !

Oui, patron, disent les joueurs.

Et Bill voit Bob Paisley, Joe Fagan, Reuben Bennett et Ronnie Moran. Et Bill adresse un signe de la main à

Bob Paisley, Joe Fagan, Reuben Bennett et Ronnie Moran. Et Bob Paisley, Joe Fagan, Reuben Bennett et Ronnie Moran lèvent les yeux vers Bill. Bill penché sur la balustrade du pavillon. Déjà en tenue. Et Bob, Joe, Reuben et Ronnie sourient tous. Et Bob, Joe, Reuben et Ronnie adressent tous un signe de la main à Bill. Et Bill lance, Bonjour, les gars. Bonjour. Et comment allez-vous ce matin, les gars ? Vous allez tous bien, j'espère ?

Très bien, lance Reuben en retour. Merci, Bill. Et vous avez l'air d'aller bien, vous aussi. On dirait que vous ne pouvez pas vous passer de Melwood, cependant…

Bill rit. Et Bill dit, Je suis juste venu pour m'entretenir, Reuben. Pour rester en forme. Du moins, si ça ne dérange personne ?

Évidemment, que ça ne dérange personne, dit Bob. Tu es toujours le bienvenu, Bill.

Merci, Bob. Merci beaucoup…

Et Bill descend les marches au petit trot. Et Bill s'éloigne du pavillon. Et Bill rejoint les joueurs qui font en courant le tour du terrain d'entraînement. Bill plaisante, Bill rit. Bill flatte les joueurs, Bill stimule les joueurs. Mais il court, il court encore, il court plus vite que jamais. Puis les joueurs se répartissent en plusieurs groupes. Et les joueurs font de la musculation. Les joueurs sautent à la corde. Les joueurs font des sauts. Les joueurs font des flexions de jambes. Les joueurs font des abdominaux. Et les joueurs font des sprints. Et Bill fait de la musculation. Bill saute à la corde. Bill fait des sauts. Bill fait des flexions de jambes. Bill fait des abdominaux. Et Bill fait des sprints. Bill rit, Bill plaisante. Bill flatte les joueurs, Bill stimule les joueurs. Mais il sprinte, il sprinte toujours, il sprinte plus vite, plus vite que jamais. Puis les joueurs se passent le ballon. Les joueurs dribblent avec le ballon. Les joueurs font des têtes avec le ballon. Les joueurs font des balles piquées. Les joueurs font des amortis. Et les joueurs font des tacles. Et Bill passe le ballon. Bill dribble avec le ballon. Bill fait des têtes avec le ballon. Bill fait des balles piquées. Bill fait des amortis. Et Bill fait des tacles. Bill plaisante, Bill rit. Bill flatte les joueurs et Bill stimule les joueurs. Mais il tacle, il tacle toujours, il tacle plus durement, plus durement que jamais. Et les joueurs passent entre les cloisons en bois. Les joueurs en mouvement, le ballon en mouvement. Ils envoient le ballon contre une cloison. Puis ils récupèrent le ballon, ils contrôlent le ballon. Ils se retournent avec le ballon, ils dribblent avec le ballon. Jusqu'à la cloison opposée. En touchant le ballon dix fois seulement. Ils envoient le ballon contre l'autre cloison. Puis ils le récupèrent, ils se retournent de nouveau et ils dribblent de nouveau. Ils retournent vers la première cloison. En touchant le ballon dix fois seulement. Et Bill passe entre les deux cloisons. Bill en mouvement, le ballon en mouvement. Bill envoie le ballon contre une cloison. Puis il récupère le ballon, il contrôle le ballon. Bill se retourne avec le ballon, il dribble avec le ballon. Jusqu'à la cloison opposée. En touchant le ballon dix fois seulement. Bill envoie le ballon contre l'autre cloison. Puis il le récupère, il se retourne de nouveau et il dribble de nouveau. Il retourne vers la première cloison. En touchant le ballon dix fois seulement. Bill rit, Bill plaisante. Bill flatte les joueurs et Bill stimule les joueurs. Mais il dribble, il dribble toujours, il dribble plus férocement, plus férocement que jamais. Puis les joueurs entrent dans le cube à transpirer. Un ballon après l'autre, dans le cube. À chaque seconde, un nouveau ballon. Pendant une minute. Puis pendant deux minutes. Puis pendant trois minutes. Un ballon après l'autre, dans le cube. Et Bill entre dans le cube à transpirer. Un ballon après l'autre. Dans le cube. À chaque seconde, un nouveau ballon. Pendant une minute. Puis pendant deux minutes. Puis pendant trois minutes. Bill plaisante, Bill rit. Bill flatte les joueurs et Bill stimule les joueurs. Mais il transpire, il transpire toujours, il transpire encore plus, comme il n'a jamais transpiré. Et puis les joueurs font des parties à trois contre trois. À trois contre trois puis à cinq contre cinq. À cinq contre cinq puis à sept contre sept. À sept contre sept puis à onze contre onze. Et Bill joue les parties à trois contre trois. À trois contre trois puis à cinq contre cinq. À cinq contre cinq puis à sept contre sept. À sept contre sept puis à onze contre onze. Bill rit, Bill plaisante. Bill flatte les joueurs et Bill stimule les joueurs. Mais il joue, il joue toujours, il joue plus fort, plus fort que jamais. Et puis, pour finir, les joueurs courent une dernière fois autour du stade. Et Bill court une dernière fois autour du stade. Bill plaisante toujours, Bill rit toujours. Bill flatte toujours les joueurs et Bill stimule toujours les joueurs. Et il court, il court toujours, il court plus vite, plus vite que jamais. Jusqu'au moment où Bill revient à l'endroit où se tiennent Bob, Joe, Reuben et Ronnie. Au centre du terrain. Du terrain d'entraînement. Et Bill cesse de courir. Bill reprend son souffle. Et Bill dit, Eh bien, merci les gars. Merci. C'est exactement ce dont j'avais besoin, les gars. Exactement ce dont j'avais besoin. Et croyez-moi, les gars. Croyez-moi. Je me sens revivre, les gars. Je me sens revivre et je me sens en pleine forme ! Merci, les gars…

Tu es ici chez toi, dit Bob. Reviens quand tu veux, Bill.

Les joueurs se dirigent vers le bus. Le bus qui va les ramener à Anfield. Les joueurs sourient à Bill, les joueurs adressent des signes à Bill –

À bientôt, patron. À demain, patron.

Bill adresse à son tour des signes aux joueurs. Et Bill lance, Ah, oui ! Qu'il pleuve ou qu'il vente, les gars. Je serai là. Qu'il pleuve ou qu'il vente, les gars.

Bon, je crois qu'on ferait mieux de monter dans le bus aussi, dit Bob.

Oh, oui, Bob. Bien sûr que tu ferais mieux de monter dans le bus. Il ne faut pas que je te retarde. Tu ne peux pas rester planté là toute la journée, à bavarder avec moi. Oh, que non.

Bob, Joe, Reuben et Ronnie hochent tous la tête. Bob, Joe, Reuben et Ronnie disent tous au revoir à Bill. Et puis Bob, Joe, Reuben et Ronnie se dirigent vers le bus. Le bus qui va les ramener à Anfield. Bill reste au centre du terrain. Du terrain d'entraînement. Bill les regarde partir. Repartir à Anfield, retourner au travail. Et Bill se met à traverser le terrain d'entraînement. Au petit trot, à présent, puis au pas de course. Bill rattrape Bob, Joe, Reuben et Ronnie. Et Bill leur dit, En fait, si ça ne dérange personne. Si je ne vous encombre pas. Si je ne suis pas dans vos jambes. Parce que c'est la dernière chose que je voudrais faire. La toute dernière chose. Je me demandais si je ne pourrais pas entrer dans le stade un petit moment. Pour prendre un bain rapide. Si personne n'y voit d'inconvénient. Je ne monterai pas dans le bus. Ne vous inquiétez pas. J'ai la voiture. J'irai par mes propres moyens. Ça ne me dérange pas. Mais je pensais que je pourrais simplement entrer au stade en coup de vent. Juste le temps de prendre un bain, sans m'attarder. Après le départ des joueurs, bien sûr. N'ayez crainte, n'ayez crainte. Vous ne saurez jamais que je suis passé…

Bien sûr, dit Bob. Tu es toujours le bienvenu. Et monte dans le bus, si tu veux. Ça ne m'ennuie pas du tout, Bill.

Bill hoche la tête. Et Bill dit, Merci, Bob. Merci. Mais ce n'est pas la peine. J'ai la voiture, de toute façon. Donc, autant en profiter. Mais merci encore, Bob. Merci beaucoup, vraiment.

De rien, dit Bob. Et tu n'as pas besoin de demander, Bill. Tu es toujours le bienvenu.

Bill hoche la tête. Bill sourit. Et Bill regarde Bob Paisley, Joe Fagan, Reuben Bennett et Ronnie Moran remonter dans le bus. Le bus qui les ramène à Anfield. Bill se tient près du bus. Dans le parking. Bill lève les yeux vers les fenêtres du bus. Du bus qui retourne à Anfield. Bill sourit aux joueurs à travers les vitres du bus. Du bus qui retourne à Anfield. Et les joueurs rendent son sourire à Bill à travers les vitres du bus. Du bus qui retourne à Anfield. Et Bill adresse un signe de la main aux joueurs à travers les vitres du bus. Du bus qui retourne à Anfield. Et en retour les joueurs adressent un signe de la main à Bill à travers les vitres du bus. Du bus qui retourne à Anfield. Le bus démarre, le bus s'en va. Il sort du parking, il retourne à Anfield. Il quitte Melwood, il quitte Bill. Dans le parking. Bill leur fait au revoir, Bill les regarde s'éloigner. Dans le parking. Bill se dirige vers sa voiture. En traversant le parking, pour regagner sa voiture. Et puis Bill s'arrête. Dans le parking. Bill fait demi-tour. Bill retourne à la pelouse d'entraînement. Et Bill fait encore un tour de la pelouse en courant. Et puis un autre. Et encore un autre. Et puis Bill arrête de courir. Bill regagne le centre de la pelouse. De la pelouse d'entraînement. Bill s'arrête au centre de la pelouse. De la pelouse d'entraînement. Et le regard de Bill fait le tour du terrain. Du terrain d'entraînement. Ce terrain qui avait été si froid, ce terrain qui avait été si sombre. Où il y avait des arbres et où il y avait des buissons. Où l'herbe était haute et le sol inégal. Avec des creux et des bosses. Un abri anti-aérien et un terrain de cricket. Et Bill sourit. Et puis Bill voit un ballon. Du coin de l'œil. Un vieux ballon blanc, au loin, près de la clôture. Bill se dirige vers la clôture au petit trot. Bill pose le pied sur le ballon. Le vieux ballon blanc. Bill attire le ballon à lui. Bill fait rouler le ballon derrière lui. Vers la pelouse. La pelouse d'entraînement. Et Bill se retourne. Bill tape dans le ballon qui se trouve devant lui. Pied droit, pied gauche. D'un bout à l'autre de la pelouse. De la pelouse d'entraînement. Pied droit, pied gauche. Demi-tour pour retourner vers le pavillon. Pied droit, pied gauche. Jusqu'à ce que Bill atteigne le pavillon. Et puis Bill lance le ballon en l'air du pied droit. Et Bill rattrape le ballon à deux mains. Le vieux ballon blanc. Bill tient le ballon dans ses mains. Entre ses doigts. Bill regarde le ballon. Le ballon dans ses mains. Entre ses doigts. Et Bill sourit de nouveau. Et puis Bill repose le ballon. À côté des marches. Des marches du pavillon. Le ballon est prêt pour demain, le ballon attend le lendemain matin. L'entraînement du lendemain. Et Bill traverse le parking. Bill ouvre la portière de sa voiture.

Bill prend ses chaussures de ville dans la voiture. Bill ôte ses chaussures de football. Bill met ses chaussures de ville. Bill met ses chaussures de football dans le sac. Le sac en plastique. Bill monte dans sa voiture. Bill sort du parking de Melwood. Et Bill se rend à Anfield. Prêt pour son bain, prêt pour une trempette. Bill entre dans le parking d'Anfield. Bill gare sa voiture. Bill sort de sa voiture. Bill traverse le parking à pied. Le parking d'Anfield. Et il entre dans le stade. Le stade d'Anfield. Et dans les vestiaires. Les vestiaires d'Anfield. Les joueurs sont partis depuis longtemps. Mais leur odeur est toujours là. L'odeur de la sueur, l'odeur du travail. Et Bill sourit de nouveau. Et Bill ôte ses chaussures. Bill ôte son pull et son bas de survêtement. Bill sourit encore tout seul. Bill entre dans le grand bassin. Le bassin d'Anfield pour les bains en commun. Et Bill entre dans le grand bassin. L'eau est encore chaude, le bassin est encore bien rempli. Bill se trempe dans le bassin. Dans le grand bassin d'Anfield. L'eau est profonde, l'eau est chaude. Bill laisse aller sa tête en arrière. Dans l'eau chaude, dans l'eau profonde. Et Bill ferme les yeux. Dans le bassin. Le grand bassin d'Anfield. Bill écoute les bruits du grand bassin. Du grand bassin d'Anfield. L'eau qui goutte, l'eau qui clapote. Qui goutte le long des parois, qui clapote contre le carrelage. Dans le bassin. Le grand bassin d'Anfield. Bill écoute les bruits du stade. Du stade d'Anfield. Dans le bassin, dans ses oreilles. Les pas dans les couloirs, les pas dans les escaliers. Qui vont et viennent. Les téléphones qui sonnent, les voix qui s'expriment. Des rires et des plaisanteries. Dans le bassin, dans ses oreilles. Les voix qui chuchotent, les voix qui s'interrogent. Qui vont et viennent, qui vont et viennent. Bill pourrait monter l'escalier. Bill pourrait frapper à la porte. Pas pour exiger, pas pour menacer. Simplement avec l'envie de faire quelque chose, quelque chose qu'ils seraient prêts à lui confier. Après cette période de réflexion, cette période de repos. Tout bien considéré maintenant, toutes choses désormais remises en perspective. Exactement comme avant, exactement comme elles étaient. Oui, il allait monter l'escalier. Et frapper à la porte. Tout bien considéré maintenant, toutes choses désormais remises en perspective. Dans le bassin. Le grand bassin d'Anfield. Bill ouvre les yeux. Et il se penche de nouveau en avant. L'eau est froide à présent, l'eau est là depuis longtemps, à présent. Dans le bassin. Le grand bassin d'Anfield. Bill se lève. Et Bill sort du bassin. Tout bien considéré maintenant, toutes choses désormais remises en perspective. Bill tend la main pour prendre sa serviette. Bill manque sa serviette. Et Bill fait un faux pas. Sur le carrelage,

sur le dos. L'épaule esquintée –

Bill refoule ses hurlements, Bill refoule ses larmes. Sur le carrelage, sur le dos. Le sang s'écoule de ses veines. Bill tente de se relever. Bill essaie de se hisser sur ses jambes. Une paume à plat sur le sol, l'autre main tâchant d'agripper le rebord. Le rebord du bassin. Bill glisse encore, il retombe. Il peste contre lui-même, il enrage contre lui-même. Il refoule ses hurlements, il refoule ses larmes. Sur le carrelage, sur le dos. Le sang fuyant toujours ses veines. Les voix ne chuchotent plus, les voix ne s'interrogent plus. Elles ne font que jurer, elles ne font que pester. Et elles savent, à présent elles savent. Sur le carrelage,

sur le dos. Bill ne peut plus monter l'escalier. Bill ne peut plus frapper à la porte. Plus maintenant,

plus maintenant.

57

Une grande explication dans une petite pièce

John Smith voit Bill Shankly se diriger vers lui en traversant le parking. Le parking d'Anfield. Et John Smith dit, Bonjour, monsieur Shankly. Je suis content de vous voir. En fait, j'espérais vous croiser. Pour vous dire deux mots, si c'est possible ? Si vous avez le temps ?

Bien sûr, dit Bill Shankly. Et je suis content de vous voir aussi, monsieur Smith. En fait, j'espérais également pouvoir vous dire deux mots, moi aussi.

John Smith hoche la tête. Et John Smith dit, Eh bien, voulez-vous que nous rentrions ? Pour monter dans mon bureau ? Où nous pourrons parler ?

Volontiers, répond Bill Shankly. Ce sera parfait. John Smith et Bill Shankly retraversent le parking. Le parking d'Anfield. Ils rentrent dans le stade. Le stade d'Anfield. Ils remontent l'escalier. L'escalier d'Anfield. Ils longent le couloir. Le couloir d'Anfield. Et entrent dans le bureau. Le bureau du président –

John Smith désigne l'un des fauteuils disposés devant sa table de travail. Et John Smith dit, Je vous en prie, monsieur Shankly, asseyez-vous.

Merci, dit Bill Shankly.

John Smith s'installe derrière sa table de travail. John Smith regarde Bill Shankly par-dessus sa table de travail. John Smith sourit. Et John Smith demande, Alors, comment vous portez-vous, monsieur Shankly ? Comment vivez-vous votre retraite ?

Eh bien, pour ne rien vous cacher, répond Bill Shankly. Je me suis blessé à l'épaule. Après l'entraînement. Je m'entraîne pour rester en forme. Et puis il a fallu que je glisse sur le carrelage en sortant de la baignoire. Comme un imbécile.

John Smith dit, Ah, je suis désolé de l'apprendre, monsieur Shankly. Vraiment navré. Ce n'est pas trop grave, j'espère ?

Non, non, dit Bill Shankly. Mais je crois que je ferais mieux de renoncer à m'entraîner pendant un moment. Juste un petit bout de temps, remarquez. Jusqu'à ce que mon épaule soit guérie.

John Smith tousse. John Smith s'éclaircit la gorge. John Smith respire à fond. Et puis John Smith dit, Eh bien, c'est justement à propos de l'entraînement que j'avais deux mots à vous dire, monsieur Shankly…

Oui, dit Bill Shankly. Bien sûr. C'est-à-dire, si je peux me rendre utile en quoi que ce soit. Alors je le ferai. Bien évidemment. Tout ce que vous voudrez.

John Smith tousse de nouveau. Et John Smith dit, Ma foi, pour être tout à fait franc avec vous, monsieur Shankly, ce qui se révélerait le plus utile, il me semble, la chose la plus utile que vous pourriez faire, ce serait de venir faire votre entraînement dans l'après-midi. Une fois que les joueurs ont terminé le leur. Dans l'après-midi. Je comprends que vous vouliez rester en forme. Je le comprends, monsieur Shankly. Bien sûr. Et c'est pourquoi nous serons toujours ravis de vous accueillir chaque jour. Chaque après-midi. Et de vous laisser utiliser les équipements. Le terrain d'entraînement. Bien sûr. Mais après le départ des joueurs. Il me semble que ce serait la meilleure solution. La meilleure et la plus utile. Pour tout le monde…

Dans le stade. Le stade d'Anfield. Dans le bureau. Le bureau du président. Dans le fauteuil. Le fauteuil devant la table de travail. Portant costume et cravate. Sa cravate du Liverpool Football Club. Bill refoule ses larmes. Bill a du mal à respirer.

Et Bill Shankly hoche la tête. Et John Smith ajoute, Ce n'est pas que vous ne soyez plus le bienvenu ici, monsieur Shankly. Ne croyez surtout pas cela, je vous en prie. Ce n'est pas non plus qu'on vous rejette. S'il vous plaît, n'allez pas croire une chose pareille non plus. Mais nous devons laisser Bob mettre son empreinte. Et laisser Bob diriger seul. Au lieu de vivre dans votre ombre. Bob doit se montrer capable de sortir de votre ombre. Pour s'imposer ou pour échouer. Mais sans l'aide de personne. Comme un seul homme. L'homme que les joueurs appellent *patron*. Pas Bob. Patron. Le seul homme que les joueurs appellent patron.

Le cœur qui se fend, la tête qui dodeline. Le dos déjà brisé, les rotules déjà démolies et disloquées. Un pistolet d'abattage sur le front. Bill Shankly tente de se remettre debout. Et de ne pas s'enfuir. De se hisser sur ses jambes. Et de partir d'un pas égal. La tête haute, le menton levé. Mais Bill Shankly ne parvient pas à se lever. Bill Shankly n'est pas capable de se hisser sur ses jambes.

Bill Shankly hoche la tête de nouveau.

John Smith poursuit, Je suis sûr que vous saisissez la difficulté, monsieur Shankly. La difficulté de la situation pour tout le monde. Et par conséquent, je suis sûr que vous comprenez pourquoi je vous dis ce que je suis en train de vous dire, monsieur Shankly. Non pas par manque de respect envers vous, ni avec la moindre trace de malveillance, monsieur Shankly. Simplement dans l'espoir de rendre la situation plus vivable, de rendre une situation difficile plus supportable. Plus supportable pour tout le monde, monsieur Shankly. Pour les joueurs et pour Bob. Et pour le club, pour le Liverpool Football Club, monsieur Shankly. Et, bien sûr, pour vous aussi, monsieur Shankly. Alors, j'espère que vous comprenez…

Oui, dit Bill Shankly. Je comprends.

John Smith sourit. John Smith hoche la tête. Et John Smith dit, Bien, bien. Merci, monsieur Shankly. Merci. À part ça, vous m'avez dit vouloir m'entretenir de quelque chose, monsieur Shankly ?

Non, répond Bill Shankly. Ça n'a plus d'importance, à présent.

John Smith sourit de nouveau. John Smith hoche la tête de nouveau. Et John Smith dit, Eh bien, monsieur Shankly. Si c'est bien tout…

Oui, dit Bill Shankly. C'est tout.

Et Bill Shankly agrippe les deux bras du fauteuil. Et Bill Shankly se force à se lever. À se hisser sur ses jambes. Et à marcher vers la porte, à sortir du bureau. Du bureau du directeur. Et à longer le couloir. Le couloir d'Anfield. Et à descendre l'escalier. L'escalier d'Anfield. Et à franchir la porte. La porte d'Anfield. Bill marche. Il sort du stade,

du stade d'Anfield. Seul –

Bill marche seul.

58

De l'autre côté des grilles, hors du palais

Dans la maison, dans leur lit. Dans le noir et dans le silence. La tête sur l'oreiller. Les yeux ouverts. Bill est épuisé, Bill est brisé. Épuisé et brisé par les heures à venir. Les journées qui l'attendent. Les longues journées qui l'attendent. Les longues journées sans nom. Les longues journées qui défilent. Sans drapeaux, sans chansons. Épuisé et brisé. Dans la maison, dans leur lit. Dans le noir et dans le silence. À présent Bill voit les contours des rideaux redevenir visibles. À présent Bill entend le journal glisser dans la fente destinée au courrier. Le journal tomber sur le plancher. Et Bill sort du lit. Bill met sa robe de chambre. Bill descend l'escalier. Bill ramasse les journaux sur le plancher. Les journaux du dimanche. Et Bill sourit. Bill pose les journaux sur la table du vestibule. Bill remonte l'escalier. Bill entre dans la salle de bains. Bill se lave et Bill se rase. Bill rentre dans la chambre. Bill ôte son pyjama. Bill met son survêtement. Son bas de survêtement rouge et son haut de survêtement rouge. Bill prend ses chaussures de football dans le bas de la penderie. Bill redescend l'escalier. Bill pose ses chaussures de football près de la porte. Bill entre dans la cuisine. Bill prend son petit déjeuner avec Ness. Une tranche de pain grillé avec du miel, un verre de jus d'orange frais et une tasse de thé. Bill aide Ness à débarrasser la table du petit déjeuner. Bill essuie la vaisselle du petit déjeuner. Bill aide Ness à ranger la vaisselle du petit déjeuner. Et Bill embrasse Ness sur la joue. Et Bill dit, Je vais passer un petit moment au terrain de jeux, chérie. Pour taper un peu dans le ballon avec les gamins, là-haut.

C'est une bonne idée, dit Ness.

Mais je serai rentré pour le déjeuner. Je serai rentré à temps pour te donner un coup de main. Ne t'inquiète pas, chérie…

Ne t'en fais pas pour moi, dit Ness. Vas-y et profites-en bien, chéri. Seulement, ne force pas. Pense à ton épaule, chéri.

Je ferai attention, chérie. Je ferai attention. Ne t'inquiète pas, chérie…

Et Bill embrasse Ness sur la joue de nouveau. Bill ressort dans le vestibule. Bill s'assied sur la première marche de l'escalier. Bill met ses chaussures. Ses chaussures de football.

Bill se relève. Bill franchit la porte. Il descend jusqu'au bout de l'allée, jusqu'au bout de la rue. Et remonte de l'autre côté pour se rendre au terrain de jeux –

Et les gamins du terrain de jeux voient Bill arriver. En survêtement. Dans son bas de survêtement rouge et son haut de survêtement rouge. Les gamins courent vers Bill. Les gamins encerclent Bill. Ils sautent sur place, un sourire jusqu'aux oreilles. En lui demandant ceci et en lui racontant cela. Et certains de ces gamins partent en courant pour réveiller leurs copains. Pour les sortir du lit et les faire venir au terrain de jeux. Et bientôt il y a quarante gamins au terrain de jeux. Quarante gamins avec leur ballon et avec Bill. Bill en survêtement. Dans son bas de survêtement rouge et son haut de survêtement rouge. Au milieu du terrain, au milieu des gamins. Au cœur du jeu, d'une partie à vingt contre vingt. En survêtement. Dans son bas de survêtement rouge et son haut de survêtement rouge. Bill qui rit, Bill qui plaisante. Qui encourage les gamins et qui les félicite. Et qui joue. Au cœur de la partie, du match à vingt contre vingt. Il joue plus fort que jamais. En survêtement. Dans son bas de survêtement rouge et son haut de survêtement rouge. Bill ne compte plus les minutes, il ne compte plus les heures. Il n'y a plus de longues minutes ni de longues heures. Bill se contente de plaisanter, il se contente de rire. Il encourage, il félicite. Et il joue et il joue. Jusqu'à la fin du match qui se termine par la victoire de l'équipe de Bill Shankly. Et Bill dit, Bon, les gars, il vaudrait mieux que je rentre chez moi, c'est l'heure du déjeuner. Et vous devriez faire comme moi, les gars. Rentrez chez vous, rentrez chez vos parents. Mais faites bien attention à vous, les gars. Je vous dis à tous, À la semaine prochaine. À la même heure qu'aujourd'hui, les gars…

Mais s'il pleut la semaine prochaine, dit l'un des gamins. Qu'est-ce qu'on fera ? Tu viendras quand même, Bill ?

Bill rit. Et Bill répond, Ne t'inquiète pas, petit. Je serai là. Même s'il neige, mon gars. Je viendrai. Tu crois que Roger Hunt restait au lit quand il pleuvait ? Ou Ian St John, ou Kevin Keegan ? Oh, que non, petit. Ah, non. Je serai là. Et je vous attendrai…

Et en survêtement. Dans son bas de survêtement rouge et son haut de survêtement rouge. Bill s'éloigne des gamins au petit trot. Vers l'autre bout du terrain de jeux. Et Bill voit Mick Lyons[1]. Mick Lyons. Planté au bord du terrain. Mick qui le regarde, Mick qui sourit. Et Bill dit, Salut, Mick. Comment vas-tu, mon gars ?

Très bien, répond Mick Lyons. Et vous, Bill, comment ça va ? Comment vous portez-vous ? Vous avez l'air en bonne santé, Bill. Et en pleine forme.

Bill rit. Et Bill dit, Ma foi, oui, Mick. Je suis en forme. Je viens de participer à un grand match. Et on a gagné, 19-17. Un grand match, je te dis. Tu aurais dû nous rejoindre, Mick. Tu aurais dû jouer avec nous.

Eh bien, je m'occupe déjà des jeunes d'Everton, dit Mick Lyons. Des minimes et des cadets. Je les entraîne tous les dimanches après-midi. Et nous venons souvent ici faire des matchs.

Formidable, Mick. C'est fantastique. Je suis très content d'apprendre que tu fais ça, Mick. Très content.

---

1. Capitaine de l'équipe d'Everton.

Vous devriez vous joindre à nous, dit Mick Lyons. Vous devriez jouer.

Bill sourit. Et puis Bill se frotte l'épaule. Et Bill dit, Ma foi, je ne demande pas mieux, Mick. Je n'y manquerai pas. Merci, Mick. Merci beaucoup. Ça me plairait vraiment. Ça me plairait beaucoup, Mick. Et je jouerais bien aujourd'hui. Je le ferais volontiers. Mais j'ai promis à Ness de rentrer. Parce que mon épaule me fait des misères. J'ai glissé et je suis tombé. Comme un idiot. Alors, j'ai besoin de me ménager un peu jusqu'à ce qu'elle soit de nouveau d'aplomb. Mais je jouerai la semaine prochaine, Mick. C'est promis. Alors, merci, Mick. Merci. Parce que ça me fera plaisir. Ça me plaira beaucoup.

Ma foi, je suis navré d'apprendre que votre épaule vous fait souffrir, Bill, dit Mick Lyons. Et j'espère qu'ils vous soignent à Anfield, Bill ?

Bill secoue la tête. Et Bill dit, Eh bien, pour être franc, Mick. Pour être tout à fait franc avec toi. Je n'ai pas envie de les déranger, Mick. Ce n'est pas mon genre. Je veux dire, je ne voudrais pas être dans leurs jambes, Mick…

Mais il faut la faire examiner, cette épaule, dit Mick Lyons. C'est important, Bill. Il le faut. Pourquoi ne venez-vous pas faire un tour à Bellefield demain, Bill ? Je suis sûr que Jim McGregor serait ravi de votre visite. Il ne verrait aucun inconvénient à jeter un coup d'œil à votre épaule pour vous rendre service, Bill…

Bill secoue la tête de nouveau. Et Bill dit, Oh, je ne sais pas si je viendrai, Mick. Je n'ai pas envie de déranger. Ni de vous embêter, Mick…

Ne soyez pas bête, dit Mick Lyons. Ça ne nous dérangera jamais que vous veniez nous voir, Bill. Jamais ça ne nous embêtera. Nous serons tous ravis de votre visite, Bill. À n'importe quel moment. Vous serez toujours le bienvenu, Bill. Toujours le bienvenu.

59

Siffle, et je viendrai[1]

Jim McGregor, le kinésithérapeute de l'Everton Football Club, attendait Bill Shankly au stade d'entraînement de Bellefield. Le stade d'entraînement de l'Everton Football Club. Jim McGregor serre la main de Bill Shankly. Et Jim McGregor dit, Très content de vous voir, Bill. Ravi de vous voir. Mais Mick me dit que votre épaule vous fait des misères ? Je suis navré de l'apprendre, Bill. Vraiment désolé. Mais vous voulez bien que j'y jette un coup d'œil, n'est-ce pas ? Et que je remette ça en place pour que vous n'en souffriez plus…

Merci, Jim. Merci, dit Bill Shankly. Mais seulement si tu as le temps, Jim. Si je ne te dérange pas. Si ça ne te pose pas de problème…

Jim McGregor rit. Jim McGregor secoue la tête. Et Jim McGregor dit, Bien sûr que non, ça ne me dérange pas, Bill…

Et Jim McGregor emmène Bill Shankly dans les couloirs de Bellefield, jusqu'à la salle de soins. Jim McGregor examine l'épaule de Bill Shankly. Jim McGregor fait un massage à Bill Shankly. Et puis Jim McGregor dit, Et si on allait courir un peu tous les deux, Bill, maintenant, autour du Petit Wembley ? Mais seulement si vous vous sentez en forme. Et seulement si vous avez le temps, Bill…

Oh, le temps, je l'ai, répond Bill Shankly. C'est bien la seule chose dont je dispose en abondance, à présent, Jim. Et ça me tente. Ça me ferait vraiment plaisir…

Jim McGregor rit de nouveau. Et Jim McGregor dit, C'est bien ce que je pensais, Bill. J'étais sûr que vous ne diriez pas non…

---

1. En anglais : *Oh, Whistle and I'll Come to You, My Lad*, nouvelle fantastique de Montague Rhodes James.

Et Jim McGregor, Bill Shankly sur ses talons, ressort de la salle de soins, longe de nouveau les couloirs de Bellefield, et rejoint les terrains d'entraînement. Et Jim McGregor et Bill Shankly font au petit trot le tour de l'un des terrains d'entraînement de Bellefield. Celui que les joueurs de l'Everton Football Club appellent Le Petit Wembley. Et après trois tours de terrain, Jim McGregor se tourne vers Bill Shankly. Et Jim McGregor lui demande, Alors, comment vous sentez-vous maintenant, Bill ?

En pleine forme, répond Bill Shankly. Vraiment très bien. Merci, Jim. En fait, ça ne me chagrinerait pas de tomber raide mort tout de suite. Ici même.

Jim McGregor rit. Et Jim McGregor dit, Qu'est-ce qui ne vous ennuierait pas, Bill ? De tomber raide mort ? C'est ça ?

Eh bien, imagine un peu, dit Bill Shankly. Je serais dans mon cercueil. Et les gens passeraient près de moi. Et ils diraient, Regardez Bill. Vous ne trouvez pas qu'il a bonne mine, aujourd'hui ? En fait, c'est le mort le plus en forme que j'aie jamais vu. Ici repose un cadavre qui se porte comme un charme. Voilà ce qu'ils diraient, Jim.

Jim McGregor rit de nouveau. Et Jim McGregor dit, Eh bien, attendez un peu avant de tomber raide mort, Bill. Attendez au moins jusqu'à samedi.

Pourquoi ? demande Bill Shankly. Que se passe-t-il, samedi, Jim ?

Eh bien, j'ai dit au patron que vous alliez peut-être passer au stade. Et si vous ne faites rien samedi, Bill. Si vous n'avez pas d'autres projets. Le patron a laissé pour vous un billet pour le match de samedi, Bill. Parce que le club serait ravi que vous veniez à Goodison. Pour assister au match dans la loge des dirigeants, Bill. Et vous seriez le bienvenu. Et même bien plus que ça, Bill…

À Goodison ? J'ai des doutes, Jim. On me jetterait des œufs à la figure. Des fruits, et pire encore, Jim. Je me ferais lyncher !

Jim McGregor rit. Et Jim McGregor dit, Ne soyez pas idiot, Bill. Vous aurez droit à une réception des plus chaleureuses. À bras ouverts, Bill. Retenez bien ce que je vous dis. Vous verrez, Bill…

…

Ce samedi-là, le premier samedi de la saison. Billy Bingham, le manager de l'Everton Football Club, attend Bill Shankly à Goodison Park, à Liverpool. Au stade de l'Everton Football Club. Billy Bingham serre la main de Bill Shankly. Et Billy Bingham dit, Ça me fait plaisir de te voir, Bill. C'est très gentil à toi d'être venu…

Non, dit Bill Shankly. Non. C'est toi qui es gentil de m'avoir invité, Billy. C'est très gentil à toi. Merci, Billy. Merci. J'espère simplement que je ne te dérange pas, Billy. Que je ne m'impose pas…

Billy Bingham secoue la tête. Et Billy Bingham dit, Non, Bill. Non. Pas du tout, Bill. Nous sommes tous ravis que tu sois là. C'est un grand honneur pour nous, Bill. Et un grand plaisir. Et j'espère bien que tu nous verras gagner, Bill. Que tu nous porteras chance…

Ma foi, dit Bill Shankly, c'est à une rude équipe que tu vas te frotter, Billy. Derby County, ce n'est jamais un cadeau. Et pour ton premier match de la saison, Billy. Ce sera très rude, vraiment. Mais cela dit, un gros match dès le départ, ça peut te rendre un grand service, Billy. Ça peut t'aider à redonner aux joueurs le bon état d'esprit. En les arrachant à leurs chaises longues et à leurs canapés. En les forçant à donner le maximum, Billy…

Billy Bingham hoche la tête. Et Billy Bingham dit, Tu as raison, Bill. Tu as raison. Et on va sûrement devoir donner le maximum aujourd'hui, Bill. Sans aucun doute. Il faudra foncer dès le coup d'envoi…

Et Billy Bingham emmène Bill Shankly en haut de l'escalier, à la loge des dirigeants. Et Billy Bingham dit, Installe-toi confortablement, Bill. Et profite bien du match. Et on se revoit tout à l'heure, Bill…

Merci, Billy, dit Bill Shankly. Merci. Et bonne chance à toi, Billy. Je vous souhaite à tous la meilleure chance possible…

Et Bill Shankly serre de nouveau la main de Billy Bingham. Bill Shankly entre dans la loge réservée aux dirigeants du club au stade de Goodison Park, Liverpool. Et Bill Shankly serre la main des dirigeants de l'Everton Football Club. Et celle de leurs autres invités. Dans la loge réservée aux dirigeants, à Goodison Park, Liverpool. Bill Shankly prend place. Et Bill Shankly regarde la pelouse de Goodison Park. Et puis son regard fait le tour des tribunes de Goodison Park, de droite à gauche et de haut en bas. Bill Shankly regarde les spectateurs présents dans les tribunes de Goodison Park. Et les spectateurs présents dans les tribunes de Goodison Park voient Bill Shankly. Et les spectateurs présents dans les tribunes de Goodison Park commencent à applaudir Bill Shankly. À saluer Bill Shankly. Et à scander son nom –

Shank-ly, Shank-ly, Shank-ly…

Sur son siège, Bill Shankly n'en croit pas ses oreilles. Il n'en revient pas de l'accueil réservé à l'ennemi. Sur son siège. Bill Shankly sourit. Gêné. Sur son siège. Bill Shankly lève la main droite. Doigts écartés. Les rivalités sont derrière lui, les conflits terminés. Sur son siège. Bill Shankly tente de sourire de nouveau. En guise de remerciements,

En guise de remerciements…

Bill Shankly regarde l'Everton Football Club faire match nul avec Derby County à Goodison Park, Liverpool, dans le premier match de la saison. Et puis Bill Shankly serre la main des dirigeants de l'Everton Football Club et les remercie pour leur hospitalité. Et Bill Shankly serre la main de Billy Bingham et le remercie pour son hospitalité et sa générosité. Pour l'invitation et pour le billet. Mais Billy Bingham secoue la tête. Et Billy Bingham dit, Tu n'as pas à me remercier, Bill. C'est toujours un plaisir de te voir. Toujours un plaisir, Bill. Et tu es toujours le bienvenu chez nous. Toujours le bienvenu, Bill. Alors, n'oublie jamais, Bill. S'il te plaît, n'oublie jamais. Il y a toujours un billet pour toi à Goodison. Parce que tu es toujours le bienvenu, Bill. Toujours…

Merci, dit Bill Shankly. Merci, Billy…

Et Bill Shankly rentre chez lui en voiture après la rencontre. Après le match. Chaque samedi de la saison. Bill Shankly rentre chez lui en voiture après la rencontre. Après le match. Le match à Goodison Park ou le match à Old Trafford. Le match à Deepdale ou le match à Maine Road. Chaque samedi. Chaque mardi. Et chaque mercredi. Le match à Burnden Park ou à Brunton Park. Le match au Victoria Ground ou au Baseball Ground. Le jeudi. Le vendredi. Et le lundi. Tous les soirs de la semaine, à chaque rencontre qui est programmée. À chaque match. Bill Shankly est présent. Et tous les soirs, Bill Shankly rentre chez lui en voiture. Après la rencontre, après le match. Et il pense toujours à une autre rencontre, à un match différent. À la rencontre à laquelle il n'a pas assisté, au match qu'il n'a pas vu. Et tous les soirs, Bill Shankly ouvre le journal. À la recherche du résultat de cette rencontre. De ce match auquel il n'a pas assisté. Tous les soirs, Bill Shankly allume la télévision. Pour attendre le résultat de ce match. Ce match qu'il n'a pas vu. Et tous les soirs, Bill Shankly referme le journal. Tous les soirs, Bill Shankly éteint la télévision. Et Bill Shankly attend que le téléphone sonne. Que l'invitation arrive. L'invitation et le billet. Pour le seul match auquel il a envie d'assister. Pour le seul match qu'il a envie de voir. Et tous les soirs, le téléphone sonne. Et tous les matins et tous les après-midi. Le téléphone sonne et le téléphone sonne. Avec des invitations et des billets. Pour des rencontres et pour des matchs. Le téléphone sonne et le téléphone sonne. Mais jamais avec l'invitation à laquelle il a envie de se rendre. L'invitation ou le billet. Le billet pour le match auquel il a envie d'assister. Le match qu'il voudrait voir –

Le seul match que Bill Shankly a envie de voir –

Le téléphone sonne et le téléphone sonne. Bill Shankly attend et Bill Shankly attend. Le téléphone sonne et le téléphone sonne –

Bill Shankly décroche le téléphone. Et Bill Shankly entend Ron Yeats dire, Allô, patron ? Comment ça va, patron ? Vous allez bien, patron ?

Oh, je vais très bien, répond Bill Shankly. Je ne me suis jamais senti aussi bien, Ron. Merci, Ron. Merci. Et toi, Ron ? Comment vas-tu ? Je vois que tu as un conflit sur les bras, Ron. Une sorte de bagarre…

Oh, oui, patron, dit Ron Yeats. Une sacrée bagarre. Et c'est pour ça que je vous appelle, patron. Pour avoir votre avis, pour faire appel à vos lumières. Si ça ne vous dérange pas, patron. Si vous avez le temps, patron…

Ça ne me dérange pas, bien sûr. J'avais l'intention de t'appeler moi-même, Ron. Mais je n'aime pas m'imposer, fourrer mon nez dans les affaires des autres. Si ce n'est pas nécessaire, si on n'a pas besoin de moi…

Eh bien, on a besoin de vous à Tranmere, dit Ron Yeats. On a terriblement besoin de vous à Tranmere, patron…

Alors, il n'y a pas un moment à perdre, dit Bill Shankly. Parce que les aiguilles tournent, Ron. Les aiguilles n'arrêtent jamais de tourner. Donc, je viendrai te voir demain matin, Ron…

Et le lendemain matin, le lendemain matin même. Ron Yeats, le manager du Tranmere Rovers Football Club, attend Bill Shankly au stade de Prenton Park, à Birkenhead. Ron Yeats serre la main de Bill Shankly. Et Ron Yeats dit, Je suis ravi de vous voir, patron. Et c'est vraiment gentil à vous de venir, en plus. Merci, patron. Merci beaucoup…

Non, Ron. Non, dit Bill Shankly. J'aurais dû venir plus tôt, Ron. Tu aurais dû m'appeler plus tôt. Parce qu'il n'y a pas un moment à perdre, Ron. Pas une minute à gaspiller. Alors, au travail, Ron…

Et Bill Shankly s'entraîne avec les Tranmere Rovers. Tous les matins. Bill Shankly observe les joueurs des

Tranmere Rovers. À chaque séance d'entraînement. Et à chaque match. À domicile ou à l'extérieur. À chaque match. Depuis les tribunes ou sur le banc. Bill Shankly observe et Bill Shankly écoute. Mais Bill Shankly ne parle pas. Bill Shankly se contente d'observer, Bill Shankly se contente d'écouter. Et au bout de quelques semaines, après quelques défaites supplémentaires, Ron Yeats demande, Qu'est-ce que je devrais changer dans ma façon de travailler, patron ? Le Nouvel An arrive bientôt, et on est derniers de la division. On va être relégués. Il faut me dire ce que je dois faire, patron. Et ce que je dois changer…

Ma foi, tu commets une erreur fondamentale, Ron, dit Bill Shankly. Où se change-t-on avant l'entraînement ?

À Bromborough, répond Ron Yeats.

Bill Shankly secoue la tête. Et Bill Shankly dit, Non, Ron. Non. Où se change-t-on à Liverpool ?

À Anfield, répond Ron Yeats.

Exactement, dit Bill Shankly. On se change à Anfield, Ron. Et puis on se rend en bus à Melwood. On s'entraîne à Melwood. Et on revient en bus à Anfield. On se change toujours à Anfield. Pas à Melwood, Ron. Jamais à Melwood. Toujours à Anfield, Ron. Toujours à Anfield. Alors, il faudrait faire pareil ici, Ron. Vous devriez vous changer ici à Prenton Park. Et puis aller en bus à Bromborough. Vous entraîner à Bromborough. Et puis revenir ici en bus à Prenton Park pour vous changer. C'est la seule solution, Ron…

Ron Yeats hoche la tête. Et Ron Yeats change le programme matinal des Tranmere Rovers. Chaque matin. Les joueurs se présentent au stade de Prenton Park. Les joueurs se changent à Prenton Park. Puis les joueurs se rendent en bus à Bromborough. Les joueurs s'entraînent à Bromborough. Et puis les joueurs retournent en bus à Prenton Park. Chaque matin. Et les Tranmere Rovers se mettent à gagner. À domicile et à l'extérieur. Les Tranmere Rovers gagnent quelques matchs. Mais c'est alors que Tommy Docherty entend parler d'un jeune joueur des Tranmere Rovers. Un jeune sur lequel Bill Shankly ne tarit pas d'éloges. Un jeune que Bill Shankly ne cesse d'aller voir jouer. Un jeune dont Bill Shankly pense qu'il est presque aussi bon que Tom Finney. Presque. Et Manchester United rachète Steve Coppell aux Tranmere Rovers. Et les Tranmere Rovers commencent à perdre. À domicile et à l'extérieur. Les Tranmere Rovers perdent trop de matchs. Et à la fin de la saison, les Tranmere Rovers terminent au vingt-deuxième rang de la troisième division. Les Tranmere Rovers sont relégués. Ron Yeats est viré. Et John King est nommé manager des Tranmere Rovers. John King téléphone à Bill Shankly. Et John King dit, Je sais que Ron est parti maintenant, Bill. Que ça ne s'est pas bien terminé pour lui. Mais je tiens à ce que tu saches que tu es toujours le bienvenu à Tranmere, Bill. Que tu seras toujours accueilli à bras ouverts, Bill. À chaque fois que tu trouveras le temps de venir nous voir, Bill…

Je suis prêt à aider tout le monde, répond Bill Shankly. C'est mon seul but dans la vie. Aider les gens. Tous les gens à qui je peux rendre service, je les aiderai.

60

Le grand sommeil

Dans la maison, dans leur lit. Bill n'a pas dormi de la nuit. Pas une seconde. La tête sur l'oreiller. Les yeux ouverts. Bill a passé son temps à scruter l'obscurité. Le regard braqué dans le silence vers le plafond invisible. Toute la nuit. Bill a attendu, attendu. Que les contours des rideaux redeviennent visibles. Que le jour se lève. Que la journée commence. La journée que Bill a tant attendue. La journée que Bill redoute. Dans la maison, dans leur lit. Bill attend et Bill réfléchit. Il pense à toutes les longues réunions avec le comité, il pense à tout le travail accompli par le comité. La préparation et l'organisation. En vue de cette journée. Cette journée que Bill redoute, cette journée que Bill a tant attendue. Il réfléchit et il attend. La tête sur l'oreiller. Les yeux ouverts. Jusqu'au moment où, enfin, enfin. Les contours des rideaux redeviennent visibles. Et le jour se lève. La journée commence. Enfin, enfin. La journée que Bill a tant attendue. Le jour que Bill a redoutée. Attendue et redoutée, redoutée et attendue. Enfin, enfin –

Le mardi 29 avril 1975 –

Enfin, enfin –

Bill sort du lit. Lentement. Bill entre dans la salle de bains. Lentement. Bill se rase et Bill se lave. Lentement. Bill retourne dans la chambre. Lentement. Bill met sa chemise. Sa chemise mandarine. Lentement. Bill s'approche de la commode. Bill ouvre le tiroir du haut. Bill en sort ses boutons de manchettes. Ses boutons de manchettes en or. Bill ferme à l'aide des boutons de manchettes les poignets de sa chemise. De sa chemise mandarine. Lentement. Bill se dirige vers la penderie. Bill en ouvre les portes. Bill sort son costume. Son costume gris à chevrons nettoyé de fraîche date. Bill laisse les portes de la penderie ouvertes. Lentement. Bill s'approche du lit. Bill pose son costume sur le dessus de lit. Bill dégage le pantalon du cintre. Bill enfile le pantalon de son costume. De son costume gris à chevrons nettoyé de fraîche date. Lentement. Bill retourne à la commode. Bill ouvre le deuxième tiroir de la commode. Bill y prend une cravate. Bill referme le tiroir. Lentement. Bill retourne à la penderie. Dont les portes sont restées ouvertes. Bill se plante face au miroir fixé derrière l'une des portes. Bill met sa cravate. Lentement. Bill retourne vers le lit. Bill prend sa veste sur le lit. Il ôte le cintre qui soutenait la veste. Bill enfile la veste de son costume. De son costume gris à chevrons nettoyé de fraîche date. Lentement. Bill retourne à la commode. Bill ouvre de nouveau le tiroir supérieur de la commode. Bill en sort un mouchoir blanc et une pochette rouge. Bill referme le tiroir. Bill glisse le mouchoir blanc dans la poche gauche de son pantalon. Bill pose la pochette rouge sur la commode. Bill replie la pointe inférieure de la pochette rouge pour la superposer à la pointe supérieure. Bill ramène la pointe gauche du triangle sur la pointe droite, puis la pointe droite vers le coin gauche. Bill replie le bas de la pochette presque jusqu'au sommet. Lentement. Bill retourne devant le miroir fixé derrière la porte de la penderie. Bill se plante devant le miroir. Bill glisse la pochette rouge dans la poche de poitrine de sa veste grise. Bill se regarde dans le miroir. Bill fignole la position de la pochette jusqu'à laisser dépasser juste ce qu'il faut de la pointe rouge. La pointe rouge qui dépasse de la poche grise. Lentement. Bill s'éloigne un peu du miroir. Bill regarde l'homme dans le miroir. Et Bill dit, Je suis content, tout simplement, que ce jour arrive enfin. Le pire, dans le football, c'est d'attendre le match. Et tout va bien, toujours, quand le match arrive. Mais cette fois-ci, pour moi, l'attente a été pire que celle de la Finale de la Coupe. Et je me sens beaucoup mieux à présent que le jour est arrivé.

Et Bill descend l'escalier. Lentement. Bill entre dans la cuisine. Lentement. Bill prend son petit déjeuner avec Ness. Lentement. Une tranche de pain grillé avec du miel, un verre de jus d'orange frais et une tasse de thé. Lentement. Bill aide Ness à débarrasser la table du petit déjeuner. Lentement. Bill essuie la vaisselle du petit déjeuner. Lentement. Bill aide Ness à ranger la vaisselle du petit déjeuner. Et puis Bill reste planté au milieu de la cuisine –

Tu es prêt de bonne heure, dit Ness. De très bonne heure, chéri ?

Ma foi, je suis content, tout simplement, que cette journée soit enfin arrivée, chérie. Le pire, dans le football, c'est d'attendre le match. Tout va toujours bien quand le match arrive, chérie. Mais cette fois-ci, pour moi, l'attente a été pire que celle de la Finale de la Coupe. Mais je me sens beaucoup mieux à présent que le jour est arrivé, chérie…

Je sais, dit Ness. Je sais, chéri.

Je suis tout simplement impatient d'aller à Anfield pour revoir tout le monde. Tous les gens avec qui j'ai travaillé, tous les gens pour qui j'ai travaillé. Je suis tout simplement impatient de les revoir tous, chérie.

Je sais, répète Ness. Je sais, chéri.

Bill hoche la tête. Lentement. Bill regarde sa montre. Bill sourit. Bill rit. Et Bill dit, Mais tu as raison, chérie. Tu as raison. Je suis prêt trop tôt. J'ai encore un bon moment à attendre. Alors, je crois que je vais lire le journal un moment. Ça me fera passer un peu de temps…

Et Bill passe dans le vestibule. Lentement. Bill prend le journal sur la table du vestibule. Lentement. Bill regarde la une du *Liverpool Echo*. Lentement. Bill lit la manchette de la une du *Liverpool Echo* : *MERCI SHANKS, ET TOUTES NOS AMITIÉS !* Bill lit le sous-titre : IL EST UNIQUE, DÉCLARE BOB PAISLEY, ET CELA RÉSUME TOUT…

Et Bill entre dans le salon. Lentement. Bill s'installe dans son fauteuil. Lentement. Dans le salon, dans son fauteuil. Bill lit le journal. Et les hommages qu'on lui rend. Lentement. Bill repose le journal. Les hommages. Et dans le salon, dans son fauteuil. Bill regarde sa montre de nouveau. Et Bill ferme les yeux. Il attend et il réfléchit. Il pense à la soirée à venir, il attend le match de ce soir. Le match à venir, la soirée qui l'attend. La soirée à Anfield, le match à Anfield. Son jubilé, la soirée en son honneur. Sa dernière soirée, son dernier match –

À Anfield, à Anfield –

Lentement. Bill sort de l'obscurité. Bill sort du tunnel. Du tunnel d'Anfield. Lentement. Bill longe la ligne de touche. Lentement. Bill entre sur la pelouse. La pelouse d'Anfield. Lentement. Bill serre la main des joueurs. Des joueurs de la sélection de Don Revie. Peter Shilton et Gordon Banks. Roger Kenyon et Alan Ball. Alan Hudson et Colin Bell. Liam Brady et Willie Donachie. Leighton James et Steve Whitworth. Colin Todd et Billy Bremner. Terry Cooper et Bobby

Charlton. Malcolm Macdonald et Mick Channon. Et puis Bill serre la main des joueurs du Liverpool Football Club. Ray Clemence et Tommy Smith. Phil Neal et Phil Thompson. Peter Cormack et Emlyn Hughes. Kevin Keegan et Brian Hall. John Toshack et Ray Kennedy. Ian Callaghan et Steve Heighway. Et puis Bill retraverse la pelouse. La pelouse d'Anfield. Lentement. Bill longe de nouveau la ligne de touche. La ligne de touche d'Anfield. Et lentement. Bill s'assied sur le banc –

Le banc d'Anfield. Pour la dernière fois,
la toute dernière fois.

Après le coup de sifflet. Le coup de sifflet final. Bill se lève. Lentement. Bill se hisse sur ses jambes. Lentement. Bill longe la ligne de touche. La ligne de touche d'Anfield. Lentement. Bill serre la main de Don Revie. Et Bill serre Don dans ses bras. Bill serre la main de Bob Paisley. Et Bill serre Bob dans ses bras. Et puis lentement. Bill s'avance sur la pelouse. La pelouse d'Anfield. Lentement. Bill serre de nouveau la main des joueurs. Des joueurs de la sélection de Don Revie. Et des joueurs du Liverpool Football Club. Et puis Bill se dirige vers le centre de la pelouse. De la pelouse d'Anfield. Lentement. Bill atteint le rond central. Le rond central de la pelouse d'Anfield. Et Bill reste dans le rond central. Dans le rond central de la pelouse d'Anfield. Et quelqu'un tend à Bill un microphone. Pour que Bill puisse parler aux spectateurs. Aux spectateurs présents à Anfield. Et Bill dit, Pour moi, le simple nom d'Anfield signifie bien plus que tout ce que je pourrais vous décrire. Mais il y a toujours eu de la fierté à Anfield. Et ceci est une nouvelle soirée remplie de fierté. D'une grande fierté. La fierté que j'éprouve pour Liverpool. Le club de football et la ville. Et la fierté que vous inspire à vous, les supporters, l'équipe de Liverpool. Votre équipe. C'est comme ça, à Anfield. C'est comme ça, à Liverpool. Et j'espère que cela ne changera jamais. Et c'est pourquoi j'adresse à mon successeur et ancien collègue Bob Paisley, et à tous les joueurs, mes meilleurs vœux de réussite pour l'avenir.

Mais le plus grand honneur qu'on a pu me rendre, c'est l'organisation de ce match que vous avez vu ce soir. Et je tiens donc à remercier toutes les personnes qui se sont employées à l'organiser. Bob et le conseil d'administration. Don Revie et les joueurs des deux équipes. Que je connais tous personnellement. J'aimerais remercier également le comité du jubilé, le secrétaire du club Peter Robinson et le responsable du développement Ken Addison pour leur travail acharné et leur efficacité. Mais surtout, je tiens à dire merci à vous tous qui êtes venus ce soir –

Merci d'avoir apporté votre contribution à cette soirée qui est, tout simplement, le plus grand événement qui se soit produit au cours de toute ma vie. C'est d'autant plus touchant pour moi que vous soyez venus me rendre hommage alors que j'ai disparu depuis plusieurs mois. C'est pourquoi je vous remercie tous pour votre loyauté. Et pour votre loyauté envers moi durant toutes mes années à Liverpool. La partie la plus importante de toute ma vie. Aucun homme ne pourra jamais avoir plus d'amis que moi. Aucun homme ne pourra jamais éprouver autant de reconnaissance –

Et aucun homme ne pourra jamais se sentir plus fier. Je suis fier des pieds à la tête. Cela compte encore plus pour moi que tout le reste. Que Dieu vous bénisse, que Dieu vous bénisse tous…

Et Bill rend le microphone. Lentement. Bill regagne le bord de la pelouse. De la pelouse d'Anfield. Lentement. Bill fait le tour du stade. Du stade d'Anfield. Plus de quarante mille spectateurs étaient venus assister au jubilé en l'honneur de Gerry Byrne. Cinquante-cinq mille pour celui en l'honneur de Roger Hunt. Il n'y a pas cinquante-cinq mille spectateurs ici ce soir. Ni même quarante mille. Il y a des places vides dans les gradins. Les gradins d'Anfield. Mais Bill ne voit pas les places vides dans les gradins. Les gradins d'Anfield. Bill n'a d'yeux que pour le Kop. Le Spion Kop. Il n'y a pas de places vides dans le Kop. Le Spion Kop. Le Kop est plein, le Kop se soulève. Le Kop chante, le Kop scande, *Shank-ly, Shank-ly, Shank-ly…*

Shank-ly, Shank-ly, Shank-ly…

Shankly est Notre Roi…

Devant le Kop. Le Spion Kop. La tête baissée. Les yeux clos. Bill refoule ses larmes. Bill a du mal à respirer.

Et vous serez toujours notre roi, Vous serez toujours notre roi

Vous serez toujours notre roi…

NOTRE ROI !

Devant le Kop. Le Spion Kop. Dans un rêve. La tête baissée. Les yeux clos. Dans un rêve. Bill ne peut plus retenir ses larmes. Bill ne parvient plus à respirer. Et lentement. Bill se détourne. Dans un rêve. Des applaudissements et de l'affection du public. Lentement. Bill retourne vers le tunnel. Mais dans un rêve, dans ce rêve. Le Kop ne veut pas laisser Bill s'en aller. Le Spion Kop ne veut pas laisser Bill partir. Dans un rêve. Certains des supporters descendent du Kop. Du Spion Kop. Pour donner une poignée de main à Bill Shankly, pour serrer Bill Shankly très fort. Ils drapent Bill d'écharpes, ils entourent Bill d'écharpes. D'écharpes de Liverpool, d'écharpes rouges. Dans ce rêve. Trois hommes vêtus de combinaisons blanches, de combinaisons blanches ornées de lettres rouges, ces trois hommes offrent une plaque à Bill. Une plaque intitulée *La Route de la Gloire*. Un bilan complet des années que Bill a passées à Anfield. Une plaque de la part du Kop. Du Spion Kop. Un autre supporter donne à Bill une chope en argent. Une chope sur laquelle est gravée l'inscription *Pour Shanks*, *Mille mercis, Un Fan*. Dans ce rêve. Un jeune supporter offre à Bill une carte. De soixante centimètres sur soixante. Couverte d'un millier de signatures. Toutes en rouge, toutes en rouge. De la part du Kop. Du Spion Kop. Et dans un rêve, dans ce rêve. Bill entend les applaudissements, Bill sent l'émotion du public. Qui descendent des tribunes, qui descendent des gradins. Dans un rêve, dans ce rêve. Bill n'a pas envie

de se réveiller. De ce rêve, Bill voudrait ne jamais se réveiller. De ce rêve,
de cette vie. Bill voudrait ne jamais partir.
Bill voudrait ne jamais dire au revoir.

61

Je suis chrétien et socialiste, ne vous déplaise

La sonnerie. La bouteille de lait déposée devant la porte. La sonnerie. Le journal glissé dans la fente destinée au courrier. La sonnerie. Les lettres sur le paillasson. La sonnerie. On frappe à la porte. La sonnerie. Le téléphone ne cesse jamais de sonner. Pour des invitations et pour des propositions. Pour des propositions et pour des demandes. L'invitation à se rendre par-ci, l'invitation à aller par-là. La proposition de faire ceci, la proposition de faire cela. Cette demande-ci et cette demande-là. Et Bill s'efforce de répondre à toutes. Bill a envie de répondre à toutes. Bill s'efforce de satisfaire tout le monde. Bill a envie de satisfaire tout le monde. Bill a envie d'avoir toujours quelque chose à faire. Bill s'efforce d'avoir toujours quelque chose à faire. De visiter tel hôpital, de faire un discours à tel dîner. Et d'animer une émission de radio hebdomadaire pour Radio City. Bill Shankly avait envie de le faire, Bill Shankly était heureux de le faire. Si les gens voulaient qu'il le fasse, si les gens étaient heureux qu'il le fasse. C'était tout ce que Bill Shankly demandait. Donner aux gens ce qu'ils voulaient, rendre les gens heureux –
Mais les gens n'étaient pas heureux,
les gens étaient déprimés,
déprimés et en colère –
Les gens manifestaient devant l'immeuble de Radio City. Les gens protestaient contre Harold Wilson et son

gouvernement travailliste. Mais à l'intérieur de l'immeuble. Dans le studio. Dans le noir et dans le silence. Harold Wilson regarde Bill Shankly assis en face de lui de l'autre côté de la table. Harold Wilson hoche la tête. Harold Wilson sourit. Et Harold Wilson dit, J'ai été ravi d'apprendre que vous alliez faire cette émission et lorsque vous m'avez écrit, je vous ai répondu, je crois, presque par retour du courrier.

Oui, dit Bill Shankly. Votre réaction a été incroyablement rapide. Vous, l'homme d'État à la tête de notre pays. En fait, le Premier Ministre de Grande-Bretagne. Je veux dire, que vous trouviez le temps de venir ici, c'est incroyable. En fait, comme manager d'une équipe de football, je croyais avoir un rude métier…

Harold Wilson rit.

Mais je peux vous dire une chose. Alors que je devais faire le bonheur de cinquante-cinq mille fans de Liverpool, vous êtes en charge de cinquante-cinq millions de Britanniques !

Oui, mais le travail est pratiquement le même, non ? Vous savez ce qu'on a dit de moi ? La première fois que j'ai choisi les membres de mon gouvernement ? Pratiquement aucun d'eux n'avait d'expérience ministérielle. Nous étions écartés du pouvoir depuis treize ans. Et on a dit, et j'ai dit moi-même, que c'était moi qui allais encaisser les penalties, je tenais le rôle du gardien de but, je prenais les corners et je fonçais le long de l'aile. À présent que j'ai des ministres très expérimentés, j'ai déclaré que je ne ferais plus rien de pareil. Ils ne m'ont pas cru. Je leur ai dit, Je vais être ce qu'on appelait autrefois un demi-centre. Je ne pouvais pas dire un *libéro*, parce que personne ne m'aurait compris à part les amateurs de football.

Non, dit Bill Shankly en riant. Non, non.

Toutes sortes de gens ne comprennent rien au football, ils n'auraient pas su de quoi je parlais. Et puis le *Liverpool Post*, je crois, a écrit : C'est drôle, il fait plus que cela. Ils ont écrit : En fait, il tient le rôle du manager de l'équipe. Il n'est même pas sur le terrain. À quoi j'ai répondu que j'étais très fier qu'on me compare au *manager* dans un journal de Liverpool, c'est-à-dire sur les terres de Bill Shankly. J'ai dit cela dans un discours, et je l'ai pris comme un compliment. Mais j'ai poursuivi en disant ceci, Où le manager s'assied-il, en général ? Sur le banc des remplaçants. De cette façon, je rappelais aux membres de mon équipe que j'ai sur le banc des remplaçants des gens qui s'estiment au moins aussi valables que n'importe quel homme présent sur le terrain. Et je pense que c'est en cela que le travail d'un Premier Ministre est comparable à celui du manager d'une équipe de football.

Oui, dit Bill Shankly. Autrement dit, vous avez envoyé les hommes qu'il fallait accomplir le travail qui leur convenait ?

Exactement. Mais il n'y a pas que cela. Comme c'est le cas pour un manager, si votre équipe est reléguée, comme la mienne l'a été en 1970, alors certaines personnes commencent à réclamer des changements.

C'est vrai, dit Bill Shankly. Oui. Mais vous avez prouvé, et j'espère que vous continuerez à le prouver, que vous êtes l'homme de la situation.

Mon séjour à ce poste est presque aussi long que l'a été le vôtre à Liverpool.

En politique, vous êtes présent depuis plus longtemps que ça, dit Bill Shankly. Que je ne suis resté à Liverpool, en tout cas. Euh…, Mme Wilson écrit des poèmes ?

Oui, oui, répond Harold Wilson.

C'est vrai ?

Harold Wilson hoche la tête. Et Harold Wilson dit, Oui, elle en écrit. Elle en a toujours écrit, elle a commencé quand elle était encore enfant. Et puis, il y a quelques années, on lui a demandé d'en rassembler un certain nombre pour en faire un livre, et je crois, selon son éditeur, que c'est la meilleure vente d'un recueil de poésie depuis la guerre.

Ah, bon ? s'étonne Bill Shankly.

D'ailleurs, il ne s'agit que de faits authentiques qui l'inspirent. Elle écrit sur des faits divers. Elle a écrit un poème sur la catastrophe d'Aberfan, qui l'a beaucoup émue. Lorsque tous ces écoliers ont été ensevelis par un glissement de terrain. Je me suis rendu sur place en avion, cette nuit-là. Elle m'a rejoint peu de temps après. Et elle prend également pour sujets des événements tels que le Gala des mineurs de Durham…

Oui, oh oui.

Et à Durham, cette année, elle a lu intégralement ces deux poèmes-là.

Parce qu'ils sont authentiques, dit Bill Shankly.

Oui, c'est ça. C'est ainsi qu'elle le ressent.

En ce qui me concerne, dit Bill Shankly, je suis né dans le même comté que le plus grand poète écossais, Robert Burns…

Ah, oui, dit Harold Wilson.

… qui n'était pas seulement poète. Mais aussi philosophe, et prophète. Il était tout en même temps. Tout ce qu'on peut imaginer. Je crois que s'il avait vécu jusqu'à un âge aussi avancé que Shakespeare et Wordsworth et d'autres, il aurait bien pu monter en première division, et ils auraient été relégués en deuxième division.

Harold Wilson secoue la tête. Et Harold Wilson dit, Il me semble, en fait, qu'il est bel et bien en première division, n'est-ce pas ?

Oui, dit Bill Shankly. Oui.

Et je connais moins bien sa poésie que ma femme ne la connaît. Pourtant, quand je me suis exprimé en public en Écosse, il y a toujours eu à la tribune quelqu'un pour citer Robert Burns. Soit un passage que je connaissais, soit quelque chose que je ne connaissais pas. Le ministre des Affaires écossaises, qui est un orateur de premier ordre lors de la fête annuelle en l'honneur de Burns, est capable d'en réciter des pans entiers. La plupart des Écossais en sont capables, je pense…

Il a été aussi, dit Bill Shankly, l'un des pionniers du socialisme…

Harold Wilson dit, Il l'a vraiment été, oui.

Le premier de tous, peut-être, c'était le Christ, bien sûr, dit Bill Shankly. Mais après lui, Burns a été un vrai socialiste. Et l'un des instigateurs du socialisme, je pense. Évidemment, c'était un grand personnage aussi, Robert Burns.

Harold Wilson hoche la tête de nouveau. Et Harold Wilson dit, Oui, certainement. Je n'ai pas lu à son sujet autant de livres qu'il l'aurait fallu. Mais en tant que socialiste, à condition de se tenir à ce terme, s'il fut l'un des premiers, comme vous le dites, c'est parce qu'il y fut poussé par un sentiment très fort. C'est parce qu'il aimait ses semblables....

Oui, dit Bill Shankly. Oui.

Mais ce n'était pas un théoricien du socialisme...

Non, dit Bill Shankly. Non.

Je ne pense pas qu'il aurait compris quelque chose à la théorie de la valeur ni à aucun des écrits scientifiques socialistes dont je ne me préoccupe guère non plus, d'ailleurs...

Non.

Mais il éprouvait tout simplement de l'amour pour les autres êtres humains, ses semblables, et il souhaitait voir leur sort grandement amélioré.

C'est ça qui résume tout, dit Bill Shankly. Il est né pauvre. Et il est mort pauvre.

Harold Wilson hoche la tête. Et Harold Wilson dit, Et il ne voulait pas croire que le Seigneur ait pu créer les gens pour qu'ils ne soient pas égaux. Qu'il ait pu créer une catégorie de gens conçus pour mener le monde et les autres, vous savez, pour qu'ils ne fassent pas autre chose que couper du bois et aller chercher de l'eau.

Ses livres ont été traduits pour toute la Russie, dit Bill Shankly. Pour la plupart des pays du monde, en fait. Mais pour la Russie davantage que pour le reste de la planète, je crois.

Je l'ai constaté. Je suis allé de nombreuses fois en Russie, et les Russes vénèrent littéralement, il me semble, le sol qu'il a foulé. Je crois qu'il a été traduit dans environ cent soixante des langues parlées en Russie. Et je me souviens que les Russes, il y a de nombreuses années, ont sorti un timbre-poste spécial en son honneur. Avant même que les Britanniques aient l'idée de faire la même chose.

Ils l'ont fait, dit Bill Shankly. Ils l'ont fait. Pour l'anniversaire de sa mort.

C'est exact.

Il avait une réputation de séducteur, bien sûr ?

Harold Wilson dit, Oui. Je crois qu'il a pas mal batifolé…

Bill Shankly rit.

Et je crois que s'il avait joué dans une de vos équipes, vous lui auriez reproché de brûler la chandelle par les deux bouts.

Oui, dit Bill Shankly. Je pense que j'aurais engagé quelqu'un, un détective, pour savoir ce qu'il faisait de ses nuits.

Harold Wilson dit, Il me semble que s'il avait vécu à notre époque, il aurait pu jouer dans l'équipe d'Écosse. Ce n'est peut-être pas une chose à dire…

Ma foi, il est notoire qu'à son époque, dit Bill Shankly, si un homme se rendait coupable de fornication, on le dénonçait au prêtre du village. Et le prêtre faisait venir le pécheur et le faisait asseoir devant tous les fidèles sur un siège qu'on appelait le tabouret d'infamie. Et il l'humiliait devant tout le monde. C'est bien connu. Et apparemment Burns s'y retrouvait si souvent qu'il avait un abonnement à l'année.

Harold Wilson hoche la tête de nouveau. Et Harold Wilson dit, Oui. C'est ce que vous appelez le banc des pénalités au football.

C'est exact, dit Bill Shankly. Burns était sur le banc des pénalités. Mais, quoi qu'il en soit, c'était un homme extraordinaire. Euh, Huddersfield, monsieur Wilson ?

C'est là que je suis né.

Oui, oui.

C'est aussi là que je suis allé à l'école jusqu'à l'âge de seize ans. Et puis je suis venu dans le Merseyside…

Vos racines, c'est donc Huddersfield, que je connais bien, évidemment. J'y suis resté cinq ans.

Ma foi, oui, je sais. Vous avez entraîné l'équipe, là-bas.

Et j'allais jouer à Oaks, dit Bill Shankly. Au sommet de la colline, là-haut. Et derrière le terrain, on a commencé à jouer des parties de football à cinq contre cinq. Le dimanche après-midi. Et si on a commencé à cinq contre cinq, quand ça s'est terminé, on était plutôt quinze contre quinze.

Harold Wilson hoche la tête. Et Harold Wilson dit, Mon grand-père et ma grand-mère se sont mariés à Oaks. À la chapelle d'Oaks. Je suis resté à Huddersfield jusqu'à l'âge de seize ans. Bien sûr, je jouais au football, mais je n'ai jamais été suffisamment bon. J'allais voir jouer l'équipe de Huddersfield Town chaque semaine. J'ai fait un peu de rugby à treize. Mais pas professionnellement, bien sûr. Puis je suis venu dans le Merseyside parce que mon père a perdu son emploi, qu'il en a trouvé un autre sur la péninsule de Wirral, et je suis allé au lycée de Wirral, l'établissement secondaire du Comté de Wirral, à l'époque, où j'ai dû jouer au rugby à quinze. Et je n'ai pas tardé à aimer ce sport-là aussi. Mais la majeure partie de mes années de formation, je les ai passées dans le Merseyside aussi bien que dans le Yorkshire.

Ma foi, puisque vous mentionnez le rugby, je pense que c'est un très bon sport pour forger le caractère. Je crois que les garçons qui jouent au rugby sont de braves garçons.

Harold Wilson rit. Et Harold Wilson dit, Le football aussi, en fait. C'est également très bien pour forger le caractère. Et les mauvais caractères, parfois.

Je crois que le rugby à quinze, dit Bill Shankly, enfin, à l'école, je crois que le rugby à quinze est excellent pour les garçons.

Oui. Enfin, j'y ai joué pendant deux ans. J'étais le représentant des élèves du lycée, et un futur international de l'équipe d'Angleterre faisait partie de l'équipe quand nous avons joué notre premier match, que nous avons perdu soixante-quatorze à zéro…

Bill Shankly rit.

Enfin, ce n'était pas si mal. Nous étions menés trente-sept à zéro à la mi-temps, et nous ne nous sommes pas effondrés.

Pour qui jouiez-vous ? demande Bill Shankly. Everton ?

Nous, nous jouions pour notre lycée. Voyez-vous, c'était un établissement récent. Un nouveau lycée. Ouvert depuis un an seulement. J'étais le seul garçon en Terminale. Et nous avons demandé à l'un des lycées voisins de nous envoyer leur quatrième équipe. Mais ils ont eu des doutes. Alors, ils nous ont envoyé leur deuxième équipe, qui nous a laminés.

Ah, oui. C'était une forme de tricherie, non ? dit Bill Shankly. Et Bill Shankly consulte ses notes –

Donc, vous avez fréquenté le lycée de Wirral, et on n'y pratiquait strictement que le rugby, c'est ça ?

Harold Wilson hoche la tête. Et Harold Wilson répond, Strictement que le rugby. Cela dit, à un certain moment, le proviseur de l'époque, qui était un excellent homme, s'est inquiété que ses garçons n'aient rien à faire à l'heure du déjeuner. Alors, en tant que représentant des élèves, j'ai dit que j'allais organiser des activités sportives. Et nous avons joué au football tous les jours après le déjeuner. Et ça me plaisait de jouer sur un terrain équipé de poteaux de rugby hauts de trois mètres.

Hé ! dit Bill Shankly en riant de nouveau. Ça ne m'étonne pas. Parce que vous aviez toutes les chances de marquer un but !

Harold Wilson s'esclaffe. Et Harold Wilson dit, De faire passer les tirs de loin entre les poteaux, oui. Enfin, j'ai aussi fait beaucoup de course à pied. J'ai couru pour le club d'athlétisme de Wirral. J'ai remporté leur championnat junior. Et puis j'ai couru pour le club Liverpool & District, et nous avons remporté le bronze, mon équipe, en fait.

Vous avez été aussi champion de cross des écoles du Merseyside ?

Harold Wilson secoue la tête. Et Harold Wilson dit, Non, champion de Wirral seulement. J'ai participé à toutes sortes de compétitions, là-bas. Un jour, j'ai couru le championnat d'athlétisme des Comtés du Nord, derrière l'homme qui a établi le record, cette année-là, et qui était le capitaine de l'équipe d'Angleterre. Et j'ai bien vu son dossard quand le départ a été donné.

Ce cross, monsieur Wilson ? C'est vraiment un sport à vous saper le moral, non ?

Je n'en ai jamais fait beaucoup. Je courais les sprints et le demi-fond. Et quand je suis allé m'entraîner à notre quartier général du cross, on m'a demandé de disputer le championnat parce qu'ils avaient un bon coureur auquel ils voulaient, vous voyez, donner une chance. Et quelqu'un d'autre ne s'est pas présenté. Alors, je ne l'ai pas lâché d'un pouce et je l'ai battu les doigts dans le nez.

Mais tout cela nous amène au fait que vous êtes le Premier Ministre de la Grande-Bretagne. Et vous avez joué au football, vous avez joué au rugby. Vous avez été champion de cross. En ce qui me concerne, j'ai couru sur toutes les distances…

Harold Wilson hoche la tête. Et Harold Wilson dit, Moi aussi, en fait. Je n'ai jamais réussi à identifier ma distance idéale.

Mais le cross, c'est vraiment la course qui vous mine le moral ?

Ma foi, oui. Et si vous avez un début de point de côté. Ou si vous avez mangé ou bu ce qu'il ne fallait pas avant le départ…

Vous n'avez pas envie d'abandonner, dit Bill Shankly. N'est-ce pas ?

Non, non. Surtout pas…

Vous avez envie de continuer jusqu'à la mort, dit Bill Shankly.

Eh bien, en fait, c'est valable pour la politique. Je me souviens, à mes débuts en politique, à vrai dire, l'un des grands journalistes de l'époque, aujourd'hui décédé, a dit de moi, Méfiez-vous de cet homme. C'est un coureur de fond…

Oui, dit Bill Shankly. Oui !

Un coureur de fond qui finit par atteindre son but…

Oui, répète Bill Shankly. C'est ce que je disais au début de la saison de football…

Et qui continue de courir.

Quand on m'a demandé, Qui va gagner le championnat ? j'ai répondu, Écoutez. C'est un marathon. Ce n'est pas un cent mètres.

Harold Wilson dit, C'est très serré en ce moment entre les équipes de tête. La saison dernière, d'ailleurs, je vous ai entendu dire, oh, ce devait être à dix ou douze journées de la fin, que Derby County allait gagner. Je vous ai entendu dire ça à la radio.

Ma foi, j'avais vu jouer toutes les équipes, monsieur Wilson.

Vous étiez très sûr de vous. Et ça s'est joué à peu de chose. Mais vous aviez raison. Vous aviez raison.

Eh bien, je crois qu'ils ont utilisé seulement le passage qu'ils voulaient.

Harold Wilson demande, Ils ont fait ça ?

En réalité, j'avais misé sur Liverpool. Et Derby County était mon second choix. Et ils ont remonté la bande pour me faire dire Derby County.

Harold Wilson sourit. Et Harold Wilson dit, Oh, sur le moment, je n'ai pas douté de votre lucidité, vous savez.

Il est vrai que j'ai misé sur le succès de Derby County. J'avais vu Derby County à Liverpool. J'avais vu toutes les équipes. Et j'avais l'impression que Derby avait une classe suffisante.

Harold Wilson hoche la tête. Et Harold Wilson dit, Votre équipe de Liverpool était l'une des meilleures que j'aie jamais vues.

Oh, oui…

Elle l'est toujours, bien sûr.

Oh, oui, répète Bill Shankly. Oui, oui. Ces gars-là ont du caractère. Et ils ne s'avouent jamais vaincus. Ils tiennent bon jusqu'au bout. Le jeu qu'on avait mis au point, il était conçu pour que tous les joueurs prennent part à l'action. Et la simplifient. Par conséquent, aucun joueur n'avait davantage de travail qu'un autre au sein de l'équipe…

Harold Wilson hoche la tête de nouveau. Et Harold Wilson dit, Oui, je le sais. D'ailleurs, sur ce sujet, ma théorie en politique est similaire. Je me sers souvent de cette analogie. En fait, les gens disent que je deviens ennuyeux…

Non, dit Bill Shankly. Non.

… à cause de cette façon que j'ai d'utiliser des analogies à la Chambre des Communes. Mais elles sont utiles pour mieux comprendre. Alors, je dis toujours, Aucune équipe ne gagnera la Coupe ni le Championnat si elle n'a pas des réserves de valeur.

Oui, dit Bill Shankly. Oui.

Et j'ai apporté autant de soin que vous à constituer mes réserves. Comme j'ai l'habitude de le dire, après être resté treize ans écarté du pouvoir, j'estime que si ma première équipe passait sous un autobus, ma deuxième équipe pourrait prendre la relève. Et par certains côtés, les membres de ma troisième équipe se montrent plus prometteurs que ceux des deux autres.

Oui, dit Bill Shankly. C'est vrai. C'est vrai.

Et il faut leur donner des responsabilités quand ils sont jeunes.

Exactement, dit Bill Shankly. Et si j'avais un joueur connu qui ne pouvait pas jouer à cause d'une blessure, ce qui pouvait être un sacré revers… Certaines équipes, quand elles perdent un joueur-clé, elles n'existent plus, vous savez ? Et les pessimistes baissent les bras dans ce genre de situation… Mais quand j'avais un joueur-clé indisponible pour blessure, je disais à un débutant, Écoute-moi bien, mon gars. Tu es meilleur que lui. Vous voyez ? Et j'usais d'un petit peu de psychologie.

Harold Wilson hoche la tête. Et Harold Wilson dit, Mais moi, je n'ai pas ce problème des remplacements temporaires. J'ai le problème qui consiste à retirer des gens du banc des remplaçants, comme vous le faites. Je veux dire, pendant très longtemps, vous avez eu cinq ou six avants de classe internationale…

Oh, que oui, dit Bill Shankly.

Et votre problème, c'était de choisir qui ne serait pas sur la feuille de match.

Exactement.

Harold Wilson ajoute, Et ils étaient toujours déçus, ceux qui n'étaient pas sélectionnés.

Mais notre football était une forme de socialisme, dit Bill Shankly.

Ma foi, je pense que vous le savez, vous avez le grand avantage, ici – et c'est vrai de certaines autres régions du pays –, de posséder d'extraordinaires écoles de football. Je veux dire, je vois si souvent les fils de mes électeurs disputer les championnats nationaux, les championnats scolaires, dans divers endroits de ma circonscription, différents endroits du Merseyside –, et j'ai vu ces gamins jouer, et on s'aperçoit que des garçons de dix ou douze ans sont repérés par les recruteurs.

Eh bien, j'ai vu jouer des gamins de onze et douze ans récemment, et il y en a quelques-uns qui promettent, je peux vous l'assurer.

Harold Wilson hoche la tête. Et Harold Wilson dit, Oui, bien sûr, ils sont nés avec ce sport, ils sont doués, et tant qu'ils travaillent à s'améliorer…

Ils ont la passion, dit Bill Shankly. Et s'ils ont les aptitudes requises, alors ils sont certains de percer. Et je garde un œil sur eux, vous savez ? Et c'est ça le principal. Euh, pour en revenir à la course à pied. Le courage dont vous avez fait preuve en vous mettant au cross. C'est dans votre caractère. Et c'est pourquoi vous avez accédé au poste de Premier Ministre.

Harold Wilson hoche la tête de nouveau. Et Harold Wilson dit, Eh bien, vous parlez de Robbie Burns. Mais l'une de mes chansons préférées est de Harry Lauder. *Keep Right on to the End of the Road*[1].

Oh, oui, dit Bill Shankly. Oui.

Si vous avez un problème à régler, il faut y travailler sans cesse. Il ne faut absolument pas baisser les bras. Et

1. Marche jusqu'au bout de la route.

pour nous en politique – je vais reprendre votre analogie avec le football – le choix du moment opportun est capital. Les gens n'arrêtent pas de vous harceler. Pourquoi vous n'avez rien fait ? Pourquoi vous ne cherchez pas une solution ?

Oui, dit Bill Shankly de nouveau. Oui.

On m'a harcelé tout l'été à propos de la politique anti-inflation. Je savais ce que je voulais. Et j'étais sûr de l'obtenir. Mais il fallait que le moment s'y prête. Alors, j'ai dû prendre des coups et encaisser des attaques. Parce que je donnais l'impression d'être content de moi et indolent. Mais il y a un moment pour agir. Et vous savez quand ce moment se présentera, vous savez à quel instant il faudra frapper le ballon. Et c'est la même chose…

Et il n'y a que vous qui puissiez le savoir, dit Bill Shankly. Que vous.

Harold Wilson hoche la tête. Et Harold Wilson dit à son tour, Et il n'y a que vous qui puissiez le savoir. Si vous êtes un professionnel. Et si vous ne l'êtes pas, il vaudrait mieux que vous laissiez la place à quelqu'un d'autre.

Et seul le manager a les connaissances nécessaires pour gérer une équipe de football, dit Bill Shankly. Il n'y a que lui qui sache ce qu'il faut faire. Et à quel moment le faire. C'est ça, l'important.

Exactement. Et qui sache de quelle façon il va former ses joueurs…

Et l'homme qui se dévoue pour faire le travail, dit Bill Shankly, c'est lui qui se fait taper sur les doigts si ça se passe mal.

Et la façon dont il doit choisir tel homme, et peut-être décevoir tel autre, lui brise parfois le cœur.

Et il n'est pas question qu'il se laisse dicter par quelqu'un d'autre à quel moment il devra le prendre dans l'équipe, dit Bill Shankly. Il le prend, et puis c'est tout. De la même façon que vous faites intervenir les membres de la vôtre au bon moment. Et que vous faites vos annonces quand il le faut. Comme vous le dites, tout le problème est de choisir le bon moment. Et les managers d'équipes de football. Les politiciens. Font parfois les mauvais choix…

Oh, oui, dit Bill Shankly. Il n'y a rien de plus facile que de se tromper.

Et ensuite, on n'a pas fini d'en entendre parler !

Ma foi, dit Bill Shankly, ça fait du bruit quand un manager d'équipe de football prend une mauvaise décision. Mais quand vous faites une gaffe encore plus grosse, avec vous, c'est un vacarme assourdissant, bien sûr.

Notez bien, quand même, que nous avons un droit de réponse. Au Parlement.

Bien sûr, dit Bill Shankly. Bien sûr, bien sûr.

Harold Wilson se redresse dans son fauteuil. Et Harold Wilson dit, Notre parlement, je crois, est la meilleure institution de ce genre dans le monde entier. Les Américains n'ont rien de comparable. Rien de comparable. Et je ne sais pas grand-chose sur les autres pays d'Europe. Mais c'est la démocratie. Le ministre, quoi qu'il ait fait, doit répondre de ses actes, devant une foule d'experts plutôt exigeants. Des gens qui sont bien décidés soit à l'enfoncer, soit à le soutenir. Et vous ne pouvez pas leur échapper, vous ne pouvez pas vous soustraire à vos responsabilités…

Non, non.

Si vous avez commis une erreur, dites-le. Et je ne me suis jamais dérobé aux questions au gouvernement. Et on m'a dit un jour que Macmillan, qui fut l'un de nos plus grands Premiers Ministres – je n'étais pas d'accord avec lui sur beaucoup de choses, ni lui avec moi, mais je le respectais –, on m'a dit qu'il était presque physiquement malade, deux fois par semaine, avant la séance des questions. Je sais ce qu'il ressentait. Et quand un Premier Ministre n'est pas inquiet à propos des questions, alors la démocratie est en danger. Mais j'ai soudain changé de psychologie. Autrefois, je voyais cette séance de questions comme un match de cricket, vous voyez ? Si vous êtes censé être un batteur de premier ordre, il ne faut pas qu'ils prennent votre guichet. Et cela vous met un peu sur la défensive, n'est-ce pas ?

Oui, oui.

Et il y a deux semaines, je me suis dit tout à coup, je fais fausse route. Je vais traiter la séance des questions comme une partie de football, à présent. S'ils veulent marquer un but, je les laisserai marquer un but, j'essaierai de leur en marquer deux. Et cela a légèrement changé mon attitude. Et cela rend aussi la séance des questions plus passionnante.

Et vous y trouvez un avantage ?

Harold Wilson hoche la tête. Et Harold Wilson dit, Il me semble, si on poursuit cette analogie avec le sport, que cela vous aide dans d'autres domaines. Vous êtes confronté à un problème qui ne se présente pas à moi de la même façon. Mais nos métiers sont semblables par bien des aspects. Je suis allé dans le vestiaire après un match de Huddersfield. Huddersfield avait gagné. Ils avaient très bien joué. Leurs adversaires aussi. Et j'ai vu le manager leur parler. Même s'ils avaient gagné en jouant superbement, il leur a dit quand même, Le marquage était nul. Il leur a dit, Les petits gabarits, c'est les petits gabarits qu'il faut marquer. Et laisser les gros marquer les gros. Je me suis souvent demandé ce qu'il se disait dans les vestiaires. C'était la première fois que j'y entrais. Et puis je suis allé dans celui de l'équipe d'Écosse juste après Francfort, vous vous souvenez ?

Oui, dit Bill Shankly. Ah oui.

En Coupe du Monde. Je suis allé les voir quand... enfin, j'espérais les voir aligner tous les buts dont ils avaient besoin, mais ça ne s'est pas produit. Mais cela doit être dur, quand vos joueurs ont mal joué et qu'ils en sont conscients, et que vous en êtes conscient, de trouver les mots exacts qu'il faut leur dire.

Ah, c'est très pénible, dit Bill Shankly. D'ailleurs, vous savez comment ça se passe en politique, quand vous subissez un revers ? Franchement, c'est épouvantable si vous avez passé une sale journée et que vous avez encaissé une défaite.

Harold Wilson hoche la tête de nouveau. Et Harold Wilson demande, Et pendant la première minute, lorsque vous entrez dans le vestiaire, qu'est-ce que vous dites ?

Oh, la première minute après la défaite, dit Bill Shankly. Bon, vous pouvez avoir quelque chose à dire…

Vous ne pouvez pas les houspiller trop sévèrement. Cela pourrait leur briser le cœur.

Non, non, dit Bill Shankly. Non. Tout est affaire de psychologie. Pour vous, en fait, ce qui est indispensable, c'est de connaître votre gouvernement. Vous connaissez tous les membres de votre gouvernement. Vous connaissez leurs forces et leurs faiblesses. Moi, je dois connaître tous mes joueurs. Et je les manœuvre de la façon qui me paraît la plus judicieuse. Certains ont besoin qu'on leur parle avec fermeté, avec d'autres il faut faire preuve de souplesse. Vous connaissez tous vos ministres et je connais tous mes joueurs.

Vous savez ce qu'ils sont capables de supporter…

Je sais ce qui convient le mieux à chacun d'eux, dit Bill Shankly.

Je pense à un autre point commun entre votre métier et le mien. Nous dirigeons un groupe d'hommes. Certains sont très, très efficaces dans tel ou tel domaine précis. Et c'est pourquoi je modifie parfois la configuration du gouvernement, la machinerie du gouvernement, pour m'assurer qu'un élément exceptionnellement doué dans telle spécialité puisse s'accomplir dans cette équipe, pour ainsi dire, exactement comme si vous aviez… Enfin, ne citons pas de footballeurs de Liverpool, mais nous parlions l'autre soir de Ray Wilson, qui a quitté Huddersfield pour Everton. Donc, si vous avez un Ray Wilson à votre disposition, vous allez élaborer, je pense, un style de jeu et de tactique bien défini pour exploiter au maximum ses possibilités…

Exactement, dit Bill Shankly. Exactement.

Si vous avez quelqu'un comme Leighton James de Burnley – qui est, à mon avis, un bon ailier à l'ancienne de la trempe de ceux qu'on m'a appris à respecter et à admirer et à acclamer –, alors, dans son cas, j'imagine que Burnley a dû construire sa tactique autour d'un homme comme lui, tandis que, si ce club n'avait pas pu l'acheter, leur tactique aurait été différente.

Monsieur Wilson, dit Bill Shankly en riant, vous allez bientôt devenir le manager d'une équipe de football…

Harold Wilson secoue la tête. Et Harold Wilson dit, Je ne crois pas que je ferais du bon travail.

… Parce que votre stratégie est bonne !

J'aime mieux rester un amateur qui observe celle des spécialistes.

Mais vous avez joué vous-même à quel niveau, monsieur Wilson ?

Oh, j'ai été gardien de but à Huddersfield. J'étais gardien de but. Et pas très bon. Et puis j'ai arrêté de jouer pendant un an à cause d'une typhoïde. Et à l'époque on ne disposait pas des traitements utilisés aujourd'hui. Et ensuite, je suis devenu ailier. Mais peu de temps après, comme je vous le disais, je suis allé dans une école où on pratiquait le rugby. Et la seule chose que je savais faire, c'était courir vite. Et si j'avais le ballon, je fonçais vers la ligne adverse. Parfois avec succès…

Eh bien, dit Bill Shankly, voilà un autre trait de votre caractère qui se révèle. Le cross, la typhoïde…

Harold Wilson hoche la tête. Et Harold Wilson dit, Je faisais du camping avec une troupe de scouts. Nous en avions une près de chez nous, voyez-vous. Nous habitions dans cette vallée où l'on fabriquait des textiles. Et le camp se trouvait sur les hauteurs. Nous avions un arrangement avec un fermier du coin, un producteur de lait, qui s'est révélé être un vecteur de la fièvre typhoïde. Douze personnes ont été touchées. Six en sont mortes. Et j'ai bien failli mourir aussi. J'ai manqué presque un an de ma scolarité.

Vous n'êtes pas mort, dit Bill Shankly. Vous n'avez pas failli mourir non plus. Parce que vous n'êtes pas mort. Parce que vous n'étiez pas destiné à mourir…

Ma foi, je ne savais pas à quel point j'étais malade, en fait.

Non, dit Bill Shankly. Non, non.

Il fallait nous mettre à la diète pour nous guérir, voyez-vous, pendant de nombreux mois. Mais j'avais un merveilleux professeur de mathématiques. Il n'avait aucun diplôme. Et il avait sans cesse des ennuis à cause de ça. Et c'était un grand socialiste. Je lui dois plus qu'à pratiquement n'importe qui d'autre, sur ce plan-là. Et c'était le professeur de maths. J'ai manqué tellement de cours de maths, pendant deux trimestres. Il m'a dit, Si tu es prêt à rester une heure de plus par jour après les cours, moi aussi. Et il a ajouté, Je te ferai rattraper ton retard. Et cela a été, je crois, le plus beau jour qu'il ait connu du temps où j'étais là. Et il était en larmes quand il m'a annoncé que j'avais fini troisième de la classe à l'examen de maths…

C'est fantastique, dit Bill Shankly. Fantastique.

Et je lui serai toujours redevable de ce résultat.

Donc, le fait que la typhoïde vous ait retardé dans vos études… Finalement, vous êtes reparti de plus belle. Vous étiez à la traîne dans le marathon, et vous êtes revenu en tête.

Harold Wilson acquiesce de nouveau. Et Harold Wilson dit, C'était un défi. Et il y avait beaucoup de jeunes enseignants au lycée de Wirral. C'était un établissement récent. Le directeur excepté, il n'y avait pas d'adultes de plus de trente ans. Et il y avait un type formidable qui nous enseignait le latin et le grec. Et c'était un très bon joueur de rugby et de cricket. Il jouait pour l'équipe seconde du Leicestershire. Et pour nous, c'était un exemple. Il s'est tué à l'âge de vingt-sept ans, alors qu'il venait d'être nommé chef d'établissement. Il est mort dans la région des lacs, en faisant de l'escalade. Ou de la randonnée, en fait. Mais il a laissé une forte impression à tout le monde.

Voyez-vous, dit Bill Shankly, si l'on s'intéresse à tous les hommes tels que vous qui ont atteint le sommet de leur carrière… Eh bien, ils ont tous subi des revers, monsieur Wilson…

Des revers ?

Si on ne subit pas de revers, on ne sait pas ce que c'est que d'avoir des difficultés, n'est-ce pas ? On ne sait pas comment riposter !

Harold Wilson rit. Et Harold Wilson dit, J'en ai subi un quand j'ai été relégué en 1970. Vous savez, quand nous avons perdu les élections. Et beaucoup de gens pensaient que nous allions les gagner. Moi, je n'en étais pas si sûr. Et j'ai dû me remettre au travail et tout reconstruire. Empêcher l'équipe de se disperser, avant tout, la garder unie. Ne pas en laisser les membres se décourager.

C'est le plus important, dit Bill Shankly. Mais revenir au pouvoir, ce fut bien plus dur que cela ne l'avait été de diriger le gouvernement. Il est plus difficile d'être le dirigeant d'un grand parti national quand vous êtes dans l'opposition plutôt qu'à la tête du gouvernement.

Alors, dites-moi, quelle impression cela fait-il de perdre un grand match ? Ou plutôt, quelle impression cela fait-il de perdre les élections ?

Harold Wilson dit, D'être relégué, oui.

Mais en réalité, en ce qui concerne les électeurs, je veux dire, il y a davantage de socialistes que de partisans d'autres partis. Et pourtant, vous perdez les élections ?

Il y a beaucoup de sondages différents…

Enfin, comment se fait-il, monsieur Wilson, qu'un électeur puisse voter pour un parti et puis changer d'avis ?

Harold Wilson hausse les épaules. Harold Wilson sourit. Et Harold Wilson dit, Mais les électeurs le font pourtant. Et parfois ils votent pour des personnalités autant que pour un parti. J'ai lu quelque part que, fondamentalement, les gens sont plus attachés aux travaillistes qu'aux conservateurs. Et bien sûr, les jeunes sont plus nombreux à voter pour eux. Mais ils changent de temps en temps. Il arrive un moment où ils sont lassés de leur gouvernement, comme les supporters finissent par se lasser de leur équipe. Et c'est ce qui nous est arrivé, il me semble. J'ajouterai, cependant, que j'écoutais la retransmission de la Coupe du Monde, un dimanche. Le dimanche qui a précédé les élections. Et nous menions au score deux à zéro, à environ vingt minutes de la fin. Et quand j'ai appris que nous avions perdu trois buts à deux, j'ai pensé que cela aurait une incidence. Et on m'a effectivement rapporté que beaucoup d'électeurs ont dit, Oh, après ça, je suis dégoûté de tout. Vous voyez, cela les a affectés. Je crois que cela a eu un effet sur les élections. Pas de façon décisive, bien sûr.

Au Mexique ?

Au Mexique, oui. Et je crois que l'erreur a été de faire sortir Bobby Charlton. Les Allemands y ont vu comme un signal. Celui de passer massivement à l'attaque. Tant que Bobby était là, ils devaient protéger leur propre but, et il ne leur était pas possible d'égaliser et de marquer ensuite le but décisif. Mais c'est une question de point de vue.

Eh bien, vous voyez, c'est la même chose encore une fois. Moi, qui étais manager à ce moment-là. Vous, Premier Ministre. Vous êtes obligé de prendre une décision. Bon, le manager de l'équipe nationale en a pris une, et ça s'est mal terminé. Cela dit, s'il n'avait pas fait sortir Charlton, ils auraient peut-être perdu quand même.

Ils auraient peut-être perdu quand même, oui.

Et lui, guidé par son bon sens, il a cru avoir raison. Donc, vous auriez peut-être fait la même chose, et moi aussi.

Peut-être, peut-être. Enfin, nous devons suivre notre jugement.

Bien sûr que oui, dit Bill Shankly. Si on n'est pas capable de prendre des décisions, on n'est rien. Rien...

Ma foi, les décisions qu'on doit prendre seront critiquées, mal interprétées, approuvées parfois. Parfois, vous commettez une erreur grave que les gens ne vous reprochent pas. Ils peuvent ne pas s'en rendre compte.

Ils peuvent ne pas la voir. Mais vous savez que vous avez fait une erreur. Et dans ce cas, vous avez de la chance si personne ne s'en aperçoit…

Ils n'en savent rien, dit Bill Shankly. Parce qu'il n'y a que vous qui le sachiez.

Harold Wilson sourit de nouveau. Et Harold Wilson dit, Ils regardent une autre partie du terrain.

Oui, oui, dit Bill Shankly. Euh… Cela fait trente-cinq ans que vous habitez sans le Merseyside ?

Harold Wilson se carre contre le dossier de son fauteuil. Harold Wilson hoche la tête de nouveau. Et Harold Wilson dit, Je suis venu ici, oui, en 1932, pour y vivre et y poursuivre ma scolarité. Puis j'ai été élu député d'Ormier, qui englobait une bonne partie de Liverpool, trente-sept mille personnes à l'intérieur de la circonscription de Liverpool, comprenant West Derby, Dovecot et Croxteth. Et puis il y a eu un redécoupage électoral. Et je suis passé dans le nouveau canton de Huyton, tout en conservant Kirby. Bien sûr, à l'heure actuelle, Huyton a perdu Kirby. Et pendant tout ce temps, Huyton n'a pas cessé de se développer. Aujourd'hui, c'est une commune totalement différente. C'était un petit village rural la première fois que je l'ai représenté.

C'est une ville importante, à présent, dit Bill Shankly. J'y suis allé de nombreuses fois.

Harold Wilson dit, Oui. Une ville importante, aujourd'hui.

Donc, cela fait belle lurette, dit Bill Shankly. Je veux dire, que vous êtes toujours au même endroit. Bon, je sais bien que tout est difficile en politique, monsieur Wilson. Tout est difficile. Surtout pour vous, qui dirigez le pays. Et il n'y a pas si longtemps, euh…, nous sommes entrés dans le Marché commun. J'ignore tout, en fait, du Marché commun. Pour parler franchement, ma vie tout entière, je l'ai consacrée au football. Et je ne suis pas totalement ignorant des autres réalités de l'existence, bien sûr. De la vie de tous les jours, je veux dire. Mais le Marché commun ? Euh… C'est vous qui nous avez fait entrer dans le Marché commun ?

Harold Wilson secoue la tête. Et Harold Wilson dit, En fait, cela se préparait depuis 1962. Et nous avons toujours dit, C'est bon pour nous, si ça ne risque pas de nous entraver, et si ça ne fait pas exploser le Commonwealth. Et c'est ce que le parti travailliste a dit à l'époque, quand nous étions dans l'opposition. Et lorsque nous sommes arrivés au pouvoir, nous avons présenté la candidature de la Grande-Bretagne. Et de Gaulle nous a opposé son veto, comme il l'avait fait pour Harold Macmillan. Puis les conservateurs nous y ont fait entrer, sous M. Heath, mais je ne pense pas qu'il avait le pays derrière lui. Nous avons dit que nous allions négocier. Et que si nos exigences n'étaient pas prises en compte, nous recommanderions une sortie du Marché commun. Puis nous avons eu un référendum et le pays a voté de façon décisive. À présent, personne n'a plus aucun doute. Nous sommes un pays démocratique. Les gens qui ont lutté farouchement contre ce que je disais au sujet du référendum ont fini par l'accepter avec loyauté. Voilà, il me semble, le genre de pays que nous sommes. Et nous avons de gros problèmes à résoudre. Nous devons renforcer notre propre économie pour devenir de meilleurs partenaires du Marché commun et aussi pour y survivre et y prospérer. Et j'ai quelques critiques à formuler sur les autres pays européens. Mais principalement, sur la façon dont ils pratiquent le football. On en revient au football. Encore une fois…

Oui, dit Bill Shankly. Enfin, à mon avis, que nous soyons ou non dans le Marché commun, il nous faut travailler dur, de toute façon. Donc, cela ne change pas grand-chose, en réalité.

Harold Wilson se penche en avant de nouveau. Et Harold Wilson dit, Il y a une bonne raison d'y rester, et une bonne raison d'en sortir. Mais à la réflexion, j'ai fini par me déclarer franchement pour le maintien. Mais c'est une division pour les équipes les plus fortes, celle-ci. On ne peut pas y figurer honorablement avec des joueurs handicapés. Et il nous faut renforcer notre puissance économique. À mon avis, les gens qui prétendent que nous sommes fichus se trompent complètement. Dans ce pays, il y a sans doute davantage d'ingéniosité et de bonne volonté qu'on ne le pense. Et nous en apportons la preuve aujourd'hui avec nos exportations, qui montrent à quel point nous réussissons dans un monde en crise. Mais nous devons déployer toutes nos forces, sinon nous serons un boulet pour l'Europe.

Monsieur Wilson, dit Bill Shankly, aussi loin que je m'en souvienne, les rumeurs ont toujours affirmé que nous étions finis…

Oui, oui.

Et puis nous sommes pessimistes. Je veux dire, nous avons toujours souffert d'une pénurie d'optimisme et de gens prêts à tomber la veste. Mais moi, bon sang, je suis né et j'ai été élevé à la mine. Je suis descendu au fond à l'âge de quatorze ans.

Dans quel bassin houiller avez-vous été élevé ?

J'étais à Ayrshire.

Oui, j'ai bien connu les mines d'Ayrshire. Très bien, même. Je connaissais les leaders syndicaux de toutes les exploitations, quand j'étais plus jeune.

Eh bien, on travaillait pour William Beard & Cie, à l'époque.

Harold Wilson dit, Beard & Dolmillington.

C'est ça. Beard & Dolmillington.

Le directeur, si je me souviens bien – ça remonte à une trentaine d'années –, s'appelait A. K. McKosh.

C'est bien lui, dit Bill Shankly. Voilà, j'étais dans ce coin-là. Eh bien, même à ce moment-là, je veux dire, le pessimisme était partout. Parce que c'était une région minière. Et sans la mine ou le football, vous étiez chômeur. Vous n'aviez pas le choix.

Vous savez, nous exploitons actuellement de nouveaux gisements de charbon en Écosse, dans des bassins qui étaient pratiquement abandonnés. Nous investissons beaucoup d'argent, en ce moment, pour découvrir de nouvelles veines, car il existe des méthodes modernes, à présent, pour extraire la houille…

Ma foi, cette région où j'étais, on l'a à peine égratignée. Et je pense que c'est un gisement très riche. En fait, je pense qu'on n'aurait pas dû le fermer…

Nous allons explorer la mer. La mer du Nord est riche en charbon et en pétrole. Et il existe de nouvelles façons de les extraire.

Sous la mer, à Fife et tout ça.

Harold Wilson hoche la tête de nouveau. Et Harold Wilson dit, Je sais. J'aime me rendre dans les régions minières. J'aime m'éloigner de Londres. Je n'ai rien contre Londres, il y a des gens extraordinaires dans cette ville. Mais si vous décidez de faire carrière dans la politique et la gestion du pays, vous devez sortir et aller à la rencontre des gens là où ils se trouvent. Pas seulement à Londres. Je ne redoute pas les manifestations publiques. Je ne m'en inquiète pas. Cet après-midi, j'ai été surpris de voir, même à Liverpool où je viens, comme vous le savez, deux fois par mois, autant de gens dans les rues. Ils n'ont pas manifesté lorsque j'ai inauguré un centre médico-social municipal. Mais j'aime quitter Londres le vendredi et parcourir le pays à la rencontre des gens. De vrais gens. Échapper à la politique et à son atmosphère où l'on étouffe comme dans une serre.

Comme vous le dites, j'ai l'impression que la Chambre des Communes est une véritable serre. Surtout quand on y passe toute la semaine. C'est sûrement un immense soulagement d'en sortir pour aller prendre l'air ?

Oui. Le travail est passionnant. Mais tous ceux qui y participent le font encore mieux quand ils se changent les idées. En se rendant dans leur circonscription, comme beaucoup d'entre eux, ou en voyageant, comme je dois le faire, dans tout le pays.

Oui, dit Bill Shankly. On ne peut pas rester plongé dans le travail trop longtemps. À force, l'arbre cache la forêt.

C'est exact. On a besoin d'aller respirer un peu d'air frais.

Surtout si on va à Liverpool, dit Bill Shankly.

Harold Wilson rit. Et Harold Wilson dit, De l'air frais dans tous les sens du terme. Je suis venu ici trois fois le mois dernier. Et je reviendrai cinq fois au cours des deux prochains mois…

Oui, très bien, dit Bill Shankly. Et puis, bien sûr, il y a deux bonnes équipes de football, ici.

Oui, je vous ai rendu hommage, une fois, lors d'un dîner consacré au football. J'ai dit que vous étiez l'homme le plus impartial que j'aie jamais rencontré, car vous aviez déjà dit qu'il y avait deux bonnes équipes de football dans le Merseyside.

Bill Shankly rit.

Mais aussi, ce que j'ai dit précisément, si vous vous en souvenez, je vous ai fait le petit reproche de ne pas citer l'équipe des Tranmere Rovers…

Oui, dit Bill Shankly en riant de nouveau. Oui.

Et à ce moment-là, vous avez reconnu que j'avais raison. Et puis vous avez apporté votre aide aux Tranmere Rovers depuis Liverpool.

Je l'ai fait la saison dernière, dit Bill Shankly. Pendant un moment, oui.

Mais avant cela, pourtant. Quand vous étiez manager. Je pense à ce gardien de but…

Ah, oui, dit Bill Shankly. Tommy Lawrence. Nous leur avons donné quelques joueurs et un peu d'argent. On les a pas mal aidés. Remarquez, ça nous a rendu service aussi, au passage.

C'est logique, non ? Jette ton pain à la surface de l'eau[1]…

Mais nous avons vraiment essayé de les aider, dit Bill Shankly. Ça ne fait aucun doute. Et nous avons aidé beaucoup de gens. Et une journée pendant laquelle vous n'avez pu aider quelqu'un, ce n'est pas une bonne journée.

Oui, vous vous êtes rendu service, mais en même temps vous avez trouvé un emploi honorable à quelqu'un

1. Ecclésiaste 11.

dont la carrière en première division touchait à sa fin. Et par la même occasion, vous avez contribué à la formation de quelques jeunes joueurs.

Oui, dit Bill Shankly. Oui. Euh…, je joue au football, j'ai joué au football toute ma vie. Et je suis dans ce sport depuis quarante-trois ans, à présent. Et j'essaie de me maintenir en forme. Bon, c'est beaucoup plus facile pour moi que pour vous, bien sûr. Mais vous me dites que vous avez perdu beaucoup de poids ? Et ça ne m'étonne pas. Vous semblez aller très bien…

Harold Wilson hoche la tête. Et Harold Wilson dit, J'ai perdu environ sept kilos.

Et comment vous maintenez-vous en forme ? demande Bill Shankly.

Pas de la façon dont j'aimerais le faire. Je souhaiterais prendre beaucoup plus d'exercice. Lorsque j'étais à Downing Street, la fois précédente, je jouais au golf le week-end à chaque fois que je le pouvais, voyez-vous, et je pratiquais donc un peu le golf. Et puis je me suis blessé au genou il y a deux ans. Et je me suis remis au golf cette année. Mon problème, c'est qu'il y a beaucoup à faire, que tout change constamment à une telle vitesse, sur le plan international et national, que je ne prends plus d'exercice. Je promène le chien. Il aime bien ça. Mais je n'ai pas trouvé le temps de jouer au golf depuis mon retour de vacances.

Donc, dit Bill Shankly, en réalité, vous avez maigri…

Mais pas assez !

Pas assez, monsieur Wilson, dit Bill Shankly. Mais je crois qu'un régime alimentaire, peut-être, si vous ne prenez pas assez d'exercice, pourrait…

Harold Wilson se penche en avant. Et Harold Wilson dit, En vérité, vous savez, je n'ai pas besoin de suivre un régime. Même si mon médecin m'a pris pour un fou, je me suis mis à boire de la bière en quantité. J'aime la bière…

Oui, oui.

La bière me coupe l'appétit. J'en déduis donc que je ne suis pas un bon cobaye, parce que la bière fait prendre du poids à la plupart des gens…

C'est vrai, dit Bill Shankly. C'est vrai.

Mais dans mon cas, elle me réussit.

Ma foi, dit Bill Shankly, si vous buvez davantage de bière tout en mangeant moins, et que vous maigrissez, effectivement, cela vous réussit. Parce que vous avez l'air en forme, à présent. Et vous avez dû perdre plusieurs kilos.

Harold Wilson hoche la tête de nouveau. Et Harold Wilson dit, Je suis bien plus mince. Mon poids est inférieur à ce qu'il était ces quinze dernières années.

Est-ce qu'il vous serait possible de prendre de l'exercice de façon régulière ? demande Bill Shankly. De vous promener tous les jours ? Pour faire trois à quatre kilomètres à pied ?

Harold Wilson secoue la tête. Et Harold Wilson dit, Je ne peux pas trouver le temps nécessaire. Mais mon chien est toujours prêt à sortir, si j'ai l'occasion de me libérer pendant une heure. Et à présent, il connaît le chemin entre le manoir de Chequers et le pub du coin.

C'est de Paddy que vous parlez ?

De mon chien Paddy, oui. Un grand, un gros labrador tout doux et un peu fou.

Mais y a-t-il un moyen pour vous de vous débarrasser des gens qui, je veux dire, vous entourent constamment, et d'aller vous promener ?

Harold Wilson répond, Oh oui. Oui.

Vous pouvez le faire, vraiment ? Le faire dans la journée, ou la nuit ?

Je n'aurais pas le temps. Et il faudrait que je m'entoure de mes gardes du corps. Parce qu'on croise beaucoup de gens bizarres, de nos jours…

Je le sais, dit Bill Shankly. Je le sais.

Harold Wilson sourit. Et Harold Wilson dit, Mais je m'amuse bien en leur compagnie. Nous avons joué au golf ensemble, mes gardes du corps et moi. Nous faisons du canotage ensemble. De longues vacances, voilà ma solution. Je prends de longues vacances parce que je ne sais jamais à quel moment je vais être rappelé. Parfois, il m'est arrivé d'être rappelé à Londres pour une semaine entière, au milieu des vacances d'été. Donc, je prends trois semaines de vacances, compte tenu du fait que je peux rarement disposer de mes samedis et de mes dimanches. Je pars en vacances pour trois semaines. Si je ne suis pas rappelé pour gérer une crise – et j'en fus dispensé cet été –, alors, ce sont de longues vacances. Et je les apprécie.

Vous allez dans les îles Scilly ? demande Bill Shankly.

Toujours. Oui. J'y pratique la marche. La natation, le canotage.

Merveilleux, merveilleux.

Un peu de pêche à la ligne.

Mais tout le problème est là, dit Bill Shankly. Si vous faites ce qu'il faut pour rester en forme, il faut que ce soit de façon régulière.

Harold Wilson hoche la tête. Et Harold Wilson dit, C'est ce qu'il faudrait faire, c'est ce qu'il faudrait faire. Oui.

Il faut que ce soit à petite dose, mais souvent, dit Bill Shankly. Et la meilleure façon de se nourrir pour rester en forme sans prendre de poids, c'est de manger en petite quantité, mais souvent.

Harold Wilson hoche la tête. Et Harold Wilson dit, Mais il y a plus important que cela. Et c'est le sommeil. Je parviens toujours à dormir. La semaine dernière, alors que j'étais fatigué, j'ai dormi dix heures. Et neuf heures le lendemain.

Eh bien, je vais vous dire une chose, monsieur Wilson : si vous dormez aussi bien, vous vivrez longtemps.

Et le secret, c'est : ne jamais se faire de souci. Quand vous avez des inquiétudes la nuit, dites-vous : S'il est possible de résoudre ce problème, je le ferai plus facilement à 9 heures qu'à 3 heures. J'ai appris à beaucoup de gens la meilleure façon de dormir.

C'est un excellent conseil, dit Bill Shankly. Euh… et votre chien, a-t-il perdu la forme ? Je veux dire, ça arrive à certains chiens, quand ils ne bougent pas assez.

Il s'empâte un peu. Pendant les vacances, il marche. Je le promène et il me promène. Nous marchons tous les deux à un rythme soutenu. Et il nage deux ou trois heures par jour. Il nage superbement.

Merveilleux, merveilleux.

Et je nage un peu au manoir de Chequers. À l'époque de M. Heath, de généreux donateurs ont construit une piscine là-bas. C'est une bonne façon de prendre de l'exercice en peu de temps.

Oui, dit Bill Shankly. Oui. C'est bon pour la santé, ça. Non seulement la natation – l'exercice que ça vous fait prendre –, mais en plus l'eau vous rafraîchit.

Oui, c'est vrai. Je ne nage pas bien. Je suis mauvais nageur. Mais j'ai appris à nager dans le Merseyside à la piscine de Port Sunlight, celle où le lycée de Wirral envoyait ses élèves.

Mais l'eau vous rafraîchit ?

Oh, assurément. Il n'y a rien de tel que l'eau de mer. L'eau de mer quand elle est froide. J'aime nager en piscine. Mais aux îles Scilly l'eau est très froide, très claire, et revigorante. Et c'est bon pour moi.

Maintenant, dit Bill Shankly, nous revenons à une question qui a trait au football. Quelles sont les chances de l'Angleterre en Coupe du Monde ? Bon, avant toute chose, bien sûr, l'équipe doit se qualifier. Et ce que je devrais vous demander, en fait – je modifie ma question –, quelles sont les chances de l'Angleterre en Coupe d'Europe des nations ?

Harold Wilson se carre dans son fauteuil. Harold Wilson rit. Et Harold Wilson dit, Le moment n'est-il pas venu pour moi de prendre l'interview à mon compte et de vous retourner la question ? J'aimerais bien entendre votre réponse à celle-ci. Mais franchement, je ne sais pas. Je me contenterai de dire que la seule fois où nous avons gagné la Coupe du Monde, nous avions un gouvernement travailliste. Donc, au moins, cette condition-là est remplie. Je pense qu'au Mexique nous avons été très malchanceux. Cela aurait pu bien mieux se passer. Nous n'avons pas eu de chance. Mais je ne sais vraiment pas. L'Angleterre met sur pied une nouvelle équipe. Je pense qu'ils ont dû se résoudre, finalement, à démanteler cette équipe exceptionnelle de 1966. Dont on a peut-être voulu garder trop longtemps les joueurs soudés les uns aux autres. Mais il y a beaucoup d'expériences en cours. Et beaucoup de jeunes joueurs tout neufs.

La prochaine Coupe du Monde aura lieu en Argentine, dit Bill Shankly. Ce qui va compliquer les choses. Et peut-être avantager les Sud-Américains.

Harold Wilson dit, Je pense que l'altitude du Mexique a désavantagé les équipes venues de pays situés au niveau de la mer…

Monsieur Wilson, dit Bill Shankly, la Coupe du Monde n'aurait jamais dû se dérouler au Mexique. Non, non. Et on peut dire la même chose des Jeux Olympiques. Mais je pense que nous avons une meilleure chance maintenant que je ne l'aurais cru possible il y a deux ou trois ans, quand nous avons assisté au désastre – pas de finale, pas de qualification…

Ne pas obtenir notre qualification, ça nous a achevés, dit Bill Shankly. L'Écosse s'est qualifiée. Et les Écossais ont été un peu malchanceux.

Eh comme je vous le disais, je les ai vus à Francfort.

Don Revie est aux commandes, à présent, dit Bill Shankly. Et il… il… il… Maintenant, il est à la recherche, euh… De la meilleure solution pour…

Il tente des expériences. Oui. Des expériences.

Ma foi, j'ai parlé avec lui du recrutement des meilleurs joueurs pour le plan de campagne. Et de la façon de les utiliser. Et ça lui prendra sans doute plus de temps que les gens ne l'imaginent.

Harold Wilson s'avance dans son fauteuil. Et Harold Wilson demande, Avec quel pied jouez-vous le mieux, naturellement ?

Le pied droit, répond Bill Shankly. Oh, oui. Je joue mieux du pied droit.

Mais vous pouviez utiliser les deux ?

Euh, j'étais un buteur passable du pied gauche. Mais le plus naturel, pour moi, c'est de jouer du pied droit.

Quel était votre poste préféré ?

Je jouais avec un quatre dans le dos, ce qu'on appelait à l'époque un centre-droit. Mais j'étais milieu de terrain. Ou bien récupérateur. L'un ou l'autre. Nous parlions des décisions qu'on prend en fonction de notre jugement personnel, ce qui est indispensable pour vous comme pour moi. À votre avis, quelle est la plus grosse erreur que vous ayez commise ? Si vous avez commis une grosse erreur, bien sûr.

Harold Wilson dit, Oh, c'est mon secret !

Bill Shankly rit.

J'en ai commis un certain nombre, y compris quelques-unes qui ont échappé aux commentateurs de l'opposition. Je pense à une ou deux que je révélerais volontiers, surtout ici : je me souviens de la Rhodésie, par exemple, dans les années 1960. J'ai vraiment cru qu'ils étaient prêts à négocier et à trouver une solution, et j'ai foncé. Nous avons eu des discussions à bord des bâtiments de la marine royale, le *Fearless* et le *Tiger*. J'y suis allé, et il me semble que j'ai déployé énormément d'énergie, en pure perte. À présent la situation a changé et j'espère que cela va s'arranger. Mais j'ai fait d'autres erreurs, aussi : par exemple, j'ai sous-estimé la situation économique dans les années 1960. Je n'ai pas saisi à quel point une attaque contre la livre sterling pouvait être virulente. Parce qu'il m'arrivait parfois d'écouter, comprenez-vous, des gens qui bavardaient ou transmettaient des rumeurs sans vraiment connaître la réalité des faits. Je m'employais à renforcer la puissance industrielle sans me préoccuper suffisamment, je crois, du fait que nous étions vulnérables à une attaque contre la livre. Nous avons appris beaucoup de cette époque. Mais voilà le genre d'erreurs que je pense pouvoir mentionner…

Ma foi, je n'appellerais pas ça une erreur, monsieur Wilson.

Et je pense que, comme vous, j'ai parfois intégré dans mon équipe un personnage atypique pour m'apercevoir par la suite que c'était une erreur…

Eh bien, dit Bill Shankly, là encore, je ne parlerais pas d'erreurs…

Il n'y en a pas eu beaucoup…

J'appellerais ça des impondérables, dit Bill Shankly.

Harold Wilson demande, Donc, dans le football, vous ne parlez pas d'erreurs, mais d'impondérables ?

Des impondérables, répète Bill Shankly. Et je pense que c'est la même chose dans votre cas. Des impondérables.

Harold Wilson hoche la tête. Et Harold Wilson dit, En ce qui me concerne, j'aime bien que les impondérables mènent à une victoire, pas à une défaite.

Bien sûr, dit Bill Shankly. Qu'est-ce qui vous a amené à devenir socialiste ?

Je le suis devenu, en réalité, pour une raison qui est très similaire, je pense, à celle que vous donnerait n'importe quelle personne avec laquelle vous avez grandi. J'ai été élevé dans une région, les vallées du textile de West Riding, que le chômage, la crise économique frappaient très durement et où… enfin, mon propre père est resté sans emploi pendant un an ou deux. Mais nous n'en avons pas trop souffert, ce n'était pas la misère. Cependant, beaucoup de gamins de mon âge – ceux de ma patrouille chez les scouts, de mon équipe de football à l'école – avaient des parents chômeurs. Des mômes qui étaient dans ce qu'on appelle aujourd'hui le cours moyen deuxième année et qui ne pouvaient pas aller dans le secondaire à cause de cela. C'est ça, je crois, qui m'a vraiment ouvert les yeux. Mais en grande partie aussi, je l'ai déjà dit, c'était surtout dû à l'influence des religieux que nous avions pour instituteurs.

Ma foi, dit Bill Shankly, il me semble qu'à cette question j'aurais répondu, Je crois que nous sommes tous ce que nous sommes parce que nous naissons ce que nous sommes. Et je crois que tout homme est socialiste de cœur.

Harold Wilson hoche la tête de nouveau. Et Harold Wilson dit, Je pense que dans une large mesure nous sommes ce que nous étions à la naissance. Mon père a voté pour les travaillistes en 1906, même s'il a aussi été un sous-agent de Churchill, Winston Churchill, pour les élections de 1908. J'ai été élevé dans cette légende. Mais peut-être que dans mon esprit, les conservateurs n'ont jamais eu la moindre chance. Parce que j'ai été quelque peu endoctriné dans le sens opposé par ma famille.

Eh bien, répète Bill Shankly, je crois que vous étiez un travailliste-né. Et je crois que si je suis né avec une conviction, cette conviction politique qui est en moi, c'est moi.

C'est cela. Enfin, elle fait partie d'un ensemble plus vaste qui est votre caractère.

Ça fait partie de mon caractère, dit Bill Shankly. Tout comme ma religion fait partie de mon caractère…

Parfaitement. Vous avez tout à fait raison.

Et ma religion, c'est le football, dit Bill Shankly.

Harold Wilson hoche la tête. Et Harold Wilson ajoute, Et je ne dis pas que si un individu est croyant, il est forcément socialiste. Tout ce que je dis, c'est : si un individu est croyant, de mon point de vue, il ne devrait pas avoir le sentiment que ses convictions politiques et sa foi sont contradictoires. Laissons-le être, comme tant d'autres, un bon conservateur, un bon libéral, un bon travailliste. Mais il doit avoir le sentiment que ce qu'il fait en politique représente sa conception de ce que sa religion lui dicte.

Oh, oui, dit Bill Shankly. Oh, oui. Sans aucun doute. Oui. Et maintenant, dites-moi : quel est le meilleur joueur que vous ayez jamais vu ?

C'est difficile. Difficile. Mais Alex Jackson. Alex Jackson. Encore un Écossais. Alex Jackson de Huddersfield.

L'équipe qui a gagné le championnat…

Et au cours de ces trois années, ils ont joué deux fois la finale de la Coupe. Et l'autre année, celle du milieu, ils ont atteint la demi-finale, après avoir eu deux matchs à rejouer.

Et la seconde équipe, demande Bill Shankly, elle a gagné le championnat des équipes réserves trois saisons de suite ?

Effectivement. Et pendant la même période. C'est exact.

Puisque vous mentionnez Alex Jackson, dit Bill Shankly, je vais vous raconter une histoire. Roy Goodall m'a dit qu'Alex Jackson entrait souvent dans le vestiaire des visiteurs pour dire à l'arrière gauche, Je te parie un chapeau neuf que je marque trois buts. Et il entrait sur le terrain et il marquait trois buts. Voilà le genre d'aplomb que cet homme possédait. Il était tellement doué.

Harold Wilson hoche la tête. Et Harold Wilson dit, C'est vrai. Et ce fut une tragédie lorsqu'il fut tué pendant la guerre. Je ne prétends pas qu'il n'y ait pas de joueur aussi bon que lui aujourd'hui. Ce serait tenir un discours de vieille baderne. Mais je tiens à préciser que si je devais choisir un ou deux joueurs aujourd'hui, je serais très injuste envers beaucoup d'autres. Je pense qu'il y a aujourd'hui des joueurs aussi bons qu'il l'était. Et beaucoup de gens diraient qu'ils sont meilleurs. Nous ne les avons pas vus aux prises les uns avec les autres.

Eh bien, dit Bill Shankly, j'ai eu la chance, j'ai eu le bonheur de jouer dans la même équipe qu'un garçon nommé Tom Finney. Et de tous les joueurs que j'ai vus, je choisirais Tommy Finney.

Vous choisiriez Tommy Finney ?

Tommy avait tout.

Et cette histoire, alors, selon laquelle quand Finney a remplacé Matthews à l'aile pour un match, l'avant-centre, Stan Mortensen, a demandé, Ce n'est pas la même chose ? Il a ajouté que Matthews jouait toujours très juste.

Oui, dit Bill Shankly. C'est exact. De grands joueurs, tous les deux.

Une fabuleuse combinaison.

Excellente, excellente.

Enfin, nous avons de grands joueurs, aujourd'hui. J'en ai nommé un ou deux. Et il y en a beaucoup plus. Et vous-même en avez révélé un bon nombre, n'est-ce pas ?

Ma foi, dit Bill Shankly, nous avons une équipe, ici. Ils se complètent tous les uns les autres. Ils jouent de façon collective.

Vous avez engagé deux joueurs de Scunthorpe ?

Clemence pour 18 000 livres et Keegan pour 35 000. Oui.

À une époque où le prix de référence pour un joueur de premier ordre était de 200 000 livres ?

Oui, dit Bill Shankly. Clemence s'est toujours montré brillant.

Je l'ai vu jouer quelques bons matchs.

Oui, répète Bill Shankly. Euh, dites-moi, monsieur Wilson, vous et moi sommes assis dans ce studio. Issus tous les deux d'un milieu socialiste. Ça ne veut pas dire que nous ne soyons pas à l'écoute de qui que ce soit d'autre. Parce que, je veux dire, le monde entier est avec nous. J'ai des amis dans toutes les sphères de la société. Et je ne laisse pas la politique ni la religion me gâcher la vie. Et je vais vous dire une chose, à présent. Et c'est la vérité. Vous avez eu l'honneur de vous voir décerner le titre d'Officier de l'Ordre de l'Empire Britannique. Et moi aussi. Donc, cela fait un partout.

Oui. Nous en sommes à un partout.

Qui va marquer le prochain but ?

Harold Wilson sourit. Et Harold Wilson dit, Eh bien, en réalité, d'une certaine façon, je pense que je peux vous en imposer un peu, sur ce plan…

Bill Shankly rit.

Le mien m'a été attribué par Winston Churchill. Dans votre cas, c'est un Premier Ministre de moindre importance qui vous a recommandé.

Excellent ! s'esclaffe Bill Shankly. C'est une merveilleuse réponse, monsieur Wilson. Et j'ai adoré discuter avec vous. Merci.

Harold Wilson hoche la tête. Harold Wilson sourit. Et Harold Wilson dit, Eh bien, merci beaucoup. J'ai passé un bon moment avec vous. Cela m'a procuré une pause très opportune. Un changement bien agréable. Entre amis…

62

Parce que vous êtes mes semblables

Dans la maison, dans leur lit. Bill ne parvient pas à dormir. Pas une seconde. La tête sur l'oreiller. Les yeux ouverts. Bill scrute l'obscurité au-dessus de lui. Il sonde l'obscurité et le silence. Toute la nuit. Bill réfléchit, Bill s'interroge. Doit-il y aller ou doit-il s'abstenir d'y aller. Dans le noir et dans le silence. Bill sait ce qu'il doit faire et Bill ne sait plus ce qu'il doit faire. Doit-il y aller ou doit-il s'abstenir d'y aller. La tête sur l'oreiller. Les yeux ouverts. Jusqu'au moment où, enfin, enfin. Bill voit les contours des rideaux se matérialiser de nouveau. Bill entend qu'on dépose la bouteille de lait devant la porte. Et qu'on glisse le journal dans la fente destinée au courrier. Et Bill sort du lit. Bill enfile sa robe de chambre. Bill descend l'escalier. Bill ramasse le journal sur le plancher. Bill consulte les dernières pages du journal. Les pages des sports. Et Bill examine une fois de plus la liste des matchs. Bill réfléchit toujours, Bill s'interroge toujours. Doit-il y aller ou doit-il s'abstenir d'y aller. Dans le petit matin et dans le silence. Bill sait toujours et puis Bill ne sait plus. S'il doit y aller ou pas. Bill referme le journal. Bill pose le journal sur la table du vestibule. Et Bill remonte l'escalier. Bill entre dans la salle de bains. Bill se rase et Bill se lave. Bill retourne dans la chambre. Bill met sa chemise. Sa chemise mandarine. Bill s'approche de la commode. Bill ouvre le tiroir du haut. Bill en sort ses boutons de manchettes. Ses boutons de manchettes en or. Bill repousse le tiroir. Bill ferme à l'aide des boutons de manchettes les poignets de sa chemise. De sa chemise mandarine. Bill se dirige vers la penderie. Bill en ouvre les portes. Bill sort son costume. Son costume gris à chevrons nettoyé de fraîche date. Bill laisse les portes de la penderie ouvertes. Bill s'approche du lit. Bill pose son costume sur le dessus de lit. Bill dégage le pantalon du cintre. Bill enfile le pantalon de son costume. De son costume gris à chevrons nettoyé de fraîche date. Bill retourne à la commode. Bill ouvre le deuxième tiroir de la commode. Bill y prend une cravate. Bill referme le tiroir. Bill retourne à la penderie. Dont les portes sont restées ouvertes. Bill se plante face au miroir fixé derrière l'une des portes. Bill met sa cravate. Bill retourne vers le lit. Bill prend sa veste sur le lit. Il ôte le cintre qui soutenait la veste. Bill enfile la veste de son costume. De son costume gris à chevrons nettoyé de fraîche date. Bill retourne à la commode. Bill ouvre de nouveau le tiroir supérieur de la commode. Bill en sort un mouchoir blanc et une pochette rouge. Bill referme le tiroir. Bill glisse le mouchoir blanc dans la poche gauche de son pantalon. Bill pose la pochette rouge sur la commode. Bill replie la pointe inférieure de la pochette rouge pour la superposer à la pointe supérieure. Bill ramène la pointe gauche du triangle sur la pointe droite, puis la pointe droite vers le coin gauche. Bill replie le bas de la pochette presque jusqu'au sommet. Bill retourne devant le miroir fixé derrière la porte de la penderie. Bill se plante devant le miroir. Bill glisse la pochette rouge dans la poche de poitrine de sa veste grise. Bill se regarde dans le miroir. Bill fignole la position de la pochette jusqu'à laisser dépasser juste ce qu'il faut de la pointe rouge. La pointe rouge qui dépasse de la poche grise. Et Bill s'éloigne un peu du miroir. Bill regarde l'homme dont il voit l'image dans le miroir. Et Bill dit, J'ai promis il y a longtemps que je monterais dans le Kop. J'ai promis de regarder les matchs depuis toutes les parties du stade. Parce que je suis un citoyen de Liverpool. Un citoyen du Kop. Du Spion Kop. Mais j'ai toujours eu envie d'aller là-haut. De monter dans le Kop. Le Spion Kop. Pour être avec tout le monde. Pour voir tout le monde. Pour remercier tout le monde. Tous les gens qui ont tant fait pour moi…

Et Bill redescend l'escalier. Bill entre dans la cuisine. Bill prend son petit déjeuner avec Ness. Une tranche de pain grillé avec du miel, un verre de jus d'orange frais et une tasse de thé. Bill aide Ness à débarrasser la table du petit déjeuner. Bill essuie la vaisselle du petit déjeuner. Bill aide Ness à ranger la vaisselle du petit déjeuner. Et puis Bill se rend dans le vestibule. Bill reprend le journal. Et Bill entre dans le salon. Bill s'installe dans son fauteuil. Bill ouvre le journal de nouveau. Bill consulte les dernières pages du journal de nouveau. Les pages des sports de nouveau. Et Bill examine encore une fois la liste des matchs. Bill réfléchit encore, Bill s'interroge encore. Doit-il y aller ou doit-il s'abstenir d'y aller. Dans le salon, dans son fauteuil. Bill sait de nouveau ce qu'il doit faire et de nouveau Bill ne sait plus ce qu'il doit faire. Doit-il y aller ou doit-il s'abstenir d'y aller. Bill referme le journal encore une fois. Bill pose le journal sur le bras du fauteuil. Et puis Bill se lève. Bill se hisse sur ses jambes. Bill retourne dans la cuisine. Et Bill dit, Je vais juste faire un tour, chérie. Mais il se pourrait que je ne rentre pas tout de suite…

Très bien, dit Ness. Fais bien attention à toi, chéri.

Bill sourit. Bill embrasse Ness sur la joue. Et Bill sort dans le vestibule. Bill ouvre la penderie. Bill en sort son pardessus. Bill met son pardessus. Bill prend son chapeau. Bill met son chapeau. Bill referme la penderie. Bill traverse le vestibule. Bill ouvre la porte de la maison. Et Bill regarde sa voiture garée dans l'allée. Devant sa porte, sur le seuil de leur maison. Bill réfléchit toujours, Bill s'interroge toujours. Doit-il y aller ou doit-il s'abstenir d'y aller. Dans le matin et dans le silence. Bill sait ce qu'il doit faire et puis Bill n'en sait plus rien. Doit-il y aller ou doit-il s'abstenir d'y aller. Et Bill pose le pied dans l'allée. Bill se retourne vers la porte d'entrée. Bill referme la porte. Bill descend l'allée. Bill monte dans sa voiture. Bill glisse la clé dans le contact. Bill tourne la clé dans le contact. Et Bill sort de l'allée. Bill descend West Derby Road. Et Bill voit des gens qui marchent dans les rues. Leur écharpe autour du cou, leur écharpe de Liverpool. Bill tourne dans Belmont Road. Et Bill voit des files de gens qui attendent l'autobus. Leur écharpe autour du cou, leur écharpe de Liverpool. Mais Bill ne s'engage pas dans Anfield Road. Et Bill ne se gare pas dans le parking d'Anfield Road. Bill prend une rue transversale. Et Bill se gare dans la rue transversale. Bill retire la clé du contact. Et Bill attend. Bill réfléchit de nouveau, Bill s'interroge de nouveau. Doit-il y aller ou doit-il s'abstenir d'y aller. Dans la voiture, au volant. Bill sait de nouveau ce qu'il doit faire et puis de nouveau Bill n'en sait plus rien. Doit-il y aller ou doit-il s'abstenir d'y aller. Mais dans la voiture, au volant. Bill voit tous les gens qui suivent la rue transversale. Leur écharpe autour du cou, leur écharpe de Liverpool. Bill voit tous ces gens qui se dirigent vers le stade, le stade d'Anfield. Leur écharpe autour du cou, leur écharpe de Liverpool. Et Bill sort de sa voiture. Bill relève le col de son pardessus, Bill rabat le bord de son chapeau devant ses yeux. Et maintenant Bill suit les gens. Avec leur écharpe autour du cou, leur écharpe de Liverpool. Bill marche comme eux vers le stade, le stade d'Anfield. L'écharpe autour du cou, l'écharpe de Liverpool. Bill marche, Bill marche. Le col relevé, le chapeau devant les yeux. Bill se rapproche, Bill se rapproche. De plus en plus. Bill n'ose pas regarder, Bill n'ose pas voir. Mais Bill se rapproche, Bill se rapproche. Jusqu'au moment où Bill arrive au tourniquet, jusqu'au moment où Bill plonge la main dans sa poche. La monnaie pardessus le comptoir, le billet dans sa main. Et Bill est arrivé, à présent Bill est là. À l'intérieur du stade, du stade d'Anfield. Le col de son pardessus toujours boutonné, le bord de son chapeau toujours rabattu devant ses yeux. Bill monte les marches, les marches du Kop. Avec les gens, au milieu des gens. Dans le Kop, le Spion Kop. Maintenant Bill regarde et maintenant Bill voit. Tous les gens, tous les gens. Leur écharpe autour du cou, leur écharpe de Liverpool. Bill regarde et Bill voit. Et maintenant les gens regardent et les gens voient. Le samedi 22 novembre 1975. À 14 h 50. Depuis chaque tribune du stade. Depuis chaque coin du stade. Les gens voient le Kop se scinder en deux. Derrière les buts. Le Spion Kop forme un cercle. Un cercle autour d'un homme. Autour de Bill. Dans le Kop. Le Spion Kop. Les gens lui tapent dans le dos, les gens lui serrent la main. Ils lui donnent des écharpes, ils lui proposent des bonbons. Une tablette de chewing-gum. Une pastille de menthe –

Venez par ici, disent les gens. Mettez-vous là, Bill…

Vous verrez mieux par ici, Bill…

Et Bill remercie les gens. Un par un. Sans exception. Bill les remercie tous. Un par un. Sans exception. Bill leur tape dans le dos, Bill leur serre la main. À l'un et puis à l'autre. À tous et à chacun. Et puis Bill lève les mains au-dessus de sa tête. Et Bill se retourne. Bill lève les yeux vers le haut du Kop. Le Spion Kop. Et Bill applaudit le Kop. Le Spion Kop. Et Bill remercie le Kop. Le Spion Kop. Et à présent le Kop chante. À présent le Kop rugit, *Shankly est un Kopite, Shankly est un Kopite, SHANKLY EST UN KOPITE !*

63

Tous les charmes se portent bien

Bill Shankly n'en croit pas ses oreilles. Bill n'en croit pas ses yeux. Bill éteint la radio. Bill repose le journal.

Bill Shankly refuse d'y croire. Bill Shankly ne veut pas y croire. Bill Shankly ne veut pas y croire tant qu'il ne l'aura pas entendu de la bouche de l'intéressé lui-même. Et Bill Shankly allume la télévision –

Monsieur le Premier Ministre, demande le journaliste, quel genre de Premier Ministre pensez-vous demeurer dans le souvenir des gens ?

Harold Wilson ôte sa pipe de sa bouche. Il baisse les yeux, il lève les yeux. Et puis Harold Wilson répond, Ce n'est pas à moi de le dire. Mais j'espère qu'on se souviendra de moi comme d'un Premier Ministre qui, confronté aux plus grands défis – par-dessus tout, aux problèmes économiques – que le pays ait dû relever au cours de son histoire, a préservé l'unité du parti, l'unité du pays, a obtenu de ses concitoyens qu'ils fournissent un effort commun et qu'ils consentent aux sacrifices qui devaient être faits. Je regrette de ne pas avoir été Premier Ministre à une époque plus heureuse et plus facile.

Et avec le recul, pourriez-vous choisir parmi vos réussites celle dont vous êtes le plus fier ?

Harold Wilson baisse les yeux de nouveau. Et Harold Wilson dit, Ma foi, il y en a quelques-unes. Dans des domaines différents de ceux évoqués dans ma réponse précédente. Par exemple, la création de l'Enseignement universitaire à distance, que j'ai conçu seul et mené à bien. Et je pense que lorsqu'un grand nombre des querelles actuelles seront oubliées, l'on se souviendra de moi. Et peut-être, également, parce qu'au cours de l'année passée, j'ai transformé un pays divisé – et un éminent journaliste, qui n'a jamais été tendre avec moi, a déclaré la semaine dernière que la Grande-Bretagne ne semblait guère gouvernable lorsque nous sommes arrivés au pouvoir il y a plus de deux ans –, j'ai transformé un pays menacé par ce danger en un pays uni et déterminé. Je pense que c'est pour avoir fait cela que j'aimerais rester dans les mémoires.

Dans votre déclaration, vous avez fait une remarque intéressante concernant votre détermination à ne pas courir le risque d'être confronté à une décision que vous avez dû prendre par le passé, au cas où vous commettriez une erreur de jugement la seconde fois. Je ne suis pas sûr d'avoir compris à quoi vous faisiez allusion…

Harold Wilson se touche la gorge. Il se touche le menton, il se touche la joue. Harold Wilson touche sa cravate. Il sourit et il dit, Non, non. C'était un problème dont j'étais conscient lorsque j'étais fonctionnaire, il y a de très nombreuses années. Vous examinez un problème. Vous examinez une solution que des gens ont proposée, vous la refusez. Le danger, c'est que cinq ans plus tard, alors que les circonstances ne sont plus les mêmes, vous pourriez dire, Oh, nous avons déjà réfléchi à cette question. Ou bien, Oh, j'ai déjà traversé ce genre de crise. Et par conséquent, vous ne l'approcherez pas avec la fraîcheur d'esprit dont vous devriez faire preuve. Je pense que c'est une faute qu'on peut commettre au bout d'un nombre d'années trop important. J'espère que cela ne m'est pas arrivé. Mais je tiens à m'assurer que je ne la commettrai pas. Et que tous les problèmes bénéficieront d'une approche nouvelle.

Mais s'agit-il d'une des raisons majeures qui vous poussent à tirer votre révérence aujourd'hui ?

Harold Wilson baisse les yeux de nouveau. Et Harold Wilson dit, Non, je crois qu'en réalité les raisons majeures sont, premièrement, que je suis ici depuis des années. Mon mandat a été fructueux mais très long. Presque le plus long de ce siècle. J'ai une équipe merveilleuse, je suis entouré de gens qui appartiennent presque à la même tranche d'âge que moi. Pourquoi voudriez-vous que j'accapare ce poste ? Et que je m'incruste et que je les prive d'une chance de me succéder et d'apporter leur vision personnelle ? Voilà le premier des arguments ; l'autre, c'est que nous sommes arrivés, me semble-t-il, à un tournant de l'histoire. Les affaires commencent à reprendre. Très lentement, mais elles reprennent. Même le chômage devient un peu plus gérable, je crois. Mais je voudrais que ce soient de nouveaux responsables qui prennent ces questions en main. Et, bien sûr, nous sommes arrivés à un tournant en ce qui concerne la plus importante de toutes les tâches : la lutte contre l'inflation. Lorsque nous aurons obtenu un consensus – malgré toutes les prévisions négatives exprimées l'an dernier –, un accord global sur ce qui doit être fait pour combattre l'inflation. Une stratégie anti-inflationniste. L'étape suivante, après le vote du budget, sera de décider ce que nous ferons pour l'an prochain. Je pense donc que c'est maintenant que je dois partir. Pour laisser d'autres personnes mener les négociations. Je m'en voudrais beaucoup de saboter ces négociations, ou même d'en compromettre l'issue, en leur imposant l'interruption que nécessiterait l'élection d'un nouveau chef de gouvernement. Alors que battraient leur plein toutes les conférences avec les syndicats. De plus, il existe une courte période de calme avant le vote du budget, avant que de nouvelles négociations puissent avoir lieu. Par conséquent, je pense que c'est le moment pour moi de partir. Cela m'a causé bien des angoisses de déterminer précisément quel devait être ce moment. Mais, oui, je crois que je n'aurais pu mieux choisir.

Mais cela signifie-t-il que votre successeur devra assumer l'une des tâches les plus redoutables qui soient, et pratiquement avant de faire quoi que ce soit d'autre ? Concrètement, mettre d'accord des gens aux opinions divergentes, qu'ils soient syndicalistes ou membres du parti travailliste, afin qu'ils définissent ensemble ce que devrait être la prochaine étape de la stratégie anti-inflationniste…

Harold Wilson passe son index sur sa lèvre supérieure. Il remet sa pipe dans sa bouche. Il allume sa pipe. Puis de nouveau Harold Wilson ôte sa pipe de sa bouche. Et Harold Wilson dit, J'espère que la façon dont j'ai mené cette affaire lui sera d'une grande aide. Car nous partons d'un consensus national. Et aussi d'un consensus avec le mouvement syndical. Au sein du Parlement, globalement, la majorité est de notre côté. Voilà sur quoi il va s'appuyer. Sans oublier l'opinion favorable du pays.

Puis-je vous demander, dit le journaliste, si vous pensez avoir une faiblesse en politique, et ce qu'elle serait ?

Harold Wilson baisse les yeux de nouveau. Et Harold Wilson répond, Eh bien, je crois qu'on dit toujours de moi que je ne suis pas du tout rancunier. L'homme qui me fait un croc-en-jambe un jour, je ne dis pas que je vais lui offrir une promotion immédiate – cela prend en général un mois –, mais je lui pardonne. Parce que je sais que nous sommes tous des humains, avec nos défauts. Et on m'accuse parfois d'une autre faiblesse : ma loyauté envers mes collègues. Ce n'est pas une faiblesse. Je les ai toujours soutenus. Même lorsque, parfois, ils m'ont mis dans une situation inconfortable. Et je me suis efforcé de les tirer d'affaire. Mais la loyauté du Premier Ministre envers ses collègues est essentielle.

Pourriez-vous dire deux mots du fardeau qui pèse sur les épaules d'un Premier Ministre, demande le journaliste. Pensez-vous que notre système fait subir à chaque Premier Ministre un fardeau trop pesant ?

Ma foi, c'est variable, en fait. Tout dépend de la façon dont procède le Premier Ministre. Personnellement, j'aime être au courant de tout ce qui se passe. Lorsque j'étais Premier Ministre dans les années 1960, pratiquement aucun membre du gouvernement n'avait été ministre auparavant. Il fallait que j'intervienne et que je fasse tout. C'est un peu comme, voyez-vous, dans le football. J'entrais à l'occasion dans une combinaison de jeu. Je prenais la place du gardien de but. Je tirais les penalties et les corners. Aujourd'hui, bien sûr, j'ai une équipe ministérielle très talentueuse et expérimentée. Et pourtant, j'aime savoir tout ce qui se passe. C'est une lourde tâche. Mais c'est très satisfaisant. On ne s'ennuie pas, voyez-vous ? Et si je ne m'ennuie pas, je ne sens pas la fatigue. D'autres peuvent procéder différemment. J'ai connu des Premiers Ministres, il n'y a pas si longtemps, qui lisaient des romans l'après-midi dans le jardin du 10 Downing Street. Mais moi, je ne trouve jamais le temps d'en lire, même le samedi ou le dimanche.

Vous avez déclaré aujourd'hui, dit le journaliste, que vous vous portiez comme un charme. Comment se porte un charme, au juste ?

Harold Wilson remet sa pipe dans sa bouche. Il rallume sa pipe. Il ôte de nouveau sa pipe de sa bouche. Et il dit, Eh bien, sous l'effet d'un charme, on se porte à merveille. Et je me sens en meilleure santé aujourd'hui que lorsque j'avais quarante ans. J'ai perdu du poids, c'est certain. Mais il me semble avoir cité l'opinion de mon médecin, qui me fait régulièrement des bilans de santé. Et il me trouve bien portant.

Monsieur le Premier Ministre, pour la dernière fois, je vous remercie.

Merci.

Et Bill Shankly se lève. Bill Shankly se hisse sur ses jambes. Et Bill Shankly s'approche de la télévision. Bill éteint la télévision. Et Bill Shankly se dirige vers la fenêtre. Bill Shankly regarde la rue. La rue vide, la rue sombre. Et Bill Shankly tire les rideaux.

64

Bruges

Bill attend et Bill attend. Bill continue d'aller aux matchs, Bill continue de regarder les matchs. Mais Bill attend et Bill attend. Bill est monté dans le Kop, Bill s'est assis dans les tribunes. Il attend et il attend. Pas avec les dirigeants, les dirigeants et leurs amis. Pas dans leur loge. Bill attend et Bill attend. Dans le Kop, dans les tribunes. Bill attend et Bill attend. La lettre sur le paillasson. L'invitation et le billet. Bill attend et Bill attend. Les coups frappés à la porte ou la voix au téléphone. Qui convie Bill, qui invite Bill. À une rencontre à l'extérieur, un match à l'extérieur. À Ayresome Park ou White Hart Lane. Mais Bill attend et Bill attend. Ne serait-ce qu'une lettre ou un coup de téléphone. Tant et si bien que Bill renonce à attendre. Le lettre qui n'est jamais venue. L'invitation et le billet. Bill cesse d'attendre. Les coups frappés à la porte ou la voix au téléphone. Tant et si bien que Bill fait savoir qu'il renonce à attendre. Toujours le premier pour ramasser le courrier. Tant et si bien que Bill fait savoir qu'il a cessé d'attendre. Toujours le premier à décrocher le téléphone. Il attend toujours, il espère toujours. Il espère une lettre. Une invitation et un billet. Premier pour le courrier. Sans rien dire, se contentant d'espérer. D'espérer un appel. Et premier au téléphone –

Allô ? Allô ? C'est Bill Shankly à l'appareil…

Monsieur Shankly, dit la voix à l'autre bout de la ligne, c'est le Liverpool Football Club. Nous avons reçu une demande pour que vous veniez assister au match retour de la finale de la Coupe de l'UEFA. À Bruges la semaine prochaine. De la part –

Ah, bon ? Oui. Merci. Oui. Bien sûr, je serais enchanté de m'y rendre. Merci. Mais je pense que vous vous y prenez un peu tard. Je veux dire, pour le voyage et pour l'hôtel. C'est un peu tard, à l'heure qu'il est…

Mais non, mais non, dit la voix au téléphone. Le Liverpool Football Club se charge de toutes les réservations nécessaires.

Très bien, alors. Et merci. Je serais ravi de venir.

Parfait, dit la voix à l'autre bout de la ligne. En ce cas, je vais vous envoyer tous les billets dont vous aurez besoin. Tout ce qu'il vous faudra. À votre adresse.

Merci, merci beaucoup.

Bill repose le téléphone. Bill retourne dans la cuisine.

Et Ness regarde Bill. L'expression sur son visage. Dans ses yeux –

Qui était-ce ? demande Ness. C'était à quel sujet, chéri ?

C'était le club, chérie. Quelqu'un du club. Je ne sais pas qui, chérie. Je n'ai pas reconnu la voix…

Que voulaient-ils, chéri ?

M'inviter à Bruges, chérie. Pour le match retour de la finale, la semaine prochaine. Comme membre du club, chérie. Avec la représentation officielle.

Vraiment ? demande Ness. Je me demande pourquoi, chéri. Il leur aura fallu un sacré bout de temps pour se décider, non ? Je me demande, pourquoi maintenant, chéri ?

Je n'en sais rien, chérie

Mais alors, qu'as-tu répondu, chéri ? Que tu n'iras pas ? Après tout ce temps, chéri. Après avoir attendu si longtemps…

Je sais, chérie. Je sais. Mais je ne veux pas qu'on puisse penser que je me comporte de façon mesquine, chérie. Vois-tu, je ne veux pas qu'on puisse dire que Bill Shankly est un aigri. Un rancunier, chérie…

Alors, tu as accepté ?

Oui, chérie.

Mais as-tu envie d'y aller, au fond ? C'est bien ce que tu désires ?

Ma foi, je ne peux pas dire que je ne pense qu'à cette finale, chérie. Qu'elle m'empêche de dormir. Mais à présent qu'ils m'ont invité, chérie. Comme membre du club. Alors, je suis content d'y aller, chérie.

Alors, si tu es content d'y aller, tu dois y aller. Je regrette seulement qu'ils ne t'aient pas invité plus tôt, chéri. Qu'ils n'y aient pas pensé avant. Mais, oui, en ce cas, tu dois y aller, chéri…

Et Bill se rend à l'aéroport en voiture. À l'aéroport de Speke. Bill se gare dans le parking de l'aéroport. De l'aéroport de Speke. Bill cherche le bus. Le bus de l'équipe de Liverpool. Mais Bill ne voit le bus nulle part. Le bus de l'équipe de Liverpool. Bill entre dans l'aéroport. L'aéroport de Speke. Bill cherche les joueurs du Liverpool Football Club. Mais Bill ne voit les joueurs du Liverpool Football Club nulle part. Bill s'enregistre pour le vol. Le vol vers la Belgique. Bill se joint à la file d'attente. La file d'attente pour l'enregistrement. Au milieu de gens qu'il ne connaît pas. Au milieu de gens qu'il ne reconnaît pas. Bill monte à bord de l'avion. De l'avion pour la Belgique. Bill s'assied dans l'avion. Dans l'avion pour la Belgique. À côté de gens qu'il ne connaît pas. À côté de gens qu'il ne reconnaît pas. Bill descend de l'avion. De l'avion qui vient de se poser en Belgique. Et Bill cherche les joueurs du Liverpool Football Club. Mais Bill ne voit les joueurs du Liverpool Football Club nulle part. Bill cherche n'importe qui. N'importe qui du Liverpool Football Club. N'importe quelle personne qu'il connaisse, n'importe quelle personne qu'il reconnaisse. Mais Bill ne voit personne qu'il connaisse, personne qu'il reconnaisse. Et Bill sort l'enveloppe de sa poche. L'enveloppe remplie de billets. Des billets d'avion, une réservation pour un hôtel. Un hôtel qu'il ne connaît pas, un hôtel dont il ne reconnaît pas le nom. Et Bill trouve un taxi. Bill montre au chauffeur de taxi l'adresse de l'hôtel. De l'hôtel qu'il ne connaît pas, de l'hôtel dont il ne reconnaît pas le nom. Et Bill s'assied à l'arrière du taxi qui l'emmène à l'hôtel. À l'hôtel qu'il ne connaît pas, à l'hôtel dont il ne reconnaît pas le nom. Et Bill descend du taxi. Bill entre dans l'hôtel. Et le regard de Bill fait le tour du hall de l'hôtel. À la recherche des joueurs du Liverpool Football Club. Mais Bill ne voit les joueurs du Liverpool Football Club nulle part. Bill cherche n'importe qui – une personne qu'il connaisse, une personne qu'il reconnaisse. Mais Bill ne voit personne qu'il connaisse, personne qu'il reconnaisse. Mais Bill se présente à la réception de l'hôtel. Bill signe le registre. Le registre de l'hôtel. Et Bill monte à sa chambre. À sa chambre d'hôtel. Bill s'assied sur le lit. Son lit d'hôtel. Et Bill attend l'heure du dîner. Assis sur le lit. Son lit d'hôtel. Il fait les cent pas dans la chambre. La chambre d'hôtel. Dans un sens puis dans l'autre. Dans la chambre d'hôtel. Jusqu'à ce qu'il soit l'heure. L'heure du dîner. Et Bill entre dans la salle à manger de l'hôtel. Le regard de Bill fait le tour de la salle à manger. Bill cherche les joueurs du Liverpool Football Club. Mais Bill ne voit les joueurs du Liverpool Football Club nulle part. Bill cherche n'importe qui – une personne qu'il connaisse, une personne qu'il reconnaisse. Et enfin Bill voit des gens qu'il connaît, des gens qu'il reconnaît. Bill voit les épouses des joueurs du Liverpool Football Club. Leurs épouses, et puis les journalistes qui écrivent des articles sur le Liverpool Football Club. Et les épouses et les journalistes sourient à Bill. Et ils adressent des signes à Bill. Et Bill leur sourit. Et Bill leur adresse des signes en retour. Et Bill s'installe à une table. Une table à un seul couvert. Et Bill regrette d'être venu. Il regrette d'être venu. Bill regrette de ne pas être resté chez lui. Il regrette de ne pas être resté chez lui.

65

Vacances au soleil

Sur le sable, sur la plage. La plage de Blackpool. Deux mômes font des châteaux de sable. Ils remplissent leur seau de sable. Ils retournent leur seau. Ils soulèvent leur seau. Mais leurs châteaux s'effondrent. En grains de sable épars, sur la plage. La plage de Blackpool. À chaque fois. Ils remplissent leur seau. Ils retournent leur seau. Ils soulèvent leur seau. À chaque fois. Leurs châteaux s'effondrent. En grains de sable épars, sur la plage. La plage de Blackpool. Bill Shankly s'agenouille près des mômes. Et Bill Shankly dit, Ça ressemble à Goodison Park, les gars. On dirait que vous avez besoin d'un coup de main. Donné par un maître. Un maître bâtisseur, les gars…

Et Bill Shankly prend la pelle. La pelle en plastique jaune. Bill Shankly dessine un carré sur le sable. Le sable de Blackpool. Et Bill Shankly dit, Il vous faut un château dans chaque coin, les gars…

Bill Shankly remplit le seau de sable. Bill Shankly tasse le sable dans le seau. Bill Shankly le tasse encore plus en le frappant du dos de la pelle. Bill Shankly pose le seau dans le premier coin du carré. Doucement. Bill Shankly retourne le seau. Lentement. Et Bill Shankly dit, Voilà, les gars. Solide comme un roc. C'est comme ça qu'on bâtit un château, les gars. Comme ça qu'on bâtit une forteresse. À vous d'essayer, maintenant…

Et les deux mômes, chacun leur tour, remplissent leur seau de sable. Ils le tassent bien. Ils le tassent encore plus en le frappant du dos de la pelle. Ils posent le seau sur le deuxième coin. Puis sur le troisième. Et puis sur le quatrième. Doucement. Ils retournent leur seau. Lentement. Ils soulèvent leur seau. Et leurs châteaux tiennent. Solidement. À chaque coin.

Bill Shankly se relève. Et Bill Shankly dit, Et voilà le travail, les gars. Regardez-moi ça ! On dirait Anfield, les gars. Ça ressemble à Anfield… Les deux mômes se relèvent. Les deux mômes admirent leur château. Leur forteresse. Sur le sable, sur la plage. La plage de Blackpool. Et les deux mômes sourient. Jusqu'aux oreilles –

Et Bill Shankly dit, Mais vous savez ce qu'il lui manque maintenant, les gars ? La seule chose qu'il lui manque ? Il nous faut un drapeau rouge, les gars…

Mais alors sur le sable, alors sur la plage. La plage de Blackpool. Un ballon de football tombe du ciel. Du ciel de Blackpool. Et sur leur château. Leur forteresse. Détruite et en ruine. À cause d'un tir manqué, à cause d'un mauvais ballon. Sur le sable, sur la plage. La plage de Blackpool. Les deux mômes se tournent vers Bill Shankly. Les deux mômes lèvent les yeux vers Bill Shankly. Les lèvres qui tremblent et les yeux qui se remplissent. Sur le sable et sur la plage. La plage de Blackpool. Bill Shankly ramasse le ballon. La ballon de football. Bill Shankly se retourne. Bill Shankly voit un gamin plus âgé qui vient vers eux. Le gamin plus âgé qui dit, Je m'excuse. Je m'excuse, M'sieur. C'était juste un tir raté…

Sur le sable, sur la plage. La plage de Blackpool. Bill regarde le gamin. Le grand qui porte un maillot de football. Un maillot bleu de l'équipe d'Écosse. Bill Shankly sourit. Et Bill Shankly dit, Oui, mon gars. Oui. Un tir raté, un très mauvais tir, petit. On dirait que tu as besoin d'aide. De l'aide d'un spécialiste. D'un maître en la matière, mon gars…

Et Bill Shankly se tourne vers les deux petits. Sur le sable, sur la plage. Sur la plage de Blackpool. Et Bill Shankly dit, Allons-y, les gars. Allons-y ! On va se venger, les gars ! On va leur donner une leçon ! Et leur montrer comment on joue, les gars…

66

Il n'y a rien d'autre ici que la fierté des highlands[1]

John Roberts téléphone à Bill. Bill connaît John. John travaille au *Daily Express*. John écrit des articles sur le Liverpool Football Club pour le *Daily Express*. John parle souvent du Liverpool Football Club avec Bill. Il arrive que Bill s'emporte contre John quand ils parlent du Liverpool Football Club. Mais il arrive aussi que Bill fasse sourire John quand il lui parle. John écoute Bill. Et Bill aime bien John. John a écrit un livre, aussi. *L'Équipe qui refusait de mourir : L'Histoire des joueurs de Matt Busby*. À présent, John veut écrire un autre livre. Et c'est pourquoi John demande à Bill s'il voudrait bien lui raconter son aventure. L'histoire de sa vie. John dit à Bill que les gens ont envie d'entendre son aventure. Son histoire. John dit à Bill que les gens seraient ravis d'entendre son aventure. Son histoire. Alors, si Bill voulait bien raconter son aventure. Son

1. Cinquième vers du poème de Robert Burns *Le Barde à Inverary*.

histoire. John aimerait aider Bill à écrire son histoire. Son autobiographie. Et John ajoute que Christopher Falkus, de la maison d'édition Weidenfeld & Nicolson, aimerait publier l'autobiographie de Bill. Son livre. Christopher Falkus a publié l'autobiographie de Matt Busby. Son livre. *Le Ballon rond avant tout : Ma vie dans le football.* Bill a lu l'autobiographie de Matt. Son livre. Et Bill a bien aimé le livre de Matt. Donc Bill a dit, Oui. Si les gens veulent entendre mon histoire. Alors je vais raconter mon histoire. Si ça fait plaisir aux gens. Alors je vais écrire mon histoire.

Tous les après-midi ou presque. Lorsque Bill a terminé son entraînement à Bellefield. Et que Bill est rentré chez lui. Tous les après-midi ou presque. Dans le salon, dans son fauteuil. Portant encore son haut de survêtement rouge. Tous les après-midi ou presque. Bill parle à John. De l'entraînement du matin, de la partie du matin. Du but qu'il a marqué, du gnon qu'il a encaissé. Tous les après-midi ou presque. John écoute. Et John sourit. Et puis John interroge Bill sur le passé. Et tous les après-midi ou presque. Dans son fauteuil, portant encore son haut de survêtement rouge. Bande magnétique après bande magnétique. Bill parle et Bill avance. Tous les après-midi ou presque. Sur le chemin du souvenir. Chapitre après chapitre. *La vie à Glenbuck. La Route du Sud. Changement de train à Haltwhistle. Caporal par intérim. Fin amère, Nouveaux départs. Law et Wilson. St John et Yeats. Corps et âme. Tu ne marcheras jamais seul. La Nouvelle équipe. Un gamin nommé Keegan. Le triomphe de nouveau.* Et *Adieu Anfield.* Chapitre après chapitre, bande magnétique après bande magnétique. Bill parle et Bill avance. Tous les après-midi ou presque. Sur le chemin du souvenir. Avec les managers qu'il a connus, avec les joueurs qu'il a connus. Jusqu'à l'épilogue, *Auld Lang Syne.* Et les bandes magnétiques sont remplies et le livre est fini. *SHANKLY*, de Bill Shankly. Le livre est publié. Et la vente du livre est interdite à Anfield, dans la boutique officielle du club.

Dans la maison, dans leur chambre. Bill s'approche du lit. Bill prend sa veste sur le lit. Sa veste grise nettoyée de fraîche date. Bill ôte le cintre qui soutenait la veste. Bill enfile sa veste. Bill se dirige vers le miroir fixé derrière la porte de la penderie. Bill regarde l'homme dont le miroir lui renvoie le reflet. L'homme en veste grise. Dont la veste est trop grande. L'homme en chemise rouge. La chemise dont le col est trop large. Et Bill dit, Aujourd'hui, avec quarante livres, vous ne pourriez même plus aller de Carlisle à Preston par le train…

Et à présent Bill entend des pas dans l'escalier. Bill entend Ness taper à la porte de la chambre. Et Ness ouvre la porte –

Ils sont prêts, chéri. Ils attendent…

Bill hoche la tête. Et Bill dit, Merci, chérie. Je descends tout de suite.

Et Bill referme la porte de la penderie. Bill sort de la chambre. Bill descend l'escalier. Bill ouvre la porte de la maison. Bill sort de la maison. Bill referme la porte derrière lui. Bill descend l'allée. Bill rejoint l'équipe de la télévision. L'équipe de la télévision écossaise. Bill serre la main aux membres de l'équipe de télévision. Au caméraman et à l'ingénieur du son. Bill serre la main au journaliste qui va l'interviewer. Le journaliste anglais de la télévision écossaise. Et Bill demande, Alors, où voulez-vous faire ça ? Où voulez-vous que je me mette ?

Juste là, ça ira, répond le journaliste.

En plein soleil. Dans la rue. Avec les voitures qui passent et les chiens qui aboient. Bill suit le journaliste jusqu'à l'endroit que l'équipe a marqué. En plein soleil. Dans la rue. Dans sa veste grise. Sa veste grise trop grande. Et sa chemise rouge. Sa chemise rouge au col trop large. Bill lève les yeux vers la caméra. Vers l'objectif de la caméra. Et puis Bill détourne les yeux. Les mains dans les poches. Au fond de ses poches. Bill baisse les yeux. Pour regarder ses chaussures, pour regarder le sol. Au plus profond du sol –

Bill, dit le journaliste. Bill ?

Et Bill lève les yeux.
Commençons par le commencement…
Oui.
Glenbuck ? C'était quelque chose, hein, Glenbuck ?
Enfin, à une époque, c'était un endroit intéressant. Mais vous l'avez vu. Je veux dire, c'est tombé en ruine, à présent. Mais c'est seulement un village en ruine parmi une centaine d'autres.
Quand nous sommes allés là-bas, dit le journaliste, quelqu'un nous a dit, Oh, je me souviens de Bill Shankly. Il était toujours fourré dans les collines. Il montait les pentes et il les dévalait au pas de course. Pour s'entraîner. Il jouait au ballon avec des brodequins de mineur…
Bill hoche la tête. Et Bill dit, Ah, oui, c'est vrai. D'ailleurs, quand j'étais jeune, tout le monde portait des brodequins. Ils duraient plus longtemps, vous voyez ? Avec des coques à l'intérieur. Des coques en acier pour protéger les orteils…
Et Bill rit. Et Bill ajoute, En fait, avec ces brodequins, vous êtes sûr de casser une jambe à quelqu'un d'un seul coup de pied…
Mais la vie était vraiment dure, non ? Parce que, franchement, pour nous, pour les gens de notre génération, ça paraît tellement… On se dit, bon sang, ce n'est pas une vie, ça…
Bill hoche la tête.
Vous étiez une grande famille, de dix enfants…
Oui.
Dans une petite maison…
Ma foi, dans le village, certaines familles comptaient douze enfants. Et même quatorze. Oui, c'était dur. Mais, je veux dire, pas aussi dur qu'on pourrait le croire, en fait. Parce que, si vous êtes plusieurs garçons. Et que vous avez plusieurs sœurs. Et une mère et un père dévoués. Tout le monde se tient les coudes. Et chacun facilite la vie des autres. D'ailleurs, c'est un peu comme au football. Vous jouez de façon collective, et alors vous êtes très difficiles à battre. Mais s'il y a des

individualistes dans votre équipe, alors votre équipe va s'effondrer. Chez nous, on formait une équipe. Et on s'entraidait.

Et rétablissons la vérité historique en ce qui concerne les Glenbuck Cherrypickers. Célèbre équipe. Mais en réalité, vous n'avez jamais joué pour eux, n'est-ce pas ?

J'ai joué un match à l'essai quand j'avais seize ans. Après cette saison-là, le club a capoté. Il a été dissous. Ça a été leur dernière saison en tant qu'équipe. Alors, un peu plus tard, je suis allé dans un petit village nommé Cronberry. Près de Cumnock. Et j'ai joué pour Cronberry. Oui.

Ça vous rapportait combien, de jouer des matchs comme ceux-là ?

Oh, d'abord, j'allais à Cronberry à bicyclette. C'était à une vingtaine de kilomètres. Et je crois qu'un match nous rapportait sans doute deux shillings et six pence. Ou cinq shillings. Peut-être même sept shillings six pence. Oui…

Et puis, bien sûr, il n'y avait pas que vous, n'est-ce pas ? Chacun de vos frères, tous vos frères sont devenus footballeurs professionnels, c'est ça ?

Bill hoche la tête. Et Bill dit, Oui, tous. Tous.

Lequel était le meilleur ? À part vous…

Euh… c'est difficile à dire. Je pense que c'était peut-être mon frère Jimmy. Parce qu'il jouait avant-centre et qu'il marquait des buts. Il aurait été, dans le football moderne, sans doute le meilleur de nous tous.

Comment vous évaluez-vous, avec le recul ? Et en vous comparant aux joueurs que vous avez entraînés ?

Eh bien, mon titre de gloire, c'est que j'ai atteint le niveau international et que j'ai disputé des finales de coupes. Alors, bien sûr, on me reconnaît davantage de mérite qu'on ne leur en attribue. Mais la chance ne leur a peut-être pas souri autant qu'à moi.

Comment se fait-il, alors, que vous vous soyez retrouvé à Preston ? Parce que, je présume, beaucoup d'équipes écossaises auraient voulu vous engager ?

Eh bien, je suis allé à Carlisle à l'essai. Et ils m'ont engagé. Et puis Preston m'a vu jouer. À la fin de la saison, ils m'ont acheté pour cinq cents livres. Sur cette somme, il y a eu quarante livres pour moi, je crois. Aujourd'hui, avec quarante livres, vous ne pourriez même plus aller de Carlisle à Preston par le train.

Le journaliste rit. Le journaliste hoche la tête.

Et Bill ajoute, Donc, Preston m'avait suivi pendant toute la saison. Et après m'avoir vu jouer peut-être six matchs seulement dans l'équipe première de Carlisle, ils m'ont pris…

Cela a toujours été votre façon de faire, n'est-ce pas ? Aller de l'avant et toujours de l'avant. Et tout ça, je pense, à cause de Glenbuck. Et de votre volonté d'en sortir. Et de réussir dans la vie. Et…

Bill dit, Et parce que j'ai vu dans quelles conditions les gens devaient vivre. Et que j'ai travaillé à la mine, que je suis descendu au fond. Et c'était la mine ou rien. Si bien que, il me semble, ce genre d'environnement est bon pour les gens. Et ça m'a peut-être aidé. Mais le principal, je pense, c'est de naître avec une détermination sans faille. D'ailleurs, je crois que tout nous est donné à la naissance. Je pense que si quelqu'un a des capacités, c'est qu'il les possède naturellement…

Parlons un peu de certains footballeurs écossais avec qui vous avez joué, en ce temps-là. Qui étaient les plus grands, parmi eux ?

Ma foi, ce n'est pas facile à dire. Mais mon premier match pour l'Écosse, je l'ai joué à Wembley. Et George Brown, qui est actuellement le président des Rangers, il jouait aussi. Capitaine de l'équipe d'Écosse. Car je me rappelle, après le match. Dans les douches. George Brown a dit, Eh bien, je pense que ce sera mon dernier match. Il a dit, J'ai trente-trois ans. Et moi, c'était mon premier match. Et il est bien possible qu'il n'ait pas joué d'autre match pour l'Écosse. George Brown était un joueur de grande classe. Le grand Tommy Walker jouait aussi, à cette époque, bien sûr. Il était doué. Il était fort. Il pouvait corriger l'adversaire du pied droit comme du pied gauche. Il était affûté. Jimmy Delaney jouait également. J'avais ces deux-là devant moi. Jimmy Delaney était un garçon tout en puissance. Et je me rappelle avoir joué à Belfast. Dans la boue, un jour. Et à Tynecastle. Dans la boue, contre le Pays de Galles. Et Walker et Delaney et moi, on se régalait, à jouer dans la boue. Et je pense à ce dernier match que j'ai joué à Hampden, en 1939, quand l'Angleterre nous a battus. Si Jimmy Delaney, qui était forfait, avait pu jouer. Alors, je crois qu'on aurait battu l'Angleterre.

Tous les gamins du pays rêvent de jouer pour l'Écosse. Qu'est-ce qu'on éprouve, réellement, dans le vestiaire de Hampden Park, quand on revêt ce maillot bleu foncé ? Ce doit être le plus grand frisson qui soit, sûrement ?

Oh, ça, c'est incroyable. Parce que, franchement, pour un gamin écossais, s'il a une passion pour le football, le seul grand rêve, c'est d'être… Il n'y a qu'un rêve, jouer pour l'Écosse. Je veux dire, chez tous les Écossais, il y a de la ferveur, vous savez ? Les Écossais veulent se battre. Enfin, pas comme des hooligans. Je veux dire, ce sont tous des combattants. Ce sont des guerriers depuis toujours. Et les petites nations ont tendance à se comporter de cette façon, vous savez ? Ils ont le sentiment d'être piétinés. Et ils se rebiffent.

D'être piétinés par les Anglais ?

Oh non, par tout le monde ! Oui, mais ce jour-là, c'était Écosse-Angleterre. Oh, oui. Oui. Je veux dire, de notre point de vue, les Anglais, c'était la peste, vous savez ?

Oui, dit le journaliste. Mais dites-moi, les Écossais sont-ils aussi bons au football qu'ils croient l'être ?

Eh bien, ce n'est pas une question facile. Je veux dire, je ne pense pas qu'on ait tiré le maximum des joueurs écossais qui étaient disponibles pour jouer au niveau international. Et je crois qu'ils ont davantage de talent naturel que les joueurs de la plupart des autres pays.

Oui, parce que vous dites dans votre livre, n'est-ce pas, que vous regrettez que l'Écosse n'ait pas fait appel à vous à tel ou tel titre ? Pour apporter votre aide à l'équipe ? Donc, en fait, vous estimez, de toute évidence, que vous auriez pu faire quelque chose qui n'a pas été fait, faire mieux ? Qu'est-ce…

Bill regarde le journaliste. Et Bill dit, Ma foi, je suis connu pour mes réussites en tant que manager. Et je pense savoir m'y prendre pour motiver les gens. Et si j'avais eu à ma disposition la crème des joueurs écossais, je pense que j'aurais obtenu des résultats. Et qu'une certaine équipe adverse aurait pris une bonne raclée face à nous.

Alors, qui auriez-vous sélectionné ? demande le journaliste. Disons, par exemple, ces deux ou trois dernières années ? Pensez-vous que l'Écosse ait laissé sur le banc de touche des joueurs qui avaient leur place dans l'équipe ?

Oh, ça, je ne sais pas. Je n'en sais rien. En milieu de terrain, en ce moment, ils possèdent une force redoutable. Et avec ces trois garçons qui jouent – Rioch, cet Archie Gemmill, Masson – et, bien sûr, Lou Macari, qui est étincelant, ils ont le bloc le plus puissant du moment…

Macari ne peut même pas intégrer l'équipe, dit le journaliste en riant. Mais vous avez essayé de l'engager, n'est-ce pas ?

Ah, ça, oui. Macari n'est pas dans l'équipe, donc les trois autres doivent être exceptionnels pour l'empêcher d'y entrer. Je pense, remarquez bien, qu'il aurait pu y avoir sa place. Il n'a pas eu de chance. Je pense qu'un joueur, quel qu'il soit, qui rejoindrait l'équipe maintenant, y resterait. Et si Macari avait été pris, il y serait encore. Mais je pense que Macari jouera bientôt pour l'Écosse.

J'ai toujours pensé que l'une des raisons principales du succès de Bill Shankly, c'est qu'il était un maître de la psychologie…

Oui, bon, mais la psychologie, ce n'est pas vraiment de la manipulation. Ce que je veux dire, c'est que la psychologie est une forme d'exagération. Et l'exagération une forme de psychologie. Et j'ai grandi dans un village où tous les hommes aimaient se poster au coin des rues pour raconter des histoires épouvantables, vous voyez ? Des histoires à dormir debout. Des fanfaronnades. Et l'exagération, c'est une forme de psychologie.

Comment ça ? Quel genre d'histoires ?

Bill sourit. Et Bill dit, Des histoires, euh, comme celle d'un vieux du village, qui travaillait à la mine. Il racontait qu'un jour il avait poussé un wagonnet sur trois cents mètres avant de s'apercevoir qu'il était sorti des rails, vous savez ? Ce genre de chose. On portait tous des petites casquettes en toile. Et on les mettait à l'envers pour lui faire comprendre qu'on ne le croyait pas. Alors, il s'en allait en disant, Bon sang ! Je vais tous vous massacrer ! Donc, oui, j'avais recours à la psychologie. Par exemple, j'avais un jeune joueur, ici. Et au début, il jouait bien. Et puis il s'est un peu relâché. Alors, je me suis dit, Il faut que je le reprenne en main. Parce qu'il est doué. Et quand on partait faire un match à l'extérieur, je lui disais, Ta façon de jouer, en ce moment, ce n'est pas bien fameux, tu sais ? Pour lui donner à penser qu'il resterait sur le banc des remplaçants. Et pendant le voyage en train ou en bus, il se disait, Bon, je ne jouerai pas. Et quand on arrivait au stade, je lui demandais, Tu as envie de jouer ? Et il me répondait, Bon, sang, oui ! Et il faisait de nouveau ses débuts. Vous voyez ? Ça le stimulait.

On m'a raconté une histoire sur le football de table à votre sujet…

Oui, oui…

Et la façon dont vous organisiez tout ça, avec les petits footballeurs en plastique…

Oui…

Racontez-nous cette histoire.

Vous voulez parler des discussions sur la tactique ?

Oui.

Bon, si vous y tenez… En fait, on allait voir jouer les autres équipes, et on voulait seulement savoir en quoi consistait leur formation de base. Et puis on parlait tactique. Et s'il y avait des joueurs qui risquaient de nous poser des problèmes, on les surveillait de près. Mais si on rencontrait de grandes équipes, je retirais les joueurs vedettes, vous voyez ? L'opposition. Et je les mettais dans ma poche. Et quand la moitié des grands joueurs avaient disparu, je disais, On les a déjà éliminés. On les a battus. Car j'avais mis le petit Bobby Charlton et le petit George Best dans ma poche tout en parlant. Ils ne jouaient plus. Et Denis Law non plus. Ils ne pouvaient plus faire la différence.

Ils n'étaient pas assez bons ?

Non, non, ce n'est pas ça. On les avait éliminés. Donc je les ôtais de la table…

Et Bill hoche la tête. Et Bill sourit. Et Bill attend –

Donc, vous êtes devenu manager, reprend le journaliste. Et vous avez débuté à ce poste dans des villes plutôt loin de tout : Workington, Grimsby, Carlisle. Qu'avez-vous appris dans ces contrées lointaines qui vous a servi ensuite lorsque vous êtes finalement arrivé à Anfield ?

C'est vrai, j'ai commencé aux avant-postes. Carlisle. Et Grimsby. Et Workington. Et Huddersfield. Des endroits plutôt rudes. Mais des endroits où on se sent bien. Je m'y suis plu. Oui…

Mais qu'avez-vous appris dans les petits clubs qui s'est révélé utile à Liverpool ?

Eh bien, on apprend qu'on doit travailler avec très peu d'argent. C'est un handicap, bien sûr. Mais c'est comme être élevé à Glenbuck. Un village rude, vous savez ? La vie y est dure. C'est pareil quand vous êtes à Carlisle pour gérer le club. Ou quand vous gérez celui de Workington, qui est un avant-poste. Je veux dire, c'est un travail difficile. Donc, je pense qu'en réalité ça s'est révélé bénéfique pour moi, d'être allé dans ces villes-là.

Voyez-vous, dans mon esprit, tous les vrais grands managers que j'ai rencontrés – des gens comme Jock Stein, par exemple, vous-même…

Bill hoche la tête. Et Bill dit, Oui.

Ce qui sépare les vrais grands managers de tous les autres, ce n'est pas seulement ce dynamisme, mais une sorte d'honnêteté. Le fait que vous veilliez sur votre équipe, que le football soit important pour vous…

Oui.

Bon, je n'exprime pas cela très bien. Mais ce que je tente de dire, il me semble, c'est qu'il y a bel et bien quelque chose qui sépare les managers vraiment excellents des managers moyens. Mais qu'est-ce au juste ? Il y a une histoire merveilleuse au sujet de Jock Stein. Le Celtic devait jouer à l'extérieur contre Dundee United. Et le match a été reporté au dernier moment…

Bill hoche la tête de nouveau. Et Bill dit, Oui.

Et il a pris sa voiture pour se rendre à Cumbernauld, un samedi, et il a arrêté tous les bus de supporters qui allaient partir à Dundee. Et ça, c'est un exemple de ce que fait un bon manager, n'est-ce pas ?

Bill hoche la tête. Et Bill dit, Ça, c'est quelque chose. Les gens à qui il a pensé en premier, ce sont ceux qui payent. Il a raison. Et c'est extraordinaire qu'il ait fait une chose pareille.

Oui. Maintenant, revenons-en à toutes ces années à Liverpool. On dit que ce qu'il y a de plus dur au football, c'est d'avoir une bonne équipe, de la démanteler, et d'en créer une autre. Pourtant, c'est le genre de chose qui vous a plutôt bien réussi ?

Oui…

Mais avec le recul, votre affection va à la première équipe, en réalité, plus qu'à la seconde ?

Oui, enfin, c'était une grande équipe. Et je pense qu'il n'y avait peut-être qu'une poignée d'équipes anglaises capables de les battre. Au cours des trente dernières années. Et la démanteler – elle comprenait Ian St John, et Ron Yeats, et Peter Thompson, et Roger Hunt, Tommy Smith et Callaghan jouent encore, bien sûr –, la démanteler fut difficile. Car il y a une chose qui m'a surpris. J'avais affirmé aux dirigeants qu'à mon avis, ceux-là allaient prolonger de trois ans leur carrière au club. Sauf qu'ils ne l'ont pas fait. Et ils sont partis trois ans plus tôt que je ne l'avais prévu. Donc, mes plans étaient à revoir. Et c'est en troisième et en quatrième division que j'ai cherché des joueurs, des gars comme Clemence. Et Alec Lindsay et Larry Lloyd. Et Keegan et les autres. Mais je m'y suis pris de bonne heure pour recruter en troisième et en quatrième division. Je ne pouvais pas débourser cent cinquante mille livres pour un joueur et le mettre dans l'équipe réserve. Donc, je devais piocher dans les divisions inférieures. Et engager des jeunes. Il avait dix-huit ans, Clemence, quand je lui ai fait signer son contrat.

Ce qui paraît évident, quand vous avez monté cette première équipe de Liverpool, la grande équipe, c'est que vous étiez absolument certain d'avoir besoin de deux joueurs. Et ces deux joueurs, c'étaient Ron Yeats et Ian St John. Mais qu'est-ce qui vous a donné la certitude que c'étaient ces deux joueurs-là qu'il vous fallait pour faire d'une équipe ordinaire une grande équipe ?

Il y a des joueurs qu'on engage sans éprouver le moindre doute. Aucun danger. Pour les autres, eh bien, je ne les avais pas vus jouer assez souvent pour être sûr d'eux. Donc, il y a toujours un risque et un pari à prendre quand on achète un joueur. Pour certains de ceux que j'ai achetés, il n'y avait pas le moindre risque. En fait, c'était du vol. Du vol !

Parlez-nous de Yeats, par exemple. Commençons par lui…

Bill sourit de nouveau. Et Bill dit, Oh, Yeats, c'était un colosse. Mon Dieu. L'un des joueurs les plus imposants du circuit. Il savait défendre sa surface de réparation. Il était parmi les plus rapides du lot. Et sans doute, sur une distance de soixante, soixante-dix mètres, il n'y avait personne en Angleterre qui aurait pu le suivre. C'était un athlète puissant au cœur grand comme ça. Et une grande carcasse. Et engager St John et Yeats, ce n'était que le début…

Et St John, qu'a-t-il de particulier ? Car ses capacités sont d'un genre plus raffiné…

Oh, St John était robuste. Il était petit mais robuste. Et dynamique, et rusé. Et il savait harceler l'adversaire. Il mettait les pieds dans le plat s'il avait besoin de mettre les pieds dans le plat.

Vous voulez dire, il n'aurait pas hésité à briser une jambe à sa grand-mère ?

Certainement. D'ailleurs, c'est le genre de joueur que je veux avoir. On n'a pas envie d'engager des types qui disent, Oui monsieur, non monsieur, tout de suite monsieur. Ils ne m'intéressent pas. Je veux des hommes qui soient des hommes. Et qui savent encaisser les coups. Si quelqu'un d'autre leur rend leurs coups de pied, ils n'ont pas à se plaindre. Donc, c'est un sport d'hommes.

Pour en revenir un instant à la psychologie. Parce que pour vous, cela s'appliquait aussi aux arbitres, n'est-ce pas ? Vous avez toujours eu l'art et la manière de faire valoir votre point de vue auprès des arbitres, non ?

Ah, ça, arbitre, c'est un métier difficile. C'est un métier ingrat. Je veux dire, on a essayé de les aider autant qu'on a pu. Et en fin de compte, bien sûr, ma conception des arbitres, du point de vue des joueurs, c'est : ils ont toujours raison. Ils prennent des décisions contre vous ? Ça ne sert à rien de discuter. Vous n'arriverez qu'à vous faire du tort. Vous allez perdre votre calme. Vous ne serez plus dans votre état normal, si vous êtes fou de rage. Et je disais à mes joueurs, Donc, oubliez-les. Encaissez sans broncher. Et si je leur serinais ça suffisamment longtemps, il arrivait un moment où les gars acceptaient toutes les décisions sans se démonter. Alors, je leur disais, S'il accorde un coup franc contre vous, et que vous vous mettez à discutailler pour rien, vous risquez même d'encaisser un but à cause de ça. Bon, l'arbitre a pu prendre une décision contre vous. Mais je vais vous dire une chose. Je n'ai encore jamais vu d'arbitre marquer un but. Tout le monde se plaint de l'arbitre qui a pris une mauvaise décision. Mais ce n'est pas lui qui a mis ce foutu ballon au fond des filets, hein ? Vous voyez ? C'était ça, ma psychologie.

Le journaliste rit.

Et Bill sourit.

Et puis, parlez-nous du Kop, dit le journaliste. Il existait déjà avant votre arrivée ?

Oh, oui.

Avec les chansons et tout le reste ?

Oui, le bruit était déjà là. Oui. Mais pas les chansons. Les chansons, c'est venu plus tard. Les chansons sont arrivées avec les Beatles. Et puis Gerry Marsden et son *You'll Never Walk Alone*. Et puis *Hé-Ho-Addio*. Tout ça est arrivé alors qu'on commençait à monter au classement, en 1964, 1965. Et on a gagné la Coupe pour la première fois…

Pour votre équipe, c'est un avantage qui vaut… quoi ? Un but d'avance ? Deux buts d'avance ? Parce que, quand même, ce doit être un stade intimidant pour les équipes adverses, Anfield ?

Non, ils font du bruit. Mais ils sont d'une loyauté exemplaire. Si vous venez à Anfield et si vous jouez le jeu. Si vous produisez du bon football. Ils vous applaudiront. Si vous venez à Anfield avec d'autres intentions, c'est une autre histoire. Ils peuvent se montrer plus durs et tout. Mais ils sont très équitables. Et très bruyants, bien sûr. Ils sont toute une bande. Et je crois que ce sont peut-être les supporters les plus drôles, vous savez ? Ils ont un humour… Ils peuvent rebondir sur n'importe quel incident. Par exemple, je me souviens d'un match que Leeds United est venu jouer ici. Et Sprake, dans sa cage de gardien, il allait dégager à la main, vous voyez ? Et puis il a changé d'avis, et le ballon a fini dans ses propres filets, vous imaginez ça ? Et moins de deux minutes après, le Kop chantait *Careless Hands* – « *Des mains maladroites* ». C'est incroyable. Franchement incroyable. Oui. Ça s'est passé comme ça. C'est absolument vrai. Oui…

Pourquoi est-ce qu'ils ont fait de vous un demi-dieu ? Parce que, après tout, vous étiez leur patron, non ?

Eh bien, on a remporté des victoires. Et on venait de gagner la Coupe pour la première fois. Je crois que ça les a beaucoup marqués, vous savez ? Ça leur a donné de la fierté. Avant ça, tant qu'ils ne l'avaient pas gagnée, ils avaient envie de se cacher, vous comprenez ? De mettre des gros pardessus pour que personne ne les reconnaisse. C'était l'une des raisons, je crois. Avoir gagné la Coupe, et remporté plein de victoires, et joué contre les clubs européens. Et puis, j'étais un homme du peuple, vous comprenez ? Je suis socialiste.

Encore maintenant ?

Bill hoche la tête. Bill hoche la tête de nouveau. Et Bill dit, Oui, oui. Mais ça ne veut pas dire que je me passionne pour les hommes politiques. Y compris pour les socialistes. Ils font un métier difficile. Mais, bon sang, ils font un tel gâchis. Et finalement, un homme ne vaut vraiment et réellement que ce que vaut sa politique. Et votre politique, vous êtes né avec. Et je suis né avec la mienne.

Ça fait penser à Robert Burns, ce que vous dites là…

Oui. Exactement. Oui. Burns était un homme intelligent. Quand il a écrit *À une souris*, il était dans son champ, avec son frère Gilbert. Ils labouraient. Et il a dit à Gilbert, Il faut que je rentre. Et il est reparti chez lui, et quand son frère est rentré le soir, il avait écrit *À une souris*. Entièrement.

Oui, dit le journaliste. Fabuleux…

Et Bill dit, Oui.

Pourquoi, demande le journaliste, juste une dernière question, pourquoi y a-t-il, dans votre livre, ce passage qui a retenu l'attention de tout le monde, où vous dites que vous n'êtes pas le bienvenu à Liverpool ?

Oui.

Enfin, ça ne peut pas être vrai ?

Bill avale sa salive. Et Bill répond, J'ai écrit un livre sur les gens. Qui rend hommage aux gens. Qui parle des gens. Et le livre, à quatre-vingt-dix-neuf pour cent, il parle des gens et il leur rend hommage. Et le dernier pour cent est un peu critique. Et les gens choisissent ce un pour cent-là. Et qu'un seul lecteur s'irrite de ce que j'y dis, je trouve ça consternant. Parce que je dis la vérité. C'est un commentaire qui se justifie. Et quand quelqu'un écrit un livre. Sur le sport ou n'importe quoi d'autre. Et que ce livre est bon à quatre-vingt-dix-neuf pour cent. Franchement, le un pour cent qui reste, ce n'est rien, pas vrai ? On ne gagne pas une élection avec seulement un pour cent des voix…

Non, dit le journaliste. Mais, voyez-vous, ce qui m'a paru bizarre dans le livre, c'est que vous dites être allé à Bruges avec Liverpool…

Oui.

Alors que vous n'étiez plus manager…

Oui.

Et qu'ils ne vous ont pas laissé séjourner au même hôtel. C'est ça que je trouve horrible. Que le club puisse dire, Allez dans un autre hôtel. On ne veut pas de vous…

Eh bien, j'y suis allé à l'invitation de Radio City. Et Radio City a dû demander la permission du club pour que je puisse monter dans l'avion. Mais j'étais dans un autre hôtel, oui. Oh, oui.

Ma foi, j'aurais pensé que Bill Shankly pouvait entrer à Anfield tous les jours de la semaine, à n'importe quelle heure, après tout ce que vous avez fait pour le club ?

Bill hoche la tête. Et Bill dit, Oh, je pouvais y entrer. Pour les matchs à domicile, oui. Je pouvais le faire, oui. Mais pas pour les matchs à l'extérieur. Le Burnley Football Club m'envoyait souvent des billets. Pour les matchs qui se jouaient sur son terrain. Mais quand j'allais à Anfield voir un match à domicile, ils auraient pu me proposer, peut-être, Vous voulez deux billets pour le match de la semaine prochaine ? Mais non. Je raconte un peu ça parce que c'est à moi que c'est arrivé. Vous comprenez ?

Oui.

C'est à moi que c'est arrivé.

Oui.

C'est ici que j'ai passé ma vie. À me battre pour qu'ils arrivent à quelque chose –

Bill cesse de parler. Bill cesse de s'exprimer. Et Bill détourne les yeux de nouveau. Plus de voitures qui passent, plus de chiens qui aboient. Rien. Rien que le silence. En plein soleil et dans la rue. Rien que le silence.

Vous auriez envie de reprendre du service ?

Non.

Comme manager ?

Bill secoue la tête. Et Bill dit, Non, non. Je voudrais bien pouvoir m'impliquer un peu. Dans tout ce qui concerne les matchs. Et puis aider les gens.

Deux dernières questions, je suppose : Est-ce que vous aimeriez revivre tout ça depuis le début ? Et est-ce que le football aujourd'hui est aussi bon qu'à l'époque où vous avez commencé à taper le ballon à Ayrshire ?

Oh, non, je n'aimerais pas revivre tout ça depuis le début. Mais après l'avoir vécu, je voudrais pouvoir m'impliquer encore d'une façon ou d'une autre. Parce que je crois que je peux encore faire beaucoup de bien à ce sport. Je veux dire, grâce à ma psychologie. Ma connaissance du jeu. Ma connaissance des gens. Et je pense que ce serait un terrible gâchis que tout ça se perde…

Et, est-ce que le football d'aujourd'hui –

Parce que je suis toujours aussi lucide qu'avant. Oui, oui…

C'est parfait, dit le journaliste. Merci, Bill. Merci beaucoup. C'était parfait, Bill.

Bill hoche la tête. Bill tend la main. Et Bill dit, Très bien, alors. Si vous êtes sûr d'avoir tout ce qu'il vous faut…

Plus qu'il n'en faut, dit le journaliste. Plus qu'il n'en faut. Mais merci encore, Bill. Merci.

Bill sourit. Et Bill dit, Ma foi, si vous voulez une tasse de thé. Et un biscuit. Avant de reprendre la route…

Non, non, dit le journaliste. On ferait mieux de repartir. Sans tarder. Mais merci, Bill. Encore merci. Et merci à votre femme également.

Bill hoche la tête de nouveau. Et Bill serre la main du journaliste. Et celle du caméraman et celle de l'ingénieur du son. Et Bill dit, Au revoir, les gars, et je vous souhaite bonne route pour le retour…

Merci, Bill.

En plein soleil. Dans la rue. Avec les voitures qui passent et les chiens qui aboient. Bill retourne jusqu'à son portail. Bill remonte l'allée. Bill ouvre la porte d'entrée. Bill rentre dans la maison. Bill referme la porte. Bill remonte l'escalier. Bill rentre dans la chambre. Bill s'approche du lit de nouveau. Bill ôte sa veste. Sa veste grise nettoyée de fraîche date. Bill prend le cintre sur le lit. Bill remet sa veste sur le cintre. Bill retourne vers la penderie. Bill ouvre la porte de la penderie. Bill range sa veste dans la penderie. Bill s'éloigne un peu de la penderie. Bill regarde le miroir fixé derrière la porte de la penderie. Bill plonge son regard dans le miroir fixé derrière la porte de la penderie. Bill regarde l'homme dont le miroir lui renvoie le reflet. L'homme en chemise rouge. Dont le col est trop large. Bill regarde l'homme. Bill ne quitte pas l'homme des yeux. L'homme qui secoue la tête. Qui refoule ses larmes, qui a du mal à respirer. Et Bill dit, Je n'ai rien écrit de désobligeant sur qui que ce soit. J'ai seulement rapporté des faits. Mon livre parle des gens à quatre-vingt-dix-neuf pour cent et il contient un pour cent de critique. Et les gens ont sauté sur ce un pour cent-là pour ne pas parler du reste. Mais ce un pour cent, c'est un commentaire qui se justifie. Un commentaire sur un fait, sur ce qui s'est passé.

67

Et la famine et les cicatrices des highlands[1]

Certaines personnes souhaitaient bel et bien que Bill Shankly s'implique d'une façon ou d'une autre. Des gens appartenant à de grands clubs, des gens appartenant à de petits clubs. Ces gens-là pensaient que Bill Shankly pouvait rendre de grands services au football. Dans de grands clubs, dans de petits clubs. Avec sa connaissance du jeu. Sa connaissance des gens. Ces personnes appellent Bill Shankly. Ces personnes invitent Bill Shankly à venir dans leur grand club ou dans leur petit club. Pour qu'il partage sa connaissance du jeu, pour qu'il partage sa connaissance des gens. Derby County appelle Bill Shankly. Derby County demande à Bill Shankly s'il envisagerait d'accepter un rôle de conseiller au Baseball Ground, le stade du Derby County Football Club. Pour partager sa connaissance du jeu, pour partager sa connaissance des gens. Je réfléchis sérieusement à cette proposition, dit Bill Shankly à ces messieurs de la presse locale. Parce que cela me donnerait le sentiment d'appartenir de nouveau à quelque chose. J'envisage de me rendre au Baseball Ground une ou deux fois par semaine. Mais cela n'affecte en rien le poste de Colin Murphy. Et on ne me presse pas de prendre une décision. Ce n'est pas comme si on me demandait d'empoigner une pelle et de commencer à creuser une route. Mais j'aurais l'impression d'appartenir au monde du football de nouveau sans avoir les soucis d'un manager. Lorsqu'on est manager, on a davantage de soucis qu'un Premier Ministre. Et il en a suffisamment comme ça. Mais j'aurais le sentiment de participer de nouveau à quelque chose. Je

1. Sixième vers du poème de Robert Burns *Le Barde à Inverary*.

pourrais apporter mon aide à l'entraînement et à l'organisation des matchs, en m'occupant de petits détails comme trouver le meilleur endroit où prendre les repas et déterminer à quelle heure les joueurs doivent aller se coucher, et ce genre de choses. Je pourrais venir et repartir à ma guise, peut-être me rendre au stade une seule fois par semaine, ce qui me convient très bien. Je vais voir des matchs, de toute façon, donc je ne serais pas absent de chez moi plus souvent que je ne le suis déjà. Mais cela me donnerait le sentiment d'appartenir de nouveau à quelque chose. Ça fait quarante-trois ans que je suis dans le football, et parfois j'ai des sautes d'humeur et je ne tiens plus en place. Aller voir des matchs, c'est bien, mais, comme je suis du métier, ce serait mieux si j'y allais avec l'encadrement de l'équipe. Et j'aurais l'impression de participer de nouveau à quelque chose…

Et de fait Bill Shankly se met à réfléchir sérieusement à cette proposition. Bill Shankly réfléchit sérieusement. Bill Shankly se pose sérieusement la question. Doit-il aller à Derby ou doit-il s'abstenir d'aller à Derby. Bill sait ce qu'il va faire et puis Bill ne sait plus ce qu'il va faire. Doit-il aller à Derby ou doit-il s'abstenir d'aller à Derby. Encore et encore. Bill Shankly réfléchit, Bill Shankly se pose la question. Doit-il y aller ou doit-il s'abstenir d'y aller. Jusqu'au moment où Bill Shankly sait ce qu'il doit faire. Et Bill Shankly n'y va pas. Bill Shankly reste chez lui. À Liverpool. Bill Shankly attend. Il attend encore, il attend toujours. La lettre qui tombe sur le paillasson, le coup frappé à la porte. Ou l'appel au téléphone –

Tommy Docherty appelle Bill Shankly. Tommy Docherty invite Bill Shankly à Old Trafford. Pour lc match contre le Liverpool Football Club. Tommy Docherty demande à Bill Shankly s'il veut bien être l'invité de Manchester United. Pour le match contre le Liverpool Football Club. Et pour partager sa connaissance du jeu, sa connaissance des gens. Et avant le match à Old Trafford. Le match contre le Liverpool

Football Club. Tommy Docherty invite Bill Shankly à entrer avec lui dans le vestiaire d'Old Trafford. Le vestiaire de Manchester United. Bill Shankly serre la main d'Alex Stepney, de Jimmy Nicholl, de Brian Greenhoff, de Martin Buchan, de Stewart Houston, de Steve Coppell, de Lou Macari, de Sammy McIlroy, de Gordon Hill, de Jimmy Greenhoff, de Stuart Pearson et de David McCreery. Bill Shankly tape dans le dos des joueurs de Manchester United. Bill Shankly souhaite bonne chance aux joueurs de Manchester United. Bonne chance pour le match. Le match contre le Liverpool Football Club.

Après le match à Old Trafford. Le match contre le Liverpool Football Club. Le match nul 0-0 avec le Liverpool Football Club. Tommy Docherty invite Bill Shankly à dîner avec lui au restaurant d'Old Trafford. Et Bill Shankly s'installe avec Tommy Docherty au restaurant d'Old Trafford. Bill Shankly dîne avec Tommy Docherty. Bill Shankly parle avec Tommy Docherty. Plaisante avec Tommy Docherty, rit avec Tommy Docherty. Plaisante beaucoup et rit beaucoup. Jusqu'au moment où Tommy Docherty a besoin d'aller aux toilettes. Et Tommy Docherty se lève de leur table au restaurant d'Old Trafford. Tommy Docherty traverse le restaurant d'Old Trafford. En passant près de la table des dirigeants. Des dirigeants de Manchester United et des dirigeants du Liverpool Football Club. Et Sidney Reakes arrête Tommy au passage. Et Sidney Reakes dit, Je vois que Bill Shankly est ici…

Oui, dit Tommy. Bill est le bienvenu ici.

68

ô ne me parle pas du vent et de la pluie

Bill va de nouveau à Manchester en voiture. Dans le vent et sous la pluie. Bill se gare dans le parking de

Maine Road. Dans le vent et sous la pluie. Bill sort de sa voiture. Dans le vent et sous la pluie. Bill met son chapeau, Bill relève son col. Dans le vent et sous la pluie. Bill entre dans le stade. Dans le vent et sous la pluie. Bill prend place dans l'angle des tribunes situées derrière la cage du gardien de but. Dans le vent et sous la pluie. Et Bill attend le coup d'envoi du match. Dans le vent et sous la pluie. Le match à rejouer de la demi-finale de Coupe d'Angleterre entre le Liverpool Football Club et l'Everton Football Club. Dans le vent et sous la pluie. Bill est assis parmi les jeunes garçons et les jeunes filles qui ont fait le voyage de Liverpool à Manchester. Dans le vent et sous la pluie. Les jeunes garçons et les jeunes filles qui n'ont ni chapeau ni col. Dans le vent et sous la pluie. Les jeunes garçons et les jeunes filles en T-shirt ou maillot de corps. Dans le vent et sous la pluie. Les jeunes garçons et les jeunes filles trempés jusqu'aux os. Dans le vent et sous la pluie. Jusqu'aux os. Dans le vent et sous la pluie. Bill regarde le match avec les jeunes garçons et les jeunes filles. Dans le vent et sous la pluie. Bill les écoute acclamer les joueurs. Dans le vent et sous la pluie. Acclamer et acclamer. Le Liverpool Football Club. Dans le vent et sous la pluie. Après le match. Dans le vent et sous la pluie. Le match que le Liverpool Football Club a gagné. Dans le vent et sous la pluie. Bill se lève de son siège. Dans le vent et sous la pluie. Bill trempé jusqu'aux os. Dans le vent et sous la pluie. Bill sort du stade. Et dans le vent et sous la pluie. Bill est repéré par un journaliste. Dans le vent et sous la pluie. Bill est accosté par le journaliste. Dans le vent et sous la pluie. Le journaliste demande à Bill ses impressions sur le match. Et dans le vent et sous la pluie. Bill dit, J'ai reçu la pluie sur le dos pendant tout le match. Et il y avait des jeunes garçons et des jeunes filles vêtus seulement d'un T-shirt. Ils ont dépensé tout leur argent pour venir ici. Et ils étaient trempés jusqu'aux os pour leur peine. Et puis vous, les gens des médias, vous voyez ça et vous déclarez, Voilà les spectateurs dont on ne veut plus. Ce sont des hooligans. Des hooligans. Et on ne veut pas d'eux ici. Et je trouve ça consternant. Consternant. La façon dont vous les obligez à rester assis, voire debout, sous la pluie. Votre façon de les traiter comme des animaux, pire que des animaux. De les marquer au fer rouge comme du bétail, pour qu'on les traite de hooligans. Et d'espérer qu'ils ne reviendront pas. Vous ne comprenez donc pas que sans eux, sans ces garçons et ces filles, il n'y aurait pas de match ? Vous ne comprenez pas que dans tout le pays, ce sont ces gens-là qui dépensent tout leur argent et se passent même de chaussures pour soutenir leur équipe ? Bon sang, vous ne vous en rendez pas compte ? Vous n'en avez vraiment rien à foutre ?

69

Si la providence m'a envoyé ici[1]

Le Liverpool Football Club a de nouveau remporté le championnat. Pour la première fois, le Liverpool Football Club a conservé son titre de champion de la première division. Puis le Liverpool Football Club s'est déplacé au stade de Wembley. Et le Liverpool Football Club a perdu la finale de la Coupe d'Angleterre contre Manchester United. Mais le Liverpool Football Club a encore une finale à jouer. La finale de la Coupe d'Europe –

Pour la première fois.

Le Liverpool Football Club se rend à Rome pour affronter le Borussia Mönchengladbach Football Club d'Allemagne de l'Ouest au Stadio Olimpico de Rome. Et les joueurs ne sont pas seuls. Par milliers. Les supporters du Liverpool Football Club sont venus à Rome. Par milliers. En avion ou par le train. Par milliers. En voiture ou en stop. Par milliers. Avec des billets ou sans

1. Septième vers du poème de Robert Burns *Le Barde à Inverary*.

billets. Par milliers. Avec leurs banderoles. JOEY A MANGÉ DES CUISSES DE GRENOUILLES, AVALÉ LES PETITS SUISSES, ET IL VA MÂCHER GLADBACH. Par milliers. Avec leurs drapeaux. Leurs drapeaux à damier rouge et blanc. Par milliers. Avec leurs chansons : Dis donc Mama, Mama, Je ne rentre pas à midi, je pars en I-ta-lie, Dis donc Mama, Mama. Ils ne sont pas seuls –

Pas seuls.

Bill Shankly se rend à Rome, lui aussi. En compagnie des épouses des joueurs du Liverpool Football Club. En compagnie des parents des joueurs du Liverpool Football Club. Bill Shankly est invité par le Liverpool Football Club. Pour la première fois. Invité officiel à l'hôtel officiel. Le Holiday Inn Saint-Pierre, au centre de Rome. Le Holiday Inn où descendent les épouses des joueurs du Liverpool Football Club. Où descendent les parents des joueurs du Liverpool Football Club. Où descendent également les joueurs du Liverpool Football Club. Mais Bill Shankly ne traîne pas dans les couloirs ni dans la salle à manger du Holiday Inn Saint-Pierre au centre de Rome. Oh, non. Bill Shankly ne veut pas se trouver sur le chemin de qui que ce soit. Bill Shankly ne veut pas se trouver dans les jambes de qui que ce soit.

Bill se réveille de bonne heure. Le matin de la finale. Bill Shankly se rend au Stadio Olimpico. Le matin de la finale. Bill Shankly s'installe à sa place dans les tribunes du Stadio Olimpico. Le matin de la finale. Bill Shankly est le premier spectateur à s'installer. À sa place dans les tribunes. Le regard de Bill Shankly fait le tour du stade. Les sièges vides, les sièges qui attendent. Depuis sa place dans les tribunes. Bill Shankly regarde la pelouse. L'herbe et les lignes. Les poteaux et les filets. Et Bill Shankly attend. Et Bill Shankly s'inquiète. Bill Shankly redoute que les joueurs du Liverpool Football Club ne soient épuisés. Que les joueurs du Liverpool Football Club ne soient abattus. Épuisés et abattus par la défaite contre Manchester United en finale de la Coupe d'Angleterre. Épuisés et abattus par la chaleur du Stadio Olimpico de Rome. Le matin de la finale, la température est déjà de vingt-six degrés. Mais à sa place dans les tribunes du stade. Bill Shankly attend. Et Bill Shankly espère. Bill Shankly espère que Bob Paisley a fait en sorte que les joueurs du Liverpool Football Club puissent récupérer leurs forces le plus possible. Et Bill Shankly prie. Bill Shankly prie pour que les joueurs du Liverpool Football Club retrouvent leurs forces au maximum. Le matin de la finale. À sa place dans les tribunes du stade. Bill Shankly sourit. Bill Shankly sait que personne ne doit sous-estimer Bob Paisley. Bill Shankly sait que personne ne doit sous-estimer les joueurs du Liverpool Football Club. Et Bill Shankly attend. Et attend. Pendant tout l'après-midi de la finale. Bill Shankly attend. Et Bill Shankly regarde les supporters du Liverpool Football Club qui commencent à arriver au Stadio Olimpico. Pendant tout l'après-midi de la finale. Bill Shankly regarde les supporters du Liverpool Football Club qui commencent à emplir le Stadio Olimpico. Pendant tout l'après-midi de la finale. Bill Shankly voit les banderoles et les drapeaux du Liverpool Football Club qui commencent à investir le Stadio Olimpico. Les drapeaux à damier rouge et blanc. Pendant tout l'après-midi de la finale. Bill Shankly entend ce que scandent et ce que chantent les supporters du Liverpool Football Club. Ce qu'ils chantent et ce qu'il scandent commence à submerger le Stadio Olimpico. *Hé-Ho-Addio, on va gagner la Coupe. On va gagner la Coupe, on va gagner la Coupe. Hé-Ho-Addio, on va gagner la Coupe !*

Et pendant tout l'après-midi de la finale. À sa place dans les tribunes du stade. Le stade à présent un océan de drapeaux à damier rouge et blanc, le stade à présent une tempête de chansons rouge et blanc. Bill Shankly sourit. Et sourit. Bill Shankly sait que personne ne doit jamais sous-estimer les supporters du Liverpool Football Club. Le soir de la finale. Depuis sa place dans les tribunes. Depuis le bord de son siège dans les tribunes. Bill Shankly regarde les joueurs du Liverpool Football Club. Ray Clemence. Peter McDonnell. Alec Lindsay.

Tommy Smith. Emlyn Hughes. Ray Kennedy. Ian Callaghan. Alan Waddle. Kevin Keegan et Steve Heighway. Les anciens et les nouveaux. Phil Neal. Joey Jones. Jimmy Case. Terry McDermott. David Fairclough et David Johnson. Les joueurs du Liverpool Football Club qui sortent du tunnel. Les joueurs du Liverpool Football Club qui pénètrent dans le stade. Accompagnés d'une clameur assourdissante, d'une réception grandiose. Le soir de la finale. Sur le bord de son siège dans les tribunes. Bill Shankly sourit de nouveau. Bill Shankly sait qu'il n'est pas question que le Liverpool Football Club puisse perdre. Absolument pas question –

Hé-Ho-Addio, on a gagné la Coupe. On a gagné la Coupe, on a gagné la Coupe. Hé-Ho-Addio, on a gagné la Coupe !

Bill Shankly se lève de son siège. Son siège dans les tribunes. Bill Shankly se dirige vers la sortie du stade. Mais un journaliste britannique reconnaît Bill Shankly. Et le journaliste demande à Bill Shankly son avis sur le match. Son avis sur l'équipe. Là, sur la pelouse, se trouve l'équipe que vous avez contribué à construire. Qu'en pensez-vous, Bill –

Quel genre de soirée avez-vous passée ?

C'est la plus grande soirée de l'histoire du Liverpool Football Club, répond Bill Shankly. Voilà des années que le Liverpool Football Club travaille pour en arriver là. Cette soirée, c'est le résultat d'une stratégie calculée depuis longtemps, une stratégie qui repose sur la simplicité, sur une pratique qui reste une manière simple de jouer au football. Et je crois qu'à présent le monde entier comprend que c'est la meilleure façon de jouer. Les joueurs se sont montrés tout simplement fabuleux. Et les supporters aussi. Ils ont été incroyables. Et c'est tout ça, le football…

Et le journaliste remercie Bill. Et Bill Shankly s'éloigne. Au milieu des supporters du Liverpool Football Club. Venus par milliers. Qui agitent leurs banderoles, qui agitent leurs drapeaux. Leurs drapeaux à damier rouge et blanc. Par milliers. Qui scandent et qui chantent une chanson : *Hé-Ho-Addio, on a gagné la Coupe !* Qui se dirigent vers les bus, qui retournent en ville. Au milieu de ces milliers de supporters. Bill Shankly va rejoindre son bus. Le bus qui va le ramener à l'hôtel. Au milieu de ces milliers de supporters. Bill Shankly regarde tous ces drapeaux qu'on agite. Les drapeaux à damier rouge et blanc. Bill Shankly écoute l'unique chanson qui est scandée. *Hé-Ho-Addio, on a gagné la Coupe !* Parmi ces milliers de supporters. Il y en a un qui repère Bill Shankly. Et le supporter demande, C'est vraiment vous, Bill ? C'est vraiment vous ?

Oui, dit Bill Shankly. Mais ne le dis pas trop fort, mon gars. Reste discret. Je n'ai pas envie de déclencher une émeute avec tous ces fans autour de nous…

Mais qu'est-ce que vous faites ici, Bill ? Pourquoi vous n'êtes pas à l'intérieur du stade avec l'équipe, Bill ? Votre équipe…

Oui, enfin, dit Bill Shankly. Ce n'est plus mon équipe, maintenant. C'est l'équipe de Bob, à présent, mon gars. Et c'est la soirée de Bob, ce soir. Pas la mienne, mon gars.

Le supporter secoue la tête. Et le supporter dit, Ne le prenez pas mal, Bill, mais tout ça, c'est des conneries. Tout le monde sait que c'est votre équipe, Bill. C'est votre équipe, Bill. Tout le monde sait ça, Bill. L'équipe que vous avez construite, Bill. L'équipe que vous avez faite, Bill. Tout le monde sait ça, Bill. Vous devriez fêter la victoire avec les joueurs, Bill. Avec vos joueurs, Bill. Avec votre équipe, Bill.

Eh bien, c'est gentil de me dire ça, dit Bill. C'est gentil de ta part, mon gars. Merci…

Non, Bill, non. Ne me remerciez pas, Bill. S'il vous plaît, ne me remerciez pas. Parce que c'est pas simplement quelque chose que je dis, Bill. Pas seulement ça, Bill. Mais c'est la vérité, Bill. C'est la vérité. C'est nous tous qui devrions vous remercier, Bill. Nous tous qui devrions vous remercier, Bill. Sans vous, Bill, on ne serait pas ici. Sans vous, cette soirée n'aurait jamais eu lieu, Bill. Tout le monde sait ça, Bill. Sans vous, Bill, ça ne serait pas arrivé. Sans vous, Bill, ça n'aurait jamais pu se produire. Jamais, Bill. Jamais.

Non, non, dit Bill Shankly. Ça n'aurait pas pu se produire sans vous tous, mon gars. Sans vous, tous les supporters.

Alors, venez vous joindre à nous, Bill. Venez boire un verre en ville avec nous ce soir, Bill…

Merci, dit Bill Shankly. Merci, mon gars. Mais je suis un peu fatigué, maintenant. J'ai passé toute la journée au stade, mon gars. Je rentre à l'hôtel, maintenant…

Mais vous n'avez même pas d'écharpe autour du cou, Bill. Même pas d'écharpe de Liverpool sur vous, Bill. Vous ne voulez pas prendre la mienne, Bill ? Je serais fier que vous portiez la mienne ce soir, Bill –

Et le supporter dénoue l'écharpe qu'il a autour du cou. Et le supporter la noue autour du cou de Bill Shankly.

Et Bill Shankly baisse les yeux pour regarder l'écharpe qui lui entoure le cou. L'écharpe de Liverpool. Bill Shankly touche la laine de l'écharpe. La laine rouge et la laine blanche de l'écharpe de Liverpool. Et puis Bill Shankly lève de nouveau les yeux vers le supporter du Liverpool Football Club –

Merci, dit Bill Shankly. Merci, mon gars. Et je garderai précieusement cette écharpe. Je la garderai toujours. Parce que je sais ce qu'elle doit repésenter pour toi, mon gars. En ce grand soir pour notre grand club…

Le supporter du Liverpool Football Club hoche la tête. Et le supporter du Liverpool Football Club regarde Bill Shankly s'éloigner.

Entouré de milliers d'autres supporters du Liverpool Football Club. Bill Shankly se dirige vers son bus. Le bus qui doit le ramener à l'hôtel. Parmi ces milliers de supporters. Il y en a d'autres qui repèrent Bill Shankly à présent. Dans le parking. Et certains de ces supporters du Liverpool Football Club se mettent à genoux, en appui sur les mains. Dans le parking. Des milliers de supporters sont maintenant à genoux, en appui sur les mains. Dans le parking. À genoux, en appui sur les mains. La tête baissée. Les supporters à présent scandent doucement, *Shank-ly, Shank-ly, Shank-ly*. Dans le parking. Bill Shankly passe parmi eux. Parmi ces milliers de supporters. À genoux, en appui sur les mains. Bill Shankly touche leurs têtes baissées. Bill Shankly serre les mains qu'ils tendent vers lui. Et puis Bill Shankly monte dans le bus. Le bus qui va le ramener à l'hôtel.

Après le match. Après la victoire. Viennent les réjouissances. Et la soirée pour fêter l'événement. Dans la salle à manger de l'Holiday Inn. Le regard de Bill Shankly fait le tour de la pièce. Au milieu de la salle, on a disposé les tables pour former un grand rectangle. Les tables couvertes de longues nappes blanches. Les tables où s'empilent les victuailles. Mais entre ces tables. Au milieu du rectangle. Il y a une autre table. Et sur cette table est posée la Coupe d'Europe. Bill Shankly s'approche des tables. Bill Shankly s'arrête devant la Coupe d'Europe. Bill Shankly la regarde par-dessus les tables du dîner. Bill Shankly la regarde par-dessus les victuailles. Et Bill Shankly contemple la Coupe d'Europe. Hors d'atteinte. Et Bill Shankly scrute la Coupe d'Europe. Scrute le métal, la surface argentée de la Coupe d'Europe. Et Bill Shankly voit son visage reflété par la Coupe d'Europe. Altéré et déformé. Et Bill Shankly sourit. Quelques supporters du Liverpool Football Club ont réussi à pénétrer dans la salle à manger de l'Holiday Inn. Les supporters se tiennent à quatre pattes. Sous les nappes, sous les tables. Les supporters parviennent à quatre pattes dans le rectangle central, au milieu des tables. Les supporters se relèvent. Et les supporters touchent la Coupe d'Europe. Les supporters se font prendre en photo près de la Coupe d'Europe. Et l'un des supporters ressort du rectangle en passant sous les tables. À quatre pattes. Le supporter voit Bill Shankly. Bill Shankly debout devant une table. Bill Shankly qui contemple la Coupe d'Europe. Et le supporter dit, Tout ça, c'est grâce à vous, monsieur Shankly. Entièrement grâce à vous, monsieur Shankly…

Merci, dit Bill Shankly. Merci, mon gars.

70

C'est sûrement sous l'effet de la colère[1]

Bill est invité à monter dans le bus. Le bus à ciel ouvert. Et Bill monte dans le bus. Le bus à ciel ouvert. Pour le défilé dans les rues de Liverpool. Avec les joueurs du Liverpool Football Club et avec la Coupe d'Europe. Dans le bus à ciel ouvert. Avec les joueurs et leur coupe, avec les joueurs et leurs bouteilles. Dans le bus à ciel ouvert. De nombreux joueurs sont encore ivres de la nuit précédente. Du triomphe de la nuit précédente. Kevin Keegan a gardé un cocard de la nuit précédente. Des festivités de la nuit précédente. Et dans le bus à ciel ouvert. Bill essaie de calmer certains des joueurs du Liverpool Football Club. Dans le bus à ciel ouvert. Bill tente de convaincre certains joueurs de lâcher leur bouteille. Dans le bus à ciel ouvert. Bill veut que les joueurs du Liverpool Football Club voient les supporters du Liverpool Football Club. Les milliers de supporters du Liverpool Football Club. Et pas seulement les supporters du Liverpool Football Club. Les supporters de l'Everton Football Club. Tous les habitants de la ville de Liverpool font la haie dans les rues de la ville de Liverpool. Pour applaudir les joueurs du Liverpool Football Club, pour acclamer les joueurs du Liverpool Football Club. Dans le bus à ciel ouvert. Bill a envie que les joueurs du Liverpool Football Club s'imprègnent de ces scènes dans les rues de Liverpool. Dans

1. Huitième et dernier vers du poème de Robert Burns *Le barde à Inverary*.

le bus à ciel ouvert. Bill a envie que les joueurs du Liverpool Football Club n'oublient jamais ces scènes dans les rues de Liverpool. Dans le bus à ciel ouvert. Bill a envie que les joueurs du Liverpool Football Club se rappellent pour toujours ces scènes dans les rues de Liverpool. Dans le bus à ciel ouvert. Bill a envie que les joueurs du Liverpool Football Club se rappellent pour toujours les supporters du Liverpool Football Club.

Dans William Brown Street. Bill descend du bus avec les joueurs et les entraîneurs du Liverpool Football Club. Dans William Brown Street. Bill monte l'escalier qui mène à l'estrade installée devant la bibliothèque Picton. Avec les joueurs et les entraîneurs du Liverpool Football Club. Devant les colonnes corinthiennes de la bibliothèque Picton. Bill prend place avec les joueurs et les entraîneurs du Liverpool Football Club et leurs familles. Et devant les colonnes corinthiennes de la bibliothèque Picton. Bill se rappelle la première fois où il s'est trouvé ici. Devant les colonnes corinthiennes de la bibliothèque Picton. Les nombreuses fois où il s'est trouvé ici. Devant les colonnes corinthiennes de la bibliothèque Picton. La dernière fois où il s'est trouvé ici. Mais devant les colonnes corinthiennes de la bibliothèque Picton. Bill n'en croit pas ses yeux. Bill voit certains des joueurs du Liverpool Football Club qui tanguent sur leurs jambes. Certains des joueurs du Liverpool Football Club qui ont du mal à rester debout. Certains des joueurs du Liverpool Football Club qui sont trop ivres pour garder l'équilibre. Et devant les colonnes corinthiennes de la bibliothèque Picton. Bill se détourne, Bill regarde ailleurs. Devant les colonnes corinthiennes de la bibliothèque Picton. Bill baisse les yeux, Bill regarde ses chaussures. Devant les colonnes corinthiennes de la bibliothèque Picton. Bill entend Bob Paisley dire, Depuis trente-huit ans que je suis ici, je n'ai jamais rien vu de pareil à aujourd'hui. C'est le plus grand jour de la vie du Liverpool Football Club. Et devant les colonnes corinthiennes de la bibliothèque Picton. Bill n'en croit pas ses oreilles. Bill entend

Emlyn Hughes arracher le microphone des mains de Bob Paisley. Et Bill entend Emlyn Hughes chanter, *Na na, na-na-na, Liverpool, c'est magique, Everton c'est tragique. Na na, na-na-na, Everton c'est tragique…*

Et devant les colonnes corinthiennes de la bibliothèque Picton. Bill a du mal à respirer. Bill ne peut plus retenir ses larmes.

71

Voilà quelle était votre vie

Bob Paisley a gagné la Coupe d'Europe. Jock Stein et Matt Busby ont également remporté la Coupe d'Europe. Mais Bob Paisley est le premier Anglais à gagner la Coupe d'Europe. Bob Paisley est le Manager de l'année. Le prix du Manager de l'année est sponsorisé par le Whisky Bell's. Le Whisky Bell's demande à Bill Shankly s'il accepterait de remettre à Bob Paisley son prix du Manager de l'année –

Oui, répond Bill Shankly. J'accepte.

Dans la salle à manger de l'hôtel. Devant tous les managers de tous les clubs de football d'Angleterre. Bill Shankly se lève. Bill Shankly se dirige vers le devant de la pièce. Et Bill Shankly se tourne vers l'assistance –

Vous pensez tous, probablement, que je suis jaloux de devoir remettre cette merveilleuse récompense à Bob Paisley, le Manager de l'année, dit Bill Shankly. Eh bien, vous avez sacrément raison de le penser !

Et dans la salle à manger de l'hôtel. Tous les managers de tous les clubs de football d'Angleterre s'esclaffent. Et Bob Paisley se lève. Bob Paisley se dirige vers le devant de la pièce. Bob Paisley serre la main de Bill Shankly. Bob Paisley remercie Bill Shankly. Et Bob Paisley dit, Quand j'ai succédé à Bill, j'ai dit que je me contenterais d'une goutte de Bell's une fois par mois, une grande bouteille à la fin de la saison, et un tour de ville en bus à ciel ouvert ! Alors, merci beaucoup. Remarquez, j'ai connu des moments difficiles, aussi. À l'issue de ma première année, nous avons fini deuxièmes…

Et dans la salle à manger de l'hôtel. Tous les managers de tous les clubs de football d'Angleterre s'esclaffent de nouveau. Et tous les managers de tous les clubs de football d'Angleterre applaudissent Bob Paisley. Et Bill Shankly sourit.

Les producteurs de *Voilà votre vie* ont prévu de surprendre Bob Paisley à Londres après le match du Liverpool Football Club contre les Queens Park Rangers. Les producteurs de *Voilà votre vie* ont demandé à Bill Shankly s'il accepterait d'apparaître dans cet hommage à la vie de Bob Paisley –

Oui, a répondu Bill Shankly. J'accepte.

Dans le studio de télévision. Devant le public. Bill Shankly surgit de derrière le décor. Bill Shankly rejoint Bob Paisley. Bill Shankly serre la main de Bob Paisley –

Bob et moi, on se s'est jamais disputés, dit Bill Shankly. On n'avait pas le temps. On était trop occupés à chercher de nouveaux endroits où ranger toutes les coupes qu'on allait gagner.

Et dans le studio de télévision. Bob Paisley rit. Eamonn Andrews rit. Et le public rit. Et chez eux. Les téléspectateurs rient. Tout le monde rit.

Et Bill Shankly sourit.

72

Ne me laissez pas vous retarder

Dans la maison, dans leur cuisine. Bill aide Ness à débarrasser la table du petit déjeuner. Bill essuie la vaisselle du petit déjeuner. Dans la maison, dans le vestibule. Bill prend le journal sur la table du vestibule. Dans la maison, dans leur salon. Dans son fauteuil. Bill lit le journal. Bill finit le journal. Bill repose le journal. Dans la maison, dans leur salon. Bill regarde par la fenêtre. À travers la buée qui couvre l'intérieur de la vitre, à travers les gouttes de pluie qui couvrent l'extérieur de la vitre. Bill regarde les gens qui partent au travail. Bill regarde les enfants qui partent à l'école. Dans la maison, dans leur salon. Bill entend Ness qui époussette le vestibule. Bill entend Ness qui passe l'aspirateur dans le vestibule. Dans la maison, dans leur chambre. Bill met son costume. Bill noue sa cravate. Dans la maison, dans le vestibule. Bill met son pardessus. Bill prend son parapluie. Et Bill dit, Je vais faire un tour, chérie. Un saut jusqu'aux magasins pour acheter un journal.

Il pleut des cordes, dehors, dit Ness. Tu vas revenir trempé, chéri. Trempé jusqu'aux os.

Bill sourit. Et Bill dit, Non, chérie. Non. J'ai mon parapluie et j'ai mis mon pardessus. Et quelques gouttes de pluie n'ont jamais fait de mal à personne, chérie. Et prendre un peu d'exercice, ça me fera du bien. Et comme ça, je ne serai pas dans tes jambes, chérie.

Ma foi, si tu es bien décidé, alors vas-y, chéri. Vas-y. Mais fais bien attention à toi, chéri. Et à tout à l'heure.

Bill embrasse Ness sur la joue. Et Bill dit, Merci, chérie.

Au café d'Eaton Road, à West Derby, Liverpool. En costume et cravate. Bill est assis derrière la baie vitrée. Couverte de buée à l'intérieur, de gouttes de pluie à l'extérieur. En costume et cravate. Bill regarde à travers la baie vitrée du café d'Eaton Road à West Derby, Liverpool. À travers la buée, à travers les gouttes de pluie. Bill regarde les passants, dans la rue. Sous la pluie. Bill regarde les gens qui partent au travail. Sous la pluie. Les gens qui font leurs courses. Sous la pluie. Des gens occupés, des gens affairés. Sous la pluie. Au café d'Eaton Road, à West Derby, Liverpool. En costume et cravate. Bill pose de nouveau les yeux sur son journal, sur la table. Le journal qu'il a déjà lu. Deux fois. Bill soulève sa tasse de thé. Bill en boit encore une gorgée. Le thé est froid, le thé est dans la tasse depuis trop longtemps. Bill entend la porte du café s'ouvrir. Bill lève les yeux. Et Bill voit un type qu'il connaît. Un type qui vient parfois dans ce café prendre son petit déjeuner. Un type qui vient toujours bavarder un bon moment avec Bill quand il le voit. Et Bill dit, Salut, mon gars. Comment ça va, mon gars ? Tu m'as l'air trempé jusqu'aux os, mon gars. Assieds-toi donc. Et garnis-toi l'estomac avec quelque chose de chaud, mon gars. Avec une bonne tasse de thé par-dessus, mon gars…

Le type sourit. Le type approche une chaise. Le type s'assied à la table de Bill. Et le type sourit de nouveau –

Je suis content de vous voir, Bill. Ravi de vous revoir. Mais comment allez-vous, Bill ? Ça va bien ?

Oh, je vais très bien, merci. Merci, mon gars. Merci. Remarque, j'ai récolté un gnon lundi dans le match à cinq contre cinq. Mais ça ira mieux vendredi. Je serai remis pour jouer vendredi, je ne m'inquiète pas. Et toi, alors ? Comment vas-tu, mon gars ? Ça fait une éternité que je ne te vois plus ici. Tu dois être très occupé, mon gars. On te donne beaucoup de choses à faire, à ton travail ?

Oui, oui. On a du boulot, Bill. On a du boulot. Mais, je veux dire, je ne peux pas me plaindre. Je n'ai aucune raison de râler. Au moins, on a du boulot, Bill. Au moins, j'ai un emploi. Je veux dire, je fais partie de ceux qui ont de la chance, par les temps qui courent, Bill.

Oh, oui. Tu as raison, mon gars. Tu as raison. Les temps sont difficiles pour tellement de gens, mon gars. En fait, c'est une période terrible pour beaucoup d'entre nous. Je trouve que c'est consternant, mon gars. Cette façon dont le pays fonctionne. En marche arrière, mon gars. En marche arrière. Donc, tu fais bien de t'estimer heureux, mon gars. Tu fais bien. Tu as ton emploi, tu as ton travail. Tu as ta famille et tu es en bonne santé. C'est ça qui compte, mon gars. C'est ça, l'important.

Ça, et le football, dit le type. N'oubliez pas le football, Bill. Au moins, on a toujours le football…

Ma foi, oui. Tu as raison, mon gars. Tu as raison. On a toujours le football, mon gars. Toujours le football. Quel que soit le gâchis que font les politiciens, mon gars. Quelle que soit l'ampleur des dégâts qu'ils provoquent dans le monde entier. Il nous reste toujours le football, mon gars. On peut toujours se consoler avec ça…

La serveuse apporte un petit déjeuner à l'interlocuteur de Bill Shankly. Le type empoigne sa fourchette et son couteau. Et Bill lui dit, Vas-y, mon gars, vas-y. Attaque. Il faut que tu te sustentes. Pour entretenir tes forces…

Le type hoche la tête –

Et au moins, on a droit à une bonne saison, Bill. Dieu merci, on a droit à une bonne saison, hein ?

Enfin, oui. À Anfield, à domicile. Les résultats sont là. Oui. Ça va. Pas mal, pas mal du tout. Mais à l'extérieur, ailleurs qu'à Anfield. C'est une autre histoire, mon gars. Une tout autre histoire. Et pour être franc avec toi, mon gars. Je m'inquiète. Je suis très inquiet, mon gars. Bon, je sais bien qu'ils ont gagné à l'extérieur contre Leicester samedi. Mais ils ont perdu contre City, ils ont perdu contre United. Et ils ont perdu contre Queens Park Rangers. Et justement, on ne peut pas se permettre de perdre à l'extérieur contre Queens Park Rangers, mon gars. On ne peut pas perdre là-bas si on veut gagner le championnat. Pas si on veut gagner le championnat, mon gars. Et ils ont perdu à domicile contre Villa, en plus. À Anfield, mon gars. Et puis il y a eu tous ces matchs nuls. Tu te rends compte, déjà cinq nuls, mon gars…

Le type hoche la tête de nouveau –

Mais vous pensez qu'on peut encore gagner le championnat, n'est-ce pas, Bill ? Vous croyez que c'est encore possible…

Ma foi, ça ne sera pas facile. Je peux te le dire, mon gars. Ça ne sera pas facile. Je veux dire, on doit encore affronter Forest, mon gars. À domicile et à l'extérieur.

Mais vous ne pensez pas que Forest peut gagner le championnat, quand même, Bill ?

Bill sourit. Et Bill dit, Vraiment, rien ne pourrait me surprendre, avec Brian. Pas avec Brian Clough, mon gars. Je l'ai toujours admiré. Je l'ai toujours respecté, mon gars. Et nous bavardons souvent ensemble. Il m'appelle souvent, mon gars. Pour savoir ce que je pense, pour me sonder. C'est un homme très intelligent, mon gars. Et un socialiste, en plus. Un homme selon mon cœur, mon gars…

Mais Dalglish, il fait du bon travail chez nous, n'est-ce pas, Bill ? Bon, j'ai cru qu'il lui faudrait peut-être un moment pour trouver ses marques. Du temps pour se sentir chez lui, Bill. Mais pourtant, je suis vraiment surpris de tout ce qu'il a réussi depuis son arrivée…

Ah, ça, oui. Mais moi, je ne suis pas surpris, mon gars. Pas surpris du tout. Je veux dire, je suis Kenny Dalglish depuis l'époque où il avait quinze ans. Oui, quand il n'avait encore que quinze ans, j'ai fait venir Kenny ici pour un test. Et j'ai vu qu'il était doué. Il était doué, mon gars. Même à ce moment-là. À quinze ans. Je m'en souviens bien. Après son test, Reuben et moi. On l'a ramené en voiture à la YMCA. Et j'étais prêt à lui signer un contrat sur-le-champ. Sans aucune hésitation ! Mais ce gamin, sa famille lui manquait. Il n'avait que quinze ans. Et il ne voulait pas quitter la maison. Et alors, je me souviens que j'ai appelé Jock Stein. Et j'ai dit à Jock, j'ai dit, John, je n'arrive pas à croire que personne n'ait engagé ce môme. Ce môme est brillant. Ce môme est incroyable. Et Jock a engagé Kenny. Sur-le-champ. Même si Kenny était un fan des Rangers ! Jock l'a pris dans son club. Et c'était très bien. C'était fabuleux. Je veux dire, puisqu'il ne devait pas venir à Anfield. Puisqu'il ne devait pas jouer pour nous. Alors, le Celtic, c'était le meilleur club pour lui. Avec Jock pour veiller sur lui. Donc, ça fait des années que je garde un œil sur lui, mon gars. Des années. Alors, ça ne me surprend pas qu'il réussisse aussi bien. Ça ne me surprend pas du tout. Et je vais te dire autre chose, mon gars. Ce n'est que le début. Ce n'est que le début pour Kenny à Anfield, mon gars. Et il ne va pas se laisser griser. Non, ce n'est pas le genre de Kenny, mon gars. Par exemple, le soir où il a signé pour Liverpool. Big John Toshack l'a amené chez moi, ici, à West Derby. Parce que John sait comment ça se passe. Quel que soit ton âge. Quoi que tu aies déjà fait dans le football. Tu te retrouves dans une ville inconnue. Tu es coincé dans ton hôtel. Loin de ta famille, loin de chez toi. Alors John l'a amené à la maison. Pour prendre une tasse de thé avec moi et avec Ness. Et on a pris une bonne tasse de thé et on a bavardé gentiment avec lui. Et je lui ai dit, Kenny. J'ai dit, J'ai seulement deux conseils à te donner, petit. Évite de te goinfrer dans ce foutu hôtel. Et ne perds pas ton accent !

Le type en rigole. Le type repose son couteau et sa fourchette –

Alors, vous pensez qu'il va marquer samedi, Bill ?

Oui. Aucun doute là-dessus, mon gars. Absolument aucun doute.

Et vous serez au stade, Bill, oui ?

Ah, oui. Qu'il pleuve ou qu'il vente…

Le type jette un regard à travers la baie vitrée du café. Le type jette un coup d'œil à sa montre. Le type secoue la tête –

Bon, je crois que je ferais mieux d'y retourner, Bill. De retourner au boulot…

Bill se lève. Bill prend son parapluie. Bill tend son parapluie au type. Et Bill dit, Prends ça avec toi, alors, mon gars.

Oh, non, dit le type. Je ne peux pas faire ça, Bill. Et vous, alors ? Qu'est-ce que vous allez faire, Bill ? Vous allez vous tremper…

Bill secoue la tête. Et Bill dit, Prends-le, mon gars. Prends-le. Tu dois retourner à ton travail, mon gars. Tu en as davantage besoin que moi. Moi, tu vois, je peux rester ici jusqu'à ce que la pluie s'arrête. Ou je peux me sécher quand je serai rentré chez moi. Mais toi, tu dois retourner au travail. Tu as ton boulot qui t'attend…

Eh bien, merci, alors. Et je repasserai ici demain, Bill. Je vous le rapporterai à ce moment-là…

Bill secoue la tête. Et Bill dit, Rien ne presse, mon gars. Rien ne presse. Donc, ce n'est pas la peine que tu te déplaces pour si peu. Que tu viennes spécialement pour ça, mon gars. Pas pour moi, mon gars. Pas pour moi.

Merci, dit le type. Encore merci, Bill. Et j'espère vous revoir bientôt. Et prenez bien soin de vous, Bill.

Bill hoche la tête. Bill sourit. Et Bill dit, Et ne te tue pas à la tâche non plus, mon gars. Épargne-toi un peu…

Et Bill se rassied à la table derrière la baie vitrée du café d'Eaton Road à West Derby, Liverpool. En costume et cravate. Bill pose de nouveau les yeux sur son journal, sur la table. Bill reprend son journal. Bill passe aux pages sportives à la fin du journal. Bill entend la porte du café s'ouvrir. Bill lève les yeux de son journal. Et Bill voit un type qu'il connaît. Un type qui vient parfois déjeuner dans ce café. Un type qui vient toujours bavarder un bon moment avec Bill quand il le voit. Et Bill repose son journal. Et Bill dit, Salut, mon gars. Comment ça va, mon gars ? Tu m'as l'air trempé jusqu'aux os, mon gars. Assieds-toi donc. Et garnis-toi l'estomac avec quelque chose de chaud, mon gars. Avec une bonne tasse de thé par-dessus, mon gars…

73

À tue-tête

Le Liverpool Football Club a battu West Ham United 2-0. À domicile, à Anfield. Dalglish a marqué à la 37e minute. Et Fairclough a marqué à la 82e minute. Dans la tribune de presse. La tribune de presse d'Anfield. Avec leurs stylos et leurs calepins. Ces messieurs de la presse prennent frénétiquement des notes. La presse nationale et la presse locale. La presse de Londres et la presse de Liverpool. Ces messieurs de la presse cessent de prendre des notes. Ces messieurs de la presse rangent leurs stylos. Ils rangent leurs calepins. Et ces messieurs de la presse quittent la tribune de presse. Ils sortent dans le couloir. Dans le couloir d'Anfield –

Les voilà, dit Bill Shankly. Bill Shankly dans le couloir qui mène à la tribune de presse. À la tribune de presse d'Anfield. Bill Shankly s'est posté dans le couloir, Bill Shankly attend dans le couloir. Dans le couloir d'Anfield –

Les voilà. Norman Fox du *London Times*. Journaliste hors du commun. Quel talent, quelle plume ! Bob Greaves de Granada Television. Suprême personnalité télévisuelle. Quel présentateur ! De grands professionnels, de vrais professionnels. Sans cesse au travail, fureteurs infatigables. À la recherche de nouveaux angles d'approche, de nouvelles informations. Ne prenant jamais de repos. Les voilà tous. Ils sont à ma recherche, sans aucun doute. Pour recueillir mes opinions, pour me sonder. Alors, approchez, messieurs. Me voici, me voici. Vous m'avez trouvé, vous m'avez trouvé. Alors, que voulez-vous savoir, messieurs ?

À la sortie de la tribune de presse. De la tribune de presse d'Anfield. Dans le couloir. Le couloir d'Anfield. Ces messieurs de la presse sourient. Et ces messieurs de la presse demandent à Bill Shankly qui devrait être, à son avis, le prochain manager de l'équipe d'Angleterre. Bill pense-t-il que ce devrait être Ron Greenwood ? Bill pense-t-il que ce devrait être Lawrie McMenemy ? Bill pense-t-il que ce devrait être Brian Clough ? Bill pense-t-il que ce poste pourrait même intéresser sérieusement Brian Clough ?

Oh, ma foi, dit Bill Shankly. Brian et moi, nous bavardons souvent. Nous parlons souvent. Par conséquent, je connais bien Brian. Et c'est pourquoi je sais que Brian ne viendrait pas à Londres s'il n'avait pas envie d'être nommé à ce poste. Si ce poste ne l'intéressait pas…

Ces messieurs de la presse hochent la tête. Et ces messieurs de la presse demandent, Mais pensez-vous que Brian Clough serait compétent à ce poste, Bill ? Pensez-vous qu'il ferait un bon manager de l'équipe d'Angleterre ?

Oh, pour moi, ça ne fait aucun doute, répond Bill Shankly. Absolument aucun doute. Brian adore le football. Brian a une vraie passion pour le football. Et son amour du football. Sa passion pour le football. Voilà les deux moteurs qui lui ont permis d'accumuler les succès. Et je crois que c'est lui que le public choisirait, en plus. Parce que c'est un homme du peuple. Un homme comme moi…

À la sortie de la tribune de presse. De la tribune de presse d'Anfield. Dans le couloir. Le couloir d'Anfield. Ces messieurs de la presse hochent la tête. Ces messieurs de la presse sourient. De la presse locale et de la presse nationale. De la presse de Liverpool et de la presse de Londres. Mais à présent ces messieurs de la presse de Londres regardent leurs montres. Et maintenant ces messieurs de la presse de Londres commencent à s'éloigner discrètement. Pour aller décrocher un téléphone, pour aller transmettre leur compte rendu. Mais à la sortie de la tribune de presse. De la tribune de presse d'Anfield. Dans le couloir. Le couloir d'Anfield. Ces messieurs de la presse de Liverpool ne regardent pas leurs montres. Ces messieurs de la presse de Liverpool ne commencent pas à s'éloigner discrètement. À la sortie de la tribune de presse. De la tribune de presse d'Anfield. Dans le couloir. Le couloir d'Anfield. Ces messieurs de la presse de Liverpool posent à Bill des questions sur le match. Bill pense-t-il que cela a été un bon match ? Bill pense-t-il que Liverpool a franchi le cap décisif, à présent ? Après deux victoires d'affilée ?

Oh, ma foi, répète Bill Shankly. C'est difficile à dire. Très difficile à dire. Bon, cela faisait plaisir de voir Thompson de retour dans l'équipe. Vraiment plaisir qu'il soit de retour. Mais il va avoir besoin de se réaffirmer. De reconstruire son interaction avec Emlyn Hughes. Voilà ce que Thompson va devoir faire. Parce que West Ham a bien failli les prendre en défaut. Ils y sont presque arrivés. En fait, je crois qu'ils ont un peu joué de malchance, West Ham United. Je veux dire, se retrouver menés un but à rien à la mi-temps, j'ai trouvé que ce n'était pas de chance. Vraiment pas de chance. Franchement, Brooking et Curbishley étaient très rapides. Ces deux-là étaient très au point. Et ils ont fait des passes superbes. Des passes très propres, de toute beauté. Mais leurs buteurs n'ont pas été à la hauteur. Et en plus, perdre Taylor n'a rien arrangé à leur affaire. Ça a été un coup dur pour West Ham. Un sale coup. Et je pense qu'ils ne s'en sont jamais remis. Si Taylor n'avait pas été obligé de sortir. Alors je crois que le match aurait été très différent, une tout autre histoire, messieurs.

Ces messieurs de la presse de Liverpool hochent la tête. Et ces messieurs de la presse de Liverpool demandent, Et les buts, Bill ? Les buts de Liverpool ?

Eh bien, dit Bill Shankly. C'étaient de bons buts. Oui. D'excellents buts. En fait, il me semble que la tête de Thompson aurait pu rentrer. Je crois que Dalglish a apporté la touche finale. Je crois que c'est à lui qu'on en attribuera le mérite. Mais ce mérite, Thompson en a sa part, aussi. Et puis le corner de Heighway pour le second but, c'était un tir étonnant. Et il a fait un match superbe. Oui. De bien des façons, je pense que c'est Heighway qui a fait la différence. Il a été brillant. Brillant. Certaines de ses descentes, certains de ses centres. C'était comme si on regardait Tom Finney à son summum. Tommy Finney au meilleur de sa forme…

Ces messieurs de la presse de Liverpool hochent la tête. Ces messieurs de la presse de Liverpool sourient. Et ces messieurs de la presse de Liverpool disent, À vous entendre, Bill, on a l'impression que vous commentez une finale de coupe…

Oh, oui, dit Bill Shankly. Oui. Voyez-vous, pour moi, chaque match, chaque jour reste encore un jour de finale de coupe. Ça a toujours été comme ça. Et ça le sera toujours. Et personne, quoi qu'on dise et quoi qu'on fasse, personne ne m'ôtera jamais ça. Personne. Parce que tout ce que je fais, le moindre geste que je fais. Que je signe un autographe ou que je lave ma voiture. Je le fais avec enthousiasme. Je le fais avec fierté. Et cela veut dire qu'il y a une certaine pression derrière. Comme pour une finale de coupe. Une finale de coupe chaque jour. Derrière tout ce que je fais. Derrière chaque chose que je fais. Parce que je me suis toujours motivé. Sur toute la ligne. Sur chaque portion du chemin. Et je ne vais pas m'arrêter maintenant.

À vrai dire, je ne pense pas que je pourrais m'arrêter. Même si je le voulais. Et je ne le veux pas. Je veux ne jamais m'arrêter. Je veux continuer à me motiver. Et continuer à me pousser en avant. Parce que ça s'appelle l'ambition. Et c'est ça qui me fait avancer. L'ambition vous fait avancer. Et c'est l'ambition qui m'a fait avancer. Pendant toutes ces années. Je veux dire, si on n'a pas d'ambition. Si on n'a aucune ambition. Alors, on ferait aussi bien de se mettre dans un cercueil tout de suite !

Ces messieurs de la presse de Liverpool hochent la tête de nouveau. Ces messieurs de la presse de Liverpool sourient de nouveau. Et ces messieurs de la presse de Liverpool disent, Eh bien, on dirait que cela vous maintient en forme, Bill ?

Oh, oui, répète Bill Shankly. Oui. Se maintenir en forme, c'est ce qu'il y a de plus important. Si on est en forme physiquement, on est en forme mentalement. On est vigilant. On est vif. Voilà pourquoi je suis vigilant. Et je suis vif. Aussi vigilant que j'aie jamais pu l'être et aussi vif que j'aie jamais pu l'être. Et garder la forme, j'ai toujours eu ça dans le sang. Rester vigilant, rester vif. En fait, je ne pèse toujours que soixante-quinze kilos. C'est seulement un kilo et demi de plus qu'à l'époque où j'étais encore joueur professionnel, bon sang ! Quand je jouais il y a trente ans !

Ces messieurs de la presse de Liverpool rient. Et ces messieurs de la presse de Liverpool demandent, Alors, vous n'êtes tenté par aucune de ces propositions qu'on vous fait, Bill ? Ces propositions dont on entend parler régulièrement. Ces propositions dont la presse fait écho régulièrement. Parce que vous êtes suffisamment affûté, Bill, de toute évidence. Et vous êtes en bonne santé. Alors, ça ne vous tente pas, Bill ?

Oh, ma foi, répond Bill Shankly. C'est difficile à dire, messieurs. C'est très difficile à dire. Certes, oui, j'ai reçu des propositions pratiquement chaque mois depuis que j'ai donné ma démission ici. Faites par les présidents et les vice-présidents de je-ne-sais-plus-combien de clubs de football différents. De pratiquement tous les clubs du pays ! Et, bien sûr, j'ai trouvé ça très flatteur. Et, oui, j'ai été tenté. Mais, en fait, pour une raison ou une autre, ces emplois n'étaient pas pour moi. Ces propositions ne me convenaient pas, tout simplement. C'est-à-dire, beaucoup d'entre elles nécessitaient que je me rende beaucoup trop loin de chez moi. Loin de Liverpool. Et même si ça ne me dérange pas de me déplacer. De me déplacer avec un club. Je n'aime pas passer la nuit ailleurs que chez moi. Et par conséquent, je ne veux pas un emploi à plein temps. Ce n'est pas ce qui m'intéresse. Mais j'aimerais participer à la vie d'un club de football. En tant que conseiller, voyez-vous ? Pour utiliser mon expérience en la matière. Ma connaissance du jeu, ma connaissance des gens. Et faire partie d'une équipe, de nouveau. Oui. Faire partie d'une équipe, comme avant. Je crois que ça me ferait rajeunir de dix ans. Oui. De dix ans.

74

Les matchs du jour

Dans la maison, dans leur salon. Dans le soir et dans le silence. Bill se lève de son fauteuil. Bill s'approche de la télévision. Bill éteint la télévision. Bill quitte le salon. Bill se rend dans le vestibule. Bill décroche le téléphone. Bill compose un numéro. Dans la maison, dans leur vestibule. Bill écoute le téléphone sonner. Et sonner. Et puis Bill entend Peter Robinson dire, Allô ?

Et Bill dit, Allô, Peter ? Allô ? Ce n'est que moi. C'est Bill. Dis-moi, est-ce que tu viens de voir les matchs à la télé ? Dans *Les matchs du jour* ?

Oui, répond Peter Robinson. Je les ai vus. J'ai regardé l'émission.

Alors, qu'est-ce que tu en as pensé, Peter ? Qu'est-ce que tu en as pensé ? Pour ma part, je trouve que c'est un bon résultat. Un très bon résultat pour Everton, tu ne crois pas ? Je veux dire, il me semble que ça a dû surprendre beaucoup de gens.

Oui, répète Peter Robinson. C'est un bon résultat.

Mais moi, je ne peux pas dire que ça me surprenne, Peter. Je ne peux pas dire que ça me surprenne beaucoup. Enfin, vu la formation que Gordon leur a concoctée.

Oui, dit Peter Robinson. Ils paraissaient très efficaces. Très bien organisés. Mais ce qui m'a surpris, c'est qu'il laisse McKenzie sur le banc.

Oh, ça… Je ne peux pas dire que ça m'ait étonné, Peter. Pas vraiment. Pas quand on connaît Gordon. Pas quand on voit de quelle façon il est arrivé à faire jouer le collectif. On voit bien qu'il croit à l'importance de l'équipe. À l'importance de l'individualité qui connaît sa place au sein du système. Au sein de l'équipe. Cela dit, McKenzie a du talent, je suis d'accord. Un grand talent, j'en conviens, Peter. Mais il a tendance à faire son intéressant. Et à être un tout petit peu trop gourmand. Et à ne pas savoir rester à sa place, sa place dans l'équipe. Alors, je comprends pourquoi Gordon n'a pas fait appel à lui, pourquoi il l'a laissé sur le banc.

Oui, dit Peter Robinson. Il lui arrive de faire son bêcheur…

C'est ça, Peter. Exactement ça. Il lui arrive de faire son bêcheur. Et l'équipe marchait suffisamment bien sans lui. Sans lui et ses simagrées. Donc Gordon n'a pas eu à le faire intervenir. Il n'a pas eu besoin de lui. Alors que l'équipe jouait si bien. En fait, j'ai eu l'impression qu'ils ont baladé Chelsea de bout en bout. Pour être franc, c'était un peu une promenade de santé pour Everton. Bon, d'accord, ils se sont permis de laisser Chelsea cavaler. Mais pas plus loin que la surface de réparation, remarque bien. Parce qu'ils savaient que Chelsea n'irait pas plus loin. Chelsea ne pouvait pas aller plus loin. Pas avec Higgins, Jones et Pejic. Higgins, Jones et Pejic étaient très solides. Très forts, Peter. Je veux dire, ils ont même laissé un mètre d'avance à Cooke au démarrage.

Il a quand même eu deux belles occasions, dit Peter Robinson.

C'est vrai, Peter. Oui, il en a eu deux. Tu as raison, Peter. Mais ses frappes ne sont jamais aussi bonnes que ses passes. Et les gars d'Everton le savent. Ils le savaient. C'est plutôt Wilkins qu'ils surveillaient, je crois. Lui, il représentait un danger. Il représente toujours un danger, ce Wilkins. Il fait tout. Il court après tous les ballons. C'est un terrier. Un terrier, Peter. Mais, remarque bien, Buckley, Dawson et King n'ont jamais perdu le contrôle du milieu de terrain. Ils n'ont jamais concédé le contrôle du milieu de terrain. Mais pourtant, comme tu le dis. Comme tu le dis, Peter. Chelsea avait ses chances malgré tout. Deux occasions, même. Et le match aurait pu tourner autrement. Tout autrement. S'ils avaient saisi l'une de ces chances. Si Everton avait dû courir après le score. L'histoire aurait pu se terminer différemment. Mais pour être franc avec toi, Peter, je n'y croyais pas. Je n'ai jamais pensé que ça allait arriver. Parce que Chelsea a besoin d'un homme comme Latchford. D'un joueur comme Latchford. Un joueur qui n'hésite jamais à tenter sa chance. Je veux dire, c'est ce genre de joueur qui manque à Chelsea. Ce genre d'homme.

Tu penses qu'il y avait penalty ? demande Peter Robinson.

Non, non. Je ne le pense pas, Peter. Non. D'ailleurs, le gars Pejic a dit que ce n'était pas sa main qui avait touché le ballon. C'était la main du gardien. Celle de Wood. Et à la façon dont les joueurs ont protesté. La façon dont les joueurs d'Everton ont réagi. Je suis sûr qu'il n'y a jamais eu penalty. Et ça aurait été plutôt rude si le buteur avait marqué ensuite. Alors, je pense que justice a été faite. La justice a eu le dernier mot.

Qu'est-ce que tu as pensé de George Wood ? demande Peter Robinson. Je trouve qu'il a fait deux très beaux arrêts, n'est-ce pas ?

Oui et non, Peter. Oui et non. Oui, c'étaient de beaux arrêts. Oui. Mais c'étaient des arrêts qu'il n'était pas censé manquer. C'est son boulot, Peter. Je veux dire, il n'a rien fait d'autre que son travail. Mais tu as vu l'autre match, aussi ? Tu as regardé Birmingham–Forest, Peter ?

Oui, dit Peter Robinson. Je l'ai vu, Bill.

Eh bien alors, tu as vu un très bel arrêt, dans celui-là. Un arrêt exceptionnel de Shilton. Bon, pour commencer, Francis a fait un lob magnifique. Une reprise de volée de toute beauté. Il a réussi tout ce qu'il a tenté. Mais il y avait Shilton. Avec son plongeon oblique, avec son arrêt exceptionnel. Il n'y a pas beaucoup de gardiens qui l'auraient bloqué, celui-là, Peter. Pas beaucoup d'hommes, je peux te le dire. Ce tir-là, il allait rentrer, il devait finir dans les filets. Sans problème. Sans aucun doute. Mais il y avait Shilton. Shilton et sa détente invraisemblable. Franchement, qu'il ait réussi à capter ça ! Que Shilton soit parvenu à arrêter ce ballon… C'est carrément incroyable !

Et Forest est encore en tête du classement, dit Peter Robinson. Et Peter Robinson rit. Et Peter Robinson dit, Moi aussi, je trouve ça carrément incroyable. Si je suis tout à fait franc avec toi, Bill…

Eh bien, tu sais, Peter. Tu sais ce que je pense. Je pense qu'ils peuvent aller jusqu'au bout. Je crois qu'ils peuvent remporter le championnat. Je le pense vraiment, Peter. Vu la façon dont Brian les fait jouer. La façon dont il les a structurés. En tant qu'équipe, Peter. En tant qu'équipe, encore une fois. Pas en tant qu'individualités, Peter. Mais en tant qu'équipe. Une équipe très équilibrée. Et Birmingham n'a pas pesé lourd en face d'eux. Vraiment pas lourd. Et, je veux dire, Alf ne pouvait pas l'ignorer –

Je me demande vraiment pourquoi Sir Alf a accepté de prendre Birmingham en charge, dit Peter Robinson. Surtout maintenant ? Pourquoi a-t-il fait ça, Bill ?

Alf Ramsey est un fou de football. Il adore être dans le football. Quand il a été limogé par la Football Association, je sais que de nombreux clubs sont venus frapper à sa porte. Mais c'étaient soit des clubs étrangers, soit des clubs de deuxième division. Mais Alf a toujours dit qu'il voulait continuer à travailler. Alors, quand Birmingham lui a proposé le poste de directeur, il a accepté. Parce qu'il voulait s'impliquer. Et puis quand Willie Bell a été viré. Et qu'on lui a demandé d'être manager intérimaire. Il a encore dit oui. Parce qu'il avait envie de les aider. Mais Birmingham n'aurait jamais pu battre Forest. Alf le sait bien. Ce qui manque à Birmingham, c'est les bases élémentaires du jeu. Ils ont Francis. Mais rien que Francis. Un homme. Une individualité. Et on ne peut pas gagner un match de football avec un homme seulement. Avec seulement une individualité. Aussi bon, aussi talentueux que soit ce joueur. On ne gagne pas un match avec un joueur seulement, Peter.

Mais ça a dû être plutôt rageant pour Sir Alf, dit Peter Robinson, la façon dont Burns a joué aujourd'hui. Et que Birmingham l'ait vendu à Forest *avant* que Sir Alf ait même repris les commandes. Il doit trouver ça extrêmement rageant ?

Oui, enfin, je n'en sais trop rien, Peter. Je n'en sais trop rien. Burns n'est pas du tout un type facile. À tous les points de vue. Il n'est vraiment pas commode. Alors, je ne suis pas sûr qu'Alf se serait entendu avec Burns. Et puis Burns est écossais, bien sûr. Et Alf n'a jamais pu nous sentir. Donc, je ne suis pas sûr qu'il aurait été capable de tirer le maximum d'un joueur comme Burns. Pas de la façon dont Brian y est parvenu. Je veux dire, Brian en a fait un autre homme.

Alors, tu penses que Brian serait capable de tirer le maximum de l'équipe d'Angleterre ?

Je crois qu'il pourrait le faire, Peter. En fait, j'en suis persuadé. Mais je ne suis pas sûr qu'on lui en donnera l'occasion. C'est-à-dire, je n'imagine pas la Football Association confier un jour l'équipe nationale à un homme comme Brian. Parce que, bien sûr, Brian voudrait faire les choses à sa façon. Pas à leur façon. Et il n'a jamais été de ces carpettes qui disent, Oui monsieur, non monsieur, tout de suite monsieur. Et Brian ne le sera jamais…

Mais ils l'ont invité à Londres pour un entretien, dit Peter Robinson. Ils ne l'ont pas fait, la dernière fois…

Oui, mais je pense que c'est simplement un os à ronger. Et une mise en scène pour la galerie. Pour la presse, pour le public. En fait, je pense qu'ils ont déjà fait leur choix. Je crois qu'au fond d'eux-mêmes ils savent qui ils veulent. Et ils veulent Ron. Ron Greenwood. Et ça pourrait être un bon choix. Ron est capable de très bien faire. Et j'espère qu'il réussira. Mais je pense que pour Brian, ils n'arrivent qu'à lui faire perdre son temps. En l'invitant à Londres, en l'interrogeant. Ils lui font perdre son temps, c'est tout. Et comme je le disais, je crois que c'est seulement pour la galerie. C'est de la mise en scène. Et je trouve que c'est dommage, Peter. Vraiment très dommage. Parce que je pense qu'ils auraient bien besoin de quelqu'un comme Brian, qu'ils auraient bien besoin d'une bouffée d'air frais. Il me semble qu'il leur faut une bonne bouffée d'air frais…

Dommage que tu ne sois pas anglais, dit Peter Robinson.

Oh, non. Ne dis jamais ça, Peter. Ne dis jamais ça. Moi, je ne l'ai jamais pensé, Peter. Et je ne le penserai jamais. Mais tu as raison, Peter. Tu as raison. Je pourrais leur apprendre deux ou trois choses. J'en suis certain.

Je sais que tu en serais capable, dit Peter Robinson. Je le sais bien, Bill. Bon, je ferais mieux de raccrocher. Et d'aller me coucher, Bill…

Oui. Alors, bonne nuit, Peter. Bonne nuit. Et je viendrai te voir dans la semaine, Peter. Je te verrai mardi. Et merci pour ton appel, Peter. Merci. Et bonne nuit, Peter. Bonne nuit.

Dans la maison, dans leur vestibule. Dans la nuit et dans le silence. Bill repose le téléphone. Bill retourne dans le salon. Bill se rassied dans son fauteuil. Et puis Bill se relève de son fauteuil. Bill s'approche de la télévision. Bill allume la télévision. Bill appuie sur les boutons de la télévision. Bill change les chaînes de la télévision. Et puis Bill éteint la télévision de nouveau. Bill retourne à son fauteuil. Bill se rassied dans son fauteuil. Dans la nuit et dans le silence. Bill prend le journal. Le journal du soir. Bill tourne les pages. Bill tourne les pages. Bill tourne les pages. Et puis Bill repose le journal. Dans la nuit et dans le silence. Bill se relève de son fauteuil. Bill quitte le salon. Bill se rend dans le vestibule. Bill décroche le téléphone. Bill compose un numéro. Dans la maison, dans leur vestibule. Bill écoute le téléphone sonner. Et sonner. Et sonner. Et puis Bill entend Jock Dodds dire, Allô, Bill…

75

L'esprit de 78

Le Liverpool Football Club n'a pas réussi son coup du chapeau. Le Liverpool Football Club n'a pas conservé son titre de champion pour une troisième saison consécutive. Le Liverpool Football Club a terminé deuxième de la première division. C'est Nottingham Forest qui a terminé en tête de la première division. Les joueurs de Nottingham Forest sont champions d'Angleterre. Brian Clough est le Manager de l'année. Nottingham Forest a aussi remporté la Coupe de la Ligue. Nottingham Forest a battu le Liverpool Football Club en finale de la Coupe de la Ligue. Le Liverpool Football Club n'a même pas atteint la finale de la Coupe d'Angleterre. Le Liverpool Football Club a été sorti de la Coupe d'Angleterre au troisième tour, par Chelsea. C'est Ipswich Town qui a remporté la Coupe d'Angleterre. Dans la saison 1977-78, le Liverpool Football Club n'a rien gagné –

Jusqu'à maintenant.

À l'extérieur, ailleurs qu'à Anfield. Au match aller de la demi-finale de la Coupe d'Europe, le Liverpool

Football Club a perdu 2-1 contre Borussia Mönchengladbach. Mais à domicile, à Anfield. Au match retour de la demi-finale de la Coupe d'Europe, le Liverpool Football Club a battu Borussia Mönchengladbach 3-0. À présent, le Liverpool Football Club est en finale de la Coupe d'Europe. Le Liverpool Football Club a une chance de conserver la Coupe d'Europe. Le Real Madrid a conservé la Coupe d'Europe. Benfica a conservé la Coupe d'Europe. L'Inter Milan a conservé la Coupe d'Europe. Ajax a conservé la Coupe d'Europe. Et le Bayern Munich a conservé la Coupe d'Europe. Mais aucun club de football britannique n'a jamais conservé la Coupe d'Europe. À présent, le Liverpool Football Club a une chance de conserver la Coupe d'Europe. Maintenant, le Liverpool Football Club a une chance de réussir ce qu'aucun autre club britannique n'a jamais fait auparavant. Si le Liverpool Football Club parvient à battre le Football Club de Bruges. Au stade de Wembley le 10 mai 1978 –

Bill Shankly a reçu un billet pour la finale. Mais Bill Shankly n'a pas vraiment envie d'aller à Londres. Bill Shankly n'a pas vraiment envie de séjourner à Londres. Bill Shankly n'aime pas vraiment passer la nuit ailleurs que chez lui. Pas ces temps-ci, plus maintenant. Mais Bill Shankly n'a pas envie qu'on pense de lui qu'il est mesquin. Bill Shankly ne veut pas que les gens pensent qu'il tourne le dos au Liverpool Football Club. Bill Shankly ne veut pas qu'on le croie indifférent au sort du Liverpool Football Club. Personne ne doit pouvoir imaginer une chose pareille, jamais. Alors Bill Shankly achète un billet de train pour Londres. Un aller-retour à utiliser dans la journée –

Et Bill Shankly s'installe dans le premier train pour Londres. Le premier train pour Londres déjà rempli de supporters du Liverpool Football Club. Et certains des supporters du Liverpool Football Club repèrent Bill Shankly. Bill Shankly à sa place dans le train pour Londres. Et les supporters du Liverpool Football Club n'en croient pas leurs yeux. Ils n'en reviennent pas d'avoir une chance pareille. Les supporters du Liverpool Football Club s'agglutinent autour de Bill Shankly. Assis à sa place, dans le train. Et ils disent, C'est vraiment vous, Bill ? C'est vraiment vous ?

Oui, dit Bill Shankly. C'est bien moi, les gars. C'est moi. Mais asseyez-vous donc, les gars. Installez-vous ici avec moi. Vous n'allez quand même pas embouteiller le couloir, les gars. Et avoir des ennuis avec le contrôleur. Et vous faire expulser…

Les supporters du Liverpool Football Club hochent la tête. Et certains des supporters du Liverpool Football Club viennent chacun leur tour s'asseoir à la table de Bill Shankly dans le train pour Londres. Et ils demandent un autographe à Bill Shankly. Et Bill Shankly sourit. Et Bill Shankly leur donne un autographe. Et les supporters du Liverpool Football Club posent des questions à Bill Shankly –

Et cette même question –

Ma foi, *j'espère* qu'on gagnera, les gars. Bien sûr, j'espère qu'on gagnera. Mais pour être franc avec vous, les gars. Pour être tout à fait franc avec vous. J'ai quand même des inquiétudes, les gars. Je veux dire, ces derniers temps, on n'a pas eu souvent la chance de notre côté à Wembley. Ce n'est pas un très bon terrain pour nous, les gars. Pas depuis qu'on a gagné la Coupe en 74. C'est la dernière fois qu'on a gagné à Wembley, les gars. Et franchement, sans Tommy Smith… Vous savez qu'on n'a jamais gagné une coupe sans Tommy Smith, les gars ? Et avec Tommy forfait pour blessure. Avec Tommy indisponible. Ce sera dur. Ce sera dur, les gars. Parce que Tommy est extraordinaire. C'est un joueur d'exception, les gars. Et quand Tommy est là, ça fait toujours une différence, les gars. Ça fait une très grande différence, les gars. Et Tommy, il a toujours été comme ça. Toujours été comme ça, les gars. Je vous le dis. Depuis le début. Depuis le tout début, les gars. Toujours ambitieux. Et avec cette arrogance, les gars. Cette ambition et cette arrogance. Cette arrogance dont vous aurez besoin, les gars. Si vous voulez arriver à quelque chose.

Si vous voulez réussir dans la vie, les gars. Je me souviens, Tommy n'avait que seize ans. Seize ans seulement, les gars. Le même âge que certains d'entre vous, sans aucun doute. Le même âge que certains d'entre vous, les gars. Et je me rappelle un match qu'il a disputé dans l'équipe réserve. Contre City, les gars. Manchester City. Et Tommy jouait pour nous au poste d'arrière droit, les gars. Et Johnny Morrissey était ailier gauche pour nous. Et Johnny était un joueur rusé, les gars. Très rusé, très malin. Alors, j'ai su que Johnny serait toujours en embuscade pour nous, les gars. Et j'ai dit à Tommy, je lui ai dit, Quand ils seront tous descendus de ton côté, Tommy. Ils seront tous à se marcher sur les pieds de ce côté-là. Et ils laisseront de l'espace à Johnny. Vous comprenez, les gars ? Je savais ce qu'ils allaient faire. Je savais qu'ils laisseraient le champ libre à Johnny Morrissey. Et j'ai dit à Tommy. Je lui ai dit, Surtout, ne rate pas une occasion de faire parvenir le ballon à Johnny, à l'autre bout du terrain. Et Johnny fera le reste. Et Tommy est sorti de la meute. Tommy a tiré des boulets de canon qui ont traversé toute la pelouse. Encore et encore. Tommy avait une frappe tellement efficace. Déjà à l'époque, les gars. Et Johnny a taillé City en pièces. Il les a annihilés, les gars. Et on a gagné 6-0, 6-0, bon sang ! Et c'était quand Tommy avait tout juste seize ans. Incroyable. Franchement incroyable.

Et les supporters du Liverpool Football Club sont à présent assis sur le bord de leur siège. Les supporters du Liverpool Football Club suspendus aux lèvres de Bill Shankly. Et Bill Shankly sourit –

Mais c'est à vous, maintenant, les gars. Allez. Qui sont vos joueurs préférés, les gars ? Allez, quel est celui que vous aimez le mieux ?

Et l'un des supporters du Liverpool Football Club répond, Emlyn Hughes, Bill. Crazy Horse, je l'adore, tout simplement…

Oh, oui, dit Bill Shankly. Oui ! Quel joueur, quel grand joueur ! Je me souviens, j'ai vu Emlyn jouer son premier match pour Blackpool. Son tout premier match pour Blackpool. C'était à Blackburn. À Ewood Park, je crois. Et je me rappelle, Matt Busby était là, et tout. Et il me semble que Matt s'était peut-être déplacé pour voir Mike England. Pour observer Mike England. Mais je me souviens que dès la première minute. La toute première minute. J'ai regardé Emlyn. Et seulement Emlyn. Et ce soir-là, ils le faisaient jouer arrière gauche. Ils l'ont fait jouer à tous les postes. Mais, bon sang, il ne faisait pas semblant. Il faisait tout. Absolument tout. Et je me rappelle, juste après la partie, juste après le match. Je suis allé tout droit voir leur président et leurs dirigeants. Et ils tiraient des nuages de fumée de leurs cigares. De leurs gros cigares. Et j'ai dit, Je vous donne 25 000 livres tout de suite pour Emlyn Hughes. Je peux vous payer maintenant. Pas de complications, pas de risques. Mais ils n'étaient pas d'humeur généreuse. Pas ce soir-là. On leur faisait des offres pour Alan Ball. Plein de propositions. Plein de grosses propositions. Donc, ils étaient sûrs de toucher une grosse somme pour Alan Ball. Et par conséquent, ils n'étaient pas pressés. Et ils n'étaient pas d'humeur généreuse. Pas ce soir-là. Mais je savais qu'Emlyn Hughes était un joueur très spécial. Et j'ai gardé un œil sur lui. Et je l'ai suivi. Et je l'ai observé. Et j'ai fini par l'acheter quand il n'avait encore que dix-neuf ans. Et j'ai déboursé 65 000 livres pour l'avoir. Mais c'était un cadeau, 65 000 livres. Pour un joueur pareil. C'était un sacré cadeau. L'une des meilleures recrues de tous les temps !

Et le supporter du Liverpool Football Club hoche la tête. Le supporter du Liverpool Football Club sourit. Et le supporter du Liverpool Football Club dit, Merci, Bill. Merci…

Mais Bill Shankly secoue la tête. Bill Shankly sort une feuille de papier de sa poche de veste. Bill Shankly prend son stylo sur la table. Et Bill Shankly écrit sur la feuille, *Ce garçon est un vrai supporter du Liverpool Football Club. Veuillez offrir à ce garçon une visite d'Anfield le jour de son choix. Signé, Bill Shankly*. Et puis Bill retourne la feuille. Et Bill inscrit son adresse personnelle et son numéro de téléphone au verso de la feuille de papier. Et Bill Shankly tend la feuille de papier au supporter du Liverpool Football Club –

Ne me remercie pas, mon gars. Je t'en prie, ne me remercie pas. C'est moi qui devrais te remercier, petit. D'encourager le Liverpool Football Club. Alors, le jour de ton choix, petit. Tu te présentes à l'entrée des joueurs, à Anfield. Et tu leur montres ce bout de papier, petit. Et ils te feront entrer. Et tu pourras voir les vestiaires et le tunnel, petit. Et la salle des trophées. Et insiste bien pour qu'ils te laissent voir la pelouse, petit. Et qu'ils te laissent toucher l'herbe. Et puis, quand tu voudras, petit. Quand tu auras un moment de libre. Tu me passes un coup de fil, petit. Et tu viens à la maison prendre le thé avec Ness et moi. Et donne-nous de tes nouvelles, mon gars. Parce que tu seras toujours le bienvenu. Toujours le bienvenu chez nous, petit…

Et le supporter du Liverpool Football Club regarde le bout de papier dans sa main. Et le supporter du Liverpool Football Club cherche sa respiration. Il a du mal à parler. Et il chuchote, Merci, Bill. Merci.

À présent le train en provenance de Liverpool entre en gare de Euston. Et Bill Shankly se lève de son siège. Bill Shankly enfile son imperméable. Et Bill Shankly remercie tous les supporters du Liverpool Football Club. Bill Shankly souhaite une bonne journée à tous les supporters du Liverpool Football Club. Il espère qu'ils pourront fêter la victoire. Il est sûr qu'ils fêteront la victoire. Mais il leur demande de bien faire attention à eux. Et il espère que leur voyage de retour se passera sans encombre. Leur voyage de retour à Liverpool. Et il leur serre la main. Et il leur tape dans le dos. Et puis Bill Shankly dit au revoir aux supporters du Liverpool Football Club. Et Bill Shankly descend du train en gare de Euston. Bill Shankly traverse le hall de la gare. Bill Shankly sort de la gare. Bill Shankly aperçoit un taxi. Bill Shankly fait signe au chauffeur de taxi. Et Bill Shankly se rend en taxi au stade de Wembley.

Dans le couloir. Le couloir de Wembley. Ces messieurs de la presse voient Bill Shankly. Bill Shankly avec son imperméable sur le bras. Bill Shankly avec un œil sur le cadran de sa montre. Et ces messieurs de la presse demandent à Bill Shankly de leur livrer ses impressions. Ils demandent à Bill Shankly si à son avis le Liverpool Football Club pouvait gagner la Coupe d'Europe de nouveau. Si le Liverpool Football Club pouvait réussir ce qu'aucune autre équipe britannique n'avait fait auparavant. Si le Liverpool Football Club pouvait conserver la Coupe d'Europe. Si Bob Paisley pouvait accomplir ce qu'aucun autre manager britannique n'était parvenu à faire jusqu'à maintenant. Et gagner la Coupe d'Europe une nouvelle fois, conserver la Coupe d'Europe.

Ma foi, je l'espère, dit Bill Shankly. Et je crois que c'est possible. Mais ça ne sera pas facile. Ne vous y trompez pas. Ça ne sera pas facile. Pas sans Tommy Smith. Et peut-être sans Steve Heighway. Ça ne sera pas une partie de plaisir. Et puis, surtout, cette équipe de Bruges a battu la Juventus en demi-finale. Ne l'oublions pas. On ne peut pas l'oublier. Cette équipe de Bruges a éliminé la Juventus. Parce que, pour être franc avec vous. Pour être tout à fait franc avec vous. Je pense que la Juventus est la meilleure équipe d'Europe. Les joueurs de la Juventus sont en grande forme, en très grande forme. Et ils sont vigilants et ils sont rapides. Ils ont un bon état d'esprit, du bon sens, et ils sont redoutables. Bon sang, ils sont vraiment redoutables. Ils ne lâchent rien. Rien. Et la discipline des clubs italiens les maintient dans une condition physique phénoménale. Et pourtant, vous voyez, la meilleure équipe européenne n'est même pas dans cette sacrée finale. Alors, je peux vous dire une chose. Si cette équipe dè Bruges a pu battre la Juventus. Si cette équipe de Bruges a pu éliminer la Juventus. Alors, bon sang, Bruges doit être une bonne équipe. Ce doit être une très bonne équipe !

Et ces messieurs de la presse hochent la tête. Ces messieurs de la presse remercient Bill Shankly pour ses considérations. Ils le remercient de leur avoir consacré un peu de son temps. Et Bill Shankly regarde sa montre de nouveau. Dans le couloir. Le couloir de Wembley. Bill Shankly fait demi-tour. Et Bill Shankly suit le couloir en direction du vestiaire. Du vestiaire de Liverpool. Dans le couloir. Le couloir de Wembley. Bill Shankly s'arrête devant la porte. La porte du vestiaire de Liverpool. Et Bill Shankly regarde la porte. Bill Shankly fixe la porte. La porte du vestiaire de Liverpool. Et Bill Shankly entend les voix de l'autre côté de la porte. Bill Shankly écoute les voix de l'autre côté de la porte. La porte du vestiaire de Liverpool. Et Bill Shankly ne reconnaît pas ces voix. Ces voix différentes. Et dans le couloir. Le couloir de Wembley. Bill Shankly s'éloigne de la porte. La porte du vestiaire de Liverpool. Et Bill Shankly s'en va. Dans le couloir, le couloir de Wembley.

À sa place dans les tribunes du stade de Wembley. L'homme assis près de Bill Shankly hoche la tête. Et l'homme dit, Vous avez raison, Bill. Vous avez raison. Mais vous croyez quand même qu'on peut y arriver, Bill ? Qu'on peut encore gagner ?

Et depuis son siège dans les tribunes. Depuis le bord de son siège dans les tribunes du stade de Wembley. Bill Shankly regarde la pelouse. La pelouse de Wembley. Et Bill Shankly regarde les joueurs. Les joueurs du Liverpool Football Club. Ray Clemence. Phil Thompson. Emlyn Hughes. Ray Kennedy. Ian Callaghan et Steve Heighway. Les anciens et les nouveaux. Phil Neal. Alan Hansen. Jimmy Case. Terry McDermott. Graeme Souness. Kenny Dalglish. David Fairclough. Joey Jones. Steve Ogrizovic et Colin Irwin. Les joueurs du Liverpool Football Club qui sortent du tunnel. Les joueurs du Liverpool Football Club qui entrent dans le stade. Salués encore une fois par une clameur assourdissante, par un accueil grandiose. Et en cette soirée de finale. De finale de Coupe d'Europe. Depuis le bord de son siège dans les tribunes du stade de Wembley. Bill Shankly balaie du regard l'ensemble du stade. Cet océan de rouge, ces murs tout rouges. Et Bill Shankly sourit de nouveau –

Bien sûr, qu'on peut gagner, dit Bill Shankly. Et bien sûr, on va gagner. Parce que personne ne doit jamais sous-estimer les joueurs du Liverpool Football Club. Et personne ne doit jamais sous-estimer les supporters du Liverpool Football Club. Donc, je suis certain que nous allons gagner. En fait, il est impossible que nous perdions…

Absolument impossible.

Depuis son siège dans les tribunes du stade de Wembley. À la 64e minute, Bill Shankly voit Steve Heighway remplacer Jimmy Case. Depuis le bord de son siège dans les tribunes du stade de Wembley. À la 65e minute, Bill Shankly voit Heighway passer à Terry McDermott. McDermott passer à Kenny Dalglish. Dalglish d'une tête passer en retrait à Graeme Souness. Souness retourner à Kenny Dalglish sur la droite de la surface de réparation de Bruges. À présent debout à sa place dans les tribunes du stade de Wembley. Bill Shankly voit Birger Jensen sortir de sa cage pour foncer vers Dalglish. Dalglish placer un lob qui survole Jensen. Et finit dans les filets et au fond des buts. Dalglish saute pardessus les panneaux publicitaires. Dalglish court vers les supporters du Liverpool Football Club. Les bras levés, les doigts écartés. Pour fêter son but –

Et en signe de triomphe.

Debout dans les tribunes. Bill Shankly regarde sa montre. Mais Bill Shankly ne se rassied pas sur son siège dans les tribunes du stade de Wembley. Bill Shankly se retourne. Et Bill Shankly part vers la sortie. Et un supporter repère Bill Shankly. Et le supporter dit, C'est vous, Bill ? C'est vraiment vous, Bill ?

Oui, répond Bill Shankly. C'est moi, mon gars. C'est moi.

Mais vous allez où, Bill ? Vous partez déjà ? Le match n'est pas fini, Bill. Le match n'est pas terminé. Vous n'allez quand même pas partir maintenant ? Vous n'allez pas nous quitter comme ça…

Si, dit Bill Shankly. J'ai mon train à prendre, petit. Mon train pour rentrer à Liverpool. Mon train pour rentrer chez moi. Mais je sais que nous avons gagné, petit. Je sais que nous avons gagné. Alors, je serai encore avec vous par la pensée, petit. Par la pensée.

Et Bill Shankly remercie le supporter du Liverpool Football Club. Bill Shankly lui souhaite une bonne soirée. Mais il lui recommande de prendre soin de lui. Et lui souhaite de rentrer chez lui sans encombre. De rentrer sans encombre à Liverpool. Et Bill Shankly lui serre la main. Et Bill Shankly lui tape dans le dos. Et puis Bill Shankly dit au revoir à ce supporter du Liverpool Football Club. Et Bill Shankly sort du stade de Wembley. Bill Shankly cherche un taxi. Bill Shankly repère un taxi. Et Bill Shankly retourne en taxi à la gare de Euston.

À sa place dans le train. Le train qui le ramène à Liverpool. Le train vide qui le ramène à Liverpool. Bill Shankly pense à tout ce qu'il manque. La victoire et les festivités. La fête et les discours. À tout ce qui lui manque. Son chez-lui et son épouse. À son chez-lui qui lui manque, à son épouse qui lui manque. Et Bill Shankly sourit.

76

Venez comme des ombres, et repartez de même[1]

Dans la maison, dans leur vestibule. Bill prend le journal sur la table du vestibule. Bill regarde les photos des réjouissances. Bill regarde les photos du défilé. Les visages des joueurs du Liverpool Football Club. Qui sourient, qui sourient. Les visages des supporters du

1. *Macbeth*, Acte 4, Scène 1.

Liverpool Football Club. Et Bill sourit. Dans le salon, dans son fauteuil. Bill consulte les pages intérieures du journal. Bill lit l'interview du manager du Football Club de Bruges. Ernst Happel a déclaré, C'était une finale médiocre. Ce n'est pas une excuse, mais nous avons été handicapés par une foule de blessures. J'aurais voulu que nous soyons plus offensifs. Mais nos blessures nous en ont empêchés. Et l'équipe du Liverpool Football Club m'a déçu. Parce que nous l'avons affrontée il y a deux ans. Et ce soir, ce n'était plus que l'ombre de cette équipe d'il y a deux ans. Ce n'était plus qu'une ombre. Et Bill secoue la tête. Bill ferme le journal. Bill repose le journal. Bill se lève de son fauteuil. Bill s'approche du secrétaire. Bill s'assied devant le secrétaire. Bill ouvre le tiroir supérieur du secrétaire. Bill sort une carte et une enveloppe du tiroir supérieur du secrétaire. Bill ouvre la carte. Bill prend un stylo. Un stylo rouge. Et Bill écrit à l'intérieur de la carte, *Bravo, Bob. Je suis ravi pour toi. Liverpool a prouvé une fois pour toutes que les vrais champions, c'est nous. La meilleure équipe de Grande-Bretagne et la meilleure équipe d'Europe. Félicitations ! Bill.* Bill repose le stylo. Le stylo rouge. Bill prend la carte. Bill glisse la carte dans l'enveloppe. Bill tient l'enveloppe devant sa bouche. Bill lèche les deux côtés du rabat. Bill ferme l'enveloppe. Bill pose l'enveloppe sur le secrétaire. Bill reprend le stylo. Le stylo rouge. Et Bill écrit au recto de l'enveloppe, *Pour Bob*. Bill reprend l'enveloppe. Bill se lève de la chaise du secrétaire. Bill sort du salon. Bill monte l'escalier. Dans la maison, dans leur chambre. Bill met sa chemise. Sa chemise mandarine. Bill s'approche de la commode. Bill ouvre le tiroir du haut. Bill en sort ses boutons de manchettes. Ses boutons de manchettes en or. Bill referme le tiroir. Bill ferme à l'aide des boutons de manchettes les poignets de sa chemise. De sa chemise mandarine. Bill se dirige vers la penderie. Bill en ouvre les portes. Bill sort son costume. Son costume gris à chevrons nettoyé de fraîche date. Bill laisse les portes de la penderie ouvertes. Bill s'approche du lit. Bill pose son costume sur le dessus de lit. Bill dégage le pantalon du cintre. Bill enfile le pantalon de son costume. De son costume gris à chevrons nettoyé de fraîche date. Bill retourne à la commode. Bill ouvre le deuxième tiroir de la commode. Bill y prend une cravate. Sa cravate rouge du Liverpool Football Club. Bill referme le tiroir. Bill retourne à la penderie. Dont les portes sont restées ouvertes. Bill se plante face au miroir fixé derrière l'une des portes. Bill met sa cravate. Sa cravate rouge du Liverpool Football Club. Bill retourne vers le lit. Bill prend sa veste sur le lit. Il ôte le cintre qui soutenait la veste. Bill enfile la veste de son costume. De son costume gris à chevrons nettoyé de fraîche date. Bill retourne à la commode. Bill ouvre de nouveau le tiroir supérieur de la commode. Bill en sort un mouchoir blanc et une pochette rouge. Bill referme le tiroir. Bill glisse le mouchoir blanc dans la poche gauche de son pantalon. Bill pose la pochette rouge sur la commode. Elle ressemble à un losange rouge. Bill replie la pointe inférieure de la pochette rouge pour la superposer à la pointe supérieure. Elle ressemble à présent à un triangle rouge. Bill ramène la pointe gauche du triangle sur la pointe droite, puis la pointe droite vers le coin gauche. La pochette ressemble maintenant à un long rectangle doté d'une pointe au sommet. Bill replie le bas de la pochette presque jusqu'au sommet. Bill retourne devant le miroir fixé derrière la porte de la penderie. Bill se plante devant le miroir. Bill glisse la pochette rouge dans la poche de poitrine de sa veste grise. Bill se regarde dans le miroir. Bill fignole la position de la pochette jusqu'à laisser dépasser juste ce qu'il faut de la pointe rouge. La pointe rouge qui dépasse de la poche grise. Bill s'éloigne un peu du miroir. Dans la maison, dans leur chambre. Bill se regarde dans le miroir. Et Bill sourit. Bill referme les portes de la penderie. Bill retourne à la commode. Bill ouvre de nouveau le tiroir supérieur de la commode. Bill en sort un insigne. Son insigne du Liverpool Football Club. Bill referme le tiroir. Bill épingle son insigne au revers de son costume. Son costume gris à chevrons nettoyé de fraîche date. Bill prend l'enveloppe sur la commode. Et Bill ressort de la chambre. Bill redescend l'escalier. Bill entre dans la cuisine. Et Bill voit Ness devant l'évier. L'évier de la cuisine. Ness épluche des pommes de terre. Les pommes de terre pour leur déjeuner. Et Bill dit, Je vais juste faire un saut jusqu'au stade, chérie. Et déposer cette enveloppe pour Bob.

Ness lève les yeux de sa corvée de peluche. Ness tourne le dos à l'évier. Ness regarde Bill. En costume et avec sa cravate. Sa cravate du Liverpool Football Club. Ness hoche la tête. Et Ness sourit –

Très bien, chéri.

Bill embrasse Ness sur la joue. Bill sort de la cuisine. Bill longe le vestibule. Bill met l'enveloppe dans sa poche. Bill ouvre la porte de la maison. Bill sort de la maison. Bill referme la porte derrière lui. Bill descend l'allée. Bill monte dans la voiture.

Sous le soleil. Dans sa voiture. Bill descend West Derby Road. Et Bill voit des gens qui marchent dans la rue. Des gens occupés, des gens affairés. Sous le soleil. Dans sa voiture. Bill s'engage dans Belmont Road. Et Bill voit des gens qui descendent des bus, des gens qui montent dans les bus. Des gens occupés, des gens affairés. Sous le soleil. Dans sa voiture. Bill entre dans le parking d'Anfield Road. Bill se gare dans le parking d'Anfield Road. Sous le soleil. Bill sort de sa voiture. La seule voiture présente dans le parking d'Anfield Road. Sous le soleil. Le parking est vide, l'endroit est désert. Sous le soleil. Bill ferme la portière de sa voiture. Bill sort l'enveloppe de sa poche. Sous le soleil. Bill traverse le parking. Bill se dirige vers la réception. À l'ombre de la tribune principale. Bill essaie d'ouvrir la porte de la réception. Mais la porte est verrouillée. À l'ombre de la tribune principale. Bill frappe à la porte. Mais personne ne répond. À l'ombre de la tribune principale. Bill s'éloigne de la porte. Et Bill fait le tour du stade pour atteindre l'arrière de la tribune d'Anfield Road. Et puis l'arrière de la tribune de Kemlyn Road.

Les tribunes sont vides, les tribunes sont désertes. Mais sous le soleil comme à l'ombre. Les tribunes chuchotent, les tribunes murmurent à l'oreille de Bill. Et Bill continue d'avancer, il poursuit son tour du stade. Du stade vide, du stade désert. Jusqu'au moment où Bill atteint l'arrière du Kop. Du Spion Kop. Et sous le soleil et à l'ombre. Bill s'arrête. Derrière le Kop, le Spion Kop. Bill touche les briques du Kop. Bill touche les pierres du Spion Kop. Bill palpe les briques. Bill palpe les pierres. Au soleil comme à l'ombre. Les briques sont chaudes et les pierres sont brûlantes. Chauffées au rouge. Les briques sont vivantes, les pierres sont vivantes. Elles sont vivantes et elles respirent. Bill écoute les briques, Bill écoute les pierres. Les briques lui parlent à présent, les pierres chantent à présent. Des chants révolutionnaires, des paroles révolutionnaires. Des paroles qui portent l'espérance, des chants qui annoncent des changements. Qui chantent pour Bill, qui parlent à Bill –

Bill ? Bill ? C'est vraiment vous, Bill ?

Bill tourne le dos aux briques. Bill tourne le dos aux pierres. Et Bill voit un gamin près de lui. De neuf ans, peut-être dix. Un gamin dont les chaussures paraissent un peu trop justes. Un gamin dont le pantalon long a connu des jours meilleurs. Un gamin qui porte un maillot rouge. Pas un maillot de football, pas un maillot officiel. Mais un simple T-shirt. Un T-shirt rouge. Et sur le tissu, à l'emplacement du cœur, quelqu'un a dessiné un Liver Bird. Et sous le Liver Bird quelqu'un a écrit, *L. F. C.* Et Bill sourit. Et Bill dit, Oui, petit. C'est moi. Et comment vas-tu, petit ?

J'arrive pas à croire que c'est vous, dit le gamin. J'y crois pas, Bill. Personne va me croire. Mon père, il me croira jamais…

Bill sourit de nouveau. Et Bill dit, Eh bien, c'est pourtant moi, petit. C'est moi. En chair et en os. Mais comment vas-tu, petit ? Comment vas-tu ?

Très bien, répond le gamin. Je vais très bien. Merci, Bill. Merci. Mais j'arrive toujours pas à croire qu'on a encore gagné. Je suis tellement content. Je suis toujours aussi content.

Bill hoche la tête. Et Bill dit, Ah, oui. C'était fabuleux, petit. C'était fabuleux. Un résultat fantastique. C'était extraordinaire…

Vous y êtes allé, Bill ? Vous êtes allé à Wembley ?

Bill hoche la tête de nouveau. Et Bill dit, Oh, oui. J'étais là-bas, petit. Oui. J'ai eu la chance d'être là-bas, petit…

Et vous pensez qu'on peut réussir encore l'année prochaine et tout ? Vous pensez qu'on peut encore gagner la Coupe d'Europe l'année prochaine ? Mon père, il pense que oui. Mon père, il pense qu'on y arrivera.

Ma foi, j'espère qu'on pourra le faire. J'espère qu'on y arrivera, petit. Mais je pense que la saison prochaine. En Coupe d'Europe la saison prochaine, petit. Je pense que ça pourrait être Forest qui nous posera le plus de problèmes. Nottingham Forest…

Hé ! dit le gamin. Vous l'avez trouvé où, votre insigne, Bill ? Je voulais en offrir un à mon père. Pour son anniversaire. Parce qu'il est fou, mon père. Il est fou du Liverpool Football Club. Et il parle tout le temps de vous, Bill. Il me parle tout le temps de vous. Et du Liverpool Football Club, et de tout ce que vous avez fait pour le Liverpool Football Club. Il vous adore, mon père. Parce qu'il adore le Liverpool Football Club. Alors, j'ai voulu lui acheter un insigne pour son anniversaire. Et je suis allé à la boutique du club. Mais ils en avaient pas. Ils en ont jamais.

Bill sourit. Bill remet l'enveloppe dans la poche de sa veste. Et puis Bill porte la main au revers de sa veste. Bill en ôte l'insigne. L'insigne du Liverpool Football Club. Bill tend l'insigne au gamin. Et Bill dit, Alors, tu vas donner ça à ton père de ma part, petit. Et de ta part aussi. Et tu lui diras que je le remercie, petit. Tu le remercieras de ma part. Tu voudras bien faire ça pour moi, petit ?

Je peux pas, Bill. Je peux pas. Il me tuerait. S'il savait que je vous ai pris votre insigne, Bill. Il me tuerait. Vraiment. Il me tuerait.

Bill prend la main du gamin. Bill met de force l'insigne du Liverpool Football Club au creux de sa paume. Bill referme les doigts du gamin sur l'insigne. Et Bill dit, Mais non, il ne te tuera pas, petit. Non, il ne fera pas ça. Pas si tu lui dis que c'est moi qui te l'ai donné. Pour le remercier. Pour le remercier de tout ce qu'il m'a donné à moi. Alors, tu lui diras ça, petit. Tu lui diras ça de ma part. De la part de Bill…

77

Qu'est-ce qu'on peut dire ?

Le Liverpool Football Club a gagné ses cinq premiers matchs de la saison 1978-79. À l'extérieur, ailleurs qu'à Anfield. Le Liverpool Football Club a battu Ipswich Town, Manchester City et Birmingham City. À domicile, à Anfield. Le Liverpool Football Club a battu les Queens Park Rangers et Tottenham Hotspur. Le Liverpool Football Club a battu Tottenham Hotspur 7-0. Cette équipe de Tottenham compte dans ses rangs Osvaldo Ardiles et Ricardo Villa. Ossie Ardiles et Ricky Villa ont gagné la Coupe du Monde avec l'Argentine cet été. Mais après ce match, les gens disent que le Liverpool Football Club aurait gagné la Coupe du Monde. Après ce match, les gens disent que cette équipe de Liverpool est la plus grande équipe de Liverpool qu'ils aient jamais vue. Cette équipe de Liverpool, l'une des plus grandes équipes qu'ils aient jamais vues. La plus grande équipe qu'ils aient jamais vue. Les gens disent que ce match est l'un des plus grands matchs qu'ils aient jamais vus à Anfield. L'un des plus grands matchs qu'ils aient jamais vus. Le plus grand match qu'ils aient jamais vu. Le dernier but du match, le septième but du match, le meilleur but jamais vu à Anfield. À la 76e minute, Ray Clemence passe le ballon à Ray Kennedy. Kennedy passe à Kenny Dalglish. Dalglish passe à David Johnson. Johnson passe à Steve Heighway. Heighway centre pour Terry McDermott. Et McDermott marque d'une tête. Cinq superbes ballons, cinq passes remarquables. Et le ballon dans les filets. L'un des plus beaux buts qu'on ait jamais vus. Le plus beau but qu'on ait jamais vu.

Et après le match, Bob Paisley déclare, Qu'est-ce qu'on peut dire ? Cette démonstration a été stupéfiante. Et ce but probablement le plus beau qu'on ait jamais vu dans ce stade. Mais il faut qu'on garde les pieds sur terre. Parce que ce résultat ne nous sera d'aucune aide la semaine prochaine. En fait, j'aimerais mieux recevoir des critiques que des compliments. Il me semble que les critiques nous réussissent, pas les compliments.

Et puis ces messieurs de la presse interrogent Bob Paisley sur la Coupe d'Europe. Sur le tirage au sort pour la Coupe d'Europe. Le tirage au sort qui fait s'affronter le Liverpool Football Club et Nottingham Forest au premier tour de la Coupe d'Europe. Les champions d'Europe contre les champions d'Angleterre. Bob Paisley secoue la tête. Et Bob Paisley dit, Avant même qu'on ne quitte Wembley, avant même qu'on ne fête la victoire à Londres. J'ai prévenu les joueurs que le plus gros obstacle à notre ambition de conserver le trophée, ce serait Brian Clough et son équipe. Maintenant, est-ce que l'UEFA et le reste de l'Europe désiraient avoir deux équipes anglaises en Coupe d'Europe, je n'en sais rien. Mais les probabilités d'un tirage au sort nous opposant à Forest au premier tour étaient faibles, même si nous étions tête de série et pas eux. Mais c'est ainsi que le sort en a décidé. Alors, c'est l'équipe contre laquelle nous devons jouer…

Au premier tour de la Coupe d'Europe. Au City Ground de Nottingham. Bill Shankly a des écouteurs sur les oreilles. Un microphone devant la bouche. Bill Shankly commente le match pour la radio. Pour Radio City, Liverpool. Il analyse la rencontre, il dissèque le match. Dans la tribune de presse. Depuis le bord de son siège. Le corps plié en deux, les yeux rivés sur la pelouse. Bill Shankly regarde le match, Bill Shankly fasciné par la rencontre. La rencontre que le Liverpool Football Club est en train de perdre. À l'extérieur, ailleurs qu'à Anfield. Le match que le Liverpool Football Club finit par perdre – 2-0.

Les yeux fatigués, la voix enrouée. Bill Shankly repose le microphone. Bill Shankly ôte ses écouteurs. Les oreilles douloureuses, les muscles noués. Bill Shankly se lève de son siège dans la tribune de presse.

Dans les couloirs du City Ground. Ces messieurs de la presse voient Bill Shankly. Bill Shankly immobile dans le couloir, Bill Shankly immobile dans l'ombre. Et ces messieurs de la presse demandent à Bill Shankly de leur livrer le fond de sa pensée. Ils demandent à Bill Shankly s'il comprend pourquoi le Liverpool Football Club a perdu 2-0 contre Nottingham Forest au premier tour de la Coupe d'Europe. Si Bill Shankly connaît la raison pour laquelle le Liverpool Football Club a perdu 2-0 contre Nottingham Forest au premier tour de la Coupe d'Europe. Et Bill Shankly secoue la tête –

Eh bien, c'est difficile à dire, répond Bill Shankly. C'est très difficile à dire. Mais, enfin, pour être franc avec vous. Pour être très franc avec vous, j'avais des craintes avant le match. J'étais très inquiet avant le match. Je craignais et je redoutais que nos joueurs soient tentés de le traiter comme un match de championnat. Comme un simple match de championnat parmi d'autres. Et, en fait, je crois que c'est ce qui est arrivé. Je pense que c'est ce que nous avons vu. Je n'insinue pas que les joueurs ont sous-estimé l'adversaire. Oh, non. Ce n'est pas ça. Pas ça du tout. Ce que je veux dire, c'est qu'une fois menés un but à zéro, on a continué à courir après le score. À chercher le but d'égalisation. Un but d'égalisation et puis peut-être un but supplémentaire. Au lieu d'accepter une défaite 1-0 comme un résultat raisonnable au premier tour de la Coupe d'Europe. À l'issue du match à l'extérieur. Alors, on a continué de courir après le score, quand on était menés 1-0. En seconde mi-temps, on cherchait toujours ce but d'égalisation. Et puis peut-être un but de plus. Et c'est ce qui a permis à Forest de nous surprendre. De se faufiler par la porte de derrière, vous comprenez ? Parce qu'on s'était découverts. Et donc Forest pouvait se faufiler et obtenir ce deuxième but. Parce qu'on a laissé Forest nous dérégler, on a laissé Forest nous harceler. Leur milieu de terrain était organisé tout simplement pour nous marquer de près. Quand nous étions en possession du ballon. Et puis, quand ils avaient le ballon, ils passaient par-dessus leur propre milieu de terrain. Ils se contentaient d'envoyer vers leurs avants des balles longues qui survolaient leur propre milieu de terrain. Et leurs attaquants avaient pris notre mesure, leurs attaquants nous maîtrisaient très bien. Et c'est comme ça qu'ils ont obtenu leur deuxième but. Et ce deuxième but, vous voyez ? Ça nous donne maintenant une montagne à escalader. Quand on retournera chez nous. Chez nous à Anfield.

Et ces messieurs de la presse hochent la tête. Ces messieurs de la presse remercient Bill Shankly pour ses considérations. Ils le remercient de leur avoir consacré un peu de son temps. Et Bill Shankly jette un coup d'œil à sa montre. Et puis Bill Shankly relève les yeux. Ces messieurs de la presse ont disparu. Ces messieurs de la presse sont partis. Partis décrocher leurs téléphones, partis communiquer leurs comptes rendus. Dans les couloirs du City Ground, sous la tribune principale du City Ground. Bill Shankly est seul, à présent, seul parmi les ombres. Bill Shankly commence à tourner en rond. En décrivant un petit cercle. Sous les tribunes, parmi les ombres. Bill Shankly arrête de tourner en rond. Bill Shankly regarde sa montre de nouveau. Bill Shankly se dirige vers un autre couloir. Le couloir des vestiaires. Le vestiaire de l'équipe qui reçoit et le vestiaire des visiteurs. Le vestiaire de Liverpool. Bill Shankly suit le couloir vers le vestiaire. Le vestiaire de Liverpool. Et Bill Shankly s'arrête devant la porte. La porte du vestiaire de Liverpool. Et Bill Shankly regarde la porte. De nouveau. Bill Shankly fixe la porte. La porte du vestiaire de Liverpool. Et Bill Shankly entend les voix de l'autre côté de la porte. De nouveau. Bill Shankly écoute les voix de l'autre côté de la porte. La porte du vestiaire de Liverpool. De nouveau. Et Bill Shankly ne reconnaît pas ces voix, ces voix différentes. De nouveau. Ces voix différentes, ces voix qui haussent le ton. Et dans le couloir. Le couloir du City Ground. Bill Shankly secoue la tête. Bill Shankly ferme les yeux. Que dirait-il ? Que pourrait-il dire ? Et dans le couloir. Le couloir du City Ground. Devant la porte. La porte du vestiaire de Liverpool. Bill Shankly rouvre les yeux. Bill Shankly soupire. Et de nouveau. Bill Shankly s'éloigne de la porte. La porte du vestiaire de Liverpool. De nouveau. Bill Shankly s'en va. Dans le couloir, le couloir du City Ground. Vers la porte, vers la sortie. Bill Shankly ouvre la porte. La sortie. Et Bill Shankly voit l'escalier. Parmi les ombres. L'escalier qui mène au parking. Et Bill Shankly descend l'escalier. L'escalier raide, en béton. Lentement, prudemment. Une main sur la rampe. La rampe froide, métallique. Lentement, prudemment. Un pied sur l'escalier –

L'escalier raide, en béton. Un pied, puis l'autre. En faisant attention aux marches, attention à chacun de ses pas, attention à ne pas glisser,

attention à ne pas trébucher, à ne pas trébucher,

et à ne pas tomber…

Bill ? Bill ? C'est vous, lance un groupe de supporters au pied de l'escalier. De supporters du Liverpool Football Club et de supporters de Nottingham Forest. Et les supporters s'approchent de Bill Shankly. Avec leurs albums d'autographes et leurs programmes de football. Au pied de l'escalier, dans le parking. Bill porte la main à sa cravate. Bill retouche la position de sa cravate. Et Bill Shankly sourit. Il sourit aux supporters du Liverpool Football Club et aux supporters de Nottingham Forest. Et Bill Shankly signe leurs albums d'autographes, Bill Shankly signe leurs programmes de football. Et Bill Shankly répond à leurs questions. Aux questions des supporters du Liverpool Football Club, aux questions des supporters de Nottingham Forest –

À cette même question –

Bien sûr, dit Bill Shankly. Bien sûr qu'on peut gagner. Mais ça ne sera pas facile. Ne vous y trompez pas. Pas contre Peter Shilton et Kenny Burns. Et contre Larry Lloyd, bien sûr. Larry nous connaît bien, évidemment. Il connaît très bien Anfield. Et Larry est un colosse, Larry est très fort. En fait, c'est Freddie Ford qui m'a recommandé Larry Lloyd. Freddie était l'un de mes entraîneurs quand j'étais à Carlisle. Et je me souviens, Freddie m'a appelé. Freddie était à Bristol City à ce moment-là. Et Freddie m'a dit, Il faut que tu voies ce gars, Bill. Ce Larry Lloyd. Alors, je suis allé le voir jouer. Contre Everton, en Coupe de la Ligue, je crois. Et Bristol City a perdu 5-0. Bon sang, 5-0 ! Et pourtant, malgré cette défaite. Je me suis rendu compte que ce garçon était plus que valable. Parce que, surtout, il ne baissait jamais la tête. Et ça, c'est le plus important. Car, franchement, vous ne pouvez pas éviter d'être battu à un moment ou un autre. Vous n'êtes jamais sûr de gagner à chaque fois. À chaque match. Mais le principal, c'est la façon dont vous perdez. C'est ça qui change tout. La façon dont vous réagissez quand vous perdez. Est-ce que vous baissez la tête ? Est-ce que vous renoncez ? C'est ça, le genre de joueur que vous êtes ? Le genre d'homme que vous êtes ? Ou bien, est-ce que vous gardez la tête haute ? Est-ce que vous continuez à vous battre ? À lutter ? À tenter quelque chose ? Voilà ce qu'on recherche, pour une équipe. Des combattants, des risque-tout. Et sans Larry Lloyd, Bristol City aurait bien pu perdre 10-0, carrément ! Mais il n'a jamais baissé la tête, il n'a jamais renoncé. Alors, voyez-vous, j'ai gardé un œil sur lui. Et quand j'ai vu arriver la fin de la carrière de Big Ron, quand j'ai su que Ron Yeats n'allait plus pouvoir jouer bien longtemps. Alors, j'ai acheté Larry. Et j'ai déboursé 50 000 livres pour qu'il signe chez nous. Seulement 50 000 livres. Et puis, bien sûr – après mon départ, quand j'ai pris ma retraite –,

Larry a été vendu à Coventry City. Et je crois qu'ils ont payé 240 000 livres pour l'avoir. Ils ont dépensé 240 000 livres ! Incroyable, carrément incroyable ! Et je crois que ça les a presque mis sur la paille. Je veux dire, ils ont surpayé. Parce qu'il ne faut pas vivre au-dessus de ses moyens. Il faut toujours faire avec ce qu'on a. Et après, bien sûr, Brian Clough a appris qu'il pouvait acheter Larry pour 60 000 livres. Seulement 60 000 livres. Et un prix pareil, c'est un cadeau. Un vrai cadeau ! Mais c'est un achat malin de la part de Brian. Un achat malin et un achat majeur. Parce que ça a donné un avantage à cette équipe. Cette équipe de Forest. Un gros avantage. Alors, nous devrons être sur nos gardes quand vous viendrez à Anfield. Parce que, comme je le disais, Larry nous connaît bien. Très bien. Et Larry aura quelque chose à prouver. Mais ce sera un match différent, un match très différent. Plus intense. Beaucoup plus intense. Et puis, bien sûr, il y a le Kop. Le Kop, vous voyez. Les gars du Kop feront la différence –

Ils font toujours la différence.

78

Sur le dos ; des lettres venues de loin

Dans la maison, dans leur vestibule. Les lettres arrivent toujours et le téléphone sonne toujours. Des lettres envoyées par des clubs, des appels passés par des présidents. Des clubs qui ont des problèmes, des présidents qui ont des postes à pourvoir. Mais ça n'intéresse pas Bill de travailler pour d'autres clubs. Ça n'intéresse pas Bill, les problèmes des autres clubs. Des problèmes qu'il n'a pas créés, des problème qu'il ne peut pas résoudre. Loin de chez lui, ailleurs que chez lui. Dans des villes qu'il ne connaît pas, avec des gens qu'il ne connaît pas. Plus maintenant, plus ces temps-ci. Maintenant, ces temps-ci. Bill veut rester près de chez lui, dans la ville qu'il connaît, avec les gens qu'il connaît. Les gens de Liverpool. Les gens qu'il connaît et les gens qu'il aime. Les gens qui l'intéressent –

Et dans la maison, dans leur vestibule. D'autres lettres arrivent, d'autres appels. Des lettres d'œuvres de bienfaisance, des appels provenant d'hôpitaux. D'œuvres de bienfaisance de la région et d'hôpitaux de la région. L'Institution royale pour les aveugles du Merseyside et l'Hôpital pour enfants Alder Hey.

Des lettres auxquelles Bill a envie de répondre, des appels que Bill a envie de prendre. S'il peut aider, s'il peut faire plaisir aux gens. Alors, Bill est content de leur apporter son aide. Une ou deux fois par semaine. Et même trois, voire quatre fois par semaine. Bill met son costume, Bill met sa cravate. Bill embrasse Ness pour lui dire au revoir. Et Bill monte dans sa voiture –

Dans le parking de l'Hôpital pour enfants Alder Hey. Bill descend de sa voiture. Dans le parking de l'Hôpital pour enfants Alder Hey. Bill sort la lettre de la poche de sa veste. Et Bill relit la lettre. La lettre d'Alf Thompson, le manager de l'équipe de football des moins de seize ans à Lister. La lettre demandant à Bill d'avoir la gentillesse d'écrire un petit mot à un jeune garçon nommé Ian Braithwaite. Ian jouait dans l'équipe de football des moins de seize ans à Lister. Mais Ian s'est blessé à la colonne vertébrale en jouant pour l'équipe des moins de seize ans de Lister. Maintenant, Ian est à l'Hôpital pour enfants Alder Hey. Alf Thompson pensait qu'un petit mot de Bill ferait plaisir à ce jeune garçon. Parce que le gamin avait le moral bien bas, il était très déçu de manquer le reste de la saison. Et il était très inquiet, il avait très peur à l'idée qu'il pourrait ne jamais rejouer au football. Si cela n'ennuyait pas Bill, si Bill avait le temps. Dans le parking de l'Hôpital pour enfants Alder Hey. Bill remet la lettre dans la poche de sa veste. Et Bill traverse le parking. Bill entre dans l'hôpital. Bill se présente à la réception. Bill dit bonjour aux infirmières. Les infirmières qui connaissent Bill Shankly. Les infirmières qui sourient lorsqu'elles voient Bill Shankly. Et

Bill demande s'il peut entrer un moment pour voir un jeune nommé Ian Braithwaite. Un jeune qui s'est blessé à la colonne vertébrale. Pour le réconforter, lui remonter le moral. À condition que sa visite ne dérange personne, qu'il ne perturbe pas le service. Et les infirmières sourient de nouveau. Les infirmières hochent la tête. Et l'une d'elles emmène Bill voir Ian –

Sur le lit d'hôpital. Allongé sur le dos. Le jeune garçon n'en croit pas ses yeux. Dans le lit d'hôpital. En traction. Le jeune garçon fait des efforts pour se redresser sur son séant. Mais Bill lui tapote la main. Et Bill dit, Reste tranquille, mon gars. Reste tranquille. Je ne tiens pas à te déranger, surtout. Je ne tiens pas à te causer des ennuis avec les infirmières. Alors, ne t'agite pas, mon gars. Reste calme. Parce que je suis simplement passé te remonter le moral. Et bavarder un moment avec toi. Parce que ton manager, M. Thompson. Il m'a écrit. Et il m'a dit que tu broyais du noir. Coincé ici, allongé sur le dos. Alors que tes copains te manquent…

Ouais, dit le jeune Ian. Il faut que je reste ici pendant cinq semaines. Et après, ils disent que je ne pourrai pas jouer le reste de la saison. Il faudra que j'y aille doucement quand je sortirai. Sinon, je ne pourrai plus jamais jouer au foot. Alors, je me suis mis à réfléchir, à me demander, Et si je ne pouvais plus jamais jouer au foot ?

Bill secoue la tête. Bill sourit. Et Bill chuchote, C'est des bêtises, tout ça. Des idioties. Évidemment, il faudra y aller doucement, mon gars. Mais tu rejoueras. Ne t'inquiète pas…

Vraiment ? demande Ian. Vous croyez ?

Bill hoche la tête. Bill sourit de nouveau. Et Bill dit, J'en suis sûr, mon gars. Je le sais. Parce que j'ai vécu exactement la même chose que toi, mon gars. Exactement la même chose. C'était bien avant ta naissance, remarque. Et sans doute avant même que ton père ne soit né. Je jouais pour Preston à Halifax. Pendant la guerre, dans un des tournois qui ont remplacé la Coupe d'Angleterre ces années-là. J'ai reçu un coup de pied dans le genou, le genou gauche. Et je n'oublierai jamais le soir où ça m'est arrivé. J'étais stationné à Manchester. À cause de la guerre. Et après le match, je suis rentré à Manchester. En bus, en traversant la lande. Et ma jambe avait doublé de volume. Elle était énorme. Carrément énorme ! Et j'ai compris que c'était grave. Bon, d'accord, on reçoit tout le temps des coups de pied. On aura toujours des bleus. Et toujours des estafilades. Mais ça, c'était différent. C'était plus grave. Alors, je suis allé à l'hôpital. À l'hôpital Crumpsall de Manchester. Pour qu'ils m'examinent, pour qu'ils me fassent une radio. Et quand ils m'ont examiné, quand ils ont regardé les radios. Ils m'ont dit que j'avais une fracture de la rotule. La rotule cassée. Et ils m'ont plâtré le genou. Et puis quand l'œdème s'est résorbé, quand mon genou a désenflé. Le plâtre flottait tout autour de ma jambe. Alors, je suis sorti du lit. Et je me souviens d'une infirmière. Une religieuse. Elle venait d'Irlande. Elle m'a dit, Mais qu'est-ce qui te prend, de te lever comme ça ? Tu as une jambe cassée, mon gars. Remonte dans ton lit et arrête de faire l'imbécile. Mais je lui ai dit, Comment est-ce possible, qu'elle soit cassée ? Je suis debout, et je m'appuie dessus. Ça prouve bien qu'elle ne peut pas être cassée, non ?

Et alors, qu'est-ce que vous avez fait ? demande Ian. Vous êtes retourné vous coucher, Bill ? Qu'est-ce que vous avez fait ? Qu'est-ce que vous avez fait ?

Bill sourit. Et Bill dit, Je me suis recouché, mon gars. J'ai obéi. Parce qu'elle n'était pas commode, cette sœur. Gentille, mais pas commode du tout. Mais je lui en ai fait voir de toutes les couleurs. Et avant la fin de la semaine, elle m'a flanqué à la porte. Elle m'a renvoyé dans mon camp de l'armée. Mais quand je suis arrivé au camp, le médecin militaire m'a dit, Il est bien possible que la rotule ne soit pas cassée, Bill. Mais c'est ton cartilage. Et c'est pourquoi je crois que tu ne rejoueras jamais, Bill. Pas avec un genou dans cet état. Voilà ce qu'il m'a dit. Je crois que tu ne rejoueras jamais. Et j'ai pensé, Ah, oui ? Vraiment ? Eh bien, je vais vous montrer. Et quelques semaines plus tard, je suis retourné à l'entraînement. Et j'ai recommencé à jouer. Mais ça n'allait pas. Mon genou fonctionnait mal. Mais alors, il m'est arrivé trois choses formidables, mon gars. Et tout ça grâce à mon genou. D'abord, l'armée m'a muté en Écosse. À Bishopbriggs, près de Glasgow. Et quand j'ai été là-bas, j'ai joué pour Partick Thistle. C'était encore la guerre, tu vois ? Pendant les tournois de cette époque-là. Et les gens de Partick étaient très gentils. Et ils savaient que mon genou me faisait des misères. Parce que, pendant mon tout premier match pour eux, j'ai reçu un autre coup. Et bon sang, ça m'a fait mal. Un mal de chien. Alors, ils ont payé pour que je me fasse opérer du genou. Ils ont payé pour qu'on me retire un morceau de cartilage. Et c'était très généreux de leur part. Vraiment très généreux. Et ça, c'était une très bonne chose pour moi. La première bonne chose qui m'est arrivée…

Et la deuxième, Bill, c'était quoi ?

Bill sourit de nouveau. Et Bill dit, Eh bien, la deuxième bonne chose. La meilleure des trois, d'ailleurs. Après l'opération, quand on m'a eu retiré le morceau de cartilage. Alors que je m'entraînais tous les jours. Qu'il pleuve ou qu'il vente. Quel que soit le temps. Avec mon copain Jock Porter. Je m'entraînais et je courais. Pour retrouver la forme, pour reconstituer mes forces. Exactement comme tu devras le faire, mon gars. Tous les jours. Qu'il pleuve ou qu'il vente. Tu devras t'entraîner, courir. Jusqu'à ce que tu retrouves la forme, jusqu'à ce que tu aies reconstitué tes forces. C'est donc ce que je faisais, m'entraîner, courir. Tous les jours. Sous la pluie et sous la neige. Et pendant que je m'entraînais. Que je courais. Je voyais souvent une jeune fille. Et elle m'a plu dès que je l'ai vue. Et je ne l'ai plus quittée des yeux. Et j'ai commencé à lui parler, à l'assiéger. Et je me rappelle, j'apportais souvent du pain grillé au fromage dans sa section. Parce qu'elle était auxiliaire féminine dans la R.A.F. et qu'elle était en garnison dans le même camp de l'armée. Et tu sais qui c'était, mon gars ?

Non, Bill. C'était qui ? C'était qui ?

Bill rit. Et Bill dit, C'était ma femme, mon gars. C'était Ness. Parce que je lui ai demandé de m'épouser. Et elle a dit oui. Alors, tu vois, mon gars. Si je n'avais pas eu d'ennui avec mon genou. Si je ne m'étais pas blessé au genou. Et si je n'avais pas eu cette opération. Et puis si je n'avais pas fait cet entraînement. Pour me remettre d'aplomb, pour pouvoir rejouer. Alors, je n'aurais jamais rencontré ma femme. Je n'aurais jamais rencontré Ness.

Donc, vous avez vraiment eu de la chance, dit Ian. Vous vous êtes blessé au genou. Mais après vous avez rencontré votre femme. Vous avez vraiment eu de la chance, non ?

Bill secoue la tête. Bill sourit. Et Bill dit, Oui et non, mon gars. Oui et non. Tu vois, je ne crois pas que c'était une question de chance. Pour être franc avec toi, je ne crois pas à la chance. Je crois qu'il faut travailler dur. Et ne pas écouter les gens qui sont négatifs. Ceux qui te disent que tu ne rejoueras jamais. Et parfois, ces gens-là, c'est toi-même. Ta propre voix. Par conséquent, je crois qu'on ne devrait jamais écouter ces voix-là. Ces voix qui te répètent toujours que tu ne peux pas le faire. Les voix pessimistes. Je crois que tu dois prouver à ces voix-là qu'elles se trompent. Et te remettre d'aplomb. Reprendre l'entraînement, reprendre le travail. Travailler dur pour leur prouver qu'elles ont tort. Et tu vois bien, si j'avais simplement renoncé. Si j'avais cru ce que m'a dit le médecin militaire. Quand il m'a annoncé que je ne rejouerais jamais. Alors, je ne serais pas retourné en Écosse, à Partick Thistle. Et je n'aurais pas eu cette opération. Et puis après l'opération. Si je m'étais contenté de me lamenter sur mon propre sort. Si je n'avais pas eu la volonté de me remettre sur pied, de rejouer au football. Alors je n'aurais pas repris l'entraînement. Et je n'aurais pas vu Ness. Donc, tu vois, je ne crois pas à la chance. Je crois que c'était une question de détermination. Et une question de travail acharné.

Vous avez raison, dit le jeune Ian. Vous avez tout à fait raison, Bill. Et c'est ce que je vais faire. Je vais faire comme vous.

Bill hoche la tête. Bill sourit de nouveau. Et Bill dit, C'est la meilleure nouvelle que j'aie entendue de toute l'année, mon gars. C'est excellent. Parce que tu en es capable. Tu peux le faire. Je sais que tu en es capable. Si tu as un objectif en tête, tu peux tout faire. Si tu travailles, si tu travailles dur. Et si tu n'abandonnes pas en route.

Je n'abandonnerai pas, dit Ian. Je vous le promets, Bill. Mais c'était quoi, la troisième chose ? Vous avez dit qu'il vous est arrivé trois bonnes choses…

Bill rit de nouveau. Et Bill dit, Ah, oui. On a gagné la Coupe d'Été. Après l'opération, mon opération du cartilage. J'ai pensé, Bon, il vaudrait mieux que je remercie Partick Thistle. Pour tout ce qu'ils ont fait pour moi. C'est le moins que je puisse faire. Après tout ce qu'ils ont fait pour moi. Alors, je les ai aidés à gagner la Coupe d'Été. On a battu le Hibs[1] 2-0. À Hampden Park.

C'est excellent, dit le jeune Ian. Vraiment excellent, Bill. Impeccable. Vous jouiez à quel poste, Bill ? Vous étiez quoi ?

Milieu de terrain, répond Bill Shankly. Ce qu'on appelait à l'époque un demi droit. Mais et toi, mon gars ? À quel poste joues-tu ?

Je suis défenseur, dit Ian.

Au centre ? demande Bill.

Oui, dit Ian. Au milieu de la défense…

Et c'est comme ça que tu t'es blessé ? demande Bill.

Ouais, répond le jeune Ian. J'ai sauté pour repousser un ballon. J'ai décollé pour l'avoir. Et puis un autre joueur, un joueur d'en face. Il a foncé sur moi. Il m'est

1. L'Hibernian Football Club d'Édimbourg.

rentré dedans. Et je me suis senti tout drôle. Je suis retombé. Et j'ai atterri sur le dos…

Bill hoche la tête. Et Bill dit, Eh bien, tu vois, ça me résume tout ce que j'ai besoin de savoir à ton sujet, mon gars. Tu as vu le ballon. Tu as vu le joueur adverse. Et tu l'as vu foncer sur toi. Mais tu as sauté quand même. Tu as tenté de repousser ce ballon. Tu ne t'es pas caché. Tu as fait ton boulot au lieu de t'esquiver. Tu as sauté. Pour l'équipe, pour tes copains. Alors, pour moi, tu es bon pour le service, mon gars. Tu es le genre de joueur que je prendrais dans mon équipe…

Vraiment ? demande le jeune Ian. Vraiment, Bill ?

Oh, oui. Sans l'ombre d'un doute, mon gars. Tu serais le premier nom sur la feuille de match, pour moi. Sans l'ombre d'un doute…

Sur son lit d'hôpital. Allongé sur le dos. Le jeune Ian cligne des yeux. Pour refouler ses larmes. Et c'est avec beaucoup de mal qu'il parvient à dire –

Merci, Bill. Merci…

Bill secoue la tête. Et Bill dit, Ne me remercie pas, mon gars. Du moins, pas avec des paroles. Ne me remercie pas. Promets-moi seulement de garder la tête haute, mon gars. Et de ne pas te laisser abattre. Et de ne penser qu'à une chose, rejouer au football, mon gars. Et ne pas écouter ces voix. Ces voix qui disent que tu ne peux pas rejouer, que tu ne rejoueras pas. Quand tu entends ces voix, tu n'as qu'à te boucher les oreilles, mon gars. Et n'oublie pas ce dont nous avons parlé. Rappelle-toi notre petite conversation, mon gars.

Je m'en souviendrai, dit le jeune Ian. Je m'en souviendrai, Bill. C'est promis…

C'est bien, mon gars. C'est tout ce que j'ai envie d'entendre. Maintenant, je vais m'en aller et te laisser te reposer. Mais je reviendrai te voir bientôt…

Merci, dit le jeune Ian. Merci, Bill.

Bill sourit de nouveau. Bill tapote le bras du jeune garçon. Et Bill s'éloigne, pour retraverser le service. Et ressortir de l'hôpital.

Dans le parking. Le parking de l'Hôpital pour enfants Alder Hey. Dans la voiture. Bill se frotte les yeux. Bill se frotte le visage. Dans la voiture. Bill tourne la clé dans le contact. Et Bill rentre chez lui. Chez lui pour retrouver Ness. Chez lui pour aller dîner. Et dans la maison. Dans leur cuisine. Bill dîne avec Ness. Ils mangent des saucisses et des frites. Des fruits au sirop avec de la crème. Et puis Bill se lève de la table de la cuisine. Bill ramasse les assiettes. Bill les emporte vers l'évier. Bill pose les assiettes dans l'évier. Bill retourne à la table de la cuisine. Bill ramasse la salière et le poivrier. Bill les range dans le placard. Bill repart vers la table. Bill ôte la nappe. Bill se dirige vers la porte de derrière. Bill ouvre la porte. Bill sort de la maison. Bill s'arrête sur le perron. Bill secoue la nappe. Bill rentre dans la cuisine. Bill referme la porte. Bill plie la nappe. Bill range la nappe dans le tiroir. Bill retourne jusqu'à l'évier. Bill ouvre les robinets. Bill envoie une giclée de liquide vaisselle dans l'évier. Bill ferme les robinets. Bill prend la brosse à laver. Bill nettoie les assiettes. Bill nettoie les casseroles. Bill lave les couverts. Bill les dispose sur l'égouttoir. Bill ôte la bonde. Bill se sèche les mains. Bill prend le torchon à vaisselle. Bill essuie les casseroles. Bill essuie les assiettes. Bill essuie les couverts. Bill range les casseroles dans un placard. Bill range les assiettes dans un autre. Bill range les couverts dans le tiroir. Bill retourne devant l'évier. Bill prend la lavette. Bill essuie l'égouttoir. Bill rouvre les robinets. Bill rince la lavette sous les robinets. Bill ferme les robinets. Bill essore la lavette. Bill pose la lavette à côté du flacon de liquide vaisselle. Bill se retourne. Bill examine la cuisine. Bill se tourne de nouveau vers l'évier. Bill se penche. Bill ouvre le placard situé sous l'évier. Bill sort un seau de sous l'évier. Bill se penche une seconde fois. Bill ouvre un carton sous l'évier. Bill en sort un tampon à récurer. Bill referme la porte du placard. Bill soulève le seau. Bill met le seau dans l'évier. Bill rouvre les robinets. Bill emplit le seau à moitié. Bill referme les robinets. Bill approche le seau et le tampon à récurer de la cuisinière. Bill pose le seau devant la cuisinière. Bill ouvre la porte du four. Bill inspecte l'intérieur du four. Bill ne voit que l'obscurité. Bill sent une odeur de graisse. Bill s'agenouille sur le carrelage. Bill déboutonne les poignets de sa chemise. Bill retrousse ses manches. Bill s'empare du tampon à récurer. Bill plonge le tampon à récurer dans le seau d'eau. Bill ressort le tampon de l'eau. Bill expulse l'eau du tampon. Il tient à présent un tampon de laine d'acier humide. Bill le serre plus fort. Bill plonge la main dans le four. Dans l'obscurité, dans la graisse. Dans la cuisine, à genoux. Bill commence à frotter le four. À genoux, Bill commence à récurer. À genoux, Bill commence à nettoyer. À nettoyer, et à nettoyer, et à nettoyer.

Dans la maison, dans leur salon. Ness a fini ses mots croisés. Ness repose son stylo. Ness pose son livre sur l'accoudoir. Et Ness se lève de son fauteuil. Ness souhaite bonne nuit à Bill. Et Bill souhaite bonne nuit à Ness. Bill embrasse Ness sur la joue. Et puis Bill se rassied dans son fauteuil. Bill fixe la télévision. L'écran noir de la télévision silencieuse. Et Bill fixe les rideaux. Les rideaux fermés, les rideaux tirés. Et dans le salon, dans son fauteuil. Bill écoute la pluie. La pluie qui tombe sur la maison. La pluie qui tombe sur toutes les maisons. Et Bill écoute le vent. Le vent qui souffle autour de la maison. Le vent qui souffle autour de toutes les maisons. Et Bill repense au jeune garçon. Bill ne peut cesser de penser au jeune garçon. Au jeune garçon allongé sur le dos dans son lit d'hôpital. Le jeune garçon que Bill a envie d'aider. Le jeune garçon qui peut-être ne pourra jamais rejouer au football. Le jeune garçon que Bill a envie d'aider à rejouer au football. Le jeune garçon qui peut-être ne pourra jamais rejouer au football. Le jeune garçon que Bill ne peut pas aider à rejouer au football. Et dans le salon, dans son fauteuil. Dans la nuit et dans le silence. Son pull colle à sa chemise. Sa chemise colle à son maillot de corps. Son maillot de corps lui colle à la peau. Sous la pluie et dans le vent. Bill joint les mains. Bill ferme les yeux. Et Bill dit une prière.

79

À toute heure de la journée, tous les jours de la semaine

Ils viennent dans leur rue. Leur rue de West Derby, Liverpool. Et ils remontent l'allée. L'allée qui mène à leur maison de Bellefield Avenue, à West Derby. Et ils frappent à la porte, ils appuient sur la sonnette. La sonnette de la maison de Bellefield Avenue. Et quoi que Nessie Shankly soit en train de faire. Le ménage, la cuisine pour le déjeuner. Nessie Shankly interrompt ce qu'elle est en train de faire. Et Nessie Shankly ouvre la porte. La porte de chez eux. Et Nessie Shankly les invite à entrer chez eux. À entrer chez eux pour voir Bill Shankly. Et quoi que Bill Shankly soit en train de faire. Son jardinage, sa correspondance. Bill Shankly interrompt ce qu'il est en train de faire. Et Bill Shankly leur serre la main. Bill Shankly les remercie d'être venus. Et Bill Shankly leur souhaite la bienvenue chez eux. Bill Shankly les invite à entrer dans leur salon. Bill Shankly les prie de s'asseoir. Et Nessie Shankly leur prépare une tasse de thé. Une bonne tasse de thé. Et Nessie Shankly leur apporte des biscuits. Sur une assiette, sur un plateau. Avec leur thé. Leurs tasses de thé. Et Bill Shankly signe leurs albums d'autographes. Bill Shankly signe leurs programmes de football. Leurs objets de collection et leurs photographies. Et s'ils n'ont pas de photo, Bill Shankly leur en donne une qu'il prend sur sa pile. La pile de photos que Bill Shankly garde à portée de main près de la porte d'entrée. Pour les visiteurs qui viennent dans leur rue. Les visiteurs qui remontent leur allée. Et qui frappent à leur porte et qui donnent un coup de sonnette. À toute heure de la journée, tous les jours de la semaine. Bill Shankly sourit. Et Bill Shankly répond à leurs questions. Leurs questions sur la saison en cours du Liverpool Football

Club. Leurs questions sur les saisons passées du Liverpool Football Club –

Ma foi, oui, dit Bill Shankly. Oui. C'était très décevant de quitter la Coupe d'Europe au tout premier tour. Et pourtant, il faut le dire, nous avons complètement dominé Forest. À Anfield, à domicile. Au second match, au match retour. Nous les avons complètement dominés du début à la fin. Mais voyez-vous, ils avaient Peter Shilton et Kenny Burns. Et Larry Lloyd, bien sûr. Et ces trois-là étaient très forts. Très décidés. Et encore une fois, nous n'avons pas pu marquer. Alors, oui, c'était très décevant, très déprimant. Mais je suis certain que Forest va l'emporter. Je suis sûr que Nottingham Forest va gagner la Coupe d'Europe. Et en fait, j'en suis tellement certain. J'en suis tellement sûr. Que j'ai moi-même parié sur eux. Le lendemain du match. Du match nul au score vierge à Anfield. J'ai misé mon argent sur Forest. Voilà à quel point je suis certain du résultat. À quel point je suis sûr que Forest peut gagner la Coupe d'Europe. Et ce serait quelque chose d'extraordinaire. Pas seulement pour Forest, pas seulement pour Brian. Mais pour la Grande-Bretagne aussi. Un résultat vraiment extraordinaire pour la Grande-Bretagne. Et bien sûr, notre saison n'est pas terminée. Oh, non. Il s'en faut de beaucoup. En fait, je pense que nous avons toutes les chances de gagner le championnat. Nous pouvons remporter le titre. Car je crois que le championnat va se résumer à un duel entre nous et Forest. Et j'ai l'impression que Forest aura la tête ailleurs. Que Forest sera obnubilé par la Coupe d'Europe, vous voyez ? Et je pense que ça va nous donner toutes les chances. Toutes les chances de gagner le championnat de nouveau.

Et dans le salon de la maison de Bill Shankly. Sur le bord de leur siège, leur tasse de thé à la main. Ces visiteurs qui sont venus chez lui, ces visiteurs qui sont assis chez lui. Ils interrogent Bill Shankly sur l'Everton Football Club, aussi. Et Bill Shankly sourit. Et Bill Shankly rit –

Ma foi, oui, dit Bill Shankly encore une fois. Oui. C'était une grosse déception de perdre à Goodison Park. Alors, j'espère qu'on pourra remettre les pendules à l'heure samedi prochain. Parce que c'est toujours la pire chose au monde. De perdre un derby. C'est une impression horrible, une chose épouvantable. Parce que la ville est coupée en deux et ça suscite tellement de plaisanteries. Tellement de discussions et tellement de paris. Et donc, la semaine qui précède le derby, elle vous paraît toujours si longue. Tellement, tellement interminable. C'est la semaine la plus longue de la saison. Parce qu'il n'y a pas de matchs qui ressemblent aux matchs de derby. Pas d'émotions comparables à celles que procure un derby. Parce que ces rencontres-là, elles ont tant d'importance pour tant de gens. Les gens conservent tellement de souvenirs de tellement de derbies. Et, heureusement, j'en ai gardé beaucoup de bons souvenirs. Car si vous regardez les résultats. Les résultats depuis que Liverpool est remonté en première division. Alors, vous comprendrez. Alors, vous verrez pourquoi j'en garde tant de bons souvenirs. Tant de très bons souvenirs. Car nous avons battu Everton plus souvent qu'Everton ne nous a battus. C'est sûr. Et certain ! Et je revois encore chacun des buts qui ont été marqués dans chacun des matchs. Dans chaque derby. Et à chaque fois qu'ils en marquaient un. À chaque but réussi par Everton. Eh bien, c'était comme si on me plantait un couteau dans le dos. Mais à chaque fois qu'on marquait. À chaque but qu'on faisait rentrer. Alors, je planais très haut dans le ciel, avec les astronautes. Et c'est pour ça que j'ai toujours voulu qu'on les gagne tous. Même quand c'était l'équipe réserve de Liverpool contre l'équipe réserve d'Everton. Je voulais quand même qu'on gagne. Qu'on gagne chaque match, chaque derby. Plus que n'importe quoi d'autre. Et je me souviens du pire de tous. Le pire, c'est le jour où ils sont venus à Anfield pour nous battre 4-0. À domicile, à Anfield. Le 19 septembre 1964. Oh, oui, c'est un jour que je n'oublierai jamais. Une date que je me rappellerai toujours. Mais je me rappelle, aussi, la saison suivante. Le 25 septembre 1965. Quand on les a battus 5-0. Parce que c'est le jour de notre revanche. Notre revanche, avec les intérêts. Et de sacrés intérêts ! Mais vous me demandez quel a été le meilleur de tous ? Eh bien, c'est difficile à dire. Parce que, en réalité, il y a eu tellement de grands matchs. Tellement de grands derbies, tellement de grandes victoires. Et d'ailleurs, je n'oublierai jamais la raclée qu'on leur a donnée dans le Charity Shield. C'était après la Coupe du Monde, en 1966. Et les archives peuvent bien dire qu'on a gagné 1-0, seulement 1-0. Mais on les a rossés, et bien rossés. Et en fait, cela s'est révélé la meilleure chose qu'on ait jamais faite pour l'Everton Football Club. Car après ce match, après cette raclée. Ils se sont précipités, en battant tous les records de transferts, pour acheter Alan Ball. Et ça les a transformés, Alan Ball les a transformés. Et ça les a remis sur les rails. Alan les a remis sur les rails. Mais à vrai dire, si on va au fond des choses, c'est grâce à nous, et à la raclée qu'on leur a flanquée dans le Charity Shield. Mais je crois que le match le plus dur et le plus palpitant de tous, c'est celui de novembre 1970. Quand on était menés 2-0. Et qu'ils étaient sur un nuage, au septième ciel. Mais on est revenus au score. Et on les a battus 3-2. Et pour les fans d'Everton, ç'a été un mauvais rêve. Un vrai cauchemar. Un cauchemar rouge ! Parce qu'ils menaient 2-0, vous voyez. Et qu'ils se voyaient déjà finir en roue libre. Mais Anfield Road, ça ne se descend pas en roue libre. Oh non. Ce n'est pas en roue libre qu'on grimpe les cols. Parce que, voyez-vous, nous, on ne renonce jamais. Et je savais qu'avec les joueurs que nous avions. Les joueurs que nous avions ce jour-là. C'est-à-dire, Ray Clemence et Chris Lawler. Le jeune Alec Lindsay. Tommy Smith, bien sûr. Et Larry Lloyd. Emlyn et Brian Hall. Phil Boersma, que j'ai fait entrer pour remplacer John McLaughlin. Steve Heighway, bien sûr. Big John Toshack et Ian Ross. Je savais que nous avions les joueurs capables d'inverser la tendance.

Les joueurs qui allaient s'abattre sur Everton comme une tornade. Et c'est ce qu'ils ont fait. C'est exactement ce qu'ils ont fait. Ils ont déferlé sur Everton comme une tornade. Une vraie tornade. Une tornade rouge ! Et donc, on est revenus au score. Et on les a battus 3-2. On les a battus 3-2 après avoir été menés 2-0. Et ça, c'était fantastique. Un derby fantastique. Le plus dur, mais le plus passionnant. Et pour moi, le meilleur de tous, et la plus belle victoire. Et elle avait un goût de champagne. De champagne rosé. Parce que la défaite est une pilule dure à avaler. Très dure à avaler. Mais, heureusement, on n'en a pas eu trop à avaler. Pas pendant que j'étais en poste.

Et dans le salon de la maison de Bill Shankly. Debout, à présent. Ces visiteurs qui sont venus chez lui, ces visiteurs qui se sont assis chez lui. Ils remercient Bill Shankly de leur avoir consacré un peu de son temps. Ils remercient Bill Shankly et Nessie Shankly pour leur hospitalité. Et Bill Shankly sourit. Bill Shankly secoue la tête. Et Bill Shankly les remercie tous d'être venus. Bill Shankly leur serre la main, Bill Shankly leur tape dans le dos. Bill Shankly leur dit de prendre bien soin d'eux, Bill Shankly leur souhaite de rentrer chez eux sans encombre. Et puis Bill Shankly leur dit au revoir. À sa porte, sur le seuil. Bill Shankly leur fait un signe de la main pour prendre congé d'eux. Et puis Bill referme la porte. La porte de leur maison de Bellefield Avenue. Et dans leur maison, dans leur cuisine. Nessie Shankly lave les tasses et les soucoupes. Et les assiettes. Bill Shankly essuie les tasses et les soucoupes. Et les assiettes. Et puis Nessie Shankly retourne à ses occupations. À son ménage, à la préparation du déjeuner. Et Bill Shankly retourne à ses occupations. À son jardinage, à sa correspondance. Jusqu'à la prochaine fois. Au prochain coup frappé à leur porte. Au prochain coup de sonnette. Ou la prochaine fois que le téléphone sonnera.

80

Lot 79 : les reliques des saints

Joe Mercer est le président de l'Eastham Lodge Golf Club, sur la péninsule de Wirral. Joe Mercer demande à Bill s'il voudrait bien venir parler à la fin d'un de leurs dîners à l'Eastham Lodge Golf Club. Joe Mercer dit que les membres du club aimeraient entendre Bill parler. Ils seraient ravis de l'écouter. Bill n'aime pas le golf et Bill n'aime pas les clubs de golf. Mais Bill aime bien Joe. Alors, Bill dit, C'est d'accord, Joe. Je viendrai parler après un de vos dîners. Si c'est ce que tes amis veulent, si c'est ce qui leur ferait plaisir.

George Higham est le secrétaire de l'Eastham Lodge Golf Club. George Higham est aussi l'un des dirigeants du Tranmere Rovers Football Club. Bill connaît George Higham et Bill aime bien George. George Higham écrit à Bill de la part de l'Eastham Lodge Golf Club pour l'inviter officiellement au club et confirmer la date à laquelle Bill viendra prendre la parole après l'un de leurs dîners. Bill consulte son agenda. Bill inscrit la date dans son agenda. Et Bill répond à George par courrier pour accepter l'invitation de l'Eastham Lodge Golf Club et pour confirmer la date à laquelle il viendra parler après l'un de leurs dîners.

Mais jamais jusqu'à maintenant Bill ne s'est exprimé en public dans un club de golf après un de leurs dîners. Et par conséquent Bill ne sait pas ce qu'il devrait dire, de quoi il devrait parler. Et chaque jour. Dans la maison, dans leur salon. Bill s'installe à son secrétaire. Et il note sur des feuilles de papier. Des choses qu'il pourrait dire. Et il rature. Des choses qu'il ne pourrait pas dire. Chaque jour. Il prend des notes, il rature ses notes. Chaque soir. Il tape ses notes à la machine. Ses pages et ses pages de notes. Chaque jour. Il déchire ses notes. Ses pages et ses pages de notes. Chaque jour. Il recommence, il s'arrête de nouveau. Il écrit et il rature.

Chaque jour jusqu'au matin de la date prévue. Jusqu'au matin du jour où il doit prendre la parole à l'Eastham Lodge Golf Club. Son pull colle à sa chemise. Sa chemise colle à son maillot de corps. Son maillot de corps lui colle à la peau. Bill se rend dans le vestibule. Bill décroche le téléphone. Bill appelle George Higham. Et Bill dit, George, George ? Je suis désolé, George, je suis navré, George. Mais je ne peux pas venir. Je ne peux pas parler. Je ne me sens pas très bien. Je ne suis pas dans mon assiette.

Oh, non, dit George Higham. Oh, non, Bill. Ne me dis pas ça, s'il te plaît ne me dis pas ça. Nos membres sont enchantés que tu viennes chez nous, ils sont très impatients de t'entendre parler, Bill. Ils seront tellement déçus, vraiment, vraiment très déçus. Il n'y a pas moyen que tu viennes, Bill ? Tu te sens si mal que ça, Bill ?

Bill est mal à l'aise, à présent. Terriblement mal à l'aise. Et Bill dit, Mais je n'aime pas le golf, George. Ce n'est pas mon sport. Mon sport, c'est le football. Alors, je ne saurais pas quoi dire…

Mais personne ne s'attend à ce que tu parles de golf, dit George Higham. Les gens veulent simplement entendre tes histoires, Bill. Tes histoires sur le football, tes histoires sur la vie. Parce que tu parles très bien, Bill. Tu racontes très bien. Et ils veulent simplement t'entendre parler, Bill. Du sujet de ton choix. Ce sera une soirée très détendue. Les gens dînent, ils boivent un verre. Et ensuite, ils ont simplement envie de t'entendre, Bill. Envie de t'écouter parler.

Bill se sent encore plus mal à l'aise, maintenant. Encore plus embarrassé. Et Bill dit, Mais je n'aime pas les clubs de golf, c'est tout. Ce n'est pas le genre de gens que je fréquente, tu vois. Et je ne sais pas m'y prendre dans les soirées huppées. Ce n'est pas des endroits pour moi, tu comprends ? Ce n'est pas pour moi, George. Ce n'est vraiment pas pour moi…

Mais notre club n'est pas comme ça, dit George Higham. Pas comme tu l'imagines, Bill. Nos membres sont de Liverpool, ce sont des gens de Liverpool. Ils sont ravis que tu viennes nous voir, ils sont impatients de t'entendre parler, Bill. Ils seront très déçus si tu ne viens pas. Ils seront très tristes si tu ne parles pas, Bill…

Bill se sent terriblement confus. Tout à fait penaud. Alors Bill dit, C'est d'accord, George. D'accord. Je viendrai, George. Je viendrai et je parlerai.

Son pull colle toujours à sa chemise. Sa chemise colle toujours à son maillot de corps. Son maillot de corps lui colle toujours à la peau. Bill repose le téléphone. Bill monte l'escalier. Dans la salle de bains. Bill ôte son pull. Bill ôte sa chemise. Bill ôte son maillot de corps. Et Bill se lave. Énergiquement. Et puis Bill passe dans la chambre. Bill change de pantalon. Bill met sa chemise. Sa plus belle chemise blanche. Bill met son nœud papillon. Son nœud papillon noir. Bill met son smoking. Son smoking noir. Dans la maison, dans leur chambre. Bill se plante devant le miroir fixé derrière la porte de la penderie. Bill regarde l'homme dans le miroir. L'homme en smoking. En smoking noir. Avec son nœud papillon. Son nœud papillon noir. Et Bill dit, Bonsoir Mesdames, bonsoir Messieurs. Et je vous remercie, Mesdames, Messieurs, de m'avoir invité dans votre club ce soir. Je…, Je…, Je…

Dans la chambre. Devant le miroir fixé derrière la porte de la penderie. Bill regarde l'homme dans le miroir. Sa chemise collée à son maillot de corps. De nouveau. Son maillot de corps qui lui colle à la peau. Son nœud papillon. Son nœud papillon qui lui serre le cou. Qui l'étouffe, qui l'étrangle. Et de nouveau Bill dit, Bonsoir Mesdames, bonsoir Messieurs. Et je vous remercie, Mesdames, Messieurs, de m'avoir invité dans votre club ce soir. Je…, Je…

Bill tourne le dos au miroir fixé derrière la porte de la penderie. À l'homme du miroir. Bill referme la porte de la penderie. Bill sort de la chambre. Bill redescend l'escalier. Bill retourne dans le salon. Bill se dirige de nouveau vers le secrétaire. Bill se penche. Sous le secrétaire. Bill sort la corbeille à papier de sous le secrétaire. Et Bill en extrait les feuilles chiffonnées couvertes de notes. Ses pages et ses pages de notes. Bill défroisse ses feuilles chiffonnées couvertes de notes. Ses pages et ses pages de notes. Bill rassemble toutes les feuilles de notes qu'il a déchirées en deux. Ses pages et ses pages de notes. Bill recolle toutes les pages déchirées couvertes de notes. Ses pages et ses pages de notes. Et puis Bill emporte jusqu'au fauteuil ses pages et ses pages de notes à présent défroissées et recollées. Bill se rassied dans son fauteuil. Et Bill se met à relire toutes ses notes. Ses pages et ses pages de notes. Et puis Bill commence à lire son discours à haute voix à partir de ses notes. De ses pages et ses pages de notes. Et Bill avale sa salive. Et Bill tousse. Et puis Bill dit, Bonsoir Mesdames, bonsoir Messieurs. Et je vous remercie, Mesdames, Messieurs, de m'avoir invité dans votre club ce soir. Je…, Je…, Je…, Je…, Je…, Je…, Je…, Je…, Je…

Dans la salle à manger de l'Eastham Lodge Golf Club. Sur la petite estrade placée à l'entrée de la salle. Derrière le pupitre, sur la petite estrade. Devant les membres de l'Eastham Lodge Golf Club, derrière le pupitre. En smoking. En smoking noir. Avec son nœud papillon. Son nœud papillon noir. Bill regarde ses notes. Ses pages et ses pages de notes. Bill avale sa salive de nouveau. Bill tousse de nouveau. Et puis Bill dit, Bonsoir Mesdames, bonsoir Messieurs. Et je vous remercie, Mesdames, Messieurs, de m'avoir invité dans votre club ce soir. Je…, Je…, Je…

Mais en smoking. En smoking noir. Avec son nœud papillon. Son nœud papillon noir. Bill scrute ses notes. Ses pages et ses pages de notes. Et Bill ne parvient pas à lire ses notes. Ses pages et ses pages de notes. Bill ne parvient pas à lire sa propre écriture. Les pages et les pages couvertes de son écriture. Et Bill avale sa salive de nouveau. Bill tousse de nouveau. Et Bill relève les yeux. Bill regarde vers le haut et Bill regarde devant lui. Il regarde la salle à manger de l'Eastham Lodge Golf Club, il regarde les membres de l'Eastham Lodge Golf

Club. Et Bill repose ses notes. Ses pages et ses pages de notes –

Et Bill dit, Je dois vous avouer un certain nombre de choses. Un certain nombre de choses au sujet du golf et un certain nombre de choses au sujet de moi-même. Parce que, voyez-vous, le golf, ce n'est pas mon sport. Le golf n'est pas pour moi. En fait, c'est la première fois de ma vie que je mets les pieds dans un club de golf. Mais j'ai parlé à des clubs de golf. Au téléphone. De nombreuses fois. En fait, je crois que j'ai dû appeler tous les clubs de golf du Merseyside à un moment ou un autre. Car, voyez-vous, je les appelais pour leur dire, Vous feriez mieux de ne pas accepter un seul de mes joueurs. Mes joueurs de Liverpool. Dans votre club, sur votre terrain. Parce que, voyez-vous, je n'ai jamais apprécié que mes joueurs pratiquent un autre sport que celui qui leur permet de gagner leur vie. Car à mon avis, pour un footballeur professionnel, le golf est une menace. Rien d'autre qu'une fichue menace. Oh, oui. Voyez-vous, de mon point de vue, le golf peut imposer des contraintes musculaires inhabituelles au corps d'un footballeur. Des contraintes à des endroits où en temps normal il n'en subirait aucune. S'il ne jouait pas au golf. Et quand un footballeur subit ce genre de contraintes. En jouant au golf. C'est à ce moment-là que le footballeur se blesse. Oh, oui. Et c'est pourquoi je n'ai jamais apprécié que mes joueurs pratiquent le golf. Donc, je leur interdisais de jouer au golf. Je le leur interdisais à tous. Mais ils étaient malins, tous autant qu'ils étaient. Ils étaient très rusés, mes joueurs. Parce que c'est le genre d'hommes que j'aime bien. Des hommes malins et rusés. Mais sur la pelouse, vous comprenez ? La pelouse d'un terrain de football. Pas sur un terrain de golf. Mais je savais bien, pourtant. Je savais bien qu'ils parviendraient à se faufiler en douce dans un club, pour faire une petite partie de golf clandestine quand ils me croiraient en train de regarder ailleurs. Quand ils s'imaginaient que je n'en saurais rien. Mais j'étais toujours aux aguets. Je les avais toujours à l'œil. Oh, oui. Et donc, je finissais toujours par l'apprendre. Et je me rappelle, une fois, j'avais des soupçons sur Tommy Lawrence et sur Roger Hunt. Il y avait quelque chose dans leur façon de marcher, leur façon de comploter à voix basse. Le genre de vêtements qu'ils portaient, le genre de chaussures qu'ils achetaient. Ce n'étaient pas des vêtements de footballeur, des chaussures qu'un footballeur choisirait. Oh, non. Je savais ce qu'ils mijotaient, ce qu'ils manigançaient. Ils se rendaient en catimini dans des clubs de golf, ils s'éclipsaient pour une petite partie furtive. Et donc, je me souviens que j'ai appelé un club de golf. Le club dans lequel je les soupçonnais d'aller jouer. Et j'ai appelé ce club, et j'ai demandé à leur secrétaire, Ils sont chez vous, mes gars ? Et il m'a dit, Non, non, monsieur Shankly. Et j'ai compris à sa réponse, à la façon dont le secrétaire me répondait. J'ai compris que Tommy Lawrence et Roger Hunt avaient prévenu le club, qu'ils avaient prévenu le secrétaire que je risquais d'appeler, que je risquais de demander s'ils étaient là. Vous imaginez ? À quel point ils étaient malins, à quel point ils étaient rusés ? Mais voyez-vous, j'ai compris en entendant la voix, la voix du secrétaire. J'ai compris qu'ils étaient là. Et j'ai compris qu'ils l'avaient prévenu que je risquais d'appeler. Et par conséquent, qu'ils lui avaient dit de me mentir. Parce qu'au son de sa voix, je savais qu'il mentait. Qu'il me mentait. Alors, je le lui ai dit. Je lui ai annoncé, Je sais que vous me mentez. Je sais qu'ils sont chez vous. Et je vais venir. En voiture. Avec mes adjoints. Avec Bob, et avec Joe, et avec Reuben. En voiture. Et quand nous en aurons fini avec eux. Alors, ce sera votre tour. Et aussitôt, le secrétaire s'est mis à trembler, sa voix tremblait. Et il m'a dit, S'il vous plaît, monsieur Shankly. Je vous en supplie, ne venez pas, monsieur Shankly. Ils sont ici, ils sont ici. Et j'ai ajouté, Alors, dites-leur de ma part qu'ils doivent rentrer à la maison. Dites-leur de rentrer chez eux. Sinon, c'est moi qui vais venir dans votre club avec mon club. Mon satané club de golf !

À l'Eastham Lodge Golf Club. Dans la salle à manger. À leurs tables, après leur dîner. Avec leurs cigares et leurs digestifs. Les membres de l'Eastham Lodge Golf Club rient de bon cœur. Et les membres de l'Eastham Lodge Golf Club applaudissent. Et en smoking. En smoking noir. Avec son nœud papillon. Son nœud papillon noir. Bill sourit. Et Bill dit, Mais je dois vous avouer. Dans un cas précis. Avec un footballeur. Un footballeur qui s'est mis au golf. Je ne dois m'en prendre qu'à moi-même. Car tout a été de ma satanée faute. Parce que avant un match, un match à l'extérieur. Nous étions dans un hôtel. Et on était arrivés sur place un peu trop tôt. Même à mon goût. Parce que j'aime toujours arriver en avance. Mais nous étions beaucoup trop en avance. Et les joueurs se morfondaient, ils ronchonnaient. Ils se morfondaient parce qu'ils n'avaient rien à faire, ils ronchonnaient parce qu'ils s'ennuyaient. Et croyez-moi, il n'y a rien de pire qu'une équipe de footballeurs qui se morfondent et qui ronchonnent. Et cet hôtel, cet hôtel où on séjournait. Cet hôtel avait un petit terrain, un petit parcours de golf. Rien de transcendant, vous comprenez ? Rien de spectaculaire. Mais pour mettre fin à leurs idées noires, pour faire cesser toutes leurs jérémiades. J'ai annoncé qu'on pourrait aller faire une partie de golf. Une petite partie, juste une. Mais j'ai ajouté, Et je viens aussi. Pas pour jouer. Juste pour regarder. Pour m'assurer que vous ne faites pas les imbéciles. Que vous ne faites pas d'idioties au risque de vous blesser. Avant le match, le match de demain. Et me voilà donc en train de les regarder, de les surveiller. Et Tommy Smith était là. Et ce devait être encore un gamin. Tout juste intégré à l'équipe. Et Tommy n'avait jamais joué au golf, il n'avait même jamais vu de terrain de golf. Alors, tous les autres gars. Les Ian St John et les Roger Hunt. Ils taquinaient le gamin, ils se payaient la tête de Tommy. Mais Tommy étant Tommy. Déjà à l'époque, même encore tout jeune. Il a pris un club de golf. C'était la toute première fois qu'il prenait un club de golf. Et il a fait son premier swing, son premier coup. Son tout premier coup avec un club de golf. Et il a fait un trou en un. Un foutu trou en un ! À son tout premier coup. Carrément incroyable ! Et ça a coupé le sifflet à tous les anciens. Aux Ian St John et aux Roger Hunt. Et j'ai dit, Bon sang, Tommy. Tu es un golfeur-né ! Tu as ça dans le sang ! Et Tommy était tellement ravi. Il était tellement content de lui qu'il a décrété que c'était le sport qu'il lui fallait. Que le golf était le sport qu'il lui fallait. Donc, vous voyez, c'était ma faute. Entièrement ma faute. Parce que je l'ai encouragé. Je n'ai pas pu m'en empêcher. Mais pour être honnête, ça n'a pas duré longtemps. Et je ne pense pas non plus que le golf soit un sport pour Tommy. En fait, je pense que le football est le seul sport pour Tommy. Pourtant, j'ai bien tenté de l'intéresser à la boxe. Parce que, comme vous le savez tous, Tommy est un rude gaillard. Un très rude gaillard. À vrai dire, je suis allé jusqu'à lui offrir une paire de gants. Une paire de gants de boxe. Mais en vérité, j'en ai acheté une paire à chacun de mes joueurs. Une paire de gants de boxe pour chaque joueur. Parce que j'avais coutume de dire à mes joueurs. Chaque vendredi soir, chaque veille de match. Je leur disais à tous de mettre leurs gants de boxe. Et de les garder quand ils allaient se coucher !

À l'Eastham Lodge Golf Club. Dans la salle à manger. À leurs tables, après leur dîner. Avec leurs cigares et leurs digestifs. Les membres de l'Eastham Lodge Golf Club rient de bon cœur. Les membres de l'Eastham Lodge Golf Club applaudissent. Et ils se lèvent pour Bill. Et ils applaudissent Bill. Et ils remercient Bill. Et en smoking. En smoking noir. Avec son nœud papillon. Son nœud papillon noir. Bill hoche la tête. Et Bill sourit.

Et voilà que George Higham s'avance. George Higham remercie Bill. Et George Higham tend à Bill un classeur en cuir rouge –

Bill regarde le classeur en cuir rouge. Et Bill demande, Qu'est-ce que c'est, George ? Ce n'est pas *Voilà votre vie* encore une fois, n'est-ce pas ?

Si, répond George Higham. C'est ça, Bill.

Et Bill ouvre le classeur en cuir rouge. Et Bill n'en croit pas ses yeux. Dans le classeur en cuir rouge se trouve le programme de la finale de la Coupe d'Angleterre 1938 entre Huddersfield Town et Preston North End. La finale de la Coupe d'Angleterre 1938 dans laquelle Bill a joué pour Preston North End. La finale de la Coupe d'Angleterre 1938 que Preston North End a remportée. Et Bill regarde le programme. Et Bill ne parvient pas à parler –

Ma foi, tu sais que j'adore collectionner les témoignages du passé, Bill. Les documents anciens sur le football, dit George Higham. Eh bien, nous voulions simplement t'offrir un petit cadeau, Bill. Et nous savions que tu n'accepterais jamais d'argent. Alors, il m'est venu cette idée de cadeau pour toi, Bill. Et j'ai réussi à en trouver un exemplaire, grâce à mes contacts. Mes contacts parmi les autres collectionneurs. Parce que je ne crois pas que tu en aies un exemplaire, tu n'as plus le tien, Bill ?

Bill regarde le programme. Bill secoue la tête. Et Bill dit, Non, George. Je ne l'ai pas. Je ne l'ai plus…

Eh bien, tu l'as de nouveau, à présent, dit George Higham. Tu l'as, maintenant.

Bill regarde encore le programme. Et Bill hoche la tête. Bill refoule ses larmes. Bill a du mal à respirer. Et puis Bill chuchote, Merci, George. Merci. Je participe à toutes ces soirées. À toutes ces soirées pour faire plaisir aux gens. Et je suis heureux de le faire. Je suis heureux de le faire pour les autres. Mais c'est la première fois que quelqu'un se demande ce qui me ferait plaisir. Alors merci, George. Merci beaucoup.

81

Le grand chambardement

Le jeudi 3 mai 1979, 13 697 923 électeurs votent pour le parti conservateur. Ce jour-là, 11 532 218 électeurs votent pour le parti travailliste. Ce soir-là, le parti conservateur remporte 333 sièges à la Chambre des Communes. Ce soir-là, le parti travailliste remporte 269 sièges à la Chambre des communes. Cette nuit-là, le parti conservateur gagne les élections législatives de 1979. Cette nuit-là, Margaret Thatcher, membre de la Chambre des Communes représentant la circonscription de Finchley, à Londres, née à Grantham et supporter d'aucun club sportif, devient Premier Ministre du Royaume-Uni. Cette nuit-là, James Callaghan, membre de la Chambre des Communes représentant la circonscription de Cardiff South East, né à Portsmouth et qui préfère le rugby au football, cesse d'être le Premier Ministre du Royaume-Uni. Dans la maison, dans leur salon, Bill Shankly se lève de son fauteuil. Bill Shankly se hisse sur ses jambes. Bill Shankly s'approche de la télévision. Bill Shankly éteint la télévision. Bill Shankly s'approche de la fenêtre. Bill Shankly écarte les rideaux. Bill Shankly regarde à travers la vitre. Bill Shankly scrute la rue. La rue déserte, les maisons silencieuses. Aux rideaux tirés, aux portes verrouillées. À jamais tirés et à jamais fermées à double tour.

82

Nous devons retrouver un peu de bon sens

En dépit de l'époque, en dépit de l'état du monde. L'été est revenu quand même, une autre saison a commencé quand même. Mais Bill n'a pas repris le train. Le train pour la gare de Euston, à Londres. Bill n'a pas repris de taxi. Le taxi pour se rendre au stade de Wembley. Et de ce fait Bill n'a pas longé les couloirs de nouveau. Les couloirs de Wembley une fois de plus. Bill ne s'est pas arrêté devant la porte du vestiaire de nouveau. La porte du vestiaire de Liverpool une fois de plus. Et Bill n'a pas pris place dans les tribunes du stade de Wembley. Bill est resté chez lui, dans sa maison à Liverpool. Dans son salon, dans son fauteuil. Bill écoute à la radio le reportage en direct sur le Charity Shield 1979 entre le Liverpool Football Club et l'Arsenal Football Club. Dans son fauteuil, dans son salon. Dans sa maison, sa maison à Liverpool. Seul chez lui, tout seul chez lui. Bill entend que Terry McDermott marque pour le Liverpool Football Club. Bill entend que Kenny Dalglish marque pour le Liverpool Football Club. Et Bill entend que Terry McDermott marque encore pour le Liverpool Football Club. Et puis Bill entend qu'Alan Sunderland marque pour l'Arsenal Football Club. Et Bill se lève de son fauteuil. Dans son salon. Bill se hisse sur ses jambes. Bill s'approche de la radio. Bill éteint la radio. Et Bill entend le téléphone sonner. Dans le vestibule. Bill décroche le téléphone. Et Bill entend un journaliste qui commence par se présenter. Et puis qui s'excuse de l'importuner. De l'importuner et de le déranger. Et puis le journaliste demande à Bill de lui faire part de ses réflexions. Ses réflexions sur le match dont il vient d'entendre le commentaire, ses réflexions sur la saison à venir. Et dans le vestibule, au téléphone. Bill soupire longuement. Et Bill dit, Eh bien, nous devons retrouver un peu de bon sens. C'est la première des choses à faire, la plus importante de toutes. Parce qu'il y a de la folie partout. De la folie dans le monde entier, de la folie dans notre sport. De la folie dans le montant de certains transferts qui se négocient actuellement. Il semble que soudain, tout se soit emballé, échappant à tout contrôle, en ce qui concerne l'argent, l'argent des transferts. Et les joueurs eux-mêmes n'ont rien arrangé. Je veux dire, je n'ai rien contre une liberté totale en matière de contrats. Ne vous méprenez pas, ne me faites pas dire ce que je n'ai pas dit. Les clubs en prenaient en peu trop à leur aise. Mais cette liberté, à présent, on en use et on en abuse. Les joueurs veulent cette liberté pour eux-mêmes seulement. Bien sûr, tout le monde défend ses intérêts, chaque homme défend ses intérêts. Seulement, je constate que j'ai acheté des joueurs comme Kevin Keegan, Ray Clemence et Larry Lloyd pour des sommes que les joueurs d'aujourd'hui empochent au titre de leur part personnelle du transfert, comme prime à la signature. De leur propre prime, bon sang ! Et ça, franchement, c'est de la folie. Ce n'est pas normal, ça ne peut pas être normal. Et il y a des managers que ça ne semble pas déranger, de payer des sommes pareilles. Mais le travailleur qui paie sa place pour voir les matchs, il doit en être malade, de cette flambée des prix. Il paye de sa poche, lui aussi, et de plus en plus cher. Et c'est *son* argent. Son argent qu'on dilapide. Mais en définitive, je pense que tout cet emballement va se calmer de lui-même. Il faut qu'on retrouve le sens des réalités. Et cela pourrait se concrétiser dès cette saison. Voilà ce que j'aimerais constater bientôt. La première des choses à faire, la plus importante de toutes. Qu'on réinjecte une petite dose de bon sens dans notre sport, et dans le monde d'aujourd'hui…

À propos de la saison, Bill. La saison qui vient, demande le journaliste. À votre avis, qui va remporter le championnat, Bill ?

Dans le vestibule, au téléphone. Bill sourit. Et Bill dit, N'allez pas chercher plus loin que Liverpool. Pariez sur le crack. Je veux dire, vous ne feriez que perdre votre argent en misant sur les tocards. Vos Aston Villa, vos West Bromwich. Parce que c'est couru d'avance. Pas comme à mon époque, pas comme dans ces années-là. Parce que, de mon temps, dans ces années-là. On s'intéressait aux deux équipes de Manchester. On s'intéressait à Everton, on s'intéressait à Derby. Et on se disait, On a du sérieux, là. Et par-dessus tout, on s'intéressait à Leeds. À cette époque-ci de l'année, juste avant le début de la saison. Et on pensait à des joueurs tels que Hunter, Bremner, Giles et Lorimer. Et on pensait au manager, à ce type qui se retrouve dans le désert, à présent. Et on se demandait, Qu'est-ce qu'il mijote ? Qu'est-ce qu'il nous prépare ? Et on se posait des questions sur les confrontations, les confrontations à venir. Sur la façon dont elles se dérouleraient, sur ce qui arriverait. Mais ce n'est plus comme ça, plus de nos jours. Ce n'est plus la peine. Plus maintenant, plus maintenant. Aujourd'hui, il n'y a que Forest. C'est une équipe pleine de talent, une équipe très bien dirigée. Et peut-être Ipswich, Ipswich Town. Là encore, c'est une bonne équipe, une équipe bien dirigée. Et je pense qu'ils auraient peut-être dû gagner plus de trophées qu'ils n'en ont. Pas seulement la Coupe. Ils auraient déjà dû gagner le championnat, à l'heure qu'il est. C'est la victoire qui compte le plus. Mais il n'y a personne d'autre, de nos jours. Rien que Forest et Ipswich. Et d'ailleurs, c'est pour ça que je ne suis pas allé voir le match, aujourd'hui. Le Charity Shield d'aujourd'hui. Car j'aurais pu y aller. Oh, oui, j'aurais pu y aller. Mais ce n'est pas la peine d'aller si loin pour découvrir quelque chose qu'on connaît déjà, n'est-ce pas ? Aucun intérêt. Si on connaît déjà. Absolument aucun intérêt…

Mais vous avez quand même écouté le match à la radio, dit le journaliste. Alors, à votre avis, quel a été le meilleur joueur de Liverpool aujourd'hui, Bill ?

Bill reprend son souffle. Bill serre plus fort le combiné. Et Bill répond, Liverpool ! C'est Liverpool qui était le meilleur joueur. Et le Liverpool Football Club est toujours le meilleur joueur. Parce que Liverpool n'a pas de joueurs individuels comme les autres équipes. Tenez, regardez Arsenal. Prenez l'Arsenal d'aujourd'hui, par exemple. C'est une bonne équipe, une équipe capable. Mais qui se repose sur Liam Brady. Qui compte sur un seul homme. Un joueur individuel. Le Liverpool Football Club ne se repose pas sur un seul homme. Sur aucun joueur individuel. Le Liverpool Football Club compte sur tous les joueurs ! Le Liverpool Football Club, c'est une équipe dont les joueurs comptent tous les uns sur les autres. Et quand vous avez réuni des hommes qui font ça correctement, alors vous avez les joueurs qu'il vous faut. Bien entraînés, bien préparés. Alors, ils ne peuvent pas être battus. Et par conséquent, Arsenal ne pourrait pas les battre. Même en les affrontant pendant les dix prochaines années, bon sang. Parce que les joueurs de

Liverpool comptent tous les uns sur les autres. C'est un collectif. Chacun travaille pour tous les autres. C'est une forme de socialisme. De socialisme à l'état pur. Chacun faisant tout ce qu'il peut pour le reste –

Et Bill raccroche le téléphone. Dans le vestibule. Bill entend le tic-tac d'une horloge. Dans la maison. Tic-tac. Et Bill se sent vieux, vieux de deux cents ans. L'horloge fait tic-tac. Tellement vieux, tellement fatigué. Tic-tac. Tellement fatigué, tellement usé. L'horloge fait tic-tac. Tellement usé, son cœur est usé. L'horloge fait tic-tac et l'horloge chuchote. C'est une époque différente, un monde différent. Un monde où certains hommes n'ont plus leur place, où certains hommes restent à la traîne. Dans une époque différente, un monde différent. Des hommes comme lui, des hommes comme Bill. Le cœur usé, le cœur qui se brise. Resté loin derrière, sans qu'on lui garde une place. Dans un monde différent, une époque différente. L'horloge qui toujours, qui déjà fait tic-tac. Dans la maison. Dans le vestibule. L'horloge qui fait tic-tac et à présent un ballon qui rebondit. Sur le sol, dans l'allée. Des pas qui remontent l'allée, des mains qui frappent à la porte. Des petits pieds et des petites mains. Et Bill ouvre la porte. Et Bill dit, Bonjour, les gars. Comment ça va, les gars ? Vous avez écouté le match, alors ?

Ouais, Bill. Ouais, disent les gamins. Les gamins aux joues rouges, les gamins aux maillots rouges. Leur ballon rouge entre leurs petites mains. C'était génial, Bill. C'était magique. Alors, tu veux venir jouer avec nous ? Tu veux bien sortir et faire l'arbitre pour nous, Bill ?

Bill regarde les gamins. Devant chez lui, dans son allée. Avec leurs joues rouges, leurs maillots rouges et leur ballon rouge. Et Bill fronce les sourcils. Et Bill dit, Oui, allons-y. Je vais venir jouer avec vous. Mais je ne veux pas être l'arbitre. Pas question. Si je sors pour jouer, alors, je veux jouer !

Oui, mais, tu seras qui ? demandent les gamins. Si tu viens jouer, alors, tu seras qui ? Quel joueur tu seras, Bill ?

Bill rit. Le cœur battant. Le cœur battant et de nouveau guéri. Et Bill dit, Liverpool, bien sûr. Je serai Liverpool, les gars…

Comment ça ? demandent les gamins. Avec leurs joues rouges, avec leurs maillots rouges. Les yeux écarquillés et la bouche ouverte. Qu'est-ce que tu veux dire ? Tu peux pas être tout le monde, Bill. Il faut que tu choisisses un joueur. Il faut que tu sois quelqu'un. Tu peux pas être tout le monde, pas vrai ?

Bill secoue la tête. Et Bill sourit de nouveau. Et Bill dit, C'est ça, le truc, les gars. C'est justement ça, le truc. Quand on joue pour Liverpool, on joue *comme si* on était tous les joueurs, les gars. Parce que, quand on joue pour le Liverpool Football Club, on joue *pour* tous les autres. On n'est pas quelqu'un, on est tout le monde, les gars. On est chacun des joueurs. C'est ça, le truc qui est différent au Liverpool Football Club, les gars. Différent de tous les autres clubs du pays. Du monde, les gars. Quand on joue pour Liverpool, on joue pour tout le monde. On joue pour tous les autres, les gars. Alors, on *est* chacun des autres, les gars. Et alors, on est chaque joueur, les gars. Et chaque joueur, c'est vous. Donc, je vais être Liverpool, les gars. Je vais être Liverpool. Et vous, alors, les gars. Vous allez être qui, vous tous ?

Liverpool, s'écrient les gamins. Tous les gamins aux joues rouges, tous les gamins en maillot rouge. Et avec leur ballon rouge, leur ballon rouge lancé en l'air, à présent. On va être Liverpool, nous aussi, Bill ! Liverpool !

83

J'ai toujours sur moi une photo de lui

Pour la deuxième année de suite, Kevin Keegan a été élu Footballeur européen de l'année. Les éditions Souvenir Press et l'entreprise Wilkinson Sword ont invité

Kevin Keegan à venir à Londres depuis Hambourg, Allemagne de l'Ouest. Les éditions Souvenir Press et l'entreprise Wilkinson Sword ont prévu d'offrir à Kevin Keegan une Épée d'Honneur pour saluer son double sacre de Footballeur européen de l'année. Et Ernest Hecht, de Souvenir Press, appelle Bill Shankly. Ernest Hecht demande à Bill Shankly s'il aimerait faire une surprise à Kevin Keegan. Si Bill Shankly aimerait remettre à Kevin Keegan son Épée d'Honneur –

Oui, répond Bill Shankly. Volontiers, Ernest.

À Londres, à la cérémonie. Les yeux écarquillés, aux anges, Kevin Keegan regarde Bill Shankly sortir de derrière les rideaux. Kevin Keegan regarde Bill Shankly traverser la scène. Une épée entre les mains. Bill Shankly tend l'épée à Kevin Keegan. Et Kevin Keegan entend Bill Shankly dire, C'est pour toi, mon garçon. Pour tout ce que tu as accompli dans ce sport. Pour tout ce que tu as réussi dans ta vie, mon garçon. Cette Épée d'Honneur est pour toi, mon garçon…

Et Kevin Keegan prend l'Épée d'Honneur des mains de Bill Shankly. Kevin Keegan regarde l'Épée d'Honneur qu'il tient à présent entre ses mains. Mais Kevin Keegan secoue la tête. Et maintenant Kevin Keegan rend l'Épée d'Honneur à Bill Shankly. Et Kevin Keegan dit, Ce n'est pas moi qui la mérite, c'est vous, patron. Parce que tout ce que j'ai réussi, tout ce que j'ai fait. C'est grâce à vous, patron. C'est entièrement grâce à vous. Parce que c'est vous qui êtes allé me chercher à Scunthorpe, c'est vous qui avez parié sur moi quand personne d'autre ne voulait le faire, patron. Et c'est vous qui avez cru en moi. Vous qui avez toujours cru en moi, patron. Vous m'avez toujours encouragé, vous m'avez toujours soutenu et vous m'avez appris mon métier. C'est vous, patron. Et rien que vous. Alors, cette épée, c'est à vous qu'elle revient, pas à moi.

Bill Shankly secoue la tête. L'épée dans les mains, les larmes aux yeux. Bill Shankly secoue la tête de nouveau –

Non, non, dit Bill Shankly. Elle est pour toi, mon garçon. Je t'en prie, prends-la, mon garçon. Je ne peux tout simplement pas…

Mais Kevin Keegan regarde Bill Shankly. Et Kevin Keegan lui chuchote, S'il vous plaît. S'il vous plaît, prenez-la, patron. Vous m'avez tant donné. Tellement, tellement de choses. Je vous en prie, acceptez-la de ma part. S'il vous plaît, patron…

À la cérémonie, sur l'estrade. Bill Shankly regarde l'Épée d'Honneur entre ses mains. Et Bill Shankly avale sa salive –

Alors, quand je mourrai, tu pourras la reprendre…

Dans le train. Le train parti de Londres et qui retourne à Liverpool. Quelques passagers voient Bill Shankly assis avec une épée sur la table devant lui. Et ces quelques passagers interrogent Bill Shankly au sujet de cette épée. Et Bill Shankly sourit –

Ma foi, c'était un très beau geste de la part de ce garçon. Un geste très émouvant de la part de Kevin. Peut-être même le plus beau geste qu'on ait jamais fait depuis la nuit des temps ! Et sans aucun doute le plus beau cadeau qu'on m'ait jamais fait dans ma vie. Et quand je serai rentré, quand je serai de retour chez moi. Je vais exposer cette épée dans la maison. Pour que tout le monde puisse voir cette Épée d'Honneur…

De retour chez eux, dans leur salon. Nessie Shankly regarde Bill Shankly caler l'Épée d'Honneur contre le mur, dans l'angle de la pièce. Nessie voit Bill Shankly prendre un peu de recul. Bill Shankly debout devant l'épée, admirant l'épée –

Je veux que tu me promettes quelque chose, chérie. Quand je mourrai, le jour de ma mort. Je veux que tu emballes cette épée, cette Épée d'Honneur. Et que tu la renvoies à Kevin. Tu veux bien me le promettre, chérie ?

Nessie Shankly hoche la tête. Nessie sourit. Et Nessie dit, Ma foi, oui, je te le promets, chéri. Mais tu sais bien que tu m'enterreras. Tu nous enterreras tous, chéri. Alors, n'oublie pas de donner la consigne à nos filles aussi.

Bill Shankly hoche la tête. Et puis Bill Shankly se détourne de l'Épée d'Honneur. Et Bill Shankly se dirige vers la bibliothèque. Bill Shankly y prend un de ses albums. De ses albums de coupures de presse, de ses albums de photos. Bill Shankly trouve la page qu'il cherchait. Et Bill Shankly retourne près de Nessie Shankly. Nessie toujours devant l'Épée d'Honneur. Nessie qui contemple toujours l'Épée d'Honneur. Bill Shankly tend l'album vers Nessie, l'album pour Nessie –

Tu vois ça, chérie ? Cette épée, là, sur cette photo. C'est l'Épée de Stalingrad. C'est le roi George qui a donné l'ordre que l'on forge cette épée afin que les citoyens britanniques puissent rendre hommage aux citoyens de l'Union soviétique qui ont défendu leur ville pendant la bataille de Stalingrad. Le roi George a ordonné à Churchill d'offrir l'épée à Joseph Staline à la conférence de Téhéran en 1943. Mais avant que Churchill ne l'emporte à Téhéran, l'épée a été exposée partout en Grande-Bretagne. Et dans tous les lieux où on l'a montrée au public, les gens sont venus en masse voir cette épée. Et pour finir, on l'a exposée à l'abbaye de Westminster. Et de nouveau les gens sont venus de très loin, formant de longues files d'attente. Non seulement pour voir l'épée, cette épée magnifique. Mais pour témoigner leur gratitude à nos alliés de l'Union soviétique, pour montrer leur respect pour le peuple soviétique. Et cela a été comme une icône pour les Britanniques, une source d'inspiration pour les Britanniques. Non pas l'épée elle-même, mais les habitants de Stalingrad. Leur bravoure et leur courage. Leur force d'âme et leur détermination. Toutes leurs souffrances et tous leurs sacrifices. Cela a été une source d'inspiration pour le peuple britannique, une leçon pour le peuple de Grande-Bretagne. Leur vaillance, leur vaillance inflexible. Une inspiration et une leçon. Et c'est pourquoi, sur une face de la lame, est gravée cette inscription en anglais, *AUX VAILLANTS CITOYENS DE STALINGRAD, DE LA PART DU ROI GEORGE VI,*

CET HOMMAGE DU PEUPLE BRITANNIQUE. Et sur l'autre face, est gravée la même inscription en russe. Et tu sais quoi, chérie ? Cette Épée de Stalingrad a été forgée par les artisans mêmes qui ont forgé cette Épée d'Honneur. L'épée qu'on a offerte à Kevin, et que Kevin m'a donnée. Les mêmes artisans, ceux de Wilkinson Sword.

Nessie Shankly secoue la tête. Nessie sourit de nouveau. Et Nessie dit, Je ne le savais pas, chéri. J'ignorais tout de cette histoire…

Je ne crois pas que beaucoup de gens la connaissent, dit Bill Shankly. Et s'ils l'ont sue un jour, ils ne s'en souviennent probablement pas aujourd'hui. Les gens oublient souvent.

84

C'était il y a vingt ans aujourd'hui

Bill n'oublie jamais. Bill se rappelle toujours. Chaque heure de chaque jour. Chaque jour de chaque semaine. Chaque semaine de chaque mois. Chaque mois de chaque année. Chaque année et chaque saison. Chaque saison et chaque match. Tous les matchs sans exception. Du premier au dernier. Bill se rappelle toujours, Bill n'oublie jamais. Mais Bill n'attache pas vraiment d'importance aux anniversaires. Bill ne fête pas vraiment les anniversaires. La marche du temps, le passage du temps. Mais les gens lui rappellent toujours cet anniversaire particulier. Les gens ne laissent pas Bill oublier cet anniversaire particulier. Sur le pas de sa porte, au téléphone. Dans la maison ou dans la rue. Au cours d'une conversation ou d'une interview. Avec les journalistes et les admirateurs. Qui demandent à Bill ses impressions, qui lui demandent ses souvenirs. Qui lui posent des questions et lui rafraîchissent la mémoire. À propos de la marche du temps, du passage du temps.

Depuis ce premier match jusqu'à ce dernier match. Et dans la rue ou dans la maison. Au cours d'une interview ou d'une conversation. Bill sourit. Et Bill dit, Oui, enfin, c'était très différent à ce moment-là. Une autre époque, un autre monde. Et Anfield aussi était très différent alors, quand j'y suis venu pour la première fois. Un autre lieu, un autre monde. Le Kop n'était pas couvert, c'est vrai. Et les tribunes qu'on connaît aujourd'hui pas encore construites, non. Et le nombre d'entrées au stade était tombé à 21 000. Incroyable, vraiment. Carrément incroyable. Quand on pense à ce qu'est Anfield maintenant, aux entrées qu'ils font aujourd'hui. Chaque semaine, chaque samedi. Carrément incroyable. Mais à l'époque, à ce moment-là. Le stade entier avait un côté déprimant. Pas comme maintenant, pas comme aujourd'hui. Et je me rappelle le jour où je suis venu à Liverpool avec ma femme pour repérer les lieux. Et nous sommes allés au stade d'entraînement. On se serait cru dans la jungle. Dans une vraie jungle. Il n'y avait qu'un seul terrain. Et un vieux pavillon délabré où les gars pouvaient se changer. Il y avait même un ancien abri antiaérien qui était resté là. Un satané abri antiaérien. Parce que personne ne s'était donné la peine de le démolir. Pas avant que je ne vienne.

Dans la maison ou dans la rue. Bill sourit de nouveau. Et Bill ajoute, En fait, tout ce qu'on pouvait dire, c'est que le club existait déjà. Mais c'est tout. Voilà ce que c'était, le Liverpool Football Club de l'époque. Un potentiel énorme. Mais pas grand-chose de plus. Pas grand-chose d'autre sinon les gens, bien sûr. Et c'est pour ça que je suis venu. Pour les gens, les gens de Liverpool. Même à cette époque-là, ils étaient fantastiques. Des gens fantastiques. Mais je savais déjà qu'ils étaient fantastiques. Les gens de Liverpool. Avant de venir, je le savais. Parce que j'avais vu quelques matchs de boxe à Anfield. Peter Kane contre Jimmy Warnock. Ernie Roderick affrontant le grand Henry Armstrong. Et je m'étais fait opérer du nez à Liverpool, aussi.

Avant la guerre. Donc je connaissais la ville et je connaissais ses habitants. Je savais que la ville ressemblait à une ville écossaise, ses habitants à des Écossais. Remplis d'une sorte de fierté celtique, vous voyez ce que je veux dire ? Et par conséquent, je me suis toujours identifié aux gens de Liverpool. Et c'est pourquoi je me suis promis que nous construirions quelque chose ici, quelque chose dont ils pourraient toujours être fiers…

Dans la maison ou dans la rue. Bill hoche la tête. Et Bill dit, Donc, c'est pour ça que je suis venu. Oui. C'est pour ça que j'ai quitté Huddersfield Town. Mais cela dit, si le conseil d'administration de Huddersfield Town avait eu de l'ambition, nous aurions eu encore plus de réussite que Liverpool n'en a connu ! Enfin, il suffit de regarder les joueurs que nous avions à cette époque, en ce temps-là à Huddersfield. Denis Law, Ray Wilson, le joueur de cricket du Yorkshire Ken Taylor, Bill McGarry, Ray Wood et plusieurs autres. Quels sacrés joueurs, quelle sacrée équipe. Mais Huddersfield, c'était un club qui avait des joueurs à vendre. Pas autre chose. Rien que des joueurs à vendre. Et moi, bon sang, je voulais acheter des joueurs, pas en vendre. Je voulais l'argent nécessaire pour acheter Yeats et St John. Je les voulais pour Huddersfield. Et vous pouvez imaginer, vous imaginez le résultat si ces deux-là avaient rejoint les joueurs que nous avions à Huddersfield Town ? Imaginez l'équipe que cela aurait constituée. Quelle sacrée équipe ! Je veux dire, il me semble qu'ils auraient tout gagné. Mais les dirigeants ne voulaient pas sortir l'argent pour acheter Yeats et St John ni aucun des joueurs que je voulais. Et au lieu de ça, ils ont vendu les joueurs que nous avions. Ils les ont carrément vendus. Voilà la différence. La foutue différence entre Huddersfield et Liverpool. Alors, regardez Huddersfield Town aujourd'hui, regardez où se trouve Huddersfield Town aujourd'hui. En quatrième division, dans cette foutue quatrième division. Et ça me fend le cœur de les voir là, vraiment. Je veux dire, quand on pense à l'histoire de ce club. À ce qu'il a réussi, à ce qu'il a gagné. Aux managers qu'il a eus et aux joueurs qu'il a eus. Et à leurs supporters. Ça me fend le cœur, pas moins. Mais voilà pourquoi Huddersfield Town est en quatrième division et le Liverpool Football Club est champion de première division. Et pourquoi il l'a été quatre fois depuis 1959, depuis mon arrivée. Et pourquoi il a remporté la Coupe d'Angleterre deux fois et la Coupe d'Europe deux fois. Et la Coupe de l'UEFA. Voilà la différence.

Dans la maison ou dans la rue. Bill secoue la tête. Et Bill dit, Mais savez-vous qu'on m'a proposé le poste à Anfield huit ans auparavant ? Huit ans plus tôt. Le manager, c'était encore George Kay, à ce moment-là. Et il était là depuis quinze ans. C'est George, bien sûr, qui était manager quand Liverpool a gagné son cinquième titre en 1947. Et il les a menés jusqu'à la finale de la Coupe d'Angleterre en 1950, aussi. La finale qu'ils ont perdue contre Arsenal. Et saviez-vous que George a aussi joué la toute première finale de la Coupe disputée au stade de Wembley ? Oh, oui, il était capitaine de West Ham lors de la finale du Cheval blanc[1]. Quoi qu'il en soit, George n'était pas en bonne santé. Il ne pouvait pas continuer. Alors Liverpool a fait savoir que le poste de manager était à pourvoir. Et j'ai proposé ma candidature. À ce moment-là, j'étais à Carlisle. Et j'étais encore tout neuf dans le métier. Mais j'avais de l'ambition. J'ai toujours eu de l'ambition. Pas pour moi, mais pour les supporters. C'est-à-dire, dès le début j'ai essayé de montrer aux supporters que ce sont eux qui ont le plus d'importance. Les supporters, les membres de l'équipe et le manager sont les seules personnes qui aient vraiment de l'importance. Pas les dirigeants. Mais à Carlisle, ç'a été la même histoire. La même histoire que celle qui m'est arrivée plus tard à Huddersfield. Les

1. La foule ayant envahi la pelouse, les agents de la police montée ont dû intervenir. L'un d'eux avait un cheval blanc resté dans les mémoires.

dirigeants manquaient d'ambition. Ils n'avaient pas d'ambition et ils n'y croyaient pas. Pourtant, on a eu un beau parcours en Coupe d'Angleterre, à Carlisle. Pour les deux matchs contre Arsenal, on a eu 80 000 spectateurs. Et ils avaient touché une grosse somme en vendant Ivor Broadis, aussi. Mais les dirigeants ne voulaient pas dépenser les recettes de la Coupe ni la vente d'Ivor. Encore une fois, Carlisle était un club qui vendait ses joueurs. Pas un club qui en achetait. Et alors, j'ai proposé ma candidature au poste de manager à Liverpool. Et on m'a invité à Liverpool. Cela m'a beaucoup surpris d'être invité. Et je me souviens, quand je suis descendu du train à Lime Street, j'ai vu Andy Beattie. Ce sacré Andy Beattie ! Mon vieux copain du temps où j'étais à Preston, mon vieux copain du temps où je vivais encore en Écosse. Et j'ai tout de suite compris où il allait, et pourquoi il était là. Et je me souviens, on s'est regardés, et on a ri tous les deux. Et on a dit, Eh bien, voilà deux types qui décrocheront pas ce foutu boulot, alors ! Mais vous savez, on m'a bel et bien demandé si je voulais devenir manager. Oh, oui, ils m'ont proposé le poste. Mais aussitôt, j'ai demandé, Qui établit la feuille de match ?

Dans la rue ou dans la maison. Bill secoue la tête de nouveau. Et Bill dit, Et bien sûr, à cette époque-là. Dans ces années-là. Personne ne posait de questions aux dirigeants. Surtout pas une question pareille. Et alors ils m'ont dit, C'est nous qui établissons la feuille de match. C'est nous qui décidons de la composition de l'équipe. Ils se réunissaient en petit comité le vendredi et ils faisaient leurs choix. Ils constituaient leurs sélections. Après quoi ils convoquaient le manager. Et ils lui disaient qui ils avaient sélectionné. Ils lui annonçaient quels joueurs seraient sur la pelouse le lendemain. Qu'il soit d'accord ou pas, que ça lui plaise ou non. Alors, je leur ai dit, En ce cas, vous n'avez pas besoin d'un manager. Ce qu'il vous faut, c'est un entraîneur. Et je ne suis pas entraîneur. Je suis manager. Donc, c'est moi qui compose l'équipe. C'est moi qui décide qui doit jouer. Par conséquent, vous n'avez pas besoin de moi et je n'ai pas besoin de vous. Alors, merci messieurs, et bonsoir !

Dans la maison ou dans la rue. Bill rit. Et Bill ajoute, Mais voyez-vous, ils ne m'ont jamais oublié. Oh, non ! Personne ne leur avait posé cette question. Personne d'autre ne leur avait parlé de cette façon. Oh non. Alors ils se sont toujours souvenus de moi. Particulièrement M. Williams. Il ne m'a jamais oublié, il se souvenait de moi. De mon enthousiasme et de ma passion. Mais quand ils sont venus me voir, quand ils sont venus me chercher en 1959. C'est encore cette même question que j'ai posée en premier, encore la première chose que je leur ai demandée, Qui établit la feuille de match ? Mais à ce moment-là, voyez-vous. En 1959, ils avaient changé de refrain. Ils avaient payé pour apprendre. Oh, oui. Et ils m'ont dit, Mais c'est vous, monsieur Shankly. Parce que vous serez le manager. Alors, j'ai dit, Oui ! Alors, oui, je serai donc le manager du Liverpool Football Club. Donc, il faut le dire, car c'est incontestable, j'ai été le premier véritable manager que le Liverpool Football Club ait jamais eu !

Dans la rue ou dans la maison. Bill sourit. Et Bill dit, Ma foi, c'est une bonne question, une excellente question. Que serait-il arrivé si Bill Shankly était entré au Liverpool Football Club en 1951 ? Huit ans plus tôt. Eh bien, je n'ai aucun doute à ce sujet. Pas le moindre doute. Nous aurions conquis le monde entier. Pas moins ! Le monde entier. Je veux dire, j'avais trente-six ans, à ce moment-là. Et j'étais au summum, au meilleur de ma forme. J'avais aidé Carlisle à engranger 62 points en une saison. Et puis plus tard, avec Grimsby, on a gagné 66 points en 42 matchs. Parce que j'étais au summum, au meilleur de ma forme. Au plus haut de mon ambition, de mon désir de réussir. Pour les gars du club, pour les supporters du club. Quel que soit le club où j'ai travaillé, que ce soit Carlisle ou Grimsby Town. Workington ou Huddersfield. Et donc c'est ce que j'aurais apporté au Liverpool Football Club en 1951. Et ce que j'ai vraiment apporté à Liverpool en 1959. Cette ambition, ce désir. Et ma passion. Ma passion pour le jeu, ma passion pour les supporters…

Dans la maison ou dans la rue. Bill secoue la tête. Et Bill dit, Mais vous savez, c'était un combat de tous les instants. Une lutte permanente. Par exemple, quand on a gagné le championnat de la deuxième division. Quand on a été promus en première division. Les actionnaires nous ont offert à tous un étui à cigarettes en argent. Vous voyez, un genre de petit compliment. Et je me rappelle avoir regardé cet étui à cigarettes en argent dans mes mains. Et puis j'ai levé les yeux vers les actionnaires. Et vers les dirigeants. Et je leur ai dit, j'ai dit, Vous croyez qu'on a gagné quelque chose ? Nous n'avons rien gagné du tout ! Ça, ce n'est vraiment rien. Ce n'est qu'un début ! Rien de plus qu'un début, bon sang. C'est maintenant qu'on va viser les vrais trophées. Les vrais trophées qui valent quelque chose.

Dans la rue ou dans la maison. Bill sourit de nouveau. Et Bill dit, Et nous avons gagné la première division. Et nous avons gagné la Coupe d'Angleterre. Et nous avons gagné le championnat de nouveau. Et nous avons joué en Coupe d'Europe. Et nous avons tenté de remporter la Coupe d'Europe. Et c'était une époque merveilleuse. Oh, oui ! Une époque véritablement merveilleuse. Parce que c'était nouveau pour nous, vous comprenez ? Tout nouveau. Alors, les supporters ne s'attendaient pas à ce qu'on remporte des trophées tout le temps. Si bien que l'ambiance était incroyable. Carrément incroyable. Grâce aux supporters. Aux supporters du Liverpool Football Club. C'étaient eux qui étaient incroyables. Ils sont toujours incroyables. Carrément incroyables. Et ils inspirent l'équipe, vous voyez ? Et alors les membres de l'équipe savent pour qui ils jouent, les joueurs du Liverpool Football Club savent toujours pour qui ils jouent. Ils jouent pour les supporters, ils jouent pour cette autre partie de l'équipe. Parce que le football est un sport d'équipe. Et par conséquent il n'y a pas de place pour les prima donna dans une équipe. Parce qu'aucun homme n'est plus important que l'équipe. Et chacun fait partie de cette équipe. Pas seulement les joueurs, les onze joueurs sur la pelouse. Mais le manager, l'entraîneur, la dame qui nous prépare le thé et les ramasseurs de ballons. Tout le monde fait partie de l'équipe. Ils font tous partie de l'équipe et c'est pourquoi ils doivent être les meilleurs éléments qui soient. Au maximum de leurs possibilités. Parce qu'ils appartiennent tous à la même équipe. Ils sont tous pareils. Et je vais vous dire une chose, sur notre grande équipe des années 1960. Ils gagnaient tous le même salaire au penny près. Il n'y en avait pas un seul qui gagnait plus que les autres. Et c'est de cette façon que ça doit se passer. De cette façon qu'il faut que ça se passe. La seule façon…

Dans la maison ou dans la rue. Au cours des conversations ou des interviews. Les journalistes et les admirateurs sourient. Et ils disent, Oui, c'était il y a vingt ans aujourd'hui, Bill. Il y a vingt ans aujourd'hui.

Et Bill dit, Si seulement je pouvais tout recommencer depuis le début…

Mais dans la rue ou dans la maison. Les journalistes et les admirateurs remercient Bill pour ses impressions et pour ses souvenirs. Ils remercient Bill de leur avoir consacré un peu de son temps. Et ils lui disent au revoir. Jusqu'à la prochaine fois, jusqu'au prochain anniversaire. Ils laissent Bill tout seul. Dans la maison ou dans la rue. Mais Bill n'oublie jamais. Bill se rappelle toujours. Chaque heure de chaque jour. Chaque jour de chaque semaine. Chaque semaine de chaque mois. Chaque mois de chaque année. Chaque année et chaque saison. Chaque saison et chaque match. Tous les matchs sans exception. Du premier au dernier. Bill se rappelle toujours, Bill n'oublie jamais. Bill porte le poids de ces souvenirs, Bill transporte avec lui ces souvenirs. C'est un grand poids que Bill porte, un morceau de bois que Bill transporte. Un morceau de bois qui laisse à Bill des échardes, des échardes plantées dans son dos. Dans ses épaules et dans sa nuque. Mais des échardes qui donnent à Bill sa foi, des échardes qui donnent à Bill la force de croire. De croire aux choses qui ont existé, autrefois. De croire aux choses qui pourraient exister de nouveau, un jour. Après la résurrection, avant la résurrection –

Bill dit, Si seulement je pouvais tout recommencer depuis le début…

85

Avant la révolution

En hiver. Sous un ciel sombre et lourd. Au milieu de la semaine, au milieu de la journée. En costume et cravate. Bill Shankly se tient à l'entrée d'Anfield. Devant la caméra. La caméra de la télévision italienne. L'équipe de télévision et le journaliste. Ces hommes qui sont venus de Rome découvrir pourquoi le football anglais était celui qui remportait les plus grands succès en Europe. Ces hommes qui sont venus demander pourquoi à Bill Shankly. Et en hiver. Sous un ciel sombre et lourd. Ils allument leur caméra et ils allument leurs projecteurs. Et le journaliste lève les yeux vers les nuages puis les braque sur Anfield de nouveau. Il regarde les maisons qui entourent le stade, les rues qui entourent le stade. Les boutiques condamnées protégées par des palissades et les murs aspergés de peinture. Une épave de voiture et une cabine téléphonique vandalisée. Les journaux et les paquets de chips emportés par le vent sur les trottoirs. Les trottoirs couverts de verre brisé et de crottes de chiens. Et l'homme venu de Rome dit, Cette ville ressemble à un cimetière. Cette ville ressemble à une ville fantôme. Un cinquième de la main-d'œuvre de cette ville est au chômage. Dans le centre-ville, à l'agence pour l'emploi, il n'y a que quarante-neuf offres d'embauche. Partout où nous sommes allés, nous avons vu des bâtiments délabrés. Des usines vides. De vastes étendues de friche industrielle. Envahies par la végétation. Et tous les gens que nous avons interrogés nous ont parlé de fermetures et de licenciements. De British Leyland et de Fisher-Bendix, Dunlop et BICC, Plessey et GEC, Lucas et Girling, Courtaulds et Meccano. Les gens ne semblent pas comprendre ce qui se passe ici. Les gens disent qu'il ne se passe rien ici, dans cette ville. Il ne s'y passe rien, à part le football.

Le football, ce n'est pas rien, rétorque Bill Shankly. Les paupières plissées à présent, les mâchoires crispées maintenant. Le football est tout ! Et aujourd'hui plus que jamais, en une période pareille. Je ne nie pas les choses que vous avez vues. Je ne nie pas les choses que vous avez entendues. Non, non. Mais les gens entendent ce qu'ils ont envie d'entendre, les gens voient ce qu'ils ont envie de voir. Mais il y a des choses que certaines personnes ne peuvent pas voir, des choses que certaines personnes ne verront jamais. Des choses que certaines personnes ne veulent pas voir. Des choses cachées aux yeux de certaines personnes, des choses invisibles pour certaines personnes. Alors, là où vous ne voyez que des usines désertes et des gens à genoux. Je vois encore une belle ville et un grand peuple. Un peuple fier, un peuple passionné…

Et à l'entrée d'Anfield. Devant la caméra. Tandis que Bill Shankly parle. Des hommes s'arrêtent pour l'écouter. Des hommes et des jeunes gens. En veston. En veston bon marché. Avec leurs écharpes. Leurs écharpes rouges.

Et aujourd'hui plus que jamais, dit Bill Shankly. Les yeux écarquillés, à présent, la mâchoire agressive, maintenant. Maintenant, dans la période que nous traversons. C'est le football qui les aide à rester fiers, c'est le football qui contribue à entretenir leur passion. Parce qu'il existe encore dans cette ville une passion intense et puissante pour le football. Et c'est une intensité que vous ne trouverez nulle part ailleurs sauf à Glasgow. Parce qu'elle vient du cœur, ici. Et elle passe dans le sang, ici. Dans le sang du peuple, dans le cœur des habitants. Et ce que nous faisons le samedi donne un but et un centre d'intérêt aux gens. Aux travailleurs, aux prolétaires. Parce que le football est le sport du travailleur. Et par conséquent, c'est lui qui fait exister le club. Le travailleur, c'est le club. On ne peut pas monter un club de football sans lui, sans le prolétaire de base. Oh, non ! Et avec lui, on ne peut pas tricher. Car il s'en apercevra. Ah, oui ! Mais s'il vous fait confiance, si le travailleur croit en vous. Alors, il vous suivra. Et il suivra l'équipe. Parce qu'il se rendra compte que vous êtes investi d'une mission envers lui, et que l'équipe a une mission envers lui. Et il placera toute sa fierté et toute sa passion dans son équipe. Avec ferveur et avec amour. Dans son sang et dans son cœur.

Sous le ciel sombre et lourd. Coiffé de son chapeau à larges bords. Le journaliste, cet homme venu de Rome. Il sourit et il dit, Mais peut-être n'y a-t-il que vous pour penser de cette façon aujourd'hui, monsieur Shankly ? Vous êtes peut-être le seul à avoir une telle passion pour cette ville. Pour Liverpool et pour le football. Peut-être n'y a-t-il plus que vous, monsieur Shankly ?

Eh bien, retournez donc en ville. Avec votre caméra perfectionnée et vos projecteurs de luxe. Et parlez de nouveau aux hommes et aux femmes qui vivent là. Mais cette fois, interrogez-les sur la passion qu'ils éprouvent pour cette ville. La passion qu'ils éprouvent pour le football qu'on joue dans cette ville. Abordez avec eux les sujets sur lesquels ils ont envie qu'on les interroge, les sujets dont ils ont envie de parler. Et alors vous verrez. Oh, oui. Alors vous verrez et alors vous entendrez. Si vous avez les oreilles pour entendre, si vous avez les yeux pour voir. Et puis vous retournerez dans votre ville, vous rentrerez à Rome. Et vous n'oublierez jamais le jour où vous êtes venu dans cette ville-ci, la journée que vous aurez passée à Liverpool. Et vous vous estimerez heureux, vous vous estimerez privilégié. Heureux d'avoir arpenté ces trottoirs, privilégié d'avoir parlé avec ces gens ! Des gens authentiques.

Et à l'entrée d'Anfield. Devant le stade. Bill Shankly fixe l'objectif de la caméra. Et à présent Bill Shankly hoche la tête. Et puis Bill Shankly se détourne. Il s'éloigne de la caméra, il se dirige vers les gens. Les hommes et les jeunes gens. En veston. En veston bon marché. Avec leurs écharpes. Leurs écharpes rouges. Les hommes et les jeunes gens vont à la rencontre de Bill Shankly. Les hommes et les jeunes gens se rassemblent autour de Bill Shankly. En grappe, en un groupe compact. Ils lui tapent dans le dos, ils lui serrent la main. Et ils lui fourrent entre les doigts des bouts de papier, des pages de journaux. Pour un autographe, une signature. Et l'un de ces hommes dit, Vous savez que vous êtes un génie, n'est-ce pas ? Vous savez que vous êtes un génie, Bill ?

Vous allez tous au match ce soir ? demande Bill Shankly.

Et l'un des hommes répond, Bien sûr que j'y vais, Bill. Je n'ai encore jamais manqué un match, Bill. Pas une seule fois.

Mais la plupart des autres secouent la tête. Et l'un d'eux dit, J'ai envie d'y aller, Bill. Bien sûr que j'ai envie d'y aller. Mais je n'ai pas les moyens, Bill. Je ne peux plus aller voir tous les matchs, plus maintenant.

Je sais, mon gars. Je sais, dit Bill Shankly. Et j'en suis désolé pour toi, mon gars.

Et de nouveau, l'un des hommes dit, Mais vous savez que vous êtes un génie, quand même ? Vous savez que vous êtes un génie, Bill ?

Il y en a parmi vous qui ont vu le match aller ? demande Bill Shankly.

Et l'un des hommes dit, Oui, Bill. Je l'ai vu. J'y étais, Bill. Et ça m'apprendra. Quelle mascarade, Bill ! Je n'en croyais pas mes yeux !

Je sais, mon gars. Je sais, répète Bill Shankly. Et tu as raison, mon gars. Tu as absolument raison. Je veux dire, ça fait maintenant neuf fois qu'on affronte Forest, et on a gagné une seule fois seulement. C'est incroyable. Carrément incroyable ! Et le terrain était lourd au City Ground, vraiment très lourd. Mais jouer comme on l'a fait, sur un terrain pareil. Et puis concéder un penalty, à la toute dernière minute, bon sang, et perdre le match. C'était une mascarade ! Une foutue mascarade ! Parce que je croyais vraiment qu'on avait appris la leçon, je croyais vraiment qu'on avait pris leur mesure. À la façon dont Bob avait organisé l'équipe, la façon dont Bob avait confié à Case le rôle de chien de garde. De chien de garde pour surveiller Robertson. Franchement, c'était très efficace. Très malin. Ça leur coupait les ailes, ça bloquait leurs lignes de communication, vous voyez ? Et d'ailleurs Robertson n'a pas touché un seul ballon, pas un seul. Pas avant cette satanée dernière minute, quand il est venu tirer ce foutu penalty et qu'il l'a marqué. Incroyable ! Carrément incroyable ! Très injuste, très frustrant.

L'un des hommes demande, Mais vous pensez qu'on peut encore inverser la tendance ce soir, Bill ? Vous pensez qu'on peut encore les battre, non ?

Oh, oui, répond Bill Shankly. Oh, oui. Je veux dire, on a déjà pris notre revanche en coupe. En Coupe d'Angleterre, bien sûr. Donc, on a déjà battu Forest. Ce qui a donné une grande confiance à nos joueurs, à mon avis. Et bien sûr, c'est toujours un tout autre match quand on joue ici. C'est toujours très différent à Anfield. Grâce à la foi des supporters, la foi du Kop. Voyez les joueurs, ils ressentent tous cette conviction. C'est une sensation incroyable. Une chose étonnante. La façon dont la ferveur du Kop se répand sur la pelouse depuis les tribunes et se communique aux joueurs. La façon dont elle inspire les joueurs, cette ferveur. Cet espoir et cette passion. C'est incroyable. Carrément incroyable !

En veston. En veston bon marché. Avec leurs écharpes. Leurs écharpes rouges. Les hommes et les jeunes gens hochent la tête. Et l'un d'eux déboutonne son veston. L'homme ouvre son veston. L'homme dénoue l'écharpe qui lui entoure le cou. L'homme ôte son écharpe. Et l'homme touche la cravate qu'il porte. La cravate du Liverpool Football Club. Sous son veston, sous son écharpe. Et l'homme dit, Je suis sûr que vous ne vous en souvenez pas, Bill. Parce que ça remonte à loin. Ça remonte à des années, maintenant. Alors je suis sûr que vous avez oublié, Bill. Mais j'étais allé à la boutique du club pour acheter une cravate. Mais la boutique du club n'en avait plus en stock. Et puis je vous ai vu, dans le parking. Et je vous ai abordé. Et je vous ai demandé un autographe. Et on a commencé à bavarder. Et vous m'avez posé des questions, vous m'avez demandé comment j'allais. Et je vous ai parlé de la boutique, qui n'avait plus de cravates en stock. Et dans le parking. Vous avez ôté votre cravate. Votre cravate du Liverpool Football Club. Et vous m'avez donné votre cravate. Votre cravate du Liverpool Football Club. Alors, ça, c'est votre cravate, Bill. La cravate que vous m'avez donnée. Et je la porte tous les jours, Bill. Tous les jours depuis ce moment-là. Je ne l'ôte jamais, Bill. Jamais. Alors, merci encore, Bill. Merci.

Je m'en souviens, dit Bill Shankly. Et je me souviens de toi, mon gars. Je me souviens très bien. Mais c'était la moindre des choses, mon gars. La moindre des choses que je pouvais faire. Pour te remercier, mon gars. Te remercier de soutenir le Liverpool Football Club. Alors, merci encore, mon gars…

Et de nouveau, l'un des hommes dit, Mais vous savez que vous êtes un génie, n'est-ce pas ? Vous êtes un génie, Bill ?

Et à présent Bill Shankly secoue la tête. Et Bill Shankly pose la main sur l'épaule de cet homme. Et Bill Shankly dit, Merci, mon gars. Merci. Mais je ne suis pas un génie. J'ai simplement essayé d'être un honnête homme. Et de vous rendre fiers. Et de vous rendre heureux.

86

Quelle que soit la saison

Pas seulement en été, désormais. Mais aussi en automne. Et en hiver et au printemps. Désormais. Bill et Ness se rendent à Blackpool en voiture. En toutes saisons, par tous les temps. Ou bien si Ness n'a pas envie de faire toute la route jusqu'à Blackpool. Si Ness a autre chose à faire. Bill appelle un ami. Et Bill et son ami vont à Blackpool en voiture. En toutes saisons, par tous les temps. Ou bien si ses amis n'ont pas envie de faire toute la route jusqu'à Blackpool. Si ses amis ont autre chose à faire. Bill s'y rend quand même. Bill fait tout seul la route jusqu'à Blackpool. En toutes saisons, par tous les temps. Bill gare sa voiture près du Norbreck Castle Hotel. Bill traverse les voies du tram pour rejoindre le front de mer. Bill arpente la Promenade de la Reine. Et Bill s'assied sur le front de mer, sur la promenade. Sur une chaise longue ou sous un abri. Bill suce une pastille rafraîchissante Fisherman's Friend au menthol. Et Bill contemple la mer, la mer d'Irlande. En toutes saisons, par tous les temps. Sous un abri ou sur une chaise longue. Bill pense à toutes les saisons passées, Bill pense à toutes les saisons à venir. Aux choses qu'il a faites et aux choses qu'il pourrait faire. En toutes saisons, par tous les temps. Sur sa chaise longue ou sous un abri. Bill suce une pastille, une Fisherman's Friend. Bill contemple la mer, la mer d'Irlande. Et Bill dit, Si seulement je pouvais tout recommencer depuis le début. Oh, oui…

Tenez, je vois certains de ces managers. J'entends certains de ces nouveaux managers. Et ils parlent comme s'ils étaient des dieux. Mais ils n'ont jamais rien gagné. Pas le moindre foutu trophée ! Alors, j'en suis sûr, pour certains de ces postes de prestige. Je pourrais m'y installer dans un fauteuil et les tenir les yeux fermés. Les yeux fermés, bon sang !

Des principes de base, vous voyez ? Une discipline de base, des exercices de base. La période d'entraînement initiale doit durer longtemps. Oh, oui. Environ cinq semaines et demie, il me semble. Mais il faut être prudent pendant ces phases initiales. On ne peut pas foncer et tailler les joueurs en pièces dès les trois ou quatre premiers jours. Oh, non. On ne les fait pas courir dans le sable ou dans les collines ou sur le bitume. On les entraîne sur le gazon, là où ils jouent. Et on y va doucement. Par exemple, si vous aviez vu les gars de Liverpool reprendre l'entraînement à mon époque, vous auriez pu croire qu'ils tiraient au flanc. Mais la montée en puissance était graduelle, vous voyez ? Elle s'appuyait sur une expérience, elle s'appuyait sur des connaissances. Notre expérience et nos connaissances. Oh, oui...

En fait, je ne demandais jamais aux joueurs de faire des étirements tant qu'ils n'étaient pas prêts. Oh, non. On peut provoquer des blessures si la période initiale est mal conçue. Si un joueur se blesse au cours des deux ou trois premiers mois de la saison, il se peut très bien que ce soit à cause de l'entraînement initial. Son entraînement initial a pu être mal programmé, vous voyez ? Il faut que ce soit une approche patiemment progressive. Oui. Il faut qu'elle soit très patiemment progressive. Tenez, un jour, Ray Clemence s'est fait une élongation en enchaînant des tirs trop tôt dans son entraînement. Et ça l'a handicapé pendant longtemps. Et il a fini par manquer quelques matchs. Et ça nous a coûté le championnat, cette saison-là. Je suis vraiment convaincu de cette nécessité. Absolument.

Donc, il ne faut pas leur faire disputer des sprints trop tôt. Ni enchaîner les tirs trop tôt. Oh, non. La prudence est la clé de tout. La patience est primordiale. Il faut s'entraîner de façon intensive, oui. Mais seulement quand on est prêt. Prudemment, patiemment. Vous renforcez l'entraînement, vous renforcez les joueurs. En gardant toujours un œil sur les détails, sur les petites choses. Oh, oui. Les détails et les petites choses. Parce que, pendant un entraînement intensif. Quand la saison bat son plein, quand les joueurs s'entraînent sérieusement. Alors les joueurs transpirent. Oh, oui, bien sûr qu'ils transpirent. Et c'est indispensable, indispensable. Mais il faut quand même qu'ils portent un pull ou un haut de survêtement pour l'entraînement. Surtout par temps froid. Parce qu'ils ont besoin de ce pull ou de ce haut de survêtement pour se couvrir les reins. Et si vous n'en portez pas, il faut en mettre un dès que l'entraînement se termine. Pour éviter le refroidissement, il le faut. Oh, oui…

Et c'est pourquoi, au lieu de se mettre en tenue, de s'entraîner et de se doucher à Melwood. Et de manger là-bas avant de rentrer à la maison. On se mettait en tenue à Anfield et puis on se rendait à Melwood en bus. Quand l'été n'est pas encore fini, pendant la pré-saison, quand vous avez encore chaud et que vous transpirez, il ne faut pas prendre une douche brûlante cinq minutes après avoir fini de vous entraîner. Oh, non. Si vous faites ça, vous allez transpirer toute la sainte journée. Alors, après l'entraînement, j'encourageais les gars à se promener un peu autour du terrain et puis à boire une bonne tasse de thé. Et ensuite, on remontait tous dans le bus qui nous ramenait à Anfield. Il faut une quinzaine de minutes pour rentrer à Anfield depuis Melwood, à West Derby. Et de cette façon, vous voyez, il se passait environ quarante minutes entre la fin de l'entraînement et le moment où les gars passaient vraiment sous la douche. Et je suis certain, absolument certain, que c'est une des raisons qui expliquent pourquoi nous étions toujours plus en forme que les autres. Parce que la plupart des autres équipes, elles se donnent rendez-vous directement à leur stade d'entraînement. Et c'est là qu'elles se mettent en tenue. Et ensuite, elles passent directement du terrain d'entraînement à la douche brûlante. Et cette façon de procéder, je m'y suis toujours opposé. Farouchement opposé.

D'ailleurs, nos gars ne se sont jamais sentis incommodés. Oh, non. Ils n'ont jamais pris leur déjeuner en ruisselant de sueur. Et à mon avis, cette disposition-là a été très importante, et c'est l'une des clés de la forme physique de Liverpool. Concrètement, elle a empêché que certaines blessures ne surviennent. Se mettre en tenue à Anfield et puis aller à Melwood en bus. Et puis boire une tasse de thé avant de rentrer à Anfield en bus. Ça s'est révélé très important. Oh, oui…

Alors, pour résumer, voilà les procédures de base. Les principes de base, des choses simples. Et la même approche est valable aussi pour les véritables séances d'entraînement. Les mêmes idées de base, des choses très simples. Normalement, les footballeurs s'entraînent pendant une heure et demie. Mais ça ne veut pas dire qu'ils travaillent pendant une heure et demie. Oh, non. Certains peuvent faire la démonstration d'une tactique particulière pendant que les autres les regardent, voyez-vous ? Et ensuite, c'est à votre tour. Et ce sont les autres qui vous regardent, d'accord ? Donc, ce qui compte, ce n'est pas la durée de l'entraînement. Oh, non. C'est l'application que vous y apportez. Oh, oui. En fait, si vous vous entraînez correctement, trente-cinq minutes par jour pourraient très bien vous convenir. Ça pourrait se révéler suffisant. Et à ce propos, nous avons élaboré l'entraînement du Liverpool Football Club sur le principe de l'épuisement et de la récupération, avec de courtes séquences de matchs à deux contre deux, à trois contre trois et à cinq contre cinq. Et pendant ces courtes séquences, le travail est intense. Comme celui d'un boxeur, vous voyez ? Qui se tortille et qui se tourne, qui se tourne et qui se tortille. Qui travaille les compétences de base, qui travaille les actions simples. Le contrôle. Les passes. La vision du jeu. Et la vigilance. Oh, oui. Notre entraînement reposait sur ces simples savoir-faire. Les savoir-faire essentiels. Voilà sur quoi notre entraînement était fondé. Et sur la forme physique. Parce que si vous êtes au meilleur de votre forme, vous possédez un gros avantage sur tout le monde. Oh, oui. Un énorme avantage. Oh, oui…

Et après ça, après tous ces entraînements. Quand l'entraînement était terminé, le vendredi. On avait toujours une discussion sur le match du lendemain. Tous les joueurs et les adjoints y participaient. Et l'un de nous, un membre du personnel d'encadrement. L'un de nous se chargeait d'observer l'adversaire. Et il apportait son compte rendu. Vous voyez, est-ce qu'ils jouaient en 4-4-2, en 4-3-3 ou autre chose. Et y avait-il dans leur équipe des joueurs aux compétences particulières qu'il fallait museler ? Ce genre de problème. Mais je ne m'attardais jamais à décortiquer l'équipe adverse en détail. Oh, non. La dernière chose à faire, c'est de s'appesantir sur l'équipe adverse. Ça ne fait que la renforcer dans l'esprit de vos propres joueurs. Et ils finissent par prendre peur…

Bon, par exemple, disons qu'on affrontait Manchester United ce week-end-là. Eh bien, je n'allais pas chanter leurs louanges. Les louanges de nos satanés adversaires. Oh, non. Tenez, je me rappelle être sorti un jour d'une de ces réunions. Et un de nos gars, il disait à un de ses copains, Alors, comme ça, Best, Law et Charlton ne jouent pas demain ? Et ça m'a fait sourire, ça m'a fait rire. Parce que, voyez-vous, on ne se préoccupait que de nous-mêmes. Et de notre approche collective. Et c'était simple. Il fallait que les choses restent simples. Que tout reste simple. Et puis être patient. Même si ça prend 89 minutes pour marquer. Restons simples. Et soyons patients. Parce que le nombre de fois où nous avons gagné au tout dernier moment est incroyable. Carrément incroyable. Et quand vous glissez un but décisif dans ces conditions, c'est démoralisant pour l'adversaire. Carrément démoralisant. Oh, oui…

Mais cela dit, avant la rencontre. Avant le match lui-même. J'essayais toujours de garder une plaisanterie en réserve, vous savez ? Pour motiver nos gars et pour dénigrer l'adversaire. Mais attention, comprenez-moi bien. On prenait notre football au sérieux. Mais on tentait toujours de glisser une plaisanterie dans nos discussions stratégiques. Et je gardais toujours quelques bombes pour le samedi après-midi. Oh, oui. Par exemple, je disais au vieux factotum de service à la porte du stade, Voilà un carton de papier toilette. Donnez-en un rouleau à chaque joueur de l'équipe adverse quand ils franchiront cette porte. Parce qu'ils vont en avoir sacrément besoin. De tout le papier toilette qu'ils auront sous la main. Et souvent, je disais ça juste au moment où l'équipe en question entrait dans le stade. Et je faisais en sorte que mes gars m'entendent bien, aussi. Oh, oui ! Mais, encore une fois, comprenez-moi bien. N'y voyez pas de mauvaises intentions. Ce n'était pas de l'arrogance. Ni un excès de confiance. Oh, non. Parce que être présomptueux, être insolent. C'est une forme d'ignorance. Cela veut dire que vous parlez trop. Et si vous vous permettez ce genre d'attitude, alors l'adversaire vous remettra à votre place. Oh, oui. Si vous êtes insolent, alors on vous rabattra votre caquet. Et je tiens à le dire, on n'a jamais perdu un match parce qu'on s'est montrés arrogants. Ou insolents. Oh, non. Et on n'en a pas perdu beaucoup. Vraiment pas beaucoup. Pas à mon époque, pas dans ces années-là. Mais si on perdait, quand on perdait. On était toujours prêts à apprendre. Toujours.

D'ailleurs, on a beaucoup appris en Europe. Oh, oui. On a beaucoup appris en jouant contre les Latins en Europe. On s'est rendu compte qu'un match de football, c'est comme une course de relais. Pas comme un sprint. Oh, non. Et on a donc appris qu'on pouvait marquer en jouant depuis l'arrière. Bien sûr, on peut jouer au chat et à la souris pendant un moment. En attendant une ouverture. Mais comme je le disais, si vous êtes patient. Si vous ne compliquez rien. Alors, vous la trouverez, votre chance, votre ouverture. Si vous êtes patient. Si vous ne compliquez rien. Et vous pouvez improviser. Oh, oui ! L'improvisation. Si vos joueurs savent improviser, si vos joueurs savent s'adapter à ce qui arrive. Vous aurez une chance. Mais comme je le disais, ce n'est pas un sprint. C'est une course de relais. Et la saison elle-même, c'est un marathon. Un foutu marathon. Alors, dans chaque match, pendant toute la saison. Il est vital d'économiser son énergie. De s'assurer que c'est l'adversaire qui passe son temps à courir après le ballon. Parce que, quand on dispute plus de soixante matchs par saison, on ne peut pas se permettre de courir tout le temps comme un dératé. Oh, non. Et par conséquent, il faut faire courir l'adversaire au maximum. Et s'assurer que c'est le ballon qui fait tout le travail. Donc, le système que nous avons concocté, il était très économique. Et c'est pourquoi nous voulons que chaque joueur fasse sa part du travail…

En fait, l'important, c'est que chacun sache contrôler le ballon et faire les gestes de base. C'est contrôle et passe. Contrôle et passe. Contrôle et passe. Car il est important de donner le ballon à chaque joueur le plus vite possible dès que le match commence. S'il arrive sur vous, vous l'amortissez simplement de la poitrine et vous le faites rouler vers votre équipier. Et puis il fait la même chose, si bien que tout le monde touche le ballon. Ça paraît simple, ce n'est peut-être pas spectaculaire. Mais c'est important. C'est quelque chose. Rien de compliqué, rien d'ambitieux. Si vous tentez de faire quelque chose de compliqué, quelque chose d'ambitieux, et qu'ensuite ça ne fonctionne pas, alors ça peut entamer votre confiance. Ce n'est pas ma façon de faire. Oh, non. Parce que c'est comme ça que la peur s'installe. Et ensuite, vous êtes fini. Vous êtes perdu. Et vous allez perdre…

Et en plus, si vous tardez à réagir. Alors l'équipe adverse se trouve aussitôt au complet derrière le ballon. Et là, vous avez les onze joueurs contre vous. Et plus d'espace. Donc vous cherchez quelqu'un qui peut contrôler le ballon instantanément. Et puis passer vers l'avant. Et c'est ça qui vous donne plus d'espace. Et alors vous bougez tous. Vous voulez tous le ballon…

Parce que, franchement, quand on voit jouer certaines équipes, on a l'impression que personne ne veut le ballon. Personne n'en veut, de ce foutu ballon. Les joueurs se tournent tous le dos les uns les autres. Mais ce n'est pas ma méthode. Oh, non. À Liverpool, il y a toujours quelqu'un prêt à vous aider. Il y a toujours quelqu'un dans un espace dégagé, quelqu'un qui vous demande le ballon. Quelqu'un là-bas pour vous aider. Il y a toujours quelqu'un pour vous aider. Oh, oui…

Alors, pour résumer, voilà le secret. Prendre le ballon. Faire une passe le plus tôt possible. Faire circuler le ballon. Vous aurez peut-être l'impression de ne pas aller très loin. Mais la configuration de l'équipe adverse s'en trouve changée, les adversaires sont déroutés. Et c'est comme ça que l'espace s'ouvre pour la prochaine passe. Et donc tous les joueurs doivent comprendre que dès qu'ils ont passé le ballon, leur travail ne fait que commencer. Ce n'est que le début. Ils doivent apporter leur soutien. Et ils doivent chercher qui a besoin d'aide. Ils doivent se rendre disponibles. Disponibles pour la prochaine passe. Et alors ils récupèrent le ballon de nouveau. Et ils le redonnent de nouveau. Le plus vite possible, toujours le plus vite possible. Et alors ils foncent de nouveau. Vers l'espace qui s'est ouvert. À la recherche d'un équipier à aider de nouveau, en guettant le ballon. Ce dernier ballon, cette dernière passe. Et puis c'est le but. Oh, oui. Le but.

En toutes saisons, par tous les temps. Sous un abri ou sur sa chaise longue. Bill suce une pastille, une Fisherman's Friend. Bill contemple la mer, la mer d'Irlande. Et Bill pense à toutes les saisons passées, Bill pense à toutes les saisons à venir. Aux choses qu'il a faites et aux choses qu'il ferait. Si seulement il pouvait tout recommencer depuis le début.

87

Chez les amateurs et les semi-professionnels

Les boissons aromatisées Robinsons ont demandé à Bill Shankly s'il accepterait de jouer les ambassadeurs pour leur marque. Les boissons aromatisées Robinsons ont demandé à Bill Shankly s'il pourrait assister pour eux à des matchs de football amateur dans le Nord-Ouest. Les boissons aromatisées Robinsons ont demandé à Bill Shankly s'il pourrait ensuite désigner pour eux son Homme du Match. Et s'il pourrait ensuite remettre en cadeau à son Homme du Match une bouteille de boisson aromatisée Robinsons. Bill Shankly aime bien les boissons aromatisées Robinsons. Particulièrement celle au citron. Et Bill Shankly adore regarder le football. Toutes les sortes de football –

Alors, c'est d'accord, dit Bill Shankly. J'accepte de jouer les ambassadeurs pour votre entreprise. J'irai voir pour vous des matchs de football amateur dans le Nord-Ouest. Et puis je désignerai pour vous mon Homme du Match.

Tony Sanders a passé la majeure partie de sa carrière dans le football non-professionnel. Tony Sanders a été le manager de New Brighton. Tony Sanders a été le manager adjoint de Skelmersdale United. Tony Sanders a été le manager adjoint de Bangor City au Pays de Galles. Tony Sanders a même été le manager adjoint du Knattspyrnufélagið Víkingur en Islande. À présent Tony Sanders est le manager de l'Altrincham Football Club.

La saison dernière, l'Altrincham Football Club a remporté le championnat de l'Alliance Premier League. À la fin de la saison dernière, l'Altrincham Football Club a demandé a être élu en Football League. Chez les grands, chez les professionnels. Mais l'Altrincham Football Club n'a pas réussi à se faire élire. À deux voix près, deux voix seulement. Par conséquent, l'Altrincham Football Club est encore dans l'Alliance Premier League. Encore chez les non-professionnels, encore chez les petits.

Mais Tony Sanders n'est jamais très loin des professionnels. Tony Sanders habite même tout près d'Anfield Road. Et Tony Sanders connaît de nombreux membres des grandes ligues. Des Géants du Football. Et Tony Sanders connaît Bill Shankly. Tony Sanders connaît Bill Shankly depuis longtemps. Tony Sanders appelle Bill Shankly le Géant Désintéressé. Parce que Tony Sanders rencontre souvent Bill Shankly ou lui téléphone fréquemment pour lui demander conseil.

Et Bill Shankly est toujours content de conseiller ou d'aider Tony Sanders. S'il peut le faire, à chaque fois qu'il peut le faire, Bill Shankly va voir l'Altrincham Football Club jouer en Alliance Premier League. Et s'il le peut, à chaque fois qu'il le peut, Bill Shankly va avec Tony Sanders voir jouer d'autres équipes non-professionnelles. Pour aider Tony Sanders à évaluer les adversaires, pour aider Tony Sanders à évaluer d'éventuels nouveaux joueurs pour l'Altrincham Football Club. Et avant ces matchs. Et après ces matchs. Tony Sanders et Bill Shankly parlent de football et de management. Et Bill Shankly insiste sur l'importance des programmes d'entraînement et de la préparation des matchs. Bill Shankly insiste toujours sur l'importance des procédures. D'une bonne procédure. Et Bill Shankly insiste toujours sur l'importance de la confiance. De la confiance en soi –

La chose la plus importante de toutes, c'est de croire en soi, dit toujours Bill Shankly. Il faut que les joueurs croient en eux-mêmes, que les joueurs croient en l'équipe. Qu'ils croient au club et aux supporters. Et alors, rien n'arrêtera ton club, Tony. Parce que vous avez tous les ingrédients du succès, ici. Vous avez un beau stade, propre et bien entretenu. Et tu es un bon manager. Tu as un bon programme d'entraînement. Tu adoptes la meilleure approche pour chacun de vos matchs. Tu as un plan qui fonctionne. Un plan auquel tu te tiens. Et par conséquent, Altrincham est un bon club de football.

Et au cours des trois dernières saisons, l'Altrincham Football Club a atteint le troisième tour de la Coupe d'Angleterre. En janvier 1979, Altrincham s'est déplacé au stade de White Hart Lane et a obtenu le nul 1-1 contre Tottenham Hotspur. Et puis Tottenham Hotspur est venu à Moss Lane et a battu Altrincham 3-0. En janvier 1980, Leyton Orient est venu à Moss Lane et a fait match nul 1-1 avec Altrincham. Et puis Altrincham s'est déplacé à Brisbane Road et a perdu 2-1 contre Leyton Orient. Et à présent, en janvier 1981, le tirage au sort a décidé qu'Altrincham rencontrerait le Liverpool Football Club au troisième tour de la Coupe d'Angleterre. Ailleurs qu'à Moss Lane, à l'extérieur, à Anfield Road, Liverpool.

Dans le bus, le bus d'Altrincham en route pour Anfield. Les joueurs d'Altrincham voient Bill Shankly assis à côté de Tony Sanders à l'avant du bus. Dans le bus d'Altrincham en route pour Anfield. Bill Shankly ne dit rien, Bill Shankly se contente de regarder par la fenêtre du bus. Du bus d'Altrincham en route pour Anfield. Bill Shankly se tourne vers Tony Sanders –

Si ton équipe devait battre Liverpool aujourd'hui, Tony. Si vous deviez gagner à Anfield aujourd'hui. Ce serait la victoire surprise du siècle, Tony. La plus incroyable de l'Histoire ! La victoire de David contre Goliath ne serait rien comparée à l'exploit réalisé par tes gars et toi, Tony.

Tony Sanders hoche la tête. Tony Sanders sourit. Et Tony Sanders demande, Vous pensez que c'est dans le domaine des choses possibles, Bill ?

Tu veux que je te réponde en toute franchise ? demande Bill Shankly.

Tony Sanders hoche la tête de nouveau. Tony Sanders sourit de nouveau. Et Tony Sanders dit, Je ne vous ai jamais entendu me parler autrement qu'en toute franchise, Bill.

Ton problème, c'est Liverpool, dit Bill Shankly. Liverpool ne ressemble à aucun autre club de football. Les joueurs du Liverpool Football Club vont traiter tes joueurs comme s'ils étaient des professionnels. Les joueurs du Liverpool Football Club vont traiter tes joueurs avec respect. Il n'y a pas de jours de repos à Anfield, il n'y a pas de jours de relâche. Et par conséquent le Liverpool Football Club va traiter ce match comme il traite tous les matchs. Ses joueurs traiteront Altrincham comme ils traiteraient Manchester United. Donc, ils vont tout faire pour vous battre, Tony. Ils vont tout faire pour gagner.

Tony Sanders hoche la tête. Tony Sanders sourit. Et Tony Sanders dit, Alors, on va avoir besoin de toute l'aide qu'on pourra trouver. Et on ne pourra jamais vous remercier suffisamment pour tout ce que vous avez déjà fait pour nous, Bill. Nous avez renforcé notre équipe de tant de façons différentes. Et vous nous avez fait économiser des sommes considérables. Des sommes qu'on ne possédait pas. Alors, comme je vous le disais, je ne pourrai jamais vous remercier suffisamment, Bill. Et je n'oublie pas que vous m'avez dit ne pas vouloir parler de tactique. Pas contre Liverpool. Et je comprends vos raisons, Bill. Et je les respecte, croyez-moi. Mais pensez-vous que vous pourriez dire quelques mots à mes gars dans le vestiaire ? Avant le match. Juste quelques mots, Bill ?

Dans le vestiaire à Anfield. Le vestiaire des visiteurs à Anfield. Le vestiaire d'Altrincham à Anfield. Les joueurs de l'Altrincham Football Club écoutent le vacarme qui provient du Kop. Le Kop qui chante et qui scande. Le rugissement du Spion Kop. Et les joueurs de l'Altrincham Football Club baissent la tête et regardent leurs chaussures. Et ils se sentent tout petits dans leurs chaussures. Et puis les joueurs de l'Altrincham Football Club entendent la porte du vestiaire s'ouvrir. La porte du vestiaire des visiteurs s'ouvrir. Et les joueurs de l'Altrincham Football Club relèvent la tête. Et les joueurs de l'Altrincham Football Club voient Bill Shankly planté au milieu du vestiaire. Du vestiaire des visiteurs à Anfield. Et le regard de Bill Shankly passe d'un joueur au suivant. De Connaughton à Allan. D'Allan à Davison. De Davison à Bailey. De Bailey à Owens. D'Owens à King. De King à Barrow. De Barrow à Heathcote. De Heathcote à Johnson. De Johnson à Rogers. Et de Rogers à Howard. Et les joueurs de l'Altrincham Football Club attendent que Bill Shankly parle. Qu'il les inspire et qu'il les motive. Dans le vestiaire des visiteurs à Anfield. Bill Shankly ouvre la bouche. Bill Shankly referme la bouche. Et puis le regard de Bill Shankly fait de nouveau le tour du vestiaire. Du vestiaire des visiteurs à Anfield. Et Bill Shankly regarde John King. Et Bill Shankly sourit –

Vous voyez tous cet homme qui est là ? Cet homme nommé John King, les gars ? Eh bien, un jour, j'ai essayé de l'engager. Mais il n'a pas voulu m'entendre. Oh, non !

Et il a signé pour Everton. Ce maudit Everton ! Mais s'il m'avait écouté. S'il avait signé pour moi. Alors il aurait joué ici chaque semaine. Chaque semaine, bon sang ! Et je l'aurais pris en main. Oh, oui ! Et j'en aurais fait le capitaine de l'équipe d'Angleterre. Mais aujourd'hui, on lui donne sa chance, finalement, de jouer ici. Et laissez-moi vous dire une chose, les gars. Il se souviendra de cette journée, il se rappellera ce match jusqu'à la fin de ses jours. Comme vous tous, les gars. Car, ne l'oubliez pas, il y a beaucoup de footballeurs qui font toute leur carrière, toute leur carrière sportive, sans jouer un seul match à Anfield, sans taper dans le ballon ici même. Dans ce stade, sur cette pelouse. Et c'est donc un match, c'est donc une journée dont vous vous souviendrez toujours, les gars. Alors, faites en sorte qu'au moment où vous vous pencherez sur le passé, lorsque vous revivrez cette journée. Vous puissiez tous dire, J'ai fait de mon mieux. J'ai donné tout ce que j'avais. Et j'ai vécu un moment formidable. Dont j'ai savouré chaque minute. Chaque foutue minute sans exception !

À la 27e minute, McDermott marque. À la 39e minute, Dalglish marque. À la 54e minute, Dalglish marque encore. Et à la 71e minute, Altrincham se voit attribuer un penalty. Et Heathcote marque le penalty. Devant le Kop, le Spion Kop. Et à la 88e minute, Ray Kennedy marque. Et le Liverpool Football Club bat l'Altrincham Football Club 4-1 au troisième tour de la Coupe d'Angleterre –

À Anfield, à domicile.

88

La religion de mon époque

Dans la maison, dans leur vestibule. Les lettres ne cessent d'arriver et le téléphone ne cesse de sonner. Mais pas de lettres envoyées par des clubs, pas d'appels de présidents. Plus maintenant. Mais dans la maison, dans leur vestibule. Les lettres d'œuvres de bienfaisance arrivent toujours, les appels des hôpitaux arrivent toujours. L'Institution royale pour les aveugles du Merseyside et l'Hôpital pour enfants Alder Hey. Des lettres auxquelles Bill Shankly a toujours envie de répondre, des appels que Bill Shankly a toujours envie de prendre. Et dans la maison, dans leur vestibule. D'autres lettres arrivent, d'autres appels arrivent. Les lettres d'entreprises locales demandant à Bill de les aider à remporter des contrats, des appels de stations de radio et de télévision locales demandant à Bill de participer à leurs émissions. Et s'il peut encore apporter son aide, s'il peut encore faire plaisir aux gens. Alors Bill est encore ravi de le faire. Une ou deux fois par semaine. Parfois trois, voire quatre fois par semaine. Bill revêt son costume de nouveau. Bill noue sa cravate de nouveau. Et de nouveau Bill embrasse Nessie au moment de partir.

Dans le parking des studios de Granada Television à Manchester. Bill sort de sa voiture. Bill traverse le parking. Bill entre dans les studios de Granada Television. Bill se présente à la réception. Et Bill dit, Bonjour. Je m'appelle Bill Shankly. Je viens pour l'émission *Deux invités en direct*. Je suis l'un des deux invités d'aujourd'hui…

Le réceptionniste hoche la tête. Le réceptionniste décroche un téléphone. Et puis le réceptionniste demande à Bill d'attendre qu'on vienne le chercher pour l'emmener au studio. Et Bill attend à la réception. Et puis Bill suit une jeune femme jusqu'au studio. Et jusqu'à la loge. Et Bill s'assied dans la loge des studios de Granada Television. Seul, dans la loge. Devant le miroir, dans la loge. Dans son costume gris et avec sa chemise blanche. Et sa cravate rouge à rayures blanches. Dans la loge, dans le miroir. Bill attend que l'autre invité arrive. Et puis la porte de la loge s'ouvre. Et Sir Harold Wilson entre dans la loge. Avec ses deux gardes du corps, sa protection. Sa protection spéciale. Et Bill se lève de sa chaise. Et Bill serre la main de Sir Harold Wilson. Et Bill dit, Je suis ravi de vous revoir,

Sir Harold. Enchanté de vous revoir. Comment allez-vous, Sir Harold ? Comment allez-vous ? J'ai été navré d'apprendre vos graves ennuis de santé l'année dernière. C'est pourquoi j'ai été ravi qu'on annonce votre venue dans l'émission de ce soir. En fait, c'est l'une des raisons qui m'ont poussé à accepter l'invitation…

Merci, dit Sir Harold Wilson. Merci beaucoup, Bill. C'est très gentil à vous. Vraiment très gentil de votre part, Bill. Et merci pour votre carte, votre carte quand j'étais à l'hôpital…

Bill secoue la tête. Et Bill dit, Non, non. Ce n'était rien, c'était la moindre des choses. Je me suis beaucoup inquiété…

Oui, dit Sir Harold. Moi-même je n'étais pas sûr que j'allais m'en tirer. Que j'allais en réchapper. J'ai eu trois opérations, vous savez ? Et elles étaient d'un genre assez banal. Mais on m'a dit qu'il a fallu m'enlever la moitié de mes boyaux pour me maintenir en vie. La moitié de mes boyaux, Bill.

Mais vous êtes rétabli, à présent ? Je veux dire, vous avez bonne mine…

Merci, répète Sir Harold Wilson. Et, oui, je suis complètement rétabli, maintenant. Mais comme vous le savez, j'ai décidé de me retirer aux prochaines élections. Je ne me représenterai pas dans la circonscription de Huyton, Bill.

Bill hoche la tête. Et Bill dit, Oui, j'ai été navré de l'apprendre. Et j'ai craint que ce soit pour des raisons de santé. Cela m'a beaucoup inquiété…

Non, dit Sir Harold Wilson. Pas pour des raisons de santé, Bill. Pas réellement. Pour être franc avec vous, Bill. Il me semble simplement que je n'ai plus vraiment de raison de continuer. Je me souviens, moins d'une semaine après avoir rencontré ma femme, je lui ai dit, j'ai dit à Mary, Je vais t'épouser. Je vais devenir député. Et je deviendrai Premier Ministre. Et c'est ce que j'ai fait. Et j'ai été élu député quatre fois, Bill. Et c'est aussi bien que ce qu'ont fait tous les Premiers Ministres qui m'ont précédé.

Bill hoche la tête de nouveau. Et Bill dit, Oui. Ce n'est pas rien.

Et Sir Harold Wilson s'assied. Dans la loge, devant le miroir. Les épaules voûtées à présent, les cheveux blancs à présent –

Mais j'ai le sentiment que je n'en ferai jamais davantage que je n'en ai déjà fait, dit Sir Harold Wilson. Je ne pourrai plus jamais en faire autant, désormais, Bill.

Et à ce moment la porte de la loge s'ouvre de nouveau. Et Shelley Rohde entre dans la loge. Et Shelley Rohde serre la main de Harold Wilson et celle de Bill. Bill aime bien Shelley Rohde. Bill aime son rire. Bill a aimé le livre qu'elle a écrit sur l'artiste peintre L. S. Lowry. Et Bill aime l'anecdote que Shelley a racontée au sujet de L. S. Lowry. La première fois que Shelley est allée interviewer Lowry. Chez Lui. Lowry lui a dit qu'il avait renoncé à la peinture. Lowry lui a dit qu'il était trop vieux. Mais ensuite Shelley a examiné de nouveau la toile qui se trouvait dans la pièce. Dans sa maison –

La peinture n'était pas encore sèche.

Maintenant Shelley Rohde emmène Sir Harold Wilson et Bill dans le couloir qui mène au studio de télévision. D'abord, Shelley va interviewer Sir Harold. Et Bill attendra en coulisse.

En coulisse, derrière le plateau. Bill écoute Shelley Rohde interroger Sir Harold Wilson au sujet de son nouveau livre. Son livre sur l'État d'Israël. Ses réflexions sur le sionisme. Elle lui pose des questions sur sa famille, sur son éducation. Les principes religieux de l'époque. Le chômage et la typhoïde. Le scoutisme et l'université. Sa carrière et ses principes politiques. Son image publique et sa personne privée. Sur un rythme cardiaque paisible, avec des pulsations raisonnables. Et puis Shelley annonce James Conroy-Ward. Et James Conroy-Ward chante la chanson de l'amiral Porter tirée de l'opérette *H.M.S. Pinafore* –

Bill attend en coulisse, Bill écoute en coulisse. Il attend et il écoute, déboutonnant et reboutonnant sa veste jusqu'au moment où Bill entend Shelley dire –

Et voici maintenant notre second invité. Il a grandi en Écosse dans le comté d'Ayrshire, avec ses quatre frères et ses cinq sœurs. De façon presque inéluctable, à l'âge de quatorze ans, il est allé travailler à la mine. Et c'est seulement lorsque celle-ci a fermé, trois ans plus tard, qu'il a trouvé la meilleure façon d'échapper au chômage en réussissant dans le football. À vingt-cinq ans, non seulement il disputait des rencontres internationales, mais il jouait dans l'équipe de Preston North End lorsque celle-ci a remporté la Coupe d'Angleterre en 1938. L'ironie du sort a voulu que, dix-huit ans plus tard, il occupe le poste de manager du club qu'ils avaient battu dans ladite finale, Huddersfield Town. Les triomphes qu'il a connus ensuite avec Liverpool sont trop nombreux pour qu'on les mentionne tous. Je me contenterai de dire qu'après avoir mis fin à sa carrière de manager, il s'est vu offrir une émission d'entretiens à la radio, qu'il a acceptée à la condition que son premier invité soit Sir Harold Wilson. Voici donc dès maintenant, pour le match retour –

Mesdames et messieurs, Bill Shankly !

Bill sort de la coulisse. Bill déboutonne sa veste. Bill se dirige vers le canapé. Et Bill serre la main de Shelley et de Sir Harold. Bill s'assied entre Shelley et Sir Harold. Et Bill dit, C'était la seule raison pour laquelle j'ai accepté cette émission de radio, parce que vous en étiez le premier invité…

Mais pourquoi teniez-vous particulièrement à le faire venir ? demande Shelley.

Eh bien, parce que c'est lui le député de Huyton, à Liverpool. Et que j'habite à Liverpool. Et parce qu'il vient du peuple. D'un milieu socialisant. D'un milieu socialisant, comme moi.

Est-il vrai cependant, demande Shelley, que vous ne l'avez pas laissé placer un mot ?

Eh bien, j'avais l'impression qu'il voulait me voler la vedette. Alors j'ai dû le calmer.

Et Shelley rit. Et le public rit.

Bill sourit. Et Bill dit, Non. C'était une émission très intéressante.

Shelley se penche en avant. Et Shelley se tourne vers Sir Harold –

J'ai souvent pensé, Sir Harold, que votre soutien à l'équipe de Huddersfield Town avait un petit côté opportuniste ? Ou bien est-ce totalement injuste de ma part ?

Oh, non, ça n'a rien d'opportuniste. Ce sont des loyautés qui remontent à la naissance. Sur ce plan-là, vous êtes comme moi, Bill…

Bill hoche la tête. Et Bill dit, Oui.

On est supporter de naissance, dit Sir Harold. Je porte toujours sur moi – je ne veux pas vous ennuyer avec ça, mais je l'ai encore – une petite carte postale vendue avec un journal qui s'appelait *Chums*. Il a sûrement cessé de paraître depuis longtemps. Sur cette carte il y a une photo de l'équipe de Huddersfield de 1926. Ma mère me donnait un shilling. Je prenais le tram aussitôt. Un penny l'aller, un penny le retour. Trois pence pour un pâté en croûte. Ou un beignet de poisson avec des frites. Ce n'était pas cher, à l'époque. Six pence l'entrée au stade. Il fallait que j'arrive à dix heures du matin à cause de l'affluence…

Bill hoche la tête. Bill sourit. Et Bill dit, Une équipe intrépide, Huddersfield Town, à cette époque.

Je pourrais vous détailler tous les changements dans la composition de l'équipe, dit Sir Harold.

Bill hoche la tête de nouveau. Et Bill dit, Ils ont gagné le championnat trois saisons de suite.

C'est exact, dit Sir Harold. Et ils sont allés en finale de la Coupe, et en demi-finale de la Coupe à l'issue de deux de ces trois saisons.

Bill hoche la tête de nouveau. Bill sourit de nouveau. Et Bill dit, Oui. Et j'ai joué contre eux lors d'une de ces finales. Mais nous ne parlerons pas de ça…

Mais n'y avait-il pas un joueur célèbre que vous avez fait venir à Huddersfield ? demande Shelley. Quand vous étiez manager là-bas ?

En fait, il y a un joueur célèbre qui figurait déjà dans les effectifs de Huddersfield, Shelley, lorsque j'ai pris mes fonctions de manager. Il avait quinze ans. C'était Denis Law. Dans les cinquante-cinq kilos, et tout maigre.

Alors, qu'avez-vous fait de ces cinquante-cinq kilos de potentiel ? demande Shelley.

Eh bien, il était fantastique. Ce gamin, c'était un joueur de génie. Donc, il a fallu le remplumer, physiquement.

Comment vous y êtes-vous pris ?

Eh bien, on l'a nourri avec de la viande rouge et des œufs…

Et Shelley rit. Et le public rit. Et Bill sourit. Et Bill dit, On a bien failli mettre le club en faillite. Le steak, ce n'est pas donné. Et ensuite, on l'a entraîné correctement. Car je ne voulais pas qu'il risque ce qui était arrivé à l'un de mes frères, qui s'est fatigué le cœur quand il était jeune, en s'entraînant trop durement.

Vous parlez de votre frère, dit Shelley.

Oui. Mon frère John. Il s'est surentraîné.

Vos quatre frères étaient footballeurs ?

Bill hoche la tête. Et Bill dit, C'est exact. Nous étions tous les cinq joueurs professionnels. Oui.

Pensez-vous que ce soient les épreuves de la vie, demande Shelley, qui poussent les gens vers le sport, vers les sports les plus durs ?

Ma foi, je crois que cela vient de votre éducation. Bon, pour ma part, je suis né dans une région minière. Et pour moi, c'était la mine ou le football. Et il me semble que le football, c'est un petit peu mieux que la mine.

Mais vous n'avez guère eu le choix, n'est-ce pas ? dit Shelley. Comme les deux mines ont fermé ?

C'est vrai qu'elles ont fermé.

À ce sujet, avez-vous constaté que le fait d'être au chômage vous affectait ?

Oh, c'est la chose la plus cruelle au monde, le chômage. Vous avez l'impression que personne ne veut plus de vous. Bon, dans mon cas, ça remonte à bien des années. Mais je vois les chômeurs d'aujourd'hui. Et il y a un mot qui revient, c'est celui de licenciement. Et c'est un mot effrayant.

Cela signifie que vous êtes indésirable, dit Sir Harold.

Bill hoche la tête de nouveau. Et Bill dit, Effectivement. C'est tout à fait ça. Et ça signifie que vous risquez de mal tourner et de faire n'importe quoi. Ça atteint les gens au moral. Et je trouve que c'est sans doute la chose la plus cruelle au monde, pour un jeune, de quitter l'école et de ne pas trouver de travail. C'est épouvantable. Et c'est pourquoi je me fais du souci pour les jeunes d'aujourd'hui. Moi, j'adore les jeunes. Je trouve toujours le temps de parler avec eux ou de leur signer un autographe. Je ne refuse jamais de parler à un jeune, si j'ai le temps de le faire. Parce que, fondamentalement, je les plains. Je les regarde, et je me demande, Qu'est-ce que tu feras quand tu seras adulte ? Quel est ton destin ? Je trouve ça abominable qu'un adulte n'aide pas un jeune. Parce que les gamins peuvent souffrir terriblement de voir leurs aînés se dresser contre eux…

Et plusieurs fois par jour, on sonne à notre porte, à West Derby. Et sur le seuil, il y a un gamin. Ou un groupe de gamins. Des vrais mômes de Liverpool. Et ils disent à ma femme, ils disent à Ness, Est-ce que je pourrais parler à Bill ? Ce n'est jamais *monsieur Shankly*. Oh, non. Mais ça ne me dérange pas. Oh, non. Ma femme a des centaines de photos de moi brandissant la Coupe d'Angleterre. Et j'en dédicace une au gamin et je la lui donne. Tous mes vœux de réussite à Jim ou Joe ou Jackie, c'est selon.

Mais il y a un groupe de gamins. Ils sont quatre ou cinq, qui viennent à la maison tous les jours quand ils sont en vacances. Ils me demandent toujours ce que je suis en train de faire. Et si je peux sortir pour jouer au football. Ils ont tous leur photo dédicacée, à présent, bien sûr. Mais en général, je finis par leur donner de quoi rentrer à Gillmoss en bus. Je ne sais pas comment ils ont découvert où j'habite. Mais ils sont tellement nombreux à le faire. Et ça ne me dérange pas, ça ne m'ennuie pas du tout. Parce que si je peux aider un gamin d'une façon ou d'une autre, je le fais. Vous leur brisez le cœur si vous les snobez. Et ça, je ne le ferai jamais. Et je ne l'ai jamais fait. D'ailleurs, il y avait toujours des mômes qui traînaient autour d'Anfield quand j'étais encore là-bas. Et ces mômes, ce sont les futurs supporters de Liverpool, voyez-vous ? Les vrais gens, pour moi, ce sont eux, Shelley. Les vrais gens…

Shelley se tourne vers Sir Harold de nouveau –

Et votre père, Sir Harold, de quelle façon le chômage l'a-t-il affecté sur le plan émotionnel, d'après ce que vous avez pu constater ? Parce qu'il n'avait que quarante-huit ans, n'est-ce pas ?

Il s'est senti rejeté, dit Sir Harold. Il ne savait pas s'il retrouverait un emploi un jour. Un soir, je l'ai vu en larmes, tout simplement. Il avait le sentiment d'avoir déçu tout le monde.

Et même le travail à la mine était une souffrance, dit Shelley. À cette époque…

Bill hoche la tête. Et Bill dit, Oh, oui. Et cela a repris depuis.

Avez-vous l'impression, l'un ou l'autre, demande Shelley, que ce genre de souffrance contribue à forger le caractère ? Je sais que depuis longtemps c'est l'excuse bancale qui justifie bien des maux de notre société. Mais forge-t-elle vraiment le caractère ?

Bill répond, Oh, oui. Parce qu'elle vous oblige à vous défendre. Si vous n'êtes pas capable de vous défendre, il n'y a rien pour vous.

Et ceux qui cèdent parce qu'ils ne la supportent pas, ajoute Sir Harold, ils ne sont plus jamais les mêmes par la suite.

Non, confirme Bill.

Mais ce n'est pas ma recette ni la vôtre, dit Sir Harold à Bill, ce n'est pas notre recette pour former les gens, n'est-ce pas ?

Bill secoue la tête. Et Bill dit, Pas question. L'important, c'est de ne pas céder. Donc, il faut essayer de lutter. Je sais qu'il est facile de parler et que le chômage est une chose épouvantable. Mais il faut tenter de le combattre.

Donc, vous n'avez pas eu le choix, dit Shelley. C'était le chômage ou le football. Mais que vous a apporté le football, toutes ces années ?

Eh bien, tout ce que je possède, je l'ai obtenu grâce au football, je le dois au football. Et à ma motivation et à tout ce que j'ai apporté à ce sport. Vous ne tirez de ce sport que ce que vous lui avez sacrifié, Shelley. Et je lui ai consacré tout ce que j'ai pu lui donner. Et je le fais encore. Pour les gens –

Les gens pour qui j'ai joué et les gens pour qui j'ai fait mon métier de manager. Je leur en ai donné pour leur argent, jusqu'au dernier sou ! J'ai pratiqué mon sport de tout mon cœur, de toute mon âme, à tel point que ma famille en a souffert.

Vous le regrettez ?

Oh, oui. Oui. Ça, je le regrette beaucoup. Oui. Quelqu'un m'a dit, Pour vous, le football est une question de vie ou de mort. Je lui ai répondu, Écoutez ! C'est plus important que ça. Et c'est vrai.

C'est une religion, dit Sir Harold.

Bill hoche la tête. Et Bill dit, C'est une religion. Et ma famille en a souffert. Je les ai négligés.

Si pouviez tout recommencer aujourd'hui, demande Shelley, Comment vous y prendriez-vous ? Referiez-vous la même chose ?

Je n'en sais rien, en vérité. Si j'avais les mêmes idées en tête, je m'y prendrais sans doute de la même façon.

Vous avez l'un comme l'autre une épouse qui préserve soigneusement sa vie privée, dit Shelley. Mais ont-elles d'une façon ou d'une autre partagé vos moments de gloire ?

Oh, Ness l'a fait, dans une certaine mesure. Lors des finales de Coupe, par exemple. La finale de la Coupe en 65…

Tiens, tiens, dit Shelley. C'est étrange que vous mentionniez cet événement-là. Car nous avons justement une séquence sur ce sujet…

Vraiment ?

Eh bien, nous avons pensé que cela pourrait être l'un de vos meilleurs souvenirs…

Bill hoche la tête. Et Bill dit, Oui, c'est ce que je pense.

Elle va passer sur cet écran, là, dit Shelley. Vous pouvez nous la commenter…

Bill se tourne vers l'écran. Et Bill hoche la tête de nouveau. Et Bill dit, Eh bien, c'est la finale de la Coupe. Après les prolongations. Et nous venons de battre Leeds United 2-1. Et ça, c'est Ronnie Yeats qui soulève la Coupe pour la toute première fois de l'histoire du club. Au bout de soixante-treize ans.

Soixante-treize ans ?

Bill dit, Oui. Et c'est la coupe la plus difficile à remporter dans le monde entier. C'est un trophée d'exception. Ne parlons pas de la Coupe d'Europe. C'est pratiquement une nouveauté. Il n'y a pas de coupe plus dure à gagner que la Coupe d'Angleterre. Il nous a fallu soixante-treize ans pour y parvenir. Et je trouvais terriblement humiliant de subir les sarcasmes des gens parce qu'on n'avait jamais remporté la Coupe. Alors, oui, c'est le plus grand moment de ma vie, cette Coupe. Pas pour moi –

Mais pour les gens de Liverpool.

Vous vivez toujours à Liverpool, bien sûr ?

Oui. Nous habitons encore la maison dans laquelle nous avons emménagé en arrivant à Liverpool. Mais ce n'est pas une maison. C'est notre chez-nous. Et je me sens chez moi à Liverpool, avec les habitants de Liverpool. D'ailleurs, la dernière fois que nous avons pris des vacances, c'était il y a deux ou trois ans, pour aller à Glasgow. Ness ne peut pas vraiment faire de longs voyages et il y a tout ce dont j'ai besoin ici même, à Liverpool. Alors je remercie Dieu pour les merveilleux habitants du Merseyside. Parce que l'attitude des gens de Liverpool envers moi et ma famille est encore plus chaleureuse aujourd'hui qu'elle ne l'a jamais été. Vous savez, je ne les ai jamais bernés et ils m'ont toujours soutenu. Nous sommes semblables, voyez-vous ? Je veux dire, je ne suis qu'un des supporters qui regardent les matchs depuis le Kop. Ils pensent comme moi et je pense comme eux. Donc, c'est comme une sorte de mariage entre des gens qui s'apprécient…

Qu'y a-t-il donc à Liverpool qui suscite cette forme de fanatisme ? demande Shelley. Qu'il s'agisse de la politique, du football ou de la religion.

Ou d'Everton, dit Sir Harold.

Bill sourit. Et Bill dit, Nous parlons de la ville de Liverpool en ce moment, Sir Harold. Je crois que Shelley veut dire : le Merseyside…

Et les Tranmere Rovers, dit Sir Harold.

C'est Anfield, cependant, dit Shelley, qui a quelque chose de spécial à vos yeux, Bill…

Oh, Anfield a tout pour me plaire. Pour moi, Anfield est le plus beau lieu de pèlerinage de tous les temps. D'ailleurs, j'aimerais être enterré à Anfield.

Pas tout de suite, j'espère, dit Sir Harold.

Et le public rit –

Ne riez pas, dit Shelley. Vous parlez sérieusement, n'est-ce pas ?

Bill hoche la tête. Et Bill dit, Oh, oui.

Il y a un cercueil enterré là ? demande Shelley.

Oui, au bout du terrain du côté du Kop. Dans la cage, au fond des filets. Il y a un cercueil, à trente centimètres de la surface. Et derrière la cage, au bout du terrain, le sol est couvert de cendres…

Mais vous le souhaitez vraiment, demande Shelley, quand vous dites que vous souhaiteriez être enterré là-bas ?

Oh, non. Je ne parle pas sérieusement. Non. Enfin, si. Je suis sérieux. Oh, oui. Je veux dire, c'est mon esprit qui sera enterré là, même si mon corps va autre part. Parce que Anfield, c'est la meilleure chose qui me soit jamais arrivée.

Vous semblez avoir une affection particulière, dit Shelley, pour les joueurs qui sont passés entre vos mains. Alors, quelles sont les qualités d'un bon footballeur ?

Oh, le talent. Et bien sûr, la passion pour son sport. Et le fait qu'il mène une vie d'athlète. Et qu'il en donne aux spectateurs pour leur argent. Les gens qui vont au stade, qui paient leur entrée, s'attendent à ce que les joueurs fassent des efforts. Et par conséquent, c'est une obligation pour tous les footballeurs.

À vous entendre, on croirait qu'il s'agit plutôt d'une forme de spectacle, dit Shelley.

Bill secoue la tête. Et Bill dit, En fait, le spectacle ne vient qu'en second, pour moi. C'est trop sérieux pour être un spectacle. Un spectacle, c'est quelque chose dont vous pouvez rire. Je ne ris pas du football.

C'est une religion, répète Sir Harold.

Et Bill dit, C'est ce que je pense, oui.

Un mode de vie, dit Sir Harold.

Bill hoche la tête. Et Bill dit, Oui. C'est un mode de vie. C'est une belle formule, Sir Harold. C'est un mode de vie. Et un mode de vie tellement sérieux que c'en est incroyable. Et je me demande ce que font tous les gens qui ne sont pas footballeurs…

Ils deviennent Premiers Ministres, plaisante Shelley.

… Je veux dire, ils ne voient pas les mêmes choses que moi. Alors, il est possible que je voie le monde entier d'une façon différente de la leur.

89

Qui, à présent, agite le drapeau rouge vif ?

Le Liverpool Football Club a connu une saison très mitigée. Il s'est fait éliminer de la Coupe d'Angleterre au quatrième tour par l'Everton Football Club. Mais le

Liverpool Football Club a battu West Ham United en finale de la Coupe de la Ligue. Le Liverpool Football Club a gagné la Coupe de la Ligue pour la première fois de son histoire. Mais le Liverpool Football Club a vécu sa pire saison en championnat depuis celle de 1970-71. Le Liverpool Football Club a fini cinquième de la première division. Mais la saison 1980-81 n'est pas encore terminée. Le Liverpool Football Club est en finale de la Coupe d'Europe. Le Liverpool Football Club va affronter le Real Madrid au Parc des Princes, à Paris, le mercredi 27 mai 1981.

Le Liverpool Football Club a demandé à Bill Shankly s'il aimerait assister à la finale de la Coupe d'Europe à Paris en tant qu'invité officiel du Liverpool Football Club. Prendre l'avion pour Paris avec le Liverpool Football Club et séjourner à l'hôtel à Paris avec le Liverpool Football Club. Et Bill Shankly a souri –

Oui, dit Bill Shankly. J'adorerais assister à la finale de la Coupe d'Europe. Prendre le même avion que l'équipe et séjourner dans le même hôtel. Merci. Merci mille fois, vraiment.

À l'aéroport de Speke, quelques supporters du Liverpool Football Club repèrent Bill Shankly. Bill Shankly au milieu des joueurs du Liverpool Football Club, Bill Shankly qui parle aux entraîneurs du Liverpool Football Club. Et les supporters du Liverpool Football Club lui tapent dans le dos et lui serrent la main. Et ils l'interrogent sur la Coupe d'Europe. Et Bill Shankly sourit –

Oh, oui. Ç'a été un sacré parcours. Mais un merveilleux parcours. Bon, au premier tour, on s'est plutôt promenés. Au match retour. Quant au deuxième, c'était tout autre chose. Un duel très différent, un duel beaucoup plus dur. Mais il y a eu une superbe passe en hauteur de McDermott au stade de Pittodrie à Aberdeen. Et de son pied le plus faible, vous savez. Mais ce jour-là, on était extrêmement disciplinés. Et c'est indispensable. Dans la Ville de Granite. Très efficaces. Et puis au match retour, à Anfield. Eh bien, on a fait une excellente prestation. Sans doute la plus belle prestation de la saison. Bon, Aberdeen a plutôt bien tenu le choc pendant les vingt, vingt-cinq premières minutes. Et, je le reconnais, j'ai commencé à m'inquiéter. Parce que, voyez-vous, les joueurs paraissaient un peu tendus. Et même très tendus. Et on a peut-être eu un peu de chance, un petit coup de pouce du destin. Je veux parler du but contre son camp de Willie Miller. Mais après ça, après ce but dont il nous a fait cadeau. On s'est relaxés et on a joué un superbe football. Et comme je l'ai dit, pour moi, sans doute le plus beau football de la saison. Et Aberdeen n'avait pas de solution. Tout simplement pas de solution contre le football qu'on a joué. Mais malgré ça, j'avais encore des craintes au sujet des Bulgares. Parce que, bien sûr, pendant toutes les années où on a joué en Europe, on n'avait encore jamais affronté d'équipe bulgare. Donc, c'était un saut dans l'inconnu. Et je pense qu'on a eu beaucoup de chance de jouer le match aller à Anfield, à domicile. Évidemment, j'ai l'habitude de dire, je dis toujours, il vaut mieux jouer le match aller à l'extérieur. Mais pas dans ces circonstances, pas quand on s'aventure dans l'inconnu. Cela dit, une équipe que l'on connaissait a réussi à battre Forest, à éliminer Forest. Et je sais que Brian a téléphoné à Bob. Et Brian a dit à Bob deux ou trois choses au sujet de Sofia. Mais quand même, arriver à les battre, battre les Bulgares 5-1 ! Ça nous a bien préparés, et même très bien préparés. Pour le match à l'extérieur, le match retour à Sofia. Et tout le monde s'accorde à dire que celui-là a été très dur. Et il nous a coûté cher, très cher en blessures. Et je me suis vraiment fait du souci quand j'ai vu qu'on allait affronter le Bayern Munich en demi-finale. Et quand j'ai vu que le match aller se jouerait à domicile, je me suis franchement inquiété. Et, bien sûr, ça n'a pas été un grand match. On n'était pas au summum. Sans Souness, sans Johnson. Et puis avec Ray Kennedy pas au meilleur de sa forme et Terry McDermott qui est sorti à la mi-temps. En fait, je pense qu'on a eu de la chance d'obtenir le nul. Et surtout, qu'ils ne marquent pas à Anfield. Mais, voyez-vous, les joueurs du Bayern ont commis une erreur. Ils n'ont pensé qu'à une chose : nous marquer de bout en bout. Et, oui, ils nous ont marqués. Mais ils ont manqué le coche. S'ils avaient cherché à obtenir un but à Anfield, s'ils avaient marqué à Anfield. Alors, on aurait eu des problèmes, de gros problèmes. Mais je sais que Bob a quand même été déprimé par le résultat, très déçu par le résultat. Et moi aussi, j'étais inquiet. Très inquiet. Et je ne suis pas allé voir le match retour, je ne suis pas allé à Munich. Mais j'ai vu le match, bien sûr. À la télévision. Et, il faut le dire, on n'avait pas Phil Thompson. On n'avait pas Alan Kennedy. Et on a dû utiliser Colin Irwin et Richard Money. De bons joueurs, oui. Ne vous méprenez pas sur ce que je vous dis, n'y voyez pas une critique. Mais ce n'était pas notre premier choix, notre équipe première. Mais c'est comme ça, et toute notre saison a été comme ça. Et puis il a fallu qu'on perde Dalglish en tout début de match. Je veux dire, le tacle qu'il a subi, c'était un scandale. Un vrai scandale. Alors, je me suis dit que ce n'était peut-être pas notre jour de chance, j'ai pensé que ça n'allait vraiment pas être notre saison. Mais, je dois le reconnaître, les joueurs ont réagi. L'équipe a réagi superbement. Et je n'aime pas mettre en valeur certains joueurs particuliers. Ça n'a jamais été ma façon de voir. Mais je pense sincèrement que ce soir-là, trois joueurs ont fait la différence en notre faveur. Pour commencer, Gayle, qui a attaqué dès le début du jeu. Dans un match pareil. Eh bien, je trouve qu'il a fait un travail magnifique. Et il a donné du fil à retordre, et pas qu'un peu, à leur arrière latéral. Il l'a fait courir comme un dératé. Ensuite, Ray Kennedy, bien sûr. Il a gardé son calme, il a montré qu'il avait de la classe. Je veux dire, marquer à quelques minutes de la fin. Et Johnson, qui place un contre sur la droite. Et pas n'importe quel contre. Et Johnson qui s'était fait une déchirure, en plus. Mais Ray a vu sa chance, il est allé vers l'avant. Et quand le ballon est arrivé, quand ce centre est arrivé. Il a gardé son calme et il a pris son temps. Vous avez vu la façon dont il a pivoté, la façon dont il a fait entrer le ballon dans les filets. Et ça, c'était du sang-froid, c'était la classe absolue. Parce qu'il y a beaucoup de buteurs, beaucoup de buteurs de premier ordre, qui auraient peut-être frappé le ballon comme des brutes, au risque de rater une belle occasion. Mais pas Ray, pas Ray Kennedy. D'ailleurs, j'ai bondi de mon fauteuil. Fou de joie, debout devant la télé. Et ce but-là, c'est le but marqué à l'extérieur qui nous a sauvés, celui qui nous a envoyés ici. Mais malgré tout, un autre joueur m'a paru exceptionnel, aussi. Un autre joueur, d'une façon différente. D'une façon différente, Sammy Lee. La façon dont il a marqué Breitner, la façon dont il lui a collé au train comme de la glu. D'ailleurs, ce Breitner, il a à peine touché le ballon. Et c'est bien fait pour lui, ça lui servira de leçon. Après ce qu'il a dit au lendemain du match aller, ce qu'il a déblatéré à la presse sur Liverpool, qu'il trouvait sans imagination. Et sans intelligence. Alors que, voyez-vous, c'est Breitner qui a manqué d'intelligence. Breitner qui s'est montré stupide. Parce que des choses pareilles, des propos de ce genre. C'est comme un chiffon rouge qu'on agite sous le nez d'un taureau. Ils provoquent toujours une réaction, une réaction du Liverpool Football Club. Et c'est à ça qu'on a eu droit, c'est ce qu'on a vu. Et je sais que Bob pense de ce match qu'il a sans doute été notre meilleure prestation en Coupe d'Europe, vu la façon dont on les a muselés, la façon dont on s'est montrés attentifs et réfléchis dans tout ce qu'on a entrepris. Alors que tout était contre nous. Les blessures et tout le reste. Et je pense que Bob a sans doute raison. Je suis sûr qu'il a raison. Et c'est pourquoi je dis, Ç'a été un sacré parcours. Oh, oui. Et un merveilleux parcours. Mais ce n'est pas encore terminé. Oh, non. Ce parcours n'est pas terminé. Pas encore…

Et à l'aéroport de Speke. Les supporters du Liverpool Football Club remercient Bill Shankly de leur avoir consacré un peu de son temps. Ils le remercient pour sa gentillesse. Ils lui serrent la main et ils lui souhaitent bon voyage. Et Bill Shankly sourit. Et Bill Shankly leur serre la main. Et Bill Shankly les remercie tous. Et Bill Shankly leur souhaite à tous un bon voyage. Un bon voyage jusqu'à Paris. Et les supporters du Liverpool Football Club regardent Bill Shankly monter à bord de l'avion en compagnie des joueurs du Liverpool Football Club et des entraîneurs du Liverpool Football Club.

Mais dans l'avion pour Paris. Dans le ciel à traverser pour atteindre Paris. Le tonnerre gronde et on voit des éclairs. Des éclairs qui frappent l'avion, le tonnerre qui secoue l'avion. Dans le ciel à traverser pour atteindre Paris. Dans l'avion pour Paris. Le silence règne. Des souvenirs reviennent. Des souvenirs d'autres avions. D'autres orages. Et on s'interroge sur la situation. Et on prie. Et cette fois, les prières sont entendues, Dieu merci.

Sur la terre ferme, à l'aéroport d'Orly. Quelques supporters du Liverpool Football Club repèrent Bill Shankly. Bill Shankly en compagnie des joueurs du Liverpool Football Club, Bill Shankly en compagnie des entraîneurs du Liverpool Football Club. Et ces supporters du Liverpool Football Club lui tapent dans le dos et lui serrent la main. Et ils disent, On est tellement contents de vous voir, Bill. Tellement contents que vous soyez là. Tellement ravis que vous ayez pu venir. Tellement ravis que vous soyez…

Et moi aussi, j'en suis ravi, dit Bill Shankly. Moi aussi. Mais, merci, les gars.

Non loin de Paris, à Versailles. Près du château, du grand canal. Du parc et des fontaines. L'hôtel est calme, l'hôtel est paisible. Loin de la ville, loin de la pression. Bill Shankly séjourne avec les joueurs et les entraîneurs du Liverpool Football Club. Mais Bill Shankly ne veut pas déranger les joueurs du Liverpool Football Club, Bill Shankly ne veut pas importuner les entraîneurs du Liverpool Football Club. Bill Shankly visite l'hôtel, Bill Shankly se promène dans le jardin. Et quelques supporters qui sont venus à Versailles repèrent Bill

Shankly. Dans l'hôtel ou dans le jardin. Ils abordent Bill Shankly. Ils lui tapent dans le dos et ils lui serrent la main. Et ils lui demandent un autographe. Et puis ils lui disent, Vous savez que tout le monde raconte que le Real Madrid va gagner, Bill ? Helenio Herrera et Paul Breitner. Ils disent tous que le Real Madrid va nous battre, Bill. Et l'entraîneur du Real Madrid, il a l'air très confiant…

Oui, je comprends, dit Bill Shankly. Le Real a un très bon entraîneur. C'est un entraîneur très rusé, ce Boskov. Et je sais qu'il a déclaré qu'à son avis les joueurs de Liverpool étaient trop vieux. Il nous a traités de vétérans, oui. Et j'en déduis qu'il croit que son équipe peut nous dominer. Mais je peux vous dire une chose, les gars. Quand un entraîneur commence à faire ce genre de déclarations, qu'il se met à dire des choses pareilles. Alors, ça montre qu'il n'est pas tranquille, ça montre qu'il s'inquiète. Et je sais très bien que plus un entraîneur dit ce genre de choses, plus il parle de cette façon, et plus Bob est ravi, plus Bob est content. Je le sais parce que j'ai toujours été comme lui, j'ai toujours réagi comme lui. Laissons-les parler, et puis on verra sur le terrain. Parce que c'est là qu'on gagne un match de football. Sur le terrain, pas dans un journal. Et, oui, ils ont sans doute quelques bons joueurs. Quelques très bons joueurs comme Camacho, bien sûr. Et Santillana et Stielike. Et Cunningham, évidemment. Si celui-là est en état de jouer, s'il est en forme. Car je sais qu'ils ont leurs soucis, qu'ils ont eu leur lot de blessures. Et franchement, cette saison, Anfield a ressemblé davantage à un foutu hôpital qu'à un terrain de football ! Mais je pense, d'après ce que m'a dit Bob, je pense que Kenny et Sammy Lee seront tous les deux sur la pelouse. Par conséquent, il me semble qu'on va aligner notre équipe la plus forte. Donc, laissons-les parler, mais ensuite on s'expliquera sur la pelouse…

Et quelques-uns des supporters disent, Alors, ce match, ça devrait être un classico, Bill. Liverpool contre le Real Madrid. Un vrai classico, vous ne croyez pas, Bill ?

Alors ça, répond Bill Shankly, je n'en sais rien, les gars. À vrai dire, pour être tout à fait franc avec vous, je ne peux pas vous l'assurer. Je veux dire, ça m'étonnerait qu'on assiste à un match fluide, à un match sans heurts. Mais si on peut gagner 1-0, alors je m'en contenterai. Et je suis sûr que Bob s'en contentera aussi. Car dans ce cas-là, le Liverpool Football Club méritera de figurer parmi les plus grands clubs européens de tous les temps. Bon, d'accord, le Real Madrid y a déjà sa place. Le Real Madrid a déjà remporté la Coupe six fois. Mais enfin, c'est une compétition très différente, aujourd'hui. Un tournoi très différent. Et pour le Liverpool Football Club, gagner cette compétition trois fois, cette Coupe trois fois, ce serait alors l'un des plus beaux exploits de tous les temps, les gars. De tous les temps, bon sang…

L'après-midi de la finale, quelques heures avant le match. En ville, devant le stade. Les débats ont déjà commencé, le coup d'envoi des débats a été donné. Des milliers de supporters du Liverpool Football Club n'ont pas de billet pour la finale. Mais des milliers de supporters du Liverpool Football Club sont venus quand même au Parc des Princes. Pour être près de la finale, pour être près de leur équipe. Mais des milliers d'agents de la police parisienne s'interposent entre eux et la finale, entre eux et leur équipe. Des milliers d'agents de la police parisienne armés de matraques et de lance-grenades. Qui leur barrent la route, à l'aide de gaz lacrymogène. Et certains des supporters du Liverpool Football Club lancent des bouteilles de bière vides sur les milliers d'agents de la police parisienne. Les bouteilles volent, les bouteilles pleuvent. Et certains des agents de la police parisienne lancent du gaz lacrymogène sur les milliers de supporters du Liverpool Football Club. Des larmes dans leurs yeux, du gaz dans l'atmosphère. Du gaz qui s'engouffre dans le Parc des Princes. Qui emplit le stade, les tribunes. Le Kop de

Boulogne. Cette tribune baptisée ainsi en l'honneur du Kop d'Anfield. Le Spion Kop.

À sa place, dans les tribunes. Bill Shankly se frotte les yeux. Bill Shankly cligne des yeux. Depuis le bord de son siège, dans les tribunes. Bill Shankly regarde le terrain. Bill Shankly regarde les joueurs. Les joueurs du Liverpool Football Club. Ray Clemence. Phil Neal. Alan Kennedy. Phil Thompson. Ray Kennedy. Alan Hansen. Kenny Dalglish. Sammy Lee. David Johnson. Terry McDermott. Graeme Souness. Jimmy Case. Steve Ogrizovic. Colin Irwin. Richard Money et Howard Gayle. Les joueurs du Liverpool Football Club qui sortent du tunnel et entrent sur la pelouse.

Et en cette autre soirée, à cette autre finale. Bill Shankly entend ce même accueil de nouveau, Bill entend ce rugissement de nouveau. Et depuis le bord de son siège. Du regard, Bill Shankly fait le tour du terrain, le tour du stade. De tous les terrains et de tous les stades. Il regarde toutes les banderoles, tous les drapeaux. Toutes les banderoles rouges et tous les drapeaux rouges. Et Bill Shankly ferme les yeux,

Bill Shankly ferme les yeux. Et Bill Shankly sourit.

De retour à l'hôtel, à la réception. Bob Paisley est debout au bar, debout et seul au bar. Et Bob Paisley voit Bill Shankly. Bill Shankly tout seul, Bill Shankly qui se dirige vers Bob Paisley. Bill Shankly serre la main de Bob Paisley –

Félicitations, Bob. Félicitations. Je ne pourrais pas être plus heureux pour toi, Bob. Je ne pourrais vraiment pas être plus ravi pour toi…

Et Bob Paisley dit, Merci, Bill.

Tu sais, quand John a gagné la Coupe d'Europe avec le Celtic. J'ai dit à John, je lui ai dit, Tu sais que tu es immortel, maintenant, John. Mais toi, Bob, franchement, tu as gagné la Coupe d'Europe trois fois, à présent. Trois fois, bon sang ! Alors, tu es immortel, Bob. Plus qu'immortel !

Bob Paisley secoue la tête. Et Bob Paisley dit, Non, Bill. Non. Il n'y a qu'un immortel au Liverpool Football Club, Bill. Et cet immortel, c'est toi. Cet homme, c'est toi, Bill. Parce que rien de tout ceci, aucune de ces coupes. Rien ne se serait produit sans toi, Bill. Tout ça, c'est grâce à toi. C'est grâce à toi, Bill…

C'est très gentil à toi, Bob. Très gentil à toi de me dire ça. Mais je sais bien que je ne suis pas immortel, Bob. Je sais que je suis mortel. On ne peut plus mortel.

90

Y. N. W. A.[1]

La partie n'est pas finie, le match ne s'est jamais terminé. La douleur lui broie le cœur et la fumée lui entre dans les yeux. La ville est en flammes, des sirènes retentissent. Bill ferme les yeux. Sur une civière, dans une ambulance. Bill rouvre les yeux. Et Bill voit Ness. Ses filles et ses petites-filles. Et Bill sourit. Dans son lit, à l'hôpital. Bill ferme les yeux de nouveau. Ses yeux se ferment pour la dernière fois. Bill se retrouve dans le champ. Pour l'éternité. Bill a fait rouler la pierre depuis la tombe. Dans le champ. Bill voit l'arbre. Ses fleurs ont disparu, ses feuilles sont tombées et ses branches ont fléchi. Dans le champ. Bill marche vers l'arbre. Dans le champ. Bill s'arrête devant l'arbre. Dans le champ. Bill regarde l'arbre. Ses branches qui se redresseront, ses feuilles et ses fleurs qui reviendront. Dans le champ. Bill touche l'arbre. Cet arbre qui se dresse très haut, cet arbre qui se dresse, triomphant. Triomphant et ressuscité, à présent. À présent et pour toujours. Dans le champ. Bill connaît cet arbre. Son nom est Liberté, son nom est Liverpool.

1. You'll Never Walk Alone.

L'Argument III (suite)

Dans le train, à leur table. Harold regarde par la fenêtre. Harold ne reconnaît pas le paysage, Harold ne reconnaît pas le lieu. Harold se détourne de la fenêtre. Et Harold sort une carte postale de sa poche de veste. Harold pose la carte postale sur la table. Harold fait glisser la carte postale vers Bill. Harold sourit. Et Harold dit, Vous savez de qui il s'agit, Bill ?

Oui, dit Bill. Bien sûr que oui. C'est l'équipe de Huddersfield Town qui a gagné le championnat trois saisons de suite.

Harold secoue la tête. Et Harold dit, Non, au verso. Retournez-la, Bill. Vous savez de qui il s'agit ?

Bill prend la carte postale. Bill retourne la carte postale. Et Bill lit les mots inscrits au dos de la carte postale :

Allez Huddersfield !
Nikita Khrouchtchev

Bill lève les yeux du texte inscrit au verso de la carte postale. Bill regarde Harold assis en face de lui de l'autre côté de la table. Et Bill hoche la tête. Bill sourit. Et Bill entend le sifflet du train. Bill entend la voix du chef de train –

Terminus ! Tout le monde descend ! Tout le monde descend, s'il vous plaît !

1759
1959
Почта СССР

Sources et Remerciements

Sources et Remerciements

Ce livre est une œuvre d'imagination. Et c'est pourquoi ce livre est un roman. Les volumes ci-dessous m'ont tous servi de source d'inspiration pour cette œuvre d'imagination, ce roman. Cependant, je souhaite rendre un hommage particulier à quatre livres :

SHANKLY : My Story, Bill Shankly, avec John Roberts (1976, 2011).
Shanks : The Authorized Biography, Dave Bowler (1996).
It's Much More Important Than That, Stephen F. Kelly (1997).
The REAL Bill Shankly, Karen Gill (2007).

Sans oublier…

44 Years with the Same Bird, Brian Reade (2009).
A Strange Kind of Glory, Eamon Dunphy (1991).
Best and Edwards, Gordon Burn (2006).
Bob Paisley : An Autobiography, Bob Paisley (1983).
Bob Paisley : Manager of the Millennium, John Keith (1999).
Burns the Radical, Liam McIlvanney (2002).
Cally on the Ball, Ian Callaghan et John Keith (2010).
Crazy Horse, Emlyn Hughes (1980).
Dalglish, Kenny Dalglish, avec Henry Winter (1996).
Dynasty, Paul Tomkins (2008).

Everton : The School of Science, James Corbett (2003, 2010).
Ghost on the Wall : The Authorised Biography of Roy Evans, Derek Dohan (2004).
Harold Wilson, Austen Morgan (1992).
Harold Wilson, Ben Pimlott (1992).
If You're Second You Are Nothing, Oliver Holt (2006).
In a League of Their Own, Jeremy Novick (1995).
Jock Stein, Archie Macpherson (2004).
Kevin Keegan, Kevin Keegan, avec John Roberts (1977).
Kevin Keegan, Kevin Keegan (1997).
Life of Robert Burns, John Stuart Blackie (1888).
Liverpool 800 edited, John Belcham (2006).
Matt Busby : Soccer at the Top, Matt Busby (1973).
Mr Shankly's Photograph, Stephen F. Kelly (2002).
RED MEN, John Williams (2010).
Secret Diary of a Liverpool Scout, Simon Hughes (2009).
SHANKLY, Phil Thompson (1993).
Shankly : From Glenbuck to Wembley, Phil Thompson et Steve Hale (2004).
Sir Alf, Leo McKinstry (2006).
Sir Roger, Ivan Ponting et Steve Hale (1995).
Soccer in the Fifties, Geoffrey Green (1974).
SOVPOEMS, Edwin Morgan (1961).
Talking Shankly, Tom Darby (1998, 2007).
The Amazing Bill Shankly (CD), John Roberts (2007).
The Bard, Robert Crawford (2009).
The Best Laid Schemes : Selected Poetry and Prose of Robert Burns, Robert Crawford and Christopher MacLachlan (2009).
The Boot Room Boys, Stephen F. Kelly (1999).
The Essential Shankly, John Keith (2001).
The Football Man, Arthur Hopcraft (1968).
The Footballer Who Could Fly, Duncan Hamilton (2012).
The King, Denis Law, avec Bob Harris (2003).
The Management, Michael Grant et Rob Robertson (2010).
The Saint, Ian St John (2005).

The SHANKLY Years, Steve Hale et Phil Thompson (1998).
The Unfortunates, B. S. Johnson (1969).
THOMMO : Stand Up Pinocchio, Phil Thompson (2005).
Three Sides of the Mersey, Rogan Taylor et Andrew Ward (1993).
Tom Finney, Tom Finney (2003).
Tommy Smith : Anfield Iron, Tommy Smith (2008).
Tosh, John Toshack (1982).
Winning Isn't Everything, Dave Bowler (1998).

Les chiffres de la fréquentation des stades, les feuilles de match, le détail des buts marqués pour un grand nombre des rencontres qui figurent dans le roman proviennent du site *www.liverweb.org.uk.* De plus, Chris Wood, du site *www.lfchistory.net*, m'a également indiqué de nombreuses erreurs factuelles (et grammaticales) qui émaillaient les premières épreuves d'imprimerie. Merci, Chris !

Une grande partie des scènes où figurent Bill Shankly et les supporters du Liverpool Football Club s'inspirent des souvenirs des participants aux nombreux sites et forums de fans consacrés au Liverpool Football Club.

Le débat est loin d'être clos sur la question de savoir à quelle date *You'll Never Walk Alone* fut chanté pour la première fois par les supporters du Liverpool Football Club. Quoi qu'il en soit, la scène finale du chapitre XII s'inspire de l'intervention du 30 avril 2004 signée *Wooltonian*, sur le forum *www.redandwhitekop.com.* Merci.

À l'origine, l'idée de départ de ce roman est née d'une conversation que j'ai eue avec Mike Jefferies. J'aimerais remercier Rob Kraitt de m'avoir mis en rapport avec Mike Jefferies. Et remercier Mike et Rob pour tous leurs encouragements, leur aide et leur soutien lors de la composition de ce livre. Je souhaite également remercier tout particulièrement John Roberts : avec une grande générosité, John m'a prêté les enregistrements de ses conversations avec Bill Shankly, ainsi que la bande de l'interview de Radio City entre Bill Shankly et Harold Wilson.

Astrid Azurdia, Sam Dwyer, Robert Fraser, Ann Scanlon et George Scott m'ont aussi très aimablement procuré les documents et les supports qui m'ont aidé à écrire ce roman. Mille mercis à eux.

J'aimerais également remercier les personnes suivantes pour leur aide et leurs encouragements. À Liverpool : Ian Callaghan, Stephen Done, John Keith, Stephen F. Kelly et Paul McGrattan. À Huddersfield : Stephen Dorril et Michael Stewart. À Leeds : Stephen Barber, Emma Bolland, Anthony Clavane, Robert Endeacott, Rod Dixon, Chris Lloyd, Alice Nutter, Jane Verity et tous les *Red Writers* de la compagnie théâtrale *Red Ladder* de Leeds. À Tokyo : comme toujours, Hamish Macaskill, Junzo Sawa, Peter Thompson, Atsushi Hori et tout le personnel de l'*English Agency Japan* ; Motoyuki Shibata, Ariko Kato et tout le personnel et tous les étudiants du département de littérature contemporaine de l'Université de Tokyo ; Mike et Mayu Handford, David Karashima, Justin McCurry, Akiko Miyake, Shunichiro Nagashima, Richard Lloyd Parry, Jeremy Sutton-Hibbert et David Turner. À Londres : Ruth Atkins, Ian Bahrami, Andrew Benbow, Lee Brackstone, Angus Cargill, Anne Owen, Anna Pallai et tout le personnel de *Faber and Faber*. Également Jake Arnott, Matteo Battarra, Andrew Eaton, Laura Oldfield Ford, Stephen Frears, Carol Gorner, Tony Grisoni, John Harvey, Michael Hayden, Richard Kelly, Eoin McNamee, Keith et Kate Pattison, Maxine Peake, Ted Riley, Katy Shaw, Steve Taylor, Paul Tickell, Cathi Unsworth, Paul Viragh et le personnel de la *Working Class Movement Library* de Salford. Et enfin, je souhaite remercier toute ma famille et mes amis, en Grande-Bretagne comme au Japon, particulièrement Julian Cleator, Jon Riley et,

par-dessus tout, mon père, Basil Peace,
et William Miller, toujours.

Table

SECONDE MI-TEMPS
C'EST TOUS LES JOURS DIMANCHE

Shankly, un homme à la peine

Mise en pages
PCA – 44400 Rezé

Achevé d'imprimer en juillet 2015
sur les presses de Normandie Roto Impression s.a.s.
à Lonrai (Orne)
pour le compte des Éditions Payot & Rivages
106, bd Saint-Germain - 75006 Paris
N° d'imprimeur : 1503059
Dépôt légal : juillet 2015

Imprimé en France